清代名家詞選刊

迦陵詞合校

㈠

[清] 陳維崧◎著
鍾　錦◎點校

華東師範大學出版社
·上海·

圖書在版編目(CIP)數據

迦陵詞合校 /(清)陳維崧著；鍾錦點校. —上海：華東師範大學出版社，2022

(清代名家詞選刊)

ISBN 978-7-5760-3253-6

Ⅰ.①迦… Ⅱ.①陳… ②鍾… Ⅲ.①詞(文學)—作品集—中國—清代 Ⅳ.①I222.849

中國版本圖書館 CIP 數據核字(2022)第 177962 號

2020 年度全國高等院校古籍整理研究工作委員會直接資助項目(批準編號：2055)

清代名家詞選刊

迦陵詞合校

著　　者　[清] 陳維崧
點 校 者　鍾　錦
責任編輯　時潤民
責任校對　龐　堅
封面題簽　葉嘉瑩
裝幀設計　盧曉紅

出版發行　華東師範大學出版社
社　　址　上海市中山北路 3663 號　郵編 200062
網　　址　www.ecnupress.com.cn
電　　話　021-60821666　行政傳真 021-62572105
客服電話　021-62865537　門市(郵購)電話 021-62869887
地　　址　上海市中山北路 3663 號華東師範大學校内先鋒路口
網　　店　http://hdsdcbs.tmall.com

印　　刷　上海盛隆印務有限公司
開　　本　890 毫米×1240 毫米　1/32
印　　張　72.75
插　　頁　12
字　　數　1161 千字
版　　次　2023 年 1 月第 1 版
印　　次　2023 年 1 月第 1 次
書　　號　ISBN 978-7-5760-3253-6
定　　價　580.00 元(全五册)

出 版 人　王　焰

清周衜《陳維崧洗桐圖卷》（局部）　上海博物館藏

清葉衍蘭摹《迦陵填詞圖》（局部）　浙江省博物館藏

原圖已佚，這是浙江省博物館提供的葉衍蘭摹本，應該是目前最接近原作的了。

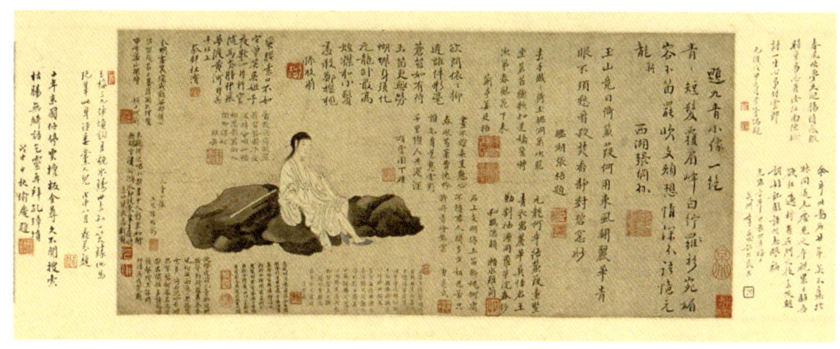

清陳鵠《紫雲出浴圖》（局部）　旅順博物館藏

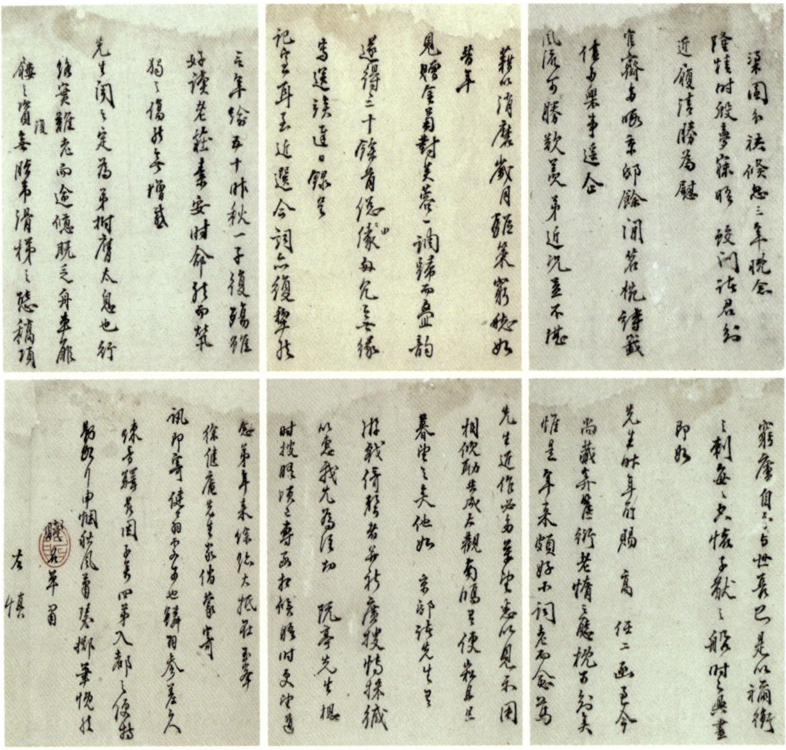

陳維崧手蹟（一）

李經國觀雪齋藏陳維崧寫給宋犖的手札，曾爲蔣光煦别下齋、顧文彬過雲樓遞藏。

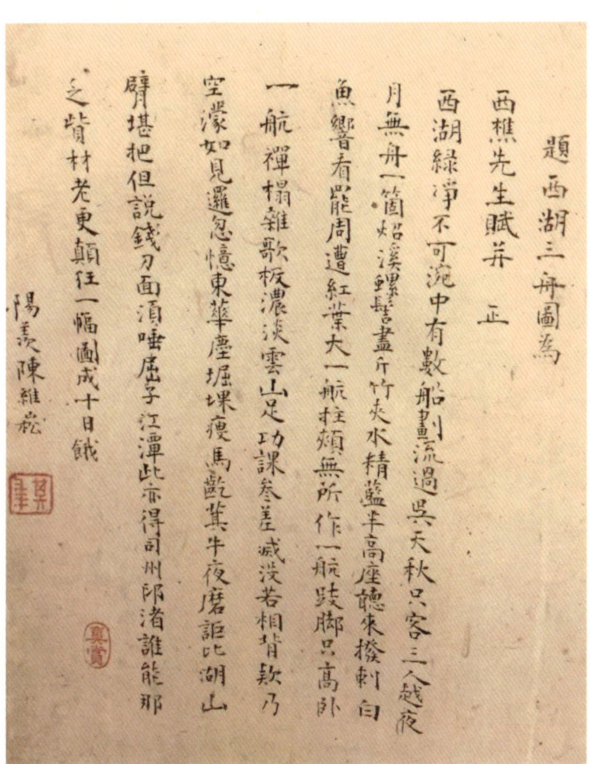
題西湖三舟圖爲
西樵先生賦并正
西湖綠淨不可涴中有數船劃流過吳天秋只客三人越夜
月無舟一箇苕溪螺髻畫斤竹夾水精藍半高座聽來撥剌白
魚響看罷周遭紅葉大一航柱頰無所作一航跣脚只高卧
一航禪榻雜歌板濃淡雲山足功課參差滅没若相背款乃
空濛如見邏忽憶東華塵堀堁瘦馬齕萁半夜磨詎比湖山
闢堪把但說錢刀面須唾居子江潭此亦得司州邱渚誰能那
之背材老更顛狂一幅圖成十日餓
陽羨陳維崧

陳維崧手蹟（二）

陳維崧自書爲王士禄所作的《題西湖三舟圖》，北京永樂國際拍賣有限公司二〇二〇年拍品。

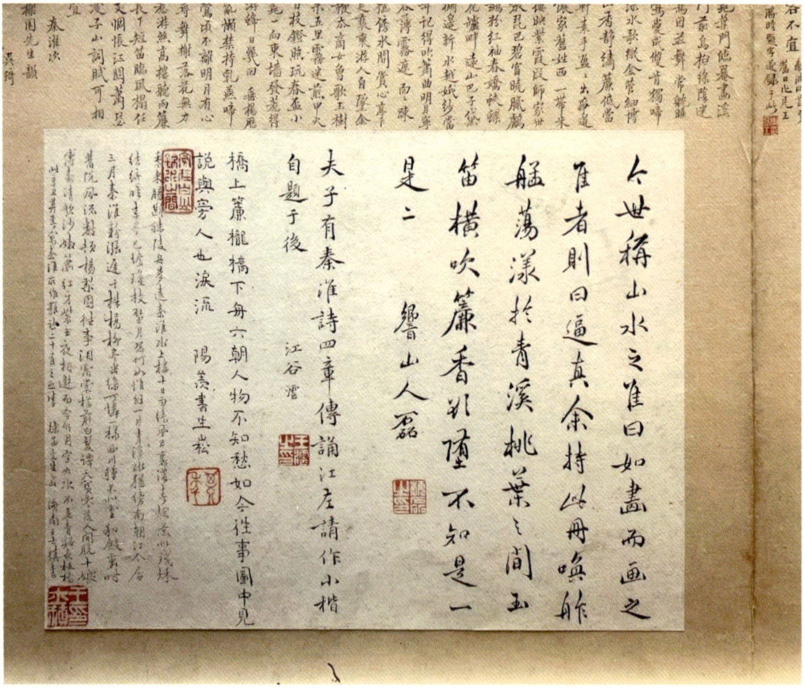

陳維崧手蹟（三）

姚允在《江淮勝景圖冊》，陳維崧手題七言絶句一首，其詩集未收，佳士得香港國際藝術品拍賣有限公司二〇二二年拍品。

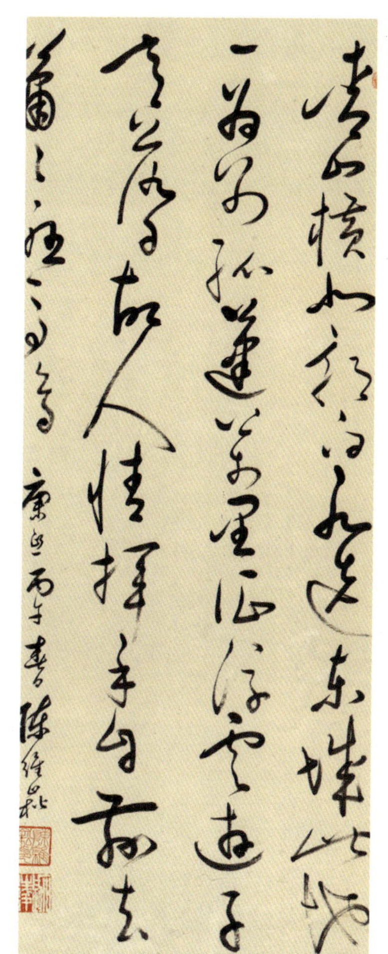

陳維崧手蹟（四）

陳維崧草書李白《送友人》詩軸，田家英舊藏，見雷廣平主編《小莽蒼蒼齋藏與紅學相關人物墨蹟匯輯》，人民文學出版社二〇二二年版。

烏絲詞卷一

宜興陳維崧其年撰

武進鄒祗謨程邨

新城王士禛阮亭　評

休寧孫　默無言較

小令

竹枝

粵東詞

番君廟後竹枝鷓鴣飛。女兒素馨花落竹枝蠻娘歸。女兒

《國朝名家詩餘》本《烏絲詞》（扉頁、首頁）

李容齋成容若兩先生鑒定

顧梁汾　蔣葭友　同選
蔣京少　蔣廣存

陳檢討詞鈔

烏絲迦陵合集　金閶葉繼照梓行

陳檢討詞鈔卷一

宜興陳維崧其年譔　從子　枋次山

同郡　顧貞觀梁汾　選　長洲蔣　文瀾葭友　校
　　　蔣景祁京少　　　　　　　瀩廣存

小令

憶江南

宛城五日追次舊遊漫成十首

重五節記得在金陵淥水沒腰連夜雨錦帆鄣尾半河燈往事思騰騰

重五節記得在南徐紅板闌喧停畫鷁琴花磁濕貯黃

蔣景祁刻本《陳檢討詞鈔》（扉頁、首頁）

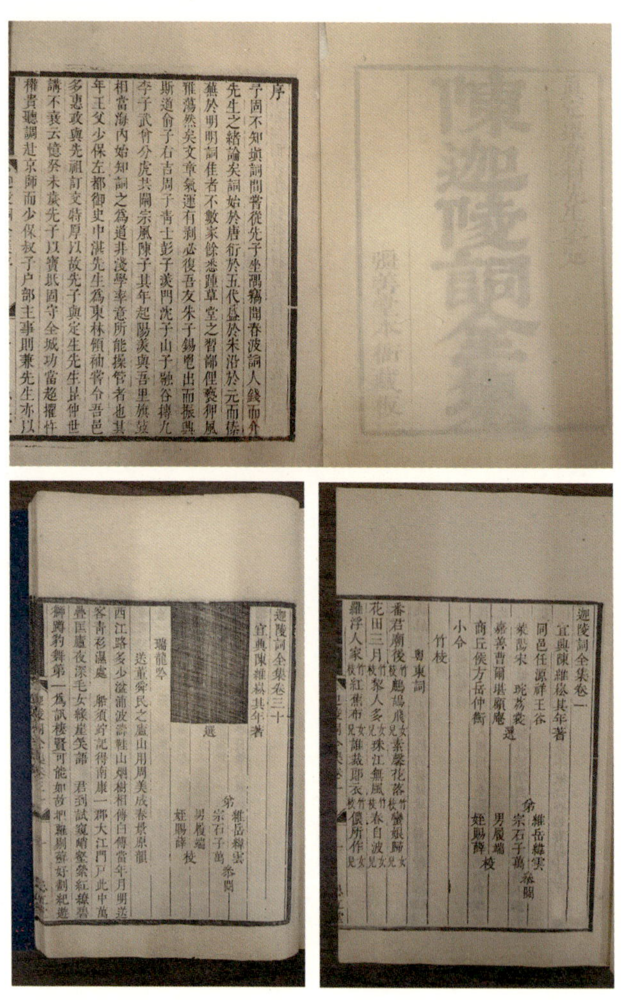

陳迦陵詞全集

患立堂本衙藏板

序

予固不知塡詞間嘗從先子坐潤觴聞春波詞人錢而介
先生之緒論矣詞始於唐衍於五代盛於宋沿於元而榛
蕪於明明詞佳者不數家餘悉踵草堂之習鄙俚褻狎風
雅蕩然矣文章氣運有剝必復吾友朱子錫鬯出而振興
斯道俞子右吉周子青士彭子羨門沈子山子魏谷搏九
李子武曾分虎共闡宗風陳子其年起陽羨與吾里旗鼓
相當海內始知詞之爲道非淺學率意所能操管者也其
年王父少保左都御史中湛先生爲東林領袖嘗令吾邑
多惠政與先祖訂交特厚以故先子與定生先生昆仲世
講不衰云憶癸未歲先子以賓興固守金城功當超擢忤
權貴聽調赴京師而少保叔子戶部主事則兼先生亦以

迦陵詞全集卷一
宜興陳維崧其年著
同邑任源祥王谷
萊陽宋琬荔裳
嘉善曹爾堪顧庵　選
商丘侯方岳仲衡
弟　維岳緯雲
宗石子萬　參閱
男履端
姪賜蒓　校
小令
竹枝
粵東詞
番君廟後竹枝鷓鴣飛女兒素馨花落竹枝蠻娘歸女兒
花田三月竹枝黎人多女兒珠江無風竹枝春自波女兒
羅浮人家竹枝紅蕉布女兒誰裁郎衣竹枝儂所作女兒

迦陵詞全集卷三十
宜興陳維崧其年著
選
弟　維岳緯雲
宗石子萬　參閱
男履端
姪賜蒓　校
瑞龍吟
送董舜民之廬山用周美成春景原韻
西江路多少湓浦波濤鞋山烟樹相傳白傅當年月明送
客青衫濕處　船須艤記得南康一郡大江門戶此中萬
疊匡廬夜深毛女綠崖笑語　君到試窺峭壑紫紅綠翠
獅蹲豹舞第一爲訊棲賢可能如昔把難剔蘚好劃紀遊

患立堂本《迦陵詞全集》（扉頁與序首頁、卷一首頁、卷三十首頁）

卷一到卷十一，每卷卷首均有選者四人的名字，各卷都不一樣。卷十二之後，這個位置全成了墨釘。

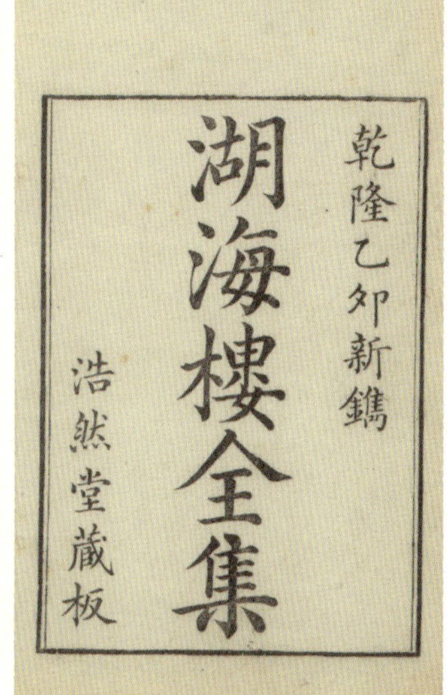

乾隆乙夘新鐫

湖海樓全集

浩然堂藏板

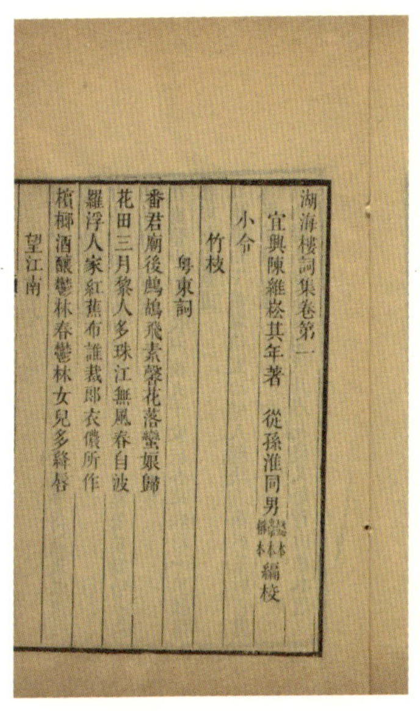

湖海樓詞集卷第一

宜興陳維崧其年著　從孫淮同男[illegible]編校

小令

竹枝

粵東詞

番君廟後鷓鴣飛素馨花落螢娘歸

花田三月黎人多珠江無風春自波

羅浮人家紅蕉布誰裁郎衣儂所作

檳榔酒釀鬱林春鬱林女兒多絳唇

望江南

浩然堂本《湖海樓詞集》（全集扉頁、詞集首頁）

南開大學圖書館藏《迦陵詞》稿本原裝木匣

南開大學圖書館提供稿本原裝木匣的照片。匣蓋鐫“先檢討公手書詞稿”、“六世從孫實銘謹藏”，是陳實銘的手筆。

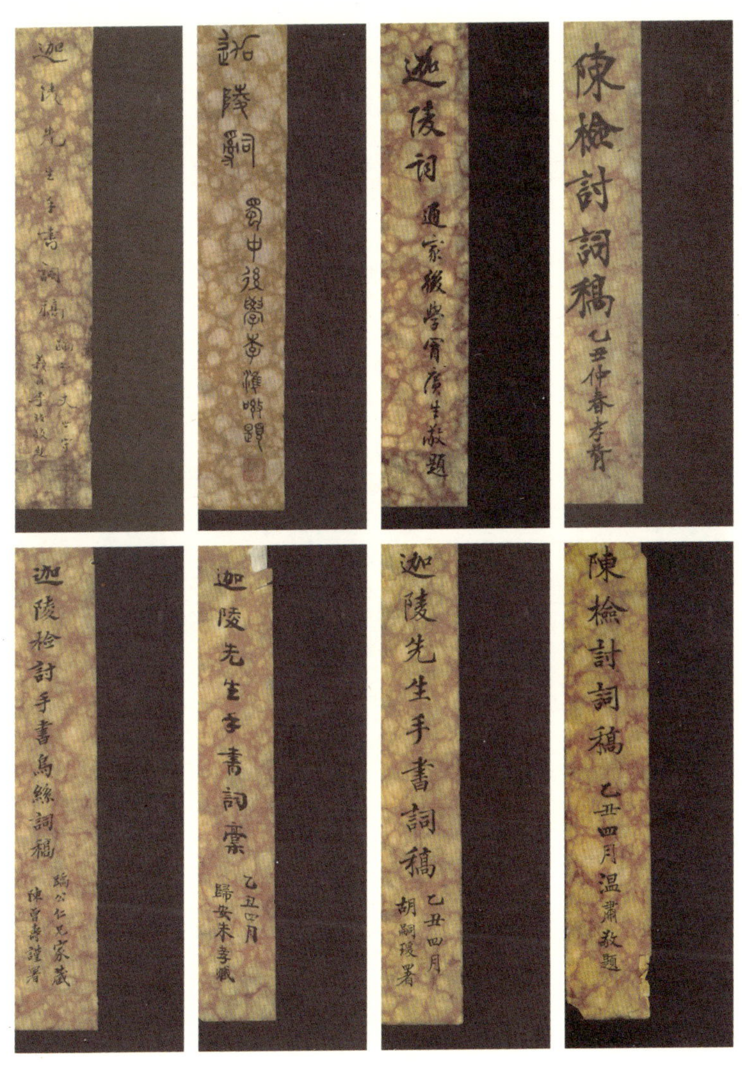

南開大學圖書館藏《迦陵詞》稿本八冊題簽

八冊稿本以"八音"爲序，封面題名不一，由李放、李準、冒廣生、鄭孝胥、陳曾壽、朱孝臧、胡嗣瑗、温肅八人題簽。

稿本中詞作

這是陳維崧的絶筆，詞末有蔣景祁（“京少記”三字被抹去）、黄庭（蕺山）署名的題識。

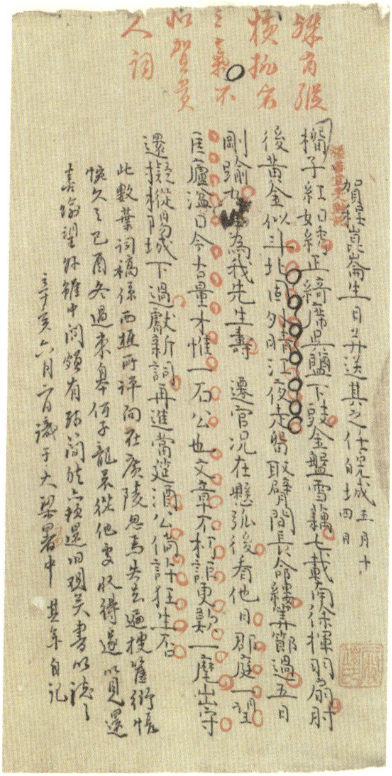

稿本中陳維崧題識

這是稿本内唯一有陳維崧署名的筆蹟。

稿本中陳維崧鈐印及陳宗石、陳履端鈐印

稿本中陳維崧“陳維崧印”、“其年”、“陳維崧其年氏”、“百尺樓”、“烏絲”鈐印五方；陳宗石“彊善堂主人對訖”、陳履端“履端印”，幾乎稿本每一首詞都鈐了這兩方印。

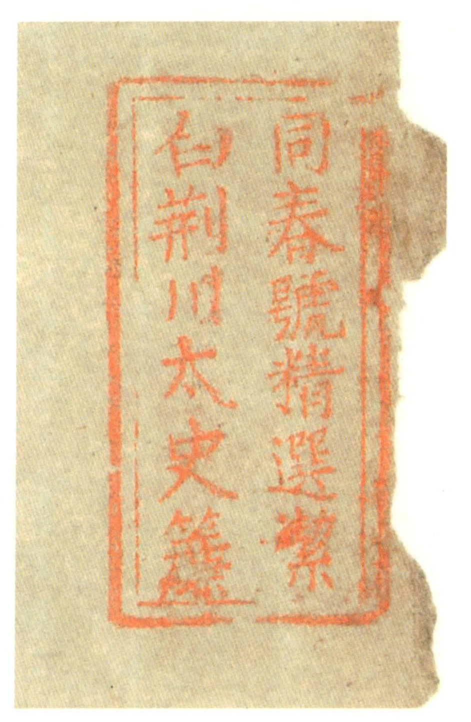

稿本用紙

“同春號精選絜白荊川太史簾”，不知道在當時這紙算是什麼規格。

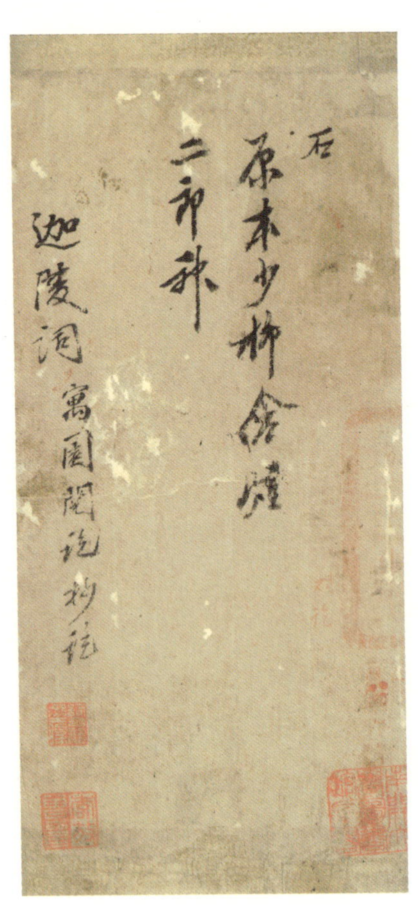

稿本中陳宗石筆蹟

陳宗石校閱“石”册後，在卷首的題識。

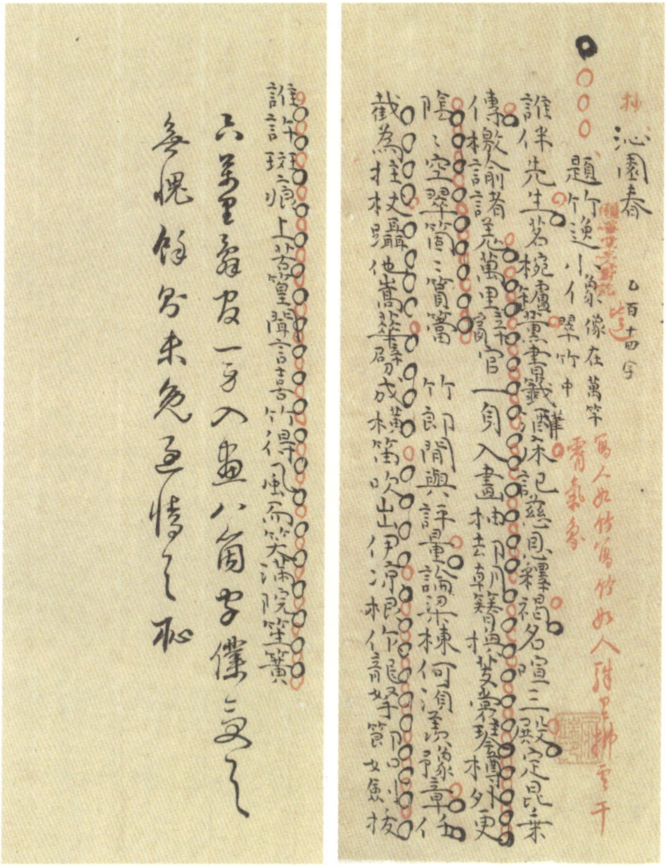

稿本中徐喈鳳筆蹟

《沁園春·題竹逸小像》，評語“只‘萬里辭官，一身入畫’八箇字，僕受之無愧，餘則未免過情之恥”，足證爲徐喈鳳所評，與署名竹逸（徐喈鳳號）的筆蹟一致。徐喈鳳評語是稿本中最多的，將近千條。

聽生公揮麈譚禪頑石亦應頭點　蘧菴

只吾徒猶昨一語可作士不遇賦讀處
仲之嘆猶傖父耳

孟德之橫槊賦詩處仲之唾壺擊碎
忼慨悲歌千古同調

韓陵片石浪得名耳不堪復捫

夢華錄邪連昌宮詞邪令我不能

稿本中史可程筆蹟

這也許是史可程的五種筆蹟，不敢肯定，按甲、乙、丙、丁、戊（右起）區分一下，暫記其名下。

稿本中曹亮武筆蹟

這首《埽花游》後的朱筆評語，臆斷爲曹亮武所題，没有證據。

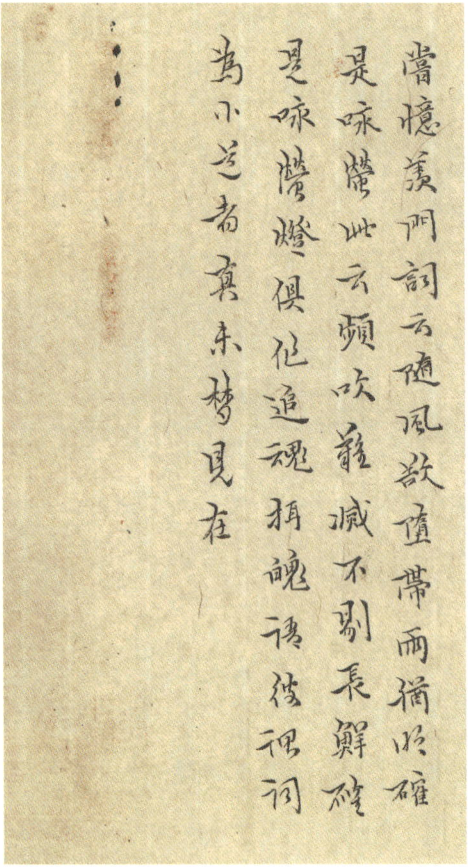

稿本中曹貞吉筆蹟

曹貞吉的字太有特色了，只要見過其手蹟，一眼就能認出來。他的評語只出現在“金”冊裏。

總目

第一冊

第一冊目錄

第二冊

第三冊

第四冊

第五冊

第一册目録

卷三《烏絲詞》卷三……一〇二

前言

陳維崧，字其年，號迦陵，江蘇宜興人。生於明天啟五年乙丑（一六二五年）十二月初六日，公曆已在一六二六年一月三日，卒於清康熙二十一年壬戌五月初五日，公曆一六八二年六月十日。一生不得意，仕宦履歷大概說上一句就夠了：康熙十八年己未（一六七九年），由諸生舉博學宏詞，授翰林院檢討，修《明史》。但他的名聲很大，除了詞，駢文和詩都算得清代的名家，是文學史上熟知的人物。因此，這篇前言不準備贅述他在詞這一文體上的成就，一點獨得的見解已經寫在序文裏，這裏僅僅交待這部詞集的整理情況。

陳維崧生前刊刻的單行詞集，流傳到今天只有一部《烏絲詞》，四卷，收詞二六六首，列入他的友人孫默編輯的《國朝名家詩餘》。那部詞集叢刊陸續刊刻，陳維崧也曾幫忙校閱，今存十七種，《烏絲詞》在第三次刊刻的一批裏，時當康熙七年戊申（一六六八年）。身後有康熙二十三年甲子（一六八四年）蔣景祁刊刻的《陳檢討集》中的《詞鈔》，十二卷；康熙二十五年丙寅（一六八六年）聶先、曾王孫刊刻的《百名家詞鈔》中的《迦陵詞》，一卷。這兩個刻本都是選本，蔣景祁刻本選詞七七八首，而《百名家詞鈔》本僅選七十八首。康熙二十九年庚午（一六九〇年），他的四弟陳宗石刊刻出《迦陵詞全集》，三十卷，收詞一六二八首，這是陳維崧詞集的定本。蔣景祁刻本和陳宗石刻本都署有選者的名字。陳宗石刻本三十卷，前二十一卷每卷卷首署名四人，共八十四人，均爲與陳維崧有交誼的一時名流，後九卷同樣的位置却是大片墨釘，極不美觀。猜測這些人並未實際參與編選，署名或許出於陳宗石另外的考慮。但蔣景祁刻本的署名却顯得比較實在，每卷之前都是顧貞觀和蔣景祁，應該確實做了編選工作，只是選得並不怎麽好。乾隆六十年乙卯（一七九五年），陳宗石長孫陳淮刊刻《湖海樓全集》，其中《詞集》二十卷，收詞一六一四首，有一些增删和修訂，仍然值得參考，光緒十八年（一八九二年）弇山鐸署還翻刻過。

由此衍生的版本還有一些。《四庫全書》收録了一個包含十五種集子的《國朝名家詩餘》版本，名《十五家詞》，其中包括《烏絲詞》。《四部備要》又根據文瀾閣本《四庫全書》（或者是後來抄補的）排印《十五家詞》，比較常見。不過，四庫館臣武斷地認爲：「至其每篇之末，必附以評語，有類選刻時文，殊爲惡道。今並删除，不使穢亂簡牘焉。」（《十五家詞》提要）以致王士禄、王士禛、鄒祇謨、宋琬、曹爾堪、董以寧這些和陳維崧交往極深的名流評語，一直没有得到應有的重視。《四部叢刊》影印了陳宗石刻本《陳迦陵文集》，其中有三十卷本《迦陵詞全集》，是現代學界最常用的版本。只是《四部叢刊》影印的是個後印本，經過修版，和初印本有些差異。而且，還有個别地方在描潤的過程中出現失誤。上海古籍出版社二〇一〇年出版的《陳維崧集》，根據《四部叢刊》本整理，自然沿襲了上述問題，也没有進行廣泛地校勘。《四部備要》還有一部《湖海樓詞集》，書名雖延續了陳淮刻本，其實還是根據《迦陵詞全集》排印的。我認爲，因爲詩和詞的風格有别，一般來説，詩集的名稱偏大氣些，詞集的名稱偏婉約些，陳維崧自己命名的《湖海樓詩稿》、《迦陵詞》就可以説明問題。如果是全集，會有不便區分的問題，因此，陳宗石只以「迦陵」命名，應是由於陳維崧詞名更大，陳淮改用「湖海樓」作爲全集名稱，當然也合適。單行詞集並没有這個不便，後人似乎不必替古人改動。陳乃乾輯《清名家詞》中也收有《湖海樓詞》，異文和詞序都和陳淮刻本一致，但補齊了所删陳宗石刻本中的詞作。我懷疑是用當時比較常見的光緒間弇山鐸署翻刻本做底本，再用《四部叢刊》本《迦陵詞全集》增補，《全清詞》竟用它作了底本。嶽麓書社一九九二年出版的《清八大名家詞集》，其中《湖海樓詞集》是根據陳淮刻本排印的，可惜手民之誤過多。

另外，還有些選注本，如馬祖熙的《迦陵詞選》（江西人民出版社一九八六年版）、梁鑒江選注的《陳維崧詞選注》（上海古籍出版社一九九〇年版）、周韶九選注的《陳維崧選集》（上海古籍出版社一九九四年版），陳詞的全本校注則尚未有過。

但最值得重視的，却是南開大學圖書館收藏的一部康熙年間的《迦陵詞》稿本。白棉紙，無欄格，八册，每册不分卷，置於一木匣内，匣蓋鐫：「先檢討公手書詞稿」，「六世從孫實銘謹藏」。八册稿本以「八音」（「金」、「石」、「絲」、「竹」、「匏」、「土」、「革」、「木」）爲序，封面題名不一，由李放、李準、冒廣生、鄭孝胥、陳曾壽、朱孝臧、胡嗣瑗、温肅八人題簽。陳實銘，字葆生，號踽公，商丘人，陳宗石的六世孫。陳實銘拔貢出身，清末、民國間有過不少任職，才幹不錯，精於商務，但聲名不算很好。他和日僞時期的天津僞市長温世霖頗有交情，在僞天津特別市公署任過職。解放後温世霖被正法，陳實銘不知所終，但把《迦陵詞》稿本留在了天津。（陳實銘履歷參考劉偉《康熙年間手稿本迦陵詞研究》，中華書局二〇二〇年版。）陳宗石入贅侯方域家，占籍商丘，在替哥哥刊刻文稿後，這部手稿仍在他的子孫手裏世代相傳。陳實銘將之帶到天津，隨後不知何故，竟然流落在天津古舊書店。一九五七年十一月十九日，這部稿本被南開大學圖書館以當時的一百八十元人民幣的價格購買，一直收藏至今。二〇〇九年六月十二日，《迦陵詞》稿本入選第二批《國家珍貴古籍名録》。同年，在葉嘉瑩師的主持下，南開大學出版社全彩影印，以《康熙年間手抄稿本　三色評點　迦陵詞》爲名正式出版。二〇一四年，國家圖書館出版社將之列入「中華再造善本續編」，以《迦陵詞稿》爲名綫裝彩印出版。至此，這部稿本也就廣爲人知了。

出於慎重，這部《迦陵詞》稿本一直被作爲「清稿本」著録，也就是説，不敢肯定爲陳維崧的親筆。鑒於稿本上存留大量編校痕蹟，多出於陳宗石和陳履端，可以確定是陳維崧身後刊行詞集所據之底本。陳履端，原是陳維崧大弟弟陳維嵋之子，因爲陳維崧没有子嗣，被過繼給了伯父。他協助叔叔一起刊刻嗣父的著述，自是不能推辭的職責。這種直接用來刊刻的稿本，就是「清稿本」，往往視同作者的手稿。不過，有一條材料引起我的注意，《迦陵詞全集》卷二十六裏有一首《賀新郎》，詞末有陳宗石跋文：

宗石校刋先伯兄詞集將竣，忽于敗簏中檢得《賀新郎》一闋，乃「作家書後題范龍仙書齋壁上蘆雁圖」詞，急讀之，與刋本題同、調同、韻同、起落同，中多異，亦先兄自書者，王西樵先生所評騭，因并録楮尾。

這闋《賀新郎》的原稿被裝訂在詞稿的第八册中，其上確有王士祿（西樵）的評語，只是原稿有數頁，不止這一首，還有陳維崧自己的識語：

> 此數葉詞稿，係西樵所評。向在廣陵，忽焉失去，遍搜篋衍，悵惋久之。己酉冬，過東皋，何子龍若從他處收得，遂以見還，喜踰望外。雖中間頗有殘簡，然亦頓還旧观矣，書以誌之。
>
> 辛亥六月二日識于大梁署中，其年自記。

如果説，有什麼理由懷疑這是陳維崧手書的詞稿，那就是這段識語和詞作的筆跡不太一樣。我開始搜尋現存不多的陳維崧手蹟，發現有行草和楷書兩種，兩種字體的結字雖有差異，但運筆習慣頗爲一致。這段稿本内僅有陳維崧署名的識語，是行楷體，仔細看就會發現和詞作的楷書運筆是一致的。上海科學技術出版社一九九九年出版朱念慈編《中國扇面珍賞》一書，内收有一幅陳維崧和惲壽平爲吴枚吉所作扇面，陳維崧字作楷書，跟稿本的筆蹟完全相同。稿本内鈐有多方陳維崧的用印，似乎也可以作爲一個較弱的輔證。還有，稿本所收詞作起康熙五年迄康熙二十一年，跨度達十六年之久，而且不像是集中抄寫的。以陳維崧的經濟情況，也應該没有條件僱用同一人，在這麼長的時間裏替他抄稿。因此，我以爲這八册詞稿更可能是陳維崧自己隨時抄寫的，應該認定爲手稿。蔣景祁《瑶華集》中説：「愚見其年所爲藁本，多塗乙至不得一字。」但這八册稿本塗乙處並不多，而且文字接近於定稿，似應是他準備刊刻用的稿本。

另外值得重視的是，稿本還有一千八百餘條評語，將近五十種筆蹟，雖然有極少數是過録的，但大部分應該是評者親筆所寫。評語有署名的，計有：徐喈鳳、宋實穎、史可程、蔣景祁、黄庭、儲貞慶、陸棻、李良年、王士禛、施閏章、鄧漢儀、田茂遇、吴薌、陳宗大、徐釚、史惟圓，共十六人。這些署名評語，已經排除了過録的，都以評者親筆計。根據評語内容確定評者的，計有：徐履忱、董俞、朱彝尊、王士禄、史鑒宗、王于臣，共六人。根據評語筆蹟確定的，計有一人：曹貞吉。另在稿本「石」冊卷首，有蔣平階序文一篇，應該也是蔣氏親筆。此外還有二十四人的筆蹟，無法辨識。顧貞觀是蔣景祁刻本重要的選者，却没能從中核對出他的筆蹟。署名的評語，雖僅占很少的部分，但認知了一人的筆蹟，也就可以辨識出他未署名的評語。根據這些綫索，一千條以上的評語能得归屬。

根據以上情況，我們可以大膽認定，這是陳維崧手書的詞稿。其實陳氏家族一直是這樣看待的，因此，陳實銘在放置詞稿的木匣上題寫「先檢討公手書詞稿」。詞稿封面，「金」冊李放、「土」冊朱孝臧、「革」冊胡嗣瑗均題寫爲「迦陵先生手書詞稿」，「匏」冊陳曾壽題寫爲「迦陵檢討手書烏絲詞稿」，可見也都認可陳家的看法。這部手稿存詞共一三九一首，其中二十七首重出，得以保存如此龐大的數量，足見陳維崧對自己詞作之珍視。而完整傳到今日，更是難得，更應該爲我們珍視。並且那一千八百餘條評語，同樣提供了極爲重要的詞史材料，我們也萬不可如四庫館臣那樣，輕率地認爲這些評語「殊爲惡道」而棄之。

正是出於這樣的想法，我決定以《迦陵詞》稿本爲底本，對陳維崧的詞作進行全面整理。陳維崧生前刻印詞集，無論自己的，還是别人的，都受當時風氣的影響，有兩個顯著的特點。其一是依照詞調字數的多少，分小令、中調、長調排列，這是沿襲明人編排《草堂詩餘》的慣例。其二是每首詞之後，刻入友朋的評點，他的《烏絲詞》既是如此，而在孫默的全套《國朝名家詩餘》中他也積極參與了評點。陳宗石利用這套手稿刊刻《迦陵詞全集》時，就是將全部詞作按照詞調字數多少統一排列，但是並未刻入這些評語。我猜測他一定不是認爲這些評語「殊爲惡道」，很可能因爲陳維崧詞作數量太大，附刻評點費工費時。不過，也不排除一種可能，陳宗石大概並不全認識陳維崧這些友人，更不全認識這些未署姓名的筆蹟，只好不了了之。

我在仔細核對這部手稿後，開始考慮整理的辦法。首先發現的是，這部手稿中完全没有《烏絲詞》的詞作，看來這是陳維崧有意保存的未刊詞作，準備付梓所用。其次發現《迦陵詞全集》差不多正好等於《烏絲詞》和這八冊詞稿的全部。手稿中獨有的詞作只有兩首：《瑣窗寒・夏夕驟涼快作》和《絳都春・咏鷄冠花》。還有一首《渡江雲・寒夜登城頭吹笛有感作》，雖然《迦陵詞全集》未收，但蔣景祁和陳淮的刻本中都收了。《迦陵詞全集》中，手稿未收的也只有兩首：《燕山亭・和韻送魏禹平》和《沁園春・贈别龔佩紉》。其間的原因現在恐怕很難得知了，也不排除查點時疏漏的可能。可以肯定的是，以《烏絲詞》和這八冊詞稿爲底本，進行全面整理《迦陵詞》是可行的。兩者都附有評點，也符合陳維崧刻印詞集的特點。

但我根本不打算依照《迦陵詞全集》的辦法，即按詞調字數進行排列，儘管這確是陳維崧自己的方式。雖然這八冊詞稿的編排顯得有些凌亂，而且也不知道編排出於何人之手，至少，在咸豐八年（一八五八）陳宗石的五世孫陳重還重新裝訂了一次。在手稿「金」冊裏，有陳重的一段識語：「此余丁巳年（按，即咸豐七年）自潁歸里時所作，隨手置檢討公詞冊內。次年入都，以詞冊付工裝訂，工人不諳文義，誤將此紙裱入冊中，可笑也。」手稿究竟經過幾次裝訂，裝訂過程中有没有錯亂或遺失，都很難講。今存手稿的「絲」冊、「土」冊內，均有錯亂的裝訂情況，好在可以根據卷前的目録很容易地糾正。但是，不容置疑的是，手稿在一定程度上保存了陳維崧詞作的寫作次序，對於編年很有參考價值。在我們對手稿編次完全不知情的情況下，有必要保留原貌，因此，這次整理就以先《烏絲詞》、後八冊詞稿的次序進行編排。

從時間次序看，似乎《烏絲詞》和八冊詞稿是銜接的。根據其中能夠確定寫作時間的詞作推定，大抵《烏絲詞》起順治十八年（一六六一）迄康熙五年（一六六六），詞稿第八冊即「木」冊起康熙五年迄康熙十二年（一六七三），第六冊、第七冊即「土」冊、「革」冊起康熙十二年迄康熙十三年（一六七四），第三冊、第四冊即「絲」冊、「竹」冊起康熙十三年迄康熙十四年（一六七五），第一冊、第二冊即「金」冊、「石」冊起康熙十五年（一六七六）迄康熙二十一年（一六八二），第五冊即「匏」冊起康熙十七年（一六七八）迄康熙二十年（一六八一）。這個判斷也許會有小的疏失，然大體上應不會有太大偏差。但兩者實際是否銜接，却成了謎。稿本裏，陳維崧和友人合刻的詞集，都保留詞集原名而單獨收録他自己的詞作，如《歲寒詞》和《廣陵倡和詞》。但他在康熙七年（一六六八）入都時認識了朱彝尊，兩人合刻《朱陳村詞》，因爲此集不傳，我們不知道其内容。那年《烏絲詞》正好刊行，是否選了其中一部分，或另有新作，來跟朱彝尊合刊，我們没有任何綫索。稿本中另有《烏絲詞三集》、《烏絲詞第三集》和《歲寒詞》三種集名，應是他本人準備單獨刊刻的，那就很顯然，缺失了《烏絲詞二集》。這樣，《朱陳村詞》中他自己的那一部分作品及《烏絲詞二集》是否失傳，便成了尚無結論的問題。儘管陳維崧留下的詞作已有一千六百多首，但絶不是其全部。《百名家詞鈔》中聶先説：「太史前十年刻《烏絲詞》，後十年爲《迦陵詞》，合千八百闋。」而陳維崧康熙十四年《與王阮亭先生書》中説：「數年以來，大有作詞之癖。《烏絲》而外，尚計有二千餘首。」那時距他下世尚有七年，可見他不傳的詞很多。目前所存的詞稿，究竟是陳維崧自己的删定，還是蔣景祁、陳宗石他們進行編輯時能夠見到的，後人已經無法揣測。

目前陳維崧詞的輯佚成果也很貧薄。已故學者張暉《從〈陳維崧集〉看清代别集整理》一文，指責了兩位老專家整理（陳振鵬標點、李學穎校補）的《陳維崧集》，提到其輯佚的遺憾，但坦率地説，張暉的指責並不是很負責任。張暉説：「《陳維崧集》據《陳檢討集》補入二闋、據《倚聲初集》補入二十九闋、據《古今詞選》補入二闋，共計三十三闋。」「《全清詞》據《倚聲初集》補入三十一闋，據《烏絲詞》輯補二闋，據《陳檢討詞》補充一闋，據《草堂嗣響》補入一闋；《全清詞·順康卷補編》又據《迦陵詞》補入四闋，據康熙《揚州府志》補入二闋，共計四十一闋，較《陳維崧集》爲多。」但經過逐一核實，却發現並非如此。《倚聲初集》所録陳維崧詞，《烏絲詞》未收者三十闋，《陳維崧集》漏輯《踏莎行・晏起》一闋，《全清詞》却重出《驀山溪・感舊》一闋，僅增一闋。《陳維崧集》據《陳檢討集》補入二闋，因《全清詞》所用底本已經補入《渡江雲》一闋，所以只需補輯一闋，實際一致。據《草堂嗣響》補入的一闋是《簇水・病馬》，實際是《簇水・見古寺放生馬而歎之》一詞的别寫，異文稍多而已。《補編》據《迦陵詞》補入的四闋，就是指稿本，陳振鵬、李學穎未見過，但只有上面提到的《瑣窗寒》和《絳都春》二首是佚作，《渡江雲》和《賀新郎》二首都只是異文稍多的别寫。據《揚州府志》補輯的二闋確是佚作。最讓人詫異的是，《烏絲詞》全部包括在《全清詞》底本之内，竟然也會重出二首。而《陳維崧集》據《古今詞選》補入的二闋，《過秦樓・汴城晚眺》已在正文内，只是詞調名寫作《蘇武慢》，《滿江紅・溪上感舊》一闋爲佚作。《全清詞》補輯的四十一闋中，完全重出三闋，異文較多的(如果異文也計，《全清詞》還應該補輯很多)重出三闋，實際補輯三十五闋。《陳維崧集》補輯的三十三闋，重出一闋，減去《全清詞》底本已有的一闋，實際補輯三十一闋。不難看到，《全清詞》的輯佚並不比《陳維崧集》更嚴謹。至於我自己的輯佚工作，説來慚愧，面對可能存在的陳維崧數量龐大的佚詞，並没有做出更多的成績，除了理清上述成果外，僅從《詞匯三編》補録一首《柳梢青・贈友》，從《國朝詞綜》補録一首和朱彝尊、納蘭性德等聯句的《浣溪沙》。另外，胡愚兄告知《查氏七烈編》中有一首《瀟湘夜雨》，但我認爲辭氣鄙俚，必是依託迦陵之名，不足信，考慮到其書猶是乾隆間刻本，將之列入存疑内。

因此，這個整理本凡有《烏絲詞》四卷，《迦陵詞稿》八册，計十二卷，另加補遺一卷，共計一六六七首，每首詞後都保存了原詞本來所附的評點。

下面談談整理的具體情況。首先是過録。在過録之初，没有經驗，字型想要完全符合手稿所用者，自然是爲了盡量留住手稿的面目。但之後就發現，這是根本不可能做到的。其一，手寫字型無法一一跟計算機字型對應，給排版造字增添了困難；其二，很多細微的差别很容易被疏忽。既已花費了許多功夫，完全放棄有所不甘，只好放寬了標準。這一點自己就很不愜意，也只能希望讀者給予最大的寬貸。然後是加標點。標點的原則很確定，一依詞律，句中頓處用頓號，句末用逗號，押韻處用句號。按説現在有了電子檢索版的詞譜，標點變得容易多了，但陳維崧詞數量龐大，往往疏於檢索，就容易出問題。差可自信的是，類似《百字令》那樣常用、簡單的詞牌，不核對也不至於出錯。容易出錯的地方，一是同一詞牌有不同格式，忘了區别，二是句中頓處很難辨别，致使頓號和逗號多有混亂，三是撞韻的地方誤標了句號。避免的辦法，自然是不憚煩擾，勤於檢索，可人的惰性最難克服，完全没有錯誤並不容易。其實有時對着詞譜，也會很猶豫，比如《下水船》：「此間路。一派濤轟沙莽。幾陣烟凄風苦。」「莽」字，按照詞譜，可入韻也可不入韻，而按照韻部，可在第二部也可在第四部。杜甫的名作《曲江三章》：「即事非今亦非古。長歌激越捎林莽。」「莽」字就在平水韻的七麌部，詞韻歸在第四部。到底該標逗號還是句號呢？我選擇了句號，完全是個人的怪癖，既然全詞用仄聲韻，句末是仄聲的入韻更使心理上舒適些。

其次是校勘。選定《國朝名家詩餘》本《烏絲詞》和《迦陵詞》稿本爲底本，校以蔣景祁刻本、《百名家詞鈔》本、陳宗石刻本、陳淮刻本，此外，盡可能通校所有選録陳維崧詞的選本。這些選本，這裏入校的已有三十二種，另外有四種：汪森《撰辰集》、孫麟趾《國朝七家詞選》、孫麟趾《絶妙近詞》、陳澍《蕉雨軒詩餘匯選》，僅聞其名，却没能看到。還應該有選集名亦不知者，只能乞博聞者不吝賜教了。校勘一是訪書難，這是客觀的限制，二是不漏校難，這是主觀的惰性，三是決定取捨難，這裏原因是多方面的。大抵康熙朝之前的選本，保留了不少陳維崧定稿前的文字，這是很有價值的。康熙後的選本，却有不少出於選家的妄改，譬如，姚階的《國朝詞雅》特別重視詞律，就對陳維崧詞不少疏於格律的地方加以改定，王昶的《國朝詞綜》更是出了名的按他自己的趣味任意改動，很多改得並不恰當。但是選本的影響往往很大，有些改動反而更爲人熟知，我認爲應該出校。自然還有不少是誤刻誤抄，但準確地判定也不簡單。於是，各種異文就都寫入校記裏，顯得蕪雜了。

評點的整理，由於《烏絲詞》是刊本，很明確，照録就是，而《迦陵詞稿》却有相當大的困難，這是整理的難點所在。先説圈點。這裏有兩重混淆，一重是編輯符號和圈點符號不易區分，一重是不同圈點者施加的符號不易區分。圈和點兩種常用符號，在稿本上，既是評論者的批評工具，也是編輯者的加工標識，不少情況下很難區分，也只好混在一起。批評者的圈點雖有朱、墨、藍三色，但往往兩人或三人共用一色，這時候明確區分就太困難了，臆測之處並不少。再説評語。我無意間從上海科學技術文獻出版社二〇〇六年出版的《顔氏家藏尺牘》中看到曹貞吉的筆蹟十分熟悉，立刻翻檢詞稿，發現「金」冊中有不少相同筆蹟的評語，斷定出自曹貞吉。因此開始搜集那個時代的名人手蹟，試圖辨識其他的評語筆蹟，但很難有曹貞吉那麼強個人特色的字了，最終没有成功。但我已確信稿本中的評語都出自本人手蹟，便從評語的署名和内容出發進行辨識，居然進展順利，確定了七八成。但依靠筆蹟辨識有時非常容易混淆出錯，即使全稿中出現最頻繁的徐嗜鳳筆蹟，有時因使用的筆不同，墨色不同，竟和儲貞慶不易區分。史可程有署名的評語，字體類似褚遂良；但從内容、風格看來確出自他的評語，其字體又類似顔真卿和蘇軾，考慮到顔真卿的書法出於褚遂良，蘇軾又出於顔真卿，我傾向認爲這些也都是史可程的筆蹟。但這些筆蹟斷作一人風險實在太大，我躊躇再三，區分爲了五種，在史可程的名字後又標以「甲、乙、丙、丁、戊」。還有一種纖秀的行楷字體，無法找出綫索，但出現頻率極高，讓我不能放棄，考慮到每有「南耕」小印出現，旁邊總有這種字體的批注，就武斷地定爲曹亮武了。何況，以曹亮武和陳維崧的關係，他是極有可能在稿本上留下很多筆蹟的人物。另外的二十四種筆蹟，數量較少，没有綫索，只好依據千字文編號標識。我們可以注意到，有些清人的詞集經過不同人的刊刻，詞後所附評語的署名往往錯亂，也許正是因爲編輯的人錯誤地辨識了未署名的評語。我相信，今天要整理這些評語一定會遇見這樣的問題，但不能畏難不進。可以想見，評點的整理必有極多的錯誤，這些錯誤的糾正只能等待稿本的深入研究了。令人慨歎的是，目前對稿本的研究都是邊沿性的，基本没有任何深入，這個現狀大大制約了整理的水平。

集評有三個方面。其一是在每首詞的題下校記中標出選録詞選的名稱，不少詞選僅選詞，没有圈點、評語，但入選實際也表示了某種評判，不應被忽略。其二在「圈點」的標目下，以描述性文字説明選本所加的圈點。我們以往一直忽視圈點的作用，很大原因是排版的困難，我如此處理，儘管極不直觀，却是没有辦法的辦法了。其三是録自各種詞話、詞選及文章的評語，總論性質的别爲一卷，題名《迦陵詞總評》，每首詞的評語置於底本原有評語之後，中間空出一行以作區别。同樣因爲所見有限，掛漏必多，也許需要今後編輯《陳維崧資料彙編》來彌補了。

另輯陳維崧論詞之語爲《迦陵詞話》一卷，希望能夠和迦陵詞相互印證。附録有三種：序跋、傳記、《迦陵填詞圖》題詠。《迦陵填詞圖》名聲很大，但因爲原圖不知蹤跡，幾個版本的題詠都不完全，比較起來，浙江省博物館的葉衍蘭摹本算是較全的。這次根據葉衍蘭摹本進行整理，並將之外找到的題詠也附編在一起。但之外的題詠也許並非都是原圖所有，有題在另外摹本上的，有只是發思古幽情的，編在這裏只是希望提供一些材料而已。

陳維崧詞數量大，檢索不易，我在校勘時深有體會，因此特别編製了一個索引附在書後。根據這個索引，可以查到蔣本、患立堂本、浩然堂本、《國朝名家詩餘》本《烏絲詞》、稿本以及本書的頁碼。

我坦率地承認，這個整理本只是爲今後更完善的版本提供些基礎資料，因此巨細無遺地將稿本裏各種編輯批語、鈐印都在校記中一一説明，也就越發顯得雜亂無章了。我相信，隨着陳維崧詞研究的不斷進步，能夠根本改變這個狀況，目前我的能力也只能做到這個程度。即使如此，也還是得到了很多的幫助。葉嘉瑩師推動《迦陵詞》稿本的出版，給整理提供了極大方便，並慨允爲整理本題寫書名。白静師妹的博士論文《手抄稿本迦陵詞研究》(南開大學博士學位論文,二〇〇七年)初步整理了稿本的全部評語,這是難得的前期工作。尤其要提到的,是她在整理評語的過程中,辨識那些不易認的行草字,曾得到南開大學東方藝術系房闌凝、田蘊章兩位先生的幫助。兩位先生我無緣認識,但葉嘉瑩師告訴我,房闌凝先生在生前一直掛念詞稿的整理出版,但他並不知道我在做這個工作並受惠於他的幫助。後來我又進一步進行辨識,還得到一些網友的幫助。裴喆兄也對稿本進行了初步整理,並無私提供了他的工作本。浙江省博物館、常熟圖書館、南開大學圖書館熱忱提供相關資料。國家圖書館向輝兄、樊長遠兄,上海圖書館張軼兄,浙江省博物館羅鵬兄,以及周向東兄、劉朝飛兄,都曾代爲查閱資料。胡愚兄、路偉兄、陳昌強兄在清代詞學、文獻上,都給予很多指點。而本書所列入的這一套「清代名家詞選刊」,我傾注了不少心血,胡愚兄也經常給予重要的建議,雖然主事的龐堅兄一再忘記給我在這套叢書上署名,我依然對之深有感情。得到出版社的允許,本書能夠列入其中出版,至感榮幸。責任編輯時潤民也認真審讀、編輯書稿並提出了一些意見。此外本書還被列爲二〇二〇年度全國高等院校古籍整理研究工作委員會直接資助項目(批准編號二〇五五),謹在此一並致謝。

二〇二二年二月一日,時值壬寅元日,鍾錦寫於滬上

迦陵詞序

迦陵早歲學詩、文，儷體尤工，三十以後，始學爲詞，旖旎豔冶，猶明人之習氣也。然後變化於大樽、梅村，砥礪於西樵、阮亭，厲志復古，刻於《烏絲》者是也，而年已過四十矣。及初入都，與竹垞輩相往還，復遊歷中州，人物、地域，競與之助，盡發其胸中所有，因自成一格，雖置之宋賢間猶不失其位置，不特當時以爲宗匠也。此世人所熟知者。不知其五十以後，斂才情，抑激越，出尋常於奇崛，極絢爛而平淡，尤是高境。惜乎不數年而下世，宜興一脈竟絶。或問：迦陵鋒穎之鋭，幾使竹垞避席，而身後絶無傳者，何也？曰：稟賦之異也。世徒爲其稟賦所炫，或以爲不可學，或以爲不必學，遂絶其傳。以爲不可學者，知稟賦而不知法也。以爲不必學，見稟賦而不見法也。請嘗試論之。迦陵氣最盛，氣之所至力量必大，境界必開闊，故皆言其詞蘇、辛之流裔也。然氣之盛，稟賦也，見之外者；所以行氣者，法也，在其内者。其外徒幻現耳，具眼者當見其内而忘其外。東坡無所待，颯然往來，不主故常，其涉筆處時時率，蓋不屑文字之巧也。若無法焉，而即無法以進乎法。稼軒有所守，不肯直道，亦不瑣瑣寄託之，隨所遇而發，發之而頓挫搖蕩，泯其文字之巧焉。其所守者，亦進乎法。迦陵何能及是也！其法，實與竹垞同，得文字之巧，以範圍所有者。然竹垞範圍者，情也，事也，迦陵則氣也。非謂迦陵無情也，無事也，其情其事皆附諸氣而行焉。此蓋天賦之稟，無關人力。惟氣也，流轉不定，既爲法範圍，復裹挾之以俱，於是幻現不絶，若萬花鏡之旋轉旋生者，故迦陵填詞最富。竹垞無此幻現，若苦於滯，乃於遲回之際別生一境，離文字而隱現焉，世以爲進乎法矣，遂用冠時。稟賦不及法，故極迦陵之至者，法耳，尚猶寄諸文字之巧。雖然，文字之巧至於迦陵而極矣。有述焉，必極其詣，有作焉，必極其異。惟巧極必偏至。其涉筆快，非若坡老之率，亦失其自在。其附氣而行，力亦甚大，而往往浮，無稼軒之沈著，中所有者匱也。特其氣出質性之本然，放之而遠，斂之而渺，韻則長矣。雖劉、蔣不足匹，何論乎板橋、心餘也！談藝者毋爲幻現所惑，斯得矣。歲在重光赤奮若，十二月十五日，鍾錦謹序。

題辭

清平樂

題《迦陵詞》

王蟄堪

别開蹊徑。豪氣堪標炳。一種騷懷難自領。獨許稼軒肩並。　樽前落落奇胸。嗟他冠世才雄。凴斷茫茫湖海，展箋想見高風。

賀新郎

魏新河

臘月五日爲予生日，次日即陳其年生辰。憶沙孟海嘗爲彊邨老人鐫「前竹垞一月生」印，擬治「先其年一日生」印，亦奇緣也。用其年訪萬紅友原均

客逐西風去。想當初、中原唱罷，大河横渡。下拜詞壇王霸手，目斷荊溪煙浦。一路上、悲歌誰與。四百年來無人繼，白眼看、世上呆兒女。曾幾夢，共帆櫓。　髯翁鐵筆空今古。五千年、堂堂中國，英雄可數。我幸先公生一日，忝似奇情萬縷。正滿眼、蒼生無處。肉食者居人民半，算兩朝、未可同時語。公在日，少風雨。

醉落魄　　秦鴻

我瞻室主人彙校《迦陵詞》成命題其耑

春歸阿堵。人間掩卷疑無路。方今視我猶前古。我視前塵，湖海迷濛處。　昇沈不定生如賭。刑天干戚空高舉。婆娑影裹逢寒兔。尚指當時，對月稱觴汝。

醉落魄　　錢之江

題我瞻室精斠《迦陵詞》

天崩地坼。所欣觸眼皆陳跡。江南江北浮家宅。索米長安，且袖干時策。　雲郎嬌軟還堪惜。中年萬事成虛擲。宛駒曾擬今過隙。篋稾留珍，片羽圖南翮。

踏莎行　　鍾錦

題《迦陵詞》，兼憶前歲過湖海樓舊址

槲葉村中，蘆花渡口。舊家樓館斜陽守。頹垣敗井劇關心，梁園帝苑空回首。　浪跡王孫，負暄鄰叟。相逢肯訴飄零久。銅琶鐵板唱新詞，至今仍作悲風吼。

例言

一、《迦陵詞合校》凡十五卷。依《烏絲詞》、《迦陵詞》稿本分卷，合爲十二卷。二本未録者，輯爲拾遺一卷。諸家評語中總論陳維崧詞者，别爲總評一卷。又自陳維崧集及詞選、詞話中録出其論詞語，兼采他家詞集所附陳維崧評語，輯爲《迦陵詞話》一卷。附録三種。其一彙録諸本序跋。其二彙録志銘、傳記、軼事。其三彙録《迦陵填詞圖》題詠，述及是圖之文字再附焉。

二、底本二種：

（一）康熙七年孫默留松閣《國朝名家詩餘》本《烏絲詞》四卷，《中華再造善本》影印本。

（二）南開大學圖書館藏《迦陵詞》稿本八冊，南開大學出版社二〇〇九年影印本。其中絲冊、土冊，裝訂時見錯亂，均據冊前目録改正次序。

三、校本計有：

（一）康熙二十三年蔣景祁天藜閣本《陳檢討集》之《詞鈔》十二卷，《中華再造善本》影印本。簡稱蔣本。

（二）康熙二十五年聶先、曾王孫緑蔭堂《百名家詞鈔》本《迦陵詞》一卷。簡稱《百名家詞鈔》本。

（三）康熙二十九年陳宗石患立堂本《陳迦陵文集》之《詞全集》三十卷，《續修四庫全書》影印本。簡稱患立堂本。

（四）乾隆六十年陳淮浩然堂本《湖海樓全集》之《詞集》二十卷。簡稱浩然堂本。

四、諸選本選録陳維崧詞者亦一一核校，計有：

（一）《倚聲初集》，鄒祗謨、王士禛評選，順治十七年至康熙四年大冶堂刻本（《續修四庫全書》影印本）。

（二）《廣陵倡和詞》，宋琬、曹爾堪、王士祿等撰，康熙六年序刊本。

（三）《今詞苑》，陳維崧、吴本嵩、吴逢原、潘眉評選，康熙十年徐喈鳳南磵山房刻本。

（四）《見山亭古今詞選》陸次雲、章昞評選，康熙十四年見山亭刻本。

（五）《今詞初集》，顧貞觀、納蘭性德評選，康熙十六年刻本（《續修四庫全書》影印本）。

（六）《荊溪詞初集》，曹亮武、蔣景祁、潘眉、陳維崧評選，康熙十七年南耕草堂刻本。

（七）《清平初選後集》，張淵懿、田茂遇評選，康熙十七年刻本。

（八）《東白堂詞選初集》，佟世南評選，康熙十七年刻本。

（九）《古今詞匯》，卓回評選，康熙十八年刻本。
（一〇）《瑶华集》，蔣景祁評選，康熙二十五年刻本。
（一一）《亦園詞選》，侯文燦評選，康熙二十八年刻本。
（一二）《詞覯續編》，傅燮詷選，康熙三十一年稿本（《中國古籍珍本叢刊·保定市圖書館卷》影印本）。
（一三）《草堂嗣響》，顧彩評選，康熙四十八年辟疆園刻本。
（一四）《古今別腸詞選》，趙式評選，康熙四十八年遺經堂刻本。
（一五）《古今詞選》，沈時棟評選，康熙五十五年沈氏瘦吟樓刻本。
（一六）《古今詞選》，沈謙、毛先舒評選，清刻本。
（一七）《詩餘花鈿集》，宗元鼎評選，康熙東原堂刻本。
（一八）《絶妙好詞今輯》，佚名評選，清鈔本。
（一九）《清綺軒詞選》，夏秉衡評選，乾隆十六年華亭夏氏清綺軒刻本。
（二〇）《昭代詞選》，蔣重光評選，乾隆三十二年經鉏堂刻本。
（二一）《國朝詞雅》，姚階評選，嘉慶三年刻本。
（二二）《國朝詞綜》，王昶評選，嘉慶七年刻本（《續修四庫全書》影印本）。
（二三）《熙朝詠物雅詞》，馮金伯評選，嘉慶十三年墨香居刻本。

（二四）《詞軌輔録》，楊希閔評選，稿本（《清詞珍本叢刊》影印本）。
（二五）《惆悵詞前集》，佚名評選，稿本（《清詞珍本叢刊》影印本）。
（二六）《詞略》，佚名評選，稿本（《清詞珍本叢刊》影印本）。
（二七）《雲韶集》，陳廷焯評選，同治十三年稿本。
（二八）《詞則》，陳廷焯評選，光緒十六年稿本。
（二九）《詞莂》，朱祖謀評選，龍榆生《彊邨遺書》民國二十二年刻本。
（三〇）《清詞選集評》，徐珂評選，商務印書館民國十五年排印本。
（三一）《全清詞鈔》，葉恭綽評選，中華書局排印本。
（三二）《近三百年名家詞選》，龍榆生選，上海古籍出版社排印本。

五、過録字型盡力遵從底本，庶見陳氏原寫之風貌，然於排印極不便者，仍用標準字型。

六、詞正文之標點一依詞律，句中頓處用頓號，句末用逗號，押韻處用句號。

七、底本所施圈點未能加之原詞上，但云：「某某」數句，點、圈或抹。每句有韻、無韻並依一句計，不計頓。《迦陵詞》稿本題上之圈點，或爲編選標識，未必批評之用，多難分別，混雜録出，仍乞讀者諒之。

八、《迦陵詞》稿本評語，凡有三色，標出朱、墨、藍字樣，又依位置，標出首、尾、眉、側字樣。評語均出當時名流手筆，凡能辨識者，一一括注姓名，不能辨識者，依筆跡以千字文字序括注。惟筆跡辨識往往不易，謬誤難免，讀者仍宜核檢原稿。

九、《迦陵詞》稿本每詞均有圈注、鈐印等編選標識，亦於校記説明。全稿多鈐朱印三：「抄」、「彊善堂主人對訖」、「履端印」，金冊題下多有尖圈，竹冊以後多有朱筆「对」，均不一一標識。

十、選録迦陵詞之選本其書名著於題下校記中，其圈點、評語亦附底本原有圈點、評語後，加注書名。並及諸家詞話、文集之評語，均退一行於底本原評後排列，俾便觀覽。

卷一 《烏絲詞》卷一

烏絲詞序

江都宗元鼎定九 撰

丙午之秋，余與陳子其年俱落第，後會黄山孫子無言，意欲以吾兩人詩餘梓以行世者。嗟乎！余與陳子少志觀光，許身稷契，意謂有神之筆，庶幾「致君堯舜上，再使風俗淳」，誰知蕭條瓠落，而與「鶯嘴啄紅、燕尾點緑」，争長于「鈎簾借月、染雲爲幌」之間，豈吾兩人之志哉？陳子嘆曰：「是亦何傷？丈夫處不得志，正當如柳郎中，使十七八女郎按紅牙拍板歌『楊柳岸、曉風殘月』以陶寫性情，吾將以秦七、黄九作萱草忘憂耳。」雖然，昔裴休爲相，李羣玉能詩，薦授校書郎。而陳去非長于歌詞，亦爲高宗所眷注。孰謂詩詞一道，何嘗不得知己于天子、宰相哉？彼尤尚書謂程正伯之文每過于詩，説者以爲是時當塗諸公方且以文章薦正伯，尤公之言，可謂識正伯之大者。但不知代往年遥，此事可傳，而復可見否耶？爲勸陳子，生逢堯舜，垂翅青冥，此意宜付之悠悠曠士之胸。且暫往東皋，與汝石交辟疆冒君，每得一好詞，如沈廉叔、陳君寵輩，付蓮、鴻、蘋、雲，品清謳爲一笑樂。冬季歸陽羨，當復借紫雲相伴，又何減堯章過垂虹橋畔「小紅低唱我吹簫」也。至于裁雲縫月之妙手，敲金戛玉之奇聲，驅遣齊、梁，輿臺温、李，則又當世傳寫，織帕機房，不必待余揚扢矣。時窮冬凛冽，不亞改之寒甚手顫時，陳子幸爲余沽酒。

烏絲詞目次

小令

虞美人第二體二首　七娘子一首

中調

臨江仙二首　蝶戀花十一首　唐多令二首　攤破醜奴兒一首　漁家傲二首　定風波一首[一]　青玉案三首　隔浦蓮近拍一首　風入松第二體一首　祝英臺近一首　送入我門來一首　紅林檎近一首　驀山溪二首　蕙蘭芳引二首　早梅芳近一首　簇水一首　步月一首　魚游春水一首　宣清一首　法曲獻仙音一首　東風齊着力一首　绛都春第一體一首

長調

滿江紅三十三首　滿庭芳一首　鳳凰臺上憶吹簫二首　水調歌頭二首　夏初臨一首　八聲甘州一首　倦尋芳一首　玉人歌一首　八節長歡一首　閨怨無悶一首　瑣窗寒一首　花犯一首　念奴嬌九首　瑶花一首　高陽臺一首　東風第一枝一首　解語花二首　夜合花一首　換巢鸞鳳一首　曲游春一首　绛都春第二體一首　石州慢一首　玲瓏四犯一首　霓裳中序第一二首　憶舊游一首　齊天樂一首

水龍吟一首　瑞鶴仙二首　南浦一首　氐州第一一首　綺羅香二首　金盞子一首　永遇樂一首　尉遲杯一首　二郎神一首　二郎神第二體一首　合歡帶一首
花發沁園春一首　瀟湘逢故人慢二首　泛清波摘遍一首　擊梧桐一首　一萼紅一首　薄倖一首　風流子一首　翠樓吟一首　小梅花二首　女冠子第二體一首
洞庭春色一首　玉山枕一首　沁園春五首　八歸一首　摸魚兒一首　賀新郎七首　夏雲峰第二體一首　引駕行一首　蘭陵王一首　十二時一首　大酺一首
多麗二首　箇儂二首　夜半樂一首　六州歌頭一首　小諸皋一首　寶鼎現一首
怨朱絃一首　三臺一首　拋毬樂一首　稍遍一首　戚氏一首　鶯啼序一首
共一百三十八調二百六十六首

校記：

［一］此下正文尚有「醉春風」一首，目録失録。

烏絲詞卷一

宜興　陳維崧其年　撰
武進　鄒祇謨程邨、新城　王士禛阮亭　評
休寧　孫默無言　較

小令

竹枝

粵東詞[一]

番君廟後竹枝。鷓鴣飛。女兒。素馨花落竹枝。蠻娘歸。女兒。
花田三月竹枝。黎人多。女兒。珠江無風竹枝。春自波。女兒。
羅浮人家竹枝。紅蕉布。女兒。誰裁郎衣竹枝。儂所作。女兒。
檳榔酒釀竹枝。鬱林春。女兒。鬱林兒女竹枝。多絳唇。女兒。[二]

程崑崙云：古崛似樂府。

校記：

［一］此四首《昭代詞選》選。

［二］句下注「竹枝」、「女兒」，蓋和聲也，浩然堂本無。

圈點：

「珠江無風」、「春自波」，圈。

望江南

歲暮雜憶［一］

江南憶，憶得上元時。人鬭南唐金葉子，街飛北宋鬧蛾兒。此夜不勝思。

王阮亭云：寫得好。

校記：

［一］詞題，浩然堂本題後加「十首」。

圈點：

「人闕」二句，圈。

江南憶，最憶善和坊。猿臂醉擎劉白墮，鶯喉嬌唱小秦王。花月去堂堂。

前題[一]

校記：

[一]患立堂本、浩然堂本此下九首皆不標「前題」。

圈點：

「醉擎劉白墮」、「嬌唱小秦王」，點。

江南憶，少小住長洲。夜火千家紅杏幙，春衫十里緑楊樓。頭白想重遊。

前題[一]

校記：

[一]此首《東白堂詞選初集》、《古今詞選》選。詞調，《東白堂詞選初集》、《古今詞選》作「望

江南」。詞題，《古今詞選》作「歲暮雜詠」。

圈點：

「夜火」三句，圈。

《東白堂詞選初集》：「頭白」句，圈。

前題[一]

江南憶，白下最堪憐。東冶璧人新訣絶，南朝玉樹舊因緣。秋雨蔣山前。

《詞則·别調集》：結只五字，而氣韻雄蒼。

校記：

[一] 此首《古今詞選》、《詞則·别調集》選。

圈點：

「秋雨」句，圈。

《詞則·别調集》：題上，單點單圈。「秋雨」句，圈。

前題[一]

江南憶，懊惱是西湖[二]。秋月春花錢又趙，青山緑水越連吳。往事只模糊。

校記：

[一] 此首《古今詞選》、《昭代詞選》選。

[二]「西湖」，《昭代詞選》作「横波」。

圈點：

「秋月」三句，圈。

前題[一]

江南憶，更憶是蕪城。蘭葉寒塘盤馬路，黎花微雨築毬聲。風景逼清明。

校記：

[一] 此首《古今詞選》選。

圈點：

「黎花」二句，圈。

前題

江南憶，憶殺到如今。白玉堂深人一笑，真珠簾煖夜千金。十載尚關心。

前題

江南憶，最好是清歈。一曲琵琶彈賀老，三更絃索響柔奴。此事艷東吳。

圈點：

「三更」句，圈。

前題

江南憶，罨畫最風流。白屋山腰烟内市，紅闌水面雨中樓。樓上漾簾鈎。

鄒程邨云：得毋太譽？

圈點：

「樓上」句，點。

前題

江南憶，不羨五侯鯖。狎客後堂春説餅，厨娘小閣夜嘗羹。餔歠足平生。

王阮亭云：老饕不惡。

圈點：

「餔歠」句，圈。

《詞苑叢談》：江鈍翁題粱曰緝江邨讀書圖云：「鄢陵野色平於掌，也有江南此景無。」王阮亭見之呵曰：「吴子輩乃爾輕薄。」汪笑曰：「行當及君矣。」因續嘲阮亭所題云：「仿佛春江緑樹陰，幾回展卷幾沉吟。江南於汝關何事，賦得愁心爾許深。」汪固輕薄，然余嘗見陽羨陳髯《望江南》數闋，風情景事如畫，讀之不得不令人轉憶江南樂也。

（下録其一、其二、其三、其四、其五、其六、其八、其九。）

如夢令

贈友

記得西陵小美。風裏金鞭雙控。今日又逢君，恰值春波微動。如夢。如夢。白髮何戡情重。

圈點：

「白髮」句，圈。

長相思

贈別楊枝[一]

漱金巵。閣金巵。不是樽前抵死辭。今宵是別離。　撚楊枝。問楊枝。花萼樓前蹢地垂。休忩初種時。

王阮亭云：髯每與楊郎詞愈密，情愈踈，何也？

《詞則·閑情集》：（上闋）愈樸直，愈婉曲，愈沈痛。（「休忘」句）言盡而意不盡。

《白雨齋詞話》卷九：其年《長相思》贈別楊枝云（上闋），愈樸直，愈婉曲，愈沈痛。

艷詞非其年所長，然此類亦見別致。

《西崦山人詞話》：楊枝，冒辟疆家歌童，陳其年贈別詞云（詞略）。芝麓宗伯和云：「倒芳卮。訴芳卮。縱不相憐也莫辭。歡多那易離。　惱楊枝。惜楊枝。坐對青青感鬢絲。腰肢問小時。」此《長相思》調也。

校記：

［一］此首《昭代詞選》、《詞則·閑情集》選。

圈點：

「漱金」二句、「撚楊」二句，圈。

《詞則·閑情集》：題上，雙點單圈。「不是」二句、「休忘」句，圈。

相見懽

初夏行舟［一］

睡餘獨自推篷。海陵東。一帶人家都住、柳絲中。　黄茆屋。清江曲。緑簑翁。正是雨餘斜閣、水車紅。

校記：

[一] 此首蔣本有。

圈點：

「一帶」句，圈。

調笑令第二體[一]

詠古張女郎[二]

張家二女天人姿。西風秦隴吹空祠。吳興瘦沈美風調，邂逅一笑難爲持。客亭悄悅嬋娟子。翠幰珠軿去如駛。酒坐琴聲箜篌聲，姊妹雙雙落紅水。紅水。啼難止。[三]芙罷箜篌相顧起。女郎祠掩西風裏。綉幌明簾徙倚。蘭香姨與智瓊姊。懷恨多年同此。

王阮亭云：結二語，本傳元妙，融化入倚聲尤佳。

校記：

[一] 患立堂本、浩然堂本無調名下「第二體」。

[二] 詞題，浩然堂本題後加「八首」。「張女郎」及此下諸小題，患立堂本、浩然堂本均置詞末。

[三]「止」，原作「正」，據患立堂本、浩然堂本改。

圈點：

「西風秦隴吹空祠」，圈。「女郎」句、「蘭香」二句，圈。

前題 汜人

湘中蛟娣號汜人。楚天冉冉紅羅巾。一鈎曉月洛橋下，風光冶麗偏相親。別來愁緒紛難理。鄂渚微波嬉上巳。烟裙霧髩驚猋苙，畫艫回首人千里。千里。湘中水。江面微風翻繡被。輕別玉娥歸去矣。淚滴龍堂青綺。十年重遘蛟宮娣。愁絶楚天上巳。

王阮亭云：「楚天上巳」，佳。

王西樵云：「淚滴龍堂青綺」六字，亦有異色。

圈點：

「一鈎曉月洛橋下」，圈。「淚滴」句、「楚天上巳」，圈。

前題　莄奴

崔家女弟世所無。彈箏自命爲莄奴。重泉猶作人間曲，摧藏掩抑聲嗟吁。當時舊事心猶省。長秋一曲紅窗影。夢裏曾陪元舍人，銀箏凄苦人清冷。清冷。虚無境。手撥銀箏心自省。長秋一曲紅窗影。絃裏分明悲哽。泉臺不少人間景。後苑君王巡幸。

圈點：

「夢裏曾陪元舍人，銀箏凄苦人清冷」，圈。「泉臺」句，圈。

前題　安妃

九華安妃游玉鄉。交裙攜帶招帝郎。情纏雙好發朗唱，紫清瑣掖排銀房。楊羲自是神仙子。不比人間許長史。左宫亦有王夫人，紅顔調笑斟瓊醴。瓊醴。調芳旨。天上風流聊復爾。楊家自是神仙子。雙笑歡兼昔旨。一幅青書鸞鳳紙。爲授真妃靈紀。

王西樵云：許景樊游仙詞有「韋郎年少心慵甚，不寫紅綃五岳圖」之句，余甚愛其語。此詞神艷，又過許詩。

圈點：

「楊羲自是神仙子。不比人間許長史」，圈。「天上」二句，圈。

前題 劉麗華

通波亭畔風日清。會稽王子愁經行。中流佚女遘烟舫，波光臉態交盈盈。風吹裙帶紅絲纏。箜篌歇拍聲聲顫。西軒夜静月又低，春條爲爾歌宛轉。宛轉。羞相見。月白風清人婉孌。洛靈羅襪來波面。良夜隨郎游衍。小婢箜篌歌又顫。徙倚春流都徧。

圈點：

「波光臉態」，點。「西軒夜静月又低，春條爲爾歌宛轉」，圈。「月白」二句，圈。

前題 蔡家娘子

西堂花茵儂好持。此間風月堪詠詩。溢奴小兒若氷雪，紫綬緑[一]酒饒神姿。竟

陵判司大懊惱。夜寒空館眠難好。翠簪膩滑促傳觴，口吃微聞喚鸞老。南隣娘子翹翹

鸞老。頭腦好。善謔羣真堪絶倒。夜寒空館人聲悄。地下爲歡須早。

小。共汎玻瓈清醥。

王西樵云：「地下爲歡須早」，又似爲「酒不到劉伶墳上土」下一轉語。

校記：

［一］「緑」，原作「録」，據患立堂本、浩然堂本改。

圈點：

「翠簪膩滑促傳觴，口吃微聞喚鸞老」，圈。「地下」句，圈。

前題 瑶芳公主

槐安貴主名瑶芳。穠春游戲摇鳴璫。相牽貪看石延舞，寺前暗調淳于郎。蘭摧玉

折一何苦。青春又葢同昌主。淮南裨將慣酒悲，慟哭繁華黯無語。

無語。奈何許。憶在寺門魂暗與。布衣真尚［一］瑶芳主。一霎日斜歸去。大槐安國飛

紅雨。腸斷舊游何處。

王阮亭云：措大如此足矣，何必又爾説夢？〇家兄作《調笑令》七闋，僕常歎其極工，得髯作，一時瑜亮。

校記：

[一]「尚」，原作「向」，據患立堂本、浩然堂本改。

圈點：

「青春又葚同昌主。淮南禪將慣酒悲，慟哭繁華黯無語」，圈。「憶在」三句，圈。

點絳唇

阻風江口[一]

濁浪堆空，暨陽城下風濤怒。氷車鐵柱。隱隱轟吳楚。　獨眺君山，且共春申語。愁如許。一杯酹汝。同看蛟龍舞。

王西樵云：字字有英雄氣，覺爾時鬚眉顧眄，都自不凡。

王阮亭云：鯨波暾日，何以逾此？

校記：

［一］此首蔣本有，《東白堂詞選初集》、《詞則·放歌集》選。

圈點：

「氷車」二句、「一杯」二句，圈。

《東白堂詞選初集》：無。

《詞則·放歌集》：題上，雙圈。「氷車」二句、「一杯」二句，圈。

咏枕

憶得年時，紅綿粧叠紅蕤灔。笙囊緑揜。濃笑釵痕閃。　說盡山盟，不料巫雲歛。殘荷飐。斜鋪楚簟。多了啼紅點。

王西樵云：「濃笑釵痕閃」，五字妖甚。

王阮亭云：花間字法。

圈點：

「緑揜」，點。「濃笑」句，圈。「斜鋪」二句，點。

女冠子

本事[一]

黄絁剪就。慵上鴛機刺繡。鎮葳蕤。水緑青溪廟，花紅白石祠。　愔愔春似夢，漠漠雨如絲。仙洞胡蔴熟，有誰知。

王西樵云：「水緑」、「花紅」十字，牛嶠諸人所不能爲。

校記：

[一]詞題，浩然堂本題後加「二首」。

圈點：

「水緑」二句，圈。

前題[一]

始青天上。小織龍綃幾兩。路茫茫。度海雲鬟亂，還宫繡帶長。　瓊枝春臯臯，金磬夜琅琅。撥盡天風曲，説與亾。

鄒程邨云：曹唐《小游仙》曲。

校記：

［一］患立堂本、浩然堂本不標「前題」。

圈點：

「始青」二句，點。「撥盡」二句，圈。

浣溪紗

贈王郎［一］

十五吳兒渲額黄。鵞笙炙罷口脂香。依稀記是小王昌。　未解褰簾通暗語，已能映柱惱迴腸。箇儂年紀未須防。

王阮亭云：第五語未可令阿徐見之。〇賴有末句耳。

校記：

［一］此首《古今詞選》選。

圈點：

「已能」句，圈。「箇儂」句，點。

菩薩蠻

題青谿遺事畫册，同程邨、金粟、阮亭、文友賦[一]乍遇[二]

流蘇小揭人初起。博山烟裊屏風裏。紅日映簾衣。梁間玉剪飛。　迴眸驚瞥見。笑倚中門扇。准擬嫁文鴦。燈花昨夜雙。

《詞則・閑情集》：（「迴眸」二句）情態絶世。

校記：

[一]此首《詞則・閑情集》選。詞題「程邨、金粟、阮亭、文友」，患立堂本、浩然堂本作「鄒程邨、彭金粟、王阮亭、董文友」；正題後浩然堂本加「八首」；「賦」，《詞則・閑情集》作「同賦」。

[二]「乍遇」及此下諸小題，患立堂本、浩然堂本均置詞末。

圈點：

「紅日」二句，圈。

《詞則・閑情集》：題上，單圈。「准擬」二句，圈。

前题[一] 弈棋

象牙局上金星吐。香閨戲博紅鸚䳇。深院對挑棋。厭厭春晝遲。　娘輸籠玉手。佯靠紗窗口。細撚柳綿兒。花冠報午時。

王西樵云：末二语殊有味外味。

校記：

[一] 患立堂本、浩然堂本此下七首皆不標「前題」。

圈點：

「細撚」二句，圈。

前题 私語[一]

銀河斜墜光如雪。碧虚淺浸天邊月。月色太嬋娟。行來剛並肩。　闌干渾倚倦。小漾裙花茜。風細語難聞。亭亭雙璧人。

《詞則・閑情集》：（「風細」二句）虛處著筆，無中生有。

校記：

［一］此首《詞則・閑情集》選。

圈點：

「月色」二句、「風細」二句，圈。

《詞則・閑情集》：題上，單圈。「風細」二句，圈。

前題迷藏［一］

後堂恰與中門近。當時日傍飛蟬鬢。猶記捉迷藏。水晶庭院涼。　侍兒前後邏。何計將他躲。匿笑顫花枝。鞋尖露一絲。

王西樵云：「鞋尖露一絲」，妙，所謂「動人春色不須多」也。

《詞則・閑情集》：（「匿笑」二句）風致劇佳。

校記：

［一］此首《詞則·閑情集》選。

圈點：

「匿笑」二句，圈。

《詞則·閑情集》：題上，單圈。「匿笑」二句，點。

前題彈琴［一］

廻廊碧甃芭蕉葉。鴨罏瑞腦薰猶熱。春笋抱琴彈。一行金雁寒。　聲聲鬆寶串。彈到昭君怨。促柱鼓瀟湘。風吹羅帶長。

《詞則·閑情集》：（「促柱」二句）低回哀怨，饒有古意。

校記：

［一］此首《詞則·閑情集》選。

圈點：

「春笋」二句，圈。

《詞則・閑情集》：題上，單點單圈。「促柱」二句，圈。

前题 讀書

秦淮水閣多斑竹。平康院院燒燈讀。竹響似行人。檀郎廻顧頻。 恰逢紅粉面。送茗來瓊扇。剛是早回頭。夜深儂睡休。

王西樵云：「夜深儂睡休」，輕輕五字，妙于要郎覺，「紅袖遮銀燭」便是村女兒態。

圈點：

「剛是」二句，圈。

前题 潛窺[一]

梨花簌簌飛紅雪。狸奴夜撲氍毹月。物也解雄雌。教奴恣意窺。 潛蹤殊未慣。猛被蕭郎看。羞走暈春潮。門邊落翠翹。

《詞則・閑情集》：（「物也」二句）不免俚褻。（「羞走」二句）情態逼真。

校記：

［一］此首《詞則・閑情集》選。

圈點：

「羞走」二句，圈。

《詞則・閑情集》：題上，單圈。「物也」二句，斷句用點。「羞走」二句，點。

前題 秘戲［一］

桃笙小擁樓東玉。紅蕤濃髀春鬟綠。寶篆鎮垂垂。珊瑚鈎響時。　花陰搖屈戌。小妹潛偷覷。故意綉屏中。剔他銀燭紅。

《詞則・閑情集》：（「故意」二句）譎甚。

校記：

［一］此首《詞則・閑情集》選。

圈點：

「紅蕤」句、「故意」二句，圈。

《詞則·閑情集》：題上，單圈。「故意」二句，點。

江行[一]

東風吹緑江南道。行人都説江南好。紅豆兩三枝。低垂聖女祠。渌波明似眼。來往人何限。斜日運租船。西風跂脚眠。

校記：

[一]詞題，浩然堂本題後加「二首」。

圈點：

「紅豆」二句，圈。

前題[二]

江流只向臺城打。閲江樓上人非也。對此正茫茫。烟波空斷腸。布帆摇鐵鹿。碾破長江緑。回首望臺城。依稀横吹聲。

王阮亭云：韋相「壚頭人似月」，何足多稱？

校記：

［一］患立堂本、浩然堂本不標「前題」。

圈點：

「江流」句、「碾破」句，圈。

卜算子

阻閘瓜步［一］

風急楚天秋，日落吳山暮。烏桕紅梨樹樹霜，船在霜中住。　極目落帆亭，側聽催船鼓。聞道長江日夜流，何不流儂去。

《迦陵詞選評》：「住」以言流連，「流」以感顛沛。方其「阻」也，或「住」或「流」，正不是隨遇而安，偏是無奈中仍自解賞天地風物。

校記：

［一］此首蔣本有，《瑶華集》、《昭代詞選》、《詞軌輔録》、《全清詞鈔》、《近三百年名家詞選》選。詞題，《瑶華集》作「瓜步阻閘」。

圈點：

「船在」句、「聞道」二句，圈。

《詞軌輔録》：「船在」句、「何不」句，圈。

減字木蘭花

秋雨過紅板橋[一]

當年此地。銷魂人記銷魂事。妙舞輕歛[二]。不是柔奴定態奴。　西風古道。二十年來人漸老[三]。漠漠迢迢。秋雨重經紅板橋。

王阮亭云：此種心情，惟吾輩爾爾。

《小嫏嬛詞話》：國初詞人極盛，竹垞而外允推迦陵。余閱佟世南《東白堂詞選》，至迦陵《減字木蘭花》云（下闋），如黄茅白葦中蒼松拔起，苐语其家數，與竹垞自別。

校記：

[一] 此首蔣本有，《東白堂詞選初集》、《草堂嗣響》、《古今詞選》、《昭代詞選》選。

[二]「輕歛」，《草堂嗣響》、《昭代詞選》作「清歛」。

［三］「漸老」，《小鄉嬛詞話》作「跡少」。

圈點：

「銷魂」句，點。下闋，圈。

《東白堂詞選初集》：下闋，圈。

渡江宿弟斐玉家

江南江北。握手相看那易得。今夜重逢。翠篠黄花伴燭紅。　浮杯大嚼。顧我何如家弟樂。車馬湖邊。明日西風絶可憐。

圈點：

「顧我」句，圈。

廣陵旅邸送三弟緯雲南歸

佛狸城下。兄弟禪房通夜話。紅土山頭。兄往吴陵弟亳州。　一鞭春暮。重過竹西三日住。江上斜暉。弟作歸人兄未歸。

圈點：

「江上」三句，圈。

又[一]送四弟子萬

前年飛絮。我到故園君已去。今歲青山。君又南行我未還。　吳雲郢樹。淚灑臨岐無一語。再唱離歌。六幅蒲帆奈汝何。

校記：

[一]「又」，患立堂本、浩然堂本無此字。

圈點：

「前年」、「今歲」，點。

又[一]送五弟阿龍

阿龍最小。失母隨兄偏了了。六[二]歲離鄉。今日重逢斷我腸。　阮家姑母。猶子情深思汝久。此去相依。莫以懷吾淚濕衣。[三]

王西樵云：三作至情語，絶異雕飾，讀之感人。

校記：

［一］「又」，患立堂本、浩然堂本無此字。

［二］「六」，患立堂本、浩然堂本作「四」，或是。

［三］詞末，患立堂本、浩然堂本有小注：「阿龍年四歲，即隨四弟子萬居商丘。」

圈點：

「阿龍」三句，圈。

歲暮燈下作家書竟，再繫數詞楮尾［一］

天涯飄泊。湖雨湘［三］烟無定著。暗數從前。汝嫁黔婁二十年。　當時兩小。樂衛人誇門第好。零落而今。累汝荊釵伴藁砧。

《詞則·別調集》：七章皆寄婦之詞。首章總叙，下六章歷寫二十年心跡，淋漓沈痛，情真文亦至矣。

《迦陵詞選評》：其年厲志爲《烏絲詞》，舊習脱略殆盡者，此七章也。幾於無字不能下，無事不可言。雖中年名作，猶憾其矜才使氣。

校記：

[一]此下七首《詞則・別調集》選。此首《古今詞選》選。詞題，《古今詞選》無「數詞」，浩然堂本題後加「七首」。

[二]「湘」，《詞則・別調集》作「湖」。

圈點：

「湖雨」句，圈。

《詞則・別調集》：題上，單圈單點。「暗數」二句，點。「零落」二句，圈。

前題[一]

余年二十。粗曉讀書兼射獵。三十蹉跎。鼓瑟吹篪奈若何。　堪憐阿堵。垂老詎曾親識汝。溝水東西。何用男兒意氣爲。

《詞則・別調集》：(下闋)激昂沈痛，真令人短氣。

《迦陵詞選評》：半生寫意。

校記：

［一］患立堂本、浩然堂本此下六首皆不標「前題」。

圈點：

下闋，圈。

《詞則·別調集》：題上，單圈單點。「堪憐」二句，點。「溝水」二句，圈。

前題

今年離別。石畔梅花開似雪。駿馬馳坡［一］。又見流光換碧羅。　歸鞍暫息。看汝機邊還作織。秋月當頭。重附租船江岸遊。

《迦陵詞選評》：一年飄泊。

校記：

［一］「坡」，《詞則·別調集》作「波」。

圈點：

「石畔」句，點。

《詞則·別調集》：題上，單圈單點。

前題

地名破冢。郭璞墓前波浪洶。細剔銀釭。話盡秋宵角枕涼。　橘紅橙緑。九月敬亭山畔宿。水鳥斜飛。又逐孤篷一夜歸。

《詞則·別調集》：（下闋）寫時節風物，流動而凄警。

《迦陵詞選評》：旅況凄涼。

圈點：

「橘紅」二句，圈。

《詞則·別調集》：題上，單圈單點。「細剔」二句，點。「水鳥」二句，圈。

前題

曲阿湖上。重看縠紋平似掌。及到邗溝。絲雨斜風水驛愁。　敗荷衰柳。且買高郵紅玉酒。羣盜如毛。月黑隣船響箭刀。

《詞則·別調集》：語至情真，叙事亦撩如指掌。

《迦陵詞選評》：行路艱難。

圈點：

「羣盜」三句，圈。

《詞則·別調集》：題上，單圈單點。「及到」三句，圈。

前題

吴霜點鬢。客况文情都落盡。檢點行裝。淚滴珍珠叠滿箱。　并州曾到。也擬開懷還一笑。塵務相牽。執手雲郎送上船。

王阮亭云：「執手雲郎送上船」，不可令閨中聞之。

《迦陵詞選評》：客情消盡。

圈點：

「吴霜」三句，圈。

《詞則·別調集》：題上，單圈單點。「檢點」三句，圈。

前題[一]

客航風雨。冷雁濕猿齊夜語。欲作家書。腹轉車輪一字無。　經年如此。愁裏光陰能有幾。預報歸期。又在梅開似雪時。

王阮亭云：數首叙致俛仰，頓挫可觀，相如犢鼻，定復不惡。

《詞則·别調集》：一片飄零之感，悲哀易工，斯之謂也。

《迦陵詞選評》：家思不絶。

校記：

[一] 此首《昭代詞選》選。

圈點：

「客航」二句，圈。「又在」句，點。

《詞則·别調集》：題上，單圈單點。「欲作」二句、「預報」二句，圈。

柳含烟

本事

靈和柳，美晴春，輕颺江南緑水，東風陌上又河邊。得人憐。　亂搭瓊樓絲一把。故與玉郎牽惹。而今香絮滚斜暉。幾時歸。

鄒程邨云：宣宗當以一枝種禁中矣。

圈點：

「東風」二句、「而今」二句，圈。

好事近[一]

坐姜家墩懷吕黍字

閒坐竹林邊，緑暗暮禽嗬唽。跂脚科頭笑傲，更主人投轄。　萬竿叢篠晝陰陰，風動聲敲戛。憶昔悲歌痛飲，有踈狂吕八。

校記：

［一］患立堂本此首在卷三末，注「補遺」，蓋其初漏刻也。浩然堂本在此調最末。

圈點：

「憶昔」二句，圈。

荊州亭

題扇上琵琶行圖

苦竹黄蘆想像。湓浦潯陽怊悵。半幅小丹青，畫出東船西舫。　白傅青衫已往。商婦琵琶猶響。無限斷腸聲，只在行間紙上。

圈點：

「半幅」二句，圈。

眉峯碧

春夜見新月

寶馬縈簾押。金斗薰珠袷。一團醉玉怯春寒，斜向紅裯壓。　無語抛銀甲。且自偎香鴨。半鈎纖月柳梢頭，問誰偷把青天掐。

鄒程邨云：險韻似于湖《醉落魄》詞。

圈點：

「半鈎」二句，圈。

武陵春[一]

舟次虎丘

四面吳山争窈窕，濃緑罨歸舟。寺外人家橋上樓。春水盡情流。　主簿祠前斜日漾，惹起舊時愁。石上苔痕青未休。曾做少年游。

王西樵云：前段之警在「盡情」二字，後段之警在「曾做」二字。

校記：

[一] 調名下，患立堂本、浩然堂本注「第一體」。

圈點：「春水」句、「石上」二句，圈。

阮郎歸

爲靈雞題畫

吳綾一幅滑如脂。江南好畫師。長松幾樹碧離離。斜添斑竹枝。　烟似水，雨如絲。梅花簾外垂。更題半闋斷腸詞。樊川杜牧之。

桃源憶故人

人日感舊

畫簾垂處春光亂。百感最難消遣。記得風斜彩燕。小立珍珠院。　歲華又到粘鷄宴。砌下春蘭尚淺。人日春人不見。日近人兒遠。

鄒程邨云：妙於「長安遠」多矣。

圈點：

「人日」二句，圈。

春日過澹生較書所居舊址[一]

酒闌曾過平康宿。風颭繡簾簌簌。紅板橋連西曲。微雨櫻桃熟。　而今風景傷春目。不見沿溪花竹。薺麥平疇摇緑。蛺蝶和烟逐。

鄒程邨云：碧鷄坊、紅鴨橋何曾有此光景？

校記：

[一]此首蔣本有。

圈點：

「微雨」句、「蛺蝶」句，圈。

攤破浣溪紗

雨泊秦郵

十頃盂湖碧似烟。四圍蒲稗水連天。渚鳥羣飛聲格格，戲長川。　獨對烟波思往事，那堪風物又殘年。且貰秦郵城下酒，撥湘絃。

圈點：「且貰」三句，圈。

冬閨

綺疏六扇掩玻瓈。花影罘罳漾衵衣。學綰翻荷新樣髻，日將西。　有恨篝前銀鴨睡，無情箏上鈿蟬啼。獨對水仙花絮語，太悽迷。

圈點：「銀鴨睡」、「鈿蟬啼」，圈。

朝中措

平山堂懷古用歐公原韻

我來弔古傍隋宮。板渚雨濛濛。依舊平山堂外，淡烟踈柳長空。　年年此地，漫天榆筴，著地東風。太息韶華幾換，游人猶想仙翁。

海棠春

閨詞和阮亭原韻曉粧〔一〕

春閨金麥微微響。青鳳脛、輕移銀網。睡眼恰初瞯，一片紅酥漾。　隣姬看黛遥山樣。怪昨日、邀儂相賞。遮莫繡簾前，有箇人張敞。

王西樵云：殊不忿隣姬驕色。

校記：

〔一〕詞題，浩然堂本後加「四首」。「曉粧」及此下諸小題，患立堂本、浩然堂本均置詞末。

圈點：

「睡眼」二句，圈。「遮莫」二句，點。

前題[一] 午睡

惺忪春夢何時足。拚畫擀、銀屏六曲。繡倦歇鴛針，藏在沉香褥。　藕花衾壓桃花肉。微睡醒、低呼小玉。何處美琮琤，似戛瀟湘竹。

校記：

[一] 患立堂本、浩然堂本此下三首皆不標「前題」。

圈點：

「繡倦」二句、「藕花」句，圈。

前題 晚浴

韓馮啄破鞦韆影。瓊扇裏、春酲初醒。半晌卸金蟲，小試蘭湯冷。　後堂憎殺青銅鏡。怕照見、雲鬟未整。莫道少人窺，天上堆金餅。

王西樵云：「天上堆金餅」，韻險語妥，直令和者閣筆。

圈點：

「天上」句，圈。

前題夜坐

紅蕤枕上啼紅雨。且坐聽、玫瑰雙杵。纖手剔蘭煤，樓外賓鴻語。　馬蹄連夜堂堂去。偏無賴、三更譙鼓。難捉是蕭郎，不比牀頭麈。

王西樵云：「捉」字自佳，不僅以雙關見妙。

圈點：

「難捉」二句，圈。

題美女圖爲閨人稱壽

智瓊年小逢珍偶。多少事、燈前酒後。夜合自開花，摇動珠簾口。　檀奴笑[一]覓南朝手。圖倩女、爲娘稱壽。一笑溜横波，媚靨紅於酒。

校記：

[一]「笑」，浩然堂本作「戲」。

圈點：

「多少事」句、「媚靨」句，圈。

眼兒媚

過城南小曲感舊

青樓斜拂小春池。池上緑楊枝。態奴歌管，念奴絃索，唱盡新詞。　重來行過章臺柰，往事少人知。半湖碧浪，滿園斑竹，萬種淒其。

王阮亭云：「更無人跡有苔錢」，情事爾爾。

圈點：「半湖」三句，圈。

三字令

閨情

紅蕤枕，卓金車。兩相於。酒醒後，夢來初。挽郎袪，郎欲去，且徐徐。　煩塞馬，倩江魚。寄他書。休信宿，莫躊躇。錦鷄城，金雁驛，是郎居。

王西樵云：此調難得如此揺曳如意。

圈點：

「錦雞」三句，圈。

極相思

夜飲友人所，阿雲待余不至，畱詞而去，歸後和之

如塵如夢如絲。脉脉意誰知。歸來恨晚，休摇屈戌，慢叩罘罳。　一陣碧虚窗外雨，三通鼓、人去多時。空畱彩句，蜜花箋淡，鳳脛燈攲。

圈點：

「一陣」三句，圈。

河瀆神

題秦郵露筋祠[一]

湖上水連天。湖光捲盡寒烟。玉娥一去幾千年。盡日凝粧儼然。　漠漠雨絲飄碧瓦。人在女郎祠下。一樹紅梨開謝。明朝又是春社。

王阮亭云：李文山，李義山。

校記：

［一］此首蔣本有，《亦園詞選》、《草堂嗣響》選。詞題「祠」，原作「詞」，患立堂本同，據蔣本、浩然堂本改；全題，《亦園詞選》作「露節廟」，《草堂嗣響》作「高郵露筋祠」。

圈點：

下闋，圈。

西江月

咏史

姊嫁猘兒孫策，妹歸顧曲周瑜。雀臺高處瞰三吴。羡爾清歌妙舞。　一望江東人物，孝廉枉遈雄圖。朱桓前捋大王鬚。文有才高子布。

王阮亭云：陳林道何足多歎！〇西樵有詞題二喬觀書圖云「公瑾伯符皆不俗，知無一事縈心曲」，僕極歎其妙，與髯雙璧。

圈點：

「朱桓」二句，圈。

過投金瀨懷古

有女江頭擊絮，何人道上吹篪。我來弔古帳空祠。曠望幾重雲水。　覆楚爭誇伍相，沼吳又説西施。淮陰往事亦如斯。成敗皆由女子。

王西樵云：末語比擬切甚。「成敗皆由女子」六字，伍相、淮陰之外，更無第三人可用。

圈點：

「淮陰」二句，圈。

題六合孫公樹捧書圖公樹，伯觀先生孫。先生官舍人，賜書最多。

李白開元供奉，當年恩禮偏隆。賜書稠叠出深宮。玉軸牙籤鄭重。　絶妙文孫才調，翩翩王謝門風。捧來亂帙悉當胸。月落華清如夢。

圈點：

「捧來」二句，圈。

少年游[一]

感舊和柳屯田

奉誠園内小斜橋。曾記近花朝。簸錢庭院，築毬天氣，春草緑裙腰。　而[二]今不道心情換，飄泊墮[三]江皋。眼底人蹤，心頭事滿，斜凭木蘭橈。

程崑崙云：「春草緑裙腰」、「眼底人蹤，心頭事滿」，造語遣詞，天然工妙。

王西樵云：「人蹤」、「事滿」，語警情深。

校記：

[一]此首蔣本有，《今詞初集》、《草堂嗣響》、《古今詞選》選。《今詞初集》無詞題。

[二]「而」，《草堂嗣響》作「如」。

[三]「墮」，《古今詞選》、《今詞初集》作「任」。

圈點：「簸錢」、「築毬」，點。「春草」句，「眼底」三句，圈。

偷聲木蘭花

懷戴无忝客成都

前年建業秋將暮。今歲蠶叢春又去。别後思君。望盡南天不見雲。　竹郎祠畔紅棉好。濯錦江頭紅鯉少。湘雨巴烟。不寄成都十様箋。

圈點：下闋，圈。

茶瓶兒

詠茗

緑罨苕溪顧渚。拍茶婦、繡裙如雨。攜香茗、輕盈笑語。記得鮑娘一賦。　邀陸羽。煎花乳。紅閨日暮。玉山半醉綃幃護。且消酪奴佳趣。鮑令暉有《香茗賦》。[一]

王西樵云：明遠妹賦正坐不傳，故令人想耳。即傳，慮亦非髯敵也。

校記：

［一］患立堂本、浩然堂本無詞末注。

圈點：

「拍茶婦」句，點。「攜香」二句，圈。

憶秦娥

夢至石城盤馬，覺後賦此

桃花埒。依稀醉犯青溪雪。青溪雪。草頭一點，玉驄明滅。　驃騎桁前人欲別。錦衣倉後鐘初絶。鐘初絶。一場春夢，曉鶯時節。

圈點：

「一場」二句，圈。

憶餘杭

東皋客舍待毛亦史不至[一]

一樹梅花千頃碧。耐盡春寒眠不得。閒愁如雨雨如愁。點點在心頭。　飄零心事誰知道。又是天涯寒食到。春江盡處是婁江。目斷水雲鄉。

校記：

[一]此首蔣本有，《國朝詞雅》選。

圈點：

「閒愁」二句，圈。

醉花陰

重陽和漱玉韻

滿院黄花趂白晝。絲雨篩銅獸。今夜是重陽，不捲珍珠，陣陣西風透。　一從秋怨關心後。涙颭輕羅袖。生怕小樓寒，慢去登高，坐到鑪烟瘦。

圈點：「趂」、「篩」，雙圈。「不捲」二句、「慢去」二句，圈。

雨中花

雨中看桃花

絲絲春雨催儂去。依依人柳畱儂住。住也無聊，去還有恨，去住渾無據。　今歲桃花千百樹。去年人面應非故。萬點臙脂，一行清淚，總是消魂處。

圈點：「絲絲」二句，圈。

雨中花第二體[一]

詠薰籠

一架紅篝涼似水。相偎靠、玲瓏莫比。斑竹無塵，踈篁偏瘦，小鴨中間睡。　縱向彤奩多轉徙。也只在、簾前被底。繡幔縈時，錦鞋閣處，往事難提起。

鄒程邨云：「縱向彤奩」二語，大似巧謎，「綉幕」以下十三字，便在題中題外矣。

校記：

〔一〕患立堂本、浩然堂本無詞調下「第二體」。

圈點：

「小鴨」句，圈。「縱向」二句，點。「繡幔」三句，圈。

杏花天

詠滇茶

穠春冶葉朱門裏。羙東風、紅粧初試。殘鶯天氣香綿墜。怊悵最宜看〔一〕此。　見多少、江南桃李。斜陽外、翩翩自喜。異鄉花卉傷心死。目斷昆明萬里。

校記：

〔一〕「看」，患立堂本、浩然堂本作「著」。

圈點：

「異鄉」二句，圈。

鷓鴣天

贈吴中狎客

白帽紅靴態可憐。短簫横笛興翩翩。曾教錦瑟房中曲，慣請朱門灞上田。人似月，夜如年。何須彩筆賦甘泉。朝來爛淚堆紅雨，猶擁盧兒醉意錢。

圈點：

「朝來」二句，圈。

秋日撥悶作

一派凉秋似鏡湖。西風蕭瑟雁啣蘆。樓頭竹暗晴難妥，枕底橙香酒易酥。傷老大，笑髯癯。霜紅露白轉躊躇。鰒魚苦笋攔街賤，不見鉗奴并態奴。

程崑崙云：新警語不可多得。

鄒程邨云：鉗奴、態奴，方是一對好夫妻。

圈點：「樓頭」二句、「鰒魚」二句，圈。

摘紅英

詠落花

真珠絡。倉琅鑰。如塵似夢連天落。香車暝。朱闌凭。留他不住，喚他不應。　花前約。春前諾。玉娥含淚思量著。粘犀釘。鋪鴛徑。憎他蕩子，憐他薄命。

圈點：「留他」二句、「憎他」二句，圈。

南鄉子

詠春蘭

三月玉街寒。錦雨絲絲不肯乾。飄得賣花聲到了，春蘭。一種清芬勝麝檀。　對此憶家山。手折紅苕不忍看。還記那年寒食夜，幽歡。人在花香鬢影間。

王阮亭云：章法絶妙。○「花香鬢影」，寫得宕漾，花與人爲一爲二？

圈點：

「飄得」二句、「對此」句、「人在」句，圈。

玉樓春

生日邀陸景宣、崔不雕飲廣陵酒家，醉後題壁[一]

天涯作客傷心極。廣陵花月無消息。百錢且上酒家樓，終當埋我陶家側。此兒自是難衣食。相逢幸是曾相識。左呼陸厥右崔駰，四十今年余竟[二]得。

王阮亭云：人不可以無年，故是王長史所歎。

校記：

[一]此首《昭代詞選》選。

[二]「竟」，《昭代詞選》作「始」。

圈點：

全首，圈。

虞美人

渡江[一]

白蘋花盡凋寒玉。舴艋摇空渌[二]。秋潮恰比簟紋平。趂此日斜風細剪江行。　最憐黄歇墳頭土。多少今和古。年來生怕説興亾。笑指楚天新雁兩三行。

校記：

[一]此首蔣本有，《荊溪詞初集》選。

[二]「渌」，蔣本作「緑」。

圈點：

「秋潮」二句、「笑指」句，圈。

《荊溪詞初集》：「趂此」句、「笑指」句，圈。

詠鏡[一]　　翠鸞

香奩凉鑑蟠金獸。背壓蛟螭鈕。玉人偏妬小菱花。慣是團圓兩字不如他。　莫道心如鐵。春笋曾提挈。紅塵涴處奈他何。我亦受人憐惜爲人磨。

王西樵云：「團圓」則異，「磨」則同，人信不如鏡矣。

蔣京少曰：橫波夫人讀末二語，嗚咽久之。（《詞軌輔録》）

校記：

［一］此首《詞軌輔録》選。

圈點：

「玉人」三句、「我亦」句，圈。

《詞軌輔録》：「慣是」句、「我亦」句，圈。

夜行船

月下汎舟水繪園，同冒巢民先生賦

蘭橈輕點春流碧。蘸垂楊、絲絲無力。百頃簟紋，一泓香黛，人在短篷吹笛。　更愛月華波［一］上白。影娥池水禽飛拍。醉吸玉鱗，狂呼霜兔，可認騎鯨仙客。

王阮亭云：兩結句凌風軒舉。

校記：

[一]「波」，患立堂本同，浩然堂本作「墻」。

圈點：

「人在」句、「醉吸」三句，圈。

醉落魄

春夜微雪[一]

春閨日暮。輕寒已著櫻桃樹。博山小篆飄香縷。斜掩青樓，一陣銷魂雨。　夜深呵[二]雪偏難住。金尊小泛蘭陵醑。酒紅漸入香肌去。嬾剔金荷，細對菱花語。

《雲韶集》：情詞都妙。（「酒紅」三句）凄冷如此。

校記：

[一]此首《國朝詞綜》、《雲韶集》選。

[二]「呵」，患立堂本、浩然堂本作「珂」。

圈點：

「斜掩」二句、「酒紅」句，圈。

《雲韶集》：「斜掩」二句、「酒紅」三句，圈。

踏莎行

次舟河[一]

別酒纔醒，離程乍遠。蘭橈斜閣烟中飯。霜華昨夜濕銀箏，夜深記有人低喚。　腸斷難禁，魂銷何限。隣舟商婦箏聲換。一分明月照河橋，橋頭船裏愁千萬。

王西樵云：「『昨夜人低喚』，是乍作客最銷魂語，王實甫所云『破題兒第一』夜也。」

王阮亭云：「『一分』字與『千萬』相應，故當是望舒化身耳。」

校記：

[一] 詞題，惠立堂本、浩然堂本作「次舟河橋」。

圈點：

「夜深」句、「一分」二句，圈。

詠帳鈎[一]

玉色無痕，粉光欲硏[二]。一生管住春風罅。紗幮[三]凝望碧如烟，憐伊蕩漾何曾[四]掛。　顫處輕盈，控來低亞。流蘇絡[五]在銀毬下。月明風細漸[六]琮琤，依稀似説[七]春宵話。

《迦陵詞選評》：此《烏絲詞》名作也。盡雅詞之極則，能抑其情，而不能抑其氣，賦性固如是已。

校記：

[一]此首蔣本、《百名家詞鈔》本有，《荊溪詞初集》、《亦園詞選》、《古今別腸詞選》、《古今詞選》、《昭代詞選》、《國朝詞雅》、《熙朝詠物雅詞》選。詞題，《百名家詞鈔》本、《古今別腸詞選》、《熙朝詠物雅詞》作「帳鈎」。

[二]「硏」，《古今別腸詞選》作「射」。

[三]「幮」，《百名家詞鈔》本、《亦園詞選》作「廚」。

[四]「曾」，《古今別腸詞選》作「時」。

[五]「絡」，《熙朝詠物雅詞》作「落」。

［六］「細漸」，《古今别腸詞選》作「静忽」。

［七］「似説」，《荊溪詞初集》作「説盡」。

圈點：

「紗幮」二句、「月明」二句，圈。

《百名家詞鈔》本：「一生」句、「憐伊」句、「月明」二句，圈。

《荊溪詞初集》：「流藴」三句，圈。

《古今别腸詞選》：「月明」二句，圈。

虞美人 第二體

春夜舟行［一］

紅泉碧杜殊清麗。白舫紗窗閉。春江人在鏡中行。船樓鳳脛一枝横。夢難成。　漁蠻踏浪尋村酒。爛醉歌銅斗。蝦籠灣口賽黄牛。三更珠露濕船頭。似清秋。蝦籠，陽羨水名。

校記：

［一］此首蔣本有。

圈點：

「春江」三句、「蝦籠」三句，圈。

七娘子

春閨[一]

紅檠斜照人無語。圓冰對漾春無緒。陌上鶯啼，梁間燕乳。夢中怕到銷魂處。小樓春色留難住。斜橋春水流將去。三月時光，一年節序。水晶簾外廉纖雨。

鄒程邨云：「夢中怕到銷魂處」，當令隨意遶天涯耳。

《雲韶集》：（「夢中」句）七字凄絶。（「三月」三句）風致頗似永叔，才大者無所不能。

校記：

［一］此首《國朝詞綜》、《雲韶集》、《詞則·閑情集》選。

圈點：

「夢中」句、「三月」三句，圈。

《雲韶集》：「夢中」句、「三月」三句，圈。

《詞則·閑情集》：題上，單圈。「夢中」句，圈。

卷二《烏絲詞》卷二

烏絲詞卷二

宜興 陳維崧其年 撰
新城 王士禄西樵、武鄉 程康莊崑崙 評
休寧 孫默無言 較

中調

臨江仙

偶作

憶在冶城公膝下，圍棋年少知名。石頭兒女本輕盈。象牀春縱博，珠袷夜彈箏。　倏忽過江門第换，中原[一]飛渡羣傖。吳霜點鬌不勝情。案頭無鬼論，肘後淨名經。

王阮亭云：敗人意往往如此。

校記：

［一］「中原」，患立堂本同，浩然堂本作「滄桑」。

圈點：

「吴霜」三句，圈。

酬贈崇川陶月嶠［一］

四十男兒方墜地，家聲列戟風流。翩翩挾彈少年游。兄居長樂尉，主尚富平侯。　詎料蹉跎空老大，逢君楚尾吴頭。酒闌話向北風愁。無家徐僕射，有淚白江州。

鄒程邨云：直是古樂府諧調入倚聲耳。

校記：

［一］此首《昭代詞選》選。

圈點：

「酒闌」三句，圈。

蝶戀花

紀艷　避人[一]

劉氏三娘雙姊妹。生小繁華，家住鷄鳴埭。梵字闌干花影碎。粃樓恰與春波對。　兩小後堂曾博簺。阿母簾前，此日教重會。傳語罰風空至再。蟬釵只靠秋千背。

《詞則·閑情集》：十章次第分明，詞意俊快，正如丈夫見客，絶不蒙頭蓋面，齷齪之態，對此消盡。

校記：

[一]此下十首《詞則·閑情集》選。詞題，患立堂本、浩然堂本、《詞則·閑情集》皆作「紀艷十首」。「避人」及此下諸小題，患立堂本均置詞末。

圈點：

「粃樓」句，圈。

《詞則·閑情集》：題上，單圈。「梵字」二句、「傳語」二句，點。

前題[一]促坐

簾内[二]桐花閑弄影。不便相辭，悄語傳聲請。猶自眉峯烟不定。避人奩内添宮餅。　説道今宵天色冷。且自留停，莫憾[三]猧兒醒。珠斗斕斑斜又整。人間第一消魂景。

《詞則·閑情集》：(上闋)傳神妙手。

校記：

[一]患立堂本此下九首皆不標「前題」。

[二]「内」，患立堂本、浩然堂本作「外」。

[三]「憾」，患立堂本同，浩然堂本作「撼」。

圈點：

「不便」二句，圈。「説道」、「且自」，點。「斜又整」，圈。

《詞則·閑情集》：題上，單點單圈。「猶自」二句，圈。

前題鬭葉○鬭葉子戲，俗名馬弔角。[一]

犀蒜銀釘紅玉槅。小小簾櫳，不與金堂接。鬭草又慵彈阮怯。邀郎今夜抛金葉。　百子枝花香粉浥。郎是椿[二]家，好把豪犀厭。音葉。[三]小負紅潮生兩頰。給郎博進惟榆莢。百子枝花，俱葉子名，鬭葉有椿，須用一物厭之。

王阮亭云：「椿」字、「厭」字都新。

《詞則・閑情集》：先安頓鬭葉之地，是前一層，却以慵鬭草、怯彈阮兩層逼出鬭葉來，迤邐有致。

校記：

[一] 患立堂本、浩然堂本無小題「鬭葉」下及詞末之小注。

[二]「椿」，患立堂本、浩然堂本、《詞則・閑情集》作「樁」。

[三] 小注「音葉」，《詞則・閑情集》作「入聲」。

圈點：

「郎是」二句，圈。「給郎」句，點。

《詞則・閑情集》：題上，單點單圈。上闋、「小負」二句，點。

前題 跳索○其戲兩人轉綵繩於砌下，便捷如飛，一人距躍於白光中，吳俗謂之跳百索。[一]

涼夜金街天似洗。打疊銀箏，薰透吳綾被。作劇消愁何計是。髾絲扶定相思子。　對漾紅繩低復起。明月光中，亂捲瀟湘水。匿笑佳人聲不止。檀奴小絆花陰裏。

阮亭云：「明月光中」九字，大好。

《詞則・閑情集》：（「髾絲」句）麗句。（「匿笑」二句）令人失笑。○此意亦未經人道過。

校記：

[一] 患立堂本、浩然堂本無小題「跳索」下之小注。

圈點：

「明月」二句，圈。「檀奴」句，點。

《詞則・閑情集》：題上，單點單圈。「髾絲」句、「明月」二句，圈。「匿笑」二句，點。

前題 聽歌

梔子簾前斟鵲腦。隔著屏山，愛聽銀篆[二]好。唱盡紅鹽人不曉。依稀記是蕭郎稿。　偷得新聲三兩調。悄學春鶯，唇綻櫻桃小。銀蒜輕摇郎到了。和羞吹滅蘭缸早。

《詞則・閑情集》：結有情態，恰好收足「聽」字意。

校記：

[一]「纂」，浩然堂本作「筝」。

圈點：

《詞則・閑情集》：題上，單圈。「銀蒜」二句，點。

前題 迷藏

亞字闌干花一朵。每到花朝，春夢偏難妥。女伴相攜争婀娜。迷藏小捉粧樓左。髻束微鬆蟬翼嚲。怕有人窺，輕合黄金鎖。戲罷偎人苔砌坐。日移交網花陰簸。

阮亭云：押韻都妙。

《詞則・閑情集》：「花朝」二字勿泥，看下章云「玉梅花下交三九」，此不過泛言耳。

圈點：

「每到」二句、「左」、「簸」，圈。

《詞則·閑情集》：題上，單圈。「每到」二句，點。

前題 圍爐

拂曉相逢花美口。如此天寒，何事清晨走。小院緑熊鋪褥厚。玉梅花下交三九。　招入綉屏閒寫久。斜送横波，郎莫衣單否。袖裏任郎沾寶獸。雕龍手壓描鸞手。

西樵云：「雕龍手壓描鸞手」，較「藕花衾壓桃花肉」又警。

《詞則·閑情集》：（「玉梅」句）大雅。（下闋）泥人情態。

圈點：

「玉梅」句，圈。「閒寫久」，點。「斜送」二句、「雕龍」句，圈。

《詞則·閑情集》：題上，單點單圈。「玉梅」句、「斜送」二句，圈。「袖裏」二句，點。

前題 教簫

一帶紅牆剛六幅。忽聽簫聲，欲斷還將續。知是東隣吹鳳竹。邀來教美相思曲。　風起落花紅簌簌。香唾猩絨，小印琅玕束。故説玉人吹未熟。明朝重到黄金屋。

《詞則·閑情集》：「故説」二字妙，是多情人眼中心中事。

圈點：

「香唾」二句，點。

《詞則·閑情集》：題上，單圈。「故説」二句，圈。

前題 中酒

年少雙文能勸酒。笑折花枝，今夜爲郎壽。紅燭厭厭籠翠鈕。飲深忘却春宵久。 若下烏程春釀厚。却笑佳人，腰似三眠柳。明日緑紗窗外走。手摇屈戌粎成否。

阮亭云：寫中酒雅。

《詞則·閑情集》：（「笑折」二句）綿麗有情。（「明日」二句）題後一層妙。

圈點：

「手摇」句，圈。

《詞則·閑情集》：題上，單圈。「笑折」二句、「明日」二句，點。

前題 潛來[一]

滿院姊歸啼惻惻。隔著中門,悵望游絲織。訊至方知娘小極。潛來小揭蜻蜓翼。　怕響金梯行不得。半晌徘徊,纔到菱花側。立久微聞輕歎息。春陰簾外天如墨。

《詞則·閑情集》:結七字寫景,著而不著,其品最高,其味最永。

校記:

[一]小題「潛來」,據患立堂本補,患立堂本原在詞末。

圈點:

「訊至」句,點。「春陰」句,圈。

《詞則·閑情集》:題上,單點單圈。「立久」句,點。「春陰」句,圈。

春閨,同周文夏賦[一]

芳草萋萋人脉脉。緑遍東西,不空南和北。滿院春晴無氣力。海棠花[二]下捱時刻。　惆悵去年逢玉勒。酒市紅[三]橋,此際曾相識。往事不堪重憶得。錫簫陣陣催寒食。

西樵云:「緑遍東西,不空南和北」,咏芳草妙絶,白香山「野火燒不盡」,何處生活？

阮亭云：南北東西，所謂但取錯綜便成名筆。「錫簫」一語，亦是絶唱。

《詞則・閑情集》：（「海棠」句）語意悽惻，然爲輕淺佻滑者作俑。（「往事」二句）結和雅。

校記：

［一］此首《倚聲初集》、《詞則・閑情集》選。《倚聲初集》詞末録阮亭評。詞題，《倚聲初集》無「同周文夏賦」五字。

［二］「花」，《倚聲初集》作「樹」。

［三］「紅」，《倚聲初集》作「花」。

圈點：

「緑遍」二句、「錫簫」句，圈。

《倚聲初集》：「緑遍」二句、「錫簫」句，圈。

《詞則・閑情集》：題上，單圈。「海棠」句，斷句用點。「往事」二句，點。

唐多令

春愁[一]

蟬髩隔花陰。香肌壓翠衾。風前一笑擲[二]千金。記得那時明月底，剛半線、露丹襟。銀鑰杳沈沈。朱樓阻信音。流鶯啼破緑窗深。清淚未彈紅淚滴，流不了、到如今。

王西樵云：全妙在「剛半線」三字。

《倚聲初集》鄒祇謨評：「風前」句所謂俗語雅用，煉字之妙如此。

校記：

［一］此首《倚聲初集》、《東白堂詞選初集》選。

［二］「擲」，《東白堂詞選初集》作「值」。

圈點：

「剛半線」，圈。「清淚」二句，點。

《倚聲初集》：「風前」句、「清淚」句，圈。

《東白堂詞選初集》：無。

廣陵上巳[一]

年少愛風情。紅粧識姓名。杜紫微、此地曾經。今日鬢絲真老大，和燕子、語平生。板渚柳枝橫。津樓酒旆輕。舊繁華、猶記蕪城。正是穠春逢上巳，多少事、麗人行。

王西樵云：牧之十年一覺，風流盡致，獨欠斯語，以待其年。

王阮亭云：記宗定九有詩云「無端舊日梁間燕，古寺相逢獨惘然」，僕最賞之。復見其年此調。

校記：

［一］詞題，患立堂本「巳」誤作「已」。

圈點：

「和燕子」句，圈。

攤破醜奴兒

紀艷

隔簾挼碎相思苣，斜著烏雲。漾著紅巾。嬝嬝亭亭一段春。是耶，難道是、昨宵人。戢門闔却葳蕤鎖，花氣氤氳。月色繽紛。墻角猧兒吠夜分。非耶，誰道是、昨宵人。

王阮亭云：「是耶」、「非耶」，破作兩段，尤極惝怳之致。

圈點：

「嬝嬝」三句、「牆角」三句，圈。

漁家傲

宣城道上[一]

古木叢祠山逕細。野花斑竹粘天際。蕭瑟崢泓誰可擬。墟烟起。家家水驛門斜閉。　三秋搖落悲游子。一鞭自裊西風裏。歇馬溪橋人乍倚。樵夫指。麻姑大好朝來髻。宣城有麻姑山。[二]

王阮亭云：將勿爲王遠所鞭？

校記：

[一] 此首蔣本有。

〔二〕蔣本無詞末注。

圈點：

「麻姑」句，圈。

聞西樵方爲京口三山之游，却寄〔一〕

晴日南徐風景異。蒲帆飽趁春濤駛。一片江山千古事。同兒戲。伯符志業何曾遂。　月下租船人咏史。使君大有凌雲氣。滿目茫茫愁對此。横笛裏。妙高臺上吹新水。

曹顧菴云：頓挫安放之法，以少陵詩爲其年詞。

校記：

〔一〕此首蔣本有。

圈點：

「一片」三句，圈。「横笛」二句，點。

定風波

懷潁川劉公戭，記與茂之、公戭小飲紅橋，幾一年矣，故有此作[一]

昨歲行歌古竹西。廣陵三月柳綿飛。誰更扶筇郊外走。林叟。開元遺事説依稀。　時序飈流驚又換。春半。風光雖似舊游非。緑到江南清潁尾。春水。潺湲好爲寄相思。

王阮亭云：節奏天然。

校記：

［一］此首蔣本有。

圈點：

「誰更」三句，點。「緑到」三句，圈。

醉春風

艷情

月暗蘭缸冥。風細花陰冷。紫茸帳底拍蕭娘，醒。醒。醒。良夜難逢，幽歡可惜，休教酩酊。　活火初烹茗。寶篆猶生鼎。紅蕤[二]枕畔語檀郎，等。等。等。城上人行，籠中鳥喚，如何便肯。

鄒程邨云：鴛鴦枕畔喁喁細語時也。

校記：

［一］「蕤」，患立堂本同，浩然堂本作「粧」。

圈點：

「紫茸」句，點。三「醒」字及後三句，圈。「紅蕤」句，點。三「等」字及後三句，圈。

青玉案

咏糟蟶

春醒未析三更後。橙片切、蒓絲糅。食品廚娘偏解鬭。滑應凝盌，鬆難勝齒，幾瓣嫣紅透。金刀小向霜天剖。越襯出、春纖消瘦。捧處紅糟先欲溜。小姬無語，老饕狂叫，把與梅同嗅。

王西樵云：少時極愛文長咏蟹等詩，讀此一起一結，覺徐爲傖夫。○「把與梅同嗅」五字，妙極風味，不意此題有此。

圈點：「小姬」三句，圈。

咏油車螯

擘鮮海錯金盤瀉。絶爾是、春寒夜。輕點吴酸魂已化。和酥爲滷，帶脂成釀，二月花前榨。生平斫鱠兼行炙。枉行遍、屠門蟹舍。風味似伊休論價。差宜下酒，雅堪鬬茗，攜向江南詫。

圈點：「輕點」句，圈。

咏醉白蝦

半籠春水溶如鏡。早傾向、金盤淨。一片空明嬌掩映。霜鬐半呷，雪肌半挺，似帶春酲病。尋常蝦菜空相競。誰解得、高陽心性。細憶風姿心自省。十分酒氣，三分生氣，羞與侯鯖並。

悔菴云：大爲長須國作價，幾令鼇相公無處生活。

西樵云：三調可與昔人《異魚圖贊》並讀，又當補入《海味索隱》。

圈點：

「十分」三句，圈。

隔浦蓮近拍

飲小三吾亭前古梅下

今朝穠春天氣。袨服爲佳耳。人在梅根冶，暗香疎影迢遰。琖内紅生，杯中緑汎，小吸宜城蟻。消魂死。那人蛾緑，料應玉貌如此。難憑春驛，折寄一枝千里。横笛誰吹東風起。生怕玉鱗，飛著春水。

圈點：

「琖内」四句，圈。

風入松第二體[一]

上巳後二日洗鉢池汎舟即事，同亦史、山濤賦[二]

蜻蛉小泊斷橋東。人在櫓聲中。水面殘霞飛不定，春波靜、暝翠玲瓏。夾岸緗桃斑竹，半船淡月微風。　紗窗盡摘簟紋融。心事暗惺忪。小拂絲楊人語細，春衫碧、恰似新桐。可惜小浯溪上，明朝更與誰同。時阿雲將小別數日。[三]

西樵云：「絲楊」三語，是一幅絶妙著色人物。

阮亭云：「小别麻姑三萬歲」，更復如何？

校記：

[一] 調名下，患立堂本、浩然堂本無「第二體」三字。

[二] 此首蔣本有。

[三] 詞末小注，患立堂本無。

圈點：

「夾岸」二句，點。「小拂」二句，圈。

祝英臺近

詠橘

水濛濛，烟嫋嫋，紅遍江南樹。小陸懷中，數顆偏憐汝。笑他梅子心酸，蓮兒心苦。都讓爾、甘芳如許。　增[一]悽楚。記得解橘春纖，指冷偎人處。一别吴娘，往事渾無據。自從那日傳柑，幾番元夜，總則是、淚珠如雨。

阮亭云：手香江橘，演成佳調，結尤沁人心脾。

校記：

[一]「增」，浩然堂本作「憎」。

圈點：

「記得」二句，點。「自從」三句，圈。

送入我門來

寄書

香茗才情，簪花模樣，斜舒蜜色牋兒。霜毫纔吮，早已淚如絲。楚天樓上湘娥倚，奈湘雨湘烟十二時。説與天涯游子，近日懨懨春病，生怕難支。爲趂雙魚，無物寄相思。真珠滴向紅綃滿，怕綃滑珠圓難寄伊。

圈點：

「真珠」二句，圈。

紅林檎近

詠佛手柑

芳樹來甌越，名同吳下柑。風調軼橙橘，芳華擅闈襜。玉人夜涼酒醒，怪底薰透紅衫。此際寶鴨休添。香氣十分霑。月底偏濯濯，枕畔故摻摻。佳人笑説，雪山花瓣曾拈。自塵情未斷，佛猶如此，合掌長思伴玉纖。

王阮亭云：天若有情，佛猶如此。可見恒河沙數劫不壞，止一情字。

王西樵云：「霑」字尤佳。

圈點：

「佳人」二句，點。「自塵情」三句，圈。

驀山溪

感舊[一]

碧雲薄暮，畫角誰家奏。深院火熒熒，好風輕、翠幃微縐。冰輪徐上，無語掩[二]屏山，金鈎瘦。鮫綃透。人在銀燈後。　年時小苑，良夜曾攜手。低掃淡黄蛾，漫垂垂、玉人紅[三]袖。如今人去，門巷也依然，紅橋口。香街右。一帶青青柳。

王阮亭云：曾記其年一絶云：「豐樂橋南白酒旗，大夫廟後緑楊絲。而今緣盡何須恨，曾見羊車絶妙時。」又《憶法藏寺前柳》云：「一樹青絲拂寺前，毵毵和月復和烟。當時春夜頻來往，曾見依依十二年。」每一諷之，輒有移情之歎。如此詞，亦何減桓子野聞清歌耶？

《雲韶集》：（「金鈎」三句）字字婉麗有情，兼東坡、淮海之長。（「如今」五句）緑楊依舊，人面不知何處去矣，可嘆。

校記：

[一]此首蔣本有，《倚聲初集》、《清平初選後集》、《東白堂詞選初集》、《古今詞匯三編》、《亦園詞選》、《國朝詞綜》、《雲韶集》選。《倚聲初集》詞末録阮亭評。

[二]「掩」，《倚聲初集》、《清平初選後集》、《東白堂詞選初集》、《古今詞匯三編》、《亦園詞選》作「倚」。

[三]「紅」，《倚聲初集》、《清平初選後集》、《東白堂詞選初集》、《古今詞匯三編》、《亦園詞選》作「羅」。

圈點：

「如今」五句，圈。

《倚聲初集》：「金鈎」三句，點。「如今」五句，圈。

《清平初選後集》：「紅橋」三句，圈。

《東白堂詞選初集》：「人去」、「門巷」四句，圈。

《古今詞匯三編》：無。

《雲韶集》：「冰輪」二句，點。「金鈎」三句、「如今」五句，圈。

天穿節次葛魯卿韻宋以正月廿三爲天穿節，相傳女媧氏以是日補天。

曉寒側側，繡户凉如水。燈市火初收，不十日、春喧北里。都城士女，結隊踏天穿，珠絡鼓，畫樓旗，漾在東風裏。　江南詞客，生長烟花地。可惜是穠春，最難忘、夢華遺事。倚闌怊悵，暗裏憶當年，新雨後，板橋西，那處人家醉。

王西樵云：《東京夢華》不殊，《雲烟過眼》未免，有情誰能遣此？

圈點：

「燈市」二句，圈。「珠絡」三句、「倚闌」五句，點。

蕙蘭芳引

詠木瓜花

緑水人家，有一樹、垂垂紅雪。瘦影亞雕闌，啼盡春禽百舌。玉娥睡醒，問何處、麝蘭偷泄。恰侍兒報道，枝上名花纔結。　記得良人，曾經漬粉，去秋時節。歎雖有好香，不比此香清絶。那知花朵，一般芳洌。愛清芬、莫對傍人輕説。古詩云：「良人爲漬木瓜粉。」

圈點：

「玉娥」四句、「記得」，點。「愛清芬」句，圈。

洗鉢池中有贈[一]

客裏無憀，瞥見處、繡簾斜軸。恰暮雨瀟瀟，低唱傷心人曲。相逢却扇，板橋西、數枝春竹。正籠中鸜鵒，吗醒一窩紅玉。　攜上吴裝，一聲欸乃，碧天如沐。愛香藕花輕，偏打向、船窗簌簌。嬌歌妙舞，明眸曼睩。記昨宵、水色半城都緑。

尤悔菴云：一棹淡蕩。

校記：

[一] 此首《東白堂詞選初集》選。

圈點：

「吗醒」句、「記昨宵」句，圈。

《東白堂詞選初集》：「記昨宵」句，圈。

早梅芳近

咏玉蝶梅

整偏佳，斜更好。風格那能到。粉牋欲賦，除是多才李清照。亭亭情意厚，嫋嫋腰肢小。正入春陰重，白處粧樓曉。　夢無憑，愁不了。從古江南道。天寒日暮，此意惟花堪共表。文犀慵再掠，金鴨羞輕抱。撚梅花，今年驛使杳。

鄒程邨云：「西湖寉弔春如醉」，差可與髣髴。

王阮亭云：起三語，美人名士，乃足當此，外人那得知？

圈點：「整偏」三句，圈。「除是」句，點。「夢無」三句、「撚梅」二句，圈。

簇水

春雪

有影無聲，小樓一夜堆瓊稷。撒鹽縈絮，舞遍天涯六出。最愛輕鬆纖軟，雅稱紅閨客。遮不住、空青簾翼。　春陰積。怪此際、曉寒何重，圍紅獸、偎窗隙。樓前莫管，一任騰騰瑟瑟。且瀹鮑家香茗，雪水傾來白。紅日照、消入一池深碧。

曹顧菴云：不數孫夫人雪詞。

圈點：

「最愛」二句、「紅日照」句，圈。

步月

本意[一]

小市門東，板橋巷[二]北，暗中瞥見芳姿。明眸膩臉，夜靜漾[三]簾衣。碧柳映、幾層衫子，紅蕖露、一輛鞋兒。斜靠著、江梅一樹，剛得[四]半開時。　銅駞街又敞，奈珠屏似水，此恨誰知。芙春纖、香橙代解，廻秋水、羅帕親攜[五]。歸去也，一鈎春月水仙祠。

鄒程邨云：直是泥犁中人語。

校記：

[一]此首《今詞初集》、《東白堂詞選初集》、《古今詞選》選。詞題，《今詞初集》無。

[二]「巷」,《今詞初集》、《古今詞選》作「逌」。

[三]「漾」,《東白堂詞選初集》作「颺」。

[四]「得」,患立堂本、浩然堂本作「到」。

[五]「親攜」,《今詞初集》、《古今詞選》作「分攜」。

圈點:

「碧柳」四句,圈。「羑春」二句,點。「歸去」二句,圈。

《東白堂詞選初集》:「一鈎」句,圈。

魚游春水

春陰閨思

盡日香閨悄。纔緪額、東風料峭。可惜紅芳,如此匆匆過了。做暝遥天渾似墨,枚陰野水愁難曉。獨對菱花,横波淼淼。惆悵更誰知道。漫消受、緑篝烟裊。何日剪破層陰,依然春好。料得藁砧愁遠泊,也無燈火來相照。怪底今宵,黄昏偏早。

圈點:

「做暝」二句,點。「料得」二句,圈。

宣清

春夜聞雁

春夜紅蕤枕，怪賓鴻月底，哀鳴如昨。惹青衫、淚甚時乾，引紅閨、睡何曾著。記得當初，楚天烟水，碧湘樓閣。攙玉軫，和金徽，自分西風冷落。一霎年光，又逢春社，萬里鄉心作。憶淼淼蕭關，茫茫沙漠。故園歸歟行樂。花柳江南，儘讓他、鶯啼燕掠。

圈點：「惹青」二句，點。「萬里」句，圈。「花柳」二句，點。

法曲獻仙音

寄嚴覽民、錢寶汾、顧華峯三舍人[一]

蜀肆先生，漢家夫子，新謁帝承明殿。最喜金閨，璧人聯轡，吴郡顧榮揮扇。更傳[二]聞、三株樹，錢起湘靈怨。人傳偏。　思往日、江東婉孌。紅燭下、挾瑟鳴箏公讌。詎料鳳凰池，三子者、一時妙選。十里朱簾，争看煞、黑頭王椽。只凌雲一賦，楊意何時方薦。

王西樵云：前叚歷落可喜，後叚掩抑可思。

王阮亭云：合傳有穿插位置之妙。

校記：

［一］此首蔣本有，《瑶華集》選。詞題，《瑶華集》作「寄嚴蕒民、顧梁汾、錢賓汾三舍人」。

［二］「傳」，患立堂本、浩然堂本作「鷩」。

圈點：

「蜀肆」二句、「吴郡」句，點。「十里」四句，圈。

東風齊著力

花朝［一］

春困初濃，春愁難妥，又是花朝。蝦鬚半軸［二］，蛾緑不曾描。記得去年玉勒，相逢在、絲雨長橋。鞦韆社，綉旗不定，畫鼓頻敲。　流水淥［三］迢迢。人不見、粧成知爲誰嬌。穠春［四］病酒，雙臉印紅潮。欲借鴛機論恨，回文字、帶淚斜［五］挑。腸斷也，百花生日，只是無聊。

《雲韶集》：「又是」二字，感歎無限。（「人不」三句）即「膏沐爲誰容，倚樓春夢中」之意。

《左庵詞話》：陳維崧詞：「腸斷也，百花生日，只是無聊。」恰是詞中絶妙語。

汪世雋《國朝詞綜偶評》：（「記得」二句）此景甚佳，那得不成追憶，况花朝耶？

校記：

［一］此首《今詞初集》、《亦園詞選》、《古今詞選》、《昭代詞選》、《國朝詞綜》、《雲韶集》選。詞題，《今詞初集》無，《亦園詞選》作「無題」。

［二］「軸」，《今詞初集》、《亦園詞選》、《古今詞選》作「捲」。

［三］「淥」，《今詞初集》、《亦園詞選》、《古今詞選》作「碧」。

［四］「春」，《今詞初集》、《亦園詞選》、《古今詞選》作「香」。

［五］「斜」，《今詞初集》、《亦園詞選》、《古今詞選》作「重」。

圈點：

「相逢在」句、「腸斷」三句，圈。

《雲韶集》：「又是」句，圈。「鞦韆」三句、「欲借」二句，點。「腸斷」三句，圈。

絳都春第一體

咏蛺蝶

誰家佛助，想一縷裙花，做成紅雨。青草如烟，淥水如羅，被陣陣東風，吹向晴空舞。又傍平蕪來去。桃花門巷，菜花天氣，輕狂無數。嬌嫭。留他不住。更砌畔濛濛，牆頭栩栩。飄零蕩漾，一春夢裏曾如許。料伊也爲多情悮。只愁撲蝶園中，癡憨兒女。

王阮亭云：寫得蛺蝶有魂。

圈點：「誰家」句，點。「飄零」三句，圈。「只愁」二句，點。

卷三《烏絲詞》卷三

烏絲詞卷三

宜興 陳維崧其年 撰

萊陽 宋琬荔裳、嘉善 曹爾堪顧菴 評

休寧 孫默無言 較

長調

滿江紅

悵悵詞[一]

咄汝青衫，奚不去、白楊荒漠。歎是處、病蘭不笑，瘦琴空削。鄰酒紅來心久死，越娘紫去懷長惡。猛耳酣、追憶玉箋河，驚流落。　東籬屐，西紈芍。北金谷，南銅雀。只詞流騷艷，供伊談噱。百不憐人游獵賦，一生悞我靈光作。向要離、塚上以呼余，余曰諾。

王阮亭云：拊髀撫膺，可續文章九命。

校記：

[一]此下五首《倚聲初集》選，此首詞末評語同。詞題，浩然堂本題後加「五首」。

圈點：

「百不」四句，圈。

《倚聲初集》：「咄汝」句、「越娘」句、「百不」四句，圈。

前題[一]

日夕此間，以眼淚、洗胭脂面。誰復惜、松螺脚短，不堪君薦。幾帙罵人鸜鵒著，半床詛世芙蓉譔。笑嶔嵜、俠骨縛青衫，奚其便。　曷不向，青河戰。曷不向，青樓宴。問何爲潦倒，青藜筆硯。老大怕逢裘馬輩，顛狂合入烟花院。誓從今、傅粉上鬚眉，簪歌釧。

王阮亭云：插身淨丑場，演作天魔戲，令人却憶升庵滇南時也。[二]

校記：

［一］患立堂本、浩然堂本此下四首皆不標「前題」。

［二］《倚聲初集》詞末評語同。

圈點：

「日夕」三句、「縛青衫」、「青河戰」、「青樓宴」，圈。

《倚聲初集》：「日夕」三句、「幾帙」四句、「顛狂」三句，圈。

前題［一］

腰綵唇朱，渾粒就、腐儒花靨。堪噴飯、騷腸賦骨，也來帖括。兒輩不關詩酒事，乃公偶墮文章刼。看他年、百隊罽如霞，夔州獵。　緗千卷，澆玄蝶。螺千縛，漂丹蛄。也扶風歌彈，陳留花鑷［二］。梔子街前捎粉盜，鳳凰橋下薰香俠。更［三］偏軍、夜繞甑山城，師常捷。

王西樵云：余舊有句云「耽文只被文章累，有硯不焚真大癡」，正髯所云「乃公偶墮文章劫」也。［四］

《倚聲初集》阮亭云：長卿慢世。

校記：

［一］此首《古今詞選》、《昭代詞選》選。

［二］「鑷」，《倚聲初集》、《古今詞選》作「䥫」。

［三］「更」，《倚聲初集》、《古今詞選》作「便」。

［四］《倚聲初集》詞末無西樵評，別有阮亭評。

圈點：

「乃公」句，圈。「捎粉盜」、「薰香俠」，點。

《倚聲初集》：「兒輩」三句、「鳳凰」三句，圈。

前題［一］

一畝書齋，白楊樹、今番滿矣。想十載、墨池滋味，不過如此。芍藥風流可賜緋，丁香年少宜衣紫。問奚爲、蹀躞鸕鷀橋，無聊子。　簫欲哭，紅冰璽。琴欲笑，玄霜藥。歎騷茵墨寶，命儕歌婢。硯締半車蘭葉鬼，詩斟一斛茶花髓。也紅顏、絶代可憐人，因誰死。

鄒程邨云：長爪生天才瑰詭，有其年起爲匹敵。諸詞離奇險麗，字字《湘君》、《山鬼》之亞，昌谷而上，惟有左徒，真令讀者歎絶［二］。

校記：

[一] 此首《清平初選後集》選。

[二]「真令讀者歎絶」，《倚聲初集》無此六字，餘同，依例未標「鄒程邨云」。

圈點：

「硯締」二句，圈。

《倚聲初集》：「白楊樹」句、「丁香」句、「簫欲哭」、「琴欲笑」、「硯締」四句，圈。

《清平初選後集》：「一畝」二句、「芍藥」二句、「硯締」四句，圈。

前題

白柳黄[一]羊，宛繪出、傷心片幅。酸切處、短霜供爨，古烟供讀。觴吳於君何必怒，飄浮似我原堪哭。聽黄陵、磯畔夜深船，凄涼曲。　黎園内，絲憎肉。田園内，花欺粟。更梟麻謅錦，賫葹讒菊。百隊錢刀爭作橫，一身風雅單爲僕。倚酒悲、亂擊紫珊瑚，嗚如筑。

王西樵云：涉筆便騷怨，嗚咽處如聽鼓三峽流泉。「絲憎肉」、「花欺粟」，非特警策，亦且寄託深遠。至「一身風雅單爲僕」，不覺盡情寫出矣，其言尤痛切逼真。[二]

王阮亭云：文章滿腹不如一囊錢，古今如此，何必[三]與流輩競眉睫耶？陳生過矣。

《倚聲初集》鄒祗謨評：昔唐寅有《悵悵詩》六首，讀者酸鼻。其年以忼激勝之，又令讀者捉鼻喚奈何也。

《詞苑叢談》：陳其年既失意無聊，嘗賦悵悵詞云（詞略，録其一、其二、其五）。涉筆騷怨鳴咽。王司州阮亭見之，大爲歎絶。

湯大奎《炙硯瑣談》：宜興陳其年維崧失意無聊，賦惆悵詞三章，王阮亭司理揚州，一見歎絶，遂締交。尾半闋云（録其五下片），怨極矣！然不如此則不快。

《賭棋山莊詞話》：其年爲諸生時，曾爲某學使所忌，必欲置之劣等，借端訓飭以辱之，先期出遊方免。故集中有悵悵詞云（録其三上片）。余每讀此詞，輒爲失笑。因思國初儻非鴻博一舉，則已未榜中諸老，如其年、電發、大可、志伊以及二大布衣，皆槁項牖下以終耳，國家何以收人文化成之治哉？則甚矣七百字之足令英雄短氣也。

校記：

[一]「黄」，《倚聲初集》作「紅」。

[二]《倚聲初集》無西樵評，别有鄒祗謨評。

［三］「何必」，《倚聲初集》作「又何必」。

圈點：

「絲憎肉」、「花欺粟」、「百隊」四句，圈。

《倚聲初集》：「飄浮」句、「絲憎肉」、「花欺粟」、「百隊」四句，圈。

咏雪宫闈［一］

雪灑彤墀，看帝里、風光不惡。恰喜是、銀裝絳灌，瓊雕衛霍。粉椽班中年尚少，玉兒宫裏腰初約。更太平、天子坐當中，簾垂著。　御溝畔，争寒雀。寶鼎外，山呼却。喜臣心似雪，朕之良藥。瑟瑟六花籠翠幄［二］，泠泠萬點敲金鑰。問鵷行、誰擅郢中才，從頭索。

王阮亭云：曹植馬、謝莊衣，都不及此。

校記：

［一］此下八首蔣本有。此首《絶妙好詞今輯》選。詞題，浩然堂本作「咏雪疊韻八首」。「宫闈」及此下諸小題，患立堂本均置詞末；《絶妙好詞今輯》無「宫闈」小題。

[二]「幄」，《絶妙好詞今輯》誤作「握」。

圈點：

「銀裝」二句、「粉椽」、「玉兒」、「更太」二句、「問鴉」二句，圈。

前題[一] 閨閣

連日微陰，梅花外、數聲姑惡。憔悴是、淨持小女，兒家姓霍。春夢晝寒偏易醒，髻絲指冷應難約。思沉沉、獨自抱銀箏，人猜[二]著。　釵梁燕，鞋幫雀。簪處顫，移來却。看糝平鴛瓦，鋪明紅藥。沾濕怕污郎白馬，玲瓏不辨奴青鑰。問何時、乾鵲噪香奩，從天索。

王西樵云：「人猜著」三字，意中言外。

校記：

[一] 此首《亦園詞選》選，詞題作「春寒」。患立堂本此下七首皆不標「前題」。

[二]「猜」，《亦園詞選》作「倩」。

圈點：

「人猜著」、「糝平」、「鋪明」、「從天索」，圈。

前題塞外

萬里茫茫，穹廬畔、風狂雪惡。歎當日、漢家蘇武，功高衛霍。迢遞南天鴻雁信，凄涼北海羝羊約。縱飢來、朔雪亦堪吞，無衣著。　傳書犬，啣環雀。忠孝事，難忘却。看詩誇同澤，史譏嘗藥。夢到龍樓飄瑞雪，六宫夜宴黄金鑰。正醒時、蘆笛起邊愁，風蕭索。

圈點：「縱飢」二句，圈。

前題樓中

六出花飛，側耳聽、金鈴犬惡。正滕六、撒鹽飛絮，瀰漫揮霍。緗罷額黄簾四捲，粧成蛾緑鈎雙約。任樓頭、倚遍玉闌干，難安著。　歌竹子，彈翎雀。舊時曲，都抛却。悔姮娥清冷，多因偷藥。燒盡深閨紅獸炭，闔殘别院文鱗鑰。只雪沙、淅瀝打空堦，秋千索。

圈點：「只雪」二句，圈。

前題袁宅

四世三公，袁高士、人身不惡。也不羨、東朝田竇，西京金霍。大雪不知秦與漢，平生詎習從衡約。笑本初、公路亦家駒，争殘著。　穿花蝶，啣梅雀。土銼冷，高軒却。縱蒲輪束帛，誤人之藥。煖足那須東閣被，安心自守空山鑰。任門前、白盡漢江山，休相索。

王阮亭云：于桃花源外，别出一奇徑。

圈點：

「笑本」二句、「任門」二句，圈。

前題馬上

大獵城南，此年少、王家鎮惡。何况是、姿容比玠，從奴勝霍。帶雪能騎千里馬，殺人不受三章約。正射鵰、時候暮雲平，弓弦著。　能逐兔，能探雀。揮杯飲，休辭却。向諸君笑語，此非鴆藥。旦日醉從屠狗博，昨宵怒奪城門鑰。看蹁驪、玉色雪中馳，難追索。

程崑崙云：讀之不覺其悲壯，但覺其婉麗。

圈點：

「此年少」句，點。「帶雪」二句、「弓弦著」，圈。「向諸」二句，點。

前題 曲中

舉舉師師，正春病、心情小惡。蚤則是、雪飛寶篆，寒生錦霍。無力渾如儂樣性，難憑恰似郎邊約。倚銀箏、小語罵輕狂，偏偎[一]著。縈簾蒜，騰釵雀。斜復整，行還却。好搗殘玉杵，和他面藥。睡眼初瞤驚六出，曲中小響倉琅鑰。又平康、狎客喚銀瓶，褰簾索。

校記：

[一]「偎」，蔣本作「猥」。

圈點：

「正春病」句，點。「無力」四句、「和他」句，圈。「又平」二句，點。

前題 酒家

大雪江天，笑萬里、北風作惡。拚只向、屠門大嚼，磨刀霍霍。季布田中亾命客，盧家堂後消魂約。正雪深、兀坐酒樓中，思量著。 車中婦，山頭雀。恨不了，愁難却。總無如一醉，勝他行藥。小婦且擎紅玉椀，金吾漫鎖春城鑰。拍糟床、極愛酒家郎，頻呼索。

王阮亭云：此人胸中叵測。○又云：僕此評甚佳。

圈點：

「季布」四句，圈。

陳郎以扇索書，爲賦一闋父名陳九，曲中老教師。[一]

鐵笛鈿箏，還記得、白頭陳九。曾消受、妓堂絲管[二]，毬場花酒。籍福無雙丞相客，善才第一琵琶手。歎今朝、寒食草青青，人何有。 弱息在，佳兒又。玉山皎，瓊枝秀。喜門風不墜，家聲依舊。生子何須李亞子，少年當學王曇首。對君家、兩世濕青衫，吾衰醜。

王西樵云：每誦其年此等詞，便如讀天寶遺事數則。

徐釚《本事詩》後集卷十二：按，陳九，徐郎教師也。其年有《滿江紅》一闋云云，蓋爲陳九題扇也。

《雲韶集》：悲歌嗚咽，真正絶唱。（上闋）字字是淚。（「生子」四句）情詞都佳，骨力亦警拔。

《詞則·放歌集》：悲歌嗚咽，不堪卒讀。

《迦陵詞選評》：岳倦翁諫稼軒用事多，稼軒未必肯納也。雖其年加厲矣，正未覺其多。全賴故實滿紙，寫成滄桑一片，倦翁竟不知耶？

校記：

［一］此首蔣本有，《古今詞選》、《昭代詞選》、《雲韶集》、《詞則·放歌集》選。詞題，《雲韶集》、《詞則·放歌集》作「爲陳九之子題扇」。

［二］「管」，《雲韶集》、《詞則·放歌集》作「竹」。

圈點：

「鐵笛」二句，點。「生子」四句，圈。

《雲韶集》：上闋、「生子」四句，圈。

《詞則·放歌集》：題上，雙圈。「歎今」二句、「生子」四句，圈。

江村夏咏[一]

百頃風潭，鎮日展、風漪八尺。向此處、未妨飲噉，且須琴弈。籬笋細醃紅縷豉，吳鹽小下銀絲鯽。待體中、脱復有佳時，哦周易。　北垞外，寒雲白。西崦畔，蒼烟積。更水鳧將子，縱横飛拍。老子難抛白玉麈，少年喜拓黄金戟。總風情、輸與牧牛兒，斜陽笛。

曹顧菴云：有此下酒物，江村亦復不惡。

校記：

[一] 此首蔣本有。詞題，浩然堂本題後加「十首」。

圈點：

「籬笋」二句，圈。「待體」二句，點。「總風」二句，圈。

前題[一]

野水濛濛，掩映處、烟扉三兩。羨門外、黄雲穲稏，麥場如掌。吪吪村頭驅犢返，瀰瀰江口叉魚往。喜田園、四月不曾閑，人勞攘。　嫩晴後，桑陰敞。老屋下，田歌漾。更芋區新灌，鵝羣初放。婆餅焦啼秧馬活，社公雨過繅車響。笑吳儂、原住五湖邊，曾呼長。

校記：

［一］患立堂本、浩然堂本此下九首皆不標「前題」。

圈點：

「婆餅」二句，圈。

前　題

罯彴東頭，有蟹舍、斜連荻市。追涼處、田夫説餅，風情靡靡。餺飥瀰匙薑韭滑，餦餭膠口椒橙美。更傳聞、櫻笋賤如泥，今年裏。　叉手舞，揎拳起。缸面酒，長腰米。想大官廚味，不過如此。老我田園河射角，笑他仕宧［一］車生耳。瀉湖風、剛趂此時來，欣然喜。

校記：

［一］「仕宧」，患立堂本、浩然堂本作「宧仕」。

圈點：「追涼」二句，點。「想大」二句、「漏湖」二句，圈。

前題[一]

碧浪初圓，凭水閣、脱巾獨立。誰作伴、數竿籬竹，一甌茗汁。似有聲來茶磑轉，斷無人處村舂急。正日長、撥悶枕書眠，斜川集。槿花上，珠堪吸。荳花底，涼堪裛。看瀰茫一派，雨簑烟笠。搏[二]黍鳥啼勤又嬾，鯆魚風起吹還澁。恰銜泥、隣叟墊巾來，苙鞋濕。

校記：

[一]此首蔣本有。

[二]「搏」，蔣本、患立堂本、浩然堂本作「摶」。

圈點：「似有」二句，圈。「勤又嬾」、「吹還澁」，點。

前題

雨欲成時，聽村北、村南鵓鴣。行藥[一]處、崖門藤束，溪腰樹夾。水剪越羅吳縠樣，山臨范綏倪迂法。任科頭、箕踞受松風，新涼霎。何必學，呼名鴨。且自荷，隨身鍤。儘一丘一壑，此生寧乏。雲起怒排臨陣馬，澗鳴冷試搊箏甲。更歸來、滴滴玉蛆聲，糟床壓。

校記：

［一］「藥」，患立堂本、浩然堂本作「樂」。

圈點：

「雨欲」三句，點。「水剪」三句，圈。「呼名鴨」、「隨身鍤」、「雲起」二句，點。

前題［一］

丁字畦邊，見一帶、陰陰夏木。扶蹺甚、釣絲斜漾，菱絲大熟。鶯煖鮰魚新上市，草香蠶子齊登簇。喜炊烟、一縷裊江邊，燃湘竹。　茭鷄唱，溪流足。姑惡叫，山光緑。聽樵歌正斷，漁歌又續。泥滑婦愁微雨饁，村深兒趁朝涼讀。更柳塘、吹起牸牛風，波如縠。

校記：

［一］此首蔣本、《百名家詞鈔》本有，《昭代詞選》、《國朝詞雅》選。詞題，《百名家詞鈔》本作

「江村夏日」。

圈點：

「鶯煖」二句、「村深」句，圈。

《百名家詞鈔》本：「鶯煖」四句、「泥滑」四句，圈。

前題

罨畫銅官，都繚繞、吾廬左右。論生計，蹲鴟一頃，菰蒲百畝。矮屋村扉多蘸水，澄潭釣艇斜依柳。恰月明、漁網截江來，歌銅斗。　烟漸斂，籠鴉舅。雨又作，鳴鳩婦。正湖風側帽，林花墮酒。戲就攤錢淮估語，悶思斫鱠吳娘手。待明朝、重榨甕頭齏，呼溪友。

圈點：

「恰月」二句，圈。「籠鴉舅」、「鳴鳩婦」，點。「悶思」句，圈。

前題

澤國人家，門以外，水田渺渺。無過是、明潭淺瀨，烟蒲風篠。雪浪江帆喧晝夜，鷄頭菱角知多少。泊數行、笭箵忒玲瓏，漁蠻遶。　新暑退，蘆塘窅。殘月映，溪堂皎。且榜他碧石，沽來清醥。一雨平湖凉思滿，數聲林笛離情悄。正水雲、空闊晚冥冥，沙鷗矯。

圈點：

「雪浪」四句、「沙鷗矯」，圈。

前　題

天水空濛，蘆花内、茆庵一箇。長夏裏、溪干乘興，短篷掀簸。十里烟波鷗世界，半盂茗汁僧功課。更寺門、竹翠劇憐人，如何唾。　洗鉢罷，苔陰坐。揰琴歇，花關卧。愛栗留聲脆，枇杷葉大。便住隨師聽浴鼓，再來何日開烟柁。約搓橙、剖橘好時光，還重過。時過浣花禪院[一]。

校記：

[一]「院」，患立堂本、浩然堂本作「師」。

圈點：

「鷗世界」、「更寺」二句、「愛栗」二句，點。「便住」四句，圈。

前題

三伏炎敲[一]，吳牛喘、老顛欲裂。詎便少、池荷半畝，山松百尺。赤日紅塵那可耐，哀梨并剪無從覓。且臨風、快讀劍南詩，傾一石。　堂堂處，裝何急。咄咄處，人都逼。算功名馬矟，關山梁益。緑髩雙螯寒夜擘，白頭猛虎霜天射。漸卷終、不覺海風生，氷車砉。方讀劍南老人集。[二]

鄒程邨云：「哀梨并剪」，即以贈老髯何如？

尤悔菴云：數首情景真率，而造語殊復新警駢麗，故勝渭南老子多許。

校記：

[一]「敲」，患立堂本作「歊」，浩然堂本作「熇」。

[二]詞末小注，患立堂本、浩然堂本無。

圈點：

「赤日」二句，「漸卷」二句，圈。

歲暮渡江，用宋荔裳觀察、曹顧菴太史、王西樵考功倡和原韻

六幅蒲帆，掠江下、玻璃緑漲。中流處、舉杯遥賀，焦先無恙。一片鄉愁殘壘下，五更僧語空舲上。喜網來、白小不論錢，漁蠻餉。　看蟹舍，沙頭漾。聽銅斗，船頭唱。喝岷江有水，速成醇釀。估客使船都似馬，吳兒踏浪何須杖。剪燭花、醉眼看魚龍，離奇狀。

王西樵云：孝然不溺不焚，世網所不嬰，憂患所不入也。「賀焦先無恙」，含意甚多。結語尤奇聳光怪。

圈點：

「中流」三句、「五更」句、「剪燭」三句，圈。

舟次潤城，謁程崑崙別駕[一]

此地孫劉，想萬馬、川騰谷漲。公到日、雄關鐵鎖，東流無恙。上黨地爲天下脊，使君文在先秦上。更縱横、羽檄氣偏豪，籌兵餉。　天上月，波心漾。隔江笛，樓頭唱。歎江山如此，可消官釀。側帽高張臨水宴，掀髯勇策登山杖。踞寒崖、拂蘚剔殘碑，猿猱狀。先生重刻焦山《瘞寉銘》。[二]

《詞則·放歌集》：（「公到」四句）魄力雄勁，下語如生鐵鑄成。

《迦陵詞選評》：只「使君」一句對得精神，遂令全篇生色。

校記：

［一］此首《詞則·放歌集》選。詞題，浩然堂本後有「仍用前韻」四字。

［二］詞末小注，諸本無。

圈點：

「歎江」二句、「踞寒」二句，圈。

《詞則·放歌集》：題上，單點雙圈。「公到」四句、「側帽」四句，圈。

懷阮亭［一］

隋帝宫門，楊柳岸、春濃花漲。曾密報、杜家書記，平安無恙。相賞每多松石意，此情原在錢刀上。記紅橋、風月六年游，皆君餉。　瓜果讌，離旌漾。禪智寺，驪歌唱。任吴霜髩裏，漸爲君釀。漫説休文圍帶減，吾年四十還須杖。夜闌時、夢汝帽簷斜，論詩狀。

《詞則·別調集》：（「漫説」四句）筆筆生動。

校記：

［一］此首《詞則·别調集》選。詞題，浩然堂本後有「疊前韻」三字。

圈點：

「相賞」三句、「夜闌」三句，圈。

《詞則·别調集》：題上，雙圈。「相賞」三句、「漫説」四句，圈。

聞阮亭罷官之信，并寄西樵［一］

鼎鼎朱門，滿眼是、膨脝腹漲。誰得似、心情半嬾，風情微恙。阿堵考君材最下，孔方阻爾書難上。算人間、只有芰荷裳，堪相餉。　華不注，樵風漾。轅固里，蠶娘唱。使漸離和曲，杜康佐釀。才子爲官休亦好，弟應荷篠兄攜杖。記相人、原説使君非，癡肥［二］狀。

王西樵云：「『心情』八字，是名士上考語，非衛洗馬一輩人不能當也。〇甲辰冬南下途中，聞貽上遷官，曾有詩寄，起句云『骨相皆非相與卿，雄文空復擅研京』，讀其年此結，語何相似耶？〇『弟應荷篠兄攜杖』，儻繪作一圖，定極可觀，勝塤篪、龍鳳等舊語也。

《清詞玉屑》：迦陵與西樵、阮亭昆弟皆至契，客揚州時，適阮亭爲司李，留連甚久，别後爲《滿江紅》詞寄之，具見交摯。迨阮亭罷官，聞耗，復賦是調慰之，兼寄西樵云。（詞略）推重二王而斥盡諸子，猶是狂奴故態也。

校記：

［一］詞題，浩然堂本後有「再疊前韻」四字。

［二］「肥」，《清詞玉屑》作「絶」。

圈點：

「心情」三句、「才子」四句，圈。

乙巳除夕立春［一］

爆竹一聲，吾廬外、千門烟漲。喜今夜、新春殘臘，田園無恙。南國舊游稀眼底，西京遺事來心上。記黏鷄、彩燕廿年前，攔街餉。　滄桑換，都抛漾。頭顱老，休歌唱。且左燒紅燭，右傾家釀。鬱壘欹斜頭上帽，神荼脱落腰間杖。笑人憐、桃偶偶憐人，同斯狀。

王西樵云：詼語歷落，令人想東方先生也。

校記：

［一］詞題，浩然堂本後有「仍用前韻二首」六字。

圈點：

「記黏」三句，點。「鬱壘」四句，圈。

前題［一］

父念兒耶，珠淚迸、溪流同漲。屈指算、四時作客，三秋抱恙。山左未尋周櫟下，廣陵且覓王貽上。乍榴花、時節載愁還，堪誰餉。 弱女嫁，羅衣漾。諸弟隔，羈鴻唱。又匆匆去買，高郵雪釀。寒夜纔歸陽羨棹，燈前擬試金焦杖。向泉臺、泣數一年間，飄零狀。

王西樵云：起結語不忍讀。○「榴花時節載愁還」，雖不堪持贈，差免關稅，亦一快也。

校記：

［一］患立堂本、浩然堂本不標「前題」。

圈點：

「父念」三句，點。「向泉」三句，圈。

將爲鄧尉看梅之行，先寄吴中諸子[一]

二陸三張，曾轟飲、劍池春漲。吾語女、千年花草，至今無恙。柳絮微風胥渡口，梨花細雨皋橋上。自别來、僕病負諸君，蕁鱸餉。　悵悵甚，游絲漾。芒芒極，雛鶯唱。漸欲寒欲煖，暗將梅釀。我意巾車還躍馬，君其挈榼兼扶杖。待月明、飽玩萬山巔，横斜狀。

校記：

[一]此首《古今詞選》、《昭代詞選》選。詞題，浩然堂本後有「疊前韻」三字。

圈點：

「漸欲」二句、「待月」二句，圈。

贈朱亦巖先生[一]先生楚人。

湘入瀟波，極望處、楚天碧漲。來領袖、五湖詞賦，齊盟無恙。蕭帝宅荒葭菼外，昭君村在秭歸上。羨風騷、兩地仗斯人，從天餉。　珠玉走，龍蛇漾。白雪和，幽蘭唱。看江花狼籍，班香醖釀。他日定爲公子繡，此時敬撰先生杖。謝君侯、未面已憐余，踈狂狀。

王西樵云：此顧菴江村舊韻，僕憂患中一再和之，客夏湖上出示顧菴。後同荔裳往復用韻，遂各得八首。顧菴又與既庭、展成倡和於吳門，此外繼和者不下數十家。長調和韻之盛，殆無出於此矣。今觀其年八調，瑰詭驚奇，風雨魚龍，膠葛筆端，恐曹、尤諸公，亦當辟舍，不但僕也。

校記：

［一］詞題，浩然堂本後有「再疊前韻」四字。

圈點：

「謝君」二句，圈。

何明瑞先生筵上作辛巳歲，先生在陽羨令幕中，拔予童子第一。［一］

陽羨書生，記年少、劇於健馬。公一顧、風鬟霧鬟，盡居其下［二］。兩院黄驄佳子弟，三條紅燭喬聲價。恰思量、已是廿年前，凄凉話。　鐵笛呌，南徐夜。玉山倒，西窗下［三］。且撏蒲六博，彈箏行炙。被酒我思張子布，臨江不見甘興霸。只春潮、濺雪白人頭，堪悲咤。

西樵云：豪蕩感激，飛揚跋扈，辛、陸之外，别見爽颯。

《詞則·放歌集》：（「恰思」二句）一筆叫醒，龍跳虎卧。（「被酒」四句）蒼茫感喟。

《迦陵詞選評》：愈叫囂，愈雅麗，奪竹山之胎矣，究未能换稼軒之骨，蓋稼軒沈鬱之極，雅麗全泯。

校記：

[一] 此首蔣本有，《今詞初集》、《古今詞匯三編》、《古今詞選》、《昭代詞選》、《詞則·放歌集》、《全清詞鈔》選。詞題，《今詞初集》、《古今詞匯三編》作「贈何廷瑞先生，是識余童子時者」。

[二]「下」，《古今詞選》作「亞」。

[三]「下」，《今詞初集》、《古今詞匯三編》作「炧」。

圈點：

「恰思」二句、「被酒」四句，圈。

《古今詞匯三編》：無。

《詞則·放歌集》：題上，單點雙圈。「恰思」二句、「被酒」四句，圈。

滿庭芳

紀夢[一]

黄入東風，緑來南内，夢中春水玲瓏。箇儂香粉，髣髴也曾經。還是篋錢堂上，當年事、有影無形。高樓外，珠圓鶯脆，隔院已聞聲。　衷情。渾欲訴，新愁點點，舊恨星星。奈一場春夢，不甚分明。此際銀燈耿耿，羅衾濕、紅淚如冰。難分手，滿街細雨，愁煞夢回程。

《詞則・閑情集》：（「奈一」七句）纏綿凄斷。○若遠若近，極恍惚之致。

校記：

［一］此首《詞則・閑情集》選。

圈點：

「黄入」三句、「難分」三句，圈。

《詞則・閑情集》：題上，雙圈。「奈一」七句，圈。

鳳凰臺上憶吹簫

閏六月七日爲牛女作懊惱詞

翠鵲橋虛，珠匏路杳，懊儂情思無憀。奈粉河一望，靈匹難招。寄語天邊織室，雙鴛杼、纖指休抛。停梭怨，金徒箭永，青女粧遥。　迢迢。常時此夜，正微褰麝幰，小駕龍軺。記衣香鬌影，髣髴今宵。屈指[二]經年離别，依然又、淚滴紅綃。差喜是，凉秋不遠，准備魂消。

校記：

［一］「屈指」，原本無，據患立堂本、浩然堂本補。

圈點：

「記衣」二句，點。「（屈指）經年」五句，圈。

和漱玉詞

蘸水垂楊，漫天絲柳，千條萬緒樓頭。正圓冰清淺，斜嚲簾鈎。擬把玉容重整，纔匀面、怊悵還休。㦬㦬甚，今春三月，忒似深秋。　堪羞。韶華縱好，奈舊情已换，往事難留。只梁間玉剪，勸我登樓。簾押朦朧未捲，青山外、不忍凝眸。無過是，瀟瀟春雨，點點離愁。

圈點：「慨慨」三句、「無過」三句，圈。

水調歌頭

被酒與客語[一]

老子半生事，忼慨喜交游。過江王謝子弟，填巷哄華騶。曾記獸肥草淺，正值風毛雨血，大獵北岡頭。日暮不歸去，霜色冷吳鉤。　今老大，嗟落拓，轉沉浮。疇昔博徒酒侶，一半葬荒丘。閉置車中新婦，羞縮嚴家餓隸，説著亦堪愁。我爲若起舞，若定解此不。

王西樵云：讀此爲髯一擊唾壺，歌「伏櫪」。

《詞則·放歌集》：行神如空，行氣如虹。

校記：

［一］此首蔣本有，《昭代詞選》、《詞則·放歌集》選。

圈點：

「閉置」五句，圈。

《詞則·放歌集》：題上，雙圈。「老子」三句、「閉置」三句，圈。

題余氏女子繡西施浣紗圖，爲阮亭賦

婀娜針神女，春晝繡西家。聞道若耶溪上，淥水漾明沙。爲憶吴宫情事。驀地養娘來至。羞臉暈朝霞。忙向屏山畔，背過髻邊鴉。　一春愁，三月雨，滿欄花。西施未嫁，當初情緒記些些。靠著繡床又想。拈著鴛針又放。幽思渺無涯。一幅鮫綃也，錯認越溪紗。

王西樵云：「靠著繡床」二句，寫得幽孄殢人。

圈點：

「靠著」二句，圈。「一幅」二句，點。

夏初臨

本意

麥浪搓晴，槐陰攔雨，小樓無限思量。九十韶華，誰憐歸去堂堂。屏山敞盡瀟湘。漸淩波、玉剪飛忙。此時天氣，今年情緒，大抵倀倀。　天涯羈旅，煞甚淒涼。慣推中酒，怕説思鄉。江東故苑，正逢櫻笋時光。何日吳裝。傍柳綿、小泊斜陽。倚蟲娘。一春愁病，説與端詳。

圈點：「搓」、「攔」、「此時」三句，點。「一春」二句，圈。

八聲甘州

月夜守風江店

對清光一碧倚江城，獨立怨飄蓬。最惱人懷抱，危檣匝地，殘堞當空。遥想故園粧閣，擁袖側金蟲。歎息藁砧去，烟水濛濛。　一派銀濤雪浪，瀉青銅鏡底，白雁聲中。料嫦娥清冷，此際與人同。且消停、三更茅店，任隔垣、紫馬夜嘶風。消魂也，江愁衛玠，月想王恭。

鄒程邨云：滿紙江濤聲，令人有離鄉之感。

圈點：

「瀉青」二句、「且消」二句，圈。

倦尋芳

早春偶過農部伯父廢園感賦[一]

敗屋東頭，偶然行散，十分情重。滿地苔錢，雨榭烟廊都空。蘸水燕雛晴故掠，蔭街[二]絲柳風偏[三]羙。傷情[四]處，是舊家年少，登山一慟。記當日、孝標姊妹，僧綽兒郎，嬉遊曾共。多少春衫斜著，金鞭閒控。一自攀髯人去早，江南鶯燕成何用。拚此生，繡户珠簾，付之一夢。

鄒程邨云：李泰伯《洛陽名園記》爲他家感槩耳，何似舊家年少，語語清切？

王阮亭云：兩結句妙。

校記：

［一］此首蔣本、《百名家詞鈔》本有。詞題，《百名家詞鈔》本無「感賦」二字。

［二］「街」，《百名家詞鈔》本作「堦」。

［三］「偏」，《百名家詞鈔》本作「徧」。

［四］「情」，《百名家詞鈔》本作「心」。

圈點：

「敗屋」三句，圈。「故掠」、「風偏美」，點。「傷情」三句、「拚此」三句，圈。

《百名家詞鈔》本：「蘸水」二句、「一自」五句，圈。

玉人歌

楊枝今歲二十，爲于齊紈上作小詞

當日事。記陌上青絲，垂垂踠地。拖烟蘸雨，已解藏鴉未。真珠簾額香毬墜。做盡輕狂意。影濛濛、紅日三竿，白花十里。　水驛飄零子。謝青眼相看，綰人征騎。露葉如啼，直得消魂死。如今漸長黄金穗。不在長街裏。羨畫樓有主，舞腰同倚。

王西樵云：較武靈后《楊白花》詞尤爲纏綿。

王阮亭云：尹、邢相妬，髯更作解嘲語耳。

圈點：

「如今」二句，圈。

八節長歡

乙巳元日

淑景驚催。畫粱日影，蚤漾粧臺。曈曨金母帳，瀲灎玉人杯。宜春帖子簪花格，漸閨中、珠綱争開。多少屏摇翠栢，勝颭紅梅。　長安車騎朝正，青絲轡、火城影裏初回。宫闕暖祥雲，嬉遊罷、誰憐江左鄒枚。休悁悵，喜吴娘、已醉春醅。屈指又、試燈挑菜，城南[一]且拾遺釵。

校記：

[一]「城南」，諸本均無，依律當有。

圈點：

「宜春」二句，點。「屈指」二句，圈。

閨怨無悶

春日見城上遊女甚盛，戲作此詞

綺陌眠芊[一]，上日妖冶，彌望玉樓金埒。正挑菜年光，湔裙時節。陣陣内家車子，漾綃幃、吹亂千堆雪。無人處，悄把春纖小揭，都無分别。　絡繹。碾香塵，鋪玉席。總向子城斜處，女牆彎裏，惹人憐惜。此際春心愁絶。愁九十、春光如過隙。那堪輕暝輕寒，朝來想作寒食。

王西樵云：「子城斜處，女牆彎裏」，縹緲何減玉溪《碧城》？○「輕暝輕寒」四字，寫寒食景色入微。

校記：

[一]「眠芊」，浩然堂本作「芊眠」。

圈點：

「都無」句、「總向」三句、「那堪」二句，圈。

瑣窗寒

昔年樓上[一]

此地當年，蕭娘粧閣，緑窗幽靚。傷春情思[二]，正日煖人微病。撚花枝、悄近羅衣，眉峯送語烟難定。掩屏風六幅，看他緗[三]額，安黄端正。　那更。人别後，冷落舊粧樓，温家玉鏡。無端又上，銀蒜零星還剩。只從前、簫局桃笙，看來不似今朝景。便化爲、玉剪重來，還認紅香徑。

王阮亭云：疑是韓憑舊日魂亦復如是。

《雲韶集》：起三語便鈎引出無數感慨，通首那得不佳。（「無端」四句）弔古蒼凉。

《詞則・大雅集》：（「只從」四句）凄咽語，亦極沈至。（「便化」二句）凄切。

《迦陵詞選評》：合刻《朱陳村詞》，其年得無全入此種耶？

校記：

[一]此首蔣本有，《國朝詞綜》、《雲韶集》、《詞則・大雅集》選。詞題，《國朝詞綜》、《雲韶

集》、《詞則·大雅集》無。

〔二〕「思」，《詞則·大雅集》作「事」。

〔三〕「緪」，《國朝詞綜》、《雲韶集》作「細」。

圈點：

「正日」句，圈。「嵢峯」句，點。「便化」三句，圈。

《雲韶集》：「此地」三句、「嵢峯」句、「無端」六句，圈。

《詞則·大雅集》：題上，單點單圈。「嵢峯」句，點。「只從」四句，圈。

花犯〔一〕

詠〔二〕白山茶，用周美成梅花韻

對西風，亭亭一樹，箇儂好風味。和烟和月，也無人憐惜，不勝清麗。水精〔三〕簾額深深倚。天寒私自喜。似小玉、夜長無伴，上床鋪粉被。　珠窗一層障踈花，似無還似有，共人憔悴。愁殺是、青霜輕墜。記一種、紅顏窈窕，曾開在、三春臺榭裏。只薄命、年年流落，秋天涼著水。

王阮亭云：用微之詩語，雋絕。

校記：

[一]調名下，患立堂本有「又一體」三字。

[二]「咏」字後，患立堂本、浩然堂本有「浩然堂後池上」六字。

[三]「精」，患立堂本、浩然堂本作「晶」。

圈點：

「似小」二句，圈。

念奴嬌

與任青際飲[一]

乾坤颯颯，且沽將楓葉，細評[二]今昔。笑問幽州今夜雪，可似鷫裘寒色。市上吹簫，橋頭賣醬，淚灑吳楓赤。蘓貂空黑，謝郎今已破賊。　不如冶葉昌條，青樓白社，[三]磨滅人年月。瀝盡并刀[四]悲壯血，看有何人憐惜。白草關河，黃沙唐宋，只對孤鴻説。醉澆三國，周郎江岸千尺。

王西樵云：昆明劫灰，只「颯颯」二字括盡。〇周郎俊人，故消得陳郎杯酒。

王阮亭云：「長歌破衣襟，短歌斷白髮」，直須以一石澆之。○常喜陽羨生「健兒須飽馬須醬，來時北風去時雪」之句，此詞凉壯，正與相近。

校記：

［一］此首《倚聲初集》、《昭代詞選》選，詞題作「與青際飲後感作」。

［二］「評」，《倚聲初集》作「題」。

［三］「冶葉昌條，青樓白社」，《倚聲初集》作「游冶觴彈，青樓花酒」。

［四］「并刀」，《昭代詞選》作「并州」。

圈點：

「乾坤」句、下闋，圈。

《倚聲初集》：「笑問」二句、「穮貂」二句、「瀝盡」七句，圈。

雲間陳徵君有題余家遠閣一闋，秋日登樓，不勝蔓草零烟之感，因倚聲和之［一］

得憐堂後，有丹樓飛起，當年争羡。陽夏門庭能咏絮，那更溪山葱蒨。帶雨房櫳，和烟簾幙，零亂東湖面。碧闌干裹［二］，有人斜映［三］瓊扇。　可惜人去匆匆，而今樓下，秋水帆如箭。老我［四］三吴好男子，緑鬢忽然衰賤［五］。蔓草霜濃，叢祠露悄［六］，白晝鼪黯現。舍南舍北，亂飛王謝家燕。

王阮亭云：「秋水帆如箭」，何與人事？正復一往有深情。

王西樵云：「而今樓下」九字，與「謝女不歸，樓枕小河春水」十字同妙。

《詞則·别調集》：一結哀感不盡。

校記：

［一］此首蔣本有，《草堂嗣響》、《詞則·别調集》選。詞題，《草堂嗣響》作「追和雲間陳徵君題余家遠閣」。

［二］「裏」，《草堂嗣響》作「外」。

［三］「映」，《草堂嗣響》作「倚」。

［四］「老我」，《草堂嗣響》作「我亦」。

［五］「賤」，《草堂嗣響》作「變」。

［六］「露悄」，《草堂嗣響》作「烟鎖」。

圈點：

「帶雨」三句、「而今」二句，圈。「舍南」二句，點。

《詞則・别調集》：題上，雙圈。「帶雨」五句，「老我」五句，點。「舍南」二句，圈。

患立堂本、浩然堂本後附陳繼儒原詞，詞亦見《倚聲初集》，録下。

附録眉公先生原詞

陳定生建遠閣以娱宫保公，寄此題之

白頭宫保，學東坡老子，盤桓陽羨。登閣攜兒同眺遠，點點峯巒葱蒨。玉女烟横，銅官雪霽，濃淡開生面。誰拈畫筆，荆溪圖在紈扇。　歎息周處英雄，斬蛟射虎，背劒腰弓箭。俠氣干霄人不見，變作椎埋下賤。雨驟風僝，狂霾休歇，畢竟青天現。闌干倚遍，雕梁閒話雙燕。

題顧螺舟小影

如此佳人，是王家養炬，謝家遏末。三世貂蟬連北闕，年少東華釋褐。傅粉宫前，薰香殿側，顧盼真英發。臨春結綺，舊游似有瓜葛。　而今零落堪憐，文園多病，贏得相如渴。滿目關河愁恨極，衰草濃烟塗抹。醉矣堪呵，灰兮可溺，田也供人奪。芒芒[一]哀樂，四條絃子空撥。

王西樵云：「『衰草濃烟塗抹』六字，寫得荒寒歷落。」

校記：

[一]「芒芒」，浩然堂本作「茫茫」。

圈點：

「舊游」句，點。「滿目」二句、「芒芒」二句，圈。

緯雲弟[一]三十作此詞，因和其韻，同半雪弟賦

醉拍闌干，歎去者苦多，光陰倏忽。知我平生悲憤事，惟有當頭明月。准擬騎鯨，不然射虎，一吐胸中欝。吳鈎負汝，好將衫袖頻拂。　追想紅燭呼盧，青樓賭酒，往事推華閥。小季已爾三十歲，何况暮年黄歇。斜閣秦箏，横攤越絶，燒盡爐中柮。憑高遠望，江流一綫如髪。

王西樵云：髯乃欲作林際春申君。

校記：

[一]「弟」，患立堂本、浩然堂本無。

圈點：「何況」句、「憑高」二句，圈。

送子萬弟之睢陽[一]

悲哉秋也，况登山臨水，黯然欲别。千里長江流夜月，萬里長城空濶。白板船開，青楓樹老，極目徒悲切。君歸梁苑，漢家何限陵闕。　疇昔讓棗推梨，謝家兄弟，才氣人争説。一夜西風吹蒼莽，吹散封胡遏末。兄作楚囚，弟成秦贅，枕上鵑啼血。阿龍超甚，教[二]他長誦明發。阿龍，五弟小名，時同四弟在睢陽。[三]

王阮亭云：讀之不覺淚涔涔下。

校記：

[一]此首蔣本有，《見山亭古今詞選》、《東白堂詞選初集》、《昭代詞選》選。詞題，蔣本、《見山亭古今詞選》、《昭代詞選》同，《東白堂詞選初集》作「送子范弟之睢陽」，患立堂本、浩然堂本作「送子萬弟攜五弟之睢陽，并令二弟、三弟、四弟同和，他日一展齊紈，便成聚首也」。

[二]「教」，《見山亭古今詞選》作「叫」。

[三] 詞末小注，《見山亭古今詞選》、《東白堂詞選初集》無。

圈點：

「千里」二句、「一夜」七句，圈。

《見山亭古今詞選》：「悲哉」五句、「漢家」句、「一夜」二句、「阿龍」二句，圈。

《東白堂詞選初集》：「悲哉」三句、「兄作」三句，圈。

患立堂本、浩然堂本後附陳維嵋、陳維岳、陳宗石原詞，録下。

附和韻 維嵋

故園兄弟，正秋冬之際，殊難爲别。幾陣西風吹鴈冷，日暮雲連天濶。此去平臺，夢回水榭，相憶情空切。離筵宴罷，舉頭霜月初缺。　最憐早歲親亡，零丁孤苦，堪與何人説。潦倒一編予漸老，悵望同枝天末。客舍如家，家鄉如客，淚也都成血。囑渠自愛，榜師無奈催發。

校記：「幾陣西風吹鴈冷」、「雲連」、「初缺」，《亦山草堂遺詞》作「一陣西風吹雁叫」、「雲粘」、「初闕」。

維岳

溪臨霅畫，奈聚首幾時，又成離别。迢遞他鄉千里路，縱有音書遼濶。白鴈黄花，纔過重九，對景增淒切。參差雲樹，望中誰是伊闕。　最是弟北兄南，匆匆判袂，辛苦如何說。笑指阿龍年最小，此是吾家謝末。誨育成人，莫耽嬉戲，不負駒名血。乾坤蒼莽，慎旃車揭風發。

校記：此詞《全清詞》漏輯。

宗石

蓼莪罷咏，歎兄南弟北，頓成離別。一夜西風驅斷鴈，月冷後湖空濶。千里睢陽，三更梁苑，夢裡思鄉切。悲來欲語，口中無限嗚闕。　幸喜故國重來，對床風雨，細把離情說。毀卵破巢多少恨，贏得孤身天末。倏忽春深，無端秋盡，看盡楓成血。扁舟江上，可憐明又將發。

校記：「無限嗚闕」、「故國」，《瑶華集》作「無奈銜闕」、「故里」。

龍眠公坐上看諸客大合樂，記丁酉中秋曾於合肥公青谿宅見此，今又將十年矣。援筆填詞，呈龍眠公，并示樓岡太史、邵村侍御、與三孝廉[一]

醉來闌入，正司空筵上，一羣腰鼓。老子婆娑牀上坐，矍鑠聽歌似虎。一片西風，千堆畫燭，月好青輝[二]苦。回頭往事，青溪舊夢重作。　謝公笑問兒郎，此間何處，畧記隋堤路。老矣廉頗猶健飯，莫負紅么翠羽。人在當場，曲逢入破，白髮休予侮。新磨幡綽，世惟公等堪語。

王西樵云：掀髯一嘯，直作霹靂聲，不僅蕪門鸞鳳。

校記：

[一]此首蔣本有，《昭代詞選》選。

[二]「青輝」，患立堂本同，蔣本、浩然堂本作「清輝」。

圈點：

「醉來」三句、下闋，圈。

次夜韓樓燈火甚盛，仍聽諸君絃管，復填一闋[一]

紅燭如山，請四筵滿座，聽儂撾鼓。此日天涯謀作達，事更難于縛虎。僕本恨人，公皆健卒，不醉卿何苦。金元院本，月明今夜重作。　總是狎客南朝，佳人北里，占斷蕪城路。好景也知容易散，一別沉鱗羈羽。狂受人憎，醉供[二]人罵，老任雛姬侮。　揚州燈火，明朝人定傳語。

尤悔菴云：二詞絕唱，讀之擊節。

王西樵云：較前作尤佳，正平爲漁陽摻撾時，躡駁脚足，容態不常，恐亦未必便能如此。

《詞則·放歌集》：（「紅燭」三句）高唱而入，旁若無人。◎結無味。

《迦陵詞選評》：定知吾狂、吾醉、吾老，只留與後來憐惜。

校記：

［一］此首蔣本有，《荊溪詞初集》、《詞則·放歌集》選。詞題，浩然堂本後有「疊前韻」三字；《荊溪詞初集》作「再飲韓樓，燈火甚盛，聽諸君絃管」。

［二］「供」，《詞則·放歌集》作「共」。

圈點：

「紅燭」三句，圈。「事更」句，點。「僕本」三句、「好景」二句、「老任」三句，圈。

《荊溪詞初集》：「此日」二句、「金元」二句、「揚州」二句，圈。

《詞則·放歌集》：題上，單點單圈。「紅燭」八句、「狂受」三句，圈。「揚州」二句，斷句用點。

乙巳中秋用東坡韻寄廣陵諸舊游

月明如此，問江山今古，幾多陳迹。誰把桂輪今夜裏，碾破楚天新碧。玉臼無聲，銀河有影，一片清虚國。醉餘莫笑，舊游吾尚歷歷。　記得杜牧司勳，江湖落拓，曾作揚州客。愛殺打頭天上月，管甚中秋七夕。一別淒然，吾生可惜，搨盡鵾鵬翼。夜云深矣，依稀樓外吹笛。

圈點：「碾破」句，點。「愛殺」二句、「夜云」二句，圈。

酬歸德侯仲衡

天陰歲暮，正情如中酒，人初賦别。忽接繁臺書一紙，飛下梁園白雪。悼遠傷離，撫今追昔，字字皆辛切。狂歌數闋，唾壺之口都缺[一]。　每欲窄袖輕衫，碻磝道上，小犯寒風洌。耳後弓弦聲霹靂，一片風毛雨血。雅願終違，壯遊未果，世事多枝節。中宵輾轉，布衾今夜難熱。

校記：

［一］「缺」，浩然堂本作「闕」。

圈點：

「雅願」三句，圈。

瑶花

秋雨新晴，登遠閣眺望［一］

青山如黛，渌水如羅，映真珠簾罅。金閨瑟瑟，正青砧、隔院擣衣纔罷。登樓遠望，見一帶、碧雲輕瀉。更蕭關、征雁濛濛，愁煞江南此夜。　幾回搔首沈吟，歎今日深秋，前朝初夏。流光遞換，何處覓、［二］鈿車羅帕。傷心故苑，依然似、天涯客舍。對秋風、強舉金尊，又是夕陽西下。

王阮亭云：歸反作客，較鐘鳴葉落，尤是黯然也。

《詞則·别調集》：（「傷心」四句）悲而鬱，惟鬱故能沈著。

校記：

[一] 此首《詞則·别調集》選。

[二]「何處覓」，患立堂本、浩然堂本、《詞則·别調集》作「問何處、更覓」，依律應多二字。

圈點：

「傷心」二句，圈。

《詞則·别調集》：題上，雙圈。「更蕭」二句、「傷心」四句，圈。

高陽臺

題余氏女子綉高唐神女圖，爲阮亭賦

巫峽妖姬，章臺才子，賦成合斷人腸。綉閣停針，含情想像高唐。渚宫舊跡今何在，不分明、水殿雲房。嚲蟬鬟，憶著行雲，恰費商量。　蘅皋暮雨凄凉。只楚天一碧，與夢俱長。霧縠霓旌，幾時重得侍君王。小唾紅絨思好事，却剪刀、聲出迴廊。更添些，紅杜青蘋，做出瀟湘。

王阮亭云：惝怳離即間，得神光離合之妙。

圈點：「渚宫」二句、「只楚」二句、「更添」三句，圈。

東風第一枝

咏緑萼梅和吕聖求韻

粉界檀腮，烟籠膩頸，玉奴素質輕約。風前乍坼紅鬟，月下低含緑萼。一枝水上，也不管、鶯啼燕掠。最憐他、不甚分明，飛破瀟湘白鶴。　隔蟬翼、層層都薄。打稷雪、冷冷[一]又落。有情故亞樓頭，無聊自開屋角。日高慵起，慢摇動、緑紗簾箔[二]。看苔錢、色上梅花[三]，碧透何郎官閣。

校記：

[一]「冷冷」，浩然堂本作「泠泠」。

[二]「箔」，患立堂本、浩然堂本作「箔」。

[三]「梅花」，患立堂本、浩然堂本作「花枝」。

圈點：「最憐」二句，圈。「看苔錢」句，點。

解語花

詠美人捧茶，和王元美韻

蕃馬屏風，雛鶯庭院，竹下茶聲細。粧樓小倚。闌干外、汲取春流淺試。乳花銀蓝。烟裊上、綠鬟千縷。消受纖指。珠鮮玉脆。瀝橫波、罏火初紅，儘帶嬌憨意。　捧處輕摇蟬髻。問阿誰年少，語笑處、故惹檀郎驚起。沉香亭婢。只領畧、凝酥佳麗。怎如伊、生小江南，偏解旗槍味。

王阮亭云：羊酪風味，那得有此？〇妙在題之左右前後，别有皴染。

圈點：

「瀝横」三句，點。「問阿」三句，圈。「怎如」三句，點。

詠美人捧觴，和王元美韻

楚天卵色，吳地鶯聲，惹得愁千斛。春衣慢贖。且泥他粉白，斟來蟻綠。蓮鈎小蹙。行過了、銀屏六曲。嚲烟鬟、縹色杯輕，帳裏圍頳玉。　笑顫流蘇影簇。怪佯酲不醒，罰依金谷。玉郎低囑。沉醉也、休作難人題目。芳心暗逐。羨杯底、鴛鴦同宿。趂花酣、雙抱紅篝，圖取春眠足。

王西樵云：「楚天卵色」四字，妙處又在屈、宋之外。「沉醉」九字，妙絶。第恐題目更有難于此者耳，一笑。

圈點：

「蓮鈎」三句，點。「帳裏」句、「玉郎」二句，圈。

夜合花

爲丁子硜催粧[一]

人柳腰眠，聖檀額注，犢車催下屏風。勝常道罷，腮邊春暈微紅。呼燕燕，喚蟲蟲。桂堂西、小著輕容。問伊姓氏，父名鄭季，母號樊通。　鶯聲夜半玲瓏。多少帳前細咳，爾汝歡儂。今宵夜冷，勸郎文籍休攻。蘭缸細，鴨罏濃。卸花簪、早傍薰籠。羨他大婦，偏憐敬禮，代掩珠櫳。

王西樵云：「勝常」二句，一幅好畫。「鶯聲」三句，則畫不出也。○余《無題》詩有

「病餘弱態眠人柳，愁裏殷痕損聖檀」之句，是少日作，「聖檀」二字，人所罕用。讀其年此詞，知玉笋金鹽，在博學家原非祕典也。

校記：

［一］此首《昭代詞選》選。

圈點：

「勝常」二句、「鶯聲」三句、「勸郎」句，圈。「羨他」三句，點。

換巢鸞鳳

詠燭

暝色初臨。正金荷灼灼，鳳脛沉沉。燒殘終有淚，剪斷豈無心。饞脂注得十分深。光翻金粟，影動瓊林。春檠上，看帶笑、花開似錦。瘦沈。躊躇甚。曾記華堂，半滅情難禁。金鑰傳時，玉堂爇處，對對紅酥翠沁。蓮燈緩導上元遊，蘭膏濃挽平康飲。如今絳蠟，照人長是孤寢。

鄒程邨云：唐人「蠟燭成灰淚始乾」，僕亦云「燒殘絳蠟豈無心」，總不如張次壁「流淚到天明」爲妙，何意陽羨生備有其勝？

圈點：「燒殘」二句、「如今」二句，圈。

曲游春

花朝

穠春無限好，正雲剪春羅，水鋪明鏡。滿目紅芳，記淡烟斜日，江南時景。紅板橋西路，有萬縷、綠楊拖徑。更憐次第風光，巧鬭吳娘花勝。　回首夭桃露井。憶檀板銀罌，那時偎並。人在花朝，有嬋娟姿格，玲瓏情性。自後堂分袂，長則是、如酲似病。可惜憔悴蘭成，淒涼家令。

圈點：「更憐」二句，圈。

絳都春第二體[一]

乙巳元夜[二]

春宵三五，正碧雲合處，氷輪斜掛。暗省年光，漫數韶華偏沾惹。平生舊事都忿也。難忿是、鳳城鴛瓦。無燈無火，有花有月，偶然吟寫。

　此夜。追歡買笑，有天街似水，暗塵隨馬。詎料而今，幾陣東風譙樓下。吹去了、香車羅帕。春衣卸、思量如乍。且尋故老開元，月明閑話。

校記：

[一] 調名下，患立堂本無「第二體」三字。

[二] 此首蔣本有。

圈點：

「平生」二句、「幾陣」二句、「且尋」三句，圈。

石州慢

憶舊用高季廸韻

醉拍雕闌，思憶從前，淚珠頻灑。東陽倦沈，多愁多病，瘦軀堪把。水市津樓，奈他繡被濃香，舊時閑事偏縈惹。顛倒覓烏絲，檢霜毫細寫。　妖冶。此夜蟲蟲，曾囑監奴，葳蕤慢下。且趂[一]湘簟銀燈，邀人白打。摘盡銅籤，小婢故惱人行，任他嘶斷門前馬。懊惱後堂前，又年光換也。

校記：

[一]「趂」，原本無，據患立堂本、浩然堂本補。

圈點：

「舊時」句，點。「又年」句，圈。

玲瓏四犯

月下聞笛

三五良宵，看雲月澄鮮，幽輝盈抱。羈旅無眠，愁思幾番縈繞。滿園春水空濛，映翠竹、枝枝斜裊。恰嘹嚦、誰家入破，遥想小樓空悄。　因思天寶梨園隊，有金雁、鈿蟬絶妙。更偷把、寧王玉笛，吹徹誰知道。一自華清人散，繚垣外、閒花野草。歎此生、頭白天涯，再聽伊凉别調。

王阮亭云：繡嶺宫前人語。

圈點：

「一自」二句，圈。

霓裳中序第一

咏水仙花，次尹梅津咏茉莉韻

珠櫳寒粉靨。偎[二]罷銀篝紅獸熱。恰值青霜騷屑。有一種瑶芳，白花翠葉。海天皓月。羡玉娥、生長綃闕。斜春渚，竟川含緑，一笑嫣然絶。　妙絶。頓成離别。長則伴、兒家粧篋。有時墜落簾茀。看盡人間，多少蜂蝶。五銖寒到骨。悵千里、洞庭飛雪。傷情也，舊家何處，悄對素梅説。

王阮亭云：「出門一笑大江横」，亦傳水仙之神，異曲同工矣。○結句是史梅溪、高竹屋神到處。

校記：

［一］「偎」，患立堂本作「隈」。

圈點：

「傷情」三句，圈。

憶舊游

寄嘉禾俞右吉、朱子葆、子蓉［一］

松陵東去路，記水程、烟驛幾多般。鴛鴦湖裏泊，重城燈火，一派潺湲。船樓［二］玉人行酒，碧浪瀉紅顔。更羃歷丹鱗，綿濛黛甲，上下哀湍。　十年。成間别，想怪侣狂朋，一樣啼斑。縱玉清歸去，怕滿天風露，猶憶人間。只是南湖柳色，憔悴不堪攀。長望語兒亭，故人爲我且加餐。

《詞則·别調集》：（「碧浪」句）鍊句精秀。（「縱玉」七句）兼草窗、玉田之勝。

校記：

[一] 此首《詞則·别調集》選。

[二]「樓」，《詞則·别調集》作「頭」。

圈點：

「縱玉」三句，圈。

《詞則·别調集》：題上，雙圈。「碧浪」句、「縱玉」七句，圈。

齊天樂[一]

暮春風雨[二]

小樓昨夜東風到，吹落滿園[三]空翠。時有茶烟，絶無人影，好箇他鄉天氣。凄凉欲死。見燕剪平蕪，柳拖春水。暗省從前，如塵似夢最難記。當年曲院寒食，餳香花更煖，許多情事。金斗猶温，玉釵還響，已送愁人到此。也思寬慰。奈把酒聽歌，幾番不是。暮雨瀟瀟，記吴娘曲子。

王西樵云：只命題四字，讀之已難爲懷抱，况復情語如許！

王阮亭云：「時有茶烟」八字，髩絲禪榻寫得嬾静可想。

《詞則·閑情集》：（「時有」三句）寫景凄凉。（「也思」三句）意鬱而語達。

校記：

［一］詞調下，患立堂本、浩然堂本注「一名臺城路，又名如此江山」。

［二］此首蔣本有，《荊溪詞初集》、《東白堂詞選初集》、《古今詞選》、《昭代詞選》、《詞則·閑情集》選。

［三］「園」，《東白堂詞選初集》作「庭」。

圈點：

「時有」三句，圈。「如塵」句，點。「也思」三句，圈。

《荊溪詞初集》：「時有」三句、「如塵」句、「金斗」三句，圈。

《東白堂詞選初集》：「金斗」八句，圈。

《詞則·閑情集》：題上，雙圈。「時有」三句、「暗省」二句、「也思」三句，圈。

水龍吟[一]

江行望秣陵作[二]

輕舟夜剪秋江，西風鱗甲生江面。瓦官閣下，方山亭外，驚濤雪片。一帶蔣州，千尋鐵鎖，等閒燒斷。只波間皓月，流光欲下，舊曾照、金陵縣。　何處迴飆撾鼓，更玉笛、數聲哀怨。回思舊事，永嘉南渡，流人何限。如此江山，幾人憐惜，斜陽斷岸。正江南烟水，濛濛飛[三]盡，楚天新雁。

王西樵云：前後兩結皆是寫景，而情在其中。「鱗甲生江面」，亦是奇語。

王阮亭云：劉賓客探驪得珠，差可并傳，舒王未堪作僕。

《詞則·放歌集》：（「輕舟」二句）鑄語勁健，骨韻沈雄。（「只波」三句）亦有勝國之感。（「正江」三句）真有心人語，不必多著墨也。

校記：

[一] 詞調，《昭代詞選》下注「又一體」。

[二] 此首蔣本、《百名家詞鈔》本有，《荊溪詞初集》、《瑤華集》、《昭代詞選》、《國朝詞雅》、《詞

則·放歌集》選。詞題「秣陵」,《百名家詞鈔》本、《國朝詞雅》作「金陵」。

[三]「飛」,蔣本、《百名家詞鈔》本、《荊溪詞初集》、《瑤華集》、《昭代詞選》、《國朝詞雅》作「落」。

圈點:

「輕舟」二句、「只波」三句、「正江」三句,圈。

《百名家詞鈔》本:「輕舟」二句、「舊曾炤」句、「如此」三句、「落盡楚天新雁」,圈。

《荊溪詞初集》:「只波」三句、「如此」六句,圈。

《詞則·放歌集》:題上,三圈。「輕舟」二句、「只波」三句、「如此」三句,圈。「楚天」句,點。

瑞鶴仙

上元和康伯可韻

昔游思後苑。記天上月圓,人間月半。六街笑聲滿。看火蛾金繭,春城飛遍。琳宮瓊觀。隨處掛、鼇山燈爛。最銷魂、深巷殘更,小顫門邊雙釧。休羨。無多勝景,有限芳辰,不堪追玩。紅篝熏煖。和衣卧,誰低喚。怪流光一去,鈿車羅帕,吹煞東風不轉。只玉梅、稍[一]上冰輪,依然相見。

王西樵云:「『小顫門邊雙釧』,何減『手撚玉梅低説』?

校記：

［一］「稍」，患立堂本、浩然堂本作「梢」。

圈點：

「記天」二句、「小顫」句、「吹煞」三句，圈。

鄒程邨母夫人壽

千金今夜直。羡阿母白髮，珠袍一色。穪觴蓬閬側。有南路豪家，東朝貴客。華騶列戟。向尊前、笙篌醉擘。倩何人、笑問君家，家本難忩易識。猶憶。曾陪董相，閒過鄒陽，讀書騎射。賢哉湛母，截髩親爲置食。看懷清臺畔，夫人城上，無論功名赫奕。只膝前、有子談天，生兒亦得。

圈點：

「只膝」二句，圈。

南浦

泊舟江口[一]

吳檣晚眺，看隔江、螺髻碧離離。龍虎銷沉無據，往事不勝悲。憶昔曹公飲馬，對江流、橫槊賦新詩。羨三吳人物，伯符公瑾，年少更雄姿。　今古芒芒天塹，捲神鴉、日暮舞空祠。多少南朝事業，斷岸矗殘碑。月白估船銅斗唱，西風外、雲水瀰瀰。[二]歎多愁洗馬，銷魂偏在渡江時。

王西樵云：何減蘓公「大江東去」，故知兩髯伯仲間也。

校記：

[一]此首蔣本有，《古今詞選》選。

[二]「月白估船銅斗唱，西風外、雲水瀰瀰」，蔣本、《古今詞選》同，患立堂本、浩然堂本作「月白估船銅斗，唱西風、雲水正瀰瀰」。

圈點：

「捲神鴉」句、「月白」二句，圈。

氐州第一

秋日懷東皋諸子，用周美成韻

千片芰荷零亂，簾捲西風，人倚樓小。横竹泠泠[一]，峭風歷歷，一碧遠天縹緲。非淡非濃，颭水國、村村斜照。中酒心情，欲寒天氣，暗催人老。　三十六鱗江上少。奈無限、舊愁繚繞。沙鳥將雛，江鳧偽母，秋水柴門抱。正搓橙時候也，題糕近、龍山歡笑。寫盡吴牋，盼晴空、翠屏都曉。

校記：

［一］「泠泠」，患立堂本、浩然堂本作「泠泠」。

圈點：

「盼晴空」句，圈。

綺羅香

清明感懷[一]

緑水樓臺，青春院落，又是韶華百五。餳粥榆錢，過了匆匆時序。怕今年、玉剪來時，是去年、鈿車停處。最難憑、輕煖輕寒，天涯羈客甚情緒。少年此日嬉游，有窺簾綺態，當壚俊侶。一自飄流，冷落夭桃門户。西樓外、幾陣鶯花，北邙上、一堆羊虎。向斜陽、斷碣殘碑，多少横官路。

王西樵云：古人《樂游原》詩尚未到此。

校記：

［一］此首蔣本有。詞題，患立堂本、浩然堂本作「清明感舊」。

圈點：

「西樓」二句，圈。

初夏連夜於許茹庸仲修席上看諸郎演《牡丹亭》有作［一］

許掾多情，清和佳節，連夕嬌歌妙舞。料得眉峯，碧到愁時都聚。記昨宵、銀瑟初停，又此夜、紅牙再補。看一羣、燈下諸郎，依稀盡解此情苦。　獨有江東客［二］，爲家山路遠，倍增凄楚。回首朱門，畧記蟲娘庭户。好院本、全部笙簫，没心情、半生羈旅。比年時、攜手聽歌，多了黄昏雨。

王西樵云：極凄艷之致，「多了黄昏雨」五字尤妙。

校記：

［一］此首蔣本有。

［二］「客」，蔣本作「狂客」，患立堂本、浩然堂本作「詞客」。

圈點：「銀瑟初停」、「紅牙再補」、「依稀」句、「多了」句，圈。

金盞子

詠燈

一盞紅缸灔玉膏，鴛綃皺處偏凝。春夜照梳頭，蓮籌杳、凄清牙蒜犀釘。便教煎盡銀荷，奈芳心耿耿。敲翠竹，悄喚緑翹簷前，蘭燈將瞑。　喚遍無人膺。且獨自、纖手靠粧臺，挑鳳脛。宛轉處、重思省。當時風細人静。曾偎璧帶流蕤，剔銀虹潛等。紅裯冷，空對並蒂燈花，怎生相稱。

王西樵云：作此寂寂，故使燈花笑人，與廻心院詞「偏是君來生采暈，對妾故作青焚」，各有其妙。

王阮亭云：草蛇灰線之妙，非粗心浮氣可語。

圈點：「敲翠」三句，點。「喚遍」句、「空對」二句，圈。

永遇樂

京口渡江，用辛稼軒韻〔一〕

如此江山，幾人還記，舊争雄處。北府軍兵，南徐壁壘，浪捲前朝去。鷩帆蘸水，崩濤颭雪，不爲愁人少住。歎永嘉、流人無數，神傷只有衛虎。臨風太息，髯奴獅子，年少功名指顧。北拒曹丕，南連劉備，霸業開東路。而今何在，一江燈火，隱隱揚州更鼓。吾老矣、不知京口，酒堪飲否。

王阮亭云：合肥「流水青山送六朝」，可與髯交美。

王西樵云：「流水青山送六朝」，是才子語，「浪捲前朝去」，是英雄語。余亦有「寒江失六朝」之句，然不堪與髯作奴。

程崑崙云：京口渡江，此詞當擅場矣。

《詞則·放歌集》：（「浪捲」四句）蒼莽雄肆，筆力直與幼安相抗。

《迦陵詞選評》：白石效稼軒，固成笑柄，即以迦陵力氣，仍覺支絀不來。

校記：

[一] 此首蔣本有，《見山亭古今詞選》、《荊溪詞初集》、《東白堂詞選初集》、《瑤華集》、《古今詞選》、《昭代詞選》、《詞則·放歌集》、《詞莂》、《全清詞鈔》選。詞題，《見山亭古今詞選》、《荊溪詞初集》、《東白堂詞選初集》作「京口渡江」。

圈點：

「浪捲」句，圈。「歎永」二句，點。「霸業」六句，圈。

《見山亭古今詞選》：「如此」三句、「浪捲」句、「不爲」句、「而今」五句，圈。

《荊溪詞初集》：「北府」六句、「一江」四句，圈。

《東白堂詞選初集》：「如此」三句、「驚帆」三句、「而今」五句，圈。

《詞則·放歌集》：題上，雙圈。「如此」三句、「浪捲」四句、「而今」五句，圈。

卷四 《烏絲詞》卷四

烏絲詞卷四

宜興 陳維崧其年 撰

長洲 宋實潁既庭、武進 董以寧文友 評

休寧 孫默無言 較

長調

尉遲杯

別况

春江上。見鸂鶒、濛濛飛碧浪。草間珠露猶垂，岸左紅蘭纔長。東風斜日，小玉門前纜烏榜。正離人、好夢初醒，雙擁紅篝凝想。　因念十載漂零，長則在、水驛烟程來往。

手把金尊和淚説，枉説是、晝眉張敞。如今便、花開花謝，衹憑得、紅襟梁上講。送郎行、獨凭小樓，櫓聲水面摇響。

圈點：「東風」三句、「枉説是」句，圈。「衹憑得」句，點。

二郎神第一體[一]

春寒感懷

餖飣天氣，况是天涯羈旅。怊悵類浮萍，飄泊碧波南浦。傷情不語。[二]且檢紅綿燈下看，瞥見了、深閨針縷。想當日、執手叮嚀，預料春寒如許。　凝佇。沉吟欲著，幾番推去。任春衣、紅藤箱底閣，甘領受、踈風嬾雨。擬向春江傳此意，奈江上、雙魚無據。恨點點楊花，叠叠青山，遮人歸路。

王阮亭云：讀此詞令人增伉儷之重。

校記：

［一］調名下，浩然堂本未注「第一體」。

［二］「飄泊碧波南浦。傷情不語」，患立堂本、浩然堂本作「飄泊久，傷情處。黯然無語」。

圈點：

「預料」句、「恨點」三句，圈。

二郎神［一］

詠梅子

一株梅子，正纍纍、粉紅牆後。問葉底枝頭，爲誰酸楚，却又爲誰消瘦。太息春歸誰來問，記不起、鶯花如綉。向杳杳簾櫳，陰陰院落，伴人長晝。　纖手。幾番小摘，已醒殘酒。更撚向粧臺，玉娥低説，曾見依稀如豆。翠已漫空，黄偏做雨，又到傷心時候。算顆顆、冷香鬆脆，想爾料難勝口。

校記：

［一］調名下，患立堂本、浩然堂本注「第二體」。

圈點：

「爲誰」二句，點。「玉娥」二句、「黄偏」句，圈。

合歡帶

爲吴陵宫掌雷賦催粧詞[一]

羨緋羅、燭吐銀牆。燈影背、響鳴璫。夾路如花還似霧，戟門前、步步荀香。劇憐春夜，花融錦瑟，月亞金堂。况畫眉夫婿，清河小弟，杜曲諸郎。　紗籠徐引，繡幙斜張。藍橋擣就玄霜。瓊舄仙花偏並蒂，珠簾畔、一朶笙囊。朝來更喜，五銖裙細，百子釵長。問傍人、宜爾何如，生憎唤作宫粧。

王阮亭云：宫粧奇妙。

校記：

[一] 此首《古今詞選》選。

圈點：

「問傍」二句，圈。

花發沁園春

月夜布席緑萼梅花下，同友人小飲[一]

借月爲花，將花做月，濛濛一樹皴玉。銀椀篩春，瓊簫煖夜，值得珍珠幾斛。冰肌睡足。更掩映、生[二]綃六幅。念月姊、徹夜孤寒，梅妃自小幽獨。花影風摇簌簌。任春城夜闌，畫鼓頻續。金爐燼處，珠斗斜時，月與梅花微緑。清輝滿目。拚吹滅、枝枝銀燭。夜深沉、我醉休扶，和月和花同宿。

王西樵云：玲瓏關映，章法從唐人《春江花月夜》得來。「皴玉」二字，勝唐人「玉鱗寂寂飛斜月」七字。

王阮亭云：「萼緑華來無定所」，乃爲陽羨瞥遇。〇彭十賦螢、蓮二闋，僕爲氣盡，今又得陳髯勍敵，兩雄厄我，奈何！

校記：

[一] 此首蔣本有，《荊溪詞初集》、《瑶華集》、《亦園詞選》、《昭代詞選》選。詞題「月夜」，原本作「月下」，據諸本改；全題，《荊溪詞初集》作「月中飲緑萼梅下」，《瑶華集》、《亦園詞選》作「月夜飲緑萼梅下」。

[二]「生」，《荆溪詞初集》、《瑶華集》、《亦園詞選》作「紅」。

圈點：

「借月」二句、「皴玉」，圈。「篩」、「煖」、「月姊」、「梅妃」，點。「金燼」三句、「和月」句，圈。《荆溪詞初集》：「金燼」三句、「夜深」二句，圈。

瀟湘逢故人慢

題余氏女子綉柳毅傳書圖，爲阮亭賦

龍綃一幄，有靈芸針線，刺鳳描鸞。秋水漾波瀾。正洞庭歸客，憔悴思還。牧羊龍女，恰相逢、雨鬢風鬟。看多少、沙明水碧，一天愁緒漫漫。　却又早來橘浦，見兒家、綃宫璇闕，激水生寒[一]。貴主下雲端。更箱開青玉，珀映紅盤。海天良夜，論恩情、可似人間。綉到此、料應長歎，眉峯斜蹙湘山。

校記：

[一]「激水生寒」，患立堂本、浩然堂本作「生寒」。

圈點：

「激水」句，點。「海天」二句，圈。

送王亦世歸漢陽，兼寄懷人

西風湘楚，正湘竹如啼，湘禽如舞。湘岸飛湘雨。更淥水微波，青山可數。幾幅烟帆，採不盡、白蘋紅杜。想此際、仙令歸艫，一派江山今古。　女娥祠，巴子國，看歷歷晴川，萋萋芳樹。風外催津鼓。恰人在洞庭，秋盈橘浦。官舫瑶琴，總彈破、沙清月苦。倩楚塞、白雁同歸，并寄阿戎此語。

王西樵云：如見湘潭雲盡，九疑如黛也。

王阮亭云：僕舊一詞，亦疊七、八湘字。

圈點：「西風」句、「官舫」二句，圈。「倩楚」二句，點。

泛清波摘遍

咏沼内紅魚

吴娘水閣，幾曲金塘，時聽紅魚跳波響。翳然花竹，日高舟尾浮菰蔣。粧臺上。傷春天氣，中酒心情，斜漉明軆還細相。照水釵傾，投餌鬟偏，幾遍惆悵。　朝霞漾。寄到啼械染血，帶得落花鋪絳。愛爾絶代紅粧，水雲高曠。渾無恙。嬌鳥籠底去來，美人影中生長。莫管畫溪笠澤，粘天風浪。

王西樵云：賦沼内紅魚，直有如許妙想，令人忘其爲咏物詞，此謂才情雙擅。〇讀至「美人影中生長」，又爲《閑情賦》中添一語曰「願在物而爲魚」。

圈點：

「寄到」二句，點。「美人」句，圈。

擊梧桐

酒闌感賦

被酒陽狂，當歌慨慷，幾遍雄心骯髒。蘆中人，竈下養。市南屠狗，城東賣醬。更邀昔日知交，白擲劇飲，掀髯抵掌。擊碎唾壺，拍碎胡琴，舊事流波一往。想像衣香，沉吟手粉，十載後堂情狀。燈灺後，夢回時，曾否玉人無恙。醉後猛然思省，人生何必定多情，且潦倒、短衣射虎，學藍田李廣。

王西樵云：前半游俠，後半浪子，合做一團，寫出才子本色。

鄒程邨云：「人生何必定多情」，髯特以誑語作達語耶？

圈點：

「舊事」句，點。「醉後」四句，圈。

一蕚紅

寒食記[一]事

玉津園，記箇儂門巷，淥水漾罘罳。社燕低飛，餳簫輕渼，東風隋柳如絲。正客裏、禁烟天氣，趂流鶯、啼處立多時。蒜押雙摇，藥欄九轉，瞥見師師。　十五破瓜年紀，恰梳頭纔了，絙額偏遲。紅玉勾人，碧虛留客，篆烟半裊金猊。魂斷是、瓊閨有縫，迸他修竹兩三枝。料爾一春寒側，長倚腰肢。

校記：

[一]「記」，浩然堂本作「紀」。

圈點：

「趂流鶯」句，點。「迸他」三句，圈。

薄倖

賦得水晶簾下看梳頭

戟門春煖。紅日漾、圓冰清淺。算一帶、茱萸牕網，便是箇儂粧院。素領巾、半幅烟綃，行來剛被微風捲。更點點斜紅，溶溶泓黛，嬌面欲勻還嬾。恰十載、傷心事，釵響[一]衣光何限。只玉纖撩鬌，春葱絙額，一番回想腸應斷。風流放誕。記千金豔質，粧成愛映春流看。别來香閣，峭冷尖寒應滿。

王西樵云：「釵響衣光何限」六字，撩亂人心目幾許？通首情深詞綺，使元郎自賦，恐未必能爾也。

校記：

[一]「釵響」，患立堂本、浩然堂本作「憶釵響」，依律應多一字。

圈點：

「算一帶」，點。「釵響」句、「記千」二句，圈。「別來」二句，點。

風流子

南徐春暮程崑崙别駕招飲南郊外園亭，同方爾止、孫豹人、談長益、鄒程邨、何雍南、程千一賦[一]

來時寒食近，且近耳、詎料竟殘春。正僕本多愁，何妨作達，官如不醉，遮莫傷神。見此際、酒旗斜喚客，榆莢弱縈人。燕子風前，是何言語，柳條烟裏，别樣腰身。　名園行樂處，追歡笑，何限寶馬香輪。况遇風流刺史，瀟灑遺民。奈東望蔣州[二]，春潮拍拍，北來瓜渚，暮雨紛紛。還怕當歌對酒，忽又沾巾。

王西樵云：警雋之中，一往有深情。

校記：

[一] 此首《古今詞選》選。詞題，《古今詞選》作「南徐春暮程崑崙别駕招飲南郊園亭同諸友賦」。

[二]「州」，《古今詞選》作「川」。

圈點：「來時」三句，圈。「是何」句、「别樣」句，點。「奈東」六句，圈。

翠樓吟

席上贈伎，時伎三日後即落樂籍

銀甲捱箏，珠條絡鼓，清歌屈柘如縷。人到離筵裹，儘眉黛、愁將碧聚。縱横玉筋。似緑柳縈烟，紅蘭著露。欹雁柱。一場春夢，没些情緒。他日縱過侯門，只光延坊畔，櫻桃一樹。奈銅輿催上，更糁遍、一街絲雨。横波重注。看斜側帽簷，銷魂無語。紅蠟底。新官舊主，一般胡覷。

王西樵云：「新人橋上著春衫，舊主江頭側帽簷。願得化爲紅綬帶，許教雙鳳一時銜。」是此伎意中答語。〇「更糁遍、一街絲雨」七字，沁心驚骨。

《詞苑叢談》：一伎將落籍，陽羡生於上席賦《翠樓吟》贈之云。王司勳西樵見之，朗吟一絶句云：「新人橋上著春衫，舊主江頭側帽簷。願得化爲錦綬帶，許教雙鳳一時銜。」

圈點：

「只光」二句，點。「更糁遍」句，圈。

小梅花

感事括古語傚賀東山體[一]

君莫喜。羊叔子。何如銅雀臺前伎。拍檀槽。橫寶刀。屠門大嚼，亦足以自豪。人生有情淚沾臆。雖壽松喬竟何益。捋黃鬚。眺五湖。如此江山應出孫伯符。傷心史。可憐子。卿復何爲爾。大江東。一帆風。來往行人，閒坐説玄宗。連昌宮中滿宮竹。白項老烏啼上屋。穆提婆。蕭摩訶。且自吾爲楚[二]舞若楚歌。

《詞則·别調集》：運用成語如己出，亦如七寶樓臺，拆碎下來，不成片段也。

校記：

[一] 此首蔣本有，《詞則·别調集》選。

[二]「楚」，《詞則·别調集》作「若」。

圈點：

「捋黄」三句，「穆提」三句，圈。

《詞則·別調集》：題上，雙圈。「拍檀」六句、「大江」九句，圈。

前題[一]

咸陽樹。驪山路。可憐當日作事悮。殷仲文。王衛軍。國家此輩，要是可惜人。憶君清淚如鉛水。奴見大家心亦死。令壺齟。收中吾。聊且酒酣耳熱歌嗚嗚。　莫櫟釜。行學估。羞與噲等伍。金屈巵。楊叛兒。阿奴今日，不減向子期。生子當如李亞子。奴價今年大勝婢。轂朱丹。作高官。未若小樓吹徹玉笙寒。

王西樵云：驅使李延壽如數家珍，更復磊落渾脱，髯於此大不凡。

《詞則·別調集》：別有感喟。（下闋）洋洋灑灑，暢所欲言。

校記：

[一]此首蔣本有，《詞則·別調集》選。患立堂本、浩然堂本不標「前題」。

圈點：

「轂朱」三句，圈。

《詞則·别調集》：題上，雙圈。「殷仲」六句、下闋，圈。

女冠子第二體[一]

詠美人坐禪，和彭羨門原韻

蕭蕭禪榻，百和旃檀薰透。花冠啼罷，烏龍睡熟，紫竹清幽黄帔瘦。小袒緋羅袖。雙叠湘裙紅吐，花邊一綹。最憐他、趺坐桃笙，一派秋江緑皺。靈山參破風幡後。柰十年前事，終向心頭有。佳人不偶。記惜玉情懷，竊香時候。迦文消夙垢。正值鐘聲報午，苔陰移晝。問籠中、白雪衣娘，一卷名經完否。

王西樵云：「雙叠」二語，香蒨欲絶。

校記：

[一]「第二體」，患立堂本、浩然堂本作「第四體」。

圈點：

「雙叠」二句、「柰十」二句，圈。

洞庭春色

甲辰除夕懷西樵司勳、阮亭主客[一]

歸去來兮，鬬雞走狗，閭巷沉浮。歎臣之壯也，如人何事，身將隱矣，于世焉求。四十男兒悲老大，笑那便、車前少八騶。填胸事，看人奴笞罵，一半封侯。回首風塵萍梗，怪年來、長傍迷樓。記廣陵風景，青山緑水，瑯琊兄弟，長史司州。名士終朝能妄語，更頭没、杯中笑不休。紅燭夜，對故園椒酒，想爾風流。

王西樵云：讀此詞使老狂緬然半晌。

王阮亭云：「名士終朝能妄語」，家兄與下官不敢多讓。

校記：

[一] 此首《古今詞選》、《昭代詞選》選。

圈點：

「歎臣」四句、「名士」二句，圈。

玉山枕

詠白鸚鵡[一]

小院清麗。蜻蜓翼、空如水。楊花門户[二]，梨花院落[三]，風漾金籠，蹁躚不止。雪衣簷畔誦迦文，恰生小、怕施朱翠。有玉奴、夢醒無憀，撚瓊枝，向[四]月中調戲。　尉佗[五]臺上當年事。心兒内、重提起。拋家離井，好風良夜，腸斷三年，魂消萬里。從來薄命玉容人，也只是、飄零如此。倩銀鴻、問訊珠娘，素馨花，想此時開矣。白鸚鵡來自嶺南，故云。[六]

王阮亭云：程邨昔爲僕詠白鸚鵡甚工，陽羨勍敵。

校記：

[一] 此首《今詞初集》選。詞題，《今詞初集》後有「和程邨」。

[二]「門户」，《今詞初集》作「池閣」。

［三］「院落」，《今詞初集》作「庭榭」。

［四］「向」，《今詞初集》無此字。

［五］「佗」，《今詞初集》作「陀」。

［六］詞末小注，《今詞初集》無。

圈點：

「有玉」三句、「倩銀」三句，圈。

沁園春

廣陵客邸送緯雲弟之歸德

客裏送行，蕭統樓頭，且盡一杯。正節近清明，柳絲漸長，時逢上巳，燕子將來。兄往淮陰，弟游河北，兩地翀飛立馬催。斜陽外，見各天鴻雁，顧影徘徊。　市樓轟飲如雷。笑我輩豈常貧賤哉。奈花號將離，爾心欲碎，地名蕪苑，我賦偏哀。此去睢陽，也知懷古，有日經過古吹臺。還應問，有兔園上客，狗肆奇才。

鄒程邨云：直是慷當以慨。

圈點：

「兄往」三句，圈。

山東劉孔集招飲廣陵酒家，係故郭石公宅[一]

魯國劉生，笑賣寶鞭，攜上糟丘。更一時意氣，徐陵袁紹，六朝才調，緑幘紅韝。如此人生，奈何不樂，况値離鴻叫暮秋。憑闌望，見風廊水榭，丹漆雕鏤。　當年此地風流。記畫戟門開溝水頭。羨羊侃侍兒，彎弓貼地，李波小妹，走馬當樓。蔓草斜陽，空園絲雨，争説汾陽郭細侯。還長嘯，只眼中花月，誰似揚州。

《詞則·放歌集》：（「况值」句）夾寫景物，乃見凄感。

校記：

［一］此首《古今詞選》、《詞則·放歌集》選。詞題，《古今詞選》「故郭石公宅」作「郭石公故宅」。

圈點：

「蔓草」三句，圈。

《詞則·放歌集》：題上，雙圈。「況值」句、「還長」三句，圈。

冒天季五十，書贈[一]

慷慨悲歌，旁若無人，進君一觴。更四絃入破，聲哀以思，三更被酒，臣醒而狂。末路崎嶇，舊游零落，哀樂縱横不可當。生平事，曾[二]短衣匹馬，錦瑟紅牆。歲華一去堂堂。又半百蹉跎黯自傷。歎醉必沾襟，是兒可念，飛而食肉，此志難忘。人道買臣，今年富貴，路鬼揶揄笑一場。重酌酒[三]，看[四]玉山筵上，今[五]夜頹唐。

王西樵云：閲此用蘊子美讀《漢書》法，句浮一觴。

校記：

[一]此首《古今詞選》、《今詞初集》選。詞題，《今詞初集》作「贈友」。

[二]「曾」，《古今詞選》、《今詞初集》作「記」。

[三]「酌酒」，《古今詞選》、《今詞初集》作「起舞」。

[四]「看」，《古今詞選》、《今詞初集》作「儘」。

[五]「今」，《古今詞選》、《今詞初集》作「徹」。

圈點：

「慷慨」三句、「末路」三句、「人道」三句，圈。

泊舟惠山看六朝松并艮嶽石[一]

昔歲我來，乘白羊車，著紫鼠裘。愛支離者叟，霜皮黛甲，玲瓏者丈，雁蕩龍湫。王謝家兒，宣和遺老，爾正愁時我亦愁。曾經過，看累朝興廢，百代王侯。　別來歲月如流。歎赴壑修蛇掣不休。又風吹雨溜，幾場兒戲，藤纏蘚蝕，一樣蜉蝣。石豈能言，樹猶如此，何怪書生竟白頭。重來到，吹一聲鐵笛，叫破孤秋。

王西樵云：一起便似畸人行徑，故以下娓娓盡情，無一凡語。

《詞則·放歌集》：（「石豈」六句）慷慨生哀。

校記：

[一] 此首蔣本有，《瑶華集》、《詞覯續編》、《古今詞選》、《昭代詞選》、《詞則·放歌集》選。詞題，「艮嶽」，《詞覯續編》作「銀嶽」；《昭代詞選》下注「又一體」，蓋前首「甲辰除夕懷西樵司勲、阮亭主客」非正格。

圈點：

「昔歲」三句，圈。「支離」句、「玲瓏」句，點。「王謝」三句、「石豈」三句，圈。

《詞則·放歌集》：題上，雙圈。「石豈」六句，圈。

爲泗州謝震生廣文題影兼送其之任山陽〔一〕

我愛先生，其冷者官，其熱者腸。羨康樂宣城，君之家世，蠙珠浮磬，此是家鄉。人道馬曹，我知魚樂，苜蓿堆盤也不妨。吴綾上，問傳神阿堵，何物長康。纔成半闋凄凉。忽念爾將離黯自傷。記淡月微風，曾經批抹，好花新茗，相與平章。此去淮陰，古多惡少，我欲來游醉幾場。君求我，在韓侯臺下，漂母祠旁。

王西樵云：送廣文詞難得此跳盪。○前段題像，後段送之官，格尤老絶。

校記：

〔一〕此首《昭代詞選》選。「題影」，浩然堂本作「題照」。

圈點：

「我愛」三句、「此去」六句，圈。

八歸

二月十一夜風月甚佳，過水繪園聽諸郎絃管，燈下因遣家信，凄然不成一字，賦此以寄閨人

彈得絃清，飄來笛脆，曲室諸郎歌管。他鄉風月佳無比，只是中年以後，心情頓嬾。遥憶故園粧閣上，鎮玉臂、雲鬟凄斷。傷心處、何事尊前，聽一聲河滿。　却是絳河欲没，珠繩乍轉，畫角譙樓哀怨。舊事如塵，新愁似夢，可惜一塲分散。奈天涯滋味，瞞不過、南歸魚雁。吮霜毫、纔提還倦，莫慮春寒，羅襟紅淚煖。

王西樵云：「舊事如塵，新愁似夢」，那得不心情頓嬾？

王阮亭云：「瞞不過、南歸魚雁」，恐如輸黄龍一雙耳，試以訊阿徐如何？

圈點：

「只是」二句，圈。「舊事」三句，點。「奈天」二句，圈。

摸魚兒

家善百自崇川來，小飲冒巢民先生堂中，聞白生壁雙亦在河下，喜甚，數使趣之。須臾白生抱琵琶至，撥絃按拍，宛轉作陳隋數羙，頓爾至致。余也悲從中來，併不自知其何以故也。別後寒燈孤館，雨聲蕭槭，漫賦此詞，時漏已下四鼓矣[一]

是誰家、本師絶藝，檀槽掐得如許。半彎邏迆無情物，惹我傷今弔古。君何苦。君不見、青衫已是人遲暮。江東烟樹。縱不聽琵琶，也應難覓，珠淚曾[二]乾處。凄然也，恰似秋宵掩泣，[三]燈前一對兒女。忽然凉瓦颯然飛，[四]千歲[五]老狐人語。渾無據。君不見、澄心結綺皆塵土。兩家後主。爲一兩三聲，也曾聽得，撇却家山[六]去。

王西樵云：「縱不聽琵琶」三句，是深情種子，故涉筆便哀艷交至。○可敵吳祭酒《琵琶行》一序，頓挫中更極沉鬱，極似吳語。

王阮亭云：視江州司馬，更是可念。○兩「君不見」，章法奇。

《詞苑叢談》：白生，名玨，字璧雙，通州人，琵琶第一手。吳梅村爲作《琵琶行》。陽羨生詩「玉熙宮外繚垣平，盧女門前野草生。一曲紅鹽數行淚，江南祭酒不勝情。」正爲璧雙作也。一日，抱琵琶至冒巢民水繪庵，撥弦按拍，宛轉作陳隋數弄。陽羨生又賦

《摸魚兒》一闋，倚弦歌之，聽者皆凄然泣下。

《篋中詞》：拔奇本師長歌之外。

《迦陵詞選評》：琵琶聲中，那是陳、隋舊史？

校記：

［一］此首蔣本、《百名家詞鈔》本有，《荊溪詞初集》、《昭代詞選》、《國朝詞雅》、《篋中詞》、《詞莂》、《藝蘅館詞選》、《清詞選集評》、《全清詞鈔》、《近三百年名家詞選》選。詞題，蔣本、《荊溪詞初集》、《昭代詞選》作「聽白生彈琵琶」，《百名家詞鈔》本、《國朝詞雅》作「聽白生調琵琶」，《篋中詞》、《藝蘅館詞選》、《清詞選集評》作「聽白生琵琶」，《全清詞鈔》無「頓爾至致」、「寒燈孤館，雨聲蕭槭」。

［二］「曾」，蔣本、《荊溪詞初集》、《昭代詞選》、《篋中詞》、《藝蘅館詞選》、《清詞選集評》作「有」，《國朝詞雅》作「乍」。

［三］「恰似秋宵掩泣」，《昭代詞選》、《篋中詞》、《藝蘅館詞選》、《清詞選集評》作「似聽秋宵愁訴」。

［四］「忽然凉瓦颯然飛」，《國朝詞雅》作「颯然變徵聲何急」。

［五］「歲」，《清詞選集評》作「載」。

［六］「家山」，蔣本、《荊溪詞初集》、《昭代詞選》、《篋中詞》、《藝蘅館詞選》、《清詞選集評》作「故宮」，《國朝詞雅》作「故山」。

圈點：

「是誰」二句、「君不見」、「江東」四句、「君不見」、「兩家」四句，圈。

《百名家詞鈔》本：「半彎」二句、「江東」四句、「君不見、澄心結綺皆塵土」、「爲一」三句，圈。

《荊溪詞初集》：「君不見、青衫已是人遲暮」、「縱不」三句、「恰似」四句、「兩家」四句，圈。

《藝蘅館詞選》：「忽然」八句，圈。

賀新郎

雲郎合巹，爲賦此詞［一］

小酌酴醿釀。喜今朝、釵光簟［二］影，燈前滉漾。隔著屏風喧笑語，報道雀翹初上。又悄［三］把、檀奴偷相。撲朔雌雄渾不辨，但臨風、私取春弓量。送爾去，揭鴛帳。六年孤館相依傍。最難忘、紅蕤枕畔，淚花輕颺。了爾一生花燭事，宛轉婦隨夫唱。努力做、藁砧模樣。只我羅衾渾似鐵，擁桃笙、難得紗窗亮。休爲我，再惆悵。

王西樵云：「撲朔」句，髯大錯，撲朔故有辨，當謂迷離耳。

王阮亭云：婢作夫人，尚然羞澁，况藁砧模樣耶？

《詞苑叢談》：廣陵冒巢民家青童紫雲，儇巧善歌，與陽羡陳其年狎。其年爲畫雲郎小照，遍索題句。新城王阮亭曰：「黄金屈膝玉交盃，坐燼銀荷葉上灰。法曲自從天上得，人間那識紫雲迴。」武進陳椒峯曰：「憶脱春衫花底眼，新聲愛殺李延年。只今展卷人猶在，何處相看不可憐。」長洲尤悔庵曰：「西園公子綺筵開，璧月瓊枝夜夜來。小部音聲誰第一，玉簫先奏紫雲迴。」於是和者幾數十人。一日，雲郎合巹，其年賦《賀新郎》贈之云（詞略）。人傳「努力做藁砧模樣」句，無不絶倒。

《雲韶集》：徐郎名紫雲，廣陵人，冒巢民家青童，儇巧善歌，與其年狎。其年嘗画雲郎小像，遍索題句，漁洋、西堂諸名家各有題詠。至是出囊中金爲雲郎合巹，復繫以詞，情致酸楚，雲郎寧不骨醉情死？

《詞則·閑情集》：按：徐郎名紫雲，廣陵人，冒巢民家青童。儇巧善歌，與其年狎。其年嘗畫雲郎小像，遍索諸名人題詠。至是出橐中金爲雲郎合巹，復繫以詞。語不免於褻，而情致甚酸楚。

《迦陵詞選評》：吾不知詞之佳，惟情之異，偏最傳人口，人之驚異也如是！

校記：

［一］此首《古今詞選》、《雲韶集》、《詞則・閑情集》選。詞題，《雲韶集》、《詞則・閑情集》作「雲郎合巹詞」。

［二］「簟」，《古今詞選》作「鈿」。

［三］「悄」，《古今詞選》作「俏」。

圈點：

「撲朔」句、「努力做」句，圈。「只我」二句，點。

《雲韶集》：「又悄」五句、下闋，圈。

《詞則・閑情集》：題上，單圈。「藁砧模樣」，斷句用點。「只我」四句，圈。

賀阮亭三十［一］

牛馬江東走。陪滿座、鄒枚上客，爲君稱壽。七葉貂蟬連鳳闕，坐擁銀箏翠袖。又兄弟、才雄八斗。三十王郎年正少，恰黄金、鑄印雙懸肘。此意氣，古無有。　淡黄十里隋堤柳。更多少、竹西歌吹，樊川詩酒。滿目關山原不惡，只是繁華非舊。算惟有、文章不朽。簌簌珠簾人不捲，看使君、燈火春城口。依稀羨，歐陽守。

王阮亭云：自顧不足當此，但卿言亦復佳耳。

校記：

［一］此首《詞則·別調集》選。

圈點：

「滿目」三句，圈。

《詞則·別調集》：題上，單圈。「三十」四句、「簌簌」四句，點。

瓜步與姜子翥

佛貍祠下別。看此處、江花如練，江烟似織。憶昔結交堅戴笠，江左周郎英發。正爛醉、金釵之側。宋玉石之計倪甫草俱大俠，更潁川、年少風流客。仰天嘯，冠纓絶。十年往事同陳蹟。恰傳聞、洛陽金盡，櫟陽獄急。一旦二桃疑盡釋，廣柳車中人出。又買得、如花小妾。送客驚心千萬里，但銷魂、此際真愁絶。吾自有，蒯通舌。

王阮亭云：終似不受人憐。

圈點：

「正爛醉」句，點。「又買得」句、「吾自」二句，圈。

甲辰廣陵中秋小飲孫豹人溉堂歸，歌示阮亭[一]

把酒狂歌起。正天上、琉璃萬頃，月華如水。下有長江流不盡，多少殘山剩壘。誰説道、英雄竟死。一聽秦筝人已醉，恨月明、恰照吾衰矣。城樓[二]點，打不止。當年此夜吳趨裹。有無數、紅牙金縷，明眸皓齒。笑作鎮西鸜鵒舞，眼底何知程李。詎今日、一寒至此。明月無情蟬鬢去，且五湖、歸伴魚竿耳。知我者，阮亭子。

王西樵云：大有芒芒交集之意，只「明月無情蟬鬢去」七字，讀之我亦欲愁。

王阮亭云：拔劍斫地，低昂久之，故非東武，不知陽羨。

《詞則·放歌集》：題位只結句一點，妙甚。

校記：

[一]此首蔣本有，《詞則·放歌集》選。

[二]「樓」，蔣本作「頭」。

圈點：

「下有」三句，圈。「當年」，點。「明月」句，圈。

《詞則·放歌集》：題上，雙圈。「一聽」四句，點。「明月」四句，圈。

月夜看梅花

皓魄光微淥。喜東風、瓊枝璧月，清輝睘羆。顧影娉婷無一語，吴女纖腰初束。斜倚在、珠闌曲曲。看到夜深風露冷，浸簷前、一片團圓玉。吾醉矣，共花宿。　愁腸被酒還相觸。且狂歌、莫言興盡，再斟醽醁。忽憶開元當日事，中有梅妃蛾緑。何必羨、玉奴新浴。可惜樓東三十樹，雨霖鈴、都做連昌竹。花應歎，睡難足。

王阮亭云：沉香玉笛，累及梅精，古今恨事，「争奈嬌波不顧人」，悔將何及？讀髯此詞，爲之淚下。

圈點：

「顧影」三句，圈。「忽憶」三句，點。「可惜」二句，圈。

乙巳端午寄友，用劉潛夫韻

醉凭闌干吐。倚清狂、橫陳氷簟，後堂無暑。聞道[一]吳兒工作劇，弔屈龍舟似虎。我欲唱、公平無渡。纍自沉湘卿底急，枉教人、撾碎迥飄鼓。楚江畔，葦花舞。　陡然磊塊[二]多如許。喚靈均、前來共語，酹君椒醑。呵壁荒唐何必問，死累人間角黍。尚不及、伍胥濤怒。忽發狂言驚滿座，料諸公、知我心中苦。酒醒後，重懷古。

尤悔菴云：「吐」字奇叶，更勝彭十「箜篌」句。「荒唐」三語，翻案陡奇，直是眼空一世。

《詞則·放歌集》：主意在「心中苦」三字，非譏靈均也。曰「陡然魂磊」，曰「忽發狂言」，曰「酒醒後，重懷古」，可知無譏刺意。

校記：

［一］「道」，患立堂本、浩然堂本作「説」。

［二］「磊塊」，患立堂本作「塊磊」。

圈點：

「醉凭」句、「我欲」三句、「呵壁」三句，圈。

《詞則·放歌集》：題上，雙圈。「纍自」二句、「陡然」句，點。「忽發」四句，圈。

爲冒君苗催粧[一]

遲日嬌鶯囀。簸輕風、半欄芍藥，參差人面。珠絡流蘇犀壓角，十里龍綃微捲。料好夢、一春曾選。節近菖蒲喧笑語，借五絲、先做同心纏。畫梁上，乳雙燕。　笙歌沸處蓮籌轉。剪銀燈、紅酥檀暈，暗窺韓椽。小弟陸家工贈婦，春蚓花箋蟠徧。何况是、丹青能擅。百種烟巒俱易畫，遠山眉、第一須葱蒨。看小試，君苗硯。

王西樵云：「借五絲、先做同心纏」，「看小試，君苗硯」，皆雋不傷雅也。

校記：

[一] 此首《古今詞選》選。

圈點：

「料好夢」句、「借五絲」句，圈。「百種」三句，點。「看小」二句，圈。

夏雲峯第二體

夏雨

楚簟生波，湘簾著水，夏淺勝春時候。豆棚底、心情小惡，楝花外、年光空逗。記三春、帽影衣香，漫細數踈狂，未居人後。奈六幅蒲帆，歸吳雖健，却又愁如中酒。況是梅天絲雨僽。儘挼藍野水，點來都縐。一生事、秧車催去，四月景、蠶房擱就。倚小樓、看盡吳田，只漠漠陰陰，不堪回首。且白練裙，緑苔錢，閒寫小詞懷友。[一]

尤悔菴云：絶似閨閣心情。

校記：

[一]「友」，原本作「古」，患立堂本同，據浩然堂本改。

圈點：

「夏淺」句、「況是」，點。「秧車催去」、「蠶房擱就」、「且白」三句，圈。

引駕行

柬既庭[一]

全吳館內，破楚門邊，十年事、記冶遊作使，與卿並倚吳閶。清狂。簾前璧月，橋頭畫轂，鈿轅畔、游閒公子，紅燭銀箏，醉玉温香。平康。況曾經邂逅，枇杷巷口掃眉娘。想那日、妖嬈喚馬，藥欄微雨碧城涼。難忘。　無端一別，腰身瘦盡東陽。奈曉風殘月，夢回酒醒，往事微茫。堂堂。問江東士女，塗轍誰令我輩妨。料章華才子，也應點、兩髩吳霜。

王西樵云：讀此那得不喚奈何？那得不思掘顧榮塚？

校記：

［一］此首《古今詞選》選。

圈點：

「藥欄」三句、「料章」二句，圈。

蘭陵王

春恨［一］

香腮托。人與梨花俱弱。東風外、斜壓香衾，蹙損瀟湘遠山角。鏡鸞空掩却。愁覷玉肌減削。又不是、中酒傷春，盡日沉吟倚粧閣。唾花裙上落。奈紫棧纔温，紅綿正薄。水晶簾額輕寒絡。更陣陣春雨，懨懨殘日，小樓欲睡那便著。且自漱春酌。飄泊。舊時約。只柳綿花絮，年年如昨。緑徧平蕪天又各。念馬嘶門外，聽來常錯。清明寒食，無限恨，燕子覺。

鄒程邨云：顧菴學士「算同心、還是心心各」，與此「各」字俱妙。○能以險韻作穩用，非姜、史諸君不能。

《詞則·閑情集》：起三字俗。（「又不」二句）曲折盡致。◎「小樓」七字，不鍊而鍊，與輕率者有別。◎結數語沈至，純乎大晟。

校記：

［一］此首《詞則·閑情集》選。

圈點：

「水晶」句、「緑偏」句，圈。

《詞則·閑情集》：題上，雙圈。「香腮」句，斷句用點。「又不」二句、「小樓」句，圈。「只柳」二句，點。「念馬」五句，圈。

十二時

偶憶［一］

綿濛二月如酥雨，做出銷魂天氣。更獨客、冷清清地。拚則［二］向紅篝倚。燈炧香焦，天寒酒醒，往事難提起。想那日、元夜迷藏，禊日鞦韆，人在綠楊絲裏。更當初、戟門嬉戲。一部烟花軼記。簾畔分釵，屏間惜曲，無限慨慨意。便海棠月上，夜深誰放花睡。奈幾年、飄零羈旅，已隔千山萬水。昨歲銅街，記曾一見，隱隱卓金車子。恰柳花如夢，又早香輪過矣。

王西樵云：此詞章法妙絶，結法尤好。〇試問「柳花如夢、香輪早過」時，較「子城斜處，女墻彎裏」，情味何似？

《詞則·閑情集》：（「更當初」句）此折較上又進一層，故用「更」字提起。（「恰柳」二句）若近又遠，似夢如塵。

校記：

［一］此首《詞則·閑情集》選。

［二］「則」，浩然堂本作「只」。

圈點：

「往事」二句、「當初」、「奈幾年」，點。「昨歲」五句，圈。

《詞則·閑情集》：題上，單點單圈。「便海」二句，點。「恰柳」二句，圈。

大酺

七夕坐客大合樂漫賦[一]

歷歷銀飈簾外落，又是一番節序。今宵停寶杼[二]。正南部烟花，西風牛女。端正窺簾，輕狂換盞，多少良儔俊侶。有白髮何戡，青春[三]張緒，流商刻羽。漸露濕瓜筵，月穿針孔，紗幮無暑。　醉摇栀子樹。是鬱金堂[四]後西偏路。誰知道、三生杜牧，前度劉郎，重來還到聽歌處。鈿盒一朝分，記不起、長生私語。算此際、情偏苦。離多會少，豈獨天邊河鼓。客且歌完金縷。

王西樵云：老夫心如泥絮，讀「醉摇栀子」以下七句，猶爲惘然久之。

校記：

[一]此首蔣本有，《昭代詞選》選。

[二]「杼」，蔣本、《昭代詞選》作「杵」。

[三]「青春」，《昭代詞選》前有一「與」字。

[四]《昭代詞選》詞末有注：「按，『是鬱金』三字，譜應讀，此誤。」

圈點：

「正南」二句、「醉搖」五句、「客且」句，圈。

多麗仄韻體[一]

題余氏女子繡陳思洛神圖，爲阮亭賦

問多情，今古誰堪雄長。也無如、曹家天子，西陵臺上虛帳。更傳聞、東阿子建，少年情緒駘蕩。水上明珠，波間翠羽，洛神一賦，神飛魂愴。只一事、家王薄行，難對中郎將。恐他日、黄鬚兒子，亦起非望。　又剪出、輕雲態度，綉成流雪情狀。歎香閨、一雙纖手，比似文心誰瑜亮。便使當年，袁家新婦，自臨明鏡圖嬌樣。也還怕、傳神阿堵，宛轉須相讓。凝眸處、婀娜華容，千秋無恙。

王西樵云：起四語大擡好阿瞞，髯咏史一闋殊覺唐突，故以此謝耶？「袁家新婦」四字，大是春秋之筆。

校記：

[一] 調名下，患立堂本、浩然堂本無「仄韻體」三字。

圈點：

「問多」四句，點。「只一」二句，圈。「恐他」二句，點。「比似」句，圈。「袁家」句，點。

前調平韻體[一]

爲李雲田、周少[二]君、寶鐙題坐月浣花圖

嫒紅篝。月輪斜挂粧樓。恰雅稱、香閨心性，下堦小試蓮鈎。好風篩、窗紗影碎，涼露浸、簟縠紋流。裙帶微飄，玉奴私語，人生易值此宵不。何況是、楚天巫峽，李，漢陽人。嫦娥別種清幽。羨此夜、月光人面，端正温柔。　漸滿砌、跉蹁紅藥，如啼欲睡疑羞。倩輕綃、秋棠宜盥，央小玉、夜合將收。更與傳言，月波堪舀，莫問銀床玉井頭。想像處、花前人月，永夜費凝眸。還只怕、畫圖難肖，搦管增愁。

王西樵云：點逗花月處，絶有次第。「更與傳言」以下，又作三波，末結出題畫意。意趣法度，可謂雙到。○「裙帶」二語，別怨在内，雲田須省。

校記：

[一] 患立堂本、浩然堂本不標「前調」、「平韻體」三字在詞題下。

[二]「少」，浩然堂本作「小」。

圈點：

「裙帶」三句，圈。「何況是」，點。「端正」句、「如啼」句、「更與」三句，圈。「想像」四句，點。

箇儂原名[一]《六醜》，楊升菴易今名

孫坦夫招飲女史澹容家，分賦

轉瓣蓮巷左，見梵字、粉紅墻角。恰直箇儂，曉粧勻面藥。花冠喔喔。正蟬窗象格，西風輕颭，有碧桐花落。褻紈秀鬋工調謔。人是雙文，藝精六博。種種玉纖花弱。喜宿醒微析，春心猶惡。酒狂如昨。但人生行樂。此際秋娘，最憐輕薄。樽前況有韓嫣，碧雲天，偷擫鸞簫低學。更主是、多才孫綽。平康巷、膝席分曹，滿座雄談馬稍。囑金吾、莫收更鑰。別來時、斜倚朱闌口，偶然思著。

王西樵云：風景情事，渲寫如見，旖旎中時露英雄本色。此鄭公嫵媚，非温岐、裴諴之比。

王阮亭云：結是三昧，餘子不解。

校記：

［一］「原名」，患立堂本、浩然堂本作「即」。

圈點：

「喜宿」三句，點。「別來」三句，圈。

丙午元夕雨［一］

聽今宵踈雨，也算做、一年元夕。舊事流波，一往如何覓。香街馬跡。記常年燈市，鞭絲帽影，有許多相識。闌珊燈火梅精立。雅淡衣裳，輕盈姿格。人月同時一色。便旁人也道，此是秦虢。　萍蹤頓隔。怕舊時李益。昔日君平，無人憐惜。簷前點點滴滴，似替人流淚，學人悽惻。拚此去、花朝寒食。都只向、雨雨風風，趂盡春光九十。紅篝擁、夜寒側側。擬此情、并春柑傳與，何由寄得。

王西樵云：柔情如縷，讀之感人。

校記：

［一］此首《昭代詞選》選。

圈點：

「聽今」二句、「人月」句，圈。「簷前」六句，點。「擬此」二句，圈。

夜半樂

春夜觀小伶演葛衣劇任西華故事也。[一]

當時江左才調，樂安任昉，風麗推無偶。記驃騎陪軒，秘書把袖。青宫好士，朱門結客，更聞出入宫輦，翺翔苑囿。奈玉樹、人世偏難久。諸郎憔悴至此，西華東里，南容北叟。

漫細數、平生密親懿友。葛帔誰嗟，練裙疇惜，可憐野鮮動輪，門稀漬酒。想此事、將毋古今有。

閱此不覺，滿瀉瓊舟，狂斟玉斗。我論絶交君信否。倘然疑，君再聽、當筵紅豆。算蘭簿、何必籌身後。清歌且喜簾垂綉。

王阮亭云：補出「西華東里」二句，絶妙，的是名手。结又徹底，名手名手。「想此事」句，不覺畫情咄出。

冒青若云：直該括《任昉列傳》、《廣絶交論》二篇，覺東坡括《歸去來辭》未免舉止羞澀。

校記：

［一］此首蔣本有。此詞依律分三段，「奈玉樹、人世偏難久」句下應分段，諸本皆作一段。

圈點：

「奈玉樹」句，圈。「西華」二句，點。「想此事」句、「清歌」句，圈。

六州歌頭

邗溝懷古［一］

江東愁客，隋苑暗經行。鶯語滑，游絲細，夾衣輕。正清明。追憶當年此際，樓臺外，鞦韆畔，棠梨樹，垂楊渚，玉簫聲。一自風煙滿目，傷心煞、水緑山青。看江都雖好，舊跡已飄零。憔悴蘭成。意難平。　念寄奴去，黄奴老，今古事，可憐生。回頭［二］望，隔江是，石頭城。草縱横。樓船南下日，君王醉，未曾醒。宫車出，晚鴉鳴。使人驚。惟有一江春水，依稀似、舊日盈盈。想參軍鮑照，欲賦不勝情。此恨曾經。

《詞則·放歌集》：此調當分兩段，於「意難平」爲上半闋，餘至末屬下半闋，分三段者非。以原本如此，姑從之。(「看江」十五句)語短節促，韻味偏饒。

校記：

［一］此首蔣本有，《東白堂詞選初集》、《古今詞選》、《昭代詞選》、《詞則·放歌集》選。蔣本調名下注：「《草堂》作二疊，《嘯餘》作三疊。」浩然堂本同。患立堂本在「玉簫聲」下、「未曾醒」下分片，作三疊，浩然堂本同。

［二］「頭」，《古今詞選》作「首」。

圈點：

「一自」二句、「惟有」二句，圈。

《東白堂詞選初集》：「惟有」四句，圈。

《詞則·放歌集》：題上，單點單圈。「江東」二句，點。「看江」四句、「樓船」三句，圈。「惟有」二句，點。「此恨曾經」，圈。

小諾皐［一］

夏雨［二］

密灑修梧，輕敲踈竹，一雨碧天如此［三］。正日長、亭院無憀，羈人徙倚。滿目烟潭草閣，多少紅蘭白芷。更明珠瀉向，荷錢容裔。極浦沉沉，前汀瀰瀰。又小樓、玉簫和雨[四]，吹入愁人心裏。無限事，思量起。　此際凭闌，幾回推枕，總是故園千里。忩不了、氷簟生寒，玉釵著水。風景而今依舊，無奈鬢絲不似。拚流落、楚尾吴頭而已。今夜樓中，明朝篷底。便瀟湘、宋玉悲秋，未必此情堪比。天欲暮，雨不止。

王西樵云：情景揉成一片，讀之令人心眼迷離，惟有歎絶。「碧天如此」、「拚流落、楚尾吴頭而已」，造語妙。「天欲暮，雨不止」，作法妙。

王阮亭云：讀此覺杜司勛三守名州，故作流落無賴之語，非陽羨比也。

《雲韶集》：「如此」二字振下段之神，大家手段與人不同如此。◎疎疎落落，寫來一層逼一層，逼出「無限事」二語，起下半闋。觸景生情，運意運筆，俱跳躍動盪，那得不空絶前後？○後半闋悲壯盤屈，敲碎玉唾壺，其年外無第二人。○題爲思鄉，而作淋淋漓漓，即令方回、美成、白石、竹垞爲之，亦不能及。◎（「楚尾吴頭而已」句下）慷慨激昂，讀之拔劍起舞。○（「未必此情堪比」句下）以宋玉悲秋作結，收足題面，通篇方不散漫。真才大如海，心細如髮。

校記：

［一］調下，《昭代詞選》注「王弇州自度曲」。

［二］此首蔣本有，《瑶華集》、《清綺軒詞選》、《昭代詞選》、《國朝詞雅》、《熙朝詠物雅詞》、《雲韶集》選。

［三］「此」，《熙朝詠物雅詞》作「洗」。

［四］「和雨」，《瑶華集》、《清綺軒詞選》、《熙朝詠物雅詞》、《雲韶集》作「聲澁」。

圈點：

「一雨」句，圈。「又小」二句，點。「風景」三句、「天欲」二句，圈。

《清綺軒詞選》：「密灑」二句，點。「又小」二句、「風景」三句、「便瀟」二句，圈。

《雲韶集》：「一雨」句、「又小」四句、下闋，圈。

寶鼎現

甲辰元夕後一日，次康伯可韻是歲元夜月食。

星橋未鎖，火樹仍放，風光清綺。渾不散、游童白馬，雜沓笙簫闐寶砌。香奩畔、又夜情思整，笑看蘭缸結蘂。漸耿耿、金波萬頃，一派天街似水。　昨夜辜［一］負無眠意。

枉費盡、描朱刷翠。問天上、素娥因甚，杳若秦樓嬴女吹。倚桂樹、盼廣寒車騎。無質霧迷三里。元宵夜、一鈎殘月，仄在碧雲堆裏。　幸值今宵，重輪現、泰階重履。只鄒枚漸老，何日宸遊陪侍。趁良夜、向春城醉。醉語如花伎。歎光景、好處難圓，月也與人無二。

鄒程邨云：長調正以警語撮要，非姜、史不能叅透。

校記：

[一]「幸」，浩然堂本作「孤」。

圈點：

「夜情思整」、「元宵」二句，圈。

怨朱弦[一]

寄菑川畢載積使君[二]

憶水嬉、天氣鮮新。蘭葉離離，燕子紛紛。賣餳時候，韶光妖冶撩人。樂游原上，平康曲裏，舞衫歌扇如雲。更廣陵水色，半是堆藍，半是拖銀。樓上珠軒九曲，船上湘簾四面，一樣無塵。還争羡、緑楊低處，刺史留賓。　正吳娘、細鱠紅鱗。玉簫作使，綉簟横陳。小史菱花，妖童荷葉，宜笑宜嗔。嬌歌一曲，美酒千巡。忽見夕陽零亂，且隨著、裊裊金鞭，隱隱香輪。早辦兩行燈火，留待參差歸騎，同入城闉。奈此日、依稀記省，事已前春。

王西樵云：緜麗中玲瓏宛轉，他人決無此手筆，令人不敢僅以麗才目之。

校記：

［一］詞調下，《昭代詞選》注「王弇州自度曲」。

［二］此首《昭代詞選》選。詞題「菑」，浩然堂本作「淄」。

圈點：

「樓上」三句、「早辦」三句，圈。「奈此」二句，點。

三臺

春景用万俟雅言清明原韻

又紅閨掛殘斜月，香塵鏤完微雨。整飛蟬、一望碧虛前，見皎鏡、溶溶南浦。風光汎，漸醮垂楊縷。三春景、如花似霧。鞦韆社、淡日濃烟，蹴鞠隊、緜箏急鼓。料鳳城、鈿車寶轂，不住紛紛來去。喚桂子、小玉報花香，日煖與、隔墻鄰女。踏青須、結伴東郊路。看多少、繡簾珠户。喜今日、滿院晴絲，怕明朝、一庭落絮。更杜宇喚取春老，榆錢壓將春暮。憶去年、元夜玩燈時，曾立在、火闌珊處。轉盼又、星橋燃蠟炬。鬧蛾兒、紅樓紫府。休沾惹、竊玉閒愁，且安排、尋香公務。

王阮亭云：如此公務，定復不急。

王西樵云：余爲髯作答曰：「此公務那得不急？」

圈點：

「掛殘」、「鏤完」，圈。「喚桂」二句，點。「喚取」、「壓將」、「且安排」句，圈。

抛毬樂

咏美人蹴鞠[一]

聞道凝粧多暇，蟬鬢嬌嫭。匀面纔了，緪額初竟，纖纖眉嫵。蘸畫轂、翠羽低飛，暈香閣、紅襟新乳。正好作劇尋歡，小疊魚箋，遍約嬉春女。向暖日紅樓，商量細數，氤氳粉澤，喧闐笑語。算白打鞦韆，和格五、總然無意緒。且水晶簾畔，斜穿鞠域，相邀同去。

此際綽約輕盈，嬌花百朵，瓊枝一樹。寶釵鬆，羅襪小，争漾絳綃窮袴。玉醉花欹，吹亂紅巾幾縷。一泓香雪，臨風慢舞，髣髴似[二]滚瓊闉絮。更香毬將墜，最憐小玉多能，傍襯凌波微步。漸蹴罷春憨，扶髻影、嬌喘渾無語。小换輕容，滿身紅雨。

王西樵云：看其步驟，長調必如此方不苦局促補凑。○「争漾絳綃窮袴」五句，如天花亂墜，「小玉」二句，傍襯一筆尤佳。

校記：

[一] 此首蔣本有。

[二]「似」，蔣本作「是」。

圈點：

「向暖」二句，點。「争漾」五句、「最憐」二句，圈。「小换」二句，點。

稍遍

咏彈筝[一]

何處放嬌，砑羅裙上，一寸銷魂地。倚桃笙、恰恰罷梳頭，正是懨懨天氣。上青樓、輕攏髻棗，乍捱纖笋，萬種情如水。正搭定鮫綃，粧完義甲，十二鈿蟬櫛比。對玉荷清影顫瓊枝。又小語流鶯上柳絲。慢撚斜搊，鬟軃衫偏，那人情味。 似秋夜楚天，急雨彈入空舲裏。鼓神絃、含商嚼徵盡伶俐。拍碎棠梨，唱殘紅豆，一雙玉剪低還起。印粉痕圓，凝愁聲重，碧到眉峯無際。怪窗前簌簌落紅輕墜。見十五檀奴綠窗西。要竊聽、曲中私意。不覺閣住銀箏[二]，婉轉籌身世。種玉前緣，簸錢舊事，脉脉縈牽不已。家鄉秦隴幾時歸。此曲可憐猶在耳。

王西樵云：「碧到眉峯無際」，可敵「愁到眉峯碧聚」。

校記：

[一] 此首蔣本有。

[二]「箏」，浩然堂本作「筝」。

圈點：

「一寸」句，圈。「對玉」五句、「似秋」二句，點。「碧到」句，圈。「見十」二句，點。「婉轉」句，圈。

戚氏

柬程邨文友[一]

想當年。黄公壚畔興翩翩。盤馬雕龍，春風門巷盛貂蟬。有鄒陽董相，一時賞譽重琅玕。署記旗亭遊處，都相似、爾我周旋。自許上流，人稱名士，終朝蹋臂縈牽。更兒呼德祖，弟畜灌夫，意氣無前。　憶唱緑幘金丸。風流放誕，並坐響鵾絃。髣髴是、巷名金線，幕號紅蓮。回中下杜，油壁雕鞍。曾經墜粉遺鈿。狂奴减未，癡人死未，訴厲語亦相憐。　分攜成舊雨，酒闌追省，一往凄然。同學少年雖健，奈酒徒、散盡不堪言。道政坊頭，延秋門外，憶了千千萬。論窺簾、映柱人何限，都分付、碎雨零烟。念故人、一樣艱難。總蕭瑟、江南庾子山。寫瑶琴怨，我彈未了，又怕君彈。

鄒程邨云：十年事都上心頭，使我不禁三嘆。

王阮亭云：西樵有詩云「美彈争得似哀彈」，與此彷彿。

校記：

[一] 此首蔣本有。

圈點：「狂奴」三句、「道政」五句，圈。

鶯啼序

春日游平山堂即事[一]

三月雷塘口，多少游絲浴鷺。正瀲灩、文縠初平，金溝種滿芳樹。屏幕津樓斜蘸水，鞦韆春院閒吹絮。喜夾衣初試，艇子一雙摇去。陣陣鬟絲，層層簾影，齊問平山渡。隔船紗、裊裊亭亭，影落淥波深處。照菱花、水面明粧，唱竹枝、風前詩句。又東園，芍藥纔紅，金鈴争護。蘭橈小攏，看[二]遶徑裙花，漾[三]塵微步。漸鋪遍氍毹，玉笋飛觥，春纖拂素。紅子低敲，青梅小摘，欄干却立頻回顧。驀地見、玉鈎斜下路。傷今弔古，黯然偷注横波，此處是隋皇墓。幾番怊悵，流水東風，往事渾無據。且趂江流正滑，好放蜻蛉，慢摇紈扇，重歌金縷。暝翠將沉，船頭欲轉，茱萸灣子紅橋下，妬游童、寶馬將人覷。可憐此際歸來，兩岸榆錢，一天絲雨。

王西樵云：麗則鶯飛花滿，警則動魄沁心，可謂極才人之致。

校記：

［一］此首蔣本有，《瑶華集》選。

［二］「看」，《瑶華集》作「試看」。

［三］「漾」，《瑶華集》作「襯襪」。

圈點：

「問平山渡」，點。「又（東園）」，雙點。「蘭橈」句，點。「蓦地」四句，圈。「幾番」句，點。「可憐」三句，圈。

清代名家詞選刊

迦陵詞合校

五

[清] 陳維崧◎著

鍾 錦◎點校

華東師範大學出版社
·上海·

第五冊目録

卷十五　迦陵詞話

附録……一八五五

卷十三　迦陵詞拾遺

荷葉盃第一體

所見

突遇荼蘼絶艷。幽店。早爐邊。春城特築花壇坫。麗殺，酒旗天。

此等属其年少作，矜奥詭艷，從昌谷、西崑古詩中變出。[一]

校記：

[一]《倚聲初集》評語不具名者，皆鄒祇謨評。

圈點：

「幽店」句，點。「春城」三句，圈。

蕃女怨 一名番女怨

五更愁[一]

榕亭一夜殘燈警。霜濃蟲省。五更風，十年事，無形無影。梅花窸窣慘人聽。半池氷。

阮亭云：入情語，惟臨川劇中能之。

《清平初選後集》：硯銘云：如此言愁，真是繪風手。

校記：

[一]此首《清平初選後集》、《亦園詞選》選。

圈點：

「五更」三句，圈。

《清平初選後集》：「霜濃」句，點。「五更」三句，圈。

醉公子 一名四換頭[一]

艷情

小姑牽妹臂。笑奪鴛鴦墜。嬌面向姑斜。黛痕添酒花。　碧紗郎掐損。偷覷深閨怎。有意近春膚。自憐非小姑。

圈點：

「黛痕」句，點。「有意」二句，圈。

《百名家詞鈔》本：「黛痕」句、「自憐」句，圈。

低聲添鵲腦。畫角今宵早。一二鼓分明。又聽三四更。　五更聽不得。樓外觀風色。淚下夾花衣。知他歸不歸。

致光偶見諸咏，喁喁呢呢，正是銷魂動魄處。〇阮亭云：似韋相。

校記：

［一］此二首《百名家詞鈔》本有。其一《亦園詞選》選，其二《見山亭古今詞選》選。

圈點：

「一二鼓」、「三四更」、「五更」，點。「淚下」二句，圈。

《百名家詞鈔》本：「一二」二句、「淚下」二句，圈。

浣溪紗一名浣紗溪，又山花子[一]

紅橋感舊，和阮亭韻

鳳舸龍船泛畫橈。江都天子過紅橋。而今追憶也魂銷。　繡瓦無聲[二]春脉脉，羅裙有夢[三]夜迢迢。漫天絲[四]雨咽歸潮。

紅橋詞即席賡唱，興到成篇。各採其一，以誌一時風流勝事，當使紅橋與蘭亭並傳耳。

校記：

[一]此首《百名家詞鈔》本有，《清平初選後集》、《東白堂詞選初集》、《古今詞匯三編》、《古今別腸詞選》選。詞題，《清平初選後集》、《古今詞匯三編》作「紅橋感舊」，《東白堂詞選初集》作「紅橋即事」，《古今別腸詞選》作「紅橋」。

[二]「無聲」，《古今別腸詞選》作「蕪深」。

[三]「羅裙有夢」，《古今別腸詞選》作「玉簫聲斷」。

[四]「絲」，《百名家詞鈔》、《東白堂詞選初集》本作「風」。

圈點：

「而今」句、「漫天」句，圈。

《清平初選後集》：「漫天」句，圈。

《東白堂詞選初集》：「漫天」句，圈。

《古今別腸詞選》：下闋，點。

紗窗恨[一]

梁溪即事

紫帆一片因誰卸，爲汪倫。昨宵記得芙蓉扇，箇人人。　金荃句、細和檀屑，紫猊屏、漫啓香唇。拚今生流落，不傷春。

阮亭云：無可奈何語。

校記：

[一] 此首《百名家詞鈔》本有，《清平初選後集》選。

圈點：

「為汪」句、「箇人」句，點。「拚今」二句，圈。

《百名家詞鈔》本：「箇人」句、「拚今」二句，圈。

《清平初選後集》：「拚今」二句，圈。

清商怨 一名關河令

茲泠戒家優留飲，索程邨、文友屬和

釵峰黛粉桃花識。把杏衫齊袵。觴子琴兄，不受愁魔禁。　春把鶯庄暫賃。但願受、紅顏花蔭。半幅梨雲，騷人青硯噤。

險韻奇叶。

圈點：

「春把」二句，圈。

菩薩蠻 一名重疊金，又子夜、子夜啼、菩薩鬘、菩薩鬘令

入花叢抓鬓

明粧映水春衫薄。翠裙徐下垂楊閣。含笑入花間。誰來罥緑鬟。　墻花留不住。畢竟奴歸去。小立約飛蓬。粉胸珠汗融。

圈點：

「小立」二句，圈。

席間有感

當年曾上輕紅閣。低鬟偷諷傷心作。今日聽西廂。郎心分外傷。故園香閤裏。有箇人憔悴。不若早歸歟。贈他紅玉魚。

阮亭云：近日名家，作麗語無如程邨，作情語無如其年。

圈點：

「低鬟」句、「有箇」句、「贈他」句，圈。

阮郎歸 一名醉桃源，又碧桃春

詠幔

鮫綃微皺翳瀟湘。風吹紅線涼。箅來只在粉垣傍。教人愁斷腸。籠寶篆，暖銀缸。流蘇無限忙。知他何處費思量。霏霏春晝長。

以擬大樽，諸詞可謂落筆亂真。

圈點：

「流蘇」二句，圈。

冬閨[一]

碧窗涼思染平蕪。天寒金井孤。凭闌素手弄冰壺。凄清停翠襦。　吹緑浦，冷香菰。銀塘飛鷓鴣。滿簾風雨濕真珠。玉關音信無。

阮亭云：其年，今之温八叉也。

校記：

[一]此首《亦園詞選》選。

圈點：

「凭闌」二句、「滿簾」二句，圈。

畫堂春

護燈花[一]

夜香時候繡屏高。水沉一縷微飄。銀缸半盞絳花嬌。照破幽宵。　漏永漫憑金剪，風輕小掩鮫綃。莫教紅萼褪蘭膏。好事明朝。

此等題俱十年前會文附作，落紙爭飛，當時推其年為絶唱，每一諷咏，輒有綺才艷骨之嘆。

校記：

［一］此首《亦園詞選》選。

圈點：

「銀缸」句，點。「好事」句，圈。

眼兒媚 一名秋波媚，一名眼兒眉

夏夜[一]

晚來無語汲銀瓶。寒湛兩眸青。紅霞捲罷，朱荷吹起，素綆飄零。　玉堂新浴倚雲屏。

雲漢夜冥冥[二]。爲誰獨自，金蟬不整，紈扇微停。

有亭亭獨立之致。

校記：

[一] 此首《古今別腸詞選》選。

[二]「冥冥」，《古今別腸詞選》作「溟溟」。

圈點：

「紅霞」三句，點。「爲誰」三句，圈。

《古今別腸詞選》：「爲誰」三句，圈。

桃源憶故人 一名虞美人影，又桃源憶故人、醉桃源、胡搗練

冬懷[一]

如何這樣歸鴉快。滿院芭蕉都敗。小店酒旗凍壞。冷向偒[二]塘賣。　詩魂半墜霜溪外。漁火欠他愁債。自古凄涼一派。只有寒燈解。

阮亭云：冷冷瑟瑟，筆挾冬氣。

校記：

［一］此首《古今詞匯三編》選。

［二］「傷」，《古今詞匯三編》作「梅」。

圈點：

「小店」二句，點。「自古」二句，圈。

《古今詞匯三編》：「小店」二句、「漁火」三句，圈。

紅窗睡

夏閨

記得年時，面藥脣珠，菡萏舫、偷消長夏。睡痕一縷薔薇下。捉迷藏耍者。　半疊紅箋難道假。如今怎、花開花落，將人拋舍。玉郎一去，又看看秋也。

阮亭云：非花非霞，如其妙麗。

圈點：

「睡痕」二句、「玉郎」二句，點。

浪淘沙 一名賣花聲

春恨[一]

湘閣斂星眉。静鎖葳蕤。玉樓還有艷陽時。縱使人間春自好，悔我參差。　偏是好花枝。特地傷悲。銀屏掩着寶簾垂。問取落紅深似海，曾見憐誰。

其年工作情語，濃澹皆有倩色。

校記：

［一］此首《清平初選後集》選。

圈點：

「問取」二句，圈。

《清平初選後集》：「縱使」二句，點。「問取」二句，圈。

虞美人

鏡[一]

起來炯炯星眸曉。隔着銀屏悄。菱花斜照玉容清。分付一江紅淚點春氷。　繡簾顛倒傷春懶。憔悴羞伊見。朱扉半啓怯梳頭。最是碧澄澄處費凝眸。

阮亭云：「朝淚鏡潮，夕淚鏡汐」，被陽羨生「一江紅淚」九字括盡。

校記：

［一］此首《清平初選後集》選。

圈點：

「分付」句、「最是」句，圈。

《清平初選後集》：「分付」句、「最是」句，圈。

南鄉子第三體

詠闌干［一］

玉樹颭西東。染就胭脂帶雨濃。爲近朱樓常墜水，溶溶。早被湘文覆冷紅。　人靜繡簾重。門外金鞭信不通。不敢望人依翠袂，朦朧。殘月多情伴曉風。

阮亭云：「爲近朱樓常墜水」，寫照妙絶。「殘月」、「曉風」，一取錯綜，便使柳七不得獨擅。

《清平初選後集》：硯銘云：曉風殘月，錯綜得妙。

校記：

［一］此首《清平初選後集》、《古今別腸詞選》選。詞題，《古今別腸詞選》作「欄杆」。

圈點：

「爲近」句、「殘月」句，圈。

《清平初選後集》：「爲近」句、「殘月」句，圈。

《古今別腸詞選》：「爲近」句、「殘月」句，圈。

踏莎行 一名踏沙行

春寒［一］

翠掠［二］天寒，蘭缸風細。梅花簾［三］外開還未。朝來春雪慣縈［四］人，香綃渾是［五］無情思。 金鴨誰温，水沉空費。亂紅疊盡吳綾被。莫將春恨倚高樓，樓高烟雨迷離至。

仙人每好樓居，當是忘情故耶？

校記：

［一］此首《古今别腸詞選》選。

［二］「掠」，《古今别腸詞選》作「袖」。

［三］「簾」，《古今别腸詞選》作「窻」。

［四］「慣縈」，《古今别腸詞選》作「尚欺」。

［五］「香綃渾是」，《古今别腸詞選》作「垂簾獨坐」。

圈點：

「亂紅」三句，圈。

《古今别腸詞選》：「樓高」句，圈。

晏起

睡暈痕微，香雲緑緺。羅衫慣落朝烟後。起來慵倚小屏山，玉葱怕綰丁香扣。　寶袜脂濃，翠衾酥透。一鈎紅襪生消瘦。强將春恨捲流蘇，春光正到濃時候。

阮亭云：其年詞如玉樓金埒，春色駘蕩。

圈點：

「强將」二句，圈。

蝶戀花 一名鳳棲梧，又鵲踏枝、黄金縷、一蘿金

偶感

着意銀床花露泫。爲問東風，此去何時返。惆悵小樓風力軟。菱花莫道芳心淺。昨夜鶯聲花裏散。幾抹雕墻，似有殘霞展。樓上輕紅纔一轉。玉人依舊連天遠。

阮亭云：末二語非臨川不能。

圈點：

「此去」句、「樓上」二句，圈。

錦帳春

畫眉

楊柳低稍，芙蓉暈臉。早斜倚、流蘇翠幰。粧曉時，明鏡裏，似春山乍遠。碧霞初偃。翠

甲匀稜，紫霞浮渲。正此際、芳心頻筭。壓星眸，侵緑髩，看愁深黛淺。如何消遣。

善偷陳、宋語，意是盜狐白裘手。

圈點：

「似春」二句，點。「看愁」二句，圈。

漁家傲

采蓮

欸乃數聲羅襪濺。碧雲微映相思面。誰啓畫樓臨水岸。珠袂掩。淡黄楊柳芳心淺。好

風吹得湘紋亂。玉河寂盡消朱汗。船上青燈天色晚。人去遠。濛濛十里紅綃捲。

阮亭云：讀其年詞，往往如柳毅初入龍宫，心目都別。

圈點：

「淡黄」句、「濛濛」句，圈。

定風波

杏花街紀事

歌謎吹彈百不憂。嬉春人逐少年遊。紫芫人家玉蕤酒。知否。人生合死舞鬟樓。　剗地篷飛蝴蝶館。凌亂。銀豪翻出小梁州。醉問藍雞橋下去。何處。來朝欲市翠笠篌。

其年少作好用僻事，而風致璀艷，無馬頭安角之病。

圈點：

「人生」句、「來朝」句，圈。

蘇幕遮第二體

詠枕[一]

月華清，花露杳。一角紅綿，裝疊風情好。慣是得人憐惜早。紅袖支持，縷縷香雲裊。　鳳釵輕，蟬鬢悄。付與啼痕，此際情多少。翠帳凄清天欲曉。夜夜温存，消受愁人抱。

阮亭云：「一角紅綿」，何其艷異？

硯銘云：直欲與前作（宋徵輿同調同題）争衡。

校記：

［一］此首《清平初選後集》、《古今詞匯三編》選。

圈點：

「一角」三句、「夜夜」二句，圈。

《清平初選後集》：「夜夜」二句，圈。

金人捧露盤

詠漢史

憶金莖，仙人掌，栢梁臺。見茂陵、秋水啣杯。樓船畫鼓，浩歌商曲帝王才。昆明池上，話全盛、織女徘徊。　到如今，惟明月，秋聲遠，渭聲來。柰年年、風色相催。盤中玉瀣，和成珠淚為君開。蕭條伊洛，亦誰在、古道崔嵬。

似沈初明《通天臺表》。○阮亭云：「茂陵劉郎秋風客」，寫得凉壯。

圈點：

「浩歌」句、「秋聲」二句，圈。

愁春未醒

和文友青兒曲[一]

檀槽尚撥，仙帔初成。似沙場老將，醉來偏喜楚歌聲。隔着屏風，舊恨新愁指下生。當年此際，額黄嬌暈，紅粉羞酲。　樂府嬌嬈，從來屬董，何必盈盈。但越公、朱門何在，玉瘦花輕。分付歌奴，休將臨本笑黄庭。須知一樣，悮卿絶世，老我虚名。

羅隱贈妓詩：「我未成名卿未嫁，可能俱似不如人。」其年演入詞調，殊覺感慨欲絶。〇阮亭云：沈君庸《痛哭霸亭秋》，同此骯髒。

《清平初選後集》：硯銘云：青衫欲濕。

校記：

［一］此首《清平初選後集》選。

圈點：

「似沙」二句、「舊恨」句、「須知」三句，圈。

《清平初選後集》：「似沙」二句、「舊恨」句、「悞卿」二句，圈。

法曲獻仙音

冬夜愁

破紙鳴窗，荻塘栖月，一盞寒膏消遣。颯沓孤舟，聊蕭凍柳，大似晚唐詩選。墨塗氷，箋煮雪，得得霜僧倦。三更院。　聽遥村、犬聲一片。梅壑裏、萬冷千香烹鍊。呵夢寫幽懷，嘆難堪、貂兒酒面。獸炭圍紅，畫屏深、笙簫高宴。只病子畫廊，茶串有誰人見。

於文則樵、蛻，於詩則韓、柳，於詞則王予可一流。

圈點：

「颯沓」三句、「呵夢」二句、「只病」二句，圈。

金浮圖

小武當燒香曲[一]

瞞夫婿。紅巾暗約，橋後釵奴，巷前蘭娣。趁今朝、了却燒香事。短簿祠前，變做花天粉地。齊誦觀音名字。佛如知道，佛也應須噫。　花無蒂[二]。紅顏薄命，縱有慈悲，何曾肯替。釵梁紅玉輕敲損，湘裙皺處，多少神前誓。拚取帶淚歸來，海棠園裏，定下今生計。

此等調近於元劇矣，然才人遊戲之筆，神韻天然，不許東家刻畫也。

校記：

[一]此首《亦園詞選》選。

[二]「蒂」，《亦園詞選》作「並蒂」。

圈點：

「拚取」三句，圈。

念奴嬌

一名酹江月，又百字令、大江東去、壺中天、赤壁詞、無俗念、淮甸春、湘月、大江乘

新月娟娟，牡丹初放，同二弟漫咏

流蘇㬋㬋，看姚黄魏紫，春風都揭。恰值催粧新月上，天際一鈎羅襪。桂魄新彎，春酥纔暈，浸得冰肌徹。人間天上，相逢未嫁時節。　莫待繡閣春深，秦樓月滿，浪逐蜂和蝶。總有幽輝窺寶鏡，也料他人攀折。芍藥亭前，慈恩寺裏，往事休重説。十年一夢，可憐辜負花月。

阮亭云：牡丹詞最難擺脱俗諦。記吴門舍緑堂詠牡丹詩，惟其年擅場，此闋正復不減。

圈點：

「恰值」二句、「人間」二句、「十年」二句，圈。

（以上《倚聲初集》）

滿江紅

溪上感舊[一]

脉脉濛濛，是誰把、繁華吹去。斜陽外、故家亭[二]榭，亂煙凝佇。凄切似聞絲竹響，飄零

碎落銀燈雨。記當塲、一曲牡丹亭，銷魂侶。　錦障[三]裏，春無數。綺席上，人如許。幾番趚遍了，差池燕羽。有恨羅裙尋畫屧，無情紈扇抛金縷。問溪邊、一帶白楊花，應能語。

（以上《今詞初集》）

校記：

[一] 此首《古今詞匯三編》、《古今詞選》選。

[二] 「亭」，《古今詞匯三編》作「庭」。

[三] 「障」，《古今詞匯三編》作「帳」，《古今詞選》作「屏」。

柳梢青

贈友

燕市相逢，酒樓斜日，彈劍傷心。我已吹箎，君還賣醬，一樣沉吟。　荊卿墓上同尋。閒立處、盧溝葉深。千里寒雲，幾行哀雁，弔古論今。

（以上《古今詞匯三編》）

燕山亭

和韻送魏禹平，同京少、蕺山、次山賦[一]

爲送人行，馬上遠山，也把[二]晴蛾淡掃。惜别情悰[三]，中酒心期，自己殊難分曉。一路相隨，總輸與、道旁春草。來早。怕[四]夢裡花多，意中人少。　計日迤邐吴關，和燕子楊花，一群齊到。翠篷推處，[五]白舫摇時，兩岸露桃紅小。半幅蒲帆，渾疑是、掠波沙鳥。尤好。京口驛、鯗魚上了。

校記：

[一] 此首蔣本、《百名家詞鈔》本、浩然堂本有，《昭代詞選》、《國朝詞雅》選。詞題，《百名家詞鈔》本、《國朝詞雅》作「和韻送魏禹平」。

[二] 「把」，《昭代詞選》作「學」。

[三] 「情悰」，《國朝詞雅》作「愫懷」。

[四] 「怕」，《百名家詞鈔》本作「恐」。

[五] 「翠篷推處」，《國朝詞雅》作「春水坐來」。

圈點：

《百名家詞鈔》本：「馬上」二句、「自己」句、「總輸與」句、「怕夢」二句、「半幅」四句，圈。

沁園春

贈别龔佩紉[一]

南郭先生，門巷蕭疎，庭除寂寥。恰一灣蓼岸，遠檣列薺，數間竹屋，夜雨鳴濤。曾記當年，浪游京國，燕趙悲歌也自豪。歸來後，喜依然三徑，仲蔚蓬蒿。　乾坤群盜如毛。歎萍梗吾生信所遭。且風燈擘阮，和之檀板，烟帆醉菊，侑以霜螯。十日聯床，一尊下榻，白飯青芻累素交。明將發，怕空江疊浪，萬籟悲號。

校記：

[一] 此首浩然堂本有。

（以上患立堂本《迦陵詞全集》）

浣溪沙

紅橋感舊，和阮亭韻[一]

歷歷寒田江水流。寥寥廢葦野花秋。廣陵城郭似西州。　未識紅橋何處是，可憐頭白不勝愁。且拚沉醉牧之樓。

斑竹簾開露內家。延秋門窄遇鈿車。今年學唱浣溪紗。　游女髻鬟臨水照，娼樓舞袖倚風斜。看人偷撚柳綿花。

校記：

［一］《（康熙）揚州府志》卷三十六引此題三首，其第二首已見《倚聲初集》。

（以上《（康熙）揚州府志》）

鳳樓春［一］

霧縠冷如銀。春水無塵。碧粼粼。問誰濯足向溪濱。漁唱岸紗巾。我欲買絲君已繡，何處薜靈芸。小針神。傅粉休文。閑憑水墨，漫拈刀尺，寫來色色清新。斜蹙修蛾，更拖殘線綉回文。游龍卧虎，柳骨顔筋。

校記：

［一］此首見於上海敬華二〇〇三年春季拍賣會第五七九號拍品沈關關髮繡《顧茂倫雪灘濯足圖》之上，末署：「丁未暮春，宜興陳維崧其年題。」

（以上沈關關髮繡《顧茂倫雪灘濯足圖》）

浣溪沙

郊遊聯句[一]

出郭尋春春已闌宜興陳維崧其年。東風吹面不成寒無錫秦松齡留仙。青村幾曲到西山無錫嚴繩孫蓀友。　並馬未須愁路遠慈溪姜宸英西溟，看花且莫放杯閒秀水朱彝尊錫鬯。人生別易會常難長白成德容若。

《雲韶集》：聯句妙，自然一氣相生，如生一人之手。首唱出自其年，故附録先生詞後。

《詞則·別調集》：銖兩悉稱，可謂工力悉敵矣。以其年首唱，故係之。

校記：

［一］此首《國朝詞綜》、《雲韶集》、《詞則·別調集》選，《國朝詞綜》列在朱彝尊名下。

圈點：

《雲韶集》：上闋、「並馬」二句，點。「人生」句，圈。

《詞則·別調集》：題上，單圈。全首，點。

（以上《曝書亭集》）

瀟湘夜雨[一]

鐵騎雲屯，金甌月缺，皇州一片烽烟。賊心殘忍，腥血染戈鋋。堪歎青蛾皓齒，遭擄掠、白璧難全。羡查門、一家七烈，同日赴黄泉。　有中年者四，掌珍三女，二八齊肩。怕遊魂血污，閉户投繯。繡閣香閨如故，聽環珮、漸入瑶天。綱常墜、英雄無力，挽仗嬋娟。

（以上《查氏七烈編》）

校記：

［一］此首惟見乾隆五年（一七四〇）宛平查氏刻本《查氏七烈编》，疑託名。

卷十四　迦陵詞總評

鄒祗謨《遠志齋詞衷》

阮亭既極推雲間三子，而謂入室登堂，今惟子山、其年。子山《江楓》一集，力刪透露，其年詠枕諸篇，更饒含藴，情景兼得，吾何間然？

王士禛《香祖筆記》卷七

陳其年維崧檢討詩餘有「紫鶄橋」，未詳出處，不敢輒書。

沈雄《古今詞話》「詞話」下卷

其年詞如潛夫《别調》，一開生面。不能多載，因檢其一二録之，不嫌偏鋒取勝也。今上宣凱值雪，其年爲作《金縷曲》云：「紫陌春如綺。正巴陵、征南昨夜，捷書飛至。頃刻鳳樓抛鈿屑，算今朝、玉做人間世。洗兵氣，豐年瑞。　臨軒彌覺天顔喜。喜今朝、九衢花滿，千官珠綴。更向銀刀都裏望，小襯粉侯殊麗。想入蔡、軍容如是。讌罷不須宣翠燭，水晶毬、萬盞天邊墜。長似晝，晃歸騎。」「虞山拂水山莊感舊」云：「峭壁哀湍瀉。枕春山、此間原是，裴家緑野。金粉樓臺還冪歷，已被苔侵鏽瓦。蒼鼠竄、鄴侯籤架。今日西州何限感，踏花枝、翻惹流鶯駡。誰認是，羊曇也。西園疇昔高聲價。劇相憐、香閨博士，彩毫題帕。人説尚書身後好，紅粉夜臺同嫁。省多少、望陵閒話。公定還能賞此否，裊東風、蠻柳腰身亞。烟萬縷，正堪把。」「鴛湖煙雨樓感舊」云：「水宿楓根罅。儘沽來、鵝黄老釀，銀絲鮮鮓。記得筝堂和伎館，盡是儀同僕射。園都在、水邊林下。不閉春城因夜讌，望滿湖、燈火金吾怕。十萬盞，紅毬挂。重游陂澤偏瀟灑。剩空潭、半樓烟雨，玲瓏如畫。人世繁華原易了，快比風檣陣馬。消幾度、城頭鐘打。惟有鴛鴦湖畔月，是曾經、照過傾城者。波織簟，船堪藉。」余讀感舊二詞，與其年同一山丘華屋之感，詞若爲余作也，故述於此。

朱彝尊《陳緯雲紅鹽詞序》

宜興陳其年，詩餘妙絶天下，今之作者雖多，莫有過焉者也。其弟緯雲繼之，撰《紅鹽詞》三卷，含宫咀商，駸駸乎小絃大絃迭奏而不失其倫。噫！盛矣。其年與予别二十年，往來梁宋間，嘗再至京師，一過長水，謂當相見矣，竟不值。而緯雲留滯京師久，予至，輒相見，極譚燕贈酬之樂，因得詢其年近時情狀。三人者，坎坷略相似也。方予與其年定交日，予未解作詞，其年亦未以詞鳴。不數年，而《烏絲詞》出。遲之又久，予所作亦漸多，然世無好之者，獨其年兄弟稱善。人情愛其所近，大抵然矣。詞雖小技，昔之通儒鉅公往往爲之，蓋有詩所難言者，委曲倚之于聲，其辭愈微，而其旨益遠。善言詞者，假閨房兒女子之言，通之于《離騷》、變雅之義，此尤不得志于時者所宜寄情焉耳。緯雲之詞，原本《花間》，一洗《草堂》之習。其于京師風土人物之勝，咸載集中。而予餬口四方，多與箏人酒徒相狎，情見乎詞。後之覽者，且以爲快意之作，而孰知短衣塵垢，棲棲北風雨雪之間，其羈愁潦倒未有甚于今日者邪？（《曝書亭集》卷四十）

朱彝尊《蔣京少梧月詞序》

宜興，山有小蘭、大蘭、碧雲、紫雲之峰，白鶴之洞，澤有荆陽、罨畫、百瀆之水，茶檣酒幔，與朱藤翠竹交映，陶甂之器走他縣。自昔遠鶱之流，咸思栖伏。杜牧之留營水榭，蘇子瞻思種橘三百本，買田以居。豈非林麓之勝，有發人吟咏性情者與？彝尊家長水，四望無山，濫泉飛瀑之音，不入于耳。近宅田磽确，遇歲旱，輒不登。比年客白下，思入茅山爲道士，著書以老。願未果，翻策柴車入京師。風塵蓬勃，懷山水之樂，蓋有夢寐不能釋者。吾友陳其年，偕里人蔣京少，訪予僧舍。其年别久，出其詞，多至三千餘。而京少所刻《梧月詞》，凡二百四十餘闋，穠而不靡，直而不俚，婉曲而不晦，庶幾可嗣古人之逸響。京少年甫二十耳，爲之不已，必至于三千無疑也。當牧之、子瞻時，不聞陽羡有賓朋之娱，猶思卜築于是。假令遇才若二子者，唱酬和荅于其間，則其移家之謀更不俟終日焉，可信也。京少歸，爲我度百畝之田，陰崖可植藤竹，陽坡可以種橘，開門山可望，沿溪舟可挐，游可以亭，憩可以閣，茶有銚而羹有勺，三絃之箏，雙髻之伎，相與按四聲二十八調于酒邊花外，京少其許我乎？河冰待泮，放溜而南，姑置茅山道士勿爲已。（《曝書亭集》卷四十）

朱彝尊《書東田詞卷後》

予少日不喜作詞，中年始爲之，爲之不已，且好之，因而瀏覽宋元詞集，幾二百家。竊謂南唐北宋，惟小令爲工，若慢詞，至南宋始極其變。以是語人，人輒非笑。獨宜興陳其年謂爲篤論，信夫同調之難也。其年没後，予詞亦不復多作。及讀東田小令慢詞，克兼南北宋之長，與予意合。予嘗衍土風爲《鴛鴦湖櫂歌》百首，東田亦以吴苑風景作《望江南》六十闋。予詩，修地志者見之，槩寘不録，而東田樂章，有井水處無不歌之者。

惜其年早逝，不獲同賞擊也。（《曝書亭集》卷五十三）

許田《屏山春夢詞評語》

陳其年集，人徒稱其駢體最工，余謂當以迦陵詞爲第一。具有蘇、辛、周、柳勝場，是渠一生精神所貫注，非泛泛裁紅剪翠伎倆，當與《香嚴詞》並傳。適同司馬靳雁堂論近詞及此，頗以余言爲允。單閼人日改村佃夫偶書。

聶先、曾王孫《百名家詞鈔》

曹秋嶽溶曰：其年天才秀挺，作爲四六綺言，直可凌轢顔、謝，吞吐王、盧。而于詩餘，尤爲獨闢蠶叢，自開生面，不惟無體不備，益且衆妙畢臻。「即攀屈宋宜方駕，肯與齊梁作後塵」，當以持贈迦陵。嗚呼，觀止矣！

聶晋人先曰：太史前十年刻《烏絲詞》，後十年爲《迦陵詞》，合千八百闋。殁後，蔣京少去其應酬祝嘏之篇，芟十二卷行世，顔曰《詞鈔》，志闕也。但太史小詞，妙在長調，不知何故，其長調多不照譜編填，或句之長短，或字之多寡，聲調平仄，無從釐正。今姑摭其最爲傳誦者，約數十首付之梓，亦不過以一羽見鳳、一斑見豹也。京少序云：「迦陵爲西王母所使之鳥，其羽毛世不可得而見，其文彩世不可得而知，朝遊碧落，暮返西池。」余又考釋典《長阿含》云：「迦陵爲西域並頭共命之鳥，人若多情，化生此類。」未知二說孰合。

蔣景祁《瑶華集》

詞多而工，莫若朱竹垞、陳其年兩家。沈大令融谷云：「陽羡陳揚鑣於北，梅里朱抉奥於南，正復工力悉敵。」故集中甄取獨多。

填詞與詩格等，而歸於工妍，則爲論尤嚴。小令約至十數字，長調衍至百十字，結構疎畧，字法重見，作者草草，使讀者興味索然。近惟陳檢討其年驚才逸豔，不可以常律拘，而體制精整，必當以白石、玉田諸君子爲法。守此格者，則秀水朱日講竹垞耳。

詞未有不苦吟密味而工者。向沈融谷曾言：竹垞爲詞，輒自閉斗室，終日屹坐，否則繞牀而走，或至竟夜。又愚見其年所爲藁本，多塗乙至不得一字。乃知古人謂文不加點，當是興會偶爾，未爲極致。

宗元鼎《詩餘花鈿集》

其年舊刻《烏絲詞》集，共二百六十六首，久已膾炙人口。兹集乃選其未刻新本，得自黄子交三。蓋陳翰林詞，如大將旌旗，指麾如意，俯視羣流，不啻霄壤。彼填詞家拘拘作香奩綺閣中語者，讀此能無改轍耶？

龔煒《巢林筆談續編》卷下

今世盛行《陳檢討集》。陳固才子，予却嫌其才太多而不知所裁。才多則捃摭富而益浮，不知所裁則語無分寸，施受俱不能無愧。作俑雖由於昔人，而濫觴實至此而極。

王昶《國朝詞綜》

陳維崧，字其年，宜興人。康熙十八年以諸生召試博學鴻詞，授檢討。有《迦陵詞》三十卷。○曹秋岳云：其年與錫鬯並負軼世才，同舉博學鴻詞，交又最深，其爲詞亦工力悉敵，《烏絲》、《載酒》，一時未易軒輊也。

田同之《西圃詞説》

本朝士夫，詞筆風流，自彭、王、鄒、董，以及迦陵、實庵、蛟門、方虎並浙西六家等，無不追宗兩宋，掉鞅後先矣。

王初桐《小嫏嬛詞話》卷三

竹垞《題其年填詞圖》云：「擅詞場、飛揚跋扈，前身應是青兕。」蓋迦陵學稼軒者也。

曹秋岳云：其年與竹垞並負軼世才，其爲詞亦工力悉敵。

曹亮武以倚聲擅名，與陳維崧爲中表兄弟，當時名幾相埒。其纏綿婉轉處亦不減於維崧，而才氣稍遜，故縱横跌蕩究不能與之匹敵也。

史承謙《静學齋偶志》卷四

迦陵先生詞淋漓跌宕，才氣横絶一世，自是稼軒後一人。至其閨襜之語多墮惡道，少年最不可輕易染指。

馮金伯《詞苑萃編》卷八

國初以來，江左言詞者，無不以迦陵爲宗，家嫺户習，一時稱盛，然猶有草堂之餘。自浙西六家詞出，瓣香南宋，另開生面。於是四方承學之士，從風附響，知所指歸。陳對鷗

潘德輿《養一齋詞自序》

迦陵師稼軒，凌厲有餘，未臻虛渾。

郭麐《靈芬館詞話》

迦陵詞伉爽之氣，清麗之才，自是詞壇飛將。竹垞所謂「前身定自青兕」，非妄譽也。然時有俗筆，村不可耐。如「玉梅花下交三九」，既已妙矣，下半闋結句，乃下劣如是，令人恨恨。卷一

激昂慷慨，迦陵爲最。竹垞亦時用其體，如居庸關、李晋王墓諸作，直欲平視辛、劉，自出機杼。集中附曹倦圃慢詞二首皆工。卷二

丁紹儀《聽秋聲館詞話》卷四

（孫）文靖論詞絶句中，有「人籟定輸天籟好，長蘆終是遜迦陵」語，未免阿好鄉曲。竹垞太史詞，不少清空婉約處，若謂飣餖逞能，乃學者之過，不得爲太史詬病。

楊希閔《詞軌》

毛大可《雞園詞序》曰：往予嘗與華亭蔣生搜討唐詞，謂小詞者實詞所自始。夫第曰詞，則曼體不可少也。其後迦陵陳君，偏欲取南渡以後、元明以前，與竹垞朱君作《樂府補遺》諸倡和，而詞體遂變。若夫聲則雖萬君紅友著《詞律》廿卷，其於句讀平陂則得矣，然而與律吕何當焉？

鄒訏士病北宋諸家，其長篇不足，正如嘉州、右丞，不能爲工部之五七排體，此夢囈也。近體者，古詩之靡，長排又近體之靡。嘉州、右丞，古體長歌如何力量，豈不能爲長排者？風氣未開，而闕之爾。……詞之長調，始於柳永，以前惟小令，若坡、谷之《水調歌頭》、《念奴嬌》，絶迹飛行，何不能爲長調之有？彼鄒訏士第知買菜求益耳，詞中微妙，概乎未聞也。國初諸老，才學非不富，大半爲此等瞽説所錮。竹垞、迦陵，猶是坐破蒲團，未證圓覺。《詞綜》一編，局域才人心眼不少，惟衍波、河右、飲水，遠溯握蘭，近挹湘真，玄箸超超，斯爲宗乘龍象也。

其年詞，豪邁矣，而乏韻味。茲取其深遠一二。

謝章鋌《賭棋山莊詞話》

和韻疊韻，因難見巧，偶爲之便可，否則恐有未造詞先造韻之嫌，且恐失却佳興。國初詞人迦陵最健，疊韻諸作已不能縱横妥帖。阮亭才極清妙，和韻亦不無湊砌句。新豐雞犬，總未能盡得故處也。卷一

彭羨門填詞，字之多寡，音之平仄，多所出入，迦陵亦然。卷一

梅伯「題記曲圖」云：「看銀燭、氍毹試舞。癡絶七郎含微醉，倚紅紅、細校燈邊譜。道尚有，一些誤。」小庚「聽琵琶」云：「十五載、青衫塵土。潦倒使君癡絶甚，枉替人、細把衷情訴。呼燭起，題長句。」語意極相似。然尚不及陳迦陵「聽白璧雙琵琶」《摸魚兒》一闋云：「是誰家、本師絶藝，檀槽搯得如許。半灣邏沙無情物，惹我傷今弔古。君何苦。君不見、青衫已是人遲暮。江東煙樹。縱不聽琵琶，也應難覓，珠淚曾乾處。淒然也，恰似秋宵掩泣，燈前一對兒女。忽然凉瓦颯然飛，千歲老狐人語。渾無據。君不見、澄心結綺皆塵土。兩家後主。爲一兩三聲，也曾聽得，撇却家山去。」此調前後兩結句，「曾」字、「家」字，俱不應用平，《荊溪詞選》「曾」作「有」，「家山」作「故宮」。「泣」字宜用韻，然其詞則極頓挫淋漓之致。望江龍二爲光「舟中聽琵琶」《滿江紅》結句云：「歎兩家、後主

好江山，雕蟲滅。」用意與迦陵同，而措辭何啻霄壤！國初填詞最多者，王價人翃及迦陵。介人草本厄於水，迦陵則《湖海樓集》裒然數寸許。然腹笥既富，成篇自易，堆垛之病，同於繁縟。去其濃醯厚醬，真味乃見，不有賴於浙中之庖乎？述庵乃寶其櫝而多遺其珠，動以姜、史相繩，令此老生氣不出，余所以不能無間於《國朝詞綜》者，率以此類。蓋選家須流覽全集，取其長技，不得以意見爲去取也。卷四

大抵文字無才情，便無興會。所以古人論詩，比之張弓，須有十分力，方開得到十分。否則勉強鉤弦，筋怒面赤，一再發，敬謝不敏矣。吾讀迦陵長調，庶幾綽有餘勇哉。過信陵君祠填《滿江紅》云：「席帽聊蕭，偶經過、信陵祠下。正滿目、荒臺敗葉，東京客舍。九月驚風將落帽，半廊細雨時飄瓦。柏初紅、偏向壞墻邊，離披打。　今古事，堪悲詫。身世恨，從牽惹。倘君而尚在，定憐余也。我詎不如毛薛輩，君寧甘與原嘗亞。歎侯嬴、老淚苦無多，如鉛瀉。」詞客有靈，霸才無主，陳琳墓下，傷心不獨古人。迦陵受知于龔芝麓鼎孳尚書最深，集中贈別諸作，讀之令人氣厚。《沁園春》云：「歸去來兮，竟別公歸，輕帆早張。看秋方欲雨，詩爭人瘦，天其未老，身與名藏。禪榻吹簫，伎堂説劍，也筭男兒意氣塲。真愁絕，却心憂似月，鬢禿成霜。　新詞填罷蒼涼。更暫

綬臨岐入醉鄉。况僕本恨人，能無刺骨，公真長者，未免霑裳。此去荆溪，舊名罨畫，擬繞蕭齋種白楊。從今後，莫逢人許我，宋艷班香。」又與吳園茨訂布衣昆弟之歡，園茨挐舟過訪，迦陵填《滿江紅》，其上片云：「雨覆雲翻，論交道、令人冷齒。告家廟、甲爲乙友，從今日始。官笑一麾君竟罷，病驚百日余剛起。問乾坤、弟畜灌夫誰，惟卿耳。」哀嘯狂吟，無非跋扈。竹垞以比青兕，豈過譽哉？餘如「詠螢」云：「慣照人間，閒事一星星。」「陸上慎移居」云：「故人和燕定新巢。」「飲韓樓」云：「狂受人憎，醉供人駡，老任雛姬侮。」「雪夜」云：「三十六簧寒不起，醉把紅鵝笙炙。」「遇颶風」云：「亂石將崩，孤城欲没，老樹森奇鬼。」「虎邱」云：「春風日夜換，換不了、吳宫羅綺。」「暮春風雨」云：「時有茶煙，絶無人影，好個他鄉天氣。」其可入《詞旨》警句者，數闋難竟，蓋不獨「浪擁前朝」一語足稱才子也。然迦陵流盪浩瀚，時少停滀，其率易處，頗不宜取法。卷四

然迦陵之豪宕，竹垞之醇雅，羨門之妍秀，攻倚聲者所當鑄金事之，缺一不可。卷八

余嘗論國初諸詞家，以詩譬之，竹垞嚴整，其高、岑乎？迦陵矯變，其李、杜乎？容若綿至，其温、李乎？而園次著墨不多，都適人意，殆王、孟歟？然難與刻舟求劍者道也。卷九

迦陵序《六家詞》曰：「僕也紅牙顧誤，雅自託於伶官。繡幰填詞，長見呵於禪客。

銅官玉女，邑居不百里而遥。小令長謡，卷帙實千篇以外。儻僅專言浙右，諸公固是無雙。如其旁及江東，作者何妨有七。」隱有大將旗鼓，八面受敵之意。余謂竹垞超倫絶群，以匹迦陵，洵無媿色，餘子皆當斂袵。卷十一

長短調并工者，難矣哉！國朝其惟竹垞、迦陵、容若乎？竹垞以學勝，迦陵以才勝，容若以情勝。卷十二

吴衡照《蓮子居詞話》卷三

今人學辛稼軒，叫囂打乖，墮入惡趣。無迦陵先生才，不作可耳。

蔣敦復《芬陀利室詞話》

詩至咏古，酒杯塊壘，慷慨激昂，詞亦有之。第如迦陵之叫囂，反覺無味。卷一

余少年填詞，喜豪放，和迦陵悵悵詞五首，跌盪淋漓。卷二

譚獻《篋中詞》今集卷二

錫鬯、其年出，而本朝詞派始成。顧朱傷於碎，陳厭其率，流弊亦百年而漸變。錫

悒情深，其年筆重，固後人所難到。嘉慶以前，爲二家牢籠者，十居七八。

譚獻《復堂日記》

有明以來，詞家斷推湘真第一，飲水次之。其年、竹垞、樊榭、頻伽，尚非上乘。近擬撰《篋中詞》，上自飲水，下至水雲。中間陳、朱、厲、郭、皋文、翰風、枚庵、稚圭、蓮生諸家，千金一冶，殊呻共吟，以表填詞正變，無取刻畫二窗，皮傅姜、張也。戊辰

胡薇元《歲寒居詞話》

清初詞人，如吳駿公、梁玉立、龔孝升、曹潔躬、陳其年、朱竹垞、嚴蓀友諸家，詞采精善，美不勝收。中間先徵君稚威、吳穀人、洪北江、錢曉徵，均稱後勁。嘉道以來，則以龔定庵、惲子居、張皋文輩爲足繼雅音也。

倚聲之學，國朝爲盛，竹垞、其年、容若鼎足詞壇。陳天才豔發，辭鋒橫溢。朱嚴密精審，超詣高秀。容若《飲水》一卷，《側帽》數章，爲詞家正聲，散璧零璣，字字可寶。楊蓉裳稱其騷情古調，俠腸俊骨，隱隱弈弈，流露於毫楮間。

陳廷焯《雲韶集》

古今詞人衆矣，余以爲聖於詞者有五家，北宋之賀方回、周美成，南宋之姜白石，國朝之朱竹垞、陳其年也。《詞壇叢話》

詞至國朝，直追兩宋，而等而上之。作者如林，要以竹垞、其年爲冠，朱、陳外首推太鴻。譬之唐詩，朱、陳猶李、杜，太鴻猶昌黎。作者雖多，無出三家之右。《詞壇叢話》

陳其年詞，縱横博大，海走山飛，其源亦出蘇、辛，而力量更大，氣魄更勝，骨韻更高，有吞天地、走風雷之勢，前無古，後無今。《詞壇叢話》

詞中陳其年，猶詩中之老杜也。風流悲壯，雄跨一時。後人作詞，非失之俚，即失之伉。談閨襜者，失之淫褻，揚湖海者，失之叫囂。曷不三復其年詞也？《詞壇叢話》

其年年四十餘，尚爲諸生，故學業最富。其一種潦倒名場，抑鬱不平之氣，胥於詩詞發之。與竹垞同舉鴻博，訂交又最深，極一時之盛，嗚呼至矣。《詞壇叢話》

其年才大如海，其於倚聲，視美成、白石，直若路人，東坡、稼軒，不過借徑。獨開門徑，别具旗鼓，足以光掩前人，不顧後世。如神龍在天，變化盤屈，如鯨魚掣海，杳冥恣肆。視彼淺斟低唱者，固無論矣，即視彼清虚騷雅、歸於純正者，亦覺其一枝一葉爲之，未足語於風雅之大也。後人不善學之，近於粗野，即善學之，如鄭板橋、蔣心餘輩，尚不能幾其萬一，遑問其他哉？以詩中老杜較之，固非虛美。《詞壇叢話》

賀方回之韻致，周美成之法度，姜白石之清虛，朱竹垞之氣骨，陳其年之博大，皆詞壇中不可無一、不能有二者。《詞壇叢話》

每讀其年詞，則諸家盡皆披靡，以其情勝，非以其氣勝也。蓋有氣以輔情，而情愈出。情爲主，貴得其正，氣爲輔，貴得其厚。後人徒學其矜才使氣，殊屬無謂。《詞壇叢話》

讀諸家詞後，讀竹垞詞，令人神觀飛越。讀竹垞詞後，讀其年詞，令人拔劍悲歌。讀其年詞後，讀樊榭詞，令人神閒意遠，時作濠濮上想。國朝有此三絶，所以度越前代與？《詞壇叢話》

其年、竹垞，千古僅見，會於一時。十餘年而生一太鴻，又十餘年而生一位存，又數十年而生一璞函。一代詞手，先後而生，天若有意於其間也。《詞壇叢話》

陳維崧，字其年，宜興人。康熙十八年以諸生召試博學鴻詞，授檢討。有《迦陵詞》三十卷。○曹秋岳云：其年與錫鬯，並負軼世才，同舉博學鴻詞，交又最深，其爲詞亦工力悉敵，《烏絲》、《載酒》，一時未易軒輊也。○其年詞，沈雄悲鬱，變化從心，詩中之老杜也。○詞至北宋，方回、美成各極其盛。南宋而後，竹屋、梅溪諸家，各樹一幟，而總其全者，則白石老仙也。元明以來，作者無幾。國朝者則竹垞、其年也。今就兩家論之，竹垞以高勝，其源出于玉田，而縝密過之；其年以大勝，其源出于蘇辛，而悲壯過之。譬之于詩，如少陵、太白各有千古，未可別爲低昂也。○其年詞，能包一切，掃一切，源出蘇、辛，實兼姜、史之長，真詞中之聖也。○其年、板橋皆祖蘇、辛，然板橋不免叫囂，失雅正之旨。其年則學蘇、辛而出其上，既淋漓悲壯，又忠厚温柔，除竹垞外，誰敢與之並驅哉？○其年年近五十，尚爲諸生，學業最富，又目睹易代之時，其一種抑鬱不平之氣，胥于詩詞發之。而詞又其最著者，縱横博大，鼓舞風雷，其氣吞天地、走江河，而其大旨仍不外忠厚纏綿之意。後人動揚湖海，那有先生風格耶？○【眉評】詞雖小道，未易言矣。低唱淺斟，不免淫褻；銅琶鐵板，見笑粗豪；舍是二者，一以雅正為宗，又動涉沈晦迂腐之病。必兼之乃工，然兼之實難。余謂聖于詞者有五家：北宋之賀方回、周美成，南宋之姜白石，國朝之朱竹垞、陳其年也。卷十六

陳廷焯《詞則》

迦陵詞氣魄絶大，骨力絶遒，填詞之富，古今無兩。只是一發無餘，不及稼軒之渾

厚沈鬱。然在國初諸老中，不得不推爲大手筆。○迦陵詞沈雄俊爽，論其氣魄，古今無敵手。若能加以渾厚沈鬱，便可突過蘇、辛，獨步千古，惜哉！○迦陵直是詞壇一霸，詳見《放歌集》中。擇其宛雅者十餘闋入《大雅集》，視宋人正不多讓也。《大雅集》卷五眉評

其年詞魄力雄大，虎視千古，稼軒後一人而已。板橋、心餘輩極力騰踔，終不能望其項背。○其年氣魄可與稼軒頡頏，而沈鬱渾厚則去稼軒尚遠。至於著述之富，古今罕見，故所選獨多。○其年詞有真氣魄、真力量，故涉筆便作驚雷怒濤。板橋、心餘輩有意爲之，正是魄力歉處。○國初詞家，斷以迦陵爲巨擘。後人每好揚朱而抑陳，以爲竹垞獨得南宋真脈。嗚呼！彼豈真知有南宋哉？庸耳俗目，不值一笑也。《放歌集》卷四眉評

其年諸短調，波瀾壯闊，氣象萬千，是何神勇！《放歌集》卷四眉評

其年《水調歌頭》諸闋，不及稼軒之神化，而老辣處時復過之，真稼軒後勁也。《放歌集》卷四眉評

迦陵《賀新郎》一調，填至一百三十餘闋，每章俱極飛舞之致，可謂豪矣。兹録其精粹者數十章，精神面目，大畧可見。《放歌集》卷五眉評

艷詞非其年專長，然振筆寫去，吐棄一切閨襜泛話，不求工而自工，才大者固無所

不可也。《閑情集》卷四眉評

陳廷焯《白雨齋詞話》

學古人詞，貴得其本原，舍本求末，終無是處。其年學稼軒，非稼軒也；竹垞學玉田，非玉田也；樊榭取徑於楚騷，非楚騷也。均不容不辨。卷一

明代無一工詞者，差强人意，不過一陳人中而已。自國初諸公出，如五色朗暢，八音和鳴，備極一時之盛。然規模雖具，精藴未宣，綜論群公，其病有二。一則板襲南宋面目，而遺其真，摹色揣稱，雅而不韻。一則專習北宋小令，務取穠艷，遂以爲晏、歐復生，不知晏、歐已落下乘，取法乎下，弊將何極，况并不如晏、歐耶？反是者一陳其年，然第得稼軒之貌，蹈揚湖海，不免叫囂。樊榭窈然而深，悠然而遠，似有可觀。然亦特一邱一壑，不足語於滄海之大，泰華之高也。卷一

國初詞家，斷以迦陵爲巨擘，後人每好揚朱而抑陳，以爲竹垞獨得南宋真脉。嗚呼，彼豈真知有南宋哉？庸耳俗目，不值一笑也。卷四

迦陵詞，氣魄絶大，骨力絶遒，填詞之富，古今無兩。只是一發無餘，不及稼軒之渾厚沈鬱。然在國初諸老中，不得不推爲大手筆。卷四

迦陵詞，沈雄俊爽，論其氣魄，古今無敵手。若能加以渾厚沈鬱，便可突過蘇、辛，獨步千古。惜哉！卷四

蹈揚湖海，一發無餘，是其年短處，然其長處亦在此。蓋偏至之詣，至於絶後空前，亦令人望而却步。其年亦人傑矣哉！卷四

迦陵詞，不患不能沈，患在不能鬱。不鬱則不深，不深則不厚。發揚蹈厲，而無餘蘊，究屬粗才。卷四

其年諸短調，波瀾壯闊，氣象萬千，是何神勇！如《點絳脣》云：「悲風吼。臨洺驛口。黄葉中原走。」《醉太平》云：「估船運租。江樓醉呼。西風流落丹徒。想劉家寄奴。」《好事近》云：「別來世事一番新，只吾徒猶昨。話到英雄失路，忽凉風索索。」《清平樂》云：「不見長洲苑裡，年年落盡宮槐。」平叙中峰巒忽起，力量最雄。板橋、心餘輩，極力騰踔，終不能望其項背。卷四

其年《滿江紅》諸闋，縱筆所之，無不雄健。如「爲陳九之子題扇」云：「生子何須李亞子，少年當學王曇首。對君家、兩世濕青衫，吾衰醜。」又「謁程崑崙」：「上黨地為天下脊，使君文在先秦上。」又「何端明先生筵上」：「被酒我思張子布，臨江不見甘興霸。只春潮、濺

雪白人頭，堪悲咤。」竹垞亦有「乞食肯從張子布，舉杯但屬甘興霸」之句，氣概稍遜，精警則一。又「過邯鄲道上呂仙祠示曼殊」：「枕裡功名雞鹿塞，刀頭富貴麒麟塚。」下云：「萬事關河人欲老，一生花月情偏重。算兩人、今日到邯鄲，甯非夢。」又「和韵」：「萬里秋從西極到，千年淚向南樓灑。」又「贈菌次」：「開口會能求相印，吾生詎向溝中死。終不然、鬻畚華山陰，尋吾子。」又「自封邱北岸渡河至汴梁」：「一派灰飛官渡火，五更霜灑中原血。」又：「閱盡江山真欲舞，算來人物誰堪罵。」「東南耕」下云：「一朵菊花人伏枕，半庭荳葉秋除架。」又「送葉桐初還東阿」：「風吼軍都山忽紫，雨收督亢天全緑。」下云：「建業雲山通地肺，姑蘇煙水連天目。」此類皆極蒼凉，亦極雄麗，真才人之筆。卷四

其年《水調歌頭》諸闋，英姿颯爽，行氣如虹，不及稼軒之神化，而老辣處時復過之，真稼軒後勁也。卷四

其年《賀新郎》調，填至一百三十餘首之多，每章俱於蒼莽中見骨力，精悍之色，不可逼視。第四韻尤能振拔，如「北固外，晴江夜走」，「其上有、秦時明月」，「簾以外、秋星作作」，皆是突接，精神更覺百倍。卷四

《賀新郎》有洞穿七札，筆力横絶者，如：「憶得危崖騰健鶻，咽秋燈、夜半歌山鬼。

風乍刮，鬢成蝟。」又：「此意儘佳那易遂，學龍吟、屈煞牀頭鐵。風正吼，燭花裂。」又：「醉倚江樓成一笑，總輸他、秠角東村子。牛背上，笛聲起。」又：「粗飯濁醪吾事畢，傍東籬、且了黄花債。今古恨，漫興慨。」又：「博望野花紅染血，訴行藏、風裡休悲咤。恐又震、昆陽瓦。」又：「繡嶺宫前花似血，正秦川、公子迷歸路。重酌酒，盡君語。」此類皆得未曾有，真足驚心動魄。卷四

閑情之作，非其年所長，然振筆寫去，吐棄一切閨襜泛話，不求工而自工，才大者固無所不可也。如《桂殿秋》云：「凝情低詠年時句，人在東風二月初。」《菩薩蠻》「彈琴」云：「促柱鼓瀟湘。風吹羅帶長。」《蝶戀花》「促坐」云：「猶自眉峯煙不定。避人奩内添宫餅。」又「跳索」云：「鬢絲扶定相思子。」下云：「對漾紅繩低復起。明月光中，亂捲瀟湘水。匿笑佳人聲不止。檀奴小絆花陰裡。」又「圍爐」云：「小院緑熊鋪褥厚。玉梅花下交三九。」下云：「招入繡屏閑寫久。斜送横波，郎莫衣單否。袖裡任郎沾寶獸。雕龍手壓描鸞手。」又「潛來」云：「立久微聞輕歎息。春陰簾外天如墨。」《换巢鸞鳳》云：「飄盡楊花雨偏肥，摘來梅子春先瘦。」《石州慢》「夏閨」云：「起來慵繡，將泉戲瀉團荷，憐他葉嫩纔如掌。珠滑不成圓，却添人閒想。」《齊天樂》「紀夢」云：「迴腸千縷，總些個情懷，舊

時言語。」《賀新郎》「和竹逸江村遇伎之作」云：「我有紅綃無窮淚，彈與多情灼灼。悔則悔、當初輕諾。十載雲英還未嫁，訴傷心、撥盡琵琶索。」似此皆低回哀怨，情致纏綿。惟雲郎合巹詞，未免俚褻。卷四

或問其年、竹垞，一時兩雄，不知置之宋人中，可匹誰氏？余曰：此不可相提並論也。陳、朱才力極富，求之宋名家，亦不多覯。而論其所造，則去宋賢甚遠。宋賢得其正，陳、朱得其偏。宋賢得其精，陳、朱得其粗。自詞有陳、朱，而古意全失矣。卷四

近人懾於陳、朱之名，以爲國朝冠冕。不知陳、朱不過偏至之詣，有志於古者，尚宜取法乎上。《烏絲》、《載酒》，聊存之以備一體可也。乃知讀書不可無才，尤不可無識。卷四

善爲詞者，貴久而愈新，不妨俟知音於千載後。陳、朱之詞，佳處一覽了然，不能根柢於《風》、《騷》，局面雖大，規模終隘也。卷四

其年詞沈雄悲壯，是本來力量如此，又加以身世之感，故涉筆便作驚雷怒濤，所少者深厚之致耳。板橋、心餘，未落筆時，先有意爲劉、蔣，金剛努目，正是力量歉處。卷四

其年詞最雄麗，竹垞則清麗，樊榭則幽麗，璞函則穠麗，位存則雅麗，皆一代艷才。位存稍得其正，而才氣微減。卷四

或謂：漁洋《分甘餘話》云：「胡應麟病蘇、黄古詩，不爲《十九首》、建安體，是欲紲天馬之足，作轅下駒也。」予病迦陵詞不能沈鬱，毋乃類是？余曰：此不可一例論也。胡氏以皮相論詩，故不足以服漁洋之心。余論詞則在本原。觀稼軒詞，才力何嘗不大，而意境亦何嘗不沈鬱。如謂才力大者，則不必沈鬱，則是陳、王、李、杜之詩，轉出蘇、黄下矣，有是理哉？卷八

蘇、辛詞，後人不能摹倣。南渡詞人，沿稼軒之後，慣作壯語，然皆非稼軒真面目。迦陵力量，不減稼軒，而卒不能步武者，本原未厚也。後人更欲學之，恐又爲迦陵竊笑矣。卷八

穀人輩工於鍊字耳，迦陵則精於鍊句。如云：「秋色冷并刀。一派酸風捲怒濤。」又：「長城夜月一輪孤，沙場戰馬千羣黑。」又：「水雲轇葛，陽陰雜糅，奇石成獅破空走。」又：「秋生海市，紅日一輪孤陷。」又：「短鬢颯秋葉，僵指矗枯枒。」又：「大江邊，殘照裡，仲宣樓。」又：「曼聲長嘯，碧雲片片都裂。」又：「輕舟夜翦秋江，西風鱗甲生江面。」又：「隱隱前林暝翠，暗結精藍。」又：「老松三百本，山雨響偏張鱗甲。」又：「想月明千里，戰袍不夜，西風萬馬，殺氣臨邊。」又：「十月疏砧，一城冷雁，不許愁人不望

鄉。」又：「我到中原，重尋舊蹟，牧笛吹風起夜波。」又：「一派大江流日夜，捲银濤、舞上青山髻。」造句皆精警奪目，讀之可增長筆力。卷八

陳以雄闊勝，可藥纖小之病。朱以雋逸勝，可藥拙滯之病。厲以幽峭勝，可藥陳俗之病。不可謂之正聲，不得不謂之作手。卷八

迦陵雄勁之氣，竹垞清雋之思，樊榭幽艷之筆，得其一節，亦足自豪。若兼有衆長，加以沈鬱，本諸忠厚，便是詞中聖境。卷八

癸酉、甲戌之年，余初習倚聲，曾選古今詞二十六卷，得三千四百三十四首，名曰《雲韶集》。自今觀之，殊病蕪雜，然其中議論，亦有一二足採者。如云：「其年詞以氣勝，然亦是以情勝。蓋有氣以達情，而情愈出。情爲主，貴得其正，氣爲輔，貴得其厚。後人徒學其矜才使氣，殊屬無謂。」此亦第論形骸，其年詞亦未能到此地步，然其説自可取。○卷九

東坡詞全是王道，稼軒則兼有霸氣，然猶不悖於王也。其年則竟似老瞞、石勒一流人物。板橋、心餘輩，不過赤眉、黃巾之流亞耳。後之學詞者，不究本原，好作壯語，復向板橋、心餘詞求生活，則是鼠竊狗偷，益卑卑不足道矣。卷十

《西河詞話》云：「禮部某郎中無子，適其妾有身，已產女矣，匄鄰園尼僧，向城東育

嬰堂，懷一血胎内之，遂詐言生一男。於彌月宴客，座間各賦賀詞。予同官陳迦陵賦《桂枝香》曲二闋，其首闋前截云：『泛蒲未既，蘭湯重試。若非釋氏攜來，定是宣尼抱至。』郎中疑迦陵知其事，故誚之。即次闋前截云：『懸弧宅第，充閭佳氣。試聽户外啼聲，可是人間恒器。』凡『人間』、『户外』，皆類誚詞，遂大恚恨。其後凡禮部於翰林院銜門有所差擇，必厚抑迦陵，竟至淹滯。始知文字之隙，原有檢點所不及者，然不可不慎也。」按此二詞，迦陵集中不載。先生以詞自豪，竟以詞受累，何造化之善弄人耶？卷十

王鵬運《憶雲詞甲乙丙丁稿識語》

予嘗謂嘉道以來詞人，周稚圭似竹垞，蔣鹿潭似伽陵，而蓮生則近容若。

朱祖謀《清詞壇點將録》

詞壇都頭領二員：盧俊義——陳維崧。

張德瀛《詞徵》卷六

容若詞幽怨凄黯，其年詞高闊雄健，猶之晋侯不能乘鄭馬，趙將不能用楚兵，兩家

詣力，固判然各别也。

徐珂《近詞叢話》

明崇禎之季，詩餘盛行，人沿竟陵一派。入國朝，合肥龔鼎孳、真定梁清標皆負盛名，而太倉吳偉業尤爲之冠，其詞學屯田、淮海，高者直逼東坡，王士禛以爲明黄門陳子龍之勁敵。自餘若錢塘吳農祥，嘉興王翃、周篔，亦有名於時。其後繼起者，有前七家、後七家、前十家、後十家之目。前七家者，華亭宋徵輿、錢芳標，無錫顧貞觀，新城王士禛，錢塘沈豐垣，海鹽彭孫遹，滿洲性德也。徵輿字轅文，其詞不減馮、韋。芳標字葆酚，原出義山，神味絶似淮海。貞觀字華峰，號梁汾，考聲選調，吐華振響，浸浸乎薄蘇、辛而駕周、秦。士禛字貽上，號阮亭，别號漁洋山人，尤工小令，逼近南唐二主。豐垣字遹聲，其詞柔麗，源出於秦淮海、賀方回。孫遹字羨門，多唐調，士禛撰《倚聲集》，推爲近今詞人第一，嘗稱其「吹氣若蘭」，「每當十郎，輒自愧傖父」。性德原名成德，字容若，其品格在晏叔原、賀方回間。更益以華亭李雯、錢塘沈謙、宜興陳維崧三家，遂爲十家。雯字舒章，語多哀豔，逼近温、韋。謙字去矜，步武蘇、辛，而以五代、北宋為歸。維崧字其年，鬱青霞之奇氣，譜烏絲之新制，實大聲宏，激昂善變者也。

樊志厚(王國維)《人間詞乙稿序》

至於國朝,而納蘭侍衛以天賦之才,崛起於方興之族。其所爲詞,悲涼頑豔,獨有得於意境之深,可謂豪傑之士,奮乎百世之下者矣。同時朱、陳,既非勁敵。後世項、蔣,尤難鼎足。

蔣兆蘭《詞説》

宋代詞家,源出於唐五代,皆以婉約爲宗。自東坡以浩瀚之氣行之,遂開豪邁一派。南宋辛稼軒,運深沉之思於雄傑之中,遂以蘇、辛並稱。他如龍洲、放翁、後村諸公,皆嗣響稼軒,卓卓可傳者也。嗣茲以降,詞家顯分兩派,學蘇、辛者所在皆是。至清初陳迦陵,納雄奇萬變於令慢之中,而才力雄富,氣概卓犖。蘇、辛派至此,可謂竭盡才人能事。後之人無可措手,不容作、亦不必作也。

蔡嵩雲《柯亭詞論》

清詞派别,可分三期。浙西派與陽羨派同時。浙西派倡自朱竹垞,曹升六、徐電發等繼之,崇尚姜、張,以雅正爲歸。陽羨派倡自陳迦陵,吳薗次、萬紅友等繼之,效法蘇、辛，惟才氣是尚，此第一期也。常州派倡自張皋文，董晋卿、周介存等繼之，振北宋名家之緒，以立意爲本，以叶律爲末，此第二期也。第三期詞派，創自王半塘，葉遐菴戲呼爲桂派，予亦姑以桂派名之。和之者有鄭叔問、况蕙風、朱彊村等，本張皋文意内言外之旨，參以凌次仲、戈順卿審音持律之説，而益發揮光大之。此派最晚出，以立意爲體，故詞格頗高，以守律爲用，故詞法頗嚴。今世詞學正宗，惟有此派。餘皆少所樹立，不能成派，其下者，野狐禪耳。故王、朱、鄭、况諸家，詞之家數雖不同，而詞派則同。

吴梅《詞學通論》

清初詞家，斷以迦陵爲巨擘。曹秋岳云：「其年與錫鬯，並負軼世才，同舉博學鴻詞，交又最深。其爲詞，亦工力悉敵，《烏絲》、《載酒》，一時未易軒輊也。」後人每好揚朱而抑陳，以爲竹垞獨得南宋真脈，蓋亦偏激之論。世之所以抑陳者，不過詆其粗豪耳。而迦陵不獨工於壯語也。《丁香結》「竹菇」、《齊天樂》「遼后妝樓」、《過秦樓》「疏香閣」、《愁春未醒》「春曉」、《月華清》諸闋，婉麗嫻雅，何亞竹垞乎？即以壯語論之，其氣魄之壯，古今殆無敵手。《滿江紅》、《金縷曲》多至百餘首，自來詞家有此雄偉否？雖其間不無粗率處，而波瀾壯闊，氣象萬千，即蘇、辛復生，猶將視爲畏友也。短調《點絳唇》云：

「悲風吼。臨洺驛口。黄葉中原走。」《醉太平》云：「估船運租。江樓醉呼。西風流落丹徒。想劉家寄奴。」《好事近》云：「别來世事一番新，只吾徒猶昨。話到英雄末路，忽涼風索索。」平叙中峰巒疊起，力量最雄，非餘子所能及也。長調《滿江紅》諸曲，縱筆所之，無不雄大。如：「生子何須李亞子，少年當學王曇首。」（「爲陳九之子題扇」）又：「被酒我思張子布，臨江不見甘興霸。」「汴京懷古・樊樓」一章下半云：「風月不須愁變換，江山到處堪歌舞。恰西湖、甲第又連天，申王府。」此類皆極蒼涼，又極雄麗，而老辣處幾駕稼軒而上之。其年真人傑哉！至如《月華清》後半云：「如今光景難尋，似晴絲偏脆，水煙終化。碧浪朱闌，愁殺隔江如畫。將半帙、南國香詞，做一夕、西窗閒話。吟寫。被淚痕占滿，銀箋桃帕。」《沁園春》「題徐渭文鍾山梅花圖」後半云：「如今潮打孤城。只商女船頭月自明。歎一夜啼烏，落花有恨，五陵石馬，流水無聲。尋去疑無，看來似夢，一幅生綃淚寫成。攜此卷，伴水天閒話，江海餘生。」情詞兼勝，骨韻都高，幾合蘇、辛、周、姜爲一手矣。

宣雨蒼《詞讕》

嘗有人評有清詞家，謂如竹垞、迦陵爲才人之詞，《衍波》諸家爲詩人之詞，惟《飲水》、《憶雲》、《水雲樓》三家，乃真詞人之詞。

夏敬觀《蕙風詞話詮評》

清初詞當以陳其年、朱彝尊爲冠。

王煜《清十一家詞鈔》

其年以勝朝世家，不忘故國，雄才盛氣，追步蘇、辛，鏜鞳輝煌，清詞初大。自序《迦陵詞》三十卷，沈雄壯闊，穠麗蒼凉，合稱轉世青兕。清初詞家，斷爲巨擘。《迦陵詞鈔》

陳匪石《舊時月色齋詞譚》

湖海樓崛起清初，導源幼安，極縱横跌宕之妙，至無語不可入詞，而自然渾脱。然自關天分，非後人勉强可學，故後無傳人，不能與浙西、常州分鑣並進也。

巴壺天《讀詞雜記》

辛稼軒《水調歌頭》「醉吟」云：「而今已不如昔，後定不如今。」吴夢窗《金縷歌》「陪履齋先生滄浪看梅」云：「後不如今今非昔，兩無言、相對滄浪水。」黃東甫《眼兒媚》云：「當時不道春無價，幽夢費追尋。」陳其年《水調歌頭》「雪夜再贈季希韓」云：「縱不神仙將相，但遇江山風月，流落亦為佳。豈意有今日，側帽數哀笳。」納蘭容若《浣溪沙》云：「被酒莫驚春睡重，賭書消得潑茶香。當時只道是尋常。」王靜安《清平樂》云：「當時草草西窗。都成別後思量。遮莫天涯異日，應思今夜凄涼。」意雖略同，境實各別。蓋稼軒悲涼，夢窗沉鬱，東甫哀婉，其年感憤，容若凄麗，靜安幽咽也。然其年不可爲訓。

孫人和《續修四庫全書總目提要·迦陵詞三十卷(彊善堂本)》

清陳維崧撰。維崧字其年，宜興人。康熙時，舉鴻博，授檢討。此其詞集，小令三百九十首，中調二百九十五首，長調九百四十四首，共一千六百二十九首。古今作詞之多，無過於維崧者矣。其詞沈雄駿爽，氣魄偉大，有如萬馬齊瘖，蒲牢狂吼。集中《滿江紅》、《水調歌頭》、《念奴嬌》、《賀新郎》諸闋，皆於蒼莽之中，見其骨力。即其令曲，亦波瀾起伏，如《點絳唇》「夜宿臨洺驛」下段曰：「趙魏燕韓，歷歷堪回首。悲風吼。臨洺驛口。黃葉中原走。」淋漓大筆，殆欲突過稼軒。其年與朱彝尊同舉鴻博，交又最深，其爲詞，亦工力悉敵，故當時號曰「朱陳」。朱詞雅正，陳詞激壯，後人多揚朱而抑陳，蓋以陳爲偏詣、朱爲正宗也。其實其年之作，發揚蹈厲，粗豪誠所不免，然其詞境，亦有變化。譬若駿馬下坡，左顧右盼，平原將盡，忽見樓臺。如《好事近》「和史蘧庵韻」下段曰：「別來世事一番新，只吾徒猶昨。話到英雄失路，忽凉風索索。」有柳暗花明之妙。其間如《月華清》「讀芙蓉齋集」、《丁香結》「竹菇」、《齊天樂》「遼后妝樓」諸作，亦甚婉麗，惟此類在其年集中，譬之燕趙佳人，貌妍而性剛，非若江南美女之天性柔和也。其年、彝尊，各有獨得之處，未易軒輊也。總而論之，東坡渾厚，稼軒高亮，上下低昂，不離其宗。其年喜用縱横之筆，其高處蒼蒼莽莽，其弊也發洩無餘。故蘇辛之詞不易學，其年之詞不可學也。其年詞刻者，先爲《烏絲詞》，後爲《陳檢討詞鈔》，此乃其弟宗石所編，最爲完整者也。

陳運彰《雙白龕詞話》

《聽秋聲館詞話》：「孫文靖爾准《論詞絶句》云：『作者誰能按譜填，樂章琴趣闊三千。誰知萬首連城璧，眼底無人識畹仙。』蓋爲吾鄉王畹仙中翰（一元）作。畹仙寄籍奉天，冒吴姓，舉京兆。康熙癸未捷南宫，工駢體文，善倚聲。所作幾萬首，顧自來選家，咸未録及，里中人鮮有知其姓氏者。余亦僅見詠物詞一卷。」按：《詞綜續編》云：「自訂詞一千六百餘首，釐爲二十卷，名《芙蓉舫集》。」清代詞家别集之繁富，若陳其年《湖海樓詞》三十卷，戈寶士《翠薇花館詞》十九卷。王君所作，庶幾相埒，顧名字翳如，可慨也。其年之意氣才華，寶士之持律正韻，並一時無兩。顧茲鉅帙，轉滋多口，乃知下筆之不可不慎，「愛好，貪多」，宜自反矣。

鄭騫《成府談詞》

容若骨秀才清，而天資不厚，享年不永；竹垞亦病才弱氣短，且矜持過甚；故二人長調均鮮佳者。竹垞小令如《桂殿秋》、《解珮令》之類，未嘗不卓絶千古，但僅此數首；容若小令佳制甚多，時有前人所無之境界，朱氏遂不得不讓其出一頭地。若夫其年之粗獷叫囂，則詞中之天魔夜叉也。予嘗以庾子山《詠懷詩》二句評之曰：「索索無真氣，昏昏有俗心。」

右評竹垞諸語，真是蚍蜉撼樹；評其年處，語氣雖稍過，意見則今昔無大異。

王藴章《梅魂菊影室詞話》

《花草蒙拾》後附董以寧《蓉渡詞話》，僅六則。第四則云：「其年常云：『馬浩瀾作詞四十餘年，僅得百篇。昔人矜慎如此。今人放筆頽唐，豈能便得好句？』余與程村極歎斯言之簡妙。」其年此語，良云簡妙，乃《湖海集》正坐貪多務得之弊，何耶？至蓉渡所作，大都法秀所云泥犁語耳，可以不論。

龍榆生《近三百年名家詞選》

維崧詞具有創作天才，固宜其不爲前人所囿矣。

魏新河《秋扇詞話》

其年詞大多疏放淡雅，即其極淡處亦甚經營字句氣色，實三薰三沐于兩宋而特出者。學者必先沉浮南宋，上窺北宋，嗣事博覽，始可臨習。醖釀鬱勃之情，推敲淡雅之辭，而後出之。姜白石《永遇樂》深合矩矱，學者可先于此探得門徑。

學蘇辛非不講字面，疏蕩求淡雅，豪壯求雄渾，審音辨色，運氣縱情。否則，辭且俗不可耐，寧止雷大使舞？有清一代，陳其年最爲合度。

稼軒天縱之才，初於字面無所措意，率爾發揮，不似其年具備規矩。世皆以二公同途，非盡然也。若論情韻，稼軒滿足，其年老辣。

讀陳其年邗江、白下新詞四首

吴偉業

漫寫新詞付管弦，臨春奏妓已何年。笑它狎客無才思，破費君王十萬箋。

鈿轂珠簾燕子忙，宫人斜畔酒徒狂。阿麼枉奏平陳曲，水調風流屬窈娘。

落日青溪載酒時，靈和垂柳自絲絲。沈郎莫作齊宫怨，唱殺南朝老妓師。

冶習春來興未除，豔情還作過江書。長頭大鼻陳驚坐，白袷諸郎總不如。

百字令

酬陳緯雲

朱彝尊

過江人物，數君家伯氏，辭華無敵。比歲才名驚小謝，聽説尤工詩律。二陸三張，雙丁兩到，聲動長安陌。新詞贈我，居然黄九秦七。　可歎歧路西東，浮雲零雨，别思同蕭瑟。此日高陽逢舊侣，一半酒人非昔。碣石離鴻，香山落葉，風雪重遊歷。池塘夢裏，試尋髯也消息。

瑞龍吟

陳其年屬題《烏絲詞》

董元愷

荆溪第。共羨仲舉兒郎，元方兄弟。承家列戟雲霄，三珠玉樹，翩翩濁世。南州士。傳自梓州而後，還應屈指。驚人咄咄唯髯，英聲籍籍，沾沾可喜。大手文章燕許，揮毫落紙，淵渟嶽峙。更工黃絹新詞，烏絲妙伎。玉簫檀板，白雪移宮徵。憶當日、羣公高會，國門争市。一曲梁塵起。岐王笑賜、千端綺。絶調誰堪擬。只海内佳人，世間才子。挑燈讀罷，盡爲情死。

賀新凉

爲其年題詞　曹貞吉

光怪騰蛟蜃。化髯公、壺中墨汁，離奇輪囷。海若驚飛天吳走，翠節靈旗隱隱。憑誰話、六朝金粉。譜入鵾絃三千曲，寫冰車、鐵馬無窮恨。數紅豆，記宫本。烏衣王謝江東俊。是當年、將軍猿臂，虎頭猶困。羸馬敝裘銅駝陌，博士賢良待問。賦朱鷺、黄驄惟謹。擊筑且隨屠狗輩，任西風、吹老滄浪鬢。秋氣肅，雁聲緊。

沁園春

題其年《烏絲集》　陳世祥

此日相逢，文選樓頭，璚花榭邊。有累朝麗句，舊傳鄴架，一枝仙蓝，獨種藍田。詩正而葩，玉溫而栗，幻作髯之絶妙篇。人還羨，讀元龍湖海，百尺高搴。風流絶處能傳。看寫向烏絲字字妍。見紅牙度者，又名玉樹，緑腰譜了，不讓金荃。多少才人，百千聲調，屈指能争幾個先。雲郎道，是兒家捧硯，染作雲煙。

沁園春

劉　榛

題其年《烏絲詞》

游泳詞源，縱横筆陣，泣鬼雄才。似海濤洶赴，雙蛟疾鬭，陣雲深結，萬戟森排。醞籍風流悲壯裹，豈俯仰窮途潦倒哉。雖小道，亦入神超聖，繼往開來。分明盛時鼓吹，宜薦郊奏廟，雅頌齊諧。何江皋霧隱，裳裁薜荔，天涯蓬轉，雪上鬖鬖。空博浮名千百世，説十六英雄君與偕。時有十六家詞行世，其年與焉。吟諷下，當漸離擊筑，曼倩詼俳。

念奴嬌

徐　釚

題陳其年《烏絲詞》

彼髯何也，吐烏絲小字、公然滿幅。細嚼高吟三百遍，句句響過哀玉。被冷香殘，酒醒燈灺，最怕霜毫禿。而今絶妙，依稀燕泥梁屋。却憶去歲春風，吳門絶句，數首江烟緑。謂與高人元歎説，許我香籢堪續。去歲其年過吳門，作絶句十二首。其贈僕云：「昨見高人顧元嘆，説君詩比玉溪生。今朝果讀香籢作，喜汝風流遽老成。」吹裂銀笙，拓殘金戟，一任歌黴逐。何時斗酒，與君汎愁千斛。

金縷曲

方炳

書陳其年《今詞選》後用劉須溪韻

筆墨真難説。自一洩、圖書巧鑿，已非懷葛。婦女歌謡情和景，半入烟雲風雪。屈正則、行吟批髮。留下楚辭多哀怨，怨靈脩、空對他鄉月。不見處，鼓湘瑟。詞家裔派從來別。看草堂、花間各選，黴多不合。譬彼美人如飛燕，固屬温柔無骨。亦姤婢、子肥癡絶。莫道直臣無斌媚，聞仙人、吹笛皆吹鐵。聲一動，絳河裂。

珍珠簾

宋犖

題陳其年詞集

蘇門曾説孫登嘯，又何似、仲舉清歌偏好。一曲和皆難，聽餘音縹緲。漫寫江南腸斷句，又變作、離奇夭矯。高調。是烏絲舊唱，迦陵新草。還憶往日風流，向旗亭畫壁，雙鬟争道。廿載飄零，剩髯霜多少。天子淩雲思賦手，喜歲晚、遭逢非小。堪傲。有牛腰詞卷，將人壓倒。

呈朱竹垞先生八絶句録一　　李必恒

國朝家家唱小令，未若髯之更絶倫。陽羨。試憑本色差高下，猶較先生隔一塵。

讀尤悔庵、陳其年兩太史集二首録一　　羅天尺

魂銷煙柳漸絲絲，花落如皋中酒時。洗却花間草堂陋，迦陵詞即杜陵詩。

論詞絶句三十六首録一　　鄭方坤

陽羨才情冠古今，光騰萬丈影千尋。人間乃有迦陵鳥，白紵紅鹽盡觳音。陳其年檢討以「迦陵」名詞。

題本朝詞十首録一　　汪孟鋗

畫壁旗亭意興淹，青山淚墨一時沾。鬚眉傅粉人言激，誰個風流似此髯。陳檢討維崧

論詞絶句二十首録一　朱方藹

江左迦陵老斫輪，烏絲一例仿蘇辛。竹山本是鄉先輩，旖旎風流少替人。義興陳迦陵太史所著名《烏絲詞》。宋蔣捷竹山亦義興人。

編舊詞存稿作論詞絶句十八首録一　沈　初

安邱舍人致蕭灑，酒酣横槊有家風。悲歌最愛陳陽羨，跋扈飛揚氣概中。

論詞二十四首録一　陳觀國

體仁閣下異才徵，二百人皆詞賦能。鐵板銅弦推絶唱，就中吾愛陳迦陵。

論詞絶句二十二首録一　朱依真

陳髯懷抱亦堪悲，寫入青衫悵悵詞。記得中州樂府體，豈知肖子屬吳兒。

論詞絶句二十二首録二　孫爾準

詞場青兕説髯陳，千載辛劉有替人。羅帕舊家閒話在，更兼蔣捷是鄉親。

姑山句好尚書稱，一代詞家盡服膺。人籟定輸天籟好，長蘆終是遜迦陵。

論詞絶句四十二首録一

沈道寛

定論多因出至公，浙西風調六家同。竹垞高唱迦陵和，可似曹劉角兩雄。

讀其年檢討詞鈔漫書

陳本直

迦陵老子號風流，挾刺江湖汗漫遊。可喜當時三鳳目，聲名竟許動王侯。梅村祭酒嘗謂檢討及吴漢槎、彭古晋爲江左三鳳凰。

南泛江淮北走燕，征途風雪漸華顛。自從一獻長楊賦，始信文章不暮年。

京邸知交總鉅公，論文説劍劇豪雄。贏將燕市悲歌句，都付旗亭弦管中。

梁園荒草去雲平，匹馬經過百感生。解道飲醇堪送老，夷門底事吊侯嬴。

檀槽玉管譜烏絲，製出新詞妙冠時。十載可堪尋舊夢，青樓争怨杜分司。

髯陳端不讓髯蘇，跌宕沉雄絶代無。鐵板夜敲江月落，斷腸苦憶小三吾。

稼軒豪氣草窗情，少日詞壇得盛名。千八百篇裁别調，春風不數柳耆卿。

楊枝度曲紫雲簫二人皆冒辟疆歌僮，公子西園樂事饒。射雉集中傳豔唱，看來無句不魂銷。

自嫌蹤跡太飄蓬，淚灑鴛裯淺淡紅。惆悵行雲風送斷，一生常作可憐蟲。檢討見冒氏歌僮紫雲，遂嬖之，自如皋還，雲遂從之歸。後雲亡，睹物輒悲，作《悵悵詞》以憶之。又其留别阿雲《水調歌頭》起句云：「真作如此别，直是可憐蟲。」

病卧金門往事沉，山花山鳥尚關心。幾人到此曾垂淚，不獨吾家髯翰林。檢討服官五載，頗以湖山魚鳥爲念，欲告歸，會史局未竣，不敢請。尋遘疾。疾亟，詠斷句云：「山花山鳥是故人。」猶振手作推敲勢。

論詞絶句二十首録一

宋翔鳳

雅詞亡後草堂興，也道修簫月底曾。果使稗官登樂府，才從江左數迦陵。

論詞絶句四十首專論國朝人録一

譚瑩

載酒江湖竟讓誰，疏狂不減杜分司。銅琶鐵板紅牙拍，各叶迦陵絶妙詞。陳維崧

論詞絶句三十六首録一

華長卿

紫色蛙聲盡唱酬，朱明一代廢歌謳。千秋絶學傳三傑，竹垞梅村湖海樓。朱彝尊、吴偉業、陳維崧

案頭雜置諸詞集戲題四絶句録一　　沈世良

老輩朱陳樹鼓旗，家家傳寫遍烏絲。誰知天授非人力，别有聰明飲水詞。竹垞、迦陵、容若

題《湖海樓集》　　張昭潛

從來至誼薄雲高，過眼榮華不足豪。君看迦陵登薦剡，翻將短闋憶如皋。

才人韻事遍天涯，紅豆相思事不賒。只爲楊枝情愫好，雪窗走筆詠梅花。

論詞絶句　　楊恩壽

翻閲近人詞集，仿元遺山論詩體各題一絶，僅見選本暨生存者概付闕如三十首録一

阿誰捧硯手纖纖，迷迭香温翠袖添。百尺樓頭湖海氣，陳髯豪邁比蘇髯。陳其年

睎了公論詞絶句十二首　　姚錫均

竹垞情眇自難同，筆重其年亦易工。燕子不來連月雨，鰣魚如雪一江風。

望江南

雜題我朝諸名家詞集後　其五

朱祖謀

迦陵韻，哀樂過人多。跋扈頗參青兕氣，清揚恰稱紫雲歌。不管秀師訶。陳其年

瞿髯論詞絶句

夏承燾

趙魏燕韓指顧中，凉風索索話英雄。燕丹席上衣冠白，豫讓橋頭落照紅。陳維崧

望江南

盧前

飲虹簃論清詞百家録一

中原走，黄葉稱豪風。小令已參青兕意，慢詞千首儘能雄。哀樂不言中。陳維崧

小病讀詞得十六首

高野竹隱

千古蘇辛俎豆新，填詞圖裏見横陳。飛揚青兕三千調，密付銅弦有替人。詠詞人陳維崧

論詞絶句

啓功

欲把英雄説與君，詞豪一代幾曾聞。筆端黄葉中原走，多事横圖畫紫雲。陳維崧

卷十五　迦陵詞話

董文友文集序

嘗覽昭明太子《文選》及阮孝緒《七畧》諸書，見其甄汰精英，裒次該雅，未嘗不嘆漢、魏以來，離亂愈多，而文章乃大出也。士今日蹂躪戎馬，出入憂患，所謂離亂者非歟？而運丁建安，罕仲宣「灞岸」之作；時値湘東，寡子山《江南》之製。意者文章之説，抑尤難之。余友董子文友，少負才名，卓犖有奇氣。一日被酒跌蕩，與余放懷述作之事，膝席言曰：咄咄陳生！子桓不云乎？「文章經國之大業，不朽之盛事。」顧文質異軌，正變殊塗，總極陶冶，未導竅郤，子其爲予言之。陳生曰：唯唯。僕不幸有犬馬疾。雖然，嘗聞之矣。夫言者，心之聲也。其心慷慨者，其言必磊落而英多；其心竅愛者，其言必和平而忠厚。偏俠之人其言狷，詄蕩之人其言靡，誕逸之人其言樂，沉鬱之人其言哀。要而論之，性情之際微矣。是以先王采風輯俗，用以驗土風，考政治。輶軒之美，播於郊廟；話言之懌，洽於友邦。此文章之所由興也。今者匹婦之致未便經緯，文人之長彌工雕縟。質愿者風人之義或缺，才麗者太始之奥已漓。振興而揚厲之，非得淹博閎瑋如子者而誰？董子謝不敏，因出其生平所著古文詩歌數十萬言。見其賦鑠班、馬，詩宗曹、謝，記序馳騁徐、庾，碑銘上下潘、陸，以及表、啟、策、論、令、教、辯、説諸體，靡不犁然畢備。余讀未卒業，爲之太息。夫文友聲名蔚起，稱譽且滿天下，獨與余雅契最厚，知之最深。其爲人豪邁感慨，不可一世，然當其郵交游，急然諾，輒復纏綿婉篤，比於膠漆也。又從其尊公先生宦遊江湘，上潯陽，泛洞庭，登仲宣樓，尋昔人作賦處。江山雄秀，士女明媚，發爲撰述，蓋吞若雲夢者十八九，曾不芥蔕也。近者歸自襄陽，益與二三兄弟闡明藝苑，切磨經術，間又悼同類之蕭、朱，慕昔年之廉、藺，當筵流涕，對客悲來。余益知其繫心朋友，綣懷倫物者矣，又何怪其鋒刃横溢，情思愷惻，感動飛沉耶？客曰：是又工倚聲。今夫美人香草，屬於君王；比興閨襜，奚妨染指。彼夫以《香奩》、《西崑》之體目文友者，是豈知吾文友者乎！離亂之人，聊寓意焉。君子謂可以觀矣。《陳迦陵文集》卷二

王西樵炊聞卮語序

甲辰春三月，吏部王先生以蜚語下羈所。越數月，事大白，先生南浮江、淮，出其詩若干篇，詞若干篇，令維崧讀之。詞則所謂《炊聞卮語》者是也。或問維崧曰：甲辰三月之事，王先生可謂窮矣。即有曠達者於此，亦宜無聊侘傺，不平有動於中，先生顧日坐請室，

與賔客爲隱語、廋語、俳語、孟浪語，且又日爲詞，詞又甚工，何歟？維崧曰：王先生之窮，王先生之詞之所由工也。客曰：吾子之遭遇，可謂窮矣，然自揣吾子之詞，與王先生之詞孰工？維崧蹙然曰：維崧之詞，何敢比夫王先生？即維崧之窮，何敢與王先生比？大約維崧之所謂窮者，不過旦夕不得志，及棄墳墓，去妻子，以餬口四方耳，未嘗對獄吏則頭搶地也。負其薄藝，以與賢豪長者游，則北里西曲之靚麗，輒時時徵逐其間，哀絲豪竹之音，又未嘗三日而不聞於耳也。少年生在甲族，中外悉彊盛，「小樓前後捉迷藏」及「黄昏微雨畫簾垂」諸景狀，徃徃有之。今雖遲暮矣，然而夢囬酒醒，崇讓宅中，光延坊底，二十年舊事耿耿於心，庶幾不死而猶一遇也。以故前者之泡影未能盡忘，過此之妄想亦未能中斷，百端萬緒，窅窅茫茫，如幽泉之觸危石，嗚咽而不能自遂也，如風絮之散漫於天地間，簾茵糞溷之隨其所遇也。葢維崧者，愁矣而未窮，故維崧之詞，將老而愈不能工。若甲辰三月王先生之窮則何如？拘攣困苦於圜扉間，前後際俱斷，彼思前日之事與後日之事，俱如乞兒過朱門，意所不期，魂夢都絶。葢巳視此身兀然若枯木，而塊然類異物矣。故其所遇最窮，而爲詞愈工。客曰：善。窮愁而後工，嚮者不信，乃今知之。雖然，必愁矣而後工，必愁且窮矣而後益工，然則詞顧不易工，工詞亦不易哉！《陳迦陵文集》卷二

蝶庵詞序

蝶庵者，史子雲臣讀書處也。庵外爲庭三楹，由庭而左，達之爲偃室，又縱之則庵在焉，史子盩鉏牆隅隙地而搆之者也。庵不十笏，明窗交綱，綺疏欄楯備。中列烏皮几一，竹榻一，茗椀、爐薰、酒槍，手鈔《花間》暨唐、宋人詩詞，雜置几上，榻則笙、阮、箏、琶間設焉，以俟能者。庵之外亦不十笏，甃石爲砌，蒔牡丹數本。史子居之，栩栩然適也。性不善飲，又不能輟飲，飲少輒醉，醉則都無省記，惟喜作小詞。常謂余曰：今天下詞亦極盛矣。然其所爲盛，正吾所謂衰也。家温、韋而户周、秦，抑亦《金荃》、《蘭畹》之大憂也。夫作者非有《國風》美人、《離騷》香草之志意，以優柔而涵濡之，則其入也不微，而其出也不厚。人或者以淫褻之音亂之，以佻巧之習沿之，非俚則誣。故吾之爲此也，悄乎其有爲也，泊乎其無營也，儼乎其若思，矜乎其若謀也，久之而若釋矣。如風水之相遭焉，淪漣渙泮而成文也；如街衢婦孺之歌咢焉，纏綿滌盪而成聲也。蓋余之爲詞也如是焉止矣。及觀吾子之詞，湫乎，侐乎，非阡非陌乎，何其似兩山之束峭壑，窘蠢阸塞，數起而莫知所自拔乎？抑衆水之赴夔門乎，漩渦湍激，或蹙之而轉輪，或磯之而濺沫乎？譬之子，子學莊，余學屈焉。譬之詩，子師杜，余師李焉。雖然，毋論當世，即千百載，而言惠施者，莫余與子若也。蓋史子之言如此。余因反覆其《蝶庵詞》一卷，沉吟掩抑，定爲必傳。又寧獨余言以爲必傳，即子亦當自知之也。抑吾兩人論交三十年矣，嚮者腦滿腸肥，年盛氣得，俯仰顧盻，亦思有所建立。乃者日月愈邁，老與賤俱，顧猶不自持，流浪於旗亭酒壚間，靨靨挾紅牙檀板，爲北里梨園長價。沉思疇昔，知益不足道矣。會客摭邑中故事，談次偶及一先輩鉅公，客曰：此公人品頗足傳，恨其生平曾作詞曲耳。余與雲臣聞之，皆大笑。《陳迦陵文集》卷二

青堂詞序

甲寅春，余友史子遠公疾將革，呼余榻前，手一編謂余曰：此予年來所爲詞，余歿後，子幸爲我釐訂焉，毋使其無聞於人也。語嗚咽，絶沉痛可悲。余淚濨濨承睫下，不忍應，然心則已私諾之。始余與遠公同里閈，然遠公宦遊久，余亦東西南北覓衣食。間歲歸，卒踦閭門一語耳，固未嘗相知深。相知深，則自壬子冬遠公魏塘歸始。是時遠公新與顧庵曹先生以填詞相倡和，余適與雲臣、竹逸諸子亦爲詞里門。遠公甫抵家，亟走覓余輩談詞，淋漓恣肆，累晝夜不止。一日酒半，遠公奮髯抵几，呼予言曰：余詞成，其命名《青堂》乎！夫青堂，花之蠲忿者也。余不幸生數歲而孤，故居蕩析，兄弟鮮所倚，

伶伶俜俜，寄居旁郡縣姑家。雖常舉於鄉，浮沉學舍，爲生徒師，非其志也。戊戌之役，闈中已擬元，主司以引嫌故，卒抑置副車第一人。居京師，困不自聊，爲人畫花卉、禽蟲、山水、竹石，或作徑寸擘窠書。十指皸瘃，謀捃拾自給，墨痕粉跡，輒漫漶僧寮酒壁間。其所爲書，間一邀先皇帝咨賞。問其姓名，惜侍臣默不敢應也。時或諸王帝胄，設九賓筵以召之，不肯遽至，至則解衣脱帽，叫譟無人臣禮。而王顧愈重之，所賞賚書畫狗馬無算，然卒無所遇也。間輒飲酒而悲。一日大醉，齧案上椀碟大小數十器幾盡，穿齦齾齒，裂痕侵入齶頰間，流血被面，坐以此得狂名。今刮磨久，故態禁不復作矣，然不平佗傺之色，顧未嘗忘也。酒旗歌板，吾若將終吾身焉。樂天知命而不憂，余其以詞爲萱蘇焉，可乎？余聞而悲之。常與余輕舟委浪，上下龍池、善權兩山。其間湫洞窈黑，峰崿崱屴，頮谿破壠，蛇虎跡半，人慴懾不敢登，遠公則短衣杖策，登頓若飛，讙呶狂笑聲砰訇崖谷間，栖烏傑傑率驚起。又余輩竊從北里諸倡游，初不令遠公知。遠公輒拊掌排闥至，罵公等非長者，乃以予爲不足與游也，則相與敖弄爲小詞。詞故多，多又極工。居無何，余苦滯下，遠公數視余寢舍，時買蓮芡薏苡餽予，少間，又市鮭菜啖予，慰勞如家人。乃余瀕死不死，而反哭吾友也，悲夫！遠公疾僅後予一月，其疾也，亦患滯下。又余兩人相驩，俱以詞故。予於遠公没，哭失聲，讀其詞，益重傷予心也。遠公有丈夫子二，皆秀嶷，能讀父書。夫人子之思其嗜也，於吾親玩好諸物，象犀珠玉之類，極細碎不足道，猶必摩娑而庋置之，不敢忘。况詞之爲物，流連唱歎，其魂魄猶應戀此乎！評竟，遂覔其子歸之。《陳迦陵文集》卷二

任植齋詞序

憶在庚寅、辛卯間，與常州鄒、董游也，文酒之暇，河傾月落，杯闌燭暗，兩君則起而爲小詞。方是時，天下塡詞家尚少，而兩君獨矻矻爲之，放筆不休，狼籍旗亭北里間。其在吾邑中相與爲倡和，則植齋及余耳。顧余當日妄意詞之工者，不過獲數致語足矣，毋事爲深湛之思也。乃余嚮所爲詞，今覆讀之，輒頭頸發赤，大悔恨不止。而植齋舊所爲詞，則已大工。今集中所載十索諸詞，寄衣《漢宫春》詞，暨酒闌題壁《念奴嬌》詞，阮亭所謂杜紫薇後身者是也。植齋秀拔警悟，自爲兒時，即有「顔子」之目。迨後學益練，識益老，才氣益噴薄而經奇。賦、序、箴、銘、書、記、傳、贊諸體，出入班、馬、韓、蘓間，詩則沉博絶麗，擬議變化，沿漢魏以訖三唐，宋、元、明以來無論也。塡詞顧矜愼不多作，已足傳吾植齋矣。噫！自吾與子學爲塡詞，其歲月也不爲不多矣。庚寅、辛卯迄於今，

閱二十餘年矣。此二十餘年以來，人事日非，江河漸下，昔之文酒高讌尚能之乎！蓋同郡之内，百里之間，平時交好，有屢歲不相見者矣。文友既亡，程村旋没，夜深月黑，經過舊游，覔當日旗亭北里老伶工，亦寂寂無一二人在者。展植齋與鄒、董倡和諸詞，殘煤敗楮乎，猶見疇昔之練裙檀板也，蛛絲蠹跡乎，恍遇徃者之酒痕墨汁也。佘能無悄然而三嘆也耶！然則斯詞也，以爲《金荃》之麗句也，抑亦《夢華》之别録也已！若其詩古文全集，則諸先生序之也詳，故不多贅。《陳迦陵文集》卷二

詞選序

客或見今才士所作文，間類徐、庾儷體，輒曰此齊梁小兒語耳，擲不視。是説也，予大怪之。又見世之作詩者，輒薄詞不爲，曰爲輒致損詩格，或强之，頭目盡赤。是説也，則又大怪。夫客又何知？客亦未知開府《哀江南》一賦，僕射在河北諸書，奴僕莊、騷，出入左、國，即前此史遷、班椽諸史書，未見禮先一飯，而東坡、稼軒諸長調，又駸駸乎如杜甫之歌行與西京之樂府也。蓋天之生才不盡，文章之體格亦不盡。上下古今如劉勰、阮孝緒以暨馬貴與、鄭夾漈諸家所臚載文體，僅部族其大畧耳，至所以爲文，不在此間。鴻文鉅軸，固與造化相關，下而讕語卮言，亦以精深自命。要之穴幽出險以厲其

思，海涵地負以博其氣，窮神知化以觀其變，竭才渺慮以會其通，爲經爲史，曰詩曰詞，閉門造車，諒無異轍也。今之不屑爲詞者固亡論，其學爲詞者，又復極意《花間》，學步《蘭畹》，矜香弱爲當家，以清真爲本色，神瞽審聲，斥爲鄭衛。甚或爨弄俚詞，閨襜冶習，音如濕鼓，色若死灰，此則嘲詼隱庾，恐爲詞曲之濫觴，所慮杜夔、左䮀，將爲師涓所不道，輾轉流失，長此安窮？勝國詞流，即伯温、用修、元美、徵仲諸家，未離斯弊，餘可識矣。余與里中兩吳子、潘子戚焉，用爲是選。嗟乎！鴻都價賤，甲帳書亡，空讀西晋之《陽秋》，莫問蕭梁之文武。文章流極，巧曆難推。即如詞之一道，而餘分閏位，所在成編，義例《凡將》，闕如不作。僅效漆園馬非馬之談，遑恤宣尼觚不觚之嘆。非徒文事，患在人心。然則余與兩吳子、潘子，僅僅選詞云爾乎？選詞所以存詞，其即所以存經存史也夫！《陳迦陵文集》卷二

國朝名家詩餘序

余始集三家詞，又廣以六家，寓内既傳誦矣。因更蒐羅，若波斯之購寶，貪獲有加，得兩陳子、兩董子詞，合而刻之。四君子夙有才名，名非以詞也，而才之餘寄于詞，是非詩之餘而才之餘也。比之于味，初集則禁臠也，既則五侯鯖也，今乃大庖既盈，百牢具

獻也。鐘鼓爰陳，歌舞肆列，饗以樂之。味有同嗜，不必指而品之，曰某山珍也，某海錯也，然煎熬燔炙而進之，使嘉賓飫焉，則余其易牙也夫！笑而質諸嗜異味者。康熙戊申十月，宜興陳維崧其年題識。《國朝名家詩餘》卷首

曹實庵咏物詞序[一]

霜凋魏帳，月中之剩瓦何多；水咽秦關，地上之殘城不少。天若有情，天寧不老；石如無恨，石豈能言？銅駝觳觫，恒逢秋至以偏啼；銀雁觰沙，慣遇天陰而必出。山當雨後，易結修眉；竹到江邊，都斑細眼。溯夫皇始以來，代有不平之事。千年關塞，來往精靈；萬古河山[二]，憑陵鬼物。縱復人稱恨甚，事奈愁何。江淹工愀愴之辭，鮑照擅蒼涼之賦。正恐世閱世以成川，年復年而作谷。捧黎陽之土，堙此何窮；積函谷之泥，封來不盡。然而劍鋒盡缺，總爲旁觀；壺口新殘，只因細故。青史則幾番劉、項，誠然於我何堪；黄河則滿地袁、曹，遑曰干卿奚事。或蝦蟇陵上，暮年紅袖所閒談；或鸛雀樓邊[三]，故老白頭之夜話。或武擔過客，曾看石鏡於成都；或盩厔居民，偶得銅盤於渭水。苟非目擊，即屬親聞。事皆磊砢以魁奇，興自顛狂而感激。槌床絕叫，蛟螭夭矯於胸中；踞案横書，蝌蚪盤旋於腕下。誰能鬱鬱，長束縛於七言四韻之間；對此茫

茫，姑放浪於滅字偷聲之下。吟成十首，事足千秋。趙明誠金石之録，遜此華文；郭弘農山海之篇，慚斯麗製。嗚呼！烟霾天水，囂宮既蔓草千堆；浪打章門，灌廟亦殘陽一片。悲哉季札，劍影徒青；逝矣劉郎，奩痕尚紫。銀槎泛斗，難追博望之勳名；彩筆凌雲，空羨馬卿之詞賦。何況長平繡鏃，恨血全紅；大食冰甆，愁雲半黑。織成魚素，粘海氣以猶腥；掣得龍髯，鼓天風而倍怒。豈非譆譆出出，《諾皋》之所未收；怪怪奇奇，《齊諧》之所不載者哉！僕每怪夫時人，詞則呵爲小道，倘非傑作，疇雪斯言？以彼流連小物之懷，無非淘洗前朝之恨。人言燕市，實悲歌慷慨之場；我識曹君，是文采風流之裔。狂歌颩沓，聊憑鳳紙以填來；老興淋漓，亟命鸞笙爲譜去。《陳迦陵儷體文集》卷七

校記：

[一]題下，程師恭注本有小注：「按十咏：一隗囂官甆杯，一灌嬰廟瓦硯，一延陵季子劍，一未央宮銅奩，一朱碧山銀槎，一司馬相如玉印，一長平遺鏃，一大食甆茶杯，一魚苔牋，一龍髯。」

[二]「河山」，蔣本、程本作「江山」。

[三]「邊」，蔣本、程本作「前」。

錢寶汾詞序

五陵烟月，最説長安；三輔笙簫，尤推鄠杜。縣名盩厔，樓前多織錦之妻；殿是駁娑，闕下有横鞭之客。於是貂蟬年少，金粉仙郎。衛叔寶之體，不勝綺羅；王夷甫之手，詎離珠玉。時則栁衣染緑，荔帶垂青。鳴箏而過公主之園，挾瑟而上將軍之第。臺前放仗，見南苑之參差；閣下傳餐，望西山之葱鬱。李嶠爲秋雁之吟，王維有紅豆之作。寫之玳瑁，知才子之多情；譜以箜篌，驗佳人之巧笑。然而蛾眉善怨，時懷故里之鶯花；蟬鬢工啼，恒憶微時之娣姒。雲中射雁，偏愴晨風；苑[一]後釣魚，常悲流水。絶憶嵇康之鍛，慣思張翰之鱸。是則栁郎中小令，麗句雖多；牛給事新聲，愁端不少者矣。僕類楚狂，偶來燕市。一聲河滿，憐司馬之青衫；三疊陽關，羡尚書之紅杏。不揣題詞之贈，矧當判袂之時。逐秋風而竟去，余是愁人；望明月以相思，君真健者。《陳迦陵儷體文集》卷七

校記：

[一]「苑」，蔣本、程本作「花」。

觀槿堂詞集序

將使三辰不黷，二氣無訛。鳴條破塊，不聞淳悶之年；木穰金饑，罕紀睢于之世。蕢桴土鼓，腰臘而咏豳詩；折俎烝殽，頻聘而賡雅頌。固已五常之性，共澤和平；寧惟四始之遺，獨歸敦厚。即或越客關弓，塞翁失馬，釁僅比於蚍蜉，忿祇緣夫睚眦。非無染指之嫌，未免掇灰之懼。假以佽我，言求蠲疾之蝨；迨其謂之，姑酌忘憂之酒。無如鬼既善謀，天而多醉。石能言於晉國，鶴解語夫堯年。蒼鵝出地，剪鶉首而何堪；青犢彌天，攀龍胡而莫逮。此則霧擁張超之市，有識咸悲；濤飛徐福之船，含靈共閔。雖復弦高賤賈，微虎小臣，汪錡不過孱童，漆室止於弱女。亦或銜酸茹苦，坐歗行謠。縱使石傾武擔，壓壘愁城；假令土捧黎陽，難填恨谷。況復日下貂蟬，天邊蘭錡。地名祋祤，哀連繡嶺之堤；縣是偃師，直對金墉之樹。徹侯外戚，既平時爾汝之交；長樂甘泉，亦疇昔經過之地。他若五陵大俠，三輔諸豪，東京趙李之家，西漢金張之族。南渠北澗，盡丐澤於銀潢；東璧西隣，競分光於碧落。橐筆鳴珂之地，既是枌榆；炊金饌玉之賓，咸聯肺腑。既已哂南朝之江、鮑，抑將邁北地之温、邢。而乃讖起狐祥，妖徵蛾賊，尋三川之失守，洊五帥之難歸。田單闔族，載鐵籠而宵奔；庾冰孑身，橫荻船而潛渡。悲歌慷慨之士，感激何窮；烏頭馬角之言，沉吟奚極？且夫霍博陸既驃騎之兄，班定遠實蘭臺之弟。一則兵欄武庫，奠鰲足於人間；一則芝檢銀函，作龍頭於天上。兩環耀日，雙劍凌雲。而今則瞻望兄兮，九原人去；所思伯也，八陣圖空。江流不轉，烟霾葛相之營；日瘦無光，天壓祁連之冢。風車雲馬，時聞褒鄂之弓刀；牧笛樵歌，不見滕公之寢室。遂使舊時牙將，半隨老嫗以吹篪；每令賢弟黃冠，私雜羣傖而絮酒。於焉曰怨，怨何如乎；以此言悲，悲可知矣。於是歌則不能，泣仍不可。念欲著《金陀》之史，姑俟諸地老而天荒；無如填《蘭畹》之詞，猶藉以娛年而送日。爰乃借雷輥電砉之聲，寫劍拔弩張之氣。或跌蕩於舞女雙鬟之隊，揮毫而竹肉奮飛；或憑弔夫將軍百戰之場，入破而關河劈裂。蒲牢乍吼，九邊之馬俱瘖；干鏌一揮，萬將之頭畢白。幽可匹夫莊騷，細不遺夫蟲豸。臧文仲書詞詰屈，譾語居多；鍾儀父音節蒼涼，土風不少。觀其見事生風，倚聲橫筆。鎖蛟螭於腕下，鱗甲之而；落蝌蚪於行間，風雷發作。百靈穿鑿，擬郜鼎而逾斑；萬怪楂牙，較商盤而更駁。旁人不識，謂多郭公之缺文；神瞽何知，云是子雲之奇字。嗟乎！秦時毛女，漢室銅仙，聲作龍吟，淚如鉛水。紅綃滿眼，已憐殘帕之無多；鈿笛三聲，竊喜舊人之尚在。水天閒話，先生每提燕筑而來；花月新聞，賤子亦挾

吴簫而至。岑牟單絞，僕尚能捉搦從公；腰鼓箏琶，客幸勿俳優畜我。《陳迦陵儷體文集》卷七

米紫來始存詞集序

臺餘此地，最善悲歌；船憶君家，能裝書畫。研山齋内，米顛既一字阿章；嘉陵圖中，元暉復小名虎子。紛披粉墨，本自門風；蕭灑才情，實緣家學。蓋在昔而已然，顧於今而益信。則有花封仙縣，畫省望郎，筆陣摩空，文瀾倒峽。蛇能蟠笥，傳家則代産達人；蛟欲生毫，墮地而羣呼才子。旋登上第，歷尹名邦。弱齡釋褐，桃憎紅綬之光；早歲牽絲，草妬青袍之色。爾其賦軼鄒、枚，文兼崔、蔡。濯龍賜第，二曲則坊在天邊；夢鳥摛箋，千賦則價高日下。馳聲河北，温子昇遘此生慚；流譽江東，王文度聞而竊嘆。酷嗜臨摹，尤精皴染。蕭思話書評第一，虎跳龍拏；曹不興畫苑無雙，鳥啼花笑。鵠綾捧去，揮殘萬軸之菖蒲；麝粉調來，榻出滿園之蛺蝶。分斯一藝，儘足飛騰；借彼餘波，尚然綺麗。更躭協律，旁及倚聲。斜行紅薑，託興於銀箏檀板之間；衮拍金蟬，寄傲於酒肆倡樓之内。三千錦瑟，既擅柔情；丈八銅琶，兼饒逸氣。嚴霜砭骨，非無望古之篇；皓月煎腸，不少臨風之作。若夫三秋捧檄，道出鄱陽；千里之官，途經易水。

黄皮縛袴，斜壓赫連之刀；赤兔揮鞭，直突慕容之壘。飄零繡瓦，問分香吉利其何歸；牢落黄金，弔擊筑漸離之安在。以至天低彭蠡，濤沫濺銀；地坼碻磝，土花暈紫。匡廬山下，釃樽酒以横江；繻葛城頭，會官僚而出獵。亦復嚄唶而歌，憑陵而語。一聲鑾鼓，黄雲脱壞而羣飛；幾疊邊笳，白雁徊徨而竟下。長篇間作，小令居多。井華汲處，盡唱屯田員外之詞；柹絮開時，都吟長慶才人之製。然而畧有遺亡，曾無愛惜。墨痕半濕，不知污誰氏之裙；字蹟纔乾，未省上何人之帕。抄來北里，半被塵埋；録向東家，還虞簡脱。堆作叢編，好事者爲之搜蒐；棄爲長物，知音者代以流傳。今之始存，其大概也。記與高門，久諧夙好。同是楊、袁之苗裔，僕不如人；俱爲顧、陸之子孫，君能念我。溯百年之喬木，譜牒猶新；憶三世之芳蘭，游從如昨。敝廬硯北，還標北海之署書；舊業樊南，尚寶南宫之尺牘。余大父少保公，與君大父太僕公爲同年最契，寒家聯扁，多太僕署書。其先世往來尺牘，迄今猶在四弟子萬篋中。幸重逢於燕市，獲相和以楚歌。雖太僕亭臺，已無夜火；勺園泉石，久歇春機。米家燈當時最擅名。太僕曾以端綺贈先大父，上織勺園奇石。而稜稜犀角，知來者之多賢；縵縵龍文，識曩修之克紹。祇慚賤子，有愧前人。屬題一卷之新詞，并話兩家之舊事。君真詞癖，已獨步於《花間》、《蘭畹》之中；僕亦酒狂，願相從於

減字、偷聲之下。《陳迦陵儷體文集》卷七

徐竹逸詞序[一]

竹逸徐先生，犀角名家，駒王貴裔。弱齡淹博，能探岣嶁之碑；綺歲通華，即辨琅琊之稻。徐孝穆文成百軸，龍爛魚油；顔延之詩擅五言，鏤金錯彩。少食貧而種學，北郭騷譽滿人間；壯委贄以從王，東方朔名高殿上。一官繫組，則武侯流馬之鄉；萬里牽絲，亦新息跕鳶之地。句町裒連白國，五溪開莊蹻雄關；楪榆旁綰牂牁，九睒奉唐蒙一詔。蠻花樹樹，紅棉燒爨女之釵；犵鳥村村，鸚鵡勸僰僮之酒。先生則叱馭開邊，褰帷聽事。程經洱海，馳驅於冉駹邛筰之間；路出昆明，鞅掌於樓櫓戈船之下。賨幪火毳，都成月露之形；渝舞狼歌，齊叶風雲之調。固已碧雞主簿，玩此清文；白馬氐羌，訝其麗製。竹王古廟，繚牆砌夜月之吟；花面諸黎，縑帕繡春燈之句。然而一上點蒼，頓濴鄉思；屢聽杜宇，彌減宦情。小人有母，難忘考叔之言；行路多岐，偏下楊朱之泣。誓拂衣而終老，遂散髮以言旋。於是宅枕銅官，潭臨玉女。陶淵明之門外，垂栁五株；盧照鄰之堦前，病梨一樹。蓬蒿幾尺，儼然三徑元卿；雜果千頭，何異小園庾信。隱夫答遝，園有隙而皆紅；平仲君遷，隣無扉而不緑。先生既散誕琴書之側，復優游巖岫之旁。客到開軒，朋來刻燭。花前挈榼，半南山賣藥之翁；樹下提壺，多北海修琴之叟。纔開芍藥，邀側帽以來觀；甫釣鱒魴，命鮮衣而對食。雞豚芋栗，極歲時暇豫之懽；燈火桑麻，盡里社團圞之樂。若乃鄧尉梅花，錢塘桂子。三春日煖，聽南國之鷓鴣；八月秋晴，看西山之麋鹿。筆床茶竈，依山崦以爲家；梵磬漁筒，睠烟波而結友。浮家泛宅，醒噩夢於滄浪；醉月迷花，叙前游於杯酒。莫不詞寫《金荃》，句同《錦瑟》。三千粉黛，掩周、栁之香柔；丈八琵琶，駕辛、蘓之感激。詎若牛家給事，行間描楊栁之花；寧徒張氏郎中，字裏寫鞦韆之影。愧僕不才，託君末契。屐量花雨，時陪鈴索之遊；詩畫旗亭，每預筝琶之讌。嗟乎！西鄂文人，從來失路；餘姚書記，大抵無家。君也坐愁行歎，恒傷廉吏之難爲；僕兮望遠登高，常恨古人之不見。張一軍於酒裙歌扇之上，誰得臣狂；問六代於殘陽暮靄之餘，詎干卿事？聊題儷句，用譜新聲。《陳迦陵儷體文集》卷七

校記：

［一］題，蔣本、程本作「徐竹逸蔭緑軒詞序」。

蒼梧詞序［一］

若使人間罷長恨之歌，天上少銷寃之曲。井公多暇，惟解投壺；彭老無愁，未嘗觀

井。則秦缶不彈，燕歌遂歇。石何言於晉國，鶴無語於堯年。無如海水長乾，蓬池易淺。趙厠有不平之客，吳關多可惜之人。此則大夫思告其哀，匹士願歌其事。言之不足，悲矣如何。且夫鴆豈善於爲媒，魚寧可以作媵。子虚亡是，詎常真有其人；暮雨朝雲，要亦絶無之事。然而宋玉以寄其形容，相如以成其比興。固知情難摭實，事比鏤塵。託讔謎以言愁，借謿詼以寫志。凡茲抹月批風之作，悉類詛神罵鬼之章。達者喻之空花，愚夫求之楮葉。今有豢龍華胄，綉虎雄才，名已動於春官，身甫偕夫計吏。而楚國亡猿，塞翁失馬，叩丹霄而無路，攀紫闥以誰階。泣不成聲，逝將安適，時則四海誰容，三年不笑。西遊盩厔，聽雞渡函谷之關；東返轘轅，立馬望咸陽之坂。北風拉沓，高臺颯其無人；南内荒凉，夜烏咽而相語。此皆扶荔遺基，長楊廢舘。金戈夜響，則羣雄蹴踏之鄉；鐵壘晨摩，則悍帥奮揚之地。漢高皇大風置酒，起舞悲來；唐玄宗夜雨聞鈴，沾襟淚下。既美人駿馬之安在，亦故宫陳跡之極多。於是萬感風生，千端蝟集。醮杯槃而狂嗷，墨欲成龍；濡頭髮以作書，字皆成蚪。每於鐘鳴燈灺之餘，恒作劍拔弩張之勢。狂時漫寫，定屬神來；醒後詳觀，不知誰作。又或挂玉筵前，絶纓會上。一雙紅綬，見隔巷之新人；半夜青衫，遇下江之故伎。《夢華》小録，彷彿前生；花月新聞，依稀故事。亦復曲付何戡，調翻《穆護》。《安公子》閒歌一曲，《小秦王》高唱三章。金柔玉輭，青娥閒譜其聲情；斗轉參横，白髮暗傳其點拍。信陵君醇酒婦人而外，他何知乎；盧思道白擲劇飲之風，君其是矣。僕也老而失學，雅好填詞；壯不如人，僅專顧曲。慨自鄒訏士、董文友既亡之後，淚滿蟬鈿；況復曹顧菴、王西樵久别以來，心灰兔管。見吾友之一編，動鄙人之三歎。啼成紺碧，不讓江潭紅豆之思；泣化瓊瑰，何殊風雨蒼梧之恨。永傳樂府，長播詞林。《陳迦陵儷體文集》卷七

校記：

［一］題，蔣本、程本作「董舜民蒼梧詞序」。

浙西六家詞序

錦衣倉北，六朝之山色千堆；票騎桁南，萬古之江流一幅。獅兒去後，大有新亭；燕子飛時，還存空巷。則有彩毫公子，粉署郎官，績漢上之題襟，效機中之織錦。衙香熏罷，只願箋愁；椽燭燒餘，惟圖製恨。玉玲瓏小閣，滴粉槎酥；紅菡萏山莊，啼花怨鳥。更值公叔華宗，相君貴胄，常棲蓮幕，别署竹垞。杜紫微掌書記之日，艷體偏多；

韓君平知制誥之年，宫詞不少。醉卧鳳凰橋上，曾翻十院琵琶；狂遊雞鹿塞邊，慣聽一軍篳篥。書之粉壁，譜在羅裙。况復柘湖既咸、籍同居，秋錦亦機、雲不别。共説隴西才地，有謫皆仙；俱誇家令門風，無腰不瘦。金戟則臨風對拓，感激沉雄；玉笙則帶月交吹，淋漓頓挫。僰僮破悶，訴萬里之飄零；燕女尋歡，序十年之淪落。溺人必笑，姑流浪於酒旗戲鼓之間；亡子思歸，長嚄唶於殘月曉風之下。疇能惠我，定遘知音；假曰華予，寧無好事。於是拈來犀管，匣用琉璃；劈得蠻箋，裝成玳瑁。地則錢塘、檇李，家山只兩郡之間；詞如白石、梅溪，風格軼羣賢而上。釐爲一卷，約有六家。從此井華汲處，都吟栁永之章；自今紈帕貽來，半織元稹之曲。屬有陳琳，寄言龔遂。僕也紅牙顧誤，雅自託於伶官；綉幔填詞，長見呵於禪客。銅官玉女，邑居不百里而遥；小令長謡，卷帙實千篇有羨。倘僅專言浙右，諸公固是無雙；如其旁及江東，作者何妨有七。聊資諧噱，幸恕清狂。《陳迦陵儷體文集》卷七

葉桐初詞序

門邊蕙葉，葉盡生花；車裏璧人，人皆有集。則有齒踰終、賈，文邁班、張。黄童既門第無雙，謝客復詩名第一。而乃丁年孤露，丙舍凋殘。少依舅宅，魏舒實甯氏之甥；

長贅婦家，樂廣以衛郎爲婿。雞籠山下，新移坦腹之床；鴛水湖頭，舊築渭陽之館。緯蕭託業，少賤奚堪；采梠爲生，長貧不免。然且桐號孤生，還思向日；藥名獨活，只欲摇風。千篇繡虎，揮完河北之箋；五夜雕龍，擘盡膠東之紙。月明湓浦，非無釃酒之篇；花落臺城，亦有隔江之曲。風中弄笛，吟九派之銀鼉；山半調笙，舞一天之彩鳳。固已聲華籍甚，才調斐然者矣。憶僕年時，逢君客裏。鮑昭城在臨河，則面面朱欄；蕭統樓存夾巷，則家家瓊樹。加以陶士行政之官北上，王茂弘適盡室南來。（余昔與桐初作客廣陵，正值合肥龔夫子以大司馬還朝。）千官祖餞，舸艦彌津；百里追陪，衣冠滿座。與君此日，頗多嬉笑之言；顧我何人，亦有激昂之作。別幾何時，歡真不再。詎意風寒易水，重遘荆軻；何圖草蔓燕臺，忽逢樂毅。遂班荆而敘舊，爰敷衽以論心。示我以詞，命爲之序。嗟乎！曾聞長者，呵《蘭畹》爲外篇；大有時賢，叱《花間》爲小技。十年艷製，坐收輕薄之名；一卷新詞，横受俳優之目。人譏周勃，僅解吹簫；世笑禰衡，惟工撾鼓。噬臍莫及，捫舌難追，乃猶戇不更絃，老偏見獵。恣情標榜，何能增才子之名；竭力賡揚，祇恐益小人之過。然而結習寧忘，鄙懷有在。遇成連於海上，情終以此而移；見美麗於中山，口遂不能無道云爾。《陳迦陵儷體文集》卷七

金天石吴日千二子詞稿序

嘗考夫聲音之道，自有淵源；詞賦之宗，遞爲汎濫。《白鳩》、《黄督》，曲調以短斷爲工；《子夜》、《莫愁》，節奏以敏諧稱聖。是知齊梁之樂府，即唐宋之倚聲也。自名花傾國，供奉擅俊逸之才；金縷提鞋，後主秉綺羅之質。教坊簾幙，試艷曲於清狂；平樂樓臺，弄新聲於輕薄。詞有千家，業歸二李。斯則綺袖之耑門，紅牙之哲匠矣。若易安之婉孌清新，屯田之温柔倩媚，雖爲風雅之罪人，實則閨房之作者。由斯以降，我無譏焉。嗟夫！北怨馬嵬，空留羅襪；南悲鳳闕，不見秦樓。聲聲《玉樹》，終傷南國之蒐；步步金蓮，長下東昏之淚。相逢家令，猶有内人；閑説玄宗，豈無宫女。三千小妾，思唱李花；二八妖童，誰餐桃子。哀傷奚極，悱惻何言。况復紫塞琵琶，盡是帝城之蕩婦；黄沙觱篥，都爲朱邸之名姬。笙上《金蛾》，半翻囬紇；弦前《火鳳》，别譜龜茲。於是抱捍撥而私彈，撫箜篌而暗捻。岐王宅裏，豈知北地之歌；胡后宫中，不類南朝之曲。時則有家居盭厔，幼富才情；縣近金陵，長憐歌舞。自誇善曲，不事金吾；慣倚能仙，思調玉女。遂廼巧製珊瑚之扇，初成琥珀之床，流藕以綵縷爲絲，壓角以明珠作押，被之小令，度以名倡。五侯馳才子之名，七貴虛上賓之席，吹簫夜出，挾瑟晨歸，洵可以矜天上之弄臣，廢人間之宮體矣。爰命狂夫，起而爲序。卸輕紅之衫子，親展銀箏；擲雜綵之帩頭，坐移寶柱。須知天涯落魄，無非傅粉之人；地角流連，總屬熏香之客爾。

《陳迦陵儷體文集》卷七

閻牛叟貫花詞序

牛叟向有悼亡之戚，曾爲賦《兑閣遺徽詞》十首。今新納小姬，同人贈句，顔以《貫花》，仍爲製叙。

昔言新婦，宜配參軍；共説傾城，足當名士。唐家白傅，園留楊柳纖腰；宋室坡公，坐擁雲藍小袖。咸哀窈窕，並縱清狂。雖老去而恒然，在詩人爲尤甚。適遘渦河之遠使，郵來淮上之新聞，云有蛾眉，歸於牛叟。時則南朝親懿，北府朋游，争裁却扇之詞，競製催粧之曲。文成綺密，述才子之鍾情；旨託清新，叙狂奴之故態。縱《易》言生稊而未可涣嘲，况《詩》美夭桃而能無遥妬。獨是七載恒鰥，終年獨宿。盆纔罷鼓，尚餘愀愴之思；簫已重吹，忽作柔靡之想。何來曼倩，頻娶小妻；豈有安仁，頓忘大婦。常情爲之揣度，俗士加以然疑。不知思纏故劍，所貴明其本懷；誼篤遺簪，尤在全其初志。若使一乖伉儷之歡，長隔房帷之愛。則是斷謝公之絲竹，觸景蒼涼；遺陶令之琴樽，暮年蕭瑟。牙籤粉軸，疇事校讐；茗椀笛床，誰爲總管。徒增逝者之悲，轉掩前人之德。何況含弘雅量，昔已賡樛木於生前；誰云婉孌深恩，不願接桃根於没後。此泥雖粘絮，原非太上之忘情；而蚌必生珠，堪作詞場之嘉話也。斯語未終，先生曰善。《貫花》輯罷，敢重祈玄晏之篇；《兑閣》吟餘，愼莫厭發棠之請。《陳迦陵儷體文集》卷七

蔣京少梧月詞序

銅官崎麗，將軍射虎之鄉；玉女峥泓，才子雕龍之藪。城邊水榭，蹟擅樊川；郭外釣臺，名標任昉。雖溝塍蕪没，難詢坡老之田；而隴樹蒼茫，尚誌方田之墓。一城菱舫，吹來《水調歌頭》；十里茶山，行去《祝英臺近》。鵝笙象板，户習倚聲；苔網花牋，家精協律。居斯地也，大有人焉。僕也十年作賦，愧遜陳琳；三徑論交，欣逢蔣詡。其人也九侯第宅，四姓衣冠。家風通顯，東京蕭育之家；門第清華，北魏崔悛之宅。夫其幼敏才情，早躭經史。行間芍藥，盈箱潘岳之花；字裏葡萄，滿篋丘遲之錦。王恭逸態，濯楊栁於月中；謝朓清文，爛芙蓉於日下。文兼各體，傳鶚觚博奥之宗；詩備諸家，劉越石清剛之選。而乃名同小宋，妙解音聲；系出竹山，尤工樂府。於是温家助教，紅蠟填詞；薛氏侍郎，銀箏製曲。阿灰善怨，不乏畫簾微雨之吟；花蕋工愁，相傳

馬上鵑聲之作。櫻桃隔葉，時遇順郎；簫鼓逢場，還迎車子。年年麗製，涴北里之羅裙；夜夜香詞，灑東隣之粉壁。葢《摸魚》、《戀蝶》，即是《黄華》、《赤雁》之遺音；而《六醜》、《三臺》，依然《白紵》、《紅鹽》之换調。審其格律，直追屈宋風騷；揆厥源流，詎雜金元爨舞。且也黄香純孝，屢歲從親；庾信多才，頻年去國。大江西上，長空之樓櫓何多；烏鵲南飛，獨夜之關山不少。琵琶亭下，三更逢商婦之船；章貢門前，千里斷降王之信。霜纓繡戟，依稀陶侃之空營；雨洗珠鈿，髣髴灌嬰之賸瓦。遥攀九疊，羨匡續之成仙；極眺雙孤，笑彭郎之未嫁。躊躕已甚，憤悢何言。無何而湓浦迴颿，仍過澧浦；潯陽捩柁，復上衡陽。銀瀧珠沫，庾元規開府之鄉；白月青天，甘興覇横戈之地。檣飛湖口，一片神鴉；席挂湘中，數聲山鷓。楚天染黛，只想成烟；巫嶺啣丹，還思行雨。細腰宫内，問羅綺以何年；墮淚碑前，悵繁華之不見。黄蘆苦竹，偏傷覊客之心；碧杜紅蘭，例入騷人之咏。時則《竹枝》乍唱，已付船娘；囉嗊纔歌，便填瑟部。援毫以賦，題名赤帝之宫；擁檝而吟，託興黄陵之廟。况復飄飄短鋏，再陟金臺；落落單衫，重闚石鼓。野鷹臺迥，恒邀朔客以呼盧；墮馬粧妍，聊過燕姬而貰酒。嗟乎！霜零碣石，樹何葉以非黄；日匿漁陽，山無峯而不紫。《霓裳》拍散，人間無擫笛之賓；《穆護》歌殘，天上少吹笙之侶。乃李謩江上，尚剩遺宫；而賀老筵前，還留舊本。遂移商而刻羽，約有千篇；爰滴粉以搓酥，釐爲一卷。綿駒善唱，要爲自訴其生平；阿鵲成歌，祇以代陳其辛苦。如傳紫塞，龍城繡李益之詞；儻播紅樓，鳳紙寫韓翃之句。《陳迦陵儷體文集》卷七

吴初明雪篷詞序

青天恨滿，天邊無不死之仙；碧海愁多，海上少長圓之月。儻若梅根冶畔，宫闕常新；竹格桁邊，市廛如故。北府之精兵未散，南朝之狎客不來。則彼都士女，即逢枯樹以奚悲；僑寓衣冠，便遇新蒲而不恨。瑶壇可以剷掃愁之竹，番舶不必誇蠲忿之犀。無如蕭蕭落葉，只打空城；滚滚長江，偏圍故國。隔巷値跨坊之馬，大有新官；夾江停下水之船，非無故伎。比來何澗，只歌《玉樹》之花；生世不諧，乃住金陵之縣。此則衛叔寶渡江之歲，定爾傷神；周伯仁藉卉之時，斷然流涕者矣。然而誼夫繾綣，縱復情鍾；達士消摇，還能理遣。但使室廬畧定，井竈粗安。馮敬通之跌宕，尚對孺人；東方朔之詼諧，恒携少婦。蘭成膝下，長抱苟娘；陶令門中，惟娱通子。則睠西洲之斷港，於我何求；訪南内之遺基，干卿甚事。或者臺城花草，最耐興亡；建業河山，惟知歌舞。亦可推《黍離》爲膜外，置《麥秀》以旁觀。東陵瓜熟，雖顑頷以何妨；下潠田成，縱

棲遲而亦得。而乃飄飄社燕，慣欲依人；瑟瑟神鴉，惟思餞客。一辭牛渚，頻爲西塞之遊；再上螞磯，每有南荒之役。楚天似墨，仍然腸斷之邦；湘草如羅，依舊魂銷之地。意者巴陵銜怨，更甚鍾陵；沔水無情，還同江水也乎！於是臺城吊古，譜以銀箏；漢口懷鄉，寫之檀板。別業結李皇城畔，小令南唐；片帆叠庾亮樓頭，清言西晉。雪雰雰以漸下，蓬颯颯以驚飛。觀乎止矣，斯真吳札之後人；和者誰歟，只仗杜陵之野老。謂茶村先生也。○《陳迦陵儷體文集》卷七

楊聖期竹西詞序

伯起門風，競説通明第一；盈川才地，羣推華妙無雙。楊梅對客，代産文人；黄雀投環，世傳陰德。則有罽袍公子，斑管王孫，雕龍髫鬌之年，綉虎綺紈之歲，乃者生偏遇亂，幼便依人。南池驛畔，舊隣太白之樓；蘭陵縣前，新築渭陽之舘。雲横魯甸，瞻望兄兮誰來；月冷吳關，思悲翁而不見。他鄉疇恤，幾成王粲離家；故國難歸，畧比楊朱失路。備辭人之辛苦，極才士之牢愁。然而性本清狂，人尤放誕。樓頭扇底，頗多託興之篇；花下尊前，大有言情之製。於是北里胭脂，人人繕寫；南朝金粉，字字流傳。菖蒲艷曲，争譜自銀箏檀板之間；芍藥新聲，偏織於舞帕歌裙之上。詎云小道，亦曰多

能。昔者余鄉，猗歟我友。書裝玳瑁，鄒陽則集號《麗農》；筆架珊瑚，董相則詞名《蓉渡》。誰家花月，不歌李嶠之章；何處池臺，不唱元微之曲。自二子之云亡，遂百端之交集。何意荒州，重借驚才於異地；遂令賤子，復聆妙響於餘生。喜不自勝，起而相和。今夜月明薊北，不逢臺上之黄金；他時花落江南，幸唱筵前之紅豆。《陳迦陵儷體文集》卷七

吴曹三子叠韻詞序[一]

布帽彈箏，燕市有歲寒之集；貂裘换酒，吴天來叠韻之吟。訝兩地之同心，喜一緘之遠到。鼠鬚描罷，數行紅豆新聲；魚腹藏來，半幅《金荃》麗句。頓令笑口，亟趂花開；須付歌喉，還隨蝶拍。夫其飛揚跋扈，頓挫淋漓。旁行側出，韻數見以彌鮮；鑿孔縋幽，押雖重而詎複。石崇王愷，競賽珊瑚；虢國秦姨，争誇金翠。宜僚累十二而丸不墮，實寓於虚；庖丁更十九而刃若新，技歸於道。寸人豆馬，不足稱奇；楮葉棘猴，何能鬬巧？沉吟不置，賞玩實多，乃於開卷之餘，欻覯見懷之作。僕也三年委贄，莫逢休沐之期；千里懷鄉，長負耦耕之約。年年濠上，只想觀魚；日日街頭，偏逢騎馬。幸故人之見憶，雖遠道以相憐。煩謝吴均，并詢曹植。感卿愛我，願毋忘息壤之盟；惟爾知予，須一寄當歸之藥。《陳迦陵儷體文集》卷七

校記：

［一］題，蔣本、程本作「曹南耕、吳天石、天篆疊韻詞序」。

今詞選序［一］

原夫鐘鳴谷應，截嶰竹以雄雌；暈滿灰飛，緪桑絃於子母。算窮升龠，氣可感乎八風；律準陰陽，根實生夫萬事。八公詠桂，韻同小海之簫；四皓歌芝，聲類始青之曲。此則識在參寥，理由象罔。橋陵杳矣，挾伶倫以俱仙；蒼梧邈焉，睠后夔而不見。宗邦乏播鼗之叟，列國無觀樂之賓。自古爲難，於今不再。至若齊王殿内，吹竽者三千；孔子壇前，鳴絃者十九。秦太史之書東瑟，趙將軍之請西缶。以及謳稱王豹，化被河西；洎乎歌數綿駒，風行齊右。莫不性由習染，俗以人移，此之音調，大畧可覩矣。蓋詩自皇娥而下，詞沿趙宋而前，歷代相仍，變本加厲，其間因革，可得而言。七絶平韵，即名爲《小秦王》；七絶仄韻，遂命爲《雞叫子》。《瑞鷓鴣》便是七言近體，《生查子》不過五古遺聲。以至三字、九字，在樂府已引其端；及夫《柳枝》、竹枝，彼唐人夙嫺其體。考其祖禰，俱爲騷雅之華胄；咀其雋永，絶非典謨之剩馥也。夫體製靡乖，故性情不異。絃分燥濕，關乎風土之剛柔；薪是焦勞，無怪聲音之辛苦。譬之詩體，高、岑、韓、杜，已分奇正之兩家；至若詞場，辛、陸、周、秦，詎必疾徐之一致。要其不窕而不槬，仍是有倫而有脊，終難左袒，畧可參觀。僕本恨人，詞非小道，遂撮名章於一卷，用存雅調於千年。諸家既異曲同工，總製亦造車合轍。聊存微尚，詎偭前型。嗟夫！生才實難，審音不易。形不畫於麟閣，徒作葉公之龍；姓未挂於鳳洲，將成荀息之馬。聊日中而秉籊，將道上以吹篪。豈曰公真醉矣，是醒而狂；庶幾國有人焉，倡予和女。《陳迦陵儷體文集》卷七

校記：

［一］此篇《今詞苑》刊本題潘眉撰。

樂府補題序

《樂府補題》倡和，作者爲玉笥王沂孫聖與、蘋洲周密公謹、天柱王易簡理得、友竹馮應瑞祥父、瑶翠唐藝孫英發、紫雲吕同老和甫、篔房李彭老商隱、宛委練恕可行之、菊山唐珏玉潛、月洲趙汝鈉真卿、五松李居仁師吕、玉田張炎叔夏、山村仇遠仁近，共十三人，又無名氏二人。題爲宛委山房賦龍涎香、浮翠山房賦白蓮、紫雲山房賦蓴、餘閒書

院賦蟬、天柱山房賦蟹。調則爲《天香》、爲《水龍吟》、爲《摸魚子》、《齊天樂》、《桂枝香》，凡五，共詞三十七首爲一卷。嗟乎！此皆趙宋遺民作也。粤自雲迷五國，橋識啼鵑；潮歇三江，營荒夾馬。壽皇大去，已無南内之笙簫；賈相難歸，不見西湖之燈火。三聲石鼓，汪水雲之關塞含愁；一卷《金陀》，王昭儀之琵琶寫怨。皐亭雨黑，旗摇犀弩之城；葛嶺烟青，箭滿錦衣之巷。則有臨平故老，天水王孫。無聊而别署漫郎，有謂而竟成逋客。飄零孰恤，自放於酒旗歌扇之間；惆悵疇依，相逢於僧寺倡樓之際。盤中燭灺，間有狂言；帳底香焦，時而讕語。援微詞而通志，倚小令以成聲。此則飛卿麗句，不過開元宫女之閒談；至於崇祚新編，大都才老夢華之軼事也。乃䛙間覆醬，偶賸殘縑；而市上懸金，從無雕本。蓋赤文緑字，幾經嬴政之灰餘；而玉軸牙籤，久患江陵之道盡。盈篇亥豕，既粉黦而鉛昏；滿幅烏焉，亦紙渝而墨澈。韭花已蝕，蠆尾長鬖，徒存鼎上之一臠，僅現雲中之寸爪。於是竹垞朱子，搜於里媪之筐；梧月蔣生，鋟以國門之板。頓成完好，足任流傳。譬之折釵出後，再鎸龍鳳之形；破鏡歸時，重鑄蛟螭之狀。雖或楮上闕文，間同夏五；行中脱簡，畧類呼豨。古錢掘得，銅蚨則輪廓槎牙；斷碣捫來，石獸則觚稜闕齾。然而牆邊擫笛，猶能彷彿其聲；海上刺船，尚可低徊是曲。

周公瑾聞茲妍唱，定屬賞心；桓子野聆此清歌，要爲撫掌云爾。《陳迦陵儷體文集》卷七

祭同學董文友文

嗚呼我友，去年今夜。櫟園司農，酌余官舍。秋霖瀌瀌，街鼓礌硠。子先在焉，傫然以尫。廣陵宗生梅岑，新安汪子舟次。與我與君，四人而已。君時憊甚，覔几而憑。食一溢米，酒不半升。余心怦焉，口與心計。念欲沮君，俾無入試。君悲久躓，誓奮文場。余言中茹，囁嚅自傷。戰罷而歸，江颿若箭。東舫西船，曠焉不面。凉秋報罷，匿影蓬根。日薄虞淵，子訃在門。嗚呼天耶，痛纏心髓。重趼狂奔，哭君百里。嗚呼我友，交君廿年。詞壇跳盪，文讌流連。得草而呼，聞音而喜。生我者親，相知惟子。子之文章，蛟龍蜼螭。劌怵胃腸，放爲瑋詞。抶電鞭霆，山移壑飛。岣嶁岐陽，鐫之剔之。子之績學，慱聞彊誦。纖窮蝸翼，細穿針孔。夾漈後先，貴與伯仲。射覆發矇，應弦而中。子之行誼，忠信楷模。砥行潔身，皭然不污。鼓鞴元氣，笙簧典謨。英英哲人，煌煌大儒。其或少時，婞直自遂。意所齟齬，唾猶泥滓。壯而折節，刮磨淬礪。人或不知，畏其鋒鋭。君少爲文，詭麗萬方。中年聞道，筆陣堂堂。刋落鉛華，一歸老蒼。而彼小儒，沸猶蜩螗。疇昔之言，憶其八九。君曾語我，人生何有。誰爲後死，託之不朽。誰

知君碣，遽落吾手。一語更悲，曾顧余云。昔賢名集。《廸功》、《舍人》。徐昌穀有《迪功集》，何仲默有《舍人集》。最可懼者，百年奄忽。呼之茂才，以當官閥。何知今日，果讖斯言。方干、羅隱，萬古同冤。而我識君，飄飄雲氣。百軸龍文，扛之入地。燈闌淚盡，濺雨驚砂。百靈惶惑，萬感槎枒。庭空無人，明河欲斜。我之哭君，醒耶夢耶。倘余未死，息壤在彼。傳君遺文，誨君幼子。苟或不然，臣力竭矣。杜絶絃摧，報君僅此。《陳迦陵儷體文集》卷十

贈朱錫鬯

羨爾年猶少，懷中錦字藏。門風何蘊藉，時譽足清狂。河北悲歌客，江東射獵場。寄言諸叔父，莫賭紫香囊。《湖海樓詩藁》卷六

送孫無言由吳閶之海鹽訪彭十駿孫時無言刻程村、駿孫、阮亭三家詞，特過海鹽索駿孫小令。

具區之峯七十二，莫釐縹緲羣巑岏。吳宮廢苑日蕭瑟，洞庭春水空瀰漫。狂夫七載客江表，舊游冷落增長嘆。松陵高士推顧況謂顧茂倫，獻歲寄我雲中翰。銅坑老梅數百樹，何不刺艇來盤桓。我時正作廣陵客，吳孃蟬髩相逢難。佛狸城畔遇孫子，大叫鍥臂同

追歡。紅橋絲栜酒帘挂，見此詎復愁眉攢。無何告我渡江去，布颿徑欲游鹽官。問爾作裝有底急，鮒魚正美堆冰盤。君言一事繫懷抱，越中彭十今秦觀。紅牙小令風格妙，字字可付吳姬彈。我行適越苦爲此，千里那顧行蹣跚。孫郎語竟杯已乾，陳生送客春將殘。横江估舶大笑汝，白晝濁浪生波瀾。韋莊牛嶠好詞句，此事何與卿饑寒。舟行倘過王珣宅，切莫懷古心悲酸。《湖海樓詩集》卷一

余不作詩已三年許矣，丙辰秋日，秬園先生同小阮大年、令嗣天存過訪，且示我明月詩筒一帙，不覺見獵心喜，因泚筆和荔裳先生韻，亦得十有二首。辭旨拉雜，半屬讕語，先生第用覆瓿，慎勿出以示人也 其六

詩律三年廢，長瘖學凍烏。倚聲差喜作，老興未全孤。辛柳門庭別，温韋格調殊。煩君鐵綽板，一爲洗榛蕪。《湖海樓詩集》卷五

題路湘舞詞

其一

玉河新月小於眉，正照文窗獨坐時。那得蠻韡紅鶻嘴，隔簾偷拍斷腸詞。

其二

草橋杏葉着花初，客舘墻陰宿酒餘。正是一春愁病裏，小詩憑寄路僑如。《湖海樓詩集》卷六

題孫愷似孝廉《梅沜詞》

其一

萬里歸來奪錦袍，常將邊曲譜檀槽。此聲漫遣燕姬唱，留向沙場醉舞刀。

其二

輥偏香絃唱偏詞，紛紛搓粉滴臙脂。時人縱賦柟榴枕，難示孫郎帳下兒。《湖海樓詩集》卷六

秋日貢鷹使者入關，接吾友漢槎書，兼乞藥物。廣平夫子既以枸杞、地黄二種緘寄，余則附寄《烏絲詞稿》一部，仍繫四絶句，兼呈衛玉叔

其一

青海奇鷹雪不如，貢來都下北風初。自憐亦似離鄉客，特爲流人寄紙書。

其二

緘題藥裹出賓顔，湮透紅箋涙點斑。更仗當歸作廋語，金雞竿下盼君還。

其三

寄去《烏絲》十幅多，到時飛雪滿蓬婆。邊墻詎少如花女，好譜新詞馬上歌。

其四

殷勤并語長流叔，雪窖頻年况鐵衣。月底琵琶千帳起，聽他彈罷定思歸。《湖海樓詩集》卷六

録《婦人集》冒褒注

徐湘蘋名燦，才鋒遒麗，生平著小詞絶佳，蓋南宋以來，閨房之秀，一人而已。其詞娣視淑真，姒畜清照。至「道是愁心春帶來，春又歸何處」，又「衰楊霜徧灞陵橋，何處是前朝」等語，纏綿辛苦，兼攝屯田、淮海之勝，直可憑衿。湘蘋，海寧陳相國之遴賢配，著《拙政園詩餘初集》。再録其「感舊」二首。《西江月》：「翦燭閑思往事，看花尚記春游。侯門東去小紅樓。曾共翠蛾杯酒。聞説傾城尚在，可如舊日風流。匆匆彈指十三秋。怎不教人白首。」《水龍吟》：「合歡花下流連，當時曾向君家道。悲歡轉眼，花還如夢，那能長好。真個而今，臺空花盡，亂烟荒草。算一番風月，一番花柳，各自鬥、春風巧。休

歎花神去杳。有題花、錦箋香稿。紅英舒卷，緣陰濃淡，對人猶笑。把酒微吟，譬如舊侶，夢中重到。請從今，秉燭看花，切莫待、花枝老。」

黄比部名永與夫人浦氏名映渌，字湘青伉儷最篤。一日，鄒大名祗謨戲比部曰：「君得毋昔人所謂愛翫賢妻有終焉之志乎？」比部曰：「下官正復賞其名理。」夫人有「題周絡隱坐月浣花圖」《滿江紅》一闋，詞云：「彼美人兮，宛相對、姍姍欲下。恰此夕、月華如洗，花枝低亞。盼到圓時仍未滿，看當開半還愁謝。與花神、月姊細商量，歸來罷。　憐嫩蕋，銀瓶瀉。迴清影，晶簾挂。奈晚粧猶怯，鏡臺初架。二十餘年芳草恨，兩三更後長吁態。幾時將、絡秀舊心情，呼兒話。」附録艾菴「往事」《賀新郎》詞一首：「往事卿思否。十年來、幾嗔幾喜，相偎相守。漫道悲歡如水去，提起心頭都有。鄉自置、一觴一缶。笑拔金釵閒指點，點樁樁、欲説還搖手。恐化作，皤然叟。　何妨憒憒居人後。更誇甚、筆摇千字，胷盤二酉。對酒當歌卿試舞，長袖離披紅溜。爲卿盡、先生五斗。醉看諸兒羣遶膝，待長成、五岳容吾走。卿好做，尋山偶。」浦氏有詩名。比部弟京婦巢氏淑只，亦能詩。

金沙王朗，學博次回名彦泓女也。學博以香奩艷體盛傳吴下，朗亦生而夙悟，詩歌書畫，靡不精工，尤長小詞，爲古今絶調。生平著譔極多，兵火以來，便成遺失。嘗于扇頭見其《浪淘沙》「閨情」三首云：「幾日病淹煎。昨夜遲眠。强移心緒鏡臺前。雙鬢淡烟低髻滑，自也生憐。　不貼翠花鈿。嬾易衣鮮。碧油衫子褪紅邊。爲怯遊人如蟻擁，故揀陰天。」二「疎雨滴青籢。花壓重檐。綉幃人倦思懨懨。昨夜春寒眠不足，莫捲湘簾。　羅袖護摻摻。怕拂妝奩。獸爐香倩侍兒添。爲甚雙蛾長翠鎖，自也憎嫌。」二「斜倚鏡臺前。長歎無言。菱花蝕彩個人蔫。分付侍兒收拾去，莫拭紅綿。　滿砌小榆錢。難買春還。若爲留住艷陽天。人去更兼春去也，煩惱無邊。」三才致如許，真所謂却扇一顧，傾城無色矣。又王吏部爲予言：夫人有「春愁」《浣溪紗》詞，前段云：「抱月懷風繞夜堂。看花寫影上紗窓。薄寒春懶被池香。」愛咏之。「抱月懷風」四字，非温尉、韋相不能爲也，「緑肥紅瘦」何足言警？又有詞云「昨夜睡濃兼好夢，一身春嬾起還遲」，亦是好句。按：朗適梁溪秦氏，父彦泓任楚中學博，朗集唐以餞其行，中有「君向瀟湘我向秦」之句，可謂雅當。又有「學綉青衣閑刺鳳，自把金針代補翎毛空」一詞，才思雕琢，殊爲巧妙矣。

虞山吴永汝字小法，母故某尚書姬也。七歲善琴箏，十歲工染翰，樂府詩歌一見即能詮識，人有霍王小女之目。其母攜之毘陵，十二而字予友鄒大。後爲雀角所阻，見其《訣别詞》有云：「質如蒲柳，敢耦姬姜；年豈桑榆，忍甘駔儈。念一生其已矣，將九死以何之？」其《如夢令》一闋曰：「簾外一枝花影。月到花梢陰冷。夜坐穗燈消，寂寂小窓寒寢。夢醒。夢醒。重把離愁細整。」又《蝶戀花》半闋云：「傷心只怕天公遠。好運何時，薄命應須轉。西鄰姊妹閑相勸。抽淺步入桐陰院。」餘俱楚楚可誦。鄒大有《惜分飛》四十四闋，并製序以悼之。《惜分飛》序中有云：「霍王小女，母號浄持；衛氏少兒，父名鄭季。清風細雨，無不訝其針神；綺月流雲，咸共欽其墨妙。」直爲抒寫無遺。至云：「邯鄲才人，終歸厮養；左徒弟子，空賦嬌姿。金犢東西，不見臺邊之柳；畫船南北，徒開渡口之桃。」則千古傷心，不獨我友爲然矣。

康鄴字相靈，直隸邢臺人，黄更生内子也。所著有《臨風閣集》。其《菩薩蠻》詞有云：「徙倚聽疎鐘。臨眠愁煞儂。」又《玉樓春》詞云：「妾顔自媿石邊花，君心莫化花邊石。」其警句多如此，載《燃脂集》中。西樵有贈更生詩云：「殿前筆札凌雲賦，樓上鶯花織錦妻。」蓋紀康之能文也。康又有《小重山》，起句云：「春雨蕭蕭杜宇愁。綺牕驚曉夢，蹙眉頭。」亦致語也。

無錫顧文婉，自號避秦人，詩詞極多，恆與王仲英相唱和。詞見《倚聲右集》。文婉《浣溪紗》云：「風雨妨春苦不寬。開簾怕見嫩紅殘。錦屏深護早春寒。　新嫩一身扶不起，愁痕萬點鏡慵看。且拈班管寫長歎。」又云：「獨坐無聊對簡編。閑題錦字滿花箋。夕陽西去轉凄然。　掩淚低徊妝閣畔，掀簾私語瘦梅前。此時試問阿誰憐。」又云：「曉日凝妝上翠樓。惱人春色徧枝頭。湘簾風細蕩銀鈎。　燕子未歸寒惻惻，梅花初落恨悠悠。重門深鎖一天愁。」

長沙女子王素音，爲亂兵所得，題詩古驛，有云：「可憐魂魄無歸處，應向枝頭化杜鵑。」見者莫不憐之。王阮亭有《減字木蘭花》云：「離愁滿眼。日落長沙秋色遠。湘竹湘花。腸斷南雲是妾家。　掩啼空驛。魂化杜鵑無氣力。鄉思難裁。楚女樓空楚鴈來。」蓋爲素音作也。乙未歲，阿貽偕仝邑傅侍御宬北上，至白溝河，頓此邸中。見壁間有和素音詩者，覓原題不得。以問居停，指墻邊積木，堆五六尺許，云：「在此中堵壁上。」時方隆冬，阿貽與侍御亟欲讀素音詩，乃同從奴其運木。及半而詩盡出，侍御執炬，阿貽呵凍蘸筆，録詩竟，共讀。讀已，復各爲和章，書之壁。書竟，乃命酒劇飲，如覺手腕欲僵，各大笑。相顧謂癡絶也。此事亦極可傳。余後至此邸，亦和韻，末有「也學低頭拜杜鵑」之句。素音原詩共三絶，前有小序，是儷語，凡二百許字。其精麗可與琅玕女子相敵，載余《燃脂集》中。

湯畹生名淑英，長洲人，適休寧吴翻，工詩善奕，年三十六夭。其「莫春」《南鄉子》云：「天氣最無憑。乍雨還晴又做陰。時候困人三月也，清明。暗買韶光柳醲金。　杯酒恣閑吟。寂寞春庭門草心。院落黄昏簾幙静，深深。獨坐譙門又起更。」王西樵爲予言畹生詞佳者最多，予録二十餘篇《燃脂集》中。

錢塘女子吴柏字柏舟，未嫁而夫卒。柏哀麻往哭，遂不歸母家，苦節十餘年，遘疾夭歿。所著有《柏舟集》數卷。詩極鍛鍊，詞尤富，而長調更絶工，不減徐夫人湘蘋也。古文尺牘在明媖之上，真奇女子矣。

田同之《西圃詞説》引録

陳其年云：「馬浩瀾作詞四十年，僅得百篇，昔人矜慎如此。今人放筆頽唐，豈能便得好句。」

郭麐《靈芬館詞話》引録

牛腰大集，多不當人意，披沙得金，殊不償勞，厭怠心生，真賞或昧。幺詞片語，散落他處，偶一見之，動心悦魄。羣情皆然，于詞尤著。遺山于劉少宣舉其一語曰：「暮鴉庭院春陰淡。」陳迦陵載許三詞曰：「唤到侍兒何處使。秋千架下尋梅子。」使舉全篇，未必銷魂。若此皆善傳其人，善傳其長者也。卷一

馮金伯《詞苑萃編》引録

飲水詞，哀感頑豔，得南唐二主之遺。陳其年○卷八

古體詩辭以及南北曲，雖以時遞遷，一系相承。然畦畛既分，用韻自别。善乎陳其年之言曰：「使擬贈婦述祖之篇，而必家押爲姑。作吴歈越豔之體，而乃激些成亂。染指花間，而預爲車遮勸進。耽情南曲，而仍爲闢鄭殘客。寔大雅之罪人，抑亦閨襜之别

録也。」《菊莊偶筆》〇卷十九〇引文出《陳迦陵文集》卷三《毛馳黄韻學通指序》

《百名家詞鈔》録評語

宋犖《楓香詞》

陳其年維崧曰：秀琢則夢窗，細膩則片玉。至一種縹緲離合之致，更復置身詞外，得離鈎三寸之妙。

龔勝玉《仿橘詞》

陳其年維崧曰：節孫少隨其尊人芹溪君僑居吾邑。其著述甚富，名其詩文曰《種橘亭集》，而顔其詞曰《仿橘》。昔王通叟爲詞，世目爲詞流佳公子，集名《冠柳》，不虚也。節孫之詞，殆其近之，而其風流豪邁，感動壯激，又得力於子瞻居多，則於仿橘之名，洵不誣云。

《詩餘花鈿集》録評語

魯灦　江月晃重山　虎丘送友・江上白蘋吹浪

陳其年云：妙處如天衣無縫。

吴偉業《梅村詞》留松閣本評語

望江南·江南好，狎客阿儂喬

陳其年云：一肚皮不合时宜，却于閒情瑣事描画生活，可想其五岳方寸。

如夢令　閨情·鎮日鶯愁燕懶

陳其年云：「愁」「懶」二字，美人情态，却着鶯燕，新異。

醉春風　春思·門外青驄騎

陳其年云：與周美成「馬滑霜濃，不如休去，直自少人行」，可以對照。

龚鼎孳《香嚴詞》留松閣本評語

採桑子　戲和友人席上有贈　其三·紅橋宛轉支機畔

陳其年云：能于吟紅叫緑中作了語、危語，玉臺蘭畹，此固先生懸崖撒手時。

其九·樽前十日相逢九

陳其年云：「花不分明月又低」一語銷魂千古，后半拉雜淋漓，直作渾脱舞。

阮郎歸　春去用史邦卿韻·垂楊醉軟紫絲鞭

陳其年云：「一聲河滿子，雙淚落君前。」我亦可憐人，安能遂竟此曲也？

鵲橋仙　樓晤用向薌林七夕韻·紅箋記注

陳其年云：「芳時不慣是烏啼，願一世、小年為夜。」我欲以此數語作緑章之奏。

滿江紅　和緯雲見贈二詞　其二・箋擘芙蓉

陳其年云：崧兄弟以布衣落魄，先後俱客都門，承夫子傾倒纏綿，屢形歌嘯。古云：一人知我，死不恨矣。

東風第一枝　春夜同秋岳作・鳳瑄排煙

陳其年云：冷香碎艷，字字勾魂，讀至末句尤歎爲歡不早，奈何！奈何！

念奴嬌　和緯雲除夕・天涯蓬鬢

陳其年云：夫子以一身爲名流所恃，讀「小立窮交」一語，能無「八百孤寒齊下淚」耶？

望海潮　過錢武肅王祠用秋岳坐黄鶴樓弔孫吴韻・銀濤喧鼓

陳其年云：意氣豪上，堂堂復堂堂，如王司州高詠「入不言兮出不辭」，爾時自覺一座無人。

賀新郎　中秋後一夕月食寓懷・誰使清光卷

陳其年云：文兼雅怨，義本風騷，幽憤則楚澤九歌，忠愛則膠東三策，若擬之玉川《月蝕詩》，何啻萬里？

賀新郎　爲汪蛟門舍人病中納姬和方虎・璧月蝦鬚卷

陳其年云：溶溶灩灩，令人心魂不定。轉憶尊拙齋中「辜負香衾事早朝」一語，不覺憮然。

梁清標《棠村詞》留松閣本評語

望江南　鄉思・西村裏，淼淼水拖藍

陳其年云：往年曾過真定城南，愛其水木澄鮮，極似斜川印渚，讀先生此詞一過，彷佛猶憶停車古道時。

如夢令　朝回・翡翠衾寒拖逗

陳其年云：常讀義山「辜負香衾事早朝」一語，絶歎爲雅麗，今咏先生此詞，益資諷詠。誰謂廣平鐵石心腸，不解作梅花賦也？

減字木蘭花　雨後・秋葵帶露

陳其年云：「倚柱尋思最惆悵，一場春夢不分明」，均兹凄惋。

憶秦娥　茉莉・香風颺

陳其年云：「别來無恙」四字可稱旖旎温柔，花若有知，應爲情死。

雙調望江南　秋夜小飲・秋色好，檐外晚凉天

陳其年云：對此茫茫，百端交集，宜乎尊前酒邊，不禁心情零亂也。先生移我情矣。

踏莎行　西郊觀荷・高柳蟬聲

陳其年云：曠懷高致，此先生休沐時作耶？何其多楚臣香草之思也。

錦纏道　初度·氷雪柴門

陳其年云：此先生《樂志論》也，然安石東山，其如蒼生望重何？恐花月經綸，將又屬之烟波釣徒矣，如何如何！

滿江紅　悼亡·造物如何

陳其年云：漢武「是耶非耶」數語，極歎爲千古悼亡之祖。及讀先生是篇，又如見姗姗帳影也。

念奴嬌　送家光禄兄北上·西山薦爽

陳其年云：先生與葵石先生爲一門麟鳳，此塤篪奏也，直作鏞鐘賁鼓聲。

念奴嬌　悼亡·啼猿聲裏

陳其年云：每讀合肥先生讀影梅庵憶語《賀新凉》詞，輒喚奈何。今又讀先生是作，益令人如聽雍門琴，悵惘竟日。

宋琬《二鄉亭詞》留松閣本評語

卜算子　榆莢錢·花作五銖衣

陳其年云：無限風流，覺孔方阿堵，元屬本人傖父，非關肉好。

浪淘沙　昭君套・宜伴鐵兜牟

陳其年云：麗情雋舌，令人魂消。

滿江紅　西樵以南徐游覽諸作見示・北固城頭

陳其年云：氣雄險而韻深穩，少陵歌行擅場處也。

滿江紅　又壽方山時年五十有一・齊魯之間

陳其年云：沉鬱頓挫，渭南、稼軒之間。

王士禄《炊聞詞》留松閣本**評語**

西溪子　玉臺・何處紅樓郎醉

陳其年云：「儂抱春風孤睡」，怨得波俏。

滿江紅　用季孟蓮韻・岸尾橋頭

陳其年云：前引微之語，後引義山語，其風情亦政復相似。

尤侗《百末詞》留松閣本**評語**

海棠春　晚粧和阮亭韻・更衣斗帳流蘇響

陳其年云：一幅曉粧圖，美人雲氣繚繞紙上。

陳其年云：情態如畫。

南柯子　懶懶和卿謀韻·侍女休催繡

陳其年云：阮亭「費盡黄金餅」，程邨「香汗消湯餅」，悔菴又有「呼點龍團餅」，可稱三絶。

海棠春　晚浴和韻·晝簾雙燕争花影

陳世祥《含影詞》留松閣本**評語**

夢江南　春盡·春去罷，因甚却關情

弟其年云：不情不绪中，故是深情幽緒。

定西番　冬日敬亭讌集·鎮日樓頭相對

弟其年云：前段全在題前好，末二句異。

減字木蘭花　自遣·憶春無幾

弟其年云：雨意如疑，得久陰神理。

菩薩蠻　客夜·冷風索索尋窓紙

弟其年云：著人字好，乾字尤奇。

漁家傲　漁父·未纖晚煙紛似絮

弟其年云：此夫此婦，何必鹿门、接輿耶？

念奴嬌　江上憶・犂煙雙槳

弟其年云：「秋眸」二句，有多少情態，仍不做作，故妙。

念奴嬌　次學士即席韻兼呈宋荔裳觀察、王西樵司勳・詞壇宿將

弟其年云：遒聲壯節，却從辛、陸外別闢幽徑，真是異筆。

瑶花　看繡球作，次司勳韻・瓊花歇後

弟其年云：余曾有「月下看绿萼梅」詞，頗爲阮亭所賞，見兄作不覺自失矣。「把碎瓊細劃」十三字，直是瑶臺中人語。

沁園春　浣手繡觀音・帶露拈花

弟其年云：其波折處有龍門章法在，其頓挫處有杜陵字法在，孰爲詞爲小道哉？小兒不得無禮。

沁園春　美人背・乍試春衫

弟其年云：題最難著筆，却語語典雅，語語移不動，絶作，絶作。

春風嫋娜壽西樵司勳同果庵、梅岑、方石、瑶田賦・世間閒日月

弟其年云：染墨摛句，其冷如雲，其细如髮，其香如蘭，阿兄固不易火攻。

黄永《溪南詞》留松閣本評語

醉公子　反董文友詞・姐姐和儂戲

陳其年云：偷看之欺猶小，不避之欺更甚，宜其破綻也。

減字木蘭花　畫欄・微雲如畫

陳其年云：「渾」字俚而妙。

山花子　夏詞・獨上簾鈎看月明

陳其年云：真個銷魂。

河傳　報國寺松・如組。如舞

陳其年云：有此詞成四絶矣。

南鄉子　官軍護獻玄兔・汝兔産何方

陳其年云：大有感慨。

滿江紅　舟中・容與輕刀

陳其年云：不減「秋水長天，落霞孤鶩」之句，而結語更悽愴不可讀。

滿江紅　東籬・歸去來兮

陳其年云：艾菴少無宦情，固宜瀟灑如許。

沁園春　壽孫母龔太君為又學賦・問母為誰

陳其年云：與艾菴同里七子詩並觀之，是母是子？介子偕隱，母乃猶有懟氣耶？

沁園春　恭展先慈遺照示舍弟初子・跪展遺容

陳其年云：如聞愾息。與文友述哀《滿江紅》十二首，同是血淚。

陸求可《月湄詞》留松閣本評語

唐多令　元日・四始轉芳洲

陳其年云：是清廟、明堂之響。

玉蝴蝶　秋感・昨夜紗窗風急

陳其年云：一榻新涼，怎禁梧黄井冷？此中情致，相深悠然可味，添香弄笛，則工妙入霓裳矣。

鳳凰閣　別怨・怨才郎薄倖

陳其年云：「兔脱」句画出薄倖，「夢裏」句寫盡閨情，至「愁訴」、「慈悲」，則兒女癡心活現矣。

鳳凰臺上憶吹簫　曉行・店月催鷄

陳其年云：予輩勞人，歷盡此境，爾我非真，不免失笑。好夢無因有，潸然泣下耳。

醉桃源　西湖・湖頭春水照花明

陳其年云：「黄鸝愛曉晴」，不獨湖上也，貼湖上益徵其妙。

點絳唇　佳人腮・朝沐蘭湯

陳其年云：霞帔玉角之文非，温、韋未必能辨。

南鄉子　妓舞・長袖舞山香

陳其年云：人愛其嫵媚，我愛其娉婷，吟歎無窮，憐惜俱説不盡。

清商怨　芙蓉・水蓮開罷空江静

陳其年云：「艷色逢迎陶令」，又將作《閒情賦》矣。

河傳　蛙・春生池草

陳其年云：「無腔曲」，趣極；「不識渠」，又諧得妙。

董以寧《蓉渡詞》留松閣本**評語**

畫堂春　曬藥・茂陵消渴未全瘥

陳其年云：三四褻中見雅。

東坡引　十賚詞示婢　選九首　湖鏡・苕溪前歲住

陳其年云：前疊句妙在叮嚀，後疊句妙在較量。

杭粉・粉丸鉛雪冶

陳其年云：前疊句妙在歎賞，後疊句妙在嘮叨。

濟寧油胭脂・朱唇何待染

陳其年云：前疊句妙在殷勤，後疊句妙在瑣碎。

如皋篦・如皋人射雉

陳其年云：前疊句妙在商量，後疊句妙在留戀。

六合肥皂・纔梳雲髻彈

陳其年云：前疊句妙在沉吟，後疊句妙在揣摩。

餘東手巾・香巾何細潔

陳其年云：前疊句妙在踴躍，後疊句妙在指點。

建寧香袋・縫成紅素絹

陳其年云：前後疊句俱妙在一句兩意。

川扇・泥金疊扇子

陳其年云：前疊句妙在躊躇，後疊句妙在跌宕。

蘄簟・簟紋冰玉潤

陳其年云：前疊句妙在憂疑，後疊句妙在催促。

滿江紅　午日・素韠欒欒

陳其年云：是午日招魂，讀「錦標未奪」語，更爲文友淚下。

董俞《玉凫詞》留松閣本評語

憶江南　本意八首

陳其年云：八首比香山更婉麗秀爽。

浣溪紗　風情·絳蠟春酲暈粉腮

陳其年云：文友詞「雙眸亂顧渾無主」，定謂此時。

臨江仙第四體　離愁·客裏鶯花三月半

陳其年云：是君家文敏公得意畫。

青玉案　憶舊·東風吹綻丁香樹

陳其年云：「桃花」八字，正如劉阮重到天台時。

程康莊《衍愚詞》留松閣本評語

搗練子　秋情·人寂寞，路彌漫

陳其年云：諷詠生憐。民國時《山西省文獻委員會》本《自課堂集·詩餘》評語署作：杜于皇。

長相思　望焦山·上金山，望焦山

陳其年云：似張志和一輩人，睎白香山「汴水流、泗水流」又是一調。民國時《山西省文獻委員會》本《自課堂集·詩餘》評語署作：杜于皇。

相見歡　懷人·天邊嬌鳥啣紅

陳其年云：淡淡説來，却自情至。民國時《山西省文獻委員會》本《自課堂集·詩餘》評語署作：鄒流綺。

生查子　旅夜聞雁·璧月廣庭輝

陳其年云：凄切處稼軒不能及。民國時《山西省文獻委員會》本《自課堂集·詩餘》評語署作：鄒流綺。

點絳唇　詠草·春色朝朝

陳其年云：措思設景，倉皇奔注，使人不得停口住目，而意態相逼而來，真是絶調。民國時《山西省文獻委員會》本《自課堂集·詩餘》評語署作：林茂之。

菩薩蠻　咏青溪遺事畫冊，和阮亭、程村作　迷藏·踏青已謝園林近

陳其年云：情生於景，知此者可語填詞矣。民國時《山西省文獻委員會》本《自課堂集·詩餘》評語署作：王西樵。

彈琴·秋風嫋嫋飄梧葉

陳其年云：「揮絃白雪寒」、「哀音應指長」，句意閑永，詞家習氣，淘洗一盡。民國時《山西省文獻委員會》本《自課堂集·詩餘》評語署作：計甫草。

讀書·紗窗然蠟摇風竹

陳其年云：妙處俱在言外。民國時《山西省文獻委員會》本《自課堂集·詩餘》評語爲句間夾評，未署名。

朝中措　平山堂同阮亭，次歐公原韻·千山晴色繪秋空

陳其年云：如雀唳秋空，當在六一、東坡之右。民國時《山西省文獻委員會》本《自課堂集·詩餘》評語署作：杜于皇。

西江月　秋霖·緑野沄沄淺浪

陳其年云：正自牢騷。民國時《山西省文獻委員會》本《自課堂集·詩餘》評語署作：杜于皇。

望遠行　春望·春日愁來人未來

陳其年云：幽情苦意，惻惻動人。民國時《山西省文獻委員會》本《自課堂集·詩餘》評語署作：黄俞邰。

望江南　西湖　六·湖上雨，槭槭意何窮

陳其年云：風流駘蕩，可作西湖棹歌。民國時《山西省文獻委員會》本《自課堂集·詩餘》評語署作：杜于皇；評語作：風流駘蕩，當作西湖棹歌，永世不易。

漁家傲　咏荷·小葉平鋪枝上早

陳其年云：幽俊正如雪中鴻影。民國時《山西省文獻委員會》本《自課堂集·詩餘》評語署作：鄒流綺。

尾犯·憔悴怯登樓

陳其年云：兩段結句都可畫。

桂枝香　潤城懷古·吴頭楚尾

陳其年云：睹此芒芒，不覺百端交集。

任繩隗《直木齋詞選》《直木齋全集》清刻本評語

搗練子　秋夜·天颯颯，地悠悠

陳其年云：冷冷然欲仙。

長相思　登君山懷古·秋風平，秋江清

陳其年云：暮鼓晨鐘，可令曹孟德、司馬仲達一流人通身汗下。

浣溪沙　七夕·剛訴舊年離别苦

陳其年云：「天若有情天亦老」。

卜算子　贈日者·何處有君平

陳其年云：詼諧笑傲，一詞中概括《日者》、《滑稽》二傳，大奇大奇。

漁歌子　舟泊張舍，觀演義俠傳奇·晚風凉，初月白

陳其年云：結句悠然有余韻，幾于江上峰青。

洞仙歌　和其年上元遇雨，用元韻·雲屏千頃

陳其年云：結數句豪甚，陰雨闌珊時，頓令我狂歌起舞。

驀山溪　癸丑上巳，同徐竹溪、史遠公、吴天石、天篆、陳其年、潘元白十餘子，東溪修禊·蘭亭遺事

陳其年云：聲情婉麗，風景芊緜，覺蘭亭一會，正復去人不遠。

千秋歲　祝許山人·高陽遺裔

陳其年云：雞犬桑麻，桃源如在。

一叢花　詠楊梅・青枝緑葉子殷紅

陳其年云：唤頭一語，將樓東、玉環合併一處，妙甚。《易》所云：「二女同居，其志不同行也。」一笑。

滿江紅　讀《南史》有感，步陳其年韻・舊日貂蟬

陳其年云：摇落江潭，勝讀庾蘭成一賦。

沁園春　瑞蓮・緑野堂前

陳其年云：德門盛事，正須雋管渲寫。余亦曾有一闋，不能不讓彦昇文筆也。

哨遍　送毗陵董舜民游江右・五斗微吟

陳其年云：渾脱跳盪，能于倚聲中作馬稍舞，使君于此固自不凡。

永遇樂　癸丑東溪修禊・東晋風流

陳其年云：清言亹亹，如見王安期、阮千里游戲洛濱時。

晝錦堂　述懷・少小才華

陳其年云：拔地倚天，磊砢歷落，高詠一過，自覺滿座風生。

百字謡　游晋陵楊園，園故垣中雲門別墅也，今為副使闇齋所得。往時荒墅

陳其年云：荒臺廢榭，甃井繚垣，惆悵極多，正使我不堪竟此曲也。

劉榛《董園詞》《虛直堂文集》清康熙刻本**評語**

戀情深　送春·纔得春來春又去

其年曰：字字撮俏，真所謂本色當行。

菩薩蠻　聞子昭納妾戲贈其二·牀頭銀燭窺人切

其年曰：古樂府云「當日近前面發紅」，此同其穠麗。

浴陽春　綠牡丹其二·穠豔一枝低放

其年曰：繪水繪風，不數黃荃花鳥。

阮郎歸　戲送陳其年·一聲折柳不堪聞

其年曰：芊緜婉約，美成之遺。

傳言玉女　銅雀臺·兒女情愚

其年曰：漳水東流，銅臺高揭，一聲弔古，滿目悲凉，令我輒喚奈何也。

最高樓　九日飲牧仲振衣樓·疎懶久，爲爾一登臨

其年曰：音節短勁，如秋空鶴唳，響徹雲霄。

滿江紅　紀兵用豸巖韻・雄武王師

其年曰：「中天懸明月，令嚴慘不驕」，是如此氣象耶？

玉燭新　丙午元宵有感・微雲籠皓月

其年曰：足抵安仁一賦。

念奴嬌　讀宋名家詞・詩亡騷變

其年曰：飛揚豪健，居然辛、劉。

沁園春　題其年《烏絲詞》・游泳詞源

其年曰：忼慨激昂，沈雄頓挫，此先生自言所得耳。若以似鄙人，則何敢當？

賀新郎　次韻和豸巖秋思・河朔能消暑

其年曰：稼軒耶？後村耶？頓挫感激，直是公孫大娘渾脱舞。

曹貞吉《珂雪詞》《珂雪全集》清刻本**評語**

浣溪紗　步阮亭紅橋韻・幾曲清溪泛畫橈

陳其年曰：諷詠結句，令我柔情一往如水。

減字木蘭花　雜憶・掀髯抵几

其年曰：「直教桂子落墳上，生得一枝恨始消」，與此詞同一悲愴。

黄茅瘴雨

其年曰：八詞歷亂摧藏，迷離斷續，儗之古人，殆章華九招、同谷七歌也。

山花子　歲暮·歲暮真同赴壑蛇

其年曰：直得妙。

望江南　代泉下人語·嗚咽水，腸斷為誰流

其年曰：「瀏瀏竹間雨，熒熒窗下燈。相逢不相顧，含淚過巴陵。」此昔人所作鬼仙詩也。此詞幽悄寂歷，髣髴同之。

賣花聲　簾下美人影·對面尚參差

其年曰：細膩風光我獨知。

賣花聲　丁巳清明·煙草似愁生

其年曰：輕攏慢撚，不使一呆筆，古人解此者，惟張三影耳。

南鄉子　夏夕無寐，茫茫交集，輒韻語寫之，不求文也·江上憶嗚榔

其年曰：字字嗚咽。

南鄉子　砧聲·霜信到邊城

其年曰：骨肉停勻。

南鄉子　詠燕・雙燕坐雕梁

其年曰：字字搖曳，與邦卿作異曲同工。

醉落魄　詠鷹・凍雲慘澹

其年曰：押險韻，如使硬弩，無不射麋麗龜。

虞美人　雨過・錢塘戰後風雷弱

其年曰：渲染欲滴。

蝶戀花　送荔裳入蜀再用前韻・濯錦江頭濤作纈

其年曰：峽月巴船，清輝如見。

蝶戀花　題龔半千畫・石骨嶙峋驚拔地

其年曰：「茅屋」二語，詩中孟六。

蝶戀花　題王宓草畫蝶・筆帶煙霞人晉魏

其年曰：輕盈婉約，畫態極妍。

蝶戀花　十二月鼓子詞・十一月狂飈驚晚歲

其年曰：稼軒用晋帖語入詞，猶未若珂雪之入化也。

漁家傲　讀漢史・縹緲雲中赤彘子

阮亭曰：實庵此等詞，今作者中，惟其年能之。

其年曰：如王先生言，僕何敢當？正如昔人所言「春水將生，孤當速去」耳。

添字漁家傲　六月・六月南窗無暑氣

其年曰：末語推開一筆，正所謂「離鉤三寸法」也。

添字漁家傲　賦得「手提金縷鞋」・一樹木蘭花影大

其年曰：勝讀梅村先生《秣陵春》樂府。

青玉案　雁字・數行界破青天色

其年曰：筆陣駿駥。

祝英臺近　賦得「更脱紅裙裹鴨兒」・浦風回，村路遠

其年曰：渲染處如北宋人畫。

爪茉莉　本意和蛟門用宗梅岑韻・玉蕊離離

羡門曰：詠物詩詞，貴在取意不取象，寫神不寫形。如此結語，妙在形象之表。

其年曰：後段四十二字無一字説茉莉，却無一字不是茉莉，正詞家三昧也。羡門言是。

滿江紅　題吳遠度竹村情話圖・滿目蒼然

其年曰：是竹林中人語。

滿江紅　金臺懷古・落照蒼然

其年曰：憑高弔古，自是先生擅場，每遇此等題，不覺耳後生風，鼻端出火。

滿江紅　和錫鬯吴大帝廟下作・遺廟江東

其年曰：顧盼横江，英姿颯爽。

滿庭芳　和錫鬯李晋王墓作・石馬無聲

其年曰：每讀《五代史》至《伶官傳》，則爲涕下沾裳也，今於此詞亦然。

水調歌頭　大醉放言・左手把歡伯

其年曰：人言阿龍超，阿龍固自超。

水調歌頭　送陳六謙之安邑任・琴鶴渺然去

其年曰：風流豪邁，堂堂復堂堂。

天香　詠緑牡丹爲牧仲作・國色凝香

其年曰：淡淹空明，幾于水天一碧。

天香　龍涎香・孤嶼荒寒

其年曰：此錢塘貴主匳中物也。趙家姊妹雖有好香，總不脱人間煙火。

玉簟凉　七夕有感和其年・十載長安

其年曰：殊有「雲鬟玉臂」之思。

暗香　綠萼梅・牆陰淡白

其年曰：後半闋勾魂攝魄，姜白石不能擅美於前矣。

水晶簾　賦得「無端嫁得金龜婿，辜負香衾待早朝」・夢細幽香靚

其年曰：于題意極爲體貼。

雙雙燕　見燕子營巢有感・舊年社日

其年曰：「莫待新雛」二語，殊深言外之感。

金菊對芙蓉　和錫鬯蟂磯弔孫夫人・蜀國夫人

其年曰：英雄兒女，慨當以慷，如見高涼洗氏月明錦繖也。

月華清　詠山鷓為阮亭作・織翠爲裳

其年曰：冷香幽翠，烘染絶倫。

百字令・田光老矣

其年曰：沉着頓挫，必傳必傳。

百字令・出師二表

其年曰：拔地倚天，鯨呑鼇掣。

百字令・三臺鼎峙

其年曰：置此等詞于龍門列傳、杜陵歌行間，誰曰不如？彼以填詞爲小技者，皆下士蒼

蠅聲耳。

百字令　天龍寺高歡避暑宫遺址和錫鬯・蒼苔古瓦

其年曰：章法極似老杜《哀江頭》。

百字令　中秋和其年，時甫過地震・晚霞成暈

其年曰：老筆紛披。

解語花　詠水仙同家弟作・鏤冰作面

其年曰：脈脈盈盈，幾于淩波微步矣。

解語花　和人詠驪山温泉・蜃蒸作霧

其年曰：華清殿後，繡嶺宫前，滿目興亡，沉吟不少。如讀「汾水秋風」之曲，不得不呼「李嶠真才子」也。

渡江雲　欲雪・濕雲黏似絮

其年曰：結語傲睨。

珍珠簾　賦得「水晶簾下看梳頭」・雕房幾曲桐陰裏

其年曰：玉殿瑶臺，一清如水。

齊天樂　春晚同諸子遊祖園・城南韋曲東風路

其年曰：流連節物，愛惜景光，遂爾一往盡致。

水龍吟　白蓮・平湖煙水微茫

其年曰：人常呼衍波爲「王桐花」，閲此闋，我欲呼先生作「曹白蓮」矣。

水龍吟　春日送客過慈仁寺感舊・尋常彈指聲中

其年曰：未免有情，誰能遣此。讀此數過，髣髴洗馬渡江時也。

瑞鶴仙　詠灌嬰廟瓦硯，照夢窗詞填・嶙峋黄玉璞

其年曰：「人礪劍」六字，是張王樂府中語。

宴清都　詠宋人大食瓷茶杯・猶帶鯨波冷

其年曰：秋槐葉落，滿紙閒愁。

花犯　詠花鴨・傍雕欄

其年曰：字字研細，鈎剔入微。

臺城路　詠隗囂宫瓷杯・丸泥不閉函關路

其年曰：一起亦屬神鍛。

臺城路　遼后洗妝樓・東樓春色天邊落

其年曰：隔江商女猶唱《玉樹後庭花》，均兹妍婉。

霓裳中序第一　詠龍鬚爲渭清賦・崢泓勢猶怒

其年曰：離奇怪詭，筆墨之妙至此。〇如鼓天風海濤之曲，令我三日耳聾。

綺羅香　宋牧仲座上聞歌・抹麗凝香

其年曰：百囀春鶯，屏花俱碎。

瀟湘逢故人慢　張晴峯修雷琴成有贈・千年神物

其年曰：碧桃已謝，素柰方開，閲末數語，殊有觀河面皺之感。

消息　和錫鬯度雁門關・蕭瑟關門

其年曰：廢驛荒祠，長吟曼嘯，當今不得不以此事推袁。

秋霽　本意・過雨長天

其年曰：我欲倩虎頭寫此數句小景，以當還鄉，何如？

花發沁園春　詠司馬相如私印・倒薤披離

其年曰：筆情淡冶，亦似卓家眉黛。

望遠行　詠延陵季子劍・寒星黯淡

其年曰：偷聲減字，吹出《吴越春秋》。

解連環　詠蘆花遥和錢舍人・驚風凄切

其年曰：换頭以後，有五十三顆真珠盤旋紙上。

一寸金　詠長平遺鏃・數點寒鉎

其年曰：仍是實庵詠史詞。

風流子　京口懷古・三山圍鐵甕

其年曰：跳盪恢奇，激揚頓挫，讀此詞，覺稼軒「千古江山」一首，猶非俊物。

風流子　金陵懷古・大江流日夜

其年曰：風景不殊，舉目有河山之異，何必新亭酣讌纔能流涕也。

風流子　姑蘇懷古・胥門懸落日

其年曰：繁華逝水，樂往哀來，此昔人所以「不待管絃終，摇鞭背花去」也。

風流子　錢塘懷古・英雄開草昧

其年曰：此四闋，吾欲倩高漸離、荊卿諸人歌之，若賀懷智、張野狐一輩，縱能略説興亡，不過喁喁兒女語耳，切勿令唱此等詞也。

疏影　詠落照遥和錢舍人・斜陽欲下

其年曰：襯一筆，皴染入微。

疏影　黄梅和武曾・春前數點

其年曰：纖側取姿，絶似張玉田手筆。

八寶妝　詠未央宮銅奩・渭上西風

其年曰：讀竟，我亦欲效陌上銅仙，淚下如雨。

霜葉飛　村居・數間茅屋

其年曰：似向子諲。

蘇武慢　元宵雪後作・皓魄初圓

其年曰：字字清絶，是瑶臺閬苑中人語。

沁園春　長夏少事，撫枕輒睡，夢境荒忽，不一而足，因集古人夢事成篇・梧影初回

其年曰：讀末數語，是黄粱初熟時。

沁園春　贈柳敬亭・席帽單衫

其年曰：此詞旗亭畫壁久矣，今讀之猶如初脱口也。

沁園春　病齒戲作・檢點形骸

其年曰：俶詭離奇，妙絶千古。

沁園春　泛舟明湖，訪仲愚留飲即事。李道思、劉伯叙繼至・所謂伊人

其年曰：結句沉吟不盡，大有「不愁明月盡，自有夜珠來」遺意。

沁園春　題美人畫芙蓉・裊裊亭亭

其年曰：點染寫生，不數南唐北宋。

沁園春　讀子厚新詞却寄・憑藉飛鴻

其年曰：瀏脱頓挫，想見公孫舞劍、張旭草書時。

讀羅新詞

其年曰：僕題珂雪詞，有「雄深蒼穩」之贈，諸公試瞪目讀此等詞，然乎否？

沁園春　送藍公漪還閩・閩海畸人

其年曰：感慨芊綿，如讀許渾、趙嘏懷古登高諸作。

賀新涼　再贈柳敬亭・咄汝青衫叟

其年曰：百十六字，括盡梅邨先生《敬亭》一傳。

賀新涼　送周雪客南歸・敗葉西風卷

其年曰：「剪」字妙押。

賀新涼　得來韻再和・駘蕩春如醉

其年曰：音節歷落，填詞神境。

賀新涼　送阮亭東歸兼悼西樵・倦客歸轅里

其年曰：長安秋夜，讀此詞一過，如聽隔家笛聲，我不忍竟此曲也。

賀新涼　鴉陣・鴉陣來沙渚

其年曰：作使古人，妙於無跡，真飛針穩線伎倆。

賀新涼　送霖・慘澹征車發

其年曰：讀至此等詞，不忍言佳，惟微吟密詠而已。

賀新涼　地震後喜濂至都門・乍見銜悲喜

其年曰：樸老高渾，老杜歌行。

摸魚子　拜墓・幾年來、西州拜掃

其年曰：傷逝之言，極其淒惋。

摸魚子　西直門外作・北邙邊、高低丘壟

其年曰：月黑燈青，魂銷千古，絶作絶作！

摸魚子　寄贈史雲臣・繞荊溪、數間茅屋

其年曰：結數語，如見蝶庵風度。

摸魚子　謝念東先生惠藥・問先生、丹砂幾粒

其年曰：作達之言，更增淒楚，病中讀之，尤難爲情。

金明池　大熱有懷蓬萊閣・大海涵青

其年曰：瑰麗非常，總是龍宮機杼。

笛家　九日蛟門招集諸子遊黑龍潭・野水拖藍

其年曰：幽窅崢泓，似子厚遊山諸小記。

玉女摇仙珮　與米紫來論詞即書其集後·才人剩技

其年曰：迷離惝怳，渾脱激昂，都不作吳兒細咳。

玉女摇仙珮　詠魚苔箋·剡溪玉葉

其年曰：一氣混茫。

多麗　送葉慕廬南歸·恰新秋

其年曰：聲情婉惻，極似《片玉詞》。

鶯啼序　送牧仲榷稅贛關·憶隨羽林十二

其年曰：章法絶妙，是廬陵一篇送行文字。○一起陡健舉。

史惟圓《蝶菴詞》清康熙刻本評語

摘得新　春景·繞花枝

陳其年云：濃艷至此，韋莊、張泌諸人失色。

定西番　春曉　其二·宿酒殢人成夢

陳其年云：艷色浮空。

昭君怨　元日雨·此日年年如沸

陳其年云：瀟淡欲絶，如詩家韋蘇州。

點絳唇　送别・涷合溪流

陳其年云：輕描淡寫，直逼《清真詞》。

浣溪紗　留别・過雨殘霞濯錦鮮

陳其年云：離思縈繞，數語曲盡。

浣溪紗　即事・深院紅梅雪點枝

陳其年云：澹語入微，想見孫光憲、張泌諸人風格。

其三・盡日閒階掩緑苔

陳其年云：結句荒寒，似非人境。

浣溪紗　春景・楊柳人家燕子雙

陳其年云：何減小市門東。

其二・新柳絲絲盡拂簷

陳其年云：此語更無人道過。

浣溪紗　春遊，和其年韻・白舫青簾事幾般

陳其年云：點染生色。

減字木蘭花　春思　其二・桃溪渡口

陳其年云：一字一聲，一聲一情，所云促柱撥弦弦轉急也。

好事近　梅花・春雨接春陰

陳其年云：輕儁處着紙欲無。

更漏子　砧聲・月朧明，風乍轉

陳其年云：清絶如露滴芙蓉。

鶴沖天　雜憶　其二・閒擊腕，戲藏鉤

陳其年云：纏綿憔悴，如見樊通擁髻時。

阮郎歸　雪夜・雪花飛入小窗虚

陳其年云：紅肌香暖，如讀《雜事秘辛》。

青衫濕　雨元宵・好天良夜成辜負

陳其年云：琴瑟陰陰，雨聲滿紙。

柳梢青　賦别・小雨垂垂

陳其年云：盡態極妍，别詞絶調。

少年遊　春雨・垂楊還似去年嬌

陳其年云：弄姿無限。

滿宫花　惠泉，答謝次京遺我惠泉二器・嶺頭雲，松際月

陳其年云：清沁心脾。

荷葉杯　春曉·數盡官街夜鼓

陳其年云：幽細新穩。

惜分飛　秋露·淨洗長空星月皎

陳其年云：着色渲寫，妙手丹青不能及。

醉花陰　雨元宵·煙霧織成愁萬縷

陳其年云：掩抑沉吟，如讀《東京夢華録》。

雨中花　初夏·落盡殘紅春去

陳其年云：妙處直逼柳屯田。

虞美人　夏夜·明河耿耿天如鏡

陳其年云：頽思怨緒，若不勝情。

虞美人　秋柳·煙籠霧鎖長堤柳

陳其年云：煙色可思。

虞美人　秋荷·鴛鴦沙際秋風近

陳其年云：樂府遺意，寫入倚聲為妙。

虞美人　秋蟬·澹煙疏柳横秋影

陳其年云：響徹秋空。

踏莎行　秋海棠・玉簟初凉

陳其年云：幽致欲活。

蝶戀花　荊溪四月詞，和其年作・四月荊南風景媚

陳其年云：翠色泠泠，幽鮮滿紙。

其二・四月荊南茶滿市

陳其年云：秀韻撲人，爽處似哀梨并剪。

其三・四月荊南多勝會

陳其年云：瑣事渲染如許。

其四・四月荊南山下寺

陳其年云：一則山居食譜，又可作荊水歲時記。

蝶戀花　五月詞・五月荊南腥雨氣

陳其年云：水木陰陰，令人愁絶。

其三・五月荊南頻鼓枻

陳其年云：令我如在洞庭之浦。

青玉案　楊花・楊花不綰春光住

陳其年云：落花飛絮，處處惱人，何必賀方回獨解唱江南断肠句也。

師師令　席上詠雛姬，和其年韻・細眉斂翠

陳其年云：纖麗儇巧，如見其人。

祝英臺近　本意・想妝臺

陳其年云：隨風恐欲飛去。

祝英臺近　元夕後一日小齋讌集，雪持、次京同和其年韻・透窗紗，香篆小

陳其年云：韻事雅集，得此渲染，方不寂寂。

洞仙歌　善權洞，同其年、遠公作・天公奇巧

陳其年云：細削似酈道元《水經注》，幽杳似柳子厚游山記。

雪獅兒　初春雨窗，和其年用書舟韻・春酲初困

陳其年云：步韻至此，直似公孫大娘舞劍器。

滿江紅　苦熱，辛亥夏日・長夏難銷

陳其年云：不須更讀「赤脚踏層冰」之句，便覺寒生肌粟。

滿江紅　贈家遠公，用曹顧菴韻・才冠吾宗

陳其年云：步韵精確，应出古人之上。

滿江紅　詠雪用前韻・萬點初飄

陳其年云：雪中景色如画。

紅情　半吐紅梅和其年韻·小窗驚曉

陳其年云：一起便已撩人，结更深言外之致。

倦尋芳　竹逸齋中紫牡丹，和其年韻，花名紫袍金帶·魏家名種

陳其年云：如王司州咏「入不言兮出不辭」，爾時覺四座無人。

百字令　送錢礎日歸錫山，用曹顧菴韻·羨君才健

陳其年云：知己之言，写得濃至。

東風第一枝　迎春，和次京詠姣童女妝者·水剪明眸

陳其年云：大爲金丸、緑幘一流人長價。

東風第一枝　試燈夕，和其年韻·人穀雙晴

陳其年云：秀婉綿芊，風光如畫。

憶舊遊　本意·記桃溪雨過

陳其年云：聲情凄緊，意緒廻環，何必誦「關河冷落，殘照當樓」之句，然後愁腸百結也。

水龍吟　春夜聽鄰娃擊鼓·誰家畫鼓頻撾

陳其年云：亭亭楚楚百日吽，真真或當飛下。

晝錦堂　述懷·四坐無人

陳其年云：長卿慢世。

齊天樂　端午陰雨，和片玉韻·紗窗悶對瀟瀟雨

陳其年云：纏綿盡致，微吟低唱，令人如不勝情。

綺羅香　落梅，和其年韻·宿雨初收

陳其年云：雋永纏綿，聲情并美。

雨霖鈴　詠雪·漫空飛雪

陳其年云：瀏脱盡致，能作盤中舞。

望海潮　題徐渭文鍾山梅花圖·龍蟠舊地

陳其年云：昔王介甫作《金陵懷古》詞，東坡嘆爲「野狐精」，吾于此詞亦復嘆絶。

霜葉飛　雨夜感舊，和其年韻·酒酣力戰愁城破

陳其年云：妍麗悽婉，周秦却步。

女冠子　元夕，和其年用竹山韻·暗塵飛也

陳其年云：新恨纏綿，舊情衰謝，吾輩每遇歡場，定增惆悵，故其言辛苦盡致如此。

沁園春　題其年《烏絲詞》·將古人詩

陳其年云：沉郁頓挫，真可拔地倚天。

望江南　本意·江南月，流影入高樓

陳其年云：煙景可思。

其五・江南酒，缸面足春醲

陳其年云：風景穠麗如畫。

其七・江南水，蕩漾去東湖

陳其年云：繪景繪聲。

其十三・江南客，生小住吳閶

陳其年云：艷冶輕盈，風流蘊藉，縈妙響于指端，結遥思于天外，曲將終而未絶，聲欲墜而還揚，洵《花間》之粹篇，《蘭畹》之正調也。

點絳唇　除夕前一日立春・春入殘年

陳其年云：聲短意何長。

酒泉子・波面浮萍

陳其年云：哀彈促調，正自使人愁。

浣溪紗　遊仙・水繞扶桑更向東

陳其年云：汗漫如鴻濛之游。

其六・過海還騎赤鯉魚

陳其年云：正覺仙人去人不遠。

其八・行盡深山山復溪

陳其年云：天台風景如許，不數唐人「罨畫樓臺青黛山」之句。

其十三・蕭史樓中見月痕

陳其年云：仙家情境，想當然爾。

其十五・侵曉天門未啟關

陳其年云：詩酒驅使，恐未得閒在。

其十六・洞裏無人踏曉煙

陳其年云：洞天閒寂，安得爾許事？

其十九・海上三山擁巨鼇

陳其年云：遥望三山，便欲褰裳濡足。

其二十・八駿淩空掣電過

陳其年云：情事歷歷，如身遊其地。

其二十二・玉女調絲弄苦篁

陳其年云：有情耶？無情耶？但覺風流絶艷。古人「傾國傾城」，語殊淺陋。

其二十六・絳闕千年白玉樓

陳其年云：人間才子即三山客。

其三十・緑簡丹書秘玉函

陳其年云：諸闋幽奇惝怳，信非恒制，使人讀之，如登閬風而游天闕。

浣溪紗　僧寺，送叙彝上人歸。・鵝嶺茅堂向水邊

陳其年云：格調高迴。

菩薩蠻・重簾月到黄昏悄

陳其年云：梅影横斜，愁心歷亂。

羅敷媚　感舊・巧偷鸚鵡玲瓏舌

陳其年云：如杜樊川惆悵鬢絲，黯然憔悴。

桃源憶故人　村舍　其二・小橋流水蘆花岸

陳其年云：真如野老對話。

河瀆神　本意・湖上女郎祠

陳其年云：幽花獨笑。

其二・山下曉烟開

陳其年云：「若有人兮山之阿」，彷彿如見。

其四・猛將肅威容

陳其年云：「夜聞馬嘶曉無跡」，雄快絶世。

其五・口濡晚風狂

陳其年云：促柱縈弦，如聽天風海濤之曲。

其六・木客嘯空巢。

陳其年云：秋墳鬼唱，漆燈欲點松花。

其七・禁鼓靜天街

陳其年云：「無質易迷三里霧，不寒長著五銖衣」，同此飄緲。

其八・涇水泣紅顔

陳其年云：橘蒲傳書事，風景歷歷。

其九・月冷小姑遊

陳其年云：喁喁情事，竟似人間兒女，但落葉飛烏，便屬鬼境。

河傳　夏夜・驟雨，消暑

陳其年云：正自黯然。

怨王孫　風・夜拂池閣

陳其年云：繪風聖手。

怨王孫　月・冰彩滿地

陳其年云：濯魄冰壺，欲與秋宵競爽。

蝶戀花　六月詞，和其年戲字・六月荊南多勝地

陳其年云：水光天色，人在玉壺。

其四・六月荊南驅倦鬼

陳其年云：隱隱聞冰車鐵馬聲。

唐多令　宿田家・風雨暗前溪

陳其年云：如在桃花流水中間。

漁家傲　蝶庵即事・無限流光花底送

陳其年云：蕭蕭泠泠，疑是仙骨。

酷相思　春暮・吹落殘花飛却絮

陳其年云：艷曲哀弦，供人憔悴。

風中柳　姜子翥過訪小飲，時其年已出遊去・耳熟君名

陳其年云：真樸。

天仙子　贈寒松和尚・身與閒雲同去住

陳其年云：請阿師作轉語。

江城子　聞雁・短檠銷盡燭花紅

陳其年云：霜天夜笛，清響橫空。

傳言玉女　試燈夕，甲寅春初傳聞有警·纔定驚魂

陳其年云：愁緒如雨絲，颺空不能自理。

御街行　送其年遊越·一行鴈陣驚南浦

陳其年云：未免有情，誰能遣此，正如衛洗馬渡江時。

新荷葉　採蓮·湖上晴光

陳其年云：鮮秀如荷珠不定。

鵲踏花翻　春夜聽客彈琵琶作隋唐平話，和其年·殘照如旗

陳其年云：字字金戈鐵馬，如聽錢塘君破陣回宮樂。

滿江紅　元夜泊舟溪口感舊，和天玉·月暗燈銷

陳其年云：「月榭攜手，露橋吹笛」，惆悵舊事，如聽湓浦琵琶。

雪梅香　紅友招赴石亭看古梅，和竹逸韻·憶亭畔

陳其年云：暗香襲人，如在羅浮月下。

玉漏遲　秋夜·小樓初過鴈

陳其年云：悲哉秋氣，宋玉詞無此淒感。

鳳凰臺上憶吹簫　冬景·風送鴛鴦

陳其年云：濕雪如夢雨如塵，差可髣髴。

燭影揺紅　寄贈吳園次・天付君才

陳其年云：聲情秀協。

八聲甘州　毘陵初秋・正晴空、紅日晚來收

陳其年云：聲意淒婉，似濬沖經黃公酒壚下過。

瑣窗寒　初春・做就濃陰

陳其年云：傷離望遠，增人腸斷。

玉蝴蝶　醉歌勸爾飛光杯酒

陳其年云：使我不敢言愁。

渡江雲　用片玉韻・□□□□盡，綺樓玉樹

陳其年云：惻愴關河，纏綿風月，應勝古人「石燕江豚」之句、「金陵鐵鎖」之篇。

念奴嬌　自壽・粗豪意氣

陳其年云：激昂排宕，何必漁陽摻撾。

慶春澤　春陰・春色三分

陳其年云：怨雨惜春，步步淒結。

玉燭新　詠燭・春城飛雪罷

陳其年云：風燈月榭，感愴極多，玉溪生「蠟燭成灰淚始干」之句尚嫌徑盡。

慶春宮　虎丘中秋・燈燭熏天

陳其年云：竹肉滿場，一聲清嘯，短簿祠前，真娘墓側，久不聞此鸞鳳音。

春雲怨　冬夜絃索・梅梢凍結

陳其年云：低徊欲絶。

五綵結同心　和其年惠山酒樓感舊原韻・龍峰秀處

陳其年云：「青山紅袖」二語，使人愁夢都醒。

沁園春　答越生・歲月如馳

陳其年云：稼軒詞云「我覺其間，雄深雅健，如對文章太史公」，即以移贈。

沁園春　和其年病後感懷之作原韻・漠漠塵途

陳其年云：磊落以取勢，蒼健以立格，如龍門作《伯夷列傳》，都無恒筆。

摸魚兒　酬其年春雪初霽見寄・問東風、剛來幾日

陳其年云：如垂柳學眠、雪花怯舞，妙處正復使人凝想。

摸魚兒　哭遠公・數年來、詠花題柳

陳其年云：暗風吹雨，三峽啼痕。

賀新郎　江上感舊・江冷芙蓉暮

陳其年云：慨當以慷，泣數行下，僕本恨人，何能終此曲。

賀新郎　次日紅友複折柬招遊石亭，苦陰雨，用韻賦謝·結伴登山去

陳其年云：情味腴美，姜白石所未逮。

春風嫋娜　甲寅元夜·看簷頭積雪

陳其年云：沉吟掩抑，如不勝情，諷詠一過，淒然如述東京遺事。

陸次雲《**玉山詞**》清霞舉堂刻本**評語**

如夢令　明妃·馬上簇殘眉黛

陳其年云：短調中着議論，具見筆力。

念奴嬌　赤壁·坡仙賦後

陳其年云：高潔處似姜白石。銅將軍、鐵綽板，共詞雄矣，雲士以淡宕出之，別開蹊徑。

王晫《**峽流詞**》清康熙刻本**評語**

憶少年　春情·春山淡淹

陳其年云：俊語耐思，不減柳七。

徐喈鳳《蔭緑軒詞》清光緒徐氏活字本評語

正集

搗練子　蔭緑軒・風拂拂

其年云：我想先生北窗高卧時。

望江南　題竹虚弟我園・園名我，樂意自心知

其年云：寫得幽秀。

生查子　秋晚溪行・溪尾接山根

其年云：古藻似齊梁逸句。

浣溪紗　春悶・細雨斜風氣象幽

其年云：一首《愁霖賦》也，穩雋直逼周、秦。

巫山一段雲　戲示蘭姬・無語微含笑

其年云：想見謝公庭院之樂。

怨三三　九月十六夜作・晚秋天色著濃藍

其年云：意致高秀，不染纖塵。

木蘭花令　壬子元旦，次史蘧菴先生韻・晨簷雨滴疑金漏

其年云：《椒花》之頌耶？《蓼莪》之什也。

蝶戀花　六月詞・六月荊南山色異

其年云：此「竹下荷邊」者何人？

蝶戀花　六月詞・六月荊南糧免比

其年云：游戲三昧中，忽作正襟危坐語，妙妙。

唐多令　陳渡橋晚泊・水漲没横塘

其年云：春店煙橋，映門淺笑，正覺風景如畫。

看花回　石亭探梅・積雨初晴山色奇

其年云：别有感會，超曠絶倫。

青玉案　警悟・人生得失無憑據

其年云：「欲覺聞晨鐘，令人發深省。」

師師令　東李于郊・文章對仗

其年云：望遠懷人，聲情綿篤。

隔浦蓮近　夏日村居・柴門臨水種柳

其年云：此調韻促，最難安貼。是闋清新尖峭，色色超羣。

祝英臺近　碧蘚菴後有石刻「祝英臺讀書處」六字，數年前曾一遊訪，未遑題詠云云・訪名山

其年云：如聽子野清歌，輒令人喚奈何。

驀山溪　甲寅上巳，約雲臣、其年西溪脩禊，不果來，柬以詞・夭桃初放

其年云：煉字新警，含情淡遠。

千秋歲引　贈許月度七十・白雪文章

其年云：月翁爲前輩高人，得先生一番渲染，倍覺生色。

塞翁吟　客有勸余赴部補官者，詞以謝之・客聽吾言者

其年云：仲長統《樂志論》，王逸少《誓墓文》，同此高達。

滿江紅　送紫縉甥赴武塘幕，兼懷莫魯巖，四用回韻・書記翩翩

其年云：來勢奔騰，去情綿邈，法意兼到之作。

滿庭芳　花朝後二日新霽・雲陣迷山

其年云：新蒨妥貼，秦淮海庶幾近之。

意難忘　萊陽姜如農先生，前朝以建言予杖遣戍宣州云云・勝國名臣

其年云：字字典重，言言真摯，所謂湒意發高文。

孤鸞　賦得石亭梅花落如雪，和其年韻・一春佳節

其年云：每讀先生和韻諸作，更覺出奇無窮。鄙人氣懾，謹避三舍。

大江東去　君山觀大閱，用蘇東坡赤壁懷古韻・昨宵霜重

其年云：鐵笛□□聲，江濤欲沸，堪與坡仙前後争雄。

沁園春　題雪持行樂圖，圖作數燕姬箏琶夾侍・覿面伊人

其年云：錦簇花攢，雷轟電激，快讀一過，覺豪氣拂拂十指間。

摸魚兒　哭同年史遠公・記當年、連鑣天闕

其年云：腸以紆而易斷，聲欲咽而偏哀，淒淒然不知文生於情，抑情生於文也。

摸魚兒　爲其年悼歌兒・近清明、是花皆放

其年云：「一聲何滿子，雙淚落君前。」原白日鍾情，正在我輩。

女冠子第三體　元夕病足自嘲，用蔣竹山韻・梅花開也

其年云：王西樵有詩云「一足真如習鑿齒」，余亦有詩云「齊女休嫌郤克跛」，今讀先生詞，益粲然而笑。

賀新郎　寄探花健菴・萬里歸來可

其年云：情真語切，非泛常稱賀之詞。

擊梧桐　癸丑盛夏，其年、綏禄、越生過小齋茶話，各以《擊梧桐》詞見贈，倚聲答之・展卷排愁

其年云：通體秀潔，入後如天風忽來，林木都嘯。

玉女揺仙佩　壽吳薗次正配黄夫人・溯源柏府

其年云：組織渾成，可當一首古文讀。

六州歌頭　癸丑正月足患流火，三月上浣愈而復發，伏枕自遣，用辛稼軒韻・一春抱病

其年云：尺幅間烟雲滅没，花竹扶疎，亦莊亦諧，可詩可史，韓昌黎《毛穎傳》、柳柳州《乞巧文》也。

哨遍　重陽前二日，同李于郊城南散步，至福生寺，尋僧閒話・宦海驚濤

其年云：沉著頓挫，濶大周詳，一篇絶大文字，如讀太史公《伯夷列傳》、歐陽公《真州東園記》也。

續集

偷聲木蘭花　雨中其年、天篆過小齋閒話次天篆韻・卧樓愁聽通宵雨

其年云：迢迢清勝，如對支、許一流人。

木蘭花令　玉蘭・一樹新花純是玉

其年云：璧月瓊葩，何其明綺？

品令　柬叙彝上人・曾向鵜山住

其年云：淡遠中復能蒼蒼奇崛。

訴衷情近　丁巳元日大雪，是日迎春。桃符新换

其年云：雪清梅瘦，幽韻襲人。

滿江紅　賦得澄江静如練。閒眺秋江

其年云：吹鐵笛於江臯，應使蛟龍起舞。

漢宫春　喜陳子萬歸里次梁玉立先生韻。最愛元方

其年云：從鄙人説起，叙到家弟，此先生妙筆入神。時弟愧受者，不當耳。

燕春臺　丁巳人日門人許稚升寄到御試卷有感。涷蓴初蘇

其年云：「王郎拔劍斫地歌莫哀」，與此同一悲慨。

渡江雲　施愚山先生見訪，適患足疾未能接晤。門庭蕭寂久

其年云：愚山先生，竹老傾慕已久，來而未晤，宜其悵結如此。

瀟湘逢故人慢　重陽前一日石亭看桂和其年作。金風薦爽

其年云：風物妍雅，襟情蕭暢，是兩晋人語。

沁園春　壽竹虚弟五十。勸弟一杯

其年云：讀此詞，既羡林泉之樂，復欽棣蕚之榮。

賀新郎　送蔣京少隨學憲慎齋先生赴江右。公子温如玉

其年云：語語是重遊，而典藻温麗，前無古人。

案：徐喈鳳《蔭緑軒詞》評語蒙陳昌强兄告知，張小仲女史自南京圖書館藏原本録出。另，史惟圓《蝶菴詞》、陸次雲《玉山詞》、王晫《峽流詞》三種評語，未見原本，據劉深先生《陳維崧詞評輯録》（載《詞學（第二十輯）》，華東師範大學出版社二〇〇八年）迻録。謹致謝忱。

附録

一　序跋

《陳檢討烏絲詞》序

泰興季振宜滄葦　譔

樂府云亡，鄭聲競作，黄花滿耳，白雪無人，律有迷於左高，聲不辨夫下濁。其年先生，東吴鼎族，南國才人。首述家風，曾弄章於漢殿；先陳世德，應進笏於唐朝。典午風流，既傳桃葉之女讖；叔寶詞藻，徒聽蔣山之烏啼。今日布衣，昔年公子，空存老屋，但守殘書，泣不成章，慨當以慷，眼雖青而莫告，頭垂白以無成，無命有才，天只人只！去冬顧我，寒夜論文，燒燭惟嫌其不長，飲酒先憂其已罄。吃不能言，笑諸君之但知用口；文未加點，驚四座之如覺有神。自爾别離，徒勞夢寐。近知栖遲京口，當痛飲之我師；復聞偃息荊溪，異常州之上表。秋風初動，暑氣已闌，三鱣未飛於庭前，雙鯉忽傳於江北。使同青鳥，集曰《烏絲》。班竹驅馳，不僅風雲月露；畫船迎送，將無城郭山河。振宜幸得買山，何須種豆，雖不及鄭五之歇後，敢輕嗤柳七之爲詞。廬陵《定風波》，歌清一曲；東坡《醉落魄》，酒醒三更。余也閑閑，君猶寂寂，或夢池塘之春草，或採汀洲之白蘋。席地幕天，何有於我；繞手頓足，不知其他。

《陳檢討文集》序

駢儷之文，權輿於魏晋，盛於六朝，汗漫於唐，變於宋，至明而衰，楊用修、薛君采、皇甫子循之流，具體而已，求其一語之工，覽者意消，一字之豔，令人色動，殆未之有也。蓋哀樂之思，文章之大致也。昌黎氏曰：歡娱之言難工，而哀怨之詞易好。有明諸君子，雍容閑暇，含咀六經之華，組織廟廊之采，欲以莊詞雅調，與徐、庾争衡，不知子山留滞之年，孝穆未歸之日，感大樹之飄零，歎彼塗之九折，凄愴動於肝脾，跌宕形於簡翰，而乃欲以大樂之和譜師涓之曲，不其然乎？殆於兩失矣！近者行吟之士，寄慨蕭蘭；乘時之彦，掞藻黼黻。單詞吐葩，片簡稱奇，欺二陸之已遠，遜四傑之不如，而其年翰討遂爲一時獨绝。原其標新領異，頓挫毫铓，走任、沈於腕間，笑邢、温爲傖父。方其染翰命楮，欣然意得，真有恥居王後，不愧盧前者焉。蓋其年自大父少保公以伉直去位，尊人定生身號黨魁，名編北部，坎壈侘傺，失職以老，而其年少負異才，顧久不得意於諸生，盛年有摇落之感，微詞託屈、宋之遺。於是屏絶衆體，獨攻儷句，好之既專，擬之倍切，宜其軼儕輩而孤行，奏么弦於絶調也。及其名成譽起，聲實懋著，遭逢聖主之知，致身石渠之閣。於是貴游帳飲，餞贈箋詞，或借聲價於士安，或藉禱頌於張老，不得其年片言，不足爲重。而其年亦摛藻大放，焜煌馳驟，巨山有才子之稱，燕公推手筆之異。操觚之家，争相豔羡，乃不意其僅四年而死也！是其年早不遇時而晚逢天酷，原其終始，有不撫遺文而悲悼者乎？自其年以前，文人不遇，莫如徐先生文長。然文長生不得官，死而文幾不傳，閲数十年而吾楚人袁吏部中郎始爲表章推述之，以有聞於後。今其年既通籍詞垣，從容侍從之列，病革又以其文詞屬蔣子京少，京少即與尊人愼齋掌科梓而行之。則其年生雖晚遇，既死而名益彰，天之於其年，殆姑厄之於始而未嘗不大厚之於終，有非文長所敢望也。其年儷體之外，詩有蘇長公、王半山風，詞尤精麗，殆掩玉田、花庵而上之，且多至千八百篇，古今無兩。然則其年之才，又豈僅從偶比之文足以盡之也哉？其年入爲近臣，余方自夕扉副臺端，相與申僑、札之分甚切。其年集成而愼齋属爲之序。對長淮之绝涸，痛金刀之掩鋩，余固有不能已於言者，故不辭而序之如此。時康熙二十二年孟冬月楚西塞余國柱譔。

《陳檢討文集》序

同里蔣景祁京少　譔

余偕南耕校定陳檢討其年先生集，計百三十篇，凡十二卷，以次就版，因爲序曰：文之有儷體，昔人自奏狀表劄書傳箴銘之屬，莫不用之。蓋晉、魏以來，去古稍遠，一時之才人傑士，懷英抱異，斐然欲發，理其精思，炳爲縟采。雖上不逮漢，而其意懇懇然，若不欲後人之過之也。然其要歸於發明事情，洞見理趣，黼藻紛屬，而未嘗不以意爲經緯，即古人之爲文如是而已。且其取材博，其徵事核，其舉類慎，自經史子集之外，奇文疑義，不以涉於筆墨，而聲律俳偶，或工，或不盡工，要不失乎太樸之遺意，即古人之不敢輕於爲文，亦如是而已。故論六朝家言，徐陵、庾信爲稱首。迨唐，一變而王、駱，再變而燕、許，風格代殊，而體製若一，未有能易此者也。今之論文章者，睹其流不察其本，窺其緒不究其始，每遇文體類齊、梁者，輒斥不視。此第浸淫於流俗人之説，而不知沉博絶麗之文，固司馬相如、揚雄之徒所爲濫觴焉矣。且天下之士，鮮不競言古文，奉韓、柳之成調，襲歐、蘇之斷響，而不審其源流之所在，意指之所出，是言古文而古文亡矣。若夫儷體，學儉不足以供揮灑，氣縮不足以縱闔闢，苟且自好者無敢過而问焉。間涉其籓籬，亦自量不克作者之堂，乃矯語曰：吾固不屑爲也。是謭材薄植者不得竊，而徐、庾諸公之聲價至今在也，不猶大幸矣哉！其年先生幼穎異，甫十齡，即代大父少保公譔《楊忠烈像贊》，娓娓可誦。長篤學，所撰散體古文最多，時散見諸名人集，皆不録，獨以是編授余，其意可知已。由是以推先生不苟傳之心，而得其不苟作之心，因知古人不戔戔相肖而自命正復爲可傳，其道一也。先生之文具在，應制者十之一，長安贈答者十之五六，而少時流浪於旗亭酒壁者所在多有，皆缺落不可紀，存者僅十之二三耳。噫！可惜也。讀者就先生之文，識余序先生之文之意，以庶幾乎古之作者，其有合乎！至於求先生之散體古文，則有先生之詞在，揮斥八極，吐納萬有，固其所縱横馳驟而出之者，觀者勿作小詞讀可也。今别爲序。

《陳檢討文集》序

同里徐喈鳳竹逸　譔

吾友陳檢討其年卒於京師，蔣子京少攜其所著詩詞古文歸，慨然捐貲，先梓其駢體以傳，曹子南耕序之詳矣，更屬序於徐子。徐子惻然曰：嗚呼！其年歿而其文獨存，物在人亡，潸焉淚下，亦何能爲之序乎？然其年與余莫逆交，又重以京少之命，不可無一言以序之。因思上天生才，必非偶然，於儔人中擇一人，與以沉敏奇麗之才，意甚厚也。

乃久之而若薄之，不惟薄之，又加厄焉。厄之不已，甚至窘抑愁苦以死，此理之大不可解，而事之可爲長太息者也。如吾其年，生而穎俊，讀書一目數行，成童，工詩賦，四方名人與定生先生交者，靡不見而異之，以爲其年才出天縱，必繩乃祖少保公武也。孰意名雖噪於士林，而困頓支離，未獲掇科第以顯於時。迨年踰五十，大司馬宋蓼天先生乃始薦於朝，官翰林，修《明史》。嗚呼！其年之才與官相稱，可謂榮矣，其如家徒壁立何？加以子喪於未薦之前，夫人歿於得官之後，孤居邸舍，能不悲哉！壬辰春所以忽發異疾，醫不效，至五月而卒也。嗚呼！天生其年而縱其才，以嶽瀆之氣偉其貌，以日月之精發其心，以星雲卉木之華繡其腸腑，良非偶然者矣。乃遲其遇，嗇其財，又殤其子，子殤矣，夫人亦亡，而身抱鬱以死。嗚呼！天之所吝者才，而所重者名。其年取才過奢，而名又最早，天心不無忌矣。忌之則必厄之，厄以一端不已，且多端厄之。然其年日在厄中，而其才愈肆，詩詞古文不下數千首，而駢體尤極工麗，直踞徐、庾、王、駱之上，當世士大夫稱駢體者必推其年，其年亦自喜長於駢體，以文請者多以駢體應之。天豈以其年將竭古今之菁英，不得不靳其算，稍留才分爲後世人文地歟？嗚呼！其年因才而得名，又因才名而罹厄，人亦何樂乎有才名哉？雖然，庸庸之福在一時，而才名在千古，二者相去爲何如也？京少曰：先生之言，可以慰其年於地下矣。

《陳檢討文集》序

同里曹亮武南耕　譔

陳檢討其年，余中表兄也。少穎異，好讀書，又善病。舅氏定生公隱於鄉，距城二十里，其年侍色笑焉。然讀書養病，則嘗在余家之梅盧。時余尤少，其年友愛余特甚，過其同懷。舅氏歿，其年乃入城僦屋以居，與余衡宇相望也。凡出入、宴嬉、舟輿、旅寓，無不偕者。其年有所譔述，一脱稿輒相質，余亦如之。顧余晚學，無碩師，詩古文詞之道，頗得之其年。其年固友愛余，又性喜薦寵後輩，以故推奬余尤過其分，引爲同調，實則其年不獨余兄，抑又余師。獨其爲聲律駢偶之文，余弗好，未嘗學爲之，且不喜其年之爲之也。歲戊午，天子網羅天下博學弘詞之士，大司馬宋公首薦其年。及試，中選者五十人，其年居上第，詔皆授翰林官，修《明史》，而其年得檢討。嗟乎，其亦榮矣！其年甫弱冠，於古今圖書載籍靡不窺，縱横畋漁，鈎奥獵怪，用以電駭輩流，鵲起名譽。既壯，稍稍謝華摋實，耑精於六經、秦、漢之文，出其羸餘，奮手場屋，思繼少保公遺緒；而年踰五十，尚與余同俛首諸生中，蹉跌不振。一旦奏詩獻賦，受君相異知，起徒步，上玉堂，自司馬相如、王褒、揚雄之徒之後，遇合未有若斯者也。然其年家貧，數奇蹇，一子獅兒不三歲死，一女甫嫁死，赴召時，獨嫂夫人在耳。既官翰林，無貲挈嫂夫人，無何，嫂夫人又以疾死，而其年黯然神傷矣。其年居京師，前後五年，寓書於余不下數十札，其辭多慘愴，至於芒鞋布襪、清泉白石之言，往往重疊見也。始其年家居時，與余無一日不聚，惟其年客遊四方，結軌浮舟，抵宋，抵燕，抵趙，或抵齊、魯，抵浙，則暫離，歸則復聚。離之久者，莫若赴召居京師時。然猶冀其宦成而歸，歸必復聚，如前後書所云者。壬戌夏，忽其年訃音至矣，已矣痛哉！天耶？人耶？胡豐其才而薄其福耶？抑天實酷余而奪其兄且師與不忍一日離者耶？訃至，余哭之；櫬至，余撫棺而慟；比葬，臨其穴哭之。非惟數十年骨肉知己，情不自勝，而亦悲夫古今文人豐於才而薄於福者，未有如其年者也。其年著作甚富，諸體畢備，而詞尤工，必傳無疑也。余括其生平所爲詞，約千八百首，謀梓之，力未能也。其年疾革時，蔣子京少視疾，其年從枕上頓首云：某二十餘年來，雅好填詞，而薄長尤在儷體，甚不忍其無傳，謹以屬之子，而論定搜輯，幸呼我南耕共之。京少揮涕應之曰：諾。既歸，語其事，因相與校讐，得賦、序、書、啓、頌、記、碑、銘、誄、哀辭、文跋凡一百三十篇，釐爲十二卷，顔曰《陳檢討集》。集既成，余序而論之曰：儷體非古也，源於東漢之季，氾濫於齊、梁，昌黎挽之，塞於唐，微於宋，至元明而涸矣。今其年之爲之也，華而不靡，博而不雜，艷而不佻，畸而不詭，出没變化於聲律駢偶之中，潤涸發微，尋源東漢，必傳無疑也。余又悔夫前之不學爲之也。其年亡京師旅舍中，京少留京師，癸亥夏始歸，故是書之成在癸亥云。京少高才博學，善爲詩古文辭，與其年爲金石交。是集也，庀材鳩工，貲悉京少出，京少可謂不負死友矣，而其年之托，亦可謂得人矣。

《陳檢討詩鈔》序

同里蔣景祁京少　譔

檢討爲詩凡三變，蓋自年十六七時，即究漢、魏、三唐之學，其時才齒正富，意氣甚盛，往往對客揮毫，纚纚數千言，不假研索，觀者驚歎爲神，其刻於如皋者是也。辛丑以後，浪跡燕、豫間，歲一至家，旋趣裝出，其詩得於車塵馬跡之次居多。而登高涉深，觸物興感，一洗鉛膩之習，以沉鬱發其悲慷，惜未有雕本行世。癸丑、甲寅七八年間，專填詞，絶不作詩。戊午被召命，應博學宏詞之選，輦上諸鉅卿競講詩格，而又唾棄陳言，争取新異。其時習頗尊蘇、陸，而先生之詩，則於衆趨之中尤炁然有以自命。蓋其爲詩凡三變，而亦每變而愈上。湖海樓之刻，才華矣，而未沉實也；其未刻者，掩抑頓挫矣，而或落前人窠臼，則變化有未能焉。若最後都門諸詩，則堅老樸辣，一寫其性情之所寄託，前無傚，後無待，論之者比於蘇、陸，而要其神似，非形似，欲摘其片語隻韻，謂古人已爲之，無有也。抑嘗聞之先生曰：每恨人不解作詞，輒呵詞爲小道，且謂爲詞致損詩格，以爲不知言者。故大肆其力於詞，使規模廓遠，考据典核，意擬於少陵之詩，爲詞家雪恥，而先生之詩又如此。然則士之讀書，有志樹立，顧患無才，不患詩與詞異道。予讀先生詩，刻於如皋者，録之十不得一二，刻後之詩，去取參半焉。至都門諸作，不過二百餘首，而予爲沈潛反覆，幾欲割棄而弗忍，則皆其爲詞美人香草之餘也。以此推之，詩與詞異道，是耶非耶？予既校刻先生之詞，復與南耕曹子、雪客周子鈔其詩行世。予與南耕、雪客皆好爲詞，而慮不免於世之爲詞謗者，因奉先生之成言謝天下，而取其詩爲左據焉。

《陳檢討詩鈔》序

予閲《弇州集》，至文人九命之説，未嘗不三歎也。即以有明一代論之，其富貴壽考而享大名者，惟弇州與西涯耳。他若楊升庵、康對山狀元及第，而逐死滇南、汧東间，李崆峒下獄，湯若士罷官，李滄溟無後，何大復、徐昌穀、宗子相皆早殀，至如唐伯虎、盧次楩、徐文長輩，無不坎凜終其身，而當時公卿大夫，委瑣齷齪以取功名，問其姓氏湮没無聞者，車載斗量，不可勝數也。試與造物者衡之，豈其重在此，其輕在彼哉！語云：予其角者去其齒，附以翼者足兩趾。天既予斯人以才矣，則必靳其富實，減其壽考，以示盈虚之理，是人固無如天何也。然斯人者，又不肯稍貶其才以求富貴壽考，而必飛揚跋扈，以與天争，乃其著作窮而益工，没而益顯，是造物者能厄其百年，而不能奪其千秋萬歲之名，天亦無如人何也。嗚呼！吾於吾友陳子其年而知其然也。陳子生於高門，自其少時，即以文章縱衡走世。然屢困塲屋，至爲有司所唾棄。及垂暮之年，天子乃以博學鴻儒召入儒林，橐筆史館，仅三載餘，卒以家貧不能謀食，又遭婦亡，哀怨傷懷，鬱鬱成疾以死。死而無子，嗣其姪，以喪還。一棺束身，萬事都已，悲夫！今友人輯其遺稿，有詩若干首。夫古之詩人，至李、杜止矣，然二子皆不第。李以賀知章薦，供奉翰林，杜獻《三大禮賦》，赴行在，授拾遺，幸已。終不免於夜郎之流，嶽廟之餓，世共惜之。然其遭際，比之浩然放廢、長吉短命，已爲愈矣。至於筆精墨妙，獨步横行，雖二十四考之中書，百三十六歲之遺老，不能得其隻字。若以陳子生平本末，與之較長絜短，彷彿似之。千載而下，讀其詩，感其遇，雖與李、杜齊名可也。向使陳子丁年上第，積祿以至大官，長子孫，登高年，不過長安道上一白頭公而已，惡能揚光蜚聲，立言以垂不朽哉？由此觀之，所謂天道，是耶非耶？蓋在此不在彼也。康熙甲子臘月既望吳門年弟尤侗頓首拜撰。

《陳檢討詩鈔》序

詩雖所以吟咏性情，然亦可以考其邑居氏族，與其家世之盛衰，君臣交際之離合。而人之一身，有先榮後悴，有始困終亨，歷時不同，則其性情之可見亦各異焉。予歷觀前世詩人，自建安王、劉輩遭漢季失馭，羈旅無聊，有愁焉憂生之感，下逮江左分裂之際，衣冠失職，往往播遷爲羈囚。唐自乾寧、光化以後，則一時能文之士，操其鉛槧以外依方鎮於幕下者舉足皆是。其間強弱吞併，出彼入此，曾不容瞬。士生其間，譬如墜秋風之籜，於狂波萬折之中，展轉盤渦而不可止，此其可悲者也。嗟夫！自予之讀子其年之詩，識其所遇，以想見其爲人，而及今之邂逅於江南之逆旅也，已十五六年矣。其年生長江南繁富之地，方其少時，視家族鼎盛，鮮裘怒馬，馳騁於五陵豪貴之間，狂歌將軍之筵上，醉臥胡姬之酒肆，其意氣之盛，可謂無前，故其詩亦雄麗宕逸，稱其胸中。及長，遇四方多故，殘烽敗壘，驚心動魄之變，日接於耳目，而向時笙歌促席之處，或不免蹂爲荆棘，以棲冷風，故其詩亦一變而慷慨激昂，有所愴然而悲，愀然以思，以時入於少陵沉鬱之態而不自覺，亦其遭時之變以然也。其年起謂予曰：余所哀輯，自十六七歲時更今，幾二十餘年，然後得詩凡若干首。然則其年之性情見於此矣。予特取其命詩之意所謂湖海樓者思之，知其意不在詩，將無大拯横流、宏濟時艱者其人耶？既而又思前代之人，其遭時不幸，至於顛隮失所，及天下始平，干戈不用，而文士出，而斯人者已窮困以老或死，不及見矣，豈非其命與！然陳子則年始强立，精力方鋭，使其目擊太平，以咏歌一代之盛，吾知又將變其慷慨激昂者，比之朱弦疎越，以奏清廟而肅鬼神，而出於前代詩人之所不及，則此猶其未成之書也。世常謂詩人少達而多窮，其非今之謂哉！慈谿姜宸英。

《陳檢討詞鈔》序

同里蔣景祁京少 譔

予既序迦陵先生儷體集行世，他所著散體古文，悉歸其季子萬之手而無副。然先生之詞，則先生之真古文也。蕃嘗論之，文章之源流，古今同貫，而歷覽作者，其所成就，未嘗不各擅一家，雖累百變而不相襲，故讀之者亦服習焉而不厭也。五經文字，無敢輕議，後此則《離騷》祖《風》、《雅》，詞賦家祖《騷》，史家祖遷、固，體製殊别，不能爲易，然縱横變化，存乎其人。譬如遊蓬壺者，耳目睹記，大抵皆神仙窟宅，而所稱三神山蓬萊、方丈之屬，本倏忽變幻，不可方物，入之者目玩意移，至不能舉其數。若規格一定，意境無異，如世摹畫化人宫闕，縱極工麗，一覽已盡，又况乎膠滯筆墨者耶？文章之道，亦如是而已。詞之興，其非古矣。《花間》猶唐音也，《草堂》則宋調矣，元、明而後，騣騣卑靡。學者苟有志于古之作者而守其藩籬，即起温、韋、周、秦、蘇、辛諸公於今日，其不能有所度越也已。其年先生幼工詩歌，自濟南王阮亭先生官揚州，倡倚聲之學，其上有吴梅村、龔芝麓、曹秋嶽諸先生主持之，先生内聯同郡鄒程村、董文友，始朝夕爲填詞。然刻于《倚聲》者，過輒棄去，間有人誦其逸句，至噦嘔不欲聽。因厲志爲《烏絲詞》。然《烏絲詞》刻而先生志未已也。向者詩與詞並行，迨倦遊廣陵歸，遂棄詩弗作，傷鄒、董又謝世，間歲一至商丘，尋失意返，獨與里中數子晨夕往還，磊砢抑塞之意，一發之于詞，諸生平所誦習經史百家古文奇字，一一於詞見之。如是者近十年，自名曰《迦陵詞》。夫迦陵者，西王母所使之鳥名也。其羽毛世不可得而見，其文彩世不可得而知，劃然嘯空，聲若鸞鳳，朝遊碧落，暮返西池，神仙之與偕，而縹緲之與宅。嗚呼，此其是歟？故讀先生之詞者，以爲辛、蘇可，以爲周、秦可，以爲温、韋可，以爲《左》、《國》、《史》、《漢》、唐宋諸家之文亦可。蓋既具什佰衆人之才，而又篤志好古，取裁非一體，造就非一詣，豪情艷趍，觸緒紛起，而要皆含咀醞釀而後出。以故履其閾，賞心洞目，接應不暇；探其奥，乃不覺晦明風雨之真移我情。噫！其至矣。向使先生於詞墨守專家，沉雄蕩激，則目爲傖父，柔聲曼節，或鄙爲婦人，即極力爲幽情妙緒，昔人已有至之者，其能開疆辟遠，曠古絶今，一至此也耶？予初刻先生儷體，謁開府余公，公濡筆爲之序，仍索其填詞，謀梓行之，而家阮葭友、廣存，同有此志。公乃屬予與顧子梁汾校讐之。計原藁未刻《迦陵詞》合《烏絲詞》，幾千八百篇，今選若干，嚴芟已刻，寬録新詞，而其所去，則應酬祝嘏之篇爲多，顔曰《陳檢討詞鈔》，志其闕也。若世有鍾期，愛其全操，則蒐補遺缺，尚自有待，予且拭目俟之。

《陳迦陵文集》序

吾友陳其年既歿之三月，其弟子萬自黎城來，乃搜其遺稿，編次成帙。時子萬方需次未補，住京師甚久，數過予謀付梓。或謂其年平生工儷體，又詩餘獨多，他非專長，可無梓。予謂子萬：阿兄文散體固少，然瓊林之枝，恐未可盡棄也。至於詩，尤豪放感激，當不在儷體下。子萬韙予言，因盡收以去。丁卯夏，以書抵予曰：日者先兄遺文，辱君不鄙棄其餘，予得盡載以去，敬付梓人。儷體已告竣矣，尚有散體在，君其一言誌首簡，以告世之不盡知先兄者。予憮然太息曰：嗟乎，子萬可謂不死其兄者矣！其年少與陳臥子、李舒章遊，其持論多祖述歷下。中年始窮極變化，復以專攻徐、庾駢麗之文，其於古作者之旨，未竟所能至而止。然其天才高逸，每序一事，委曲詳盡，鉅細畢臻，疑近於煩碎者之所爲，不知其原本《史》、《漢》，蓋得物之情而肆之於心者也。雖片語單詞，不乏麗藻，大抵長卿《喻蜀》、《諫獵》之遺耳，烏足爲其年病哉！獨是子萬於人琴既亾之後，務傳其兄而後已，故於其兼至之文，亦不使輕雨陳根，同其蕪没。古所稱死者復生，而生者不愧，殆子萬之謂乎？其年可以不死矣。世之君子績學没世，以夙昔珍惜之詩若文付諸後人，而家無賢子弟，或以覆醬瓿者比比也，其亦聞子萬之風而知愧哉？東武年弟李澄中頓首拜撰。

《陳迦陵文集》序

先是蔣子京少集陳檢討儷體文行世，謂其散體古文在季弟子萬所，而無其副。余企慕久之。今年六月，子萬自安平來保陽，手一册示余。余讀之而歎曰：才人之文，無所不可，其至此極乎！夫子雲沉博絶麗，敷陳藻繢，而尤根柢於《法言》；淵明天懷冲澹，發爲古詩，而亦間形于詞賦。所云元元本本，灑灑洋洋，固未有不同條而共貫者也。《詩》以六義擅勝，而未嘗不原於理要；《書》以渾噩道事，而未嘗或遺乎賡歌。《易》理奇奥，而《彖》、《繫》、《文言》，其中每多韻語；《左氏》淹博，而排比簡練，其言多屬疏通。固知六經之文，體製不一，而窮源溯流，修詞立誠，總歸一致而已矣。今其年先生之儷體，既已上掩徐、庾，遠軼王、駱；而其散體古文，亦且方軌韓、歐，蔑視王、李。殆春華秋實，兼有其長；玉質金相，俱臻其勝者乎？夫古文之難言也，貌秦、漢而竊其離奇，既不免有生吞活剝之誚；效唐、宋而流於枯淡，又不免有蠅鳴蚓竅之譏。二者互相訢詈，遞爲消長，學者將何所適從歟？先生獨能以風人之旨，發抒性情，縱筆所之，紆徐百折，卒不詭於正，以自成一家之言，則亦近古之最勝者已。蓋先生素淵源於家學，而復取資於師友，故在當時，若黄門、太史、中舍，暨次尾、朝宗諸君子，既相與稱譽於前；在近日，則合淝、長洲、大冶，暨阮亭、愼齋諸名公，尤相與推許于後。學必有本，名副其實，而先生之文，于是乎必傳矣。夫萬籟齊鳴，總原于太虛；衆音倶舉，不易乎鍾律。先生之文，屢變而不離其宗，遁出而同底于妙，亦若是而已。顧余於此獨有感焉。憶昔平遠追陪，即席分賦；京華晤對，握手言歡。夫何執鞭之慕，同變幻於廿年；挂劒之悲，徒縈懷于身後。安能不撫遺編而三歎也哉？幸有緯雲、子萬爲之弟，京少、南耕爲之友，庶幾香山百卷，不憂付託之無人；子美多才，不致荒残之抱痛，則先生爲不朽耳。顧先生之不朽者自在，而余特低徊今昔，爲牽連書之者如此。武陵胡獻徵撰。

《陳迦陵文集》跋

伯兄儷文，海内咸推之，而兄亦自以爲有心手獨得處，弆之篋中，積有一百六十許首，石已鏤板行之矣。兄散文不名一家，脱稿隨手佚去，多不存者。壬戌五月，卒京邸。余自黎城，七月抵都，裒其遺稿，漸次輯成，所存僅僅百篇。志伊、渭清兩先生爲之選訂，所存八十餘篇。每一披讀，歎其才情豪宕，風調兀奡，上自蒙莊、《左》、《史》，以迄唐、宋、元、明，體無不具，一往自喜，亦自有光燄不可磨滅者。石不忍棄，并爲剞劂，以質諸君子。書成之日，聞志伊亦化爲異物矣。碎琴之痛，聞笛之感，益茫茫交集也。四弟宗石謹跋於恚立堂。

《陳迦陵文集》跋

文無定體，才大則無所不有，氣大則無所不舉。伯兄儷體之外，又得文八十餘首，于是伯兄之文盡於此矣。四弟復爲授梓於南平。嗚呼！弟之欲不死其兄者，可謂勤矣，不遺餘力矣。昔人有云：「文之佳惡，吾自得之，後世誰相知定吾文者耶？」漢吴祐諫其父殺青寫書，恐類薏苡之謗。賢弟之爲，與孝子之慮，跡不相同，而意豈相悖？安得起地下修文之人，一爲痛哭，一爲撫掌哉？弟維岳謹跋。

《陳迦陵儷體文集》序

竊聞三江雄闊，勢接荆溪；九龍嶒峻，氣通善卷。大藥得張公之洞，飛仙留玉女之潭。陽羨之城巋然，任公之臺無恙。美哉鍾靈，於斯尚已。其中篤生陳子其年焉。源本太昊之墟，支分潁川之派。金張七葉，貂珥盈門；謝氏一家，烏衣名巷。其年夙挺雋才，體周大雅。顧長康之三絶，乃去其癡；劉子翼之獨行，世高其德。尤躭儷體，獨冠當時。原夫太極，是生兩儀，由兹而來，物非無耦。日星則珠聯而璧合，華木亦並蒂而同枝。關關鏘鏘，鳴必相和；儦儦俟俟，聚斯爲友。物類且爾，况於人文者哉！是皆天壤自然之妙，非强比合而成之也。昔者黄門夫子，振起吳松，四六之工，語妙天下。余與其年，皆及師事。悠悠擺落，僕復何言。乃其年則羣推領袖，直接宗風。既吐納乎百川，亦磬控乎六馬。觀其整肅則垂紳措笏，雄毅則劍拔弩張，綺麗則步障十層，遥裔則平楚千里。或徘徊如墮明月，或夭矯如曳晴虹；或如天姬揚袂而望所思，或如秋士餐英而思所托。余每覽之，唱嘆彌日，循環在手，低徊在心。或謂三古六經，氣留淳朴；先秦西京，體並高古。焉用駢組，聿開浮華。豈知萬邦九族之語，已見諸颸誥；水濕火燥之句，亦載於文言。（用凋谿以儷蘊藻，左氏有之；取麃麌以匹鯤鮞，外傳所述。）嚆矢權輿，引厥端矣。至若武靈王之論騎射，丞相斯之諫逐客，（韓王馬邑之相難，鄒陽梁獄之上書。）往覆徵引，排比頗多，戰國龍門，云何損格。且夫其年之手，弄丸有餘。能於屬詞隸事之中，極其開闔；不外紬青媲白之法，自行跌蕩。政如山陰楷書，而具龍跳虎卧之奇；杜陵排律，乃得歌行頓挫之致。蔚乎神筆，詎不然歟！今也華亭唳鶴，聲既邈然，楚些驚蛇，歌之如昨。（周道挺挺，此心非晦。）覩此鸞龍之新作，轉抗俯仰之幽情。天地何寬，不覺百端交集；文章未墜，益信千秋在兹云爾。錢塘毛先舒譔。

案：此篇括號内文字據蔣本補。

《陳迦陵儷體文集》序

余素不嫺駢體之文。以爲文者，性情之所發，雕刻愈工，則性情愈漓。嘗見某公贈廣陵遊子序，炳曜鏗鏘，美言可市。適余友有西陵之行，遂戲易廣陵爲西陵，并稍更其「竹西歌吹」等語，則全篇皆可移贈。因嘆此道雷同倚附，葢千手如一律也。至若《七啟》、《七命》，古人已踞其勝，乃復取宫室遊獵聲色之盛，以相踵襲，毋論其不似古人，即似古人矣，古人已往，亦何必復有我耶？遂絶筆不爲者十年。歲戊午，國家以博學宏詞徵召天下士。其文尚臺閣，或者以爲非駢體不爲功。輦轂之間，名流雲集，皆意氣自豪。而余内顧，胸中索然，一無足恃。旁人咸咎余嚮者持論之過，余亦笑而不顧也。居久之，陳子其年訪余邸舍，出其全集見示，自賦騷書啟以及序記銘誄，皆以四六成文。余偶披篇首，已見其稜稜露爽，繼諷詠纏綿，窮宵達晝。言情則歌泣忽生，叙事則本末皆見，至於路盡思窮，忽開一境，如鑿山，如墜壑，如驚兕乍起，鷙鳥復擊，而神龍夭矯於雨雹交集之中也。爲之舌撟而不能下，始悟文之有駢體，猶詩之有排律也。昔杜少陵爲長律，其對句必伸縮變化，出人意表。雖俳比千百言，而與《北征》諸作一意單行者，無毛髮異。推此意以爲文，是駢體中原有真古文辭行乎其間。陳子已先我而擅場，惜余向者之貿貿不察也。嗟乎！陳子世其家學，少負重名，今始膺不世之遇，然視其鬢間亦蒼蒼欲改矣。若余年甫逾强仕，從此學陳子之學，更復閱十年，亦庶幾可希一日之遇，而已緩不及待也。陳子將何以策我哉？嚴江弟毛際可撰。

《陳迦陵儷體文集》序

揚雄有言：「雕蟲篆刻，壯夫不爲。」朱子亦曰：「東漢文章，漸趨對偶，其氣日卑。」此昌黎譏其衰颯，子厚以爲駢栂者也。然高文大册，代有偉人，而折柳寄梅，不無逸致。聲偶之學，又何可少也？今觀家兄其年所著，錦心繡口，玉佩瓊琚，思若湧泉，辭如注水。心手之調，詞意之屬，一字一句，皆別開生面，使人讀之，覺齒頰香而心目豁者。此集出，凡辭人才子，駢黄儷緑，曳玉敲金，人握靈蛇之珠，家抱荆山之玉，皆當焚筆硯矣，豈非絶技也哉？因信文不論大小，惟有一段真精神透映紙上，便是慧業，皆足以發奎璧之光，而傳之千百世也。嗟乎！其年明德之後，清白傳家，晚拜一官，淹忽棄世。生平遺書，正恐無人無力，捃摭維艱，將與秋草落花，隨風飄没。幸四弟子萬，令尹博陵，公餘刻燭，分類彙緝，又出其清俸，梓之以傳，然後其人其文，得以不朽。《詩》曰：「凡今之人，莫如兄弟。」如子萬者，亦可謂難矣。康熙二十七年，歲在著雍執徐之仲冬上浣，愚弟僖謹撰。

《陳迦陵儷體文集》跋

宗石嘗讀汪鈍菴先生《説鈴》一則，載：「陳處士維崧排偶之文，芊綿淒惻，幾於凌徐扳庾。予致書王十一曰：『唐以前某所不知，蓋自開、寶以後，七百餘年無此等作矣。』」宗石十三歲而先君子見背，流離奔走，僦居梁園婦家，困苦失學，僅僅黽勉句讀，《孝經》、《論語》之書，輒能上口而已。間歲一晤伯兄，卒卒請業，莫得其崖畧。兄生平所爲文，尤擅場儷體，然不能多也。己未歲恭遇特詔，舉博學鴻儒，召試禁廷，璿璣玉衡一賦，天子嘉嘆，擢官檢討。時論嘖羨，以爲文章信有神也。不幸壬戌之夏，奄逝京任。

宗石從黎城來，而兄已不及見矣。嗚呼痛哉！聞兄病篤時，曾屢詢東海先生計余抵京之日，蓋欲一訣，盡付生平著作爲之校梓以卒其願也。嗟乎！余雖不及見兄，而兄之意可想見矣。癸亥，宗石承乏安邑，匆匆簿書，未遑謀及。至丙寅春，迎三兄至署，簿書抽暇，相與裒輯釐正，凡兩閱月，計文一百六十餘篇，兄儷體之文，盡於此矣。字句勾校，悉遵原本。遂捐俸購工，付之剞劂，閱四月而始竣。宗石又嘗聞三兄云，兄屬纊前二日，念雖遇覃恩，而綸音未錫，心爲怦怦。宗石於乙丑秋，遣价赴内府循例請給矣。宗石雖不及見兄，而兄之所欲爲而未爲者，石皆代兄爲之矣。嗚呼！兄亦可以無憾於九原矣。丁卯孟夏弟宗石謹跋於患立堂。

《陳迦陵儷體文集》跋

嗚呼！此吾先大兄迦陵儷體之文也。先兄以壬戌年五月日卒於檢討之任。予時適在京師視兄疾，易簀之前二日，執余手而泣曰：「吾生平所爲詩詞古文，吾死後，弟爲吾潤色删定之。」余涕泗滂沱，不能答。余詩文遠不逮大兄，而命之以潤色删定之語，何敢當？兄又曰：「吾四六文不多，固吾擅場之體，恨未盡耳。」嗚呼，其可悲也！兄殁之二年，同邑蔣京少爲遴選鏤板，吳門一時風馳紙踊。然詩詞只録十之三四，四六文尚遺失三十許篇，且字多訛謬脱落。丙寅春，余過子萬四弟安平署齋，共校訂大兄四六文一月，所遺三十許篇，既盡入之集，字亦悉改正，所爲潤色删定者終不敢，篇數寧存無遺。適葉蒼巖觀察相約寄稿刻之任中，未果。明年，余在都下，萬弟信來，云：「葉觀察之雅意固在，捐俸鏤板，弟當力任之矣。」余爲之悲且喜而跋之。嗚呼！九京寥邈，絳螭在霄，月白風清，掀髯碧落，吾兄亦可無吟秋水長天之句矣。丁卯孟春弟維岳跋於京師東城寓中。

《湖海樓詩集》序

康熙己巳秋，余校天雄士，道出安平，秋原獨穰，田家熙熙然，甚可觀也。且稔知邑令陳子萬，雅志興教化，時與諸生誦説不倦，有潘懷縣之風焉，心竊韙之。比與子萬晤，間爲道其家世遺書，而出其年先生《湖海樓詩》示余。余乃惝怳太息曰：此陳氏所以難爲兄難爲弟也。其年先生崛起西江，蜚名東觀。鑽研六籍，含茹於子史百家之學，凡騷人所歌吟，墨卿所譔述，無不抽而思之，摽而引之，以求得其解，不第如韓退之所云非三代兩漢之書不敢觀已也。余不敏，辱與同官，即一言一字，雅好讀之，忽焉不知十年中其書在、其人往矣，不禁悵然有停雲落月之感。是役也，雖僕僕於趙、魏、中山大陸之區，而肩輿傳舍中，既得讀先生詩，不翅復見先生焉。顧且得交子萬，則疇昔之懷，又灑然爲之一快。夫海内之所驚艷而樂道之者，皆曰檢討善屬詩若文，其駢儷之雅，變幻之奇，人巧極，天工錯，即庾、鮑、沈、宋可作，當與抗禮焉。不知此猶先生之餘也。假令年稱其才，使得歌咏廟堂，以垂爲雅頌，其功業何可勝道，又豈但花晨月夕之下，遊名山巨川，賦物言志，悲歌慷慨也哉！嗚乎，先生爲不朽矣！昔謝康樂每夢惠連，輒得佳句，千載下習爲美談。今先生之詩，得無夢令尹君乎？請以問之子萬。海曲年家弟李應鷹題。

《湖海樓詩集》序

陳其年先生詩文，流傳海内，余所企慕久矣。間從諸選家集中，得讀其雜咏數首，輒歎跌蕩雄渾，如盛唐人，心益復嚮往之。薄宦山左十六年，滕、薛、濟、泗間不乏嗜古能文之士，偶一論詩，都無不屈指其年先生者。而吾友孫子豹人、鄧子孝威輩，尤推服先生不置。嘗許其年文字之妙，直追秦、漢，駢儷之工，可凌鮑、庾，詩則軼少陵而駕沈、宋，元和以下諸公不逮也。余既熟耳先生名，第未睹厥容貌，與之上下論議，一探其胸中之奇，以爲恨。丁卯冬，司鹺津門，僕僕于魚肆鹽市，日與十三賈人子咄咄辞語，殊不自聊賴。一日聞安平令君賢聲，心異之，詢知爲先生難弟子萬，則大喜過望。因索其家刻詩文，貽余若干卷，發械而風雨争飛，珠玉錯落，益信往昔海内所以争傳先生者，良有不虚。再四循諷，覺斯集真可不朽先生也。昔長卿富于辭，《子虚》賦就，得給尚書筆札，以郎顯，後世文士，罔不歎羡其事，其年遭遇，不啻過之矣。世有懷瑾握瑜，曾不得一逢際會，而抱影蓬窻者，比比也。如先生者，可不謂幸哉！今讀其詩，想見其爲人。既作誦讀尚友之資，復增中郎虎賁之想。爲報子萬，當盡搜其篋中所藏，勿令他人取去，盡以貽予，予當付梓而廣布之，以慰夙昔饑渴可也。涇陽弟任璣拜題。

《湖海樓詩集》序

其年檢討，陽羡貴公子。自其童子即沾濡家學，習聞中朝故事，落筆賦詩，才名籍甚江表。與余相識，在戊、亥之間，中更變故，家計益落，非復昔時豪舉矣。薄游大梁，訪舊雉皋，多故人寂莫之游。所至輙徙倚窮年，少亦累月，當花對酒，感慨悲凉，一以文章自遣。世所艷稱者，其麗體、填辭二種。然其沈思怫鬱，尤一往全注於詩。近體似玉川，歌行之運筆頓挫，婉轉豐縟，前少陵而後眉山，不足多也。然詩益工，窮益甚。晚歲遭逢，幾酬夙志，未幾捐館，無當室之孤，無負郭之産。竊念造物之於斯人，其奢於降才、儉於取遇如此。計其所留於身後者幾何，假令此卷復就零落，則其年竟爲虚生此世矣。昔王右丞没無子，代宗命取其遺集，其弟相國縉，編得四百餘篇上之，帝優詔褒美。今安平作吏甚清苦，迺能捐俸剞劂，爲其兄計所以不朽者，比之前人爲尤難也。集分年，自辛丑編至壬戌歲止，共得七百七十八首。其文與填辭另有集。康熙二十八年冬十二月，崑山同學弟徐乾學謹序。

《湖海樓詩集》跋

伯兄生而頴異，五六歲即能吟，吟即成句。先大父暨先大人鍾愛之，甫齠齔，爲延貴池吴次尾、吴門錢吉士兩先生教之，兩先生交口贊。先大人游金陵，同時則有周仲馭、方密之、張芑山、沈眉生、顧子方、冒辟疆、梅朗三諸先生，予外舅侯公朝宗。先大人讀書吴門，則有文相國湛持、侯銀臺廣成、徐宫詹九一、陳黄門大樽、張太史天如、李舒章、楊維斗、黄梨洲諸先生周旋贈答。時伯兄髪始覆眉，咸隨侍側，聆諸先生議論，益刻意爲詩，爲諸先生所賞識。先大人爲之刻《湖海樓少作》、《湖海樓稿》，今倶不存。丙申五月，遭先大人之變，兄弟饑驅，餬口四方。如皐諸君子爲伯兄重刻《湖海樓稿》，其板在中表曹渭公處。又刻《射雉集》於維揚，屬予師王宮詹阮亭先生手定。今二十餘年，其存否亦不得問。數年後伯兄詩益進，又悔從前之刻有未當也。取《射雉集》重加删訂，次第編年，斷自辛丑，訖於壬子、癸丑。至丁巳，則肆力於填詞。戊午就徵京師，官禁近，詩益蒼辣奔放。至壬戌捐舘，搜其遺集，皆伯兄手録成帙，多鉅公名家所丹鉛者，石盡刻之，分爲八卷，以備當代大君子論定焉。嗟乎！吾兄驚才絶艷，晚歲始拜一官，而又不禄，心切慟之。石以其文學宦蹟，白之當事，於康熙二十七年三月念有七日，同先大父、先大人崇祀鄉賢。一堂四代，先曾祖孝潔先生祀於前明。几筵俎豆，世世享之，九原有知，兄亦可以鑒予懷矣。戊辰小春，四弟宗石謹跋于彊善堂。

《湖海樓詩集》跋

大兄詩凡三變。少而師事雲間陳大樽先生，爲詩高渾鮮麗，出入于陳、杜、沈、宋、高、岑、王、孟，糸以温、李，含英咀華，風味不墜，所謂《湖海樓少作》、《湖海樓稿》者是也。既而客遊覊旅，跌蕩頓挫，浸淫於六季三唐，才情流溢，而詩一變，所謂《射雉集》者是也。晚而與當代大家諸先生上下議論，縱横奔放，多學少陵、昌黎、東坡、放翁，而詩又一變。大兄臨終時自云：「吾詩在唐、宋、元、明之間，不拘一格。」其詩學之成歟？今集自辛丑迄壬戌詩是也。四弟既刻其古文全集矣，復取而授之梓，得若干卷，視京少天藜閣所選爲備。《湖海樓少作》、《湖海樓稿》已刻者，今不載。丁卯冬十二月，弟維岳謹跋。

《迦陵詞全集》序

予固不知填詞，間嘗從先子坐隅竊聞春波詞人錢而介先生之緒論矣。詞始於唐，衍於五代，盛於宋，沿於元，而榛蕪於明。明詞佳者不數家，餘悉踵《草堂》之習，鄙俚褻狎，風雅蕩然矣。文章氣運，有剥必復。吾友朱子錫鬯出而振興斯道，俞子右吉、周子青士、彭子羨門、沈子山子、融谷、搏九，李子武曾、分虎，共闡宗風。陳子其年起陽羨，與吾里旗鼓相當，海内始知詞之為道，非淺學率意所能操管者也。其年王父少保左都御史中湛先生，爲東林領袖，嘗令吾邑，多惠政，與先祖訂交特厚，以故先子與定生先生昆仲世講不衰云。憶癸未歲，先子以竇坻固守全城，功當超擢，忤權貴，聽調赴京師，而少保叔子户部主事則兼先生亦以忤時，左遷順天府知事，盱衡時務，握手太息，共抱杞人憂。甲申三月，則兼先生殉國難。是歲先子繇涇縣令遷南工部，見馬、阮執國命，遂奉大母歸隱以歿。時定生先生亦日在風波震盪中，幾爲阮懷寧所殺。滄桑之後，予始得見其年及其三弟緯雲，因盡讀其先世遺書。辛酉九月，予從京師南還，其年尚賦詩二章贈别。迨壬戌之夏，而屋梁落月之思，遽變作人琴之感矣。今年春，予歸自河東，適家弟六謙爲深澤令，遂慫裝焉。其年季弟子萬時令安平，安平與深澤接壤，子萬以公事至上谷，紆道訪予兄弟，一相見即言及其年詩古文已刻成二十四卷，詞則海内尚未睹全本，方彙輯《迦陵詞全集》三十卷授梓單行，屬予爲之序。予既不知詞，而其年之詞世已推重，又何用予序哉？予間至京師，偶與友人顧咸三共讀其年之詞，合小令、中調、長調計四百一十六調，得詞一千六百二十九闋。咸三謂宋名家詞最盛，體非一格。辛、蘇之雄放豪宕，秦、柳之嫵媚風流，判然分途，各極其妙，而姜白石、張叔夏輩，以沖澹秀潔得詞之中正。至其年先生，縱横變化，無美不臻，銅軍鐵板，殘月曉風，兼長並擅，其新警處，往往爲古人所不經道，是爲詞學中絶唱。予聞其言，而益信其年之詞之必宜單行也。夫其年與錫鬯並負軼羣才，同舉博學宏詞，入爲翰林院檢討，交又最深，其爲詞工力悉敵。錫鬯《江湖載酒集》爲友人選刻已久，今方高視詞壇，著作且日新。其年詞雖富，而今已矣。子萬梓成後，錫鬯必竭力爲之表章，又何用予序哉？特以子萬惓惓爲其兄身後名計，友于之誼，足以風世，不敢以不文辭。向者新城王阮亭先生梓其令兄西樵、東亭兩先生遺集，海内重之。子萬游先生之門，而亦不忍忘其兄。是刻也，又何淵源之無忝乎？以子萬之孝弟，與其吏治學問，行且敭歷中外，致君澤民，以繩其祖武，豈僅僅以詞章爲其兄不朽計者？獨予以長貧，餬口四方，祖、父遺詩，略已問世，而古文詞未能授梓，以竟後人之事，則見子萬梓其年詞屬爲之序而不忍固辭者，亦用以自志吾媿云爾。康熙二十九年秋七月，秀水同學弟高佑釲謹序。

《迦陵詞全集》序

自昔風雲之什，最數六朝；由來騷雅之遺，原非一格。故輪袍製曲，文人大抵風流；而玉宇關心，學士率多忠愛。南國隕江山之涕，樓上笙寒；東風牽離別之絲，橋邊柳暗。青衣小婢，藉翻紅豆之詞；彩筆名流，慣著金荃之集。寄歌思于玉樹，韻咽千秋；傳節奏于霓裳，魂銷一曲。凡屬有情之語，多爲見道之言。况乎萬斛流泉，噴處即成珠顆；千端艶錦，着來盡是霞紋者乎？迦陵陳太史先生，世擅清華，頭系蘇環之子；門盈簪笏，玠爲衛瓘之孫。鍾靈氣于玉女潭邊，著義聲于孝侯祠畔。英年吐鳳，九苞栖食于桐花；晚歲佩魚，六絶繽紛其藻彩。詩則三百篇而下，未是葩經；十九首以還，都非作者。文則叱訶徐、庾，靈鼉之冰繭能繅；淩轢謝、顔，赤水之珊瑚可碎。固已蝨吟阿賦，鬼哭蒼書矣。然且擲地鴻篇，兼工鏤雪；屠龍巨手，亦事雕蟲。則有春閨懊惱之辭，子夜相思之曲。陌頭凝望，悔教夫壻封侯；洛下看花，爲問良人得意。泣秋風于揚子，未寄魚書；驚殘夢于遼西，生憎鶯鬧。又有送君南浦，别客西江。渺渺春帆，緑遍王孫之草；匆匆曉騎，青迴酒市之旗。能不握手贈言，攀條增感。若乃登臨山水，憑弔興亾。嗟仙掌之消沉，露零鄴下；歎銅駝之湮没，棘滿華園。西京之禾黍芃然，東洛之衣冠邈矣。於斯時也，不亦悲乎！至于江上琵琶，青衫淚濕；樓頭珠斛，紅粉塵埋。僵碧玉于甃泉，啼采蘋于翠竹。馬嵬土澁，只剩香囊；銅雀臺空，不聞歌吹。斯又寫牢騷于落日，抒哀怨于愁雲者矣。君爲才子，僕亦恨人。身似隴禽，出潼關而未返；夢成莊蝶，依吴樹以常飛。曾叨縞紵之投，久抱人琴之痛。西州門外，傷心不但羊曇；北海樽前，把袂更無文舉。劇憐香令，為述難兄，出遺藁于縹囊，聚廻文于斷錦。一聲河滿，老淚横流；三疊陽關，仙踪竟去。試訪紅牙按拍，當年可有何戡；若令鐵撥調弦，今日難爲賀老。一言弁首，萬緒填膺。康熙二十九年庚午仲冬長至前十日，涇陽任璣題於上谷衙齋。

《迦陵詞全集》跋

先伯兄中年始學爲詩餘，晚年尤好之不厭，至于贈送應酬，往往以詞爲之，或一月作幾十首，或一韻疊十餘闋，解衣盤薄，變化錯落，幾于昔人所謂嘻笑怒駡皆成文者，故多至千餘，古今人爲詞之多，未有過焉者也。伯兄存日，有《烏絲詞》一刻，身後京少有天藜閣《迦陵詞》刻，猶非全本，蓋至今子萬弟所刻，而後洋洋乎大觀矣。揚子雲稱雕蟲小技壯夫不爲，填詞尤其小者，不過聊同弈日，差賢博奕耳。疇昔之日，嘗戲語阿兄云：兄詞如此之多，不難爲梨棗耶？兄笑而頷之。假令伯兄至今存，恐亦未必盡付鋟板。四弟勇往賈鋭，有進無退，以下吏窮官作此舉，不量其力，幸而成是，然而憊矣。詩曰「豈無他人，不如我同父」，言及益慨然增棠棣之重也。伯兄後死有弟三人，乃獨四弟仔之。梓成，寄索跋，因書以美四弟，且志維岳之愧而已。己巳冬杪，弟維岳謹跋。

《迦陵詞全集》跋

迦陵陳先生詞集三十卷，余師子萬先生刋竟，小子璠受讀之，喟然曰：從來文章爲性命，朋友骨肉之遇，蓋有天焉。作者固難，述者正不易也。昔摩詰歿，弟縉上詩五百餘篇，輞川得不朽。尚友者覽其高義，未嘗不慷慨欷歔，以爲有弟如斯，夫復何憾。先生與余師皆少保公孫，處士公子，家聲舊矣。先生生而穎異，少爲黄門舍人、樓山、吉士諸前輩所賞識，嗣與梅村、合肥、西樵、阮亭、豹人、宇台、文友、程邨諸先生相唱和，無不歎爲驚才絶艷。不意先生晚拜一官，遽歿史館。余師收其遺帙，如儷體、詩、文，咸捐俸彙刻，而詩餘最富，蓋千餘闋云。靈思杳忽，蘸墨欲飛，隨筆所之，天機鏜鎝勃發，凡可歌可泣者，胥寓于詞，洵飄飄然空前而絶後矣。夫紅杏花影，一經品題，便成佳話。倘鐵板聲歇，即蘇髯風流，亦難如面也。作述之際，豈非天哉？嗚呼，先生往矣，灝氣長存。子山無零落之憂者，伊維余師之力，能不令人低徊于死生兄弟之間也乎？細雨夢回，小樓昨夜，迦陵有知，應必賦《棠棣》于九京矣。博陵後學吴璠奂若謹跋。

《迦陵詞全集》跋

先伯兄詩、古文，予于丙寅、丁卯兩年節俸金次第付梓，惟詞最富，因力不逮，至己巳春又鳩工鏤板。簿書之暇，反復校讐，不禁喟然曰：伯兄之詞富矣，伯兄之遇窮矣。伯兄少年，見家門烜赫，刻意讀書，以爲謝郎捉鼻，麈尾時揮，不無聲華裙屐之好，多爲旖旎語。未幾鼎革，先大人裹足窮鄉，誓墓不出，家日以促。至丙申先大人棄世，家益落，且有視予兄弟以爲釜中魚、几上肉者，各散而之四方。或孤蓬夜雨，轣轆歷落，或風廊月榭，酒槍茶鼞，或逆旅饑驅，或河梁賦别，或千里懷人，或一堂燕樂，或鬚髯奮張，酒旗歌板，詼諧狂嘯，細泣幽吟，無不寓之于詞。甚至俚語巷談，一經鎔化，居然典雅，真有意到筆隨、春風物化之妙。計四百一十六調，共詞一千六百二十九闋，分編三十卷，自唐、宋、元、明，未有如吾伯兄之富且工也。嗚呼！南宋李泳兄弟《花萼》詞集，後世稱之。余少孤失學，碌碌無可表見，輒爲涕淚。今讀伯兄之詞，能不愴予之蕪落，而重有愧于前人也哉？康熙二十八年歲次己巳，季冬朔八日，弟宗石謹跋于安平官署之彊善堂。

《湖海樓全集》序

其年檢討，陽羨貴公子。自其祖少保端毅公，以讜正立朝，爲東林眉目，父定生先生，篤行完節，所與游皆一代名人。其年童子時，即沾濡家學，習聞中朝故事，稍長，博極羣書，才名籍甚江表。與余相識，在戌亥之間，嘗下榻憺園，流連歡劇，每際稠人廣坐，伸紙援筆，意氣傿上，旁若無人。中更變故，家計益落，非復昔時豪舉矣。訪舊雉皋，薄游大粱，多故人寂寞之游。所至輒徙倚窮年，少亦累月，當花對酒，感慨悲凉，一以文章自遣。著述甚富，諸體畢備。其駢儷之工，頡頏徐、庾，倚聲之妙，排突蘇、辛，久爲世所稱豔。至其沈思怫鬱，尤一往全注於詩。近體似玉谿，歌行之運筆頓挫、婉轉豐縟，前少陵而後香山，不足多也。顧文益工，窮益甚。己未歲，特詔開博學鴻詞科，其年登上第，晚歲遭逢，幾酬夙志。未幾捐館，無當室之孤，無負郭之産，竊念造物之於斯人，其奢於降才、儉於取遇如此。計其所留於身後者幾何，使遺藁復就零落，則其年竟爲虛生此世矣。值君弟安平令子萬爲刊全集，屬余以一言弁其簡端。余追溯曩游，不勝山陽之感。昔王右丞没，無子，代宗命取其遺集，其弟相國縉編得四百餘篇上之，帝優詔褒美。今安平作吏甚清苦，迺能捐俸剞劂，爲其兄計所以不朽者，比之前人爲尤難也，爰不辭而爲之序。康熙二十八年戊辰冬季崑山同學弟徐乾學拜撰。

《湖海樓全集》序

倫少從陽羨儲越漁先生游，側聞陳檢討迦陵先生爲文捷敏，每當對客揮毫，纚纚數千言立就，真不愧才子之目。惜生也晚，讀其書，不及見其人。其全集久已衣被海内，沾丐來學。今大中丞商邱葯洲陳公，博雅好古，於先生爲羣從，因舊板已多散佚，謀重付棗梨，屬爲釐訂。倫讀竟，作而歎曰：以先生之才，足以蓋代，乃晚得一官，復中道殂謝，故論者多痛惜之。然先生以諸生入史館，受天子特達之知，橐筆禁近，錫賚有加，自漢司馬相如、王褒、揚雄後，罕與爲比。於以見聖朝崇儒右文，凡懷奇負異之士，不至槁項黄馘，終老巖穴。視方干輩之身後方賜一第者相去遠矣，先生復何憾哉？集中諸體，涵今茹古，奄有衆長，觀其摇筆散珠，動墨横錦，洵可爲驚才絶豔。至於慷慨悲歌，唾壺欲碎，又使人流連往復、感喟欷歔而不能自已也。蓋先生之詩文，以氣爲主，故雖鏤金錯采，絶無堆垛襞績之痕，此其所以獨勝於諸家者歟？原刻篇首舊有徐東海先生序。以倫之企慕而不及見者，得緣校讐之役掛名巨集，亦不無厚幸也夫！乾隆歲次乙卯正月下浣，陽湖後學楊倫謹序。

《湖海樓全集》序

先伯祖檢討公，以詩、詞、駢體文名天下，而古文亦自成家，久爲士林所誦習。其全集先祖農部公曾刻之安平官舍，歲久板多漫漶不存。又壬子詩一卷，公自負生平絶藝，後忽失之，甚爲悵惋。近荊溪任君安上得之敗紙麓中，合浦珠還，殆有天數。合之從前《湖海樓稿》、《射雉集》諸刻未經編入者，並蔣京少所選録，都爲一集，屬楊子西河詳加參校。詩原本編年，因少作歲月無可考稽，易爲分體，至各體部帙亦俱另爲編定，加以蒐采别本，補所闕遺。計得詩十二卷、詞二十卷、散體文六卷、儷體文十二卷，共成五十卷。魯魚帝虎，亦復釐正頗多。而後檢討公著作裒然大備，無復遺憾，益足傳之久遠，庶不負先祖表章同氣之盛心云。乾隆六十年乙卯上元後五日從孫淮謹識。

《湖海樓詞集》序

先伯兄詩、古文，余於丙寅、丁卯兩年節俸金次第付梓，惟詞最富，苦力不逮，至己巳春，始得鳩工鏤板。校讐訖，不禁喟然歎曰：伯兄之詞富矣，伯兄之遇窮矣。方伯兄少時，值家門鼎盛，意氣横逸，謝郎捉鼻，麈尾時揮，不無聲華裙屐之好，故其詞多作旖旎語。迨中更顛沛，饑驅四方，或驢背清霜，孤篷夜雨，或河梁送別，千里懷人，或酒旗歌板，鬚髯奮張，或月榭風廊，肝腸掩抑，一切詼諧狂嘯，細泣幽吟，無不寓之於詞。甚至里語巷談，一經點化，居然典雅，真有意到筆隨，春風物化之妙。蓋伯兄中年始學爲詩餘，晚歲尤好之不厭，或一日得數十首，或一韻至十餘闋。統計小令、中調、長調共得四百一十六調，共詞一千六百二十九闋。先是京少有天藜閣《迦陵詞》刻，猶屬未備，今乃盡付梓人。自唐、宋、元、明以來，從事倚聲者，未有如吾伯兄之富且工也。昔南宋李泳有《花萼詞集》，後世稱之。余少孤失學，碌碌無可表見，今讀伯兄之詞，能不愴余之蕪落，而重有愧於前人也哉？弟宗石。

《湖海樓全集》弇山鐸署本跋

迦陵先生爲吾邑才人之冠，著作之富甲於古今。《湖海樓全集》行世已二百餘年，庚申後毁於兵燹，幾至失傳。近年景運重開，各後裔皆能搜羅殘缺，重梓先代遺書。惟陳氏世居亳村，後裔業農，近更式微，莫能爲其先祖謀不朽之事。光奇追念十七世叔祖王谷公、十八世祖植齋公，皆與陳定生、迦陵兩先生爲紀羣之交，倡和最多。今《鳴鶴堂》、《直木齋》各集，吾族皆已重梓。而陳氏之《湖海樓集》，聽其湮没，吾先祖之心將有未安，即爲後人者亦捫心負疚也。庚寅之秋，光奇借得舊本，將爲重梓，第以卷頁繁多，需費甚鉅，冷官俸薄，未易獨任。爰分古文、駢體、詩與詞，析爲四集，按年分梓。辛卯之春，先以古文六卷付手民，取其易成也。光奇自思年已周甲，既肩前人之事，力雖未逮，詎敢因循，遂於是年夏秋，將儷體文十二卷接續梓之。至壬辰之冬，詩集十二卷亦已梓成。癸巳春夏監督手民，將詞集二十卷一律梓齊。悉心讎校，計前後三年，全書告成，是固迦陵先生幽光必發，呵護有靈也。竊念先生曩日以填詞與儷體文名世，其詩與古文本非專長。自道光間桐城姚氏創立文章宗派，凡不歸其派者皆不入選，後之作者必以姚氏爲宗，如先生之《湖海樓集》更易失傳。况值兵燹之餘，後嗣已衰，豈不大可慮哉？光奇學淺，不知詩文宗派，第以生同先生之邑里，經歷滄桑，幸得後死，理宜保護梓里典型，且爲吾先祖盡友誼於二百年之後。則是集之成，吾祖有知，當亦同慰於九原，而後死者之責庶稍盡焉。光緒十九年歲次癸巳仲秋之月邑後學任光奇謹識。

《陳其年文集》序

蓋聞白露未降，鶗雞無啁哳之聲；危弦既張，煢嫠有擗摽之歎。聲激楚而彌高，志悲哀而愈出。故變風變雅，勞臣思婦之篇；《九辯》、《九歌》，致慜抒情之作。玉英瑶木，意託哀時；桂樹青莎，愁生招隱。李都尉有從軍之製，雪涕河梁；班婕好有團扇之吟，傷心紈素。秦川公子，非無覊旅之悲；西鄂文人，時有煩紆之致。以至曹子建之憂時，劉并州之傷亂，陸機總轡之詩，阮籍鳴琴之詠。江南河北，早見幽憂；大曆開元，偏知離慜。作者莫不寄懷緯繣，寓志憯悽，詩窮則工，不其然歟！雖復爵園高宴，詞臣矜澹雅之思；金谷連篇，文士侈風流之概。若斯之類，蓋亦眇諸。陽羨其年氏，吴趨華胄，梁苑名才，派出潁川，支分河朔。鏗鏘金石，舊傳鳳卜之祥；煇爍書篇，夙有鷹揚之譽。賦紅藥於早年，詠文禽於頃刻。七齡辨日，黄琬非奇；三歲窺園，膠西未遠。加以性好秦聲，人同楚客。江淹雖恨，豈非獨擅銷魂；張載最哀，不得專稱悽愴。腹内車輪，無緣取樂；口中石闕，半是銜悲。野老相逢，哀箏每奏，情文之際，可以觀矣。故《青溪》、《黄竹》，羌非阿閣之辭；駕鹿乘龍，便是鼎湖之夢。歌大風於漸離席上，悲薤露於田横島中。陶彭泽之新詩，無非飲酒；謝客兒之雜詠，間有懷人。詩成千首，緒寄百端，真可謂悽入肝脾，哀感頑豔者也。僕與其年，誼屬同心，生初異地。懷邴原之白鶴，久歎雲中；被彦輔之朱霞，居然天半。頃者薄游吴市，留滯胥臺，飛殤宋玉之家，把臂素心之侣。遂得流連卜夜，宛轉論交。蔣元卿之求友，可託逃名；丁敬禮之屬文，未堪改定。猥酬《白雪》之章，謬荷玄晏之託。是所邈然，今茲爲幸。庶幾龍脣在御，不殊流水之音；鳳吹非遥，欲和高山之嘯。於是不辭授簡，聊以引端云爾。吴綺。

《湖海樓集拾遺》跋

戊戌、己亥間，家居得鈔本陳其年文一册，較世行《湖海樓集》多數篇，前有吴薗次叙文，亦今本所無者。益以《同人集》所載，爲《湖海樓集拾遺》一卷。更憶往時客吴門，曾輯《湖海樓集外詩》，得九十餘首，爲亡友費屺懷持去，云將刊入《常州叢書》，因循未果，而屺懷遽赴修文，念此殊增山陽鄰笛之痛。宣統己酉五月鈍宧冒廣生記。

二　傳記

陳檢討維崧誌銘

徐乾學

戊午春，陳其年過崑山，讀書余園中。適朝廷下詔舉博學鴻儒，於是故大學士宋文恪公以其年名上，余送之曰：「子雖晚遇，然自是绝青冥、脱塵埃，羽儀盛朝不久矣，吾與子相見於上京耳。」次年春，天子親試諸徵士於殿庭，其年名入一等，授翰林院檢討，纂修《明史》。是時京師自公卿下，無不籍籍其年名，傾慕願交者，凡人事往來，賀贈宴餞頌述之作，必得其文以爲榮。脡脯之贄溢於堂，四方之履交錯於户，其年輒提筆綴辭，益與酬酢不休。然其年所居在城北市廛，庳陋纔容膝，蒲簾土銼，擁書其中而觀之。歠菽啖飯，沈思經籍，有餘無問所從來，時時匱乏，困卧而已。閲四年，年五十八而病作，疒發於面，已患滞下，積四十餘日。諸同年故舊問餉延醫供藥餌不絶，卒而哭之，咸盡哀。余偕舊相益都公及諸士大夫出貲助含殮，治喪無缺於禮；又議立其仲兄子履端爲後。然後得僦舟，歸柩於故里陽羡之某原，啓储夫人攢合葬焉。嗚呼！余之期君於京師相聚首者幾何時，而遽以哭君於邸；今又以履端之請而爲君銘，豈不重可痛耶！

其年諱維崧，別號迦陵，宋止齋先生後，由永嘉徙宜興。至祖，諱于廷，明萬曆乙未進士，歷官都察院左都御史，加太子太保。父諱貞慧，副榜貢生，改官生，贈檢討。太保公正色立朝，爲時名卿，所交游相議論多憂國奉公之臣；而贈公以貴公子用節概推重縉紳間，中罹黨禍，遭亂後，鑿坏肥遁，著書自娱，諸常所蹤跡往還者，皆海内逋臣遺老，蔚然典型。故君自束髮以來，耳濡目染，已不墮俗下儇薄氣。先是君十七歲時，補邑博士弟子員；後隨侍贈公，棲止山村野寺，絶仕進意。久之，隨輩應鄉試，不利，浪游南北，至京師，故大司馬合肥龔公賞歎其文，首爲定交。在中州則遍交侯朝宗、徐恭士諸君，如皋主冒徵君家最久。君修髯，美風儀，風流俶儻。所作歌詩，隨處散落人間，豪肆排宕，初本三唐，而隤唐自恣於昌黎、眉山之間。遇花間席上，尤喜填詞，興酣以往，常自吹簫而和之，人或指以爲狂。其詞至多，累至千餘闋，古所未有也。君於文最工駢體，嘗部集漢、唐、宋、元及近代文，間摹擬之爲文，然率不如其駢體所作哀艷流逸，每於叙懷傷往，俯仰頓挫，愴有餘情，庾開府來一人而已。君門閥清素，爲人恂恂謙抑，襟懷坦率，不知人世有險巇事。口蹇訥，不善持論。及其爲文，則飈發泉涌，奇麗百出，天下知與不知，無不稱爲才子云。母湯氏，御史某女，贈孺人。儲孺人生女一，適文學萬某。

側室生二子，俱殤。履端今爲諸生。銘曰：杜牧牧之，江總總持。文才瑰麗，缺於駢詞。子山清新，義山争奇。超軼绝羣，非髯而誰。五十仕宦車無耳。困翅欲軒痿將起。誰之不如止於此。

公祭陳其年檢討文

尤侗

嗚呼！自古才人，造物所忌。文章九命，真堪流涕。人生缺陷，萬事難遂。使斯人死，空存吾輩。大江之南，荆山之内。陽羡書生，潁川苗裔。少保勳業，巍然門地。處士聲名，卓然標幟。晚得小同，幼稱阿士。白眉最良，紫髯亦異。好讀秘書，能識奇字。作爲詩文，洸洋自恣。合組列錦，驚艷絶麗。鴻筆之人，海内寡二。曷爲塲屋，屢蹶秋試。豈其過高，未工時藝。君乃浩然，不可一世。結客少年，方舟聯騎。遨遊吴門，鷄壇執觶。適館雉臯，跌宕聲伎。竭登燕臺，上京高視。流寓商丘，黄河旋濟。周游晚歸，風雨不蔽。老屋荒田，頽然獨寐。前歲詔書，闢門大會。章滿公車，陳蕃名最。獻賦長楊，授官中秘。天子門生，足當一第。史局紬書，春秋諮議。落拓平生，差強人意。曼倩飢軀，長卿渴睡。索米求漿，亦無佳味。重以悼亡，凄絶伉儷。孫楚情深，荀粲貌悴。弓冶猶虚，巾匜孰侍。逆旅空牀，孑然小婢。對月長吁，臨風如醉。憂能傷人，病乃隨至。芣苢未采，伯牛爲厲。附贅懸疣，逡巡決潰。再厄河魚，溘焉永逝。已矣悲夫，斯文忽墜。豈無他人，鐘鳴鼎食。君獨蕭條，斗筲不繼。雖有微官，送窮無計。豈無他人，黄耇台背。君獨沉綿，二豎作祟。鬌鬌如戟，不及中歲。豈無他人，瑶環瑜珥。君獨孤單，中郎乏嗣。誰其嗣之，白家阿寄。凡此三者，天之所棄。命也如何，莫致而致。然有一焉，不朽盛事。詩曰湖海，元龍豪氣。文曰迦陵，徐庾藻繪。詞曰烏絲，辛蘇姿制。美矣善矣，諸好皆備。萬丈光芒，藏之在笥。天雨鬼哭，奪君而去。君亦慷慨，仰籲上帝。帝曰試哉，命爲仙吏。玉樓賦成，鈞天宴賜。於傳有之，斯言非戲。而我故人，空然垂淚。惜君奇才，恨無人替。歎君數奇，歿身齎志。感君素交，芝蘭雅契。義爲友朋，情猶兄弟。我紱子佩，一朝分袂。明冥異路，如何勿思。敢製公誄，以待私謚。一束生芻，招魂而祭。言之長矣，君其聽未？嗚呼尚饗。

陳檢討傳

里中同學蔣永修慎齋 譔

陳維崧，字其年，宜興人也。年十七爲諸生，齟齬至五十四，大司馬、今冢宰宋公薦諸朝，召試博學宏詞，稱天子意，由諸生擢授翰林院檢討，修《明史》。勤其官，年五十八疾作，卒於京師，乘驛反葬，爲檢討凡四年。檢討雖晚達，然三十年來，海内推其詩、古文、詞，隆然首稱，無與頡頏者。大父少保公于廷，立朝有大節，爲名卿。父貞慧字定生，折節讀書，所交盡一時名士。其年髫齔受經，過目成誦。稍長，定生引之遍見諸名士，咸器之，稍稍與其年定交，不敢以父行故自尊大。吾邑中訂秋水社，羅諸文士，擇其尤吴其靁清聞、盧象觀幼哲、黄羲時宓公與焉。是時獨其年齒少，余始與爲同社，交甚歡。其年少清臞，冠而于思，鬑浸淫及顴準，天下學士大夫號爲陳髯，與字並行，由是陳髯之名滿天下。辛卯、壬辰間，吴門、雲間、常、潤大興文會，四郡名士畢集，觴酌未引，髯索筆賦詩，數十韻立就，或時作記序，用六朝俳體，頃刻千言，鉅麗無與比，諸名士驚歎以爲神。三十不遇，門户中落，因束裝汗漫遊，所至户外屨滿，車馬填巷，諸公貴人争客髯。合肥大宗伯龔公愛重髯尤甚，唱酬日夜相繼，與爲忘形交。髯落拓，視錢帛如土，每出遊，饋遺隨手盡，空囊而歸。歸無資，亟命質衣物供食用，及無可質，輒復遊，率以爲常。日手一卷書，所歷南舟北轅，檣危馬駭，髯咿吟自如，未嘗釋卷，其於書若嗜慾，無不漁獵。酒不任一合，引杯油然。頗解音律，嘗嬖歌童雲郎，雲亡，睹物輒悲，若不自勝者。然髯爲人内行修，視諸弟甚友愛，篤親戚朋友，遇人温温若訥，生平無疾辭遽色，其遊諸公間，謹慎不泄，持己以正，時有所匡，諸公以故樂近之而莫敢狎也。戊午，余督楚學政，邀與俱，昆山徐太史健菴寓書於余，謂使其年應秋試，一旦成名，則所以成就之者尤大。余深感其言，髯遂不果楚遊。未幾有宋公之薦，髯亦不復試也。髯貧無子，先是遊商丘，買妾，妾父母聞其世家，遊裝都雅，意其富，許之。舉一子，名獅兒，歲三週，載與俱歸，妾父母暨妾始知髯貧且老諸生耳。未幾獅兒竟夭，髯尋遣妾去。去二年，髯拔起薦辟官檢討云。然髯自得官後，貧益奇，儲儒人卒於家，生死不相見，益悼痛不自聊賴。壬戌，患頭癰，遂不起。諸大老斂財殮髯，反葬亳村先人墓側。髯疾時，余子景祁適在京師，問疾拜牀下，髯悉出所著詩古文詞手授祁。癸亥，祁歸，與曹子南耕编次校讐而鋟諸版。髯文有散有俳，其俳體自喜特甚；新詩馳驟，異前所爲；詞尤凌厲光怪，變化若神，富至千八百首，前此作者未之有也。髯以詩古文詞爲海内推重，遲暮得官，不數年孑然邸舍死，天下哀之。始髯未疾，屢以湖山魚鳥爲念，欲告歸，會史局未竣，不敢請。疾急，吟斷句云：「山鳥山花是故人。」猶振手作推敲勢，其可悲也！髯反葬多出宋公力，曰：「生吾薦諸朝，殁吾歸諸原。」髯無子，以亡弟維嵋之子履端爲子，在髯亡後。

迦陵先生外傳

同里後學蔣景祁　撰

陳其年先生，號迦陵。景祁獲侍先生於里中十有餘載，祁客燕臺，往還尤密。文酒過從之暇，先生輒從容爲道平生，謹次軼事數條，别爲外傳。深恐失傳，都忘固陋云爾。

迦陵先生生，值大父少保公六十壽辰。公喜，三日洗兒，摩其頂，名之曰崧。吴梅村先生有「江左三鳳凰」之目，先生其一也，時未弱冠。其二謂吴江吴漢槎、雲間彭古晋。

迦陵客如皋者十年，主人冒君辟疆也。明末，迦陵父定生先生與如皋冒辟疆、商丘侯朝宗、桐城方密之並以名卿子，折節讀書，傾家財交天下名士，天下稱四公子。四公子深相結。弘光時，定生罹黨禍，朝宗捐數千金力爲營脱，侯無德色，陳不屑屑顧謝，相與爲古道交如此。定生殁，辟疆招迦陵讀書於家，愛其才儁，爲進聲伎以適其意，歌者楊枝度曲，紫雲吹簫。十年間，迦陵詩文益進，所著有《射雉》、《小三吾倡和》諸集。其後紫雲從迦陵歸，冒弗問也。

東海徐先生視迦陵先生如骨肉。丁巳春，迦陵偕從子枋躡東海於湖上，夜泊石門，夢一峯聳甚，歷级不可上，宋蓼天先生以手援之，遂登。登則宮殿巍敞，焕若神居，天樂盈耳，仙官迭至，多不相識者，惟東海先生三昆季皆在焉。東海謂曰：「君後三年當來此地。」遂寤。已而薦者爲宋公，及官翰林，則東海三先生以服闋同時造闕下。

先生有一族長者，嘗語先生云：「子必得清貴官，而不由甲乙榜。」問之，曰：「嘻！兆也。」問其兆，曰：「驗，吾自言之。」及先生官而長者已卒，罕知其所由然者。

迦陵先生知己滿天下，惟今大中丞開府余公知之尤奇。先是公官京師，嘗語景祁云：「宏詞一科，當推其年爲拔萃。」公與迦陵踪迹頗疎，而鑑賞若此，人之相知，豈在往來結納間哉！

《清史稿》卷四八四「文苑傳」一

陳維崧，字其年，宜興人。祖于廷，明左都御史。父貞慧，見《遺逸傳》。維崧天才絶艷，十歲，代大父撰《楊忠烈像贊》。比長，侍父側，每名流讌集，援筆作序記，千言立就，瑰瑋無比，皆折行輩與交。補諸生，久之不遇。因出遊，所在争客之。嘗由汴入都，與朱彝尊合刻一稿，名《朱陳村詞》，流傳至禁中，蒙賜問，時以爲榮。逾五十，始舉鴻博，授檢討，修《明史》。在館四年，病卒。維崧清臞多鬚，海内稱陳髯。平生無疾言遽色，友愛諸弟甚。遊公卿間，慎密，隨事匡正，故人樂近之，而卒莫之狎。著《湖海樓詩集》、《迦陵文集》。時汪琬於同輩少許可者，獨推維崧駢體，謂自唐開、寶後無與抗矣。詩雄麗沉鬱，詞至千八百首之多，尤前此未有也。

《清史列傳》卷七一「文苑傳」二

陳維崧，字其年，江蘇宜興人。明左都御史于廷孫。父貞慧，以節概稱，著書自娛，往還多當世碩望。維崧資稟穎異，十歲，代祖作《楊忠烈像贊》。比長，侍父側聆諸名士議論，耳濡目染，學日進。或讌會，援筆爲記序，頃刻千言，瑰瑋無比。皆驚歎，折輩行與交。嗣偕王士祿、士禛、宋實穎、計東等倡和，名益大噪。時有「江左三鳳凰」之目，維崧其一也。補諸生，久之不遇。因出遊，所在争客之。性落拓，饋遺隨手盡。獨嗜書，無不漁獵，雖舟車危駭，咿唔如故。嘗由河南入都，與秀水朱彝尊合刻一稿，名《朱陳村詞》，流傳至禁中，蒙賜問，人以爲榮。年過五十，會開博學鴻儒科，以大學士宋德宜薦，召試列一等，授翰林院檢討，與修《明史》。在館四年，勤於纂輯。嘗懷江南山水，以史局需人，不果歸。疾篤，吟斷句云「山鳥山花是故人」，猶振手作推敲勢，遂卒，年五十八，時康熙二十七年也。

維崧清臞多鬚，海内稱爲陳髯，與字並行。生平無疾言遽色，於諸弟篤友愛。其遊公卿間，謹慎不泄，遇事匡正，以故人樂近之，而卒莫之狎。所著《兩晋南北史集珍》六卷、《湖海樓詩》八卷、《迦陵文集》十六卷、《詞》三十卷。集中文有散有駢，駢體自喜特甚。長洲汪琬謂：「唐以前不敢知，自開、寶後七百年，無此等作矣！」琬固少許可者。維崧與琬論六朝之文，鉤入深微，多出諸賢尋賞之外。所作散文，亞於駢體。詩始爲雄麗跌宕，一變而入杜甫沉鬱之調，横绝一世。詞至千百八首，尤淩厲光怪，變化若神，前此未有也。國初以駢儷文擅長者，推維崧及吴綺，綺才地視維崧稍弱。維崧導源庾信，泛濫於初唐四傑，故氣脈雄厚；綺則追步李商隱，以秀逸勝，蓋異曲同工云。

《國朝先正事略》三十九「文苑」·《陳其年先生事略》

先生姓陳氏，諱維崧，字其年，號迦陵，江蘇宜興人。祖于廷，明進士，官侍郎，忤魏忠贤，削籍，後起左都御史，加太子少保，以言事忤周延儒，再削籍。嘗從顧端文講學東林，直聲動天下，東林推服之，忌者因指爲黨魁。父貞慧，字定生，少用文學著聞，最善金壇周禮部鑣、貴池吴秀才應箕，相與抵掌，下上其議論，其於國家治亂、中朝士大夫賢不肖，無不根極始末，纚纚數千言可聽。諸名士慕其氣節，皆師事少保公，而與定生相親愛。延儒本其邑人，適家居，欲釋故憾，交歡少保父子，且爲定生致通顯，定生固拒之，隙益深。會忠賢義兒阮大鋮久痼，謀起用，諸名士数其罪，爲文檄之，大鋮恨次骨。南都建號，大鋮驟起用事，將盡殺東林黨。時少保前卒，周禮部首被逮，定生營救萬端，乃併捕定生及應箕。應箕亡，定生出詣獄，下鎮撫司，禍且不測。而劉僑者，愍皇帝時舊锦衣也，以片紙付馮鎮撫，謂此東林後人，勿搒掠，以是得稍稍解。未幾，江南亡，大鋮走死，定生得脱歸，而禮部已先被殺。定生既歸，廬少保公墓左，凡十二年不入城，寻卒，有子五，先生其長也。少奇穎，過目成誦，十歲代少保作《楊忠烈像赞》，少保奇賞之，諸名士皆折輩行與交。時吴門、雲間、常、潤大興文會，先生入座，索筆賦詩，数十韻立就，或時用六朝俳體作記序，頃刻千言，鉅麗無與比，咸驚歎以爲神。先生少清臞，冠而于思，鬚浸淫及顴準，士大夫號陳髯，由是陳髯之名满天下。年三十始出雅遊，龔芝麓尚書愛重髯尤甚，唱酬無虚日。性倜蕩，視錢帛如土，每出遊，饋遺隨手盡，垂橐而歸。歸無資，急命質衣物供用，至無可質，輒復遊，率以爲常。先生以詩、古文、詞爲海内推重，吴梅村有「江左三鳳凰」之目，謂先生及吴江吴漢槎、雲間彭古晋也。常自中州入都，偕朱竹垞合刻所著，曰《朱陳村詞》，流傳入禁中，蒙聖祖賜問。客如皋，主冒辟疆水繪園最久，辟疆愛其才，進聲伎適其意。嘗有日者謂之曰：「君年過五十，當入翰林。」康熙己未，召試鴻詞科，由諸生授檢討，纂修《明史》，時年五十有四矣。越四年，卒於官。易簀時吟断句曰：「山鳥山花是故人。」振手作推敲势而逝，相傳爲善卷山中聽經猿再世云。所著《湖海樓詩》、《文》、《詞集》共五十卷。國初以駢體名者，推先生及吴園次，其次則章豈績。然園次才稍弱，豈績欲以新巧勝二家，又遁爲别調。譬諸明代之詩，先生導源庾信，才力富健，如李崆峒之學杜；園次追步李義山，如何大復之近中唐；豈績純用宋格，則公安、竟陵之流亞也。先生嘗曰：「吾胸中尚有駢體文千篇，特未暇寫出耳。」汪堯峯曰：「唐以前不敢知，自開、寶後，七百年無此等作矣。」堯峯固少許可者也。

《清代學者象傳》第一集

陳維崧，字其年，號迦陵，江南宜興人。祖于廷，明萬曆進士，官吏部侍郎，忤魏忠賢，削籍。崇禎初，起左都御史，加太子少保，以言事忤周延儒，再削藉。嘗從顧端文請學東林，直聲動天下，東林推服之，忌者因指爲黨魁。父貞慧，字定生，少以文學著聞，與金壇周禮部鑣、貴池吴秀才應箕善，又與侯朝宗、冒巢民、方密之稱四公子。會魏閹義兒阮大鋮久痼，謀起用，諸名士爲文檄之，大鋮恨次骨。南都建號，大鋮驟起用事，將盡殺東林黨。時少保公已卒，周禮部先被逮，定生營救萬端，乃捕定生及應箕。應箕亡，定生出詣獄。國朝定鼎後，江南歸命，大鋮走死，定生得脱歸，而禮部已先被殺。定生歸後，廬少保公墓左，凡十二年不入城市，尋卒。子五人，先生其長也。少奇穎，讀書過目成誦，十歲代少保公作《楊忠烈公像贊》，少保奇賞之，諸名士皆折輩行與交。時吴門、雲間、常、潤大興文會，先生入座，索筆賦詩，敷十韻立就，或時用六朝俳體作記序，頃刻千言，鉅麗無與比，咸驚歎以爲神。少時狀貌清癯，冠而于思，浸淫及顴準，時號爲陳髯。年三十始出雅遊，龔芝麓尚書劇愛重之，唱酬無虚日。性倜儻，視錢帛如土，遊踪所至，饋遺隨手盡，垂橐而歸。歸無資，急命質衣物供用，至無可質，輒復遊，率以爲常。以詩、古文、詞爲海内推重，吴梅村先生目爲「江左三鳳凰」，謂先生及吴漢槎、彭古晋也。嘗自中州入都，偕秀水合刻所著詞，曰《朱陳村詞》，流傳入禁中，蒙聖祖賜問。客如皋，主巢民水繪園最久。巢民性豪邁，愛才若渴，進聲伎適其意。有歌童雲郎，儇巧艷媚，善伺人意，巢民甚嬖之。先生與戲於梅花樹下，巢民遥見，召雲郎將加責。先生窘甚，直趨内室，求救於太夫人，長跽門外曰：「雲郎得罪於公子，太夫人不爲緩頰，某跽不起矣。」太夫人使侍婢謝之曰：「先生能立賦梅花詩百首，當即救雲郎。」先生諾而起，挑燈一夕成絶句百章，驚才絶艷，巢民一見大悦，即以雲郎贈之。先生樂甚，寫雲郎小影爲長卷，名流題詠殆遍。嘗有日者謂之曰：「君年過五十，當入翰林。」康熙己未，詔試博學鴻詞，由諸生授檢討，纂修《明史》，時年五十有四矣。越四年，卒於官。臨終時吟「山鳥山花是故人」之句，振手作推敲勢而逝，相傳爲善卷山中聽經猿再世云。所著《湖海樓詩》、《文》、《詞集》共五十卷。

《江南通志》卷一百六十六

陳維崧，字其年，明左都御史于廷孫。由諸生舉博學宏詞，授檢討，修《明史》。最善駢體，能于徐、庾外自闢町畦；詩詞皆工麗。居官四年，時以魚鳥湖山爲念。疾革時，猶吟断句云：「山鳥山花是故人。」振手作推敲勢。

《增修宜興縣舊志》卷八

陳維崧，字其年，明少保于廷之孫。□□□□□□□□宏詞，大學士宋德宜以維崧名聞，召試《璇璣玉衡賦》，中選，授翰林院檢討，纂修《明史》。居官勤慎稱職，頻蒙宴賚。貌清臞，多鬚，海内號爲陳髯。順治九年，蘇、常四郡與同聲社名士畢集，觴酌未引，維崧索筆賦詩数十韻，用六朝體作序，頃刻千言，鉅麗無比，諸名士驚以爲神。年三十不遇，因束裝爲汗漫遊，所至諸貴人争客之。性落拓，視錢帛如糞土，每出遊，饋遺隨手盡，空囊而歸，亟命質衣物供食用，及無可質，輒復遊，率以爲常。日手一卷書，所歷檣危馬駭，咿吟自若。視諸弟甚友愛，遇親朋温温若訥，生平無疾言□色。得官後，妻卒於家，悼痛不已，未幾卒於京邸。諸公卿助以殮，歸葬亳村。所著有《湖海樓集》四十二卷，詩馳驟李、杜間，詞尤凌厲光怪，變化若神，富至千八百首。俳體有《檢討四六》十二卷。又有《兩晋南北史集珍》。未疾時，屢欲告歸，以史局未竣，不敢請。疾革，吟斷句云：「山鳥山花是故人。」猶振手作推敲勢。年五十八。以亡弟維嵋之子爲嗣。

《國朝耆獻類徵初編》

鄭方坤《陳維崧小傳》

陳維崧，字其年，一字迦陵，宜興人。年十七爲諸生，偃蹇至五十四歲，始用大臣薦召試博學鴻儒，入一等，授翰林院檢討，修《明史》。又四年，以疾卒京邸。檢討少清癯，長而于思，學士大夫皆稱爲陳髯，一時言詩古文詞者必推髯，由是髯之名滿天下。大父少保公，父贈公，並以清流爲名卿、佳公子，有聲東林、復社間，丹穴鳳毛，過者不敢題凡鳥也。既連不得志於場屋，乃束裝爲汗漫遊。詩壇酒社，到處逢迎，自王公卿相而下，凡賀贈宴餞頌述之作，必得其片紙以爲榮，脡脯之資溢於堂，四方之屨交錯於户。顧髯落拓，視金帛如土，每出遊，贈遺千金，輒随手散去，時時匱乏，則仰屋擁書眠，如是者終不悔。所作詩，風華典贍，原本六朝、三唐，後乃傲兀自恣於昌黎、眉山諸家而得其神髓。遇花間席上，尤喜倚聲度曲，興酣以往，落紙如飛，慢詞小令，多至千八百闋，振古所未有也。爲文最工駢體，每於敘懷傷往，愴有餘情，哀艷流逸，庾開府後一人而已。髯未疾時，屢以江湖山藪爲念，緣史事方殷，未敢引退。疾亟，吟斷句云：「山鳥山花是故人。」猶振手作推敲勢。吁！其可哀也已。不佞少日，好縱覽前輩詩文，檢討一集，尤素所瓣香奉之，睹鬢絲、禪版之遺圖，採楊枝、紫雲之軼事，風流跌宕，未嘗不掩卷想見其爲人也。

雜録

陳其年年四十餘，尚爲諸生，有日者謂之曰：「君過五十必翰林。」梅杓司贈句云：「朝來日者橋邊過，爲許功名似馬周。」至己未，果以應薦授檢討，時年五十有四。

先考功兄嘗云：陳其年「浪捲前朝去」，英雄語也。其年有《烏絲詞》三卷，多瓌奇，如「春陰簾外天如墨」、「玉梅花下交三九」，雖秦、李不能過也。《池北偶談》

王西樵嘗語子弟曰：「陳其年短而髯，吾祇覺其嫵媚可愛，以伊胸中有數千卷書耳。」《筠廊偶筆》

王屋云：「太史在史館四年，時以魚鳥湖山爲念，相傳是善權山中誦經猿再世云。」《江蘇詩徵》

右《國朝詩人徵畧》張維屏録

陳檢討四六及詞，宇内稱許，而詩品古今體皆極擅場，尤在四六與詞之上，從前人無品評者，故特表之。

右《國朝詩别裁集》小傳沈德潛撰

國朝駢體自以陳檢討爲開山，由其才氣横逸，澤古淵醇，而筆力又足以駕馭之，故隸事言情，具有六朝家法，一二俗調，不能爲全集疵也。降而思綺、林蕙，氣息茶弱，浪得名矣。

右《紀聞》陳康祺撰

本朝老年中式者：陳檢討維崧舉鴻博，時年踰五十四；丁丑姜西溟宸英七十三中探花；癸未王樓村式丹五十九會狀，宫恕堂鴻歷五十八，查他山慎行五十四；己丑何端惠世瑾五十八；癸巳文大漳五十八；乙未裘璉七十二；辛丑陸坡星奎動五十九，俱入翰林。乾隆丙辰劉起振八十歲授檢討；己未沈歸愚尚書六十七入翰林，張總憲泰開六十二；癸丑吴種芝貽詠五十八中會元；嘉慶丙辰元和王嚴八十六中式，未及殿試卒；己巳山東王服經八十四入翰林。皆熙朝盛事也。

右録宗室昭槤撰

陳望之中丞淮家藏《迦陵填詞圖卷》，畫色剥落，名流題詠甚夥，多慶伯農祥題跋尤多。洪昉思昇題北曲一套，極風流藴藉。彭羨門孫遹調《浣溪紗》云：「一曲烏絲絶代工。碧簫聲裏見驚鴻。紅幺小撥玉玲瓏。　幾度牽縈蘅薄夢，怎生消受桂堂東。教人妒殺畫圖中。」

右《茶餘客話》阮葵生撰

軼事

王士禛《居易録》卷六

天津河豚最多，然惟吳人嗜之，罹其毒者亦不少。予所見葉文敏方藹、陳太史維崧皆以食此致病。陳頭目悉腫，至不可辨識。昔人云：「不食馬肝，未爲不知味。」乃文人學士知而故蹈之，不可解也。

毛奇齡《西河詞話》卷二

禮部某郎中無子，適其妾有身，已產女矣，匄鄰園尼僧，向城東育嬰堂懷一血胎内之，遂詐言生一男子。彌月宴客，座間各賦賀詞。予同官陳伽陵賦《桂枝香》曲二闋。其首闋前截云：「泛蒲未既。蘭湯重試。若非釋氏攜來，定是宣尼抱至。」郎中疑伽陵知其事故誚之。即次闋前截云：「懸弧邸第。充閭佳氣。試聽户外啼聲，可是人間恒器。」凡人間户外，皆類誚詞，遂大恚恨。其後凡禮部于翰林院衙門有所差擇，必厚抑伽陵，竟至淹滯。始知文字之隙，原有檢點所不及者，然不可不慎也。

王晫《今世説·賞譽》

張祖望目陳其年，其行敦篤而立誠，其材灝瀚而英精，其氣盤礴而靈淑。

王晫《吳山草堂詞評語》

陳檢討迦陵，劇愛吳山詞，稱為「天下第一手」。舒凫嘗集數十闋，僞題李小山詞，令他客郵示迦陵，迦陵評云：「感激沉雄，飛揚跋扈，非宗周亡國之大夫，則秦川無家之公子也。我心知捉刀人矣。天壤間豈真有所謂李氏子者某耶？舒凫誑我。」遂往尋舒凫，值長安市上，徑入酒家，命吳滿斟大白，陳自取洞簫吹之，教小奚奴歌「渭水無聲流月去，照見漢家陵樹」之詞。其相歡狎如此。《霞舉堂集》卷十

史承謙《静學齋偶志》卷一

合肥龔芝麓先生題迦陵先生《烏絲詞》云：「如此才名，坐君床上，我拜低頭竟不辭。」傾倒可云至矣。復送其南歸，又云：「相憐處，是君袍未錦，我鬢先霜。」如此愛才，千古所少。迦陵於公之歿，哭以詞云：「今日錦袍雖換了，記前言、腹痛將他典。買素紙，爲公剪。」真所謂感恩知己，兼而有之也。又聞先生在京時，嘗有所丐于周櫟園先生。初猶作劄，後遣僕竟達空函。周問故，僕云：「主人云不須作劄，空函自知。」周大笑，即以畀之。

馮金伯《詞苑萃編》卷十七

《老學庵筆記》：「嘉興聞人滋自云，作門客牙，充書籍行。」近日新安孫布衣默，字無言，居廣陵，貧而好客，四方名士至者，必徒步訪之。嘗告予欲渡江往海鹽，詢以有底急，則云：「欲訪彭十羡門，索其新詞，與予洎鄒程村作，合刻爲三家耳。」陳其年維崧贈以詩曰：「秦七黄九自佳耳，此事何與卿饑寒。」指此也。人戲目之爲名士牙行。《居易録》

謝章鋌《賭棋山莊詞話》

莆田余澹心懷僑寓金陵，推襟送抱，一時名士皆從之遊，詞曰《秋雪》，阮亭稱其步武放翁。其《永遇樂》爲陳其年題小像云：「髯汝來前，我知汝心，汝知我意。湖海元龍，大牀自卧，碌碌輕餘子。騷耶奴僕，史耶牛馬，總在書生籠裏。乍相逢、虯鬚直視，五嶽胸中墳起。　六朝遺恨，半生落魄，都付馬蹄秋水。我見猶憐，世皆欲殺，弔客青蠅耳。賦成窮鳥，命鍾磨蝎，罵坐何知程李。看三毛、誰添頰上，磊砢如此。」澹心，字無懷，曾著《板橋雜記》，筆墨哀麗，雖光遠之志北里，不啻子山之賦江南，後之作者，莫之或先。卷一

余題湖海樓詞後云：「善權山上誦經苦。别如來、蓮花座下，人間小住。」相傳迦陵爲善權山誦經猿再世，見《鶴徵録》、《蓮子居詞話》等書。卷一

陳氏門材最盛。《烏絲》一篇既推老手，而半雪維嵋有《亦山草堂詞》，緯雲維岳有《紅鹽詞》，魯望維岱有《石閭詞》，皆迦陵兄弟行，莫不含宫咀商，壎篪迭奏。半雪「除夕懷弟緯雲」《南鄉子》云：「翠燭坐更闌。柏葉傳觴強自寬。繞柱騰騰思阿緯，燕關。三度梅花未共看。　何必錦衣還。竹杖荷裳好是閒。大有故園兄弟在，盤桓。雪後煙

蓑雨後山。」緯雲有「憶舊」《滿江紅》：「脈脈濛濛，是誰把、繁華吹去。斜陽外、故家亭榭，亂煙凝竚。仿佛細聞絲竹響，飄零碎落銀燈雨。記當場、一曲牡丹亭，銷魂侶。　錦帳裏，春無數。綺席畔，人如許。幾番趁遍了，差池燕羽。有恨羅裙尋畫蝶，無情紈扇銷金縷。問溪邊、一帶白楊花，應能語。」《虞美人》「春閨」云：「乍寒乍暖春無賴。門掩薔薇外。小樓朝雨忒懨懨。最是冷清清地傍妝奩。　愁來無那愁人老。可惜韶光好。海棠吹落滿園中。又是一池紅浪皺東風。」魯望「五陵俠少」《水調歌頭》云：「白面誰家子，腰下佩錕鋙。短衣匹馬馳騤，遊俠遍三吳。更向長安道上，不惜黄金千鎰，調笑酒家胡。兄尚平陽主，弟拜執金吾。　行樂處，追從者，緑韝奴。一生有力如虎，人號小於菟。最愛灌夫籍福，暇日吹簫擊筑，自笑一愁無。朱邸春留客，紅燭夜呼盧。」蓋定生先生爲党人魁首，名在三公子之列，文采炳蔚，貽爲淵源，故不獨迦陵有鳳凰之譽，迦陵與彭古晋、吳漢槎，並稱江左三鳳凰，見《今世説》中。即群從亦半是惠連。卷四

張德瀛《詞徵》卷六

陳其年冠而于思，鬚浸淫及顴準，天下學士大夫號爲陳髯。王西樵語子弟曰：「其

年短而髯，吾祇覺其嫵媚可愛，以伊胸中有數千卷書耳。」朱竹垞詞：「池塘夢裏，試尋髯也消息。」李分虎詞：「髯也風流玉田侶。」蔣苕生詞：「一丈清涼界。倚高梧、解衣盤薄，髯其堪愛。」蓋本於諸葛武侯答關雲長書「猶未及髯之絶倫逸羣」一語。又惲壽平《甌香館集》《題雪山圖和陳其年韻》：「吴生擎扇向我笑，好遊髯客忘歸鞭。」

徐珂《近詞叢話》

宜興陳其年檢討維崧，少清臞，冠而于思，鬚浸淫及顴準，儕輩號爲陳髯。性好雅游，以文章鉅麗，爲海内推重，相與蹴角壇坫者，吴江吴漢槎、雲間彭古晋也，吴梅村有「江左三鳳皇」之目。其年未達時，嘗自中州入都，與朱竹垞合刻所著曰《朱陳村詞》，流傳入禁中，曾蒙聖祖賜問褒賞。

夏敬觀《忍古樓詞話》

如皋冒鶴亭同年廣生，亦號疚齋，巢民先生其二十世族祖也。鶴亭最熟於明清間諸老遺事，其詞亦宗竹垞、迦陵，旨趨與余絶異，尊前辨難，輒不相下。然每經一度商榷，轉益相親。其題余填詞圖用王通叟韻《天香》云：「天水名公，金源作者，詞壇領袖多少。砌寶樓臺，搓橙院落，此境幾人能到。偷聲減字，分與寸、商量不了。秦柳幾爲世棄，姜張猶道家小。天公被他奪巧。正江南、亂鶯芳草。畫出軼倫髯也，扇巾談笑。一事爲君絶倒。都未怕、尊前被花惱。依樣胡盧，迦陵也好。」蓋譏余不喜迦陵，而又效迦陵所爲，而有此填詞圖也。此詞風致絶佳，置之迦陵集中，殆不能辨。宋詞少遊、耆卿、清真、白石，皆余所宗尚。夢窗過澀，玉田稍滑，余不盡取。謂余棄秦、柳，小姜、張，則冤矣。頃復得其近詞數闋，流麗清俊，如珠走盤，近人詞多極端趨向澀體，守律過嚴，病在沉晦，此派固亦不可少者。

郭則澐《清詞玉屑》

《迦陵詞》序中記杜于皇語云：憶一事大可噓噓。昔甲申闖賊犯闕，迎降者有大司馬某，其人後官兩浙，開宴西湖，召梨園侑酒，即命演闖賊破北都故事。數齣後，闖賊入城，一人冠帶執手版蒲伏道旁，自唱臣兵部尚書某迎駕，蓋某即座上人也。某見之，悵然不懌，良久曰：嘻，亦太甚矣，某何至是！遂罷酒去。迦陵相與撫掌，因賦《賀新郎》云：「嶺對離宮繡。聽鼙鼓、漁陽遺恨，乾坤罕有。記得黄巾初入洛，朝士馬都如狗。還自許、師臣賓友。誰把侍中貂細插，錦河山、忍被軍聲透。八風舞，郎當袖。梨園白髮潛悲吼。誰信道、千秋南董，繫諸伶口。馬上彎弧争欲射，客有道旁泥首。捧降表、夕陽亭候。今日堂堂紅燭裏，正當年、肉袒牽羊叟。頭暗觸，屏風後。」此事真惡作劇矣。其詞蓋疊韻之作。先是，迦陵於旅舍風雨中與于皇杯酒縱談，于皇偶言首席斷不可坐，要點戲是一苦事。嘗坐壽筵首席，見新戲有《壽春圖》者，名甚吉利，亟點之，不知其殺伐到底，終坐不安。迦陵亦言嘗坐壽筵首席，點《壽榮華》劇，以爲吉利，不知其哭泣到底。以爲兩拙不謀而同，抵掌大笑。迦陵紀以是調云：「高館燈如繡。屈指算、攝衣登座，放顛時有。慣罵孟嘗門下客，無過鳴雞盜狗。吾甯與、灌夫爲友。曾被兩行官伎哂，玳筵前、一片喧聲透。香醪潑，汙紅袖。歡場百戲魚龍吼。却何來、敗人意興，難開笑口。自顧無聊惟直視，奪得鸞篦搔首。叱若輩、何堪祗候。事後極知余謬誤，恰流傳、更有黄岡叟。疏狂態，誰甘後。」黄岡謂于皇也。二事皆可笑。而點劇實難，憶曾忠襄平江南後入覲，兩湖京朝官設歌筵款之，忠襄揀《定中原》劇，意以鼓吹中興，不料乃爲迫宫事，未終齣即去。堂堂疆節，亦蹈杜、陳後塵，抑尤可笑。卷一

王蘊章《梅魂菊影室詞話》

漁洋少與西樵好爲香奩體，陳其年作詞懷新城，有云：「名士終朝能妄語。」漁洋讀之笑曰：「家兄與下官，不敢多讓。」初入都時，與海鹽彭羨門復以香奩詩酬答，此詩餘一卷當亦作於彼時。《帶經堂全集》中，漁洋撰述備具，而《衍波詞》獨未著録，殆有戒于少年綺靡之習歟？集中和漱玉詞，如《浣溪沙》云：「不逐晨風飄陌路，願隨明月入君懷。半床蟬夢待君來。」《念奴嬌》云：「額淺雅黄，眉銷螺碧，蟬盡相思意。」兩「蟬」字自是千古妙語，所謂消魂愛好者，其在斯乎？

三　《迦陵填詞圖》題詠

《迦陵填詞圖》原圖已佚，今傳諸本題詠，均非全帙，不知其究有多少也。乾隆四十年，陳淮倩翁方綱題耑，「湘南嘯霞居士汪蔚模勒」，傳拓流行。道光二十五年，萬貢珍復據傳拓本刻石，增嘉道後阮元諸人題詠，計凡七十一家，而模勒者易作「楚南大潙山人胡萬本排類摹勒」。民國二十六年，中華書局據道光石刻本影印於上海，流傳遂廣。乾隆五十九年，陳淮又有刊本，署耑用朱彝尊題字，題詠均用通行字體上版，計凡八十三家，流傳亦多。此本有補刊，初補增二家，再補增七家。同治十三年，葉衍蘭據原圖摹寫，並檢小倉山房文集内填詞圖序一篇，及陳淮刻本内未經題入卷中諸作，併録於後，計凡百一十三家。然卷内近人題詠尚多，未全録，道光石刻本、陳淮刻本合計之外，僅多五家耳。葉衍蘭摹本今在浙江省博物館，世罕見者，乃據以校録題詠。道光石刻本、陳淮刻本互見者，以拓本、刻本字樣標注。道光石刻本中葉本所無七家題詠，陳淮補刊本之沈初序、簡齋先生來書，並附於後。常熟圖書館有一鈔本，鐵琴銅劍樓舊藏也，序文題袁枚撰，落款署「門人臺山方燮代作」。按，陳淮補刊本簡齋先生來書中云「枚幼不習書」，「姑托人寫序一篇」。方燮以書名，托之寫序固屬意中，不謂其文亦出彼代筆也。然其文與刻本不同，刻本與《小倉山房外集》卷八所收者同，殆袁枚後來又自撰歟？鈔本甚舊，疑在陳淮刻本前，字體娟秀，或即燮所寫也。亟補録其序文，並以常熟本字樣標注其互見者。國家圖書館藏江陰繆氏藝風堂鈔本《陳檢討填詞圖卷》，殆自郟志潮摹本寫録，增多十二家題詠，或郟本所有者也，亦附録之。另增補十二家題詠，總計百四十四家。詞話中述及是圖者，亦爲撮録，附之其末焉。壬寅正月十一，我瞻室識。

題詠

填詞圖　其年年長兄屬書，弟朱彝尊。

迦陵先生填詞圖　後學翁方綱題籤

歲在戊午閏三月廿四日，爲其翁維摩傳神，釋汕。

十年燕市和高筑。莫鑄黄金屋。入雒暫歸來，髯逸超羣，談咲評絲竹。　陽羨書生眼底事。游戲人間世。郎戢莫嫌遲，酒渌燈青，袖有相思字。

調醉花陰，戊午九月為其老年長兄題正，弟宋實穎。

案：拓本、刻本、常熟本俱有。

肖像旁求，是誰省、君王氣力。看豪邁、青蓮待詔，紅蘭生色。花底髯掀蘇子賦，朝回醉脱陶公幘。恰雙蛾、斂翠要人描，憐彩筆。　荷裳亞，蕉茵直。鶤絃倦，玉簫寂。正指點紅紅，譜翻昔昔。鞭犢謾懷陽羨雨，雕龍且付瀛洲石。待填成、學海濟蒼生，歸湖得。

調滿江紅，為其年年道兄題填詞圖并正，慈谿弟胡亦堂。

案：拓本、刻本、常熟本俱有。

【原圖】

側帽輕衫古意多。烏絲襴寫懊儂歌。紅兒鮮唱定風波。　翠管吟残傾一斗，玉簫吹徹斂雙蛾。酒闌曲罷奈髯何。

調浣溪沙，悔菴尤侗。

案：拓本、刻本、常熟本俱有。

一曲烏絲絶代工。碧簫聲裏見驚鴻。紅幺小撥玉玲瓏。　幾度牽縈蘅薄夢，怎生消受桂堂東。教人妬殺畫圖中。

海鹽彭孫遹。

案：拓本、刻本、常熟本俱有。

生綃何太膩，滑刺煞、紫毫端。便寫來落落，蕭踈神韻，懶嫚衣冠。長髯飄動數尺，是風塵之外一仙官。却恨欄邊行盡，應添修竹千竿。　多年。不訪太湖山。望斷五雲灣。想填詞未闋，看花眼皺，嚥酒腸寬。含商嚼徵入妙，問此中還有幾聲酸。心惜美人持拍，莫教纖指多寒。

右調木蘭花慢，錢唐毛先舒。

案：拓本、刻本、常熟本俱有。

没處相逢，誰知却在丹青裡。含毫拂紙。看着渾無字。荷雨初凉，湛湛吴江水。闌干倚。轉添愁意。漸少來鴻矣。

調寄點絳唇，西陵陸繁弨。

案：拓本、刻本、常熟本俱有。

玉貌亭亭，當年待詔趨金馬。凌雲聲價。顧曲周郎亞。若箇詞人，得似先生也。烏絲寫。粉沾紅藉。千載看圖画。

同里後學史承謙。

案：刻本、常熟本有。

衣香鬌影共氤氲，吹徹參差入夜分。赢得迦陵新句好，不辭心力事朝雲。

玉梅花下交三九，髯《烏絲詞》中句也。紅杏尚書枉擅名。記得微吟倚東閣，梅花如雪撲簾旌。

題髯公填詞圖二絶句，濟南弟王士禛。

案：拓本、刻本、常熟本俱有。

翠滴銅官眉樣樹。樹裏南樓，恰是君家墅。一紙紫泥徵召去。紅羅三尺書官署。玉瑩珠璫花樣女。女伴吹簫，偷譜烏絲句。繡帶風前飄暮雨。幾曾繫得君家住。

填秦少章足司馬才仲黄金縷一曲，題其年太史填詞圖，采山僧宏倫叙彝氏脱稿。

案：刻本、常熟本有。

荆溪髯客。早駕柳軼秦，英游罕匹。絲繡平原，寶裝内史，廿載名傾南國。何處丹青粉本，寫出石闌鏤筆。高吟就，有金蟲綴鬓，翠眉倚笛。　懸憶。應不讓，蘭畹花間，聲出鏘金石。紅藉蕉茵，錦排鴈柱，醉傍佳人瑶瑟。少壯平生三好，潦倒詞場七尺。休嗟晚，看瀛洲亭畔，重圖顔色。

詞寄喜遷鶯，題其年老年翁詞伯填詞圖，並求教定，河北梁清標。

案：拓本、刻本、常熟本俱有。

吹簫待鳳，畫壁留人，憶舊來佳話。元和才子，愛倚聲、長只傍珊瑚架。翠鈿置得，珍珠買，便教入画。展花間、小帙沈唫，不顧人間聽者。　平添一瓣都梁，看鴉紙斜鋪，鼠須欲下。纔回首說，與春葱誤了，宫商再寫。拚作湘筠，親領取、絳唇吹麝。恠今年柳七，匆匆奉旨，填詞去也。

調寄瑶華，禾南弟李良季。

案：拓本、刻本、常熟本俱有。

唫髭笑撚按宫商，一幅紅箋寫斷腸。自有青蛾傳點拍，底將惆悵賦雲郎。

譜就新聲付雪兒，紅牙低按玉參差。髯翁去後風流盡，誰唱迦陵絶妙詞。

同里後學史承豫拜題。

案：刻本、常熟本有。

薛孃川紙湘娥管，珍惜裹輕裾。來催好句，詩餘就也，恰對人餘。　畫裏真真，喚來曾應，争奈長塗。愁明夢暗，手書寄也，難寄心書。

調寄青衫濕，崑山弟吴殳。

案：刻本、常熟本有。

辛蘇豪邁，周栁纏綿，欲與君同話。丹黄隱隱，儘等身、定收滿藏書架。美髯如戟，更頬上、三毫入画。好持將、束笥流傳，珍重長安和者。文人似爾無雙，想萬卷都開，十行並下。逢清暇、偶檢烏絲，幾闋新詞自寫。端硯花痕，看翠管、蘸餘龍麝。教重添、秀臉長鬟，彷彿聲聲唱也。

案：刻本、常熟本有。

調寄瑶華，和秋錦夫子韵，武原後學周福柱。

填詞老手，筆非秋垂露。髯也風流玉田侶。把琉璃硯匣，付與桃根，携教坐，長在國山青處。　烏絲攔乍展，曲按金荃，寫出花間斷魂句。蕉葉當輕茵，聽譜參差，纖指下、纏綿如訴。若引得天邊鳳飛來，定猜作前身，是秦家女。

洞仙歌，長水弟李符。

案：拓本、刻本、常熟本俱有。

秋水伊人遠。喜今日、畫中相見。倚遍書床，更菡萏裁衣，芭蕉作簟。醉後清平歌幾調，看出篋、波紋小研。正當前，幼婦盈盈，待題黄絹。　山川愛陽羨。有張公玉女，生來作伴。笑髯坡得句，朝雲按板。料理藥爐茶竈在，又重憶、舞衫歌扇。恰瓊樓，高處相要，君恩早眷。

查鉉

案：拓本、刻本、常熟本俱有。

翠螺調墨，蕉葉迎涼，細寫烏絲蠶繭。都道我一生，貪看桃腮膩臉。怪髯奴、也撚霜毫，凝眄着、真真低喚。應戀。聽偷聲減字，霓裳重按。　玉宇瓊樓非遠。羨徵車似水，子虛初薦。勅使填詞，早遣宮娥傳遍[一]。猛驚醒、殘月曉風，重回首、酒旗歌扇。休怨。拚青衫已老，紫羅今換。

調寄月華清，吴江徐釚。

案：拓本、刻本、常熟本俱有。

校：[一]「傳遍」，拓本作「譜遍」，「譜」字加點，於詞末改作「傳」。

大鼻長髯陳仲舉。便便腹裏橫今古。製得新詞低按譜。黄金縷。嫂嫂慣解烏絲句。陳無已侍兒名嫂嫂。　銀漢清涼纔過雨。紵衫蕉簟渾無暑。何事宫商頻錯誤。邀郎顧。郎今要入金門去。

右寄漁家傲，錢塘弟高士奇。

案：拓本、刻本、常熟本俱有。

荷衣露頂，看緑雲滿地，陽和時節。翠帶斜吹，檀板低敲，霓裳試按三叠。殷紅冉冉春如許，漫閣筆、沈吟欲絶。待興來不律，飛揚寫出，慧心蓮舌。　況有娉婷侍女，似雪兒體態，金縷歌闋。迷迭焚香，一卷琅函，儘足髯公生活。長安鳳尾傳青瑣，禁不住、曉風殘月。拚今番、桃葉渡邊，付與玉簫吹徹。

調寄疎影，西陵弟吴任臣。

案：刻本、常熟本有。

十年苦憶，元龍顔面，夢寐恐難親。不虞相見，長安道上，并見在傍人。　停毫一顧踟躕處，欲待按歌勻。碧鴨消時，紅蕉坐去，何處不傳神。

調少年游，西河弟毛甡，今名奇齡。

案：刻本、常熟本有。

画工着眼。頰上三毫神更遠。髯美頤豐。我道前身是此公。　科頭徙倚。滿腹牢愁還得似。下筆沉吟。填就新詞問那人。

佳人難得。百琲明珠何足惜。聞道新季。已有朝雲着意憐。　新詞按也。譜入秦簫誰聽者。不銜而今。却與狂生看箇真。

調寄減字木蘭花，武水弟柯維楨。

案：拓本、刻本、常熟本俱有。

想韓能畫骨，張鮮點睛，誰歘便捉髯寫。頭上賢冠，腰間羽箭，何處容君瀟灑。郊只騎驢，鯤宜置壑，貌來差可。怪何年、身傍鈞天，勑與吹瓊粲者。　別有閒情相惹。記崔徽當日，捧書遺下。盼村巷朱陳，圖作等閒婚嫁。枕畔甄來，衾邊卓擁，描繪花前月下。煞霓裳、一曲廣寒，未許吟殘醉也。

調寄望湘人，華亭弟田茂遇。

案：刻本、常熟本有。

試問年來長是，刻燭高歌，敲壺成節。掀髯脱帽，題徧酒家墻壁。相逢漫道，曲中情事，除付琵琶，念奴翻得。忽復含毫未下，幾度沈吟，暗裡誰解消息。　此際鳳樓宣召，金蓮燦爛特地撤。侍輦陪遊處，有玉環微笑，領取歌闋。文璣錯落，綴上蕋珠宮闕。休憶江南楊柳岸，唱曉風殘月。洞簫人和，是霓裳舊拍。

調寄丹鳳吟，同里後學蔣景祁。

案：刻本、常熟本有。

文人慧業生天早，音徽姑射仙姿。珊瑚架筆寫烏絲。班香宋艷，妙絶是填詞。錦瑟瑶笙蕉鹿夢，巫山行雨神姬。捱箏摘阮幾多時。風流雲散，宿草繫人思。

臨江仙敬題其年長兄遺照，弟論。

案：刻本、常熟本有。

燕作輕身，鶯翻巧舌，庭院總無人到。閒抽湘管，小拂蠻箋，此際心情殊好。正爾髩鬌周辛，幾許端詳，巡檐側帽。忽栁邊花下，煞是銷魂，難爲懷抱。　細看他、緣鬢修蛾，亭亭獸立，別有烟姿玉貌。故拖翠袖，斜倚紅欄，微露風犇指爪。應把烏絲丽詞，吹入瓊簫，聲聲低呌。只如今、頻喚真真，收拾夜來詞藁。

戊午小春作于長安客邸，調寄過秦樓，弟鄧漢儀。

案：拓本、刻本、常熟本俱有。

使爾填詞，何人草檄，此最不平之事。鬚長似戟，手快如風，故作麻姑狡獪。也覺流宕無聊，且對蛾眉，消人愁思。況方回近日，斷腸佳句，是兒能記。宋賢詩：能道江南斷腸句，只今惟有賀方回。　看從此、宮禁聞名，新成樂府，便付神仙行綴。紅雲捧處，紫袖垂時，召賦蓬萊祥瑞。天上聞歌歸來，舊日秦娥，巧相嘲戲。道先生、遇似青蓮，妾與屯田何異。柳耆卿進醉蓬萊詞，仁宗讀至「太液波翻」「翻」字，忿然擲之地。

前調和孝威題其年先生填詞圖書正，改末二句云：「願卿如、紅杏尚書，公道難忘半臂。」渭北弟孫枝蔚。

案：拓本、刻本、常熟本俱有。

看生綃一幅，踞坐者誰，昨宵杯酒曾接。醉後顛狂，問豈落拓，怎便傳神眉睫。龍尾香浮，兔毫雲湧，欲書還摺。想年來、應詔金門，豫製宮詞三疊。　堪嘆吾儕易老，有星娥侍側，霜毛偷鑷。漸瓊管風生，吹得早梅寒怯。纖指停餘，朱唇整後，笑把郎肩輕掐。只道是、接鬢長髯，生怕拂人雙頰。

調寄望湘人，嚴江弟毛際可。

案：拓本、刻本、常熟本俱有。

閑過飛箋露檄時。只將粉筆寫烏絲。心事百千誰料得，那人知。　酒壁歌樓狼藉了，絳唇纖手恰相宜。揀得玉簫親付與，待他吹。

山花子，十二硯齋弟汪懋麟題。

案：拓本、刻本、常熟本俱有。

披圖驚問，是何人、喚起豪吟詞客。幾度曾陪清夜詠，按合當筵殘拍。楊柳河橋，杏花郵館，畫損旗亭壁。金門一去，月明千里遥隔。　從此天上樓成，烏絲麗句，誰向人間覓。惆悵風流雲散後，碎玉零珠抛擲。頰上三毛，燈前重見，蠟淚銅盤滴。悽然百感，山陽今夜吹笛。

調念奴嬌，丁卯除夕題髯翁填詞圖，時髯老殁六年矣，史惟圓。

案：刻本、常熟本有。

當年一曲大江東，柳思周情揔下風。惆悵余生何太晚，祇從圖画識髯公。

花落花開也繫思，天涯芳草燕差池。無端譜出銷魂句，重見朝雲淚下時。

同里後學儲國鈞拜題。

案：拓本、刻本、常熟本俱有。

燕市悲歌者。論從來、英雄兒女，漫争聲價。腸斷班騅人欲去，剛道小喬初嫁。只半幅、春風圖畫。唱到天涯芳草句，看一聲、離鳳嬌鬟亞。紅淚泣，數行下。浮名自是誰真假。甚于思、花間蘭畹，一時方駕。不管秦娥簫咽後，又是荼蘼開罷。更何處、垂楊繫馬。便遣玉人嗔急性，背華燈、扣損裙兒砑。須罰爾，盡三雅。

金縷曲題其年長兄填詞圖并正，錫山弟嚴繩孫蕖。

案：拓本、刻本、常熟本俱有。

擅詞場、飛揚跋扈，前身可是青兕。風烟一壑家陽羨，最好竹山鄉里。携硯几。坐罨畫溪陰，裊裊珠簾翠。人生快意。但紫笋烹泉，銀箏侑酒，此外總閒事。空中語，想出空中姝麗。圖來菱角雙髻。樂章琴趣三千調，作者古今能幾。團扇底。也直得樽前，記曲呼娘子。旗亭藥市。聽江北江南，歌塵到處，柳下井華水。

摸魚兒，題請其年長兄正，弟彝尊。

案：拓本、刻本、常熟本俱有。

烏絲詞付紅兒譜。洞簫按出霓裳舞。舞罷髻鬟偏。風姿真可憐。傾城與名士。千古風流事。低語囑卿卿。卿卿無那情。

成德

案：拓本、刻本、常熟本俱有。

紫藤開後。看桃巾棐几，人倚清晝。撥定鵾絃，黑黑偷彈，紅紅先數歌豆。千秋事業蛟橋水，閒拂斷、唫髯還又。道從前、劃損闌干，都是雪兒親授。　誰向小山招隱，鷸頭新命渥，文館初就。曲譜烏鹽，不比今番，玉笛微傳鈞奏。仙郎襲燭修書晚，略寫與、永豐霎柳。怕去非、唱到銷魂，引得遠山僝僽。

案：刻本、常熟本有。

疎影，奉題其年先生填詞圖並正，馬溪後學沈爾燝。

掀髯欹坐。搦管憑誰和。有女雙鬟花半嚲。一曲洞簫吹破。　是誰妙筆傳神。風光掩映如真。笑我迷離老眼，時從畫裏呼君。

調寄清平樂，餘杭陸進。

案：拓本、刻本、常熟本俱有。

將寫烏絲句，如聽碧玉歌。星星争得染雙螺。怪煞維摩解道、轉秋波。　阿堵神偏似，春風省若何。拈毫擫竹費吟哦。咲指朝雲慧比、此髯多。

南歌子呈其年長兄正，弟棻。

案：刻本、常熟本有。

散聖安禪，烏衣白帢，淡蕩風流如許。酒旗戲鼓人間世，博得蕭然驢背，鬚眉塵土。凌轢詞場三十載，寫六代、興亾無數。翻墨瀋、歷落嶔崎，看海奔鯨怒。　誰拂生綃作照，維摩清冷，坐對散花天女。三叠霓裳，一聲河滿，曲項琵琶金縷。問英雄紅粉，可到相逢斷腸處。想歌闌、深巵微勸，銀甲春寒，水沉香更炷。

右調八歸呈其年先生教，北海弟貞吉。

案：刻本、常熟本有。

一葉紫蕉茵，半臂籠輕苧。綢取千絲罨畫邊，商麗句。簌簌藤花雨。　子夜玉堂長，夢到吹簫處。肯送蒲帆十幅風，銷別緒。再聽琵琶語。

黄隺洞仙題請其年先生校正，沈岸登。

案：刻本、常熟本有。

集賢賓　誰將翠管親畫描。這一片生綃。活現陳郎風度好。撚唫髭、慢展霜毫。評花課鳥。待寫就、新詞絶妙。君未老。傍坐着那人兒年少。

琥珀猫兒墜　湘裙低覆，一葉翠芭蕉。素指纖纖弄玉簫。朱唇淺淺破櫻桃。多嬌。暗轉横波，待吹還咲。

啄木鸝　他聲將啟，你魂便消。半幅花箋題未了。細烹來、陽羨茶清，再添些、迷迭香燒。數年坐對如花貌。麗詞譜出三千調。鬓蕭蕭。鬚髯似戟，輸你太風騷。

玉交枝　詞場名噪。赴徵車、竟留聖朝。柳七郎已受填詞詔。暫分携、繡閣鸞交。夢魂裡怎將神女邀。畫圖中翻把真真呌。想殺他花邊翠翹。盻殺他風前細腰。

憶多嬌　夜正遥。月漸高。誰唱新聲隔柳橋。紙帳梅花人寂寥。休得心焦。休得心焦。明夜飛來畫橈。

月上海棠　真凑巧。畫圖人面能相照。覷香温玉秀，一樣丰標。按紅牙、月底歡娛，斟緑醑、花前傾倒。把雙蛾掃。向鏡臺燈下，不待來朝。

尾聲　烏絲揔是秦樓調。寶軸奚囊索護牢。怕只怕並跨青鸞飛去了。

題其翁先生填詞圖兼祈教正，錢唐洪昇。

案：拓本、刻本、常熟本俱有。

買絲難繡金難鑄，幸見風標此卷中。咲撚唫髭成麗句，故應記曲有紅紅。

待詔休云是冷官，朝朝簪筆侍[一]金鑾。新詞却對如花譜，直作宫娥捧硯看。

仝里後學徐洪鈞敬題。

案：刻本、常熟本有。

校：[一]「侍」，刻本作「待」。

伽陵先生天下知，脩髯猶似舊容儀。當年玉殿揮毫日，不數清平三闋詞。其一

紅豆記將花下韻，烏絲填就月中歌。分明一片青蕉葉，化作輕雲度絳河。其二

慧業文人上玉清，彈箏鼓瑟共雙成。芙蓉城内秋光老，又譜新詞第幾聲。其三

憶辛酉秋曾謁迦陵先生於京邸，迄今已二十餘載。丙戌初冬，下榻于令嗣山陽廣文齋中，出先尊大人填詞圖索題，展覲照影，不勝人琹之感。敬題三截句，以志追慕云。崑山後學吕熊。

案：拓本、刻本俱有。

問科頭、搦管倚蒼苔，誰恁擅風流。更雙鬟凝咲，徘徊別調，待入箜篌。共道洮湖才子，逸氣動滄洲。喜六朝丰韻，頰上都收。　猶憶松陵橋路，伴小紅唱曲，簫管悠悠。悵金門霜度，蘆鴈寄閨愁。暫冷落、香猊紅浪，看杏花、後上苑同游。還細問、江南春好，何似皇州。

右調八聲甘州，戊午燕邸為其翁老年臺小像并正，三衢弟徐之凱。

案：刻本、常熟本有。

憶青裳捧硯，午袖裁香，豪氣溢塵表。勃崒髯公致，從今後、弓眉蟬鬢嬌小。朝雲鮮事，拂柱絃、斜撥聲巧。聽楊柳、殘月新詞就，昑來翠鬟姣。　春曉。纖纖花貌。只少游情緒，稼軒懷抱。佳句初成候，倩檀口、歌來雲際縹緲。金門漏繞。待鳳池、賦奏璚島。曳袍袖爐煙，携緗帙、聽黄鳥。

調寄眉嫵爲其翁老世臺先生填詞小像敬題兼求郢政，戊午嘉平毛升芳書於燕山僧舍。

案：拓本、刻本、常熟本俱有。

彼君子兮，有美一人，弄姿曲房。看冰髯細撚，婆娑故態，星眸斜睇，婀娜新粧。似惜華年，還嬌昨夜，樂府分明按幾行。沉吟久，果歌成雪艷，吹勝蘭香。　開元以後諸郎。

誰絶調風流賽廣場。羡玲瓏斑管，毫端律吕，參差纖指，手底宫商。未倒金樽，頻扶粉袖，斟酌春情坐隱囊。雖圖畫，待同聲出唱，繞遍雕梁。

東海徐林鴻頓首題於竹林蕭寺。

案：拓本、刻本、常熟本俱有。

珊瑚增筆格，香奩啟、窓下訴離愁。是唐突幾何，彈琴堪寄，容輝減盡，掩鏡還羞。烏皮凭、長歌移玉柱，片語爛銀鈎。刻畫未成，百番索笑，携來不是，一餉凝眸。青鸞書信杳，長門索、賣賦宛洛狂游。浪鑄沉檀小像，同鎖西樓。借書含荳蔻，仍回眉角，語調芍藥，揔咽心頭。何日長楊羽獵，夫婿封侯。

賦得風流子代女郎贈主人。「長歌」，應作「清歌」；「長門」，應作「宫門」；「何日」，應作「計日」。

眉黛驚消，唇朱吹徹，瓊臺纔住鈿車。記字應白苧，聲協紅牙。春滿碧溪深處，湘竹暖、齊發梅花。翻新曲，呼皇引鳳，競吐雲霞。　争差。盤中機上，琅函譯翠袖，處處堪誇。是多情天付，一種人家。自與石尤風别，挽不盡、碧玉年華。憑圖畫，還隨歸夢，同遶天涯。

賦得鳳凰臺上憶吹簫代主人贈女史。「碧溪」，應作「青溪」；「處處」，應作「事事」。

案：拓本、刻本、常熟本俱有。

簾影樓陰，一笑如皋，移燈玉房。訝精誠尚在，生踈狎興，舊歡頓失，縹緲明粧。齒上輕圓，指間宛轉，一一飛鴻十二行。真消受，喜臉横絲泪，身染脂香。江東顧曲周郎。况領袖文園久擅場。豈含悲莫訴，歌原變徵，單情未合，調切清商。薄怒相憐，微羞徐歛，各譜兕央入錦囊。君記取，有蝶尋衣帶，燕撲釵梁。賦得沁園春敬步寳名徐先生韻，西湖弟吴農祥題於竹林寺之旅泊齋，時戊午十二月初八日。

案：拓本、刻本俱有。

萬軸牙籤，雲雨荒唐，掌間體輕。應六朝故事，曾歌子夜，百年齊願，早賦閒情。學隱秋屏，巧遮團扇，只狎當壚侍長卿。驚猜定，可聊通想像，未許逢迎。侍兒彷彿呼名。誰得似君家解目成。豈徘徊閨閤，預愁孫秀，殷勤簾幙，默拒劉楨。窺宋都非，留髡不遇，遥隔巫峰認碧城。春風便，羨人稱弄玉，仙類飛瓊。

作前詞竟，寳名曰：「與卿曾見此圖耶？」蓋其年先生命作，實未見也。又作沁園春以紀之。如記曹續寄，當更作與寳名先生附紙尾耳。西澗吴農祥又題于竹林寺之散花居。

案：拓本、刻本俱有。

柳底吹笙，麈尾烏絲，争侍賓筵。見題詩欲倦，徐留帳下，宿酲微解，恒立床前。擲果丰姿，餘桃憨態，任打金鋪擁被眠。郎君誓，定今生與爾，不罷相憐。　只今追憶蹁躚。好初日容儀比少年。記笑顔擡眼，花難解語，歌喉按指，珠亦羞圓。金馬初開，璧人何在，翡翠簾寒易惘然。秋懷苦，似長河不息，膏火同煎。

陳髯舊有小史，驚豔一時，又作沁園春以惱之。弟吴農祥又頓首題于竹林寺之四天微笑處。

案：拓本、刻本俱有。

歌舞君家，不借人看，阿誰肯憐。縱腰肢柳擺，長條攀折，衣裳雲想，别樣纏綿。瞥見何曾，竊窺未許，迢遞蓬山路幾千。平生面，只錦衾帳底，寶髻臺前。　無端。賺製新篇。有蜀錦吴綾十萬牋。任彩霞吹徹，短簫横笛，銀河隔斷，碧海青天。春色依然，玉人何處，妙手空將好事傳。伊相謔，除身爲明鏡，分得嬋娟。

星叟先生將戲語譜入，余亦再叠前調，易名曰惱髯，以當懊儂。鴻再頓首。

案：拓本、刻本俱有。

鹵園才子心如玉。華閒譜就相思曲。曲曲播新聲。吹來未睹名。還將明玉管。描出春山遠。欲識曲中情。祇看畫上人。

相如文賦江郎筆。詞源一瀉洮湖碧。筆底燦朝霞。還開解語花。紫簫橫玉頰。豔曲飛桃葉。徹夜奏清歌。髯翁喚奈何。

雕窻深閉人難見。畫圖省識春風面。洛浦弄瓊簫。陳思魂暗消。懸知曲不誤。無事周郎顧。何處聽簫聲。春風滿洛城。

繡茵小坐櫻花笑。丹脣吹出清平調。不用李延年。隨風珠玉懸。花前剛被酒。那識傳呼久。捧研倚新妝。何如畫上孃。

子夜歌為其年先生題，始寧徐咸清頓首。

案：刻本、常熟本有。

詞家規守藩籬耳，未若髯之，絕塵而上。興酣落筆，磊落縱橫流宕。蘊辛輩行。奚足道、淺斟低唱。今已矣、故人安在，此調中喪。每拊遺編惆悵。忽宛然、晤對髯翁形狀。脱帽披衿，有个雪兒偎傍。荆溪南畔，空寂寞、花亭歌舫。添悽愴。何處笛聲悲壯。

右調雪獅兒追題其年長兄填詞圖，皖江年弟龍燮。

案：刻本、常熟本有。

一氣橫今古。是何人、觸飜空碧，六鰲争怒。鍊石鞭山成底事，綵筆神工能補。便幻作、波濤風雨。此意蒼茫都不辨，只乘鸞、有箇吹簫女。向畫裏，伴君住。　大風飛入高寒處。倚新粧、似聞花外，笑傳天語。賦罷巫山渾是夢，爛醉葡萄仙露。忽迷却、瑶臺玉宇。芰帶蘿衣還似舊，剩吟髯、千尺虬龍舞。携短棹，五湖去。

調寄賀新郎題似其年先生政，西陵吳儀一具草。

案：刻本、常熟本有。

相向画溪頭，吟筆聯歌苧。絶似維摩老觧禪，重覓句。贏得天花雨。　鏤破碧城塵，寫到無聲處。不道朝雲魂已銷，凝恨緒。憑仗瓊簫語。

次黑蝶齋韵呈其翁先生政，華亭錢栢齡。

案：刻本、常熟本有。

怪髯翁、騷壇馳驟，筆鋒欲斷犀兕。生平擅絶紅牙句，清致碧波千里。移硯几。對按拍蘋雲，一片芭蕉翠。含毫選意。羨白袷纔披，烏絲初展，此際了無事。　移情處，最是箇人纖麗。老鵶飛上瓔髻。玉簫吹徹迦陵調，聲入霓裳第幾。珠柙底。甚悟到諸天，幻出嬋娟子。空花蜃市。擬呼下當筵，琵琶試撥，劃破罨溪水。

調寄摸魚子，次竹垞韵，霅苑弟宋犖題。

案：拓本、刻本、常熟本俱有。

看烏絲青鏤，燭灺篝殘，便朝天去。賭勝旗亭，認當年羈旅。瘦馬茸衫，曉鴉衰柳，踏六街酥雨。對了雙鬟，鄂缸繡被，閒他私語。　換徵移宫，紫簫聲裡，一曲梅花，滿城風絮。染就吴綃，是瑶窻深處。春艸春波，夕陽還記得，送君南浦。争羡而今，呼來重譜，沉香新句。

調醉蓬萊請其年老先生教，柘西沈皞日拜藁。

案：刻本、常熟本有。

四姓良家，一門叔父，阿大争推風雅。減字偷聲，題徧苔箋檀帕。纔寫就、紅杏微吟，旋分付、碧簫輕炙。咲當年、芳草吹綿，女郎一唱淚盈把。　人生行樂足矣，有記歌娘子，善吹簫者。如此知音，消得十千杯斝。便索把、妃子詞填，似不如、雪兒歌罷。問何日、割肉歸來，給金門假也。

右調綺羅香，姪枋具草。

案：刻本、常熟本有。

香添麝炷，翠展蕉茵，密靄深庭户。文章燕許。君何讓、生小尤工金縷。引商刻羽。恰好倩、傾城仙侶。咳唾間、戛玉霏珠，盡入參差譜。凝眄横生媚嫵。愈清思奇艷，瀋飛毫舞。慢聲吹到，關情闋、錦瑟一絃一柱。餘音如訴。羣籟静、桐陰轉午。想曲終、重按檀槽，還有堪憐處。

調寄解語花，北地弟米漢雯題。

案：拓本、刻本、常熟本俱有。

倚聲頓覺春愁淺，曾否縠銷英氣。香屧痕邊，烟裙影側，賺盡酒魂花淚。題殘鴈紙。有解意紅紅，蕙心能記。愛把文簫，恁飜清調譜銀字。珠塵微漾簟水。駐將雲一朵，低彈鬟翠。掐粉蔥纖，印脂蓴小，渾想鶯簾風細。吟情倦未。但贏得而今，阿蠻醲粹。無限閒心，看來圖画裏。

臺城路題請其年先生正，弟高層雲。

案：刻本、常熟本有。

誰画湘娥，幻耶真耶，如蝶夢莊。看烏絲題字，幾回詳審，紅牙按譜，作意清狂。八斗才華，五陵裘馬，錦瑟桐陰不暫忘。斯人也，在閬風之野，廣漠之鄉。　嚋言壯志昂藏。况電馬雲車無定方。昔秦郵太史，閑情旖旎，江邊白傳，淚墮宫商。金縷歌殘，紫簫聲斷，月榭蘭軒翠帶長。君知否，似桃源雞犬，未盡荒唐。

右調沁園春博其年長兄笑，弟倪粲。

案：刻本、常熟本有。

天教付與。此妙手髯翁，評品宫羽。疑是蘇家老子，朝雲爲侶。偏能道、曉風殘月，大江東、竟成虚語。紫簫初弄，紅牙再按，艷情如許。　却只恐、玉堂催取。苦上馬匆匆，誰更延佇。三尺烏絲，寫未了花間譜。揮毫又進清平調，使當年、若應詞舉。定圖袍笏，凌煙閣上，風流同父。

右調桂枝香題請其年長兄教，弟高詠。

案：拓本、刻本、常熟本俱有。

掃眉才子，捧硯佳人，成古來名話。龍鬚半剪，學兲聲、索冷鞦韆高架。研箋凝墨，對梳掠、雲鬟入畫。有壚頭、取酒鷫裘，文是相如似者。　而今賦手凌雲，記歌板因緣，花陰簾下。那人別後，憔悴甚、尺幅生綃空寫。丁香帶結，任帳底、烟消沈麝。想多時、拋却檀槽，淡淡眉峰蹙也。

調寄瑶華次武曾韻呈其翁年長兄正，弟林麟焻。

案：拓本、刻本、常熟本俱有。

蕉簟涼生暑氣消。玉人趺坐學吹簫。頻邀郎盻，倩筆畫眉梢。　郎把吟髯方得句，未能閒却是霜毫。烏絲題就，着意爲儂描。

栞調相思引呈其翁年長兄正，弟王項齡。

案：拓本、刻本、常熟本俱有。

彩筆曾經賦子虛。君王宣急赴徵車。填詞被旨朝天去，一闋清平那得如。　誰記曲，有名姝。青鸞雙跨上仙都。當年愛唱烏絲句，今日愁看紅粉圖。

調鷓鴣天題迦陵先生填詞圖，後學徐瑶。

案：刻本有。

卷裡鬚眉吾熟覩。小齋曾與論今古。桂月梅風詞快賭。今何處。瑶臺閬苑尋天女。　女坐蕉茵原未去。翠翹珠衱空留住。縱使吹簫聲不吐。渾無據。長留天地惟佳句。「留住」二字改「嬌嫵」，「声不吐」三字改「誰領取」。

右調漁家傲戊辰初春題其年先生填詞圖聊寄人琴之痛云，徐喈鳳。

案：拓本、刻本、常熟本俱有。

白石填詞伴小紅，桃笙墨瀋兩濛濛。金荃吟到銷魂處，紫玉吹簫恐未工。髯兄没又十年餘，怕過黄公舊酒壚。今日抹眵披絹素，怳聞鄰篴倍愁吾。

題填詞圖，海寧弟矣禧。

案：拓本、刻本、常熟本俱有。

于髯洵未若，朗朗軼群姿。宇宙不羈客，古今絶妙辭。人遥空讀畫，吾老及題詩。大抵芙蓉主，多應某在斯。

己亥夏五題於上谷使署之青鳳堂，竹并老人英廉，時年七十有三。

此卷在吾案頭者兩載，人與畫均有深致，而國初諸名家之作又指不勝偪，不肯輕去諸手，以此遲遲不覺歲月之再易也。第恐主人疑吾有乾没之心，乃書五字一章歸之。或謂吾意在求佳，故致此遲迴，殊不然也。吾詩固在不過，與兔園册同一俚鄙耳。越日微雨晚涼，再書。

案：拓本、刻本俱有。

當代填詞手，迦陵第一儔。眉山共標格，淮海足風流。展卷欽前輩，題詩數勝游。玉簫如可按，終古韻悠悠。

駢體今誰匹，蘭成是後身。家承四公子，名重一詞人。歌板旗亭跡，天花丈室因。餘音懷掩瑟，罨畫舊相鄰。

乾隆乙未秋九月望日，金壇後學于敏中題。

案：拓本、刻本俱有。

少年曾撿花間集，最愛迦陵絶妙詞。今日丹青初識面，瓣香真欲奉吾師。

文如徐庾當時體，詩是蘇黄一輩賢。却被曉風殘月悞，頭銜甘署柳屯田。

百年名輩風流盡，髯也踈豪古丈夫。爾日侍香何女史，驚鴻一瞥世間無。

卷中詩伯首漁洋，諸子飛騰各擅場。一事難忘惆悵處，不將餘瀋貌雲郎。

戴笠圖成並軼倫，斷縑隨手逐飛塵。中郎莫抱無兒恨，世守青緗大有人。

乾隆庚申，江南謝香組爲余言，於廟市買得新城尚書戴笠圖，即刻入精華録者也。今香組又謝世近十載矣，復不知竟落誰手，故末章及之。南州後學袁曰修敬題。

案：拓本、刻本、常熟本俱有。

中吕粉蝶兒　黯淡氷綃。卷中人、一雙遺照。儘流傳、把玩魂銷。後視今，今視昔，不勝憑吊。莽風流、大抵無聊。寫生時、已曾知道。

叫聲　當日箇低回處儘人描。細瞧。細瞧。看風鬟雲髻㒟。待填成綺麗數篇詞，便留下風情一幅稿。

醉春風　烏闌紙慢鋪開，錦地衣平展着。玉人此處教吹簫。到如今可也老。老。莽添來、白髮蕭條。厮趕上、紅顔憔悴，都併入、丹青枯槁。

迎僊客　千金字，五色毫。細認詩人陳檢討。比東坡對琴操。月夜花朝。消受風光飽。

紅繡鞋　把筆處、掀髯微笑。搆思時、吟鬢斜搔。移宫換羽自推敲。歌來仙史校。傳去解人鈔。付卿卿共評度。

普天樂　想當初複壁趙岐藏，别舍程嬰保。亾命在書城筆陣，錦雉如臯。廿年家埋頭伴蠹魚，一旦的曳履遊蓬島。中間吴市學吹簫。攜着箇小雲郎，天涯流落。不多時燕子歸巢。又引出新詩做美，多謝梅梢。

石榴花　玉堂偎傍可兒嬌。不但鄭櫻桃。把酸寒風味變清豪。嬋娟同坐了。雙頰紅潮。一聲聲低和迦陵鳥。酒醒來、何處今宵。助風魔狂煞諸詩老。問髯翁豔福怎能消。

剔銀燈　片時石火光摇。多時粉黛容凋。轉瞬間聽詩翁題品詩翁弔。捧琅函仗後人守護堅牢。一任把香篆燒。酒醆澆。可還有低拍紅牙按緑么。

蘇武持節　一樣古人才調。甚富貴難相較。渾不是画麟臺容貌。寫凌烟臉腦。燭三條。氷一條。誰家史席紅粧繞。甚處經帷女樂飄。愁鬢刁騷。半生來送窮文十易稿。

紅衫兒　生逐鶯花老。死憑風月弔。魂枉勞。夢枉勞。幻泡從何找。愁也抛。恨也抛。一代才華過了。

煞尾　畫圖魂難將前輩招。史書堆且睡書獃覺。可憐他冷風烟，埋滅盡詩人照。叮囑你箇太守收藏，莫令這幻影兒都亡了。

望之太守將赴廉州，出迦陵先生填詞圖属題，卷中各體參錯，名作如林，未敢漫作。既而望之索益力，不得已，譜北曲十一首。盖洪昉思先生故有南曲在前，于是竊比云耳。乾隆辛巳九秋霜降，鉛山後學蔣士銓拜題。

案：拓本、刻本、常熟本俱有。

此卷胡爲作。是當日、迦陵太史，風懷偶託。鬻餅吹簫都過了，剩得鸞漂鳳泊。天忽念、才人命薄。一賦旋除香案吏，第三廳、時聽丁東索。喜跌蕩，還如昨。珊瑚筆格琉璃匣。簪毫暇、引宫含徵，撚髭商略。幾闋烏絲填未畢，早有嬌鬟按拍。敢則是、緑華姓蕚。紅粉青衫終古恨，到當歌、一例都消却。人何在，心堪摸。

慚愧予生晚。記少小、低頭私淑，花間蘭畹。今識鬚眉圖畫裏，剛奉心香一瓣。知老子、興殊不淺。珠樣歌喉花樣貌，算英雄、多半風魔慣。祇過眼，都成幻。風烟一霎遊曾遍。零落盡、牙籤緗軸，酒旗歌板。不是中州孫子在，那守丹青一卷。更誰省、春風人面。畢竟文章千古事，儘江山、磨滅傳還遠。摩娑處，情何限。

金縷曲二闋，陽湖年家子蔣和寧拜題。

案：拓本、刻本、常熟本俱有。

孝先便腹，康樂修髯。綵筆擲何處，騎鯨捉月定成仙。黨錮文孫，小劫南朝散似烟。半生流浪，鴻詞一詔，收跡花甎。水繪園亭，竺西歌板，長醉華筵。狂難及、搊箏擫笛，狎盡嬋娟。北宋南朱，風流諸老句堪憐。生綃塵翳，墓田春草，一片啼鵑。

調寄愁春未醒，山陰後學平聖臺題。

案：刻本、常熟本有。

迦陵詞筆辛蘇儔，百年圖畫存中州。羡煞名姝親翰墨，由來前輩擅風流。風流見説遊梁日，布衣骯髒嗟行役。異地誰憐吐鳳才，當筵瞥遇驚鴻客。妾家細雨石頭城，君家陽羡暮山横。春鶯日日山前囀，春草年年城上生。小年同飲江南水，天涯淪落今如此。愁看白日照夷門，信陵墳前土花紫。青衫紅淚兩蕭騷，感事傷春並寂寥。跌宕柔情歸彩筆，消磨豪氣付瓊簫。簫聲明月增惆悵，詞調臨風劇悲壯。哨遍音迴流水遲，换頭響激層霄上。一朝獻賦直明光，宫錦裁衣稱體長。紫禁揮毫多寵眷，紅樓計日轉淒凉。生綃寫出相思意，填詞似答迴文字。同時都下盡驚才，傳向騷壇成盛事。只今披卷省音塵，金粉雖銷筆墨真。聲伎何曾關大雅，須知髯也本超倫。前年親見雲郎畫，想到紅蕤伴遥夜。媛女妖童亦等閒，旗亭偏長詞人價。壯悔堂空水繪殘，風光此日剩荒寒。平生懷古情無限，莫遺傷心畫裏看。

丹徒姻家子王文治拜題。

案：拓本、刻本、常熟本俱有。

鶴化松風玉化烟，井華猶唱柳屯田。定知人在靈芝殿，攜手蓬萊作散仙。

紅牙謌板誤傾城，㜸舞傞傞笑不成。雄似相如真妄歎，偏憐極貴又長生。

一曲湘靈鼓瑟詞，吟成水調怨當時。鳳槽龍竹俱黄土，惟有銅官蹙黛眉。

被酒當年醉洛花，梁園賓從競箏琶。我從塵刦摩銅狄，不獨東京説夢華。先生客宋，有牡丹詩。

畫裏鬚髯識孟公，半千孫自有門風。傳書万卷神明在，夜夜滄江月貫虹。先生嗣孫時從予游。

乾隆十有二年丁卯客宋中題，越廿四年，爲三十五年庚寅，補録於京師之海隱寓室。桐城後學張裕犖。

案：拓本、刻本俱有。

迦陵黄絹有名詞，古貌相看儼在兹。共把流傳争絶艷，幾人辛苦識當時。

北派南宗論未休，兒曹口説任悠悠。可知一笑掀髯客，位置公然在上頭。

祭酒尚書事愴神，名花垂老伴前身。何如坐對傾城客，却是滄桑局外人。

千金舊院買名娃，一管清簫唱彩霞。合笑潯陽江上客，對他商婦泣琵琶。

婉君去後雲郎老，水繪亾來百客捐。不識此時重按拍，懷人感舊是何年。

丹徒李御拜題。

案：拓本、刻本俱有。

百年舊物守之難，矧又詞林續坫壇。博得吾儕矜眼福，支頤燈底徹宵看。

徵唐説宋總徒然，似此丹青合久傳。江上寂寥風與月，不應仍屬柳屯田。

郎主新聲細意吹，錦氍毹上瘦腰肢。正如絶品旗亭句，不付斯人更付誰。

一時名輩皆安在，墨彩斕斒小印紅。莫向樽前勤洛誦，引他花鳥怨西風。

攀枝花下纏綿雨，絡緯吟中澹泊烟。終古才人多寓意，難將往事問么絃。

此是君家世守珍，開緘恐染案頭塵。卷還鄭重還申説，重假知應不拒人。

新安程晋芳拜題。

案：刻本有。

少年喜讀迦陵集，思得黄金鑄此人。今日屋梁能髣髴，果然明月是前身。

蘼蕪已死横波老，太息年華錦瑟宜。纔寫紅情緑意句，緑肥紅瘦又多時。

水繪園中花木長，婦人醇酒説滄桑。如皋欲拜程嬰墓，能養孤雛作鳳凰。

千秋門閥因鉤黨，一代文章似謫仙。我亦先人在青史，范喬祖硯不能傳。

尚書龔祭酒吳憐才劇，本道生才問世難。不信斯人真不死，燈昏灑淚故重看。

乾隆乙未十一月十四日吳郡後學張塤題。

案：刻本有。

一千六百三十闋，秦柳辛蘇合拍來。陳九白頭渾脱舞，紅燈影裏記低佪。

么鳳桐華漱玉詞，倚聲一變是烏絲。誰應交響同心語，簾外春陰潑墨時。

羼提每借畫通禪，彈指三生翰墨緣。故着禪人工浣筆，蒲團箇是佛光圓。

戊午春交己未春，諸公日聚帝城闉。詞家檢討專名集，不比旗亭畫壁人。

鬢絲禪板夢糢糊，夾立天魔境更殊。洞府碧桃粘着未，抵他丈室散花圖。先生别有天女散花圖。

張三影後毛三瘦，韻擷應從識曲聽。柴沈遺書定誰是，欲憑詞語問西泠。見集中《毛馳黄韻學通指序》，馳黄嘗有詞云：「不信我真如影瘦。」又云：「雀背山腰同一瘦。」又云：「書來墨瀋知伊瘦。」時人稱毛三瘦。

乾隆乙未長至後三日大興後學翁方綱題。

案：拓本、刻本俱有。

前輩風流，心中無伎，情鍾興妭。見鵾筋罷撥，含嬌趺坐，鳳鳴停奏，顧誤掀髯。一闋新腔，數聲入破，子夜歡聞昔昔鹽。傳神妙，知維摩天女，惱煞瞿曇。　當年譜就香奩。早公子才華繡閣談。只梅花密詠，四絃夜泣，楊枝認取，二月春酣。吟社蹤虚，舊巢痕掃，儷體争誇徐庾兼。騷壇上，教文人慧業，空色同參。

壬子閏四月伯恭館文出填詞圖屬題，讀卷中多沁園春詞，因亦賦此闋。東墅後學謝墉，時年七十有四。

案：拓本、刻本、常熟本俱有。

奉題迦陵先生填詞圖欵云：「歲在戊午閏三月廿四日，為其翁維摩傳神，釋汕。」

髯也維摩搦湘管，敷茵藉地肩非袒。回看妙女捻瓊簫，芭蕉葉坐吹之緩。是月閏三春不短，禪人狂寫騷人誕。抛盡南唐西蜀心，看成減字偷聲伴。碧雞金馬方洗兵，公車待詔開鳳城。想見搜才徧巖穴，千載一遇古莫京。髯公江東詞是名，題者同徵多傑英。盛朝采擢闕文治，芳翰流連眷友生。百年百年觀此卷，花陰花陰吾數入聲展。就中浙西六家孰先之，絶愛小長蘆賦摸魚兒。豈知後來鉛山蔣家曲，賽得前邊洪昉思。洪題南曲七首。乾隆辛巳蔣苹畲題北曲十一首。

乾隆丙申春秀水後學錢載。

案：拓本、刻本俱有。

公真健者，記昔日詞場，交推青兕。醇酒婦人供跌宕，學得信陵生計。笑破臙脂，活描蝴蝶，訴出琵琶意。功名五十，馬周頭早白矣。嘯向玉宇瓊樓，欲乘風去，只有髯蘇比。一百年來朋輩盡，今日玉梅花底。井水依然，旗亭故在，莫説先生死。安排鐵笛，玉龍夜半催起。

倚百字謡一闋，年家子吴錫麒拜題。

案：拓本、刻本、常熟本俱有。

迦陵妙音隨天風，清者中商濁者宫。長拍短令交玲瓏，誰其寫之陳髯翁。一聲聲入洞簫中，維摩室要天花供。是何意態妍且豐，上人肖貌真觀空。不爾安識詞人胷，玉梅紅杏争春工。今人古人同不同，鐵綽板付江流東。

桐鄉後學陸費墀題。

案：拓本、刻本、常熟本俱有。

公後無來者。便諸家、連珠綴玉，實難論價。想見樊川豪邁甚，只有紫雲堪嫁。却何意、頭陀倩畫。柳絮沾泥飛已定，悟禪心、坡老參寥亞。花散了，秦簫下。辟疆水繪園曾假。溯當時、彈箏擘阮，吟鑣齊駕。洗鉢池頭荒草積，舊集同人披罷。嘆前輩、頡頏班馬。後起騷壇傳慧業，撥龍香、玉腕牋還砑。翻新曲，追風雅。

伯恭學士出示迦陵先生填詞圖屬題，因用卷中嚴蓀友宫允金縷曲韻，學成此闋。然效顰之妄，必爲前輩諸公所麾屏耳。桐鄉後學馮應榴。

案：刻本、常熟本有。

駢儷文章一代雄，蘇辛詞筆古今同。鬑鬑如戟真才子，消受春風鬢影中。

樂府從來代失傳，大晟音節久茫然。天教譜出詞人手，恰入簫聲一串圓。

綺麗飛騰有國風，玉堂清夢落江東。分明十四橋邊客，自琢新詞教小紅。

名流題詠似編珠，喜有吾家二老俱。黑蝶莊荒星閣杳，卷中題者二沈爲初[一]族祖，一著《黑蝶詞》，一著《茶星閣詞》，見浙西六家詞中。數行遺墨見斯圖。

絶調陳隋數弄邊，服膺曾記問津年。記少時有詩云：「陽羨詞臣舊酒徒，一生落魄氣全麤。陳隋數弄催新曲，絶調而今更得無。」不記題在何詞後也。一時寄興隨漚滅，大抵填詞亦有緣。曾編舊詞，存稿旋失去，後亦不復作。

後學沈初。

案：拓本、刻本俱有。

校：［一］「初」，刻本作「余」。

戟髯瀟灑，認書生陽羨。和淚朝朝洗愁面。算覆巢身世，醇酒生涯，何處是[一]，天上紅雲香案。　青衫真落拓，四壁歸來，賸對芙蓉遠山遠。細雨夢囬初，樓外輕寒，釀多少、玉笙幽怨。怕咽住柔簧不成聲，待擁髻挑燈，夜深談倦。「日夕此間，以眼淚、洗臙脂面」，先生《烏絲詞》中句也。蓋戲用李後主語。

烏闌寫罷，又承明催赴。囬首花間奈何許。想暮年詞賦，零落鄉關，渾不記，舊宅臨江誰住。　諸孫文采盛，珍重霜縑，爲我蕭窓拂塵蛀。無恙此花身，兒女風雲，摧抑盡、平生黃土。拚酹起英魂向秋霄，付一闋銅琶，大江東去。

洞仙歌二首，秀水後學汪如洋拜題。

案：拓本、刻本、常熟本俱有。

校：［一］「是」字，刻本無。

滿幅題詞，爭説騷壇，後先代興。記笙歌北里，玉釵敲斷，烟花南部，金粉塵凝。扇泣桃霓，箋空燕夢，徒使英雄感喟增。重顧影，縱崔徽宛在，欲喚難膺。　寫真有六朝僧。笑老輩風狂得未曾，恍維摩病起，蒲團穩坐，曼殊悟澈，寶筏偕乘。香草金身，曇花天雨，解脱空空色相能。聽按板，抵一聲清磬，風度迦陵。

調寄沁園春，年家子錢棨拜題。

案：拓本、刻本、常熟本俱有。

笑朝雲。甚天涯芳草，歌出已傾城。陽羨茶温，梁園酒冷，月明風定簾旌。却只怕、香消南國，任功名、蕋榜盡浮生。玉斗烏絲，朱絃錦瑟，我我卿卿。　蚤歲飄蓬湖海，儘舟中按拍，馬上偷聲。白雪猧兒，紅絲蟢子，何時密幄春成。想一曲、柳枝新變，有東風、二月短長情。那管青箭斷鳳，紫玉催鶯。「紅絲蟢子黏簾局，白雪猧兒撼地衣。」「烏啼北斗三更後，人在東風二月初。」皆先生佳製。

右調一萼紅，真州後學汪端光拜題。

案：拓本、刻本、常熟本俱有。

才人那不患情多，幻色空花一霎過。却被禪僧暗參破，着他天女伴維摩。

湖海人豪落落胸，詞場掉臂壓羣雄。分明白石同風調，却把瓊簫付小紅。白石詩：「小紅低唱我吹簫。」

開春吴下理歸航，纔别江南夢未忘。悔煞宫商渾不解，認公鬚髩服公狂。

乾隆甲寅春分後一日，南城後學吴照。

案：刻本有。

卅載填詞，香一瓣、敬呈陽羨。可可是、家山百里，畫中頻見。前在里門曾見先生四十畫象。涉筆偶描秋士影，鬬情别有春風面。歎青衫、五十尚沈淪，工排遣。　將擫笛，先施鞴。乍展卷，仍安硯。只丰姿壓盡，等閒釵鈿。别夜最憐天似水，當頭吹落雲成片。笑箇儂、風味有誰窺，梁間燕。

試問熙朝，人物在、宋元之右。只己未、宏詞一榜，尤稱淵藪。前輩愛才真似命，昇平樂事吾能究。趁閑來、歌板兩三聲，消清晝。　竹詑老，梅村叟。招玉叔，攜紅友。且不知秦七，不論黄九。翡几暫停三寸管，新腔已落千人口。算當年、風月最清華，誰能又。

滿江紅二闋，同里年家後學洪亮吉。

案：拓本有。

迦陵先生真絶倫，疏髯色映西江春。鴻辭雄筆壓南國，餘事樂府尤清新。先生家世嵩能説，太保前朝抗高節。衰季風隨黨錮銷，聖治天生異才出。先生江左推名族，錦帶金鞭欻馳逐。長揖將軍八舞筵，閒留上客停車軸。見先司寇《湖海樓詩序》。元龍據牀百尺坐，倚馬走筆千人伙。新月簫吹白石詞，雙鬟口唱黄河曲。當時海内重贒豪，獨與先公道誼高。先生讀書崑山，館先司寇憺園中，是歲舉博學鴻詞。見《憺園集》。山園開讌頻驚座，花裏燒燈待吮毫。朝廷下詔徵鴻博，銜箋綵鳳傳書鶴。破陣詞翻賀太平，仗公重奏齊天樂。即看圖畫傳神手，國初諸老題名久。唐宋元明合一家，辛蘇秦柳輸千首。身後先生百不憂，况多繼武嗣風猷。中丞行擁三江節，重起藏詩湖海樓。中丞公將重刻迦陵全集，先刊此圖。乾隆五十九年冬游南昌，中丞公屬賦是篇，時圖卷藏于榕圃祭酒丈處。後五年，當嘉慶四年春正月試燈之夕，榕圃丈督學楚北，招飲之次，出此圖見示，遂書前作于上。崑山徐鏃慶，原名嵩，敬觀並書。旹通判武昌，紀歲月如此。

案：刻本再補刊有。

萬口歌塵一手填，花無聊賴酒無邊。人間白髮三千丈，袖裏烏絲五十絃。謚作洞簫王諫議，傳來井水柳屯田。忍將詩賦抛絲竹，到底中年勝暮年。

虬髯鴉鬢兩絲絲，畫出剛逢禿阿師。名士傾城新樂府，維摩天女舊花枝。三生不作無情物，一卷能行本事詩。阿堵傳神憑妙手，為儂留住莫春時。

身是中吳少保孫，飄然風調似梅村。檢討詩：「二十以外出入愁，飄然竟從梅邨游。」東山絲竹棋無局，南部煙花扇有痕。列女圖邊顏色好，黨人碑後姓名存。泥他銷暑重裒者，絲繡香薰記此門。

當年閒寫太蕭條，紅倚袈裟綠坐蕉。杜牧狂言驚一座，馬周火色過三朝。「朝來日者橋邊過，為許功名似馬周。」梅杓司贈檢討句。殘山賸水還留戀，對影聞聲未寂寥。直得梅花詩百首，此冤銷後又重招。

山陽後學汪廷珍。

案：拓本有。

北點绛唇　一代風騷。百年畫稿。人間寶。傾城難找。名士身邊少。

混江龍　才人懷抱。丹青委實的難描。他筆底有春心豔冶，春色苗條。不有箇翠黛生成人絕代，孤負了清詞自度可憐宵。豪華公子氣難除，文人慧業脩能到。消受得燕釵蟬鬢，象管鸞簫。

油葫蘆 怎滿紙飄蕭磔猬毛。拄坐著。蛾眉螓首細蜂腰。丈夫美者鬚髯好。彥回也有人來要。要的會風情攬多嬌。那管他才調。厭煞于思鬧。

天下樂 他得到青雲白髮飄。消磨湖海豪。中年絲竹把情陶。玉梅花三九交。傳唱的迦陵詞絶妙。

哪吒令 當日箇制科中人才英妙。一半是困詞塲江湖逸老。有那老寒儒，把曼殊誇耀。更誰家紅藕嬌。紅薔俏。越顯得詞客風騷。

鵲踏枝 且休把翰林嘲。也清豪。譜就著風月三千，宫羽推敲。準備著柳七填詞將奉詔。把玉人來親自教吹簫。

寄生草 詞凡三變，文多似六朝。南朝鈎黨書生傲。南都烟月詩人料。東華塵土先生老。如何忘了左風懷，何時重寫雲郎皃。

六么序 費多少人憑弔。虧煞你守護牢。似先生五十始登朝。也落箇盖世才高。後世名標。馬周何必功名早。只莫唱天涯何處無芳草。朝雲化去了。歌扇香消。小紅誰贈與吹簫。白頭冉冉，青眼寥寥。

尾聲 但多情寫不盡風情稿。紙墨看看閱四朝。比一比前輩們差多少。

嘉慶七年，歲在壬戌，重入都門，已五十之年，始學填詞，伯恭祭酒以此圖囑為曲子。況有洪、蔣兩家之曲在前，乃以初學步者，與前人角勝，亦可謂不善于藏拙者矣。除夕山陰後學李堯棟書於宣南坊法源寺中。

案：拓本有。

欸玉飛毫，歌珠諧譜，風流占盡當年。裁霞鏤月，華欲著吟肩。曾記樓標湖海，畫溪畔、五色籠煙。繫不住，北門鈴索，卷裏見神仙。　臨填。呼捧硯，雲郎何處，顧問嬋娟。看嚬催鳳琯，笑促鵾絃。勾引紅情緑意，墨采騰濺。今朝也，枝頭春鬧，迴首杏花天。右調滿庭芳，後學吳省蘭。

案：拓本有。

烏絲紅袖擅詞華，賸得閒情護絳紗。如戟須眉偏嫵媚，廣平鐵石賦楳花。跌宕風流水繪園，綺年豔曲匹梅邨。美人金粉嗟零落，贏得生綃一卷存。徵書初下鬢毿毿，罨畫溪頭別酒酣。才子洞簫傳禁掖，杏花春雨梦江南。故家鈎黨本清狂，聊耗雄心綺語長。天女維摩俱幻相，散花妙諦悟空王。先生別有散花圖。年家後學梁章鉅謹題。

案：拓本有。

湖海襟懷話昔年，髯翁聲望故翩翩。孤羈水繪才名著，應召金門賦筆傳。瀟灑不殊蘊玉局，風流還繼柳屯田。紫簫細按紅牙拍，鏤月裁雲落紙妍。

嘉慶甲子孟夏嘉善後學錢樾題。

案：拓本有。

湖海詞人近已無，銅官山色碧糢糊。儂家也近蝦籠嘴，後百餘年見此圖。「近已無」之「近」易「今」字。

風流雪苑定何如，醉寫烏絲入雒初。鬢已先霜袍未錦，當年愁殺老尚書。

射雉城中水繪園，金尊檀板記留髡。雲郎已去楊枝散，夜雨空尋般若門。聞水繪園已改僧居。

舊事南朝怨揔持，先公名重黨人碑。鈿蟬法曲淒凉甚，夜雨挑燈淚有絲。

吾家盛事舊能稽，四月山圍緑樹齊。想得拈毫風幔底，杜鵑花下杜鵑啼。先生嘗讌於吾家

寄暢園觀杜鵑花，見《迦陵詞》。

天上徵書下玉墀，名流高會半題詞。卷中只欠微雲句，好爲先人一補遺。是卷多已未同徵

諸公詩詞，惟先宫諭未及題詠。

嘉慶丙寅三月朔日，年家後學秦瀛。

案：拓本、刻本俱無。

聞道元龍氣最豪，平原繡像喜相遭。烏絲細譜襴邊字，火色頻添頰上毫。陽羨書生鈎黨在，維摩天女借禅逃。江山一曲周郎顧，絲竹中年謝傅陶。徵辟競題青瑣闥，功名不籍鬱輪袍。歌喉井水新争柳，扇面烟花舊恨桃。酹酒墓田依壯悔，吹簫園館記如皋。詞人那解東林意，湖海樓原百尺高。

嘉慶十五年初夏，揚州後學阮元題。

案：拓本有。

烏絲寫韻桂堂東，付與靈雛點拍工。明月無情蟬鬢去，漁洋贈先生歸昜羨句。至今閒煞竹枝弓。

吾宗陽羨老書生，句耳山人起繼聲。一例頭銜署檢討，從祖太璞公亦舉丙辰鴻博，授檢討。兩家贏得説科名。

伯恭前輩見示填詞圖命題，賦此呈教，後學嵩慶稿。

案：拓本、刻本俱無。

樓高湖海，有華顛徵士，青衫公子。丈八銅琶彈指下，重把坡仙唤起。約略移宫，商量減字，都付紅兒記。玉簫佰和，緑雲鋪地如水。　遥想箋擘琉璃，裝成翡翠，一笑掀髯喜[一]。今日披圖深下拜，愁問六幺聲尾。竹垞煙光，漁洋笠影，何處尋前輩。宗丞秋實，清芬珎重蘭裔。

調寄百字令，榕坡大前輩命題，後學謝學崇。

案：拓本、刻本俱無。

校：[一]「喜」，原寫「起」，後改。

展蕉箋、吟豪細點，烏絲無限新句。春山陽羨迢迢碧，調笑青春鸚鵡。頻顧誤。把金屑檀槽，付與秋孃譜。六幺低度。奈三疊昜關，一聲河滿，催附雀書去。　想當日，名士恒河沙數。萬花争向飛舞。人間難挽崔羅什，踈去瓊樓玉宇。憑弔處。賸一幅生綃，似有琵琶語。刼灰留住。定香串燒餘，茶槍瀹後，都不設寒具。

調寄摸魚兒，道光七年長至日，江甯後學鄧廷楨題。

案：拓本有。

耆宿專名集，丹青拜古人。文壇邁徐庾，詩律受吴陳。謂婁東、華亭兩先生。豔説花間公集名。筆，羣推篋裡珎。玉楳三九句，金粟大千因。智藴洵能事，張繇遜寫〔真〕。絳赑同小影，紅杏或前身。粲者還隨侍，髯乎故絶倫。跏趺蕉葉穩，指點笛枝親。黄絹詞頭妙，烏絲字脚匀。同時偶朱竹垞李武曾，異代接蘇辛。永憶元龍氣，無妨司馬貧。橘邊驚火色，舄底走風塵。湖海歸壇坫，東南盡主賔。石交曾結夏，水繪幾嬉春。快睹孫枝秀，重揩祖硯新。維摩遺像在，先生别有散花圖。儻許啓緹巾。第五韻「寫」字下脱「真」字，「小影」句「儕」字誤作「同」字，又第三句「文瀾」、「瀾」字誤作「壇」。〔一〕

桂林後學陳繼昌敬題。

案：拓本有。

校：〔一〕詩末所注訂正諸條，拓本原寫俱無誤，亦無注。

絶代才人，梁園頭白，丹鶴啣書纔駐。佛子多情，丈室維摩，付與驂鸞僊女。金門題筆，可不似、一天花雨。過百年、剩此丹青，人間幻境如許。想尔日、銷魂有處。要舞扇牆邊，踏歌春暮。却恐纖響，脂濃黛淺，鸞髮玉腮猶妬。紫蛤紅蟶，且日向、詞場酣聚。快心時、那信頭陀，懺除綺語。

調寄百宜嬌，上元後學管同。

案：拓本有。

儘風流、搓酥滴粉，髯仙時寫幽趣。烏絲一曲吟成候，合付雙鬟低度。魂斷句。任旖旎春情，軟倩瓊簫訴。餘音縷縷。愛櫻口傳心，柳眉解語，不怕紫雲妬。　鬚眉動，想見飛揚跋扈。竹垞太史題句：「擅詞場、飛揚跋扈。」丰標圖畫留住。吾家秋水軒中客，聞説徵車同赴。燕市路。曾待漏金門，奉召填詞去。後塵許步。也尺幅新描，四聲學製，欲向盛名附。駿曾繪有小秋水軒填詞圖。

買陂塘一解賦題迦陵先生填詞圖，秣陵後學嚴駿生學填。

案：拓本、刻本俱無。

逞豪情、騷壇拔幟，丹青留此星果。飄飄湖海蒼髯動，飛出吟邊珠唾。才子座。却省識、維摩鏡影天花墮。秦簫㷂，紅豆拈餘輕顆。春停夢妥。想賭遍旗亭，歌傳井水，慧業一場大。　惺忪微顫釵朶。襟題二百年來滿，傾倒桓伊江左。香篆嚲。悵不盡、濃熏心瓣低徊我。緗囊漫裹。待粉本偷臨，烏絲學製，讀更百迴過。余另摹副本，裝池成卷。

道光辛卯歲五月，香士明府出迦陵先生填詞圖屬題，即拈摸魚兒一解請政，上元後學蔡世松。

案：拓本有。

望前塵、瓣香遥拜，卷中人自千古。雛鬟低首春風裏，似解調宫移羽。情萬縷。倩三尺銀箏，翻作霓裳譜。鶯嬌燕嫵。任楊柳扶雲，海棠醉雨，僅向小紅訴。　鬚如戟，畫出吟邊辛苦。豪情掀動眉宇。當年簪筆朝天去，不作等閒綺語。仙夢住。添多少、摹紅刻翠調鸚鵡。襟題快覩。羨押尾名多，澄心紙貴，一代德星聚。

調寄摸魚兒，道光壬辰正月下澣上元，後學蔡宗茂謹製。

案：拓本有。

南朝多少銷魂事，丁字簾前。亞字欄邊。凄絶新聲燕子箋。也囉，桃葉渡，杏花天。　烏絲繡出紅情句，吴市歌筵。燕市吟鞭。博得朝雲唱柳綿。也囉，十八拍，十三絃。

迦陵才調金荃譜，髯也如仙。鬟也如仙。消受紅兒白石仙。也囉，團扇底，畫屏前。　玉梅花下交三九，花也堪憐。月也堪憐。吹徹瓊簫劇可憐。也囉，休懊惱，且流連。

調寄攤破醜奴兒，旹道光甲辰十月既望，敬題於長沙莭署之湘水校經堂，桐鄉後學陸費瑔。

案：拓本有。

一代詞宗幾頡頏，汝南奕葉昔分香。披圖古貌今如見，企仰先欣夙願償。聞道維摩説法身，天花散處着無垠。曲成莫例紅牙度，妙合頻伽自絶倫。長沙後學余正煥敬題。

案：拓本、刻本俱無。

半幅傳神蹟未磨，墨痕澹幾處摩挲。百年絶調吾家有，一代詞人此卷多。湘管拈來香不散，紫簫吹澈韻無訛。只今罨畫溪邊路，猶有餘音繞碧波。乾隆五十八年歲在癸丑，暮春之初，從孫淮敬題。

案：刻本有。

海内填詞手，金門待詔身。掀髯猶未老，肖像忽傳神。心已安禪榻，時先記閏春。圖寫於戊申閏三月。懷慚先世學，諸老咏歌新。從曾孫懿本敬題。

案：刻本有。

吾家太史擅詞華，寫出烏絲徧海涯。山是銅官溪罨畫，當歌催老兩堤花。

半生湖海氣踈豪，五十方趋朶殿高。抹月批風等閒事，落花有淚染青袍。

三寸湘筠吐藻芬，蕉茵許坐石榴裙。公紫雲研銘云「捧侍〔一〕何必石榴裙」。浙西詞客先傾倒，朱竹垞李武曾同時是子雲。

一門羣從忝曾孫，百載遺徽賸墨痕。當日交遊盡詞伯，春燈細雨弟兄論。時大人命楙本兄弟校對填詞圖付刊。

從曾孫楙本敬題。

案：刻本有。

校：〔一〕「侍」，刻本作「持」。

填詞圖序

填詞圖者，前輩其年先生遺像，其從孫葯洲中丞所摹刻也。先生太邱世德，岳珂原少保之孫；驚座家聲，蘇過是黨人之子。伯始少聞庭訓，元方早負時名。氣得春先，思争花發。審韻解呼雌霓，揮毫慣賦雄風。浸淫百家，足抗班香宋艷；錘爐五典，能兼樂旨潘詞。恭逢我聖祖仁皇帝立賢無方，求才若渴。掩八紘而取俊，闢四門以達聰。特開博學之科，許入鴻文之館。先生彈冠拜命，簪筆登朝。折紅杏於瓊林，花皆富貴；聽鶯聲於上苑，鳥亦聰明。掞天而色煥雲霞，擲地而聲流金石。高文典冊，九霄傳司馬之詞章；風語華言，舉世頌香山之樂府。未免國風好色，我輩鍾情。李翰文枯，便奏音樂；景文脩史，旁列紅粧。或唫罷而即令傳抄，或曲終而重爲按拍。流目送笑，有美一人。嚼徵含商，教其三弄。開第孝侯之里，遠山青入眉邊；浮家少伯之湖，春水緑湔裠色。傾耳當筵，樊素一串歌喉；費他記曲，韋娘幾升紅豆。墨磨卿手，釵掛臣冠。真可謂風流人豪，自成馨逸者矣。則有技擅虎頭、巧超周昉者，爲寫傾城顏色，兼傳名士風流。一則長鬣飄蕭，拈花微笑；一則雲鬟窈窕，對酒當歌。有晬其容，美矣麗矣；呼之欲活，是耶非耶？蘊藉衣幍，勝瀛洲十八士之畫；瓏瓏指爪，宛霓裳第三叠之圖。於是廣召名流，各加題品。傳諸好事，同作解人。霞駁錦摛，皆一榜登龍之彦；筆歌墨舞，聚三朝吐鳳之才。百斛珠璣，争飛紙上；六朝金粉，半墜行間。豈非希世之丹青，傳家之墨寶也哉？中丞本高陽之後，世有通侯；生通德之門，出而開府。當燕寢凝香之際，欲賦閒情；抱芬芳悱惻之懷，難忘祖德。集羣賢之佳什，遂甲比以成書；因後進之同科，乃郵筒而問序。枚弱齡弄翰，即慕蘭成；老去看花，常懷騎省。當聖主登幾之日，即鯫生入洛之年。盛典再逢，公車被召。遲公五十七載，膾黄之恩詔重看；徵士百八十人，慘緑之少年得與。當時陳寔，渺矣晨星；此日袁宏，公然碩果。辱教弁首，卷中影照驚鴻；竊喜華顛，紙尾偏叨附驥。嗟乎！名流何限，審言不乏替人；詞客有靈，孔璋也應識我。指點吹簫仙子，揣量題帕神情。不憂才盡江淹，只恨遲生杜牧。欣團扇覩放翁之貌，老眼頻揩；似眉山題太白之真，音塵若接。假使搸絃度曲，恐難分絳樹之雙聲；若教駢體論文，喜早竊南豐之一瓣。

乾隆五十九年六月朔，錢唐後學袁枚拜撰。

案：刻本補刊有。

三朝詞客，髯最超羣，驀尋畫裏。想見當年，柔情一片清如此。底事偷擷雲郎，賺玉蕭徐倚。不管風聞，有人含妒花底。　題遍烏絲，儘酣嬉、百年彈指。金迷紙醉，寫心聊復爾爾。我向冰綃欲喚，喚幾聲才子。消受嬌紅，羲之真個樂死。

迦音誰嗣，開府觥觥，家風謹守。排比名流，將珠字、驕花寵柳。忽憶頭白袁絲，怎斂薑芽手。千里傳箋，倚聲催和紅豆。　惹得蓑翁，也揮毫、效顰忘醜。偎紅倚翠，恨不同時鬭酒。剩有雲仙形影，許我摩挲久。為告先生，異代知音有某。

調寄華胥引，袁枚再題。

案：刻本補刊有。

口香腸繡，算蕉碧籠紗，茜紅拂袖。是髯蘇身後。金縷偏籤題，外孫虀臼。調韻花間，但譜出、釵痕旁有。甚雲郎、小酌荼蘼，能賺梅花百首。　玉京卞，白門寇。想南部烟花，曉風楊柳。傻指猶誰某。且筠管檀槽，卿卿消受。燕子桃花，似緑水、一池吹縐。付重裒、請誦坡詞，只愛箇、人長久。

右調瀟湘逢故人慢，後學曹悳華。

案：刻本補刊有。

驚座才名，誰獨擅、陳王八斗。數吾邑、風流同調，程村鄒文友董。綵筆善題鸚鵡賦，艷詞合唱櫻桃口。覷橫波、醉墨寫烏丝，真消受。　玉堂客，玉田手。駕秦七，追黄九。甚生涯落拓，婦人醇酒。買笑須量珠滿斛，封侯不用金懸肘。撫瓊簫、月下喚吟魂，能来否。

調寄滿江紅，後學楊倫題。

案：刻本再補刊有。

盖代風流太史才，維摩仙女共徘徊。多情畫裏開生面，疑有天花落紙來。
乍停斑管聽吹簫，更撚長髯看細腰。今日真真呼欲下，當時郍得不魂銷。
君唱銅琶鐵板詞，儂歌殘月曉風時。試將紅杏尚書比，半臂平分屬阿誰。
名流裙屐滿天涯，賭酒飛牋醉墨斜。倭指華年同逝水，玉梅開落幾番花。

惠齡題。

案：刻本補刊有。

風煙故里。蝴蝶飛來春去矣。畫裏逢君。重見坡仙有替人。明時西江一堪輿過亳村，嘆曰：「此間土色如硃砂，當世產才子。」紫雲薦寢。喚醒梅魂才得允。先生讀書水繪園，欲得紫雲捧硯，冒母必得梅花百詠乃可，一夕遂成之。百囀流鶯。任是維摩也動情。吾鄉舊藏先生天女散花圖。梁園緑草。打出傷心殘照稿。曾荷殊恩。頻問朱陳那一村。先生自中州入都，同秀水合刻一稿，名《朱陳村詞》，傳入禁中，蒙賜問。君袍未錦。我鬢先霜垂欲盡。「君袍」八字，香嚴贈先生句。紅粉沾裳。合買新丝繡作雙。横波夫人讀鏡詞，至「我亦受人憐惜爲人磨」之句，向尚書嗚咽者久之。金門待詔。日麗花甎催視草。圖作於召試時。臣有糟糠。封淚親題勸束裝。在史館五年屢寄書竹逸老人懇為代謀挈眷之費，詞最悽惻動人。鮑家寒雨。鬼唱秋宵燐火語。繭紙飄零。尚有蘭亭出墓門。先生壬子遺詩，自言絶藝，恨早失之。二十年前得之故紙中，新城諸老手澤幸存，真為墨寶。未知何日付梓，以永藝林傳誦？傾城名士。難得雙雙同到此。予家藏先生手録今詞及《婦人集》原本。望斷長亭。山鳥山花是故人。故老相傳先生為善權山中誦經猿再世，指爪絶類，吟此句即逝。井華汲處。都唱烏絲新樂府。先生曾以詞寄吴秋笳於甯古塔。吟向衡門。我亦梁時記室孫。先高祖经庵公於順治甲午冬同先生自江浙大社會歸，重结名流為國儀社，傳有齒次録及《約言》一書，具見風流文采之盛。至今雲礽各寶一冊。

調寄減字木蘭花，後學任安上題。

案：刻本再補刊有。

鐵板銅琶，曉風殘月，烏絲絶調都兼。丹青貌出，度曲倚牙籤。宛似維摩微病，蕉心展、天女花拈。玲瓏唱、玉簫低按，逸句滿香奩。　頻年。攜彩筆，梁園燕市，遊跡常淹。歎君袍未錦，詞贈香嚴。五十功名蔗尾，清平奏、鳳閣垂簾。披圖想、春光正媚，一笑快掀髯。

調寄滿庭芳，後學任映垣題。

案：刻本再補刊有。

蛾眉相對譜烏絲，紫玉簫中絶妙詞。欲向天涯覓同調，千秋一闋摸魚兒。卷中秀水一詞，最為絶唱。

後學潘允喆題。

案：刻本再補刊有。

我家本荆溪，少保有芳矩。迦陵老太史，祟也曾伯祖。少年飽五車，筆力健於虎。汗漫江湖遊，浩氣空前古。晚達慶遭逢，名字登天府。同徵皆俊英，騷壇迭賓主。烏絲幾卷詞，按拍花陰午。小子慙不文，凛凛繼前武。侍直偷餘閑，展玩填詞譜。淡墨喜重裒，遺像恍親覩。當時諸老輩，興酣墨花舞。低徊一百年，叠有詞人補。雕鏤廣流傳，前徽芬藝圃。遺文嗟漫漶，梨枣敢辭苦。迦陵公詩文全集，板多散失，擬重付刊。祖德述以詩，篆香縈一縷。

從曾孫祟本敬題。

案：刻本有。

西清學士卷二憺園賦，南國名流卷八宫紫元詩序。門户清通卷七鄧孝威集序，蘭锜金貂之第卷十八王母張宜人墓誌銘；文章華貴卷十九嘉定侯掌亭誄，青霞紺雪之辭卷六戴無忝詩序。里名通德之鄉卷二憺園賦，生涯絶少卷十九嘉定侯掌亭誄；家有莫愁之曲卷六家皇士望遠曲序，風調無雙卷五龔琅霞集序。擬獻賦而未能，卷四吴天章集序。圖成於康熙戊午，在先生己未召試鴻博之先一年。敢託烟霞之痼卷十五徵柯素培壽言啓；共彈箏而亦可卷四吴天章集序，坐收輕薄之名卷九葉桐初詞序。陶貞白隱居之暇卷四吴天篆賦稿序，或藉卉以聽歌卷二半繭園賦；楊子幼種豆之餘卷二看奕軒賦，或援毫而寫恨卷七林玉巖集序。爾乃詞源綺互卷四吴天篆賦稿序，文藻英新卷七鄧孝威集序。東方小婦卷二看弈軒賦，還熏荳蔻之香卷二十益都馮相國壽詩跋；南國濃蛾卷二半繭園賦，争捧珊瑚之筆卷十五徵李鄴園壽言啓。倚緑篝而隸事卷三三芝集序，頗多託興之篇卷十一楊聖期詞序；撫錦瑟以言情卷六余鴻客詩序，甯乏相思之句卷三周櫟園尺牘序。白鳩黄督卷九金天石吴日千詞稿序，譜在羅裙卷九浙西六家詞序；緑酒銀燈卷四儲雪持集序，花飛鈿笛卷四宋楚鴻集序。姑放浪於減字偷聲之下卷九曹實庵詞序，已獨步於花間蘭畹之中卷十一米紫來詞序。則有沙堤妙胄，卷六胡智修詩序。朱竹垞太史。少室名僧。卷二半繭園賦。釋大汕。陸士衡之意氣卷一滕王閣賦，並縱清狂卷十閣牛叟詞序；休上人之才情卷六歸田倡和序，尤精皴染卷十一米紫來詞集序。驍騰彩筆卷七林玉巖集序，續漢上之題襟；卷九浙西六家詞序。竹垞太史題卷首填詞圖三隸字。游戲丹青卷四吴天篆賦稿序，爲平原而買繡。卷八九日黑窑廠詩序。釋汕作圖，欵識云：歲在戊午爲其翁維摩傳神。圖之紈素卷六家皇士望遠曲序，緆以牙籤卷七鄧孝威集序。麝粉調來卷十一米紫來詞集序，紙還對擘卷三三芝集序；鼠鬚描罷卷十一曹南耕吴天石天篆疊韻詞序，客盡傳觀卷二十益都馮相國壽詩跋，無何卷一銅雀瓦賦，丹鳳書銜卷三瀛臺賜宴詩序，聖主闢翹才之館卷十五徵淮安張鞠存雙壽詩文啟；彤墀策對卷十四徐母顧太夫人壽序，宫人分織錦之箋卷二十公祭陳子遜文。揮豪於鳷鵲觀中卷十五李映碧八十徵詩文啓，桃霏紅紙卷一璿璣玉衡賦；授簡於鳳凰闕下卷八閨秀商嗣音詩序，草纈青袍卷二十公祭陳子遜文。正才人委贄之秋卷十二送汪存庵出都序，乃志士立名之日卷十二送潘蓴庵入都序。時則卷一滕王閣賦，黄圖豐暇卷十九嘉定侯掌亭誄，紫掖逶遲卷三瀛臺賜宴詩序。花甎珥筆之餘卷十六徵吴太母六袠詩文啓，偏摹舊曲卷八徐昭華集序；瀛館吹簫之暇卷八徐昭華集序，用譜新聲卷十徐竹逸詞序。聯篇芍藥之花卷三三芝集序，百軸葡萄之錦卷十四葉母李太夫人壽序。更有卷二半繭園賦，鴻都上客卷十五任邱龐先生七十徵詩文啟，文邁班張卷九葉桐初詞序；虎觀名卿卷十五李映碧八十徵詩文啓，人皆庾鮑卷十二送潘蓴庵入都序。遘賞音而欲奏卷十四徐母顧太夫人壽序，家家摩籕臼之碑卷十五徵淮安張鞠存雙壽詩文啓；倚小令以成聲卷九樂府補題序，字字織扶風之錦卷十五為溧陽彭太翁太母徵詩啓。用題新詠卷八徐昭華集序，快覩名篇卷五龔琅霞集序。作者凡若干人卷二十益都馮相國壽詩跋，莫不詞寫金荃卷十徐竹逸詞序，春生楮裏卷八萬柳堂修禊詩序；人操玳管卷六胡智修詩序，霞蔚行間卷六歸田倡和序。琮琤翰墨之場卷十四贈閻梓勤初度序，照耀縑緗之色卷十五徵淮安張鞠存雙壽詩文啓。僕也一官落拓卷五汪季青詩序，自溷師儒卷十二送汪存庵出都序；十載清狂卷六胡智修詩序，彌躭風藻卷三方素伯集序。句同錦瑟卷十徐竹逸詞序，羌廓處以長愁卷四董得仲集序；曲譜烏絲卷八徐昭華集序。先生有《烏絲詞》若干卷，恨古人之不見卷四續臞庵集序。常悲流水卷九錢賓汾詞序，用景高山卷六歸田倡和序。詎意吾賢卷六顧商尹詞集序。靜涵、季馴兩公子，視予斯卷 卷二十跋余澹心藏龔端毅詩卷。誰為作者卷七胡二齋樂府序，都吟柳永之章卷九浙西六家詞序；身親見之卷十四徐母顧太夫人壽序，乍識李邕之面卷六胡智修詩序。撫昔賢之往蹟卷十六徵吳太母六袠詩文啓，藻績堪觀卷三周櫟園尺牘序；託副墨以流傳卷三三芝集序，芳華不沫卷二十公祭梁師母文。都為一集卷三三芝集序，要可單行卷十七徵刻今文選今文鈔啓。爰乃借雷輥電砉之聲卷十觀槿堂詞序，敬敷陳乎末簡卷五佳山堂集序；對白雪陽阿之曲卷八宫紫元詩序，終結念於平生卷一述祖德賦。刻彼茗華卷七毛貞女詩序，裘稱狐腋卷六歸田倡和序；丐其膏馥卷十一賀徐立齋序，聲作龍吟卷十觀槿堂詞序。用以揄揚卷三陸懸圃集序，益成撏撦卷三吳園次集序。從此卷十四葉母李太夫人壽序玉杯一卷卷十八上合肥先生書，長為鳳閣之奇觀卷十二顧亓山印譜序；甯徒卷十徐竹逸詞序金粉千重卷五董少楹集序，堪作詞場之佳話也卷十閻牛叟詞序。乾隆甲寅仲春上澣，後學吳潛敬跋。集案：刻本有。句下注所出篇名，原卷並無，均據刻本補。

昔讀迦陵烏絲集，元龍豪氣蘇辛筆。今展迦陵填詞圖，清氣拂拂生髯鬚。拈毫欲下唫還止，春風對影鬟雲膩。譜就頻教翠黛窺，歌成合付紅簫倚。陽羨書生夙擅奇，覆巢身世黨人碑。旗亭徧誦香山句，井水能歌柳七詞。小長蘆擅花間體，風流競樹騷壇幟。誰寫朱陳嫁娶圖，五雲深處徵車至。明年走馬上京華，折得東風上苑花。紅杏金蓮誇絶艷，長楊賦罷貢天家。舊時水繪園前路，玉梅花底春無數。新詞拍徧紫雲迴，琉璃捧硯人何處。壇坫東南幾鉅公，文章一代真豪雄。如何鐵板銅琶句，却付女郎歌曉風。題詩諸老風情妒，幼婦詞成筆花舞。二百年來翰墨新，傾城名士俱千古。畫圖省識此花身，天女維摩想像頻。善權應有吟魂唱，山鳥山花認故人。

迦陵先生填詞圖一卷，其家數世寶藏，兵燹之後，流落京師，為雪苑袁氏所得。袁即陳氏外孫也。余從子久舍人處假歸，重臨一本，并將各題詠摹出，裒池成卷。並檢小倉山房文集内填詞圖序一篇，及先生從孫望之中丞刻本内未經題入卷中諸作，併録於後。原卷内近人題詠尚多，不暇録也。同治十有三年，歲在甲戌，花朝後一日，嶺南後學葉衍蘭謹題并識。

蘭腔竹韻寫烏絲，妙手拈來火鳳詞。種出江南紅豆子，東風吹徧是相思。擪指依稀隔指聲，翰林風調舊知名。只疑偷入黃鐘犯，無限當時顧曲情。

苕陽後學卞斌

恰相當。是驚才絶豔，文福無雙。倩鸞簫寫韻，酌羽斟商。精微處，偷聲好，按拍倚新腔。富鴻篇，播海内，令人私淑難忘。恨我生何晚，圖中幸覩清光。想當時風致，跌宕詞場。槐廳月，旗亭柳，灑醉墨千行。百餘年，向令尹，得虔一瓣心香。醉思僊

香士先生明府属題，歙胡長庚。

先生一代人中豪，主持詞壇扶風騷。國初名手争軼出，朱尤洪王紛翔翱。幼讀駢體色然喜，雕鏤不讓陳無已。於今得見填詞圖，前輩風流乃如此。精神意氣凌滄州，筆鋒直欲沖斗牛。想見吟髯時飄颯，光芒炯炯凝雙眸。新詞纔脱才人手，嬌歌已出佳人口。按簫拍板叶宫商，先生一聽一點首。會意在神不在形，箇中滋味須聰聽。却笑周郎曾

顧曲，未免迹滯機猶停。古來詞客烟霞老，如公何人不傾倒。曉風殘月知音稀，祇識蛾眉顔色好。我瞻遺像如瞻韓，為肅衣冠拜吟壇。從茲人間有正譜，焚香時捲珠簾看。

道光丁亥閏五月小暑後一日，題於北譙官齋，後學滇南丁應鑾。

銅峯眉憶遠山嬌，罨畫溪痕廠碧綃。一樣餘聲聽不厭，才人詞筆美人簫。

觸目琳瑯數昔賢，紅腔緑字各纏綿。輸公一握生花管，占斷風情二百年。

同里後學萬貢珍敬題于湘南小寄嶽雲山館。

幼時即耳熟家檢討公填詞圖，未之見也。癸卯出使湘南，越歲，族弟益民自粤西來，携以示余。筆墨精妙，國初諸老題詠殆遍，萬荔門前輩見而愛之，亟摹諸石，并属余跋尾。余惟此圖二百年來藉藉人口，今遇荔門前輩，遂得流播藝林。物之顯晦，固有時也，豈惟斯圖？

乙巳春正商邱陳壇識於長沙使署。

迦陵先生在國初為吾鄉詞宗一大家，自遷汴後，片楮尺幅，不可復覯。今杏江學使出示斯圖，前輩風流宛然如見，且題咏甚多，前後兩鴻詞之盛，亦可窺見一斑，亟登諸石，以永其傳。惜不能偏録，割愛者多，未免有遺珠之憾。爾時道光乙巳仲夏識於湘南藩署，陽羨荔門萬貢珍。

聳吟肩、襹褷老鶴，雛鶯添箇旖旎。緑蕉一片跏趺坐，珠唾天花空墜。干卿事。是罨畫溪山，皺幾層春水。先生有句云：「絶似儂家罨畫裡，幾層春水幾層風。」只付與紅兒，偷將幺譜，併入寒篁裡。　記當時，飄飖湖海身世。漫説君門萬里。玉堂天上霓裳隊，紅袖伴他脩史。長聽取。是紫雲迴曲，謂雲郎也。共碧簫風味。豪情未已。恰擲筆躊躇，掀髯一笑，吾老是鄉矣。

前題迦陵先生填詞圖詩，不足觀也，因另填摸魚兒一闋。乙巳夏至後五日晴窻試筆，荔門萬貢珍。

荔門方伯命摹勒填詞圖既竣，偶出扇索書，隨意作此，誠絶妙動人，因附刻於後。湘林胡萬本識。

湖海元龍意氣遒，文章家世本無儔。緑毫寫出清平調，晚達何嫌似馬周。

新詞傳付雪兒歌，酒淺香深喚奈何。不識南朝興廢感，曲中幽怨是誰多。

[illegible][illegible][illegible]康兩無情，争説周郎顧曲名。一笑掀髯真健者，銅琶嗚咽大江聲。

[illegible]家燈火記清游，瞥眼烟花玉樹秋。[illegible][illegible]美人銷歇盡，曉風殘月不禁愁。

[illegible][illegible]流傳二百年，國初名宿興翩翩。何[illegible]腸斷方回老，細嚼清辭當管絃。

乙[illegible][illegible]初題迦陵先生填詞圖，蔗農賀熙齡

（以上九則録自中華書局中華民國二十六年印本《陳迦陵填詞圖題詠》）

陳檢討填詞圖序

陳药洲中丞出其伯祖迦陵先生填詞圖，設色横幅，髯敷地衣坐，手執管，伸紙欲書若沉吟者，意象灑如，旁一蕉葉坐麗人，按簫將倚聲，雲鬟銖衣，望若神仙也。卷中一時著名當代之士大夫以至山人衲子，各有題詠，蠅頭細書，鱗次櫛比，皆可諷玩。夫迦陵先生詩文播海内，後之學者翕然奉爲楷模，思一見其儀容不可得，得遺像以傾寫其愛慕蘊結之忱，豈不大幸？至於名流題詠之什，或有專集傳世，人所共知，其餘流傳絶少者，吉光片羽，尤足珍重。中丞以填詞圖重繪縮本，合後幅詩詞爲一編，付之剞劂，近之題識亦附焉。爰序其略，俾讀是編者知前輩風流，偶然寓意皆可詠可歌可傳於後世，而又知中

丞之善承家學以嘉惠來者，其意爲無窮也。乾隆甲寅孟春中澣，後學沈初。

（此序録自清康熙五十九年宜興陳氏藥洲刊本《陳檢討填詞圖》）

簡齋先生來書

袁枚頓首藥洲中丞閣下：

記壬寅三月，枚作天台之游，蒙中丞賜以兼金，助其行費。枚裁詩作謝，有「分俸恩深非夢想，渡江膽壯有山知」之句。不料歲月如流，已忽忽十有三年矣。今歲春暮，又被故鄉戚友拉作三回劉阮，枚興到忘衰，竟用杖朝之杖，游遊過之山。一路縋險鑿幽，登臨忘倦，從泖湖而至西浙，從雪竇以上瓊臺，補從前屐齒之所未經，詠歌之所未到，百有餘日，五月底才避暑還山。但存益壯之心，竟忘知止之戒，鐘鳴漏盡，夜行不休。中丞聞之，得毋憐其達而笑其癡乎？歸家後，見案上有中丞瑶札兩函，憐才念老，語重情深，且以檢討公填詞圖命枚作序。開卷觀之，音塵若接，前輩如林，枚厠其間，殊有續貂之愧。然念乾元鴻博一科，距康熙六十年，今又花甲重周。前輩後生，迢迢相隔，屈指公車徵士，除隨園一叟外，海内尚有何人？宜乎公憐枚，而枚亦自憐也。昔劉和季懷武侯云

「異世通夢，恨不同生」，其斯之謂與？奈此序非駢體不可，而此體鉤心鬥角，殊耗心神，以故枚六十後不復費此氣力。今遇題目大佳，兼承長者之命，不敢不勉強為之。老阿婆依舊東塗西抹，強作少年，終不能學夏姬，服荀草而厥媚三遷也。奈何奈何！枚幼不習書，每握筆如書生騎馬，意態全非，每有述作，輒求人代業，已半生藏拙矣。忽中丞札中逼其自書，將付剞劂，毋乃欲繪無鹽、嫫母之貌，使千秋之人姍笑而揶揄之耶？客雖嗜痂，痂非所願。姑托人寫序一篇，自寫詞一首呈上，祈中丞改削而存之，幸甚幸甚。

（此書録自清康熙五十九年宜興陳氏藥洲補刊本《陳檢討填詞圖》）

迦陵先生填詞圖序

袁　枚

曉風殘月，空傳柳七之詞；歌扇舞衫，莫繪朝雲之像。對寒雅之萬點，流水依然；當春色之三分，佳人何在。大抵電光石火，過眼難留；鴻爪雪泥，（經時）已散。惟我朝迦陵檢討，慧本性生，福齊身後。作龍女思歸之掾，文章可狎波濤；寫周郎顧曲之圖，色相長留天地。賸一雙之人影，如在秦臺；垂七葉之金貂，犹珍祖研。斯則實衺内史，無此清華；絲繡平原，遜其佳麗者也。然而夷門鼓瑟，大有豪情；鄴下（絃）歌，尤多清怨。令先君之標致，不減陳蕃；嘉公子之飄零，幾同張儉。當鐵鎖沉江之歲，正藏名鬻餅之時。秦淮夜泊，猶聞南部笙歌；輦道朝行，時值换巢鸞鳳。衛叔寶渡江而去，未免凄凉；梁伯鸞過闕而歌，能無慷慨？而且録蹋馬稍，時寄孤蹤；火色鳶肩，（必）難早達。效馮驩之倚柱，長鋏頻彈；似王粲之登樓，柔腸幾斷。是以青溪祠畔，歌成落葉之声；白練裙邊，題徧銷魂之句。及乎九重仙詔，丹鳳啣來；一輛蒲輪，班駒（駝）去。聽丁東之鈴索，音盡和平；游爛熳之瓊林，花皆富貴。乃有記歌娘子，小字能呼；紅杏尚書，頭銜新署。開弟孝侯之里，遠山青入眉邊；浮家少伯之湖，春水緑湔裙色。較勝香山，樊素一串歌喉；渾如白石，小紅兩行羅帶。適值海棠開後，團來半硯花光；或當梅子黄時，吹作滿城風絮。一則掀髯微咲，吐氣成虹；一則顧影自憐，凌風欲去。真可爲有佀皆仙，無愁堪寄矣。顧或者酒邊私語，重與端詳；堂上簸錢，曩□重見。青蠅白璧，不無謡啄之諛；翡翠苕蘭，謂少風雲之氣。殊不知美人香草，盡出《離騷》；樂府金釵，無傷大雅。主文而譎諫者，其聲必柔；緣情而綺靡者，其詞必麗。縱使聖人復起，定然不廢詩餘；翻嫌彌勒生□，未得相逢年少。所以井泉汲處，絶唱能傳；華表歸時，頌聲犹在。元雲白雪，倚歌而和者數百人；玉躞金題，韞櫝而藏者千萬襆。药洲開府，以畢萬之後，出爲通侯；守太邱之風，世稱良吏。集羣賢之佳什，遂甲比以成書；因後進之同科，乃郵筒而問序。此固不匱之孝思，要亦難逢之盛事也。枚也弱齡弄翰，即慕蘭成；老去看花，犹懷騎省。遥對銅官山色，想見鬚眉；時從水繪園邊，詢諸故老。琅函到日，喜慰生平；芸笈開時，（肅）瞻前輩。爰求連理之實，以奠詩仙；□抽獨繭之絲，續成鴛譜。幾時纔見，應待乘風歸去之年；何以位君，置在雲破月來而上。後之覽者，宜思張緒當年；世有達人，勿笑江淹才盡也。門人臺山方燮代作。

（此序録自常熟圖書館藏鐵琴銅劍樓舊藏鈔本《迦陵先生填詞圖題辭》）

案：原鈔本有蛀損，缺字以□替代，據文意推定者則加圓括號。

念奴嬌

蘇臺郏志潮

滴朱調粉，向生綃、重寫髯翁仙格。底事金釵親教與，貼近紅蕉一葉。吮墨移宮，拈毫換羽，為怕瓊簫裂。畫圖人遠，空懷風貌清絶。　猶憶供奉歸來，重校烏絲，悵觸頭如雪。龔大宗伯定山題先生《烏絲詞》有「君袍未錦，我髩先霜」之句，後龔殁，先生舉鴻博登第，後追和秋水軒詞，痛哭為位以祭。山鳥山花仍故友，莫道膏肓泉石。先生居官四年，以魚鳥湖山為念，至疾革時，猶吟斷句云：「山鳥山花是故人。」閒閣銅琶，新添拍板，自此平生愜。先生繪此圖時，嘗與李秋錦札，有云：「晤巖亦老，為余添一小鼓，一拍板，點綴其間，致足佳也。」一聲偷唱，海天孤鶴嘹嚦。

嘉慶丁丑花朝，余抱微疴，日夕卧聽春雨。春生刺史自睢陽囬衙，携示商邱宋氏所藏《迦陵填詞圖》原本，披讀一過，狂呼叫絶，不覺二豎頓去。卷中題詠，先後凡九十二人，昔與迦陵同舉鴻博者，往往具於卷中，可謂盛矣。暇時刺史屬臨副本以藏，余遂影摹之，歷夏迄秌，始卒事焉。兹以裝界成卷，爰識數言。時己卯艮月初旬之八日，蘇台後學郏志潮書於永城官廨之諏雲仙館。

春風嬝娜　　張春熙

問古今詞客，若個風流。圖舊恨，寫新愁。如許鬚眉，揮毫寄與，賺他脂粉，倚曲含羞。對此無端，干卿甚事，闌徧烏絲覔唱酬。莫憶吹簫怨人遠，却憐彈鋏又重遊。　惆悵兔園勝地，烟花銷歇，憑弔處、五百春秋。琴欲碎，筆空投。爛羊作尉，屠狗封侯。鋏笛行歌，懷殘刺字，玉壺買醉，質盡征裘。慢嗟薄倖，縱多才似子，鑚穿蠹簡，姓字誰留。

董國琛

青兕才高不可攀，烏絲譜就付雙鬟。定知絃索東風裡，厭聽南唐菩薩鬘。
國初諸老劇風流，題句依然在上頭。百二年來人物盡，畫圖又見宋商邱。
絶妙填詞弟二圖，阿師舊本費描摹。分明白石吹簫趣，抵得紅紅一曲無。
絲繡香薰合此身，髯翁生面又重開。何當添寫雲郎影，替與招魂上玉槑。

戈襄

不學秦黄句自工，氣豪情豔古誰同。風流欲勝東坡老，特寫朝雲入畫中。
填成舊譜宜諧調，摹出新圖别有神。何似蘭亭藏副本，流傳不獨仗詞人。

吳縣吳嘉淦

紅袖蒼髯各一邱，重摹粉本見風流。詞成子野稱三影，曲裏張衡詠四愁。
五月梅花飄鈿篴，雙鬟茉莉按箜篌。披圖棖觸年來夢，江上桃根憶昔遊。

戈載

曲曲烏絲衆口傳，詞場青兕想當年。一枝健筆憑揮洒，何事撚髭按譜填。

水繪園中借豔春，梅花百首最清新。如何握管沈吟處，不見燈前捧硯人。
絶世姿宜絶世才，傾城名士兩無猜。雪兒倘是知音者，合換銅琶鐵板來。
裙屐風流各一時，儘拋心力徧題詞。漁洋畢竟多才調，只與微吟七字詩。
酒壁歌樓舊夢殘，丹青重為寫氷紈。後先暉映才人筆，絲繡香薰一例看。
百年翰墨結新緣，金粉猶留畫裡禪。風月江南誰管領，而今不屬柳屯田。

沈沂曾

髯也風流歎絶倫，輸君才調鬥清新。銅琶不唱坡仙曲，要與迦陵作替人。
蟬碧君自顔其軒曰「蟬碧」。雙棲髩影嬌，擘箋分韻坐深宵。記歌娘子神仙侶，一卷新詞譜緑簫。尊寵員靈夫人能歌君所著《緑簫詞》。
當年名士擅詞場，低唱高歌總斷腸。不是知音勤護惜，都應零落墨花香。
跌宕丰姿認畫圖，吟龕招與共歌呼。觸茫茫我千秋感，後有珍藏似此無。

按，此詩原集有題「題郟幼韓志潮手摹陳其年填詞圖卷」。「分韻」作「賭韻」，「員靈」作「圓靈」，「所著」作「所製」，「觸茫茫我」作「茫茫觸我」。

王嘉祿

銅琶鐵板唱江東，容易填詞替長公。却怪大晟新樂譜，苦拋心力事雕蟲。
氣猛才華筆一枝，狂書想見劈箋時。填詞若準論詩例，此是貞元崔立之。
畫卷流傳禿阿師，江南新唱徧烏絲。如何三九梅花夜，不寫雲郎寫雪兒。

曹楙堅

玉簫聲裡寫烏絲，髯也風流信我師。觸紙烟雲渾未過，濟南詩與浙西詞。
吹盡天花又散場，記君遺恨寫曇香。乙巳冬余悼亡時曾為君題《曇香遺影》。不須更索紅兒拍，賸墨零縑揔斷腸。
蕭蕭絲鬢各驚秋，雁影江關動別愁。何日與君携畫本，玉梅花下動清謳。

元和朱環

填詞何似小長蘆，却許人間見畫圖。今日江南傳副本，歌兒能有紫雲無。
煙花樂府當時體，燈火旗亭本事詩。猶有緑簫吹夢醒，玉梅花底寫烏絲。

沈彦曾

老去填詞付小紅，吹花嚼蕊賦情工。百年裳屐風流甚，贏得家家畫放翁。
紫雲擪笛記當場，吟到梅花字字香。今日燕釵蟬鬢裡，可應重唱賀新郎。
按，此二詩原有題「去染五兄出摹弟二圖索詩，即以舊句應之」，後點去。

吴中王仁俊

移宫換羽推元白，度曲吹簫貌小紅。從此青髯與花面，長留清影畫圖中。
九十二人題名在，康乾諸老未消磨。昉思曲子藏園續，豔絶當年金縷歌。
百年吴下有私淑，粉墨編摩閲歲時。我有先生手書稿，《唾餘雜録》弟一手稿，集未刊，俊藏之篋中。卓然華胄漢經師。
才名主染震中葉，詞筆迦陵冠上京。絹海膠山有成例，三吴壇坫喜雙清。

（以上録自國家圖書館藏江陰繆氏藝風堂鈔本《陳檢討填詞圖卷》）

徐嘉炎

玉簟凉題其年填詞圖

誰慣言愁。看蘭畹金荃，佳句誰儔。詞場君獨擅，奈芳思難酬。倚欄點筆，正江天霽箑，夜月笠簑。酒暝處，是惱公情緒，阿子風流。　輕盈，妖姬露臉，艷舞月眉，因甚閒却歌喉。絲欄與金譜，更繪影描秋。情思得到深處，宮羽換、寫出綢繆。花倩影，好翩躚、瓊島雲洲。

（《抱經齋詩集》卷十四《玉臺詞》）

題陳迦陵先生填詞圖六首

秦　瀛

湖海詞人近已無，銅官山色夢模糊。儂家也近蝦籠嘴，後百餘年見此圖。

風流雪苑復何如，紅袖烏絲入洛初。鬢已先霜袍未錦，憐才愁殺老尚書。

射雉城中水繪園，金尊檀板記留髡。雲郎已去楊枝散，夜雨空尋般若門。水繪園今爲僧庵。

舊事南朝怨總持，先人名重黨人碑。鈿蟬法曲淒涼甚，含淚挑燈付酒悲。

吾家盛事舊能稽，四月山園緑樹齊。想得拈毫風幔底，杜鵑花下杜鵑啼。此記先生集寄暢園及碧山莊看杜鵑花事，並見《迦陵詞》。

戊午群公會赤墀，制科同輩半題詞。圖中衹欠微雲句，好爲先公一補遺。

（《小峴山人詩集》卷十七）

陳伯恭先生囑題陳迦陵檢討填詞圖　吳文照

載酒江湖興自長，桐花舊曲尚餘香。玉簫譜出迦陵句，三絕詞壇各擅場。

新詞脱手付嬋娟，顧曲風流逝百年。寂寞梁溪花月夜，何人更唱鷓鴣天。

（《在山草堂詩稿》卷三）

題陳迦陵先生填詞圖四首　顧廷綸

一代才人杜牧之，玉簫聲裏譜烏絲。而今倘啟鴻文館，已過黄楊厄閏時。圖成於康熙戊午閏三月，次年即舉鴻博，距今嘉慶辛未百三十四年，亦閏三月。

五十功名信馬周，詞壇從古擅風流。阿依亦有拈花瓣，未必文章誤白頭。先生舉鴻博時年五十。

百首梅花十斛珠，一宵研練勝京都。若教會得憐才意，畫箇雲郎捧硯圖。先生在水繪園，以百首梅花詩□紫雲，一夕而成。

不因花裏填詞客，誰識雲中吐鳳才。百四十年彈指頃，今朝又唱紫雲迴。今樂部中有名紫雲者，色藝亦佳。

（《玉笥山房要集》第四）

題陳迦陵填詞圖　　陳文述

陽羨才人梁苑客，湖海聲名動蠻貊。已將文體匹徐庾，更遣詩名壓元白。花月江山筆一枝，金荃蘭畹譜烏絲。寺樓殘墨山僧護，驛壁新題過客知。玉關羌笛黄河上，旗亭風雪雙鬟唱。銅琶鐵板學蘇辛，酒邊按拍閑情蕩。俠客琵琶謝茂秦，黨魁複壁冒巢民。毫端别有滄桑在，豈獨梅花爲紫雲。圖中風貌何人寫，小紅擫笛尤妍冶。袖角裙邊半姓名，新詞誰是如君者。遲暮功名兩鬢秋，依人王粲感登樓。天涯我亦青衫敝，日者無人説馬周。

（《頤道堂詩外集》卷四）

羅敷媚戲題陳迦陵填詞圖拓本三首　　張景祁

寫來滑笏生綃影，不畫雲郎。却畫雲娘。畢竟嬌柔易斷腸。若從水繪園中見，團扇宫妝。檀板新腔。也合梅花百首償。

封侯骨相何須問，酒緑燈紅。兒女英雄。氣盡歌筵一笑中。過江人物今安在，罨畫溪東。曾住元龍。可有新詞唱懊儂。

旗亭舊夢空留迹，髯也飄蕭。鬟也嬌嬈。八尺風漪尺八簫。豪情我亦龍川亞，一領青袍。一曲紅幺。腸斷松陵十四橋。

（《新蘅詞》卷二）

題陳其年先生填詞圖二首

楊季鸞

錦硯烏闌元藴藉，青衫紅袖太飄零。南朝宮體誰能會，丁字簾前擫笛聽。

棗花簾幕上燈初，金縷歌成泥酒餘。何似忍寒留半臂，當年紅杏宋尚書。

（《春星閣詩鈔》卷十三）

題陳檢討填詞圖

陳棨仁

四遠三中絶代工，十年誰繪夢東風。紫雲零落楊枝老，牙板誰歌一萼紅。

（《桐陰吟社詩甲編》卷上）

題陳檢討填詞圖

陳棨儀

玉梅花下擘箋紅，張柳風懷絶代工。一曲紫雲剛唱罷，肉聲如雨撲春風。

（《桐陰吟社詩甲編》卷上）

題陳檢討填詞圖

陳枀倫

綠蕉花下彩箋紅，滴粉搓酥點染工。唱出陳髯絶代曲，楊枝無力舞春風。

（《桐陰吟社詩甲編》卷上）

題陳檢討填詞圖

龔顯曾

綠蕉花角桂堂東，減字偷聲點綴工。絶妙烏絲好辭句，風流記曲有紅紅。

（《桐陰吟社詩甲編》卷上）

題陳迦陵填詞圖爲張養如作

易順鼎

【醉花陰】洗罷疏桐補清課。問誰擁、桃笙嬌卧。箋待拂，墨停磨。着甚來由，苦把湘毫涴。且莫倚玉簫吹，怕驚得花邊夢兒破。

【喜遷鶯】香肩斜軃。認頰潮、紅暈雙渦。瞧科。是生成、瓊裝玉裹。祇一霎沉醉東風面已酡。怎禪榻、光陰刹那。厮趕上散花天女，常伴病維摩。

【出隊子】紅酣翠妥。費心情獨自哦。猛可的江南唱到定風波。猛可的天上聽殘水調歌。要守定闌干人兩個。

【刮地風】因甚的趁秋風、换了南柯。因甚的尋春夢、誤了東坡。莽風流自古受多磨。寫生時、已曾經過。他擁越被、朱顔婀娜。他倚胡床、緑鬟婆娑。到底來鏡中花、水中月，幾曾真個。空則是展鸞綃、揮象管，費他年醉眼摩挲。便新詞盡向旗亭播。怕再世雛鬟發也皤。

【四門子】算髯翁艷福真無那。譜烏闌，傾白墮。也不患才多。也不患情多。到换羽移宫幾度過。亭兒半荒，墻兒半趓。把畫裏、雙身牢鎖。

【古水仙子】酹酹酹金叵羅。吊吊吊冷鶯花、有個詩翁坐。問問問尊前月更來麽。尋尋尋卷中人相隨可。喜喜喜展琅函、雨曳烟拖。怕怕怕化銀杯、粉殘香墮。老詞仙赴了玉樓科。俏佳人證了瑶池果。甚痴魂銷向畫圖多。

【尾聲】幻影三生無處躲。休惹起看畫的更風魔。教説與小雲郎應識我。

（《丁戊之間行卷》卷九）

（以上補遺）

郭麐《靈芬館詞話》卷二

迦陵填詞圖前後題詞者夥矣，皆用其體，多爲激揚奮末之音。惟汪雲壑（按，汪如洋）修撰《洞仙歌》二闋，别自爲格，極宛轉之致。天風海濤之餘，忽聞吹葉嚼蕊，殊能移人情也。

吴衡照《蓮子居詞話》卷一

《迦陵填詞圖》爲釋大汕傳神，掀髯露頂，真有國士風。旁坐麗人拈洞簫而吹，恍唱「楊柳岸、曉風殘月」也。洪昉思、蔣心餘兩先生題曲絶佳。隨筆於此。洪曰（略）。蔣云（略）。大汕，字石濂，江南人。又曾爲先生作天女散花小像。

謝章鋌《賭棋山莊詞話》

《迦陵填詞圖》爲釋大汕作，掀髯露頂，旁坐麗人拈洞簫而吹。是圖近日有刻本，其中洪稗畦、蔣鉛山二套南北曲最佳。昨在都門於袁筱塢保恒侍郎處見其原卷，抽妍騁祕，詞苑大觀也。惜大汕人品不堪，宗風掃地。以工爲祕戲圖，得當路歡心，卒以違禁取利斃於法。詳王漁洋《分甘餘話》。此圖出其手，是一大玷耳。卷一

《迦陵填詞圖》作於戊午閏三月廿四日，蓋舉鴻博之先一年也。乾隆末，其從孫藥洲中丞縮本刻之，袁簡齋爲之序。中有吾閩林麟焻《瑶華》步武曾韻云（略）。卷中吳農祥題詞獨多，有《風流子》代女郎贈主人，有《鳳凰臺上憶吹簫》代主人贈女史，又有《沁園春》三闋。末闋云（略），跋云（略），徐林鴻和云（略），跋云（略）。按，星叟即農祥也，小史蓋謂紫雲。裘文達曰修題五絶句，第四云（略）。續編一

梁紹壬《兩般秋雨庵隨筆》卷四

陳其年填詞圖，一時題者，名作如林，卷尾有裘文達公曰修五絶句。其一云（按，即第四，略），讀之忍俊不禁，不意此老亦風趣乃爾！

郭則澐《清詞玉屑》

《迦陵填詞圖》戊午閏春所作，其薦舉鴻博前一年也，蓋别有本事。卷中吳農祥題

詞特多，有《風流子》代女郎贈主人，又有《鳳皇臺上憶吹簫》代主人贈女郎，可謂好事。殿以《沁園春》三闋，末闋云（略），跋云（略），徐林鴻和云（略），跋云（略）。星叟即謂農祥。有見其圖者，爲釋大汕傳神寫，迦陵作掀髯露頂狀，旁坐一麗人，拈洞簫吹之，恍唱「楊柳岸、曉風殘月」也。洪昉思題曲絶佳，其《啄木鸝》一折云（略），即畫中人面。又《憶多嬌》一折云（按，曲牌名當爲《玉交枝》，略），則述其就徵情事。又蔣心餘題曲《石榴花》、《剔銀燈》兩折，述其前後踪跡云（略）。有知其事者，謂虛搆巫山，非果有其人也。大汕，字石濂，江南人，嘗爲迦陵作《天女散花小象》，其伴丈室維摩者又何人歟？卷七

四　《迦陵洗桐圖》題詠

周衎，字履坦，江蘇吴縣人。工繪人物花鳥，康熙十八年供奉内廷，十九年南歸，迦陵作詩送之。履坦爲迦陵作《洗桐圖》，蓋在南歸前未久，時迦陵官翰林也。釋大汕作《填詞圖》，則十七年也，迦陵旋舉鴻博。迦陵寫真，存者惟此二幅。《填詞圖》原卷近代尚聞在項城袁氏，後竟無聞，然題詠流傳甚廣。《洗桐圖》後爲冒廣生購得，已不能盡知題詠者。冒氏云：「又有署『弟燮』者，未知何人？其印章，一爲『臣燮』，一爲『侍從史

官』。」此龍變也，《填詞圖》有之，不知冒氏何以失察。又云：「余攜此卷謁檢討墓時，出示宜興同人蔣香谷諸君，咸有題詩，並邀檢討之姪曾孫德順，姪元孫應軫、應斗，姪雲孫明署觀款於卷後。」今並見卷中。冒氏捐入上海博物館，世能見之者甚少。得路偉、郝鵬、陳才諸兄之介，余得一觀焉。亟爲録出題跋，而不學，字有不能辨者，實得秦鴻、朱銀富諸兄襄助，謹致謝忱。壬寅九月十六，我瞻室識。

洗桐圖　奕禧題

【原圖】

庚申長夏吳門周衜寫於燕臺旅次。

偉貌豐髯，坦衷静氣。風流儒雅，詞壇軒翥之豪；束帛蒲輪，鳳闕風雲之際。洗桐瀹茗，嘯傲仍是南窓；度曲吹簫，藴藉推乎北地。矗懷獨脱，丰姿在姑射之山；彩筆偶拈，瀟洒軼阮稽之致。不移不滛，五雲三徑。如此人者，吾將遇之於蓬萊烟霧之間，與之握手論神仙之事矣。

庚申秋日爲其年館丈題。馮溥。

題其年年兄洗桐圖

緇塵車馬厭追尋，想象龍門百尺陰。欲倒流泉青滴滴，常如初雨碧森森。擎甌茗熟閒中味，脱帽風來物外心。衹許鳳皇曾覓實，朝陽無侶夙盟深。

同學張烈請正。

亂髯如戟没兩耳，曾遇張公餌石髓。齠齔讀盡禹穴書，落筆便覺雲煙起。學書學劍兩寂寞，留得青袍見天子。一朝獻賦結主知，簪裾珥筆承明裡。與君聞聲二十年，慙媿同官聚於此。回首江東有所思，時夢家園桐樹枝。手揮奴子勤拂拭，春風新緑光離離。少年坎壈憂數奇，晚來得官貧不支。神仙杳茫未可期，功名富貴亦一時。男兒七尺將何爲，聊把此意問畫師。畫師笑指桐陰垂，兩髯颯颯來相追。一髯默坐一髯語，我懷浩蕩君焉知。

琅邪弟李澄中拜題。

温潤中郎玉不如，銀床花落碧梧初。比來何事關情甚，茶熟香清一卷書。

題其翁老道長洗桐圖。問亭博尔都稿。

洮湖狂客，愛孤吟、鬅几鷓斑香繞。危坐科頭，擬填詞纔了。人間晝悄。正石畔、亂紅如掃。金井蕭疎，新桐乍引，肯容塵到。　倪迂舊時風調。有青猸銀鹿，泉汲寒玉，静洗青柯，待高鸞棲早。題詩萘小。看人丗、蝶喧蜂閙。茗椀重斟，氷壺獨映，掀髯微咲。

調寄轆轤金井為其年老年翁舘丈題洗桐小照并正。梁清標。

雨過閒庭碧草滋，笑拈桐葉坐題詩。斜陽欲落蟬聲歇，又逐微風度别枝。

倪迂風度儘翛然，箕踞呼童汲石泉。洗得雙桐如碧玉，夜凉移就緑陰眠。

辛酉仲秋小詩奉題其年老年翁舘丈洗桐圖兼政。王澤弘。

溪山春樹分穠纖，小亭晝静開湘簾。延陵高士恣盤礴，倪公老去推陳髯。先生嗜潔丗無匹，北牕清夢追羲炎。座中拂拭常四五，碧梧白日看霏霮。晝溪分貯素瓷水，翠陰争撲紅牙籤。天子同時憶司馬，徵書急遣離茅檐。嗚呼元鎮遭至正，極天鬼火高星蟾。丈夫遠蹈未為恥，清閟閣下應長淹。只今四海皆樂土，君門洞闢無猜嫌。集賢學士重文藻，比扉鵠立何清嚴。賦成誇汝好筆陣，儼如萬馬森珠鈐。素心雖爾愛丘壑，大義未可輕帷襜。五湖三泖豈君所，不妨園徑生蒼蒹。還君此圖飲君酒，巷南巷北摇青帘。

壬戌春正月題其年老先生洗桐圖即請教定。洽陽弟王又旦具稾。

蘭陵諸子頗騰縱，虎踞詞壜骨格重。文友訏士稱絶奇，俯睞群物互嘷哢。晚交髯翁更清發，詩韻砰訇過北宋。幼悟早能繙賜書，軼才便可駭羣從。往年召對承明廬，天廐飛龍脱羈鞚。有時揮灑菱花牋，蓬膾郢醪起吟諷。朝迴示我洗桐圖，丘壑謝鯤意飛動。提携氷雪仍蕭然，談吐古今每奇中。露頂獨據高梧陰，静觀日月迭相送。平頭奴子激流泉，百尺勢與碧霄控。草木由來有本性，湔盡浮埃差可用。苕苕對此寒山株，上有夸條宿么鳳。我聞洗桐須洗心，人世紛呶真噩夢。神仙富貴未蹉跎，出塵終思善卷洞。褭露常承一椀磁，嘘雲合移十石甕。吾家小阮能起予，約君它日入林共。

次韻題其年先生洗桐圖并正。莆田同學弟林堯英。

雲姿鶴翮層霄縱，象物龍文函鼎重。夜光按劍雖數奇，秋籟揮弦知雅弄。濡毫瀟洒填好辭，落紙清新壓南宋。君家蟬聯本豪舉，儒服雞棲廣賓從。終看騏驥能空羣，千里絶塵誰捉鞚。薄游初不因人熱，獻賦飄然陳古諷。朝端特達見天子，輦下轟傳合雷動。當時詭遇或有之，如爾安驅自命中。春風騎馬應意得，霜雪歸鴻仍目送。為寫髯僊置丘壑，澄泉坐使奚奴控。一雙青桐洗更佳，萬軸錦籤老足用。蕙蘭幾縷浮金凫，啜茗八團開小鳳。獨疑珥筆直螭頭，何似入林尋鹿夢。紫芝故愛陸渾山，康樂嘗游石門洞。豈其學士思焚魚，翻羨丈人甘抱甕。身居魏闕志江湖，此意天涯明月共。

次林澹亭韻奉題其年先生真像洗桐圖並請正之。黄州同學弟葉封具稾。

髯翁矍鑠真豪縱，筆力直挽萬牛重。横空硬語排滛哇，造化奇葩發嘲弄。自然閫奥臻蘸韓，便可銜官呼屈宋。有才如此豈淪落，香案蓬萊合侍從。蕉園竹簡紅牙籤，沙苑天馬青絲鞚。出局蕭閒幸過我，手提一圖索唫諷。披圖眉宇秀春巒，紫髯垂頤鬱生動。想當落筆意工似，頰上三毛巧安放。脱冠吸杯露頭髮，興酣似欲百壺送。石床藤几各靜便，數本頳桐勢高控。平頭洗濯踏脚立，樹間隱掛緑毛鳳。樂哉置身此丘壑，軟紅撲帽真何用。翁言斯樂志欲酬，官舍依稀煙水夢。我聞翁家好罨畫，溪流潑眼如走汞。荊南岕碧夜焙茶，惠泉酒香曉鳴甕。安得挈舟隱其間，據梧長嘯與翁共。

里言題其翁陳老先生洗桐圖并呈教政。莆田林麟焻。

荊溪詞客，是陳髯、握管霞飛雲繞。每到荒齋，便賡酬無了。神恬意悄。把世態、俗情都掃。一去長安，旋歸冥府，怎能重到。　　玆圖都傳丰調。見拈甌坐石，解衣盤礴，課洗梧桐，怕秋風來早。功名事小。愛幾樹、色稠聲鬧。諦視如生，呼之欲出，我啼還笑。

戊辰春王，其年太史令嗣求夏捧周履坦所畫洗桐圖屬題，展圖凝視，不禁山陽聞笛之感，調寄轆轤金井用棠村先生韻以輓之。徐喈鳳。

幾朵閑花寂寞紅，幽然泉石坐山翁。煙銷清閟風流歇，誰繪今聲碧葉中。一卷西山唱和詩，掀髯拄笏記風姿。重吟似讀南華注，秋水無聲哭子期。軟紅十丈過東華，欲洗煩襟愛煮茶。暮落朝榮人换盡，槐廳空夢紫薇花。辛未四月望後二日題其年先生舘丈洗桐圖，時先生謝世十年矣，對此不勝感歎。京江李基和。

洗桐圖　和子瞻韻

炎風何日换新凉，小榻疏簾茗椀香。睡起先生披腹坐，咲看稺子汲泉忙。高枝忽灑漫空雨，此外應無濯熱方。多少犇馳車馬客，紅塵似海正茫茫。丙子仲春日補題，弟燮。

填詞圖後第三春，駢體工夫應制辰。一唱倚聲皆律吕，新桐早已識伶倫。畫師有意仿倪迂，庭下分明碧六株。目送飛鴻俄一笑，秋光先已入拈鬚。金井蕉林絶妙詞，王桐花獨欠題詩。流螢高館聞疎雨，可是諸公刻燭時。

我欲樹根題小字，髯翁親手洗來桐。一花一石何交涉，萬古淋漓醉墨中。

乾隆乙未十二月三日大興後學翁方綱題。

聖賢雖死朽，精爽在天地。江河與山嶽，耿耿特配位。降及諸文士，冤鬼亦有寄。天宮爲上梁，仙官或曳帔。一再履人世，聰明彊覩記。昨題填詞卷，對燭若夢寐。今題洗桐卷，焚香故翹企。一一儼化身，天花散餘穗。清風明月場，此公定游戲。惜哉老雲郎，風光旋失墜。不現童子相，俾終美人侍。計公覽揆日，孤兒最驚悸。垂老博徵召，官曹七品次。瘠瘍致纏緜，衣食值窮匱。生才何淋漓，賦命極顛躓。從茲得輕蛻，譬彼釋重腿。天上寉有腰，人間蟲是臂。料不離兜率，而再宰官示。長爪畫修髯，猶近雪泥累。所藉賢子孫，囊軸永珍閟。太息放鴨圖，今已入市肆。查氏蘆塘放鴨圖，曾見在市估之手，今聞鬻之揚州富人矣。

乾隆四十年乙未臘八後二日吳中後學張塤拜題。

一丈清涼界。倚高梧、解衣盤薄，髯其堪愛。七十年來無此客，餘韻流風猶在。問何處、桐陰不改。名士從來多似鯽，讓詞人、消受雙鬟拜。可容我，取而代。文章烟月思高會。好年華、青樽紅燭，歌容舞態。太白東坡渾未死，得此人生差快。彈指耳、時乎難再。及見古人圖画裡，動無端、生不同時慨。口欲語，意先敗。賀新凉

潛身鍵户，積十年所得，於焉清曠。拄腹撐場三萬卷，出作詞壇飛將。豪傑天真，神仙逸氣，縱恣無依傍。古人可作，直堪橫槊相抗。　當時長鬣齊名，料青門五照，風流應讓。今日行歌燕市者，奇氣空能跌宕。碧玉廻身，吳娘暮雨，愁絶瀟瀟唱。琴材爨矣，出門何事西向。念奴嬌

冰顏如故，是詞人小像，合將金鑄。瑟瑟銅官山下，不減揚州仙掌路。鬼唱秋墳，花飛寒食，腸斷江南鶴歸處。逝者如斯，後生可畏，誰酹柳家墓。　才人應向梁園住。弔夷門一桁，天涯秋樹。剩有吟魂墮烟霧。幾處園林，葉滿銀塘，秋聲齊赴。石火光中，茶烟髩影，底事尚教人慕。春雲怨

何物消懷抱。賴桐花么鳳，迦陵仙鳥。填詞何處，椽燭紅粧繞。怕鸎花懊惱。歌到月殘風曉。使筆如風，寫羅巾團扇，不覺酒闌了。　詞客而今真艸艸。笑殘杯冷炙俱難飽。白飯青芻，相對訴枯槁。毛錐堪絶倒。斷送朱顏多少。君若重生，恐梧桐凋盡，姓字没人道。夢芙蓉

甲戌清和二日鉛山蔣士銓拜題

高梧百尺步清陰，坦腹何方散鬱襟。想見填詞餘興在，虚堂瀟灑似雲林。

要將旨酒袚清愁，漫説功名似馬周。留得畫圖爲世寶，祇令來者緬風流。「朝來日者橋邊過，爲許功名似馬周。」昔先生未遇時，友人所贈句也。先生年五十，果以鴻詞徵，授檢討，然亦未竟其用，故云。

嘉慶乙亥夏日吳門後學潘奕雋題。

國朝才子推陳髯，英辭妙墨雙絶兼。騈體高華擬庾信，賦材軼麗追江淹。餘技復工倚聲作，上侔稼軒與子瞻。青衫失意入京洛，文壇筆陣鋒殊銛。驚才絶學所肆應，何止一字直一縑。是時明廷辟宏博，公卿推轂聞宸嚴。名在制科列高等，珪璋特達輿論佥。蛾眉班中膺妙選，行藏遂似上竹鲇。玉堂清切得此客，遂覺劉井光華添。浩然之氣故有在，旁及聲色夫何嫌。斯人已逝六十載，乘箕應復歸青黏。我生也晚每遐慕，瓣香往往生平拈。何來忽得覩遺照，盥手再拜開軸籤。云爲小阮所藏弆，重施裝潢緘檀匳。展圖奕奕有神采，科頭坦腹絁帶襳。薫爐書卷陳石几，雲腴自吸神安恬。碧桐數本正敷蔭，翠陰冪䍥如幃幨。仿佛雲林潔癖意，拭枝刷榦日不厭。雙童挽手勤洗滌，得非紫雲明慧楊枝纖。八分題額體踈秀，誰其書者惟六謙。鉅公先後有題句，長篇短什交炎炎。畫師款識庚申歲，七十五載飛烏蟾。覩公鬚眉想風槩，迄今父餤猶未燂。孫曾近日更鵲起，即看奕葉朝恩霑。卷還此畫慕曷已，詩成春靄浮筠簾。

奉題陳其年老先生洗桐圖遺像。錢唐後學王延年拜手。

井花水處唱紅鹽，常對春風啓玉籤。怪得才名滿天地，新桐影裏識陳髯。

樹下鍛金嵇叔夜，風前拜石米元章。山齋刻月程清課，定使雲郎日日忙。

滾滾飛塵自惱公，元規扇底障西風。客來無事莫輕報，但道先生方洗桐。

露引青桐認故吾，十年心跡在江湖。旗亭酒肆題應徧，別寫紅牙按曲圖。

奉題迦陵先生洗桐圖。同里後學李英。

五十功名事已遲，洗桐圖卷纔填詞。紫雲逝去楊枝老，畫裏思量又是誰。

湖海平生膽氣粗，中年落魄小三吾。烏絲射雉搜尋徧，衹恨題襟隻字無。檢討在余家十年，如皋所作，詩名《射雉》，詞名《烏絲》。余求《射雉》不獲，僅從耆壽民閣學家見《烏絲》刻本二冊。然求其墨跡，乃絕鮮。

痴想詞科繼大賢，參軍蠻語悔爭傳。光緒癸卯試經濟特科，余已列上卷，臨進呈，以中有盧梭二字，見擯特科。二百餘卷，惟余卷有張文襄手批「論稱引盧梭奈何」七字，一時中外盛傳播。柯亭劉井都無著，合眼興衰見百年。

過江誰問舊池臺，寥落荒庵剩古梅。十載并州魂魄戀，管他遼鶴一歸來。檢討得官後，寓書先巢民徵君，戀戀舊遊，有「遼鶴難歸」之語，徵君讀之，私訝其不祥，未幾，竟下世。

宣統庚戌九月得此卷，賦四詩，越四十二年，辛卯正月補書。冒廣生記。

科頭坦腹，坐盤陀石上，髯真閑雅。琅五不來離六去，《填詞圖》，釋大汕畫，大汕著有《離六堂集》。雲郎小象，款署五琅陳鵠畫。又值丹青曹霸。囑咐明童，吳綾質就，故事倪迂寫。索鈴響處，風吹涼雨飄瓦。　堪歎五十功名，詞人老大，無望凌烟畫。一院梧桐秋意漏，不是玉梅花下。少日情懷，舊時亭館，有箇娟娟者。紅蘙淚漾，酒醒多少餘話。

再用檢討集中贈吳門周履坦念奴嬌次韻，檢討自注：「時以丹青供奉內庭。」冒廣生，時年七十九。

迦陵客水繪，曾下北窓榻。今我游京華，鈍宧亦餉榼。示我洗桐圖，庭陰訝緑匝。畫師貌迦陵，適在天祿閣。嶧桐應宫徵，殘雨風肅颯。沈沈坐其下，涼緒一襟納。審音恍伶倫，清詞何雜遝。吾思菊飲卷，惓往意有嗒。君藏有巢民先生菊飲詩卷，予曩歲曾爲題句。歸歟犯曉霜，落葉天街蹋。

鈍宧道兄近於京師市得吾宗迦陵先生洗桐圖卷，出示，因題即希督教。庚戌十月廬江弟陳詩倚裝書。

三十陳髯美丈夫，浪游萍跡滿江湖。門才晚達宜修史，家難親常記託孤。小令烏絲歸劫燼，名園水繪亦荒蕪。唯留一紙桐陰濕，足補填詞第二圖。

宣統庚戌十一月鈍宧先生属題。胡思敬。

填詞圖與散花圖，老輩題評卷軸麤。涼翠一庭清似水，洗桐忽又仿倪迂。

露頂掀髯坐石棱，雙僮丫髻髮鬅鬙。紫雲别去楊枝老，清夜何人伴一燈。

文人盛事慕詞科，蠻語翻為秀鐵呵。如此魁能好才調，不教簪筆侍鑾坡。

水繪名園今尚存，琳琅寶墨重清門。可憐遺翰無尋處，我亦東林後代孫。先文貞公遺集刻於

《常州先哲遺書》，曾輯拾遺一卷。沈子封學使藏手札一通，願以衎石先生滙存《禾中朋舊詩札》手卷易之，尚未允諾。

鈍宧道兄同徵屬題。江陰繆荃孫呈藁。

陳侯髯似緣坡竹，解扣單衣微露腹。手持茗椀石上坐，仙氣蕭然在雙目。案上一函没字書，略陳數器古意足。濃陰大葉作凉吹，六本高梧立青玉。雙童不過十歲餘，能取長罌汲山渌。是桐身本清淨相，得水更如雨新沐。畫中可是水繪園，詞筆應安數茅屋。三百年來餘此卷，文人一一争題軸。便作迦陵掌故圖，西京朝野凄凉局。長安鈍宧貧過我，典衣直當文姬贖。還為陳髯作主人，陸沈天地巢民哭。宣統二年祭竈日，眼底桐陰作凉緑。題詩一闋質髯兮，擫笛應緐紫雲曲。

趙熙。

碧梧陰陰晝無影，沃玉澆泉弄清冷。絶似雲郎出浴圖，水繪園中度炎景。鶴亭好事復清貧，苦愛陳髯卷裏真。黨魁明季今誰比，空羡東林復社人。

宣統辛亥二年，孝胥。

匋齋藏《紫雲出浴圖》，國初名流題者百餘人。

庭院凉陰梧翠竦。生怕秋風，九陌黄塵動。畫裏雲郎偏好弄。洗時倒掛疑么鳳。　髯也風流誰與共。水繪園荒，遼鶴歸來痛。賢主名孫香火重。攜圖長作維摩供。

同里後學程適謹題。

吾宗老髯翁，風調廿寡偶。往見填詞圖，眉宇出塵垢。洗桐稍後作，似慕清秘叟。水繪廿年蹤，折輩喚小友。斯圖霜翲餘，更入雲仍手。佛氏説因緣，此理宜或有。日暮雉皋雲，遼鶴重來否。

鈍宧同社屬題，宣統三年四月，賓琛。

棲身枳棘悲摇落，吩咐雲郎造鳳麖。百尺奇材抱孤潔，十秊嘉樹沐清流。浣花有例援工部，削葉無心羨徹侯。倘就明訔海棠約，此圖携上米家舟。

甲子春仲同里後學儲鳳瀛謹題。

百尺桐陰涵水繪。十載棲鸞，蹔戢凌雲翅。清閟風光真箇似。琳珉慣倩雲郎洗。　周昉風流名畫史。淡寫輕描，影事留些子。山鳥山花吟望裏。迦陵羽化登仙矣。一自佉盧流禹甸。斜上旁行，頓覺詩書賤。況又結繩重轉換。楚咻齊語高墳典。小小三吾人異撰。尚友前賢，自寶牛署卷。艸艸徵題君已舛。罪言不中時人看。

甲子暮春同里後學蔣兆蘭謹題。

桐陰清潤，倩雲郎親洗。更乞周郎寫情意。向名賢索句，薄海徵題，留幾許，開寶當年影事。　詩亡還跡熄，湖海樓傾，弔古懷人過臣里。水繪近如何，祖武孫繩，看一樣、鶴徵不起。料此際新年譜新聲，定酒酌屠蘇，彩毫閒試。

調倚洞仙歌。

時援道方客南昌，外舅青蕤翁以此圖命題，作此寄奉，仍乞遇便書入卷中。時在甲子正月邑後學任援道記。

井梧孤聳。高枝當日曾棲鳳。琅玕身淨青無縫。濕處題詩，翻訝籠紗寵。水繪園荒移畫棟。迦陵仙去醒塵夢。髯翁貌得須眉動。添箇雲郎，也是多情種。

調倚一斛珠。

甲子暮春同里後學徐德輝謹題。

如皋冒鶴亭先生來游陽羨，出眎迦陵前輩洗桐圖卷，與觀者：宜興縣知事紹興王孝儞芍莊，同里後學蔣兆蘭香谷、趙蔭北萱佩、朱其元捷丞、潘溎肖溪、程適蟄莽、周學源組園、史光宇肖溥、李紹陽薪淵、朱知次瀛、儲蘊華樸誠、儲鳳瀛印波、徐德輝倩仲、儲南强鑄農、許同甲幼冕、郁恂恂于、徐鳳翽岐鳴、徐棣華景唐、徐仁鑑遂初、趙永年祝三，謹識卷末，以申景仰。旹甲子春三月朔日，南强子通侍。

甲子寒食冒先生鶴亭同蔣香谷、程蟄莽、趙萱佩、史小浦、朱次瀛五先生過亳村謁先檢討公墓，出眎此圖，屬記卷尾。姪曾孫德順，姪元孫應軫、應斗，姪雲孫明同觀敬識。

附：金縷曲　題陳迦陵洗桐圖　劉嗣綰

卷裏秋聲送。好蕭閒、梧宫如水，碧天初凍。潔到倪迂須是癖，髯也風流伯仲。此意只、雲郎相共。圖中洗桐人即係雲郎。偷汲井華三兩尺，正庭前、抱出先生甕。疏雨滴，玉階縫。百年彈指槐南夢。猛思量、迦陵仙鳥，幾場吟諷。墨魄騷魂淪落盡，賸有雲煙堪供。底處覓、胡牀三弄。喚起王桐花一曲，圖有漁洋題句。問清聲、可似當時鳳。歌已闋，飲須痛。

（此詞録自劉嗣綰《箏船詞》）

五　《紫雲出浴圖》題詠

余酷嗜皮黄，讀張次溪書，始見所輯《九青圖詠》，蓋《紫雲出浴圖》題詠也。迦陵客如皋，逢紫雲，倩陳鵠作此圖，時康熙三年也。鵠，字菊裳，精繪事。題詠皆迦陵如皋所交遊，名流不乏，久爲世所豔稱。原圖後自陳家流出，歷爲吴蘗、金棕亭、曹忍庵、陸心源、端方、袁克權、張伯駒所藏，現歸旅順博物館。余苦求不獲一觀，賴魏新河兄覓得不全之影本相授，遂據以校訂《九青圖詠》，並用《穰梨館過眼録》及房學惠録文補益，竟成完本。然影本既不全，又嫌模糊，訛誤固難免也。壬寅九月十六，我瞻室識。

題詠

伯駒世兄属

離魂倩影圖

丁丑仲夏，庸厂老人題。

【原圖】

九青小像，五琅陳鵠寫。

題九青小像一絶

青青短髮覆眉峰，白紵新衫宛媚容。玉笛罷吹支頰想，情深不語憶元龍。

西湖张綱孫。

玉山竟日倚蒹葭，何用東風鬬麗華。青眼不須愁看殺，焚香静對碧窓紗。

鑑湖张梧題。

素手纖纖倚玉腮，洞簫吹罷坐蒼苔。聽歌知是嬌鶯囀，次第春風花下來。

蘭亭姜廷梧。

元龍何幸結蒹葭，童豎青衣寓麗華。莫怪君王勤割袖，漫同羅苧浣春紗。

和雛隱韻，瀨水羅簡。

欲問依依柳，逢誰伴彩毫。蒼苔如有待，玉笛更無勞。蝴蝶身須化，元龍卧最高。短襟和小鬟，羞殺鄭櫻桃。

孫枝蔚。

畫不將來荳蔻心，春風芍藥費沈吟。誰知身是愁雲影，千里隨人共淺深。

有雲園丁確。

石上支頤停玉笛，斷魂何處不隨君。人間多少相思苦，只許丹青繪紫雲。曹亮武。

玉管乍停聲，凝眸花枝亞。還向畫圖中，憶得當筵夜。短髮學鳴蟬，紅潮半凝赭。持將調笑心，付與丹鉛寫。家寄海陵曲，陳生去住頻。不須潮水信，形影日隨君。千載説樊川，落託江湖路。展卷向髯郎，紫雲名不誤。題九青圖，爲其年年兄索咲。范雲威。

蠻腰素口不如它，曾笑吴姬子夜歌。一片行雲隨馬去，勝伊飛夢渡黄河。時其年北上。茶邨杜濬。

簫歇歌停歛翠眉，冒家園子夜深時。分明一幅相思影，寫向人間那得知。維岳。

清風明月意徬徨，玉笛閒抛倦引凉。世上憐才惟汝輩，畫圖猶自想陳郎。

一曲新歌水繪間，冒家阿紫似[一]雙鬟。因君愛客思千古[二]，錦瑟能令侍義山。

廣陵宗元鼎[三]題於城東水閣。

校記：

[一]「紫似」，原圖殘損，據《本事詩注》補，汪本作「九秀」。

[二]「因君」句，《本事詩注》作「因思昔日彭陽事」。

[三]「宗元鼎」下，葉本注有「乙巳新秋」。

分明畫裏憶成癡，無那禪心泥絮疑。苔上鳳膺閒不理，鶯啼芍藥正開時。

潁上阿戫。

未聽歌兒唱小辭，畫中人影果如斯。無端雪後留鴻爪，却説東皋子夜時。

京口談長益戲題。

挑燈愛讀九青歌，宛轉歌聲動綺羅。展卷春風初識面，迢迢奈隔楚雲多。

倚石沈吟有所思，紫髯何處若爲遲。鄂君繡被多情物，惆悵聲殘玉笛時。

松陵吴兆寬題。

夜遣青童伴讀書，老夫愛客勝璠璵。六年別去心如海，畫裏逢人應問余。

陳生奇文亂典墳，陳生癡情癡若雲。世間知己無如我，不遣雲郎竟與君。末句包舉數意，其年應爲解頤。

水繪庵裏戲題。

與其年諸君觀劇各成四斷句，附書請正

冰絲新颺藕羅裳，一曲開筵快舉觴。曾唱陽關灑西淚，并州東返當還鄉。

最無消息是清音，竹肉暄時未易尋。唱到情來生意思，一絲裊裊紫雲心。

豪酣醉夢豈聞聲，娱悦雖知亦楚傖。沃鳳生花春漠漠，性情融液是歌情。

二十年來何所事，稱詩握管意茫然。最是泥人惟顧曲，細於筆墨倩誰傳。

冒襄又稿。

廣陵尤物號寧馨，別樣風情寄笛聲。却笑子昂馳雒日，攜文百軸問丹青。

婁上顧靖。

盈盈秋水剪雙瞳，對值嬌娘影未工。漫道遏雲歌冷落，分明幽咽畫圖中。

一曲千金妙入情，何哉腸斷渭陽城。要知馬上啼殘月，猶帶蕭蕭水繪聲。時其年將北征。

握椒老人唐允甲。

花底秦宫畫裏身，意態猶疑寫未真。千年莫恨毛延壽，若使真時妬殺人。

宛上吴鋑題。

不信陳郎已二毛，鍾情猶在鄭櫻桃。生綃小卷長三丈，乞遍詞人未覺勞。

何須見面始情癡，省識春風是此時。莫遣漢家公主見，屏風夜擁賣珠兒。

占斷人間第一春，傾城不屬女兒身。陳思若解披圖畫，定悔從前賦洛神。

來便春深去便穐，半生魂夢殢揚州。即用其年語。須知不獨如花女，能使香閨怨白頭。

柏梘山人梅庚。

憶在何方瞥見伊，月明紅柏倍相思。若非周昉濡毫日，遮莫陳思綴賦時。
元來畫也笑看差，挾彈風流未足誇。堪愛雲郎情似海，贈殘芍藥廣陵花。
無言凝睇總情癡，心事茫茫當告誰。除却陳郎應少解，等閒不許衆人知。
昔日秦青今九青，印脂傅粉比娉婷。簫停想像餘音裊，石上精魂舊有靈。
冒家才藻擅江東，小部風流亦不同。如何不乞陳郎去，枉費詞人諷詠工。
蕭郎有僕解憐才，聞汝多情亦異哉。何計教卿出深院，茅山道士乞丸來。
遏雲妙響同陳妓，擫笛新聲類李謩。休唱尊前河滿子，恐濺清泪濕羅襦。
半臂輕綃巧稱身，似遺薌澤似含顰。懸知此日繁休伯，錯認當季許永新。
十里芙蓉罨畫溪，銀箏畫舫日相隨。五湖烟水還無際，莫學鴟夷任所之。
璧月璚枝琢句精，南朝子弟最深情。倘然却扇一相顧，曾否蛾眉便爾傾。
青溪僕射傷浮豔，江都天子也多情。繁華社稷皆如夢，留得人間作達名。
陳郎才氣縱橫甚，此癖難醫費解嘲。愡是人才無不可，儘拚十幅寫生綃。

姑山沈泌。

年少難忘割袖歡，相思猶作畫圖看。吳綾半幅千行淚，翻使詩人不忍觀。
閒情好客性虛靈，常伴揚州夢裏形。不謂烟雲迷水國，九疑何處覓青青。
硤石超。

不必雌飛入紫宮，漢家金穴已難空。携來枕畔時珍重，薊北青齊在夢中。
築巖沈壽國。

始信人間别有春，如花却是芄蘭人。纔吹湘管驚梅放，又遏行雲落燕塵。
白皙非關傅紛華，風流偏稱白羊車。蚤知豔色輸宫使，何事尋春去若耶。
蘆中孫支芬。

露花風柳玉爲神，彷彿櫻桃夢裏身。百尺溪藤題已遍，天涯多少繫情人。

元龍十載卧蓬蒿，湖海飄零氣更豪。豈是鍾情在圖畫，直將此卷續離騷。

辰冬客游如皋，其年長兄出諸名家題九青畫卷索句，漫題二絶，以博一粲。婁東毛師杜。

記得清歌入鈔時，輕抽蘭氣一絲絲。如何擅落丹青手，忍使張郎不畫眉。

弟張圯授。

也非愁怨也非癡，各自關情匪所思。畫裏分明人不管，道來惟有兩心知。

雉城賁琮。

爲其年題紫雲卷兼呈辟疆

閒游公子風流甚，璧月瓊枝興不闌。聞有紫雲者誰是，今朝先借畫圖看。

夢殘酒醒苦相思，衹向丹青想見之。別日當筵難一索，訝君狂減杜分司。

敝席相憐一片心，玉簫別去響沈沈。不須別倩繁休伯，紙上殷勤寫妙音。

三生石上與傳神，描得如皋一笑真。愼莫爲髯蕉萃絶，却教不似卷中人。

首作第三句，用杜牧之語。 鶼里王士禄艸。

聞道前魚泣此身，龍陽不減雒川神。畫圖有貌能傾國，下令何須禁美人。

初日芙蓉百媚郎，卷衣蒙贈有秦王。那知百尺高樓卧，夜夜憐卿共大牀。

杭南陸圻戲題。

畫裏雙瞳剪素秋，當年簫史若爲儔。分明一片巫山月，飛入元龍百尺樓。

難將能燕比輕盈，别有神情畫未成。吹罷笛中楊柳曲，斷腸人已在無聲。

雲間吴旦題。

名士風流四海傳，花間嘗伴紫雲眠。元龍尚自多情種，莫咲當年幸董賢。

當初何不畫吹簫，吹斷征人去路遥。無那凄凉明月夜，還愁開卷又魂消。

其年盟兄命題九青小影，并正。京口弟何絜。

雉皋有客解風流，孤館聽簫慰旅愁。翻咲揚州傳杜牧，空留薄倖在青樓。
王孫湖海慣飄零，何福相逢掩畫屏。自是風塵能物色，九青莫認作秦青。
日暖鶯啼恨落紅，靈犀一點暗相通。風流情性原難寫，莫爲金錢屈画工。
慚予縱有心如鐵，但是聞歌喚奈何。莫怨雙星易分散，支機石畔是銀河。
廣陵華袞題。

其年年社兄索題紫雲小像

擎箱滌研鎮相隨，婉轉君前舞柘枝。催促陳思填樂府，曾將紅豆譜烏絲。
蛾眉參意寫難工，試比崔徽約畧同。我代畫師添數筆，玉簫吹罷倚梧桐。
朱顏曼睩映吴綃，猶恐丹青粉易銷。他日休歌河滿子，憶郎佳句念奴嬌。
畫圖冉冉帶微顰，衹爲蕭郎被放新。賦奏長門應有日，天寒繡被擁何人。時其年下第。
萊陽同學弟宋琬閒艸。

也占巫山第一峰，停簫孤坐恨無窮。可憐如線天涯泪，偷灑花前簇簇紅。

罷浴支頤耐晚凉，生綃半臂送熏香。紅橋是我銷魂地，愁絶披圖對玉郎。

泛舟紅橋，爲其兄題九青炤。濂[一]。

校記：

[一]「濂」字上，葉本有「師」字。

停歌子夜罷吹簫，纖手支頤素髮飄。獨坐不知何所憶，端詳雙頰暈紅潮。

貝丘畢際有。

鉢池秋水碧粼粼，憶聽當筵一闋新。髩影衣香都省記，不應唤作卷中人。

漁洋山人王士禛爲其季先生博咲。

斗帳新寒歇舊薰，人間何路識香雲。江南紅豆相思苦，歲歲花前一憶君。

前一首同床各夢，此首乃能道其兄意中事耳。如何？如何？

詩家韻脚憎肥俗，警瘦偏宜押九青。既見芳容聞小字，是兒端可想精靈。

不是異才難好色，定知殊色解憐才。花前月底勾魂去，楮末毫端圖影來。

武陵龔賢題。

鳳簫吹罷忽相思，幾度臨風倚曲時。不是雙趺閒露出，飛瓊争道下瑶池。

天都孫默。

青佳編韻皆在九，君唤九青名可聽。信是韻人名亦韻，丹青錯画作秦青。

甲辰初夏，爲其老道兄題九青小炤。乳山八十五叟林古度。

曾爲徐郎作贈詩，幽香綺語動人思。知君久綰同心結，不料人間有别離。

憶脱春衫花下眠，新聲唱出李延秊。只今展卷人猶在，何處相看不可憐。[一]

弟玉堪爲大兄題於邗溝逆旅。

校記：

[一]「新聲唱出」，《詞苑叢談》引作「新聲愛殺」，《本事詩注》同。

開緣無處不銷魂，知是桃花灑面盆。画裏惱人争欲絶，况君曾与共黄昏。
嬌郎豔女鬪香塵，総在含顰色態新。手抵粉腮如有憶，知君真是意中人。
爲其老年翁題九青小炤。婁水崔華。

垂垂短髮覆雙眉，如霧輕綃薄掩肌。不恨儸魂呼不下，恨儂嬌態向人癡。
行笈蕭蕭一軸同，猶疑吹笛月林中。知君頻向花前展，偏有芙蕖相並紅。
天都方一煌。[二]

校記：

[二] 葉本注有：「聞其年與九青不可以離也，不可離而竟離，乃寫其照偕行焉。其年情何以堪耶？爲賦二絶貽之。」汪本同。

青翰舟中繡被閑，碧桃花下玉簫闌。人間何事偏憎妬，小史於今鬪小蠻。
虎耳山人黄生。

新妝羞與莫愁同，默坐支頤對晚風。一片癡魂託磐石，隨他到處作飄蓬。

楚人吴嘉紀。

次韻爲其兄題九青圖

坐看清水石粼粼，玉管遲迴一曲新。我向當筵曾識得，可知即是卷中人。

忍别紅窗舊夕薰，一生幽夢殢江雲。風流耐得相思苦，尺幅冰綃恐誤君。右二首用王阮亭韻。

水繪燈寒人盡散，枕烟月動酒初闌。無情筆墨難圖畫，展與雲郎仔細看。

非關容易起相思，午夜燈窗想見之。最是心情妒紅粉，花能傳檄月能司。

掩抑歌聲漾苦心，腕凝紗薄坐沈沈。懸知異地深憐惜，一半多情爲賞音。

只看描寫倍精神，笑亦居然羞也真。莫怪揚州夢難覺，紫雲畫裏又逢人。右四首和西樵韻。

小史真堪作校書，雲郎麗質勝璠璵。相逢敢説清狂興，贏得題詩也屬余。

遣伴陳生讀典墳，鉢池静對幾層雲。主人愛客真知己，百尺高樓只卧君。右二首和巢民韻。

長洲王天階題于露香園。

戲爲其兄贈紫雲口占二絶句

西園公子綺筵開，璧月瓊花款款來。小部音聲誰第一，玉簫先奏紫雲廻。

陽羨書生驚坐時，誦君佳句紫雲知。何當乞汝紅牙板，唱取髯公赤壁詞。

悔庵侗書。

芍藥比容花比貌錢起，翠烟如鈿柳如環崔魯。書中不盡心中事裴説，却憶漳溪舊往還張籍。

廣平宋實頴。

華堂絲管日紛紛，愛殺清謳響入雲。今日披圖驚豔影，風流却妬石榴裙。

石上沈吟意自真，緑錢數遍倍傷神。龍游河畔離人淚，招得陳思畫槳頻。

雉皋馬世喬題。

一曲曾令鉢自吟，高雲不動水沈沈。誰將柔翰施丹粉，只畫雙鬟不畫心。

行將匹馬别朱門，白石蒼苔寫淚痕。横笛不教頻在手，恐吹楊柳斷離魂。

曹繡。

何處買絲繡此君，漫將丹粉畫中分。朝朝得展生綃看，不似襄王夢裏雲。

羅衣綽約出全身，一曲驪歌総愴神。纖手只將河路計，玉簫金管爲誰人。

伴君馬上向長安，影縱隨君形亦單。月落花明人不管，惱他烟霧有雙鸞。

雖是登山異望夫，相思兩地幾曾孤。重來開卷閒臨鏡，看取雙鬟入畫無。

射雉許嗣隆題。

無那情深畏別離，柔腸空繫緑楊絲。生綃喜見春風面，千里征人慰所思。

顧焯。

情死情生不自知，偶然情到繫儂思。欲知怊悵無端處，試看輕雲一縷絲。

冒丹書題。

捧心絶似越西施，却怪鴟夷輕別離。夢裏尋梅腸尚斷，那堪折柳淚絲絲。

顰眉斂艷衆争窺，一段情癡畫未施。莫道片雲能博笑，天南地北共相思。

憨庵劉愈炤。

無限儂心無奈身，圖將清影伴征人。思儂無奈看儂影，猶比虚空夢較真。

展卷思卿怕未真，丹青那得似腰身。只今潦倒無如我，愁殺陳思賦裡人。

醉花主人儲福益。

客舍清清罷夕薰，陽關一闋袂初分。休言別後相逢少，畫裏依稀見紫雲。

回首雉城讀書處，鉢池池上記分明。寫來一幅如雲卷，留作人間縹緲情。

爲其年兄題紫雲畫卷。弟維嵋。

遥題九青小影二絶句

新浴携簫坐夜闌，恍如神女芙珠寒。西園公子親聯榻，又愛圖中仔細看。

買得丹青筆幾牀，逢人便贈到維揚。乞臨一幅歸遺我，日對蘭心竟室香。婁水黄遷。

貌比蓮花玉作腮，前身原是紫雲來。今朝畫裡分明見，一夕揚州夢幾迴。羣玉山頭一認君，幾時淪謫到人羣。苦非周昉圖中見，那得人間識紫雲。不是多情畫不成，畫時容易畫傾城。花前試展生綃看，不枉陳郎一段情。婁水王攄。

素面雙鬟似玉人，紅牙一曲串珠勻。少年情事原難解，暗鎖春山亦自顰。竟體芳蘭玉有香，携來短笛坐池塘。鴛鴦若解憐春色，笑把蓮花竝六郎。眼角眉痕一樣愁，將誰形影畫圖收。金屏偷得新腔滿，紅豆拋殘恨未休。多情每作有情顛，一幅春綃寫玉仙。莫道陳郎心似鐵，縱教憐殺也無緣。婁東王曾斌。

徐家小青最清發，翠眉一寸裁新月。閒將玉笛弄梅花，相映春蠶白如雪。碧池新浴鴛鴦醒，露濕芙蓉粉痕冷。游魚吹沫亦多情，似啖波中玉人影。陳郎情豪更客路，寫得櫻桃詩不誤。只合相從客夢中，儘教看殺無人妬。

婁東王吉武。

渭城休唱笛休吹，黯黯春愁欲别時。客夢不勞頻悵遠，畫圖形影日相隨。

乙巳春日婁東徐晨耀題。

紫雲聲調絶當時，腸斷東風杜牧之。不道後身非是女，鍾情卻又遇陳思。

一種風光何處描，石家慣寵鄭櫻桃。丹青寫出情波媚，消得吴綾百束高。

蒼苔淨滑自無塵，有客來過擁紫雲。只此已堪歌玉樹，何須馬上石榴裠。

傳聞已自情難定，邂逅何容不識卿。二月梅花春正好，傍誰飛夢到江城。

婁水朱讜。

一曲伊凉動客愁，當筵争費錦纏頭。元龍豪氣推湖海，却爲鍾情賦倦遊。
標格人間第一流，無端那許按圖求。好傾洗鉢池頭水，洗盡陳郎萬斛愁。
單衣初試早凉天，玉笛閒抛坐石邊。無限情癡難説向，枉教題徧碧雲箋。
婁東曹延懿題。

旅程風物不勝秋，携得生綃伴客愁。從此笛聲休怨别，揚州夢醒是青州。
湖海陳生氣不群，冒家筵上酒初醺。秦簫歌罷楊枝舞，何事關情獨紫雲。
婁水郁煒。

一聲笛。吹斷幾春消息。燕子歸能何太急。無語煙中立。　向來多少風華，今日朱闌芳迹。自是憶君君更憶。回首秋衫濕。謁金門
楊岱。

司空席上罷傳觴，玉笛閒抛倚石床。莫怪當年狂杜牧，紫雲從解斷人腸。

畫中人記掌中時，錯認紅兒與雪兒。不信鍾情惟我輩，元龍豪客最相思。婁水郁植。

得意似看名手畫，難題却憶古人詩。

其年先生命題，不敢辭。偶誦順郎舊詠，因書數字于後。石筍樵夫。

沈吟石畔領春風，短髮絲絲臉暈紅。漫道阿郎甘寂寞，癡情却在不言中。

乙巳夏日，爲其年先生題九青小照並政。吴陵晚學陸昌齡。

石閣芝芳閉麝薰，藥欄苔徑駐華雲。牡丹亭後桃花曲，但説相思便是君。

步阮亭公韻，奉其年二兄命爲九青兄。胡從中。

顔色知君意有歸，青燈黄卷鳳雙飛。緑珠紅線雖千古，不及楊家一紫衣。

往來曾不殢塵闤，夢隔荆襄欲閉關。澹月娟娟風細細，片雲應出自巫山。

紅袖輕翻束錦纕，娉婷頻學美人粧。歌殘肯念天涯客，何獨關情是女郎。
河干分手恨難禁，閒煞孤舟冷繡衾。不是儇郎來入夢，想君還入画中尋。
影似芙蓉氣似蘭，相思曾不去眉端。憐卿獨坐三生石，開卷猶能一笑看。
陳郎才調絶當時，自古才人半是癡。畫即是詩詩即畫，我來不敢更題詩。
其年先生命題。婁水葉虞封。

相思一縷化青雲，處處飛來長伴君。那有閒情吹玉笛，更教折柳曲中聞。
古堇錢肅圖。

把卷不知何處香，三生石上阿儂傍。吹簫可憶當明月，欲學秦樓引鳳皇。
歌裏新聲解也無，衹應愁坐碧苔孤。若非妙手圖芳影，誰信人間有子都。
西泠蔣連。

輕盈如柳一枝枝，腸斷低頭無語時。盡日晴窗看不厭，問它若個是情癡。

白岳吴鶚。

花底秦宫弄玉簫，櫻桃紅暈影迢迢。天生俊骨横秋水，將取腰肢鬪小喬。

嬌嬈疑是女兒身，腸斷龜年曲裏春。我亦銷魂誰作伴，傷情惟有畫中人。

茘城余懷題於二十四橋之客舍。

其老道長兄將客金臺，索題九青小影，書此應教

指點輕容繡蛺裘，嬌癡無那曲中聞。江鄉風易催人去，半是銷魂半憶君。

杜牧尊前事已陳，空餘素繭見微顰。憑伊結伴盧龍北，絶勝巫山夢裏人。

蒼崖石汫題。

蘭湯初浴絶纖塵，斷臉微紅一幅春。風格不勞施粉墨，當筵原是畫圖人。

急管清歌夜夜風，何須紙上認香雲。一從妙手煩周昉，凉月輕煙更不羣。

東皋李僊原。

半面風流意態輕，誤人只道是傾城。參軍狂殺揚州夢，馬上回頭問笛聲。三年前憶到江都，聞道雲郎絶世無。今日丹青纔識面，分明一幅洛川圖。戲爲其兄題九青圖。婁東許旭。

題九青圖并序

九青圖者，陽羨陳其年先生爲徐郎所畫小照也。徐郎名紫雲，爲如皋冒辟疆歌兒。先生負才落魄，冒嘗館之幸舍，居小三吾，進聲伎以娱之。紫雲儇巧明媚，吹簫度曲，分刌入神。先生嬖之，爲畫其小影，攜之出入，遍索名人題句。其後，雲竟從先生歸。雲亡，先生覩物輒悲，若不自勝者。尤悔庵、徐電發、儲同人諸集皆載其事，風流放達，彷彿晋人之遺。余讀其詩若詞，未嘗不慨然想見其爲人。先生後舉鴻博，官檢討，康熙壬戌卒於京師，今且五十年矣。忽有賈人子，持此圖售諸市，余購得之。圖横一尺五寸，縱七寸。雲郎可三寸許，着水碧衫，支頤坐石上，右置洞簫一，逋髮鬖鬖然，臉際輕紅，似新浴，似薄醉，星眸慵睇，神情駘蕩，若有所思，洵尤物也。畫者爲五瑯陳鵠，題詠凡七十六人，詩一百六十首，詞一首，而尤太史悔菴、王考功西樵、司寇阮亭諸絶尤妙。乃裝潢而藏之，復爲詩一章，書於卷末。時雍正辛亥夏五月也。

陳髯風雅藹孤騫，東京鉤黨之子孫。運丁百六市朝換，野雀荒寒翟尉門。天教才大罹憂讒，飄零湖海違鄉縣。世上何人擁八騶，陳平詎合長貧賤。被酒顛狂一座驚，南朝北里舊知名。夜月李謩偷擫笛，秋風謝尚笑彈箏。如皋大夫愛結客，後堂絲管羅裙屐。憐才獨詫髯絶倫，留髠滅燭聞薌澤。水繪園中洗鉢池，小部樽前舞柘枝。此際花開春冉冉，此時月上夜遲遲。濃蛾秀鬋諸郎麗，中有吴兒尤絶世。狂言不減杜分司，凝睇紫雲宜見惠。紫雲吹罷紫鸞簫，臉波横處暈紅潮。眉語目成佯扚曲，幾年雨暮與雲朝。朝朝暮暮心相注，烏絲題徧銷魂句。其年有《烏絲詞》。不信男歡不敝軒，願爲共枕羅浮樹。斷袖分桃無事無，纏頭一曲千明珠。吴綃三尺尋周昉，殺粉調鉛畫子都。畫就瓊枝羞粉黛，名流題詠傾當代。漫道鍾情我輩癡，可憐作達文人態。一自髯公歸道山，此卷沉埋天地間。何意忽落賈人手，遂使畫裏生愁顔。乞金倍舉始購得，重付裝池加錦飾。想像風流前輩人，把卷晴窗三太息。彩毫往往遭轗軻，一飯千金意不磨。伶兒崽子關何事，能使英雄熱淚多。雲亡髯始霑微禄，中宵愴舊吹横竹。空留金枕泣陳思，難尋瑶草歸徐福。陽羨香詞千載新，雲郎雲郎爾傳人。秀靨明眸神采活，披圖我欲喚真真。

鄮湖吴檠。[一]

校記：

［一］葉本有跋云：「向傳雲郎小景，爲五瑯陳鵠所寫。尤悔庵、徐電發、儲同人諸集皆載其事。雍正辛亥五月，鄮湖吴青然先生購得於京師市肆中。乾隆乙卯五月，蝨園侍讀倩廣陵羅山人聘重摹副本以藏之。原卷題詠，燦如日星，迄今無人抄寫。嘉慶庚午，長夏逭暑，七里塘友人出觀是卷，囑爲重録於尾。錢塘陳鴻壽曼生甫記。」汪本有跋云：「乾隆二十九年，歲次甲申，九月，展重陽節。客吟老人汪舸手録諸前輩題詠，時年六十有四。」又附《同聲館倡和雲郎詞》三十首，署欵：「聽香詞客太瘦生」。又，卷端有百稯山農序一首，均不知爲何人也。

日月轉雙丸，春秋苦易邁。人生百歲年，須彌納一芥。松柏無凡姿，秀寔恥荑稗。世俗競耳聾，趨炎不肯退。一朝風雲變，括膚棄如疥。當時不自覺，衆議紛後代。是此彼復嗤，参商分向背。所貴不朽人，留名冠千載。昔有陳髯叟，書滛世無配。嗜好殊酸鹹，簡編手不廢。鬼閣授館餐，風雨自明晦。食前方丈間，羅列珠玉隊。先生白眼瞠，視之若土塊。侍立小僮清，何足挂眼界。賞識得其真，不異捧球貝。求之不可得，攝衣甘下拜。主人起相贈，毋忘秋蘭佩。重以席上珍，綰以衣下帶。聚散恐不常，逝如水下瀨。花簪官帽新，瓶悼瑠璃碎。貧賤常相依，貴顯反不逮。空圖畫中人，渺渺情無奈。一從綺筵散，同人動歌薤。不復貯錦囊，狼藉任摧壞。誤入賈人手，持向市中賣。黄雲變蒼狗，見慣亦何怪。有客酬之金，重裝意無懈。聊以追陳跡，覩物緬佳會。繾綣寄相思，良時不可再。嫵媚憶前流，丰姿看水繪。只今出生綃，猶睠輕盈態。撫卷三太息，風流逐吾輩。

此卷吴公得諸市中，裝輯成卷，持贈金棕亭教授。棕亭轉以贈余，賦五言古三百二十字，今藏之篋中，且十年矣。不知後日誰復得此者？願世之寶之可耳。乾隆乙未，客真州潘氏南園，忍莽學究並識。[一]

校記：

[一] 李斗《揚州畫舫録》：「金兆燕，全椒人，爲教授時，於市購得小銅印，刻『棕亭』二字，乃既爲號，且搆棕亭於署之西偏。」又：「兆燕幼稱神童，與張南華詹事齊名，工詩詞。君精元人散曲，盧雅雨延主使署十年，凡園亭集聯及大戲詞曲，皆出其手。」

春風吹夢久迴腸，情感微時豈易忘。莫怪江南陳檢討，一生心事付雲郎。

光緒戊申正月孝胥偶題。

余耳此圖名廿年矣，不意於叔同道兄處見之，平視累日，驩喜欲狂。適將有吳門之役，未及題詞，姑記數語以志眼福。光緒三十年甲辰四月晦日，義州李葆恂記於武昌。

玉梅三九伴填詞，月貌氷腸世未知。一笑勝他馬阮輩，此身從委黨人兒。戊申八月鼎芬題。

十年京國佇停雲，檀板金尊久不聞。搜索枯腸無綺語，乞靈再拜孔璋墳。戊申中秋瑜慶題。

倚遍吾家百尺樓，却從新沐想風流。畫圖省識雲郎面，底用髯郎作蹇修。繡被多情事有無，記曾捧硯小三吾。解人最是張公子，妙選丹青伴老夫。此卷今歸張伯駒世講，乞余題句。丁丑三月筱石老人陳夔龍，時年八十一。

伯駒先生以此卷命題，為占四章奉正。戊寅展褉日傅增湘書於石齋。

昔年曾誦徐郎曲，今日欣觀出浴圖。百輩詞人吟賞遍，風流艷説小三吾。

芙蓉出水艷如仙，寫入丹青更可憐。堪笑三郎太癡絶，背人屏後擲金錢。

六年客館慰凄凉，左右風懷老尚狂。惆悵詞成苦追憶，一生知己是雲郎。

韻事流傳感歎新，嬌嬈誤認女兒身。嗤他海上庸菴叟，霧裏看花恐未真。

碧桐淨洗新涼後。嫋嫋輕雲籠弱柳。畫中不見緑條春，惟見天然瓊樹秀。　此圖終落詞人手。莫是前身君自有。假饒呼出是真真，應把新詞教上口。

右調玉樓春題應伯駒仁兄雅命。夏敬觀。

模樣渾難學藁砧，春衫白帢弱難禁。薔薇浣後翩翩態，曾費髯郎幾餅金。

辛巳燒燈日，瀼溪七十叟林葆恒。

病起重披出浴圖，知君亦賦小三吾。無端牽涉庸厂叟，一笑狂奴膽氣粗。

辛巳正月重閲雲郎出浴圖，見傅增湘題句牽涉老夫，一笑付之。伯駒世兄正句，庸叟戲題，時年八十五。

睡態惺忪出浴遲，銷魂今見況當時。嬌羞金粉花凝露，艷入香湯影照池。瓊紫簫聲聽宛轉，寶藍衫子看斜披。畫圖妙有丹青手，猶待張郎補畫眉。

壬午初冬伯駒補題。「傳情」誤「畫圖」。

曾見華清出浴圖，將來比似若為殊。青矑玉臂渾無奈，應憶寧王玉篴孤。沈沈往事過如潮，破老原難仗阿嬌。惆悵斜街花事盡，春風吹不上櫻桃。

江寧夏仁虎。

滑洗凝脂，嬌扶軟玉，依稀出浴楊妃。寧馨仄誰生，清歌更裊晴絲。梅花百詠方贏得，想定情、繡被温時。悵臨分，醉玉吟香，幾費新詞。　桂官亦有夫人號，恐臨風玉樹，謝此丰姿。湖海元龍，魂銷一半情癡。善權猿憶前生夢，問分叶仄桃、舊味堪思。漫鋪

陳，防漏春光，燕妬鶯疑。高陽臺

丁亥四月芒種日娟淨傳嶽棻倚聲。

吹徹簫聲韻繞梁，無人不爲九迴腸。何緣粉本歸三影，只有蓮花似六郎。豔福獨占京兆尹，豪情還謝汝南王。縱然卧雪家風在，割愛當時總斷腸。

懸知醉夢到維揚。卷由端匋齋之壻袁規庵表弟讓余，故云。叢碧又題。

平頭擎履意何如，晞向幽篁髮懶梳。顛倒一時湖海客，題詩更有老尚書。

紺帔籠嬌霧隱形，芙蓉出水倍娉婷。華清窺浴渾多事，一點奴星近客星。

紫雲一曲善吹簫，還與蠻孃鬥舞腰。留得畫眉京兆樣，縱非倩女亦魂銷。

叢碧詞社長正。潛子高毓浵。

一枝瓊樹墜霞紅，玉兒天然尺幅中。却笑詩人裘少傅，不曾省識到春風。叔度先生題填詞圖有「不將余瀋兒雲郎」句。

水繪園林迥絶塵，老髯才調更超倫。自言鈿笛牙籤畔，着個江淹傳裏人。雲郎本冒巢民舊侍。

水晶樓角夜初分，百詠梅花字字芬。博得紫雲親見惠，千烋妬煞杜司勳。迦陵欲得雲郎侍硯席，冒母靳之，必得梅花百詠乃許。迦陵雪窗走筆一夕成之，遂從之歸，辟疆勿問也。

萬斛春愁總未償，憐才心事幾迴腸。琴歌妙得知音愛，白髮風流馬季長。馬羽長先生最愛雲郎。

多應中酒更將離，霧夕芙蕖出水遲。半繭東偏避涼月，碧簫親度夜黄詞。半繭園東偏，迦陵辟浴室于此，有詞録之。

攜手天涯感後期，淚花輕颺染紅蕤。分明怊悵詞難盡，故寫羊車絶妙姿。怊悵詞二十首，迦陵别雲郎作。

三度牽衣記送行，六年孤館伴凄清。昆陽城下潼關店，一片離情畫不成。昆陽、潼關，皆雲郎隨迦陵遊歷處。

飛燕當年付畫筌，何堪紅壁挂秋絃。瑞龍吟斷簫聲歇，棖觸寒雲衹惘然。崔不雕爲雲郎畫小青飛燕圖，雲郎亡後迦陵賦瑞龍吟悼之。「衹賸寒雲似昔年」，怊悵詞句。

伎師陳九頭新白，雛亦飄零畫扇傍。最是江南可憐地，王郎唱罷唱徐郎。檢討有《徐郎曲》。陳九善渾脱舞，雲郎教師。小徐，雲郎妹，檢討題其畫扇有「知是徐家第幾雛」句。

歌舞當年蹟已蕪，荒亭何處小三吾。人間法曲空消歇，賸有風流照畫圖。小三吾，迦陵所居亭名。「法曲只從天上得，人間那識紫雲回」，漁洋山人《楊枝紫雲曲》中句。

九青小影，湖海樓中物，輾轉入皖南曹文正家，近復爲潛園先生所得，寶藏于穰梨館，甲申九月出以見示，且索題句，因摭雲郎遺事得詩十絶，勉希教正。烏程李宗蓮子受甫呈藁。

早讀陳髯怊悵詞，曾從捧硯覩風姿。華清故事雖難擬，一樣芙蓉出水時。

玉貌分明是女郎，膚圓六寸也新粧。三吾亭畔維摩伴，何減天花作道場。

名輩題詩玉筍排，潛園藏庋繼陶齋。風流更羨張公子，不惜千金市駿骸。

此圖流傳有緒，具見題識，伯駒卅仁兄斥千金重價得諸溗陽後人，可謂風流好事矣。戊寅五月，八十二叟夏孫桐獲觀題記。

畫扇藏名惱不離，玉人何夕罷吹簫。卷中顔色長無恙，英氣陳郎為爾消。

瘁力梅花百首詩，剛諧伴讀又將離。主人終靳雲郎遺，爲底癡情語解頤。

形影相依定夙因，青衣恨不女兒身。恠髯獨記推官語，澹秀天然屬婦人。

侯門一度怨歸遲，曾和花箋案上詞。不識檀奴偷相日，可能試寫定情詩。

弱柳輕雲豈久留，三絃遺物尚墻頭。展圖第一傷心事，不使功名見馬周。

尺幅流傳閱海桑，吴曹而後至袁張。百年賴染詞人筆，却陋當筵小杜狂。

庚寅九月伯駒社長屬題。關賡麟。

小浯溪畔草如茵，浴罷朝霞映頰春。猶有韓陵舊時石，三生曾伴畫中人。水繪荒蕪後尚餘花石綱石。

入洛羊車又一時，新詞叢碧繼烏絲。不緣燕燕張公子，誰見臨風玉樹姿。伯駒有《叢碧詞》。

垂楊淺土化平田，記向荒村剪紙錢。手種長松三百樹，廿年倘已長風煙。其年檢討與父祖三代皆葬亳村，甲子春余往宜興謁其墓，爲各補種松百株，宜興程蟄庵有「冒家風義高天下，來作清明上冢人」句，一時傳誦。雲郎以康熙丁未從其年入都，乙卯自中州歸宜興歿，其年《摸魚兒》詞「新添得、一抔黄土垂楊後」，爲雲作也，其墓當亦在亳村，今無可蹤跡。

伯駒世仁兄屬題。辛巳二月，疚齋冒廣生病腕漫書。

記述

況周頤《餐櫻廡隨筆》

曩撰《臼辛漫筆》，有《辨茶餘客話記雲郎事》一則，比又得一確證，可補《漫筆》所未盡，因並《漫筆》元文，纚述如左。《客話》云：「雲郎者，冒巢民家僮紫雲，徐氏子字九青，儇巧善歌，與陳迦陵狎。迦陵爲畫雲郎小照，遍索題句。王貽上、陳椒峰、尤悔庵，詩皆工絶。相傳迦陵館冒氏，欲得雲郎，見於詞色，冒與要約，一夕作《梅花詩》百首，詩成遂以爲贈。余曾于寶華庵，得見九青小像，亟屬同人工畫者臨模一本，今猶在行篋，跣足坐萿石，憨韻殊絶。一日，雲郎合巹，迦陵爲賦《賀新郎》詞，有『努力做、藁砧模樣。只我羅衾渾似鐵，擁桃笙、難得紗窗亮』之句。又《惆悵詞》云：『城南定惠前朝寺，寺對寒潮起暮鐘。記得與君新月底，水紋衫子捕秋蟲。』相憐相惜，作爾許情態，可見髯少年風致。冒子甚原嘗語予云：『雲郎後隨檢討，始終寵不衰。晚歸商邱家，充執鞭之役，昂藏高軀，黄須如蝟，儼幽并健兒。或燭灺酒闌，客話水繪園往事，輒掩耳汍瀾，如瀉瓶水也。』」《漫筆》引《客話》止此。比余收得陽羨任青際繩隗《直木齋全集》有《摸魚兒》詞爲陳子其年弔所狎徐雲郎云：「想當然、徐娘老去，再生還是情種。深閨變調爲男子，偏向外庭恩寵。花心動。曾記得、蹋歌玉樹娛張孔。紅絲又控。愛叔寶風流，元龍湖海，夙世定同夢。 誰知道，才把餘桃親捧。玉容一旦愁重。從今省識蓮花面，生怕不堪供奉。真慚悚。趁寒食清明，金碗薶青塚。髯公休慟。從古少年場，回頭及早，傲煞侍中董。」吳天石評：「李夫人蒙面不見武皇，此有深意，非彌子瑕所曉。人皆爲髯唁，君獨爲雲幸，是禪機轉語。」按：據此詞，則是徐郎玉賣，尚在苕齡，何得有執御商邱之事？任、吳並與迦陵同時，其詞與評，可爲確證。冒子甚原之言，殊唐突無據，決不可信也。且任詞後段，及吳評「獨爲雲幸」云云，若對鍼甚原之言而發，是亦奇矣。《漫筆》止此。 偶閱迦陵《湖海樓詞》卷二十，有《瑞龍吟》一闋，「春夜見壁間三弦子，是雲郎舊物，感而填詞」，云：「春燈炧。 拌取歌板蛛縈，舞衫塵灑。屏間乍見檀槽，與秋風扇，一般斜掛。 簾兒罅。 幾度漫將音理，冰弦都啞。 可憐萬斛春愁，十年舊事，懨懨倦寫。 記得蛇皮弦子，當時妝就，許多聲價。 曲項微垂流蘇，同心結打。也曾萬里，伴我關山夜。 有客向潼關店後，昆陽城下。 一曲琵琶者。月黑楓青，輕攏細砑。此景堪圖畫。今日愴人琴，淚如鉛瀉。 一聲聲是，雨窗閒話。」此詞迦陵自作，視任詞吳評，尤爲確證。誠如冒甚原所云，詎猶作爾許情語耶？大氏刻谿之士，好爲翻成案殺風景之言，往往莛可以楹，西施可以厲，此猶無關輕重者耳。雲郎一稱「阿雲」，迦陵有『留別阿雲』《水調歌頭》詞。《惆悵詞》凡二十首，爲別雲郎作，「城南定惠前朝寺」云云，其第十二首。句云：「一枝瓊樹天然秀，映爾清揚照讀書。」又云：「柳條今日歸何處，只剩寒雲似昔年。」又云：「寄語高樓休挾彈，鴛鴦終是一心人。」審此二句之意，則迦陵別雲郎，殆有所迫而然，非得已也。蔣大鴻撰《惆悵詞序》，「徐生紫雲者，蕭郢州尚幼之年，李侍郎未官之歲。技擅平陽，家鄰淮海。托身事主，得侍如皋大夫；極意憐才，遂遇潁川公子。分桃割袖，於今四年，雖相感微辭，不及於亂。若乃棄前魚而不泣，弊軒車而彌愛，真可謂寵深緑韝，歡逾絳樹者矣。維時秋水欲波，元蟬將咽，公子乃罷祖帳而言旋，下匡床而引別。江風千里，詎相見期，厥有《怊悵》之篇，曲盡離憂之致，僕豈無情，何以堪此？傷心觸目，曾無解恨之方；拊節和歌，翻作助愁之句」云云。以詩及序考之，當日清陽照讀，實衹四易葛裘。萁原云「相隨始終，迄於晚健」，灼然非事實矣。迦陵又有《題小青飛燕圖詩》，序云：「婁東崔不凋孝廉，爲余紈扇上畫小青飛燕圖。花曰小青，開鱋者有九，一春燕斜飛其上，題曰：爲其年題九青小照。寶華庵所藏九青小像，即崔不凋曾題之本。後一日作，意欲擬九青于飛燕也，因題一絶。」詩不録。又有《書小徐郎扇詩》，自注：「雲郎侄也。」詩云：「旅舍蕭條五月餘，菖蒲花下獨躊躇。筵前忽聽鶯喉滑，此是徐家第幾雛。」又馬羽長最愛雲郎，見《惆悵詞》自注。

徐容者，山陽陳某之孌童也，餘桃之愛甚深，爲之納婦。成婚未久，值徐婦歸甯，陳即蹈隙乘間，往爲墜歡之拾。詎婦因忘攜奩具，折回，有所見，則恚憤填膺，竟取廚刀自刎死。論者謂婦人因男子失身，而羞忿自盡，殆未之前聞，此婦節烈，可以風矣。陳、徐故事，前有迦陵、雲郎雲郎徐姓，藝林播爲美談。迦陵亦爲雲郎娶婦，爲賦《賀新郎》詞，有句云：「只我羅衾渾似鐵，擁桃笙、難得紗窗亮。」當時雲郎之婦，萬一解此，當復何如？

郭則澐《清詞玉屑》

《迦陵洗桐圖》，圖中一美僮方引泉，手濯桐根，翠沁衣袂，即雲郎也。劉芙初題《金縷曲》有云：「潔到倪迂須是癖，髯也風流伯仲。此意只、雲郎相共。」是其點題處。又云：「喚起王桐花一曲，問清聲、可似當時鳳。」則以卷中有漁洋題句。迦陵詞佳作甚多，而賀雲郎娶婦詞所謂「努力作、藁砧模樣」者，獨膾炙人口。嘉定程夢盦「題雲郎小影」《賀新郎》詞即和其韻云：「愁味心頭釀。展春風、柔情似水，綺波輕漾。水繪亭臺梁燕換，還憶聽歌席上。争戀著、空花留相。髯也風流餘結習，儘安排、湖海元龍量。知夢穩，碧綃帳。　櫻桃樹底誰偷傍。却應憐、珠塵細碾，麝香飄颺。從此東平翻蜀調，別付銀箏麗唱。今日祇、圖中依樣。便使蛾眉都減色，似梅魂、瘦映銀蟾亮。提往事，儘憐悵。」亡友李浪公藏有雲郎出浴圖，題詞甚夥，近年落市中，索五百金，有來介者，余笑曰：「惜係雲郎，若爲雲娘出浴者，當以千金易之。」其人亦笑曰：「君於此道非知音者。」卷七

迦陵詞索引

一、索引依次列蔣本《陳檢討詞鈔》、患立堂本《迦陵詞全集》、浩然堂本《湖海樓詞集》、國朝名家詩餘本《烏絲詞》、南開大學圖書館藏《迦陵詞》稿本及本書頁碼。《烏絲詞》與《迦陵詞》稿本無重出者，故列作一欄。每欄之間以斜杠間隔。

二、蔣本、患立堂本、浩然堂本、《烏絲詞》，各卷頁碼自爲起迄，依次標出卷數、頁碼，並以 A 標識前半頁、B 標識後半頁。

三、南開大學圖書館藏《迦陵詞》稿本八冊，以「八音」(金、石、絲、竹、匏、土、革、木)標識冊號，冊内未標頁碼。索引先標明冊別，再附南開大學出版社影印本(分上、下冊)頁碼。

四、凡一本内重出詞作，各標出頁碼，且以中圓點間隔。

五、《迦陵詞》稿本原裝有亂頁，影印本未予糾正，凡一詞横跨兩頁而頁碼錯亂者，並出兩頁之頁碼，且以頓號間隔。

六、詞題一依本書，雖諸本偶有歧異，不礙檢索，惟過長者酌情刪節。另者，索引中，本書原據稿本整理之詞調與詞題中部分異體字、異寫字，酌改作通行字。

七、索引中詞調與詞題均先後分别以拼音字母次序排序。

B

卷一 13A/卷二 8B/卷一 23B/革冊 下 383/1211

彩雲歸

簸錢 無/卷十九 6B/卷十二 15B/土冊 下 310/1133

側犯

百花洲訪南水上人 卷四 7B/卷九 5A/卷五 21B/石冊 上 274/445

奚蘇嶺先生書來訊我近況詞以奉柬 無/卷九 5A/卷五 21B/竹冊 上 730/800

真娘墓和扶荔詞韻 無/卷九 7B/卷五 24B/金冊 上 61/282

茶瓶兒

咏茗 無/卷三 11B/卷二 17B/卷一 22A/54

釵頭鳳

和蘧庵先生詞意原韻 無/卷六 9A/卷四 10A/土冊 下 305/1127

艷情 卷三 6B/卷六 9A/卷四 10A/土冊 下 289/1113

長亭怨慢

春晴和京少回用前韻 無/卷十五 14A/卷九 20A/木冊 下 707/1602

春雨 無/卷十五 14A/卷九 19B/木冊 下 707/1601

送曹二應還郡 無/卷十五 14B/卷九 20B/革冊 下 422/1254

途次潤州水溢舟膠柬何雍南 無/卷十五 15A/卷九 21A/竹冊 上 779/839

夏日吳門道中寄内 無/卷十五 14B/卷九 20B/金冊 上 108/321

長亭怨

送酈伯還西泠倚玉田詞韵 無/卷十六 3A/卷十 1B/石冊 上 323/481

長相思

月夜看花作 卷一 5B/卷一 7B/卷一 8B/竹冊 上 639/717

贈别楊枝 無/卷一 7A/卷一 8A/卷一 3B/12

朝玉階

冬日過惠山下一梅亭 無/卷六 9A/卷四 10B/土冊 下 177/981

朝中措

客中雜憶十首 卷二 3B(無簫笛、書卷二首)/卷三 9A/卷二 14B/金冊 上 22/244

平山堂懷古用歐公原韻 無/卷三 9A/卷二 14A/卷一 17B/46

城頭月

秋月感懷 無/卷四 4B/卷二 22B/土冊 下 344/1167

月下 無/卷四 5A/卷二 22B/石冊 上 251/424

赤棗子(見 桂殿秋)

愁春未醒

春曉 無/卷十 11A/無/土冊

偶憩城南放生池　無/卷十 7A/卷六 16A/土冊 下 338/1164

簇水

春雪　無/卷十 6A/卷六 15A/卷二 12B/95

見古寺放生馬而歎之　卷四 16A/卷十 6B/卷六 15A/土冊 下 325/1151

舟過梁溪不及泊舟遥望龍峰有作　卷四 16A/卷十 6B/卷六 15B/石冊 上 278/448

催雪

秋日同南耕過城南顯親寺　卷七 2A/卷十六 7B/卷十 6B/革冊 下 426/1258

翠樓吟

惠山雲起樓作　無/卷二十 7B/卷十三 8B/土冊 下 255/1055

三月十五日虎丘即景　無/卷二十 7B/卷十三 8B/絲冊 上 568/625

席上贈伎時伎三日後即落樂籍　無/卷二十 7A/卷十三 8A/卷四 7A/185

小院　卷八 8A/卷二十 8A/卷十三 9A/石冊 上 355/506

D

大江東(見 念奴嬌)

大酺

七夕坐客大合樂漫賦　卷十二 7B/卷二十九 11B/卷二十 14A/卷四 19B/211

題毗陵海烈婦祠用片玉詞韻　卷十二 7B/卷二十九 12B/卷二十 15A/革冊 下 512/1328

溪行野店小飲即事　無/卷二十九 12A/卷二十 14B/革冊 下 511/1328

大聖樂

甲寅清明　卷九 19B/卷二十四 5A/卷十六 10B/土冊 下 236・土冊 下 240/1071,1076

大有

春閨和片玉詞　無/卷十六 8A/卷十 7A/金冊 上 118/327

丹鳳吟

送別越生和雲臣韻　卷十 21B/卷二十六 1A/卷十八 1A/絲冊 上 525/656

淡黄柳

道院中見黄木香詞以咏之　無/卷七 7B/卷四 22A/竹冊 上 708/782

倒犯

秋日雲臣齋頭同大士展故友蔣瞻武遺墨感賦　卷八 18B/卷二十一 15A/卷十四 11A/石冊 上 368/516

笛家

己未九日蛟門招同諸子游黑龍潭次實庵韻　卷十二 5A/卷二

咏水仙花　無/卷六 8A/卷四 9A/竹冊 上 698/772

丁香結

咏竹菇　卷七 3A/卷十六 9A/卷十 8B/土冊 下 219/1033

定風波

懷潁川劉公㦸記與茂之公㦸小飲紅橋幾一年矣故有此作　卷三 8B/卷七 1B/卷四 13B/卷二 6B/84

九來半藺園東偏爲余新闢一浴室解衣盤礴致甚適也詞以紀之　無/卷七 2A/卷四 14B/金冊 上 45/269

齊世家爲閻牛叟賦　無/卷七 2B/卷四 15A/匏冊 下 92/917

杏花街紀事　無/無/無/無/1700

又贈歌兒阿增　卷三 9A/卷七 1B/卷四 14A/木冊 下 649/1524

贈牧仲歌兒阿陸　卷三 9A/卷七 1B/卷四 14A/木冊 下 648/1523

紫薇花　卷三 8B/卷七 2A/卷四 14B/土冊 下 296/1120

東風第一枝

丁巳元日大雪是日迎春　無/卷十九 8B/卷十二 18A/金冊 上 121/329

試燈夕同雲臣次京賦　無/卷十九 8B/卷十二 18A/木冊 下 674/1562

踏青和蘧庵先生原韻　無/卷十九 9B/卷十二 19A/石冊 上 347/499

咏緑萼梅和吕聖求韻　無/卷十九 8A/卷十二 17B/卷三 24A/154

咏玉蘭花　卷八 2B/卷十九 9A/卷十二 19A/絲冊 上 506/615

月杪自吳門歸追和南耕毘陵元夕之作　無/卷十九 9A/卷十二 18B/金冊 上 123/330

東風齊著力

花朝　無/卷十一 5B/卷六 26B/卷二 14B/99

田家　無/卷十一 5B/卷六 27A/竹冊 上 750/816

洞庭春色

蟬　卷十 5B/卷二十四 12B/卷十六 19B/革冊 下 482/1304

甲辰除夕懷西樵司勳阮亭主客　無/卷二十四 12A/卷十六 19A/卷四 9A/189

洞仙歌

從楞伽上方塔後覓徑下坡過前村觀劇　卷四 14B/卷十 2B/卷六 10B/金冊 上 67/287

催粧詞爲宋念功賦　無/卷十 4A/卷六 12B/匏冊 下 97/920

澹心園次梁汾問波靈本偶集

E

F

漢宫春

春夜聽盲女彈琵琶詞　卷六 12A/卷十五 5B/卷九 10A/竹冊 上 772/833

立春後一日雨雪從友人齋頭醉歸紀事　無/卷十五 5A/卷九 9B/竹冊 上 771/832

送郝元公先生之任宛陵　無/卷十五 3A/卷九 7A/土冊 下 328/1154

送子萬弟入都次梁棠村先生送舍弟南歸原韻　無/卷十五 3B/卷九 7B/金冊 上 100/314

贈梁蒼巖先生次先生贈舍弟原韻　無/卷十五 5A/卷九 9A/金冊 上 102/317

好事近

丙辰早春得雲間張洮侯寅冬所寄書　無/卷三 2A/卷二 6A/石冊 上 244/417

隔院聽琵琶　無/卷三 1B/卷二 5B/土冊 下 279/1105

食蟹憶渭公　卷二 1A/卷三 2A/卷二 6A/石冊 上 245/418

郯城南傾蓋亭下作　卷二 1B/卷三 2B/卷二 6A/金冊 上 21/243

同越生過野寺　卷二 1B/卷三 1B/卷二 5A/土冊 下 242/1070

夏日蘧庵先生招飲即用先生喜余歸自吳閶過訪原韻　無/卷三 2A/卷二 5B/金冊 上 20/242

坐姜家墩懷吕黍字　無/卷三 12B/卷二 6B/卷一 15A/40

喝火令

偶憶　卷三 11A/卷七 5A/卷四 18A/匏冊 下 10/848

合歡帶

爲吳陵宫掌雷賦催粧詞　無/卷二十二 15B/卷十五 7B/卷四 2B/177

河傳

豆莢　卷二 7B/卷四 5B/卷三 1B/竹冊 上 662/740

黄薔薇　卷二 9B/卷四 9B/卷三 6B/竹冊 上 666/743

玫瑰　卷二 12A/卷四 13B/卷三 11B/竹冊 上 676/751

青梅　卷二 14B/卷五 4A/卷三 15B/竹冊 上 680/755

煨芋　無/卷四 5A/卷三 1A/金冊 上 29/255

五色鶯粟　卷二 7B/卷四 5A/卷三 1A/竹冊 上 661/739

新茗　卷二 9B/卷四 9B/卷三 6B/竹冊 上 665/742

新筍　卷二 14A/卷五 3B/卷三 15A/竹冊 上 678/753

楊花　卷二 12A/卷四 13B/卷三 11A/竹冊 上 675/750

櫻桃　卷二 14B/卷五 4A/卷三 15A/竹冊 上 679/754

十一 18B/卷二十六 11A/卷十八 13A/木冊 下 638/1511

閏五月五日金沙道中次劉後村韻　無/卷二十八 2A/卷十九 12B/絲冊 上 610/693

十六夜步月惠山泉亭　無/卷二十八 5B/卷十九 16B/石冊 上 415/547

十月朔病中感懷仍用前韻　無/卷二十八 15A/卷十九 27B/石冊 上 424/555

食李戲作　卷十一 20B/卷二十六 12A/卷十八 14A/木冊 下 745/1642

雙魚問爲閻牛叟賦　無/卷二十八 11A/卷十九 23A/匏冊 下 146/955

送廣陵下第南歸海寧兼以誌慰　無/卷二十八 10B/卷十九 22A/匏冊 下 142/952

送姜西溟入都　卷十一 23B/卷二十八 6B/卷十九 18A/金冊 上 214/397

送蔣京少隨尊公學憲之任豫章　卷十一 29B/卷二十八 4A/卷十九 14B/石冊 上 405/541

送彭直上下第還鄧州兼柬賢兄中郎　卷十一 28B/卷二十八 10A/卷十九 22A/匏冊 下 141/951

送三韓李若士省親之楚　卷十一 25A/卷二十八 8A/卷十九 19B/匏冊 下 67/898

送邵蘭雪歸吳門仍用前韻　卷十一 14B/卷二十六 6B/卷十八 7B/木冊 下 560/1388

送四弟子萬之任黎城　卷十一 24A/卷二十八 7B/卷十九 18B/匏冊 下 37/871

送吳璨符歸武林　無/卷二十八 11B/卷十九 23B/匏冊 下 147/956

送西溟南歸和容若韻　無/卷二十八 10B/卷十九 22B/匏冊 下 144/953

送西蜀余生生赴洞庭梅社之約　卷十一 8B/卷二十七 13A/卷十九 7A/絲冊 上 551/678

題曹實庵珂雪詞　卷十一 24B/卷二十八 7B/卷十九 19A/匏冊 下 39/872

題大司農五苗圖　卷十一 26A/卷二十八 9A/卷十九 20B/匏冊 下 71/902

題郎官山雪霽圖送家伯騶還八閩　卷十一 21B/卷二十七 5A/卷十八 23A/金冊 上 207/391

題沙介臣詞并柬周翼微郁東堂二子仍用前韻　卷十一 14B/卷二十六 7A/卷十八 8A/木冊 下 560/1389

題思嗜軒爲姜勉中賦用題青瑶嶼原韻　無/卷二十七 4B/卷十八 22B/金冊 上 205/390

紅情

詠半吐紅梅　無/卷十三 2A/卷八 2A/木册 下 674/1563

後庭宴

春日同仲震過譙巖先生齋看牡丹　卷三 6A/卷六 8B/卷四 9B/竹册 上 700/773

花發沁園春

月夜布席緑萼梅花下同友人小飲　卷九 10A/卷二十二 16A/卷十五 8A/卷四 3A/178

花犯

同雲臣暨南水上人過竹逸齋頭看芍藥　卷八 14A/卷二十一 8B/卷十四 3A/石册 上 367/515

西山晴雪　卷八 14A/卷二十一 8B/卷十四 3B/石册 上 448/576

詠白山茶用周美成梅花韻　無/卷十六 14A/卷十 14A/卷三 19A/140

詠鄢陵蠟梅花并寄梁曰緝侍御　卷八 13B/卷二十一 8A/卷十四 2B/木册 下 612/1470

詠竹逸宅内薔薇　無/卷二十一 8A/卷十四 3A/石册 上 365/514

花間虞美人

爲廣陵何茹庵題像　無/卷五 12B/卷三 25B/石册 上 259/431

花心動

二月八日微晴同雲臣過北郭外訪寒松上人不遇紀事　卷九 4B/卷二十二 9B/卷十四 23B/革册 下 471/1294

華胥引

詠走馬燈　無/卷十 6B/卷六 16A/土册 下 264/1042

画屏秋色

西城秋眺懷緯雲弟久滯都門未歸用夢窗詞韻　卷十二 5B/卷二十九 8B/卷二十 10A/土册 下 337/1163

画堂春

春景和少游原韻　無/卷三 5A/卷二 9B/石册 上 248/421

護燈花　無/無/無/無/1691

小春　無/卷三 5A/卷二 10A/石册 上 442/570

還京樂

送叙彝上人北游　卷九 3A/卷二十二 3B/卷十四 16B/絲册 上 590/642

萬紅友養痾僧舍　卷九 2B/卷二十二 4A/卷十四 17A/石册 上 370/517

浣溪紗

蚌埠即事　卷一 9B/卷二 2B/卷一 15B/竹册 上 647/726

春日同雲臣遠公買舟山游小泊祝陵紀事　卷一 10B/卷二 1B/卷一 14A/木册 下 703/1596

逮下爲閻牛叟賦　無/卷二

極相思

思夢　無/卷三 12A/卷二 18A/匏冊 下 86/913

夜飲友人所阿雲待余不至留詞而去歸後和之　無/卷三 12A/卷二 18A/卷一 19B/50

繫裙腰

咏裙　卷三 7B/卷六 10B/卷四 12A/竹冊 上 701/774

佳人醉

梁谿道中積雨乍霽　卷三 16B/卷八 3B/卷五 4A/竹冊 上 716/788

減字木蘭花

渡江宿弟斐玉家　無/卷二 12A/卷二 1A/卷一 12A/32

廣陵旅邸送三弟緯雲南歸　無/卷二 12A/卷二 1B/卷一 12A/32

過惠山九華庵　卷一 15B/卷二 14A/卷二 3A/土冊 下 186/992

酷暑馬上口占　無/卷二 14A/卷二 3B/竹冊 上 650/729

秋雨過紅板橋　卷一 15A/卷二 12A/卷二 1A/卷一 11B/31

上巳後一日途次洧川　卷一 15B/卷二 13B/卷二 3A/木冊 下 627/1496

歲暮燈下作家書竟再繫數詞楮尾七首　無/卷二 12B/卷二 2A/卷一 12B/34

題彭爰琴小像　無/卷二 14A/卷二 3B/金冊 上 17/239

題山陰何奕美小像　無/卷二 14B/卷二 4A/金冊 上 17/240

題惲南田爲潘原白所畫絳幘横秋圖二首　無/卷二 14B/卷二 4B/金冊 上 19/241

又送四弟子萬　無/卷二 12B/卷二 1B/卷一 12A/33

又送五弟阿龍　無/卷二 12B/卷二 1B/卷一 12B/33

佐家爲閻牛叟賦　無/卷二 14B/卷二 4A/匏冊 下 80/909

江城子

鮑讓侯載酒汎舟　卷三 17A/卷八 4B/卷五 5B/土冊 下 367/1197

春雨新晴過吳城西禪寺登摩利支天閣　無/卷八 5A/卷五 5B/金冊 上 53/275

郊游即事　無/卷八 5A/卷五 6A/竹冊 上 717/789

秋懷　無/卷八 4B/卷五 5A/土冊 下 326/1152

秋日同雪笠過恭士南郊書舍　無/卷八 5B/卷五 6A/竹冊 上 718/790

沙隨感舊　無/卷八 5B/卷五 6B/竹冊 上 695/769

石榴　無/卷八 4B/卷五 5A/土冊 下 290/1115

題鄒九揖像　無/卷八 4A/卷

揚州　卷四 5B/卷九 1B/卷五 17A/木冊 下 670/1558

蓮陂塘(見 摸魚兒)

戀繡衾

春暮二首　卷二 11B/卷四 13A/卷三 10B/竹冊 上 672/748

臨江仙

酬贈崇川陶月嶠　無/卷六 1B/卷四 1A/卷二 1B/70

春日過訪友人村居值其往郡題詞壁間而去　無/卷六 1B/卷四 1B/土冊 下 246/1064

賦得睡起宛然成獨笑數聲漁笛在滄浪爲園次題帳額画幅　卷二 18B/卷五 12A/卷三 25A/土冊 下 202/1014

寒柳　卷三 1B/卷六 2B/無/匏冊 下 90/916

偶作　無/卷六 1A/卷四 1A/卷二 1A/69

武塘贈錢巘燭　卷三 1A/卷六 2A/卷四 2A/竹冊 上 696/770

咏竹夫人二首　卷三 1B(無其一)/卷六 1B/卷四 1B/木冊 下 749/1646

贈柯翰周　無/卷六 2A/無/竹冊 上 696/771

玲瓏四犯

苦雨同雲臣用梅溪詞韻　無/卷二十 11A/卷十三 12B/革冊 下 457/1284

人日前一日雪中用梅溪詞韻　無/卷二十 10B/卷十三 12A/土冊 下 266/1039

月下聞笛　無/卷二十 10B/卷十三 12A/卷三 27B/160

留春令

感舊　卷二 7A/卷四 3A/卷二 20B/匏冊 下 87/914

柳含煙

本事　無/卷三 1A/卷二 4B/卷一 14B/40

柳梢青

贈友　無/無/無/無/1706

柳腰輕

贈妓和柳屯田韻　無/卷九 12A/卷六 6B/土冊 下 188/995

柳枝

人日過畹仙校書家用史雲臣伎席原韻三首　卷一 7A/卷一 10A/卷一 11B/木冊 下 672/1560

六醜(見 箇儂)

六州歌頭

春霽寄興　卷十二 12A/卷三十 8A/卷二十 24A/絲冊 上 621/701

邗溝懷古　卷十二 11B/卷三十 7B/卷二十 23A/卷四 22B/217

竹逸齋頭閱馮再來所著滇攷賦此懷古　卷十二 11B/卷三十 7B/卷二十 23B/木冊 下 714/1609

龍山會

暮秋蘧庵先生自吳中歸詞以

舟次丹陽感懷二首　卷五 8A/卷十二 5B/卷七 16B/木冊 下 660/1542

舟次潤城謁程崑崙別駕　無/卷十一 11B/卷七 7B/卷三 10B/122

自封丘北岍渡河至汴梁　卷五 10A/卷十一 14B/卷七 10B/木冊 下 589/1431

滿路花

荷珠　無/卷九 13B/卷六 8A/土冊 下 313/1135

咏禹門寺前一帶頳崕峭石　卷四 12A/卷九 14A/卷六 8B/竹冊 上 739/807

贈梵公　卷四 11B/卷九 13B/卷六 8A/金冊 上 71/291

滿庭芳

汴梁客舍同馮蓼庵夜坐　卷五 17A/卷十三 7A/卷八 7B/竹冊 上 765/828

丙辰元夕　卷五 19A/卷十三 7A/卷八 8A/石冊 上 299/466

亳村舊宅之東有屋一區名開遠堂　卷五 19B/卷十三 8A/卷八 9A/石冊 上 305/471

丁巳元夕後三日謁判府林天友先生於長洲官署賦贈　無/卷十三 4B/無/金冊 上 85/302

過虎牢　卷五 18A/卷十三 3B/卷八 3B/木冊 下 624/1492

過遼后梳粧樓　卷五 17B/卷十三 3A/卷八 3A/木冊 下 558/1385

花朝後一日林天友先生邀同雲臣枚吉爲南嶽之遊詞以紀事　無/卷十三 7B/卷八 8B/石冊 上 302/469

紀夢　無/卷十三 2B/卷八 2B/卷三 14A/130

今春梅候余適買棹吴門乃因循羈絆不及爲鄧尉之遊　無/卷十三 5A/卷八 5A/金冊 上 87/304

距汝州四十里山有温泉相傳爲唐武后幸洛時浴處　無/卷十三 3B/卷八 4A/木冊 下 632/1504

郡別駕林天友先生招飲同雲臣賦贈　無/卷十三 7B/卷八 8A/石冊 上 301・土冊 下 300/467,468

暮秋梁溪南郊看菊紀游　無/卷十三 4B/卷八 5A/土冊 下 366/1194

清明前一日同雲臣溪干觀劇　無/卷十三 8A/卷八 9A/石冊 上 304/470

山陰沈躬範婦陳夫人好讀書年二十三夭卒　卷五 18B/卷十三 9A/卷八 10A/匏冊 下 21/857

壽大司農梁蒼巖先生　無/卷十三 8B/卷八 10A/匏冊 下 20/856

壽王敬哉先生用棠村詞韻　無/卷十三 8B/卷八 9B/匏冊 下

7B/卷六 11A/卷四 12B/竹册 上 703/776

摸魚兒

澄江客舍水亭前有野鶴二日飲啄行潦中 無/卷二十九 2B/卷二十 3A/絲册 上 526/657

春雨哭遂公 無/卷二十九 2A/卷二十 2A/革册 下 498/1317

蓴 卷十二 1B/卷二十九 3B/卷二十 3B/匏册 下 60/891

家善百自崇川來小飲冒巢民先生堂中 卷十二 1A/卷二十九 1A/卷二十 1A/卷四 13A/197

哭王越生 無/卷二十九 2B/卷二十 2B/金册 上 215/398

清明感舊 無/卷二十九 1B/卷二十 1B/木册 下 694・木册 下 775/1585,1672

宋牧仲謝方山曹實庵正子四先生招同人雅集 卷十二 2A/卷二十九 3B/卷二十 4A/匏册 下 62/894

題龔節孫彷橘圖 無/卷二十九 4B/卷二十 5B/匏册 下 64/895

題徐電發楓江漁父圖 卷十二 2B/卷二十九 4B/卷二十 5A/匏册 下 61/892

咏窩絲糖 卷十二 2A/卷二十九 4A/卷二十 4B/匏册 下 152/959

早春接山陽陸密庵先生札兼惠我月湄詞 無/卷二十九 3A/卷二十 3B/石册 上 395/535

早春雪後柬雲臣 無/卷二十九 2A/卷二十 2A/革册 下 500/1319

驀山溪

東溪雨中脩禊 無/卷九 10A/卷六 3B/木册 下 684/1574

感舊 卷四 11B/卷九 9B/卷六 3A/卷二 10B/91

虎丘送春夜同顧伊人天石留宿山中次伊人韻 無/卷九 10B/卷六 4A/金册 上 65/285

惠山泉亭看月 無/卷九 10A/卷六 3B/土册 下 182/987

南磵山房作 無/卷九 11A/卷六 4B/竹册 上 735/803

天穿節次葛魯卿韻 無/卷九 9B/卷六 3A/卷二 11A/93

禊日感舊 無/卷九 10B/卷六 4A/土册 下 238/1074

木蘭花慢

汴梁城内有李師師巷經過感賦 無/卷二十 6A/卷十三 6B/土册 下 347/1173

歌筵感舊 無/卷二十 5A/卷十三 5B/木册 下 678/1567

過故友周文夏園亭 卷八 7A/卷二十 6B/卷十三 7A/絲册 上 564/622

壽吳母黄夫人五十 無/卷二十 5B/卷十三 6A/革册 下 456/1283

1506

十二夜對月戲柬劉公勇吏部 卷七 15A/卷十七 10B/卷十一 7B/木冊 下 577/1411

十六夜對月呈孫北海先生 卷七 16A/卷十七 11B/卷十一 9A/木冊 下 580/1415

十三夜大宗伯王敬哉先生招飲是夜無月 卷七 15A/卷十七 10B/卷十一 8A/木冊 下 578/1412

十四夜對月示王阮亭員外 卷七 15B/卷十七 11A/卷十一 8B/木冊 下 578/1413

十五夜宋蓼天太史招飲以雨不克赴 卷七 16A/卷十七 11A/卷十一 8B/木冊 下 579/1414

十一夜黑窑廠對月 卷七 14B/卷十七 10A/卷十一 7B/木冊 下 577/1410

壽蘧庵先生七十 無/卷十八 9B/卷十二 3A/絲冊 上 478/594

宋景炎席上贈柘城李蓼墅 卷七 17B/卷十八 1A/卷十一 16B/木冊 下 640/1512

送韓聞西之吳門 無/卷十八 6B/卷十一 23A/金冊 上 129/335

送鈕書城之任項城 無/卷十九 4B/卷十二 13A/匏冊 下 122/938

送錢礎日歸錫山同雲臣和曹顧庵韻 無/卷十八 2B/卷十一 18B/木冊 下 695/1587

送沈方鄴還宣城 無/卷十七 15A/卷十一 13B/革冊 下 444・木冊 下 601/1272,1451

送吳豈衍歸宣城兼寄沈方鄴梅耦長 無/卷十八 10A/卷十二 3B/絲冊 上 479/595

送徐松之還松陵兼訊弘人九臨聞瑋電發諸子 卷七 12A/卷十九 2B/卷十二 10B/石冊 上 335/492

送周求卓之任滎陽 無/卷十九 4A/卷十二 12B/匏冊 下 122/937

送朱近脩還海昌 無/卷十七 13B/卷十一 11B/革冊 下 437・木冊 下 598/1267,1446

送子萬弟之睢陽 卷七 9B/卷十七 6B/卷十一 2B/卷三 21A/146

睢州田子益唐斯林孫嘯史徐次微袁信庵褚宸宣吳子純侯長六諸子邸中沽酒飲我 卷七 18B/卷十八 2A/卷十一 17B/木冊 下 643/1516

棠村夫子席上咏米家燈 無/卷十九 5A/卷十二 13B/匏冊 下 125/939

題顧螺舟小影 無/卷十七 6A/卷十一 2A/卷三 20B/144

題季端木小影 無/卷十七 12B/卷十一 10B/木冊 下 592/

9A/卷十一 6A/木冊 下 544/1364

用前韻酬鹿邑張子武　卷七 18A/卷十八 1B/卷十一 17A/木冊 下 641/1514

用前韻酬柘城李子金　卷七 18A/卷十八 1B/卷十一 16B/木冊 下 641/1513

用前韻酬柘城王叔平　卷七 18B/卷十八 2A/卷十一 17B/木冊 下 642/1515

尤展成招飲草堂　卷七 12B/卷十七 8B/卷十一 5B/木冊 下 533/1348

由亳州至歸德途經木蘭故里有祠在焉　卷七 21A/卷十八 12B/卷十二 6B/絲冊 上 487/602

游京口竹林寺　卷七 22A/卷十八 13B/卷十二 7B/絲冊 上 495/606

游楞伽山上方寺是日微雨　卷七 12A/卷十九 1B/卷十二 9B/石冊 上 331/488

雨窗懷松之南水　無/卷十九 2A/卷十二 10A/石冊 上 333/490

與任青際飲　無/卷十七 5B/卷十一 1B/卷三 19B/141

玉峯闞若韓盛珍示王成博丘近夫諸子公讌余輩於南芝堂　卷七 21A/卷十八 12A/卷十二 6A/絲冊 上 485/601

月夜看桂花　無/卷十八 5A/卷十一 21A/革冊 下 432/1262

雲間陳徵君有題余家遠閣一闋　卷七 9A/卷十七 5A/卷十一 1A/卷三 20A/142

贈阿秀并示西樵　卷七 10B/卷十七 14B/卷十一 12B/革冊 下 441・木冊 下 600/1270,1449

贈陳嘉玉　無/卷十九 1B/卷十二 9B/石冊 上 331/489

贈程令彰　無/卷十九 5B/卷十二 14B/石冊 上 340/496

贈吳門周履坦　無/卷十九 3B/卷十二 12A/匏冊 下 36/870

贈雪笠上人　卷七 21B/卷十八 12B/卷十二 6B/絲冊 上 489/603

炙硯　無/卷十八 6B/卷十一 22B/金冊 上 127/333

重過廣陵同王西樵孫介夫夜話即宿西樵寓中　無/卷十七 16A/卷十一 14B/革冊 下 448・木冊 下 603/1277,1454

周弇山攜具八関齋　無/卷十八 13A/卷十二 7A/絲冊 上 491/604

祖園與玉峯徐孚若話舊迴用前韻　卷七 17A/卷十八 7B/卷十一 24B/金冊 上 134/339

女冠子

本事二首　無/卷一 11A/卷一 13A/卷一 8A/21

癸丑元夕用宋蔣竹山韻　無/卷二十四 8B/卷十六 14B/木冊 下

1688

題青谿遺事畫冊同程邨金粟阮亭文友賦八首　無/卷二 4A/卷一 17B/卷一 8B/23

爲閻牛叟新納姬人催粧二首　無/卷二 7B/卷一 21B/匏冊 下 78/908

爲友人題像　無/卷二 7A/無/金冊 上 16/239

爲竹逸題徐渭文畫紫牡丹　無/卷二 6B/卷一 21A/金冊 上 14/237

吳門將歸爲姜學在題歲寒圖　無/卷二 6B/卷一 21A/竹冊 上 653/732

席間有感　無/無/無/無/1689

燕市贈相者　無/卷二 7A/卷一 21B/匏冊 下 78/908

遥題廣陵吳元式棣友堂　無/卷二 6A/卷一 20B/土冊 下 206/1020

雲臣招看牡丹以雨未赴小詞奉柬並柬是日賞花諸子　無/卷二 6A/卷一 20A/木冊 下 686/1577

贈梁陶佀　無/卷二 7B/卷一 22A/匏冊 下 85/912

Q

七娘子

春閨　無/卷五 12A/卷三 25B/卷一 27B/68

汲女　卷三 7A/卷六 2B/卷四 2A/匏冊 下 91/916

凄凉犯

寒柝　無/卷十一 3A/卷六 24A/石冊 上 444/572

哭雲間友人金蓬山和錢蕜魰韻　無/卷十一 3A/卷六 24A/金冊 上 73/293

戚氏

柬程邨文友　卷十二 16B/卷三十 13A/卷二十 30A/卷四 27B/226

齊天樂

蟬　無/卷二十一 11A/卷十四 6A/匏冊 下 48/882

端午陰雨和雲臣用片玉詞韻　無/卷二十一 10A/卷十四 5A/木冊 下 711/1606

楓橋夜泊用湘瑟詞楓溪原韻　卷八 16A/卷二十一 12A/卷十四 7B/金冊 上 155/354

驪沙旅店紀夢　卷八 15A/卷二十一 9A/卷十四 4A/木冊 下 544/1365

立春日柬高謖園　卷八 14B/卷二十一 10B/卷十四 6A/匏冊 下 47/881

遼后粧樓　卷八 15B/卷二十一 11B/卷十四 6B/匏冊 下 131/944

绿水亭觀荷　卷八 15B/卷二

上 518/650

呈伯成先生和仲震原韻 卷十 21A/卷二十五 7B/卷十七 16A/土冊 下 371/1202

酬贈黄交三即次原韻 卷十 18B/卷二十五 11A/卷十七 20B/金冊 上 197/385

初夏同徐季重張邑翼朱致一葉九來家躬乙汎舟郭外 無/卷二十五 10A/卷十七 19B/金冊 上 194/382

從盱眙山頂望泗州城 卷十 16B/卷二十五 14A/卷十七 24A/絲冊 上 520/653

大梁署寓對雪有感 卷十 10A/卷二十四 16B/卷十七 5B/木冊 下 617/1477

溉堂先生客南昌幕府屈首經師 卷十 18A/卷二十五 10B/卷十七 20A/金冊 上 196/383

廣陵客邸送緯雲弟之歸德 無/卷二十四 13A/卷十七 1B/卷四 10A/191

郝元公先生生日同杜于皇蘇崑生黄稚曾家集生署中觀劇 無/卷二十五 4B/無/土冊 下 231/1081

懷畢載稷 卷十 12B/卷二十五 7A/卷十七 15B/革冊 下 488/1308

懷程崑崙 卷十 12A/卷二十五 6B/卷十七 15A/革冊 下 487/1307

甲寅立夏日同萬紅友吳天石過雲臣齋頭賞牡丹作 無/卷二十五 5A/卷十七 13B/土冊 下 223/1091

甲寅十月余客梁谿初五夜剛半忽有聲從空來 無/卷二十五 7A/卷十七 15B/土冊 下 362/1192

經邯鄲縣叢臺懷古 卷十 8B/卷二十四 15B/卷十七 4A/木冊 下 587/1427

經朱仙鎮 卷十 11A/卷二十四 17B/卷十七 7A/木冊 下 637/1509

客陳州使院花朝作 卷十 10A/卷二十四 16B/卷十七 6A/木冊 下 625/1494

梁溪西郭外有芹野草堂吾宗沂州公別業也 卷十 15B/卷二十五 13A/卷十七 23A/絲冊 上 516/649

留別伯成先生和澹心韻 卷十 19A/卷二十五 2B/卷十七 11A/土冊 下 193/1002

留別韓聞西 無/卷二十五 8B/卷十七 17B/金冊 上 186/377

冒天季五十書贈 無/卷二十四 13B/卷十七 2A/卷四 11A/193

秦對巖太史餉酒饌至詞以謝之 無/卷二十五 2A/卷十七 10A/土冊 下 178/982

16A/卷一 19B/49

散餘霞

十六夜即景　無/卷三 1B/卷二 5A/石冊 上 246/420

埽花游

早秋同雲臣詣竹枝庵訪寒松上人　無/卷十三 1B/卷八 1B/革冊 下 412/1245

紗窗恨

蝴蝶和毛文錫韻　卷一 8B/卷一 11B/卷一 13B/土冊 下 281/1104

梁溪即事　無/無/無/無/1687

山花子

送姜學在由吳門之宛陵清明掃墓　卷二 3A/卷三 8A/卷二 13B/石冊 上 249/422

少年游

感舊和柳屯田　卷二 7A/卷四 3A/卷二 21A/卷一 21A/53

哨遍

讀彭禹峰先生詩文全集竟跋詞卷尾　卷十二 15A/卷三十 12A/卷二十 29A/木冊 下 616/1475

酒後柬丁飛濤即次其贈施愚山韻　卷十二 14B/卷三十 12A/卷二十 28B/木冊 下 532・木冊 下 608/1345,1461

咏彈箏　卷十二 14A/卷三十 11B/卷二十 28A/卷四 26B/224

曾庭聞至　卷十二 16A/卷三十 12B/卷二十 29B/木冊 下 754/1650

師師令

汴京訪李師師故巷　卷四 2A/卷八 9B/卷五 10B/竹冊 上 725/795

席上同雲臣咏雛姬　卷四 1B/卷八 9A/卷五 10B/木冊 下 704/1597

十二時

觀獵　卷十二 7A/卷二十九 10B/卷二十 12B/石冊 上 449/577

偶憶　無/卷二十九 10A/卷二十 12A/卷四 18B/209

十拍子(見 破陣子)

石湖仙

題放庵上人紅豆詞卷　無/卷十 9A/卷六 19A/石冊 上 280/449

石州慢

冬日舟過亳村舊居有感　卷八 16B/卷二十一 13B/卷十四 9B/石冊 上 364/513

題家別駕亦人孝感冊　無/卷二十一 13A/卷十四 9A/金冊 上 151/351

夏閨　卷八 17A/卷二十一 13A/卷十四 8B/土冊 下 314/1135

憶舊用高季廸韻　無/卷二十一 12B/卷十四 8B/卷三 27A/160

侍香金童

題閨秀画扇用湘瑟詞韻　無/

水龍吟

463/1288

送蔣慎齋憲副視學江右　卷八 11A/卷二十一 5B/卷十三 18B/石冊 上 360/510

送梁溪明府吳伯成先生新任閩中臬憲　無/卷二十一 4A/卷十三 17A/金冊 上 156/355

巷口見磨鏡者　無/卷二十一 3A/卷十三 15B/革冊 下 462/1287

乙卯暮春雲臣齋頭看牡丹　無/卷二十一 5A/卷十三 18A/絲冊 上 571/627

咏杜鵑花　無/卷二十一 2A/卷十三 14B/木冊 下 709/1603

咏繡毬花　無/卷二十一 2A/卷十三 15A/土冊 下 173/976

思帝鄉

夏夜　無/卷一 7A/卷一 8A/土冊 下 310/1132

四代好

汎艇春溪作　卷八 4A/卷十九 11A/卷十二 20B/土冊 下 225/1088

四園竹

龔節孫卧疾東郊秋日過訪用片玉詞韻　卷四 7A/卷九 4B/卷五 20B/石冊 上 273/444

題西陵陸藎思繞屋梅花圖像　卷四 7B/卷九 4B/卷五 20B/木冊 下 756/1652

似娘兒

舟過婁門即事　卷三 8A/卷六 11B/卷四 13A/金冊 上 46/269

送入我門來

丙辰除夕雪用草堂原韻柬里中數子　無/卷二十二 14B/卷十五 6A/金冊 上 165/361

釀酒　卷九 1B/卷二十二 14A/卷十五 6A/金冊 上 163/360

送入我門來

寄書　無/卷九 5B/卷五 22A/卷二 9B/89

同仲震小飲高汝敬紅梅花下　無/卷九 5B/卷五 22A/竹冊 上 732/801

蘇幕遮

咏枕　無/無/無/無/1700

詠梔子花　無/卷七 2B/卷四 15A/土冊 下 285/1109

蘇武慢

汴城晚眺　卷十 4A/卷二十四 9B/卷十六 15B/木冊 下 610/1467

立夏前一日竹逸招同雲臣脩承　卷十 5A/卷二十四 10B/卷十六 17A/土冊 下 224/1092

梁溪舟中對雪　卷十 4B/卷二十四 10A/卷十六 16B/絲冊 上 591/643

梁園春暮同侯仲衡叔岱徐恭士田梁紫弟子萬看牡丹作　卷十

6B/卷三 2B/木冊 下 703/1595

探春慢

連朝大雪計桐初尚未達東阿也詞以憶之　卷八 19A/卷二十二 6B/卷十四 20A/石冊 上 371/518

新正四日東華門道上同徐電發並轡作　卷八 19B/卷二十二 6B/卷十四 20A/匏冊 下 54/887

唐多令

春愁　無/卷六 9B/卷四 10B/卷二 5A/80

春暮半塘小泊　無/卷六 10B/卷四 11B/金冊 上 44/268

廣陵上巳　無/卷六 9B/卷四 11A/卷二 5A/81

夜飲紀事　卷三 7A/卷六 10A/卷四 11A/土冊 下 201/1013

擁被　無/卷六 10A/卷四 11B/金冊 上 43/267

重九後食蟹半醉作　無/卷六 10A/卷四 11B/革冊 下 391/1223

桃源憶故人

春日過澹生較書所居舊址　卷二 2B/卷三 7B/卷二 12B/卷一 16B/44

冬懷　無/無/無/無/1692

秋日曬扇見故人王湛斯畫柳賦此志感　卷二 2B/卷三 7B/卷二 12B/土冊 下 353/1180

人日感舊　無/卷三 7A/卷二 12A/卷一 16B/43

重游惠山寄暢園懷秦對巖檢討　無/卷三 7B/卷二 13A/竹冊 上 655/733

剔銀燈

春景　無/卷八 12A/卷五 14A/竹冊 上 728/798

燈節前一夕雨中雲臣招同珍百大士雪持集飲蝶庵即事　無/卷八 12A/卷五 14A/革冊 下 400/1234

佛手柑不至詞以寄慨　無/卷八 11B/卷五 13B/竹冊 上 727/797

殢人嬌

晚浴　卷三 16B/卷八 3B/卷五 3B/石冊 上 268/439

閒況　無/卷八 3A/卷五 3A/竹冊 上 715/788

早過越生齋頭書所見　無/卷八 2B/卷五 3A/土冊 下 346/1171

竹逸齋頭紫牡丹一本濃艷異常　無/卷八 3A/卷五 3B/竹冊 上 714/787

天門謠

汲縣道中作　卷一 11B/卷二 3B/卷一 17A/木冊 下 629/1499

天仙子

書周我成先生旅歎賦後　無/卷八 2B/卷五 2B/革冊 下 398/1231

贈寒松和尚同雲臣賦　卷三

W

卷一 1A/卷一 2B/卷一 2B/木冊 下 527/1338

望梅

春城望紙鳶 無/卷二十三 7A/卷十五 16B/革冊 下 479/1300

望明河

丁巳七夕玉峯作 無/卷二十三 4A/卷十五 13A/金冊 上 177/368

望湘人

秋日過準提庵訪石公上人 無/卷二十三 8A/卷十五 18A/土冊 下 340/1166

寓樓微雪咏隔垣所見 卷九 13A/卷二十三 8B/卷十五 18B/絲冊 上 581/636

贈南水上人 卷九 12B/卷二十三 8B/卷十五 19A/石冊 上 388/530

無愁可解

題楨伯詩詞卷尾用粘影詞韻 無/卷十九 6A/卷十二 15A/石冊 上 350/502

無悶

益都馮相國夫子飲我以太和春賦此奉謝 卷七 2A/卷十六 6B/卷十 5B/匏冊 下 33/868

五綵結同心

過惠山蔣氏酒樓感舊 無/卷二十四 7A/卷十六 13A/土冊 下 199/1010

賀馮躬暨納姬 無/卷二十四 8A/卷十六 14A/石冊 上 393/533

乙卯冬杪與園次飲惠山蔣氏酒樓 卷十 2B/卷二十四 7B/卷十六 13B/絲冊 上 588/641

五福降中天

丙辰元旦和蘧庵先生韻 無/卷二十 1B/卷十三 1A/石冊 上 343/498

穀日和蘧庵先生仍用元旦韻 無/卷二十 1B/卷十三 1B/石冊 上 345/499

甲寅元旦 卷八 4B/卷二十 1A/卷十三 1A/革冊 下 453/1280

武陵春

舟次虎丘 無/卷三 5B/卷二 10A/卷一 15B/42

誤佳期

偶作 卷二 2A/卷三 3B/卷二 7B/竹冊 上 652/731

X

西河

春日偶過亳村故居 卷九 10B/卷二十三 2A/卷十五 10A/革冊 下 475/1296

西氿落暉 無/卷二十三 2B/卷十五 10B/絲冊 上 580/635

中秋前二日紅友有愛女之戚詞以慰之 卷九 11A/卷二十三 2A/卷十五 10B/土冊 下 337/1162

画小像　卷九 4A/卷二十二 6A/卷十四 19A/絲冊 上 573/629

雪後立春用梅溪詞體　卷九 3B/卷二十二 5A/卷十四 18A/土冊 下 254/1054

咏滇茶　無/卷二十二 4B/卷十四 17B/木冊 下 686/1576

下水船

暮次丹陽宿周丹申齋中同湯谷賔夜話　卷四 4A/卷八 13A/卷五 15A/金冊 上 57/279

夏初臨

本意　卷六 13B/卷十五 9A/卷九 14B/木冊 下 710/1604

本意　無/卷十五 9A/卷九 14A/卷三 15B/134

杜鵑花同雲臣賦　卷六 14A/卷十五 9B/卷九 14B/革冊 下 418/1250

立夏日雨中作　卷六 14A/卷十五 10A/卷九 15B/竹冊 上 779/838

雨泊洴練　卷六 14B/卷十五 9B/卷九 15A/革冊 下 419/1251

夏雲峰(見 金明池)

獻衷心

商丘城外二十里曰水墅鋪　卷三 11B/卷七 6B/卷四 20A/石冊 上 263/435

相見懽

初夏行舟　卷一 6A/卷一 7B/卷一 8B/卷一 4A/13

相思引

元夕後二日夜雨即事　卷二 1B/卷三 3A/卷二 7B/石冊 上 247/420

瀟湘逢故人慢

九日前一日竹逸約同雲臣枚吉雪持諸子石亭探桂　無/卷二十二 10B/卷十五 2A/石冊 上 372/519

送王亦世歸漢陽兼寄懷人　無/卷二十二 10A/卷十五 1A/卷四 4A/180

題余氏女子綉柳毅傳書圖爲阮亭賦　無/卷二十二 10A/卷十五 1A/卷四 3B/179

夏夜對月用王和甫韻同蘧庵先生賦　卷九 5A/卷二十二 10B/卷十五 1B/革冊 下 473/1295

瀟湘神

盱眙舟中作　卷一 4A/卷一 4B/卷一 5A/竹冊 上 636/715

瀟湘夜雨

(鐵騎雲屯)　無/無/無/無/1711

小梅花

感事括古語傚賀東山體二首　卷十 3A/卷二十四 9A/卷十六 15A/卷四 7B/186

小諸皐

夏雨　卷十二 12B/卷三十

憶餘杭

東皋客舍待毛亦史不至　卷二 9A/卷四 8A/卷三 4B/卷一 22B/56

引駕行

東既庭　無/卷二十九 9B/卷二十 11B/卷四 17B/207

應天長

紅友約余輩重游石亭以陰雨辭之不允　無/卷十六 3B/卷十 1B/土冊 下 247、244/1066

鶯啼序

春日游平山堂即事　卷十二 17A/卷三十 13B/卷二十 31A/卷四 28A/227

蘭陵邵子湘有畫像五幀　卷十二 17B/卷三十 14A/卷二十 31B/絲冊 上 623/702

迎春樂

本意四首　無/卷四 7B/卷三 3B/土冊 下 256、254/1051

映山紅慢

竹菇用湘瑟詞咏石榴韻　卷八 8B/卷二十 9A/卷十三 10A/金冊 上 150/350

永遇樂

丁巳夏日壽吳静安太史　無/卷二十二 13B/無/金冊 上 171/365

東溪雨中修禊　無/卷二十二 12A/卷十五 3B/木冊 下 684/1575

健庵立齋兩太史步過半藹園九來有詞紀事余亦次韻　卷九 7B/卷二十二 13A/卷十五 5A/金冊 上 170/364

京口渡江用辛稼軒韻　卷九 7A/卷二十二 12A/卷十五 3A/卷三 33A/172

馬殿聞太史招飲兼以軒中遣懷詞見示即用來韵奉柬　無/卷二十二 13A/卷十五 4B/金冊 上 169/363

送園次歸吳興和澹心韻　無/卷二十二 12B/卷十五 4A/土冊 下 192/1001

題惠山松石　卷九 7B/卷二十二 12B/卷十五 4A/土冊 下 188/996

有有令

咏畫眉鳥　卷四 9B/卷九 9A/卷六 2B/金冊 上 64/284

于飛樂

鴛鴦　卷四 1B/卷八 8B/卷五 10A/竹冊 上 722/793

魚游春水

春陰閨思　無/卷十 9B/卷六 19A/卷二 13B/97

秋日過金魚池　卷四 18A/卷十 9B/卷六 19B/木冊 下 619/1480

萬紅友書來云適金沙周東會暨叙彝上人在舍　卷四 18B/卷十

16A/革冊 下 470/1293

雨中花慢

雨中過蘧庵先生宅看紅梅 無/卷十五 5B/卷九 10A/革冊 下 415/1248

雨中花

咏薰籠 無/卷四 11A/卷三 8B/卷一 23B/57

雨窓咏梅和渭公作 無/卷四 11A/卷三 8A/石冊 上 255/428

雨中看桃花 無/卷四 11A/卷三 8A/卷一 23A/57

玉簟凉

己未長安七夕 無/卷十五 12B/卷九 18B/匏冊 下 110/929

夏景 無/卷十五 12B/卷九 18A/土冊 下 308/1131

玉蝴蝶

山游席上書所見 無/卷十六 6A/卷十 4B/石冊 上 326/484

玉樓春

春夜同雲臣遠公天石諸子讌集原白池亭次雲臣原韻 卷二 15B/卷五 5A/卷三 17A/木冊 下 704/1599

生日邀陸景宣崔不雕飲廣陵酒家醉後題壁 無/卷五 5A/卷三 16B/卷一 25A/61

玉梅令

同雲臣諸子過放庵禪院看梅時積雨新霽 卷三 12B/卷七 8A/卷四 23A/石冊 上 265/437

渭公所葺書舍顔曰梅廬 無/卷七 8A/卷四 22B/竹冊 上 709/782

玉女度千秋

壽吳母任孺人 無/卷九 6B/卷五 23B/木冊 下 727/1619

玉女摇仙佩

登姑蘇玄妙觀彌羅閣 卷十二 9B/卷三十 3A/卷二十 18A/石冊 上 433/561

客大梁月夜感賦 卷十二 9A/卷三十 3A/卷二十 17B/木冊 下 610/1466

咏水仙花和史蘧庵先生原韻 卷十二 10A/卷三十 3B/卷二十 18B/石冊 上 435/563

玉人歌

楊枝今歲二十爲于齊紈上作小詞 無/卷十 8A/卷六 17B/卷三 17A/136

玉山枕

秋夜較讐亾友史遠公青堂詞卷竟凄然綴此 無/卷二十四 11B/卷十六 18A/土冊 下 333/1159

咏白鸚鵡 無/卷二十四 11A/卷十六 17B/卷四 9B/190

玉團兒

初冬寫懷 卷二 8A/卷四 6A/卷三 2A/土冊 下 349/1175

Z

12B/石冊 上 260/432

早梅芳近

咏玉蝶梅 無/卷九 12A/卷六 6A/卷二 12A/95

皂羅特髻

憩慶雲庵方丈後小軒 無/卷九 9A/卷六 2A/土冊 下 176/978

摘紅英

咏落花 無/卷四 14A/卷三 12A/卷一 24B/60

昭君怨

咏柳 卷一 7A/卷一 9B/卷一 11A/竹冊 上 642/720

鷓鴣天

苦雨和蘧庵先生四首 無/卷五 2A/卷三 13A/竹冊 上 681/756

七夕後一夕路次淮陰作 無/卷五 1B/卷三 12B/金冊 上 35/260

秋日撥悶作 無/卷五 1A/卷三 12A/卷一 24A/59

謝蘧庵先生惠新茗 卷二 12B/卷五 1B/卷三 13A/木冊 下 721/1615

咏宋子京賜内人 卷二 13B/卷五 1B/卷三 12B/金冊 上 34/259

寓興用稼軒韻同蘧庵先生作三首 卷二 13B(無其三)/卷五 2B/卷三 13B/竹冊 上 683/758

元夕前二日聞渭公原白諸子雪中有龍池之游作此調之 卷二 12B/卷五 3A/卷三 14A/石冊 上 256/429

贈李匪莪 卷二 13A/卷五 3A/無/石冊 上 257/431

贈吳中狎客 無/卷五 1A/卷三 12A/卷一 24A/59

贈莊山人七十 卷二 13A/卷五 3A/卷三 14B/石冊 上 257/430

珍珠簾

題宋牧仲楓香詞次曹實庵韻 卷八 6A/卷十六 4B/卷十 3A/匏冊 下 42/877

咏雪珠 無/卷十六 4A/卷十 2B/革冊 下 424/1256

徵招

送宋性存歸吳門 卷六 11B/卷十三 10B/卷八 12A/匏冊 下 28/863

爲王琄湖編修悼亾 無/卷十三 11A/卷八 12B/匏冊 下 105/926

爲尤悔庵悼亡 無/卷十三 11A/卷八 13A/匏冊 下 104/925

徵招調中腔

氷雪兼旬試燈前一夕始有春意 卷二 18B/卷四 10B/卷三 7B/金冊 上 32/257

中興樂

秋夜 卷一 8B/卷一 11B/卷一 13A/竹冊 上 648/727

1037

醉春風

春暮　無/卷七 5B/卷四 19A/竹冊 上 706/779

春日飲遠公海棠花下和竹逸作　無/卷七 5B/卷四 19A/木冊 下 690/1581

上巳陰雨憶乙巳暮春與王阮亭主客脩禊洗鉢池上時慨然成咏　無/卷七 5B/卷四 18B/木冊 下 607/1459

艷情　無/卷七 5A/卷四 18B/卷二 7A/84

醉公子

艷情二首　無/無/無/無/1684

醉紅粧

立春前一夕寄暢園小飲時有柳姬翩何在座同園次賦　無/卷四 6A/卷三 2A/竹冊 上 663/741

醉花陰

重陽和潄玉韻　無/卷四 8A/卷三 4B/卷一 23A/56

初秋劉篤甫以詞招飲次韻奉酬　卷二 9A/卷四 8B/卷三 5A/竹冊 上 664/741

撲螢　無/卷四 9A/卷三 5B/石冊 上 253/426

夏日小有堂中看丘近夫朱致一葉九來諸子投壺　無/卷四 8B/卷三 5B/金冊 上 30/256

至吳門喜晤澹心園次展成既庭石葉諸君感舊有作　無/卷四 8B/卷三 5A/土冊 下 197/1007

醉落魄

春夜微雪　無/卷五 9B/卷三 22A/卷一 26B/64

咏鷹　無/卷五 9B/卷三 22B/匏冊 下 89/915

醉蓬萊

碧山莊看杜鵑秦以新太翁留飲花下有懷對巘檢討　卷六 15A/卷十五 11B/卷九 17B/竹冊 上 781/840

感遇二首　無/卷十五 11A/卷九 16B/土冊 下 278・革冊 下 420(其二)/1100、1252

虎丘月夜見有貴官呵止遊人者戲填此詞　卷六 15A/卷十五 12A/卷九 17B/石冊 上 319/479

積雪爲橋和雲臣作　無/卷十五 11A/卷九 16B/土冊 下 260/1047

戊午人日爲曹曹溪廣文壽　無/卷十五 12A/無/金冊 上 106/320

醉太平

江口醉後作　卷一 6B/卷一 9A/卷一 10A/土冊 下 280/1103

題孫無言半瓢居倣宋人獨木橋體　卷一 6A/卷一 9B/卷一 11A/石冊 上 240/414

戲咏錢倣宋人獨木橋體四首

清代名家詞選刊

迦陵詞合校

㈡

[清] 陳維崧◎著
鍾　錦◎點校

華東師範大學出版社
·上海·

第二冊目録

卷五 《迦陵詞》金冊

迦陵先生手書詞稿　　踽公二丈世守，義州李放敬題[一]

校記：

［一］鈐印：「詞堪」。

乙丑四月十九日詞龕小集，踽公二丈携先集見過，與歸安朱彊村侍郎、宛平查查灣觀察、遵化李龕厂提學、開州胡愔仲閣丞、番禺黎潞厂參議、順德温檗菴副憲同觀。義州李放寫記。

金。癸亥二月廿五，俱抄副本，交東海先生訖。[一]

迦陵詞，寓園抄校訖。[二]

校記：

［一］此行下落款五字，不可辨識。

〔二〕此行在頁末，「抄」字左半不清。寓園，爲陳宗石號，此宗石手跡也。其下鈐印：「李放曾藋」。

迦陵詞〔一〕

校記：

〔一〕此頁題簽不知出誰手，鈐印：「楊壽枏印」、「味雲」。

除題目下有尖圈者不必抄，此本尚應抄五十二首。俱抄訖。

金〔一〕

二十字令　南鄉子　法駕導引　浣溪沙　菩薩蠻　減字木蘭花　好事近　朝中措　偷聲木蘭花　河傳一体　醉花陰　浪淘沙　徵招調中腔

賣花聲　鷓鴣天　南鄉子二体　虞美人　蝶戀花　唐多令　定風波

似娘兒　漁家傲　品令　錦纏道　厭金杯　江城子　隔浦蓮近拍

百媚娘　傳言玉女　下水船　祝英臺近　一叢花　側犯　小鎮西

有有令　新荷葉　驀山溪　洞仙歌　黃鶴引[二]　滿路花　鶴沖天
淒涼犯　鵲踏花翻　雪獅兒　滿江紅　梅子黃　滿庭芳[三]　水調歌頭
漢宮春　燭影搖紅　卓牌兒　醉蓬萊　長亭怨慢　三株媚　金菊對芙
蓉　瑣窗寒　新雁過粧樓　大有　燕歸慢　東風第一枝　念奴嬌
萬年懽　遶佛閣　木蘭花慢　映山紅慢　石州慢　宴清都[四]　齊天樂
如此江山　水龍吟　送入我門來　歸朝懽　永遇樂　霜花腴　飛雪滿
羣山　泛清波摘遍　望明河　望海潮　薄倖　踈影　八寶粧　沁園
春　八歸　賀新郎　摸魚兒　金明池　多麗

校記：

[一]目録與全稿手跡不同。「金」字大半已損。鈐印：「詞堪讀過」、「李放曾觀」。詞牌旁多鈐「彊善堂主人對訖」印，不一一説明。

[二]「洞仙歌」、「黃鶴引」旁改鈐「待弔青蠅」、「素溪」印。

[三]自「鶴沖天」至「滿庭芳」，旁改鈐「待弔青蠅」、「素溪」印。

[四]「宴清都」，旁無鈐印。

二十字令二十字

詠便面上梔子花，為陸漢標賦[一]

紈扇上，誰添梔子花。搓酥滴粉做成他。凝去聲[二]蟬紗。夭斜。

校記：

[一] 此首浩然堂本無。詞前鈐印：「陳維崧印」、「其年」。金冊目録前頁有：「除題目下有尖圈者不必抄，此本尚應抄五十二首。」故題下多有尖圈，不復一一説明。此詞詞末亦有尖圈。全稿多鈐朱印三：「抄」、「彊善堂主人對訖」、「履端印」，亦不一一説明。「彊善堂主人對訖」，同題者只鈐一印。

[二]「去聲」，患立堂本在詞末注：「凝，去聲。」

圈點：

墨筆：斷句用點，此外無圈點。

南鄉子二十八字

清明後一日吳閶道中作[一]

纔過清明。東風怯舞不勝情。紅袖樓頭遥徙倚。垂楊裡。陣陣紙鳶扶不起。

朱尾（曹亮武）：寫景只是一真。

墨尾（天）：此中大有禪機在。

校記：

［一］此下二首蔣本有，《荊溪詞初集》、《詞則·別調集》選。詞題，浩然堂本題後加「二首」，患立堂本、浩然堂本題下注：「南鄉子第二體」。《荊溪詞初集》調下注「又一體」，詞題「一日」作「二日」。

圈點：

朱筆：「垂楊」二句，圈。

墨筆：題上，二單圈。「垂楊」二句，圈。

《荊溪詞初集》：「垂楊」二句，圈。

《詞則·別調集》：題上，單圈。「垂楊」二句，圈。

又

捲絮搓綿。雪滿山頭是紙錢。門外桃花墻内女。尋春路。昨日子規啼血處。

「雪滿」句墨側（曹貞吉）：令人傷感。

墨尾（天）：寫得有關係，方見詞家身分。

《詞則·别調集》：（「尋春」二句）沈警。

圈點：

朱筆：「雪滿」句，圈。

墨筆：「雪滿」句、「尋春」二句，圈。

《詞則·别調集》：題上，單圈。「尋春」二句，圈。

法駕導引 三十字

饑烏

饑烏噪，饑烏噪，毛羽忒摧頽。故國稔經霜雪滿，他鄉錯料稻粱肥。嚜黑只飛飛。

朱尾（徐喈鳳）：借物言情，悽惋欲絶。

墨尾（史可程乙）：「繞樹三匝，無枝可棲。」今古同慨。

圈點：

朱筆：「故國」三句，圈。

墨筆：題上，單圈。「故國」三句，圈。

浣溪紗四十二字

雨中由楓橋至齊門，同緯雲用「橋」字[一]

料峭春寒恰未消。鵓鴣啼急水迢迢。半船微雨過楓橋。　薺菜綠平齊女墓，梨花雪壓伍胥潮。柳枝和恨一條條。

朱尾（曹亮武）：我見鄭公，但覺嫵媚。

墨眉（天）：百感横生，一絲獨裊，可謂文生於情。

《詞則・别調集》：上半寫景如畫，下半懷古亦自餘味不盡。

校記：

[一] 此首蔣本有，《荊溪詞初集》、《詞則・别調集》選。詞題，諸本俱無「同緯雲用『橋』字」。

圈點：

朱筆：下闋，圈。

墨筆：調上，單圈。題上，單點。下闋，圈。

《荊溪詞初集》：下闋，圈。

《詞則·別調集》：題上，雙圈。「半船」句、下闋，圈。

月夜虎丘紀所見[一]

小立[二]山塘玩[三]暝烟。市[四]樓燈火未闌珊。暗中依約遇[五]嬋娟。　風裡繡裙吹浪皺，雨餘紅屐印泥圓。一鈎春月寺門前。

「雨餘」句朱側（曹亮武）：香奩無此句。

墨尾（天）：娟秀古宕，南唐絶唱。

校記：

[一] 此首蔣本有，《荊溪詞初集》、《古今別腸詞選》選。詞題，《荊溪詞初集》作「月夜虎丘」，《古今別腸詞選》作「所見」。

［二］「小立」,《古今別腸詞選》作「獨個」。

［三］「玩」,《古今別腸詞選》作「步」。

［四］「市」,《古今別腸詞選》作「城」。

［五］「遇」,《古今別腸詞選》作「見」。

圈點：

朱筆：「雨餘」句,圈。

墨筆：題上,單圈、單點。下闋,圈。

《荊溪詞初集》：下闋,圈。

《古今別腸詞選》：「風裡」二句,點。「一鈎」句,圈。

菩薩蠻 四十四字

為竹逸題渭文畫紫牡丹［一］

年時鬬酒紅欄下。一叢姹紫真如畫。今日畫花王。依稀洛下粧。　徐熙真逸品。淺暈葡萄錦。挂在賞花天。狂蜂兩處喧。

墨尾（史可程丙）：真畫,畫真。玲瓏剔透,愈淺愈工。

校記：

［一］此首有朱筆「对」。

圈點：

墨筆：題上，單圈。「真如畫」、「依稀」句、「挂在」二句，圈。

菩薩蠻 四十四字

将發吴門，時庭際海棠盛開，用《香嚴詞》韻

年年慣作他鄉客。今年怕與花離别。花也替儂愁。春江無盡頭。　不如雙粉蝶。鎮日團花側。花發唱驪歌。人歸花若何。

朱尾（曹亮武）：鐵面虬髯，何得柔情爾許？

墨尾（史可程丙）：「人歸落雁後，思發在花前。」此詞青出於藍矣。

圈點：

朱筆：無。

墨筆：題上，單圈。「今年」句、「花發」二句，圈。

菩薩蠻四十四字

為友人題像[一]

萬山槲葉西風起。黛痕滴入衫痕裡。硯匣净無塵。依稀陸子春。　　他時須獻賦。細馬朝天去。相映柳毿毿。宮娥報捲簾。

朱尾(史可程戊)：起語秀色可餐。

校記：

[一]此首浩然堂本無。

圈點：

朱筆：「萬山」二句，圈。

墨筆：題上，單圈。

減字木蘭花四十四字

題彭爰琴小像[一]

隋宮絲管。曾醉倡家紅玉椀。瘦馬蘆溝。又上燕姬賣酒樓。　　十年一别。往事濛濛那可説。画裡逢君。同把揚州月色分。

校記：

［一］此首有朱筆「对」。

圈點：

朱筆：「瘦馬」二句，圈。

墨筆：題上，單圈。

題山陰何奕美小像奕美尊人侍御公，以忠節死。

多年枯樹。屈鐵拗銅陰翠沍。野澗蕭林。閑坐幽人抱膝吟。　傳家碧血。怕聽子規啼夜月。莫便還鄉。霸國山川冷夕陽。

朱尾（史可程戊）：《夢華録》耶？《連昌宫詞》耶？令我不能卒讀。

圈點：

朱筆：「多年」二句、下闋，圈。

減字木蘭花四十四字

題惲南田為潘原白所畫絳幘横秋圖，同曺南耕賦[一]

花冠粉距。昂首晴秋羞噲伍。惱殺詩翁。得失偏呶雞與蟲。乾坤夜黑。何日一鳴天下白。角角堪驚。総是秦関過客聲。

下闋朱眉（徐喈鳳）：感慨語，不應出自出山人。

校記：

［一］詞題，患立堂本、浩然堂本俱無「同曺南耕賦」，浩然堂本題後加「二首」。此調有朱筆「对」。

圈點：

朱筆：下闋，圈。

墨筆：「偏呶」，抹。「角角」句，點。「総是」句，圈。

又

陳倉祠古。當日霸王全繫汝。叢桂天空。舐藥還聞伴八公。而今老大。笑爾會稽鶏太啞。莫管昏晨。斯世誰為起舞人。

朱尾(徐喈鳳):筆筆道古,小中見大,詠物神手。竹逸。

圈點:

朱筆:「陳倉」二句、「莫管」二句,圈。

好事近四十五字

夏日蘧庵先生招飲,即用先生喜余歸自吳閶過訪原韻[一]

分手柳花天,雪向晴窓飄落。轉眼葵肌初繡,又紅欹欄角。　別來世事一番新,只吾徒猶昨。話到英雄失路,忽涼風索索。

朱尾(史可程乙):「只吾徒猶昨」一語,可作《士不遇賦》讀。虡仲之嘆,猶傖父耳。

《詞則·放歌集》:(下闋)平叙中波瀾自生,是為真力量。

《迦陵詞選評》:迦陵氣盛,故不著力亦陡生變態。

校記:

[一]此首《詞則·放歌集》、《近三百年名家詞選》選。詞題「吳閶」,《詞則·放歌集》作「吳

門」。有朱筆「对」。

圈點：

朱筆：「只吾」三句，圈。

墨筆：「葵肌」，抹。

《詞則·放歌集》：題上，雙圈。下闋，圈。

好事近四十五字

郯城南傾盖亭下作〔一〕

落日古郯城，一望禿碑蒼黑。怪底蝸黄蠆紫，更蘚痕斜織。　我來懷古對西風，歇馬小亭側。惆悵共誰傾盖，只野花相識。

墨尾（地）：傲盡世間人，不如野花閑草。

《詞則·别調集》：（「惆悵」二句）感慨係之，其年詞有云「論交道、令人齒冷」，可與此相發明。

校記：

［一］以首蔣本有，《詞則·别調集》選。詞題「南」，蔣本作「北」。有朱筆「对」。

圈點：

墨筆：「惆悵」二句，圈。

《詞則·别調集》：題上，雙圈。「惆悵」二句，圈。

朝中措四十八字

客中雜憶［一］

墨題下（玄）：次山《夢玉人引》十首倣此，然細味自有初盛中晚之别。

層層簾幙静焚香。縈篆裊縹緗。翠鴨嬌擎磁鼎，紅獅滿貯銅釭。　如今寂寞，孤燈黯淡，細雨淋浪。料爾春纖撥火，為儂也費思量。右憶香。［二］

朱尾（徐喈鳳）：真是憐香之客。

墨眉（史可程乙）：結語幽蒨，如見其人。

校記：

[一] 詞題，浩然堂本後加「十首」。調上，墨筆雙圈並寫「選八」。

[二] 此首蔣本有。此與下九首詞末小注，患立堂本、浩然堂本皆無「右憶」字。

圈點：

朱筆：「料爾」二句，圈。

墨筆一：「料爾」二句，圈。

墨筆二：題上，單圈。「料爾」二句，點。

家鄉綠雪蓊南山。採摘不曾難。三徑風罏瓦銚，半廊竹瀨松湍。　昨朝悔未，攜將茶董，同上長干。却憶蘇門四友，曾經日給龍團。右憶茶。[一]

朱尾（徐喈鳳）：不忘品茗之徒。

墨眉（史可程乙）：坡仙風韻，遂使獨擅千秋。

校記：

[一] 此首蔣本有。

圈點：

朱筆：「三徑」二句，圈。

墨筆一：「三徑」二句、「却憶」二句，圈。

墨筆二：題上，單圈。「却憶」二句，圈。

看花常傍隔村籬。擕取折枝歸。沙緑膽瓶罄口，矮紅棐几烏皮。端相側正，屏當踈密，用盡幽思。記得臨行囑汝，香綿褁好軍持。右憶膽瓶。[一]

朱尾（徐喈鳳）：護瓶之人，尤應挂念。

墨尾（史可程乙）：如此護持，膽瓶有知己之感。

校記：

[一] 此首蔣本有。

圈點：

朱筆：「記得」二句，圈。

墨筆一：「沙緑」二句、「記得」二句，圈。

墨筆二：題上，單圈。「沙緑」二句、「端相」三句，點。「記得」二句，圈。

燈昏酒盡不勝情。倚幌聽三更。惡草隣墻馬齕，亂莎別館虫鳴。　家園[一]此際，小樓半掩，纖月初生。多少幽坊冷市，緑窗一片棖棖。右憶三絃子。[二]

朱尾（徐喈鳳）：因所聞不佳，而憶弦子，説得有來歷。

墨眉（史可程乙）：馬齕蟲鳴，可作一篇小賦。

校記：

[一]「園」，《昭代詞選》作「鄉」。

[二]此首蔣本有，《昭代詞選》選。題，《昭代詞選》作「客中憶三絃子」。

圈點：

朱筆：上闋，圈。

墨筆一：「惡草」二句，圈。

墨筆二：題上，單圈。上闋，圈。「多少」二句，點。

踈狂子野住臺城。擫笛舊知名。劈裂鐵龍醉吼，連環獰鳳嬌鳴。消磨歲月，千場蠟炬，一夜鵝笙。今日偶然閒想，因緣已似前生。右憶簫笛。

朱尾（徐喈鳳）：鐵龍獰鳳，如聞空中之聲。

墨眉（史可程乙）：因地思人，因人思笛，文情如組。

圈點：

朱筆：「劈裂」二句，圈。

墨筆：上闋，圈。

画欄雕檻盡臨河。簾内水仙多。記得半塘初買，小船細雨鳴簑。磁盆歸貯，紅泥密甕，錦石斜迤。今夜烟廊雨幔，誰人與爾婆娑。右憶水仙。[一]

朱尾（徐喈鳳）：寫得水仙活現。

墨眉（史可程乙）：數語耳，花情客况，紆折層生。

校記：

［一］此首蔣本有。

圈點：

朱筆：下闋，圈。

墨筆一：下闋，圈。

墨筆二：題上，單圈。「記得」二句，點。下闋，圈。

頩苞檀萼綴蕭齋。幽韻襲人來。乍可酒邊私嗅，偏宜鬢底微開。　而今不見，踏殘小逕，尋偏蒼苔。側帽臨風不語，幾般愴舊情懷。右憶臘梅。［一］

朱尾（徐喈鳳）：梅魂有知，應從月下相尋。

墨眉（史可程乙）：酒邊鬢底，纏綿盡致。

校記：

［一］此首蔣本有。

圈點：

朱筆：「乍可」三句，圈。

墨筆一：「乍可」三句，圈。

墨筆二：題上，單圈。「側帽」三句，點。

画眉斜挂画簾東。愛汝語音工。食器官窑漲碧，藥欄小架扶紅。　人今牽絆，一般惆悵，兩處羈窮。寄語憐香舊侶，風前早為開籠。憶廊下画眉。［一］

朱尾（徐喈鳳）：須知畫眉亦憶畫眉人。

墨眉（史可程乙）：「海鶴堦前鳴向人」，與此同一悽楚。

校記：

［一］此首蔣本有。詞末，蔣本小注前有「右」字。

圈點：

朱筆：下闋，圈。

墨筆一：下闋，圈。

墨筆二：題上，單圈。「漲碧」、「扶紅」，點。「寄語」二句，圈。

紅魚明鰷映淪漪。相間倍離離。卵色天裝玳瑁，桃花水染臙脂。　休嗟盆沼，外邊雪浪，風駭濤飛。輸爾翠漣拍甃，有人濠上相知。憶沼内紅魚。[一]

「卵色」二句朱側（徐喈鳳）：可作《紅魚賦》。

朱尾（徐喈鳳）：言小喻大，讀之猛省。

墨眉（史可程乙）：盡情傾寫，不獨為紅魚説法。

校記：

[一] 此首蔣本有。詞末，蔣本小注前有「右」字。

圈點：

朱筆：「卵色」二句、下闋，圈。

墨筆一：下闋，圈。

墨筆二：題上，單圈。「相間」句，點。「卵色」二句、「輸爾」二句，圈。

半生書癖墨成莊。氣壓鄴籤強。寒夜添香炙硯，調娛閒弄朱黃。一身作客，牛腰易束，雀背難裝。羨殺千年老蠹，鑽穿故紙休糧。右憶書卷。

朱尾（徐喈鳳）：陈髯腹最富，何羨書中脉望？

墨眉（史可程乙）：嬉笑甚於毒罵，髯豈垂涎老蠹者耶？

圈點：

朱筆：「羨殺」二句，圈。

墨筆一：「羡殺」二句，圈。

墨筆二：「牛腰」二句，點。

偷聲木蘭花五十字

雨中同吴天篆過飲竹逸齋頭，次天篆韻[一]

熟梅時候蘇蘇雨。遥望君家疑隔浦。我墊巾來。小坐歐公畫舫齋。　觥船何用頻催酒。鷹爪鳳團須瀹取。說鬼談經。風味依稀退院僧。

朱尾(徐喈鳳)：「疑隔浦」，最切雨景。「退院僧」，尤出意表。

校記：

[一] 詞題「竹逸」，患立堂本、浩然堂本作「徐竹逸」。無「彊善堂主人對訖」印。有朱筆「对」。

圈點：

朱筆：「遥望」句、「説鬼」二句，圈。

墨筆：題上，單圈。

偷聲木蘭花五十字

題范女受小像昔年女受在舟中，隔舫有悮認為余者，故及之。[一]

君挑獨夜江船火。隔舫有人呼似我。仔細披圖。骨瘦顴清我不如。　孤松峭壁疑無路。嘯向此中尋藥去。可許狂生。化作猿猱逐隊行。

朱尾(史可程戊)：骨瘦髯清，女受呼之可出。

校記：

[一] 此首有朱筆「对」。

圈點：

朱筆：「仔細」二句、「可許」二句，圈。

墨筆：題上，單圈。

題閔東席端伯小像[一]

畫師要寫蕭踈意。先畫緑楊絲蹺地。斑竹闌干。傍倚高人興邈然。五侯七貴枌榆盛。家本遼陽争借問。総不関渠。只爱荷香撲異書。

朱尾（史可程戊）：結語風刺隱然。

校記：

[一]此首浩然堂本無。有朱筆「对」。

圈點：

朱筆：「総不」二句，圈。

河傳第一體　五十一字

煨芋[一]

黃茅新盖。土銼温馨，霜簷低矮。撩人幾陣，芋香無賴。送來籬落外。　凝脂沃雪融仙瀣。餘甘在。塞上酥堪賽。黃粱[二]未熟休待。飽迎朝旭曬。

朱尾（徐喈鳳）：形容煨芋之美，令人垂涎。

墨尾（史可程乙）：大為蹲鴟生色，豈干猶未知味在。

校記：

[一]此首有朱筆「对」。

[二]「粱」，患立堂本、浩然堂本作「粱」。

圈點：

朱筆：「凝脂」三句，圈。

墨筆：題上，單圈。「凝脂」三句，圈。

醉花陰五十二字

夏日小有堂中，看丘近夫、朱致一、葉九來諸子投壺[一]

滿院松風鳴瓦銚。碧凈苔階好。喬木翳新蟬，水檻閒凭，又貼荷錢小。　人間萬事何時了。無計除煩惱。激矢躍蓮花，出手成驍，暫博天公笑。稗史云：玉女投壺每中，天公為一笑。[二]

朱尾（史可程乙）：結語寄託深遠，非人所知。

校記：

[一] 此首有朱筆「对」。

[二] 浩然堂本無詞末小注。

圈點：

朱筆：「激矢」三句，圈。

浪淘沙五十四字

雪中舟次語溪[一]

枯柳掛踈汀。夜火星星。昨宵西水驛邊停。猶記津樓綃幔底，誰喚銀瓶。　寒氣逼空舲。客夢初醒。亂帆又過語兒亭。我與六花同一例，隨路飄零。

朱尾（曹亮武）：吟此覺寒偪肌骨。

墨尾（徐喈鳳）：前輿後比，風人之遺。

校記：

［一］此首有朱筆「对」。

圈點：

朱筆：「我與」二句，圈。

墨筆：題上，單圈。下闋，圈。

徵招調中腔五十四字

氷雪兼旬，試燈前一夕始有春意［一］

是誰錯料春光黠。費幾許、東皇周折。昨始繡完半絲兒，覺暝紅，上雙頰。雛暄嫩煦增妍悦。似乍嫁、新娘生怯。小糁樹邊一些春，已漸滑，小禽舌。

朱尾（宋實穎）：語必熔鑄尖新，無昔人一舊字。既庭。

校記：

［一］此首蔣本有。有朱筆「对」。

圈點：

朱筆：「是誰」二句、「似乍嫁」句，圈。

墨筆：題上，單圈。

賣花聲五十四字［一］

專諸巷看穀梁買鼓槌

緑水滑如油。漲滿銅溝。柳花伴我作閒游。青漆鼓槌紅架子，別樣風流。　買了且歸休。單絞岑牟。世間定有此人不。須向金閶亭下路，打散春愁。

朱尾（史可程戊）：筆底蒼凉，胸次灑落。髯狂定不減正平！

校記：

［一］詞調，患立堂本、浩然堂本作「浪淘沙」。此首有朱筆「对」。

圈點：

朱筆：「買了」三句、「打散」句，圈。

墨筆：題上，單圈。

鷓鴣天五十五字

詠宋子京賜内人[一]

路出繁臺遇玉顔。柳花如夢撲雕鞍。倚他才子吟紅杏，博得君王賜緑鬟。鶯嚦嚦，鳥関関。粉娥笑語繡帷間。郎君爇燭修唐史，底事邀靈李義山。子京詞内「彩鳳」、「靈犀」一聯，皆用義山成語，故戲及之。[二]

朱尾（史可程乙）：生吞活剥，子京之對内人，得無有射雉之慚？

墨眉（玄）：「緑鬟」、「紅杏」，勝「彩鳳」、「靈犀」。

墨尾（曹亮武）：不獨「彩鳳」、「靈犀」，即「蓬山」二語，皆義山語也。試問紅杏尚書佳句幾何？謬叨君王寵賜如此，不可謂非幸也。吟咏及此，可為三歎！

校記：

［一］此首蔣本有。題上墨筆雙圈並寫「選」。有朱筆「对」。

［二］詞末小注，蔣本無「一」、「戲」二字。

圈點：

朱筆：「倚他」二句、「郎君」二句，圈。

墨筆一：「柳花」三句、「郎君」二句，圈。

墨筆二：「吟紅杏」、「賜緑鬟」，點。

鷓鴣天 五十五字

七夕後一夕，路次淮陰作［一］

袁浦西風響亂灘。楚州纖月卧微瀾。今宵新惹双星怨，此地原嗟一飯難。　車歷碌，軸斑斕。故園回首好溪山。赤車應詔渾閒事，贏得征塵涴旅顔。

墨尾（黄）：淮陰一飯千金，今則千金一飯，寓意獨深。

《詞則·別調集》：（「今宵」二句）筆路頗近遺山，而氣較遒緊。

校記：

[一] 此首《詞則·別調集》選。有朱筆「对」。

圈點：

墨筆：「此地」句、「赤車」二句，圈。

《詞則·別調集》：題上，單點單圈。「今宵」二句，圈。

南鄉子 五十六字

和放公春暮感舊原韻[一]

老去杜樊川。怕學啼紅小蜀鵑。花謝花開關底事，風前。捲了簑衣上釣船。　回想也徒然。往事如塵又似烟。偏是阿師忘不了，情牽。滿院鶯聲賣酒天。

朱尾（曹亮武）：亦復誰能遣此？

「滿院」句墨側（曹貞吉）：令人神往。

校記：

[一] 此首蔣本有，詞題無「原韻」二字。有朱筆「对」。

圈點：

朱筆：「花謝」三句、「滿院」句，圈。

墨筆：題上，單圈。「滿院」句，圈。

虞美人 五十六字

泊舟垂虹橋，不及過晤舍妹，同緯雲弟悵然賦此[一]

碧艫紅稻江村市。淼淼重經此。夜深水調起隣船。記得不曾聽已十多年。 北風漸釀篷窗雪。心事和誰說。匆匆忘發大雷書。望裡汀花沙鳥暗南湖。

朱尾（曹亮武）：天涯之感，觸緒生情。

墨尾（徐喈鳳）：寥寥數語，可敵《大雷》一書。

校記：

[一] 此首有朱筆「对」。

圈點：

朱筆：「夜深」二句，圈。

墨筆：題上，單圈。「匆匆」二句，圈。

虞美人 五十六字

秦園小憩[一]

緑莎廳折風廊去。是我曾眠處。萬條柳線罨簾櫳。無限狂奴春夢在其中。　花間郭橐駞來了。也較年時老。海棠枝上坐流鶯。認否劉郎前度問他聲。

朱尾（曹亮武）：信手觸目，無非佳詞料。

墨尾（史可程丙）：景中指點全部《南華》，不數盧郎磁枕矣。

「花間」句墨眉（曹貞吉）：駞猶如此，人何以堪？

校記：

[一] 此首有朱筆「对」。

圈點：

朱筆：「花間」二句，圈。

墨筆一：題上，單圈。「無限」句、「花間」二句，圈。

墨筆二：「無限」句，抹。

虞美人 五十六字

吴門春暮，重見楊枝

千絲萬縷隋堤栁。往事思量否。楊花飛雪暮春時。又向鱄諸巷口見楊枝。　酒旗漾在皋橋下。醉殺休論價。半襟鵑血染東風。可似尚書筵畔舞衣紅。追感合肥先生。

朱尾（王于臣）：「舊事凄凉不可聽」，况只有何戡在耶？人言愁，我亦欲愁，信然！信然！

圈點：

朱筆：「酒旗」三句、「可似」句，圈。

墨筆：題上，單圈。

夏日登舟遇雨，小泊北郊，却寄南耕、天篆二子[一]

銀濤作陣溪花舞。雙槳如何去。半欹緑箬舀潭香。分取水禽飛處一絲凉。　秃衿翠茗煎花乳。可少留儂處。湖山大似有鄉情。故遣石尤遲[二]我不成行。

校記：

［一］此首有朱筆「对」。

［二］「遲」，原寫「嬲」，墨筆校改。

圈點：

朱筆：無。

墨筆：單圈。

虞美人 五十六字

過青駝寺感舊，寄示冐子青若昔年雲郎隨予北上，於此地遇青若。［一］

魯山更比吳山翠。路入青駝寺。亂峰怪石甃圍墻。墻裡人家一半棗花香。　當初有箇卿家燕。與汝天涯見。曉風殘月憶從前。不道因循過了十餘年。

墨尾（黄）：鬌老風情如昔，廻思往事，不堪囬首。

校記：

［一］此首蔣本有。有朱筆「对」。

圈點：

墨筆：下闋，圈。

蝶戀花六十字

清明同諸子集原白齋中［一］

柳線黄時雛燕乳。為揀芹泥，掠盡簾纖雨。今日風光剛百五。新晴鬪煞新粧嫵。　須聽尊前喧畫鼓。照眼花枝，負了卿何苦。不信試看風起處。亂紅砌滿春歸路。

「亂紅」句墨側（曹貞吉）：歐公却步。

朱尾（徐喈鳳）：新穎高脱，詞家神品。

校記：

［一］此首有朱筆「対」。

圈點：

朱筆：「為揀」四句、「不信」二句，圈。

墨筆：「亂紅」句，圈。

唐多令六十字

擁被[一]

早漏減銀虬。新寒警畫樓。漾罘罳、紅日驚眸。幄裡餘温猶可戀，纔欲起、又還休。　花好懶擡頭。簾垂怕上鈎。惱簷前、鬧雀喧鳩。護惜衾窩留夢在，莫捲去、半床愁。

朱尾（徐喈鳳）：即事言情，似遼后回心院詞。

墨尾（史可程乙）：「啼時驚妾夢，不得到遼西。」

校記：

[一] 此首有朱筆「对」。

圈點：

朱筆：下闋，圈。

墨筆：題上，單圈。下闋，圈。

唐多令 六十字

春暮半塘小泊[一]

水榭枕官河。朱欄倚粉娥。記早春、欄畔曾過。閑着緑紗窗一扇，吹鈿笛、是伊麽。　無語注横波。裙花信手搓。悵年光、一往蹉跎。賣了杏花挑了菜，春縱好、已無多。

朱尾（曹亮武）：步步惜春，悽惋盡致。

墨尾（天）：空中結構，姿態横生。

校記：

［一］此首《全清詞鈔》、《近三百年名家詞選》選。有朱筆「对」。

圈點：

朱筆：「賣了」二句，圈。

墨筆：題上，單圈。「春縱好」句，圈。

定風波 六十二字

九來半繭園東偏，為余新闢一浴室，解衣盤礴，致甚適也。詞以紀之[一]

身是荊南白鷺群。拍波只愛絮紛紛。自笑此生饒水癖。為客。那能長弄畫溪雲。竹徑粉墻泉又冽。清絶。人間何處有塵氛。浴罷簟痕氷雪做。閒卧。快吹長笛送斜曛。

朱尾（曹亮武）：清露滴花，微風吹酒，人間恐無此境界也。

校記：

[一] 此首有朱筆「对」。

圈點：

朱筆：「身是」二句、「快吹」句，圈。

墨筆：題上，單圈。

似娘兒 六十二字

舟過婁門即事[一]

渡口緑蓑斜。繞子城、碧浪周遮。誰知我是玄真子，賣餳天氣，憑橈心事，蕩槳生涯。水面小窗紗。響根根、誰摘琵琶。東風似夢回頭望，絶無人影，粉墻之内，一樹桃花。

「粉牆」句墨眉（曹貞吉）：此之字，不許他人再用。

朱尾（曹亮武）：一幅春遊圖，畫工從何着筆？

墨尾（天）：語痛心婆，不減清夜聞鐘。

校記：

［一］此首蔣本、《百名家詞鈔》本有，《荊溪詞初集》、《清平初選後集》、《瑶華集》、《草堂嗣響》、《昭代詞選》、《國朝詞雅》選。詞題，《荊溪詞初集》無「即事」。有朱筆「对」。

圈點：

朱筆：「東風」四句，圈。

墨筆：調上，單圈。題上，單點。「絶無」三句，圈。

《百名家詞鈔》本：「賣餳」三句、「絶無」三句，圈。

《荊溪詞初集》：「東風」四句，圈。

《清平初選後集》：「粉墻」二句，圈。

漁家傲六十二字

羊流店懷古叔子故里。

太傅千秋存故里。我來削面西風起。欲問遺踪何處是。傍人指。亂碑没入寒蕪裡。今日江山仍戰壘。野花閲盡前朝史。儒將雍容能有幾。休相戲。何如銅雀臺前伎。

「野花」句墨側（曹貞吉）：七字中無限感慨。

墨尾（黄）：「野花」句奇，不禁夕陽、禾黍之感。

圈點：

墨筆：「野花」句，圈。

漁家傲六十二字

齊河縣[一]

旬日崎嶇行左擔。征車确犖投山店。魯酒何如愁思釅。心情減。白頭彩筆渾相賺。竟有估帆三四點。楓根也繫斜陽纜。新月初黄偏灩灩。鋪竹簟。笛聲快作伊州犯。

墨尾(宇):笛聲寥亮。

墨尾(曹貞吉):逼真齊河,一字不可移動。

校記:

[一]此首蔣本有。有朱筆「对」。

圈點:

墨筆:「左擔」、「确犖」、「竟有」二句,點。「鋪竹」二句,圈。

品令六十五字

夏夜[一]

夜色凉千頃。攜笛簟,依金井。轆轤清冷。一天松籟,半規晶餅。慢瀉流光,漸映素甆緑茗。　微茫杳冥。水廊外,風荷[二]整。闌干碎拍,舊游何處,瑶京路永。簸滿空庭,簾影樹影髩影。

朱尾(史可程戊):「一片氷心在玉壺」,是此詞神境。結語空靈跳脱,覺張三影猶是笨伯。

校記：

［一］此首蔣本有，《瑶華集》選。有朱筆「对」。

［二］「荷」，《瑶華集》作「何」。

圈點：

朱筆：「一天」二句、「舊游」四句，圈。

墨筆：單圈。

錦纏道 六十六字

將發玉峰，寄緯雲弟村居［一］

老去江東，捹向漁樵寄傲。問何為、銜炎席帽。年年作苦雜傭保。赤日紅塵，怕相嘲程曉。　想西溪草堂，雨杉烟篠。傍苔陰、置筆床茶竈。晚涼濯足歆湖，恰估船笛響，風定菱絲裊。

朱尾（徐喈鳳）：「問何為」句，有岑牟單絞之恨。「晚涼濯」句，有下澤款段之羨。人生哀樂［二］何其多！

校記：

［一］此首蔣本有。有朱筆「对」。

［二］「人生哀樂」，原寫「此生哀」，後改。

圈點：

朱筆：「問何」四句、「晚凉」三句，圈。

墨筆：單圈。

厭金杯 六十六字

戲咏螢燈［一］

小似香囊，空於湘水。映踈螢、紗痕逾翠。墨花幾幅，面面小徐熙，凉夜戲。茉莉梢頭輕綴。　頻吹難滅，不剔長鮮，耿耿處、無情有思。樓昏月黑，嫌煞燭籠［二］明，氷簟底。窺見一星星事。

朱尾（王于臣）：「頻吹難滅，不剔長鮮」八字，可謂思路絶而鬼神通矣。

墨尾（曹貞吉）：嘗憶羨門詞云「隨風欲墮，帶雨猶明」，確是咏螢。此云「頻吹難滅，不剔長鮮」，確是咏螢燈。俱作追魂攝魄語。彼謂詞為小道者，真未夢見在。

校記：

［一］此首蔣本有。題上墨筆雙圈並寫「選」。

［二］「籠」，蔣本似作「龍」。

圈點：

朱筆：「凉夜」二句、「頻吹」三句，圈。

墨筆：題上，單圈、單點。「小似」二句，點。「螢」，抹。「凉夜」二句，點。「頻吹」二句、「樓昏」四句，圈。

江城子 七十字

春雨新晴，過吳城西禪寺，登摩利支天閣，同澹心、園次、雲臣、南水賦［一］

連宵怯雨思難裁。鵲聲催。曙光開。且逐晴絲、蕩漾繞城隈。我比晴絲還更懶，風送我，轉徘徊。　千尋佛閣倚崔巍。眺胥臺。漫生哀。閣外遥山、幅幅疊春苔。争學諸天螺髻樣，青萬朵，逼窓來。

墨尾（徐喈鳳）：寫景新雋，宋元人都無其敵。

校記：

［一］此首有朱筆「对」。

圈點：

墨筆：題上，單圈。「我比」句、「闊外」四句，圈。

隔浦蓮近拍七十三字

夏日寓吳門花溪草堂，與西溟夾水而居，賦示西溟［一］

玲瓏雲水幾處。借我閒消暑。掠檻沙鷗過，潭香觸碎成雨。千頃風荷舉。紅粧娉。緗菂中心苦。最憐汝。　披襟脱帽，新涼隨意搴取。松風細響，緑雪暗翻花乳。林際濛濛皓月吐。四鼓。隔波尚有人語。

校記：

［一］此首蔣本有。詞題「花溪」，蔣本作「浣花溪」。題上墨筆單圈並寫「選」。有朱筆「对」。

圈點：

墨筆：題上，單圈。「玲瓏」二句，點。「潭香」句、「四鼓」二句，圈。

百媚娘 七十四字

送晦仙校書落籍，次原白韻[一]

日午鶯猶貪夢。風定花誰搖羙。聞説長條新有主，縱與纏綿何用。雖不干卿愁却種。嬾把春鈎送。　夾路香塵將動。一曲紅綃權奉。從此真成千里隔，只有月明相共。戲語小樓燕赤鳳。掌舞休嫌重。暗用飛燕故事，校書微豐，故戲之。

朱尾（徐喈鳳）：小蠻豐艷，樂天以永豐柳比之。晦仙雖豐，安知不能作掌上舞耶？

校記：

[一]詞題「原白」，患立堂本、浩然堂本作「友人」。此首有朱筆「对」。

圈點：

朱筆：「雖不」二句、「戲語」二句，圈。

墨筆：題上，單圈。「縱與」句，抹。

傳言玉女 七十四字

雨中舟次吳閶，不及過晤園次，同緯雲寄懷[一]

記得尋君，纔過匆匆燈市。伯通橋下，挽征衫且憇。垂柳幾樹，臨別倚欄斜指。再來看汝，定鵞黄矣。　柳已鵞黄，撅頭船恰又至。滿船絲雨，捲春篷困睡。微茫驛樓，料想水城將閉。知他花下，已應微醉。

朱尾（曹亮武）：叙致歷歷，風流全似蘇、秦相聚時。

墨尾（天）：孤清瀟灑，似晋人小品。

校記：

[一] 詞題，患立堂本、浩然堂本「緯雲」後有「子萬」。此首有朱筆「対」。

圈點：

朱筆：「捲春」句，圈。

墨筆：題上，單圈。「柳已」二句、「知他」二句，圈。

下水船 七十五字

暮次丹陽，宿周丹申齋中，同湯谷賓夜話[一]

風吼废亭樹。曛黑難投逆旅。徑詣君家，呼酒喃喃爾汝。此間路。一泒濤轟沙莽。幾陣烟凄風苦。　凭闌顧。覇氣荒終古。笑問寄奴何處。若為吾歌，吾為若拍張舞。天將曙。起掃車箱冰花，争火僕夫寒語。

墨尾（曹貞吉）：何來爾許英雄語？

朱尾（徐喈鳳）：落落數語，主客神情具見。

墨尾（史可程乙）：羈孤况味，寫來悲壯，旁睨無人。

校記：

[一] 此首蔣本有，《瑶華集》選。詞題，《瑶華集》「丹陽」下作小注，無「中」字。

圈點：

朱筆：「徑詣」二句、「笑問」三句，圈。

墨筆：題上，單圈。「一泒」二句、「笑問」三句、「起掃」二句，圈。

祝英臺近七十七字

糊窗臯署作[一]

砑光箋，白地錦，糊就幾楞雪。玉凈珠融，不怕冱寒冽。虧他貯旭娱冬，留香伴夜，惹月練、和烟縈纈。　寸心折。那得蜂哑鶯穿，漏箇針尖缺。歸夢徜徉，免被瑣窓截。翻思故國茅簷，殘缸擁背，聽敗紙、戰乾風葉。

朱尾（徐喈鳳）：糊窗而思簾缺免截歸夢，奇想奇想。

墨尾（史可程乙）：後半闋大有禪機，不可死向言下求生活也。

校記：

[一] 浩然堂本無題下小注三字。

圈點：

朱筆：「虧他」三句、「歸夢」二句，圈。

墨筆：題上，單圈、單點。「虧他」三句、「那得」四句，圈。

祝英臺近七十七字

杞梁妻祠下作在齊河縣長城舖。[一]

畵旗飄，靈幄捲，彩翠剥如雨。玉貌明粧，隱隱怨蛾聚。可憐枳殼花開，凝丹點絳，盡千載、啼斑偷注。　黯凝佇。滿壁水墨全昏，猶把斷腸譜。繡帔尼師，指點向廊柱。怪他哭後長城，崩餘粉堞，忒画得、周遭如許。壁上画杞梁遺事，一帶長城歷歷。

墨尾（黄）：妙在無情説得有情。

校記：

[一]此首蔣本有。

圈點：

墨筆：「可憐」三句、「忒画得」句，圈。

一叢花七十八字

閏三月三日，竹逸齋頭看紫牡丹，記前月脩禊虞山，故前半闋及之[一]

琴川前月記幽探[二]。艇子漾柔藍。冶游恰值人脩禊，風光在、碧嶂紅潭。街上餳簫，山邊薺菜，春色上春衫。　今朝魏紫放晴簷。　麗景十分添。　一年最好惟三月，誰頻見、兩度重三。花好逢王，春濃遇閏，樂事艷江南。

朱尾（徐喈鳳）：語以新而入妙，以切而見工，洵絶調也。

校記：

［一］此首《清平初選後集》選，詞題作「閏三月三，看紫牡丹，記前月脩禊虞山」。

［二］「探」，原寫「潭」，墨筆校改。

圈點：

朱筆：「風光在」句、「春色」句、「一年」五句，圈。

墨筆：題上，單圈。

《清平初選後集》：「一年」五句，圈。

側犯七十九字［一］

真娘墓，和《扶荔詞》韻

碧闌干外，小墳一點衰桃皺。淒咽。剩綵袂飛灰化蝴蝶。靈旗飄復偃，社火明還滅。

芳骨。約西子、吳天訴潭月。　三生事，五更風，陣陣餳簫歇。耳邊怯。怕枝頭又到啼紅鴂。昨夜聽歌，石塲如雪。夜臺猶卸，玉簪偷節。

朱尾（曹亮武）：扶荔原詞已為絶唱，此闋更增新意，夜臺有知，應廻紅粉。

墨尾（天）：駘蕩詭異，不經人道，却又字字入情，所以不可及。

校記：

[一] 調名下，患立堂本、浩然堂本俱有小注「第二體」。

圈點：

朱筆：「三生」三句、「昨夜」四句，圈。

墨筆：「約西子」句、「昨夜」四句，圈。

小鎮西 八十字

臯署夜坐，聽前庭演劇，似是《邯鄲》「巡河」一齣。追憶東臯舊事，感賦此闋[一]

小颺夜笛風，碎珠十斛。歌絲裊、檻花輕簌。此何曲。翠陰陰、尋去如塵，想處疑烟，一庭幽瀑。滿塲哀玉。　逗紗黐。漸循聲細認，是邯鄲曲。年時景、暗中潛觸。瘦蛾蹙。悵零簫剩管，耳邊又續。笄來人世，偏有黃粱難熟。

朱評（徐喈鳳）：繁音促節，戛羽鏗商，如聞鄭中丞《小忽雷》，神魂俱動。

墨評（史可程乙）：幽窅泬寥，樂音神妙，可與聞《韶》同忝，不當作倚聲讀也。

校記：

［一］詞題「此闋」，患立堂本、浩然堂本作「此詞」。此首有朱筆「对」。

圈點：

朱尾：「翠陰」四句、「笄來」二句，圈。

墨尾：題上，單圈。「翠陰」四句、「笄來」二句，圈。

有有令八十一字

咏畫眉鳥［一］

風柔日媚。一盞小金籠，繡簾深處墜。紅苣同心結，緊綰在、東風裡。最愁他、點徑蜻蜓，銜泥燕子。往來容易。　嬌影閑臨淥水。倩小玉、摘相思子。好把猧兒打去，休攪春宵睡。隔花悄喚名字。遠山卓氏。錯認做、畫眉郎至。

墨尾（徐喈鳳）：輕描淡寫，意致活潑，詠物神手。

墨尾（曹貞吉）：詠物真寫出性情來，可謂化工在手。

校記：

［一］此首蔣本有，《清平初選後集》、《亦園詞選》選。詞題，《亦園詞選》作「咏畫眉」。有朱筆「对」。

圈點：

墨筆：題上，單圈。「倩小」二句、「遠山」二句，圈。

《清平初選後集》：「好把」二句、「錯認做」句，圈。

驀山溪八十二字

虎丘送春，夜同顧伊人、天石留宿山中，次伊人韻［一］

風濤掀舞。韃韐何曾住。嚜黑斷人行，便箬帽、椶鞋難去。堂堂春盡，含淚唱淋鈴，鶯花數。長亭路。註定今宵雨。　夜方踰午。投宿支公宇。禪榻不成眠，聽墻外、曉鐘將度。飄紅墜粉，何限寺門情，挑燈句。凭闌語。各有関心處。

校記：

［一］此首有朱筆「对」。

圈點：

墨筆：題上，單圈。「註定」，抹。

新荷葉 八十二字

本意［一］

綠纈成帷，江妃纖手初紉。疊徧錢錢，較花饒有清芬。蓮舟出浦，水雲寬、碧到無痕。嬌擎翠盖，彩鴛穩護腰身。　風起青蘋。纔低旋舉繽紛。戲灑泉珠，側盤瀉玉傾銀。摘時須早，怕秋來、最不宜人。後湖衰柳，同他一樣消魂。

朱尾（徐喈鳳）：前段描寫新麗，後段寄託遥深。

校記：

［一］此首蔣本有。有朱筆「对」。

圈點：

朱筆：「水雲」三句、「側盤」五句，圈。

墨筆：題上，單圈。

洞仙歌八十三字

從楞伽上方塔後覓徑下坡，過前村觀劇[一]

晴峰亂矗，似叢叢春笋。貼向吳天翠無盡。映澄湖、幾幅純綠柔藍，紛織處，烟際漁榔隱隱。　斷崖橫塔後，捫葛攀蘿，私路縈紆細如蚓。村鼓正喧闐，賽火成圍，雜伶唱、消魂院本。訝蕎地、風飄綠楊絲，乍小露墻頭，一群紅粉。

「私路」句墨眉（曹貞吉）：妙妙。

末句墨尾（曹貞吉）：「兩行紅粉一齊廻」，或是爾日真境，一笑。

朱尾（徐喈鳳）：遊山觀劇，亦是常事，詞出聖手，令我神飛。

墨尾（曹亮武）：叙致楚楚，風韻嫣然。

校記：

［一］此首蔣本有。無「彊善堂主人對訖」印，有「待弔青蠅」、「素溪」印，印上各有墨筆「对」。

圈點：

朱筆：「貼向」句、「紛織」三句、「私路」句、「乍小」，圈。

墨筆一：調上，單圈。題上，單圈。「貼向」句、「私路」句、「訝驀」三句，圈。

墨筆二：調上，單圈。題上，單點。「私路」句，點。

洞仙歌八十三字

題採芝圖，為顧卓侯賦［一］

蒼皮黛鬣，滴金膏丹溜。下結千齡赤芝秀。有先生、杖挂長柄葫蘆，籃子内，百本木華紅繡。　嗒然雲水興，瓢笠隨身，煉术餐霞老巖竇。戲劚茯苓歸，封寄軒轅，雷文篆、形如鳥獸。笑多事、商顏四先生，同溺過儒冠，一般皓首。

墨尾（徐喈鳳）：採芝是仙家事，忽説到溺儒冠，大奇大奇。

校記：

［一］此首蔣本有。無「彊善堂主人對訖」印，有「待弔青蠅」、「素溪」印，印上各有墨筆「对」。有朱筆「对」。

圈點：

墨筆：題上，單圈。「有先」三句、「笑多」三句，圈。

洞仙歌 八十三字

夏夜憺園隔水聞笛［一］

燈青鳳脛，正参差齊點。屈戌玲瓏帶愁掩。恰濛濛天水、浸赤闌橋，人不寐，夢到空園偏魘。　笛聲何處響，乍有還無，似在荷深那邊檻。隔水倍清蒼，竹脆絃輕，更潭子、鴨頭新染。纔摹得、風前不多聲，又攛入伊州，小秦王犯。

朱尾（宙）：欲喚奈何。

校記：

［一］此首蔣本有。無「彊善堂主人對訖」印，有「待弔青蠅」、「素溪」印，印上各有墨筆「对」。

有朱筆「对」。

圈點：

朱筆：「恰濛」三句，圈。「乍有」二句、「更潭子」句，點。「纔搴」三句，圈。

墨筆：題上，單圈。

黄鶴引八十三字

詠半繭園雙鶴[一]

榴紅乍吐。下有胎仙暗來去。翛然映水梳翎，琴心對舞。珠衣雪舉。凝想水天深處。蓬山洞府。曾記得、清涼無暑。　一自謫塵凡，幾徧傷覊旅。幸逢水洌泉香，此身有主。鶯啼燕乳。啄破綺窓花午。人間愁苦。輕别了、吹笙儔侶。

朱尾（曹亮武）：唐人咏鶴詩無此清絶。

校記：

［一］此首無「彊善堂主人對訖」印，有「待弔青蠅」、「素溪」印，印上各有墨筆「对」。有朱筆「对」。

圈點：

朱筆：「蓬山」二句、「人間」二句，圈。

墨筆：題上，單圈。

滿路花 八十三字

贈梵公 師住雲門，工書畫，時以選詩來荊溪。［一］

荷錢貼野塘，竹粉粘晴砌。師從何處到，雲門寺。零箋爛本，點筆聊軒輊。試將小語戲。高岑王孟，閔卿定復何事。　平山堂下，鴻爪依稀記。北邙王與宋，曾同醉。謂西樵、荔裳兩先生。重逢瓶拂，頓下山陽淚。更欲游何地。他時念我，巨然小幅須寄。

朱尾（史可程乙）：情景逼真，撮俏入化，是唐人妙手。

墨尾（曹亮武）：不諳悉梵公行蹤者，不能知此詞寫生入化之妙。

校記：

［一］此首蔣本有。有朱筆「对」。

圈點：

朱筆：「雲門寺」、「高岑」二句、「曾同醉」，圈。

墨筆：題上，單圈。「高岑」二句、「他時」二句，圈。

鶴沖天 八十六字

題錢葆馚蒓魰小像，次原韻[一]

吾鄉画渚。有個英雄處。長想射蛟人，空吟句。如君饒逸氣，偏不屑、塵埃住。沿溪尋釣侶。罾曬江村，一色壓銀欺苧。君年未[二]暮。詎逐鴟巨去。宵半躍頳盤，滄波煮。踞船頭芺笛，快劈作、闌江雨。凉飆添幾許。響入鮫宫，吹亂織綃機緒。

墨尾（曹貞吉）：蒓魰往矣，百身莫贖，想真不屑塵埃住耶？

校記：

[一] 此首蔣本有。筆跡與全稿不類。有「待弔青蠅」、「素溪」印，印上各有墨筆「对」。有朱筆「对」。

[二]「未」，浩然堂本作「不」。

圈點：

墨筆：「處」，抹。「偏不屑」句，點。「罾曬」二句、「踞船」二句，圈。

凄涼犯 九十一字[一]

哭雲間友人金蓬山，和錢蒓敍韻[二]

秦淮水閣。微茫景、廻船使酒如昨。笛床茗椀，烟帆雨幔，[illegible]盟粉約。江濤噴薄。短咏長吟間作。戲呼余、長鬛者，燭下恣謿謔。[三]　重過酒壚，縱歌譜猶存，翠凋珠鑠。玉京伴侶，似人間、也愁離索。促返蓬山，果然去、驂鸞跨鶴。硏香箋漫寫，沉吟怎睡着。

朱尾（宋實穎）：天上人間，一般離索，使人不堪廻首。既庭。

校記：

[一] 詞調下注原寫「九十字」，後用淡墨添「一」成「九十一字」。案，蓋此詞原寫脱一「謔」字，後補之，故改添。本列於九十字之詞調中，改添後亦未移置。

[二] 此首有「待弔青蠅」、「素溪」印，印上各有墨筆「对」。有朱筆「对」。

[三] 詞稿原寫誤脱「謔」字，於「謿」字旁用朱圈點句。詞後有墨筆批注：「『謿』字有訛否？」

並見以三墨點點去「謝」字旁朱圈，用淡墨添「詎」字於上下片空處，復以一墨圈分隔上下片。案，此調姜夔自度，姜詞此句作「似當時、將軍部曲，迤邐度沙漠」，迦陵是作雖補「詎」字，亦有不同。

圈點：

朱筆：「玉京」二句，圈。

墨筆：題上，單圈。

鵲踏花翻九十字

花朝行玉峰道中，用《蝶庵詞》韻[一]

柔浪如酥，遥峰欲笑，檣烏陣陣迎人話。說道今日花朝，此去包山，歌臺砌滿苔錢罅。玉簫金管勸東風，嫣紅艷紫須遲卸。　頻訝。往事酒邊燈下。銅扉記隔鞦韆榭。每到丁字簾前，群芳生日，呢語何曾罷。如今好箇奈何天，一船花月春江夜。

朱首（曹亮武）：别有聲情，繚繞紙上，付與解人自會取。

墨眉（洪）：真正淮海。

墨尾（曹貞吉）：矜貴如挾彈公子，娟秀如折花美人。老髯風致爾爾[二]，魏鄭公想真娬媚邪？

校記：

［一］此首蔣本有，《昭代詞選》選。詞題，蔣本、《昭代詞選》無「用蝶庵詞韻」五字。題上朱筆雙圈並寫「選」。有「待弔青蠅」印，印上有墨筆「对」。有朱筆「对」。

［二］「爾爾」，原寫「如許」，後改。

圈點：

朱筆：「檣烏」句、「歌臺」句、「銅扉」句、「一船」句，圈。

墨筆一：「檣烏」句、「銅扉」句、「一船」句，圈。

墨筆二：「玉簫」二句，點。「銅扉」句、「如今」二句，點。

雪獅兒 九十二字

本意［一］

雕霜揑粉，作西域、萬里狻猊，攫拏爪距。側腦平蕪，猛氣驍騰何怒。奔犀駭虎。更何論、田間狡兔。似鮑老、裝成假面，筵前決賭。　　道上兒童戲汝。算冰澌雪盡，愁伊無據。恰遇獅王，微笑擲花而語。明駝洛下，費幾許、銅山纔鑄。今何處。一樣荒烟細雨。

墨尾（史可程乙）：獅子搏象，具用全力，吾于此詞亦云然。悲歌慷慨，想見孟德當年。

朱尾（宋實穎）：獅王説法，天然遒巧。既庭。

墨尾（洪）：正以説法入禪免腐。

校記：

［一］此首有「待弔青蠅」、「素溪」印，印上各有墨筆「对」。有朱筆「对」。

圈點：

朱筆：「奔犀」二句、「恰遇」六句，圈。

墨筆：題上，單圈。「奔犀」二句、「明駝」四句，圈。

滿江紅九十三字

擁爐記與雲臣、南耕分賦冬詞，有「圍爐」一題。今者栖遲省幕，縱有紅爐，獨擁而已，何言圍也？賦此以誌予慨。［一］

炙盡烏金，銷不了、髩絲微雪。依稀聽、一城巷杵，半樓簷鐵。撥盡寒灰人語悄，跋完官燭鷄聲咽。笑西廊、鸜鵒也愁寒，頻頻説。　小窗底，屏風折。微酣處，爐熏爇。但得人圍繞，心情頓別。記得常年喧笑語，笛床茶臼參差列。只候門、獸炭杙堆盤，增寒冽。

朱尾（徐喈鳳）：圍爐時不知其樂，至擁爐而回想之，宜其有離羣之感也。

墨評（史可程乙）：「不知何處火，來就客心然。」與結語對照，令我鉛淚成血。

校記：

［一］此首有「待弔青蠅」、「素溪」印，印上各有墨筆「对」。有朱筆「对」。

圈點：

朱筆：「撥盡」四句、「只候」二句，圈。

墨筆：調上，單圈。題上，單圈、單點。「撥盡」四句、「只候」二句，圈。

滿江紅九十三字

風雪行丹陽道中［一］

禿樹僵杉，趂玉舞、離披作勢。經多少、斷橋仄磵，破樓枯寺。氊笠裹風嗟觱發，笋輿兀雪愁顛躓。謝郵亭、湯社點紅薑，招行騎。　鑿不破，琉璃水。凍不了，魚龍市。笑吳兒長鬣，有船難使。凍雀迎人籬角噪，村翁傲我墻根睡。撒晶鹽、迷却呂蒙城，心如醉。

朱尾（徐喈鳳）：灞橋風雪，足增詩思，不意用為詞料，更覺蒼寒滿眼。

墨尾（史可程乙）：「獨釣寒江雪」，未若此之幽峭。

校記：

［一］題上墨筆單圈並寫「選」。此首有「待弔青蠅」、「素溪」印，印上各有墨筆「对」。有朱筆「对」。

圈點：

朱筆：「氊笠」四句、「凍雀」四句，圈。

墨筆：「氊笠」四句、「凍雀」四句，圈。

滿江紅九十三字

玉峯沈天羽先生，詞壜耆宿也。選有《草堂》四集行世，不幸早逝，乏胤。歲月不居，詎今已四十餘年矣。賢配鈕夫人，今年舉七十觴，有從甥鈕君南六，代為乞言，詞以寄慨［一］

偶爾相關，小樓上、畵闌凭徧。記當日、東吳瘦沈，才名堪羡。艷句和愁淋舞帕，香詞蘸酒塗歌扇。只金莖、身後竟無人，為收管。　綰不得，垂楊線。禁不住，飛花片。剩孀閨寡鵠，雨凄風怨。轉眼桑田朝市改，打頭茆屋裙笄健。遶雕梁、誰替話呢喃，鄰巢燕。

朱首（曹亮武）：幽人詞客，貞婦義姑，不得此鉅麗之筆寫之不傳也。再吟再閲，每為三歎。

校記：

［一］詞題「鈕夫人」，原寫「某夫人」，朱筆校改。題上墨筆雙圈並寫「選」。此首有「待弔青蠅」、「素溪」印，印上各有墨筆「对」。有朱筆「对」。

圈點：

朱筆：「艷句」四句、「轉眼」四句，圈。

墨筆：「打頭」三句，圈。

滿江紅九十三字

贈家小阮次山余所賃城中居，即先殿元故宅也。階前紅杏一株，最為繁盛。次山，殿元後人，故云。［一］

群從凋零，悵家世、空餘雙［二］戟。笄惟汝、過都歷塊，龍文虎脊。我別西溪剛十載，數椽聊賃街東宅。有壓欄、先世一枝紅，君堪摘。　林下酒，床頭易。吾與汝，交相惜。

笑我今衰矣，子應努力。王謝門風終自在，紛紛程李錢寧直。向渭陽、詩裡説鄒陽，悲疇昔。次山係故友鄒程村宅相。

墨尾（曹亮武）：運意遣詞，俱極精切，不假爐錘，自然工麗。

朱尾（史可程乙）：纏綿迂折，如讀「燕去樓空」等語，令人意消。

校記：

〔一〕此首蔣本有。詞題「最為」，諸本作「最」。題上墨筆雙圈並寫「選」。有「待弔青蠅」、「素溪」印，印上各有墨筆「对」。有朱筆「对」。

〔二〕「雙」，蔣本作「画」。

圈點：

朱筆：「有壓」二句、「王謝」四句，圈。

墨筆一：「數椽」三句、「王謝」四句，圈。

墨筆二：「笑我」六句，圈。

梅子黃時雨九十三字

本意[一]

天水空濛，只將暝織愁，催雨添恙。乍過了東風，楊花一桁。彈指還驚仲夏，蕭蕭簷瓦跳珠響。葡萄漲。鳩婦喚晴，鳧母眠浪。　惆悵。他鄉誰傍。笄爐熏藥裊，聊自屏當。料故國樓頭，茶烟新颺。豆綠缸中梅水滿，何時小啜龍團餉。苔衣長。膩得苧衫難爽。

朱尾（曹亮武）：荊溪茶事，固可驕語外人，其如梅雨連綿愁悶何！

《雲韶集》：（「蕭蕭」四句）淒切悲鬱，其年本色。（「料故」二句）不得意者情詞如見。

校記：

[一] 此詞蔣本有，《清平初選後集》、《國朝詞綜》、《詞略》、《雲韶集》選。詞題，《國朝詞綜》、《詞略》、《雲韶集》無。有「待弔青蠅」、「素溪」印，印上各有墨筆「对」。有朱筆「对」。

圈點：

朱筆：「豆綠」二句，圈。

墨筆一：題上，單圈。「豆綠」二句，圈。

墨筆二：題上，單圈。「添恙」，抹。「豆綠」句，圈。

《清平初選後集》：「鳩婦」二句、「豆緑」二句，圈。

《詞略》：「蕭蕭」句，圈。

《雲韶集》：「天水」三句，圈。「蕭蕭」四句，點。「料故」二句，圈。「苔衣」二句，點。

滿庭芳九十五字

丁巳元夕後三日，謁判府林天友先生於長洲官署，賦贈[一]

淼淼長洲，離離茂苑，無邊草色連空。兩番借治，歡笑滿吳宮。一自睽離絳帳，相思切、早理烟篷。平波遠，誰吹五兩，幾陣落燈風。　忡忡。憐别後，鸞飄鳳泊，竹嬾絲慵。擬酒酣訴與，忼慨從公。憶昨探梅摘蕙，銅官下、曾傍遊筇。三[二]年矣，春來鄧尉，香雪又濛濛。

朱尾（宋實穎）：差亦不俗，藉此繞屋梅花。既庭。

校記：

[一]此首浩然堂本無。詞題，患立堂本「判府林天友先生」作「别駕林天友」。題上墨筆雙圈並寫「選」。有「待弔青蠅」、「素溪」印，印上各有墨筆「对」。有朱筆「对」。

[二]「三」，朱筆校改作「經」，患立堂本同。校改筆跡與評語類。

圈點：

朱筆：「憶昨」五句，圈。

墨筆：題上，單圈。

滿庭芳 九十五字

題徐武貽小像 武貽，文貞後人，椒峯弢仲母舅。舊許為其題像，今翁已没，始追補成之。[一]

碧篠千竿，紅蘭一架，松濤韻雜笙竽。科頭箕踞，旁置小風爐。回首文貞舊業，凄涼絶、緑野荒蕪。牢之好，家傳宅相，名已動京都。 躊躇。當日事，記曾撫掌，為我披圖。擬閒題數語，貌爾清癯。詎料山丘華屋，重來處、此諾還逋。徐君墓，未成挂劍，聊報秣陵書。

朱尾（徐喈鳳）：如此題像，一字移與他人不得。其老之筆，直可當延陵之劍矣。

校記：

[一] 詞題「為其」，朱筆校改作「為之」，患立堂本同，浩然堂本作「為」。此首有「待弔青蠅」、

「素溪」印，印上各有墨筆「对」。有朱筆「对」。

圈點：

朱筆：「牢之」三句、「詎料」五句，圈。

滿庭芳九十五字

今春梅候，余適買棹吳門，乃因循羈絆，不及為鄧尉之遊，正深悵惋。及過里門，而枝頭香雪已零落略盡矣。會放公以梅下見懷詞并雲臣和章相示，漫次原韻[一]

二月新晴，東風作陣，吳天梅訊頻催。伍塘飛棹，恰過浪花堆。聞説疎香冷粉，銅坑畔、萬樹齊開。真辜負，闔閭城下，容易放船回。　沿洄。歸罨画，閒賡綺韻，觸緒增哀。想一枝瘦玉，曾綴經臺。我是湖州杜牧，成陰候、側帽纔來。明年事，相期花下，莫放淺深杯。

朱尾（史可程丙）：蒼凉跳脱，酷似紫薇當年。

墨尾（曹亮武）：安頓韻脚，布置通局，秀脱高亮，真詞家聖手。何必淨洗面與天下婦人鬭好？

校記：

［一］此首《荊溪詞初集》選。詞題，《荊溪詞初集》作：「今春買棹吳門，不及爲鄧尉之遊，及歸而枝頭香雪零落畧盡矣。會放公以梅下見懷詞相示，漫次原韻。」有「待弔青蠅」、「素溪」印，印上各有墨筆「对」。有朱筆「对」。

圈點：

朱筆：「真宰」三句、「想一」四句，圈。

墨筆：題上，單圈、單點。「伍塘」二句、「闔閭」二句、「我是」五句，圈。

《荊溪詞初集》：「闔閭」二句、「我是」二句，圈。

滿庭芳九十五字

詠西府海棠［一］

滿院紅綃，半樓絳雪，幾叢艷冶成圍。倚欄無力，嫩柳鬭腰肢。粉壁銀墻淡雅，明粧坐、人是瓊枝。東風動，花光映肉，桃暈入冰肌。　胭脂。剛蘸雨，一番梳裹，别樣芳菲。似六宮晝煖，睡重楊妃。贏得三郎一笑，花前鬧、急管繁絲。豪華甚，千堆蜀錦，那用杜陵詩。

朱尾（曹亮武）：髯公壓倒少陵，大為海棠吐氣。

墨尾（天）：用事入化，藻耀行以名貴。秦、虢尤當避舍，何論尹、邢？

校記：

［一］此首有「待弔青蠅」、「素溪」印，印上各有墨筆「对」。有朱筆「对」。

圈點：

朱筆：「千堆」二句，圈。

墨筆：題上，單圈。「東風」三句、「千堆」二句，圈。

滿庭芳九十五字

五日玉峯競渡，用《梅村詞》韵［一］

菖歜芳筵，葵榴綺節，一雨涼透重湖。綉旗画鼓，蘭槳劃菰蒲。多少唐陵漢寢，千年恨、遠近楸梧。休憑弔，玉山將倒，翠袖可相扶。　狂夫。狂更劇，花顛酒惱，脱帽喧呼。喚湘纍與汝，美醖同沽。收拾金簫玉管，崑峰好、晚髻新梳。家鄉憶，層層水榭，紅縷漾釵符。

朱尾（曹亮武）：喧鬧場中，别有閒情冷韻。

校記：

［一］題上墨筆單圈並寫「選」。此首有「待弔青蠅」、「素溪」印，印上各有墨筆「对」。有朱筆「对」。

圈點：

朱筆：「綉旗」二句、「收拾」五句，圈。

滿庭芳九十五字

贈表兄萬大士舊臨漳令。［一］

少日情親，兩家中表，羊車競戲階前。雕虫薄技，里塾又隨肩。彈指渭陽凋謝，烏衣巷、蔓草平田。誰能料，童時伴侶，相對兩華顛。　中年。拋艾綬，柴門罨画，三徑蕭然。憶相州鄴下，宦蹟流傳。購得銅臺繡瓦，歸吟寫、夜雨朝烟。殘生事，酒鎗棊局，此外総由天。

朱尾（史可程乙）：平鋪直叙，煙雲萬狀，子長得意小傳也。祝蝦詞另開一生面矣。

校記：

［一］此首有「待弔青蠅」、「素溪」印，印上各有墨筆「对」。有朱筆「对」。

圈點：

朱筆：「誰能」三句、「購得」五句，圈。

墨筆：題上，單圈。「此外」句，抹。

滿庭芳九十五字

中元節途次蒙陰，追悼亾女［一］

庾氏荀娘，左家嬌女，慰情誰道非男。銘椒頌菊，略涉也粗諳。每歲因爺作客，恒歸伴、阿母香奩。天涯信，燈花蟢子，頻向紫姑占。　江淹。何限恨，半生婚嫁，怨極愁添。只今朝五岳，敢詡幽探。惆悵中元令節，家山事、梵唄莊嚴。蒙陰畔，兩行紅淚，寄不到江南。

墨尾（黄）：每念孝貞女之賢似過于男，讀此知人有同情，郱能不濕青衫也？

《迦陵詞選評》：其年晚年之作，斂其氣，似質，而味尤厚。然視《烏絲詞》中《減蘭》

七章，逾見經歷過絢爛也。

校記：

［一］此首有「待弔青蠅」、「素溪」印，印上各有墨筆「对」。有朱筆「对」。

圈點：

墨筆：「庚氏」三句、「蒙陰」三句，圈。

水調歌頭 九十五字

平遠堂雨中即事。林天友使君席上，同曹顧庵、丁葯園、胡存人、吴香為、園次、六益、余澹心、尤悔庵、宋既庭、錢宮聲、顧云美、伊人、天石、趙旦兮、毛行九分賦，共用「烟」字［一］

千古鶯花窟，四月雨晴天。闌干一望平遠，濃淡石湖烟。催取茶鎗酒幔，喚得箏師篴伎，來做餞春筵。且起舞回鶻，休去聽啼鵑。　觴未半，風乍起，雨鏗然。嵳峨古塔將壓，抉屋勢斜穿。萬斛鈴音鐸語，四壁鯨呿鰲擲，劈裂幾條絃。脱帽叫奇絶，此景倩誰傳。

朱尾（曹亮武）：苦雨敗興，乃復寫得如許濃至！

校記：

［一］此首蔣本有，《古今詞選》、《昭代詞選》選。詞題，蔣本「顧云美」作「顧雲美」，「毛行九」後有「蔣璞山」；《古今詞選》作「平遠堂雨中宴集，共得『煙』字」；《昭代詞選》「胡存人」作「胡存仁」，「毛行九」後有「蔣璞山」，「共用」作「共得」。題上墨筆單圈並寫「選」。有朱筆「对」。

圈點：

朱筆：「催取」三句、「萬斛」三句，圈。

墨筆：「萬斛」三句，圈。

水調歌頭 九十五字

讀董舜民《蒼梧詞》，題後［一］

老屋數間耳，世事不関渠。堆墻牛腰困蠹，巨束筍般麤。中有奇文兀奡，每夜必騰光怪，鰲擲與鯨呿。力壓古聱叟，氣慴萬獠奴。　珠零亂，玉夭矯［二］，翠糢糊。我行以手捫摸，作此定誰歟。既似苔紋瓦篆，又似碑殘鼓齾，字裡吼於菟。乃是蘭陵董，詞集曰蒼梧。

朱尾（徐喈鳳）：岣嶁碑耶？石鼓文耶？古怪離奇，使我舌翹不能下。

校記：

［一］此首有朱筆「对」。

［二］「矯」，患立堂本作「嬌」。

圈點：

朱筆：「中有」三句、「既似」五句，圈。

墨筆：題上，單圈。

水調歌頭九十五字

畫樓詩，為西陵吴子璵先生賦［一］

有客向余説，昨又到湖頭。湖中翠奩未斂，湖畔水明樓。萬本澄心堂紙，千頁大觀樓帖，百幅李營丘。盤礴此樓上，縹緲紫綈裘。　風羙廨，波漾縠，浩悠悠。湧金門外新月，聽足采菱謳。分付危欄飛檻，莫遣于祠岳墓，烟景觸簾鈎。貯酒兼貯茗，不貯古今愁。

朱尾（史可程戊）：題藻縟極矣，詞以古峭取之，使讀者耳目一新。

校記：

［一］詞題，患立堂本、浩然堂本無「先生」二字。此首有朱筆「对」。

圈點：

朱筆：「盤礴」二句、「分付」五句，圈。

墨筆：題上，單圈。「于祠岳墓」，抹。

水調歌頭九十五字

初夏吳門舟次，董樗亭、錢葆馚留飲，顧梁汾適至，即席分賦［一］

往事細如雨，新水滑于羅。十年纔一會面，不飲欲如何。雪抑松江銀鮓，黄鑄洞庭盧橘，酌以小紅螺。僕素不勝酒，醉態亦傀俄。　相欒也，復相泣，起婆娑。眼中之人老矣，春後落花多。休管誰家龍鳳，不若狗兒吹笛，伴取膽娘歌。小別數日耳，榴月復經過。酒間樗亭偶語董龍事［二］，葆馚云：「君家有龍，猶寒宗有鳳也。」一座大笑。○元微之詩［三］：「狗兒吹笛膽娘歌。」［四］

「細如雨」、「滑于羅」墨側（曹貞吉）：筆筆矜貴。

朱尾（徐喈鳳）：無語不雋，無意不新，今日詞家，誰堪競爽？竹逸。

校記：

［一］此首《清平初選後集》選。筆跡與全稿不類。題上墨筆雙圈並寫「選」。有朱筆「对」。

［二］「董龍事」，原寫「董事龍」，復用墨筆加點乙正。

［三］「詩」，患立堂本、浩然堂本作「詩云」。

［四］詞末小注，《清平初選後集》無。

圈點：

朱筆：「往事」二句、「雪抑」五句、「相樂」八句，圈。

墨筆：「細如雨」、「滑于羅」，點。「酌以」句、「相樂」八句，圈。

《清平初選後集》：「僕素」二句、「眼中」二句，圈。

水調歌頭九十五字

趙北口作［一］

忽復出門去，萬事総由天。難忘只有烟水，永不罷相憐。此地燕南趙北，盡日黃塵白草，那抵舊溪山。詎料故鄉景，陡落筍［二］輿前。　鄚州鎮，大沽口，水雲寬。空明浩淼，碧篠紅蓼滿汀灣。也有魚羹蓮米，安得笛床茶臼，水閣兩三間。卧聽吳娘檣，帶暝唱歌還。

墨尾（黄）：觸目故鄉風景，魚羹蓮米，笛床茶臼，何日得酬此愿也？

校記：

［一］此首蔣本有。有朱筆「对」。

［二］「筍」，患立堂本作「荀」。

圈點：

墨筆：題上，單圈。「難忘」五句，圈。「詎料」二句、「也有」五句，雙圈。

漢宫春第二體九十六字［一］

送子萬弟入都，次梁棠村先生送舍弟南歸原韻

此際東吳，正黄菊離披，紫螯郭索。作裝底急，使我傷於哀樂。西堂夜話，算曾經、幾番晦朔。又來朝、河橋判袂，匆匆弟酬兄酢。　昔日揚烏項槖。須臾吾已老，鳳飄鸞泊。烏衣門巷，變做荳花籬落。半生牧豕，問何年、離蔬釋屩。喜予季、來春花煖，休恨

一官禄薄。

朱尾（史可程戊）：至情凄惻，如《棠棣》篇什，令我生原鴒之嘆。

校記：

［一］調名，諸本無「第二體」。此首有朱筆「对」。

圈點：

朱筆：「河橋」三句、下闋，圈。

墨筆：題上，單圈。「鳳飄」三句，圈。

患立堂本、浩然堂本後附唱和詞五首，録下。

附梁棠村先生原倡

雪霽燕關，有吳客將歸，越吟蕭索。池塘草色，夢入君家康樂。偶然杖策，逐寒煙、壯遊河朔。向市中、狗屠擊筑，相看壚頭酬酢。　千里春風垂橐。嘆秦川公子，梁園棲泊。長門價賤，誰識臨邛摇落。仲宣憔顇，賦登樓、仗憑春屬。且作達、狂歌對酒，莫問人情雲薄。

校記：「偶然杖策」、「壚頭」、「狂歌對酒」，《棠村詞》作「偶攜書劍」、「酒壚」、「放歌湖海」。

附史蘧庵和韻

楓冷江寒，嘆雪浪奔鯨，霜簷啅鵲。蒲帆北渡，士雅英風如昨。睥睨淮泗，轢青齊、醉吟河嶽。宕日弄、鞭捎未肯，輸人掀髯天廓。　何須酒錢名橐。只干霄綵筆，鄒枚氣索。風嘶騠駃，笑指黄金臺閣。長揚賦奏，駭公卿、聞鐘長樂。天半倚、司空耳語，識取芙蓉藏鍔。

校記：此詞《全清詞》漏輯。

附徐竹逸和韻

最愛元方，是名士風流，胸羅丘索。交同皮陸，對擲詩筒相樂。更欣難弟，氣如虹、嘲楊戲朔。廿載梁園愁旅食，今幸家園酬酢。　休恨歸來空橐。但連床夜話，強於飄泊。塤箎迭奏，碧玉盤中珠落。酒酣慷慨，舞吳鈎、笑拋殘屩。且暫息、敝廬風雨，郭外先疇原薄。

校記：此詞《蔭緑軒詞》無，《全清詞》漏輯。

附緯雲弟和韻

二十年來，嘆景物故園，依然蕭索。凭欄把手，聊復行歌相樂。無何烏榜，唤將離、孟冬月朔。晝溪邊、紛鋪黄葉，冷鴈寒雲酬酢。　休悵敝裘虚橐。一枝如可借，鷦鷯暫泊。松廳花署，也勝青氈拓落。得閒載酒，印床閒、漫擕雙屩。待他日、重尋舊隱，桂樹共披幽薄。

校記：此詞《全清詞》漏輯。

附子萬弟和韻　丁巳十月四日，弟自亳村復返商丘，將入都謁選，與余話別作此

鷁首浦帆，看兩岸蕭蕭，千林索索。半生懷抱，大抵哀多於樂。塤篪纔和，早又是、兄南弟朔。嘆萍蹤、歸來何日，再到故園酬酢。　莫問此番行槖。且狂歌起舞，不妨飄泊。白屋公卿，休哂謝家中落。富貴浮雲，且還我、青山芒屩。銜杯笑、紛紛項領，何限眼中輕薄。

校記：《荊溪詞初集》有詞題「將歸荊溪，次梁棠村先生贈別韻」。「白屋公卿」，《荊溪詞初集》作「輦上諸君」。

漢宮春第二體九十六字[一]

贈梁蒼巖先生，次先生贈舍弟原韻[二]

綠鬢勳名，響上相鞾刀，風生鈴索。籌邊多暇，細馬潛游平樂。神仙富貴，總兼之、笑他飢朔。擘詞頭、錦牋十樣，朝朝翠酬紅酢。　前歲粵裝陸槖。正花洋珠海，樓船停泊。蠻天紅豆，爭向句中飛落。先生《粵東集》詩詞最工。獨憐愁客，老泥塗、蹉跎芒屩。幸當世、有公知我，莫管五陵輕薄。

朱尾(史可程戊):似諷似贊,一洗夢窗面諛之陋。

校記:

[一]調名,諸本無「第二體」。

[二]詞題「舍弟」,患立堂本作「子萬舍弟」;全題,浩然堂本作「寄呈梁棠村先生,次先生贈子萬舍弟原韻」。此首有朱筆「对」。

圈點:

朱筆:「籌邊」二句、「笑他飢朔」、「蠻天」二句、「幸當」二句,圈。

墨筆:題上,單圈。「神仙」二句,點。

燭影摇紅九十六字

丁巳上元,夜泊河橋

露驛烟庄,一般簫鼓千門沸。銀毬綵幔四圍紅,漾徧斜橋裡。曼衍魚龍百戲。鬧蛾兒、游童成隊。非無粉帕,亦有檀釵,暗中潜墜。　回首春城,上元風景依稀記。今宵一棹纜烟汀,懶打看燈謎。且引村醪自醉。枕漁蓑、和愁早睡。迢迢往緒,歷歷前情,付之流水。

朱尾（宋實穎）：上元佳節，何減清明、寒食？乃從漁蓑烟樹中過耶？令人極難為懷。既庭。

圈點：

朱筆：下闋，圈。

墨筆：題上，單圈。

卓牌兒九十六字

夏日咏閨人鬭葉子

遥窺兩重門，群掩映、凝烟碧幌。卍字槅底，憑肩語笑，冰紋廊後，嚲鬢沉想。風流小南唐，金葉子、描鸞小樣。斑几滑笏玲瓏，蠟箋纖脆輕盈，打來偏響。七紅四賞。更花戳、京城新創。蘭閨似掌。儼楚漢情狀。贏得簾西紅鸚鵡，也隔屏山注望。私講。笑粉裝劉項。

圈點：

朱筆：「贏得」四句，圈。

醉蓬萊九十七字

戊午人日，為曺曺溪廣文壽[一]

喜新年七日，蕙雪微融，梅風纔轉。百福釵旛，做蓬萊家宴。碧奈花前，絳桃樹底，簇舞衫歌扇。節候粘鷄，門風繡虎，六街傳徧。　回憶生平，當時講舍，滬瀆雲遮，泖湖天遠。一笑抽簪，趂閒身猶健。蘭茁堦墀，鯉趋庭砌，縱封侯誰換。勝裡春人，玉缸遥指，向先生勸。

朱尾（曹亮武）：高文典冊，時復工整麗密，才大者無所不可。

墨尾（徐喈鳳）：通章雅麗，祝嘏之絶調。

校記：

［一］此首浩然堂本無。

圈點：

朱筆：「百福」二句、「節候」三句、「勝裡」三句，圈。

墨筆：「百福」二句、「粘鷄」、「繡虎」、「一笑」二句、「勝裡」三句，圈。

長亭怨慢九十七字

夏日吴門道中寄内

記睡醒、紗巾輕墮。又促移床，樹陰中卧。院悄人稀，舉頭閒數碧星顆。井華浴簟，漸月映、中門鎖。喚緑茗盈盈，恰一縷、紅生廊火。　幾朶。[一]是纔開茉莉，小傍苧衫斜軃。抽書賭背，総排定、夜分幽課。弄不了、荴粉菱絲，寫難盡、偷聲入破。惹萬種思量，凭仄烟橈風舸。[二]

《迦陵詞選評》：以無厚入有間，恢恢乎有餘，然不可謂其刃不利也。浙西諸君子，惟其刃之利耳。

校記：

[一]「幾朶」，浩然堂本歸上闋。

[二]患立堂本詞末有：「此闋與『春雨』各調詞句不同，因原本繫《長亭怨慢》，姑仍之。」

圈點：

朱筆：上闋、「幾朶」三句、「弄不」四句，圈。

墨筆一：題上，單圈。

墨筆二：題上，雙圈。

三姝媚九十九字

紀半塘所見，同緯雲、次山用《湘瑟詞》韻[一]

重來偏寂寂。�輕塵，粉纖曾拭。兩兩雛鬟，記茜衫小露，水邊門側。弄影凝粧，誰耐理、綉床刀尺。閒盻山塘，細犢金輿，往來得得。　再向橋陰繫席。只半艇烟昏，千簷雨滴。此際蘭閨，定雙擁金凫，撿吹鈿笛。眼底吴娃，枉自詡、嬌紅膩白。其奈又經過處，斷無消息。

朱尾（曹亮武）：結語如臨去秋波。

墨評（徐喈鳳）：來去關心，所謂鍾情正在我輩也。

校記：

［一］詞題「緯雲、次山」，患立堂本、浩然堂本作「緯雲弟、次山姪」。

圈點：

朱筆：「弄影」二句、「其奈」二句，圈。

墨筆：題上，單圈。「弄影」二句、「其奈」二句，圈。

金菊對芙蓉九十九字

送楊亭玉學博之任江浦，和梁棠村先生韻

棠邑名城，秣陵劇縣，鱣堂坐對晴秋。正人家夾岸，雲物當樓。扶風絳帳生徒盛，環講舍、錦瑟紅篝。圖書四部，才華六代，冠冕南州。　罨画暫爾淹留。恰曲唱樽前，纜繫沙頭。盻離亭霜葉，黄重丹稠。之官一水攜家便，喜烟江、乍穩陽侯。别來錦字，好尋双鯉，頻泝中流。

朱尾（徐喈鳳）：前段說地與官，後段説情與景，應酬詞誰能如此精切？

墨尾（史可程乙）：藻耀深華，霞翻碧灔，苜盤風味，那得如此雄豪？大奇！大奇！

圈點：

朱筆：「扶風」五句、「之官」二句，圈。

墨筆：題上，單圈。「扶風」五句，圈。

瑣窓寒九十九字

雪金陵作。[一]

瑟瑟冷冷，漫天攪地，灑窓淋户。旅情難妥，理煞也無頭緒。捹和他、瓊瑶亂抛，風前都學棃花舞。算侯門戚里，酡酥獸炭，幾家笑語。　知否。此間路。是金粉関河，最消魂處。幾多舊事，総被六花飄去。想外邊、白徧長干，依然玉做南朝樹。惹江船、商婦琵琶，水上訴愁苦。

「依然」句墨側（曹貞吉）：得未曾有。

朱尾（徐喈鳳）：升庵雪詞云「萬樹有花春不紅」，此云「依然玉做南朝樹」，更覺新穎。

墨尾（史可程乙）：奇思泉湧，妙緒瑶翻，看篇中字字俱作六花飄颺之勢。

校記：

[一] 題上墨筆單圈並寫「選」。

圈點：

朱筆：「捹和」二句、「幾多」四句，圈。

墨筆一：題上，單圈。「捹和」二句、「幾多」四句，圈。

墨筆二：題上，單圈、單點。「是金」二句，點。「依然」句，圈。

新雁過粧樓九十九字

再咏糊窓

幾扇踈欞，玲瓏處、檀箋粉繭糊成。夜來微雪掩映，更覺晶瑩。做就貯愁函夢地，生踈踏月扨花情。恁遮藏，偏被嚴颼，送到殘更。生平。虀鹽井臼，記欣然同聽，敗紙齊鳴。今番煥舘，無奈一倍凄清。無聊拈毫弄墨，倩小字、斜行春蚓縈。閒題詠，把雪窓涴徧，何用通明。

「倩小字」句墨側（曹貞吉）：妙句。

朱尾（徐喈鳳）：題新詞新，令我耳目亦新。

墨尾（史可程乙）：感憤淋漓，讀之令我眦裂毛竪。

圈點：

朱筆：「做就」五句、「倩小字」句，圈。

墨筆一：題上，雙圈。「做就」五句、「倩小字」句，圈。

墨筆二：題上，單圈、單點。「倩小字」句，圈。

新雁過粧樓九十九字

圍爐金陵臬署作。[一]

昨夢偷歸，闌干外、雪花吹滿簾衣。門庭蕭寂，緑窗景未全非。榾柮乍紅茶半熟，山妻繞膝小牢之。謂蘭甥。劇喧闐，競詢狂客，江畔歸期。　檻前小梅映水，被誰彈香粉，淺着横枝。佛燈儺鼓，想應歲序旋移。景陽鐘聲暗動，又官燭、更深欲滅時。遽然醒，笑[二]紅爐縱好，怯[三]不成圍。

朱尾（徐喈鳳）：通首説夢，至末略露本題，韓、柳文法不意見於填詞。

墨尾（史可程乙）：一部《邯鄲》，數行了當，史遷得意之筆，不僅以起結見長也。

校記：

［一］題上墨筆單圈並寫「選」。

［二］「笑」，墨筆後添。

［三］「怯」，患立堂本、浩然堂本作「却」。

圈點：

朱筆：「昨夢」句、「蘧然」三句，圈。

墨筆一：「昨夢」句、「競詢」二句、「蘧然」三句，圈。

墨筆二：「蘧然」三句，圈。

大有九十九字

春閨，和《片玉詞》[一]

亞字牆邊，楝花風大，小樓中、簾捲人瘦。滿園林、參差緑草誰鬬。屏山水鳥背人數，也何曾、愛單嫌偶。惱恨柳色空濛，和烟鎖、畫欄口。燈前懺，花底呪。小鴨戀紅衾，清清坐守。好夢瞢騰，愁到醒時依舊。自謝了丁香後。受無限、蜂孱蝶僽。十年事、凝想如無，閒思恰有。

墨尾（徐喈鳳）：語語新雋，結二語尤耐人思。

校記：

[一] 此首《荊溪詞初集》選。詞題，《荊溪詞初集》作「春閨」。

圈點：

墨筆：題上，單圈。「屏山」二句、「小鴨」二句、「十年」二句，圈。

《荆溪詞初集》：「屏山」二句、「十年」二句，圈。

燕歸慢百字

松陵道上追感計甫草、趙山子兩孝廉，用《湘瑟詞》韻[一]

醉欲騎篷。憶當年吾汝，意氣凌虹。交情千里外，心事一杯中。情人墓上雨濛濛。又水調、吹波夜起風。吴江落楓[二]葉，只餘我，舊鵝籠。洛水戲，山陽笛，淮陰釣，未央鐘。徐劉應阮俱凋謝，筭此恨、古今同。倦游踪跡類臨邛。且度曲、吹簫倚小紅。姜白石詩有「小紅度曲我吹簫」之句。[三]來朝過鶯脰，好撥棹，破晴空。

朱尾（曹亮武）：黄公壚畔，無此聲情悽愴。

墨尾（徐喈鳳）：恍奏別離之曲，忽驚揺落之魂。

校記：

[一] 此首蔣本有。調名，蔣本作「燕歸幔」。

［二］「落楓」，蔣本作「楓落」。

［三］句下注，蔣本無。

圈點：

朱筆：「吳江」三句，圈。

墨筆：題上，單圈。「吳江」三句、「倦游」二句，圈。

東風第一枝百字

丁巳元日大雪，是日迎春

雪壓新年，風飄殘臘，瓊樓粉落如雨。桃符素鎧離披，神荼瑤簪濟楚。天公好事，總餽偏、山城粔籹。小闌邊、飄瞥紆廻，點綴辛盤椒俎。泥𩥅透、紅箋致語。寒勒住、鈿車游女。土牛紺軛犂霜，粘鷄花冠縈絮。盈街彩仗，畫一片、慵情嬾緒。白茫茫、凍合乾坤，不辨春來何處。

朱尾（徐喈鳳）：王子猷冒雪登山，拍手大叫曰：「偏天地皆白玉合成！」結語酷相似。又評：此題僕亦有作，對此殊慙形穢。

墨評（史可程乙）：極力渲染，總以雪字包括。結語悲愴萬端，令人淒咽不能成聲。

圈點：

朱筆：「雪壓」二句、「天公」二句、「白茫」二句，圈。

墨筆一：題上，單圈。「雪壓」二句、「天公」二句、「白茫」二句，圈。

墨筆二：「總餽徧」句，抹。

東風第一枝百字

月抄[一]自吳門歸，追和南耕毘陵元夕之作

上水船遲，落燈風快，歸家黯淡如許。打門有客讙呼，衝泥向人驕語。香詞滿幅，捴故苑、狂朋俊侶。説郡城、前夜閒行，多少珠歌翠舞。乍髣髴、花間画鼓。再想像、梅邊游女。毫端似落星橋，卷中疑謳金縷。舊時[二]情事，悵光景、拋人何遽。但聽他、提起元宵，便有費思量處。

朱尾（徐喈鳳）：曲曲寫來，情事如畫，所謂實做不如虛做也。

校記：

［一］「抄」，諸本作「杪」。

［二］「時」，原寫「事」，朱筆校改。

圈點：

朱筆：「上水」三句、「毫端」六句，圈。

墨筆：題上，單圈。「上水」二句，點。

念奴嬌 百字

題徐晋遺表弟所畫牡丹圖，并以誌悼時正是花大放。

璧人年少，記臨風側帽，姿尤清絶。曾在沉香亭畔醉，偷譜清平三闋。更取名花，圖成粉本，惹殺狂蜂蝶［一］。盈盈着紙，誤人幾度攀折。　今日畫可羞花，花偏入畫，一樣無分别。可惜空山埋玉樹，此恨只和花説。縱有丹青，也應塵土，拌了嬌紅色。花前一歎，臙脂亂撲成雪。

朱尾（徐喈鳳）：撫花圖而歎人琴，不禁雙淚落花前。

校記：

［一］「蝶」，原寫「蜂」，朱筆校改。

圈點：

朱筆：「惹殺」三句、「可惜」三句、「花前」三句，圈。

念奴嬌百字

途經溧水，是宋周美成作令地，慨焉賦此［一］

詞推北宋，有周郎香弱，集名片玉。未向大晟填樂府，此地先留芳躅。隔浦蓮嬌，滿庭芳麗，唱盡相思曲。《隔浦蓮》、《滿庭芳》詞，俱美成在溧水署中作。小亭［二］姑射，當初何限花竹。美成令溧水時，署中搆一亭，名曰姑射。彈指六百餘年，詞人重過此，閒愁棖觸。一自汴京時世換，絶調幾人能續。冷店騎驢，野航聽雁，客睡何曾熟。蔣山在望，可憐依舊凝緑。

朱尾（徐喈鳳）：用事雅切，作者别有深情。

墨尾（史可程乙）：末路萬感横生，百端交集，方見詞人身分，豈伶官輩所得知耶？

墨尾（曹貞吉）：百字中無限低徊，無窮寄託，豈徒弔清真耶？

《詞則・別調集》：此詞絶柔緩，筆墨又變。（「蔣山」二句）餘情渺渺。

校記：

[一] 此首《清平初選後集》、《詞則・別調集》選。有朱筆「对」。

[二]「小亭」，《清平初選後集》作「亭亭」。句下兩小注，《清平初選後集》俱無。

圈點：

朱筆：「隔浦」三句、「小亭」二句、「一自」二句，圈。

墨筆：調上，單圈。題上，雙圈。「隔浦」三句、「小亭」二句、「冷店」五句，圈。

《清平初選後集》：「隔浦」三句、「一自」二句，圈。

《詞則・別調集》：題上，單點單圈。「蔣山」二句，圈。

念奴嬌 百字

炙硯[一]

當年雪夜，記貪歌嗜酒，衝泥拖屐。三十六簧寒不起，醉把紅鵞笙炙。脱帽顛狂，解衣盤礴，碎裂黄皮褶。詩書何用，任他堆老墻壁。 今日冷淡生涯，忍寒呵凍，苦伴端溪石。熾盡朱門紅獸炭，翻惹蟾蜍淚滴。銅雀臺荒，中書君禿，况是磨人墨。直須焚却，吾今老惰無匹。用君苗焚硯事。

朱尾（徐喈鳳）：腦後風生，鼻端火出，想見班仲升投筆時。

墨尾（史可程乙）：伯牙碎琴，君苗焚硯，髯公只呼柰何而已。語却必傳無疑。

《迦陵詞選評》：「銅雀」三句，拙之至，那有大家用此筆墨？亦惟其年用之，髣髴坡仙不肯經意。

校記：

［一］此首《荊溪詞初集》選。有朱筆「对」。

圈點：

朱筆：下闋，圈。

墨筆：調上，單圈。題上，單點。「三十」三句、「詩書」二句、下闋，圈。

《荊溪詞初集》：「三十」三句、「詩書」二句、「直須」二句，圈。

念奴嬌百字

送韓聞西之吳門[一]

虎丘鶴澗，問狂奴綦跡，綠苔偏熟。前月中秋停片舸，特地來聽絲竹。爛醉高歌，墊巾側帽，飽看晶輪沐。平生踈放，幾曾甘受羈束。　今日帳後髯參，車中新婦，舉止何羞縮。咫尺青溪難寄興，何况雲山斷續。君過橫塘，船窗凝望，定見寒崕綠。為余傳語，比來離恨千斛。

朱尾（徐喈鳳）：雄才逸興，寧堪鬱鬱久居此乎？

墨尾（史可程乙）：是送董邵南序，不應作倚聲讀也。

校記：

[一] 此首有朱筆「对」。

圈點：

朱筆：「平生」二句、「咫尺」二句，圈。

墨筆：題上，單圈。「平生」二句、「今日」二句、「為余」二句，圈。

念奴嬌百字

將發金陵前一夕，大雪，挑燈不寐，悶填此詞，擬歸示蘧庵、楨伯、雲臣、竹逸諸先生暨大士表兄、南耕表弟

瓊窩粉窨，儘六花一夜，天公兒戲。罏火微紅官燭冷，那不寸心如碎。北渚田荒，西疇租少，枉説豐年瑞。停杯大笑，伯符志業難遂。遥憶故苑風光，釣徒詞客，多少顛狂意。好箇雙溪真画本，小閣於中位置。萬玉編籬，千銀綴網，漸理探梅事。曲阿道上，定憐風雪歸騎。

朱尾（徐喈鳳）：雙溪雪景，一筆描出，惲南田曾為僕畫一扇，正與詞景相合，僕欲補入題上數同人焉。

墨尾（史可程乙）：似神鷹初脱韝時，怒氣不可遏抑，吾為髯公淚下數斗。

圈點：

朱筆：「罏火」二句、「好箇」五句，圈。

墨筆：題上，單點。「罏火」二句、「停杯」二句、「好箇」五句，圈。

念奴嬌百字

春日玉峯、葉九來招飲半繭園，時梅花正開，酒間話舊有感九來向與吾邑某氏歌姬有目成之約，今此姬已屬他人，故及之。［一］

賣餳天氣，恰春光嬌到，九分時節。城下小園圍緑水，無數画廊周折。蝶翅憨紅，蜂鬚簸煖，滿院繁英纈。君如不醉，花時枉詡豪傑。記否二十年前，襄王筵上，衆裡香曾竊。金縷衫邊桃葉淚，多少細憐輕閱。柳絮簾櫳，花枝年紀，事去和誰説。凭闌一霎，帽簷糁徧晴雪。

朱尾（曹亮武）：壞廊欹樹，斷雨殘雲，寫來情事歷歷。

校記：

［一］此首有朱筆「对」。

圈點：

朱筆：「城下」二句、「金縷」二句、「凭闌」二句，圈。

墨筆：題上，單圈。

念奴嬌百字

范龍仙齋頭喜遇婁東許九日賦贈[一]

六千三萬，筭老顛此後，終當樂死。十載詩名成底用，何限東西衛尉。一語驚魂，杜陵曾説，主將奴才子。問他奴價，而今果否如婢。君已髩點吳鹽，憐余種種，亦復肩隨矣。浮世幾場開口笑，盜跖也知如是。盜跖有云：開口而笑者，月不幾日。燕子年光，蟲娘庭院，且住為佳耳。楊花如夢，滿城日暮飛起。

朱尾（王于臣）：旁若無人，出口便爾痛駡。然如劉四者，當亦絶少。

校記：

［一］此首有朱筆「对」。

圈點：

朱筆：「六千」三句、「一語」五句、「君已」五句，圈。

墨筆：題上，單圈。

祖園與玉峯、徐孚若話舊，廻用前韻[一]

立談數語，似項王帳後，楚歌齊起。又似隣船商婦泣，一夜琵琶聒耳。紅粉辭鄉，青袍失路，從古原如是。子規頻喚，明朝春又歸矣。　拚取僧院聽鐘，歌樓持鉢，老作吹篪婢。萬事灰頹吾不恨，只負柔奴車子。滿幅花箋，半床珊管，怕殺藍田尉。單衾空館，鴨爐紅瘦香死。

朱尾（王于臣）：如許悲涼，令我失意人不能多讀！

校記：

[一] 此首蔣本有，《清平初選後集》、《古今詞選》、《昭代詞選》選。詞題，蔣本、《古今詞選》、《昭代詞選》俱無「廻用前韻」，《清平初選後集》作「祖園與徐孚若話舊」。

圈點：

朱筆：上闋、「萬里」二句，圈。

墨筆：題上，單圈。

《清平初選後集》：「紅粉」二句、「怕煞」三句，圈。

念奴嬌 百字

讀孚若長歌，即席奉贈，仍用孚若原韻[一]

霆轟電掣，羨君才真似，怒濤千斛。百感淋漓風驟起，劈裂滿堂樺燭。公醒而狂，人憎欲殺，抵鵲何須玉。春衫老淚，鮫珠瓣瓣堪掬。　不記三十年前，灌夫使氣，嚄唶驚隣屋。彈指蓬萊今又淺，短髮可能長緑。詩酒前緣，鶯花小刼，世事彈棋局。關山笛破，欲吹吹不成曲。

墨尾（徐履忱）：豪宕感激，「來如雷霆收震怒，罷如江海凝清光」，可以狀之。第恐傖父面目，不堪此妙詞刻畫耳。

墨尾（曹貞吉）：此等詞真是石破天驚，確于此道中另開世界，而或妄擬之辛、蘓、周、栁間，先生安得不聞而捧腹也！

《詞則·放歌集》：（「霆轟」三句）飛舞而入。◎結是横空盤硬語，不是老筆頽唐。

《迦陵詞選評》：忽然放縱其才氣，纔欲斂抑，已至結處，澀矣，而别饒拗趣，第恐識者未多耳。

校記：

［一］此首《詞則·放歌集》選。

圈點：

墨筆一：題上，單圈。「鮫珠」句，點。

墨筆二：題上，單圈。「公醒」三句、「彈指」五句、「欲吹」句，圈。

墨筆三：題上，單圈。「鶯花」句，圈。

《詞則·放歌集》：題上，雙圈。上闋、「詩酒」三句，點。「關山」二句，圈。

念奴嬌百字

徐孚若招同諸子過飲，余以怯酒先歸，賦此言謝

華堂鯨吸，看群公轟飲，投瓊愽簺。髫鬜昆陽軍馬沸，屋瓦一時都壞。畫鼓千撾，銀甖百罸，促數籌如蠆。人間堪唾，紛紛會擲天外。　我已閤走窮賓，閧通逋客，逸出糟丘界。愁極［二］逢歡偏易感，莫笑邇來胡憊。遥憶杯前，此時月下，滿座傀俄態。朝來早過，一簾酒氣還在。

朱尾（曹亮武）：酒食地獄，遇君定當獄空。

校記：

［一］「極」，原寫「客」，墨筆校改。

圈點：

朱筆一：「髣髴」五句、「我已」三句、「朝來」二句，圈。

朱筆二：「逸出」句，圈。

墨筆：題上，單圈。

念奴嬌 百字

丁巳仲秋，廣陵寓中病瘧，不獲為紅橋、平山之游，悵然有作，奉柬觀察金長真先生，并示豹人、穆倩、孝威、定九、鶴問、仙裳、蛟門、叔定、女受、仔園、龍眉、爰琴、扶晨、無言諸君［一］

最無聊賴，又西風吹到，隋皇宮闕。明月橋邊烟景換，依舊玉簫凄咽。綠水全昏，黃花早瘦，往事憑誰説。江山如畫，恰逢愁卧時節。　安得桓石虔來，為驅瘧鬼，放我眉梢結。更把杜陵奇險句，高咏子璋熱血。僕病何妨，人言可憎去聲［二］，笑汝揶揄物。曼聲狂［三］嘯，碧雲片片都裂。呼「桓石虔來」，可以斷瘧。又昔人評老杜「子璋髑髏血模糊，手提擲還崔大夫」

二語，亦可已瘧。[四]

朱尾（徐喈鳳）：奇語豪音，瘧鬼聞之，當泣而走矣。

墨尾（曹貞吉）：瘧鬼不過小作狡獪，索此一首好詞耳，豈真來病君子？

《詞則・放歌集》：結警鍊，亦超脫。

校記：

[一] 此首《詞則・放歌集》選。詞題，浩然堂本無「鶴問、仙裳」及「仔園、龍眉、爰琴、扶晨」。

[二]「去聲」，《詞則・放歌集》無。

[三]「狂」，《詞則・放歌集》作「長」。

[四] 詞末小注，浩然堂本「評」作「傳」；《詞則・放歌集》「呼『桓石虔來』，可以斷瘧」在「為驅瘧鬼」句下，其後俱無。

圈點：

朱筆：「明月」二句、「江山」二句、「更把」二句、「笑汝」三句，圈。

墨筆：題上，單圈。

《詞則・放歌集》：題上，雙圈。「綠水」三句，點。「曼聲」二句，圈。

念奴嬌百字

丁巳中秋，玉峯、徐季重、葉九來招飲三友園，同集為宋既庭、劉震修、潘次耕、徐立齋[一]、顧恪如、宋南金，即席分賦

插天峭壁，被風吹月浪，洗來逾緑。嵌壑蒼崕鱗鬣動，萬隊熊蹲獅伏。碧海青天，年年今夜，長見金波浴。姮娥耐冷，一輪細碾圓玉。　況復地有名園，人逢上客，消盡愁千斛。瘦石小橋苔逕悄，掩映踈花秀竹。更上山巔，龍川墓上，為我澆醽醁。醉歸夜静，滿身零亂金粟。山上有宋劉過墓。

朱尾（史可程戊）：入手巉削，不可廹視，後闋跌蕩閒冷，姿態横生。

校記：

[一]「徐立齋」，患立堂本後有「閣學」二字。

圈點：

朱筆：「插天」五句、「更上」三句，圈。

墨筆：調上，單圈。題上，單點。

念奴嬌百字

題劉震修小像，即次原韻

平生謾罵，笑紛紛眼底，汝曹何物。醉後擘窠盤硬句，涴徧倡樓粉壁。柳絮縈鞭，花枝低帽，狂煞何曾歇。側身攖翅，角鷹颯爽毛骨。誰料同學少年，半封侯去，剩我漁舠隻。擊碎唾壺顛欲死，往事明明如月。君賦離鸞，僕歌老驥，一樣閑情切。中秋近矣，人間萬頃晴雪。

朱尾（史可程戊）：前闋陡健，後闋蕭騷，筆端變化乃尔。〔一〕

校記：

〔一〕原稿本此詞之後，裱工誤將陳重二絶句裱入。依文録入校記中：

草色天光一抹青，月移雙影度中庭。笑從烏鵲橋邊指，依約郎星映小星。

亂餘益怕説分飛，席帽衝炎計悔非。茶竈筆床安置好，與卿從此總相依。

園中攜姬人納凉之作。筱帆。

此余丁巳年自潁歸里時所作，隨手置檢討公詞冊内。次年入都，以詞冊付工裝訂，工人不諳文義，誤將此紙裱入冊中，可笑也。辛酉三月，小蕃記。

圈點：
朱筆：「醉後」二句、「側身」二句、「君賦」五句，圈。
墨筆：題上，單圈。

念奴嬌 百字

賦得「朝雲墳在落花中」，為黃天濤悼亡姬陸羽嬉作南陽鄧孝威有絶句云：「休啓踈簾還遠望，朝雲墳在落花中。」天濤有一扇，扇上并圖此景。［一］

南陽詞客，慣多愁善感，最能吟寫。近為黃郎題恨句，凄咽如聞夜話。説道江鄉，每年寒食，細雨啼山鷓。落紅萬斛，朝雲墳在其下。　更被水墨輕描，丹青濇抹，倍把愁腸惹。短短墓門花似血，點入倪迂小畫。蝴蝶成團，蘼蕪滿路，鬧殺前村社。倚樓人在，為他淚飄銀帕。

《戲鷗居詞話》：黃天濤有愛姬陳羽嬉，亡後，天濤哀悼不已。南陽鄧孝威有絶句云：「休啟疏簾還遠望，朝雲墳在落花中。」天濤有一扇，扇上並圖此景。陳迦陵爲賦「朝雲墳在落花中」，調寄《念奴嬌》云。

校記：

［一］此首蔣本有。

圈點：

墨筆：題上，單圈。

萬年懽百字

贈宋子猶先生七十，次朱致一原韻

碧海青天，歎横江下瀨，樓櫓非昨。貝闕龍堂，彈指綃宫乾却。槍卧緑沉休拓。任半世、鳳飄鸞泊。閒排纂、世史長編，朱黄細界疆索。菰蘆景略。誰知向、窓前諷唄，肆上丸藥。老興淋漓，一笑人間輕薄。身亦北山猿鶴。只一語、臨風相託。囑渭水、好把綸竿，藏舟且付春壑。

圈點：

朱筆：「貝闕」二句、「閒排」二句、「老興」六句，圈。

墨筆：題上，單圈。

遶佛閣百字

為李武曾題長齋繡佛圖小像[一]

冷㡡雪砑。纖膩滑笏，恰稱烘寫。偷翫閒把。有人認是、年時瘦司馬。俊游都雅。帽影蘸粉，衫縷沾麝。蠻雨啼鷓。略記小驛，奢香醉題帕。舊事一弾指，可惜花開多易謝。此後髩絲、吳霜將暗惹。且料理心情，消向蓮社。茜竿低亞。捧一軸迦文，綃帶輕灑。傍風前、竛竮斜挂。

墨尾（曹貞吉）：武曾人淡如菊，此詞描寫可謂盡致。

朱尾（徐喈鳳）：渲染蒼秀，想見武曾風度。竹逸。

校記：

［一］此首蔣本有。

圈點：

朱筆：「有人」句、「蠻雨」三句、「此後」三句，圈。

墨筆：題上，單圈。「有人」句，圈。

木蘭花慢百一字

夜坐偶感

正三更打徧，小簾外、雪花飛。有魏博監奴，天雄内宅，袴褶黄皮。僛僛。醵錢會食，爇兩行紅燭霧成圍。銀甲崩騰碎摘，玉船狼籍爭揮。依稀。啁哳喧豗。纔詬誶，旋嘲詼。〔一〕笑賀公吴語，參軍蠻語，相視然疑。吴姬。吟鶯叫燕，記緑窗細欵抵游絲。惆悵新眠難穩，凄凉舊夢都非。

朱尾（徐喈鳳）：吴語、蠻語，鎔入化工之筆，總協宫商。

墨尾（史可程乙）：廝隸喧豗，吴姬裊娜，何堪對寫，安得不坐如針氈耶？

校記：

〔一〕「啁哳喧豗。纔詬誶，旋嘲詼。」朱筆校改作：「啁哳更喧豗。詬誶旋嘲詼。」諸本皆同。

圈點：

朱筆：「銀甲」二句、「笑賀」三句、「惆悵」二句，圈。

墨筆：題上，單圈。「有魏」三句、「纔詬」五句、「惆悵」二句，圈。

映山紅慢百一字

竹菇，用《湘瑟詞》咏石榴韻[一]

三月厨娘，乍榨就、桃花茜醋。恰園後籬邊，幾叢新長，臙脂三五。湘娥竹下啼猩雨，灑鵑痕映空山暮。算風味，世上侯鯖，禁臠應妬。　山舘下，極望嫣然，早已向、幽窓催句。正此際、太常齋日，小摘珊瑚一樹。浣餘還怕芳香損，倩筠籃把紅鮮護。傍闌干住。誤飛下、銜花燕羽。

朱尾（曹亮武）：嬌倩之極，着紙欲飛。

墨尾：（天）「松下清齋折露葵」，輸此芳艷。一結幽渺入微。

墨眉（洪）：秀致欲絶。

校記：

[一] 此首蔣本有。題上墨筆雙圈並寫「選」。

圈點：

朱筆：「浣餘」二句，圈。

墨筆一：題上，單圈。「浣餘」四句，圈。

墨筆二：題上，單圈。「三月」二句，圈。「臙脂」句、「山館」三句，點。「小摘」五句，圈。

石州慢百二字

題家别駕亦人孝感册，并感舊游，次史[一]蘧庵先生韻

昨客睢陽，古寺開元，水木妍雅。我方避暑，兄過挈榼，一樽同把。詎知别後，使君風木銜悽，書來雙袖鮫珠惹。擬補白華詩，倩廣微烘寫。難畫。纏綿至性，恨抵啼猿，感深封鮓。太息鯉湖雁杳，遼城隺化。飯僧香積，啁啾百鳥悲鳴，靈旗惝怳尻為馬。盛事徧流傳，得之余季也。[二]

朱尾（史可程戊）：用韻兀戛離奇，視鄙作為小巫矣。

校記：

［一］「史」，患立堂本、浩然堂本無此字。

［二］患立堂本、浩然堂本後有小注：「子萬四弟自宋來宜，述之甚詳。」

圈點：

朱筆：「擬補」二句、「恨抵」二句、「靈旗」三句，圈。

墨筆：題上，單圈。「擬補」二句，點。

宴清都百二字

曝日

雪後同雲盡。遥村外、早霞一縷紅暈。柴扉纔啓，晨曦初赫，凍消霜畛。結茆恰傍陽坡，喜黄土、泥墻簇緊。有三兩、溪友山翁，窄籬矮屋隣近。　閒邀趂燠迎暄，藜羹乍糝，濁酒新醞。沙融澗煖，情親話軟，無愁無悶。路旁多少行客，笑馬首、氷花膠鬢。總不如、負旭南榮，風光較穩。

朱尾（徐喈鳳）：「多少長安名利客，機關使盡不如君。」吾讀前詞而益省。

墨尾（史可程乙）：今日月户氷簷，蛙鳴鴻叫，安得如此好景，嘲訕名客耶？讀罷掩卷三嘆。

圈點：

朱筆：「結茆」二句、「路旁」四句，圈。

墨筆：題上，單圈。「路旁」四句，圈。

齊天樂百二字

梅盧花下，送潘元白之薊門，友人之彭城[一]

笛聲樓上飄來細。又了一年梅事。有客花前，作裝縛袴，遥羡五陵佳氣。昭王養士。築百尺金臺，憑空飛起。今日游燕，問誰買駿有如此。　彭城有人並舸，歎蕭條徐沛，沙淘浪洗。長短亭邊，淺深杯送，一樣故人千里。清明上巳。算總是來朝，住為佳耳。欲浣[二]離愁，倩半江春水。

朱尾(曹亮武)：弱柳新鶯，彷彿似其景色。

校記：

[一]原稿「之」字上二字爲墨筆抹去，旁改「友人」，患立堂本、浩然堂本悉同改筆。題上墨筆單圈並寫「選」。

[二]「欲浣」二字原稿空缺，係朱筆後加者。

圈點：

朱筆：「有客」二句、「長短」三句、「欲浣」二句，圈。

墨筆：「今日」二句、「彭城」句，點。

如此江山百二字

楓橋夜泊，用《湘瑟詞》楓溪原韻[一]

楓橋漁火星星處。鐘聲客航[二]仍度。微昏簾幙，乍暝帆檣，夾岸多於津樹。船娘吳語。為蘸水拖烟，脆來如許。不管人愁，棹歌杳靄掠波去。　如眉月稜半吐。想當年曾鬬，舘娃嬌嫵。夜市聽鶯，春衣撲蝶，夢到將圓頻誤。嗚珂舊路。問冶葉倡條，可能如故。撩亂心情，化茶烟一[三]縷。

朱尾（曹亮武）：輕穩秀脱，詞至此疑無餘技。

墨尾（曹貞吉）：神似清真。

校記：

[一] 此首蔣本有。

[二]「航」，蔣本作「舫」。

[三]「化茶烟一」，蔣本作「茶烟消半」。

圈點：

朱筆：「微昏」三句、「夜市」三句，圈。

墨筆：調上，單圈。題上，單圈。「夜市」二句，圈。

水龍吟 百二字

送梁溪明府吴伯成先生新任閩中臬憲[一]

無諸城已銷烽，鷓鴣雙引熊幡舞。鮫宫浪偃，鯉湖波静，歡騰榕浦。荔子摇丹，石華漲緑，海雲佳處。仗九龍仙令，二泉茂宰，洗兵馬、為霖雨。　只我離情萬縷。逐盈城、攀轅士女。摩空瘦鶻，倚墻病驥，飄零誰訴。落落禰衡，茫茫劉表，此身無主。送千秋鮑叔，紅旗掣電，向閩天去。

朱尾（宋實穎）：昔阮亭去後，平山風月，遂無主人。今伯成明府，復唱驪歌，使三千珠履，從何處着衣喫飯耶？余与兩公皆同年，而未嘗一謁，然甚感其厚待故人，欲為諸君卧轍也。既庭。

校記：

［一］詞題「臬憲」，浩然堂本作「廉使」。

圈點：

朱筆：「無諸」二句、「荔子」三句、「洗兵馬」句、「落落」六句，圈。

水龍吟百二字

壽尤悔庵六十，用辛稼軒壽韓南澗原韻[一]

曾經天語憐才，如今老却淩雲手。開元鶴髮，茂陵鉛淚，海天非舊。長樂笙簫，連昌花竹，可堪回首。算軟裘快馬，呼鷹緤犬，當時事、還能否。　摘盡瑶臺星斗。水哉軒、夜明如晝。離騷一曲，清平三調，小盤珠走。漢殿唐宫，能消幾度，花陰杯酒。鬧箏琶腰鼓，紅櫻緑筍，上先生壽。

朱尾（史鑒宗）：如許悲涼激壯，纏綿愷至，以辛、蘇之歷落寫周、秦之温麗，遂成獨絶。

《詞則·放歌集》：哀感痛惜，西堂讀之，當泣數行下矣。◎上壽意只於末三句明點，用筆自高。

校記：

［一］此首《詞則·放歌集》選。

圈點：

朱筆：「曾經」二句、「筭軟」三句、「摘盡」二句、「漢殿」三句，圈。

墨筆：題上，單圈。

《詞則·放歌集》：題上，雙圈。上闋、「漢殿」三句，圈。

壽朱致一五十，仍用前韻［一］

花前日飲亾何，何須暫住捱簔手。蓮凋華頂，桑栽蓬島，月明如舊。歷歷神州，茫茫知己，幾塲搔首。問王家阿黑，桓家靈寳，今尚有、其人否。　金印由他如斗。且逍遥、藥欄紅晝。莫愁蠖伏，只須龍卧，任呼牛走。撥觸雄心，半床冷劒，千杯熱酒。喚堯年老雀，秦時毛女，捧巵來壽。

朱尾（史鑒宗）：藻采在筆墨畦徑之外，迥非凡響。寫人心曲，何限低徊，不能多讀。

校記：

［一］詞題「仍」，患立堂本、浩然堂本作「再」。此首題下無尖圈。未鈐「抄」印。

圈點：

朱筆：「花前」二句、「歷歷」六句、「金印」二句、「撥觸」三句，圈。

墨筆：題上，單圈。

水龍吟百二字

壽黄珍百七十，用《稼軒詞》韻［一］

楚天解組歸來，顛狂肯放杯辭手。黄鷄一曲，千場保社，百年親舊。起舞婆娑，好風吹帽，野花簪首。試酒酣重問，渚宫烟景，仍髣髴、從前否。　君説崕欹峽斗。亂猨啼、絶無昏晝。岳陽樓閣，洞庭波浪，銀飛雪走。一笑浮生，杜陵花鳥，信陵醇酒。向彭籛驕語，爾曹還總，讓才人壽。

墨首（荒）：「渚宫」與衡陽太遠，易去此二字何如？

墨尾（曹亮武）：傲睨自得，豈復知有人間簪裾？

朱尾（徐喈鳳）：慷慨豪宕，不落祝嘏常套，視稼軒作又加一等矣。

校記：

［一］詞題「用稼軒詞韻」，患立堂本、浩然堂本作「仍用前韻」。

圈點：

朱筆：「試酒」三句、「一笑」六句，圈。

墨筆：題上，單圈。「向彭」三句，圈。

水龍吟 百二字

上觀察金長真先生［一］

當時懸瓠城頭，經過已切登龍願。一星忽到，三吳重地，藉公司憲。建業旌幢，廣陵笳鼓，歡聲騰徧。更庾樓鄭驛，錦袍銀燭，高會盡、東南彦。伏謁敢辭踈賤。况盈盈、鄂君舟便。時同健庵學士渡江。亂帆吼雨，西風跋浪，珠飛雪濺。聞説平山，歐陽舊蹟，画堂重建。願從公之後，闌干醉拍，眺秋江遠。

校記：

［一］此首浩然堂本無。

圈點：

朱筆：「願從」三句，圈。

墨筆：題上，單圈。

送入我門來百三字

釀酒金陵臬署作。［一］

悶倚牙屏，慵拈兔管，家鄉瑣事縈懷。遥想霜簷，覊緒最難裁。村村燈火收紅糯，便小甕鵝黄次第排。糟床壓，夜悄真珠碎滴，響亂蕭齋。　今日懵騰早睡，料［二］釀王事業，不到吾儕。夢渡溪橋，短策破蒼苔。經過藥玉盈缸熟，併一路梅芬撲鼻來。笄東風將軟，酒旗漸漾，映水沿街。

朱尾（徐喈鳳）：髯素不飲，與僕俱有小户之目，何馳神釀事如斯耶？懷鄉念切，意不在酒。

墨尾（史可程乙）：似讀無功《醉鄉記》，蕭岑孤邈，令人神骨都清。

校記：

［一］此首蔣本有。未鈐「彊善堂主人對訖」印。

［二］「料」，患立堂本、浩然堂本作「料得」。

圈點：

朱筆：「村村」二句、「經過」二句，圈。

墨筆：題上，單圈。「村村」二句、「經過」二句，圈。

送入我門來百四字

丙辰除夕雪，用草堂原韻，柬里中數子

爆竹驅儺，縛船送鬼，饑腸鳴鬪春雷。榾柮爐紅，荊布漫相圍［一］。一年陳事騰騰去，被玉兔金蟆曉夜催。山城内，多少釵幡翠剪，樓幔紅開。　況是六花披拂，阻隔狂朋俊侣，吟笑誰偕。愁譜淋鈴，絃促柱全摧。情悰悽比商船婦，又略似飄零𦣞善才。幸東皇解送，梅魂雪魄，入我門來。

朱尾（徐喈鳳）：僕於是夕作詩云：「雪裡看山頭共白，風前握筆字俱寒。」可見我輩感時吟情相近。

墨尾（史可程乙）：「霜風凄緊，關河冷落」，置身此際，真覺我生之為煩。

校記：

［一］「圍」，患立堂本、浩然堂本作「偎」。

圈點：

朱筆：「一年」二句、「情悰」五句，圈。

墨筆：題上，單圈。「一年」二句、「情悰」五句，圈。

歸朝懽百四字

壽馬殿聞太史五十

幾載日華東畔住。吟盡上林盧橘樹。暫因休沐卧家園，舍傍別築鶯花圃。曉峰晴可數。竛竮小髻添嬌嫮。羨風光，鯗魚吹雪，紫燕畫梁乳。　水榭潭香生一縷。閒課雛童煎日鑄。定甆翠滑最憐渠，南華且了朝來註。掃花蓬島侶。群驂鸞鶴堦前舞。願

年年，朱顔緑髮，雙向鏡中駐。[一]

校記：

[一] 原稿此詞之後，裱工誤裱入陳杲手書文字，陳重有題記，兹録入校記中：歌喉歷歷轉雛鶯。態娉婷。意輕盈。袖捲紅紗、婀娜可人情。新晴。此數字是先從祖少編脩公少時之書，余裝訂此册時失於檢點，遂為工人誤裱册内。辛酉三月重記。

圈點：

朱筆：無。

永遇樂百四字

馬殿聞太史招飲，兼以軒中遣懷詞見示，即用來韵奉柬

碧浸籬門，青粘屋角，風葉鳴路。山後池塘，水邊簾閣，色染瀟湘雨。鴨闌鹿柴音砦，棕鞵桐帽，閒數花鬚微步。日長時、據梧捉麈，清談大有支許。　金門賜瀚，玉堂延客，過賞蕭齋烟樹。緑笋朱櫻，金虀雪鱠，臨别重牽住。少焉暝結，且隨漁唱，摇艇悠然而去。更相期[一]、頻將香茗，共消晨暮。

朱尾(曹亮武)：即事寫景，筆有餘艷。

校記：

[一]「更相期」，與原寫不類之墨筆校改作「還相訂」，患立堂本、浩然堂本同。

圈點：

朱筆：「緑笋」三句，圈。

墨筆：題上，單圈。

永遇樂百四字

健庵、立齋兩太史步過半畝園，九來有詞紀事，余亦次韻[一]

映竹為園，借花藏屋，壘石成路。緑水闌干，黄梅庭院，翠滴衫邊雨。蓬萊人物，峨眉兄弟，小覓池亭幽步。問誰將、荊關粉本，蕭齋畫得如許。　徘徊徙倚，墊巾脱帽，隨意臨流選樹。啜茗桐陰，攤書蘚磴，聊伴沙鷗住。斑斑雨點，陰陰麥浪，分付棕鞵歸去。柴扉掩、風燈颭夜，水鐘敲暮。

朱尾(曹亮武)：隨意點染，深得小李將軍筆意。

校記：

［一］此首蔣本有。

圈點：

朱筆：「問誰」二句、「斑斑」五句，圈。

墨筆：題上，單圈。

永遇樂百四字

丁巳夏日壽吳靜安太史［一］

此日佳哉，衆賔樂甚，為鎮西舞。閬苑凉生，玉堂碧浸，瀟灑原無暑。詞臣賜澣，郎君掇桂，幼者還如衛虎。箅從來、袁楊王謝，卿家古今誰伍。　百年纔半，萬般休論，暫狎滄洲鷗鷺。荷漸成裳，篁將着粉，月又窺銀浦。楸枰茗椀，笛床書幌，棐几閒摹歐褚。年年到、紫蘭開候，滿斟緑醑。

朱尾（史可程丙）：窮巧極妍，却以白描筆仗行之，真神手也。

校記：

［一］此首浩然堂本無。

圈點：

朱筆：「此日」三句、「筭從」二句、「年年」二句，圈。

墨筆：題上，單圈。

霜花腴百四字

蟹

雁行陣陣，帶夜來西風，觸響簾鈎。偏值新晴，且謀小飲，霜螯最是宜秋。晚軒更幽。點吳羹、玉腕纖柔。笑人間、萬事鴻毛，知他何物是監州。　爾雅讀來須熟，莫移封彭越，作内黄侯。淺傅紅糟，低斟白墮，春醪灧灧光浮。菊花部頭。被絃聲、郭索輕偷。待微酣、半捲風簾，催人同倚樓。

墨尾（黄）：用事巧妙，一洗填詞呆版之陋。

圈點：

墨筆：「笑人」二句、「爾雅」二句、「被絃」三句，圈。

飛雪滿群山百五字

白門署館對雪

紅板橋南，錦衣倉口，糅綿舞絮漫漫。瓊沙淅瀝，吳鹽飄瞥，偏將屈戍敲彈。此中歌玉樹，想千載、瓊花未殘。獨憐對酒，無緣蠟屐，寂寞強憑欄。　記起景陽宮舊事，玉兒縞素，憔悴辭鑾。詩顛不禁，酒狂陡發，茫茫哀樂無端。鐘陵消紫翠，捲毳幙、渾如白檀。來朝徑去，漁簑披了江上看。

朱尾（徐喈鳳）：感慨悲涼，絶勝宋人金陵懷古諸詞。

墨尾（史可程乙）：銅駝紫陌之感，觸緒紛來，令我不忍卒讀。

圈點：

朱筆：「此中」二句、「來朝」二句，圈。

墨筆：題上，單圈、單點。「此中」二句、「鐘陵」四句，圈。

泛清波摘遍百六字

立秋日，憺園塔影軒作

稍聞茶響，似有蟬鳴，便作冷香空翠想。無聊無賴，渌水廊邊自來往。凭闌望。半房蓮子，幾筋蓴絲，誰信已將秋細釀。怪底樓前，今夜明雲，分外淒爽。　暗惆悵。蛩語乍親枕函，砧韻漸生門巷。怕是愁人此時，易添羈況。潺湖上。差有月嶼風潭，非無釣船菱榜。何不五湖歸去，傲然呼長。

圈點：

朱筆：「潺湖」五句，圈。

墨筆：題上，單圈。

望明河百五字

丁巳七夕玉峯作是歲明日立秋。〔一〕

冰輪尚缺。已耿耿流輝，盈堦鋪雪。潭子空香，較蓮子清芬，兩般誰冽。荒唐稗史話，認做是、鵲橋佳節。惹無數、樓上穿針兒女，凭闌低説。　風前老顛欲裂。問青海幾處，玉臺銀闕。明日西風，怕點上許多，無情華髮。碧簫吹來破，又躍入、龍堂變精鐵。喚他起、須伴狂奴醉舞，冷光潛掣。

《詞則·別調集》：（「碧簫」四句）運典亦十分精采，總由筆力雄勁。

校記：

［一］此首《詞則·別調集》選。詞題，患立堂本、浩然堂本無「是歲」二字。

圈點：

朱筆：「明日」三句，圈。

墨筆：題上，單圈。

《詞則·別調集》：題上，雙圈。「碧簫」四句，圈。

望海潮百七字

胥門城樓即伍相國祠，春日同雲臣展謁有作［一］

鼉呿鯨吼，龍騰犀踏，胥江萬疊驚濤。沿水敗墻，臨風壞驛，千秋尚祀人豪。英爽未全凋。正綠昏畫幔，紅黦霞旓［二］。太息承塵，我來還為拂蠨蛸。城樓徑矗層霄。悵蘇臺碧蘚，相望岧嶤。西子笑時，包胥哭後，覇吳入郢徒勞。颯沓響弓刀。算稽山越樹，今也蓬蒿。社鼓神絃，依稀疑和市中簫。

墨尾（徐喈鳳）：臨流唱嘆，胥江欲沸，史識詩才，可補《吳越春秋》。

墨尾（曹貞吉）：伍相有靈，當駕素車白馬而聽此曲，異代知己，或亦不下包胥當年。

《詞則・放歌集》：（「英爽」三句）慘淡中有精神。（「颯沓」五句）骨韻沈雄，音節高亮。

校記：

［一］此首蔣本有，《詞則・放歌集》選。詞題，蔣本無「有」字。

［二］「旓」，蔣本作「綃」。

圈點：

墨筆一：題上，單圈。「正緑」四句、「颯沓」五句，圈。

墨筆二：題上，單圈。「正緑」四句，圈。

《詞則・放歌集》：題上，雙圈。「英爽」三句、「颯沓」五句，圈。

薄倖百八字

過閶門感懷，用《湘瑟詞》韻[一]

春波甸線。把船檻、和愁倚徧。記舊日、膽娘門巷，只在画橋南轉。靠他家、一樹枇杷，流鶯日日啼歌扇。向燕子樓邊，鸎兒酒内，生受花憐柳眷。到今日、思量處，空爇盡、沉香火慢。被東風幾陣，晴絲一夜，吹將往事連天遠。鮫珠休濺。便玉京仙圃，也應風景年年换。閒愁莫惹，城下紅桃正綻。

墨眉（天）：銅駝夢華之感，借題抒寫，令我淚漬青衫。

朱尾（曹亮武）：蓬萊山下海波清淺，麻姑應嘆。

《迦陵詞選評》：運竹山之辭，行耆卿之氣，居然貌合玉田。然恐玉田無此從容自在。

校記：

[一] 此首蔣本、《百名家詞鈔》本有，《瑶華集》、《詞覯續編》、《昭代詞選》、《國朝詞雅》選。詞題，蔣本、《百名家詞鈔》本、《瑶華集》、《詞覯續編》、《昭代詞選》無「過」字，《國朝詞雅》作「閶門感懷」。題上墨筆單圈並寫「選」。

圈點：

朱筆：「靠他」二句、「便玉」二句，圈。

墨筆：調上，單圈。題上，單圈。「向燕」三句、「便玉」四句，圈。

《百名家詞鈔》本：「把船」句、「生受」句、「便玉」二句，圈。

舟次惠山，再疊前韻[一]

綠楊金線。記此地、經過百徧。曾驀遇、水仙祠後，月裡游船初轉。凭幾楞、膩粉闌干，水晶簾子桃花扇。正一色衫紅，兩行蛾綠，何處鶯儔蝶眷。　聽檀板、孜孜拍，似唱到、小秦王慢。恰水烟一派，衝開笑語，鼓兒撾了人兒遠。年光濤濺。也思量再覯，重來無奈心情換。尋春須早，莫待百花齊綻。

墨眉（天）：「楊柳岸曉風殘月」，視此何啻傖父？

朱尾（曹亮武）：風流格調，自顧古人誰擬？

校記：

[一] 此首蔣本有，《瑶華集》選。題上墨筆雙圈並寫「選」。

圈點：

朱筆：「凭幾」二句，圈。

墨筆：題上，單圈。「月裡」三句、「尋春」二句，圈。

山下與顧景行話舊，三疊前韻[一]

風箏脱線。向水驛、山程繞徧。笑十載、求仙任俠，只有金丹難轉。又那知、舊侶重逢，淒涼似閱秋風扇。論紅燭前情，青衫少日，曾訂厚盟深眷。且與作、開元話，聲漸緊、四條絃慢。筭年來爾我，行藏略似，交情直比春山遠。酒槽珠濺。向當壚小語，香醪可許新詞換。惹他一笑，榴齒臨風微綻。

朱尾（曹亮武）：「秋風」一語，無限傷感，不獨為景行言之也。

墨評（天）：結語嫣然，更深煮字療饑之感。

校記：

[一] 此首蔣本有，《瑶華集》選。題上墨筆單圈並寫「選」。

圈點：

朱筆：「淒涼」句，圈。

墨筆：題上，單圈。「淒涼」句、「交情」句、「向當」四句，圈。

疎影百十字

詠虞山毛氏汲古閣，兼贈斧季

絳雲爐後。有隱湖小閣，突兀晴晝。錦褙團窠，箋剔泥金，珊瑚石尉休鬭。墨花蝕處香偏洌，官焙何須荳蔻。記開雕、北宋南唐，漢碣秦碑同壽。　寒具慎教輕觸，牙籤除付與，荑玉纖手。灩灩油窻，的的春檠，靜對瓶花句讀。縹囊便是劉伶鍤，縱萬户、千鐘何有。任誇他、帝子臨春，此閣更饒妍秀。

圈點：

朱筆：「錦褙」三句、「縹囊」四句，圈。

疎影 百拾字

獨坐祖園，聞顧庵、葯園亦在吴門，未及一晤，詞以寄懷[一]

軒如画舸。載笛床茗椀，終朝閒卧。鬬酒生涯，挑笋年光，恰值濃春剛過。菖蒲棧好慵吟寫，説不盡、心情難妥。似緑窓、一種嬌憨，懶對盤龍梳裹。　聞説瀨中老輩，丁儀共曹植，也客江左。小甕鵞黄，小袖雲藍，笑口思量同破。空園寂寂誰傳信，且閦倚、赤闌橋坐。正水邊、颺起微風，滿院繡毬花墮。

朱尾（曹亮武）：詞人相聚，别有一種深情。詞意纏綿，使人魂摇目斷。

校記：

［一］此首蔣本有。題上墨筆雙圈並寫「選」。

圈點：

朱筆：「似緑」二句、「正水」二句，圈。

八寶粧百十字

詠荷錢

欲綻紅衣，將擎翠盖，先放錢錢葉大。已自成盤休訴窄，百琲還能盛褁。水邊樓上，誰家嬌困懵騰，五銖閒向欄干簸。不料幽潭深處，偶然輕墮。　幸值緩步江妃，將綃攬取，青蚨猶未曾破。又怕被、土花偷涴。傍緑水、鋪來停妥。笑筴樣、苔般誰做。祇如鵝眼些兒箇。只未觧遮藏，彩鴛莫便一雙卧。

朱尾（董俞）：此十五盈盈初嫁時也，王家桃葉便不堪移贈矣。髯公近事可妒，乃借荷錢欺人耶？

墨尾（曹貞吉）：或亦欲盡理還之喻乎？

圈點：

朱筆：「水邊」五句、「幸值」三句、「笑筴」四句，圈。

墨筆：題上，單圈。

沁園春百十四字

留别韓聞西

昔客京華，花月無愁，文章有神。記歌終慣竊，念奴笛曲，酣來曾吐，丞相車茵。俠骨嵯峨，壯心騰上，肯受藍田醉尉嗔。休羈絆，笑本非殘客，詎是窮貧[一]。　百年幾度佳辰。且乞取溪山自在身。想後園鶯哢，新篁尚澁，小橋梅事，瘦玉將皴。戀棧何為，脱韝亦可，歸趂風光美早春。難忘處，只隔窗燈火，兩月情親。

朱尾（徐喈鳳）：摩空駿鶻，豈受絛環羈絆？宜其擲筆遄歸，仍與我狂奴作伴也。

墨尾（史可程乙）：偶憶同父斬馬事，稼軒自是俊物，豈待越石辭去而後謝耶？信哉！秦無人。

校記：

[一]「貧」，浩然堂本作「窶」。

圈點：

朱筆：「記歌」四句、「戀棧」六句，圈。

墨筆：題上，單圈。「記歌」四句、「休羈」三句、「戀棧」六句，圈。

沁園春百十四字

題袁孝子重其負母看花圖[一]

吉貝沿街，枳殼叢闌，葵榴映墻。笄三牲五鼎，貧家時缺，千紅萬紫，夏日方長。衣着斑斕，躬為痀僂，負得萱闈出北堂。籃輿少，笑相君之背，輭勝匡牀。笋籬藥塢徜徉。惹白髮逢歡意轉傷。記早年歌鴿，花誰上髻，中宵刺鳳，草盡縈腸。人説兒賢，天教孃健，描畫還憑顧長康。披圖羨，較看花上苑，事定誰強。

墨尾（徐喈鳳）：重其負母圖題者多矣，「早年歌鴿」數語，陳髯獨標新警。

校記：

[一] 詞題「其負」，原稿後添，筆跡似不類全稿，患立堂本同，浩然堂本無「孝子」二字。此首題上墨筆雙圈並寫「選」。

圈點：

墨筆：「笑相」二句、「記早」十句，圈。

沁園春百十四字

贈徐竹虛竹逸令弟，家有我園。

彼君子兮，菉竹青青，而中若虛。是何家第五，名齊驃騎，蜀中揚子，賦似相如。疇昔賢兄，滇雲遠宦，常羡優游下澤車。今偕隱，成往來二老，西澗東畬。我園景物蕭疎。有雪檻烟廊水竹居。筭磕頭促膝，一群梅鶴，望衡對宇，幾箇樵漁。與我周旋，小園日涉，近手花枝壓架書。他家事，笑平泉緑野，久作寒墟。

朱尾（宋實穎）：清空如話，填詞老手，視傅粉黛緑者，何啻千里！既庭。

圈點：

朱筆：「疇昔」六句、「筭磕」十句，圈。

墨筆：調上，單圈。題上，單圈。

沁園春百十四字

舟過楓橋，見鄰舫女郎倚舷攬鏡，同弟緯雲賦[一]

節是花朝，地是姑蘇，天又新晴。見参差画鷁，紅欄粉幔，嬌嬈飛燕，翠袖銀箏。衆裡一人，悄焉自惜，出匣圓氷響一聲。玲瓏甚[二]，為緑窓浸水，覷得分明。酒潮瀲灔初生。便周昉[三]丹青寫不成。正晝眉橋畔，簸錢年紀，茨菰灣後，撩鬌心情。百幅鵞黄，半篙鶯脰，碧浪東吴處處平。誰藏取，又一輪春水，纖笋斜擎。

朱尾（曹亮武）：有此佳題，宜有此艷詞。雖然，褰裙擁髻，臨水倚窗，閨中風流逸韵多矣，安能盡得髯公賦之乎？然則此女不可謂非幸也。[四]

墨眉（曹貞吉）：如聞其聲。

校記：

[一]此首蔣本有，《清平初選後集》選。詞題，《清平初選後集》無「同弟緯雲賦」。題上墨筆雙圈並寫「選」。

[二]「甚」，《清平初選後集》無。

[三]「昉」，患立堂本作「肪」。

[四]「然則」一句，有墨筆抹跡。

圈點：

朱筆：「出匣」句、「正晝」四句，圈。

墨筆：題上，雙圈。「衆裡」三句，圈。

《清平初選後集》：「衆裡」三句、「誰藏」三句，圈。

沁園春百十四字

贈雲間何伯輝工治目疾。[一]

有地行仙，作大藥王，我今見之。自兩儀失曜，光翻銀海，百靈奮怒，訣付金鎞。日月為瑲，陰陽作冶，争禮光明藏導師。分明甚，見月中蟾兔，世上醯鷄。　古今幾箇英奇。戲邀取先生妙手醫。是周時老輩，盲餘左史，秦庭烈士，矐後漸離。半黍空青，幾莖仙瀋，發覆開矇在此時。吾還乞，為看花霧眼，并仗君治。

墨尾（徐履忱）：奇情曠筆，便如風雨蛟龍争發並至。○起手排奡雄偉，足以俯視一切。

校記：

［一］此首題上墨筆單圈並寫「選」。

圈點：

墨筆：「有地」三句、「日月」六句、「是周」四句、「吾還」三句，圈。

沁園春百十四字

初夏同徐季重、張邑翼、朱致一、葉九來、家躬乙汎舟郭外，追晤葛龍仙於攸聞上人精藍，兼送龍仙之西村別業[一]

半艇晴雲，兩岸踈花，渚禽喚風。正坦迤江郭，繞籬竹樹，零星烟寺，映水簾櫳。棐几明窓，禪床茶磨，天許閒人片刻同。僧厨緑，是豆香乍摘，笋嫩纔烘。何須避世墻東。有無數前游似夢中。記當年漫興，流連花鳥，平生豪氣，傲睨雲龍。能幾何時，一寒至此，對坐相看鶴髮翁。桃源路，倘漁郎尋到，莫遣雲封。

朱尾（王于臣）：駢麗中音節瀏湸，詞義激揚，不止流連景物，發揮艷藻，為一時紀事作也。一往移情，令我作十日想。

墨尾（曹貞吉）：讀先生此等詞，輒欲喚稼軒作老兵矣。

校記：

[一]此首題上墨筆單圈並寫「選」。未鈐「履端印」。

圈點：

朱筆：「半艇」三句、「天許」四句、「何須」二句、「能幾」三句，圈。

沁園春百十四字

溉堂先生客南昌幕府，屈首經師，已踰兩載，甫歸廣陵，詞以訊之[一]

以磊落人，而注蟲魚，猶然訊之。況鬚如蝟磔，縮居幕下，興同驥渴，屈作經師。車厩三間，兔園半册，求我童蒙硜角兒。真奇事，似販茶商婦，出塞文姬。墨磨盾鼻能為。乃夏楚終朝手自持。更灌嬰城下，三年烽火，彭郎山後，一片旌旗。月黑燈青，樽空夢破，想見書堂兀坐時。歸來髩，惹小蠻忙問，雪到如斯。

朱首（史可程戊）：純是自寫胷懷，溉堂得毋同耳。結尤冷倩。

墨眉（曹貞吉）：奇拔。

《詞則·放歌集》：（「以磊」三句）托一層，益見感喟。（「真奇」三句）比例奇肆。（「更灌」四句）插入寫景，氣象闊大，感慨益深。

校記：

[一] 此首蔣本有，《詞則·放歌集》選。題上墨筆雙圈並寫「選」。

圈點：

朱筆：「以磊」三句、「車厩」三句、「似販」二句、「墨磨」二句、「月黑」六句，圈。

墨筆：題上，單圈。

《詞則·放歌集》：題上，雙圈。「以磊」三句，圈。「真奇」三句，點。「更灌」十句，圈。

題汪舍人蛟門少壯三好圖圖作群姬挾箏琶度曲，擁書萬卷，數鴟夷貯酒其旁。圖上題詞甚多，豹人則欲開閣禁釀，于皇則欲焚硯燒書，二說紛然，余故作此詞。[一]

酒庫經堂，正競箏琶，客聲沸然[二]。是秦川遺叟，整襟而入，杜陵野老，裂眼[三]而前。或導荒淫，或規放誕，莊語詼辭盡可傳。喧豗甚，似輸攻墨守，訟芋爭田。不聞博奕猶賢。但適興焉能便舍旃。况溉堂集內，頗言聲伎，茶村暇日，詎廢丹鉛。卿論誠佳，吾從所好，亟喚蠻娘鬪管絃。牙籤畔，漸玉簫風起，吹動觥船。

朱眉（史可程戊）：借賓作主，慷慨恣肆，腐遷得意之筆。

校記：

[一]此首蔣本有，《昭代詞選》選。題上墨筆雙圈並寫「選」。未鈐「抄」印。

[二]「然」，原稿作「傳」，重韻，據諸本改。

[三]「眼」，《昭代詞選》作「服」。

圈點：

朱筆：「是秦」四句、「喧豗」三句、「况溉」四句、「牙籤」三句，圈。

墨筆：題上，單圈。

酬贈黃交三，即次原韻，并示尊公、仙裳、賢昆、月舫[一]

三四年來，老惰亾[二]聊，惟耽小詞。任世皆嗤僕，為無益事，人方目我，是有情癡。花月前生，水天別舘，似夢年光暗裡飛。菖蒲紙，把心情淡寫，偷寄崔徽。　君才十倍陳思。恕愁病羈窮屬和遲。况豪吟老庾[三]，聲情磊落，狂歌法護，才調恢奇。我渡京江，重游隋苑，惆悵閒行杜牧之。當年事，記萬家水榭，紅袖齊垂。

朱尾(史可程戊)：老氣横九州。

校記：

[一]此首蔣本有，《古今詞選》選。詞題「示」，《古今詞選》作「呈」。題上墨筆單圈並寫「選」。

末鈐「抄」印。

［二］「亾」，蔣本、《古今詞選》作「無」。

［三］「庚」，蔣本作「瘦」，《古今詞選》作「叟」。

圈點：

朱筆：「菖蒲」三句、「況豪」四句、「記萬」二句，圈。

墨筆：題上，單圈。

八歸 百十五字

杜家廟距濟南四十五里，有旅舘頗幽靚，砌下玉簪一叢，尤楚楚可念，徙倚久之，詞以寫懷［一］

鞭絲小弄，征塵輕浥，雲水一片寥廓。涼橋卸馱聊停憩，遥送明湖趵突。爽氣森薄。小閣矮窓新粉壁，更繞砌、踈枝幽蕚。背立處、暗省花名，瑣事頓縈着。　惆悵臨行那夜，低鬟偏髻，惜别心情如昨。側門廻盻，倚欄人在，扶定腰身纖弱。歎萍踪一霎，峽雨湘烟楚天各。思量煞、瓊釵滑膩，枕畔朦朧，三更和笑落。

墨尾（徐喈鳳）：此詞恐不可與周姥讀。

校記：

［一］此首蔣本有。題上墨筆單圈並寫「選」。

圈點：

墨筆：「鞭絲」三句、「背立」二句、「歎萍」五句，圈。

賀新郎 百十六字

贈何生鐵 鐵，小字阿黑，鎮江人，流寓泰州，精詩畫，工篆刻。［一］

鐵汝前來者。曷不學、雀刀龍笛，騰空而化。底事六州都鑄錯，辜負陰［二］陽爐冶。氣上燭、斗牛分野。小字又聞呼阿黑，詎王家、處仲卿其亞。休放誕，人笞罵。　蕭踈粉墨營丘畫。更雕鑱、漸臺威斗，鄴宮銅瓦。不值一錢疇惜汝，醉倚江樓獨夜。月照到、寄奴山下。故國十年歸不得，舊田園、總被寒潮打。思鄉淚，浩盈把。

朱尾（曹亮武）：運筆所至，樅樅金鐵皆鳴。

墨尾（徐喈鳳）：離奇光怪，如豐城獄劍，上干星象，豈僅鐵中錚錚哉！

《詞則·放歌集》：無一字不精悍，獅騰象踏，咄咄逼人。（「不值」七句）跋扈飛揚，一味橫霸，亦足雄跨一時。

《白雨齋詞話》卷四：其年「贈何生鐵（鐵小字阿黑，鎮江人。流寓泰州，精詩畫，工篆刻。）」《賀新郎》一篇，飛揚跋扈，不可羈縛。詞云，一味横霸，亦足雄跨一時。

《迦陵詞選評》：繪圖、篆刻耳，寫得如許古峭，如許奇詭，髯公胸中自是塊壘不平也。

校記：

［一］此首蔣本有，《詞則·放歌集》、《詞莂》、《全清詞鈔》、《近三百年名家詞選》選。題上墨筆單圈並寫「選」。

［二］「陰」，蔣本作「漢」。

圈點：

朱筆：「醉倚」六句，圈。

墨筆：題上，單圈。「鐵汝」句、「小字」二句、「醉倚」六句，圈。

《詞則·放歌集》：題上，三圈。「鐵汝」六句，圈。「小字」四句、「蕭踈」三句，點。「不值」七句，圈。

賀新郎百十六字

春日拂水山莊感舊[一]

峭壁哀湍瀉。枕春山、此間原是，裴家緑野。金粉樓臺還羃䍥，已被苔侵[二]繡瓦。蒼[三]鼠竄、鄰侯籤架。今日西州何限感，踏花枝、翻惹[四]流鶯罵。誰認是，羊曇也。　西園疇昔高聲價。劇相憐、香閨博士，彩毫題帕。人説尚書身後好，紅粉夜臺同嫁。省多少、望陵閒話。公定還能賞此否，裊東風、蠻柳腰身亞。烟萬縷，正堪把。

朱尾（曹亮武）：微詞含吐，似嘲似諷，比香山燕子樓詩更覺深婉。

墨尾（徐喈鳳）：悲凉感慨，絶似唐人銅雀臺詩。

校記：

［一］此首蔣本有，《荆溪詞初集》初刻本、《昭代詞選》選。詞題「春日」，沈雄《古今詞話》引作「虞山」。題上墨筆雙圈並寫「選」。

［二］「侵」，《荆溪詞初集》初刻本作「青」。

［三］「蒼」，《荆溪詞初集》初刻本作「舊」。

［四］「惹」，《荆溪詞初集》初刻本作「被」。

圈點：

朱筆：「蒼鼠」五句、「公定」四句，圈。

墨筆：題上，單圈。「蒼鼠」五句、「公定」四句，圈。

《荊溪詞初集》初刻本：「今日」四句、「人說」七句，圈。

賀新郎百十六字

題思嗜軒為姜勉中賦，仍[一]用題青瑶嶼原韻軒前棗樹數株，為貞毅公手植，故以思嗜名軒。

羊棗經霜罅。記當年、狂歌曾點，甘同嗜鮓。老榦虬柯三四本，冷翠幽光團射。曾脫帽、行吟其下。一自人纏風木恨，剩楮楹、仄磴攲危怕。蘿葛翳，䶗鼯挂。　三年淚為思親灑。葺亭軒、崢泓明瑟，重開圖畫。粉壁踈窗仍艷[二]好，拭盡塵埃野馬。果熟也、莫從人打。不是瀼西饒靳惜，是前人、口澤斯存者。歌纂纂，蔭堪藉。

墨尾（徐喈鳳）：細譜孝思，纏綿惋惻，所謂詞有似記似傳者是也。

校記：

[一]詞題「仍」，患立堂本、浩然堂本無。

［二］「艷」，浩然堂本作「靚」。

圈點：

墨筆：題上，單圈。「曾脱」三句、「果熟」五句，圈。

賀新郎百十六字

題郎官山雪霽圖，送家伯騶還八閩［一］

閩嶠盤天際。悵連年、幔亭昔夢，枕邊頻製。揭［二］得郎官山半幅，目斷層崕雪霽。飛不透、鷓鴣聲裡。今日真成歸計穩，漲蠻天、一片南還騎。桄榔麪，家山味。　前灘喚囝鄉音細。傍榕陰、晶丸萬顆，依然斜綴。綠蠣房邊紅齒屐，喧笑應門童稚。誰暇訴、飄零情事。少頃武夷君有信，也頭童、面皺驂鸞至。驚此別，幾年歲。

墨尾（徐喈鳳）：奇思妙語，觸緒紛來，真是詞場獨步。

墨眉（曹貞吉）：丁令威化鶴歸來，同此悲感。

校記：

［一］此首蔣本有。題上墨筆雙圈並寫「選」。

［二］「搨」，原寫「榻」，墨筆描改，患立堂本作「榻」。

圈點：

墨筆一：題上，單圈。「目斷」二句、「緑蠣」七句，圈。

墨筆二：「搨得」三句、「桄榔」二句，圈。

賀新郎百十六字

繆園與穀梁話舊［一］

鶻舌啼春冷。記并［二］州、十年飄泊，蝶僥蜂倖。花露微蒸纔抑鮓，小閣圍香説餅。鬧多少、簾痕帽影。燭底新翻楊枝曲，字斜行、寫上春衣領。只此事，君應省。　江南四月殘紅静［三］。又逢君、斜陽一水，盈盈舴艋。暫借芳園聊話舊，坐皺緑蕪三徑。算聚散、來朝難定。鴻爪那能長留住，笑繫腰、彭祖徒窺井。一彈指，三生頃。

朱尾（王于臣）：字字生香，言言韻玉，班荊偶語，情景如畫。

校記：

［一］此首蔣本有。

［二］「并」，蔣本作「真」。

［三］「静」，蔣本作「盡」。

圈點：

朱筆：「鬧多」句、「字斜」三句、「箅聚」五句，圈。

墨筆：調上，單圈。題上，單圈。「字斜」三句，圈。

賀新郎百十六字

竹逸齋中，紫牡丹枯而復生，為填此詞

日煖鶯聲細。喜亭亭、依然玉琢，吳宮小字。暫別紅塵剛一載，還傍画樓珠砌。却又鬪、新興鬟髻。多少桃腮和杏臉，箅舊人、遠勝新人麗。論族望，雒陽魏。　看花漫憶當年事。記人名、一般顏色，幾般才藝。自被子規催去急，零落嬌香滿地。捹舞榭、為伊長閉。若使紫臺真再返，笑鴻都、枉用驂鸞計。花凝笑，又含睇。

朱尾（曹亮武）：如乘雲御風，驂龍駕鶴，遨遊青天中，其樂不可言。

圈點：

朱筆：「自被」七句，圈。

墨筆：調上，單圈。題上，單圈。「自被」七句，圈。

賀新郎百十六字

舟泊楓橋，同吳廣壁小飲金葦昭齋中，歸過寒山寺。因憶昔年阮亭王先生入吳，夜已曛黑，風雨雜遝，阮亭攝衣着屐，列炬登岍，徑上寺門題詩二絕而去，一時以為狂。今別去六七年矣，悵然賦此，并懷阮亭[一]

纜繫烟汀尾。見一派、江村橋下，斜陽水市。西舫東船那可語，且過幽齋謀醉。恰海蠢、園甘盈匕。歸路欹潭如棧狹，映頹墻、倒出驚奇鬼。人道是，寒山寺。　寺門話向同行子。記王郎、昔年黑夜，衝泥經此。椽吏兩行争匿笑，笑看官今何事。乞火照、破扉題字。今日滿廊蝸篆綠，捫壁間、蝌蚪無存矣。誰會我，懷人意。

校記：

[一] 此首蔣本有，《昭代詞選》選。詞題，蔣本無「七」字，《昭代詞選》無「王」、「七」二字。

圈點：

墨筆：題上，單圈。「映頹墻」句，點。

賀新郎 百十六字

題孫赤崖小像，用曹顧庵學士韻 圖中三孫遶側。[一]

入洛人如璧。記當年、才名争數，江東孫策。況值賢兄新奪幟，謂扶桑殿元也。細馬春游禁陌。看兩兩、油幢綉戟。倏忽浮雲生宫殿，十九年、罰作長流客。纔出塞，髩先白。

京華握手鳴珂宅。劇悲歌、蛾眉勸酒，酡酥行炙。今日閶門重見面，更盡杯中琥珀。総莫問、鴻泥雪迹。一笑披圖三珠樹，羡兒皆、字猘奴呼釋。猘兒、釋奴，皆前人小名。萬户樂，君休易。

校記：

[一] 此首蔣本有。

圈點：

墨筆：調上，單圈。題上，單圈。

賀新郎百十六字

贈徐月士，次友人韻[一]

萬事都成昨。剩胸中、不平鬱起，峰巒确犖。我有匣中三尺水，澁盡寒鉒冷鍔。夜夜聽、秋城鼓角。青眼誰人吾竟老，喜逢君、交道真堪託。忩不了，燈前約。封侯自有嫖姚霍。且高歌、蹲蹲舞我，烏烏和若。十載樊川狂客夢，贏得揚州一覺。漸衮偏、四條絃索。緑醑黄花拚盡興，管來年、綵筆驚河朔。休只憶，江南樂。

朱尾（史可程戊）：悲壯跳盪，似工部贈王司直詩。

《詞則·放歌集》：（「漸衰」三句）下語如鑄，文采可到，力量不可强也。

校記：

［一］此首《詞則·放歌集》選。

圈點：

朱筆：「我有」三句、「忘不」二句、「蹲蹲」二句，圈。

墨筆：題上，單圈。「蹲蹲」二句，點。

《詞則·放歌集》：題上，雙圈。上闋，點。「漸衮偏」句，圈。「緑醑」二句，點。

賀新郎百十六字

送姜西溟入都[一]

去矣休回顧。儘踈狂、長安市上，飛揚跋扈。誰道天涯知己少，半世人中呂布。仗彩筆、憑陵今古。伏櫪悲歌平生恨，肯車中、閉置加[二]窮绔。君莫信，文章誤。　楊花細糝京江渡。恰盈盈、租船吹笛，柁樓撾鼓。屈指帝城秋更好，寄語冰輪玉兔。為我照、望諸君墓。相約當年荊高輩，喚明駝、倒載琵琶女[三]。葡萄酒，色如乳。

朱尾（董俞）：有岑牟睥睨之態。

墨尾（曹貞吉）：意氣豪邁，旁若無人者。

《詞則·放歌集》：（「為我」五句）非壯語不能壓題，其年長處在此，不及宋人處亦在此。

《迦陵詞選評》：倔強而以俗豔點染，一倍增其倔強。

校記：

[一]此首蔣本有，《詞則·放歌集》選。題上墨筆雙圈並寫「選」。

[二]「加」，蔣本作「如」。

［三］「女」，《詞則·放歌集》作「去」。

圈點：

朱筆：「楊花」三句，點。「為我」五句，圈。

墨筆一：「為我」五句，圈。

墨筆二：「誰道」二句、「寄語」六句，圈。

《詞則·放歌集》：題上，雙圈。上闋，點。「為我」三句，圈。

摸魚兒百十六字

哭王越生越生常數夕作詞數百首，詭云舊作，其敏黠如此，故篇中及之。［一］

記年來、百無俚賴，聊將小令閒做。同巷有人才最敏，艷句頗能賡和。花影簸。寫小字斜行，各色蠻箋大。攜來詫我。任膩柳豪蘇，一宵立辦，詭説蠹餘課。誰能料，彈指一抔長卧。傷心腹痛車過。歷歷前游還在眼，鄰笛吹來入破。劉白墮。笄浮世生前，對語惟君可。慎毋計左。不信看城南，王郎新冢，［二］夜雨緑苔涴。

朱尾（宋實穎）：悲纏哀繞，不忍卒讀。結語毒喝，尤覺婆心痛切。

墨尾（曹亮武）：數語寫生，可當春風原上弔柳七也。

墨眉（曹貞吉）：只如説話。

校記：

［一］詞題，患立堂本、浩然堂本作「哭王生」；題下小注「越生」，患立堂本、浩然堂本作「王生」。

［二］「新冢」，原作「冢上」，墨筆校改。

圈點：

朱筆：「花影」三句、「劉白」七句，圈。

墨筆：題上，單圈。「花影」三句、「任膩」三句、「鄰笛」八句，圈。

金明池百二十字

臯署寒夜，展鵾紅女史梅花画扇感賦

歷歷殘更，沉沉深院，坐冷官齋樺燭。簷雨滴、人聲漸悄，又廊外、茶響將熟。想外邊、片片瓊英，都鮮向、紅板橋南堆簇。悵何計尋香，無聊展画，小檢齊紈零幅。　遥憶粉娥調脂盝。恰和淚勻鉛，忍寒皴緑。簪花格、紅欹翠弱，没骨繪、神全韻足。料霜毫、寫欲成時，襯纖月如銀，斜支臂玉。且吟芙空花，摩挲秋扇，也算探梅林麓。

墨尾（曹貞吉）：換頭以後，筆筆如画，但恐周昉、黄筌無此烘染耳。

朱尾（徐喈鳳）：如披畫梅譜，勝讀詠梅詩，何必孤山、鄧尉，方覿羅浮娟媚！

墨尾（史可程乙）：極蕭瑟中吟紅醉緑，不減金釵十二，始見綵筆化工之妙。

圈點：

朱筆：「歷歷」三句、「簪花」八句，圈。

墨筆：調上，單圈。題上，單圈、單點。「想外」五句、「簪花」八句，圈。

多麗百三十九字

氷[一]

玉壺中，井花徹底都凝。訝漣漪、風吹難皺，潺湲一夜無聲。太玲瓏、鱗堂貝闕，偏确犖、玉毿銀屏。烈士心邊，佳人肌上，一種晶瑩彷彿曾。還應似、飛仙劍俠，灰冷萬緣僧。都只被、奇寒苦凍，鍛鍊纔成。　記前冬、蘆溝南下，歸舟却阻河凌。四絃彈、頗黎劈裂，萬梃擊、琴筑琮琤。玉駭蛟愁，珠飛兕吼，蓬窓千里夢魂清。回頭笑、京華炙手，歲歲火雲蒸。還虧煞，沿街六月，喚買涼氷。

墨眉（曹貞吉）：是髯公自道，何関冰事。

「奇寒苦凍」句旁朱側（徐喈鳳）：妙理妙理。

朱評（徐喈鳳）：奇思妙理，觸緒紛來，真是詠物神手。

墨評（史可程乙）：瑶翻玉灩，鼉吼鯨呿，絶非人間恒境。

校記：

［一］此首未鈐「抄」印。

圈點：

朱筆：「訝漣」二句、「烈士」三句、「都只」二句、「玉駭」八句，圈。

墨筆一：題上，單圈。「訝漣」二句、「烈士」三句、「都只」二句、「玉駭」八句，圈。

墨筆二：題上，單圈。「歲歲」句，抹。

多麗百三十九字

清明兼上巳丁巳[一]

筭風光，依稀纔過傳柑。又取次、韶光媚眼，今朝三月逢三。映一行、水邊粉屧，立幾簇、橋上紅衫。皂莢園中，丁香樹下，春人影落百花潭。又何處、東風作陣，吹綻碧桃緘。從古是、清明上巳，兩好難兼。　恰經過、幽坊小市，衣痕髩縷廉纖。翠蛾招、流觴巷北，黃鶯喚、潑火城南。艷粉墻頭，紅香帽底，花枝婉娩礙晴簷。争留住、錫簫戲鼓，准擬待新蟾。歸來晚，梨花院宇，情緒懨懨。

朱首（曹亮武）：草緑衫同，花紅面似，古人麗句寧能有此一二耶？

墨尾（曹貞吉）：「春人影落百花潭」是未經人道語，不知者以為張三影矣。

校記：

［一］詞題，浩然堂本「上巳」後有「作」字。

圈點：

朱筆：「春人」句、「艷粉」八句，圈。

墨筆：調上，單圈。題上，單點。「春人」句，圈。「從古」二句，抹。

卷六　《迦陵詞》石冊

迦陵詞　蜀中後學李准敬題[一]

校記：

[一] 鈐印：「李□□」。

石。原本少柳含煙、二郎神。

迦陵詞　寓園閱訖抄訖[一]

校記：

[一] 據落款，此陳宗石手跡。鈐印：「詞龕墨緣」、「李放曾藋」。

此本除《歲寒詞》已有刻本，尚應抄十八首。[一]

校記：

[一]此則題寫於後頁，不知何人筆跡。另有印二方，鈐於紙幅邊處，惟存一半，不能辨識。

石[二]

南鄉子一体　赤枣子　法駕導引　甘州子　醉太平　點絳唇　浣溪紗
偷聲木蘭花　好事近　散餘霞　相思引　画堂春　山花子　城頭月
南柯子　醉花陰　探春令　雨中花　鷓鴣天　花間虞美人　贊成功
鳳銜盃　侍香金童　獻衷心　芭蕉雨　玉梅令　鳳凰閣　殢人嬌
隔浦蓮近　鮮蹀躞　風入松　婆羅門引　四園竹　側犯中調　紅林檎近
爪茉莉　洞山歌　簇水　鶴冲天　石湖仙　愁春未醒　鵲踏花翻
塞翁吟　滿江紅[二]　水調歌頭　滿庭芳[三]　夢揚州　塞孤　滿庭
芳[四]　八節長歡　天香　八聲甘州　醉蓬萊　揚州慢　長亭怨　月
華清　玉蝴蝶　高陽臺　垂楊　念奴嬌　百字令即念奴嬌　龍山會
五福降中天　東風第一枝　換巢鸞鳳　無愁可解　萬年懽　遶佛閣
燕歸慢　翠樓吟　月當廳　桂枝香　水龍吟　瑶花　石州慢　花犯

倒犯　還京樂　探春　瀟湘逢故人慢　二郎神　月中桂　解連環
清江裂石　秋霽　傾盃樂　望湘人　惜黃花慢　慢卷紬　五綵結同心
八歸　摸魚兒　沁園春　賀新郎　賀新涼　金明池　西平樂　玉女
搖仙佩　多麗　豊樂樓　喜遷鶯　夢芙蓉　画堂春　風入松　瑞寉
仙　淒涼犯[五]　踈影　霜葉飛　宣清　花犯　十二時[六]

校記：

[一]此目録筆跡與金冊目録同，與全稿不同。詞牌旁多鈐「彊善堂主人對訖」印，不一一說明。

[二]自「洞仙歌」至「滿江紅」改鈐「待弔青蠅」、「素溪」印。

[三]「滿庭芳」，改鈐「待弔青蠅」、「素溪」印。

[四]「滿庭芳」，改鈐「待弔青蠅」、「素溪」印。

[五]「淒涼犯」，改鈐「待弔青蠅」、「素溪」印。

[六]「十二時」，未鈐印。此頁之背頁，有滿文印二方，鈐於紙幅邊處，惟存一半，不能辨識。

陳其年詞集序[一]

同學友弟蔣平階大鴻　撰

今天下工文辭稱才士者且甚多，而吾必以陽羨陳其年爲之冠。蓋以文章家所應有之事，其年無一不有，而其所有者又能度越餘子故也。予與其年壬辰定交，早定此目，迄今二十五年，所見後來之儁乂不知凡幾，而終不能易我昔日之言。何哉？豈天之生才止有此數乎哉？其年詩、古文，雖世人不能盡知，然大率震於其名，知與不知同聲推服。獨填詞爲其年生平所冣忽，未有專書。予以爲此不足輕重乎其年也。今復示予《迦陵詞集》五卷，予發而讀之，竊謂今日之爲詞者又可廢矣。此如搆名園者，必稱主家沁水、石氏金谷，蓋以天家貴女、耦國高貲，率其材力，雖搆數十園而綽有餘裕，然後以之搆一園，則雄觀麗矚殆非耳目所常經矣。吳下有顧辟彊者，隱約之士，亦以園名。彼一丘一壑之幽奇，縱能窮天工極人巧，而蹇嗇之態不覺自露，又何得比于煌煌鉅麗哉？吾謂其年詞之工，不工于其年之詞，而工于其年之才，人必見其年之詞而后稱其工，何足以知其年矣？

校記：

［一］序文首頁鈐印：「任氏振采」。序文末頁鈐印：「蔣平階印」、「太鴻」、「古柱下史」、「三殘書屋」、「章式之讀書記」。

南鄉子二十七字

江南雜咏［一］

天水淪漣。穿籬一隻撅頭船。萬灶炊烟都不起。芯履。落日撈蝦水田裡。

朱首（曹亮武）：老杜以古樂府直叙時事，此詞可與千載競美。

校記：

［一］此首《荊溪詞初集》選。詞題，浩然堂本題後加「六首」。自此冊起，詞題下多不加尖圈，不復標識。

圈點：

朱筆：「穿籬」四句，圈。

墨筆：題上，單圈。

《荊溪詞初集》：「苉履」二句，圈。

夔魍喧豗。楓根漬酒紙成灰。澤國不知山國苦。銅鼓。醉覡夜深作蠻語。今秋水鄉盡没，而山民復十室九病，故詞及之。

圈點：

朱筆：「楓根」四句，圈。

墨筆：題上，單圈。

户派門攤。官催後保督前團。毁屋得緡上州府。歸去。獨宿牛車滴秋雨。

圈點：

朱筆：無。

鷄狗騷然。朝驚北陌暮南阡。印響西風猩作記。如鬼。老券排家驗鈐尾。

圈點：

朱筆：「老券」句，圈。

萬艘千船。今年米價減常年。乍可宣房填蟻穴。愁絕。不願官家言改折。

朱尾（曹亮武）：大為痛切。

圈點：

朱筆：「愁絕」二句，圈。

墨筆：題上，單圈。

�蓋從風。旌竿十丈壓桯紅。卜式相如争匿笑。驚告。同輩屠沽并傭保。

圈點：

朱筆：無。

赤棗子 小令二十七字 末二句對即《桂殿秋》

偶紀[一]

春漠漠，雨踈踈。綺窓偷訪薛濤居。凝情低詠年時句，人在東[二]風二月初。結句余舊作《無題》詩句。[三]

墨尾(曹亮武):艷句撩人。

《迦陵詞選評》:凝情低詠,氣既徐,漾出餘韻,他人無此致。

校記:

[一]此首蔣本有,《荊溪詞初集》、《亦園詞選》、《古今别腸詞選》、《詞則·閑情集》選。詞調,患立堂本、浩然堂本作「瀟湘神」,《荊溪詞初集》作「桂殿秋」。詞題,《亦園詞選》作「無題」。

[二]「東」,《古今别腸詞選》作「春」。

[三]句下注,患立堂本、《荊溪詞初集》、《亦園詞選》、《古今别腸詞選》無。

圈點:

墨筆:題上,單圈。「人在」句,圈。

《荊溪詞初集》:「人在」句,圈。

《古今别腸詞選》:「人在」句,圈。

《詞則·閑情集》:題上,單點單圈。「凝情」二句,圈。

甘州子小令三十三字

新霽同渭公散步元白園亭，主人不在，題壁而去[一]

沁園春在畫橋西。花月價，賤如泥。碧城高與粉墻齊。擬把數行題。題未了，斜日亂鶯啼。

墨尾（曹亮武）：即景佳句，他人正不能措筆。

校記：

［一］詞題「渭公」、「元白」，後用墨筆校改作「南耕」、「原白」，患立堂本、浩然堂本作「南耕」、「潘原白」。浩然堂本題後加「二首」。此首眉上鈐「南耕」印。有朱筆「对」。

圈點：

墨筆：題上，單圈。「碧城」四句，圈。

又[一]

銅環半面澁[二]蝦蟆。鸚䳇睡，懶呼茶。臙脂新濕小窗紗。柳線漸勝[三]鴉。無人到，開徧一園花。

墨尾（曹亮武）：如弱柳新鶯，嫣然欲絶。

校記：

［一］此首蔣本有，《絶妙好詞今輯》選。詞題，蔣本同稿本校改後文字。

［二］「澁」，《絶妙好詞今輯》誤作「濕」。

［三］「勝」，《絶妙好詞今輯》誤奪。

圈點：

墨筆：題上，單圈。「臙脂」四句，圈。

法駕導引三十字

渭公禮斗甚虔，詞以紀之［一］

銅芝盖，銅芝盖，縹緲結祥烟。碧奈花開忉利市，紫陽宫近夜摩天。一枕小游仙。

校記：

［一］此下四首蔣本有。此首《亦園詞選》、《古今詞選》選。詞題「渭公」，蔣本、《古今詞選》作「南耕」，患立堂本、浩然堂本作「曹南耕表弟」，浩然堂本題後加「四首」。全題，《亦園詞選》作「禮斗」。

圈點：

朱筆：「碧奈」二句，圈。

墨筆：題上，單圈。

又[一]

西風動，西風動，閬苑一愁無。毛女弄琴紅捍撥，井公戲博紫樗蒱。閒話鮑家姑。

校記：

[一] 此首眉上鈐「南耕」印。

圈點：

朱筆：「閬苑」四句，圈。

墨筆：題上，單圈、單勾。

又

元始殿，元始殿，瑶陛一層層。丹竈幾聲仙院笛，碧池千盞醮壇燈。人静露華凝。

圈點：

朱筆：「丹竈」二句，圈。

又[一]

梅爐閉，梅爐閉，長日不曾開。絳帔黄絁晨控鶴，緑章赤篆夜扶鸞。來往総仙官。

朱尾（四首總評）（曹亮武）：雲璈天樂，鐵篴僊音，使人神遊玉霄之外。

校記：

［一］此首眉上鈐「南耕」印。

圈點：

朱筆：「絳帔」三句，圈。

墨筆：題上，單圈、單勾。

醉太平三十八字

題孫無言半瓢居，倣宋人獨木橋體[一]

顔淵一瓢。先生半瓢。傍人笑問團瓢。是吟瓢酒瓢。　巢由飲瓢。先生住瓢。行窩何處非瓢。任肩挑壞瓢。

朱尾（徐喈鳳）：引顔淵以「一」字起「半」字，引巢由以「飲」字起「住」字，真是巧法雙絶。結句尤得無言歸黄山意。

校記：

［一］此首蔣本有。詞題，患立堂本、浩然堂本均無「倣宋人獨木橋體」，蓋列「戲詠錢倣宋人獨木橋體」後，不欲重復歟？有朱筆「对」。

圈點：

朱筆：「顔淵」二句、「是吟」句、「巢由」二句、「任肩」句，圈。

浣溪紗 小令四十二字

陸上慎移居東郊［一］

背郭沿溪路不遥。杏花村裡菜花橋。故人和燕定新巢。　藥裊煖［二］分花影曬，漁簑閒受柳綿飄。小樓長聽雨瀟瀟。

「杏花」句朱側（曹亮武）：眼前詞料甚佳。

校記：

［一］此下二首蔣本有。此首《荊溪詞初集》、《昭代詞選》選。詞題，浩然堂本題後加「二首」。

眉上鈐「南耕」印。有朱筆「对」。

[二]「煖」,《昭代詞選》作「遠」。

圈點:

朱筆:「杏花」句、「小樓」句,圈。

墨筆:題上,單圈。

《荊溪詞初集》:「故人」句、下闋,圈。

又

水驛家家看打魚。晴簷日日喚提壺。知君高卧一愁無。　乍可小詞填幼婦,不妨新論著潛夫。明年花下引鵷雛。

朱尾(曹亮武):語語真色,所謂净洗却面,與天下婦人鬬好者也。

圈點:

朱筆:「知君」句、「明年」句,圈。

偷聲木蘭花五十字[一]

咏錢[二]

青蚨鑄就開元字。相看似有團圞意。欲簸還慵。惱煞輕狂小沈充。　擲來好卦全無准。買來好事多無分。榆筴由他。偏逐東風不着家。

校記：

[一]五十字，原作「四十四字」，墨筆改。

[二]此首筆跡與全稿不類。有朱筆「对」。

圈點：

墨筆：題上，單圈。上闋、「榆筴」二句，圈。

好事近小令四十五字

丙辰早春，得雲間張洮侯寅冬所寄書[一]

春水錦鱗通，忽把故人墨跡。一紙三年纔到，訝紅牋無色。　當初高讌五茸城，盡江東裙屐。記得傀俄酒態，有瓊筵醉客。

朱首（曹亮武）：情真事真，所以為妙。

校記：

［一］此首有朱筆「对」。

圈點：

朱筆：「一紙」二句，圈。

好事近 四十五字

食蟹憶渭公時渭公以禮斗齋宿道院。［一］

溪友饋霜螯，細搗蠻薑漫喫。更聽糟床細注，賞半窓晴碧。　游仙今夜憶曺唐，正鎖旌陽宅。料在醮壇深處，倚石床吹笛。

朱尾（曹亮武）：偏有此畸人逸事供其詞料。

校記：

［一］此首蔣本有，《荊溪詞初集》選。詞題「渭公」，蔣本、患立堂本、浩然堂本、《荊溪詞初集》俱作「南耕」。有朱筆「对」。

圈點：

朱筆：「料在」二句，圈。

墨筆：題上，單圈。

點絳脣 四十一字

舟行秋望[一]

歷亂烟村，推篷爱煞晴秋爽。柴門栗橡。風定誰敲響。　野鴨濛濛，懶漫勤依槳。漁蠻莽。鷺飛兩兩。觸損玻瓈様。

朱首（曹亮武）：幽景可思。

朱尾（曹亮武）：一幅溪村圖。

校記：

[一] 此首有朱筆「对」。

圈點：

朱筆：「柴門」二句，圈。

散餘霞小令四十五字

十六夜即景元夜暫晴，此宵復雨。[一]

昨宵皓月涼於粉。浸萬家蟬鬢。花下幾兩車兒，翠盈盈偏穩。　今夜紅燈成陣。被雨絲淹盡。一隻銀鴨床頭，鎮厭厭春困。

朱尾（史可程丙）：姍姍而來，步有餘妍。

校記：

［一］此首有朱筆「対」。

圈點：

朱筆：上闋，圈。

墨筆：題上，單圈。

相思引小令四十六字［一］

元夕後二日，夜雨即事［二］

綺陌將收五夜燈。後堂鎖到第三層。畫簷殘燭，細雨恐難勝。　歌板敲愁飛火鳳，枕函貯夢結紅冰。覺來還記，踏月六街曾。

朱尾（史可程丙）：寫情布景，踽踽欲動。

校記：

［一］調名，患立堂本、浩然堂本俱作「琴調相思引」，下注「一名玉交枝」。

［二］此首蔣本有，《荆溪詞初集》、《瑶華集》、《亦園詞選》選。有朱筆「对」。

圈點：

朱筆：「畫簷」二句、「歌板」二句，圈。

墨筆：題上，單圈。

《荆溪詞初集》：「歌板」二句，圈。

画堂春小令四十七字

春景，和少游原韻［一］

今年愁似柳條長。春宵夢斷昭陽。杏花着雨隔籬香。瘦不成粧。　十載流連蜂蝶，半生淪落湖湘。殘紅幾斛撲衣裳。和淚同量。

墨首（曹亮武）：東原韵，但覺鋪綴工緻。

朱尾（徐喈鳳）：言短愁長，淚添溪漲矣。

校記：

［一］此首有朱筆「对」。

圈點：

朱筆：上闋「殘紅」三句，圈。

墨筆：無。

山花子 小令四十八字

送姜學在由吴門之宛陵清明掃墓［一］

魯國男兒是孔融。如今流落號吴儂。燕子柳條能釀恨，舊江東。　謝眺樓邊欒布社，琴高潭上石尤風。送爾片帆春上冢，雨濛濛。

朱尾（曹亮武）：煙景可思。

校記：

［一］此首蔣本有。有朱筆「对」。

圈點：

朱筆：「燕子」二句，圈。

墨筆：題上，單圈。

偷聲木蘭花小令五十字

題南水上人詩卷尾［一］

六朝僧話三生事。雨後人歸花下寺。我最憐渠。不數琴聡與蜜殊。東坡呼惠聡為琴聡，仲殊為蜜殊。

借師禪板為歌板。唱到江東春又晚。晴絮茫茫。縱使無愁也斷腸。

朱尾（史鑒宗）：致在淡中，得此禪為不枯。

校記：

［一］此首蔣本有。上片末小注，蔣本置詞末。有朱筆「对」。

圈點：

朱筆：「六朝」二句、「借師」二句，圈。

墨筆：題上，單圈。

城頭月五十字

月下

冰輪偏向城頭挂。河漢寥寥夜。一片関山，千秋楚漢，萬帳更齊打。　何如移向東湖舍。照荳棚瓜架。草響溪橋，水明山店，兒女追凉話。

朱尾（曹亮武）：數語無限悲凉。

墨尾：曹南耕[一]曰：勝讀一卷老莊。

校記：

[一]「曹南耕」，原寫「史雲臣」，墨筆校改。題上鈐「南耕」印。有朱筆「对」。

圈點：

朱筆：「萬帳」句、「草響」三句，圈。

墨筆：題上，單圈。「一片」三句、下闋，圈。

南柯子 五十二字

午睡[一]

磁枕摇新竹，藤床蔭瘦桐。人間亦有廣寒宫。半畝荷亭，幾陣藕絲[二]風。　簟滑涼於[三]水，幬虚翠若空。花陰得失鬧雞蟲。覺後掀髯，一笑夕陽紅。

墨尾：史雲臣[四]曰：笑中了却幾重蕉鹿斷案。

朱尾（徐喈鳳）：龍争蝸戰，俱堪一笑，北窗午睡，真是羲皇。

墨尾（曹亮武）：不作婦人語，妙。

校記：

[一]此首蔣本、《百名家詞鈔》本有，《東白堂詞選初集》、《昭代詞選》、《國朝詞雅》選。詞調，《昭代詞選》作「南歌子」。調上，墨筆寫「三」。有朱筆「对」。

[二]「絲」，《昭代詞選》作「花」。

[三]「於」，《東白堂詞選初集》作「如」。

［四］「史雲臣」，原寫「曹渭公」，墨筆又改「南耕」，再改「史雲臣」。

圈點：

朱筆：「藤床」句、「花陰」三句，圈。

墨筆一：「花陰」三句，圈。

墨筆二：題上，單圈。「人間」三句、「花陰」三句，圈。

《百名家詞鈔》本：「半亩」二句、「覺後」二句，圈。

《東白堂詞選初集》：「覺後」二句，圈。

醉花陰 小令五十二字

撲螢［一］

齊紈似粉誰新砑。愛把潭香惹。金屋夜無人，熠燿初流，笑覓輕羅打。　迎凉不是閒貪耍。指定花陰罵。千古好雷塘，総是伊家，做出興亾話。

墨尾：吳園次曰：忽定罪案，奇快殊甚。

墨尾（日）：張湯磔鼠，陳髯罵螢，固同一深文也。

墨尾（曹亮武）：畢竟牽強。

校記：

［一］調上，墨筆寫「二」。此首有朱筆「对」。

圈點：

墨筆一：「千古」三句，圈。

墨筆：下闋，圈。

探春令小令五十二字

試燈夜對雪［一］

六街料理做元宵，奈雪兒偏下。小鸜哥、隔着鞦韆［二］架。將六出、花輕罵。　滿城何處尋銀帕［三］。掩重門睡罷。想年時多少，畫橋深巷，一片紅燈掛。

墨首（曹亮武）：輕艷絶世。

墨尾（曹亮武）：即景數景，悠然無盡。

校記：

［一］此首《絶妙好詞今輯》選。題下「南耕」鈐印。有朱筆「对」。

［二］「鞦韆」，《絶妙好詞今輯》作「千秋」。

［三］「銀帕」，墨筆校改作「羅帕」，患立堂本、浩然堂本同。

圈點：

墨筆：「小鷃」二句、「年時」二句，圈。

雨中花小令五十四字

雨窗咏梅，和渭公作［一］

連日春工寒勒住。繡不滿、枝頭嬌嫮。一點胭脂，半廊香雪，開在無人處。　漫倚畫簷垂玉筯。我含淚［二］、細為花訴［三］。四海青衫，六宮紅粉，幾陣風和雨。

朱尾（王于臣）：字字令人酸楚，梅花有知，反可無恨。

校記：

［一］此首《荊溪詞初集》、《絶妙好詞今輯》選，詞題皆無「和渭公作」。《荊溪詞初集》調下注「第二體」。詞題「渭公」，墨筆校改作「南耕」，患立堂本、浩然堂本同。題上鈐「南耕」印。

［二］「淚」，《絶妙好詞今輯》作「笑」。

［三］「訴」，《絶妙好詞今輯》作「數」。

圈點：

朱筆：「繡不」三句，圈。「開在」句，雙圈。「四海」二句，圈。「幾陣」，雙圈。

《荊溪詞初集》：「一點」三句，「四海」三句，圈。

鷓鴣天小令五十五字

元夕前二日，聞渭公、元白諸子雪中有龍池之游，作此調之[一]

瀌瀌街泥未肯晴。群公高興爱山行。一行翠榜欹烟滑，幾隊紅氊映雪明。　真寂歷，劇凄清。寺橋猶欠一聲鶯。歸來更值街[二]燈落，兩地風光醉不成。

朱尾（曹亮武）：一場敗興事，寫得如許風致。

墨尾（史可程丙）：「寺橋猶欠一聲鶯」，可為《會真記》暗度金針。

校記：

[一]此首蔣本有。詞題，蔣本、患立堂本、浩然堂本「渭公」作「南耕」，患立堂本、浩然堂本「元白」作「原白」。有朱筆「对」。

[二]「街」，蔣本作「花」。

圈點：

朱筆：「寺橋」三句，圈。

墨筆：題上，單圈。「寺橋」三句，圈。

鷓鴣天小令五十五字

贈莊山人七十[一]

雨後晴鬟翠可捫。風前畫縠緑成痕。桃花開徧防漁父，蝴蝶飛來認耳孫。書滿架，酒盈尊。舉家耕讀任乾坤。也知丸藥今晨懶，偶爱聽鶯過别村。

朱尾（史鑒宗）：不意羽衣儒響尚在人間，三復之，疑於身自月中來矣。

校記：

[一] 此首蔣本有。有朱筆「对」。

圈點：

朱筆：「桃花」二句、「也知」二句，圈。

墨筆：題上，單圈。

贈李匪莪[一]

篋裡還存寶劍篇。舍旁已買瀼西田。蓼莪久廢中年後，鴻雁難尋絶塞邊。　撲帽雪，隔籬烟。緑楊絲隱釣魚船。難封休恨君家廣，仙李由來結大年。

朱尾（史鑒宗）：雪乳而水，花融而蜜，使事之圓，敢以此贈。

校記：

[一]此首蔣本有，浩然堂本無。有朱筆「对」。

圈點：

朱筆：上闋、「緑楊」句，圈。「難封」二句，點。

墨筆：題上，單圈。

花間虞美人五十八字

為廣陵何茹庵題像像在荷潭竹嶼間，旁有兩姬人侍。[一]

角弓硬箭黃金弝。須上凌烟画。不然脱帽五湖天。藕絲篁粉伴茶烟。亦前緣。　雄心畢竟輕餘子。知我佳人耳。雙挼裙帶繞花行。凉軒水檻十分清。説平生。

朱尾(徐喈鳳)：氣槩雄邁，生平可想，虎頭神技也。

校記：

［一］此首有朱筆「对」。

圈點：

朱筆：「不然」三句、「雄心」二句、「説平生」，圈。

墨筆：題上，單圈。

贊成功中調六十二字

憶梁園客夏，避暑開元寺南湖草堂，與徐恭士、宋牧仲、家亦人別駕、四五兩舍弟、

僧雪笠日夕談讌，別來遂及一載，詞以誌憶［一］

好風涼夜，新月疎桐。一年前事尚濛濛。記曾避暑，梁孝園中。野塘水碧，古寺墻紅。溪友詞客，雨笛霜篷。弄人衫子釣絲風。別來一載，憔悴江東。南湖魚鳥，定也憐儂。

朱尾(史鑒宗)：牽情往事，黯然銷魂。

校記：

［一］此首蔣本有。詞題，蔣本、患立堂本同，浩然堂本「四五兩舍弟」作「子萬四舍弟」，《四部叢刊》影印患立堂本同。有朱筆「对」。

圈點：

朱筆：「記曾」四句、「弄人」句、「南湖」二句，圈。

墨筆：題上，單圈。

鳳銜盃 中調六十三字

觀音山游，暮歸即景［一］

香紅暝翠風吹散。依舊在、心頭嵌滿。恰殘夢懵騰，墻圍青粉誰家舘。正隔水、飄歌板。　柳絲樓，棃花苑。雨濛濛、画船歸晚。剩薺菜連天，檀心嬌煞［二］無人管。黄了春城一半。

「黄了春城一半」句墨尾（曹亮武）：一語嫣然。

朱尾（徐喈鳳）：菜花是常物，一經點染，便來麗景。

校記：

［一］此首蔣本、《百名家詞鈔》本有，《亦園詞選》選。詞題，蔣本無「歸」字，《百名家詞鈔》本作「春日遊觀音山」，《亦園詞選》作「游山即事」。

［二］「煞」，《百名家詞鈔》本作「㸐」。

圈點：

朱筆：「依舊在」句、「正隔水」句、「剩薺」三句，圈。

墨筆：題上，單圈。「墻圍」二句、「黄了」句，圈。

《百名家詞鈔》本：「香紅」二句、「正隔」句、「黄了」句，圈。

侍香金童六十四字

題閨秀画扇，用《湘瑟詞》韻［一］

蕃馬平沙，六扇屏風摺。映的的、腮渦紅暈頰。擘阮研筝都未愜。只把檀槽，粉偎酥貼。　偶臨花蕋樣，閒將螺管捻。襯幾筆、烟條露葉。料爾前身枝上蜨。乍舀［二］齊紈，燕窺鶯踏。

朱眉（史鑒宗）：較韓冬郎《香奩集》分外入情。

朱尾(史鑒宗)：全從閒處着眼，覺瑟瑟璣琲，狼藉滿地，香聞十里。

校記：

［一］此首有朱筆「对」。

［二］「舀」，浩然堂本作「掐」。

圈點：

朱筆：「只把」二句、「襯幾」四句，圈。

獻衷心中調六十五字

商丘城外二十里，曰水墅鋪，此地白蓮花最盛，綿亘數十畝。予友侯叔岱家焉，常坐我花際。詞以懷之［一］

記故人家在，水墅之東。荷十里，白濛濛。想兔園殘雪，尚綴藕塘中。偏作態，將膩粉，換香紅。　花隱約，月朦朧。此身疑在廣寒宫。箅最難忘得，雨幔烟篷。今何夕，人悵望，水連空。

朱尾(史鑒宗)：以兔園殘雪摹擬白蓮，所謂本地風光也。幽緒纏綿，寄懷渺渺，文生于情矣。

校記：

［一］此首蔣本有。有朱筆「对」。

圈點：

朱筆：「想兔」五句、「此身」三句、「人悵」二句，圈。

墨筆：題上，單圈。

芭蕉雨 中調六十五字

驟雨

日午絳雲烘墨。渴烏偏掉尾、威胡赫。一霎溪風涼激。誰取十萬冰絃，輥來霹靂。急雨琤琮裂帛。萬瓦戰金鐵。轟餘怒猶思、壞墻壁。此際白苧涼衫，獨上快閣臨風，鬢如蝟磔。

朱尾：尤悔庵曰：豪甚！［一］如曹景宗耳後生風、鼻端出火時。

校記：

［一］「尤悔庵」三字墨筆後加，「豪甚」，原寫「快甚」，墨筆校改。墨筆筆跡並與全稿同。

圈點：

朱筆：「此際」三句，圈。

墨筆：題上，單圈。「一霎」三句、「轟餘」四句，圈。

玉梅令 中調六十六字

同雲臣諸子過放庵禪院看梅，時積雨新霽［一］

禪房甚綺。有粉英嬌倚。連宵雨、幾枝臨水。恰小停響屧，簷隙已微紅，紗窗日影，頓添半指。　茶鎗酒竈，都饒名理。只軒外、怕東風起。囑成團香雪，休去舞春城，須片片、墮金尊裡。

朱尾（曹亮武）：説得有情，花應解語。

校記：

［一］此首蔣本有。

圈點：

朱筆：「只軒」四句，圈。

墨筆：題上，單圈。

鳳凰閣中調六十七字

虎丘喜遇侯記原大年[一]

記摘船吟雨，倚樓題柳。樊川水榭暫攜手。一自消魂賦別，幾度回首。沈家令、帶圍較瘦。　帽簷微側，斟酌橋邊閒走。故人忽遇半塘口。知尹緑、小軒前，叢桂開久。却底事、還眠虎阜。尹緑，秬園中軒名。

朱首（曹亮武）：眼前景物都成佳料，如坡公以街談巷語為詩。

墨尾（月）：情事入画，更無筆墨痕跡。

朱尾（史鑒宗）：蕭洒中却具瑰異，内家妝束豈艷情可仿佛？

墨尾（徐喈鳳）：别而復晤，恰當尋秋讌月時，宜其詞意纏綿如此。

校記：

[一] 此首有朱筆「对」。

圈點：

朱筆：「帽簷」三句，圈。

墨筆：題上，單圈。下闋，圈。

殢人嬌 中調六十八字

晚浴[一]

幾陣蟬嘶，趁了一枝花影。簾底下、井華氷[二]冷。綃裳乍解，更紅酥寒凝。似素藕、浸勾碧湖千頃。　浴罷凭闌，晚粧慵整。且消受、凉花緑茗。盈盈皓月，漸低窺金井。又畫就、深院夜香風景。

墨尾：丁药園曰：摩訶池上，孟蜀宮中，此夜清凉，庶幾相似。

墨評(洪)：差復不俗。

校記：

［一］此首蔣本有。有朱筆「对」。

［二］「氷」，蔣本作「水」。

圈點：

墨筆一：題上，單點。「趖了」二句，圈。

墨筆二：題上，單圈。「幾陣」二句、「似素藕」句、「且消受」句、「又畫就」句，圈。

隔浦蓮近拍 中調七十三字

賞荷［一］

空明雲水浩淼。渚瀨叢幽筱。緑净誰能唾，瓊奩啓，簾漪悄。啁哳［二］騰翠鳥。菱潭窈。紅藕花開了。數枝裊。［三］　蓮娃極浦，羅裙争盪清曉。盈盈翠榜，烟舸競將紅鬧。摘得荷房縹菂小。月皎。兀波柔櫓聲杳。

朱尾：徐竹逸曰：如危巒仄磴，幽窈峭削，絶非恒境。［四］

校記：

［一］此首蔣本有。詞題，患立堂本、浩然堂本後有「同南耕、緯雲賦」。

［二］「晰」，蔣本作「啾」。

［三］「數枝梟」，依調當在下闋。

［四］朱評原作：「如危巒仄徑，幽窈深險，掉臂游行，良足為快。」後用墨筆校改。

圈點：

朱筆：「啁晰」四句，圈。

墨筆：題上，單圈。「緑浄」七句、「羅裙」句、「摘得」三句，圈。

解蹀躞七十五字

秋雨夜宿田舍［一］

淼淼孤村斷壠，只浪花翻舞。踈槳自緑、茅簷伴人住。休問紅糯黄粱，総搴菰米茭絲，濕烟難煑。　夜將曙。白項鴉啼棠樹。樹西近官路。叢叢古廟、老巫擊銅鼓。敢倖今歲西成，祇祈暫歇床頭，淙淙秋雨。

朱尾（曹亮武）：怨風愁雨，滿目凄然，帋上正復陰陰瑟瑟。

校記：

［一］此首有朱筆「对」。

圈點：

朱筆：「休問」三句、「樹西」二句，圈。

墨筆：題上，單圈。

風入松中調七十六字

納凉［一］

當年結夏映層潭。脱帽卸輕衫。柳絲斜颺陰篷捲，釣檻外、碧色微添。橋背嫩凉瑟瑟，村頭老樹毵毵。　水天閒話對誰談。城市我何堪。采菱放鴨江鄉伴，無人問、老子溪南。浮世飛鴻雪爪，故山亂葉茅庵。

朱尾（曹亮武）：寄託高遠，勝情逸韻，非他人所能逮。

墨尾：史蘧庵先生曰：此等作，固是胸襟情所寄。

校記：

［一］此首蔣本有。眉上鈐「南耕」印。有朱筆「对」。

圈點：

朱筆：「采菱」二句，圈。

墨筆：題上，單圈。「柳絲」四句、「采菱」四句，圈。

婆羅門引 七十六字

香橼［一］

晚風千顆，纍纍纔與畫簷平。綻來剛趁秋晴。怪底匀圓如許，青女手搓成。乍迴廊小摘，冷韻旋生。　冰甆翠罌。壓疊在、小紅檠。弄影夕陽黄處，檀暈偏明。空香如雨，最宜人、昨夜恰微酲。何須數、西崦霜橙。

朱尾（曹亮武）：景色鮮妍，咏物盡致。

校記：

［一］此首蔣本有，《瑶華集》選。有朱筆「对」。

圈點：

朱筆：「怪底」二句、「氷甆」二句、「最宜人」句，圈。

墨筆：題上，單圈。

四園竹七十七字

龔節孫卧疾東郊，秋日過訪，用《片玉詞》韻[一]

山光水態，濃淡上烟扉。菊摇暗壁，蛩語壞廊，人卧蕭幃。停碧簫，歇翠笋，檀奴嬾況，小窓風月應知。

漫凄其。牀頭尚有龍泉，從君且訂交期。戲作藥名艷體，閒檢方書，寫上香辭。臨欲去，日影矬、茶烟颺漸稀。

朱尾（曹亮武）：雅細合拍。

校記：

［一］此首蔣本有。

圈點：

朱筆：「日影矬」句，圈。

側犯 中調七十七字

百花洲訪南水上人[一]

閒尋茂苑，摘船碾徧琉璃滑。明滅。望半畝精廬、隱林樾。空香粘茗粥，野翠連巾拂。幽絶。想夜夜經臺、浸秋月。　吴宫似夢如塵，[二]往事和誰説。舊時節。記盈盈，水面蓮歌徹。幾陣西風，繁華吹歇。滿汀[三]紅蓼，一園黄蝶。

朱首（曹亮武）：响徹雲際。

墨尾（徐喈鳳）：信手拈來，字字幽秀。

校記：

［一］此首蔣本有。題下鈐「南耕」印。

［二］「如塵」，後用墨筆圈去，旁有朱筆批「比舊調多二字」。諸本均無此二字。

［三］「汀」，患立堂本、浩然堂本作「江」。

圈點：

朱筆：「望半」句、「幽絶」二句、「滿汀」二句，圈。

墨筆：題上，單圈。「望半」句、「幽絶」二句、「滿汀」二句，圈。

紅林擒近中調七十九字

大鴻有西河之感，作此代唁大鴻次子無逸，没于嶺南幕中。

黄蛤沉香浦，緑犀惶恐灘。山郡荔枝葉，驛樓鷓鴣斑。鬱孤臺高一去，瓊島水闊難還。金齒細屧花間。茜血灑紅蠻。黎女雙袖淚，梅嶠百重關。檳榔椰子，枉勞贈自珠官。悵花田草滿，海天月出，小籠失却金尾鷴。

朱尾（史可程丙）：似昌黎海南廟碑，古色斑駁，讀之不可卒曉。

圈點：

朱筆：「黄蛤」四句、「金齒」二句、「檳榔」五句，圈。

墨筆：題上，單圈。

爪茉莉中調八十二字　柳耆卿體

茉莉

暑院追涼，憶炎荒軼事。[一]蠻娘圃、瓊天粉地。任他開落，極望與、籬花相似。更帶暝、紉雪成團，沿坊吽、喧夜市。

贛州船下，到吴天、伴羅綺。相寵愛、夜堂空翠。而今離散，判分攜、幾千里。料幽花、也怨月明如水。海天冷，那易睡。

墨尾：錢葆馚曰：别有深情，在褚墨之外，他人那易知？

校記：

［一］句旁原有朱批「起句似與耆卿原調不合」，後用墨筆點去。

圈點：

朱筆：「極望與」句，圈。

墨筆：題上，單圈。「任他」四句、「相寵愛」句、「料幽花」三句，圈。

洞仙歌中調八十三字

上巳後五日，游吴門觀音山［一］

紅船緑浪，雁翅排將徧。早有香車俟春峴。内家粧、誰要小鳳簾垂，和弱柳，鬬取腰身纖軟。

麝裙飄碧磴，艷粉群群，盡倚晴巒譜幽怨。脉脉祝空王，擲眼兒郎，願歲歲、幡前長見。又語悄、風微怕鶯知，早杏臉潮生，碎挼花瓣。

朱尾（徐喈鳳）：籃輿露面，笑語生嬌，繪出游女神情。

校記：

［一］此首蔣本有。未鈐「彊善堂主人」印，鈐「待弔青蠅」、「素溪」印，印上各有墨筆「对」。有朱筆「对」。

圈點：

朱筆：「内家」三句、「脉脉」三句，圈。

墨筆：「脉脉」三句，抹。

簇水八十四字

舟過梁溪，不及泊舟，遥望龍峰有作［一］

百幅晴漪，漁舟箇箇能輕妙。半［二］村紅樹，將郭外、人家縈抱。歷歷葦花明處，是水仙之廟。正蘸上、一縷殘照。隔水嶠。幾日［三］金風弄霽，做晚翠、十分峭。蒲帆似鳥，翅競向秋空矯。姑待伍塘遊倦，重與停吟櫂。茶鐺沸、錯認山園瀑［四］。

朱尾（曹亮武）：語語是龍峰景色，正覺秀麗盈眸。

墨尾（曹亮武）：可作龍峰遊記。

朱尾（史鑒宗）：穩秀娟美，如龍峰黛色，照人眉際。

墨尾（徐喈鳳）：語語入畫，結句尤堪囬想。

校記：

［一］此首蔣本有。未鈐「彊善堂主人」印，鈐「待弔青蠅」、「素溪」印，印上各有墨筆「对」。

［二］「半」，初用墨筆改作「幾」，後用墨筆加點恢復，「幾」字用朱筆抹去。諸本皆作「幾村」。

［三］「幾日」，患立堂本、浩然堂本作「喜幾日」。

［四］「瀑」，蔣本作「飛瀑」。

圈點：

朱筆：「百幅」四句、「茶鐺沸」句，圈。

墨筆：題上，單圈。「百幅」四句、「蒲帆」二句、「茶鐺沸」句，圈。

石湖仙中調八十九字

題放庵上人《紅豆詞》卷［一］

春愁天樣。將紅豆詞吟，愁歸天上。紅板橋西帘颺。「最関情處板橋西，楊柳岸，青帘颺」，《紅豆詞》中佳句也。綠窓有人爭唱。吟紅叫紫，儘舞絮、沾泥無恙。梅放。把一樽、簷際相賞。南朝許多烟景，被啼鶯、梳乾柳浪。千古興亡，只抵斜陽片晌。且趂踈狂，朝眠碧嶂。暮敲烏榜。閒騁望。一生着屐幾兩。

朱首（曹亮武）：風流矜賞，大為上人作價。

校記：

［一］此首未鈐「履端印」印，鈐「待弔青蠅」印，印上有墨筆「对」。有朱筆「对」。

圈點：

朱筆：「紅板」三句、「千古」七句，圈。

墨筆：題上，單圈。

愁春未醒 八十九字

墻外丁香花盛開，感賦［一］

攀來尚隔，望處偏清。算開到此花，闌珊春已在長亭。滴粉搓酥，小紅牆角倍分明。年年此際，籠歸馬上，遍偏春城。　昨歲看花，有人禿袖，擘阮捱［二］箏。悵新來、梁間燕去，往事星星。只有隣花，依依不作路旁情。夜深難睡，繽紛花影，篩滿空庭。［三］

墨眉（蔣景祁）：是詞讖。

墨尾：悔庵云：簷前空有丁香結，不見楊花撲面飛。[四]

墨尾：此先生四月十三日作，絶筆也。先生三年冷署，人情炎涼，往往托之筆墨，此詞其一也。時[五]先生索予輩屬和，予草草命筆，實不知先生意指[六]所在。不意此篇而後，遂如《廣陵散》不復彈矣。噫！壬戌端陽後三日京少記。[七]

墨尾（黄庭）：三載聯吟，一宵歇絶，夢回酒醒，不堪再讀。蕺山。

《雲韶集》：絶是感喟。句句是題目，却字字是自歎。（「只有」五句）寫意芊綿。

《迦陵詞選評》：激烈語説得極平和，所謂「人之將亡，其言也善」歟？

校記：

[一] 此首《亦園詞選》、《國朝詞綜》、《詞略》、《雲韶集》選。詞題後，原稿墨筆添「索京少、蕺山和」，筆跡與原寫不類，患立堂本、《亦園詞選》、《詞略》無此句。鈐「待弔青蠅」印，印上有墨筆「对」。

[二] 「捱」，《國朝詞綜》、《詞略》、《雲韶集》作「調」。

[三] 患立堂本後有陳宗石跋：

此先兄壬戌年四月十三日作也。先兄即于五月初七日捐館，讀「算開到此花，闌珊春已在長亭」十二字，竟成詞讖。宗石于己巳年捐俸授梓，校閱之餘，不禁聲淚俱下。此闋巳後，《廣陵散》不復彈矣。嗚呼痛哉！四弟宗石謹誌于彊善堂。

［四］此條原為朱評：「花月迷離，情思惝恍，撫絃按節，殊難為懷。」墨筆勾去，重寫此條。

［五］「時」，原寫「是時」，墨筆圈去「是」字。

［六］「意指」，原寫「之意指」，墨筆圈去「之」字。

［七］「京少記」，三字後用墨筆抹去。

圈點：

朱筆：「箕開」二句、「小紅」四句、「只有」五句，圈。

墨筆：題上，單圈。「箕開」二句，圈。

《詞略》：「闌珊」句、「夜深」三句，圈。

《雲韶集》：「年年」三句、「只有」五句，圈。

鶴冲天 八十六字

題鄒生巽含小像 像坐萬山梅花中，一童子煑茶于側。［一］

寒崖緑染。石竇低於甑。極目総蕭林，堆蒼艶。更梅花作海，綻香雪、飄千點。幽人巾自墊。趺坐苔陰，杳靄水明山店。　　瑶翻碧灧。磵底泉澄湛。童子潑茶光，連幽簟。翠花甆注茗，花沸乳、珠成紺。風情何澹澹。乍展吴綾，廻味略如橄欖。

朱尾（徐喈鳳）：輕輕點染，淡淡摹描，傳神阿堵，妙逼三毫。

校記：

［一］此首蔣本有。鈐「待弔青蠅」、「素溪」印，印上各有墨筆「对」。

圈點：

朱筆：「寒崕」二句、「翠花」五句，圈。

鵲踏花翻中調九十字［一］

健兒吹笛［二］

十上燉煌，三過代郡，翩翩繡袷黄金勒。曾在僕射營門，塞女如花，偷譜李謩銀雁［三］笛。長城夜月一輪孤，沙場戰馬千群黑。　　今日。鬓點霜花誰識。故國何年歸始［四］得。幾徧閒尋舊曲［五］，纔當入破，又犯龟兹急。郃陽城外遇鄉人，一聲紅豆春［六］衫濕。

朱尾（史可程丙）：「丈夫鵲印摇邊月，大將龍旗掣海雲」，今古同一雄槩。〇前闋第六句宜七字，後闋第三句宜七字。查文長及諸詞皆然，幸商之。

《詞則·放歌集》：似唐賢塞外詩。

《迦陵詞選評》：取唐賢詩句入詞，此叔夏輩慣技也，然恐未敢稍及此境。

校記：

[一]「九十字」，原寫「八十九字」，墨筆校改。

[二] 此首蔣本、《百名家詞鈔》本有，《草堂嗣響》、《古今詞選》、《昭代詞選》、《詞則·放歌集》選。鈐「待弔青蠅」印，印上有墨筆「对」。有朱筆「对」。

[三]「李謩銀雁」，原寫「沉香玉」，後改。

[四]「始」，此字後添。

[五]「曲」，《草堂嗣響》作「譜」。

[六]「春」，《古今詞選》作「青」。

圈點：

朱筆：「曾在」五句、「郃陽」二句，圈。

墨筆：題上，單圈。

《百名家詞鈔》本：「偷譜」三句、「故國」六句，圈。

《詞則・放歌集》：題上，雙圈。「長城」二句、「郃陽」二句，圈。

塞翁吟 九十二字

秋日過竹枝庵，訪靈機上人不遇，與寒松上人茗談[一]

出郭秋光好，黃葉颯沓霜空。篠徑織，石泉通。漱碎玉淙淙。三生堂後名僧至，乘興杖笠過從。擬問取，寺門松。可仍舊如龍。　橋東。誰延佇，虎溪三笑，逢舊識、廬山遠公。說曉起、秋山有信，趣昨夜、出岫閒雲，仍返山中。姑留軟語，飽看禪窓，瘦槲枯楓。

朱首（曹亮武）：奇險嵌空，俱無斧痕，想見經營搆造之巧。

校記：

[一] 此首鈐「素溪」印，印上有墨筆「对」。有朱筆「对」。

圈點：

朱筆：「擬問」三句，圈。

墨筆：題上，單圈。

滿江紅 長調九十三字

梁溪顧梁汾舍人過訪，賦此以贈，兼題其小像[一]

二十年前，曾見汝、寶釵樓下。春二月、銅街十里，杏衫籠馬。行處偏遭[二]嬌鳥喚，看時誰讓珠簾挂。只沈腰、今也不宜秋，驚堪把。且給箇，金門假。好長就，旗亭價。記爐烟扇影，朝衣曾惹。芍藥纔填妃子曲，琵琶又聽商船話。笑落花、和淚一般多，淋[三]羅帕。

朱尾（史可程丙）：縹緲離奇，鱗鬐飛動，髯其猶龍乎？

《篋中詞》：失職不平。

《雲韶集》：直起老横。（「只沈」二句）血淚淋漓。其年詞多悲調，有不期然而然者。（「芍藥」四句）不堪卒讀。

《詞則·放歌集》：直起老。（「只沈」二句）淒婉在一「也」字。（「芍藥」四句）淋淋漓漓，文生平情。

《迦陵詞選評》：衰颯中逾見風流，莫只見他衰颯。

校記：

[一] 此首蔣本有，《古今詞選》、《國朝詞綜》、《篋中詞》、《雲韶集》、《詞則・放歌集》、《清詞選集評》選。詞題，《篋中詞》、《清詞選集評》作「贈顧梁汾」。末鈐「履端印」。鈐「待弔青蠅」、「素溪」印，印上各有墨筆「对」。有朱筆「对」。

[二] 「遭」，蔣本、《古今詞選》作「逢」。

[三] 「淋」，《篋中詞》、《清詞選集評》作「沾」。

圈點：

朱筆：「行處」四句、「芍藥」四句，圈。

墨筆：題上，單圈。

《雲韶集》：「行處」二句，點。「只沈」二句、「芍藥」四句，圈。

《詞則・放歌集》：題上，雙圈。「只沈」二句、「芍藥」四句，圈。

滿江紅長調九十三字

故友周文夏侍御，没已及十年矣。幼女在閣，尚未字人，少司馬山左孫怍庭先生興懷宿草，特為令子議姻。荊溪人士高其誼，争作詩歌以咏之。鄙人太息，亦填此詞[一]

江左周瑜，年少日、雄姿歷落。記十載、霜飛獬豸，風生臺閣。宦蹟遽如春夢短，人情劇似秋雲薄。舊平泉、早付緑苔生，都非昨。　問鮑子，今難作。憐弱女，憑誰託。賴同官偏念，曩時花蕚。高誼漫言齊偶大，華堂定讓韓居樂。翟公門、一曲鼓求凰[二]，驚羅雀。

朱尾（徐喈鳳）：向子期《感舊賦》、劉孝標《絶交論》，合而為詞，至文至文。

墨尾（曹亮武）：逸調驚飛。

校記：

[一]此首蔣本有。未鈐「履端印」。鈐「待弔青蠅」、「素溪」印，印上各有墨筆「对」。有朱筆「对」。

[二]「凰」，原寫「鳳」，墨筆後改，筆跡似不類原寫。

圈點：

朱筆：「宦蹟」四句、「高誼」四句，圈。

墨筆：題上，單圈。「翟公」二句，圈。

滿江紅九十三字

萬脩承五十，用吕居仁韻[一]

北郭先生，門恰對、峰廻澗曲。且小隱、漁莊蟹舍，長廊矮屋。雨過拍茶香作雪，日高煨芋酥於玉。向紅塵、不到處逍遥，襟衫緑。　林灩灩，烘楓菊。濤瑟瑟，鏘梧竹。問貂蟬簑笠，誰榮誰辱。豆架瓜棚三徑在，黄鷄白酒千塲足。便水田、今歲不曾收，來年熟。

朱尾（曹亮武）：讀竟為掀髯一笑。

校記：

［一］此首未鈐「履端印」。鈐「待弔青蠅」、「素溪」印，印上各有墨筆「对」。有朱筆「对」。

圈點：

朱筆：「豆架」四句，圈。

滿江紅九十三字

秋杪同渭公、魯望弟過東郊外殿元叔祖廢園，感賦[一]

醉袖籠鞭，正杏苑、一枝新奪。歸臥處、溪山窈窕，亭臺層叠。松籟梧烟縈客夢，溪茶澗筍醒人渴。羡昇平、江左玉堂仙，風光別。　繁華事，行人説。凄凉債，今生結。又蝸黄蘚緑，斷碑殘碣。細雨零星漁榜火，亂鴉颯沓僧龕月。記小樓、一片伎衣紅，年時節。

朱尾（徐喈鳳）：覩此荒凉，追思全盛，廢興之感，可為浩嘆。

校記：

[一]此首蔣本有。詞題，諸本「渭公」作「南耕」，蔣本無「感賦」二字。未鈐「履端印」。鈐「待弔青蠅」、「素溪」印，印上各有墨筆「对」。有朱筆「对」。

圈點：

朱筆：「羡昇」二句、「細雨」四句，圈。

墨筆：題上，單圈。

滿江紅 九十三字

送葉桐初還東阿，即次其與曹雪樵倡和原韻[一]

若且歌乎，急配以、哀絲豪竹。念來夜、故人一去，月明人獨。風吼軍都山忽紫，雨收督亢天全綠。笑好官、幾箇讀書來，休耽讀。　吟復寫，螭蟠幅。富與貴，蛇添足。但逢花便插，有泉須掬。建業雲山通地肺，姑蘇烟水連天目。筭穀城、雖好不如歸，眠鄉曲。

《詞則・放歌集》：（「風吼」二句）險絶，奇絶。（「建業」二句）雄闊壯麗，極才人之能事。

《迦陵詞選評》：其肆也，其麗也，非才之大，幾陷於叫囂淫冶。

校記：

[一]此首蔣本有，《詞則・放歌集》選。筆跡與全稿不類。未鈐「履端印」。鈐「待弔青蠅」、「素溪」印，印上各有墨筆「对」。有朱筆「对」。

圈點：

墨筆：題上，單圈。

《詞則・放歌集》：題上，雙圈。「風吼」二句、「建業」二句，圈。

水調歌頭長調九十五字

夏五大雨浹月，南畝半成澤國，而梁溪人尚有畫舫游湖者，詞以寄慨[一]

翠釜一朝裂，銅狄盡流鉛。江南五月天漏，煉石補仍穿。驟若滛龍噴沫，狂比長鯨跋浪，廬舍没長川。菱蔓繞床下，釣艇繫門前。　今何日，民已困，况無年。家家秧馬，閒坐墟井斷炊烟。何處玉簫金管[二]，猶唱雨絲風片，烟水泊游船。此曲縱嬌好，聽者似啼猿。

墨尾（曹亮武）：真實剴切，字字皆淚，不忍言佳。

朱尾（徐喈鳳）：前段慮切懷襄，後段愁深燕雀，所謂「一聲河滿子，雙淚落尊前」也。

校記：

［一］此首未鈐「履端印」。有朱筆「对」。

［二］「玉簫金管」，原寫「金簫玉管」，墨筆校改。

圈點：

朱筆：「驟若」三句、「何處」五句，圈。

墨筆：題上，單圈。「驟若」三句、「家家」七句，圈。

水調歌頭長調九十五字

憶商丘宋介子西湄草堂[一]

雪苑女墻外，水色緑於苔。郭南潭子尤勝，淼淼浸樓臺。長記昇平舊事，彌望風亭雨榭，盪槳百壺來。誰向亂前説，説罷使人哀。西湄好，憶客夏，寄高齋。南烹為余細糝，棐几净纖埃。君笑熱由卿至，僕笑羹應還我，戲語類優俳。摇櫓没烟去，背指野棠開。徐陵奉使至魏，魏人宴之。是日甚熱，魏收嘲陵曰：「今日之熱，當由徐常侍來。」○齊沈文季與魏崔祖思，在高帝前戲争羹膾為吳食，祖思曰：「『炰鱉膾鯉』，似非勾吳之詩。」文季曰：「『千里蓴羹』，豈関魯衛？」帝笑曰：「蓴羹固應還沈。」[二]

朱尾（徐喈鳳）：款款叙來，寓情於景，讀一過令我神往西湄。

校記：

[一]此首蔣本有。未鈐「履端印」。有朱筆「对」。

[二]蔣本無詞末小注。

圈點：

朱筆：「雪苑」二句、「誰向」五句，「君笑」五句，圈。

墨筆：題上，單圈。

水調歌頭九十五字

新秋寄驥沙徐仲宣[一]

秋色潔於雪，澄湛到簾鈎。憑軒憶爾更劇，君亦念余不。記客泉亭草寺，閒弄吟篷釣笛，相與狎沙鷗。一笑别君去，四節忽如流。　大江邊，殘照裡，仲宣樓。烟波蝦菜，料爾生計儘優游。此地孤城絶島，長被蛟涎兔汁，鍊足一天秋。横竹吹阿濫，吽醒古今愁。

朱尾（徐喈鳳）：鐵笛一聲，江濤欲沸，可敵王仲宣登樓一賦。

《詞則·放歌集》：（「此地」五句）精警奇闢，令人神竦。

校記：

[一]此首蔣本有，《詞則·放歌集》選。未鈐「履端印」。有朱筆「对」。

圈點：

朱筆：「秋色」二句、「不記」三句、「大江」五句、「横竹」二句，圈。

墨筆：題上，單圈。

《詞則・放歌集》：題上，雙圈。「大江」三句、「此地」五句，圈。

水調歌頭九十五字

溪泛[一]

誰送半城緑，恰是兩溪風。茫茫銀濤雪浪，天水有無中。每到簟紋平處，不覺水香肥極，一色玉玲瓏。最惱閒鷗鷺，偏觧占空濛。　駕一葦，凌萬頃，浩無窮。今宵圓月定好，寄語織綃宫。脱帽五湖風景，捲幔半生心事，杳靄縱吟篷。一笛中流發，乃是緑簑翁。

墨首（曹亮武）：曼聲長嘯，水上魚龍應解起舞。

墨尾：曹顧庵先生曰：鐵笛一聲，空江轉碧，能使「老魚跳波瘦蛟舞」。

《詞則・别調集》：（「每到」二句）平常意，却未經人道。

校記：

[一]此首蔣本有，《昭代詞選》、《詞則・别調集》選。眉上鈐「南耕」印。末鈐「履端印」。有朱筆「对」。

圈點：

墨筆一：「每到」五句、「今宵」二句，圈。

墨筆二：題上，單勾。「誰送」二句、「每到」五句、「今宵」七句，圈。

《詞則·別調集》：題上，雙圈。「誰送」二句、「每到」二句、「最惱」二句、「脱帽」五句，圈。

滿庭芳長調九十五字

丙辰元夕[一]

戰馬千群，戍旗一片，江東月又剛圓。凝粧艷粉，何異太平年。樓上冰簾絳蠟，参差弄、鳳管鵾絃。樓兒下，金蛾玉繭，風景倍嫣然。　碧天。何限事，一生能得，幾度燈前。况春城不禁，拾翠尋鈿。忍負衫紅鈒紫，生生愽、圖畫凌烟。歸來晚，闌珊夜火，人立小門邊。

朱首（曹亮武）：明粧儼然，丹青似李成。

墨尾（史可程丙）：幽妍冷倩，置之絶妙詞中，自然青出於藍。

校記：

[一] 此首蔣本有。未鈐「履端印」。鈐「待弔青蠅」、「素溪」印，印上各有墨筆「对」。有朱筆「对」。

圈點：

朱筆：「一生」四句、「闌珊」二句，圈。

墨筆：題上，單圈。「一生」四句、「生生慱」句、「闌珊」二句，圈。

滿庭芳 長調九十五字

郡別駕林天友先生招飲，同雲臣賦贈[一]

荔浦樓臺，榕城甲第，相門群羨賢甥。詩篇宦蹟，雙鬭早梅清。幾度桃花浪煖，賢勞最、轉餉神京。纔歸也，楚天在望，又聽夜猿鳴。　山城。父老説，孝侯一去，蛟虎縱横。憶使君前事，千載齊名。昨夜筵前有我，行春暇、緑酒紅笙。剛過雨，新鶯語滑，喚起月盈盈。

朱尾（史可程丙）：頌美處穆如清風，使事處天衣無縫，化工之筆。

校記：

［一］此首末鈐「履端印」。鈐「待弔青蠅」、「素溪」印，印上各有墨筆「対」。有朱筆「対」。

圈點：

朱筆：「幾度」五句、「山城」六句，圈。

滿庭芳長調九十五字

郡别駕林天友先生招飲，同雲臣賦贈[一]

荔浦樓臺，榕城甲第，相門群羡賢甥。詩篇宦蹟，雙鬪早梅清。幾度桃花浪煖，賢勞最、轉餉神京。纔歸也，楚天在望，又聽夜猿鳴。　山城。父老説，孝侯一去，蛟虎縱横。憶使君前事，千載齊名。昨夜張筵召我[二]，行春暇、緑酒紅笙。剛過雨，新鶯語滑，唤起月盈盈。

朱尾（徐喈鳳）：清圓秀爽，絶不似應酬之作。

校記：

[一]此首與前首重出，墨筆批：「重出不寫。」朱筆評語不同。詞題，患立堂本、浩然堂本作「林天友别駕招飲，同雲臣賦贈」。未鈐「履端印」。鈐「待弔青蠅」、「素溪」印，印上各有墨筆「对」。

[二]「昨夜張筵召我」，前首作「昨夜筵前有我」，患立堂本、浩然堂本同此首。

圈點：

朱筆：「詩篇」二句、「山城」六句、「行春」四句，圈。

滿庭芳 長調九十五字

花朝後一日，林天友先生邀同雲臣、枚吉為南嶽之遊，詞以紀事[一]

翠榜欹烟，紅船委浪，水簾低捲晴暉。曉山欲笑，迎我在春磯。歇馬誰家園子，游絲静、嬾上人衣。憑欄望，樓臺易主，金粉未全非。　霏微。小雨過，花籠寺閣，瀑濺僧扉。正使君愛士，野客忘機。斜日仍摇畫艇，紗窓掩、玉椀頻揮。城頭望，半溪燈火，争認醉翁歸。

朱尾（徐喈鳳）：尋春吟眺，忽感樓臺易主，情文並妙。

校記：

［一］詞題，患立堂本、浩然堂本無「先生」、「枚吉」。此首未鈐「履端印」。鈐「待弔青蠅」、「素溪」印，印上各有墨筆「对」。有朱筆「对」。

圈點：

朱筆：「曉山」七句、「正使」二句、「城頭」三句，圈。

墨筆：題上，單圈。

滿庭芳長調九十五字

清明前一日，同雲臣溪干觀劇[一]

近水人家，弄晴天氣，清明恰是來朝。曉鶯無賴，喚我驛邊橋。多少歸寧溪女，花枝颭、香粉輕飄。踈籬畔，蘭芽杏蕋，開到十分嬌。　垂髫。剛十五，新聲鮮唱，淥水紅么。憶少年同學，半插華貂。我向江村潦倒，新年恨、比舊還饒。鞦韆社，東風攪碎，戲鼓賽神簫。

朱首（曹亮武）：綺羅絃管，惹恨縈愁，本非俊物。

校記：

[一] 此首未鈐「履端印」。鈐「待弔青蠅」、「素溪」印，印上各有墨筆「对」。題上鈐「南耕」印。有朱筆「对」。

圈點：

朱筆：「曉鶯」二句、「我向」五句，圈。

滿庭芳九十五字

亳村舊宅之東，有屋一區，名「開遠堂」。堂頗弘敞，乃先農部伯父別業也。堂久已不存，門内且賃為酒肆矣。賦此志感[一]

宅列光延，門齊通德，君恩曾賜山莊。勝衣膝下，粉署半含香。白晢華貂插鬌，東頭屋、緑野名堂。依稀記，畫簷鴟吻，燒作紫[二]鴛鴦。　滄桑。今已換，葦花楓葉，一片蒼茫。剩戟門未拆，酒旆新飏。土銼誰人競唱，邊州調、白草黄麞。繚垣外，西風吹到，憔悴舊家郎。

朱尾（史可程丙）：紫陌銅駝，宫槐絃管，讀罷為之鉛淚如瀉。

校記：

［一］此首蔣本有，《昭代詞選》選。末鈐「履端印」。鈐「待弔青蠅」、「素溪」印，印上各有墨筆「对」。有朱筆「对」。

［二］「紫」，《昭代詞選》作「紙」。

圈點：

朱筆：「宅列」三句、「依稀」三句、「剩戟」七句，圈。

墨筆：題上，單圈。

夢揚州 長調九十五字

蘧庵先生久客維揚，詞以寄懷[一]

蜀岡頭。記狂夫、舊日曾遊。薄倖樊川，一夢三年[二]青樓。紅橋上、藕絲菱蔓，當時費盡凝眸。平陳業，烟花記，可憐逝水悠悠。　老矣先生何求。也雨檝烟帆[三]，北謁諸侯。鶴髮開元，老淚銅仙争流。紅衣落盡西風起，怕隋堤、最不宜秋。隱隱見，一江燈火，人隔揚州。

朱尾（史鑒宗）：慨慨悲歌，都是奇情艷色。

墨尾（史可程丙）：萬千塊壘，借題抒寫，讀之聲淚俱盡，不減於《河滿子》也。

校記：

[一] 此首蔣本有，《草堂嗣響》選。詞題，《草堂嗣響》無「詞以」二字。有朱筆「对」。

[二] 「一夢三年」，患立堂本、浩然堂本作「贏得一夢」。

[三] 「帆」，蔣本作「篷」。

圈點：

朱筆：「薄倖」四句、「也雨」四句、「怕隋堤」句、「一江」三句，圈。

墨筆：題上，雙圈。「紅橋」五句、「也雨」六句、「一江」三句，圈。

塞孤 長調九十五字

早春寄周伯衡先生，并訊倪子闇公先生從征楚幕，近客梁溪。

問湘天，滴黛何時歇。曾記周郎英發。坐擁油幢臨大別。軍笳奏，鄉心截。舳艫溢浦如麻，鎧甲庾樓成雪。嚴飈破磧，古樹都裂。[一]　孤篷暫入吳，老髩終懷闕。第二泉聲嗚咽。瀑走銀虬三四叠。衝動防身劍篋。料此際、共兒寬，看水上、粉英結。定吟殘、亂山白月。

墨尾：渾脱流麗，似天馬行空，不可羈靮。[二]

校記：

[一] 原寫未分闋，「裂」下加墨筆標識，眉上墨筆寫「空一字」。

[二] 此墨筆評語，筆跡與全稿同。

圈點：

墨筆：題上，單圈。「問湘」二句、「舳艫」二句、「孤篷」二句、「看水」二句，圈。

滿庭芳九十五字[一]

送吴初明南還秣陵

颯沓寒鴉，聊蕭凍葉，西風壓雪將低。蘆溝南下，立馬惜分携。此去雞籠山舘，江梅瘦、恰與簷齊。都門事，墻頭過酒[二]，爛醉嬾重提。當時。臨發日，王郎作畫，送别青谿。看無多幾筆，不數迂倪。勿論風流二老，相關甚、正有鄰奚。長鬚到，歡迎隔浦，仍是杜家稽。初明北發時，王安節圖畫相送，畫上作兩人臨風揮手，一童子荷擔將行，一童子牽擔立，為搦擋琴劍諸器具，戀戀殊甚，故篇中及之。阿叚、阿稽，杜甫家童奴名也。

校記：

[一]此首筆跡與全稿不類，或誤置此，應改附《滿庭芳》調後。未鈐「履端印」。鈐「待弔青蠅」、「素溪」印，印上各有墨筆「对」。有朱筆「对」。調下似貼殘損簽條，寫：「芳　颯沓」。頁下右角有墨筆「抄」。

[二]「酒」，原寫「處」，墨筆校改。

八節長歡 長調九十六字

元日後二日，積雨新晴，偕大鴻、雲臣散步城南，望銅官一帶翠色，眷戀久之，不克游南嶽而返

竟欲成村，似曾着雨，第五橋邊。盈盈臨水寺，脉脉弄晴天。溪痕入晝年光惹，醉繞城、荻市茶船。最好雛春乍霽，帽側襟偏。群峰一笑嫣然。高低影、數行秀鬋堪憐。惱何事，未斜陽、客子將還。終有日、樱鞋筍屐，揚袂倚風前，凝薄恚、迎人却又遷延。細續前緣。

墨尾（曹亮武）：南山黛色，無賴撩人，須此麗筆酬之。

朱尾（史可程丙）：空中結搆，盡情渲染，蜃樓海市，瑰麗非當。

圈點：

朱筆：「竟欲」三句、「溪痕」二句、「揚袂」四句，圈。

墨筆：題上，雙圈。「竟欲」七句，圈。

天香九十六字

詠桂[一]

靈隱門前，番禺城裡，秋花一種清絶。碧海泠泠，金風陣陣，壓下數堆黄雪。山齋湖舫，説不盡、幽芬清洌。金粟一番開謝，氷輪幾回圓缺。　曾經託根瑶闕。幾曾羨、人間風月。相伴蟾孤兔冷，羿妃偷折。自與廣寒輕别。記不起、霓裳舊時闋。帶恨纔開，和愁細結。

朱首（曹亮武）：幽芬襲人衣裾。

墨尾（曹亮武）：淡寫輕描，如有香風繚繞。

朱尾（史鑒宗）：實實詠桂，無飣餖氣，天風縹緲時，應聽廣寒宫雅奏。

墨尾（徐喈鳳）：極意説桂而語致幽雋，是能操吴剛之斧而修月中桂者。

校記：

［一］此首題下鈐「南耕」印。

圈點：

朱筆：「相伴」二句，圈。

墨筆：題上，單圈。「金粟」二句、「相伴」二句，圈。

八聲甘州 長調九十七字

客有言西江近事者，感而賦此[一]

說西江近事最消魂，啼斷竹林猿。歎灌嬰城下，章江門外，玉碎珠殘。争擁紅粧北去，何日遂生還。寂寞詞人句，南浦西山。　誰向長生宫殿，對君王試鼓，别鵠離鸞。怕未終此曲，先已慘天顔。只小姑、端然未[二]去，伴彭郎、烟水月明間。終古是、銀濤雪浪，霧鬢風鬟。

墨尾（曹亮武）：感時傷事，奇快至此，杜老《垂老》、《無家》諸作，方斯蔑矣。

朱尾（徐喈鳳）：少陵云：「婦女多在官軍中。」古今同歎。只有小姑未去，寄慨愈深。

《詞則·别調集》：直起老。（下闋）人世之恨何窮，直令人思求仙也。

《迦陵詞選評》：上片實寫，下片虚寫，虚實之際，全在一氣貫注。

校記：

［一］此首蔣本有，《瑶華集》、《詞覯續編》、《詞則·别調集》選。題上鈐「南耕」印。

［二］「未」，《詞則·别調集》作「來」。

圈點：

朱筆：「歎灌」三句、「寂寞」二句、「只小」四句，圈。

墨筆：題上，單圈。「寂寞」二句、「只小」四句，圈。

《詞則·别調集》：題上，三圈。「説西」二句、下闋，圈。

八聲甘州 長調九十七字

丙辰夏月，蘧庵先生游廣陵，諸同人以先生昨歲七衮，補作詩畫奉贈。初秋歸里，持以示予，遂於卷尾亦題一章

恰秋江嫋嫋碧於烟，先生峭帆歸。有錦贉麝𤏡，芙容養紙，豆蔻緘題。更愛寫生妙手，烘染自蛾眉。花月揚州路，猶未全非。　曾唱千秋歲引，向春燈挂處，滿汎玻瓈。羡銅仙寉髮，今古似公稀。偶重經、玉人橋上，惹群真、争譜鷓鴣詞。閒披賞、蓴絲正熟，菰米剛肥。

朱尾（徐喈鳳）：説得有頭緒，寫得有生氣。陳髯之筆，不愧化工。

圈點：

朱筆：「花月」二句、「羨銅」四句，圈。

醉蓬萊九十七字

虎丘月夜，見有貴官呵止遊人者，戲填此詞[一]

正歌塲匝地，舞榭臨風，碧天如畫。官自何來，拖麟衫艾綬。從事喧豗，郎君貴倨，禁游童[二]趋走。千載吴山，一塲秋興，月孱花僽。黄鶴飛仙，玉清謫吏，偶趂風光，閒來林藪。見此塵容，展軒渠笑口。七貴貂蟬，五湖烟水，問誰堪長久。且掣青萍，化為鐵笛，作狂龍吼。

朱尾（曹亮武）：寫出猥瑣齷齪之輩，情態俱活。筆墨驅染，煙雲繚繞。

墨尾（徐喈鳳）：袁中郎作《遊虎丘記》嫌烏紗為煞風景，此人竟以紅纓行辟人，讀詞未半，不禁撫掌。

校記：

［一］此首蔣本有，《昭代詞選》選。

［二］「童」，《昭代詞選》作「人」。

圈點：

朱筆：「官自」八句、「見此」二句、「且掣」三句，圈。

墨筆：題上，雙圈。「官自」八句、「見此」二句、「且掣」三句，圈。

揚州慢長調九十八字

送蘧庵先生之廣陵，并示宗定九、孫無言、汪蛟門、舟次諸子［一］

十里珠［二］簾，半城畫艇［三］，百年花月維揚。有君家丞相，梅嶺舊祠堂。每年到、清明賽社，傾城士女，愁弄絲簧。只無情、堤柳舞腰，還鬭宮粧。　扁舟上冢，聽鄰［四］船、重話興亡。奈石馬嘶風，銀蠶弔月，往蹟全荒。我亦當年薄倖，曾吹過、一帽紅香。問桃花、認否風前，前度劉郎。

朱尾（史可程丙）：磊落蒼涼，不減五噫之歌，令我思伯鸞不置也。

《詞則・閑情集》:(「奈石」七句)感慨無限。

校記:

[一]此首蔣本有,《草堂嗣響》、《古今詞選》、《瑶華集》、《詞則・閑情集》選。詞題「蘧庵先生」,蔣本、《古今詞選》、《瑶華集》作「史蘧庵」;《草堂嗣響》詞題作「送史蘧庵之廣陵」。

[二]「珠」,《草堂嗣響》作「朱」。

[三]「艇」,《草堂嗣響》作「槳」。

[四]「鄰」,《瑶華集》作「憐」。

圈點:

朱筆:「只無」二句、下闋,圈。

墨筆:題上單圈。

《詞則・閑情集》:題上,雙圈。「奈石」七句,圈。

長亭怨九十八字

送鄗伯還西泠,倚《玉田詞》韵,同桐初、京少、蕺山、次山賦[一]

有墻外、紫丁香樹。簸影鈎簾,牽留數數。可記年時,鳳城燈市夜遊否。黄金臺古。招手喚、燕昭共語。霎地秋來，便去也、匆匆如許。　　雖去。暫盟鷗狎鷺。奈肝膽、酒邊還露。烹羔酌苦。歸及見、江潮堆絮。看萬陣、犀弩張時，正百丈、銀瀧喧處。意氣儘昂藏，肯只嗚榔漁浦。

朱尾（史鑒宗）：字字生新，却字字穩押，如遊化人宫闕，觸目都非凡境，是具和韻中追魂攝魄手段。

墨尾（盈）：言念舊游，歷歷如畫，兼抒新緒，節節相生。正似江潮起落，全以神行，益見運筆之不可及。

校記：

［一］此詞筆跡与全稿不類，詞末墨評爲同一筆跡。詞題「蕺山」二字後添，復用墨筆圈去，患立堂本、浩然堂本俱有。題下，患立堂本有：「此闋與十五卷内吳門寄内詞句同，後半闋多一字，原本繫《長亭怨》，故仍之。」按，吳門寄内詞，調名作《長亭怨慢》。頁下右角有墨筆「抄」。

圈點：

朱筆：「黄金」四句、「奈肝膽」句、「看萬」四句，圈。

墨筆：「有墻外」四句、「黄金」四句、「奈肝膽」句、「看萬」四句，圈。

月華清九十九字

十三夜舟泊望亭，對月有作

寂歷烟汀，微茫水驛，尚隔吴山半舍。懶漫長年，何不使船如馬。搗香虀、紅糯微斟，靠錦樹、緑帆初卸。吟寫。聽吴娘水調，舊愁重惹。　惆悵歡娱難借。似漂泊江天，客舟閒話。冰彩無情，偏向愁邊亂瀉。想連天、楓葉蘆花，問何處、蟬鈿羅帕。今夜。料王珣宅畔，風光如畫。

朱尾（曹亮武）：觸手皆成綺艷，君才不可以斗計。

墨尾（曹亮武）：風景蒼凉，可謂情生於文。

朱尾（史鑒宗）：綺麗芬華，如風起泉湧，不煩撚斷吟鬚。

墨尾（徐喈鳳）：意新語艷，縹緲悠揚，所謂興會酣集，不覺筆歌墨舞也。

圈點：

朱筆：「懶漫」七句、「想連」五句，圈。

墨筆：題上，雙圈。「懶漫」七句、「想連」五句，圈。

玉蝴蝶長調九十九字

山游，席上書所見

十載髫絲禪板，東風又起，吹到閒情。誰遣枇杷花下，驀遇卿卿。緑水曉、滿眶嬌瀉，垂楊軟、一捻身輕。鬬傾城。金丸緑幘，分外盈盈。　回程。蘭舟同上，如規月白，似簟波平。羞暈微紅，半腮香玉臉潮生。燕聲鬆、鮮調閩語，鶯喉脆、宛弄秦箏。酒微醒。小樓今夜，春夢難成。

朱尾（曹亮武）：形神俱活，寫生妙手。

圈點：

朱筆：「緑水」二句、「羞暈」七句，圈。

墨筆：題上，雙圈。

高陽臺百字

繡佛[一]

榻盡翎毛，刺完花卉，生憎滿幢春愁。一事縈懷，纔忿又到心頭。濟尼索綉鬘陀像，猛思量、此諾須酬。砑繚綾，香要先熏，樣要親鈎。　配勻五色長生縷，記鴦摩夙業，迦葉前游。繾線飛針，盈盈分外纖柔。狂夫悄問儂何願，暈春酥、忍笑凝眸。且添他，旛盖飄颺，水月空幽。

校記：

［一］此詞筆跡與全稿不類。頁下右角有墨筆「抄」。

圈點：

朱筆：「配勻」三句、「狂夫」二句，圈。

墨筆：題上，單圈。「香要」二句、「配勻」三句、「且添」三句，圈。

垂楊九十九字

上巳萬柳堂雨中即事，用《竹山詞》韻。同京少、蕺山、艾圍［一］

花間微雨，響蘇蘇幾點，乍聽還小。徑冷泥香，鳳城佳節游踪悄。記曾騎馬横門道。有夾路、紅深翠窈。甚前番、社鼓餳簫，到今來偏少。　拚把春光濕了。枉青粉墻西，酒旗斜裊。撲蝶湔裙，蓼華遺事何人曉。落紅旋被東風掃。掃不去、閒愁縹緲。縱然晴也，奈濃春漸老。

朱尾（史鑒宗）：節物驚心，低佪盡致。

校記：

［一］詞題「同京少、蕺山、艾圃」，墨筆後添，患立堂本、浩然堂本俱無。頁下右角有墨筆「抄」。

圈點：

朱筆：「記曾」四句、「拚把」五句、「縱然」二句，圈。

墨筆：題上，單圈。

念奴嬌 長調百字

顧梁汾雨泊蛟橋，填詞見寄，得「軟繡」、「迷香」二語，狂喜跳踉，失脚墮水。書來語我以故，不覺捧腹，詞以調之，亦用朱希真韻［一］

空江［二］采石，記錦袍醉墮，昔年李白。今日蛟橋傳故態，千載重來此客。擬探驪珠，海天此夜，休遺龍綃隔。翻身直下，驚濤跳起成雪。　我作持履無方，君休一去，曉夢迷蝴蝶。乾後蓬萊習井似，可有人間花月。嘆翠蒸衫，鬧紅壓帽，狂殺何年歇。玉京桃放，待余折則同折。

「記錦袍」二句朱側（曹亮武）：起處結想頗奇。

朱尾（曹亮武）：有此佳詞，即墮水亦不惡。

校記：

[一] 此首蔣本有。患立堂本此首下，調名總題「百字令」。

[二] 「江」，蔣本作「山」。

圈點：

朱筆：「我作」五句，圈。

墨筆：題上，單圈。

附梁汾原詞[一]

東風[二]鬢影，向花前[三]吹上，一絲絲白。篺只浮家堪位置，第一飄零詞客。軟紅街橫，迷香徑曲，[四]彈指成遥隔。茶烟篷底、自吹[五]蟹眼如雪。 錯道舊雨無情，佳時直[六]恁，誤了鶯和蝶。僕本多愁消不起，罨画溪山風月。蝦籠箏船，蛟橋酒幔，選勝還頻歇。[七] 蕙蘭開矣，泥人清夢周折。[八]

校記：

［一］諸本無顧貞觀原詞。《彈指詞》調名作「百字令」，有詞題「荊溪雨泊，用史梅溪韻，留別陳其年、史蝶庵諸同學」。

［二］「東風」，《彈指詞》作「花前」。

［三］「向花前」，《彈指詞》作「被東風」。

［四］「軟繡街横，迷香徑曲」，《彈指詞》作「果擲迷香，鞭遺軟繡」。

［五］「自吹」，《彈指詞》作「看炊」。

［六］「直」，《彈指詞》作「却」。

［七］「還勝還頻歇」，《彈指詞》作「麗景從消歇」。

［八］「蕙蘭開矣，泥人清夢周折」，《彈指詞》作「津亭回首，嫩條誰與同折」。

圈點：

墨筆：題上，單圈。

念奴嬌長調百字

游楞伽山上方寺，是日微雨［一］

石湖一幅，似春羅鋪在，楞伽山下。上有叢祠熒賽火，照徧盤門萬瓦。白馬三郎，青溪小妹，綉幔摇春夜。憑闌遥望，水雲蒼莽難畫。來往招颭花枝，醮些微雨，倍覺添妖冶。髩縷柳絲都一樣，総受東風飄灑。亂石陂陀，群峰峭蒨，滿逕沾蘭麝。半湖純黑，伍胥潮又來也。

墨首（曹亮武）：風景如在目前，詞中有畫。

朱尾（徐喈鳳）：委宛詳盡，極得記遊之體，末句拖沓奇雋。

校記：

［一］此首蔣本有。

圈點：

朱筆：「石湖」三句、「水雲」句、「髩縷」二句、「半湖」二句，圈。

墨筆：題上，單圈。「白馬」三句、「半湖」二句，圈。

贈陳嘉玉［一］

萬家水市，被垂楊映得，酒旗都緑。細雨淋浪春欲暝，愁煞蒲帆六幅。烟裡停橈，花間命屐，小叩幽人屋。素甆凝雪，果然人淡如菊。君自生長錢塘，移家喜看，罨画紋鋪縠。説在東風鶯舌裡，聽慣烏絲一曲。詞客生平，男兒意氣，何必曾相熟。掀髯長嘯，為君盡此醽醁。

墨尾（曹亮武）：語語紀實，詞情雙絶。

朱尾（徐喈鳳）：傾蓋如故，真是素心之友。

校記：

［一］詞題「陳」，原寫「程」，墨筆校改。此首未鈐「抄」印。

圈點：

朱筆：「烟裡」五句、「説在」二句、「掀髯」二句，圈。

墨筆：題上，單圈。「細雨」七句，圈。

念奴嬌 長調百字

雨窓懷松之南水

絲絲點點，聽簷前不住，隔紗窓滴。一片濃［一］雲遮遠岫，那辨銅官離墨。寶鼎香焦，画廊花瘦，阮又無心摘。茶烟颺起，細煎花乳翻白。　幾日梅子應黃，先將些雨，送箇愁消息。我在家鄉愁欲死，何况異鄉羈客。篛帽停舟，衲衣持鉢，買酒還無直。知他何處，水邊拖盡吟屐。

朱尾（徐喈鳳）：雨中情景，筆筆入畫。形容二客，更似虎頭傳神。

校記：

［一］「濃」，原寫「粉」，朱筆改作「黒」，墨筆再改作「濃」。

圈點：

朱筆：「一片」二句、「我在」七句，圈。

念奴嬌長調百字

雪灘釣叟，為松陵顧茂倫賦［一］

翁家何在，在三高祠下，景尤奇絶。一泒漁莊連蟹舍，百里水雲明滅。最怕閑鷗，生憎野鴨，占了凉波濶。釣竿斜漾，珊瑚樹上輕拂。　昨夜凍合江天，糅綿舞絮，冷把龍宫掣。惱殺渭濵垂白叟，悮了蘋風柳月。菰米家鄉，清虚世界，萬事何須説。夜寒吹火，推篷起掃殘雪。

墨首（盈）：繪雪繪寒，故是神品。

朱尾（徐喈鳳）：「有箇漁翁堪入畫，一簑披得凍雲歸。」雪灘風景，宛然在目。

《詞則·放歌集》：此篇亦沈著，亦灑脱，亦雋快，頗近樂笑翁手筆，但深渾處不及。

校記：

［一］此首《詞則·放歌集》選。

圈點：

朱筆：「釣竿」二句、「惱殺」七句，圈。

墨筆：題上，單圈。「最怕」五句、「惱殺」二句、「夜寒」二句，圈。

《詞則·放歌集》：題上，雙圈。「最怕」五句，圈。「悮了」句，點。「夜寒」二句，圈。

送徐松之還松陵，兼訊弘人、九臨、聞瑋、電發諸子松之亦名崧。［一］

生平慕藺，笑人間竟有，兩相如者。解唱春城寒食句，却是此韓翃也。廿以年［二］前，記曾與汝，爛醉皋橋下。我鬚君黑，路旁紅粉輕罵。今日鬚已成絲，黔還似昔，重會荊南榭。篋裡雲山詩卷在，只被雨淋風打。擫笛旗亭，聽鐘禪院，総是凄凉話。垂虹橋畔，飄零多少同社。

「我髯」句朱側（徐喈鳳）：趣絶。

墨尾（曹亮武）：咏竟吾為起舞。

朱尾（徐喈鳳）：起從同名，結出同社，不但題意包括，而機趣横生，真神手也。

《詞則·放歌集》：（「垂虹」二句）自慨，兼慨同社，其年胸中不知有多少眼淚。

《迦陵詞選評》：矯矯不群，却從紅粉輕罵、雨淋風打中寫出。

校記：

［一］此首蔣本有，《詞則·放歌集》選。詞題，蔣本無題下小注；《百名家詞鈔》本作「送松之還吴江，兼訊諸同人」；《詞則·放歌集》「弘人」作「豹人」，亦無題下小注。未鈐「抄」印。

［二］「以年」，《百名家詞鈔》本作「年以」。

圈點：

朱筆：「生平」五句、「我髯」二句、「篋裡」七句，圈。

墨筆：題上，雙圈。「爛醉」三句、「篋裡」五句，圈。

《詞則·放歌集》：題上，單點單圈。「生平」五句，點。「垂虹」二句，圈。

念奴嬌百字

淮陰閻再彭以破環詞索和，為綴此章［一］

淮王城下，有扶踈叢桂，香分蟾窟。擕得團圞天上影，琢就鏡奩中物。立本清高，香閨對綰，紅苣同心結。紫金跳脱，讓他光鑒毫髮。　詎料鳳去鸞孤，瓊枝一樹，忽被罡風裂。柳絮簾櫳無限好，堆作安仁鬢雪。画篋閒搜，宵來失却，一串玲瓏月。半規破鏡，箅仍飛上瑶闕。

朱尾（徐喈鳳）：奇情幻想，俱出意表。

校記：

［一］此首蔣本有。

圈點：

朱筆：「擕得」二句、「柳絮」二句、「一串」三句，圈。

墨筆：題上，單圈。

念奴嬌 百字

客有善絲竹者，以箋索詞，漫為賦此［一］

旗亭舊事，記曾經見汝，寶釵樓側。瓊樹兩行誰最少，第一屏間白晳。翠滑鸞韉，紅香桃綬，絶藝千金直。襄王筵上，纏頭衆裡爭擲。　今日白髮何戡，青衫司馬，仍會秋娘宅。能得幾迴渾脱舞，清淺蓬萊非昔。紅豆村莊，菊花天氣，淪落無人識。棖棖邏迯，不堪聽汝重摘。

朱尾（曹亮武）：紅顏化為白髮，虎頭健兒化作雞皮老翁，吟此能無三歎！

墨尾（史可程甲）：聽生公揮麈譚禪，頑石亦應頭點。蘧庵。

校記：

［一］此首題下鈐「南耕」印。

圈點：

朱筆：「翠滑」五句、「紅豆」三句，圈。

墨筆：題上，雙圈。「翠滑」三句、「今日」三句、「紅豆」三句，圈。

百字令百字[一]

贈程令彰令彰新正五日為四十初度。

東風纔動，正蓂開五葉，花飛六出。雪正晴時天倍好，越顯帝城春色。門挂桃符，釵摇綵勝，節又隣人日。風光如此，拚他爛醉須直。　愛爾句闢蠶叢，詩驚鬼膽，餘子何當嚇。四十功名年未晚，且溷朱門杯炙。二陸才華，謂難兄綉章。兩程家學，底處無人識。街燈漸鬧，為君搊擋箏笛。

校記：

［一］調名，浩然堂本作「念奴嬌」。

龍山會百字

暮秋蘧庵先生自吴中歸，詞以訊之[一]

颯沓梧宫葉，舞[二]偏西風，又送人歸也。稻粱吴地儉，天外雁、揀盡寒汀空下[三]。誰識故將軍，只亭尉、偏工醉駡。王和覇。銅仙月中，如鉛淚瀉。　剗曲興盡王猷，嬾心情，最聊蕭難画。買烟航雨艇，歸計穩、入手碧罏紅鮓。我倚墊巾樓，見君蒲帆恰卸。

隔水榭。一尺釣絲堪對把。

朱尾(曹亮武):倦游情事,隱現筆端,可謂能寫難寫之景,讀竟有欲滿引一大白。

墨尾(史可程丙):牢騷歷落,旁若無人,結語置身千仞,真有塵視軒冕之意,愧哀颯不能當也。

校記:

[一]此首蔣本有,《草堂嗣響》選。詞題,《草堂嗣響》作「訊史蘧菴歸自吳中」。

[二]「舞」,《草堂嗣響》無此字。

[三]「下」,《草堂嗣響》作「飛下」。

圈點:

朱筆:「買烟」六句,圈。

墨筆:題上,單圈。「稻粱」二句、「我倚」四句,圈。

五福降中天長調百字

丙辰元旦和蘧庵先生韻

翩何青帝姍姍也，將近江南幾驛。婪尾深杯，换頭小令，冶習那能銷得。任他仙釋。算换了年光，也應沾臆。慵倚闌干側帽，不忍弄烟色。　差喜漸無人識。楞嚴纔註罷，門庭寂。三徑苔鋪，一籬梅綻，相與從無疎密。雈窺草閣，雀啅柴門，宜春休帖。爰煞溪痕，斜橋成小立。

墨尾（曹亮武）：寄托遥深，辭旨高壯，一洗彩蛾春燕、兒女小窓之語。

朱尾（史可程丙）：《樂志論》耶？《遂初賦》耶？元日詞得此尤為兀奡離奇。

圈點：

朱筆：「翩何」二句、「任他」二句、「楞嚴」二句、「雈窺」五句，圈。

墨筆：題上，雙圈。「翩何」二句、下闋，圈。

五福降中天長調百字

穀日和蘧庵先生，仍用元旦韻

春田躑躅開將徧，紅透水橋烟驛。隔歲辛盤，昨宵金勝，又聽青鳩得得。沍寒都釋。正墻喔花冠，隴翻嬌臆。且把農經一卷，映午餘晴色。　春意窓楞先識。雨工行雨罷，茅簷寂。茜入梅園，翠歸蘭圃，裙幄料應鋪密。歡生祈穀，兆叶占年，比閭安帖。閒看蜻蜓，釣竿絲上立。

朱尾（史可程丙）：春光駘蕩，渲染饒有別材，名手何疑？

圈點：

朱筆：「隔歲」三句、「且把」二句、「春意」句、「茜入」三句，圈。

墨筆：題上，單圈。

東風第一枝長調百字

踏青和蘧庵先生原韻[一]

簷溜纔停，街泥乍涴，花梢日影搖午。陌頭霽景增妍，水邊烟光添嫵。茜衫笑檢，憶春在、謝橋深處。正沿堤、呌[二]燕吟鶯，吹滿一天風絮。　籬杏糝、如塵髫縷[三]。溪柳罨、帶烟朱户[四]。盡完江左亭臺，釀成花朝節序。為歡併日，况漸逼、韶光百五。約鈿車、來日重遊，又聽小樓宵雨。

朱尾(史可程丙)：盡情渲染，却乃質任自然，其天真爛熳者耶？

《雲韶集》：(「簷溜」五句)數語寫踏青來路，清雅。(「茜衫」四句)秀而必錬。(下闋)詞必警快方工，否則雖然秀雅，終嫌平弱。

校記：

[一] 此首《國朝詞綜》、《篋中詞》、《詞略》、《雲韶集》選。詞題，《篋中詞》作「踏青」。

[二]「呌」，《國朝詞綜》、《篋中詞》、《詞略》、《雲韶集》作「絮」。

[三]「如塵髫縷」，《國朝詞綜》、《篋中詞》、《詞略》、《雲韶集》作「紅飄塵土」。

[四]「帶烟朱户」，《國朝詞綜》、《篋中詞》、《詞略》、《雲韶集》作「緑凝門户」。

圈點：

朱筆：「茜衫」四句、「籬杏」二句、「約鈿」二句，圈。

墨筆：題上，單圈。

《詞略》：無。

《雲韶集》：「茜衫」四句、「畫完」二句，圈。「約鈿」二句，點。

換巢鸞鳳長調百字

雨中憶蔭緑軒前梅花正開，詞以代訊

倦理紅裯。有如塵似夢，萬斛閒愁。濛濛沾綉幌，浼浼漲銅溝。帽簷小側撚花枝，倩鶯語替簷前雨鳩。春山影，恰幾日、都如中酒。低首。東風後。記得君家，一樹偏嬌秀。每趂年光，慣將香雪，亂惹倚樓人手。開處斜憐緑波明，折來雅稱瓊肌瘦。雨窓問訊，只今曾否依舊。

朱尾（徐喈鳳）：詞客憐梅，梅魂苦雨，盍過小軒以杯酒澆之？

圈點：

朱筆：「倩鶯」三句、「低首」、「慣將」四句，圈。

墨筆：題上，單圈。

無愁可解長調百字

題楨伯詩詞卷尾，用《粘影詞》韻

記少日從君，使健筆如風，蛟螭盤攫。更短衣破帽，横穿欲度絶漠。蹴鞠彈箏豪士約。撫掌轟轟笑樂。似阿黑、一輩人，裂眦奮袂，神色甚惡。　詎料淪落關河，將冶習狂名，一朝除却。笑古今青史，細碎渾如蝸脚。讓餘子、纍纍若若。只佳句、清抵空山夜泉，剪燈讀、睡難着。

朱眉（史鑒宗）：豪狂風槩，猶在目前。

朱尾（史鑒宗）：讀前闋如欲楯上磨墨作檄文，讀後闋如松風謖謖清磬數聲，想見才人跌宕如意之樂。

圈點：

朱筆：「使健」四句、「似阿」三句、「讓餘」三句，圈。

墨筆：題上，單圈。

萬年懽百字

壽毛卓人

猿鶴相聞，説先生今歲[一]，正滿花甲。又值秋晴，門外金風颯颯。鶴背朝元薄醉，笑人世、滄桑一霎。游仙倦、暫溷紅塵，何妨傭保相雜。　當初竹林贈答。記分擕阮屐，争荷伶鍤。詎料栖烏，别後繞枝[二]三匝。誰識開元舊事，[三]只除是、碧簫紅蠟。君須醉、莫負黄花，糟床琥珀新壓。

朱尾（曹亮武）：壽詞高雅超邁如此，卓老可以當之。

校記：

[一]「歲」，原寫「秋」，墨筆校改。

[二]「枝」，原寫「樹」，朱筆批「宜平」，墨筆校改。

[三]「誰識開元舊事」，原寫「開元舊事誰經眼」，朱筆批「多一字，宜押」，墨筆校改。

圈點：

朱筆：「游仙」二句、「只除」三句，圈。

遶佛閣 百字

由劍池循石磴上至平遠堂側，覓徑復折而下至小武當，有奇石縱横林立，佇眺久之[一]

嶺欹棧仄。循壁俯瞰，潭子深黑。風起濤湧，此身幾被、包山老龍得。古苔繡蝕。騰擲直上，霜磴如拭。高處奇絶。曠望鄧尉，支硎翠螺滴。暫息塔鈴側，又蹈虚空臨不測。蘚滑境危、盤盤深曷極。見老樹槎牙，三兩離立。雨淋風裂。似猱狖鬢髯，作爛銅色。忽頽唐、化為奇石。

朱尾（曹亮武）：驚人奇句，有欲携此搔首問青天。

墨尾（曹亮武）：幽奇瑰艶，如讀長吉新詩。

朱尾（史鑒宗）：如柳州小記，峭折[二]詭艶，讀之驚魂動魄。

墨尾（徐喈鳳）：形容入神，讀再過，可當卧遊。

校記：

[一] 此首蔣本有。

[二]「折」，原寫「拔」，朱筆校改。

圈點：

朱筆：「風起」二句、「曠望」二句、「雨淋」四句，圈。

墨筆：題上，雙圈。「風起」二句、「曠望」二句、「雨淋」四句，圈。

燕歸慢 百字

虎丘遇劉元玉，因憶東皋舊事，賦感

前事濛濛。對天邊皓魄，塲上晴空。僧窓秋夜話，霜磴故人逢。蘇臺原是綺羅叢。被牧笛、吹來幾陣風。揚州舊花月，也應與、此間同。　歌舘閉，舞衣散，玲瓏老，野狐窮。歲月已非光景在，筭常到夢魂中。蓮塘墜粉泣香紅。總綴就、閒愁點客篷[一]。杳靄棹歌響，又何處、度疎鐘。

朱尾（曹亮武）：對景逢場，觸緒增愁，此是有情癡。

校記：

[一]「篷」，原寫「蓬」，朱筆校改。

圈點：

朱筆：「蓮塘」二句，圈。

墨筆：題上，單圈。

翠樓吟 百一字

小院[一]

小院蟲蟲，斜橋燕燕，倀倀觸起閒事。當初粧閣影，亂織在、濛濛秋水。餅金曾費。只趂月藏鈎，隔花傳謎。依稀記。迺香窓眼，浸嬌杯底。　顛頷。此日重來，剩榆莢漫天，苔錢鋪地。心情何處寫，擬寫上、繚綾帕子。砑來鬆膩。怕未便緘愁，還難盛淚。斜行字。沉吟劃滿，竹肌空翠。

朱眉（史鑒宗）：「小疊紅箋書恨字」，遜此沉切。

朱尾（史鑒宗）：「費長房縮不盡相思地，女媧氏補不完離恨天」，愁腸淚眼，觸緒傷心矣。

《雲韶集》：（上闋）字字凄艷，兼東坡、稼軒、草窗、玉田之長。（「顛頷」四句）舊蹟徒存，可勝浩歎。

《詞則・大雅集》：（「怕未」二句）淋漓盡致。

《迦陵詞選評》：無一事不是平常，寫來竟彌天地、籠古今。

校記：

［一］此首蔣本有，《昭代詞選》、《國朝詞綜》、《雲韶集》、《詞則・大雅集》選。詞題，《國朝詞綜》、《雲韶集》、《詞則・大雅集》無。

圈點：

朱筆：「蟲蟲」、「燕燕」，點。「亂織在」句、「逓香」二句、「怕未」二句、「沉吟」二句，圈。

墨筆：題上，雙圈。

《雲韶集》：「小院」五句，圈。「依稀」三句，點。「顛頷」四句、「怕未」五句，圈。

《詞則・大雅集》：題上，單點單圈。「當初」二句、「怕未」二句，圈。

月當廳 百一字

虎丘中秋，柬蘧庵先生，用《梅溪詞》韻先生時寓皋橋。［一］

碧海此夜冰輪滿，龍堂老鐵，吹裂波心。斜倚廣寒一望，兔窟清深。照徹吳王宮殿，偏臨街、簾子漾綃[二]金。更多少，伎船燈火，水寺謳吟。　茶鐺正穩皋橋畔，好風光、摘船試約閒尋。月底半塘譁笑，百沸潮音。檀板競從石塢鬪，桂花都上帽檐簪。如覓我，聽歌處，在斟酌橋陰。

朱尾（史鑒宗）：半塘月底，賣弄才華，檀板歌聲，如在帋上。

墨尾（史可程甲）：造語奇峭，運筆孤清，梅溪尤當遜席。蘧庵。

校記：

[一] 此首蔣本有。詞題，蔣本無「先生」二字及題下小注。

[二]「綃」，蔣本作「銷」。

圈點：

朱筆：「吹裂」句、「一望」三句、「伎船」二句、「月底」二句、「如覓」三句，圈。

墨筆：題上，雙圈。「龍堂」二句、「照徹」二句、「伎船」二句、「月底」二句、「如覓」三句，圈。

桂枝香百一字

石亭探桂，和竹逸韻

晴秋滴[一]黛。肯閉置車中，學婦人態。南郭先生約我，畵溪擊汰。石亭老桂槎枒甚，續前游、何妨今再。霜篷汎酒，僧爐鬭茗，談禪説怪。時有談鬼伯娶婦事。漸石壁、斜翻暮靄。照亂槲叢篁，蘚痕纏蠆。忽放狂顛，老子生平無賴。西風歛却英雄手，只頻年、持螯劈蟹。城陰歸晚，繽紛金粟，帽簷齊戴。

朱尾(曹亮武)：縱横出之，無不如意，如韓淮陰之用兵。

墨尾(徐喈鳳)：起有丈夫氣，結有少年氣，知吾陳髯老當益壯也。

《迦陵詞選評》：只看他每韻押出，是何等姿態！

校記：

[一]「滴」，患立堂本作「摘」。

圈點：

朱筆：「霜篷」三句、「西風」五句，圈。

墨筆：題上，單圈。「晴秋」三句、「西風」二句、「帽簷」句，圈。

水龍吟長調百二字

送蔣慎齋憲副視學江右[一]

一川紅藕花開，樓船西上潯陽去。江涵翠榜，風吹絳帳，玲瓏無暑。鹿洞儒生，江州僚佐，歡迎溢浦。料匡廬九疊，凝粧染黛，向鷁首、競縈舞。漫說関山金鼓。奏笳簫、中流容與。滕王閣在，琵琶亭好，緬焉懷古。亂日才多，兵間士賤，青衫失路。仗先生獨挂，一輪冰鏡，作斯文主。

朱眉（史鑒宗）：「亂日才多」，解嘲佳句。

朱尾（史鑒宗）：說得恁般熱鬧，覺司馬青衫，蒼凉無色。

校記：

[一] 此首蔣本有。

圈點：

朱筆：「料匡」三句、「亂日」六句，圈。

墨筆：題上，單圈。

水龍吟百二字

安慶龍二為舍人光能知夙生事，自言蓋凌波池中老人也，魂夢往來，時常髣髴。又言生平每當凄風碎雨，則奮躍欲狂，一遇晴霽，則吻燥神枯，怏怏不樂。睦州方進士某為作傳，傳最詳。凌波池，在西京終南山下[一]

三生石上精靈，依稀認得重來路。終南山下，凌波池畔，紅泉綠樹。水國前緣，綃宮閒話，冷風酸雨。記耕烟跋浪，揚鬐濺沫，夜碧落、朝懸圃。　一自甘泉獻賦。謫紅塵、此間殊誤。鐵笛滄洲，驪珠樓舘，幾回驚寤。太液鯨紅，玉河蜃黑，舊游何處。正霜天萬斛，西風隱隱，有銀濤怒。

朱尾（曹亮武）：奇人奇事，經鴻筆驅染，便覺濤飛山走。

《詞則·放歌集》：（上闋）風馳電掣，筆端亦有龍氣。

校記：

［一］此首《詞則·放歌集》選。詞序「老人」，諸本作「老龍」。

圈點：

朱筆：「水國」三句、「太液」六句，圈。

墨筆：題上，單圈。

《詞則·放歌集》：題上，雙圈。「三生」二句、「水國」三句，圈。「太液」三句，點。「正霜」三句，圈。

瑤花長調百二字

閩蘭［一］

關心往事，纈眼閒窓，卧浪紋湘簟。幾番親記，有幽花、開足露條烟臉。紫莖赬甲，宜相傍、踈簾低檻。愛風情、帶篠斜欹，花乳和茶細點。一朝閩嶠烽馳，任荔浦雲横，鯉湖月慘。誰憐翠袖，空谷裡、［二］也作炎荒竄貶。而今夏也，長想像、幽姿冷艶。思陰陰、鼓入冰絃，指下餘香猶泛。

朱尾（曹亮武）：細膩切貼，古人所難。

墨尾：毛稚黄曰：「細膩風光我独知」。

校記：

［一］此首蔣本有。眉上鈐「南耕」印。

［二］「誰憐翠袖，空谷裡」，原寫「悵空谷、絶代佳人」，墨筆校改。

圈點：

朱筆：「紫莖」二句、「長想」三句，圈。

墨筆：題上，雙圈、單勾。「幾番」四句、「誰憐」六句，圈。

石州慢百二字

冬日舟過亳村舊居有感［一］

黄葉村中，緑水灣頭，帆影零亂。小橋夾浦，依稀認有，舊時庭院。小樓還在，記得人在樓中，而今凝望如天遠。烟裡歘吳舲，似迷巢林燕。　　凄戀。閒敲画榜，遥指紅墻，百端思徧。可惜滿園槲葉，半河菱蔓。負暄鄰叟，兩兩私語茅簷，料他也為王孫歎。摇櫓過前汀，驚水禽飛散。

朱尾（史可程丙）：「一聲河滿子，雙淚落君前」，不能為卒讀也。

《迦陵詞選評》：閒閒叙説中，忽然寫小樓，忽然寫林叟，慨歎即生，妙在旋生旋滅，韻却悠遠。

校記：

［一］此首蔣本有。

圈點：

朱筆：「小樓」五句、「負暄」三句，圈。

墨筆：題上，單圈。

花犯 長調百二字［一］

咏竹逸宅内薔薇

弄晴天，紅薔十丈，盈盈媚初夏。鬧花小架。恰倒影廻塘，緑水如畫。柔條亂舞銀墻罅。臙脂千斛瀉。籠綉槅、低枝近手，偏將鴛袂惹。　老松拏雲吼濤聲，繁英争蔓引，松身都化。似天半，作勢處、燭龍將下。看灼灼、猩肌萬點，照十二、樓前渾不夜。

還則慮、晚來風雨，紅顏偏早嫁。

朱尾（徐喈鳳）：因薔薇將小齋景物一一繪出，正陸魯望所云「五丁驅使神工盡」也。

校記：

［一］詞調，患立堂本、浩然堂本作「花犯又一體」。

圈點：

朱筆：「柔條」四句、「似天」六句，圈。

墨筆：題上，單圈。

花犯長調百二字［一］

同雲臣曁南水上人過竹逸齋頭看芍藥［二］

愛［三］君家，崢泓蕭瑟，門庭寂如水。雜花鋪綴。任紫艷紅英，圍繞籬次。年年步屧隨蜂至。許多花下事。筭只有、風前鈴索，知人吟賞意。　今年東吳到詩僧，相逢何況又，落花天氣。禪板靜，相將鬭、賦才清綺。誰知道、百花謝後，還領略、粉香新月底。凝望久、為伊凭煖，闌干紅梵字。

朱尾（曹亮武）：風流殊麗，洗盡「國色天香」諸穢句，為名花開生面矣。

校記：

［一］詞調，患立堂本、浩然堂本作「花犯又一體」。

［二］此首蔣本有。詞題，患立堂本、浩然堂本無「頭」字。

［三］「愛」，患立堂本、浩然堂本作「看」。

圈點：

朱筆：「箅只」二句、「凝望」二句，圈。

倒犯百二字

秋日雲臣齋頭同大士展故友蔣瞻武遺墨感賦［一］

觸眼、見官奴數行，韭花遺蹟。零紈碎墨。秋光映、碧天如拭。爐熏茗椀，幽卉踈花晴窓側。盥手驗裝潢，梯几看波磔。惋斯人、頓成昔。深悔舊時，賞慣鸞群，何曾知護惜。記半醉寫徧，舞鬟帕，江樓壁。渴驥勢、掀騰極。幾何時、隣家吹夜笛。總香粉猶存，不受蝸涎蝕。應遭蛛網織。

朱尾（曹亮武）：屏山六扇，露柳千條，不堪追憶。

墨尾（徐喈鳳）：「開篋淚盈臆，見君前日書」，觸物感懷，同一深情。

校記：

［一］此首蔣本有。

圈點：

朱筆：「深悔」三句、「渴驥」五句，圈。

墨筆：題上，單圈。「梯几」二句、「幾何」四句，圈。

還京樂百三字

萬紅友養痾僧舍，暇日戲取南北曲牌名，為《香匳詩》三十首，用填此闋，寄跋卷尾［一］

碧苔紙，更用成都、粉水桃浪研。鬪松綾纖膩，韭花字格，閒吟閒寫。恰翠承朱亞。澄心紙鎮銅臺瓦。孝穆管，争願化作，珊瑚為架。　想僧廬暇。竹籬邊、行散閒招，仁甫酸齋，白仁甫、貫酸齋，金元院本中高手也。水際月下。共取趂拍牌名，與三唐、較量聲價。似繽紛、簇蕃錦成紈，侯鯖製鮓。歷亂紅么點，江村蠻豆盈把。紅友自署卍豆村山人。［二］

朱首(曹亮武):辭如麗錦,可坐五花簟上。

校記:

[一] 此首蔣本有。

[二] 蔣本無詞末小注,移「仁甫酸齋」句下注於詞末。

圈點:

朱筆:「澄心」四句、「簇蕃」四句,圈。

墨筆:題上,雙圈。

探春百三字[一]

連朝大雪,計桐初尚未達東阿也,詞以憶之[二]

四野瓏鬆,一城飄瞥,滕六作黄麞舞。低閣憑闌,遥天策騎,人在最微茫處。曾對君家説,且看了、春燈方去。那知一夜離情,六花頓釀如許。雪没中原無路。料尚隔東阿,幾程烟樹。冷驛摇鞭,亂山卸馱,酒向何村貰取。逼暝投山店,衾似鐵、一燈無語。夢入江南,小庭梅蕚初乳。

朱尾（董俞）：黯澹之中詞意濃至。桐初於此，亦能一振吟鞭乎？定知興復不淺也。

校記：

［一］詞調，患立堂本、浩然堂本作「探春慢」。

［二］原稿墨筆題後添「索京少、蕺山和」，與原寫筆跡不類，患立堂本、浩然堂本亦有此六字。

圈點：

朱筆：「曾對」四句、「冷驛」七句，圈。

瀟湘逢故人慢百四字

九日前一日，竹逸約同雲臣、枚吉、雪持諸子石亭探桂［一］

今秋吟艇，隨沙鷗浦鴨，仍泊前灣。桂香漱潺湲。訪樵徑乘醉，小叩禪關。藥欄菌閣，好排當、竹翠苔斑。喜今日、山靈覎我，秋晴竟不曾慳。晚粧好，銅峯髻，且廻舟、停橈細認烟鬟。泝落葉哀湍。喜碧鱸薦俎，紫蟹堆盤。狂歌脱帽，凭舷吽、奇絶溪山。殘年約、撈蝦牧豕，終須置我其間。

朱眉（曹亮武）：字字精貼。

朱尾（曹亮武）：逸興遄飛，清思雲湧，撫琴動操，衆山皆响。

墨尾（徐喈鳳）：語語精琢，紀遊絶調。

墨尾（儲貞慶）：真情真景，一幅秋遊圖，恨無摩詰画之。

校記：

［一］詞題，患立堂本、浩然堂本無「枚吉」二字。

圈點：

朱筆：「隨沙」二句、「且廻」四句、「撈蝦」二句，圈。

墨筆：題上，雙圈。「今秋」三句、「喜今」二句、「且廻」二句、「撈蝦」二句，圈。

二郎神 長調百四字［一］

玉蘭花餅［二］

東風寂静。幾樹珠明雪映。低亞玉羅窓，篩碎小鞦韆影。［三］陰晴難定。粉樣衣裳休黦了，怕惹起、香閨春病。向花下、盈盈小摘，付與當壚説餅。　嬌靚。薄抵蟬紗，圓踰月鏡。想［四］厨娘、指螺紅一縷，牢九［五］上、纖痕猶凝。粉殘莫悵佳人命。相賞有、金

尊緑茗。也省到鶗啼，萬片飛瓊，抛街填井。牢九，餅名。[六]

朱尾（曹亮武）：情事瑣細，偏能刻畫乃爾。

校記：

[一] 調名下，患立堂本注「第一體」。

[二] 此首蔣本有。

[三] 「低亞」二句，原稿朱筆旁注「與旧調稍異」。

[四] 「想」，蔣本作「相」。

[五] 「九」，患立堂本、浩然堂本作「丸」，詞末小注同。

[六] 蔣本無詞末小注。

圈點：

朱筆：「想厨」二句、「也省」三句，圈。

墨筆：「粉樣」二句，圈。

月中桂百四字

詠丹桂

月姊粧成，向銀河淺灣，自瀉脂盉。紅芳瀲灩，早西風篩上，幾堆金粟。緋衣梳裹好，乍卸却、厭穰粧束。偏罩秋籬外，望來絶似，雁背夕陽幅。　纍纍絳綃微蹙。愛瓏璁細纈，相間黄玉。枝頭桂父，想夜來微醉，臉霞初足。仙翁顔渥赭，帶笑睨、孀娥幽獨。縹緲天香滿，銀蜍擣來丹臼熟。

墨尾（徐喈鳳）：起處峭秀，結處縹緲，不意咏物有此妙搆。

圈點：

墨筆：題上，單圈。「月姊」三句、「枝頭」七句，圈。

解連環百五字

暮秋看窓前杏花

碧秋澄澈。把江南染徧，是他黄葉。忽一朵、半朵春紅，也淺暈明粧，薄融酥頰。簸雨籠晴，笑依舊、茜裙微褶。只夜涼難禁，露重誰忺，蛩語淒咽。　回思好春時節。正桃將露綬，蘭漸成纈。樓上人醉花天，有畫鼓銀琵，寶馬翠埒。事去慈恩，枉立盡、西風閒説。伴空濛、驛橋一帽，葦花戰雪。

朱尾（曹亮武）：暮秋杏花，天公有意簸弄作詞家物色，宜其咏嘆盡致。

墨尾（史可程甲）：奇麗是一篇美人賦，讀至末幅，使我凄楚，如不勝情。蘧菴。

圈點：

朱筆：「事去」四句，圈。

墨筆：題上，單圈。「簸雨」五句、「事去」四句，圈。

解連環長調百五字

奕，用《片玉詞》韻[一]

滆湖棲託。面荷[二]塘杏靄，柳陰綿邈。有一帶、海素籠窓，恰臨水倍明，比烟尤薄。晝困心慵，便絃上、懶調郭索。且呼朋坐隱，留客手談，聊代行藥。花陰半庭闃若。漸局中爭刼，枰上侵角。靜覺[三]一泒蟬聲，將殘燠餘炎，耳畔銷却。爛了樵柯，怕又謝、蓬萊桃蕚。悄無人、萬松沸處，微聞子落。

朱首：弟椒峯曰：峰巒皺瘦[四]，似米顛袖中石。

校記：

[一] 此首蔣本有。

[二]「荷」，蔣本作「花」。

[三]「静覺」，蔣本作「静聽覺」。

[四]「弟椒峯曰」，墨筆後添。「皺瘦」，原寫「奇巧」，墨筆校改。墨筆似原稿手跡。

圈點：

朱筆：「且呼」三句、「漸局」二句、「爛了」四句，圈。

墨筆：題上，單圈。「有一」三句、「且呼」三句、「花陰」三句、「爛了」四句，圈。

解連環長調百五字

再咏奕，用雲臣原韻

荷香清燠。更松風滿院，簷鈴戛觸。有數客、清晝圍棋，儼地割袁曹，疆分楚蜀。布筭凝思，漸緜几、光連幽竹。笑都無下意，斂子收奩，只倚空局。　須臾山飛海覆。惹旁觀争看，枰際紛逐。料得橘叟功成。怕[一]枕畔黄粱，定已炊熟。何似安眠，且輟戲、閒消三伏。任人猜、奕家劣手，阿奴碌碌。

朱尾：史雲臣曰[二]：讀劉夢得「雁行佈陣，虎穴得子」之詩，知夢得必長于手談。觀東坡「勝固欣然，敗亦可喜」之語，知坡公必拙于奕格。此詞「斂子收奩，只倚空局」之句，亦似為奕家低手寫照也。書此以為一笑。[三]

墨尾：弟緯雲曰：此題家兄又有一闋，乃用《片玉詞》原韻者，其結句云「悄無人、萬松沸處，微聞子落」，尤為精妙也。

校記：

[一]「怕」，墨筆後添，似原稿手跡。

[二]「史雲臣曰」，墨筆後添，似原稿手跡。

[三]「此詞」後，似先用墨筆校改作「為奕家劣手寫照，固自入神」，墨筆似原稿手跡，後復鈎去，僅留「劣手寫照」四字。

圈點：

朱筆：「笑都」三句、「料得」三句，圈。

墨筆：題上，單圈。「布筭」五句、「料得」三句、「任人」二句，圈。

清江裂石長調百五字

人日送大鴻由平陵宛陵之皖桐[一]

彩燕粘鷄鬪酒天。輕軟到釵鈿。准擬暗塵元夜，覔羅帕、月底燈前。訝舴艋來迎何太早[二]，緑帆拖雨，貪看水成烟。殷勤問、姑溪瀨水，那似滆湖妍。　二月向龍眠。樅陽城下，可還有、士女鞦韆。西望是潯陽，琵琶亭下[三]，見説道邊愁，已入新年。對東[四]風、倚江樓，倘遇鯉魚紅尾，寄我碧桃箋。

墨尾（曹亮武）：數語中妙盡一時情事，詩家非浣花叟不能。

校記：

[一]此首蔣本有，《草堂嗣響》選。詞題，《草堂嗣響》無「宛陵」。

[二]「來迎何太早」，原寫「早來何竟買」，墨筆校改。

[三]「下」，《草堂嗣響》作「廢」。

[四]「東」，蔣本、《草堂嗣響》作「春」。

圈點：

墨筆：題上，單圈。「姑溪」二句、「樅陽」六句，圈。

秋霽百五字

本意[一]

步屧欹斜，向黄葉村邊，閒眺晴緑。水映漁莊，霜明菜圃，陣陣寒鴉落木。遠空乍沭[二]。好峯數點脩螺矗。更窅窅，極浦淡淹，帆影織千幅。　憶昨素舸，汎汎長淮，水涼燈昏，和雁同宿。夣家鄉、西風菰米，炊烟晚斫鱸腮玉。夣醒葦花聲簌簌。詎意此際，故園潑眼秋光，一杯雪蟻，幾枝風菊。

朱尾（曹亮武）：滿帋秋聲，颯颯使人魂夢俱爽。

校記：

[一] 此首蔣本有。

[二]「沭」，蔣本、浩然堂本作「沐」。

圈點：

朱筆：「憶昨」七句，圈。

墨筆：題上，單圈。

傾盃樂長調百六字

正月十三夜預卜元宵月

絲雨如酥，小窗似夢，睡猧難穩。試燈夜、鳳脛慵點，香閨潛向，姮娥預懇。元宵可有冰輪分。奈瓊瑶舞，縈幌拂簾逾緊。安黄剔翠，都到眉峰砌恨。鄰院女、盈盈來問。説青鳥廣寒、原有信。要春城、一色鋪銀，夜市萬家堆粉。正雪後、玲瓏燈映。又陌上、軟鬆鴛潤。當此際、纔湧上，團圞玉鏡。

墨尾：以腐遷筆法作大晟韻語，已臻千古絶調，而選字傳神，尤極幽峭，安得不令人魂銷也？史蘧庵先生。

墨尾：落想靈奇，選材香雋，使人跳舞，使人睇睽。黄珍百。[一]

校記：

[一] 兩條墨評筆跡與全稿同。

圈點：

朱筆：「要春」六句，圈。

墨筆：「香閨」二句，抹。

傾杯樂長調百六字

品茶

雨後新晴，林端小閣，踈簾窣地。正註罷、南華下卷，幾般緑雪，嶽僧新寄。澗邊杓取鳴泉試。借幽廊，支瓦銚，細商茶事。松風入聽，瑟瑟珠跳平聲[一]雪沸。緑髩女、嬌拖燕尾。捧玉濕鈞州、磁盞翠。羡幽韻、未瀉先傳，餘芬罷啜還殢。漸証入、茗柯至理。終不負、酪奴風致。七椀後、玉川子，頹然竟醉。

墨首：風致楚楚，殊不覺此調僻澁，良由其力大而思細。

墨尾：曹渭公[二]曰：叙次濟楚，布局處寬然有餘，于此悟作文法。

墨尾：儲雪持曰：先在題前點綴一番，寫出一泒空濛寂歷，便已逗出品茶神理，不似他人浪語「龍團鳳餅」等語。

校記：

[一]小注「平聲」二字，浩然堂本無。

[二]「渭公」，墨筆校改作「南耕」。

圈點：

墨筆一：題上，單圈。「漸証」四句，圈。

墨筆二：「正註」三句、「绿髩」二句、「漸証」四句，圈。

望湘人 長調百七字

贈南水上人 上人住吴門百花洲。［一］

自鍬𩏿拆了，杜宇啼殘，粉箋怕寫新句。驀遇維摩，來游罨画，姿致［二］訝如張緒。雨裛褸鞋，烟欹箬笠，隔花吳語。喜韶齡、更擅才情，鮮唱碧雲日暮。　借問師家何處。在百花洲畔，近胥江渡。此地我曾游，千載最消魂路。昔日、無限錦帆柔櫓。只剩绿波南浦。想月中、趺坐香臺，尚有精靈來去。

朱尾（徐喈鳳）：贈僧詩詞，易入枯寂，此却風華掩映，寄託遥深，信是詞壇神手。

校記：

［一］此首蔣本有。

［二］「致」，原寫「制」，朱筆校改。

圈點：

朱筆：「雨裛」五句、「昔日」四句，圈。

墨筆：題上，單圈。

惜黄花慢百八字

晴郊訪菊[一]

郭外烟林。趂板橋夾浦，迤邐秋尋。溪翁隴口，半畦嫩蕊，園丁屋角，數畆濃陰。離披開坼鋪如錦，縱藻曜、偏覺蕭森。選野岑。倚風藉草，隔澗捶琴。濁醪無伴孤斟。漸林霏小結，巖翠將沉。家居罨画，厨方膾玉，人懷彭澤，籬恰摇金。西風何事頻吹帽，便短髮、菊也須簪。攪客心。前村碎杵零砧。

朱尾（曹亮武）：「藻耀偏覺蕭森」，一語為黄花寫照。

墨尾（史可程丙）：點染蕭冷，而一段豪吟跳盪之致，勃不可遏。

校記：

[一] 此首蔣本有。

圈點：

朱筆：「縱藻曜」句、「西風」二句，圈。

墨筆：題上，單圈。「縱藻曜」句、「倚風」二句、「人懷」六句，圈。

慢卷紬長調百九字

賦得秦女卷衣[一]

長城西去，嶢關一望，萬古消魂地。悵漢苑秦宮，隴樹洮雲，棧連梁益，閣通燕魏。繡嶺渾河，灞陵紅樹，鳥鼠山如髻。有六郡良家，四姓小侯，盡隸都尉。　金鴻嘹唳。蕭閨忽憶寒衣事。刀尺擬裁量，怕帶圍難記。砧響秋宵逾霽。搗瘦銀蟾，敲殘木葉，疊在紅箱裡。倘寄到軍前，驗取羸樓，翠綃封淚。

朱尾（史可程丙）：前闋則水經山誌，古奥幽深，後闋則藻耀瑰奇，漢魏古樂府也。

《詞則・别調集》：（「悵漢」十句）濤奔雲湧，大氣盤旋。◎上半雄莽，下半凄清。

《迦陵詞選評》：詞中賦物，自來無此古色斑駁。

校記：

［一］此首蔣本有，《瑶華集》、《詞則·別調集》選。調名，蔣本作「幔卷紬」。

圈點：

朱筆：「棧連」八句、「搗瘦」六句，圈。

墨筆：題上，單圈。

《詞則·別調集》：題上，雙圈。「悵漢」十句，點。「刀尺」九句，圈。

五綵結同心 百十一字

賀馮躬暨納姬

隔街爭唱，相府蓮開，覆額香蟬初裊。紅漆車兒穩，繡簾動、壓角紅珠駊騀。只愁阮婦剛纔嫁，飄吳語、緑窗邊過。怕難免、粉防脂邏，安頓最宜詳妥。　連晨書樓長鎖。料也應推説，楝花風大。千騎今年事，雙雙去、笑上丹軿翠舸。郎君佳話人傳徧，怪底事、端然瞞我。倘相逢、春宵筵上，百罰深杯方可。

圈點：

朱筆：「安頓」句、「郎君」四句，圈。

八歸 長調百十五字

春夜偶成[一]

城陰水際，閒尋往事，光景零亂難寫。畫眉橋北沿墻去，曾有迷藏伴侶，簸錢亭[二]榭。生小誰忺鉛共粉，説不盡、衣裳淡雅。碧檻外、蠻柳絲絲，甸線恍如画。　今日延秋坊畔，令狐宅裡，依舊好花開也。杏梁燕子，玉籠鸚鵡，尚説十年前話。水晶箱子在，遮莫還存聖檀帕。東風起、櫻桃細落，糝上當初，鞦韆紅粉架。

朱首（徐喈鳳）：斷紅零翠，不堪思憶。

校記：

[一] 此首蔣本有，《荊溪詞初集》、《昭代詞選》選。題下，鈐「南耕」印。

[二]「亭」，《昭代詞選》作「臺」。

圈點：

朱筆：「曾有」四句、「東風」三句，圈。

墨筆：題上，單圈。

《荊溪詞初集》：「杏梁」三句、「東風」三句，圈。

摸魚兒 長調百十六字

早春接山陽陸密庵先生札，兼惠我《月湄詞》，賦此奉酬

悵連宵、暗風吹雨，春寒欹在簾罅。忽聞鸚鵡籠中說，誰送香詞來也。披咏乍。似脱線真珠、亂向窗櫳灑。篇篇無價。便周柳纖柔，辛蘇感激，材盡出君下。為君說，我有鸞笙麝帕。能將風月吟寫。旗亭他日從君讌，准擬避君三舍。君莫訝。縱牛嶠顧敻，今日誰憐者。花間曲罷。又孟蜀宮前，摩訶池畔，春草緑盈把。

朱尾（史可程丙）：萬斛源泉，隨地湧出，自有遇方成珪、遇圓成璧之妙。

圈點：

朱筆：「春寒」句、「似脱線」句、「旗亭」九句，圈。

墨筆：題上，單圈。

沁園春 百十四字

秋日登姑蘇玄妙觀彌羅閣[一]

肅肅多陰，蕭蕭以風，危乎高哉。見飛甍複榭，虹蜺轇轕，梅梁藻井，龍鬼毰毸。燈燭晶

熒，鐸鈴戞觸，虎篆雷音百幅裁。鏘劍佩，是南陵朱鳥，北極黃能。玲瓏月殿雲階。況珠斗斕煸絶點埃。正井公夜戲，犀枰象博，麻姑晝[二]降，繡帔瑶釵。叱日呼烟，囚蛟鎖魅，五利文成未易才。銀鸞背，笑蟾蜍窟裡，金粟争開。

墨首（曹亮武）：奇麗瑰瑋，如王子年《拾遺記》。

朱尾（史鑒宗）：《三都賦》十年乃成，此則刻燭而就，尤玅在貼切，不徒以弘碩誇世。

墨尾（徐喈鳳）：如披《山海圖》，如讀《幽恠録》，令人目眩心悸。

校記：

[一] 此首蔣本有。

[二]「晝」，患立堂本、浩然堂本作「盡」。

圈點：

朱筆：全首，圈。

墨筆：題上，單圈。下闋，圈。

沁園春

為錢塘女史雪儀作，并戲示雪持[一]

髾影踈蕪，吟卷叢殘，諷淨名經。忽誰家偷遞，香詞一篋，人間那得，璧[二]月雙星。頓惹詩顛，重温昔夢，綺語瀾翻懺未能。吳山下，想歌飄檀板，酒點銀瓶。龍堂已泮春冰。説小妹天人嫁許曾。雪儀妹已許字龍舍人光[三]。只捧心虜姊，鶯啼南國，掃眉才子，蝶怨西陵。緑萼為媒，紅絲作聘，竚盻飛瓊入画屏。東皇約，要兩般艷雪，玉戲前楹。時雪持有待闕鴛鴦之意，故為兩雪之語。

朱尾（曹亮武）：筆香墨艷，應有牙籤玉軸，裝成卷帙。

墨尾（史可程甲）：「我未成名君未嫁」，同一感愴，不必問其畫眉入時無否也。詞特跳脱飛舞，令人目光飄忽。蘧菴。

校記：

[一] 此首蔣本有。

[二]「璧」，蔣本作「壁」。

[三]「光」，患立堂本、浩然堂本作「二為」。

圈點：
朱筆：「忽誰」七句、「只捧」四句，圈。
墨筆：題上，雙圈。「頓惹」三句、「只捧」七句、「要兩」二句，圈。

賀新郎 長調百十六字

挽驥沙朱南池先生

先生諱士鯤，明末以明經謁選，得粵西柳州府武宣縣。南荒僻遠，國初尚未入版圖。先生忠於所事，歷官至吏科給事中。子湸，任北流知縣。壬辰，王師入粵，先生偕子湸暨闔門三十口，俱殉節於北流之黎村。後數年，其子溶徒步七千里，覔先生埋骨所，卒不得，遂慟哭歸。余故為詞奉誄，并寄令嗣孝廉澂、文學溶。[一]

淚濕蒼梧樹。是千年、騷人謫宦，舊銷魂路。中殪國殤三十口，颯沓靈旗似雨。光燄燄、雲中顧慕。鈷鉧潭西羅神[二]廟，笑迎神、枉費昌黎句。須讓爾，歆椒糈[三]。招魂哭入南荒去。痛孤兒、芒鞋曾踏，萬山愁霧。峭壑懸崕藤羃䍥，日落啁啾翠羽。尋不偏、鷓鴣啼處。誰認當年騎箕客，有猩猩、夜共獠奴語。蕉與荔，繡祠宇。

朱眉（徐喈鳳）：起得悲壯。○收得雄渾。

朱尾（徐喈鳳）：似記似傳，亦騷亦賦，非是詞不足以誄南池先生。

《詞則·別調集》：（「中殪」三句）靈光幽氣，為烈士生色。

校記：

［一］此首蔣本有，《詞則·別調集》選。詞題，蔣本「給事中」作「給事」，患立堂本「并寄」作「并寄其」。

［二］「神」，蔣本作「池」。

［三］「稰」，患立堂本、浩然堂本作「醑」。

圈點：

朱筆：「淚濕」三句、「峭壑」七句，圈。

《詞則·別調集》：題上，雙圈。全首，點。

賀新郎長調百十六字

渭公[一]齒疾，養痾南岳山房。初夏同雪持、南水、放庵過訪，詞以贈之是日有五虎踞坐楓隱寺門。

臥疾禪房裡。問君年、纔過四十，胡為如此。人笑君同師伯齡，君只狂呼自喜。狗竇豁、儘容卿未。猶剩左車能決肉，更何妨、擁鼻哦經史。石可漱，礪吾齒。　青鞋且踏南山寺。更同行、詩僧詞客，善談名理。噉罷山厨櫻笋飯，佛閣晴空漫倚。一飽後、破除萬事。誰坐寺門閒説虎，萬山松、一霎腥風起。亟摇手，真來矣。

朱尾（徐喈鳳）：用古巧，運筆靈，後説虎數語，覺市虎不須三人。

校記：

[一]「渭公」，墨筆校改作「南耕」，患立堂本、浩然堂本同。眉上鈐「南耕」印。

圈點：

朱筆：「狗竇」五句、「誰坐」四句，圈。

墨筆：題上，單圈、單勾。

賀新郎 長調百十六字

送蔣京少隨尊公學憲之任豫章[一]

雙槳搖晴渌。泝長江、潯陽西上，浪堆銀屋。卿月乘秋映湓浦，高會諸生白鹿。羨公子、翩翩綵服。君去鯉庭浮画舫，更何人、和我迦陵曲。誰共剪，西窓燭。　秋容一望真如沐。照江山、廣寒新樣，一輪圓玉。此地王郎題賦後，依舊落霞孤鶩。文采事、筭君堪續。莫道衡陽迴雁少，倚西風、念我成衰獨。須頻寄，好詞讀。

墨首（曹亮武）：氣韻沉雄，如幽燕老將。

朱尾（徐喈鳳）：京少此去，未免戒心，詞却風流文采，極稱翩翩公子。

校記：

[一] 此首蔣本有。

圈點：

朱筆：「君去」二句、「此地」七句，圈。

墨筆：題上，單圈。「君去」二句、「此地」二句、「莫道」二句，圈。

賀新郎百十六字

連朝霽色殊佳，桂叢復放，而寂寂空齋，秋尋無策，兼之溪蟹大上，手中不名一錢，俱恨事也。詞以自嘲，并柬雲臣、竹逸

六曲銀屏矮。晃書籤、碧空乍沭，晴光無賴。料得空山叢桂畔，潑徧朝烟暮靄。貪結伴、鳴榔欸乃。篋少青蚨愁雇直，筭今年、逋了秋尋債。任相笑，興胡僋。[一] 老饕僵卧誰能耐。汨饞涎、湖干大上，肥香筐蟹。擣就橙虀賒得否，溪友得錢方賣。笑吟興、因君都敗。佳節來朝重九是，戰西風、破帽今還在。只愁被，秋陰礙。

朱尾（曹亮武）：空囊敗甑時，讀此數過，意氣始得豪。

校記：

[一]「任相笑，興胡僋」，朱筆校改作「還自笑，爾胡僋」，並注：「『興』字犯重，故僭易數字。」

患立堂本、浩然堂本俱同改筆。

圈點：

朱筆：「篋少」二句、「擣就」三句、「戰西」三句，圈。

賀新郎百十六字

丙辰九日[一]

廢堞經秋壞。削巉巖、下臨絶澗，奔渾澎湃。俛仰浮生身世感，滿眼黄榆紫塞。笑一碧、関河無賴。多事劉郎題糕客，便彭城、戲[二]馬皆安在。賢豪蹟，総稊稗。横刀舞稍平生快。却胡為、丹陽男子，邇來殊憊。細把茱萸簪破帽，何限樓船下瀨。歷歷在、闌干之外。麤飯濁醪吾事畢，傍東籬、且了黄花債。今古恨，漫興嘅。

朱首（曹亮武）：如農父話桑麻，歷歷言之，無不沉摯。

墨尾（徐喈鳳）：登城遠眺，浩歎悲歌，絶似劉琨一嘯，綽有豪氣。

《詞則·放歌集》：（「粗飯」四句）意甚鬱，而筆甚超脱。

《迦陵詞選評》：古往今來，九日中第一感慨，牛山、齊山殊不足道。

校記：

[一] 此首《詞則·放歌集》選。

[二]「戲」，《詞則·放歌集》誤作「繫」。

圈點：

朱筆：「多事」二句、「細把」五句，圈。

墨筆：題上，單圈。「多事」四句、「細把」五句，圈。

《詞則·放歌集》：題上，雙圈。「麤飯」四句，圈。

賀新郎 百十六字

中秋前一夕，坐月虎丘

月上空山早。喜今夜、關河一碧，游氛都掃。二十年前曾醉此，余自丙申中秋看月虎丘，今已二十一年矣。坐客錦衣玉貌。事已作、開元天寶。獨對孤光成太息，歎秋娘、已嫁何戡老。且細把，金樽倒。　颯然聲犯龜茲調。是征南、牙門營將，箏琶競攬。嬴得姮娥臨桂殿，揄袂娟然一笑。訝舊曲、人間絕少。滄海月明渾是淚，料來宵、晶餅看逾皎。重枕藉，澗邊草。

起句朱側（史鑒宗）：都是前一夕話。

朱首（史鑒宗）：如禰生撾鼓，凄憤激其座客。

墨首(史鑒宗):時移物換,不勝今昔之感。

朱尾(曹亮武):生公石上忽聞黄羊野馬之曲,能不憮然?後之覽者,將有感於斯詞。

墨尾(徐喈鳳):感今思舊,寓慨於歌,作者情深,非耑為虎丘片石也。

朱尾(辰):點染時事,益覺生色,尤妙在中秋前夕,確不可移動他夕。

墨尾(史可程甲):感痛淋漓,聲淚俱落,不異劉越石吹笛當年。蘧菴。

圈點:

朱筆:「颯然」五句,圈。

墨筆:題上,單圈。「獨對」四句、「颯然」五句,圈。

賀新郎百十六字

丙辰中秋,看月虎丘,同雲臣、雪持賦[一]

風月佳無比。看石上、氷輪瀲灧,長空新洗。金虎寒芒猶未散,耿耿吳宮劍氣。越顯得、翠奩如水。賒取元宵今夜做,颭春燈、嵌偏秋山裡。十萬盞,夜珠綴。　懸崕疊巘笙簫沸。曲纔終、山腰樓閣,嬌歌又起。簇坐廣塲紛笑語,何處香飄桂子。問此樂、浮生能幾。似欲天明天轉碧，透星星、宿火吳姬肆。涼兔魄，忍西墜。

朱眉（史鑒宗）：以「賒取元宵」形容燈市，絶妙文心。

朱尾（曹亮武）：語語紀實，風景宛然，可作吳天一則佳話。

墨尾（曹亮武）：紛紜雜沓，描寫盡致。

朱尾（史鑒宗）：團簇緊密，似檃括袁中郎《虎丘記》。

墨尾（徐喈鳳）：新聲麗景，觸緒紛來，僕讀之益悔未同遊櫂也。

朱尾（辰）：如入廣寒宫裏聽《霓裳羽衣》之曲。

墨尾（史可程甲）：渲染盡情，是畫水畫聲手。蘧菴。

校記：

［一］此首眉上鈐「南耕」印。

圈點：

朱筆：「賒取」二句、「簇坐」七句，圈。

墨筆：題上，雙圈。「賒取」二句、「簇坐」七句，圈。

賀新郎百十六字

十六夜步月惠山泉亭[一]

短簿祠前月。又隨我、春申澗畔，度林穿樾。誰道孤光今夜減，依舊峥泓映徹。人尚在、廣寒宮闕。只恐青天偏有意，散霜華、點盡愁人髮。搔首望，素娥窟。孤亭坐久狂歌發。亂山前、中宵驚起，林端棲鶻。憶昨吳宮絲管鬧，月舘風簾盡揭。今只有、泉流明滅。喧寂乘除原似此，筭嬌歌、妙舞終須歇。悟此意，是賢達。

朱首（曹亮武）：俯仰之間，感慨係之，眼前妙理，何人拈出？

朱眉（史鑒宗）：却是十六夜月。

墨尾（曹亮武）：曲終不見，江山峰青，絕似此時意況。

朱尾（史鑒宗）：泉亭玩月，補騷人所未及。寫得凄冷，如聽雪磵淙淙。

墨尾（徐喈鳳）：十五虎丘，十六惠山，不無興盡之意。然子猷泛雪，並無吟咏，其年泛月，去來有詞，則梁溪月舫不更在剡溪雪舫之上乎？

朱尾（辰）：泉聲月色，寫得如許清華，如許曠達，真奇觀也。

墨尾（史可程甲）：霜毫迅掃，逸態横生，正以近情為勝。蘧菴。

校記：

［一］此首題上鈐「南耕」印。

圈點：

朱筆：「憶昨」七句，圈。

墨筆：題上，雙圈。「短簿」三句、「散霜」三句、「憶昨」七句，圈。

賀新郎百十六字［一］

戊申，余客都門時，風塵淪落，而合肥夫子遇我獨厚，填詞枉贈，有「君袍未錦，我鬢先霜」之句。一别以來，余承乏詞垣［二］，而夫子之墓，已有宿草久矣。春夜偶讀香嚴此詞，往復纏綿，淚痕印紙，因和集中秋水軒倡和原韻，以誌余感。昔夫子填此韻最多，集中常叠至數十首，今者填詞用此，亦招魂必效楚聲之意也。并寫一紙，以示伯通

事已流波卷。憶春帆、酒中饒恨，將詞排遣。填到消魂千古曲，燭淚一時齊泫。紅漬透、吳箋蜀繭。知己相憐袍未錦，論深情、碧海量還淺。丁香結，甚時展。　買臣自分難通顯。又誰知、此生真見，禁林春扁。俛仰鍾期成隔世，便化雲中雞犬。也刻骨、

銜恩未免。今日錦袍雖換了，記前言、腹痛將他典。買素紙，向公剪。

先生疾革前一二日，執予手猶追感合肥先生不置。夫寒士孤窮牢落中，得當塗一盼，便欲心死。而憐才愛士之心出于真懇，使人没齒不忘，則合肥先生其僅見矣。適檢集得此詞，因憶此語，不特悲先生之遇，又以誌合肥先生之盛節于不朽也。壬戌端陽後三日，京少記。[三]

《榕巢詞話》：陳其年早受知于龔芝麓，龔卒，陳以《賀新郎》詞哭之。

校記：

[一] 此首蔣本有。筆跡與全稿不類，惟詞調下注「百十六字」筆跡同。頁下右角有墨筆「抄」。

[二]「垣」，墨筆校改作「林」，諸本同。

[三] 詞末蔣景祁跋，諸本無。

圈點：

墨筆：題上，單圈。詞序「亦招魂」句，點。「填到」三句、「買臣」三句、「記前言」句，圈。

賀新涼百十六字［一］

立秋夜雨感懷，和尤悔庵原韵

蓦又簾纖矣。想天邊、也應長恨，泪如鉛水。墻脚野花無賴極，細箅今朝開幾。攀摘罷、定然流涕。擬到橋頭尋日者，問半生、骨肉何如此。行人少，天新雨。　颼飀况是秋盈耳。憶家園、黔婁有婦，宛然鄉里。颯颯西風吹去了，留贈黄金鈿子。難怪我、桐枯心死。冷雨茜裙都染血，忍相拚、送入秋墳裡。憑恨曲，唤他起。

「行人少，天新雨」句朱側（宿）：六字凄絶。

朱尾（宿）：此安仁悼亾詩也。凄凄惻惻，不堪多讀。

校記：

［一］筆跡與全稿不類，惟詞調下注「百十六字」筆跡同。詞調，浩然堂本作「賀新郎」。頁下右角有墨筆「抄」。

圈點：

朱筆：「行人」二句、「颯颯」七句，圈。

賀新涼 百十六字[一]

七夕感懷，再用前韻[二]

有和鵲又填橋矣。滿長安、千門砧杵，四圍雲水。長記常年茅屋下，佳節團圞能幾。有病、雲鬟揮涕。縱病倘然人尚在，也未應、我淚多如此。彈不盡，半襟雨。　如今贍有孱軀耳。便思量、故鄉瓜果，也成千里。誰借針樓絲一縷，穿我啼紅珠子。奈又説、春蠶竟死。囑付月鈎休瀲灩，幸憐人、正坐羅窗裡。風乍吼，粉雲起。

《詞則·別調集》：二「又」字，虚領起通篇悼亡之意。（「縱病」四句）曲折沈著。（「誰借」七句）情真語切，幾不知是血是淚。

《迦陵詞選評》：才情斂盡，迦陵固有此質直一路。

校記：

[一] 筆跡與全稿不類，惟詞調下注「百十六字」筆跡同。詞調，浩然堂本作「賀新郎」。頁下右角有墨筆「抄」。

[二] 此首《詞則·別調集》選。詞題，《詞則·別調集》作「七夕感懷」。

圈點：

朱筆：「誰借」三句，圈。

《詞則·別調集》：題上，單點雙圈。「鵲又」句、「縱病」四句、「誰借」七句，圈。

賀新涼 百十六字[一]

中元感懷，仍次前韵

節届中元矣。九門邊、冷雲新畫，明羅叠水。朝罷千官紛咲語，知我凝情有幾。悄背着、紅墻流涕。慘不成行西苑柳，奈秋來、是物猶如此。能禁得，幾塲雨。 総調薑橘徒然耳。想珊珊、魂來也怯，路三千里。亟倩蘭陀張淨饌，抛作貝多羅子。早勘破、人間生死。覺路蓮燈飄萬[二]盞，儘胭脂、傾向銀塘[三]裡。化一片，彩霞起。

校記：

[一]筆跡與全稿不類，惟詞調下注「百十六字」筆跡同。詞調，浩然堂本作「賀新郎」。頁下右角有墨筆「抄」。

[二]「萬」，原寫「幾」，墨筆校改。

[三]「銀塘」，原誤寫作「銀河」，墨筆圈去「河」字，再寫「塘」字。

圈點：

朱筆：「慘不」四句，圈。

賀新涼百十六字[一]

中秋感懷，再和前韵

皓魄飛來矣。鳳城邊、打頭驚看，一規涼水。今夜市樓歡笑滿，盡道此生經幾。只有個、人兒雪涕。便是月華圓不缺，到良宵、端正長如此。翻令我，泪如雨。　酸歌詎到姮娥耳。轉嬋娟、漾人簾外，一晴千里。醉奪吳剛脩月斧，腊盡金蟆兔子。更斫得、桂枝[二]齊死。若使冰輪能解恨，炤雲鬟、但入重泉裏。何必要，又東起。

校記：

[一]筆跡與全稿不類，惟詞調下注「百十六字」筆跡同。詞調，浩然堂本作「賀新郎」。頁下右角有墨筆「抄」。

[二]「桂枝」，原寫「枝枝」，墨筆校改。

圈點：

朱筆：「醉奪」七句，圈。

賀新涼百十六字[一]

九日感懷，再用前韻

又值題糕矣。滿長安、繡旗斜颭，車如流水。記得杜陵重九句，咲口此生開幾。也不似、今番揮涕。誰去登高誰落帽，笄秋光、枉了濃如此。轉不若，多風雨。　諸君未識吾悲耳。儘豪狂、功誇漢武，智誇樗里。到得傷于哀樂後，幾陣隣家笛子。心不許、英雄不死。歲歲黃花清瘦極，有和花、比瘦人簾裡。腸斷也，怕提起。

校記：

[一]筆跡與全稿不類，惟詞調下注「百十六字」筆跡同。詞調，浩然堂本作「賀新郎」。頁下右角有墨筆「抄」。

圈點：

朱筆：「到得」三句，圈。

賀新涼百十六字[一]

十月朔病中感懷，仍用前韻是日，京城士女競燒冥帛于門外，謂之送寒衣。

伏枕經旬矣。掩晴窗、誰為稱藥，誰為量水。又報鳳城頒正朔，佳節來年有幾。便有也、徒增悲涕。壁角風吹殘曆本，細於塵、蛛網偏[二]縈此。新和舊，恨如雨。梵鐘故遞愁人耳。是鄰家、寄寒衣去[三]，北邙蒿里。疇昔春衫誇樣好，描畫花[四]兒鳳子。纔直得、紅爐一死。今日縱[五]然隨例送，怕燕粧、難爾伊心裡。燒罷也，綵灰起。

朱尾（史鑒宗）：異鄉風物，觸目驚心，直是一聲河滿，令人斷腸。

校記：

[一]筆跡與全稿不類，惟詞調下注「百十六字」筆跡同。詞調，浩然堂本作「賀新郎」。頁下右角有墨筆「抄」。

[二]「偏」，患立堂本作「徧」。

[三]「去」，原寫「到」，墨筆校改。

[四]「畫花」，原寫「花畫」，墨筆校改。

[五]「縱」，墨筆後添。

圈點：

朱筆：「壁角」四句、「疇昔」七句，圈。

賀新涼 百十六字[一]

臘月初六是余生日，即亾婦忌辰也。詞以志痛，仍用前韻[二]

嫁與黔婁矣。憶糟糠、搵他不住，兩眸清水。為我懸弧緇梵夾，下到瑤籤第幾。直絜得、鸜哥流涕。今日蓮幢余轉拜，願相憐、再世休如此。花蔌蔌，墮成雨。　安排果繫干支耳。記當年、代占雞卜，偏央鄰里。更喚街南盲婦到，彈動香蛇絃子。推測盡、五行生死。磨蝎早知真見祟，便長貧、忍客京華裡。朝飛雉，寒難起。

校記：

[一] 詞調，浩然堂本作「賀新郎」。

[二] 詞題，患立堂本、浩然堂本「初六」後有「日」字。此首末鈐「彊善堂主人對訖」印。頁下右角有墨筆「抄」。

圈點：

朱筆：「直絜」五句，圈。

賀新涼百十六字[一]

辛酉除夕，恭遇兩宫徽號覃恩，臣妻亦沾一命，感懷紀事，仍用前韻

一歲將闌矣。悵年華、挽他不住，滔滔似水。五十餘番婪尾酒，愁類今番有幾。爉燭也、替人流涕。癡絶客冬逢是節，聆征軺、尚巽人來此。渾不道，竟成雨。棲遲只為君恩耳。寧不念、茶香笋滑，銅官故里。今日五花沾一命，波及臣之妻子。敢尚訴、臣飢欲死。倘比黄花人尚在，製翟衣、寄到深閨裡。雖病也，定然起。

校記：

[一]詞調，浩然堂本作「賀新郎」。此首末鈐「彊善堂主人對訖」印。頁下右角有墨筆「抄」。

圈點：

朱筆：「爉燭也」句、「倘比」四句，圈。

金明池百二十字

丙辰秋日書事[一]

落落門攤，寥寥問架，報道新添賦額。小市對、蝸廬馬磨，綺陌傍、朱扉畫戟。總和他、

絮鐵錢醪，一例載、少府泉刀稅籍。有銅山免脫，金穴蠅營，衹算黔婁陋室。　瘦巷空壕風蕭瑟。儘堂燕幕烏，遁逃無術。人競說、天家榷酤，誰解學、仙翁點石。便天邊、月府清虛，怕未穩瓊樓，難安桂魄。見敬業坊前，奉誠園外，多少題門賣宅。

墨首（徐喈鳳）：時事如此，言之戚然，聶夷中詩未足為慘也。

墨眉（列）：尚欠蘊藉些。

朱尾（曹亮武）：但覺搆造綺麗，玲瓏相映，不知其言之悲。

朱尾（史鑒宗）：寄哀聲于蘭畹，寫幽恨于金荃，酸酸楚楚，一字一淚矣。

《迦陵詞選評》：寫實處必綴數句虛說，此體裁之限，非才之罪也。

校記：

［一］此首《荊溪詞初集》選。調名，《荊溪詞初集》作「夏雲峰」。眉上鈐「南耕」印。

圈點：

朱筆：「有銅」三句、「瘦巷」三句、「便天」六句，圈。

墨筆：「有銅」三句、「便天」六句，圈。

《荊溪詞初集》：「小市」四句、「便天」六句，圈。

金明池百二十字

詠雁來紅[一]

苔繡倉[二]琅，蔓縈屈戌，閒鎖街南空宅。見一片、霜條露萼，伴卧礎、冷絳如織。想[三]斜陽、雁背微丹，斜壓下、灑向枝頭堆積。似顦顇秋娘，寂寥班女，倦髀畫欄無力。　颯颯賓鴻南雁[四]日。正天水濛濛，關河歷歷。悽凉渡、青溪柵口，惆悵宿、黄陵廟側。徧江南、一夜西風，便也學春鵑，啼痕紅裛。恨漢苑無花，唐陵少樹，只染晴莎烟色。

朱尾（曹亮武）：微物忽寓深感，所謂萬斛泉源，隨地湧出。

墨尾（史可程丙）：渾脱瀏利，後闋寫來字變化入神，結語托寄幽深，極章法之妙。

校記：

[一]此首蔣本有。

[二]「倉」，患立堂本、患立堂本作「蒼」。

[三]「想」，蔣本作「相」。

[四]「雁」，蔣本作「下」。

圈點：

朱筆：「恨漢」三句，圈。

墨筆：題上，單圈。「苔繡」三句、「似顛」三句、「悽涼」二句、「恨漢」三句，圈。

西平樂長調百三十七字

春夜寫懷［一］

象管慵拈，鷰笙懶炙，春困斜倚圍屏。往事難追，舊愁易惹，更添夜雨淋鈴。記一騎衫痕似血，半夜簟紋如水，鳳凰橋上吹簫，蝦蟇陵下呼鷹。幾處鞦韆緑水，風昊影、篩碎碧潭星。　秋娘一去，酒徒何處，萬水千山，有影無形。縱有日、重游洛下，再過秦川，隺髮相逢話舊，覔徧樓臺，祇剩寒鴉與亂螢。十載浮名，半生故國，且剩閒身，野寺山家，布韈青鞋，花前到處飄零。

墨首（曹亮武）：孤情一往，使人意盡，僕本恨人，何堪聞此？

墨尾：「一聲河滿子，雙淚落君前。」此中山所以聞樂而悲也，況情至之語乎？史蘧菴先生。［二］

《詞則·放歌集》：（「記一」四句）雄才霸氣，出語便與人殊。（下闋）短句以氣行之，不嫌滯累。

《迦陵詞選評》：耆卿之鋪叙，美成之措語，運以迦陵之氣，忽然變化飛去。

校記：

［一］此首蔣本有，《草堂嗣響》、《詞則·放歌集》選。詞題，《草堂嗣響》無。鈐「彊善堂主人對訖」印。

［二］此條筆跡與全稿同。

圈點：

墨筆：題上，單圈。「鳳凰」二句、「雀髮」三句、「且剩」四句，圈。

《詞則·放歌集》：題上，雙圈。「記一」四句、「風美影」句，圈。「秋娘」二句，點。「祇剩」句、「花前」句，圈。

玉女揺仙佩 長調百三十九字

登姑蘇玄妙觀彌羅閣［一］

仙壇巃嵸，複館飛簷，架在蓮鬚藕孔。刻畫仙靈，雕鎪龍鬼，百怪躨跜梁栱。目眩神悽恐。更閃電金泥，綃窗月湧。到烏雀、更無聲處，恍惚瓊樓，寒氣微中。童女守丹爐，碧奈花前，玉笙閒弄。笑拍闌干，何限塵埃蠛蠓。銀漢茫茫，絳[二]霄寂寂，訴與舊游鸞鳳。前度劉郎情重。淚灑鮫盤凍。吴宫事、只恨當初蠡種。空留下、湖山幾點，蘇臺一帶，年年花草昏如夢。東風外、緑波微動。

朱尾（徐喈鳳）：形容觀閣，突造五鳳瓊樓；憑吊吴宫，遥惜三千犀甲。學仙者未免艷心，達觀者可以悟道。

《詞則·放歌集》：（「到烏」三句）境地高絶，筆妙足以達之。（「淚灑」六句）蒼茫感慨，大筆淋漓。

《迦陵詞選評》：奇險處從容盤旋，正不必學夢窗。

校記：

［一］此首蔣本有，《詞則·放歌集》選。鈐二「彊善堂主人對訖」印。

［二］「绛」，原寫「丹」，墨筆校改。

圈點：

朱筆：「架在」句、「到烏」六句、「前度」三句、「吳宮」五句，圈。

墨筆：題上，單圈。

《詞則·放歌集》：題上，單點雙圈。「到烏」三句、「淚灑」六句，圈。

玉女摇仙珮 長調百三十九字

咏水仙花，和史蘧庵先生原韻[一]

海國春深[二]，洞天日晚，飄下幾枝仙蕋。望去疑無，看來入畫，朶朶風前擁髻。欲取餘花比。奈緋桃緑柳，大都難似。髣髴是、楚天如夢，湘水如苔[三]，月明千里。有三兩鮫人，群弄明珠，凌波游戲。　今夜空廊單枕，酒冷香焦，忽墮花前閒淚。憶得年辰，那[四]家庭院，細雨簾垂丁字。人與花同倚。説不盡此夜，一欄空翠。誰信道、画樓天遠，緑窓人去，看花長恁懨懨地。料花也、舊情還記。

朱尾（史可程丙）：前闋段落縱横，風神跌宕，似子長諸傳記。後闋則想窮天際，百感風生，吾不知其所以然矣。

校記：

［一］此首蔣本有。詞題，蔣本作「咏水仙花」，患立堂本、浩然堂本無「史」字。鈐二「彊善堂主人對訖」印。

［二］「深」，蔣本作「寒」。

［三］「苔」，蔣本作「羅」。

［四］「那」，蔣本作「謝」。

圈點：

朱筆：「髣髴」六句、「細雨」八句，圈。

墨筆：題上，單圈。

多麗長調百三十九字

初夏同雪持、南水、放庵游南嶽，小憩楓隱寺［一］

弄微風，城南賣酒旗偏。且屏當、笛床棋局，停橈第五橋邊。嶺濛濛、如將着雨，波細細、尚未成烟。妙欲生香，空能釀翠，人家四月焙茶天。迤邐處、松脂石骨，碧暗寺門前。僧寮［二］好、窓中籬笋，厨下山泉。　試低徊、亭臺金粉，曾經烘染多年。畫廊欹、半龕佛火，雕欄換、一抹寒田。誰向行人，頻提往事，小樓鶯語最輕圓。支頤久、危岡亂木，暝色漸蒼然。徐歸去、群峰殢我，晚髻尤妍。

朱尾（徐喈鳳）：前段寫景入畫，後段感舊生嗟，一篇絶妙紀遊文。

校記：

［一］此首蔣本有，《古今詞選》、《昭代詞選》選。詞題，《昭代詞選》「南水」作「南氷」。鈐二「彊善堂主人對訖」印。

［二］「寮」，原寫「厨」，墨筆校改。

圈點：

朱筆：「嶺濛」五句、「畫廊」五句，圈。

豐樂樓二百四十字

辛酉元夜，同蕺山賦［一］

上元許多往事，摺巒戣倦寫。對皎皎、一片氷輪，背人鉛淚偷瀉。記年少、心情百種，拋來都付傳柑夜。月將圓、狂到收燈，郇宵剛罷。要識狂奴踪跡，除是問［二］、寶釵羅帕。喜人月、一色相看，盈盈堆滿簾罅。粉墻西、火蛾低旋，軟幔左、飛蟬頻卸。也曾招、花朵般人，倚風輕罵。　誰差詞客，去作官人，舊情仍乱惹。況今歲、鳳城中，烟柳外，添了萬盞晶籠，水邊斜挂。獅蠻假面，參軍雜爨，綉帷飄得天街滿，更夾路、香謎憑人打。鸞韉獸襖，幾群牙帳毬門，彈壓紫陌坊瓦。　昇平士女，京國樓臺，荷九重放假。囑閶闔、雞人漫唱，月総西沉，人忍空辜，舞塲歌榭。緩扶薄醉，御溝斜轉，前門小立偏妬煞。綴犀釘、鈿粟繚垣下。往來月裡摩挲，多被春纖[三]，絮伊[四]情話。燕京風俗，元夜婦女[五]競往前門摸釘為戲，相傳讖宜男也。[六]

《詞則・閑情集》：（一闋）語必極致，其年本色。（二闋）姿態絶饒。（三闋）寫昇平盛世，如火如荼。（四闋）亦見風致。

《迦陵詞選評》：昇平氣象，不必能掩落寞，亦不必為落寞掩。

校記：

[一]此首蔣本有，《瑶華集》、《詞則・閑情集》選。筆跡與全稿不類。詞題，患立堂本無「同蕺山賦」。頁下右角有墨筆「抄」。

[二]「問」，蔣本、《瑶華集》無。

[三]「纖」，患立堂本作「識」。

[四]「伊」，蔣本、《瑶華集》無。

[五]「婦女」，《瑶華集》無。

[六]詞末小注，《詞則·閑情集》無。

圈點：

朱筆：「要識」二句、「偏姤煞」、「綴犀」四句，圈。

墨筆：題上，單圈。

《詞則·閑情集》：題上，單圈。「狂到」二句、「也曾」二句、「月總」三句、「前門」句、「多被」二句，點。

歲寒詞

宜興陳維崧其年號迦陵

校記：

[一]此集筆跡與全稿不類。首有墨筆批語：「此數詞已有刊本。」《迦陵儷體文集》卷七有

《歲寒詞小序》：「斗室恒關，雙扉久墐。餳香豆輭，正當祀竈之辰；釀熟雞肥，恰值消寒之會。三年執戟，急景匆匆；五夜讎書，浮踪落落。悵門丞之欲去，餞以粈盆；冀如願之能來，迎之蕢燭。端居不樂，僵卧常愁。乃有綉虎才人，乘羊猶子。雙拈玳管，倚小令以分吟；並劈苔牋，向長宵而靚寫。傳諸好事，目以詞豪；播在通都，資爲談助。屬鄙人之技癢，更我友之神來，和有數家，鋟成一集。嗟乎！上陽宫外，雪大如鴉；宣曲觀前，風饕似弩。山頭凍雀，覆鶴氅以難温；砌下寒蟲，藉貂褕而詎煖。何來數子，只欲雕冰；頗怪羣賢，偏工鏤雪。定屬無聊之事，心知不急之人。弆之篋衍，且充壓歲之錢；覆彼瓶盆，姑貯辭年之酒。」

喜遷鶯

立冬[一]

西風忒峭。把似錦濃秋，霎時都掃。林影添黄，潭痕減翠，易損他鄉懷抱。甕頭索郎未熟，坌口獵徒還少。燕市畔，漸消寒九九，排當畫稿。　那曉。人世事，月令歲華，慣是田家好。摘菜淹葅，燃糠煨芋，夜火村村打稻。惆悵年來殘夜，催着朝衫偏早。憑誰說，向茅簷曝背，溪南詩老。

校記：

［一］此首蔣本有，《昭代詞選》選。

圈點：

朱筆：「西風」三句、「慣是」句、「夜火」句、「憑誰」三句，圈。

夢芙蓉

寒月［一］

倍覺姮娥寡。奈金波早凍，素光空瀉。此時帝里，六館并三瓦。擁爐圍粉帕。疇憐夜景如画。讓碧空中，只一丸獨自，冷向鳳樓挂。　除是賀蘭山下。老將營門，看得分明也。清輝縱好，此外誰知者。長宵更鼓打。兔華莫也生怕。且待新春，點紅燈萬盞，照着鬧蛾耍。

校記：

［一］此首《昭代詞選》選。

圈點：

朱筆：「倍覺」句，點。「冷向」句、「除是」三句、「且待」三句，圈。

晝堂春

小春[一]

不寒不暖好年光。依然人在江鄉。春人偷嫁與冬郎。便小何妨。　記得年時嶺外，梅妃猶未勝粧。如今花滿紙糊房。紅紫成行。

校記：

［一］此首未鈐「履端印」。

圈點：

朱筆：「春人」二句，點。

風入松

寒鴉[一]

欹斜嬾漫徧燕關。僵冷甚袁安。誰將水墨濛濛画，做[二]邊城、一抹荒寒。小日曾藏柳葉，前身慣上釵鬟[三]。　無端誤點早朝班。髣髴認龍顏。六宮怕有人争妬，帶昭陽、日影飛還。惆悵舊遊何處，孤村流水之間。

校記：

［一］此首蔣本、《百名家詞鈔》本有，《古今詞選》、《昭代詞選》、《國朝詞雅》、《熙朝詠物雅詞》選。

［二］「做」，《百名家詞鈔》本作「倣」。

［三］「鬟」，《百名家詞鈔》本作「環」。

圈點：

朱筆：「做邊」三句，點。下闋，圈。

《百名家詞鈔》本：「誰將」四句、「惆悵」二句，圈。

瑞鶴仙

慈仁寺松［一］

爾頭童齒豁。又短如翁伯，小踰臧紇。年高尚存活。換一番兵馬，一番宫闕。雷轟電掣。早煆就、秦銅漢鐵。任噎歐、萬怪揶揄，閃爍百靈洞［二］喝。奇［三］崛。種於奚代，長自何朝，忩他始末。空餘獵碣。略記汝，生年月。只新來廟市，喧豗蹩踏，闌入市場豪猾。趁天風、鱗鬣狂拏，舞場囬鶻。

《詞則·放歌集》：（「雷轟」二句）亦是千煅百煉之句。（「趁天」二句）斬伐荊棘，痛快淋漓，想見先生意氣。

《迦陵詞選評》：自是迦陵本色語，本不必學他辛老子。只是鄭、蔣入其彀中，便覺不堪。

校記：

［一］此首《詞則·放歌集》選。未鈐「彊善堂主人對訖」印。

［二］「洞」，患立堂本、浩然堂本作「峒」。

［三］「奇」，《詞則·放歌集》誤作「寺」。

圈點：

朱筆：「爾頭」四句，圈。

《詞則·放歌集》：題上，單點單圈。「雷轟」二句、「趁天」二句，圈。

淒涼犯

寒柝［一］

一星星火紅猶在，更闌空館纔覺。甚地勾欄，那條京瓦，喑嗚觱篥。墻根市角。風遞到、一城郭索。終不然、啼蛄吊月，或是夜絲絡。　此際無衣子，冷巷閒坊，睡何曾着。敲時和夢，似徐拋、零星珠雹。陡觸霜威，愁殺是、此身寒薄。　砉崩騰、柝聲四起，山月落。[二]

校記：

[一] 此首鈐「待弔青蠅」、「素溪」印，印上各有墨筆「対」。有朱筆「対」。

[二] 患立堂本、浩然堂本詞末注：「前半闋多二字。」

圈點：

朱筆：「或是」句，圈。

踈影

黃梅

霜天殘臘。綻緗梅滿樹，半開微合。嬾鬭春園，小白長紅，只愛新興蜜蠟。鬱金堂外糢糊見，貪耍學、厭禳粧法。惹緑窗、鎮日昏黃，錯認薰香睡鴨。　曾有箇人雲鬟，摘盈盈半朵，和笑低插。戲罵花枝，何物檀奴，也上香蟬斜壓。如今人去花何用，索性把、花枝齊掐。攬斜陽、别樣心情，且喚澆愁蠻榼。

圈點：

朱筆：「摘盈」二句，圈。

霜葉飛

黄芽菜

輕鬆纖軟。評春雪，此言殊耐尋玩。昔人句子巧形相，又入春趺贊。細擬議、兩般俱善。不如單咏霜蔬便。每未到春盤，早頼甲嬌孽，雋永那數禁臠。此際風雪豪家，點酥抑鮓，花壓羔兒紅淺。寒酸腹内牘蔬畦，那有羊來踐。只千里、湖蓴路遠。鄉愁菜把權消遣。對稀疎、憑小摘，忽憶情親，躊躇未免。黄山谷詩云：「庾郎畦菜二十七，太常齋日三百餘。上丁分膰一飽飯，藏神夢訴羊蹴蔬。」「小摘為情親」，杜陵句也。〔一〕

校記：

〔一〕詞末小注，「黄」，患立堂本無，「杜陵句」，患立堂本、浩然堂本作「杜詩」。

圈點：

朱筆：「此際」三句，圈。

宣清

玉河氷

結定銀灣，凍合銅溝，裝成玉玲瓏砦。到月明、轉覺嵯峨，便風吹、何曾澎湃。迴思客夏，翠椀涼甆，千家賭賣。只今朝堆滿逕，文園縱渴誰愛。見宣武門邊，西河沿上，有氷床一帶。更紫罽猩絨，穩墊嬌鋪，滑笏瑶京，若比風檣尤快。是誰家、茜裙斜載。逗香肌、氷前偷賽。還將四絃，猛彈破空潭，問吟龍安在。長安臘月，水面多設氷床，以供行客，其捷如飛。[一]

校記：

[一] 詞末小注，患立堂本、浩然堂本作：「長安臘月，玉河氷結時，水面多設氷床，往來絡繹，以供行客，其捷如飛，較之坐騎乘車遠勝多矣。」

圈點：

朱筆：「見宣」三句、「是誰」二句，圈。

花犯

西山晴雪[一]

偏嶔崟，玲瓏晃耀，瑶篸插千點。六花飄颭。照綺旭温馨，光彩逾瀲。遥憐獨騎迷山店。禪扉又早掩。再好問、何村賒酒，吟情遮莫減。　誰工画圖論人間，除非倩妙手，迂倪寬范。潭柘寺，雀兒寺、粉裝銀蘸。群峰只、東偏消早，依舊吐、一枝青菡萏。憑欄望、吾狂甚矣，笛聲吹阿濫。《阿濫堆》，曲名。倪迂、范寬，俱画中高手。[二]

校記：

[一] 此首蔣本有。詞調，患立堂本、浩然堂本作「花犯又一體」。

[二] 蔣本無詞末小注。

圈點：

朱筆：「瑶篸」句、「群峰」二句，圈。

十二時

觀獵[一]

儘生平，骨偏騰上，那識世間劉表。嗟落魄、古長安道。市上荊高又少。見説城南，群公會獵，撫掌轟然笑。有十隊、細馬輕裘，硬箭强弓，圍簇盤鵰綉襖。往觀乎，且爲豪耳，莫以粗材相誚。斛律諸人，敖曹若輩，馬上詩偏妙。倏霹鳴餓鴟，拂林迅落飛鳥。　坐平岡，燎狐炙兔，燕女如花迴抱。熱洛河斟，婆羅門舞，渾不似彈邊調。只李陵安在，碑前野烏群噪。

朱尾：望見高足昂眉，氣峄咄咄逼人，直使稼軒、克莊俛首在下風拜，豈能復與絳灌等伍？　快讀數過，如王家少年騎屋角撾鼓、上樹探巢鷇，直是傲睨一世。　不意老奴狂態爾爾。　弟陸棻僭評。

校記：

[一] 此首蔣本有。

圈點：

朱筆：「往觀」六句、「燕女」四句，圈。

卷七《迦陵詞》絲冊

迦陵詞 通家後學冒廣生敬題

絲。寓園□抄□□□抄訖。此冊全了。

迦陵詞[一]

校記：

[一]此頁陳宗石手跡。鈐印二方，無法辨識。

春從天上來 壽玉峰徐太母

沁園春 送友人探茶入山 以下寓園俱有 少 乙卯端午 顔魯公八関齋[二]

春從天上來 錢塘徐野君、王丹麓來遊陽羨

金菊對芙蓉 少 九日牧仲招同山蔚振衣樓登高 又次前韻酬別山蔚 過侯敷文村居留贈 舟次漸近江南

抄訖

念奴嬌贈雪笠上人　開元寺納涼　抄

賀新郎顔魯公八関齋　抄訖

安平樂晴郊紀勝　抄訖

校記：

［一］以上二行用墨筆劃去。

絲［一］

瑣窓寒　月華清　金菊對芙蓉　換巢鸞鳳　百字令即念奴嬌　鮮語花　渡江雲　東風第一枝　遶佛閣　雙頭蓮　琵琶仙　大江東　木蘭花慢　看花廻　翠樓吟　壽樓春　水龍吟　拜星月慢　喜遷鶯　晝錦堂　安平樂慢　春從天上來　綺羅香　西河　望湘人　飛雪滿羣山　風流子　踈影　五綵結同心　還京樂　蘇武慢　沁園春　丹鳳吟　摸魚兒　賀新郎涼　緑頭鴨　西平樂　六州歌頭　鶯啼序

校記：

［一］此目録筆跡與金冊目録同，與全稿不同。詞牌旁皆鈐「彊善堂主人對訖」印。

瑣窗寒長調九十九字

乙卯元夕，柬雲臣、竹逸、竹虛[一]

今歲元宵，禁晴架雨，裝陰做靄。嫦娥何處，盻斷一天氷彩。偏春城、街泥未消，蕙花梅蕚徒瀟灑。笄六街寂静，火蛾罷鬧，紫姑停賽。　窗外。閒愁大。笑冷淡光陰，歲華虚賣。愔愔坊曲，殘雪㦖㦖還在。記當初、小市夜橋，月明笑語春如海。歎如今、只有東風，乍小吹燈帶。

朱尾（曹亮武）：音辭韶麗，較片玉為勝。

墨尾（史可程丙）：幽思縹緲，著紙欲飛，柳屯田不得耑美於前矣。

校記：

［一］此首蔣本有，《絶妙好詞今輯》選。

圈點：

朱筆：「愔愔」六句，圈。

墨筆：「禁晴」二句、「窗外」三句、「記當」四句，圈。

月華清長調九十九字

讀《芙蓉齋集》，有懷宗子梅岑，并憶廣陵舊游[一]

漠漠閒愁，濛濛往事，勝似柳絲盈把。記鮮春衣[二]，曾宿[三]揚州城下[四]。粉墻畔、謝女紅衫，菱塘上、蕭郎白馬。月夜[五]。正游船爭取[六]，緑紗窗挂[七]。　如今光景難尋，似晴絲偏脆，水烟終化。碧浪朱欄，愁殺隔江如畫。將半帙[八]、南國香詞，做一夕、西窗閒話。吟寫。被淚痕占滿[九]，銀箋桃帕。

墨尾（李良年）：李武曾曰：雷塘烟月，一種迷離，絶憶杜書記醉倚紅樓，未便作鬢絲禪榻想也。

朱尾（史可程丙）：人孰無情，誰能堪此，讀之使我鉛淚如水。

汪世隽《國朝詞綜偶評》：（「碧浪」二句）予在浦口，便見有此景，非揚州也。《雲韶集》：（「漠漠」五句）深情舊事，一片凄感。（「碧浪」四句）往事不堪重記省。（「吟寫」三句）血淚模糊。

《詞則·大雅集》：後半闋淋漓飛舞極矣，而仍不失為雅正。求諸古人，惟美成有此絶技。

《白雨齋詞話》卷四：其年詞極壯浪，所少者沈鬱。余最愛其《月華清》後半闋，淋漓飛舞中，仍不失爲雅正，於宋人中逼近美成。

《迦陵詞選評》：潛其氣焉，韻益饒，慨歎益深，正亦氣使之然也，辭采何豫焉？

校記：

［一］此首蔣本有，《古今別腸詞選》、《昭代詞選》、《國朝詞綜》、《雲韶集》、《詞則·大雅集》選。詞題，《古今別腸詞選》作「憶舊」。眉上鈐「南耕」印。

［二］「春衣」，《古今別腸詞選》作「雕鞍」。

［三］「宿」，《古今別腸詞選》作「醉」。

［四］「城下」，《古今別腸詞選》作「春社」。

［五］「夜」，《古今別腸詞選》作「下」。

［六］「争取」，《古今別腸詞選》作「歸去」。

［七］「紗窗挂」，《古今別腸詞選》作「牕歌罷」。

［八］「帙」，《古今別腸詞選》作「貼」。

［九］「占滿」，《古今別腸詞選》作「沾惹」，《昭代詞選》作「沾滿」。

圈點：

朱筆：「漠漠」三句、「月夜」三句、「似晴」二句、「將半」五句，圈。

墨筆：題上，單點。

《古今别腸詞選》：「碧浪」二句，圈。「寫」、「惹」、「帕」三字，點。

《雲韶集》：「粉墻」五句、「碧浪」二句、「將半」五句，圈。

《詞則·大雅集》：題上，雙圈。下闋，圈。

金菊對芙蓉 長調九十九字

訪單縣琴臺邑為宓子賤、巫馬期舊治，臺有二賢祠。[一]

古樹雲平，荒臺湍激，兩賢留下祠堂。見蛛絲網院，馬莧圍墻。承塵画壁昏於夢，千年事、陳蹟蒼涼。江南游子，無聊側帽，有恨循廊。　迤邐漸下牛羊。響落木西風，颯沓層岡。悵琴聲未杳，蘋藻誰將。擬尋北地韓陵石，呼來語、相伴他鄉。那堪斷碣，摩挲已徧，一笑斜陽。

朱尾（徐喈鳳）：法老音宏。

墨尾（史可程丁）：韓陵片石，浪得名耳，不堪復捫也。

《詞則·别調集》：（下闋）感慨中有悱惻纏綿之致，恰與題稱。

校記：

［一］此首《詞則·別調集》選。

圈點：

朱筆：「古樹」三句、「擬尋」二句，圈。

墨筆：「古樹」三句、「昏於夢」、「擬尋」二句，圈。

《詞則·別調集》：題上，雙圈。「承塵」二句、「迤邐」三句、「那堪」三句，圈。

金菊對芙蓉長調九十九字

九日牧仲招同山蔚振衣樓登高，填詞惜別，即次來韻奉酬［一］

楚客有言，悲哉氣也，君家原不宜秋。况帆停江上，人倚樓頭。菊英亦管人離別，賽柳綿、打塊成毬。那堪筵畔，輕敲檀板，緩節秦謳。　歎昔幕府風流。羨落帽中原，戲馬高丘。更一時参佐，千載英游。吾衰詎有風雲想，筭不如、巖岫清幽。從茲歸去，筆床茶竈，到處淹留。

朱尾（徐喈鳳）：易水歌耶，蘸門嘯也。

墨尾（史可程丁）：情深擊節，意澹揮絃。

校記：

［一］此首蔣本有。

圈點：

朱筆：「楚客」七句、「吾衰」五句，圈。

墨筆：「楚客」七句、「吾衰」五句，圈。

金菊對芙蓉 長調九十九字

又次前韻，酬别山蔚［一］

鬱鬱中原，蕭蕭老髩，不如歸弄晴秋。記數間茅屋，罨画東頭。每當月吐長溪口，水明夜、雪鏡［二］冰毬。幾村風葉，半灣烟渚，牧唱樵謳。　好趂淰淰寒流。去窈窕崎嶇，歷壑經丘。只離情還戀，梁苑朋游。他鄉老輩如君少，新詩句、兀奡空幽。一樽尚煖，片帆聊卸，暫為君留。

朱尾（徐啫鳳）：通首如唐人留别詩，不偏出於纖巧，斯不愧於詩餘之名。

墨尾(史可程丁):「兀冪空幽」,他人不能道得箇中,髯應捧腹一笑。

校記:

[一]此首蔣本有。

[二]「鏡」,蔣本作「錦」。

圈點:

朱筆:「記數」四句、「他鄉」五句,圈。

墨筆:「記數」四句、「他鄉」五句,圈。

金菊對芙蓉長調九十九字

舟行遇大風,仍用前韻[一]

雪浪鼉吟,布帆鵶叫,西風削碎晴秋。看緑平楚尾,翠入吳頭。盤渦急洑孤光陷,鑄一點、暘谷金毬。柁樓長嘯,氾人侑舞,海若供謳。　十載萍梗飄流。只賃廡臯橋,賣餅安丘。喜今朝尻馬,彷彿天游。水雲混混粘無極,真[二]欲犯、碧落空幽。只憐今夜,瓊宫高處,清冷難留。

朱尾（徐喈鳳）：形容大風，壓倒前人《風賦》。

墨尾（史可程丁）：滄漭溯湃，絕似《晋問》一則。

校記：

［一］此首蔣本有。題下有朱筆尖圈。

［二］「真」，蔣本作「直」。

圈點：

朱筆：「雪浪」七句、「只憐」三句，圈。

墨筆：題上，單點。上闋、「只憐」三句，圈。

金菊對芙蓉 長調九十九字

舟中有示，仍用前韻［一］

泛泛清娱，迢迢樊素，相隨單舸高秋。學水雲一色，浮渲梳頭。包山此去千峰橘，高低綴、耀日霜毬。三更水面，吳娘櫓響，一片清謳。　聊復映月乘流。休袖倚滄江，囘望商丘。認烟篷雨箬，故國清游。簟紋双穩鴛鴦睡，君莫管、夜色幽幽。祇愁商婦，隔船低唱，玉樹鸝留。

朱尾（徐喈鳳）：倚翠高歌，少伯五湖之樂，寧復過此？

墨尾（史可程丁）：裙拖湘水，髻挽巫雲，此中大有機鋒，未許少伯忝得。

校記：

［一］此首蔣本有。

圈點：

朱筆：「包山」二句、「簟紋」五句，圈。

墨筆：「泛泛」五句、「休袖」六句、「玉樹」句，圈。

金菊對芙蓉長調九十九字

過侯敷文村居留贈，仍用前韻［一］

紫艷牽裾，紅香撲帽，手編花鳥陽秋。有佳兒膝下，少婦樓頭。紅欄粉壁吳船樣，明爐外、蜂蝶成毬。有時月上，前墟送到，牧笛樵謳。　一任金犢如流。笑昔日金張，一半荒丘。且芒鞋野服，散誕優游。栽花曬藥攤書外，無剝啄、人境双幽。但逢酒熟，恰當花放，我到還留。

朱尾（徐喈鳳）：「人境雙幽」，惟桃源洞、柴桑村足以當之，不意今日復有此地，僕讀詞不禁神往。

墨尾（史可程丁）：東城老父，喃喃數語，使我涕泗橫飛。

校記：

［一］此首蔣本有。

圈點：

朱筆：「手編」句、「紅欄」五句、「栽花」五句，圈。

墨筆：「紫艷」三句、「紅欄」五句、「栽花」五句，圈。

金菊對芙蓉 長調九十九字

舟次漸近江南，仍用前韻［一］

或抱琴書，或攜粉鏡，平分畫舫清秋。過女兒浦口，新婦磯頭。秋光澄湛明於雪，映水上、茜帳銀毬。敲針稚子，臨風把釣，學唱吳謳。 依舊滾滾江流。還半下吳門，半繞巴丘。只江東麋鹿，幾度來游。遲歸沙鳥應相笑，他鄉景、有甚清幽。黃花開過，紫蟹賣過，誰把君留。

朱尾（徐喈鳳）：若喜若嘲，向來哀樂何其多？

墨尾（史可程丁）：《樂志論》耶？《遂初賦》耶？

校記：

［一］此首蔣本有。

圈點：

朱筆：「或抱」三句、「遲歸」五句，圈。

墨筆：「或抱」三句、「敲針」三句、「遲歸」五句，圈。

金菊對芙蓉 長調九十九字

南歸前一日，永日堂中觀演《西廂記》。七年前，余初至梁園，仲衡為我張筵合樂，即此地也。撫今追昔，不禁人琴之感，詞以寄懷，兼呈叔岱，仍用前韻［一］

繡轂鈿車，酒旗戲鼓，月明初浸延秋。喚教坊全部，雜鬟高頭。一聲南內消魂曲，風乍定、燈裊𡣕紅毬。幾層簾幙，一群鶯燕，妙舞嬌謳。　可惜四節如流。背画檻低吟，華屋山丘。悵朱門舊宅，紅粉前游。光陰負我堂堂去，空遺下、庭砌清幽。闌干醉拍，鴻飛雪爪，往事難留。

朱尾（徐喈鳳）：撫今追昔，如聽白頭宫人話開元遺事。

墨尾（史可程丁）：鹿門家慶，吴市高歌，可以儷此風流。

校記：

［一］此首蔣本有。詞題「永日」，患立堂本、浩然堂本作「侯氏」。

圈點：

朱筆：「一聲」五句、「背画」四句、「闌干」三句，圈。

墨筆：題上，單點。「一聲」五句、「背画」四句、「闌干」三句，圈。

金菊對芙蓉 長調九十九字

惠山夜飲，坐有姬人，同園次，仍用《蝶庵詞》韻姬，趙姓，嚴州人。［一］

人比花嬌，姓堪絲繡，問名云杜家秋。且餅煎寒具，鱠切槎頭。相逢滿酌梨花凍，歡塲鬧、打馬抛毬。忘憂舘後，水明樓上，妙囀輕謳。　酒罷暗訴飄流。説家本嚴灘，門枕丹丘。奈兵來雁蕩，烽接龍游。琵琶彈入思歸調，助空山、落葉聲幽。江山如許，英雄難覔，舊日婆留。

朱尾（史可程丙）：艷香駘宕，字字飛舞，必傳之作。借姓生情，一結雄放，尤第二義也。

校記：

［一］此首蔣本有。詞題，蔣本、浩然堂本「同園次仍用蝶庵詞韻」作「同園次賦仍用前韻」，患立堂本、浩然堂本「趙姓」作「姓趙」。

圈點：

朱筆：「人比」五句、「忘憂」三句、「奈兵」七句，圈。

换巢鸞鳳 長調百字

春感［一］

日［二］煖絲柔。正花枝罣罻，鳥語鈎輈。斜橋雲似粉，合澗水如油。臨風却憶少年游。

閒踪跡徧旗亭酒樓。如今也，只淺淡、眉痕相鬬。　知否。人感舊。滿砌蘼蕪，糁緑窓清晝。記得年時，暗曾經處，深巷紅欄弱柳。飄盡楊花雨偏肥，摘來梅子春先瘦。悵風光，更消人、幾徧[三]回首。

朱尾（曹亮武）：雨花晴柳，觸緒深愁，所謂「一寸相思千萬縷，人間無箇安排處」也。

《詞則・閑情集》：（「飄盡」二句）句法、字法，總非凡艷。

校記：

[一]此首蔣本、《百名家詞鈔》本有，《古今詞選》、《詞則・閑情集》選。

[二]「日」，患立堂本、浩然堂本作「月」。

[三]「徧」，《百名家詞鈔》本、《古今詞選》作「翻」。

圈點：

朱筆：下闋，圈。

《百名家詞鈔》本：「只淺淡」句、「飄盡」四句，圈。

《詞則・閑情集》：題上，單圈。「飄盡」二句，圈。

百字令長調百字[一]

壽蘧庵先生七十乙卯元夕後九日

元宵過了，喜華筵重炤，銀花火樹。南極老人星獻瑞，恰接春燈三五。族壓温邢，才雄管樂，伯仲齊伊吕。昇平盛事，堯年老鶴能語。　今日髩髮蕭蕭，關山歷歷也，長安何處。三見蓬萊清淺甚，一笑人間今古。鐵笛仙翁，錦袍學士，暫溷漁樵侣。隔江長嘯，月明何限更鼓。

朱尾（曹亮武）：筆端迥無凡艷，真有吞蛟吐鳳之奇。

校記：

［一］詞調，患立堂本、浩然堂本俱作「念奴嬌」。

圈點：

朱筆：「昇平」二句、「三見」七句，圈。

念奴嬌長調百字

送吴豈衍歸宣城，兼寄沈方鄴、梅耦長豈衍工詩、善篆刻，季野先生嗣君也。［一］

淋漓頓挫，借杜陵長句，幻成波磔。兀奡蒼凉盤瘦硬，鬱若烟颿浪舶。巉削虚無，瑚鐫形狀，萬壑蒼皮坼。李潮吾衍，古惟二子堪匹。　歎息世態嫥娶，人情澒泂，奇字誰曾識。只有敬亭山色好，鎮日相看亦得。歸卧烟霞，閒逢梅沈，定問余踪跡。豪情治興，為言都不如昔。

墨尾（史可程丙）：竟是一首《八分小篆歌》，筆端飄激，如有神助。

《詞則·放歌集》：（「豪情」二句）悲鬱。

《迦陵詞選評》：奇字奇才，必不與俗諧，迦陵得此題目，方好用足全力。

校記：

［一］此首《詞則·放歌集》選。

圈點：

墨筆：題上，單點。「淋漓」三句、「鬱若」句、「萬壑」句、「奇字」句、「豪情」二句，圈。

《詞則・放歌集》：題上，單圈。「李潮」二句，點。「豪情」二句，圈。

念奴嬌

小盎春蘭盛開，與水仙相掩映，瓶梅暗香，復爾清冽。雨窗無事，婆娑其間，詞以咏之

蘭滋梅粉，被宵來厭浥，嫣然新沐。曉色幽幽凉逼硯，冷翠遥連苔竹。更喜仙葩，纔離水國，也把幽芬撲。嬌痕媚靨，一時雨後開足。　浪説天上瓊花，月中桂子，多少閒榮辱。只有踈枝和野卉，領殻一生閑福。散髮林端，支頤澗側，日取南華録。素甆凝雪，小廊又報茶熟。

「浪説天上瓊花」句朱側（徐喈鳳）：拓開一步，妙妙！

朱尾（徐喈鳳）：蘭梅水仙，貫串無痕，後段寓言微妙，令我入林之志愈堅。

圈點：

朱筆：「更喜」五句、下闋，圈。

緯雲弟八載京華，昨始旋里，尚憩西村，未遑握手，先寄此詞[一]

湖帆浦笛，是吾家遠閣，闌干間物。下嵌老梅鋪鐵蘚，點綴池塘峭壁。八載難歸，百端橫集，往事成鴻雪。長安輦上，知他若箇豪傑。　喜汝徑辦歸裝，買揚州小婦，趁春潮發。夜火羌村宵夢穩，笑問燭因誰滅。我在街南，何時相對，訴盈顛華髮。更闌吟罷，明明此意如月。

朱尾（徐喈鳳）：寫景入畫，言情入骨，信是[二]詞壇神手。

校記：

[一]此首蔣本有。詞題，浩然堂本後有「用東坡赤壁詞韻」。未鈐「抄」印。

[二]「信是」，原寫「豈非」，朱筆校改。

圈點：

朱筆：「湖帆」五句、「長安」二句、「夜火」二句、「更闌」二句，圈。

墨筆：題上，單點。

憶半雪懷緯雲《南鄉子》詞有云「燕關，三度梅花不共看」之句，今梅花開候，緯雲南返，而半雪之墓已宿草矣。詞以志痛，仍用前韻[一]

嗟乎余仲，歎詩顛酒渴，化為異物。記把一樽長憶弟，白晝吟聲撼壁。每到梅開，便啼鵑血，紅了千林雪。金臺可怪，是他羈絆英傑。今日罨画溪橋，天涯人到也，梅花重發。只是題詩人去久，字蹟也應磨滅。故國茱萸，殘年棣蕚，恨事多於髮。水明樓上，牕楞界上纖月。

朱尾（徐喈鳳）：靈運池塘之夢，東坡對月之詞，鶺鴒原上，不堪高唱。

校記：

[一] 此首蔣本有。詞題，「之句」原稿作「之之句」，據患立堂本、浩然堂本改；浩然堂本後有「并示猶子履端」。未鈐「抄」印。

圈點：

朱筆：「每到」五句、「只是」七句，圈。

墨筆：題上，單點。

患立堂本、浩然堂本後附陳宗石和詞，録下。

將之梁園，舟中有感，和大兄前韻　宗石

并州漸近，想草堂無恙，初冬景物。罨畫溪雲曾飽玩，怕玩烏衣巷壁。兩月家鄉，十年客路，多少風和雪。故園若輩，誰爲捫虱之傑。　可惜擊楫中流，英雄人去，蕭瑟西風發。我倚帆檣無箇事，夜看疎星明滅。滄海何心，桑田增感，此理真如髮。行藏隨遇，試看天上明月。

校記：此詞《全清詞》漏輯。「若輩」，浩然堂本作「同輩」。

念奴嬌長調百字

渭公堂前緑蕚梅花下作，用東坡赤壁詞韻[一]

空庭何有，笑幽花以外，都無長物。一樹緑毛么鳳挂，零亂明窓粉壁。斜倚闌干，微抛酒盞，笑玩林間雪。春寒猶沍，凍禽驚起傑傑。　可惜花似當年，看花人漸老，悲歌空發。料得前村花更好，和了水雲明滅。欲折繁英，倩他壓帽，可奈蕭疎髮[二]。角聲吹落，堦前堆滿晴月。

朱眉（曹亮武）：押韵超雅。

朱尾（曹亮武）：花前人老，吟此唾壺欲碎。

校記：

［一］此首蔣本有。詞題「渭公」，諸本俱作「南耕」。

［二］「可奈蕭踈髮」，墨筆校改作「絶稱蕭蕭髮」，諸本同。

圈點：

朱筆：「凍禽」句、「可惜」五句，圈。

百字令長調百字［一］

春日同緯雲、渭公徧歷南嶽諸園林，仍用赤壁詞韻［二］

春山勸我，只今朝須盡，此杯中物。莫把閒愁千萬斛，題濕酒家墻壁。石畔泉流，林間風起，颭數枝香雪。一樽酹取，千秋射虎人傑。況值北雁初歸，巖花隨飲興，共参差發。何限向來哀樂事，一笑浮漚生滅。日落帆輕，花欹帽重，暝翠侵毛髮。瀨行戀戀，空山定好明月。

朱眉（曹亮武）：起句高警。

朱尾（曹亮武）：撫琴動操，欲令衆山皆响，想見掀髯高嘯。

校記：

［一］詞調，諸本俱作「念奴嬌」。

［二］此首蔣本有。詞題「渭公」，墨筆校改作「南耕」，諸本同。眉上鈐「南耕」印。

圈點：

朱筆：「春山」五句、「日落」五句，圈。

念奴嬌 長調百字

玉峯、闞若、韓盛、珍示、王成、愽丘、近夫諸子，公讌余輩於南芝堂，席上同青際、竹逸、緯雲紀事，用赤壁詞韻[二]

玉峰高讌，看簪裾滿座，一時人物。况值杯中山色好，吸取晴崖翠壁。金馬新知，銅龍舊識，只我頭成雪。烏絲題徧，群公漫許詞傑。　坐有舉舉師師，褰簾纔一笑，嬌歌先發。若使主人知此意，應遣蘭堂燭滅。住固為佳，居殊不易，種種余之髮。明朝歸去，緑蓑長釣溪月。

朱尾（曹亮武）：軒軒霞舉。

墨尾（張）：知己尊前，不覺賣弄本色，此正湖海氣也。然烏絲白髮，亦漸生老驥之感矣。

校記：

［一］此首蔣本有。詞題「用赤壁詞韻」，浩然堂本作「再疊前韻」。

圈點：

朱筆：「況值」二句、「若使」二句，圈。

墨筆：「玉峰」五句、「只我」三句、「若使」七句，圈。

念奴嬌長調百字

由亳州至歸德，途經木蘭故里，有祠在焉［一］

苔垣蘚逕，見靈旗玉貌，娟然幽處。傳是木蘭遺廟在，多少神絃賽鼓。繡袷蛾眉，紅粧猿臂，颯爽真軒舉。雌雄撲朔，世間何限兒女。今日滿目関山，極天士馬，殺氣連營苦。安得月明飛錦繖，壓倒蕭娘吕姥。娘子軍空，女郎祠圮，俛仰悲今古。空墻壞壁，画衣剥落如雨。

朱尾（徐喈鳳）：鬚眉無人，轉思巾幗，將以激英雄也。

墨尾（史可程丁）：寫得英颯如生，頓令紅顔吐氣。

校記：

［一］此首蔣本有，《絶妙好詞今輯》、《瑶華集》、《亦園詞選》、《詞覯續編》選。詞題，「木蘭故里，有祠在焉」，《瑶華集》、《詞覯續編》作「木蘭祠」，《亦園詞選》作「木蘭廟」；浩然堂本後有「感賦」二字。題下有朱筆尖圈。

圈點：

朱筆：「繡裕」三句、「安得」五句，圈。

墨筆：題上，單點。「繡裕」五句、「安得」五句，圈。

念奴嬌 長調百字

贈雪笠上人上人係石城僧，時寓居睢陽。［一］

小長干里，記巖花嶺鳥，六朝僧窟。一自秣陵凋敝後，難穩故山瓶拂。蹙踏天龍，抨彈獅象，人境俱雙奪。衲衣手綻，曾經幾載飛雪。　可借梁孝園荒，侯嬴館廢，往蹟多磨滅。誰耐枯禪眈澹漠，隱隱眉間俠骨。古寺城根，破籬湖面，餓伴殘碑碣。秋行至矣，茅堂相對疎豁。

朱尾（徐喈鳳）：歷劫之僧，斯可與談生滅。

墨尾（史可程丁）：禪心俠骨，不分兩撅，知此方許入道。

校記：

［一］此首蔣本有。詞題下小注，蔣本無「時」字。題下有朱筆尖圈。

圈點：

朱筆：「可惜」五句、「秋行」三句，圈。

墨筆：「蹩踏」三句、「誰耐」二句、「秋行」二句，圈。

念奴嬌 長調百字

周弇山攜具八關齋，同亦人、恭士、子萬弟諸君快飲，風雨颯至，炎歊盡解，詞以紀事［一］

狂飆挾雨，恰冰車鐵騎，一時砰擊。倒拔南湖高十丈，無數巨魚人立。飽啖哀梨，橫驅陣馬，徙倚清涼國。臨風一笑，蝟毛鬚捲如磔。　記否烟雨樓頭，舊游星散，多少南和北。二十餘年吾竟老，贏得暮雲堆碧。只有周郎，仍然年少，同作天涯客。無多酹我，為君起弄長笛。

朱尾（徐喈鳳）：擊唾壺而高歌，旁若無人。

墨尾（史可程丁）：俯仰今昔，感慨淋漓，令我不忍卒讀。

校記：

［一］此首《詞則·放歌集》選。詞題，浩然堂本「諸君」在「子萬弟」前。

圈點：

朱筆：「倒拔」二句、「臨風」二句、「無多」二句，圈。

墨筆：「倒拔」二句、「臨風」二句、「無多」二句，圈。

《詞則·放歌集》：題上，雙點單圈。「狂飆」五句，點。「臨風」二句、「無多」二句，圈。

念奴嬌 長調百字

開元寺納涼，聽客話闖賊破城舊事［一］

夜涼水寺，有白頭閒話，傍蝸牛屋。說起黃巾初入洛，正值中原百六。萬馬俱瘖，孤城欲沒，殺氣騰原陸。鬼謀人社，啾啾市上歌哭。　語久嗚咽難勝，向戍樓借取，四條絃續。不見女墻純鐵色，恨血至今猶緑。落日黃河，老鴉白項，啄盡賢豪肉。休論往事，碧天今夜新沐。

朱尾（徐喈鳳）：悲鳴感慨，不下《吊古戰場文》。

墨尾（史可程丁）：「鬼謀人社，啾啾市上歌哭」，如讀《平淮西碑》，一字千鈞。

校記：

［一］此首蔣本有，《荊溪詞初集》選。眉上鈐「南耕」印。題下有朱筆尖圈。

圈點：

朱筆：「説起」二句、「鬼謀」二句、「不見」七句，圈。

墨筆：題上，單點。「説起」二句、「鬼謀」二句、「不見」七句，圈。

《荊溪詞初集》：「鬼謀」二句、「落日」五句，圈。

念奴嬌 長調百字

游京口竹林寺［一］

長江之上，看枝峰蔓壑，盡饒霸氣。獅子寄奴生長處，一片雄山莽水。怪石崩雲，亂岡淋雨，下有黿鼉睡。層層都挾，飛而食肉之勢。　只有鐵甕城南，群山矗［二］秀，画出吴天翠。絶似小喬初嫁與，顧曲周郎佳婿。竹院盤陀，松寮峭蒨，最爱林皋寺。徘徊難去，夕陽烟磬沉未。

朱尾（徐喈鳳）：京口山川本雄麗，得名詞渲染，倍增氣勢。

墨尾（史可程丁）：京口山川，雄峭帶以秀麗，故是偏霸形勝，不能抗衡中原也。詞却豪宕自喜。

《詞則·放歌集》：（上闋）英思壯采，巨刃摩天，何其霸也！（「只有」句）入正面。◎前半蒼莽，後半閒淡，各極其勝。◎結更淡遠，却妙在收束得住。

《白雨齋詞話》卷四：其年《念奴嬌》游京口竹林寺云（上闋），英思壯采，何其横霸如此！

《迦陵詞選評》：「怪石」三句，極力摹寫，未免粘着，轉出下二句，便爾騰空飛去。

校記：

［一］此首蔣本有，《昭代詞選》、《詞則·放歌集》選。

［二］「羸」，《昭代詞選》作「羅」。

圈點：

朱筆：「獅子」七句、「絶似」二句，圈。

墨筆：「獅子」七句、「絶似」二句，圈。

《詞則·放歌集》：題上，單點雙圈。上闋，圈。「只有」句，點。「徘徊」二句，圈。

念奴嬌

毘陵道中，有懷四弟、五弟，即用四弟感舊原韻［一］

麥仁店後，記斜陽分手，柔腸欲絶。從此南飛餘一雁，肅肅長征不歇。絮盡蘆汀，拍殘楓岸，風景增悲切。昨過江上，赭圻一片成血。今日貰酒蘭陵，銅官列岫，向水窓明滅。惡浪怒濤經過了，纔見故園秋月。短髩聊蕭，左車摇動，狗竇嘲余豁。夜長獨睡，布衾僵卧難熱。

朱尾（徐喈鳳）：誼切原鴒，不覺言之婉摯。

墨尾（史可程丁）：連牀夜雨，令我益深原鴒之慟。

校記：

［一］詞題，浩然堂本「四弟、五弟」作「四、五兩弟」。

圈點：

朱筆：「從此」二句、「赭圻」句、「惡浪」二句、「夜長」二句，圈。

墨筆：「從此」二句、「赭圻」句、「惡浪」二句、「夜長」二句，圈。

患立堂本、浩然堂本後附陳宗石原作，録下。

附感舊原韻　宗石

式微王謝，嘆飄蓬感慨，悲歌欲絶。記得承歡聯鴈序，嘯咏何時暫歇。故國江山，梁園風景，夢裏增悽切。登高悵望，孤兒淚盡成血。　恨少十萬黄金，供吾揮灑，意氣何曾滅。成敗總同蕉鹿夢，好似春花秋月。健筆元方謂大兄，饑驅阿季，相對愁難豁。遥思遠閣，有人閒把香爇。遠閣，先少保公讀書處也，今三兄居焉。

校記：此詞《全清詞》漏輯。詞題「原韻」，浩然堂本作「原作」。「元方」下小注「謂大兄」，浩然堂本無。

念奴嬌

秋夜攜姬人、稚子，借宿椒峯東園。追憶與白生讓木、叔氏虞掌，讀書此間，已十七年矣。今二子已亾，而余重復經此，不勝今昔之感，詞以愴舊[一]

枯荷敗柳，恰書郎再過，画樓全圮。十七年前蕉鹿夢，斜倚風廊[二]重記。白傅高人，竹林賢阮，詼笑饒名理。飛觴覓句，琅玕刻盡空翠。　今日擊筑筵空，絶纓會散，人去多年矣。我作驢鳴黄葉下，沉痛忽焉盡致。繡褓童烏，雲藍小妾，匿笑屏風地。癡兒騃女，那能了乃公事。

朱尾（徐喈鳳）：東園之感，絶似西州之慟。「匿笑屏風地」，亦復哀而不傷。

墨評（史可程丁）：兒女英雄，傾向墨瀋中，踽踽欲動，化工手也。

校記：

[一]此首蔣本有，《昭代詞選》選。題下有朱筆尖圈。

[二]「廊」，《昭代詞選》作「軒」。

圈點：

朱筆：「十七」二句、「我作」七句，圈。

墨筆：「十七」二句、「繡褓」五句，圈。

解語花長調百字

子常弟昔年曾與一年少為狎游，昨偶遇市上，而此年少已不復相識，歸而悵然。因記昔年都下，緯雲弟曾宿一北里某家，明日拉余暨魯望跡之，而此伎驚問誰何，亦漫不相記憶，與此事絶相類。因作此詞，用調子常，他日緯雲見此，定復一軒渠也[一]

柳花似夢，鶯語初圓，人遇章臺下。舊愁縈惹。記[二]曾與、宛轉風軒水榭。金丸抛灑。佯不認、隔年司馬。恨無情、惆悵歸來，擬碎揉花打。因記杜陵元夜。有春衣醉宿，肌沾氷麝。重來繫馬。誰提起、昨夜月中私話。揚州夢假。煩寄語、嬉游小謝。任盈盈、露井倡[三]桃，向粉箋休寫。

朱首（曹亮武）：如許事大煞風景，有污筆墨。

朱尾（曹亮武）：冶葉倡條，俱為詞家掇拾，以成佳話。及讀此詞，惘然自失，始信文人筆鋒可畏。

《南亭詞話》：陳鳴高少時，曾與少年為狎遊，隔日猶似雌雄之相依倚也。一朝遇諸塗，而此少年已不復相識，歸而悵然。又其族弟緯雲，曾宿一北里家，情致纏綿，臨別贈詩四絶云：「昨夜羅幃始覺霜，馬嘶寒影候嚴裝。曉燈欲暗將離室，不道離情畏曙光。」「楓葉鴉翻秋水明，長橋衰柳古今情。尋常歌板銀罌地，從此傷離不忍行。」「君身未去妾心行，相顧無聲覺淚零。別後何人照憔悴，空餘明鏡解含情。」「留君且住畏凄其，少住懽悰轉益悲。欲別不知緣底事，將無真作有情癡。」聲調柔婉，悱惻動人。並云：「妾與君一夕之情，奚減於崔媚兒之愛黄元龍乎？」相與執手灑淚而別。明日，拉伊兄其年及魯望跡之，適有貴客在座，旅幣陳庭，而此伎驚問誰何，亦漫不相憶，與前事絶相類。其年因作《解語花》一闋。自是厥後，兩人終身不復狹邪，亦迷香洞之閉門羹也。

校記：

［一］此首蔣本有。詞題，兩「子常」，患立堂本、浩然堂本並作「鳴高」；「緯雲弟」，墨筆後添。

［二］「記」，《南亭詞話》無。

［三］「倡」，《南亭詞話》作「沾」。

圈點：

朱筆：「恨無」二句、「因記」五句、「任盈」二句，圈。

渡江雲 長調百字

寒夜登城頭吹笛有感作[一]

孤城一片，看[二]千家樓閣，都在雁聲中。歎牢落関河，飄零身世，[三]烟水太濛濛[四]。今宵赤壁，想周郎、年少領艨艟。[五]有許多、銀濤雪練，相映戰旗紅。江東。我[六]攜長笛，斜倚危闌，作霜林數弄。總則把、平生遺恨，訴與長空。一聲纔入梁州破，天風下、掣入蛟宮。嗟橫竹、慎毋滅没為龍。

朱尾（徐喈鳳）：鐵笛一聲，江水欲沸，何其雄橫耶？

校記：

[一] 此首蔣本、浩然堂本有，患立堂本無。《草堂嗣響》選，詞題作「寒夜登城聞笛」。所鈐「彊善堂主人對訖」印用朱筆抹去。

[二]「孤城一片，看」，蔣本、浩然堂本、《草堂嗣響》作「孤城橫一片」。

［三］「歎牢落関河，飄零身世」，蔣本、浩然堂本、《草堂嗣響》作「關河牢落甚，身世飄零」。

［四］「濛濛」，《草堂嗣響》作「空濛」。

［五］「今宵赤壁，想周郎、年少領艨艟」，蔣本、浩然堂本、《草堂嗣響》作「舊時赤壁，周郎少、正領艨艟」。

［六］「我」，《草堂嗣響》作「誰」。

圈點：

朱筆：「想周」三句、「一聲」三句，圈。

墨筆：題上，單點。

渡江雲 長調百字

揚州感舊，追悼西樵、荔裳、伯璽、介夫諸先生，并懷阮亭、豹人、穆倩、定九、舟次、無言諸公［一］

揚州何限好，無情江水，送去渺天涯。風流推宋玉，更有烏衣，門第舊琅琊。珠簾璧月，賓徒盛、多少繁華。記當年、水樓烟郭，滿地采蓮娃。傷嗟。一城画鼓，兩岸紅燈，共萬家鴛瓦。都付與、風彫菰米，浪打蘋花。牧之已老青樓换，重經過、帽側簷斜。風定處、隔江隱隱琵琶。

朱尾（徐喈鳳）：追悼處山陽之笛，寄懷處南皮之酒，具見友誼深篤。

墨尾（史可程丁）：如聞華表鶴語，不禁通身汗下。

校記：

〔一〕此首蔣本有。詞題「穆倩」，墨筆後添，非原寫筆跡。眉上鈐「南耕」印。題下有朱筆尖圈。

圈點：

朱筆：「記當」二句、「傷嗟」、「都付」五句，圈。

墨筆：題上，單點。「記當」二句、「傷嗟」、「都付」五句，圈。

東風第一枝長調百字

詠玉蘭花〔一〕

細雨搏酥，好風搓粉，枝枝斜壓闌檻。墻邊無限玲瓏，樓頭許多掩冉。瓊姿簷外，総不受、蜂侵蝶犯。自生成、別樣心情，誰耐風光穠豔。隔着水、盈盈飄颭。籠着霧、亭亭雅淡。似憎杏把紅薰，微嫌桃將絳染。空濛皎潔，來相伴、空房小膽。罨玉樓、一片花光，逼得盤龍鏡暗。

朱尾（曹亮武）：咏花情景深切，可謂心細如髮。

校記：

［一］此首蔣本有。

圈點：

朱筆：「空濛」四句，圈。

遶佛閣長調百字

寒夜登惠山草庵貫華閣［一］

亂峰堆髻。夕景木末，殘雪崕際。一派空翠。瓢堂語悄、山牕落松子。小樓欲墜［二］。斜嵌巖壑，蹲若奇鬼。瞑色晴霽。髩絲［三］禪板，渾忘在塵世。開士暮歸晚，鉢向石橋深礀洗。坐客松寮、鐘鳴黄葉寺。喜今夜関河，一碧千里。感傷身世。看六代青［四］山，月華如水。是千秋、倚闌人淚。

《詞則・放歌集》：（「亂峰」六句）山庵幽景，畫所難到。

《迦陵詞選評》：草庵野閣，寫若山程水驛，定是澹泊不得。

校記：

［一］此首蔣本有，《瑶華集》、《詞覯續編》、《詞則・放歌集》選。《詞覯續編》書眉上注「删」。

眉上墨筆寫：「選。」

［二］「墜」，蔣本作「墮」。

［三］「髩絲」，《瑶華集》、《詞覯續編》作「粥鼓」。

［四］「青」，《詞則・放歌集》作「江」。

圈點：

墨筆：題上，單圈。「鉢向」八句，圈。

《詞則・放歌集》：題上，單點單圈。「亂峰」三句，點。「瓢堂」二句，圈。「感傷」三句，點。「是千秋」句，圈。

雙頭蓮長調百字

夏日過叔岱水墅鋪，同諸子觀荷，用《放翁詞》韻

老樹空村，借風幔斜張，儘堪栖寄。飲如渴驥。碧筒勸、領略野香荷氣。詎料蒼莽中

原，有粘天雲水。依稀似。蓴脆鱸肥，風光故園還記。　攜手散步林塘，羨無愁鷗鳥，向茭蘆睡。江南游子。誰憐我、水上倚闌心事。擬倩繫日長繩，奈斜陽貪逝。風颭處，十萬紅衣，乍眠旋起。

朱尾（徐喈鳳）：羅羅清踈，令人意遠。

墨尾（史可程丁）：孤邈蕭踈，墨痕欲化。

圈點：

朱筆：「羨無」二句、「風颭」三句，圈。

墨筆：「詎料」五句、「風颭」三句，圈。

琵琶仙長調百字

泥蓮庵夜宿，與寺僧閒話庵外白蓮數畝。[一]

倦客心情，况遇着、秋院擣衣時節。惆悵側帽垂鞭，凝情佇寥泬。三間寺、水窓斜閉，一聲磬、林香暗結。且啜茶瓜，休論塵世，此景清絶。　詢開士、杖錫何來，奈師亦、江東舊狂客。惹起南朝零恨，與踈鐘嗚咽。有多少、西窓閒話，對禪床、剪燭低説。漸漸風弄蓮衣，滿湖吹雪。

朱尾（徐喈鳳）：填詞如説話，便是舌吐青蓮。

墨尾（史可程丁）：一幅輞川圖，人景香幽。

《詞則·别調集》：（「奈師」七句）大江無風，波浪自湧。

《迦陵詞選評》：一腔悲抑，却以閒雅清虚出之，竹垞所不能有。

校記：

［一］此首蔣本有，《詞則·别調集》、《全清詞鈔》、《近三百年名家詞選》選。詞題，患立堂本、浩然堂本、《全清詞鈔》、《近三百年名家詞選》「夜宿」後有「同子萬弟」。題下有朱筆尖圈。

圈點：

朱筆：「三間」五句、「奈師」三句、「澌澌」二句，圈。

墨筆：「三間」二句、「奈師」三句、「澌澌」二句，圈。

《詞則·别調集》：題上，雙圈。「三間」二句，點。「奈師」七句，圈。

琵琶仙長調百字

題汴京大相國寺寺相傳魏信陵故宅，唐尉遲敬德監造。［一］

近婦飲醇，悵失路、英雄暮年無忌。轉眄魏寢全荒，朱門换蕭寺。賺人是、宣和舊譜，惹恨有、夢華遺事。傳説東京，當初燈火，遥映南内。　休閒話、折戟沉沙，只此地、曾經浪淘洗。剩得蘚痕虫篆，蝕尉遲碑字。正罷酒、憑闌時候，遇西風、落葉盈砌。多少落拓心情，飄零身世。

朱尾（徐喈鳳）：多少權門貴宅，使為梵宇僧寮道林，所以視朱門如蓬户也。

墨尾（史可程丁）：縱横今古，歷歷寸管間，如一串驪珠。

校記：

［一］此首蔣本有。題下有朱筆尖圈。

圈點：

朱筆：「賺人」二句、「休閒」四句，圈。

墨筆：「賺人」二句、「休閒」四句、「多少」二句，圈。

大江東長調百一字[一]

聞雁[二]

金風凜凜，將冷雁鬖下，半天煩惱。擪逐征南諸將帥，飛透黄榆白草。萬里邊愁，一行兵氣，辛苦憑誰道。遏雲裂石，數聲橫度林表。　我且緩把一樽，水明樓畔，側聽心如擣。響帶秋砧偏覺慘，更犯幾般曲調。南浦烟深，後湖陰重，月挂閑門小。不如北去，怕[三]蘇卿、雪窖將老。

墨首（曹亮武）：裂石穿雲之响。

墨尾（曹亮武）：悽悽惻惻，如聽「五更鼓角聲悲壯」。

朱尾（史可程丙）：是物關兵氣，做出如許神通，一莖草化丈六金身，未足喻其奇譎。

校記：

[一]調名，原寫「大江乘」，朱筆校改。蔣本、浩然堂本作「念奴嬌」，患立堂本重出，先在「百字令」下，後單列作「大江乘」。

[二]此首蔣本有。

[三]「怕」，諸本無此字，患立堂本《大江乘》下有。

圈點：

朱筆：「金風」八句、「響帶」二句、「月挂」三句，圈。

墨筆：「摻逐」五句、「響帶」七句，圈。

木蘭花慢長調百一字

過故友周文夏園亭[一]

東風昏似夢，又吹我、此間行。算有限歡娯，無多光景，也費經營。當初[二]笑呼猿鶴，待功成緑野始尋盟。空箇[三]池塘睡鴨，留些欄檻聽鶯[四]。盈盈。殘月不勝情。依舊下簾旌。歎堤楊尚短，林花未滿，舞舘先傾。清明。滿園蝴蝶，只和烟帶雨舞迴汀。黄雪廊邊舊事，水明樓畔前生。

朱尾（史可程丙）：伐毛洗髓，字挾飛鳴。

《詞則·别調集》：（「算有」三句）哀感。（「清明」五句）觸物興悲，情詞雙絶。

校記：

[一] 此首蔣本有，《荊溪詞初集》、《瑶華集》、《詞覯續編》、《古今詞選》、《昭代詞選》、《詞則·

別調集》選。眉上鈐「南耕」印。題下有朱筆寫「補選」。

［二］「當初」，蔣本、《瑶華集》、《詞覯續編》、《古今詞選》作「曾聽」，「聽」字暗韻。

［三］「空箇」，墨筆校改作「空却」，筆跡不類全稿，諸本同。

［四］「聽鶯」，墨筆校改作「穿鶯」，筆跡不類全稿，諸本同。

圈點：

朱筆：題上，三圈。「東風」二句、「空箇」二句、「歎堤」三句、「黄雪」二句，圈。

《荊溪詞初集》：題上，單點。「當初」四句、「歎堤」三句，圈。

《詞則·别調集》：題上，雙圈。「東風」二句，點。「笄有」三句，圈。「空箇（却）」二句、「盈盈」六句，點。「清明」五句，圈。

木蘭花慢長調百一字

新霽，過蝶庵訪雲臣不遇，詞以柬之［一］

杏花村賣酒，風弄處、一旗偏。且側帽微吟，閒攜步屧，來趂斜川。風前。暗添語笑，儘閑坊小曲総暄妍。擬作鶴窺籬外，暫勾蝶出花間。　闌干。柳絮滚香綿。吹向綉簾邊。奈緑窓倚偏，鑪薫聞若，茗椀依然。吟鞭。知他甚處，料狂僧小史與流連。闘葉定迷深巷，衝歌准上游船。

朱尾（史可程丙）：是雲臣一幅行春圖，不當作倚聲讀也。音節婉蒨，何啻百囀流鶯？

校記：

［一］此首蔣本有。

圈點：

朱筆：「杏花」二句、「擬作」二句、「奈緑」八句，圈。

看花迴長調百一字

南嶽寺大悲閣上看玉蘭花，用《清真詞》韻［一］

春山淡冶如笑，風光鮮潔。梵閣斜盤碧磴，恰千點瓊葩，瓏瓏纔結。花明玉淨，小鬭山窓鶯語滑。憐少室、珠樹輕分，天花［二］無着姿清絶。　想只有、山間白月。還記省、鬘陀根節。誰伴深林清苦，只幽澗蘭心，亂崕石髮。孤情絶照，古寺誰曾經浪折。半簷花、千嶂瀑，看煞難分別。

朱尾（史可程乙）：此際下得一轉語，便許他拈花微笑。

校記：

［一］此首《荊溪詞初集》選。詞題，《荊溪詞初集》無「用清真詞韻」。題下鈐「南耕」印。

［二］「天花」，《荊溪詞初集》作「天香」。

圈點：

朱筆：調上，單點。「憐少」二句、「想只」二句、「半簷」二句，圈。

《荊溪詞初集》：「梵閣」三句，圈。

翠樓吟 長調百一字

三月十五日虎丘即景［一］

桃花水絳，卵色天青，早烟着人如醉。風光日夜換，換不了、吴宮羅綺。千年霸氣。只鶯囀山房，鴉啼水寺。當年事。斷崖老樹，依稀能記。　冶麗。簇隊成團，有釵蟲落磴，裙梅飄砌。劍池苔蘚黒，越顯得、明粧絶世。佛前私誓。怕亂水東流，夕陽西逝。憑闌望，五湖晴爽，碧空無際。

「風光日夜換，換不了、吴宮羅綺」句朱側（曹亮武）：新警。

朱尾（曹亮武）：詞句風流，江山佳麗，足可並傳千古。

墨尾（張）：吴宫覇氣，春女柔腸，摹寫欲絶。

校記：

〔一〕此首《荊溪詞初集》選。詞題，《荊溪詞初集》無「三月十五日」。題下鈐「南耕」印。

圈點：

朱筆：「風光」八句、「簇隊」三句，圈。

墨筆：「桃花」五句、「當年」三句、「佛前」三句，圈。

《荊溪詞初集》：「風光」二句、「斷崖」二句，圈。

壽樓春 長調百一字

春日追昔游〔一〕

尋春來〔二〕劉郎。惹一生惆悵，千種思量。尚記風前秀靨，月中〔三〕凝粧。斑竹店，梅根坊。颭水花、晴絲悠颺。恰宛宛調鸚，盈盈喚馬，手語粉巾香。　斜日下，東方〔四〕狂。將十年前事，吹入微茫。贏得箜篌昔昔，琵琶棖棖。花壓帽，啼霑裳。怕重逢、年時韶光。又酒旆斜挑，誰家小門青粉墻。

朱首（曹亮武）：調太癖拗，穩協為難。

朱尾（曹亮武）：偏于奇險處見長，如焚丸、刺棘之技。

校記：

［一］此首蔣本有。

［二］「來」，蔣本作「到」。

［三］「中」，蔣本作「下」。

［四］「方」，蔣本作「風」。

圈點：

朱筆：「又酒」二句，圈。

水龍吟長調百二字

乙卯暮春，雲臣齋頭看牡丹

一年一度花前，舊年笑語鶯猶記。今年倍好，纔開便遇，養花天氣。料理銀罌，排當檀板，緑窓如水。喚遊絲舞絮，遮圍繡幙，休輕放、閒愁至。　多少倚闌心事。悵神州、斜陽戰壘。沉香亭畔，慈恩寺後，蘼蕪滿地。只有江南，一枝如故，紅酥粉膩。任英雄老了，花還賺我，且逢花醉。

圈點：

朱尾（曹亮武）：韶景難留，朱顏不駐，有此麗詞[一]，覺花間笑語，呼之欲出。

朱筆：「喚遊」三句、「沉香」六句，圈。

校記：

［一］原寫「麗語」，朱筆校改。

拜星月慢長調百二字

余不到玉峯三十餘年矣，乙卯清明，與植齋、竹逸重游是間，賦詞感舊[一]

花朵擎來，柳絲飄到，一陣卓金車子。百五韶光，襯賣餳天氣。半山上，多少蒼松翠樌，掩映舞裙歌袂。紺岫頳崖，有從風羅綺。　捫頹巒、剷損苔成字。忽暗省、三十年前事。幾徧側帽思量，記不全頭[二]尾。怪夭桃、仍舊紅如此。劉郎鬢、不禁星星矣。問今夜、細雨棠梨，肯替人愁未。

墨首（張）：前度劉郎，流連風物，大有情致。

朱尾（曹亮武）：溪樹山花，大抵如舊，只是髩影叅差漸老，吟此可為三歎。

校記：

［一］此首蔣本有，《昭代詞選》選。詞題，《昭代詞選》無「矣」字，「詞」作「此」。

［二］「頭」，《昭代詞選》作「首」。

圈點：

朱筆：「百五」七句、「問今」二句，圈。

墨筆：「百五」五句、「幾徧」六句，圈。

喜遷鶯 長調百三字

石濂和尚自粵東來梁園，為余画小像，作天女散花圖，詞以謝之［一］

月明珠舘。有帝釋鬘陀，身雲散滿。鮫國旌幢，鬣帆笳吹，萬疊雪傾銀濺。裝罷紅棉粵嶠，看足蒼楓梁苑。饒能事，儘微皴澹抹，黃深絳淺。　篋衍。有一卷。細膩凝脂，三尺松陵絹。少不如人，師須為我，画出鬓絲禪板。旁侍湘娥窈窕，下立天魔蹇產。人間苦，悵碧桃花謝，洞天歸晚。

朱尾（徐喈鳳）：奇文恠字，咄咄驚人，像繪人，詞繪像，俱非尋常手筆。

墨尾（史可程丁）：詞家三昧，畫家三昧，洵是人天龍象。

校記：

［一］此首蔣本有，《瑶華集》、《詞覯續編》選。詞題，《瑶華集》、《詞覯續編》作「粤東石濂和尚為予画像誌謝」，詞末有小注「画作天女散花圖」。

圈點：

朱筆：「儘微」二句、「少不」八句，圈。

墨筆：題上，單點。「裝罷」二句、「儘微」二句、「少不」八句，圈。

晝錦堂長調百二字

清明後一日，同緯雲重上玉峯，積陰乍霽，春女甚盛，詞以紀游［一］

昨日濃陰，今日新霽，戲鼓歌扇相宜。一路花摇綺幰，草暗金羈。空園鞦韆猶未柝，小樓香粉已全施。春山畔，遶澗縈巖，頓添無數釵笄。　離離。城上寺，墻外店，和烟着水參差。翻借通明簾子，映出纖肌。堤邊絲柳飄成夢，橋頭新月鑿於眉。無情緒，獨對裙邊蝴蝶，細語移時。

墨首（張）：挈伴同游，春愁獨斂，額上翠鈿，鬢邊花勝，都無是處。

朱尾（曹亮武）：水嬉盛事，裙幄勝游，柔情妍婉，忽經冷眼人拈出，便成佳話。

校記：

［一］此首蔣本有。

圈點：

朱筆：「翻借」七句，圈。

墨筆：「和烟」句、「無情」三句，圈。

安平樂慢長調百三字

晴郊紀勝［一］

春水如油，吳船似屋，較他亭舘還多。燕翻油幕，鳥啄銀鈴，分棚占斷晴坡。花面梅粧，看帽縈竹粉，袂掠蘭莎。蜂蝶媚春羅。成團打塊婆娑。正春壓歌場，花擡酒價，半天戲鼓嵯峨。曼衍魚龍徧，念奴悄試一聲歌。急拍將闌，氍毹畔、暝翠微波。春游晚，半城夜火，盈盈細馬雙馱。

朱尾（史可程丙）：輕挑冷刺，費盡婆心，可與《麗人行》並讀。

校記：

［一］此首蔣本有。

圈點：

朱筆：調上，單點。「較他」句、「蜂蝶」三句、「半天」句、「急拍」五句，圈。

春從天上來長調百三字

錢塘徐野君、王丹麓來游陽羨，余以浪跡梁溪，闕焉未晤，詞以寫懷［一］

烟月杭州，記徐卓當年，詩酒風流。水市露井，桂槳蓮舟。老鐵吹裂龍湫。奈十年一夢，叚［二］橋上、落葉颼颼。恨年來，只無情皓月，猶挂湖頭。王郎清歌絶妙，邀白髮詞人，同下長洲。瑟瑟丹楓，濛濛白雁，秣陵總不宜秋。歎龍峰歸後，人去遠、烟纜難留。漫登樓。數枝殘菊，還替人愁。

朱尾（曹亮武）：敘述楚楚，寫景清麗，别有深情逸韻，出草堂諸公之上。

《詞則・别調集》：（「瑟瑟」三句）警絶。

校記：

〔一〕此首蔣本有，《詞則・别調集》選。

〔二〕「叚」，朱筆校改作「斷」，諸本同。

圈點：

朱筆：「老鐵」六句、「瑟瑟」三句，圈。

《詞則・别調集》：題上，雙圈。「奈十」五句，點。「瑟瑟」三句、「漫登」三句，圈。

春從天上來長調百三字

壽玉峰徐太母，同青際賦

林澗透迤，正翠陌纔晴，緑水微波。昨夜月裡，群玉山頭，無數鳳舞鸞歌。恰霓裳入破，天風緊、音節柔和。簇華筵，更禽囀迦陵，花雨鬘陀。　階前宫袍作隊，都不是尋常，獸錦龍梭。百歲紅萱，三枝瓊樹，天邊樂事誰過。向蓬萊西笑，碧海事、别後如何。問姮娥。蟠桃開處，依舊紅麼。

朱尾（曹亮武）：如入波斯之肆，所見皆海外異寶，下者猶是木難、火齊。

圈點：

朱筆：「階前」三句、「向蓬」五句，圈。

綺羅香長調百三字

龔節孫録余所選今詞，賦此奉柬[一]

浪打新亭，霜飛故國，誰許詞場稱霸。紅豆金荎，漫向夜深謄寫。半閒鈔、酒舘銀墻，半偷傳、粧樓羅帕。到如今、粗比牛腰，叢殘卷軸蝸涎挂。太息韋莊牛嶠，問如何偏[二]遇，極天兵馬。珍重君家，重覓蠻箋細研。看殘秋、滿篋香詞，是老夫、半生愁話。囑宵闌、好護烏絲，莫使缸花灺。

朱尾（曹亮武）：言情綺艷，叙事工麗，縱筆所之，自得詞家三昧。

校記：

[一]此首蔣本有，《昭代詞選》選。

[二]「偏」，蔣本作「偏則」，此句《昭代詞選》作「因甚偏生遇著」。

圈點：

朱筆：「半閒」四句、「囑宵」二句，圈。

西河長調百五字

西氿落暉[一]

傷心事。碧雲黃葉天氣。漫登粉堞望溪山，戍樓悶倚。芒芒不覺百端來，暝烟暗結津市。[二]

銀濤吼，紅日墜。老楓烘得如醉。無情肯逐水東流，只貪西逝。臨風太息語陽烏，長繩縱有難繫。

估檣競矗野岍底。說臙脂、落照相似。明日大風定起。且移船泊入，前汀蘆葦。卧看新蟾嚙沙尾。諺云：「日落臙脂紅，無雨定多風。」[三]

朱首（曹亮武）：意氣豪邁，如看桓荊州馬矟。

墨尾（徐喈鳳）：秋景傷心，夕陽尤甚，多情人怎得不悲？

《詞則・放歌集》：不結自結，却如題位。

《迦陵詞選評》：任是豪氣不除，太湖風色總非中原形勝。

校記：

[一] 此首《詞則・放歌集》選。

[二]「津市」，原稿此下不分片，據諸本改。

[三] 詞末小注，《詞則・放歌集》無。

圈點：

朱筆：「無情」四句、「前汀」二句，圈。

墨筆：「傷心」二句、「老楓」五句、「前汀」二句，圈。

《詞則・放歌集》：題上，單圈。「茫茫」二句，點。「卧看」句，圈。

望湘人 長調百七字

寓樓微雪，咏隔垣所見[一]

訝銅街轉處，銀井灣頭，盈盈霧髻烟髫。又被斜風，卷來微霰，越與明粧相襯。絮[二]裊裙拖，雪沾[三]粧閣，行來將近。想[四]憐他、輕軟纖鬆，故把凌波偷印。誰念隣家樓上，有他鄉狂客，闌干凭損。枉目斷瑶堦，難逓飛瓊音信。料[五]孤舘，只[六]晚寒成陣。况是歸期無准。偏戲弄、墻外花梢，摇落一庭新粉。

朱尾（史可程丙）：寵柳嬌花之艷，從冷落中寫得筆筆生動，安得不謂之情深？

校記：

［一］此首蔣本、《百名家詞鈔》本有，《瑶華集》、《詞覯續編》、《國朝詞雅》選。

［二］「絮」，蔣本、《百名家詞鈔》本、《瑶華集》、《詞覯續編》、《國朝詞雅》作「暗」。

［三］「雪」，蔣本、《百名家詞鈔》本、《瑶華集》、《詞覯續編》、《國朝詞雅》作「低」。「沾」，蔣本作「粘」，《瑶華集》、《詞覯續編》、《國朝詞雅》作「黏」。

［四］「想」，《百名家詞鈔》本作「相」。

［五］「料」，《國朝詞雅》作「何堪」。

［六］「只」，《國朝詞雅》無。

圈點：

朱筆：「絮裊」五句、「偏戲」二句，圈。

《百名家詞鈔》本：「越與」句、「相（想）憐」二句、「偏戲」二句，圈。

飛雪滿羣山 長調百五字

雪霽[一]

萬瓦銀皴，千門粉窖，六街簾幙踈踈。斷橋紅板，小帘黃布，一齊映入冰壺。幽人無箇事，閒屏當、吟軒釣車。桓家寒具，王郎水厄，活火沸風爐。　女墻上、早[二]霞籠積素，似[三]藐姑仙子，春透肌膚。明粧酒暈，檀腮茜捻，江天此景難圖。詩顛兼酒惱，聽滴瀝、鄰家玉蛆。誰堪共飲，街南且拉諸狗屠。

墨尾（張）：胸中無限不平事，觸境聊發，唾壺欲碎。

朱尾（史可程丙）：「一片氷心在玉壺」，可想此詞之神境，坡仙禁體猶屬第二義耳。

校記：

[一] 此首蔣本、《百名家詞鈔》本有。

[二]「早」，後用墨筆點去，患立堂本、浩然堂本均無。

[三]「似」，後用墨筆點去，患立堂本、浩然堂本均無。

圈點：

朱筆：「萬瓦」三句、「閒屏」四句、「似藐」五句、「誰堪」二句，圈。

墨筆：「斷橋」三句、「桓家」三句、「似藐」二句、「誰堪」二句，圈。

《百名家詞鈔》本：「活火」句、「明粧」三句、「街南」句，圈。

風流子長調百十字

泊舟譙郡，贈新安汪公言[一]

桃花潭上水，深千尺、不抵[二]似汪倫。正留客西園，紅燈翠幙，送余南浦，淡月微雲。依稀記、賞花敲画鼓，糺酒喚羅裙。贈到葳蕤，休教鎖恨，貽來螺墨，莫便磨人。時公言有青瑣名墨之贈。[三]　南譙繁華地，重經過、一片野渡斜曛。剩下紅橋舊巷，黃葉前村。想千年李樹，仙游已邈，三分吉利，霸業俱陳。老子、瞢瞞，俱亳邑人。且自佯狂作達，何事消魂。

朱尾（徐喈鳳）：用古入化，正所謂讀破萬卷下筆有神也。

墨尾（史可程丁）：似張長史潑墨揮毫，顛氣逼人。

校記：

［一］此首蔣本有，《古今詞選》、《昭代詞選》選。

［二］「抵」，《昭代詞選》作「比」。

［三］句下注，《古今詞選》、《昭代詞選》皆在詞末，《昭代詞選》文字並同，《古今詞選》作：「前段『贈到』四語，因公言有青瑣名墨之贈，故云。老子、曹瞞，俱亳邑人，故有『想千年』四語。」

圈點：

朱筆：「贈到」三句、「想千」六句，圈。

墨筆：「贈到」三句、「想千」六句，圈。

疎影 長調百十字

暮春新霽［一］

流鶯無賴。將一天霽景，啼碎窗外。雨後帘青，橋上衫紅，盈盈定有人在。趁晴蛺蝶漫空舞，立不穩、泥金裙帶。水如塵、玉剪輕飛，莫點葡萄痕壞。　幾日心情小極，為粘花中酒，暗鎖眉黛。甎了謌紈，閣了鈿車，誰爱鬭茶挑菜。帽簷故傍鞦韆側，恰今日、風光如海。便春晴、人意誰忺，已報楝花風大。

朱首（曹亮武）：雨横風狂，使人叵耐，深閨孤館，春愁大抵相似。

「雨後帘青，橋上衫紅，盈盈定有人在」句朱側（曹亮武）：悄悄冥冥。

校記：

［一］此首蔣本有。

圈點：

朱筆：「雨後」三句、「便春」二句，圈。

五綵結同心 長調百十一字

乙卯冬杪，與園次飲惠山蔣氏酒樓，翠袖紅絃，談諧甚劇。酒半，忽遇廣陵高生至，記與山陰友人紅橋狎讌時，匆匆已十三年矣。故人萬里，昔夢千端，不勝白髮玲瓏之感，詞以寄慨［一］

簾風暗裊，檻雪新晴，小樓月又剛圓。有杜秋娘在，微酣候［二］、催弄脆竹零絃。曲中驀聽羊車到，褰幃入、一座喧闐。驚疑甚、似曾相識，別來一十三年。重新移燈添酒，篝夜長難睡，且話從前。記得當初，揚州薄倖，有人同做樊川。玲瓏去後詩人老，湖湘客、飄泊誰憐。憑誰報、渡瀘諸葛，君家燕子依然。

朱尾（史可程丙）：畫字旗亭，倚歌燕市，萬感横生，百端交集。

校記：

［一］此首蔣本有，《草堂嗣響》選。詞題，《草堂嗣響》「故人萬里」下作「白髮千尋，不禁昔夢迷離之感」。

［二］「候」，《草堂嗣響》作「後」。

圈點：

朱筆：「驚疑」二句、「箅夜」三句、「玲瓏」四句，圈。

還京樂長調百三字

送叙彝上人北游［一］

緑楊外，瓢笠蕭蕭、喚渡春江尾。想此情猶戀，齋厨櫻笋，山園桃李。向津樓斜倚。隔花鞭影回頭指。隱隱見，四百八十，南朝烟寺。問師何意。將三春、錦片年光，擲與江東，野外沙際。况逢連歲関河，滿斜陽、荒亭衰壘。怕他年、又紅鯉無書，金鴻少使。欲倩神僧呪，為君禁住流水。

朱尾（曹亮武）：于人物則寫照，于時序則紀實，于情景則真切如對話，真詞家聖手。

《詞則·大雅集》：（「緑楊」二句）絶妙畫圖。（「問師」四句）意有所鬱，落筆便與衆不同。

《迦陵詞選評》：戀江東，豈爲戀櫻笋桃李耶？其中必有難言者。

校記：

［一］此首蔣本有，《詞則·大雅集》選。

圈點：

朱筆：「隔花」四句、「况逢」六句，圈。

《詞則·大雅集》：題上，雙圈。「緑楊」二句、「問師」四句，圈。

蘇武慢長調百十三字

梁溪舟中對雪［一］

淼淼蕭林，迢迢湅浦，颯沓亂帆成陣。忽飛駃雪，暗灑吳裝，極目空明相混。孤墩殘角，小寺踈鐘，今夜吟情難穩。望前村、水店溪橋，風裡青旗斜趁。　也思量、一盞禪燈，半衾煖玉，長守南山故隱。詎期屢歲，每到年時，諳足旅愁羈恨。綉陌神儺，紅箋致語，一載又還將盡。小樓前、幾樹橫枝，想已漸堆香粉。

朱尾（史可程丙）：後閣急管繁弦，聲隨淚落，使我不忍卒讀。

校記：

〔一〕此首蔣本有。

圈點：

朱筆：「孤墩」三句、「也思」三句、「綉陌」五句，圈。

沁園春長調百十四字

戲咏閨人踢繭子者〔一〕

嬌困騰騰，深院清清，百無一為。向花冠尾畔，剪他翠羽，養娘篋底，檢出朱提。裹用綃輕，製同毬轉，簸盡墻陰一線兒。盈盈態，訝妙踰蹴鞠，巧甚彈棊。　鞋幇只一些些。況滑膩纖鬆不自持。為頻誇獧捷，立依金井，慣矜波俏，礙怕花枝。忽憶春郊，回頭昨日，扶上闌干剔髻絲。垂楊外，有兒郎此伎，真惹人思。

墨尾（徐喈鳳）：製繭有情，踢繭有致，説到兒郎惹思，更於繭外傳神矣，絶作絶作！

《戲鷗居詞話》：踢鞬子之戲，古今來托之吟詠者絕少。迦陵詞，有戲詠閨人踢鞬子者，讀之絕佳。調寄沁園春云。

《蓮子居詞話》：《説文》，鞬，從革，建聲，居言切。《武林舊事》小經紀鞬子之鞬，借作鞬。劉侗《帝京景物略》作毽。吴任臣《字彙補》因之，注音建。毗陵婦女雅善此戲，迦陵爲《沁園春》紀其事。

校記：

［一］此首蔣本有，《瑶華集》、《亦園詞選》選。詞題「繭」，後用朱筆校改作「鞬」，筆跡與原寫不類，諸本皆同改筆。全題，《亦園詞選》作「咏美人踢鞬子」。

圈點：

墨筆：「向花」七句、「鞋幫」六句、「垂楊」三句，圈。

沁園春 長調百十四字

紙貴戲作［一］

老至常閒，惟藉鈔詞，以永居諸。買衍波萬疊，燃脂暝寫，薛濤一篋，映雪晨塗。甲乙周秦，摒擋辛柳，卷比牛腰一樣粗。掀髯笑，任字嘲類疥，墨哂同豬。　今年紙價如珠。

問洛下當年有是夫。縱畫他灰焰，還疑帝虎，刻他竹粉，莫辨之無。已矣途窮，幡然事濟，昨種芭蕉[二]十萬株。成陰後，取花間全集，作擘窠書。

「今年紙價如珠」句朱側（徐喈鳳）：接得自然。

朱尾（徐喈鳳）：書淫詞癖，紙貴應愁，然説得有趣，若令右軍見之，當不吝十萬牋也。

校記：

[一]此首蔣本有。

[二]「蕉」，患立堂本作「焦」。

圈點：

朱筆：「買衍」四句、「掀髯」三句、「今年」二句、「昨種」四句，圈。

墨筆：題上，單點。

沁園春長調百十四字

題徐禎起六十斑斕圖

老友者誰，城北徐公，舞衣斑斕。有豆區一畝，藤花半架，晴山萬疊，碧浪千灣。隱不求名，憂寧用老，竹户蓬門盡日閑。家庭樂，喜龐眉矍鑠，皓首團圞。　相從樵父漁蠻。只戲鼓謌樓恣往還。笑鼎鼎朱門，幾人親在，番番黄髮，誰便身閑。何似貧家，蕭然戲綵，六十兒從膝下頑。佯蹉跌，惹八旬堂上[一]，莞爾開顔。

朱尾（史可程丙）：《樂志論》耶？《報孫會宗書》耶？文情跌蕩縹緲，更有猶龍之嘆。

校記：

［一］「上」，原寫「下」，墨筆校改。

圈點：

朱筆：「隱不」三句、「笑鼎」四句、「六十」四句，圈。

沁園春長調百十四字

贈宋御之[一]

君果然耶，五十之年，而僕如之。記王珣宅畔，呼鷹盤馬，伍胥塘上，賭槊圍棋。一水青山，滿船紅燭，綰定垂楊萬縷絲。蘭亭會，正客逢雨後，人到春時。　如今舊事難追。被海水天風澒洞吹。將曹劉沈謝，捲同粉絮，或縈簾幙，或墜污泥。南國風流，東都耆

舊，幾箇樽前某在斯。吾與汝，似春歸蝶舞，花盡鶯啼。[二]

朱尾（曹亮武）：遲暮零落之感，不堪終曲。

校記：

[一] 此首蔣本有，《昭代詞選》選。

[二] 詞末《昭代詞選》有：「按，『被海水』三字應讀，此誤。」

圈點：

朱筆：「一水」三句、「吾與」三句，圈。

沁園春長調百十四字

送友入山採茶[一]

十里溪山，竹粉纓戀，蘭風藻川。有蒙茸蘿葛，蔽虧曦月，坦迤澗壑，向背林泉。夕渡遄歸，晨漁緩出，谷唱潭吟韻邈綿。居此者，是秦時毛女，漢代琴仙。　人家四月開園。送君去剛逢穀雨天。恰晴村緑晻，數問僧竈，清江翠箬，一帶商船。拍[二]處盈盈，焙餘冉冉，歸卧廻廊瘦石邊。松濤沸，正龍團乍碾，蟹眼初煎。

朱尾（史可程乙）：山谷詞秀蒨，可使兩腋風生，不若髯之雄詭藻耀，令人神摇魄奪也。

校記：

［一］此首蔣本有，《瑶華集》選。詞題「友」，《瑶華集》作「友人」。題下鈐「南耕」印。

［二］「拍」，蔣本、《瑶華集》作「摘」。

圈點：

朱筆：「竹粉」二句、「谷唱」四句、「拍處」六句，圈。

沁園春長調百十四字

梁溪西郭外，有芹野草堂，吾宗沂州公别業也。公子某，豪情斯在，冶習未忘，乃以李氏之平泉，用作井公之博進，千金一擲，園屬他人，迄今已三易主矣。公四世孫集生，暇日扁舟經過此地，臨風感舊，惆悵絶多，作詩紀事。同人俱有和章，余亦填詞一首［一］

過西定橋，有芹野園，崢泓坦迤。記花闌藥嶼，島何澹澹，烟汀雨瀨，水太羅羅。樂去爽鳩，愴深銅狄，牧笛吹風夜起波。憑高望，悵舊家光景，邈若山河。小樓一棹經過。

奈三度亭臺易主何。縱王孫無恙，東風認否，主人重到，燕子知麼。笑説當年，樗蒱一擲，絶似名姬换馬馱。君休恨，較臨春結綺，慱進誰多。

朱尾（曹亮武）：轉眼滄桑，何勝金谷、銅駝之感！

校記：

［一］此首蔣本有，《古今詞選》、《瑶華集》、《昭代詞選》選。詞題，《瑶華集》作「芹野草堂感舊為集生作」。

圈點：

朱筆：「記花」四句、「縱王」十句，圈。

沁園春長調百十四字

泊舟胥江，大風雨［一］

胥母門邊，暴雨奔渾，盤渦撞舂。見後潮文種，銀袍鞓鞳，前山鄧尉，黛髻迷濛。我豈茶商，得非估舶，詎少家園半畝宫。因何事，唱江樓囉嗊，愁水愁風。　須臾窈窕沖融。又浪静波恬漾遠空。正滛龍歇舞，天連島外，渴烏乍躍，日在禺中。了了層青，迢迢一碧，依舊殘汀野廟紅。吾長笑，笑向來作劇，多事天公。

朱尾（曹亮武）：怒濤驚浪，忽作霽日光風，筆端幻出，使人如聞韓娥之歌。

校記：

［一］此首蔣本有。詞題「泊舟」，蔣本作「舟泊」。

圈點：

朱筆：「見後」四句、「唱江」三句、「了了」六句，圈。

墨筆：題上，單點。

沁園春長調百十四字

由丹陽至京口，舟中放歌［一］

月黑陵亭，風吼練湖，雪山皚皚。正楚天欲壓［二］，檣多於薺，吳波乍染，岸碧如苔。對此蒼茫，居然遼落，記否江東出霸才。斜陽恨，惹行人憑弔，商女悲哀。丹徒客昨帆開。問劉寄奴今安在哉。奈六朝剩壘，沙淘浪洗，千尋斷鎖，雨蝕烟埋。下瀨艨艟，橫江士馬［三］，重見連雲列戍排。吾衰矣，且沽京口酒，上妙高臺。［四］

朱尾（徐喈鳳）：古道斜陽，感懷憑吊，堪與少陵《赤谷》、《寒峽》諸詩争雄。

墨尾（史可程丁）：似曹孟德《短歌行》，雲飛水立，劍拔弩張。

《詞則・放歌集》：（「記否」句）驚人語。（「吾衰」三句）感喟中自饒眉飛色舞之致，其人胸襟可想。

《迦陵詞選評》：「問劉寄奴」、「沽京口酒」、「上妙高臺」，造句一若其氣之莽蕩，譏破律者，寧非笨伯？

校記：

［一］此首蔣本有，《荊溪詞初集》、《瑶華集》、《昭代詞選》、《詞則・放歌集》選。眉上鈐「南耕」印。

［二］「欲壓」，《瑶華集》作「似夢」。

［三］「馬」，《瑶華集》作「女」。

［四］詞末《昭代詞選》有：「按『問劉寄』三字應讀，此誤。」

圈點：

朱筆：「正楚」四句、「問劉」十一句，圈。

墨筆：題上，單點。「正楚」四句、「問劉」十一句，圈。

《荊溪詞初集》：「下瀨」六句，圈。

《詞則·放歌集》：題上，雙圈。「月黑」三句、「記否」句，圈。「下瀨」三句，點。「吾衰」三句，圈。

沁園春長調百十四字

從盱眙山頂望泗州城[一]

立而望之，松耶栢耶，其盱眙乎。見半空樓閣，林巒掩映，從風城郭，沙澗縈紆。卻顧泗州，窪然在下，呀者成丘水一盂。中央者，界幾條冷瀑，一綫明珠。　洪濤日夜歸墟。有鐵鎖浮橋控舳艫。看奔渾檣馬，神功混淼，轟豗賽鼓，天籟讙嘑。十廟弓刀，百年帶礪，落日平田噪野烏。堪憑弔，悵歌風亭長，泗上雄圖。

朱尾（徐喈鳳）：詞似古歌，又似古文，求之宋人，恐無其匹。

墨尾（史可程丁）：神龍繡虎，奔雷掣電，不可名狀。

《詞則·放歌集》：（「見半」四句）沙樹城郭，幽深窈曲，畫所難到。

《迦陵詞選評》：虛詞既已錯落，實詞必當整鍊，全整鍊非迦陵也，全錯落是市狙耳。

校記：

［一］此首蔣本有，《詞則·放歌集》選。題下有朱筆尖圈。

圈點：

朱筆：「立而」三句、「呀者」句、「有鐵」句、「落日」四句，圈。

墨筆：題上，單點。「立而」三句、「呀者」句、「有鐵」句、「十廟」六句，圈。

《詞則·放歌集》：題上，單點單圈。「立而」三句，圈。「落日」句，點。

沁園春長調百十四字

月夜渡江［一］

粉月一規，雪浪千條，何其皓然。正稀微吳語，佛狸城下，參差楚火，胡豆洲邊。忽聽江樓，誰吹横笛，今夜魚龍詎穩眠。推篷望，見秣陵似夢，瓜步成烟。揚州更鼓遥傳。記小杜曾游是昔年。奈邇來情事，髩絲禪榻，當初況味，緑毾紅絃。萬古精靈，六朝關塞，都在蟂［二］磯牛渚前。吾長嘯，把一杯在手，好箇江天。

朱尾(徐喈鳳):氣槩高曠,與太白衣宮錦袍月夜遊采石,前後競爽。

墨尾(史可程丁):「一杯在手,好個江天」,聲淚俱落。

《詞則·放歌集》:(「見秣」二句)好句如珠。(「吾長」三句)神不外散,所以為佳。

蔣心餘輩,其病正在不團練。

《迦陵詞選評》:其氣流走,故不嫌其塗抹堆垛。

校記:

[一]此首蔣本有,《荊溪詞初集》、《瑶華集》、《詞覯續編》、《絶妙好詞今輯》、《昭代詞選》、《詞則·放歌集》選。眉上鈐「南耕」印。題下有朱筆尖圈。

[二]「�」,《詞則·放歌集》作「蠰」。

圈點:

朱筆:「正稀」四句、「今夜」四句、「揚州」二句、「萬古」六句,圈。

墨筆:題上,單點。「正稀」四句、「今夜」四句、「揚州」二句、「萬古」六句,圈。

《荊溪詞初集》:「正稀」七句、「萬古」六句,圈。

《詞則·放歌集》:題上,雙圈。「見秣」二句、「吾長」三句,圈。

丹鳳吟 長調百十四字

送別越生，和雲臣韻[一]

細數頻年游處，舞榭鶯梳，歌筵燕掠。墊巾側帽，雙倚東風院落。簟紋新染，水烟小定，更憶溪邊，画橈斜閣。似夢如塵情緒，事去凝思，花影還簸墻角。　今夜陽関怕唱，玉樽瀲灔持旋却。若到無諸國，有連天嘶馬，匝樹飛鵲。輕紅荔子，籠徧戈船綃[二]幕。我在江南殘照裡，只行踪樂託[三]。武夷回首，倘依然念着。

朱首（曹亮武）：花穠柳軟，離緒牽人，不作羽聲慷慨，正自使人腸斷。

校記：

[一] 此首蔣本有。詞題「越生」，患立堂本作「友人」。鈐二「彊善堂主人對訖」印。

[二]「綃」，蔣本作「繡」。

[三]「樂託」，蔣本作「落託」，浩然堂本作「落拓」。

圈點：

朱筆：「似夢」三句、「有連」二句、「我在」四句，圈。

摸魚兒長調百十六字

澄江客舍水亭前，有野鶴二，日飲啄行潦中。余傷其凌霄之質，而辱在泥塗，詞以唁之

倚西風、徘徊騁望，細流淰淰如許。月榭水軒臨斷岓，落木亂鴉無數。誰延佇。有兩兩幽禽，莎逕頻來去。柳陰深處。看[一]滿陂蘆葦，一川葭菼，何計可留汝。思前事，處士亭栽梅樹。岳陽樓枕湘楚。玉京碧海閒風景，何限吹笙伴侶。時已暮。剩滿眼鷄群，噲等為公伍。相憐不語。笑古往今來，事多如此，且聽夜窗雨。

墨首：吟竟聊為三歎。

朱尾（史可程丙）：孟德之橫槊賦詩，處仲之唾壺擊碎，忼慨悲歌，千古同調。

校記：

［一］「看」，患立堂本作「者」。

圈點：

朱筆：「柳陰」四句、「思前」三句、「時已」七句，圈。

墨筆：「看滿」三句、「剩滿」六句，圈。

賀新郎長調百十六字

友人蔣子馭鹿落拓都門，遨遊王邸，緑池應教，稱曠代之遭逢，清夜陪游，極一時之際會。既而淮南仙去，子晋丹成，悲翠輦之潛移，悵金牀之不見。新愁入夢，昔事銷魂，憔悴南還，傷心實甚。適儲子雪持，相遇吴閶，歸言茲事，為賦是詞[一]

朱邸分青社。記當日、竟陵文藻，彭城風雅。盛世天家敦玉牒，花蕚交輝其亞。正內殿、霓裳舞罷。龍子一從歸大漠，悵陳王、不懌苔生榭。呼賓從，銷閒暇。　鄴陽流落江潭夜。剔秋燈、故人重見，在楓橋舍。憔悴白頭論往事，多少鸞箋鳳帕。説不盡、銅輿佳話。今日金風吹兔[二]苑，任西宮、花放還花謝。攙夢到，王門下。

墨尾：雲臣曰：感時傷事，如殷東陽惆悵江潭，庾肩吾還自會稽，但覺聲情憔悴。[三]

朱尾（徐喈鳳）：説舊事，溯前情，《琵琶行》無此婉摯，能不濕我青衫？

《雪橋詩話》：馭鹿，名鑨，武進人，故鎮國公客也。有《侍燕渾河觀魚應教》詩。陳其年《賀新郎》詞云（詞略），亦贈馭鹿作。公好讀書，善彈琴，工詩畫，精曲理，仿雲林小幅，筆墨澹遠，擺脱畦徑。有《恭壽堂集》。

校記：

［一］此首蔣本有，《古今詞選》、《瑶華集》選。詞題，《瑶華集》作「寄蔣馭鹿」。

［二］「兔」，《瑶華集》作「兔」。

［三］此條筆跡同全稿。

圈點：

朱筆：「龍子」二句、「憔悴」七句，圈。

賀新郎長調百十六字［一］

飲華商原齋頭，追憶錢吉士先生。先生，商原婦翁，余曾執經門下［二］

三十年前事。記童年、章華曾作，屈平高弟。家本寶蕐山下住，門映石湖荷芰。有一帶、踈軒曲砌。憶得危崕騰健鶻，咽秋燈、夜半歌山鬼。風乍刮，髩成蝟。　淒涼閲盡人間世。看多少、經堂書庫，柝為馬肆。舊日生徒今亦老，相對賢門佳婿。更似舅、魁然無忌。是日并晤商原令嗣。且盡君家黄菊酒，論人生、一醉為佳耳。西州慟，成何濟。

朱首（曹亮武）：叙致清佳，詞中史也。

墨眉（徐喈鳳）：追往述今，情真語雋，非吾陳髯不能。

《詞則·放歌集》：（「憶得」四句）十分鷙悍，「風乍刮」六字，得未曾有。（「且盡」四句）以撇筆作收筆，只如此結便足。

校記：

［一］調名，原寫「賀新涼」，墨筆校改。

［二］此首蔣本有，《詞則·放歌集》選。

圈點：

朱筆：「憶得」四句、「且盡」四句，圈。

墨筆：「憶得」四句、「看多」二句、「且盡」四句，圈。

《詞則·放歌集》：題上，三圈。「憶得」四句、「且盡」四句，圈。

途次遇華子瞻。憶二十年前，子瞻與秦對巖太史齊名均齒，游處略同。對巖官禁近，居林下已十餘年，今復從軍湘楚，行色甚壯，而子瞻淪落如故。詞以寄慨［一］

少日敦槃約。記同游、梁溪二妙，華年相若。繡袷紅衫雙掩映，宛似連枝花萼。船並艤，緑楊城郭。一客日邊紅杏放，染爐香、日講龍樓幄。又十載，歸田樂。彈冠近日之荊鄂。壓秋江、水犀下瀨，雄姿馬矟。帳下盧兒三十萬，伐鼓開船黄鶴。旗獵獵、北風夜作。一客纖絺纔掩骭，到霜天、敗楮那堪着。姑一笑，視寥廓。

墨眉（徐喈鳳）：《從軍行》無此豪壯。

朱尾（曹亮武）：世事滄桑，人情冷暖，寫得淋漓酣恣。昔日竹林之遊，吾不與其末，今吟此篇，不覺涕淚如雨。

墨尾（李良年）：李武曾曰：車笠錯綜，絶似米襄陽畫記。

墨尾（徐喈鳳）：起將兩人並提，中説對巖十分熱鬧，略説子瞻淪落况景作收，是太史公列傳法，不意填詞有此大文。

校記：

［一］此首蔣本有，《荊溪詞初集》、《瑶華集》、《昭代詞選》選。詞題「巖官」，原無，朱筆後添，蔣本下多一「居」字。全題，《荊溪詞初集》作「梁谿華子瞻向與秦對巖齊名均齒，今對巖官禁近，而子瞻淪落如故，詞以寄慨」，《瑶華集》同，惟無「向」字；《昭代詞選》「秦對巖」作「對巖」，「寄慨」作「致慨」。眉上鈐「南耕」印。

圈點：

朱筆：題上，三圈。「繡袷」七句、「壓秋」九句，圈。

墨筆：題上，單點。「繡袷」七句、「壓秋」九句，圈。

《荊溪詞初集》初刻本：「一客」四句、「壓秋」二句、「伐鼓」六句，圈。

《荊溪詞初集》：「一客」四句、「伐鼓」六句，圈。

賀新郎長調百十六字

虎丘劍池作[一]

山腹蒼皮罅。劈巉巉、一窪深黑，險于人鮓。仄嵌斜攢龜脊滑，林氣水聲交射。有屈曲、龍蟠其下。上搆危梁淩絶巘，窈而深、鑿孔行人怕。吸冷瀑，半空掛。 壞廊欹磴哀湍瀉。望參差、雕櫺黛閣，晶熒入画。故國江山還在眼，添了西風戰馬。又殿上、夜鐘將打。雨蝕殘碑名姓在，醉摩崖、汝是知音者。石壁上有黄姬水、唐寅題名。[二]相對坐，草堪藉。

朱尾（史可程丙）：汲冢、石鼓之奇，殷盤、周誥之奧，一字堪作十日讀，樊、孟諸子，何囁嚅兒□□爾？

《詞則·放歌集》：（「山腹」七句）絶巘巉巖，寫得陸離光怪，令人色駭。◎「窈而深」一語，雖奇肆而精神不團聚。其病在一「而」字，句便不振。◎「殿上」七字，插入精神。

《迦陵詞選評》：此調頓挫排戛，本宜迦陵，此首更益以狀態色澤，遂逾奇崛。

校記：

［一］此首蔣本有，《詞則·放歌集》選。

［二］「知音者」句下注，蔣本無。

圈點：

朱筆：「山腹」三句、「窈而」三句、「故國」五句，圈。

《詞則·放歌集》：題上，雙圈。「山腹」七句、「吸冷」二句、「故國」五句，圈。

五人之墓，再用前韻［一］

古碣穿雲鏬。記當年、黄門詔獄，群賢就鮓。激起金閶十萬户，白梃霜戈激射。風雨驟、冷光高下。慷慨吴兒偏嗜義，便提烹、談笑何曾怕。抉吾目，胥門挂。銅仙有淚如鉛瀉。悵千秋、唐陵漢隧，荒寒難畫。此處豐碑長屹立，苔繡墳前羊馬。敢輕易、霆轟電打。多少道傍卿與相，對屠沽、不媿誰人者。野香發，暗狼藉。

朱眉（史可程丙）：如讀《太史公》、《劍俠傳》，令人眥裂髮豎，鞭風霆而摇山嶽，真絶調也。

《詞則·放歌集》：（「抉吾」二句）千載下凜凜有生氣。（「多少」四句）是歎息，不是嘲笑，警戒不少。

《迦陵詞選評》：此不是詠史，自爲觸起他家舊事，故尤見凜凜。

校記：

［一］此首蔣本有，《詞則·放歌集》選。詞題「再」，原寫「仍」，墨筆校改。未鈐「抄」印。

圈點：

朱筆：「群賢」句、「風雨」五句、「苔繡」六句，圈。

《詞則·放歌集》：題上，雙圈。「風雨驟」句、「抉吾」二句，圈。「多少」四句，點。

同園次過半塘飲戴季黙家，三用前韻［一］

摇櫓蒼波鏄。食指動、洞庭筍蕺，潯陽魚鮓。掠過半塘橋不遠，雪練銀濤噴射。村漸逗、屋邊籬下。一路橫江吹鐵笛，調崩騰、恐惹魚龍怕。好都取，水窓挂。到來便把金荷瀉。劇清幽、竹梧相壓，尊罍如画。老子放顛須盡興，管甚南來兵馬。時駐防兵初到。酒已罄、何妨再打。門外八騶堪拉飲，問乾坤、誰勝公榮者。玉山倒，醉相藉。

朱尾（史可程丙）：如此豪賔，直堪口吸西江，北海、孟公望之，恐逡巡不敢擁篲矣。

校記：

［一］此首蔣本有。詞題「三」，原寫「仍」，墨筆校改。全題，蔣本無「家」字。未鈐「抄」印。

圈點：

朱筆：「摇櫓」三句、「一路」四句、「老子」五句，圈。

賀新郎 長調百十六字

姜貞毅先生敬亭山房，即文文肅公清瑶嶼也。文肅與先大父同年，而余尤辱貞毅公知爱。今兩賢先後淪逝，而余老客吴閶，適勉中學在開尊酌我，不禁人琴之感，爰賦此詞，四用前韻［一］

閣迸巑岏罅。漱松醪、紅薑點豉，緑荷包鮓。醉憶尊公賢給事，百感濤傾弩射。記惜別，月明橋下。余與貞毅公握別廣陵。倏忽山丘華屋恨，帶女蘿、山鬼招魂怕。延陵劍，何由挂。　乳魚軒畔微波瀉。繚墻邊、亭臺金粉，李將軍画。更憶平泉花木好，丞相曾施行馬。今日也、雨淋霜打。我有兩層思舊淚，総一聲、隣笛吹來者。莎徑軟，仰天藉。

朱尾（史可程丙）：百感横生，鉛淚如瀉，宛似金仙辭漢時，令人不忍平視也。

校記：

〔一〕此首蔣本有。詞題「四用前韻」，墨筆後添。

圈點：

朱筆：「百感」句、「倏忽」四句、「繚墻」二句、「我有」四句，圈。

賀新郎

飲范龍仙齋頭感舊，并示王升吉，五用前韻〔一〕

屐印蒼苔罅。恰經過、故人為我，摘蔬蒸鮓。酒後〔二〕燭花争怒裂，颯颯霜飈酸射。笑李蔡、為人中下。身似江潭流落伎，但開元、舊事重提怕。銀箏在，梁塵挂。　牙籤列屋香芸灑。尚依然、爐熏椀茗，法書名画。八載離情何處寫，贏得琮琤簷馬。被一夜、西風亂打。草没吳宮人去久，筭堂前、燕子無存者。羅襟酒，任沾藉。

朱眉（徐喈鳳）：少陵江潭贈李延年詩，有此悲酸。

校記：

［一］此首蔣本有。詞題「五用前韻」，墨筆後添。

［二］「後」，原寫「花」，墨筆校改。

圈點：

朱筆：「身似」四句、「被一」五句，圈。

蔡九霞招飲，同雲間沈友聖賦，六用前韻九霞尊人忠襄公，殉闖賊之難。［一］

石腹空而罅。鬪巑岏、斜欹壓筭，龍孫幾鮓。屋後松杉都作勢，黛色濤聲噴射。且與客、提壺其下。忼慨攝衣升上坐，夜蒼茫、説劍空堂怕。衣露肘，詩瓢挂。忠襄碧血高原灑。誓三光、騎箕褁革，丹青圖畫。抵几奮髯談往事，恨殺乾坤銅馬。將如此、金甌碎打。且向蔡經家爛醉，只今宵、背癢誰搔者。天可幕，地為藉。

「説劍空堂怕」句朱側（徐喈鳳）：「怕」字奇押。

「且向蔡經家爛醉」句朱側（徐喈鳳）：用古入化。

朱眉（徐喈鳳）：慷慨悲歌，忽入蔡經事，真有神助。

校記：

［一］此首蔣本有。詞題「六用前韻」，墨筆後添。未鈐「履端印」、「抄」印。

圈點：

朱筆：「夜蒼」三句、「抵几」七句，圈。

讀《漢書·李陵傳》，七用前韻［一］

壺口敲都［二］鏄。向床頭、一編佐苦，勝于鷄鮓。痛惜河梁李都尉，飛將家聲善射。今至此、子卿［三］足下。陵既辜恩漢負義，睨刀環、再辱男兒怕。高高月，長城挂。身降名耻憑誰灑。笑紛紛、人奴衛霍，凌烟描画。循髮更衣聞緒語，起聽悲鳴櫪馬。正萬帳、嚴更齊打。讀未終篇浮大白，劇堪憐、箭盡藍田［四］者。頹然醉，花陰藉。

「子卿足下」句朱側（徐喈鳳）：下字自然。

「起聽悲鳴櫪馬」句朱側（徐喈鳳）：絶似答蘇武書。

朱眉（徐喈鳳）：「睆刀環再辱」一語，李陵千古生色。

校記：

［一］此首蔣本有。詞題「七用前韻」，墨筆後添。未鈐「抄」印。

［二］「都」，朱筆校改做「成」，筆跡與朱評同，諸本同。

［三］「子卿」，原寫「少卿」，朱筆校改，筆跡與朱評同。

［四］「田」，諸本作「山」。

圈點：

朱筆：題上，三圈。「今至」三句、「循髮」三句，圈。

吴門喜晤丁飛濤，賦贈，八用前韻［一］

生入榆関罅。記曾嘗、錦州銀鼠，遼河鮮鮓。雪窖羝羊天萬里，雁足帛書誰射。長麥汝、李陵臺下。頭白如今歸故國，見人民、城郭心驚怕。携瓢笠，無牽挂。斷橋十里荷香灑。恰晴湖、亂餘西子，蛾眉重画。一笑風前齊得喪，世事塞翁之馬。稽首謝、獅王棒打。落拓蘇臺知己少，只青山、尚似當時者。杯正緑，掌堪藉。

朱眉（徐喈鳳）：前段出塞入塞曲，後段入世出世歌，詞中勝境，一至於此。

校記：

［一］此首蔣本有，《古今詞選》選。詞題「八用前韻」，墨筆後添，《古今詞選》無此四字。未鈐「抄」印。

圈點：

朱筆：「長夢」三句、「恰晴」九句，圈。

賀新郎長調百十六字

月夜泊舟平望，九用原韻［一］

撥剌踈罾罅。正江鄉、蘿黄斫鱠，萍香抑鮓。風弄檣燈千萬點，點點隨波漂射。光直透、水晶宫下。寥亮空潭飄水調，客船孤、燭冷聽來怕。月又向，前村挂。　噌吰鞳鞳銀濤洒。恰隣舟、亂旗雜火，軍裝如畫。下瀨戈船身手健，使得帆如使馬。惡浪裡、攤錢白打。歸矣吾家陽羡里，學當年、射虎南山者。任鄉里，苦無藉。

朱尾（史可程丙）：渾脱瀏利，公孫大娘之舞劍耶？讀之目摇神蕩。

校記：

［一］此首蔣本有。詞題「九」，原寫「五」，墨筆校改。

圈點：

朱筆：「撥剌」三句、「寥亮」四句、「噌吰」三句、「惡浪裡」句、「任鄉」二句，圈。

賀新郎長調百十六字

鴛湖烟雨樓感舊，十用前韻［一］

水宿楓根罅。儘沽來、鵝黄老釀，銀絲鮮鮓。記得箏堂和伎館，盡是儀同僕射。園都在、水邊林下。不閉春城因夜讌，望滿湖、燈火金吾怕。十萬盞，紅毬挂。　重游陂澤偏瀟灑。剩空潭、半樓烟雨，玲瓏如畫。人世繁華原易了，快比風檣陣馬。消幾度、城頭鐘打。惟有鴛鴦湖畔月，是曾經、照過傾城者。波織簟，船堪藉。

朱眉（史可程丙）：五丁神手，闢蠶叢如坦途，讀至奇快處，狂叫欲絶。

校記：

［一］此首蔣本有。詞題「十」，原寫「仍」，墨筆校改。

圈點：

朱筆：「水宿」三句、「盡是」句、「望滿」三句、「人世」七句，圈。

過武塘，贈魏子存先生，十一用前韵[一]

厰倚龍松鎛。記從公、紅槽壓酒，玉盤堆鮓。醉數一行天上雁，玉靶翻身仰射。笑萬騎、其材悉下。我遽別公游宛雒，虎牢閧、徑仄攀躋怕。步步學，猿猱挂。　湘潭鄂渚微雲灑。人争羡、文章宗主，江山圖画。歎我還鄉悲伏櫪，老作空墻病馬。骨骼瘦、憑誰鞭打。乘興扁舟來話舊，雨迷離、自笑棲棲者。風雅事，惟公藉。

朱眉（史可程丙）：搜剔披焬，出奇無窮。

校記：

［一］此首蔣本有。詞題「十一」，原寫「仍」，墨筆校改。未鈐「抄」印。

圈點：

朱筆：「醉數」三句、「步步」二句、「老作」二句，圈。

魏塘舟中，讀錢爾斐先生《菊農詞稿》，十二用前韻［一］

筆補媧天罅。笑詞場、止貪濃腆，誰餐龍鮓。只有菊農［二］詞一卷，竹翠梧光團射。向楮墨、濛濛欲下。爽勝哀梨清橄欖，更險如、雪棧宵行怕。快瀑布，炎窗挂。墊巾埜服神飄灑。句清圓、諸般易及，一清難画。把向鴛鴦湖上讀，澗水奔渾似馬。雪又向、篷窗亂打。好琢琉璃為硯匣，架霜毫、床用珊瑚者。還倩取，錦綾藉。

朱眉（史可程丙）：使事如数家珎，不啻筆歌墨舞。

校記：

［一］此首蔣本有。詞題「十二」，原寫「仍」，墨筆校改。未鈐「抄」印。

［二］「農」，患立堂本作「濃」。

圈點：

朱筆：「筆補」三句、「向楮墨」句、「更險」三句、「澗水」二句，圈。

謁梅花和尚墓，十三用前韻係元高士吳仲圭。［一］

古碣穿雲罅。奠幽墳、聊供蒲筭，奚煩脯鮓。摇曳踈花三四本，雪魄冰魂晃［二］射。墓正嵌、横斜之下。隧道蘚皆[三]純鐵色，捫斷螭、鼇獸碑紋怕。薜荔黑，墻陰挂。蕭蕭小院空香灑。指高原、一坏雲水，此中有画。一自趙家陵闕燬，極目西風石馬。総分付、浙江潮打。只有巋然斯冢在，落梅風、捲散樵蘇者。英滿地，衫堪藉。

朱評（史可程丙）：汲冢書耶？石鼓文耶？非十日坐卧，其下不能辨得隻字。

校記：

[一]此首蔣本有。詞題「十三」，原寫「仍」，墨筆校改。題下小注，蔣本無。未鈐「抄」印。此詞用紙恰有紙鋪印記：「同春號精選絜白荊川太史簾」。

[二]「晃」，蔣本作「相」，患立堂本、浩然堂本作「光」。

[三]「皆」，蔣本作「堦」。

圈點：

朱筆：「雪魄」四句、「総分」五句，圈。

賀新郎

甲寅除夕，十四用前韻[一]

舊曆修窓罅。歎貧居、支離困蠢，醯鷄甕鮓。苦憶常年逢此夜，嘩笑鬮藏覆射。賭瓜子、黄柑樓下。今日飄零諸弟妹，廖蒼凉、亭榭潛行怕。最怕是，蟏蛸挂。六街人静梅風灑。望層城、明簾夜火，依然入画。准擬東風來歲好，屏當春衫細馬。看士女、鞦韆笑打。萬事総如池水皺，便風吹、何事関卿者。椒酒醉，枕相藉。

朱首（曹亮武）：繪景真摯，言情婉篤，自有填詞以來，無如此之縱横超軼者。

「舊曆修窗罅」句朱側（曹亮武）：瑣事實景。

校記：

［一］此首蔣本有。

圈點：

朱筆：「舊曆」句、「今日」四句、「望層」二句、「萬事」四句，圈。

乙卯元日，十五用前韻[一]

梅瘦侵墻罅。趂閒窓、椒觴汎蟻，辛盤盛鮓。抖擻門丞秦叔寶，貝帶璘㻞光射。笑公等、寄人簷下。鏡聽灶前占吉語，願今年、烽火無驚怕。雙彩燕，釵梁挂。　軒墀未掃先宜灑。待春來、桃鬟杏臉，雨梳烟画。五十過頭吾竟老，説甚高車駟馬。任街鼓、群兒戲打。天意蕭蕭偏釀雪，小樓前、已有紛披者。拂簾幌，縈茵藉。

朱尾（曹亮武）：真切不浮，可作詞家信史。

《蓮子居詞話》：《喪大記》注：「君釋菜以禮，禮門神。」「門神」二字見此。《荆楚歲時記》始載繪像貼户左右。《楓窗小牘》別著圖樣，裝飾近俗。貌武將爲門神，殆自宋昉也，要即古者神荼鬱壘之遺。迦陵詞有云「抖擻門丞秦叔寶」，語殊不經，不意出鴻儒手。

校記：

[一] 此首蔣本有。未鈐「抄」印。

圈點：

朱筆：「鏡聽」四句、「天意」四句，圈。

賀新郎 長調百十四字

登南嶽寺大悲閣[一]

峭閣騰危鶻。映新晴、亂崖杳嶂，龍湫獸窟。竹粉松脂空翠極，狼籍山厨僧鉢。分一半、緑人毛髮。倒灌寺門香雪海，又巖梅、萬樹参差發。微笑處，忽言説。 䶕䶗悲嘯春禽聒。更林間、泉鳴谷響，慘悽神骨。今不來游春漸老，辜負浮生作達。且放眼、人間寥濶。閣背一拳看愈好，蘚痕皴、嵌就玲瓏月。依稀是，袁家渴。

墨首（曹亮武）：琢句如玉，山靈得此生色。

「峭閣騰危鶻」句朱側（徐喈鳳）：奇聳。

朱尾（徐喈鳳）：全勢奔放，波折幽秀，鍊字鍊句，巧法兼至，信乎前無古人矣。

校記：

[一] 此首蔣本有。

圈點：

朱筆：「峭閣」句、「分一」五句、「今不」七句，圈。

墨筆：題上，單點。「峭閣」句、「竹粉」二句、「䶕䶗」六句，圈。

賀新郎 長調百十六字

送西蜀余生，生赴洞庭梅社之約[一]

積雨晴光霎。偃南榮、蕭然斗室，爐熏梵夾。門外緑潭風亂響，何處櫓聲颯颯。又驚起、陂塘睡鴨。此地蜀風殊不惡，蜀風，陽羨地，以東坡得[二]名。况翁家、原住巴東峽。姑小住，歌相答。　翁言光福村中塔。十年來、與周旋久，民風頗洽。每到春時向晴昊，千樹繁花亂插。玉浪捲、直衝苕霅。茶灶笥輿屏當未，鶴猿盟、夙訂三章法。亟歸荷，伯倫鍤。

墨尾(史可程乙)：用叙事法為倚聲，惟髯獨步詞壇，非他人可及。

校記：

[一] 此首蔣本有。

[二]「得」，蔣本無此字。

圈點：

墨筆：「門外」三句、「姑小」二句、「千樹」六句，圈。

賀新郎長調百十六字

讌玉峰徐健庵太史宅，是夜歌舞烟火甚盛[一]

月照梨花午。讌華堂、西京趙李，東都燕許。玉珮珠袍[二]聯翩至，緑酒春缸正乳。不須恨、英雄無主。穆護沙纔衮偏了，九天開、飛下瑤臺女。又解作，霓裳舞。　偃師百戲堂堂去。看塲圓、交竿放出，火蛾無數。髣髴蜃樓海門市，西極猣猊偏怒。更炮打、襄陽門户。頃刻鵶啼金井曉，撅[三]頭船、且睡波深處。篷背上，響春雨。

朱尾（曹亮武）：繁華一瞬，轉眼空花，千般狡獪，只結到蓬牕春雨，有味哉其言！

墨評（張）：筵前火樹星橋，忽現在毫端楮尾，雷鳴電掣，詞中具有煙火百架。

校記：

[一] 此首蔣本有，《瑶華集》、《昭代詞選》選。詞題「是夜」，後用朱筆點去，諸本皆無此二字。題下朱筆寫「補選」。

[二]「袍」，《昭代詞選》作「環」。

[三]「撅」，蔣本作「橛」。

圈點：

朱筆：題上，三圈。「九天」三句、下闋，圈。

墨筆：題上，單點。「月照」三句、「不須恨」二句、下闋，圈。

賀新郎 長調百十六字

不晤黄子艾庵十餘年矣，昨渭公自郡至，艾庵以《溪南詞》一卷寄予，循覽之次，追感舊游，兼懷鄒、董，愴焉填詞，即用《溪南詞》中韻[一]

强飯還能否。説年來、家同鷗泛，門央鶴守。細註農家新月令，樂事吾生儘有。茅簷下、烏烏擊缶。罨画戴溪都不惡，好風光、只落閒人手。君漫士，余聱叟。陡然百感三杯後。憶同時、許多嵇阮，盡成卯酉。何限西風堆馬鬣，破碣藤纏雨溜。數辛木、蒼蒼如斗。一作驢鳴人皆笑，繞筵前、謾駡撩衣走。衮衮是，登場偶。

朱尾（史可程乙）：捫蝨高譚，旁若無人，想見景畧當年。與擊碎唾壺作感慨聲者，不可同日而語也。

校記：

［一］此首蔣本、《百名家詞鈔》本有。詞題「渭公」，諸本皆作「南耕」；「即用《溪南詞》中韻」，蔣本無；全題，《百名家詞鈔》本作「南耕自郡至艾庵，以《溪南詞》見寄，感舊」。

圈點：

朱筆：「強飯」句、「家同」二句、「好風」三句、「破碣」四句，圈。

《百名家詞鈔》本：「家同」二句、「罨画」四句、「一作」四句，圈。

賀新郎長調百十六字

毛卓人示我《滿江紅》詞數首，中多養生家言，作此戲柬，仍用贈黃雲孫韻［一］

容我狂言否。君幾見、紅顔翠髮，一生長守。萬户我求還不得，大志訝君偏有。竟欲聽、飛瓊鼓缶。欒大城頭閒騁望，問何人、弱水曾携手。空絶倒，繫腰叟。生天靈運吾甘後。且陶陶、三杯卯酒，醺然到酉。幾度罡風天際捲，閬苑露桃紅溜。枉費了、厭禳星斗。我自人間能倔強，碧霄宫、嬾逐仙班走。任相笑，道傍偶。

朱首（曹亮武）：滑稽不窮，辨才無礙，東坡能以嬉笑成文章，恐未有俊快如此者。

校記：

［一］此首蔣本有。詞題「仍用贈黄雲孫韻」，蔣本無；「雲孫」，患立堂本、浩然堂本作「艾庵」。眉上鈐「南耕」印二，其一鈐反。

圈點：

朱筆：「君幾」五句、「生天」三句、「我自」四句，圈。

墨筆：題上，單點、單勾。

賀新郎長調百十六字

奉答蘧庵先生，仍次原韻［一］

炊熟黄粱否。笑乾坤、蜉蝣非夭，彭籛非壽。世上英雄本無主，感激何常不有。曾要把、趙平原繡。禍首從來倉頡字，更怪他、煉石媧皇手。偏欲向，虚空鏤。　神仙將相俱難就。悵生平、舞衫歌扇，藥爐茶臼。已矣無成三弄鐵，長倚秋江夜吼。知我者、荊溪浮叟。戛醒半窓蕉鹿夢，謝風篁、汝是驅愁帚。休再打，唾壺口。

朱首（史可程乙）：雄峭英砢，有魏武横槊之風，大江東詞未易方也。

《詞則·放歌集》：奇思横議，不平之甚。○窮極則憤生，才人歌哭，亦足上干天和，大哉！聖人鴻博一科，消盡天下多少不平氣也。

《迦陵詞選評》：四十絶將相望，五十知神仙誕，何事更打唾壺？

校記：

［一］此首《詞則·放歌集》選。詞題「仍」，浩然堂本作「即」。

圈點：

朱筆：「曾要」五句、「已矣」五句，圈。

墨筆：題上，單點。

《詞則·放歌集》：題上，雙圈。「戞醒」四句，圈。

奉贈蘧庵先生，仍次前韻［一］

識得詞仙否。起從前、歐蘇辛陸，為先生壽。不是花顛和酒惱，豪氣軒然獨有。要老筆、萬花齊繡。擲碎琵琶令破面，好香詞、污汝諸伶手。笑餘子，徒雕鏤。　秦宫漢苑描難就。轟中原、怒濤似箭，斷崕如臼。我有銅人千行淚，撲地獅兒騰吼。聲撼落、橘中棋叟。鶴髮雞皮人莫笑，憶華年、曾奉西宫帚。家本住，金臺口。

朱尾（史可程乙）：造雷鞭霆之雄，地負海涵之大，倚聲絶作也。以況鄙人，不禁汗下如雨。

《詞則·放歌集》：（「擲碎」四句）平常意寫得激烈，總由胸中不平耳。

校記：

［一］此首《詞則·放歌集》選。詞題「次」，浩然堂本作「用」。未鈐「抄」印。

圈點：

朱筆：「不是」二句、「擲碎」四句、「矗中」二句、「聲撼」五句，圈。

墨筆：題上，單點。

《詞則·放歌集》：題上，雙圈。「擲碎」四句，點。「我有」七句，圈。

賀新郎長調百十六字

初夏城南觀劇，并看小兒作偃師幻人諸雜戲

一夜紅都瘦。恰清和、街南百戲，分棚錯繡。争占晴坡施幔幄，似水晝簾痕皺。鶯語剪、緑蕪濃晝。老大逢場聊逐隊，也婆娑、錦瑟鈿車後。向酒爐，且賒酒。曲終雜爨喧豗奏。有侲童、交竿緣橦，巧將身漏。據地帖腰連瑣袴，踼堉弄丸都有。銀海眩、銅峯欲覆。萬事總然兒戲耳，枣梨争、也算蛟龍鬬。姑一笑，華陰叟。

朱尾（史可程丙）：浣花舞劍行耶？昌黎畫記耶？奇崛不可為狀。

圈點：

朱筆：「一夜」句、「似水」二句、「向酒」二句、「曲終」句、「巧將」三句、「枣梨」三句，圈。

賀新郎 長調百十六字

乙卯端午[一]

往[二]事思量否。記年時、天中佳節，沉吟搔首。此日傷心人漸老，誰耐離騷繫肘。喜繞砌、葵榴初繡。笑看五絲纏艾虎，問汝曺、猛氣憑陵久。何故縛，女兒手。楚天一片驚濤吼。沸中流、錦袍雪艦，笳鳴鼓奏。錯認蘭橈争弔屈，惹起魚龍僝僽。都不見、椒漿桂酒。罨画從來無競渡，也幸無、下瀨戈船走。漁父醉，唱銅斗。

朱尾（史可程乙）：前結綺思詼譎，氣奪韓彭，後結杞室殷憂，綢繆梓里。

《詞則・放歌集》：（「笑看」四句）是感慨語，非遊戲語。（「也幸」三句）筆力勁甚。

《迦陵詞選評》：不耐弔屈，却何事問他艾虎？

校記：

［一］此首《詞則・放歌集》選。

［二］「往」，浩然堂本作「舊」。

圈點：

朱筆：「誰耐」句、「問汝」三句、「錯認」二句、「罨画」四句，圈。

《詞則・放歌集》：題上，雙圈。「笑看」四句、「也幸」三句，圈。

賀新郎

蘧庵先生令孫女出閣，詞以志賀，即次先生原韻［一］

鈿盒同心鏤。恰盈盈、風吹蟬髩，花籠螓首。太史門闌新築舘，喜氣塵寰稀有。況纔届、女兒節後。時端午後一日。山上有山齊太華，丈人峯、長調追辛柳。好騰徧，香奩口。　崔盧河北真嘉耦。拊鵷雛、玉堂花燭，璇房箕帚。暫了人間婚嫁事，東海依然碧皺。把五嶽、芒鞋製就。却上玉清鐫氏籍，挈一双、鸞鳳成仙友。松與栢，訂長久。

朱首（史可程乙）：綺羅香澤中有乘雲喝月之思，自非芙蓉院主，那得如此仙才？

校記：

［一］此首蔣本有。

圈點：

朱筆：「鈿盒」三句、「况纔」五句、「暫了」五句，圈。

寄興呈蘧庵先生，用《溪南詞》韻［一］

一事然乎否。憶宵來、朦朧枕上，南柯出守。碎語幽禽催夢醒，花影半楞還有。喜牀下、濁醪盈缶。一卷烏絲饒寄託，怪時人、只道填詞手。説詩者，固哉叟。　虎頭骨相吾甘後。更何煩、君平季主，推辰筭酉。但得千秋傳好句，鶯嘴啄花紅溜。也抵得、腰懸金斗。此意可憐還可笑，笑何年、碧海驂鸞走。仙路杳，緣難偶。

朱眉（史可程乙）：跌宕蕭騷，不可一世，想見虞仲風流。

校記：

［一］此首未鈐「抄」印。

圈點：

朱筆：「一事」三句、「一卷」四句、「鶯嘴」二句、「仙路」二句，圈。

墨筆：題上，單點。

與毛子公阮交三十餘年矣，往時偶過蘭陵，每每于焉下榻。自文友亾後，經過郡城，輒作西州之慟，坐與故人亦復闊焉不面。搦管填詞，用呈公阮，仍用《溪南詞》韻［一］

往事思量［二］否。記當時、伯仁一醉，諸公屯守。粉壁練裙沾灑徧，墨汁酒痕都有。曾醉請、秦王擊缶。三十餘年如電抹，画風光、少箇丹青手。能幾日，頹然叟。　風生百感三杯後。憶從君、杯傾三雅，書窺二酉。今日低吟思舊賦，嗚咽山泉決溜。歎鶻血、啼完幾斗。不是郡樓吾嬾上，怕重經、董相帷前走。忩不得，西園偶。

朱尾（史可程乙）：感愴今昔之懷，沾灑毫端。人孰無情，誰能堪此，安得不青衫濕透耶？

校記：

［一］此首蔣本有，《古今詞選》、《昭代詞選》選。詞題，蔣本、《古今詞選》、《昭代詞選》無「仍用溪南詞韻」；浩然堂本「每每于焉」作「常為」，「溪南詞韻」作「前韻」。未鈐「抄」印。

［二］「思量」，浩然堂本作「尋思」。

圈點：

朱筆：「粉壁」二句、「嗚咽」六句，圈。

賀新郎 長調百十六字［一］

汴京中秋，月下感懷，兼憶三弟緯雲、表弟渭公，暨一二金陵省試親友［二］

萬斛金波瀉。遍人間、雲鬟玉臂，清輝狼籍。歷歷扶踈丹桂影，一碧乾坤欲化。人正在、汴梁客舍。可惜宋家陵闕改，爛銀盤、依舊當空挂。可還似，東京夜。　關河隔絕愁軍馬。憶家山、六朝佳麗，許多王謝。月到故鄉應倍好，無限風亭水榭。料此際、金樽對把。已矣飄零何足道［三］，鼓天風、鸞背終須跨。暫且學，姮娥寡。

朱尾（徐喈鳳）：中秋詞從來説東坡「高處不勝寒」一闋，今得此詞，坡公應亦讓席。

墨尾（史可程丁）：「曲終人不見，江上數峯青。」

《詞則·放歌集》：（「已矣」四句）鬱甚，又豪甚。不四年，先生由鴻博入詞林矣，此詞蓋為之兆也。

《迦陵詞選評》：今日親友之憶，襯以往日陵闕之改，浩浩茫茫，竟自疑他月色。

校記：

［一］調名，患立堂本此首下均作「賀新凉」。

［二］此首蔣本有，《詞則·放歌集》選。詞題「渭公」，墨筆後校改作「南耕」，筆跡不類原寫，諸本同。眉上鈐「南耕」印。

［三］「道」，《詞則·放歌集》作「恨」。

圈點：

朱筆：「可惜」四句、「月到」七句，圈。

墨筆：題上，單點。「可惜」四句、「月到」七句，圈。

《詞則·放歌集》：題上，雙圈。「已矣」四句，圈。

賀新郎 長調百十六字

作客東京，寂寥誰侶，西風落葉，閒詣旗亭。乃延秋全部於此徵歌，中有一人，云曾相識，訪之，知吳下陸郎也。明日顧余邸舍，談諧繾綣。余落拓無聊，感生厚意，爰贈此詞[一]

酒向旗亭貰。驀然間、歌絲一縷，飄來墻罅。却是吳中諸小部，隊隊檀槽羅帕。群合樂、南熏門下。中有一人尤相熟，是襄王、筵上曾逢者。一句句，鄉閑話。　更闌軟語終難罷。歎此[二]間、梁臺宋苑，斷垣頹瓦。我到東京真失計，卿亦何為然也。得毋顛[三]、明妃遠嫁。此語殊悲非相戲，碎花枝、莫漫將人打。英雄淚，浩盈把。[四]

墨尾（史可程丁）：馬嵬坡前，潯陽江上，此曲不堪回首。

校記：

[一]此首蔣本有，《荊溪詞初集》、《瑶華集》、《昭代詞選》選。詞題，蔣本、《昭代詞選》「寂寥」作「寥寥」，「知」字無；全題，《荊溪詞初集》、《瑶華集》作「東京旗亭紀事」。眉上鈐「南耕」印。

[二]「此」，《昭代詞選》作「世」。

[三]「顛」，諸本作「類」。

［四］詞末《昭代詞選》有：「按，『是襄王』三字譜應讀，此誤。」

圈點：

朱筆：「是襄」三句、「我到」三句，圈。

墨筆：題上，單點、單勾。「是襄」三句、「我到」三句、「碎花」三句，圈。

《荆溪詞初集》：「是襄」三句、「我到」七句，圈。

賀新郎 長調百十六字

登上方寺鐵塔 塔建于宋仁宗慶曆四年，前朝壬午，河决，曾没于水。［一］

欄楯浮空去。劃玲瓏、榴皮石髮，青紅無數。看盡宣和風景好，又看宫娥北渡。有多少、梨花夜雨。西望銅駝荊榛裡，筭千秋、老輩惟吾汝。晋宋事，總塵土。　鴻濛一氣憑軿取。躡丹梯、千盤百級，上通玄圃。根插中原維地軸，其下黄河一縷。曾經過、怒濤煎煮。無限西風神州恨，倩相輪、做盡興亾譜。鈴鐸響，自相語。

朱尾（徐喈鳳）：黍離麥秀之歌，石馬金仙之淚，合而為詞。登峯高唱，恐驚天上人神。

墨尾（史可程丁）：鍊塔銅駝，朋輩吾汝，異想奇文，得未曾有。

校記：

［一］此首蔣本有，《荊溪詞初集》、《瑶華集》、《詞觀續編》、《昭代詞選》選。詞題，《荊溪詞初集》作「開封上方寺鐵塔」；《瑶華集》、《詞觀續編》無「登」字，《瑶華集》題下注作「在開封」。題下有朱筆尖圈。又有朱筆寫「補選」。

圈點：

朱筆：題上，三圈。「看盡」七句、「根插」七句，圈。

墨筆：題上，單點。「看盡」七句、「根插」七句，圈。

《荊溪詞初集》：「有多」三句、「根插」七句，圈。

賀新郎長調百十六字

閏五月五日金沙道中，次劉後村韻［一］

浪濶驪珠吐。傍城河、依然游冶，水嬉消暑。前月葵榴還炤眼，又見龍舟鬪虎。何不唱、公乎無渡。兩遍蘭橈招不得，笑吴兒、枉費閑簫鼓。大魚吼，撇波舞。　騷人詞客應相許。歎窮途、纍如憐我，分予桂醑。不信握瑜懷瑾者，猶羨人間角黍。看萬斛、天風正怒。此地良常連海舘，料神仙、也念忠魂苦。喚江水，捲今古。

朱尾(徐喈鳳):五日競渡,曾以為嬉,詞翻舊案,纔是吊屈名文。

墨尾(史可程丁):刻畫金沙閏五,不作尋嘗競渡語,是此詞暗度金針。

《詞則·放歌集》:(「大魚」二句)語必雄肆。

校記:

[一] 此首《詞則·放歌集》選。題下有朱筆尖圈。

圈點:

朱筆:「何不」五句、「不信」七句,圈。

墨筆:「何不」五句、「不信」七句,圈。

《詞則·放歌集》:題上,雙圈。「看萬斛」句,點。「料神」三句,圈。

賀新郎 長調百十六字

顔魯公八關齋碑[一]

萬刼何曾壞。裂蒼皮、筋纏血褁,蘚痕攢蠆。刓角缺文銅緑滲,郜鼎犧尊兒輩。風雨急、百靈趋拜。多事囚螭還掣虎,覆巉巗、翻恨孤亭在。何不放,騰光怪。先生當日原兵鮮。想揮毫、握拳透爪，筆鋒英快。門枕睢陽荒戰壘，斷鏃愁燐似海。呼南八、聲情忼慨。千古雙忠遺跡並[二]，剔殘碑、洗盡纖濃態。鷹側腦，攫[三]天外。

朱尾（徐喈鳳）：詞如魯公書，透出紙背。

墨尾（史可程丁）：放騰光怪，詞與題稱，固應鼓鐘千祼。

《詞則·放歌集》：（「覆巉巇」句）「斫却月中桂，清光應更多」，亦此胸襟也。（「鷹側」二句）「語不驚人死不休」。

《迦陵詞選評》：「洗盡纖濃」，此是顏魯公一生本領，而迦陵別有纖濃也。

校記：

[一]此首蔣本有，《瑶華集》、《昭代詞選》、《詞則·放歌集》選。詞題下，《瑶華集》有小注「在歸德」。題下有朱筆尖圈。

[二]「並」，蔣本作「共」。

[三]「攫」，《詞則·放歌集》作「攬」。

圈點：

朱筆：「風雨」五句、「先生」八句，圈。

墨筆：題上，單點。「萬劫」三句、「覆巉」三句、「想揮」九句，圈。

《詞則·放歌集》：題上，雙圈。「覆巉巇」句、「鷹側」二句，圈。

賀新郎長調百十六字

九日後一日，為呂含章姬人催粧[一]

憶昨登高去。上平臺、茫茫千里，碧雲紅樹。忽見香塵風外動，帽影衣痕無數。人正在、銅街偷娶。我揀簾櫳深處鬧，袖郎當、醉學迴波舞。還競打，細腰鼓。題糕罷作催粧句。羨新官、顛狂調笑，酒龍詩虎。俠少兩河誰不識，獨跨馬中赤兔。馬上者、人中之布。屈指明年隨大婦，捧掌珠、雙向花前賭。蘭與菊，秀終古。

朱尾（徐喈鳳）：催粧詞多近香艷，此獨慷慨豪壯，髯公所以出羣。

墨尾（史可程丁）：為姬人催粧選句，故應爾爾，心如細髮。

校記：

[一]此首蔣本有。

圈點：

朱筆：「帽影」二句、「屈指」四句，圈。

墨筆：「帽影」二句、「還競」三句、「蘭與」二句，圈。

賀新郎

感事[一]

太息人間世。記南譙、秋窗夜話，客談新異。傳說當湖扶風馬，烜奕上卿門第。歎仰藥、一朝身死。紅粉成灰高樓燼，笑當年、枉費閒金翠。剩滿院，斜陽碎。　扁舟疾下金焦[二]寺。又傳聞、人天帝釋，跏趺西逝。多少神仙蓬島葬，惹得銅仙流淚。昨又說、井陘奇事。醉倚江船[三]成一笑，總輸他、牸角東村子。牛背上，笛聲起。

朱尾（徐喈鳳）：一時三事，彙而論斷，總成一笑。奇事奇文，不意於填詞見之。

墨尾（史可程丁）：四維不張，江河日下，讀罷為之憮然。

《詞則·放歌集》：（「又傳」五句）波濤亂湧，為末三語反面烘托。

《迦陵詞選評》：紀事用虛寫，却佳，結更跌入東村實景，尤佳。

校記：

［一］此首蔣本有，《詞則·放歌集》選。

［二］「焦」，患立堂本作「蕉」。

［三］「船」，《詞則·放歌集》作「樓」。

圈點：

朱筆：「紅粉」四句、「多少」三句、「醉倚」四句，圈。

墨筆：「紅粉」四句、「多少」三句、「醉倚」四句，圈。

《詞則·放歌集》：題上，雙圈。「剩滿」三句、「又傳」五句，點。「醉倚」四句，圈。

緑頭鴨 長調百二十一字

清和［一］

翠陰陰。頓染徧、小園前後，果然夏淺勝春。一聲鶯、穿窓透幙，滿街絮、撲帽縈巾。挑筍偏宜，脱綿乍可，風光尤喜恰初旬。清和景、水烟畵就，穀雨搓匀。漫因循。溪山好在，何妨荷篠垂綸。笑無端、一場春夢，問幾度、百歲閑身。趂冉冉、柔青緩緑，吟興劇鮮新。烘朶玫瑰，剪枝芍藥，摘梅煑酒且娱賔。屈指筭、盈盈桑婦，漸作茶人。

朱尾（史可程丙）：盡情渲染，極意鏤雕，筆端具有化工，與剪綵為花者不啻霄壤。

校記：

［一］此首蔣本有。

圈點：

朱筆：「果然」三句、「水烟」二句、「笑無」四句、「盈盈」二句，圈。

墨筆：調上，單點。

西平樂長調百三十七字

王谷卧疾村居，拏舟過訊，仝渭公賦［一］

篠里東偏，俞山北舍，中有隱者茅堂。鄰圃鈔書，隔溪賒秫，一村風雨歸庄。歎壁向霜天陡立，骨為殘秋太瘦，多時曬藥西軒，終朝行散南崗。我買烟舠過話，柴門下、深巷劇空蒼。　只須剪燭，無煩烹韭，欲與君言，竟上君床。君不見、石鯨跋浪，鐵馬呼風，今日一片関山，五更刁斗，何處乾坤少戰塲。且擁孺人，相攜稚子，讀易歌騷，把酒彈琴，強飯為佳，慎毋憔悴江鄉。

朱首(曹亮武):言情寫景,妙在一真。

《詞則·放歌集》:(「歎壁」二句)極其警鍊,胸有鑪錘。(「只須」九句)縱筆所之,淋漓飛舞。

《迦陵詞選評》:以儷體之句法,抒昌黎之氣調。

校記:

[一]此首《詞則·放歌集》選。詞題「仝渭公」,患立堂本、浩然堂本作「同南耕」。鈐二「彊善堂主人對訖」印。

圈點:

朱筆:「鄰圃」三句、「欲與」七句,圈。

《詞則·放歌集》:題上,單點雙圈。「歎壁」二句,圈。「柴門下」句,點。「只須」九句,圈。「強飯」二句,點。

六州歌頭長調百四十四字

春霽寄興[一]

連朝陰雨，愁煞嫩寒餘。今晨起，鷩霽色，晃堦除。上人裾。[二]盥罷抽書讀，哦騷易，繙莊老，纔散帙，旋掩卷，撚吟鬚。試聽春禽碎語，低頭想、有箇僧廬。翠畦恰半畝，旁用竹闌扶。樹影蕭疎。着[三]花初。又前村外，斜橋畔，烟羃䍥，徑紆徐。挑酒旆，摇歌扇，喚提壺。小花奴。正接天裙幄，沿緑水，匝平蕪。念此樂，真㤪死，擲吾書。叔子固云佳耳，較雀臺、諸伎何如。一生幾兩屐，彼歌者誰歟。且往觀乎。

「鷩霽色」句朱側（徐喈鳳）：「鷩」字妙。

「叔子固云佳耳」句朱側（徐喈鳳）：用古妙。

墨眉（史可程乙）：兩用「鬚」字，古致錯落。

朱眉（徐喈鳳）：寫景清麗，令人有搴裳濡足之思。

朱尾（徐喈鳳）：一詞三調，波瀾萬層，句多三字韻，每連押，小才拈此便多格格。其老掉臂游行，揮灑如意，讀再過，使我春情開滌。

墨尾（史可程乙）：嶔岑磊砢，跌宕蕭騷，想見不可一世之概。

校記：

［一］此首蔣本有。鈐「二抄」印。

［二］「上人裾」，原寫「漾簾鬟」，墨筆校改。

［三］「着」，蔣本作「看」。

圈點：

朱筆：「今晨」四句、「纔散」三句、「又前」十一句、「叔子」五句，圈。

墨筆：「今晨」四句、「纔散」三句、「烟羃歷」九句、「叔子」五句，圈。

鶯啼序長調二百三十五字

蘭陵邵子湘有畫像五幀，一展書，一課耕，一垂竿，一游嶽，一蕉團，索予題詞，余因賦是篇［一］

一圖執卷，堂前後、蕉黄竹翠。環墻隙、激水鏘鳴，滮滮聲循簷際。中有一人攤卷讀，不知所讀何經史。想讀當佳處，時復奮袂抵几。其一江村，滌埸納稼，髣髴柴桑里。敞村扉、箕踞松根，揮斥田奴彊以。映斜陽、老犉驅來，漾新蟾、雛凫驚起。芍陂樗杜，足平生、千埸磑碓。一圖泛艇，濕徧船頭緑篛，是洞庭烟水。軟幔障踈櫺，斜裊茶烟，細縈溪尾。釣得鼇來，曬將網去，撥棹入、江鄉漁市。其一圖、竹杖還樓履。層巒叠嶂，秋深槲葉参天，夜静松花滿地。廢著沉吟，輟耕太息，往事都非矣。何苦上書北闕，侘傺無成，種豆南山，荒蕪[二]不治。龍争七澤，虎鬬千山，釣名釣國終非計。便終南、捷徑徒為爾。亟圖翠蔓青藤，峭厂枯團，放吾鼾睡。

朱尾（曹亮武）：列叙綺繡糸錯，雕繢滿眼，爛若披錦，無處不善，可謂賦家之心包羅天地者矣。

墨尾（史可程乙）：章法譎變，墨彩飛騫，如陟武夷，風雲路絶，如入蛟宫，奇琛異寶，令人目摇魂蕩，觀止矣！此調夢窗、升庵奇倔矣，至於靈雋踈宕，不得不遜美吾髯。

《迦陵詞選評》：從來《鶯啼序》無此作法，然亦不必有二。

校記：

[一] 此首蔣本有，《荊溪詞初集》、《瑶華集》選。詞題，《荊溪詞初集》、《瑶華集》作「題蘭陵邵子湘画幀五幅」。眉上鈐「南耕」印。此冊末鈐「晴雪梅花」印。

[二]「蕪荒」，患立堂本、浩然堂本作「荒蕪」。

圈點：

朱筆：「想讀」二句、「一圖泛艇」六句、「撥棹入」句、「秋深」二句、「何苦」十一句，圈。

墨筆：題上，單點。「想讀」二句、「其一江村」、「映斜」四句、「一圖泛艇」、「是洞」四句、「其一圖、竹杖還樓履」、「秋深」二句、「何苦」十一句，圈。

《荊溪詞初集》：「時復」句、「映斜」四句、「軟幔」三句、「秋深」二句、「何苦」十一句，圈。

清代名家詞選刊

迦陵詞合校

四

[清] 陳維崧◎著
鍾　錦◎點校

華東師範大學出版社
·上海·

第四冊目録

卷十二《迦陵詞》木冊…………一三三三

洞仙歌

念奴嬌

滿庭芳

卷十一《迦陵詞》革冊

迦陵先生手書詞稿　乙丑四月胡嗣瑗署

革　癸亥正月　　　抄訖

白苧

迦陵詞　□詞壹　九拾四葉[一]

校記：

[一] 此頁應爲陳宗石手跡，殘損甚多，僅餘此數字，不可綴讀。鈐印：「詞龕墨緣」、「李放曾藿」。

病餘詞[一]

校記：

[一] 此三字筆跡似與全稿同。頁右有朱筆：「破陣子　江上作」，「解蹀躞　滎陽道中」，「渡

江雲」。

革[一]

菩薩蠻　添字昭君怨　醜奴兒令　鵲橋仙　虞美人　唐多令　麥秀兩岐　感皇恩　天仙子[二]　歸田樂引　剔銀燈　風入松[三]　惜紅衣

法曲獻仙音　轆轤金井[四]　滿江紅　雪梅香　埽花游[五]　水調歌頭

雨中花慢　暗香　夏初臨又　醉蓬萊　八聲甘州　長亭怨慢　絳都春

珍珠簾　金菊對芙蓉　催雪　念奴嬌　遶佛閣　五福降中天　夜合花

慶春澤　木蘭花慢　玲瓏四犯　桂枝香　瑶花　水龍吟　氐州第一

慶春宮　雨淋鈴　花心動　瀟湘逢故人慢　西河　尉遲杯　望梅

夜飛鵲　一蕚紅　洞庭春色　沁園春　賀新郎　摸魚兒　金明池

夏雲　白苧　笛家　春風裊娜　蘭陵王　大酺[六]　瑞龍吟

六醜[七]

校記：

［一］此目録筆跡與金冊目録同，與全稿不同。詞牌旁多鈐「彊善堂主人對訖」印，不一一説明。

［二］「天仙子」，無鈐印。

［三］「風入松」，無鈐印。

［四］「惜紅衣」至「轆轤金井」，改鈐「待弔青蠅」印。

［五］「滿江紅」至「埽花游」，改鈐「待弔青蠅」、「素溪」印。

［六］「摸魚兒」至「大酺」，無鈐印。

［七］「六醜」，無鈐印。

菩薩蠻四十四字

過雲臣宅看牡丹歸有作[一]

滿城争放花千朵。狂夫那肯家中坐。纔得過西隣。東家喚又頻。　徑須衝酒去。那怯簾纖雨。日日為花顛。何曾讓少年。

校記：

[一] 此首無朱筆「对」。

圈點：

朱筆：調上，單圈。題上，單圈。「徑須」二句、「何曾」句，圈。

添字昭君怨四十四

竹逸約過城南僧舍看梅，以雨不果，詞以柬之

梅壓板橋玉皺。人隔寺墻香透。昨朝花下約同遊。散春愁。　准趂平蕪携手。還傍粉帘賒酒。今朝細雨太綿綿。且高眠。

墨尾（徐喈鳳）：「昨朝」、「今朝」，兩相呼應，詞如面譚。

圈點：

朱筆：調上，單圈。題上，單點。

墨筆：「梅壓」二句、「昨朝」、「散春愁」、「今朝」、「且高眠」，圈。

醜奴兒令 四十四字

正月二十日從天石處獲讀緯雲弟京邸春詞，因和其韻。聲情拉雜，百感風生，一夕遂得十首，不自知其所云也[一]

今年明月無情甚，偏向江東。只照軍容。不放銀花萬樹紅。　鳳城飛下征南騎，一片刀弓。鐵甲呼風。愁殺思鄉沈侍中。

朱尾（曹亮武）：咏時事如古樂府。

校記：

[一]稿本詞調上墨批：「入《採桑子》刊。」此下十首蔣本有，詞題「獲讀」作「見」。此首《荊溪詞初集》、《瑶華集》選。詞題，《荊溪詞初集》作「和緯雲弟燕邸春詞」，《瑶華集》作「正月二十日接得緯雲弟京邸羅敷媚詞，余亦百感風生，遂和其韻」。患立堂本、浩然堂本「天石」作「吳天石」。

此首眉上鈐「南耕」印。

圈點：

朱筆：下闋，圈。

墨筆：題上，單點。

《荊溪詞初集》：下闋，圈。

又

輕輕過了元宵也，春雪纔融。零雨還濛。雨細如愁糝碧空。　孤燈炙罷和衣睡，莫打晨鐘。綉轂銀驄。准擬今宵夢裡逢。

朱尾（曹亮武）：工麗無痕。

圈點：

朱筆：題上，單點。「雨細」句、「莫打」三句，圈。

又[一]

何人又唱安公子，漢苑烟濃。魏寢霜封。犵嶺蠻鄉一萬重。　　雪消巴蜀添春水，誰駕艨艟。陡起魚龍。此夜横江有阿童。

朱首（曹亮武）：雄麗深厚，如杜工部歌行。

校記：

［一］此首《荆溪詞初集》、《瑶華集》選。眉上鈐「南耕」印。有朱筆寫「選」。

圈點：

朱筆：題上，單點、三圈。全首，圈。

墨筆：題上，單點。

《荆溪詞初集》：下闋，圈。

又[一]

早年喪亂曾嘗過[二]，複壁為傭。城旦為春。兒女宵啼賊火紅。　　廻頭三十年前事，戕恐天公。衰鬢如蓬。莫遣咸陽又舉烽。

朱首(曹亮武):正似我意中語。

校記:

[一]此首《荊溪詞初集》、《昭代詞選》選。詞調,《昭代詞選》作「采桑子」,下選二首同。

[二]「過」,《昭代詞選》作「遍」。

圈點:

朱筆:題上,單點。「𡾰𢚲」三句,圈。

《荊溪詞初集》:「莫遣」句,圈。

又

杜陵諸弟飄零甚,幾陣離鴻。捩[一]影長空。燕市梁園[二]類轉蓬。　後湖一雁尤酸楚,竟逐晨風。一去無蹤。雨打夭桃墜冷紅。傷半雪弟。[三]

朱評(曹亮武):滿幅淚痕,如昌黎《祭十二郎文》。

校記:

[一]「捩」,蔣本作「唳」。

〔二〕「燕市」，患立堂本下注「謂三弟緯雲」。「梁園」，患立堂本下注「謂四弟子萬」。

〔三〕「傷半雪弟」，患立堂本、浩然堂本作「悼弟半雪」。

圈點：

朱筆：題上，單點。「掠影」二句、「雨打」句，圈。

又〔一〕

添丁屈指今三歲，未識而翁。睡去朦朧。耳畔呼耶語句〔二〕工。　關河梗絶書難達，何日相逢。繡褓親縫。顛倒天吴短褐中。

校記：

〔一〕此首《荊溪詞初集》、《昭代詞選》選。

〔二〕「語句」，蔣本作「學語」。

圈點：

朱筆：題上，單點。

《荊溪詞初集》：「繡褓」二句，圈。

又[一]

有人來自尚書墓，燕子樓中。紅粉成空。樹樹衰楊夜起風。　非公人盡嫌余嬾，絮酒難從。踈散誰容。頭白羊曇路已窮。哭合肥夫子。

朱首（曹亮武）：真切無筆墨之跡。

校記：

［一］此首《荊溪詞初集》、《瑶華集》選。《荊溪詞初集》有詞題「哭龔合淝先生」，無詞末小注。

眉上鈐「南耕」印。

圈點：

朱筆：題上，單點。上闋、「絮酒」三句，圈。

墨筆：題上，單點。

《荊溪詞初集》：「燕子」三句、「頭白」句，圈。

又

昨冬并説西樵死，送盡英雄。祇剩衰翁。寒日西頹貫白虹。　從茲東海無奇氣，魚眼波紅。鰲背霜濃。瑶島瓊臺何處峰。哭西樵吏部。

圈點：

朱筆：題上，單點。

又[一]

年來怕作傷心句，雙袖龍鐘。左耳新聾。莫把箜篌唱懊儂。不如且作消愁計，賣藥無終。鬻畚山東。自署人間亡是公。

朱首(曹亮武)：寄愁天上，埋憂地下，潦倒不堪。

校記：

[一] 此首《昭代詞選》選。

圈點：

朱筆：題上，單點。「莫把」句、「賣藥」三句，圈。

又

今朝吾弟懸弧日，四十匆匆。誰薦揚雄[一]。謁者監門孰與通。　耦耕畢竟家山好，山黛初濃。杏靨纔烘。遲汝風光一笑同。是日為[二]弟生日。

校記：

[一]「揚雄」，蔣本作「楊雄」。

[二]「為」，蔣本作「緯」。

圈點：

朱筆：題上，單點。下闋，圈。

鵲橋仙五十六

七夕同薳庵先生暨諸公飲珍翁道長兄堂中，漫賦請正[一]

天邊枕簟，人間瓜果，此夜嫩凉分取。次公原是醒而狂，誰耐乞、七襄殘縷。　穿針樓下，凭肩殿角，何限喁喁私語。只因烏鵲事荒唐，誤盡了、許多兒女。

墨尾（收）：雋語謔人，名言醒世，文人筆舌之妙，一至於此。

朱尾（史可程乙）：前闋品題東君，何啻水鏡當年，後闋出脱塵詮，愈覺婆心如割，真詞家補天手也。

墨尾：雲臣曰：齊諧誕妄，相沿至今，得此大為河鼓洗穢。[二]

校記：

[一] 此首稿本重出。詞題，「諸公飲」之後用墨筆劃去，改寫作「楨伯齋」，稿本别作「七夕飲珍百齋中，同蘧翁、植齋賦」，患立堂本作「七夕同蘧庵先生暨諸公飲楨百堂中漫賦」。無朱筆「对」。

[二] 此評筆跡與全稿同。

圈點：

朱筆：調上，單圈。題上，單點。「次公」二句、「只因」二句，圈。

墨筆：「嫩凉」，雙點。「次公」二句、「何限」三句，圈。

虞美人 五十六

端午閨詞 甲寅[一]

緑窓輕剖鵞黄繭。更把紅絨剪。製成一對小於莵。傍嵌纍絲蜀葉碎真珠。　盈盈暗繫綃裙下。但願無驚怕。莫嫌此物遜鴛鴦。會懺虎兒明歲出蘭房。

朱尾（曹亮武）：閨中情事，形容瑣細，非鉅手不能。

校記：

［一］此首《荊溪詞初集》選。詞題，諸本無小注「甲寅」，浩然堂本後加「四首」。

圈點：

朱筆：調上，單圈。題上，單點。「但願」句、「會懺」句，圈。

墨筆：「傍嵌」句、「但願」句、「會懺」句，圈。

《荊溪詞初集》：「製成」三句、「莫嫌」三句，圈。

朱砂撚入銀壺酒。此意郎知否。與郎染就好心腸。休戀菖蒲北里別家香。　粉和冰麝金盤內。雨過荷珠碎。一生多子是紅榴。更愛萱花小字號忘憂。［一］

朱尾（曹亮武）：小窗昵昵，想見張京兆風流。

校記：

［一］此首蔣本、《百名家詞鈔》本有，《荊溪詞初集》、《亦園詞選》、《昭代詞選》、《國朝詞雅》選。詞題，《亦園詞選》作「端午」，《國朝詞雅》無。

圈點：

朱筆：「與郎」二句、「一生」二句，圈。

墨筆：「與郎」二句、「一生」二句，圈。

《百名家詞鈔》本：「與郎」二句、「一生」二句，圈。

《荊溪詞初集》：「與郎」二句、「一生」二句，圈。

靈符颭上香雲膩。綉虎釵頭睡。守宮蜥蜴粉蟾蜍。還剩玄綃半捻褁[一]蜘蛛。燈前笑把檀郎蹴。誰道諸般毒。東家蝴蝶過西家。多恐[二]薄情心性劣於他。[三]

朱評（曹亮武）：詠事分明，結想縹緲，使人不可思議。

校記：

[一]「褁」，患立堂本作「裹」。

[二]「恐」，《百名家詞鈔》本作「怨」。

[三]此首蔣本、《百名家詞鈔》本有，《荊溪詞初集》選。

圈點：

朱筆：「守宮」二句、「東家」二句，圈。

墨筆：「守宮」二句、「東家」二句，圈。

《百名家詞鈔》本：「綉虎」句、「東家」二句，圈。

《荆溪詞初集》：「守宮」二句、「東家」二句，圈。

風前年年競渡喧歌唱。雪屋崩銀浪。如今不見木蘭橈。門掩一庭微雨讀離騷。皓腕纏紅縷。往事依稀數。多時忘却辟兵符。今歲重新提起暗嗟吁。

朱尾（曹亮武）：風土節候，暗入時事，工巧殊絶。

墨尾（徐喈鳳）：四闋巧切新雋，得從來未有之妙，吾疑其筆有靈符。

圈點：

朱筆：「多時」二句，圈。

墨筆：「門掩」句、「多時」二句，圈。

唐多令六十

重九後食蟹半醉作

無菊底須愁。桂花香正幽。與諸君、且築糟丘。不記昨宵重九節，風雨裡、怕登樓。　半醉睨吳鈎。吾生行且休。任古來、割據孫劉。龍頟岸頭渾不羨，偏只爱、内黄侯。蟹名内黄侯。

朱尾（曹亮武）：氣韻沉雄，如幽燕老將。

墨尾（徐喈鳳）：一氣渾成，用事雅切。◯内黄侯僕亦酷愛，仕滇時，無蟹，有盟州，是以不復出耳。

圈點：

朱筆：調上，單圈。題上，單點。「不記」二句、「龍頟」二句，圈。

墨筆：「不記」二句、下闋，圈。

麥秀兩岐六十四

為周貞女題詞〔一〕

既許驅金犢。便合歌黄鵠。斷腸花，貞女木。碧海孤鸞宿。嫁箱提上秋墳矗。蘼蕪難緑。何必諧花燭。長願鐫氷玉。夢中魂，看未熟。想像髽而哭。夸娥有意扶坤軸。愧他臣僕。

朱首（曹亮武）：哀音促調，殊勝《雉朝飛》。

墨評（徐喈鳳）：用事典古，言情悽惻，周貞女藉不朽矣。

校記：

［一］此首蔣本有。周貞，原寫「胡烈」，墨筆校改。

圈點：

朱筆：題上，尖圈。「嫁箱」二句，圈。

墨筆：「嫁箱」二句、「夢中」五句，圈。

感皇恩六十七

晚涼雜憶［一］

記得鎮淮門，風篷競舉。都歇荷潭最深處。緑蓑烏榜，雁翅玲瓏無數。嫩涼三萬頃，誰先取。　茱萸灣冷，山光寺古。玉笋頻傾水天暮。酒紅上面，［二］笑拊氷肌銷暑。三年[三]渾一夢，揚州路。

朱首（史可程丙）：揚州一夢，頓深紫薇之感。

《詞則・放歌集》：六章皆追憶舊游之作，不言感慨，而感慨亦見。◎收束大雅。

《白雨齋詞話》卷四：其年《感皇恩》「晚涼雜憶」六章，皆追憶舊遊之作，不言感慨，而感慨亦見。首章結句云：「三年渾一夢，揚州路。」四章結句云：「燕丹門下客，皆安在？」收束處一則大雅，一則沈雄。

校記：

[一]此下六首蔣本有，《瑤華集》、《詞則・放歌集》選。此首《百名家詞鈔》本有，《詞覯續編》選。詞題，浩然堂本、《詞則・放歌集》後加「六首」。有朱筆寫「俱選」。此首眉上鈐「南耕」印。

[二]「酒紅上面」，《百名家詞鈔》本作「酒深紅面」。

[三]「三年」，《百名家詞鈔》本作「到今」。

圈點：

朱筆：調上，單圈。題上，單點、三圈。「嫩涼」二句、「酒紅」四句，圈。

墨筆：題上，單勾。「玉筍」五句，圈。

《百名家詞鈔》本：「雁翅」句、「三年（到今）」二句，圈。

《詞則·放歌集》：題上，雙圈。「記得」三句、「嫩涼」二句，點。「三年」二句，圈。

又[一]

記趂過江船，遠帆疑豆。北固喧豗怒濤吼。江山如此，消得幾場詩酒。舉杯遥酹取，黄公覆。水雲轇葛，陽陰雜糅。奇石成獅破空走。竹林僧老，坐我秋林閒晝。半枝邛竹杖，如人瘦。

朱首（史可程丙）：雄峭蒼涼，横絶今古，塔影鐘聲，只兒語耳。

《詞則·放歌集》：每章起三句提明所憶處，俱極生動。（「水雲」三句、「半枝」二句）造語必警。

校記：

[一] 此首《荊溪詞初集》、《昭代詞選》選。詞題，《昭代詞選》後加「六首」。眉上鈐「南耕」印。

圈點：

朱筆：題上，單點、三圈。「遠帆」句、「江山」二句、「黄公覆」、「水雲」三句、「半枝」二句，圈。

墨筆：題上，單點。「北固」五句、「奇石」五句，圈。

《荊溪詞初集》：「北固」句、「奇石」五句，圈。

《詞則·放歌集》：題上，雙圈。「記趑」三句，點。「江山」四句、「水雲」三句、「半枝」二句，圈。

又[一]

記在百泉山，盤渦漩洑。雜佩叢鈴暗相觸。磵花如雪，了了遥明山屋。蘇門蒸彩翠，添銀瀑。　誰家園子，沿流嵌麓。晚飯家家爇湘竹。流連河朔，此地從無三伏。中原[二]生爽籟，天新沐。

朱首（史可程丙）：百泉雄什，應推空同，得此可以齊驅矣。

《詞則·放歌集》：（「蘇門」二句）設色精工。（「中原」二句）寫景處亦能舉其大。

校記：

[一]此首《荊溪詞初集》選。眉上鈐「南耕」印。

[二]「原」，有朱批：「『原』字疑當作『宵』字。」《瑶華集》、《荊溪詞初集》作「宵」。

圈點：

朱筆：題上，單點、三圈。「雜佩」句、「蘇門」二句、「中原」二句，圈。

墨筆：題上，單點。「雜佩」五句、「晚飯」句、「中原」二句，圈。

《荊溪詞初集》：「雜佩」五句、「晚飯」句、「中原（宵）」二句，圈。

《詞則・放歌集》：題上，雙圈。「記在」三句、「蘇門」二句，點。「中原」二句，圈。

又[一]

記在玉河橋，天街無賴。被酒狂歌禁門外。蒲桃晶透，選取招涼珠賽。冷螢流殿瓦，冰初賣。　倦聽太液，蟬聲一派。想像宸游甚時再。飄紅墜粉，鳳艒經秋都壞。燕丹門下客，皆安在。[二]

朱首（史可程丙）：後半闋忠憤填膺，淚隨聲落，想見摩詰當年。

《詞則・放歌集》：（「燕丹」二句）忽然生感，氣骨沈雄。

校記：

[一] 此首《百名家詞鈔》本有，《荊溪詞初集》選。眉上鈐「南耕」印。

［二］「燕丹門下客，皆安在」，《瑶華集》作「連昌宫裏女，誰還在」。

圈點：

朱筆：題上，單點、三圈。「冷螢」二句、下闋，圈。

墨筆：題上，單點。「冷螢」二句、「飄紅」二句，圈。

《百名家詞鈔》本：「蒲桃」二句、「燕丹」二句，圈。

《荊溪詞初集》：「冷螢」二句、「飄紅」四句，圈。

《詞則・放歌集》：題上，雙圈。「記在」三句、「飄紅」二句，點。「燕丹」二句，圈。

又

記在魯蒙陰，霜楓濃淡。叠巘層崖幻蒼紺。秋生海市，紅日一輪孤陷。晚涼催卸馱，投關店。　雲迷石匱，烟零玉檢。翠羽金支半明暗。秦松西笑，華掌碧蓮初染。齊州青八九，纔如點。

朱首（史可程丙）：石匱玉檢，翠羽金枝，移以相贈，豈是人間機杼？

《詞則・放歌集》：寫景有聲勢，筆力勝人故也。

圈點：

朱筆：題上，單點、三圈。「秋生」二句、下闋，圈。

墨筆：題上，單點。「秋生」四句、「齊州」二句，圈。

《詞則·放歌集》：題上，雙圈。「記在」三句，點。「秋生」二句，圈。「齊州」二句，點。

又[一]

記在湧金門，冷雲成畫。落月高樓水明夜。佯狂脱帽，行到宋諸陵下。碧羊纏石蘚，眠官野。　一湖蓮葉，半城樵舍。西子嫣然晚粧罷。隔江雪浪，隱隱天風檣馬。狂思横萬弩，迎[二]潮射。

朱尾（史可程丙）：前半闋感愴悲歌，冬青義士，後半闋龍蟠鳳舞，割據英雄，可以想見文心之變幻。

墨尾（曹亮武）：琳琅有自然之清響，幽蘭有充堂之芬芳，觀此諸篇，可云「才思之神皋，文章之奧區」。

《詞則·放歌集》：（「隔江」四句）壯浪之氣，合幼安為古今兩雄。

校記：

[一] 此首《百名家詞鈔》本有，《荊溪詞初集》、《昭代詞選》選。眉上鈐「南耕」印。

[二]「迎」，《昭代詞選》作「秋」。

圈點：

朱筆：題上，單點、三圈。「落月」五句、「隔江」四句，圈。

墨筆：題上，單點。「碧羊」二句、「隔江」四句，圈。

《百名家詞鈔》本：「冷雲」句、「碧羊」二句、「隔江」四句，圈。

《荊溪詞初集》：「碧羊」二句、「西子」五句，圈。

《詞則・放歌集》：題上，雙圈。「記在」三句，點。「隔江」四句，圈。

天仙子 六十八字

書周我成先生《旅歎賦》後 先生少年時，曾赴馬貴陽之讌，酒酣駡座，竟以此貫門户禍。[一]

輦上列侯開夜讌。年少揮鞭犇赤電。酒酣奪得紫檀槽，褰綉幔。人驚散。裂却當筵丞相面。　門户凋殘風物换。白髮漸離誰作伴。荒江破屋譜牢愁，游俠傳。無家歎。月底栖烏聲歷亂。

朱尾（徐喈鳳）：騷腸史筆，字挾風雷，使我成先生猶有生氣。

校記：

［一］詞題「赴」，原寫「招」，墨筆校改。此首無朱筆「对」。

圈點：

朱筆：調上，單圈。題上，單點。「裂却」句、「荒江」四句，圈。

歸田樂引七十二字

題王石谷晴郊散牧圖［一］

散牧涼秋月。或樹根、痒而摩者，或飲寒湫窟。渡者人立者，蹄［二］者鳴者，喜則相濡怒相齕。　矜秋露毛骨。卬首森然如陵闕。緣崖被坂，虧蔽滿林樾。驪一塞馬七。豕牛羊百三十［三］。牧笛一聲日西没。［四］

朱首（儲貞慶）：如讀柳州小記。雪持。

墨尾（宋實穎）：竟以昌黎文入詞，奇兀之氣，如夜鬼羣來搏人。既庭。

《詞則·别調集》：（「或樹」五句）化筆墨爲煙雲，凌厲無敵。（「緣堐」五句）純以神行。

《迦陵詞選評》：不圖於小詞中見昌黎《畫記》。

校記：

［一］此首蔣本有，《荊溪詞初集》、《瑶華集》、《絶妙好詞今輯》、《昭代詞選》、《詞則·别調集》選。眉上鈐「南耕」印。

［二］「蹄」，《絶妙好詞今輯》誤作「歸」。

［三］「百三十」，《昭代詞選》前多「一」字。

［四］詞末患立堂本、浩然堂本有小注：「第十五句多二字。」

圈點：

朱筆：調上，單圈。題上，單點。

墨筆：題上，單點。「印首」六句，圈。

《荊溪詞初集》：「駞一」三句，圈。

《詞則·别調集》：題上，雙點單圈。「或樹」五句，點。「矜秋」句，圈。「緣崖」四句，點。「牧笛」句，圈。

剔銀燈七十五

燈節前一夕雨中，雲臣招同珍百、大士、雪持集飲蝶庵，即事[一]

記得昇平佳麗。此夜是、上元天氣。圓月打頭，暗塵隨馬，陣陣梅邊水際。茜裙珠髻。喧笑處、香街聲沸。　今歲冷清清地。未晚禁城先閉。一盞燈昏，千家門掩，釀就春寒恁細。雨絲飄砌。展幾疊、小屏圖醉。

朱尾（曹亮武）：語語紀實，他年又成一故事。

校記：

［一］詞題，患立堂本、浩然堂本「夕」作「日」，「珍」作「楨」。此首無朱筆「对」。

圈點：

朱筆：調上，單圈。題上，單點。「一盞」五句，圈。

風入松七十六

苦暑戲與客語[一]

炎炎火鏡正燒空。避暑苦無從。客言安得匡廬瀑，還移取、華井秦松。玉女盆邊吸露，水仙祠畔餐風。答言計總未為工。不若在軍中。平驅十萬橫磨劍，濤聲怒、硬箭強弓。惡浪千堆蹙黑，戰旗一片搖紅。

朱尾（徐喈鳳）：計甚豪爽，但亦怕人。

校記：

［一］此首無朱筆「对」。

圈點：

朱筆：調上，單圈。題上，單點。「玉女」二句、「平驅」四句，圈。

惜紅衣 八十八字

苦熱，兼懷村居水木之勝［一］

悶欲憑虛，狂思拔宅，人間何窄。朵朵奇雲，殷紅盪深黑。溪西［二］故隱，三萬頃、湖天一色。猶憶。菱角蓮鬚，滿塘西舍北。　蕭蕭陂澤。舊日漁船，橋邊甚人摘。年來鬧市，永隔水雲國。安得陽烏斂絳，早喚夜蟾堆碧。更試攀華頂，剪取古堯時雪。

朱尾（史可程乙）：蒼凉悲壯，耳後風生，絶玅一服清心散也。

校記：

［一］此首蔣本有，《瑶華集》、《昭代詞選》選。詞題，《瑶華集》無「兼」字。有「待弔青蠅」印，印上有墨筆「对」。有朱筆寫「選」。

［二］「西」，《瑶華集》作「頭」。

圈點：

朱筆：調上，單圈。題上，單點、三圈。「悶欲」三句、「三萬頃」句、「舊日」二句、「安得」四句，圈。

墨筆：題上，單點。

法曲獻仙音九十二

咏鐵馬同雲臣賦［一］

赤兔無成，烏騅不逝，屈作小樓簷馬。碎珮琮琤，叢鈴戛珪，依稀客窗閒話。更烏雀、時相觸，霜欺兼雨打。　幾悲吒。［二］想多年、戰場猛氣，矜蹴踏、萬馬一時都啞。流落到而今，踠霜蹄、寄人籬下。潦倒餘生，儘閒身、蛛絲同挂。又西風喚起，仍［三］舊酸嘶中夜。

朱尾（曹亮武）：字字警切，語語酸感，雍門琴耶？易水筑耶？凄然不可聽。

《詞則·放歌集》：（「幾悲」三句）「是何意態雄且傑」。（「流落」四句）碎擊唾壺。（「又西」二句）壯心猶在。

《迦陵詞選評》：迦陵詞借物紓憤者甚多，當以此篇爲最。

校記：

［一］此首《詞則·放歌集》選。有「待弔青蠅」、「素溪」印，印上各有墨筆「对」。無朱筆「对」。

［二］「幾悲咤」，浩然堂本在此下分片。

［三］「仍」，原寫「依」，墨筆校改。

圈點：

朱筆：調上，單圈。題上，單點。「赤兔」三句、「想多」四句、「儘閒」三句，圈。

《詞則·放歌集》：題上，雙圈。「矜蹴踏」句，點。「流落」二句、「又西」二句，圈。

轆轤金井九十二字

詠閨人汲水浣花［一］

落燈風定，粉墻東、梅英一點紅小。景物融和，愛春光恁好。鸚哥［二］啰巧。喚簾内、浣花須早。況有階前，東風露井，一泓清曉。　行來碎珠自舀。倚銀床百尺，輕漾素綆，却訝琅然，觸銅瓶聲悄。多年玉導。看依舊、鳳蟠龍擾。手撫遺釵，裙扶花影，歸房微笑。

墨尾（徐喈鳳）：「歸房微笑」，不減臨去秋波，大有禪意。

校記：

［一］此首蔣本有。有「待弔青蠅」印，印上有墨筆「对」。

［二］「哥」，蔣本作「歌」。

圈點：

朱筆：調上，單圈。題上，單點。

墨筆：「鸚哥」二句、「多年」五句，圈。

滿江紅九十三字

吳薗次拏舟相訪，與予訂布衣昆弟之歡而去，賦此紀事［一］

雨覆雲翻，論交道、令人冷齒。告家廟、甲為乙友，從今日始。官笑一麾君竟罷，病驚百日余剛起。問乾坤、弟畜灌夫誰，惟卿耳。　嗟墨突，殊堪耻。憐范釜，還私喜。且樵蘇不爨，清談而已。開口會能求相印，吾生詎向溝中死。終不然、鬻畚華山陰，尋吾子。

朱眉（曹亮武）：字字堅確。

朱尾（曹亮武）：高人雅集，已足千古，有此麗詞，更堪不朽。

墨尾（徐喈鳳）：字字新俊，非若他人詞，耑從《草堂》、《花間》拾唾餘也。

墨尾：（宋實穎）《史》、《漢》、六朝語，談笑出之，于東坡、淮海外，自置一座。既庭。

《詞則·放歌集》：（「問乾」二句）自負亦甚不凡矣。（「開口」四句）無一語不跳躍。

校記：

［一］此首《荊溪詞初集》、《詞則·放歌集》選。詞題，「吴薗次」患立堂本作「薗次」，浩然堂本作「園次」；「昆弟」《荊溪詞初集》作「兄弟」。有「待弔青蠅」、「素溪」印，印上各有墨筆「对」。無朱筆「对」。

圈點：

朱筆：題上，單點。「告家」六句、「且樵」二句，圈。

墨筆：題上，三圈。「官笑」四句、「且樵」二句、「終不」二句，圈。

《荆溪詞初集》：「官笑」四句、「開口」四句，圈。

《詞則·放歌集》：題上，雙圈。「問乾」二句、「開口」四句，圈。

滿江紅

余有懷仲震詞，渭公昔在南昌，亦與仲震同作老客，遂次余韻，亦成一首，斐然見示。仍叠前韻，用柬渭公，并令仲震他日讀之，軒渠一笑也[一]

五老匡廬，挂冷瀑、長晴不夜。秋瑟瑟、兩賢相見，琵琶亭下。閲盡江山真欲舞，筭來人物誰堪罵。倚滕王、傑閣瞰章門，銀濤瀉。　羈旅恨，鄉關話。拉龔勝，呼曺覇。儘雄心秏與，冷杯殘炙。一朶菊花人伏枕，半庭荳葉秋除架。只幾年、踪跡最難忘，同游射。

朱首（曹亮武）：擊筑悲歌，蕭蕭易水寒。

「筭來人物誰堪罵」句墨側（徐喈鳳）：堪罵者少，况堪頌者乎？

墨眉（徐喈鳳）：泓峥蕭瑟，真是神超形越。

《詞則·放歌集》：（「閲盡」二句）目空一切。

校記：

［一］此首蔣本有，《詞則·放歌集》選。詞題，諸本「渭公」作「南耕」，「軒渠一笑」作「一軒渠」。有「待弔青蠅」、「素溪」印，印上各有墨筆「对」。

圈點：

朱筆：調上，單點。題上，單點。「倚滕」二句、「儘雄」六句，圈。

墨筆：「箅來」三句、下闋，圈。

《詞則·放歌集》：題上，雙圈。「秋瑟」二句，點。「閱盡」二句、「一朵」三句，圈。

滿江紅

再疊前韻，酬幾士兄［一］

阿大中郎，論家世、人人有集。吾老矣、沅湘香草，童蒙聊拾。破屋霜紅蘿薜暗，空齋雨黑倉琅澁。歎青衫、原不為琵琶，年年濕。　誰耐把，殘編緝。久嬾向，侯門揖。箅萫劉沈謝，非今所急。一片月懸関塞上，五更笛落闌干北。正匣中、刀作老龍吟，聲於邑。

藍眉（陳宗大）：姿如洗馬，那得可愁？〇書空咄咄，唾壺欲缺。

藍尾（陳宗大）：老氣無敵，名手固自有異。

《詞則·别調集》：（「破屋」二句）鍊句精雅。

校記：

［一］此首蔣本有，《昭代詞選》、《詞則·别調集》選。詞題，蔣本、《昭代詞選》、《詞則·别調集》作「酬幾士兄」。有「待弔青蠅」、「素溪」印，印上各有墨筆「对」。

圈點：

朱筆一：調上，單點。題上，單點。「論家世」句、「沅湘香草」、「聊拾」、「破屋」句、「空齋雨黑」、「歎青」三句、下闋，圈。

朱筆二：「歎青」三句、「非今」句，圈。

藍筆：題上，四圈。「吾老」六句、下闋，圈。

《詞則·别調集》：題上，雙點單圈。「破屋」三句，圈。「一片」四句，點。

滿江紅

三用回韻，與幾士兄言懷，并示珍百、雲臣、竹逸諸同志［一］

蹶盡霜蹄，休再問、龍城馬邑。計决矣、我寧作我，北山之北。焉用文之身既隱，未常聞仕如斯急。見長沮、桀溺耦而耕，趨而揖。　蔴與苧，連宵緝。松共桂，和雲濕。任園官蕢苦，霜畦莧澁。米號長腰舂碓煑，子名蒼耳揮鋤拾。問挂來、牛角是何書，淵明集。

朱眉(陳宗大)：悲壯沉雄，置之辛、陸集中，似應壓卷。

朱尾(陳宗大)：它詞佳境，如韋、孟諸家，此則詩中老杜矣，恨大樽未見。幾士兄評。[二]

校記：

[一]此首蔣本有，《古今詞選》選。詞題，蔣本「三用回韻」作「疊前韻」，無「諸同志」；《古今詞選》無「三用回韻」、「諸同志」。有「待弔青蠅」、「素溪」印，印上各有墨筆「对」。

[二]「幾士兄評」，墨筆添寫。

圈點：

朱筆：調上，單點。題上，單點、四圈。「蹶盡」四句、「未常」句、「趨而揖」、「松共」八句，圈。

滿江紅

四用回韻，為幾士兄納姬人賀[一]

桃葉桃根，把雙槳、親迎隣邑。記住在、香街直下，畫橋斜北。扶下銅輿鴉髩妥，貯來綃檻鶯啼急。暈桃痕、注靨道勝常，羞郎揖。　繡架彈，鴛鍼緝。紅浪皺，鸞衾濕。學夫人舉止，漫嫌生澁。春嬾一床和月捧，親嬌半搦從天拾。怪新詞、艷粉恰盈箱，閒情集。

朱眉（陳宗大）：香艷芊妍，如浥雨新花，受風輕葯。

朱尾（陳宗大）：香奩雋語，在玉溪、飛卿、致光間。

校記：

［一］此首蔣本有，《昭代詞選》選。詞題，蔣本、《昭代詞選》無「四用回韻」，浩然堂本作「四用回韻賀幾士兄納姬」。有「待弔青蠅」、「素溪」印，印上各有墨筆「对」。

圈點：

朱筆：調上，單點。題上，單點。「桃葉」句、「記住」四句、「注靨」二句、「繡架」四句、「春嬾」四句，圈。

雪梅香九十四字

和竹逸再遊石亭看落梅原韻，同雲臣賦［一］

梅將謝，臨風招手喚重游。恰瀰瀰照浪，愁情嬾比眠鷗。低撲村庄紈扇巧，亂飄溪閣粉茵稠。糅綿弄，雪送清芬，與麥俱幽。　再來增悵望，滿逕瓊姿，零落誰收。拾取殘英，注來花乳磁甌。縱使暗香埋隴畔，勝於飛絮舞街頭。休回首，幾枝含淚，正倚山樓。

朱尾（曹亮武）：字字清艷，如在暗香、疏影中間。

校記：

［一］此首有「待弔青蠅」、「素溪」印，印上各有墨筆「对」。

圈點：

朱筆：調上，單點。題上，單點。「愁情」句、「糅綿」三句、「縱使」五句，圈。

埽花游九十四

早秋同雲臣詣竹枝庵訪寒松上人，時上人將往龍眠。用《片玉詞》韻留贈，兼志別懷［一］

問秋何在，在郭外陂塘，磵邊林楚。野香幾縷。向衫痕暗撲，帽絲亂舞。暑退涼生，一派嫩陰閣雨。繞村去。遥見支公，微笑迎處。　相別彈指許。又竹翠沾厨，荷風凝路。茗鐺筍俎。悵來朝愁聽，江船擣素。任是空王，也稔離情凄苦。漫延竚。怕催歸、花宫浴鼓。

朱尾（曹亮武）：起句高警，通幅叙致楚楚，言情無不盡。

校記：

［一］此首有「待弔青蠅」、「素溪」印，印上各有墨筆「对」。

圈點：

朱筆：調上，單點。題上，單點。「問秋」三句、「又竹」二句、「任是」二句，圈。

水調歌頭九十五

萊陽姜如農先生，前朝以建言予杖，遣戍宣州，會遘甲申之變，不克往戍所，僦居吴門者幾三十年。癸丑夏，先生疾革，遺命家人曰：「必葬我敬亭之麓。」其子勉仲學在從之。聞者悲其志，重其節，私謚之曰貞毅先生。維崧填詞，以代迎神送神之曲焉［一］

東海黄門老，疾革話悲酸。呼兒吾［二］骨累汝，霜翦一燈寒。休返田横島［三］上，何用要離冢側，莫恤道途艱［四］。憶奉重華命，遣往敬亭山。三十載，憐弱水，幾回乾。鐵衣生既未着，鬼亦戍［五］其間。此地層崖杳嶂，正接蔣陵鐘阜，紫翠湧［六］千盤。若有人兮在，竦劍守重關。

朱尾（徐喈鳳）：凡忠孝節義題，其年即以史筆填詞，遂使詞與事俱堪不朽。

校記：

［一］此首蔣本有，《荊溪詞初集》、《瑶華集》、《草堂嗣響》、《古今詞選》、《昭代詞選》、《全清詞鈔》選。詞序，前朝，原寫「前朝時」，後用朱筆圈去；《古今詞選》「會遘」作「會遭」；《瑶華集》作詞題「輓萊陽姜如農先生」，下注：「先生前朝以建言予杖，遣戍宣州，會變未達，僦居吳門三十年。癸丑疾革，遺命葬敬亭之麓。聞者悲其志，謚貞毅先生。」《草堂嗣響》詞題作「輓萊陽姜如農先生」，下注：「先生前朝以建言予杖，遣戍宣州，會變未達戍所，僦居吳門三十年。癸丑疾革，遺命必葬我敬亭山之麓。聞者悲之，謚曰貞毅先生。」

［二］「吾」，《古今詞選》本作「我」。

［三］「島」，蔣本、《古今詞選》、《昭代詞選》作「墓」。

［四］「途艱」，蔣本、《古今詞選》作「艱難」，《昭代詞選》作「途難」。

［五］「往」，《草堂嗣響》作「戍」。

［六］「湧」，《荊溪詞初集》、《古今詞選》、《昭代詞選》作「擁」。

圈點：

朱筆：調上，單點。題上，單點、三圈。詞序「必葬我敬亭之麓」、「貞毅先生」，圈。「休逗」五句、「鬼亦」句、「若有」二句，圈。

《荊溪詞初集》：「休逗」三句、「鐵衣」七句，圈。

雨中花慢 九十六字

雨中過蘧翁先生宅看紅梅[一]

白傅堂前，裴相庭中，一株濃艷垂垂。恰拖將輕雨，嚲盡腰肢。絨索猩脣唾後，淚珠鵲舌凝時。似懨懨宿酒，慣趁朝粧，來暈春肌。　嫣然一笑，悄無人處，倚欄心事誰知。亟倩茜衫籠着，絳袖盛之。帶雪三分粉綻，愁陰一朶紅欹。還須囑付，小樓錮笛，莫漫頻吹。

朱尾（史可程乙）：艷麗中風韻蕭踈，想見虢國當年。無一字粘在梅上，尤覺仙骨珊珊。

校記：

[一] 詞題「蘧翁」，患立堂本、浩然堂本作「蘧庵」。無朱筆「对」。

圈點：

朱筆：調上，單點。題上，單點。「絨索」五句、「亟倩」二句、「還須」三句，圈。

暗香九十七

梔子花下有感[一]

夜窓全黑。被一株[二]梔子，凝來通白。拂水着烟，輕裊風枝送香雪。三十年前往事，曾記在、康崇坊宅。見小玉、羅袂亭亭，含笑趂凉摘。　今夕。重露滴。総一任好花，滿院狼籍。暗廵花側。不見裙痕并鞋迹。提起同心兩字，人正隔、銀墻千尺。花在手、誰戴也，碎挼花擲。

墨尾（曹亮武）：小小境地，亦復作如此狡獪，君才未可以斗計。

朱評（史可程丙）：哀玉泠泠，聞之鉛淚如瀉，不減《河滿子》一闋也。

校記：

[一]此首蔣本有，《昭代詞選》選。眉上鈐「南耕」印。無朱筆「対」。

[二]「株」，《昭代詞選》作「枝」。

圈點：

朱筆：調上，單點。題上，單點。「夜窓」三句、「見小」二句、「暗巡」六句，圈。

墨筆：題上，單點。「夜窓」三句、「人正」三句，圈。

夏初臨九十七字

杜鵑花，同雲臣賦[一]

昨夜枝頭，問誰啼血，灑來併入花叢。縱使春歸，也須偷注殷紅。為伊細數行踪。記鄉關、棧閣千重。曾隨花蘂，葭萌驛前，一路飄蓬。　淡烟粉水，斜月綿州，華陽士女，蜀國絲桐。便為花鳥，魂猶戀此安窮。欲拜低頭，最憐他、姓氏相同。莫愁濃。溪山此間，不異新豐。杜鵑為川中花，而吾邑亦有蜀山，故云。

朱尾（曹亮武）：「春恨綿綿，馬上時時聞杜鵑」，寫入花愁鳥恨，彌覺聲情繚繞。

校記：

[一] 此首蔣本有，《昭代詞選》選。無朱筆「对」。

圈點：

朱筆：調上，單點。題上，單點。「為伊」五句、「淡烟」六句，圈。

夏初臨九十七字

雨泊洴練[一]

柳盡籠橋，罾多界浦，片帆閃碎波光。鷗浪堆中，笛聲散入微茫。落花時候鳴榔。笑洴來、雪練何長。沙禽野鼻，啼晴喚陰，飛觸船窓。　颯焉颸作，倏爾溪昏，盤渦瀄汨，紫鳳騰驤。濤奔萬馬，依稀屋瓦昆陽。且泊輕航。蕢香醪、暫澣愁腸。漸昏黄。烟潭水樓，盡點銀釭。

墨眉（徐喈鳳）：用字奇警，寫景靈活，讀之駴心奪目。

朱尾（收）：描情入畫，寫景如覿，風伯憐才，一夜狂飆，乞取數行珠玉，古人擲墨妙而得濟，信不誣也。

校記：

[一] 此首蔣本有。無朱筆「对」。

圈點：

朱筆：調上，單點。題上，單點。「柳盡」三句、「沙禽」三句、「盤渦」九句，圈。

墨筆：「柳盡」三句、「飛觸」句、「濤奔」七句，圈。

醉蓬萊九十七字

仍用前韻[一]

把數行青史，讀向床頭，仰天孤嘯。可惜桃花，又落來瓊島。誰是誰非，磻溪嚴瀨，千古同垂釣。准放狂顛，行歌亂冢，醉眠叢廟。　曠野蒼茫，曉山重叠，紅日將生，海天鷄叫。殘夢驚囬，悵華胥古道。一片旌旗，三更鼓角，怕吹來江表。且向壚邊，問他春甕，酒存多少。

朱尾（曹亮武）：聲情繚繞，使人意消。

校記：

[一] 詞題，患立堂本作「感遇二首」，浩然堂本作「感遇疊韻二首」，此其二。此首題下鈐「南耕」印。無朱筆「对」。

圈點：

朱筆：調上，單點。題上，單點。「一片」六句，圈。

八聲甘州 九十七字

渭公齋中食鰣魚作[一]

汝魚乎、汝既弄潮來，何如趂潮歸。却波濤堆裡，橙虀香處，自許輕肥。千古斷磯黄鵠，不了是和非。貪聽漁翁笛，悮觸危機。　謝汝崎嶇萬里，把浪花舞破，來慰晨饑。問途經西塞，果否颭旌旗。幸團圞、故園兄弟，况小窓、雨後漾晴暉。浮生樂、無如斫鱠，安用呼豨。

朱尾（曹亮武）：游戲狡獪，似看吞刀吐火，幻人絶技。

校記：

［一］此首蔣本有，《荊溪詞初集》、《瑶華集》選。詞題，諸本「渭公」作「南耕」；《荊溪詞初集》作「鰣魚」。無朱筆「对」。

圈點：

朱筆：調上，單點。題上，單點。「汝魚」二句、「貪聽」二句、「幸團」四句，圈。

《荊溪詞初集》：「貪聽」二句、「幸團」二句，圈。

長亭怨慢九十七

送曹二應還郡[一]

記昨日、西風吹汝。送到荊南，斜橋極浦。船泊家門，水窓開在晚凉處。與君兄弟，連夜作、銷魂語。語罷起而歌，一曲小秦王，為回鶻舞。　歎人生易散，記囑分攜休遽。如何人說，竟私買、小舟歸去。吟不盡、故國秋光，聽不得、天涯戰鼓。怕來夕、郡樓高望，閒愁無數。

朱首（曹亮武）：竟如對話，無一字雕飾。

朱尾（曹亮武）：情真語摯，似灞水橋邊青袍送玉珂時。

校記：

［一］詞題「應」，患立堂本、浩然堂本作「隱」。此首無朱筆「对」。

圈點：

朱筆：調上，單點。題上，單點。「船泊」二句、「語罷」三句、「吟不」四句，圈。

絳都春第二體　九十七

詠鷄冠花[一]

花冠午寂，到藥欄叢畔，芳魂立化。碎蹙胭脂，閒伴秋棠蒼苔罅。盈盈低向銀塘亞。怕浪逐、東君開謝。雖然泠淡，一般雅靚，紫嬌紅奼。瀟灑。怪他翠羽，慣醒人鴛夢，五更窗下。誰似多情，鎮日無言，肯啼破、枕函良夜。任人把、會稽鷄罵。吳兒嘲賀循云：會稽鷄，不能啼。恣他兩好歡娛，雨軒雲榭。

朱尾（曹亮武）：深切精警，詠物至此，應推獨步。

校記：

[一]此首諸本無。未鈐「彊善堂主人對訖」印。無朱筆「对」。

圈點：

朱筆：調上，單點。題上，單點。「花冠」三句、「慣醒」五句，圈。

珍珠簾九十八字

詠雪珠[一]

瑶妃争取明珠揀，誤觸金盤傾瀉。萬顆玉匀圓，向小墀抛打。淅淅泠泠敲不了，似閬苑、梨花都謝。寒乍。迸零釵碎珮，跳徧鴛瓦。　漸覺暗入瓊肌，做紅酥細粟，不禁春夜。鄰女慣嬌憨，戲掬來盈把。萬斛鮫啼盛不定，只逗入、玉娥簾下。輕灑。怕一色難尋，粉裙綃衩。

墨尾（徐喈鳳）：才情新穎，知其胷有慧珠。

校記：

[一]此首無朱筆「对」。

圈點：

朱筆：調上，單點。題上，單點。

墨筆：「似閬苑」句、「做紅」四句、「輕灑」三句，圈。

金菊對芙蓉九十九

姜學在自宛陵掃墓歸，停舟過訪，即送其返吴門[一]

語響潭烟，櫓鳴溪翠，他鄉上冢人歸。恰停橈枉叩，竹下雙扉。相逢暗惹平生恨，西州路、事與心違。羊曇已老，數行情淚，彈上君衣。追感尊公如農先生也。此去帆影霏霏。正茂苑蓮紅，笠澤魚肥。歎吴中今歲，刈穫全稀。賃舂薄俗防人面，粱木萎、門户凋微。憐君歸去，乳魚軒下，悵煞斜暉。

朱尾(史可程丙)：悱惻纏綿，讀之破涕，伯鸞懷友，似覺少情。

校記：

[一]此首無朱筆「对」。

圈點：

朱筆：調上，單點。題上，單點。「語響」三句、「羊曇」三句、「歎吴」七句，圈。

催雪九十九

秋日同南耕過城南顯親寺[一]

潭北新秋，城南古寺，亂壑喧豗激籟[二]。愛虎落三間，漁蠻一帶。林際紺殿銀墻，綉經幡、風定天花灑。時來樵語，遥粘僧磬，暗添幽瀨[三]。　門外。愁如海。有野蔓荒榛，叢祠破冢，閃石竹、羅裙多年色壞。砌就蒼涼景色，到路黑、燈青啼百怪。只静侶[四]、掩住禪關，日看國山螺黛。

墨尾（曹亮武）：荒涼幽暗中有此綺艷，覺枯禪受用多矣。

朱尾（史可程乙）：畫山繪水，傳神聲影之外，覺摩詰、僧繇徒工粉本耳。

校記：

[一]此首蔣本有，《荊溪詞初集》、《瑶華集》選。詞題，「同南耕」三字墨筆後添，不類全稿筆跡，患立堂本、浩然堂本、《瑶華集》俱無；《荊溪詞初集》並無「秋日」。眉上鈐「南耕」印。有朱筆寫「選」。無朱筆「对」。

[二]「籟」，患立堂本、浩然堂本作「瀨」。

[三]「瀨」，患立堂本、浩然堂本作「籟」。

［四］「侶」，《瑶華集》作「裏」。

圈點：

朱筆：調上，單點。題上，單點、三圈。「愛虎」二句、「時來」三句、「門外」二句、「閃石」五句，圈。

墨筆：題上，單點。「林際」五句、下闋，圈。

《荆溪詞初集》：「林際」五句、「閃石」三句，圈。

念奴嬌

夏日看荷花作［一］

後湖長蕩，見烟鬟霧髩，紅粧無數。葉暗荷深三萬頃，一片嫩凉成雨。映水逾鮮，倚風欲笑，月又明南浦。隔江試采，有人一樣心苦。　曾在大士臺前，文人舌本，幻出花如許。一自污泥淪謫久，悵望瑶池懸圃。漢苑飄香，吴宫墜粉，幾遍閒簫鼓。何時華頂，與君攜手歸去。

朱尾（史可程丙）：芙蓉陡開生面，要是點染不凡，故潑墨淋漓，輒有龍騫鳳翥之勢。

校記：

［一］此首未鈐「抄」印。無朱筆「对」。

圈點：

朱筆：調上，單點。題上，單點。「葉暗」二句、「隔江」二句、「文人」二句、「漢苑」五句，圈。

念奴嬌百字

春日讀次京《梧月》新詞，寄題一闋，并呈尊甫慎齋給諫［一］

斜風細雨，算心情一往，柔如春水。梧月新詞剛入手，脱帽忽然狂喜。鸜鵒雕籠，蟂磯古廟，字字俱精綺。時讀次京《詠鸜鵒》、《過孫夫人廟》二詞。［二］高才妙作，定摩秦柳墻壘。寄語尊甫先生，陳生别後，憔悴吾衰矣。舊日酒徒零落盡，相隔雲泥朝市。僰爨孤城，夜郎遠宦，歸况今何似。傳柑家讌，道余問訊如此。

朱尾（曹亮武）：叙寒温直如對話，詞家第一手。

校記：

［一］詞題，患立堂本、浩然堂本「次京」作「京少」。此首未鈐「抄」印。無朱筆「对」。

［二］小注，患立堂本、浩然堂本「次京」作「京少」。

圈點：

朱筆：調上，單點。題上，單點。「㯋㜷」五句，圈。

念奴嬌

讀屈翁山詩有作 屈名大均，番禺人，初為盧山僧，後徧歷九塞，登華山，挾秦女以歸。［一］

靈均苗裔，羨十年學道，匡廬山下。忽聽簾泉飛冷瀑，豪氣軼於生馬。亟跳三邊，橫穿九塞，開口談王霸。軍中毬獵，醉從諸將游射。提罷匕首入秦，不禁忍俊，縹緲思登華。白帝祠邊三尺雪，正值玉姜毛女名。［二］思嫁。笑把嶽蓮，亂拋博箭，調弄如花者。歸而偕隱，白羊瑤島同跨。

朱尾（徐喈鳳）：筆勢如生龍活虎，夭矯奔軼，見者驚悸，不意倚聲中有此奇觀。

校記：

［一］此首《全清詞鈔》、《近三百年名家詞選》選。詞題，浩然堂本「翁山」作「逋仙」，無題下小注，《近三百年名家詞選》亦無。未鈐「抄」印。無朱筆「对」。

［二］「毛女名」，浩然堂本、《近三百年名家詞選》無。

圈點：

朱筆：調上，單點。題上，單點。「豪氣」六句、「笑把」五句，圈。

念奴嬌

月夜看桂花［一］

淒清庭院，乍金飈壓下，一天黄雪。恰值爛銀盤又上，冷浸水晶宫闕。陣陣天香，蕭蕭夜色，花影扶踈絶。誰家墻外，洞簫不住嗚咽。記得玉兔金蟆，團圞百畞，碧落分枝葉。自遇吴剛修桂斧，浪被人間攀折。萬里空明，一尊瀲灧，肯負當頭月。姮娥莫笑，老顛狂興如鶻。

朱尾（收）：情往似贈，興來如答，詼諧跌宕，雋氣排空。

校記：

［一］此首《荊溪詞初集》選。未鈐「抄」印。無朱筆「对」。

圈點：

朱筆：調上，單點。題上，單點。「乍金」二句、「冷浸」句、「浪被」六句，圈。

《荊溪詞初集》：「恰值」二句、「姮娥」二句，圈。

念奴嬌

甲寅九日，追感京洛舊游，悵然成咏[一]

無枝烏鵲，記前年此日，翻飛京闕。曾預群公萸酒讌，玉佩珠袍齊列。白月千門，青天萬帳，笳蓋真軒豁。彭城南郡，坐中多少人物。　今夜故國荒原，長江怒浪，悲嘯魚龍發。生怕西風吹破帽，我有鬢絲新雪。何處登高，無人送酒，俗煞重陽節。縱然高望，戰旗一片明滅。

墨尾：雲臣曰：摇落孤吟，如聽愁鉦哀角。

墨尾：竹逸曰：曠懷豪氣，定与坡仙赤壁詞争雄千古。[二]

朱尾（史可程乙）：阿瞞横槊，處仲碎壺，雄心坌湧，千古同愁，第未可為俗士道耳，讀罷為之三歎。

校記：

［一］此首未鈐「抄」印。無朱筆「对」。

［二］此二評筆跡與全稿似。

圈點：

朱筆：調上，單點。題上，單點。「白月」五句、「何處」三句，圈。

廣陵倡和詞念奴嬌［一］

烏絲

潁川　陳維崧　其年

小春紅橋讌集，同限一屋韻時有魚較書在座。

霜紅露白，借城南佳處，一餐秋菊。更值群公聯袂到，夾巷雕鞍繡軸。一抹紅霞，三分明月，此景揚州獨。揮杯自笑，吾生長是碌碌。且喜絶代娥媌，魚玄機娣姒，風姿妍淑。惱亂雲鬟多刺史，何况閒愁似僕。小逗琴心，輕翻簾額，一任顛毛禿。倚闌吟眺，雲鱗墳起如屋。

曹顧庵曰：「『一抹』八字，的當不易，可敵范女受［二］之『廿四橋邊，十三樓上』也。」

王西樵曰：掀髯長嘯，致足空羣。讀一結可識詞家造語法。他人即有此意，斷無此句也。

兄散木曰：「惱亂雲鬟」二語，一時作者無不咨嗟閣筆，旗亭絶句，矜王渙之[三]為擅塲矣。

校記：

[一]「廣陵倡和詞」上有朱筆單圈。此輯有刻本。每詞只鈐「履端印」。

[二]「女受」，《廣陵倡和詞》刻本作「汝受」，以下俱同。

[三]應爲「王之渙」。

圈點：

墨筆：「一抹」三句、「惱亂」二句、「雲鱗」句，圈。

《廣陵倡和詞》刻本：「一抹」五句、「惱亂」二句、「雲鱗」句，圈。

讀曹顧庵新詞，兼酬贈什，即次曹韻[一]

老顛欲裂，看盤空硬句，蒼然十幅。誰拍袁綯鐵綽板，洗净琵琶塲屋。擊物無聲，殺人如草，筆掃鵷毫秃。較量詞品，夢窓白石山谷。 記得戲馬長楊，割鮮下杜，天笑温堪掬。玉靶角弓[二]雲外響，捎動離宮[三]花木。銀海烏飛，銅池[四]鯨舞，月照孤臣獨。江潭遺老，一聲寒噴霜竹。

宋荔裳曰：前段末二語，足定顧庵詞品。

季滄葦曰：涉筆寫叙，動得瓌詭，信是驚才。

鄧孝威曰：風期歷落，令人想王大將軍歌「老驥」時。

《詞則・放歌集》：（「擊物」五句）斬釘截鐵，筆力老橫。

校記：

[一]此首《詞則・放歌集》選。詞題，諸本「曹顧庵」作「顧庵先生」，「曹韻」作「原韻」。

[二]「角弓」，原寫「金鞭」，墨筆校改。

[三]「離宮」，原寫「龍池」，墨筆校改。

[四]「銅池」，原寫「玉河」，墨筆校改。

圈點：

墨筆：「老顛」三句、「洗浄」四句、「夢窓」句，圈。「記得」，點。「玉靶」七句，圈。

《廣陵倡和詞》刻本：「老顛」五句、「夢窓」句，圈。「玉靶」七句，圈。

《詞則・放歌集》：題上，單點單圈。「擊物」五句，點。「銀海」五句，圈。

送朱近脩還海昌，并懷丁飛濤之白下、宋既庭返吳門，仍用顧菴韻

住為佳耳，問先生何事，急裝趨肅。曾在竹西園子裡，狼籍釵徵釧逐。別酒紅擎，離帆綠飽，人上蘭舟宿。君行烟裡，吳山螺髻新沐。可惜世事匆匆，陡然方寸，起岡巒陵麓。誰倩石尤吹鷁轉，并轉丁儀宋玉。無數狂奴，一群蕩子，屯守倡[一]家屋。此情莫遂，悄然熟視楓菊。

冐巢民[二]曰：誦「無數狂奴」以下三語，使我歎作此寂寂，靈山一會，故自不易。

汪舟次曰：司勳《漁歌子》有「逐鷺徵鳬」一語，讀者矜[三]其名雋，髯「釵徵釧逐」，更復鏃鏃能新。

范女受曰：嵯峨以使勢，磊砢以叙情，一篇龍門列傳也，寧苐以倚聲目之？

校記：

[一]「倡」，墨筆校改作「娼」，《廣陵倡和詞》刻本同。

[二]「冐巢民」，《廣陵倡和詞》刻本作「王西樵」。

[三]「矜」，《廣陵倡和詞》刻本作「驚」。

圈點：

墨筆：「住為」句、「釵徵釧逐」、「紅擎」、「緑飽」、「誰倩」七句，圈。

《廣陵倡和詞》刻本：「曾在」五句、「無數」五句，圈。

被酒呈茘裳、顧菴、西樵三公，并示豹人、孝威、梅岑、舟次、方鄴、希韓、散木、女受諸子，仍用曹韻

僕何為者，是東吳愁客，善能擊筑。記得阿奴年少日，曾直高人刮目。甚矣吾衰，時乎不再，二語那堪讀。朱門列戟，此中何限粱肉。　幸遇衮衮群公，肯憐而召我，共看籬菊。我意亦思歸去耳，聊葺溪干破屋。行乞歌場，為傭屠肆，也覔三餐粥。安能谿刻，矯廉長效孤竹。

宗梅岑曰：視裴休托鉢歌伎之院，又特有致。

季希韓曰：焉能學此谿刻自虜，所謂不如長卿慢世。

冒青若[一]曰：拓殘金戟，吹裂鐵龍，王司州咏「入不言兮出不辭，乘回風兮載雲

旗」，爾時自覺一座無人。

校記：

［一］「冒青若」，《廣陵倡和詞》刻本作「冒巢民」，評語列爲首條。

圈點：

墨筆：「甚矣」三句、「行乞」五句，圈。

《廣陵倡和詞》刻本：「記得」七句、「行乞」五句，圈。

《紅橋倡和集》成，索李研齋序，孫介夫記，作詞奉柬，并示冒巢民，仍用顧菴韻

夔門蜀棧，是史家粉本，先生所獨。更有孫樵雄且健，暗裡漢書能覆。二老縱横，兩篇記序，並逐中原鹿。古文奇字，他人恐不能讀。　直可抵突曾王，激昂韓柳，揖歐陽永叔。我與浯溪曾有約，採入文鈔篇幅。細寫千行，高吟百遍，音響崩崕屋。遇當佳處，澆之苦茗芳菊。

沈方鄴曰：排奡跳盪，如崖屋之方崩。

孫豹人曰：意態傀俄，筆力夭矯，雄奇頓挫，直令南北兩宋諸家氣盡。

李雲田曰：何減文章太史公。

圈點：

墨筆：「夔門」三句、「暗裡」句、「古文」二句、「直可」三句、「音響」三句，圈。

《廣陵倡和詞》刻本：「夔門」五句、「直可」三句、「音響」句，圈。

贈阿秀，并示西樵

晚風廻處，忽簾開影露，鬢烟微緑。驀地見人猶掩歛，裙與闌干争曲。縈損紅巾，撥殘錦瑟，頓惹愁千斛。客來休入，請看門畔金犢。　漸覺戔内鱗皴，篝邊鴨瘦，觥事卿須録。生世諧逢王吏部，繡佛還工惜玉。愛爾嬌憨，嗔人拘管，挼碎釵兒菊。晚攜素手，碧天雨過初沐。

宋荔裳曰：着色濃至，如邊鸞繪花鳥，鈎剔烘寫，色色動人。

曹顧菴曰：「細膩風光」四字，作艷詞三昧也，今日惟其年始堪語此。柳耆卿有其妍冶而無其刻秀，洪叔璵有其矜煉而無其自然，嗟乎至矣！

王西樵曰：僕和此詞，有「佳客且教題鳳去，贏得片時倚玉」之句，僕以此坐得狂名。諷原詞「生世諧為王吏部」二言，竊又沾沾自喜，曰：惟髯知我。

圈點：

墨筆：「晚風」三句、「裙與」句、「客來」二句，圈。「漸覺」，點。「琖内」五句，圈。「晚攜」二句，點。

《廣陵倡和詞》刻本：「晚風」五句、「客來」二句、「生世」五句，圈。

曹顧菴、王西樵、鄧孝威、沈方鄴、汪舟次、季希韓、李雲田皆有送余歸陽羨一闋，作詞留别，并謝數公

此諸公者，乃狂歌未已，離歌又促。僕本恨人臣已老，怕聽將歸絲竹。掠柁秋空，發船月夜，濁浪堆銀屋。我行去作，荊南山下樵牧。　被酒膝席相呼，人生長聚，那得同麋鹿。驢伯却輸[一]愁鬼厚，只是與人追逐。天若有情，地如埋恨，此會何難續。他時念我，杜陵男子蕭育。

杜于皇曰：讀「歡伯却輸愁鬼厚」二語，為之失笑，鬼若有知，不必又煩韓愈作《送窮文》矣。

紀伯紫曰：結語伉浪。

談長益[二]曰：其年此等詞直當令高漸離擊筑、伍子胥吹簫、禰正平撾鼓、桓子野撫箏，然後令燕趙忼慨之人為悲歌以歌之，非僅僅銅將軍、鐵綽板所能唱也。

校記：

[一]「却輸」，原寫「不如」，墨筆校改。杜于皇評語引此句，並改。

[二]「談長益」，《廣陵倡和詞》刻本作「王西樵」，評語列首條。

圈點：

墨筆：「僕本」二句，圈。「被酒」三句，點。「驢伯」七句，圈。

《廣陵倡和詞》刻本：「此諸」五句、「濁浪」句、「被酒」句、「驢伯」二句、「他時」二句，圈。

送沈方鄴還宣城，兼懷唐耕隝、施愚山、梅子長，同西樵用孝威韻

歸兮何暮，歎風塵經歲，迷陽却曲。憶我同君為狎譃，夜夜彈絲吹竹。弟畜余髯，人呼沈瘦，側帽談公穀。方鄴美鬚髯，業《春秋》。人身似此，安能仰面看屋。故里才子都官，舍人唐老，英妙兼耆宿。更有肩吾偏善我，客舍綈袍情篤。歸見三君，雪深一尺，定理

尋詩躅。尺書好寄，江船不乏千斛。

方樓岡曰：真至如作家書，尤為詞家所難。

張穉恭曰：「弟畜余髯」三語，押韻之妙，幾於騁馬蟻封。

劉峻度[一]曰：序次辛苦，情事調笑，幾于頰上三毛。結語蒼勁，巴峽崩濤，至此一束。

校記：

[一]「劉峻度」，《廣陵倡和詞》刻本作「孫介夫」。

圈點：

墨筆：「弟畜」五句，圈。「故里」、「更有」，點。「歸見」五句，圈。

《廣陵倡和詞》刻本：「迷陽」句、「弟畜」五句、「故里」五句、「江船」句，圈。

延令季滄葦席上送周子俶計偕京師

長途迫歲，正黃河飛雪，馬都没腹。袴縛黃皮雄舞矟，那顧從奴蝟縮。斫毹屠門，射雕塞上，生啖黃獐肉。看君意氣，真成勇過賁育。　況是歷落盤龍，風流公瑾，海内標名目。此去長安聲價重，定壓庾徐潘陸。愧我牢騷，借人杯炙，送汝登華軸。慈恩題罷，歸鞭春晝須速。

雷伯籲曰：一起拓弓弦作霹靂聲，以下或岑牟單絞，或搔頭傅粉，顧盼自如，都無恒態。

費此度曰：蒼茫雄渾，跌宕磊砢，作使司馬遷，驅策李延壽。

王築夫曰：措思落韻，如六朝人。相對作了語、險語，令聞者無不驚怖失色，世乃有如此人。

圈點：

墨筆：「長途」三句、「看君」二句，圈。「況是」，點。「借人」二句，圈。

《廣陵倡和詞》刻本：「正黃」七句、「愧我」五句，圈。

廣陵客夜，却憶吳門同吳梅村先生，暨葉訒庵、盛珍示、王維夏、崔不雕、李西淵、范龍仙、王升吉飲錢宮聲宅，時有新王、賴鳳兩較書在座

月之十八，記與諸公飲，錢郎書屋。祭酒能為鮮散髻，下語千人都伏。東觀名卿，南朝才子，爭舉觴相屬。莫愁更鼓，任他燒短[一]紅燭。　何意樽合杯闌，一雙么鳳，齊注横波目。假使客中皆此夜，詎[二]羨八州之督。上客如風，佳晨似雨，薄命余同鞠。鞠

兮惜汝，一生長被人蹴。

尤悔庵曰：起語直序，是《花間》法。通首硬筆排奡，艷思繚繞，周、秦、辛、陸，合為一人。

宋既庭曰：後段末數語尤奇，「蹴」、「鞠」二字分押，得未曾有。

董文友曰：「假使客中皆此夜，何羨八州之督」，令長卿早契斯言，必不輕捨遠山眉黛，僅博凌雲一歎也。

校記：

[一]「短」，原寫「盡」，墨筆校改。

[二]「詎」，原寫「何」，墨筆校改。董文友評語引此句，未改。

圈點：

墨筆：「月之」三句、「莫愁」二句、「假使」七句，圈。

《廣陵倡和詞》刻本：「月之」句、「祭酒」二句、「莫愁」二句、「何意」五句、「薄命」三句，圈。

季滄葦宅夜看歌姬演劇，即席成詞，并示張天任、因亓、五丹、九儀、戴弘度、季孚公、希韓、咸季、李三友、朱石鐘諸子[一]

吾生詎料，也曾經親聽，諸姨法曲。非月非煙非霧雨，非竹非絲非肉。不易描摹，最難忘記，耿耿縈心目。依稀梁畔，暗[二]塵飛墜千斛。　昨者我渡江來，正沙深月冷，浪花堆簇。饑蜃饞蛟渾不怕，我有聽歌奇福。拍到殘時，人將散處，樂往傷幽獨。重逢難必，岸巾且吸船玉。

鄒程村曰：前段惝怳，後段遒緊，至「非月非烟」二句，寫得神光離合，載陰載陽，令我雖未聞清歌，亦喚奈何矣。

弟半雪曰：侍御憐才嗜古，今日之鄭當時也。其尊公吏部，東山絲管，尤為擅絕一時，兄是作可云竭力描寫。

弟緯雲曰：「岸巾且吸船玉」，想見阿兄爾時正復風流自賞。

校記：

[一]詞題「并示」以下，墨筆後添。「因亓」，《廣陵倡和詞》刻本作「因开」。

[二]「暗」，原寫「細」，墨筆校改。

圈點：

墨筆：「吾生」八句、「饑蜃」二句、「重逢」二句，圈。

《廣陵倡和詞》刻本：「非月」五句、「饑蜃」二句、「樂往」三句，圈。

重過廣陵，同王西樵、孫介夫夜話，即宿西樵寓中

登車一歎，歎羊裘已破，朔風如鏃。枉道那辭三百里，為與琅琊情熟。却遇興公，鏗然屐響，也過東頭屋。三人相對，寒燈淡暈生緑。　少頃客去余留，王公呼我，大被從君宿。睡説三冬岐路事，起坐何煩頻蹴。綿定奇温，居殊不易，握粟憑誰卜。車中霜滿，夜寒私語童僕。

程穆倩曰：結二句似王仲初樂府。

□□□[一]曰：序事述情，纏綿辛苦。

孫無言曰：其年《烏絲》一集，膾炙旗亭，崑崙程公[二]已為鏤板行世，入予《十六家詞選》中矣。茲《念奴嬌》十二首乃與荔裳、顧庵、西樵諸君子倡和廣陵者，飛揚感激，淋漓豪蕩。昔人評王右軍書如「龍跳天門，虎卧鳳闕」，吾於其年諸詞亦云。

校記：

［一］此評者名，墨筆抹去，《廣陵倡和詞》刻本作「儲友三」。

［二］「程公」，《廣陵倡和詞》刻本作「別駕」。

圈點：

墨筆：「枉道」二句、點。「三人」二句、「綿定」五句，圈。

《廣陵倡和詞》刻本：「登車」五句、「寒燈」句、「睡説」七句，圈。

宋既庭曰：其年曠世逸才，年來伉浪失意，與吾輩二三知己混于酒人屠釣間，不勝天吴紫鳳、顛倒短褐之慨。讀廣陵唱和諸詞，秦少游之「秋風黄鵠」，蘓子瞻之「大江東去」，可謂兼之矣。斯人也而有斯詞也，時為之乎？噫！

徐電發曰：其年陳先生驚才絶艷，睥睨一世。十年來從菰蘆中，慨想湖海樓内人如在天上，去春纔一拜床下。今讀書玉磬山房，既庭宋夫子示我廣陵倡和諸詞，曼聲歌之，哀激如秋雨，其托寄非淺耶？淋漓感慨，一何至是？彼七郎「曉風殘月」，未免儷花鬪葉，風斯下矣。［一］

校記：

[一] 此二條係另寫，似《廣陵倡和詞》跋語，刻本無。

遶佛閣 乙百字

初冬同友人小憇中隱禪院，用《片玉詞》韻[一]

早霞乍[二]斂。行散郭外，盡歷溪館。塘窅蒲短。細沿磬響、來褰戒壇幔。境幽竹滿。閒豎拂子，小叩慧遠。妙諦微婉。更沾茗粥，塵巾忽焉岸。坐久漸忘却，花影移楞還幾綫。更爱晴階、砌成明鏡面。歎急景浮生，虛負漏箭。悶懷誰見。似殘菊無聊，倚簷零亂。再來期、甚時纔展。

墨尾(宋實穎)：韻押自然，情景幽秀。

墨尾(宋實穎)：用字幽澹，絶去金粉玉脂。既庭。

校記：

[一] 此首蔣本有。此下多無朱筆「对」，不復標識。

[二]「乍」，患立堂本、浩然堂本作「昨」。

圈點：

朱筆：調上，單點。題上，單點。

墨筆：「細沿」二句、「花影」句、「歎急」六句，圈。

五福降中天 乙百

甲寅元旦[一]

五更爆竹千門響，轟醒陽烏春睡。早湧彤輪，競開朱户，恰對南山晴翠。桃符荔粉，喜街影喧妍，簾痕韶麗。多少輕烟嫩靄，做就好天氣。磨徹菱花雙蒂。綉奩争早貼、宜春字。畫粉膗兒，銀泥勝子，帶[二]笑上人頭髻。年光已在，墻外花鬟，橋邊蘭蓝。拜罷勝常，臉潮紅似醉。

墨尾（收）：字字娟麗，眼光却在閒處。

校記：

［一］此首蔣本有，《亦園詞選》選。

［二］「帶」，浩然堂本無此字。

圈點：

朱筆：調上，單點。題上，單點。

墨筆：「轟醒」句、「恰對」句、「多少」二句、「帶笑」句、「臉潮」句，圈。

夜合花乙百

廿二夜原白堂中觀劇即事是夜劇演《精忠》。[一]

青漆門邊，碧油坊底，一庭霜月初濃。隣家夜賽，春燈社火攢空。儌越覡，舞巴童。颭靈旗、不滿微風。正無聊賴，聽歌簾罅，衝酒闌東。　神絃一曲纔終。更有梨園雜爨，院本絲桐。岳家遺恨，夜堂一片刀弓。悲曼衍，嘯魚龍。惹當場、淚灑鵑紅。須行樂耳，何知底事，且釂金鐘。

墨尾（收）：歲時記、風土記，合成一闋，跌宕慷慨，旁若無人，應駕辛、秦之上。

校記：

[一] 題下注，患立堂本、浩然堂本無「是夜」二字。

圈點：

朱筆：調上，單點。題上，單點。

墨筆：「春燈」句、「颭靈旗」句、「聽歌」二句、「夜堂」句、「惹當場」句、「何知」，圈。

慶春澤 乙百

春陰[一]

已近花朝，未過春社，小樓盡日沉吟[二]。暝色連朝，江南倦客難禁。門前緑水昏如夢，粉雲遮、失却遥岑。謝橋邊、凍了梅魂，結了春陰。[三]　年時恰[四]是鶯花候，正黄歸柳靨，紅入桃心。舞扇歌衫，參差十里園林。東風吹得韶光换，詎料人、真箇如今。問何時、日上花梢，細哢鳴禽。

朱尾（曹亮武）：春思縈懷，筆那能盡，眼前鋪綴數語，覺言短而意長。

《篋中詞》：尚有拙致，頻伽不能爲。

校記：

[一]此首《國朝詞綜》、《篋中詞》、《惆悵詞前集》、《清詞選集評》選。詞題，《國朝詞綜》、《篋

中詞》、《惆悵詞前集》、《清詞選集評》作「春影」。

［二］「沉吟」，《國朝詞綜》、《篋中詞》、《惆悵詞前集》、《清詞選集評》作「沉沉」。

［三］「謝橋邊、凍了梅魂，結了春陰」，《國朝詞綜》、《篋中詞》、《惆悵詞前集》、《清詞選集評》作「恁湔裠、不到溪邊，佳約空尋」。

［四］「恰」，《篋中詞》、《惆悵詞前集》、《清詞選集評》作「却」。

［五］「吹得韶光換，詎料人、真箇如今」，《國朝詞綜》、《篋中詞》、《惆悵詞前集》、《清詞選集評》作「吹織絲絲滿，做半寒、半暖光陰」。

圈點：

朱筆：調上，單點。題上，單點。「暝色」二句、「東風」四句，圈。

木蘭花慢 乙百乙字

壽吳母黄夫人五十 夫人余友園次賢配。

紅雲飛一朵，鸞鶴下、叩真妃。是江夏無雙，吳公第一，兩好門楣。相逢瑶臺擘脯，説蓬萊、清淺事依稀。興慶池頭命婦，鹿門山下賢妻。恰［一］依然、椎髻牛衣。四十九年非。趂苕霅霜紅，洞庭水碧，茶崦漁扉。回頭莫論舊事，記滿湖、燈火醉翁歸。坐上麻姑天姥，膝前謝瀹王微。

朱評（曹亮武）：精確工麗，壽詞至此，可云振古絶今。

校記：

［一］「恰」，原稿似用朱筆點去，諸本皆有此字。

圈點：

朱筆：題上，單點。「是江」三句、「興慶」二句、「趂茗」五句，圈。

玲瓏四犯百一字

苦雨，同雲臣用《梅溪詞》韻

屈注銀潢，問天畔河流，還剩多少。風雨争馳，鐵騎金戈齊到。只有幾叠屏風，上畫着、吳天晴曉。歎年光、銷沉何處，都付汀烟水草。　今年紈扇凄凉甚，未西風、早辭懷抱。簷端漫訝紅輪吐，却是榴花照。無數詞客城南，久冷落、酒壚歡笑。怪天公也學，銅仙流淚，向宫門道。

朱尾(曹亮武):風雨襍至,金鐵皆飛,使人心魂欲碎。

圈點:

朱筆:調上,單點。題上,單點。「風雨」四句、「都付」句、「怪天」三句,圈。

桂枝香百乙字

甲寅中秋[一]

霜簷如洗。有碧落氷輪,今夜飛墜。月海霓裳殘拍,凄凉猶記。素娥休向吳宮照,有多年、雕闌錦砌。金波萬頃,細看來是,倚欄人淚。　笄世上、雲鬟玉臂。和老去英雄,一般憔悴。落葉啼螿,只是夜長難睡。銀壺擬泝孤光倒,奈沉沉、悶懷先醉。水明樓畔,西風江上,有賔鴻唳。

雲臣曰:才人潦倒,斷腸語不堪多讀。[二]

朱尾(史可程丙):「一聲《河滿子》,雙淚落君前」,無此悲壯激楚也,為之青衫濕盡。

墨尾(徐喈鳳):選聲鍊字,直奪宋人之席。

校記：

［一］此首有朱筆寫「選」。

［二］此評筆跡與全稿似。

圈點：

朱筆：調上，單點。題上，單點、三圈。「有多」四句、「笄世」三句、「水明」三句，圈。

墨筆：題上，單點。「金波」三句、「笄世」三句、「水明」三句，圈。

瑶花 乙百二字

竹逸邀同雲臣賞欄前粉芍藥，用《炊聞詞》韻

無瑕虢國，有恨明妃，一朵千金價。盈盈笑靨，倩厨中、櫻筍娱他新夏。牡丹剛謝了，檀板銀罌纔暇。又堦前、婢學夫人，一樣嬌姿瑩夜。芍藥為牡丹婢。參差粉面齊呈，愛雪軃珠欹，幽輝凝射。露華微綴，垂縞袂、淺向玉欄低亞。折來謔贈，覺洧水、風光堪借。記芳名、似喚將離，斗頓沉吟花下。芍藥一名將離。

朱尾（王于臣）：前半闋從牡丹伴寫芍藥，是用仄筆。後半闋寫粉芍藥，不渾紅紫

色樣，是完正面。起處固單槍直入，結處更深無限幽情，那得不令人服膺？

圈點：

朱筆：調上，單點。題上，單點。「無暇」三句，點。「牡丹」四句、「愛雪」四句、「斗頓」句，圈。

水龍吟百二字

卷口見磨鏡者

琅然者是何聲，因風飄入深閨裡。蝶蜂引處，賣花聲亂，倍添嬌脆。驀地誰家，獸鐶小響，輕摇梔子。見一雙小玉，盤龍暗捧，和羞映、中門裡。出匣一輪新水。要秋宵、凉蟾鬭美。紅綿揩罷，撲將紫粉，洗他空翠。此際菱花，宛如月樣，佳人心喜。只晚粧攏鬢，無端忽憶，嫁時情事。

朱尾（曹亮武）：情景瑣細。干卿何事，乃亦作此刻畫深至耶？

圈點：

朱筆：調上，單點。題上，單點。「琅然」二句、「紅綿」六句，圈。

水龍吟 乙百二字

送春，和雲臣韻[一]

春光不像曾來，如何又説春將去。一尊别酒，兩行情淚，淒然無語。恰似明妃，紅顔遠嫁，玉關難駐。歎今年烽火，連天戰鼓，都攔截[二]、春歸路。　偏是魂銷此際，怕天涯、少人憐處。臨岐低囑，縱然去也，休忘尺素。忍見愁紅，將飛更怯，乍颺旋住。想溪橋來夜，飄零有恨，與何人訴。

朱尾（曹亮武）：起語翻案，妙。◯説今年春景，字字確切，與他年緑楊芳草，景色迥異。

校記：

[一] 此首蔣本有，《荆溪詞初集》選。詞題，《荆溪詞初集》作「送春」。

[二]「截」，《荆溪詞初集》作「住」。

圈點：

朱筆：調上，單點。題上，單點。「春光」二句、「歎今」三句、「想溪」三句，圈。

《荆溪詞初集》：「恰似」六句、「忍見」六句，圈。

水龍吟

秋日過飲蝶庵，紀坐上人語[一]

萬家砧杵秋城，重來何處尋門巷。三年一別，孤身作客，蠻江烟浪。緑幘榕城，金尊荔浦，慣陪牙將。自連天烽火，舞衫換了，亟為買、歸吳榜。　屈指當年儔侶，舊梨園、蜂惆蝶悵。或伴侯王，或成駔儈，或淪厮養。縱剩柔條，也應不似，灞橋模樣。趁啼烏[二]乍歇，霜天漸曉，撥箏琶唱。[三]

朱尾（曹亮武）：楓葉荻花，滿眼悲涼，何必幽蘭渌水之曲，能使座客沾襟？

校記：

[一] 此首蔣本有，《瑶華集》、《昭代詞選》選。詞題，《瑶華集》無「過」字。有朱筆寫「選」。

[二]「啼烏」，蔣本作「烏啼」。

[三] 詞末《昭代詞選》有：「按：譜中換頭句不用韻，乃黄機體。結處應一三、一四、一六句法，此誤。」

圈點：

朱筆：調上，單點。題上，單點、三圈。「緑幘」三句、「或伴」九句，圈。

墨筆：題上，單點。

水龍吟

秋感[一]

夜來幾陣西風，匆匆偷換人間世。淒涼不為，秦宫漢殿，被伊吹碎。祇恨人生，些些往事，也成流水。想桃花露井，桐英永巷，青驄馬、曾經繫。　光景如新宛記。記相逢、瑶臺殊[二]麗。微烟淡月，回廊複館，許多情事。今日重游，野花亂蝶，迷濛而已。願天公還我，那年一帶，玉樓銀砌。

朱尾（收）：懽場樂事，轉眼凄凉，種種索還，天公恐不能办。

校記：

[一] 此首《全清詞鈔》、《近三百年名家詞選》選。

[二]「殊」，《近三百年名家詞選》作「姝」。

圈點：

朱筆：調上，單點。題上，單點。「淒涼」六句、「微烟」九句，圈。

氐州第一 百二字

詰鼠，戲同雲臣作[一]

秋夜燈青，窸窣作響，先生拔劍而怒。鼠輩來前，復何敢爾，爾罪誠難悉數。蛇蝮猶堪耐，不耐[二]汝曹傴僂。每到更深，觸翻杯瀝，動摇屏柱。　書籍縱横遭點污。捋撦到、五車六庫。穴内乘車，蜜中漬矢，變幻難憑據。飲河歸、休浪喜，高堂下、獄詞先具。速付歐刀，便豳風、也思熏汝。

朱尾（史可程乙）：蒼古雄峭，斷制處落筆如山，張湯猶覺叨絮非老吏也。

校記：

[一] 此下二首蔣本有。

[二]「不耐」，蔣本作「最是」。

圈點：

朱筆：調上，單點。題上，單點。「秋夜」三句、「蛇蝮」二句、「穴内」四句、「速付」二句，圈。

墨筆：「秋夜」三句、「每到」三句、「捋撦」四句，圈。

鼠對

帶月啼梁，乘夜發屋，戴頭人立而語。顧謂主人，憎予太甚，芥蔕寧因細故。窶藪無長物，幸託坳堂沮洳。昔在倉中，李斯丞相，記曾相慕。　今日深文何太苦。笑作事、乃公殊誤。俠不屠龍，仙難控霍，僅磔張湯鼠。安能久居鬱鬱，化青蝠、淩空飛去。古洞長松，有鼪鼯、是吾伴侶。

墨尾（曹亮武）：奇傑雄麗，漆園、龍門而後，與君為三。

朱尾（史可程乙）：奥詰如《天問》，俶詭如漆園，中間寄託深杳，不得以小品戲視也。

圈點：

朱筆：題上，單點。「帶月」三句、「窶藪」五句、「笑作」八句，圈。

墨筆：「帶月」三句、「俠不」七句，圈。

慶春宫百二字

秋曉[一]

杳杳秋紅，濛濛夜碧，戍樓乍歇疏更。宿鳥啁啾，遠鷄咿喔，野烟繚繞初生。水明燭暗，聽天外、南來雁聲。夢迴酒醒，人倚高樓，月在前楹。　　初暘澄澹堪驚。纔漾庭柯，旋映簾旌。楓柏山林，蓴鱸水郭，家家軒檻新晴。五湖堪長，總莫管、天涯戰爭。數村橫笛，一片西風，十載浮名。

朱尾(史可程丙)：南華俶詭，六一春容，寫景箇中，拈花悟後，覺多情宋玉徒死人句下耳。

校記：

[一] 此首蔣本有。

圈點：

朱筆：題上，尖圈。「杳杳」二句、「夢迴」三句、「五湖」五句，圈。

雨淋鈴 百三字

秋過城南蔣氏園亭，追憶瞻武，并悼吴傳星、又鄴、許塤友諸子[一]

斜陽城闕。晚秋行散，偶爾游歇。故人曾有池館，風簾零亂，鏡湖超越。花朵柳絲如畫，映秋水林樾。更三五、知己流連，河没参横浩歌發。　　笛聲隱隱霜空濶。廿年餘、往事星明滅。如今園裡，只有荒井畔，蟪蛄悲咽。滿目山陽，催得盈顛，種種華髮。最惱是、緑水橋邊，尚挂當初月。

朱尾(曹亮武)：滿目悲咽，似江郎賦恨時。

校記：

[一] 此首蔣本有。

圈點：

朱筆：調上，單點。題上，單點。「笛聲」二句、「滿目」五句，圈。

花心動 乙百四字

二月八日微晴，同雲臣過北郭外訪寒松上人不遇，紀事[一]

薄靄新暘，翠禽啼、綃窗乍催人醒。弄袖風微，印屐泥乾，村舘酒旗低映。相攜緩步迴塘上，尋春寺、聊添吟興。画溪尾，葡萄初漲，遥川緑竟。　叩罷禪扉誰應。剩花底經幡，烟中齋磬。竹院因循，水郭遲回，忍負雨餘妍景。春衫且把橋欄倚，閒數徧、碧紗官艇。前溪裡、一行社歸人影。

朱尾(曹亮武)：詞人遊屐，所遇成韻，但媿于追陪耳。

墨尾(史可程乙)：絶妙一幅春游圖，却無絃管脂粉氣，尤稱絶調。

校記：

［一］此首蔣本有。

圈點：

朱筆：調上，單點。題上，單點。「画溪」三句、「剩花」八句，圈。

墨筆：「尋春」四句、「剩花」二句、「春衫」三句，圈。

瀟湘逢故人慢百四字

夏夜對月，用王和甫韻，同蘧庵先生賦［一］

冰輪將滿，看光生兔臼，冷透龍窩。水烟外，西風底，［二］今夜都浸，一片金波。流螢的的，趂月明、低坐庭柯。倚江閣、一聲横笛，扁舟驚醒漁蓑。　閒回首，追往事，歎年華、盡從離亂經過。短鬌漫婆娑。怕明日秋池，又颭枯荷。江南風景，休辜負、且放狂歌。還尋取、東京故老，晚涼閒話宣和。

墨尾：悲吟滿紙，百感交生，何啻潯陽江上捉襟試淚時？人言善作情語推君獨步，良然良然。蘧庵先生。[三]

朱尾（徐喈鳳）：前段寫景超曠，後段寫懷骯髒，覺稼軒諸作，無此全美。

校記：

[一] 此首蔣本有。有朱筆寫「選」。

[二]「水烟外，西風底」，蔣本同，墨筆旁批「不合調」，朱筆校改作「水烟漾春羅。看」，患立堂本、浩然堂本同。

[三] 此評筆跡與全稿同。

圈點：

朱筆：題上，尖圈、三圈。「流螢」四句、「歎年」四句、「還尋」二句，圈。

西河 乙百五字

春日偶過亳村故居[一]

前村裡。落梅陣陣風起。舊家池館暫經過，玉欄漫倚。粉英也為主人來，雨中和淚梳洗。[二]　畫簷損，月榭圮。蘼蕪蛺蝶盈砌。頹垣敗井劇関心，那能遣此。賺人連夜卸烟帆，半篙埋怨春水。　一天絲雨灑不止。總難尋、舊日鄰里。衹有點波燕子。上雕梁絮語，墨花簾底。似話王家當年事。[三]

朱尾（曹亮武）：「流波有恨終歸海，明月無情却上天」，唐人不得專美于前。

《迦陵詞選評》：以醇雅筆，寫瑣細事，此白石之長也。竹垞、迦陵，亦不外此。惟竹垞斂其情，竟得觸類而長之；迦陵縱其情，將恐溺心而避之。

校記：

[一] 此首蔣本、《百名家詞鈔》本有，《國朝詞雅》選。

[二]「梳洗」下，原稿不分片，據諸本改。

[三] 末三句，原寫「上雕梁故故呢喃，似話王謝人家，當年事」，墨筆校改。

圈點：

朱筆：題上，尖圈。「畫簷」七句、「衹有」四句，圈。

《百名家詞鈔》本：「粉英」二句、「半篙」句、「上雕」三句，圈。

尉遲杯百五字

遥和雲臣秋夜觀演雜劇之作[一]

飄紅穗。正夜静、蠟影昏如醉。想曾秋院聞箏，也向春城拾翠。如今惘惘，樓外雨、和愁小門閉。向空王、禮净名經，懺却脂香粉膩。　聞説今夜誰家，有年少、羣羣舞衫花似。咫尺銀墻天樣遠，情緒嬾、懵騰思睡。正夢着、鬱金堂後，那年夜、横波珍重意。又風吹、隔巷嬌歌，夢遊驚醒難記。

朱尾（曹亮武）：休文自是多情多感，不干風月，吾吟此篇，又為三歎。

墨尾（徐喈鳳）：孤居念舊，空夢華胥，綺語業終難懺也。

校記：

[一] 此首蔣本有。

圈點：

朱筆：調上，單點。題上，單點。「樓外雨」句、「咫尺」六句，圈。

墨筆：「向空」二句、「正夢」四句，圈。

尉遲杯

許月度新自金陵歸，以《青溪集》示我，感賦[一]

青溪路。記舊日、年少嬉遊處。覆舟山畔[二]人家，麾扇渡頭士女。水花風片，有十萬、珠簾夾烟浦。泊畫船、柳下樓[三]前，衣香暗落如雨。　聞説近日臺城，剩黄蝶濛濛，和夢飛舞。緑水青山渾似畫，只添[四]了、幾行秋戍。三更後、盈盈皓月，見無數、精靈含淚語。想胭脂、井底嬌魂，至今怕説擒虎。

墨尾（曹亮武）：江南怨曲，度入哀絃，尚令精靈起舞。

朱尾（史可程乙）：奇奇怪怪，滿幅煙雲，正善推月度處，不似子將作月旦評也。

《詞則·放歌集》：（「緑水」四句）撫今弔古，悲壯凄凉。

《迦陵詞選評》：家國之恨，正於金陵傷今弔古中寫出，偏亂以《青溪集》之諛詞。

校記：

［一］此首蔣本、《百名家詞鈔》本有，《草堂嗣響》、《詞則·放歌集》、《詞莂》、《全清詞鈔》、《近三百年名家詞選》選。詞題，《草堂嗣響》無「新」字；《百名家詞鈔》本作「許月度金陵歸，以《青溪

集》見示」。

［二］「畔」，《草堂嗣響》作「下」。

［三］「樓」，《草堂嗣響》作「燈」。

［四］「添」，《草堂嗣響》作「多」。

圈點：

朱筆：調上，單點。題上，單點。「水花」四句、「剩黄」二句、「只添」五句，圈。

墨筆：「泊畵」二句、「剩黄」二句、「三更」四句，圈。

《百名家詞鈔》本：「有十萬」句、「緑水」二句、「想胭」二句，圈。

《詞則·放歌集》：題上，雙圈。「水花」二句，點。下闋，圈。

望梅 乙百六字

春城望紙鳶［一］

夾衣初颺。漸［二］梅鬚墜粉，桃腮堆絳。鴨頭波、倒浸春雲，風日美、一天紙鳶都放。隊隊兒童，競喧笑、緑楊門巷。正偷將殘線，趂取新晴，恣情游賞。將扶乍低旋漾。［三］把溪烟攪碎，晴空撲響。漫［四］掠他、青粉墻西，惹翠袂遥凭，紅閨［五］凝望。急景難淹，又天

半、夜燈初上。見火蛾旋繞[六]，飛下雪梨十丈。風箏每夜必紐燈火，并於其上高放梨花雪炮。[七]

朱首（曹亮武）：精切妍麗，古人所未逮。

墨尾（史可程乙）：寫景妍秀，狀物靈雋，真化工之筆。

校記：

[一] 此首《荊溪詞初集》、《瑶華集》、《詞覯續編》選。詞題，《荊溪詞初集》作「紙鳶」。眉上鈐「南耕」印。有朱筆寫「選」。

[二] 「漸」，原寫「見」，朱筆校改。

[三] 「將扶乍低旋漾」，原寫「將低欲扶仍墮」，墨筆校改。

[四] 「漫」，原寫「漸」，朱筆校改。

[五] 「闉」，《荊溪詞初集》作「闌」。

[六] 「旋繞」，《瑶華集》、《詞覯續編》作「縈繞」。

[七] 詞末小注，《荊溪詞初集》、《瑶華集》、《詞覯續編》無。

圈點：

朱筆：調上，單點。題上，單點、三圈。「隊隊」二句、「把溪」五句、「見火」二句，圈。

墨筆：題上，單點。「鴨頭」二句、「正偷」三句、「將低」三句、「惹翠」二句、「見火」二句，圈。

《荊溪詞初集》：「隊隊」二句、「惹翠」二句、「見火」二句，圈。

夜飛鵲 乙百七字

代妓贈别 為金沙史耳翁作。

官橋幾絲柳，綰住蘭舟。含淚暗上津樓。枇杷門掩東風暮，曾拼睡煗鴛裯。流鶯替人傳恨，向風前絮語，百種難休。玉簪恩重，卸將來、嬾節離謳。既道有人拘管，何事到旗亭，慣惹閒愁。記否連宵踪跡，雨天中酒，月地梳頭。落花城内，馬蹄紅、蹴滿銅溝。只瑣窓歸去[一]，莫教輕漏，客舘[二]風流。

朱尾（曹亮武）：纏綿深至，一嘲一咏，涉筆成韻，柳七郎有如許風調否？

校記：

[一]「去」，原寫「後」，墨筆校改。

[二]「舘」，原寫「舍」，墨筆校改。

圈點：

朱筆：調上，單點。題上，單點。「枇杷」五句、「既道」六句、「只瑣」三句，圈。

一萼紅 乙百八字

癸丑除夕[一]

響銅籤。許多年舊事，和恨壓眉尖。記得當初，後堂弟妹，團圞圍定紅簾。飲盡了、屠蘇千盞，撾畫鼓、憨笑[二]賭黃柑。十里春城，金蛾[三]暗撲，火鳳交啣。　自後也逢除夕，歎此生長是，弟北兄南。第宅俱非，顛毛都換，每因令節生嫌。只萬點、官橋夜火，被[四]風吹、零亂映踈簷。羨殺隣家歲酒，隔巷春衫。

墨尾（收）：情至語令讀者酸鼻。

校記：

[一]此首蔣本有，《古今詞選》、《昭代詞選》選。

[二]「笑」，《昭代詞選》作「態」。

[三]「蛾」，患立堂本、浩然堂本作「娥」。

［四］「被」，患立堂本、浩然堂本無。

圈點：

朱筆：調上，單點。題上，單點。

墨筆：「許多」二句、「撾畫鼓」句、「金蛾」二句、「歎此」二句、「只萬」四句，圈。

洞庭春色百十三字

蟬［一］

窅窱北窓，峥泓西磵，企脚披襟。正脩梧翳日，數聲嘒嘒，幽篁戛水，一派愔愔。喚醒半牀蕉鹿夢，更月榭、凉天思不禁。流光駛，怕潛催落葉，暗換踈砧。　終朝餐風吸露，筭往事、惆悵難尋。記徹侯冠上，親陪貂尾，佳人箏畔，曾砉鸞吟。詎料半枝棲不穩，枉訴盡、凄凉此夜心。須蟬蜕，問茫茫塵世，誰爱清［二］音。

朱首（曹亮武）：如緱嶺吹笙，響徹秋空。

校記：

［一］此首蔣本有。

〔一〕「清」，患立堂本作「情」。

圈點：

朱筆：調上，單點。題上，單點。「正脩」九句、「記徹」四句，圈。

沁園春 乙百十四

病中承雲臣餽我藥貲，賦此志謝〔一〕

有嘯於梁，其來如風，公然叩門。是二豎揶揄，穴人焦府，五窮跳盪〔二〕，絆我朝昏。鼠鬭庭前，蟻喧床下，敗壁徒懸犢鼻褌。黔婁婦，空典釵訪卜，翦紙招魂。　無錢藥裹休論。至今日方知扁鵲尊。歎殘杯冷炙，誰遺野老，凄風碎雨，孰念王孫。只有貧交，偏承厚誼，管鮑分金古道存。前期在，待稍蘇肺氣，同問真源。

墨首（徐喈鳳）：説鬼令人寒悚，説醫令人酸楚，説交令人慷慨。

朱眉（曹亮武）：險絶快絶。

朱尾（曹亮武）：被薜荔，帶女蘿，如見其形，何啻鴞啼鬼嘯。

墨尾（宋實穎）：余辛亥一病五月，疑游化人之宫，宛赴鈞天之夢，醫賤如麻，巫尊若帝，讀其年「公然叩門」等語，鬼來欺人，真堪絶倒。既庭。

校記：

[一]詞題「承」，患立堂本、浩然堂本無。此首未鈐「抄」印。

[二]「盪」，原寫「踍」，朱筆校改。

圈點：

朱筆：調上，單點。題上，單點。「有嘯」十句、「淒風」二句，圈。

墨筆：上闋、「無錢」二句、「前期」三句，圈。

沁園春

曬書[一]

憶昔吾家，有萬卷樓，城西亳村。自江陵道盡，牙籤半失，咸陽焰熄，玉軸猶存。借去一瓻，亡來三篋，墨化妖螭赴海門。無多剩，似亂餘故舊，賣後田園。　叢編暇日還捫。與藥裹零星曝滿軒。任半生穿穴，碎同蠹蝕，有時發作，陡若龍掀。貧極須捻，杜詩：「盡捻書籍賣，來問爾東家。」[二]老來怕讀，閒對秋陽自較翻。吾休矣，亟束書高閣，且曬吾褌。

朱首（曹亮武）：憶遺書如悼亡友，吾嚮有此作，睹此悲憤無聊，萬感欲生。
墨尾（徐喈鳳）：因曬書説到「亂餘故舊，賣後田園」，不覺令人酸鼻。

校記：

［一］此首蔣本有，《瑶華集》選。未鈐「抄」印。
［二］句下注，蔣本移置詞末，《瑶華集》無。

圈點：

朱筆：調上，單點。題上，單點。「墨化」四句、「閒對」四句，圈。
墨筆：題上，單點。「墨化」四句、「貧極」六句，圈。

沁園春

懷程崑崙山西武鄉人，舊判鎮江，陞任安慶同知，今為耀州守，有文名。［一］

疇昔從公，上松寥山，觀北府兵。正魚龍蒸黑，魂魂海氣，水雲淰白，滚滚江聲。采石乘潮，皖桐移鎮，異代龔黄比大名。蘆溝驛，恰飛書寄我，感念平生。庚戌夏，漳河署中接崑崙都門札。　一麾出守孤城。又重向咸陽道上行。歎地名殺栩，耀州，漢殺栩地。［二］黄沙颯沓，天空盩厔，紅樹縱橫。落照窮邊，壯年薄宦，手板將迎歲月更。驪山頂，望并汾秋色，一片鄉情。

朱尾（史可程乙）：絮語凄清，壯懷激楚，快讀一過，令人有封狼居胥之感。

墨尾（曹亮武）：雄麗至此，能于盾鼻上磨墨。

校記：

[一] 此首蔣本有，《古今詞選》選。《古今詞選》無題下小注。未鈐「抄」印。

[二] 兩句下注，蔣本、《古今詞選》俱移置詞末。

圈點：

朱筆：調上，單點。題上，單點。「正魚」四句、「歎地」四句、「迎歲月更」、「驪山」三句，圈。

墨筆：題上，單點。「歎地」十句，圈。

懷畢載稷 山東淄川人，舊通州守，與余最善。[一]

憶與公游，在癸卯冬，余方數奇。恰軍山萬疊，奔濤駭浪，後堂十夜，急管繁絲。頗怪推袁，非由説項，意外深慚國士知。顛狂甚，曾雪天腰鼓，上屋梁騎。　入春又賦將離。

悵別緒茫茫不自持。正魂銷去國，燕泥剛墜，神傷餞客，柳帶將垂。記得微波，送君淮浦，倚棹偏於漂母祠。臣老矣，念王孫一飯，欲報何時。

墨尾（曹亮武）：感恩懷舊，神色愴然，如吟「南浦緑波」之句。

朱尾（史可程乙）：借景抒懷，使筆如風，一日可盡百紙，八斗何足言才？

「臣」字墨抹並句下評（曹亮武）：「臣」字恐于俗眼有礙。

「軍山」二字墨側（曹亮武）：「軍山」二字未詳。

校記：

［一］此首蔣本有。詞題，患立堂本、浩然堂本無「與余最善」四字。未鈐「抄」印。

圈點：

朱筆：題上，單點。「恰軍」十句、「倚棹」四句，圈。

墨筆：題上，單點。「奔濤」三句、「顛狂」二句、「正魂」七句，圈。

賀新郎二首　一百十六

積雨乍晴，竹逸買舟拉雲臣暨余郭外春游，訪萬子紅友不遇，因過石亭探古梅，并坐古香庵小憩[一]

喚箇船兒去。傍城河、柳絲蘸碧，漸拖官渡。閒訪故人人已出，門鎖小橋烟浦。空佇立、悵然誰與。人説前村梅更好，月朧明、緑萼栖毛女。趚波燠，響春櫓。　僧樓小憩評今古。喜檻外、亂山絶澗，暗香無數。寒食一杯須作達，莫惹春愁萬縷。看滿眼、紙錢飛處。除却吾曹二三子，只此情、堪共花枝語。花不應，灑紅雨。

墨眉（徐喈鳳）：無一語不真，無一字不新。

校記：

［一］此首未鈐「抄」印。

圈點：

墨筆：調上，單點。題上，單點。「喚箇」五句、「僧樓」三句、「除却」四句，圈。

次日，紅友復折柬招游石亭，陰雨又作，詞以謝之，仍用前韻[一]

并日遨游去。正郭外、風絲颭袖，水烟籠渡。兩月春霖愁似海，漲了緑波南浦。剛一霎、晴溪容與。茶崦竹籬帆影過，粉墻頭、暗立誰家女。沙鳥嬾，觸柔櫓。　難忘最是亭梅古。記昨到、凭闌拋盞，落英閒數。帯暝遥峰嬌欲睡，香在衫痕髩縷。春漸到、最銷魂處。來日縱無知已約，也重游、擬續花間語。無奈是，廉纖雨。

墨尾（徐喈鳳）：兩闋細譜情事，曲折盡致，疑其筆有化工。

校記：

［一］詞題「陰雨又作，詞以」，浩然堂本作「值陰雨，作詞」。此首未鈐「抄」印。鈐二「彊善堂主人對訖」印。

圈點：

墨筆：題上，單點。「兩月」二句、「茶崦」四句、「帯暝」二句、「來日」四句，圈。

賀新郎

弓冶弟萬里省親，三年旋里，於其歸也，悲喜交集，詞以贈之。并懷衛玉叔暨漢槎吴子，用贈蘇崑生原韻[一]

休[二]把平原繡。繡則繡、[三]吾家難弟，古今稀有。萬里尋親踰鴨緑，險甚黄牛白狗。一路上、夔蚿[四]作友。辛苦瘦兒[五]擕弱肉，嚮海天、盡處孤踪透。三年内，無乾袖。平沙列幕悲風吼。獵火照、依稀認是，雲中生口。馬上迴身争擁抱，此刻傍人白首。辨不出、窮邊節候。猶記離鄉年尚少，牧羝羊、北海雙雙叟[六]。長夜哭，陰山後。

《詞則·放歌集》：（「辛苦」四句）沈痛。（「馬上」七句）凄凉酸楚，筆力亦自精絶。

校記：

[一] 此首蔣本有，《荊溪詞初集》初刻本、《詞則·放歌集》選。詞題，蔣本無「衛玉叔」以下，《荊溪詞初集》初刻本作「弓冶弟出塞省親，三年旋里，因懷衛叔暨漢槎」。末鈐「抄」印。有朱筆寫「重出」。實未重出。

[二]「休」，蔣本作「誰」。

[三]「繡則繡」，蔣本作「每太息」。

[四]「蚿」,《詞則・放歌集》作「龍」。

[五]「兒」,《荊溪詞初集》初刻本作「男」。

[六]「叟」,蔣本作「守」。

圈點：

朱筆：調上,單點。題上,單點。「休把」三句、「險甚」句、「辛苦」四句、下闋,圈。

《荊溪詞初集》初刻本：「萬里」二句、「依稀」四句、「牧牴」三句,圈。

《詞則・放歌集》：題上,單點雙圈。「辛苦」四句、「馬上」七句,圈。

賀新郎

新安陳仲獻名策客蜀,總戎幕府。常贖一俘婦,詢之,蓋仕族女也。仲獻閉置別館,召其夫還之。聞者艷其事,爭為歌詠。適宣城沈子公厚書來徵詞,因賦是篇[一]

天畔蠶叢路。記當日、錦城絲管,華陽士女。一自愁雲霾蜀棧,飛下桓家宣武。有多少、花鈿血污。十萬蛾眉齊上馬,過當年、花蕊題詩處。葭萌驛,鵑啼苦。　春宵高讌元戎府。明月下、玉容黯淡,有人低訴。妾本成都良家子,歎息鸞分釵股。客亦為、淚零如雨。擲却黃金歸破鏡,問德言、還認菱花否。叶府。[二]吾事畢,拔身去。

朱尾(史可程乙)：金戈鐵馬，玉碎珠零，奔集毫端，有注坡驀澗之勢，乃太史公極得意筆也。填詞諸家，安得有此？

墨尾(曹亮武)：畸人逸事，豪情麗句，掩古絶今，真成絶唱。

校記：

［一］此首蔣本有，《荆溪詞初集》初刻本選。詞題，浩然堂本無「名策」夾注，「常」作「嘗」；《荆溪詞初集》初刻本無「適宣城沈子公厚書來徵詞」一句。未鈐「抄」印。眉上鈐「南耕」印。有朱筆寫「選」。

［二］句下注，《荆溪詞初集》初刻本無。

圈點：

朱筆：調上，單點。題上，單點、三圈。「一自」七句、「妾本」七句，圈。

墨筆：題上，單點。「記當」三句、「有多」五句、「妾本」七句，圈。

《荆溪詞初集》初刻本：「十萬」四句、「擲却」四句，圈。

賀新涼[一]

中秋前五日看早桂

灝氣收殘暑。恰金飈、夜來染就，小山幽樹。叢桂離離香滿徑，正值秋棠開處。掩映也、倍添嬌嫵。紅燭三條圍鎖院，記姮娥、不肯相憐取。平生恨，那堪數。　思量舊事多如雨。憶前生、婆娑曾在，清虛之府。淪謫紅塵三十載，却羨廣寒清苦。忘不了、花陰玉兔。月到中秋光定滿，折花枝、吾欲驂鸞去。再快作，霓裳舞。

朱評（史可程乙）：作如許慷慨，姮娥將無眉蹙？覺坡老忠愛之意，千載猶新。

校記：

[一] 調名，諸本作「賀新郎」。此首未鈐「抄」印。

圈點：

朱筆：調上，單點。題上，單點。「正值」六句、「淪謫」三句，圈。

賀新凉

縴夫詞[一]

戰艦排江口。正天邊、真王拜印，蛟螭蟠鈕[二]。徵發濯[三]船郎十萬，列郡風馳雨驟。歎閭左、騷然鷄狗。里正前團催後保，盡纍纍、鎖[四]繫空倉後。捽頭去，敢摇手。　稻花恰趁霜天秀。有丁男、臨岐訣絶，草間病婦。此去三江牽百丈，雪浪排檣夜吼。背耐得、土牛鞭否。好倚後園楓樹下，向叢祠、亟倩巫澆酒。神佑我，歸田畝。

朱尾（史可程乙）：《出塞曲》耶？《春陵行》耶？使我淚下如雨。何繇使司牧者日讀一過也？

校記：

[一]此首蔣本有，《荊溪詞初集》初刻本、《近三百年名家詞選》選。調名，諸本作「賀新郎」。未鈐「抄」印。眉上鈐「南耕」印。有朱筆寫「選」。

[二]「鈕」，蔣本作「紐」。

[三]「濯」，諸本作「櫂」。

[四]「鎖」，原寫「頌」，朱筆校改。

圈點：

朱筆：調上，單點。題上，單點、三圈。「正天」二句、「盡纍」三句、「草間」句、「背耐」五句，圈。

墨筆：題上，單點。

《荊溪詞初集》初刻本：「里正」四句、「此去」七句，圈。

摸魚兒 乙百十六

春雨哭遠公[一]

怪連宵、暗風吹雨，傷心事竟如許。啼衫不恨分飛早，只恨論心何暮。溪畔路。昨歲裡、善權艇繫垂楊樹。洞門把炬。正古寺蒼涼，亂山蔥翠，長嘯落松鼠。　沉思極，不是薤歌聲誤。從來易散難聚。衰年故國逢知己，天也把人輕妬。情最苦。記前日、文園一卷多情句。病中親付。怕碎墨零紈，塵昏蠹損，和淚夜深撫。遠公臨没前數日，以《青堂詞》一卷囑余收藏。[二]

朱尾（曹亮武）：情淚真至，不忍言佳。

墨尾(徐喈鳳)：聲情悽切，鮫珠滿紙。

墨尾：情至之語，如怨如訴，讀之淚血盈襟，不忍終篇矣。後闋東語，想見羊、左交誼，可以風世，不僅作楚些招魂也。蘧庵先生。[三]

《詞則·別調集》：(「長嘯」句)措語精鍊又擺脱。(下闋)文生於情。

校記：

[一] 此首《詞則·別調集》選。未鈐「抄」印。

[二] 詞末小注，患立堂本、浩然堂本「余」作「予」，《詞則·別調集》「數日」作「一日」。

[三] 此評筆跡與全稿似。

圈點：

朱筆：調上，單點。題上，單點。「怪連」四句、「衰年」八句，圈。

墨筆：「怪連」四句、「衰年」五句、「和淚」句，圈。

《詞則·別調集》：題上，雙圈。「長嘯」句，圈。「衰年」二句，點。「情最」二句，圈。「病中」四句，點。

摸魚兒

早春雪後柬雲臣[一]

雪初乾、銀僵玉偃，氷牙猶挂簷霤。瀌瀌春泥連巷陌，問者潤焉何久。君知否。聞説道、還京節鎮喧刁斗。鼉吟兕吼。正萬斛餘皇，千群組練，將壓大江口。吾老矣，那顧濤飛山走。長自尋花問柳。春光滿眼原非惡，况值小梅紅逗。簫管奏。只可惜、檀槽金縷人非舊。催成皓首。待三市月華，六街燈放，同飲夜橋酒。

墨尾：雲臣曰：既如萬馬嘶風，又如閿河放溜，不能測其筆之所至。[二]

墨尾（徐喈鳳）：竹逸曰：梅村云「長頭大鼻陳驚座，白袷諸郎總不如」，信然。

校記：

[一] 此首未鈐「抄」印。

[二] 此評筆跡與全稿似。

圈點：

墨筆：調上，單點。題上，單點。「瀌瀌」二句、「况值」三句，圈。

金明池 乙百二十

憶亳村草堂，奉柬徐南高姑丈[一]

陣陣樵風，層層花浪，中是康崇舊宅。有不斷、湖光杳靄，遥山翠陰霽皆滴。老梅花、玉偃銀僵，更門外、無數浦帆林笛。記銜酒橋南，尋詩巷北，細雨帽簷都側。　一自飄流辭鄉國。剩露井閒苔，和愁堆碧。空廊鎖、桐花半畝，壞屋走、松枝千尺。賴故人、縛帚鉏園，早為我添修，藥欄雞柵。料來歲花開，前村社散，頻夢春城羈客。

墨尾（收）：思鄉懷舊，情緒黯然。末句點綴夢況，更覺杳靄迷離。

校記：

［一］此首蔣本有。詞題，諸本無「奉」、「姑丈」。

圈點：

墨筆：調上，單點。題上，單點。「遥山」句、「記銜」三句、「剩露」二句、「賴故」三句、「頻夢」句，圈。

金明池

茉莉[一]

海外冰肌，嶺南雪魄[二]，銷盡人間溽暑。曾種在、越王臺下，記着水、和露初吐。偏花田、千頃玲瓏，惹多少、年小珠娘凝覷。奈賈舶無情，茶船多事，載下江州溢浦。姊妹飄流離鄉土。悵異域炎天，黯然誰與。燕姬戴、斜拖辮髮，朔客嗅、爛斟駝乳。望夜涼、白月橫空，想故國簾櫳，舊家兒女。只鸚鵡籠中，鄉閔情重，相對商量愁苦。

朱尾（曹亮武）：風土景物，寫出尋常花鳥，多情如許。

墨尾：似與鬘花作弔，如與雅友談心，綺情麗態，小窓喁喁，遂為詞家極則。[三]

校記：

[一] 此首蔣本有。

[二]「魄」，患立堂本、浩然堂本作「塊」。

[三] 此評筆跡與全稿同。

圈點：

朱筆：調上，單點。題上，單點。「偏花」五句、「望夜」六句，圈。

夏雲峰百二十

蘧庵先生歸自吳門，聞攜有秋岳先生新詞，作此奉柬[一]

夾岍輕陰，滿塘細雨，惹得亂帆堆緑。片石上、千塲簫鼓，高臺後、幾番麋鹿。記臯橋、近泰娘家，恰梔子將開，枇杷初熟。只白髮江潭，東京遺老，傷心南朝艷曲。　近日征南軍馬盛，料不比當年，家家絲竹。水驛閉、龍舟誰競，烟舫歇、蓮歌莫續。想連天、淼淼長洲，儘野鳥頻啼，沙鷗輕浴。且載得金荃，攜將蘭畹，歸當忘憂小録。

朱尾（曹亮武）：聲悽調急，如聞江上桓伊笛。

校記：

［一］此首《瑶華集》、《詞覯續編》選。調名，患立堂本、浩然堂本作「金明池」。詞題，《瑶華集》、《詞覯續編》作「蘧庵攜秋岳先生新詞奉柬」。有朱筆寫「選」。

圈點：

朱筆：調上，單點。題上，單點、三圈。「記臯」六句、「水驛」八句，圈。

白苧 百二十五字

早秋飲蘧翁先生宅，隔墻聞絃索聲[一]

淡銀河，映缸面，紅鱗微白。蕉軒梧徑，雅稱秋晴寂歷。更蒙茸、幽花雜卉徧狼籍。快意儘樽前，休苦問、戰旗消息。日没杯闌，再向空堦布席。有萬斛西風，把小墀都拭。疑惑。幾層薜荔，一帶繚垣，何來遞響，高下玲瓏之極。久知是隔院，檀槽低摘。凄凄四座，似蘆花楓葉，潯陽夜舶。惹得今宵，無數吟蛩，墻下於邑。併入哀絲，倍作凉颸激。

「幾層薜荔，一帶繚垣」句墨側：盧時謂曰：步驟從容。[二]

朱尾（曹亮武）：眼前境地，叙致楚楚，正復黯然。

黄珍百曰：情思幽長，光怪百出，其翁不飧赤城霞乎？否則何為字字五色也。

盧時謂曰：豪上之氣，轉成悲慨，如讀摩詰《山中人歌》。[三]

校記：

[一] 詞題「翁」，患立堂本、浩然堂本作「庵」。

[二] 此評筆跡與全稿似。

[三] 此二評筆跡與全稿似。

圈點：

朱筆：調上，單點。題上，單點。「快意」二句、「凄凄」八句，圈。

笛家乙百廿乙字

屢擬過萬子紅友郊庄探梅，連雨不止，詞以柬之[一]

五里鶯聲，半村花氣，南郊迤邐，歸樵遥指君家近。屋頭濕翠，窓眼踈香，濺裙水漲，落燈風緊。准擬携琴，也思側帽，與細箋離恨。渡斜橋，背山郭，一片酒旗作陣。隱隱。[二]詎知連日，烟迷楚岫，柳髩全低，雪壓吴天，蘭心乍困。贏得、倚偏雕闌日晚，吹徹玉簫凉嫩。况添西樓，夜窓踈雨，滴碎人方寸。便有日，訪溪梅，多管落英鋪粉。

墨尾（徐喈鳳）：寫情布景，婉轉多姿。

校記：

[一]此首蔣本有。詞題，患立堂本、浩然堂本無「萬子」二字。

[二]「隱隱」，諸本在下闋，依律是。

圈點：

朱筆：調上，單點。題上，單點。

墨筆：「窓眼」句、「落燈」句、「渡斜」四句、「烟迷」六句、「滴碎」句、「多管」句，圈。

春風裊娜 乙百廿五字

甲寅元夜

記舊時元夜，月挂紅樓。釵影亂，笑聲柔。火蛾兒、簇着凝粧艷粉，輕盈妖冶，[一]打塊成毬。的的[二]春嬌，溶溶夜景，夾路銀花爛不收。一曲紫綃催薄醉，六街絳蠟試清謳。誰料一天冰彩，化為絲雨，隨風去、灑徧皇州。縈蝶翅，困鶯喉。誰家拋盞，何處藏鬮。微雪猶零，怕沾鞋印，碧雲未合，莫上簾鈎。風光非舊，歎傳柑佳會，今年換做，萬里邊愁。

朱尾（曹亮武）：極言岑寂處，却爛如披錦，胸中疑吞五彩鳳。

校記：

[一]「輕盈妖冶」，墨筆後添。

[一二]「的的」，原寫「澹澹」，墨筆校改。

圈點：

朱筆：調上，單點。題上，單點。「夾路」三句、「微雪」八句，圈。

蘭陵王百三十一

秋況[一]

倚簾閣。爽氣直通[二]寥廓。凉瓦上，澹澹初暘，影似干將淬[三]秋鍔。搗衣聲[四]亂作。響入愁人院落。西風峭，陡把素砧，攙入霜天白翎雀。　曲終睡還着。夢匹馬長城，迤邐沙漠。渾河路黑探兵錯。見都尉毳帳，賢王獵火，敵樓颯颯起鶻鶚。下短草如削。　驚覺。倍蕭索。漸暮色蘢葱，水烟噴薄。夜蟾早逗東墻角。照滿地青桂，半堦[五]紅藥。可憐月底，又送到，深巷[六]柝。

朱尾（徐喈鳳）：自朝至暮，夢中月底，通是秋意，而夢境更極切時，雖幻而真也。

《詞則・放歌集》：（上闋）全以骨力勝，短兵相接，精悍逼人。◎一夢一醒，天然段落，姿態横生。◎結迴應「擣衣」句並入夢之情，意味甚永。

校記：

[一] 此首蔣本、《百名家詞鈔》本有，《詞則・放歌集》選。

[二]「通」，蔣本作「逼」。

[三]「淬」，《詞則・放歌集》作「碎」。

[四]「衣聲」，《百名家詞鈔》本作「夜深」。

[五]「堦」，患立堂本、浩然堂本作「街」。

[六]「巷」，《百名家詞鈔》本作「更」。

圈點：

朱筆：題上，尖圈。「西風」三句、「渾河」句、「驚覺」七句，圈。「可憐」三句，雙圈。

《百名家詞鈔》本：「攙入」句、「可憐」三句，圈。

《詞則・放歌集》：題上，單點雙圈。「涼瓦」八句，點。「曲終」句，圈。「敵樓」二句，點。「驚覺」二句，圈。「夜蟾」句，點。「可憐」三句，圈。

大酺乙百三十三字

溪行野店小飲即事

正野塘邊，春帆底，水膩吳綾一束。看看寒食到，小梅英粧褪，暗彫香玉。杏蕊撩晴，鶯雛拂曉，幾對鵁鶄争浴。板橋西客店，颭酒旗作陣，帶烟斜撲。有秀靨映門，嬌波窺户，當壚情熟。　篙師休浪促。夾衣鮮、貰飲何須贖。君不見、一生惆悵，半世因循，吳霜偷换，脩蛾緑。況聽關山夜，流多少、從軍笛曲。拚美醞、傾千斛。轉船鮮纜，社燕風簾相觸。泥香輕墮簌簌。

朱尾（曹亮武）：怨粉愁香，處處縈情特甚，涉筆俱成妙緒。

圈點：

朱筆：調上，單點。題上，單點。「杏蕊」三句、「君不」三句、「轉船」三句，圈。

大酺百三十三

題毘陵海烈婦祠，用《片玉詞》韻烈婦，徐州人，流落毘陵，艷色為漕卒所窺，迫之，不屈而死。[一]

悵廟竿紅，垣衣碧，門外銀濤雪屋。群妃蓬島讌，御天風來往，釵鈴戛觸。寂寂小姑，愔愔聖女，苦鳥啼歸修竹。古苔壞墻滿，任脱韁石馬，画廊眠熟。歎螺髻煤殘，蝶裙灰盡[二]，夜長人獨。　靈旗歸太速。神絃歇、醉覡扶輦轂。可惜是、亂水彭城，舊家小沛，望鄉徒極[三]登臨目。入不言兮出，學唱箇、秋墳鬼曲。怨青塚、留江國。班班[四]恨血，土花墳起紅菽。水腥打滅翠燭[五]。

朱尾（史可程乙）：俶詭離奇，洞心駴目，昌黎《南海廟碑》、《湘夫人祠記》，不足多也。嚮讀吊海烈婦諸詩文，塵穢欲嘔，得此廓清，可令烈婦吐氣。

《戲鷗居詞話》：海烈婦，徐州人，流落毘陵。豔色為漕卒所窺，迫之，不屈而死，立祠毘陵。陸雲士爲作傳。迦陵填《大酺》一闋，用《片玉詞》韻弔之云。

校記：

[一] 此首蔣本有。

[二]「盡」，患立堂本、浩然堂本作「燼」。

[三]「極」，蔣本作「切」。

[四]「班班」，患立堂本、浩然堂本作「斑斑」。

[五]「翠燭」，《戲鷗居詞話》作「翠竹」。

圈點：

朱筆：題上，單點。「悵廟」三句、「御天」二句、「任脱」五句、「可惜」五句、「班班」三句，圈。

墨筆：題上，單點。

瑞龍吟 乙百三十三

夏景[一]

天將曙。黯淡殘月窺窻，朝霞映樹。起來喚婢移床，貪他井畔，早涼無數。　悵誰與。俄頃碧雲低捲，火輪高吐。海天萬里炎蒸，渴龍夭矯，陽烏旋舞。　恰喜水邊桐際，風簾澒洞，曠然無暑。長晝且將馬蹄，秋水閒註。松風小沸，親柝旗槍煮。還消受、竹肌墜粉，荷珠跳雨。漸漸斜陽暮。亂蟬嘶到，最消魂處。茉莉枝頭乳。浴罷碧闌干，簫聲一縷。無人只有，冷螢來去。

朱尾（史可程丙）：絲縈縷折，璧合珠聯，既參伍以盡變，復磊砢而多風，倚聲神手也。

校記：

［一］此首鈐二「彊善堂主人對訖」印。又鈐「烏絲」印。

圈點：

朱筆：調上，單點。題上，單點。「天將」句、「起來」三句、「俄頃」二句、「長晝」二句、「還消」十句，圈。

六醜百四十[一]

秋日將往吴門，先寄園次、澹心、展成、既庭諸子

倚晴闌極目，見檻外、吴山如積。罷酒登艫，尾烟篷浪舶。舞破空碧。問舘娃何處，亂鴉啼换了，水鄉江國。渚蓮低掩紅衣泣。似倚寒塘，暗傷斜日。將愁惹他行客。悵千年覇氣，彌望陳蹟。　故人寂寂。住盤門小宅。臨頓荒園，蕭然裙屐。來朝候我簷隙。准秋燈夜緑，對床同剔。奈烟郭、猶遮數驛。且趂着、萬頃洞庭縹緲，挂西風席。船娘唱、水面争出。共江関、一片参差櫓，更闌聽得。

朱尾（史可程乙）：寄託深杳，寫景凉豔，直作一篇《蜀道難》讀，若《渭陽三疊》，直當以羯鼓洗之耳。

校記：

［一］詞調，患立堂本、浩然堂本作「箇儂」，下注「六醜」。此首未鈐「彊善堂主人對訖」印。

圈點：

朱筆：調上，單點。題上，單點。「罷酒」三句、「渚蓮」四句、「來朝」三句、「船娘」三句，圈。

卷十二　《迦陵詞》木冊

陳檢討詞稿　乙丑四月温肅敬題

木　癸亥二月廿日抄訖

哨遍

迦陵詞[一]

校記：

[一]此頁似陳宗石手跡。鈐印二方：「詞龕墨緣」、「李放曾藿」。

木[二]

望江南[三]　江南春　滿江紅[三]　哨遍　念奴嬌　踈影　春霽　賀
新郎又[四]　千秋歲[五]　過秦樓　春光好　沁園春　帝臺春　滿庭

芳[六]　念奴嬌　齊天樂　黃河清慢　婆羅門引　春夏兩相期[七]　菩薩蠻又　行香子　沁園春又　滿庭芳又[八]　賀新郎又[九]　念奴嬌又　洞仙歌又[十]　點絳唇又　西江月又　滿江紅又[十一]　南鄉子　水調歌頭又
采桑子　燭影摇紅　醉春風　多麗[十二]　稍遍　酷相思　玉女摇仙佩
蘇武慢　念奴嬌又　花犯　沁園春又　賀新郎又　稍遍　踏莎行[十三]
魚游春水[十四]　滿江紅　滿庭芳[十五]　水龍吟　沁園春　減字木蘭花
惜餘春慢　鳳凰臺上憶吹簫又　天門謡[十六]　探春令又　虞美人　千歲秋[十七]　滿庭芳[十八]　金菊對芙蓉　念奴嬌　沁園春　賀新郎　念奴嬌　江城子　水調歌頭　春從天上來　定風波　滿江紅又[十九]　觧蹀躞　洞仙歌[二十]　霜葉飛　爪茉莉　破陣子　齊天樂　水調歌頭
壽楼春　眉嫵　風流子　雪獅兒[二十一]　荔枝香　水龍吟　柳枝　東風第一枝　紅情[二十二]　女冠子二体　祝英臺近　滿庭芳[二十三]　木蘭花慢　小桃紅　蝶戀花　洞仙歌[二十四]　菩薩蠻　一叢花　浣溪紗　蓦山溪　永遇樂　喜遷鶯　菩薩蠻　倦尋芳　滿江紅[二十五]　醉春風

風流子　祝英臺近又　滿庭芳[二十六]　摸魚兒　綺羅香又　百字令　瑞
龍吟　賀新郎　洞仙歌[二十七]　探春令　浣溪紗　師師令　玉樓春
蘭陵王[二十八]　長亭怨慢　水龍吟　夏初臨　齊天樂　撲蝴蝶　沁園春
又　六州歌頭　綺羅香　鷓鴣天　蘇武慢　晝錦堂　賀新郎　玉女度
千秋[二十九]　蝶戀花　賀新郎[三十]　一叢花　擊梧桐　臨江仙　水調
歌頭又　哨遍　木蘭花慢　四園竹　渡江雲又　漁家傲　沁園春　南
鄉子　閨怨無悶　新荷葉　隔浦蓮近拍　滿江紅　鮮語花　賀新郎
鵲橋仙　摸魚兒[三十一]

校記：

[一]此目録筆跡與金冊目録同，與全稿不同。詞牌旁多鈐「彊善堂主人對訖」印，不一一説明。

[二]「望江南」，墨筆後添。

[三]「滿江紅」改鈐「待弔青蠅」、「素溪」印。

[四]「賀新郎」，無鈐印。

[五]「千秋歲」，原稿有墨筆劃跡。

［六］「滿庭芳」改鈐「待弔青蠅」、「素溪」印。

［七］「春夏兩相期」，無鈐印。

［八］「滿庭芳」改鈐「待弔青蠅」、「素溪」印。

［九］「賀新郎」，無鈐印。

［十］「洞仙歌」改鈐「待弔青蠅」、「素溪」印。

［十一］「滿江紅」改鈐「待弔青蠅」、「素溪」印。

［十二］「多麗」，墨筆後添。

［十三］「稍遍」、「踏莎行」，無鈐印。

［十四］「魚游春水」加鈐「待弔青蠅」印。

［十五］「滿江紅」、「滿庭芳」改鈐「待弔青蠅」、「素溪」印。

［十六］「天門謡」，無鈐印。

［十七］「千歲秋」，應從正文作「千秋歲」。

［十八］「滿庭芳」改鈐「待弔青蠅」、「素溪」印。

［十九］「滿江紅」改鈐「待弔青蠅」、「素溪」印。

［二十］「洞仙歌」改鈐「待弔青蠅」、「素溪」印。

［二十一］「雪獅兒」加鈐「待弔青蠅」、「素溪」印。

[二十二]「紅情」改鈐「待弔青蠅」、「素溪」印。

[二十三]「滿庭芳」改鈐「待弔青蠅」、「素溪」印。

[二十四]「洞仙歌」改鈐「待弔青蠅」、「素溪」印。

[二十五]「滿江紅」改鈐「待弔青蠅」、「素溪」印。

[二十六]「滿庭芳」改鈐「待弔青蠅」、「素溪」印。

[二十七]「洞仙歌」改鈐「待弔青蠅」、「素溪」印。

[二十八]「蘭陵王」，無鈐印。

[二十九]「賀新郎」、「玉女度千秋」，無鈐印。

[三十]「賀新郎」，無鈐印。

[三十一]「摸魚兒」，墨筆小字後添，無鈐印。

望江南

宛城五日追次舊游，漫成十首[一]

重五節，記得在金陵。綠水没腰連夜雨，錦帆啣尾半河燈。往事思騰騰。

校記：

[一]此十首蔣本有。詞調，蔣本作「憶江南」。詞題，患立堂本題後無「十首」。

圈點：

朱筆：調上，單圈。題上，單圈。「錦帆」二句，圈。

藍筆：題上，單圈。「往事」句，圈。

重五節，記得在南徐。紅板鬧喧停畫鷁，翠花磁瀡貯黄魚。踏浪最憐渠。

圈點：

朱筆：「踏浪」句，圈。

藍筆：無。

重五節，記得在揚州。歌板千群游法海，酒旗一片寫高郵。茉莉打成毬。

圈點：

朱筆：「歌板」三句，圈。

藍筆：「歌板」三句，圈。

重五節，記得在吳門。北寺墻頭蘭葉髻，桐橋船裡墨花裙。那許不銷魂。

圈點：

朱筆：「北寺」三句，圈。

藍筆：「北寺」三句，圈。

重五節，記得在西湖。萬馬錢塘堤上戲，六橋士女鏡中趨。髣髴射潮無。

圈點：

朱筆：「六橋」二句，圈。

藍筆：無。

重五節，記得在嘉興。也共朱郎朱子蓉茂暻湖上飲，菖蒲花底醉難勝。别後見何曾。

圈點：

朱筆：無。

藍筆：「别後」句，點。

重五節，記得在如皋。小展簟紋融似水，楊枝低唱紫雲簫。回首路迢迢。

圈點：

朱筆：「小展」三句，圈。

藍筆：「小展」三句，圈。

重五節，記得在前門。廟市花盆籠蟋蟀，門攤錦袋養鵪鶉。榴火帝城春。

圈點：

朱筆：「榴火」句，圈。

藍筆：無。

重五節，記得在家鄉。麝粉細調蛾子緑，虎釵新破繭兒黄。扼臂五絲長。

圈點：

朱筆：「麝粉」三句，圈。

藍筆：「麝粉」三句，圈。

重五節，今歲在南陽。墻脚蝸牛行艾葉，簷牙鳩婦話榴房。絲雨濕年光。

藍尾（冬）：氣若吹蘭，芬芳竟體，恨不使雪兒歌之，為天中絶唱也。

圈點：

朱筆：「墻脚」三句，圈。

藍筆：「墻脚」三句，圈。

江南春百十一字

本意，和倪雲林原韻[一]

風光三月連櫻笋。美人躊躇白日静。小屏空翠颭東風，不見其餘見衫影。無端料峭人歸遲，春[二]閨冷。忽憶青驄別鄉井。長將妾淚䩄紅[三]巾。願作征夫車畔塵。春去急。雨絲滿院流光濕。錦書道遠嗟奚[四]及。坐[五]守吳山一春碧。何日功成還馬邑。雙倚枇杷[六]花樹立。夕陽飛絮化為萍。攬之不得徒營營。

墨尾(王士祿)：此調最難填，以其近歌行也。此作字字當行，不可移作七言古詩。

《詞則·大雅集》：怨深思厚，是其年最高之作，幾不知有周、姜，何論張、史。

《白雨齋詞話》卷四：迦陵詞，惟《江南春》「和倪雲林原韻」一章，最為和厚，全集三十卷，僅見此篇。怨深思厚，深得風人之旨。

《迦陵詞選評》：綿邈若此，詞中殊不多見，可謂絕佳風人之致也。

校記：

[一]此首蔣本有，《瑶華集》、《草堂嗣響》、《詞則·大雅集》、《全清詞鈔》選。詞題，《瑶華集》「原韻」作「先生」；《草堂嗣響》作「和倪雲林」；《詞則·大雅集》作「和倪雲林原韻」。無朱筆「对」。

[二]「春」，《草堂嗣響》作「深」。

[三]「䩄紅」，《草堂嗣響》作「洒羅」。

[四]「奚」，蔣本、《瑶華集》、《草堂嗣響》作「何」。

［五］「坐」，《草堂嗣響》作「空」。

［六］「枇杷」，《詞則·大雅集》作「琵琶」。

圈點：

朱筆：調上，單點。題上，單點。「小屏」二句、「忽憶」、「長將」二句，圈。「人歸」二句，點。「坐守」句，圈。「何日」二句，點。「夕陽」二句，圈。

墨筆：題上，單圈。「不見」句、「長將」二句、「坐守」句，圈。

《詞則·大雅集》：題上，三圈。「小屏」二句、「長將」二句、「坐守」句、「夕陽」二句，圈。

滿江紅

題尤悔庵小影，次韻［一］

快馬健兒，記當日、先生自許。誰信道、驊騮一蹶，長鳴憶主。凄切新詞楊柳月，悲凉雜劇梧桐雨。悔庵工樂府。《梧桐雨》，元白仁甫所撰。更北平、囬首暮雲低，呼鷹處。悔庵司李北平。　朝共市，難容與。山共水，聊延佇。且岑牟單絞［二］，搔頭箕踞。千石硬弓千日酒，三條樺燭三撾鼓。正男兒、失路述生平，踦閭語。踦閭而語，見《公羊》。

墨尾（王士祿）：字字警策，結尤佳。

校記：

［一］詞題，浩然堂本題後加「二首」。此首有「待弔青蠅」、「素溪」印，前者上有墨筆「对」。有朱筆寫「補」。無朱筆「对」。

［二］「單絞」，原稿殘損，「單」字頭尚能辨識，據諸本補。

圈點：

朱筆：調上，單點。題上，單點。「快馬」二句、「更北」二句、「千石」四句，圈。

墨筆：題上，單圈。「快馬」二句、「更北」二句、「正男」二句，圈。

天語琳琅，曾比汝、殿前之柳。今老矣、漫云才子，居然聱叟。三弄笛吹桓子野，雙丸髻挽王曇首。儘數來、作達昔人多，如君否。　脚有鬼，還叉手。舌尚在，終開口。肯車中閉置，學他新婦。麯道士為盤内舞，銅將軍侑花前酒。對董龍、半醉語喃喃，何鷄狗。「董龍，爾是何鷄狗？」見《南北史》。［一］

墨尾（王士禄）：語語作掀騰攫拏之狀。

圈點：

朱筆：「天語」四句，點。「儘數」二句，圈。「脚有鬼」、「舌尚在」，點。「肯車」六句，圈。

墨筆：詞上，單點。「漫云」二句，點。「麯道」四句，圈。

校記：

[一] 此首有「待弔青蠅」、「素溪」印，前者上有墨筆「对」。無朱筆「对」。

哨遍

酒後柬丁飛濤，即次其贈施愚山韻[一]

被酒佯狂[二]，脱帽驩呼，頭没酒杯裏。記昨年、馬角未曾生，幾喚公為無是。君不見莊周，漆園小[三]吏。洸洋玩弄人間世。又不見信陵，暮年潦倒[四]，醇酒婦人而已。為汝拔劍上崦嵫。令虎豹君門勿然疑。古人有云，雖不得肉，亦且快意。君言在遼西。大魚如阜海無際。飢咽冬青子。雪窖人聊復爾。土炕夜偏長，燭花坌湧，琵琶帳外連天起。更萬里鄉心，三更雁叫，那不愁腸如醉。我勸君莫負賞花時。幸歸矣長嘘復奚為。算人生、亦欲豪耳。今宵飲慱達旦，酒三行[五]以後，汝為我舞[六]，吾為若語，手作拍張言志。黄鬚笑捋凭紅肌。論英雄、如此足矣。

墨眉(何鐵):龍若云:此作秦、黄從未夢見者。

墨尾(王士祿):此作尤奇絶。

《詞則·放歌集》:一氣盤旋,排山倒海,真霸才也。(「君不」八句)掉臂游行,有獨往獨來之概。◎後幅起勢更蒼莽。◎萬派朝宗,收束處淋漓悲壯。

《白雨齋詞話》卷八:其年「柬丁飛濤」一篇,起云:「大叫高歌,脱帽歡呼,頭没酒杯裏。」又云:「君不見莊周,漆園傲吏。洸洋玩弄人間世。又不見信陵,暮年失路,醇酒婦人而已。」又云:「我勸君莫負賞花時。幸歸矣長嘘復奚為。算人生、亦欲豪耳。今宵飲博達旦,酒三行以後,汝為我舞,吾為若語,手作拍張言志。黄鬚笑捋憑紅肌。論英雄、如此足矣。」又《西平樂》「王谷卧疾村居,拏舟過訊」云:「只須剪燭,無煩烹韭,欲與君言,竟上君牀。君不見、石鯨跋浪,鐵馬呼風,今日一片關山,五更刁斗,何處乾坤少戰場。」筆力未嘗不横絶,惜其一發無餘。

校記：

[一]此首蔣本有，《今詞苑》、《荊溪詞初集》、《瑶華集》、《詞觀續編》、《詞則·放歌集》、《全清詞鈔》選。原稿重出，《今詞苑》、《荊溪詞初集》、《瑶華集》、《詞觀續編》文字，同另寫稿。眉上鈐「南耕」印。有朱筆寫「選」。無朱筆「对」。

[二]「被酒佯狂」，患立堂本、浩然堂本、《詞則·放歌集》、《全清詞鈔》作「大叫高歌」。

[三]「小」，患立堂本、浩然堂本、《詞則·放歌集》、《全清詞鈔》作「傲」。

[四]「潦倒」，患立堂本、浩然堂本、《詞則·放歌集》、《全清詞鈔》作「失路」。

[五]「行」，原稿殘損，據諸本補。

[六]「我舞」，蔣本作「吾舞」。

圈點：

朱筆：調上，單點。題上，單點、三圈。「記昨」二句，圈。「君不見」，點。「莊周」、「漆園」二句，圈。「又不見」，點。「信陵」、「暮年」二句，圈。「為汝」二句，點。「古人」三句、「君言」、「大魚」句、「土炕」六句、「我勸君」，圈。「莫負賞花時」、「幸歸」二句，點。「今宵」七句，圈。

墨筆：題上，單圈、單點、四圈。

《詞則·放歌集》：題上，單點雙圈。「大叫」三句、「君不」十一句、「君言」十句、「筭人」八句。

念奴嬌

尤展成招飲草堂，同丁飛濤、彭雲客、宋既庭、御之即席分賦，同用飛濤韻〔一〕

别來何久，喜今朝坐上，五君二仲。時坐客共七人。〔二〕齊作鎮西鸜鵒舞，舞罷持杯高咏。蹴踏齊梁，憑陵晋魏，白眼看唐宋。髀雖生肉，公然意氣豪縱。　最是月落参横，主人留客，不放歸鞭控。能得幾塲花下醉，况是吴宫如夢。錦瑟憐誰，青萍負我，快作臨風弄。唾壺缺盡，狂歌亂擊春甕。

墨尾（王士禄）：掣筆輒得豪縱，吾妬其腕。

校記：

〔一〕此首蔣本、《百名家詞鈔》本有，《古今詞選》、《昭代詞選》選。詞題，《百名家詞鈔》本作「尤展成招飲，即席分賦，用葯園韻」。未鈐「抄」印。有朱筆寫「選」。無朱筆「对」。

〔二〕蔣本、《百名家詞鈔》本、《古今詞選》、《昭代詞選》無此小注。

圈點：

朱筆：調上，單點。題上，單點、三圈。「蹴踏」五句、「能得」七句，圈。

墨筆：題上，單圈。「能得」二句、「狂歌」句，圈。

《百名家詞鈔》本：「蹴踏」五句、「錦瑟」五句，圈。

踈影

憶鄧尉梅花[一]

佳人空谷。有銅坑千樹，瀟湘一幅。暗記當年，纔過收燈，有人約探林屋。参差帽影鞭絲裡，飣飣得、許多濃緑。便歸來、攜取氷魂，併入小窓横竹。　　詎料今年病裡，東君又過去，九分之六。冷落看花，情性懵騰，且把道書閒讀。不緣修道緣伊冷，恐辜負、樓東瘦玉。忍餘寒、夢到深山，細問一春幽獨。

校記：

［一］此首鈐二「彊善堂主人對訖」印。題下鈐「南耕」印。無朱筆「对」。

圈點：

朱筆：題上，單點。「参差」四句，圈。「東君」二句，點。「冷落」七句，圈。

墨筆：題上，單圈。「参差」四句、「冷落」三句，圈。

春霽

春寒撥悶作[一]

三[二]月吳天，那肯碧，帶暝連陰[三]做黑。簾閣空憑，角巾長塾，心事對誰人[四]說。尋覓覓。城南行遍還城北。向甚處問取，酒旗歌扇舊踪跡。　算是除却，社燕堂前，今朝更無，一箇相識。悶無聊、豪情不禁，當街倚醉拓金戟。一任酒狂喧巷陌。[五]怎奈易醒，不如歸擁羅衾，㒹㒹睡過，一年寒食。

「三月」三句墨側（王士祿）：妙。

「城南行遍還城北」句墨側（王士祿）：茫茫。

墨尾（王士祿）：結是兒女語、英雄氣。

《詩餘花鈿集》：雲間徐西崖有「莫怪有愁眠，不得落花天氣正春寒」之句，足以檃栝此詞。

校記：

［一］此首蔣本、《百名家詞鈔》本有，《詩餘花鈿集》、《國朝詞雅》、《全清詞鈔》選。無朱筆「对」。

〔二〕「三」，《詩餘花鈿集》作「二」。

〔三〕「陰」，《詩餘花鈿集》作「烟」。

〔四〕「誰人」，《詩餘花鈿集》作「人難」。

〔五〕「一任酒狂喧巷陌」，《詩餘花鈿集》作「一任我酒狂巷陌」。

圈點：

朱筆：調上，單點。題上，單點。「三月」三句、「向甚」二句、「笄是」四句、「怎奈」四句，圈。

墨筆：題上，單圈。「三月」三句、「向甚」二句、「笄是」四句、「怎奈」四句，圈。

《百名家詞鈔》本：「三月」三句、「城南」句、「笄是」四句，圈。

賀新郎

作家書後題芝蘭堂壁間蘆雁圖〔一〕

剪燭裁書罷。繞廊行、偶然瞥見，壁間小畫。一派離鴻千萬點，掩映漁村蟹舍。有飛且、悲而鳴者。囬首蕭閑驚瘦影〔二〕，儘商量、説盡思鄉話。捱不了，凄凉夜。春城又聽嚴更打。鎮無言、潸然紅雨，淚如鉛瀉。嘹嚦數聲來紙上，如在蘆花之下。我亦是、潯陽司馬。曾記篷窓逢落雁，便畫圖、此景看還怕。君莫向，高齋挂。〔三〕

墨眉（王士禄）：句法奇。

墨眉（王士禄）：曲折盡情。

校記：

［一］此首眉上墨筆寫「重」，後點去。實重出，此稿文字同《詩餘花鈿集》選。詞題「芝蘭堂」，墨筆校改作「范龍仙」。全題，《詩餘花鈿集》作「作家書後題壁間蘆鴈圖」。未鈐「抄」印。有朱筆寫「選」。無朱筆「对」。

［二］「瘦影」，《詩餘花鈿集》作「影瘦」。

［三］患立堂本卷二十六末有跋，殆述此詞，以此疑原稿爲陳維崧手書。跋云：宗石校刊先伯兄詞集將竣，忽于敗篋中檢得《賀新郎》一闋，乃「作家書後題范龍仙書齋壁上蘆雁圖」詞，急讀之，與刊本題同、調同、韻同、起落同，中多異，亦先兄自書者，王西樵先生所評騭，因并録楮尾。「剪燭裁書罷。繞廊行、偶然瞥見，壁間小畫。一派離鴻千萬點，掩映漁村蟹舍。有飛且、悲而鳴者。回首蕭閑驚瘦影，儘商量、說盡思鄉話。捱不了，凄凉夜。　春城又聽嚴更打。鎮無言、潸然紅雨，淚如鉛瀉。嘹嚦數聲來紙上，如在蘆花之下。我亦是、潯陽司馬。曾記篷窗逢落鴈，便畫圖、此景看還怕。君莫向，高齋掛。」

圈點：

朱筆：調上，單點。題上，單點。「剪燭」三句，點。「有飛且」句、「儘商量」四句，圈。「嚴更」三句，點。「嘹嚦」七句，圈。

墨筆：題上，單圈。詞題，點。「有飛且」句、「儘商量」句、「嘹嚦」七句，圈。

藍筆：「儘商量」句、「嘹嚦」七句，圈。

千秋歲

詠紙鳶[一]

翩翩自喜。跌宕青天裡。麥鐵杖，鳶肩子。盤空箏夜叫，削草鷹秋起。輕[二]俊也，一場搬弄真兒戲。　三十年前事。觸着難忘記[三]。楊花港，桃花寺。隣童誰更在，老眼頻經此。重拈看，原來依舊情如紙。

墨首（王士祿）：三作感慨、調笑皆有之，字字沈著痛快。

校記：

[一]此首蔣本有。此作凡二首，有墨筆批語「此後脱去一葉」。後另有鈔寫，二首全。詞題，

浩然堂本後加「二首」。未鈐「抄」印。題下鈐「南耕」印，又涂去。無朱筆「对」。

［二］「輕」，另寫作「清」。

［三］「記」，另寫作「起」。

圈點：

朱筆：調上，單圈。題上，單點。「翩翩」二句，點。「麥鐵」二句、「輕俊」二句、「隣童」四句，圈。

墨筆：題上，單圈、三圈。

藍筆：題上，三圈。上闋、「隣童」四句，圈。

惜餘春慢［一］

松陵城外經踈香閣故址感賦 閣係才媛葉瓊章讀書處。［二］

鳥啄雙環，蝶粘交網，此是阿誰門第。背手循廊，墊巾繞柱，［三］直恁冷清清地。想為草没空園，総到春歸，也無人至。只櫻桃一樹，有時和雨，暗垂紅淚。　料昔日、人在小樓，紗窓簾閣，［四］定比今番不似。立盡街心，望殘闌角，［五］何處玉釵聲膩。惟有門前遠山，還學當年，眉峰空翠。枉教人、緩了香車，閣向東風斜倚。［六］

「總到春歸，也無人至」句朱側（藏）：極慘極妙。

朱眉（藏）：人去樓空，□魂安在，得其年綺倩之筆，憑吊欷歔，應令朱顏感泣地下。

墨尾（王士祿）：讀之增人惝恍。

《雲韶集》：（「直恁」七句）情詞雙絶，骨力似竹山，體格兼東坡、淮海，真一時絶技。（「惟有」三句）何等感慨，何等姿態。

《詞則·大雅集》：（「惟有」三句）景中帶情，屏去浮艷。

《迦陵詞選評》：異代之怊悵，爲才之足相憐也，而况才媛耶？其情進乎憐才，却不犯媛。

校記：

[一] 詞調，墨筆校改作「過秦樓」，諸本俱同，《昭代詞選》作「選冠子」。

[二] 此首蔣本、《百名家詞鈔》本有，《荊溪詞初集》、《瑤華集》、《亦園詞選》、《詞覯續編》、《昭代詞選》、《國朝詞雅》、《國朝詞綜》、《惆悵詞前集》、《詞略》、《雲韶集》、《詞則·大雅集》選。詞題，蔣本、《瑤華集》、《亦園詞選》、《詞覯續編》、《昭代詞選》無「感賦」二字，《瑤華集》、《亦園詞選》將題下小注移至詞末；全題，《荊溪詞初集》作「松陵城外踈香閣故址才媛葉瓊章讀書處」，《百名家詞鈔》

本、《國朝詞雅》作「過踈香閣，址乃才媛葉瓊章讀書處」。此首末鈐「履端印」，眉上鈐「南耕」印。

〔三〕「背手循廊，墊巾繞柱」，墨筆校改作「墊巾繞柱，背手循廊」，諸本同。

〔四〕「紗窗簾閣」，墨筆校改作「窗兒簾子」，諸本同。

〔五〕「立盡街心，望殘闌角」，墨筆校改作「望殘屋角，立盡街心」，諸本同。

〔六〕「枉教人、緩了香車，閣向東風斜倚」，墨筆校改作「憶香詞尚在，吟向東風斜倚」，諸本同。

圈點：

朱筆：調上，單圈。題上，三圈。「此是」句、「想為」三句，圈。「料昔」二句，點。「定比」句、「何處」四句，圈。

墨筆一：題上，單圈。「烏啄」三句、「直恁」七句、「料昔」三句、「何處」五句，圈。

墨筆二：題上，單點。「背手」三句，點。「総到」五句、「定比」句、「何處」三句，圈。

《百名家詞鈔》本：「直恁」句、「有時」二句、「定比」句、「惟有」三句，圈。

《荊溪詞初集》：「総到」五句、「料昔」三句、「惟有」五句，圈。

《詞略》：「有時」二句，圈。

《雲韶集》：「直恁」七句、「惟有」三句，圈。

《詞則・大雅集》：題上，單點單圈。「想為」六句，點。「惟有」三句，圈。

春光好

桐川道中作[一]

鴶鵴叫，戍樓平。漆燈明。一路春田四月，少人耕。　惡木叢中古驛，亂山缺處孤城。安得短衣看射虎，過殘生。

朱首（藏）：大雅遺音。

「惡木叢中古驛」句朱側（藏）：画。

校記：

［一］此首蔣本、《百名家詞鈔》本有，《國朝詞雅》、《詞則·放歌集》選。詞題，《國朝詞雅》無「作」字。無朱筆「对」。

圈點：

朱筆：調上，單圈。題上，單圈。「四月」、「少人耕」、「惡木」二句，圈。

墨筆：題上，單圈。「惡木」二句，圈。

《百名家詞鈔》本：「一路」二句、「安得」二句，圈。

《詞則·放歌集》：題上，雙圈。上闋、「安得」二句，圈。

沁園春

桐川楊竹如刺史招飲，劇演《黨人碑》，即席有作 竹如係忠烈公冢孫。《党人碑》，宋元祐、紹聖事。[一]

屈指愍孫，惟我與君，今日相逢。歎家世膺滂，破巢剩壘，丹青褒鄂，硬箭強弓。忠烈公遺像存余家三十年矣，今始奉還。磊魄誰澆，飛揚不禁，願學當年曹景宗。銀燈底，恰清歌宛轉，妙伎玲瓏。　燭花墳起如龍。又聞樂中山淚滿胸。任刺史筵前，嬌絲脆竹，黨人碑上，怪雨盲風。我已冥鴻，人方談虎，愁殺長安[二]老石工。歌且止，思兩家舊事，此曲難終。[三]

朱眉（藏）：情事感激，不禁悲歌慷慨，恨不令高漸離擊筑和之。

墨尾（王士祿）：兩意合來，感慨無限。

校記：

[一] 此首蔣本有，《荊溪詞初集》選。詞題，《荊溪詞初集》作「桐川楊竹如刺史招飲，演《黨人碑》劇，即席有作」。眉上鈐「南耕」印。末鈐「抄」印。無朱筆「对」。

[二] 「長安」，蔣本作「安民」。

［三］《荆溪詞初集》無詞間注，詞末有注：「楊乃忠烈諸孫，昔忠烈與先祖同遭璫禍。」

圈點：

朱筆：調上，單點。題上，單點。「屈指」三句、「任刺」十句，圈。

墨筆：題上，單點，單圈。「燭花」二句、「愁殺」四句，圈。

《荆溪詞初集》：「任刺」十句，圈。

帝臺春

五月南徐懷周翼微在都門，即用其江上留別原韻［一］

紅瘦成碧。鰣魚堆網白。悵殺年光，囬首春前，旗亭餞客。公路浦君為遠別，吕蒙城、我無相識。記曹家，園上看花，踈狂那夕。余別翼微於江上曹頌嘉園。高齒屐。黄金戟。行不得。愁何益。歎命不如人，雄姿俊侶，此日一齊抛擲。試詠洛生誰解作，擬邀麯部何從索。閟坐憶周郎，聽江聲千尺。

朱眉（藏）：用事如風，直是才高筆快。

墨尾（王士禄）：才子才子。

校記：

［一］此首未鈐「抄」印。無朱筆「对」。

圈點：

朱筆：調上，單點。題上，單點。「公路」二句、「試詠」二句、「聽江」句，圈。

墨筆：題上，單圈。「紅瘦」二句、「高齒」七句、「悶坐」二句，圈。

滿庭芳

談長益攜具招游八公巘［一］

水寺拖烟，山樓嵌雨，日長經院無人。茶香竹翠，也筭是前因。獸窟山前精舍，參差處、欲斷還勻。依稀似，鳧雛雁子，零亂不成群。　逡巡。思昔日，戴顒［二］故隱，往蹟沉淪。漸櫻桃熟後，梅又生仁。憔悴鬢絲禪榻，十年事、更與誰論。空歸去，數聲暝磬，行過米顛墳。

朱眉（藏）：空山寂歷，煙雨空濛，詞有其致。

校記：

[一]此首末鈐「抄」印。有「待弔青蠅」、「素溪」印，印上各有墨筆「对」。無朱筆「对」。

[二]「顒」，浩然堂本作「公」。

圈點：

朱筆：調上，單點。題上，單點。「也箅」句，點。「憔悴」五句，圈。

墨筆：題上，單圈。「依稀」三句，點。

賀新郎

丁未五日，程崑侖別駕招同談長益、何雍南、石崕、程千一金山看競渡[一]

一鼓魚龍急。看滔滔、妙高臺下，乾坤噓吸。彷彿雲旗和翠蓋，貝闕鱗堂齊葺。料此際、百靈都集。十萬黃頭皆突鬢，挽湘纍、今夜誰先及。有人在，江潭泣。　吳兒桅尾飄紅褶。但廻飆、水雲颭處，翻身徑入。不鬪黃金惟鬪捷，江水駭時欲立。惹商婦、銀箏聲澁。一霎悲歡纔過眼，漸日斜、桂檝紛收拾。山如睡，黛還濕。

墨首（王士祿）：如見江濤怒意，末數語尤見法。

朱眉（藏）：魚龍簫鼓，繽紛雜沓，大是奇觀。

校記：

［一］此首未鈐「抄」印。有朱筆寫「選」。無朱筆「对」。

圈點：

朱筆：調上，單點。題上，單點、三圈。「一鼓」三句，圈。「彷佛」二句，點。「不鬬」七句，圈。

墨筆：題上，單圈。「一鼓」三句、「料此際」句，圈。「翻身」句，點。「不鬬」七句，圈。

前調［一］

賀程崑崙生日，并送其之任皖城五月十四日［二］

榴子紅如綉。正綺席、吳鹽下豉，金盤雪藕。七載南徐揮羽扇，肘後黄金似斗。北固外、晴江夜走。留取臂間長命縷，筭節過、五日剛踰九。重為我，先生壽。　遷官況在懸弧後。看他日、郡庭一望，匡廬溢口。今古量才惟一石，公也文章不朽。詎更歎、一麾出守。還擬樅陽城下過，獻新詞、再進當筵酒。公倘許，狂生否。

朱眉（藏）：殊有縱横排宕之氣，不似賀貴人詞。

《詞則·放歌集》：「北固」七字突接，精神百倍。（「還擬」四句）顧盼生姿，題分恰好。

校記：

［一］「前調」，墨筆校改作「賀新郎」。

［二］此首《詞則·放歌集》選。詞題「送其」，《詞則·放歌集》誤作「送其子」。未鈐「抄」印。

圈點：

朱筆：題上，單點。「北固外」句、「郡庭」五句、「公倘」二句，圈。

墨筆：題上，單圈。「北固外」句，圈。

《詞則·放歌集》：題上，雙圈。「北固外」句，圈。

此數葉詞稿，係西樵所評。向在廣陵，忽焉失去，遍搜篋衍，悵惋久之。己酉冬，過東皋，何子龍若從他處收得，遂以見還，喜踰望外。雖中間頗有殘簡，然亦頓還旧观矣，書以誌之。辛亥六月二日識于大梁署［一］中，其年自記。［二］

校記：

［一］「署」，朱筆校改作「寓」。

［二］此記諸本均無。

烏絲詞三集

陽羨　陳維崧　其年

念奴嬌

詠玫瑰花[一]

陡驚春去，筭風光此際，又逢櫻笋。拂曉謝娘簾閣畔，忽逗[二]賣花聲韻[三]。籃底[四]氤氳，擔頭狼籍，紫艷濃香噴。佳人競撚，看來和露尤俊。　最愛別樣心情，天然梳掠，偏厭紅英襯。揉得花魂魂盡碎[五]，另作[六]一番安頓。焙入衾窩，薰歸裙縫，細細調紅粉。玉郎不覺，錯疑戴向雲鬢。

校記：

[一]此首蔣本有，詞題作「玫瑰花」。未鈐「抄」印。題下鈐「南耕」、「天石評定古今之章」印。無朱筆「对」。

[二]「逗」，墨筆後改，原寫似「逼」。

[三]「韻」，墨筆後改，原寫「近」。

[四]「底」，墨筆後改，原寫「内」。

［五］「碎」，墨筆後改，原寫似「化」。

［六］「作」，墨筆後改，原寫「覔」。

圈點：

朱筆：調上，單點。題上，單點。

墨筆：題上，單圈。

齊天樂

驥沙旅店紀夢［一］

坐來冷店思量遍，昨夢太無頭緒。燈影青熒，被痕紅皺，説也惹人悽楚。迴腸千縷。総些箇情懷，舊時言語。枕畔匆匆，三更人到消［二］魂處。　那人還未憔悴，松兒猶合數，帕兒親與。燕子愔愔，柳花拍拍，多分池臺易主。黯然無語。憶鏡裡朱顔，簾前白紵。一片空江，響數聲疎［三］雨。

《詞則·閑情集》：（「総些」二句）筆意雅近大晟。◎結寫景而情自足。

校記：

[一] 此首蔣本有，《詞則·閑情集》選。無朱筆「对」。

[二]「消」，蔣本作「斷」。

[三]「江，響數聲踈」，蔣本作「明，數聲江上」。

圈點：

朱筆：調上，單點。題上，單點。

墨筆：題上，單圈。「燈影」三句、「燕子」三句，圈。

《詞則·閑情集》：題上，單點單圈。「総些」二句、「一片」二句，圈。

黄河清慢

清江浦渡黄河[一]

蒼莽河聲衝古驛。黄沙濁浪同色。斜日誰來問渡，江南狂客。醉倚柁樓吹笛，初入破、魚龍悲咽。古今多少英豪，最堪[二]笑、南奔袁術。　幾時瓠子功成，歎薪楗空勞，宣房難塞。長嘯憂時，自把寶刀閑拍。且任短篷掀舞，不須怨、中原蕭瑟。城名下相，極望處、暮烟殘荻。

校記：

［一］此首蔣本有。無朱筆「对」。

［二］「堪」，蔣本、《瑶華集》無此字。

圈點：

朱筆：調上，單點。題上，單點。「古今」二句，圈。

墨筆：題上，單圈。

婆羅門引

題露觔祠［一］

露筋祠下，寒篷淼淼去何之。停橈一問靈旗。怊悵［二］千年古廟，陳蹟幾人悲。只風前燕子，雨後棠梨。　俯仰歔欷。憑弔處、更憐誰。惟有淮陰漂母，一様蛾眉。估船争泊，問何［三］人、拂蘚一題詩。依稀見、玉珮珠衣。

校記：

［一］此首蔣本有，《今詞苑》、《瑶華集》、《詞覯續編》選。《詞覯續編》書眉上注「删」。無朱筆「对」。

［二］「悵」，《今詞苑》作「惆」。
［三］「何」，《今詞苑》無此字。

圈點：
朱筆：調上，單圈。題上，單點。「只風」二句，圈。
墨筆：題上，單圈。

春夏兩相期

王家營客店排悶［一］

古黄河、噌吰韃韐。千片葦花颯颯。何事銜炎，爱把軟紅塵踏。舞衫歌扇総生疎，馬客餅傖空拉雜。彈罷哀筝，傾來濁酒，自相酬答。　何門珠履堪趿。且燕秦齊趙，騎牛荷鍤。自笑平生，不慣縱横押闔。悶來車轉腹中輪，狂時劍動親身匣。莫管今宵，茅店荒凉［二］，鷄聲嗚邑。

校記：
［一］此首無朱筆「对」。
［二］「荒凉」，墨筆後添，筆跡不同。

圈點：

朱筆：調上，單點。題上，單點。

墨筆：題上，單圈。

菩薩蠻

和龔伯通寄于生，用原韻

撩人最是眉烟皺。勾人不在春弓瘦。紅燭奈他何。相看淚孰多。　　別來渾不寐。夢裡人誰至。拚倚鈿箏眠。嬌音落枕邊。

墨眉：王正子云：此等詞斷宜刪去，存之最傷大雅，不知先生以為然否？

圈點：

朱筆：調上，單圈。題上，單點。

墨筆：題上，單圈。「撩人」，抹。

代于生答伯通，仍用前韻

舞餘疊得衫兒皺。酒闌趲得人兒瘦。郎口似隋何。相思謊最多。　昨宵剛小寐。書與砧同至。砧響伴人眠。寄書人那邊。

圈點：

朱筆：題上，單點。

千秋歲

壽栢鄉魏相國[一]

黑頭台鼎。畫戟牙門整。文筆健，風裁正。芙蓉丞相府，屈軼中書令。論事業，從來魏自同於丙。　北斗斜珠柄。南苑陳金鏡。司馬相，臣民慶。明堂朝玉帛，太廟編鐘磬。魚水樂，千秋不數貞觀盛。

校記：

［一］詞題，浩然堂本後加「二首」。二首末鈐「彊善堂主人對訖」印，無朱筆「对」。

圈點：
朱筆：題上，單點。
墨筆：題上，單圈。

沙堤隱隱。直接丹霄近。臣稷契，君堯舜。天留黄閣老，月炤頭廳印。還説道，秋期今日懸弧準。　簾外凉飈緊。堦下新桐引。仙醖熟，宫袍俊。地居卿貳上，骨帶神仙分。齊獻祝，恒山蒼翠堆千寸。

行香子

為李武曾題扇上美人，同弟緯雲賦[一]

煙樣羅裯。月樣銀鈎。人立處、風景全幽。誰將紈扇，細寫風流。有一分水，一分墨，一分愁。　天街似水，迢迢凉夜，十年前、事上心頭。双飄裙帶，曾伴新秋。在那家庭，那家院，那家樓。

校記：

［一］此首《荊溪詞初集》選。詞題，《荊溪詞初集》無「同弟緯雲賦」。

圈點：

朱筆：調上，單圈。題上，單點。「双飄」五句，圈。

墨筆：題上，單圈。

《荊溪詞初集》：「双飄」五句，圈。

沁園春

贈別芝麓先生，即用其題《烏絲詞》韻[一]

四十諸生，落拓長安，公乎念之。正戟門開日，呼余驚坐，燭花滅處，目我于思。古說感恩，不如知己，巵酒為公安足辭。吾醉矣，纔一聲河滿，淚滴珠徽。　昨來夜雨霏霏。歎如此狂飆世所稀。恰山崩石裂，其窮已甚，獅騰象踏，此景尤奇。我賦將歸，公言小住，歸路銀濤百丈飛。氍毹煖，[二]趁銅街似[三]水，賡和無題。

《詞則·放歌集》：三詞情深語至，亦沈摯，亦豪宕。◎「我賦將歸」二語，起下兩章曲折。

《迦陵詞選評》：人生逢此知遇實難，所以盡傾肺腑，不假思索，幾疑其爲劉改之也。然改之無此力量。

校記：

［一］此首蔣本有，《荊溪詞初集》、《昭代詞選》、《詞則·放歌集》、《近三百年名家詞選》選。詞題，患立堂本「芝麓」作「芝鹿」，浩然堂本後有「三首」，《荊溪詞初集》作「贈别龔芝麓先生」，《詞則·放歌集》「先生」後有「三首」。未鈐「抄」印。無朱筆「对」。

［二］「氍毹煖」，原寫「紅燭夜」，墨筆校改，有朱批：「『紅燭』與『燭花』犯重。」《荊溪詞初集》作「紅燭夜」。

［三］「似」，蔣本、《昭代詞選》作「如」。

圈點：

朱筆：調上，單點。題上，單點。

墨筆：題上，單圈。

《荊溪詞初集》：「恰山」七句，圈。

《詞則·放歌集》：題上，雙圈。「四十」三句，點。「古說」三句，圈。「吾醉」三句、「我賦」二句，點。

又[一]

雖則毋歸，對酒當歌，終難激揚。似孔家文舉，幼原了了，衛家[二]叔寶，晚更茫茫。五劇金鞭，六街寶馬，誰數吾家老子昂。公真誤，歎臣今已老，髮短心長。御溝偶過毬場。笑塗轍都為若輩妨。更内家髻樣，巧如馬墜[三]，小侯舞勢，快作鸞翔。酒則數行，食而三歎，斷盡西風烈士腸。登城望，有千群簟箑，萬點牛羊。

《詞則·放歌集》：起三語，從「公言小住」生出。

《迦陵詞選評》：真情鬱勃，覺字面俱成旒綴。

校記：

[一]此首蔣本有，《荊溪詞初集》、《草堂嗣響》、《古今詞選》、《昭代詞選》、《詞則·放歌集》選。

[二]「家」，蔣本、《草堂嗣響》、《古今詞選》、《昭代詞選》作「郎」。

[三]「墜」，《草堂嗣響》作「墮」。

圈點：

朱筆：題上，單點。「似孔」四句、「公真」三句、「酒則」六句，圈。

《荊溪詞初集》：「更內」四句、「有千」二句，圈。《詞則・放歌集》：題上，雙圈。「雖則」三句，圈。「似孔」四句、「誰數」四句，點。「斷盡」句，圈。

又[一]

歸去來兮，竟[二]別公歸，輕[三]帆早張。看秋方欲雨，詩爭人瘦，天其未老，身與名藏。禪榻吹簫，妓堂説劍，也算男兒意氣場[四]。真愁絶，却心憂似月，鬢禿成霜。　新詞填罷蒼涼。更暫緩臨岐入醉鄉。况僕本恨人，能無刺骨，公真長者，未免霑[五]裳。此去荊溪，舊名罨画，擬繞蕭齋種白楊。從今後，莫逢人許我，宋艷班香。

《詞則・放歌集》：起三語，申「我賦將歸」之句。◎情文相生，聲淚俱下。龔尚書為其年厄窮時第一知己，故言之真切如此。

《迦陵詞選評》：「妓堂説劍」、「鬢禿」諸語，俱不嫌寫得刺骨，然恐並是溺也。

校記：

[一]此首蔣本、《百名家詞鈔》本有，《荊溪詞初集》、《草堂嗣響》、《古今詞選》、《昭代詞選》、

《國朝詞雅》、《詞則・放歌集》、《全清詞鈔》、《近三百年名家詞選》選。詞題，《百名家詞鈔》本、《國朝詞雅》作「贈別芝麓先生」。三首未鈐「抄」印。

［二］「竟」，《草堂嗣響》作「徑」。

［三］「輕」，《詞則・放歌集》作「片」。

［四］「塲」，《古今詞選》作「揚」。

［五］「霑」，《草堂嗣響》作「褰」。

圈點：

朱筆：題上，單點。「禪榻」三句，圈。「況僕」四句，點。

《百名家詞鈔》本：「看秋」四句、「却心」二句、「況僕」四句、「莫逢」二句，圈。

《荊溪詞初集》：「況僕」四句、「擬繞」句，圈。

《詞則・放歌集》：題上，單點雙圈。「歸去」三句，點。「看秋」四句，圈。「禪榻」三句、「更暫」五句，點。「擬繞」四句，圈。

附［一］

校記：

［一］此下附詞諸本俱無。眉上墨批：「此下不必寫。」

宋荔裳觀察題《烏絲詞》[一]

天上張星，游戲人間，我幸見之。歎太丘里第，曾占象緯，叔敖封邑，竟乏期思。[二]八斗才華，五陵逸氣，齏臼争傳絶妙辭。旗亭上，有諸伶按拍，玉笛金徽。奚囊白雪霏霏。信此曲從來和者稀。似秦郵太史，風流旖旎，渭南老子，渾脱雄奇。揚子濤寒[三]，洞庭月夜[四]，應有魚龍駭且飛。觀止矣，待曹王敵手，險韻重題。

校記：

[一]宋琬《二鄉亭詞》有詞題「題陳其年《烏絲詞》」。

[二]「歎太丘四句」，《二鄉亭詞》作：「羨高陽里第，門纔旋馬，西園公子，賦必探驪。」

[三]「寒」，《二鄉亭詞》作「深」。

[四]「夜」，《二鄉亭詞》作「冷」。

王西樵考功題《烏絲詞》[一]

屈指詞人[二]，咄咄唯髯[三]，跋扈飛揚。似波寒竟去，衣冠颯颯，燭昏欲睡[四]，履舄茫茫。紅豆篋中，白楊齋外，哀艷無端互激昂。憑人道，是秋墳唱苦，子夜歌長。

廿年落拓[五]名場。便歷落嵚崎也未妨。看襴生單絞，撾聲忼慨，陳思[六]芋蔗，舞態迴翔。兒女情深，風雲氣在，同此牢愁一寸腸。君毋讓，信黠如顧虎，狂比袁羊。

校記：

[一] 此首《草堂嗣響》選。王士禄《炊聞詞》有詞題「題陳其年《烏絲詞》賦寄」。

[二] 「詞人」，《草堂嗣響》作「人間」。

[三] 「髯」，《草堂嗣響》作「君」。

[四] 「睡」，《炊聞詞》作「醉」。

[五] 「拓」，《草堂嗣響》作「魄」。

[六] 「思」，《炊聞詞》、《草堂嗣響》作「王」。

曹顧庵學士題《烏絲詞》[一]

畏友潁川，絶艷驚才，鬚髯戟張。羨中丞祖德，絲毫能述，孝廉黨禍，秘録猶藏。兩世清堅，半生慷慨，不朽文章已擅場。雄而健，似怒猊抉水，俊鶻淩霜。　相尋隋苑淒涼。歸太急栖遲鷗鷺鄉。向周侯橋畔，汎芙蓉艇，善權洞口，製薜蘿裳。一卷新詞，單行海内，笑則紅牙哭白楊。吾老矣，且騷壇看爾，刻翠雕香。

校記：

［一］《全清詞·順康卷補編》據此輯入曹爾堪詞。

龔芝麓先生題《烏絲詞》［一］

煙月江東，文采風流，曠代遇之。恰臨春瓊樹，家爾叔寶，黄初金枕，人是陳思。如此才名，坐君床上，我拜低頭竟不辭。多情甚，倩花間錦筆，描画崔徽。　　餐霞吐玉霏霏。任拍遍闌干絶調稀。更雨淋［二］風笛，傷心綺麗，雲鬟霧鬣，過眼權奇。簾閣香濃，市樓酒罷，錯落明珠萬斛飛。須記取，有曲江紅袖，圍繞留題。和宋荔裳。

校記：

［一］此下三首，龔鼎孳《定山堂詩餘》有總題「讀《烏絲集》次曹顧庵、王西樵、阮亭韻」，詞末無附注。

［二］「淋」，《定山堂詩餘》作「鈴」。

彼美何其，繡口檀心，婉孌清揚。怪鬚髯如戟，偏成嫵媚，文章似海，轉益蒼茫。玳瑁為梁[一]，珊瑚作架，十五城償價未昂。朱絃發，聽短歌日短，長恨情長。無端雪涕歡場。儘潦倒荒迷事不妨。勝流黄思婦，鴛機組織，從軍蕩子，馬稍騰翔。有託而逃，是鄉可老，粉黛英雄総斷腸。君試問，看[二]癡人滚滚[三]，誰似羚羊。和王西樵。[四]

校記：

[一]「梁」，《定山堂詩餘》、《草堂嗣響》作「簪」。

[二]「看」，《定山堂詩餘》作「任」，《草堂嗣響》作「彼」。

[三]「滚滚」，《定山堂詩餘》作「濟濟」。

[四]此首及下一首《草堂嗣響》選。

鬌且無歸，縱飲新豊，歌呼拍張。記東都門第，賜書仍在，西州姓氏[一]，複壁仍[二]藏。萬事滄桑，五陵花月，闌入誰家俠少場。相憐處，是君袍未錦，我鬌先霜。秋城鼓角悲凉。暫握手他鄉似故鄉。况竹林賔客[三]，雲霞接軫，謂阮亭諸子。平原[四]伯仲，宛雒褰裳。緯雲昆季。煖玉燕姬，酒錢夜數，綰髻風能障緑楊。持此闋[五]，當[六]清平絲管，爛醉沉香。和曹顧庵。[七]

校記：

[一]「氏」，《定山堂詩餘》作「字」。

[二]「仍」，《定山堂詩餘》、《草堂嗣響》作「同」。

[三]「客」，《定山堂詩餘》、《草堂嗣響》作「從」。

[四]「平原」，《定山堂詩餘》、《草堂嗣響》作「雲間」。

[五]「持此闋」，《定山堂詩餘》、《草堂嗣響》作「才人福」。

[六]「當」，《定山堂詩餘》作「定」，《草堂嗣響》作「看」。

[七]句下諸小注，《定山堂詩餘》、《草堂嗣響》均無。

芝麓先生再和[一]

若為吾歌，吾復為君，軒乎舞之。悵天涯香草，魂銷欲別，江南紅豆，淚裏相思。殘葉西風，征鴻故國，神武之冠我亦辭。偕往耳，肯佳人遠道，夢想褂徽。才華雪艷烟霏。算世上無多天上稀。總狂餘故態，嵚崎歷落，情鍾我輩，輪困離奇。入手扁舟，爾心蝦菜，但説招攜色已飛。游倦矣，却銅籤夜漏，響徹璇題。是夕恰當啓奏。[二]

公勿過河，濁浪滔滔，魚龍奮揚。乍城頭吹角，秋陰蕭瑟，橋邊問渡，烟柳冥茫。珠樹三枝，銀釭一穗，醉裡鄉心低復昂。憑夜話，較青山紫閣，何計為長。偶然游戲逢場。有惡客銜泥興也妨。羨人如初日，芙蕖擠映，門開今雨，裙屐迴翔。此客殊佳，吾衰已甚，安用車輪更轉腸。相勸取，且酒寬稽阮，花駐求羊。

文士何如，不數紛紛，材官蹶張。縱通侯棨戟，烏衣零落，淩雲詞賦，狗監摧藏。清吹西園，錦箏北里，驚坐人來一擅場。還抖擻，儘新沙似雪，古月如霜。哀絲譜動伊凉。快挾彈鳴鞭趙李鄉。更雙鬟捧出，春風羌笛，九天飛[三]下，霧縠霞裳。法護僧彌，紫囊玉麈，大小兒呼孔與楊。高詠罷，似明璣翠羽，掃後猶香。

校記：

[一]《定山堂詩餘》有詞題「再和其年韻」。

[二] 句下注，《定山堂詩餘》無。

[三]「飛」，《定山堂詩餘》作「吹」。

錢寶汾贈别詞[一]

如此寒威，犯雪衝[二]風，君何所之。怪身同[三]社燕，年年作客，心非[四]園繭，日日抽思。界就烏闌，記來紅豆，一卷囊中幼婦辭。天涯畔[五]，有偷聲減字，舊識張徽。　梁塵歌罷霏霏。任河影闌干斗柄稀。[六]儘旗亭粉壁，矜將絶調，鈿箏銀甲，譜入傳奇。罨画溪邊，善卷洞口，話到江南歸思飛[七]。偏惆悵，看湘靈鼓瑟，省試留題。[八]

惜别匆匆，欲挽征裘，珠鞭已揚。況銷魂踈樹，秋聲騷屑，驚心殘炤，驛路微茫。如意頻敲，唾壺欲缺，伏櫪駒仍千里昂。閒評跋，豈英雄氣短，兒女情長。　一生三萬餘塲。被婕翅牽纏蝸角妨。待刺船東海，先生竟去，箋書西母，使者空翔。懺悔狂奴，斷除綺語，休惱蘇州刺史腸。他年約，好青田買隺，白石呼羊。[九]

記十年前，此夕長干，瓊筵四張。喜明蟾三五，倚樓笙按，修娥二七，背燭鈎藏。勝地梁陳，名家王謝，曾占風流射雉塲。歸去也，數白門柳線[十]，幾換星霜。　紅螺重泛西涼。又濕盡青衫在帝鄉。笑工彎樣改，偏工學舞[十一]，玉纖人老，猶慣縫裳。令節持螯，深宵浮蟻[十二]，好事争尋蜀郡楊。吴江畔[十三]，想蓴絲正滑，桂粟方香。

校記：

[一] 錢芳標《湘瑟詞》有詞題「戊申秋日，送陳其年還陽羨，兼讀其《烏絲詞》，同合肥先生次韻」。

[二]「衝」，《湘瑟詞》作「餐」。

[三]「同」，《湘瑟詞》作「非」。

[四]「非」，《湘瑟詞》作「同」。

[五]「畔」，《湘瑟詞》作「伴」。

[六]「任河影闌干斗柄稀」，《湘瑟詞》作「漸玉漏闌珊珠斗稀」。

[七]「江南歸思飛」，《湘瑟詞》作「家山興欲飛」。

[八]「偏怊悵」三句，《湘瑟詞》作「空惆悵，賦湘靈鼓瑟，省詩分題」。

[九] 此首《湘瑟詞》無，《全清詞·順康卷補編》據此輯入。

[十]「柳線」，《湘瑟詞》作「垂柳」。

[十一]「笑工彎」二句，《湘瑟詞》作「笑弓彎樣改，徒勞學舞」。

［十二］「浮蟻」，《湘瑟詞》作「聽雁」。

［十三］「畔」，《湘瑟詞》作「岸」。

滿庭芳

過遼后梳粧樓［一］

細馬輕衫，西風南苑，偶然人過金溝。道旁指點，遼后舊粧樓。想像廻心宫院，鈿箏歇、含淚梳頭。青史上，武靈皇［二］后，一樣擅［三］風流。　堪愁。成往蹟，繚垣敗甃，滿目殘秋。便脂田粉磑，零落誰收。莫問完顏耶律，興亡恨、總是荒丘。紅墻外，誰抛金彈，年小［四］富平侯。

校記：

［一］此首蔣本有。詞題，蔣本後有「同洪昉思」四字，浩然堂本後有「同洪昉思賦」五字。有「待弔青蠅」、「素溪」印，印上各有墨筆「对」。

［二］「皇」，蔣本作「王」。

［三］「擅」，墨筆後添。

［四］「小」，蔣本作「少」。

圈點：

朱筆：調上，單點。題上，單點。

墨筆：題上，單圈、單點。

賀新郎

秋夜呈芝麓先生[一]

擲帽悲歌發。正倚幌、孤秋獨眺，鳳城双闕。一片玉河橋下水，宛轉玲瓏如雪。其上有、秦時明月。我在京華淪落久，恨吳鹽、只點愁人髮。家何在，在天末。　憑高對景心俱折。閔情處、燕昭樂毅，一時人物。白雁横天[二]如箭叫，叫盡古今豪傑。都只被、江山磨滅。明[三]到無終山下去，拓弓弦、渴飲黄麞血。長楊賦，竟何益。

《詞則·放歌集》：（「其上有」句）插入弔古，極見精神。（「白雁」七句）雄勁之氣，横掃千人。

《迦陵詞選評》：筆意俱到，迦陵一生不平皆寫於此。然迦陵自是不平，稼軒却是志不能伸。

校記：

[一] 此首蔣本有，《詩餘花鈿集》、《瑶華集》、《昭代詞選》、《詞則・放歌集》、《全清詞鈔》、《近三百年名家詞選》選。詞題，浩然堂本、《詞則・放歌集》後有「二首」。此首下「賀新郎」俱未鈐「抄」印，無朱筆「对」。此首眉上鈐「南耕」印。有朱筆寫「選」。

[二]「横天」，《昭代詞選》作「横江」。

[三]「明」，《詩餘花鈿集》作「且」。

圈點：

朱筆：調上，單點。題上，單點、三圈。「其上有」句、「恨吴鹽」句、「白雁」七句，圈。

墨筆：題上，單圈、單點。

《詞則・放歌集》：題上，雙圈。「其上有」句、「白雁」七句，圈。

俊鶻無聲攫。羨一代、詞塲老手，舍公安託。歌到陽関剛再疊，月裡斜飛兔脚。簾以外、秋星作作。我得公詞行且讀，任侏儒、飽飯嘲臣朔。大笑絶，冠纓索。中朝司馬麒麟閣。籌邊暇、南樓爰挽，書生酬酢。半世顛狂誰念我，多少五陵輕薄。我有淚、只為公落。後夜月明知更好，問陸郎、舞態應如昨。肯為奏，軍中樂。[一]

《詞則·放歌集》：(「簾以外」句)插入寫景，與上章「秦時明月」同一精神。(「我有淚」句)知己眼淚，從血性中流出。

《迦陵詞選評》：物不得其平則鳴，況當作其氣時耶？其鳴必異於常。

校記：

[一] 此首蔣本有，《昭代詞選》、《詞則·放歌集》選。

圈點：

朱筆：「簾以外」句、「半世」三句、「肯為」二句，圈。

《詞則·放歌集》：題上，雙圈。「簾以外」句、「大笑」二句、「我有淚」句，圈。

送邵蘭雪歸吳門，仍用前韻[一]

易水嚴裝發。休回首、故人別酒，帝城高闕。九曲黄河迎馬首，淼淼龍宫堆雪。流不盡、天涯白月。君去故侯瓜可種，向西風、莫短衝冠髮。人世事，総毫末。長洲鹿走蘇臺折。歎年少、當歌不醉，此非俊物。試到吳東門下問，可有吹簫人傑。有亦被、怒潮磨滅。來夜天街無酒伴，怕離鴻、呌得楓成血。亦歸耳，住何益。

《詞則・放歌集》：浩氣流行。（「有亦被」句）足一句警絶。

校記：

［一］此首蔣本有，《昭代詞選》、《詞則・放歌集》、《全清詞鈔》選。詞題，《昭代詞選》、《全清詞鈔》無「仍用前韻」。有朱筆寫「選」。

圈點：

朱筆：題上，單點。「流不盡」句、「向西」三句、「有亦被」句、「亦歸」二句，圈。

《詞則・放歌集》：題上，三圈。上闋、「有亦」五句，圈。

題沙介臣詞，并柬周翼微、郁東堂二子，仍用前韻［一］

健筆森拏攫。自古道、才人無命，英雄有託。黄歇墳前軍鼓動，萬弩攢平陣脚。從此後、哀鴻競作。索米長安非失策，看掀髯、意氣雄河朔。荊高輩，未蕭索。　鶯花麗句傳三閣。更旅舍、同時二妙，和歌相酢。硬箭軟裘推勁敵，爽氣毫端噴薄。乍出手、雙鵰都落。我去諸公應憶我，記風前、紅燭燒如昨。息壤在，速行樂。

校記：

［一］此首蔣本有。

圈點：

朱筆：題上，單點。

秋夜飲錢宮聲寓中，示譚舟石、周子俶、李西淵、章素文，仍用前韻［一］

故態狂奴發。君莫學、車中新婦，口中石闕。同是天涯流落者，休使滿頭霜雪。且斜抱、琵琶彎月。聽到鈿蟬悽厲處，更突如、鐵騎纖如髮。秋聲起，在林末。三更銀甲都彈折。不須問、千年宮殿，幾番人物。記得舘娃人似玉，喚作平康之傑。曾遇在、蘭膏將滅。萬事古來誰最苦，只青衫、淚與榴裙血。鷄未喔，酒須益。時偶及吳門王姬，姬時已落籍矣。

校記：

［一］此首蔣本有。

圈點：

朱筆：題上，單點。「聽到」四句、「萬事」二句，圈。

秋日行西苑，仍用前韻[一]

太液秋鯨攫。紅蓼底、龍舟鳳艒，沿流依託。記得横汾雄漢武，月夜波心殿脚。又玉管、金簫間作。十二雲房都已閉，只將軍、緣犬誇平朔。何處覔，鞦韆索。　行人斜過梳粧閣。入耳有、菱歌雁陣，泠泠[二]酬酢。自惜書生難得見，天上桂叢蘭薄。單一派、秋荷零落。且拉車前騶卒飲，對西風、莫歎今非昨。依稀奏，還宫樂。是日聖駕從南苑還宫。

校記：

[一]此首蔣本有。

[二]「泠泠」，患立堂本、浩然堂本作「泠泠」。

圈點：

朱筆：題上，單點。「依稀」二句，圈。

秋夜對月，示弟緯雲，仍用原韻[一]

戍鼓城樓發。問客裏、氷輪炤我，幾番圓闕。一片銀河天外落，光映千門如雪。總則是、漢宫明月。試上麒麟枯冢望，問誰人、紅粉誰黄髮。風乍吼，青蘋末。　應侯有脇憑他折。但歌罷、仰天裂眼，識卿何物。窮矣男兒方失路，複壁誰藏英傑。捹潦倒、身名灰滅。細聽秋林都颯颯，只沙場、鏃與[二]陰燐血。良太苦，竟何益。

校記：

[一]此首蔣本有。詞題「原」字，諸本作「前」。

[二]「鏃與」，諸本作「斷鏃」。

圈點：

朱筆：題上，單點。

題郁東堂詞，仍用前韻[一]

龍爪槐張攫。馳突處、宛騮蹴鐵，死生堪託。我把金荃詞一卷，字字寫成釵脚。是吾友、東堂之作。讀罷悲風生肘腋，羡君才、不減王寧朔。相憐也，総蕭索。茂陵一病成擔閣。歎客裡、無多暇日，我歌君酢。醉擘銀箏彈一曲，彈到秋雲都薄。只是訴、兩人淪落。泣下羞為兒女態，問吾生、舌在還如昨。休作苦，且行樂。

校記：

［一］此首蔣本有。

圈點：

朱筆：題上，單點。「彈到」句，圈。

席上呈芝麓先生［一］

打鼓船將發。看水面、怒濤似屋，巨魚如闕。一路推篷吹笛去，無數葦花摇雪。忘不了、朱門皓月。萬里沙昏聞雁叫，料孤眠、白盡離人髮。回首望，謝家末。時緯雲尚留都下。

西風衰柳還堪折。喜筵上［二］、紅牙銀燭，他無長物。話到英雄方失志，老鶻飛來傑傑。又一半、踈星明滅。歸去焚書應學劍，爱風毛、雨遍千山血。益智粽，竟何益。

《詞則·放歌集》：（「話到」七句）筆力亦如怒猊俊鶻。

《白雨齋詞話》卷四：《賀新郎》如「席上呈芝麓先生」：「話到英雄方失志，老鶻飛來傑傑。」又：「一半踈星明滅。歸去焚書應學劍，爱風毛、雨遍千山雪。益智粽，竟何益。」筆勢亦如怒猊俊鶻。

校記：

[一] 此首蔣本有，《詞則·放歌集》選。詞題，浩然堂本後有「仍用前韻」。

[二]「上」，蔣本作「前」。

圈點：

朱筆：題上，單點。「一路」三句，圈。

《詞則·放歌集》：題上，單點雙圈。「萬里」四句，點。「話到」七句，圈。

將之中州，留别芝麓先生[一]

匹馬衝寒發。看滿目、殘山剩水，轘轅伊闕。我到關河驚歲暮，却值梁園飛雪。不須怨、汴京烟月。歌罷添衣仍命酒，只今宵、離恨多於髪。男兒事，有本末。 珊瑚十丈憑敲折。歎世上、非公[二]知我，幾成怪物。此外半生誰鮑子，負此真非豪傑。最感是、留髡燭滅。後夜相思銅雀下，想[三]漳河、水染啼痕[四]血。今不醉，後何益。

校記：

[一] 此下二首蔣本有。此首《古今别腸詞選》選。詞題，浩然堂本後有「再疊前韻二首」；《古今别腸詞選》作「留别龔吏部」。

[二]「公」，《古今別腸詞選》作「君」。
[三]「想」，《古今別腸詞選》作「定」。
[四]「痕」，《古今別腸詞選》作「鵑」。

圈點：

朱筆：題上，單點。「只今宵」句，圈。

《古今別腸詞選》：「歎世」二句、「最感是」句，圈。

獸炭簾衣攫。華筵散、此身飲罷，茫茫安託。我有小秦王一曲，吹到城頭墻脚。今日事、何人所作。漫對西風增感慨，且臂鷹、躍馬游河朔。功名志，総蕭索。橫刀難上凌烟閣。吾且與、老兵健卒，悲歌酬酢。曾記睢陽添賊火，萬弩圍城肉薄。烽一點、陸渾山落。轉眼平臺風物好，喜笙歌、宛雒人猶昨。不思蜀，此間樂。

圈點：

朱筆：無。

芝麓先生和詞[一]

玉笛西風發。送賓鴻、一城砧杵，千門宮闕。秋滿桑乾沙岍曲，曲曲蘆花飛雪。又報到、今番圓月。羈宦薄游俱失意，詫長楸、車馬多如髮。徒[二]刺促，錐刀末[三]。小山叢桂難攀折。轉堪憐[四]、紛紛項領，汝曹何物。只許[五]窮交長[六]對酒，况是江東人傑。任夜夜、蘭釭明滅。作達狂歌吾事足，問人生、幾斗荊高血。行樂耳，苦無益。

彩筆龍拏攫。歎才人、半肩書劍，新豊栖託。濯足須教酤一斗[七]，詎必南榮企脚。喜大雅、于今重作。老矣吾慙鞭弭役，讓英游、壁壘驚河朔。悉[八]敝賦，供君索。招邀浪説平津閣。但清宵、秋燈相勸，秋花相酢。雙手持螯兼持酒，一笑世情雲薄。造物者、因何摇落。便使珠喉能宛轉，怕捲簾、明月今非昨。聊試聽，塞笳樂。

校記：

［一］此下和詞諸本無。眉上墨批：「此下不必寫。」此二首，《定山堂詩餘》有詞題「和其年秋夜旅懷韻」。

［二］「徒」，《定山堂詩餘》作「空」。

［三］「錐」，《定山堂詩餘》作「貝」。
［四］「轉堪憐」，《定山堂詩餘》作「眼中過」。
［五］「許」，《定山堂詩餘》作「有」。
［六］「長」，《定山堂詩餘》作「堪」。
［七］「一斗」，《定山堂詩餘》作「斗酒」。
［八］「悉」，《定山堂詩餘》作「拚」。

芝麓先生席上和詞［一］

一曲驪歌發。正秋宵、露寒金井，星踈瑶闕。江上青楓如［二］有約，夜半落潮如雪。留不住、故人明月。自是五湖烟水好，笑東華、塵土埋黄髮。路最怕，羊腸末。［三］唾壺如意應敲折。古今來［四］、英雄兒女，都為情物。孤憤信陵游戲事，畢竟千人之傑。看轉眼、烟雲變滅。萬事不如歸計穩，聽杜鵑、枝上三更血。賣菜乎［五］，更求益。

校記：

［一］《定山堂詩餘》有詞題「其年將發，秋夜集西堂，次前韻」。
［二］「如」，《定山堂詩餘》作「應」。

［三］「路最怕」二句，《定山堂詩餘》作「行路怕，太行末」。

［四］「來」，原寫「年」，墨筆校改。

［五］「賣菜乎」，《定山堂詩餘》作「甯賣菜」。

芝麓先生贈别詞［一］

津柳霜飈發。乍分手、驪駒一曲，鳳凰雙闕。黄菊丹楓猶在眼，休悵紅亭吹雪。換幾度、天涯圓月。酒醒夢回多少事，感蕭蕭、易水衝冠髮。試脱穎，見其末。寶刀欲贈心先折。筭今古、豊城龍劍，終為神物。一任椎埋與屠狗，浪詡爛羊魁傑。那更計［二］、灰飛烟滅。此去夷門還鄭重，有滿懷、未老侯生血。吾［三］却掃，待三益。

俊鶻盤空攫。争旗鼓、曹劉沈謝，舍君奚託。攬盡揚州花月麗，不數錦帆殿脚。三爵罷、朗吟而作。誰是紫雲須乞取，肯金門、大嚼饑臣朔。憑十日，沙中［四］索。可兒撾鼓兼開閣。問何似、香濃茶熟，蕙爵［五］蘭酢。當日吹臺賔客繞，未笑相如輕薄。堪太息、英雄淪落。青眼高歌吾老矣，望赤車、駟馬人勝昨。重把臂，樂相樂。［六］

校記：

[一]《瑶華集》有詞題「和贈其年」。

[二]「計」，《瑶華集》作「記」。

[三]「吾」，《瑶華集》作「更」。

[四]「沙中」，《今詞苑》作「急搜」。

[五]「酹」，《今詞苑》作「酬」。

[六]此首《今詞苑》選，有詞題「即席送其年之中州，用前韻」。

紀伯紫贈别詞

萬籟笙竽發。短長亭、蒼茫雲樹，遥連丹闕。憑弔望諸悲督亢，催得頭顱飛雪。久浪蹟、紀年書月。賴有江山驅使在，綵毫揮、遺恨無毫髮。挈封胡，携遏末。十年四海腰還折。更何人、鷹揚虎視，可兒俊物。樓上元龍湖海氣，推倒滿場英傑。都忘却、蒯緱刺滅。行矣中原秋色老，感夷門、一片侯嬴血。酒再盡，何妨益。[一]腐鼠鴟争攫。攬高岡、碧梧千仞，紫鵷栖託。世路從教多偪側，我自昂眉[二]伸脚。論筆勢、天下奇作。給札不聞登虎觀，也卑他、執戟疲雄朔。待暗裡，教摸索。　客愁漫向雙眉閣。且掀髯、杜樗馳騁，荊高酬酢。更有璧人歌子夜，蘭氣坐間歕薄。七日上、欐塵猶落。梁苑蕭條風月在，喚鄒枚、不起今[三]勝昨。逐年少，三河樂。[四]

校記：

[一]《全清詞·順康卷補編》據此輯入紀映鍾詞。

[二]「昂眉」，《今詞苑》作「横眸」。

[三]「今」，《今詞苑》作「君」。

[四]此首《今詞苑》選，有詞題「送陳其年之中州次韻」。

錢寶汾贈別詞[一]

粉堞悲笳發。動離人[二]、腮邊玉筯，口中石闕。十丈軟紅休沐宴，相對藕絲曾雪。漸[三]踏到、銅街涼月。我尚淹留君又去，知[四]幾時、華頂同晞髮。最悞是，鵷班末。　少年齒憶隣梭折。舊清狂、怕驅不盡，眼前俗物。從事督郵投分好，入手霜螯偏傑。袖裡剌、由他漶滅。[五]躍馬昨隨[六]南海子，伴期門、雨透猩袍血。嗟陛楯，長何益。

徤筆蒼鷹攫。何為乎[七]、終朝不飽，緑韝依託。禪榻茶烟軟語罷，雨足斜連日脚。更馬首[八]、白蘋風作。着背峭寒來陣陣，趲光陰、又逼初冬朔。驚[九]敗葉，轉蕭索。　詩籤[十]歌扇都躭擱。祇凝眸[十一]、昏鴉冷雁，往來如酢。宓女明粧供八斗，壯矣此游非薄。余亦是、天涯淪落。朱雀橋邊聯轡後，試韶顔、青鏡何如昨。総不似，歸帆樂。[十二]

校記：

[一]《湘瑟詞》有詞題「前題」，即《沁園春》之「戊申秋日，送陳其年還陽羨，兼讀其《烏絲詞》，同合肥先生次韻」。凡六首，此第一首爲其五，下一首爲其三。

[二]「離人」，《湘瑟詞》作「游子」。

[三]「漸」，《湘瑟詞》作「又」。

[四]「知」，《湘瑟詞》作「算」。

[五]「舊清狂」以下，《湘瑟詞》作：「閒屈指、壚頭稽阮，半為異物。燕市酒徒猶未盡，袒跣呼盧驍傑。儘堂上、留髠燭滅。」

［六］「隨」，《湘瑟詞》作「過」。

［七］「何為乎」，《湘瑟詞》作「問何事」。

［八］「更馬首」，《湘瑟詞》作「况簾外」。

［九］「驚」，《湘瑟詞》作「聽」。

［十］「詩籤」，《湘瑟詞》作「酒籌」。

［十一］「祇凝眸」，《湘瑟詞》作「但滿眼」。

［十二］「朱雀橋邊聯轡後」以下，《湘瑟詞》作：「快事吾家江水上，射銀潮、萬弩猶思昨。甚破陣，錢塘樂。」

寶汾再和詞［一］

不寐霜鐘發。念老友、雄心未已，摩挲巨闕。好句［二］題成誰得似，綽約藐姑氷雪［三］。江總在、休誇璧月。便道蛾眉邢尹妬，也憐他、委地窓前［四］髪。才立見，囊錐末。［五］　角巾瀟灑從教折。閒屈指、南皮稽阮，半為異物。燕市酒徒猶未盡，袒跣呼盧驍傑。儘堂上、留髠燭滅。［六］舊約買田陽羡隱，喚歸心、杜宇聲聲血。應不換，刀州益。［七］

錦席騷壇攫。強[八]半是、玉溪楚雨，含情有託。識字王筠今已少，猶賦郊居鴨脚。瓦缶内、黄鐘[九]獨作。却為稻粱棲不穩，似飄飄、候雁隨南朔。花炤眼，句聊索。

君過何遜揚州閣。有無數、緑毫争和，緑尊同酢。笑我車塵高詠廢[十]，才與宦情俱[十一]薄。早七見、秋高木[十二]落。快意吾家千載事，射銀潮、萬弩曾聞昨。甚破陣，錢塘樂。[十三]

校記：

[一]《湘瑟詞》列此第一首爲前題其六，下一首爲其二。

[二]「好句」，《湘瑟詞》作「黄絹」。

[三]「綽約藐姑氷雪」，《湘瑟詞》作「似嗽嵰山绛雪」。

[四]「窓前」，《湘瑟詞》作「如雲」。

[五]「才立見」二句，《湘瑟詞》作「求遺憾，無毫末」。

[六]「閒屈指」以下，《湘瑟詞》作：「多病後、怕驅不盡，眼前俗物。酒國拍浮吾計足，入手霜螯偏傑。袖裏刺、由他漶滅。」

[七]「應不換，刀州益」，《湘瑟詞》作「開小徑，望三益」。

[八]「強」，《湘瑟詞》作「多」。

[九]「黄鐘」，《湘瑟詞》作「朱絃」。

[十]「笑我車塵高詠廢」，《湘瑟詞》作「顧我車塵成懶漫」。

[十一]「俱」，《湘瑟詞》作「同」。

[十二]「木」，《湘瑟詞》作「風」。

[十三]「快意吾家千載事」以下，《湘瑟詞》作：「朱雀橋邊聯轡後，試韶顔、明鏡何如昨。恍夢醒，霓裳樂。」

吳天石贈别曼殊詞[一]

又送君南發。笑此際、君非歸國，僕非朝闕。僕是羈人君蕩子，楚雨齊風燕雪。儘辜負、江南花月。君伴長卿梁苑去，恐臨邛、白盡文君髮。僕自坐，孟嘗末。　論文説劍心都折。但滿眼、黄雲白雁，帝城風物。碣石金臺秋草没，想是時無英傑。僕有刺、袖中磨滅。君向夷門門下過，恐林端、尚染侯生血。休憑弔，總無益。

校記：

[一]《全清詞·順康卷補編》據此輯入吳本嵩詞。

天石贈别詞[一]

所事人争攫。但千古、才名兩字，不容憑託。君自過江來薊北，到處蠅頭釵脚。其價比、黄金還作。獻賦勒銘渾未肯，又輕裘、細馬經河朔。真鳳擧，難縶索。悲歌擊筑成躭閣。還領取、鄒枚賔從，兔園酬酢。况有史侯司藻鑑，共挽文章浮薄。須不是、寄人籬落。來歲秋風南國近，知送人、作郡殊非昨。請揮就，清平樂。

校記：

[一]《全清詞·順康卷補編》據此輯入吴本嵩詞。

周翼微贈别詞[一]

車馬争紛攫。笑盡世、悠悠行路，壯懷誰託。北雁南鴻頻望遠，人到暮天雲脚。更短調、長歌間作。筆陣縱横秋滿眼，羨元龍、豪氣吞幽朔。鷹未鮮，憎絛索。曳裾不向平津閣。儘客裡、雙螯斗酒，我歌君酢。聚首無多看又去，天外曉風寒薄。揮手際、斜陽漸落。百戰秦淮須努力，便文章、莫謂今非昨。相泣也，更相樂。

校記：

［一］《全清詞·順康卷補編》據此輯入周綗詞。

翼微贈曼殊詞［一］

好句鶯偷攫。曾記與、画圖相識，錦鱗難托。千里燕山剛瞥眼，始信陽春有脚。想幽韻、骨應花作。碧瓦紅樓人似玉，看彤霞、一片開并朔。纔歡笑，又離索。　笙歌處處盈雕閣。便鮮信、風烟驛路，月酬雲酢。裘馬京華非昔矣，莫怨書生命薄。楊柳外、金丸誰落。歸去東籬秋正好，喜髯郎、詩興還如昨。忘不了，江南樂。

校記：

［一］《全清詞·順康卷補編》據此輯入周綗詞。

念奴嬌

八月初七夜對月，示李湘北太史［一］

帝城今夜，正萬家齊看，一鈎新月。炤過龍樓和鳳苑，來炤盈顛華髮。冷露初零，清輝未滿，玉宇都清切。六街香霧，也知[二]絲管難歇。 最是太液詞臣，金閨才子，對景偏軒豁。退直玉鞭摇闕下，鴛瓦一時堆雪。白可騎鯨，廣能射虎，醉擊珊瑚折。料應相念，有人孤館愁絶。

校記：

[一]此首蔣本有。詞題，患立堂本、浩然堂本「示」作「呈」。此首下「念奴嬌」俱未鈐「抄」印，無朱筆「对」。此首有朱筆寫「選」。

[二]「知」，蔣本作「和」。

圈點：

朱筆：題上，單點、三圈。「炤過」二句、「退直」二句，圈。

墨筆：調上，單圈。

初八夜對月，飲紀伯紫處士寓[一]

揮杯一笑，恰舉頭又見，昨宵明月。如此清光兼老伴，遺恨真無毫髮。蓮子輕抛，蘋[二]婆細劈，慢取橙齏切。風前倚幌，滿城曉角初歇。 可惜萬事蹉跎，半生偪側，難得胸懷豁。誰把銀河堦下瀉，快作西山積[三]雪。感極関河，愁深砧杵，一寸心俱折。為渾脱舞，乃公直是奇絶。

《詞則・放歌集》：迦陵八月初七至十六對月十首，每篇各極其盛，録其尤者六章。◯全是寫身世之感，對月意每篇畧點染一二，至初七、初八等字，更不沾沾摹繪，作小家氣。

校記：

[一]此首蔣本有，《詞則・放歌集》選。詞題，蔣本作「初八夜月飲紀伯紫寓」，浩然堂本後添「仍用前韻」。

[二]「蘋」，蔣本作「頻」。

[三]「積」，蔣本作「晴」。

圈點：

朱筆：題上，單點。「蓮子」、「蘋婆」，點。

《詞則・放歌集》：題上，單圈。「感極」三句，點。「為渾」二句，圈。

初九夜對月，飲吴黙巖太史寓齋[一]

中宵狂叫，憶曹公有語，明明如月。更記謫仙當日句，明鏡三千白髮。入洛年非，游燕才盡，幸舍歌辛切。空墻老驥，歕霜猛氣難歇。　詎料宣武門前，長椿[二]寺側，竟見秋堂豁。更借一尊桑落酒，光汎素甆飄雪。一片鄉心，三更雁叫，拚把刀環折。角鷹刷羽，脱韝固是横絶。

《詞則・放歌集》：（「空墻」二句）颯颯風生。

校記：

[一] 此首蔣本有，《詞則・放歌集》選。詞題，蔣本無「齋」字，浩然堂本後添「三疊前韻」。

[二]「椿」，《詞則・放歌集》作「春」。

圈點：

朱筆：題上，單點。

《詞則・放歌集》：題上，雙圈。「空墻」二句，圈。「一片」三句，點。「角鷹」二句，圈。

初十夜對月，同山右吴天章、中州彭中郎、吴門周子俶、章素文飲汪鈍庵户部寓廬[一]

虎丘石上，記曾經看過，幾瑒秋月。錦隊花城渾不夜，一縷歌喉如髮。此際他鄉，故人對酒，一倍関情切。為歡休晚，中原軍鼓初歇。　漸覺帝闕寒生，天街露悄，醉把雙眸豁。地界袁曹多戰鬼，危語頭鬚成雪。上句彭中郎詩。蕭瑟西風，凄凉北里，雁柱箏都折。霜螯飽噉，不知前路愁絶。

校記：

[一]此首蔣本有。詞題，浩然堂本後添「四疊前韻」。

圈點：

朱筆：題上，單點。

十一夜黒窑廠對月，龔芝麓先生招陪諸公送董玉虬侍御之任秦中[一]

董公健者，到秦川正看，秦時明月。立馬灞陵橋上望，極目應添白髮。馳道雲埋，重関日落，金鐵争摩切。忼慷[二]懷古，西風颯颯難歇。　今夜客餞青門，馬嘶珠絡，好遣離愁豁。高處憑闌飛火樹，光映鳳城如雪。暫領河湟，旋朝京闕，丹檻看重折。木皮嶺上，雁書休使稀絶。

校記：

［一］此首蔣本有。詞題，浩然堂本後添「五疊前韻」。

［二］忼慷，蔣本作「慨慷」，患立堂本、浩然堂本作「忼慨」。

圈點：

朱筆：題上，單點。「董公」句，抹。

十二夜對月，戲柬劉公戢吏部，時吏部新納姬［一］

今宵閒想，問誰家画閣，一雙人月。細把朝衫薰豆蔻，徐綰八盤玄髮。人有琴心，家居潁尾，風調偏親切。紅窓爾汝，夜闌一倍難歇。　為語十二樓中，金風初厲，莫任瓊扉豁。遥憶掃眉驅使處，茉莉萬枝香雪。天與貂蟬，地多金粉，笑揀名花折。獨憐銀漢，有人擣藥愁絶。時公戢舊姬方卧疾。［二］

校記：

［一］此首蔣本有。詞題，浩然堂本後添「六疊前韻」。

［二］蔣本無詞末小注。

圈點：

朱筆：題上，單點。

十三夜，大宗伯王敬哉先生招飲，是夜無月［一］

先生語我，正一生消受，帝城烟月。紅燭短時横笛嗷，夜雨開元白髮。霜咽遺弓，風悽內苑，画角聲酸切。先生時述世祖遺事。銅盤承露，淚如鉛水不歇。曾記樗杜笙簫，長楊刀箭，從獵霜林豁。父子一時連上相，印紐銀螭卧雪。別墅初成，淮淝已捷，屐齒何曾折。談深酒冷，鼕鼕街鼓將絶。

《詞則·放歌集》：（「霜咽」三句）聲情悲壯。◎一結扣題甚緊。

校記：

［一］此首蔣本有，《詞則·放歌集》選。詞題，浩然堂本後添「七疊前韻」。

圈點：

朱筆：題上，單點。

《詞則・放歌集》：題上，雙圈。「紅燭」七句、「談深」二句，圈。

十四夜對月，示王阮亭員外[一]

三更以後，碧天剛碾上，一輪圓月。嬌女故園應學母，宛轉画眉梳髮。古巷蛩吟，小窗雁語，觸景成悲切。南飛烏鵲，繞枝何處棲[二]歇。我欲吹裂玉簫，拓殘金戟，小把愁腸豁。生不神仙兼將相，負此秋光堆雪。燈下吳鈎，腰間寶玦，拉雜都摧折。明當竟去，終南聞道奇絕。

《詞則・放歌集》：（「南飛」二句）觸景生情。（「燈下」五句）骯髒之氣，勃不可遏。

校記：

[一]此首蔣本有，《詞則・放歌集》選。詞題，患立堂本、浩然堂本「示」作「同」，「浩然堂本後添「八疊前韻」。有朱筆寫「選」。

[二]「棲」，原寫「堪」，朱筆校改。

圈點：

朱筆：題上，單點、三圈。「生不」二句，圈。

《詞則·放歌集》：題上，單點單圈。「南飛」二句、「燈下」五句，圈。

十五夜，宋蓼天太史招飲，以雨不克赴。少頃月出，同緯雲、魯望兩弟暨曼殊小飲寺寓[一]

吾生萬事，沉思遍、都似今宵之月。只到圓時期便左，揉得愁成亂髮。此夜西園，故人東閣，遲我情偏切。衝泥無計，車輪腹轉難歇。少頃皓魄東升，海天一碧，世界都軒豁。燕市且須謀一醉，難得銅街潑雪[二]。絲竹顛狂，弟兄歌叱，碎拗金鞭折。知他何處，笛聲縷縷不[三]絕。

《詞則·放歌集》：(「吾生」二句)中有鬱勃，出語便沈著。

校記：

[一]此首蔣本有，《詞則·放歌集》選。詞題，浩然堂本後添「九疊前韻」。

[二]「雪」，朱筆後添。

[三]「不」，諸本俱作「凄」。

圈點：

朱筆：題上，單點。

《詞則·放歌集》：題上，單點單圈。「吾生」二句、「知他」二句，圈。

十六夜對月，呈孫北海先生[一]

浩歌被酒，喜舉頭仍見，昨宵圓月。遥憶高齋歌猛虎，劍氣緑人毛髮。老子龍頭，細書蠆尾，玉試昆吾切。隗囂舊物，土花千載難歇。　更有粉壁波濤，牙籤蝌蚪，攤几供披豁。吟徤左車能决肉，日榻黄州快雪。餘子紛綸，是翁矍鑠，有角真堪折。南樓高興，依稀清嘯不[二]絶。

《詞則·放歌集》：（「遥憶」五句）工於狀物，咄咄逼人。

校記：

[一] 此首蔣本有，《詞則·放歌集》選。詞題，浩然堂本後添「十疊前韻」。

[二]「不」，諸本俱作「將」。

圈點：

朱筆：題上，單點。「劍氣」句，圈。

《詞則·放歌集》：題上，單點單圈。「遥憶」五句，圈。「隗囂」二句、「南樓」二句，點。

龔芝麓先生中秋和詞[一]

霜新葉老，乍天街湧出，嬋娟孤月。烏鵲繞枝棲不定，萬里關山一髮。蕩婦羅帷，征人鐵騎，搗練情[二]偏切。瑶堦露冷，流螢紈扇飛歇。　恰遇揮麈雄才，吹笙小史，暫遣煩憂豁。城角射雕沙陣陣，催到臨渝早雪。金粟含香，銀蟾爰影，玉斧休輕折。百年此夜，相逢不醉癡絶。

校記：

［一］以下和詞四首，原稿墨批「此下不必寫」，諸本俱無。此首，龔鼎孳《定山堂詩餘》有詞題「中秋和其年韻」。

［二］「情」，《定山堂詩餘》作「聲」。

錢寶汾中秋和詞[一]

鳳城秋半，最關情依舊，五茸城月。多少玉階羅襪步，試整晚粧雲髮。露下沉吟，風前小語，似共鳴蛩切。都粱添罷，博山篆縷將歇。獨有久客刀環，狂夫書劍，酒盡愁難豁。暗想年時深院約，恰照桃笙臂雪。好夢更闌，故鄉天遠，幾度紅蘭折。短簫何處，聲聲猶未吹絶。

校記：

[一]《全清詞·順康卷補編》據此輯入錢芳標詞。

又附寶汾贈别和韻《賀新郎》詞[一]

僕馬侵晨發。正殘秋[二]、雨收紫陌[三]，氣澄丹[四]闕。去問雁池脩竹裏，近有何人賦雪。恐[五]辜負、謝莊明月。西掖清輝[六]千里共，料相思[七]、他夕添華髮。空放眼，鑒毫末。[八] 薊門霜柳殷勤折。算百年[九]、掃愁排[十]悶，只杯中物。廣武旌旗無忌館[十一]，漫羨[十二]七雄三傑。彈指處、薰[十三]銷燼滅。那更銅臺歌舞伎，剩春田[十四]、躑躅開如血。不痛飲，復奚益。

世事看狙攫。註蒙莊[十五]、朝三暮四，寓言聊託。忽展尚書紅杏句，滿紙漏痕釵脚。柰此際、驪歌方作。南浦銷魂才盡矣，悔窃桃、罰做飢臣朔。巫娩小，氣先索。逡巡鏤管濡還閣。豈尋常[十六]、渭橋車馬，主酬賓酢。擣練聲中分手處，愁殺短亭長薄。且[十七]貰取、離筵桑落。莫道沉沉秋夜永，聽晨鷄、茅店俄成昨。君不記，華年樂。[十八]

校記：

[一]《湘瑟詞》列此第一首爲前題其四，下一首爲其一。

[二]「殘秋」，《湘瑟詞》作「秋晚」。

[三]「紫陌」，《湘瑟詞》作「千嶂」。

[四]「丹」，《湘瑟詞》作「雙」。

[五]「恐」，《湘瑟詞》作「應」。

[六]「輝」，《湘瑟詞》作「光」。

[七]「料相思」，《湘瑟詞》作「怕相逢」。

[八]「空放眼」二句，《湘瑟詞》作「空矯首，望天末」。

[九]「百年」，《湘瑟詞》作「人世」。

[十]「排」，《湘瑟詞》作「驅」。

[十一]「廣武旌旗無忌館」，《湘瑟詞》作「從事督郵投分好」。

[十二]「羡」，《湘瑟詞》作「説」。

[十三]「薰」，《湘瑟詞》作「香」。

[十四]「那更銅臺歌舞伎，剩春田」，《湘瑟詞》作「廣武旌旗無忌館，剩春風」。

[十五]「蒙莊」，《湘瑟詞》作「莊叟」。

[十六]「尋常」，《湘瑟詞》作「隨例」。

[十七]「且」，《湘瑟詞》作「共」。

[十八]「君不記，華年樂」，《湘瑟詞》作「且傾耳，他鄉樂」。

洞仙歌

詠慈仁寺古松，壽紀伯紫[一]

摩空翠鬣，萬古知難老。色作青銅雪霜飽。似杜甫驚人，馬卿慢世，二子者，可以狀君兀奡。　托根燕市側，游戲支離，一笑風塵此鴻爪。任絲管喧闐，貂蟬赫奕，更七姓、鞭絲醉裊。只西風、吼處作濤聲，對鳳闕龍墀，吾存吾傲。

《詞則·放歌集》：（「似杜」四句）比擬奇肆。（下闋）即物言志，矯矯不群。

《迦陵詞選評》：馬卿、杜甫兩喻，可與「如對文章太史公」並舉。

校記：

［一］此首《今詞苑》、《詞則·放歌集》選。詞題「壽紀伯紫」，《詞則·放歌集》無。未鈐「抄」印。無「彊善堂主人對訖」印，有「待弔青蠅」、「素溪」印，印上各有墨筆「对」。

圈點：

朱筆：調上，單圈。題上，單點。

墨筆：調上，單圈。

《詞則·放歌集》：題上，雙圈。「似杜」四句，點。「只西」三句，圈。

念奴嬌

「看山如讀畫，讀畫似看山」，為周櫟園先生賦，用曹顧庵韻［一］

青天粉本，是五丁所鑿，自然圖画。我識天公矜慎極，吮筆幾曾輕下。晴際添螺，昏時使墨，茜向朝霞借。烟絲雨髮，直教染岱烘華。　我欲地縮千山，袖擕五岳，點綴閒亭榭。一幅橫披供眺望，便可於中耕稼。非画非山，是看是讀，饒舌都教罷。一身冷翠，此間三伏無夏。「看山如讀画」

校記：

［一］詞題，浩然堂本後添「二首」。此二首未鈐「抄」印，無朱筆「对」。此首題下墨筆寫「木」字，不曉何意。

圈點：

朱筆：調上，單點。題上，單點。「染岱烘華」，點。

墨筆：調上，單圈。

平生癖爱，是荊関老手，最紛披處。狂叫墨花都發響，認作画師奇句。比以漢書，掛來牛角，讀入前村去。千廻不厭，直疑聲振毫素。　回想老子籃輿，好天筍屐，曾到層山路。今日明窓懸幅幅，一樣晴鬟堪數。峽角將崩，雲根欲活，丘壑胸中具。更憐着色，崖邊碎點紅樹。「讀画似看山」

圈點：

朱筆：「狂叫」二句，圈。

滿庭芳

題顧梁汾舍人扈駕詩後[一]

萬乘旌旗，千官[二]羽獵，翠華絶塞重經。珠鞭玉靶，日黑虎風腥。羨爾金閨年少，陪游幸、鳳輦龍庭。霜天曉，柘黄袍出，一騎按秋鷹。　至尊親講武，火城漸杳，交網猶扃。更北平城外，嶺斷雲横。飛鞚傳宣七校，黄羊酒、前隊教停。琵琶歇，碧天氊帳，一曲海東青。

校記：

[一]此首蔣本有，《荊溪詞初集》、《清平初選後集》、《絶妙好詞今輯》、《瑶華集》選。詞題，《清平初選後集》、《瑶華集》作「顧梁汾扈駕詩題後」。未鈐「抄」印。有「待弔青蠅」、「素溪」印，印上各有墨筆「对」。

[二]「官」，《絶妙好詞今輯》作「宫」。

圈點：

朱筆：題上，單點、三圈。「霜天」三句、「飛鞚」二句、「碧天」二句，圈。

墨筆：調上，單圈。題上，單點。

《荊溪詞初集》：「珠鞭」二句、「霜天」三句、「飛鞚」五句，圈。

《清平初選後集》：「霜天」三句、「飛鞚」五句，圈。

念奴嬌

鉅鹿道中作[一]

雄関上郡，看城根削鐵，土花埋鏃。十月悲風如箭吽，此地曾稱鉅鹿。白浪轟豗，黄沙蒼莽，霜蝕田夫屋。車中新婦，任嘲髀裡生肉。　太息張耳陳餘，當年刎頸，末路相傾覆。長笑何須論舊事，泜水依然微緑。欲倩燕姬，低彈趙瑟，一醉生平足。井陘日暮，亂鴉啼入枯木。

《詞則・放歌集》：結只寫景，而情自足。

校記：

[一] 此首《詞則・放歌集》選。未鈐「抄」印。無朱筆「对」。

圈點：

朱筆：調上，單點。題上，單點。

墨筆：調上，單圈。

《詞則·放歌集》：題上，單圈。「十月」句，點。「井陘」二句，圈。

點絳唇

夜宿臨洺驛[一]

晴髻離離，太行山勢如蝌蚪。稗花盈畆。一寸霜皮厚。　趙魏燕韓，歷歷堪回首。悲風吼。臨洺驛口。黄葉中原走。

《迦陵詞選評》：《點绛唇》得如許大力，古今未有。

校記：

[一] 此首蔣本有，《荊溪詞初集》初刻本、《瑶華集》、《草堂嗣響》、《今詞苑》、《詞則·放歌集》、《全清詞鈔》、《近三百年名家詞選》選。詞題，《荊溪詞初集》初刻本作「夜泊臨洺驛」，《草堂嗣響》作「宿臨洺驛」。未鈐「彊善堂主人對訖」印。眉上鈐「南耕」印。有朱筆寫「選」。

圈點：

朱筆：調上，單圈。題上，單圈、三圈。「黄葉」句，圈。

墨筆：調上，單圈。題上，單勾、單點。

《荊溪詞初集》初刻本：「太行」句、「悲風」三句，圈。

《詞則·放歌集》：題上，雙圈。「悲風」三句，圈。

西江月

過馮唐故里[一]

酒罷燕歌竟[二]歇，途窮趙瑟難求。滹沱水抱太行流。行過鄗[三]南関口。

疋馬霜天古磧，三河玉勒長楸。翩翩過[四]客半[五]嗚騶。笑爾馮公白首。

校記：

[一]此首蔣本有，《今詞苑》、《古今詞匯三編》、《詩餘花鈿集》、《昭代詞選》選。詞題「過」，《詩餘花鈿集》作「經」。

[二]「竟」，蔣本作「正」。

[三]「鄗」，《古今詞匯三編》作「郊」，《詩餘花鈿集》作「郭」。

[四]「過」，《詩餘花鈿集》作「游」。

[五]「半」，原寫「盡」，墨筆校改，《今詞苑》、《詩餘花鈿集》作「盡」。

圈點：

朱筆：調上，單圈。題上，單點。「笑爾」句，點。

墨筆：調上，單圈。

滿江紅

過邯鄲道上呂仙祠，示曼殊曼殊工演《邯鄲夢》劇。[一]

絲竹揚州，曾聽汝、臨川數種。明月夜、黄粱一曲，緑醅千甕。枕裡功名鷄鹿塞，刀頭富貴麒麟塜。只機房、唱罷酒都寒，梁塵動。　久已判，緣難共。經幾度，愁相送。幸燕南趙北，金鞭雙控。萬事関河人欲老，一生花月情偏重。笄兩人、今日到邯鄲，寧非夢。

《詞則·放歌集》：過邯鄲，只於末處一點，情味無窮，正妙在不多著墨。

校記：

[一] 此首蔣本有，《古今詞選》、《昭代詞選》、《詞則·放歌集》選。未鈐「抄」印。有「待弔青蠅」、「素溪」印，印上各有墨筆「对」。

圈點：

朱筆：調上，單點。題上，單點。

墨筆：調上，單圈。

《詞則·放歌集》：題上，單點雙圈。「枕裡」二句、「箏兩」二句，圈。

沁園春

經邯鄲縣叢臺懷古[一]

匹馬短衣，竟上叢臺，慨當以慷。看[二]誰家戰壘，寒鴉[三]落照，何年古戍[四]，亂草平岡。十月踈砧，一城冷雁，不許愁人不望鄉。徘徊久，只登高弔古，無限蒼茫。當年趙武靈王。正[五]樹裡河流掛濁漳。更[六]佳人跕屣[七]，粧臺對起，王孫袨[八]服，舞袖相當。而我來游，幾番歷徧，不見邯鄲挾瑟倡。何須問，便才人厮養，總付斜陽。

《清平初選後集》：硯銘云：其年《烏絲詞》向所嘆服，茲集梓垂竣，錢子蒓敏以新詞見投，亟爲補入數闋，終覺掛漏，未慊賞心。

《詞則·放歌集》：（「十月」三句）凄絶，警絶。（「而我」三句）轉折有力。

校記：

［一］此首蔣本有，《見山亭古今詞選》、《今詞初集》、《荊溪詞初集》、《清平初選後集》、《東白堂詞選初集》、《古今詞匯三編》、《瑶華集》、《古今詞選》、《昭代詞選》、《詞則・放歌集》選。詞題，《今詞初集》、《古今詞選》無「懷古」二字，《瑶華集》無「經」字，《清平初選後集》作「叢臺懷古」，《古今詞匯三編》作「經邯鄲叢臺」，《昭代詞選》「經」作「過」。未鈐「抄」印。眉上鈐「南耕」印。有朱筆寫「選」。

［二］「看」，《今詞初集》、《古今詞匯三編》、《古今詞選》作「是」。

［三］「鴉」，《今詞初集》、《古今詞匯三編》、《古今詞選》作「沙」。

［四］「戍」，《詞則・放歌集》作「樹」。

［五］「正」，《今詞初集》、《古今詞選》作「對」，《古今詞匯三編》作「看」。

［六］「更」，《今詞初集》、《古今詞匯三編》、《古今詞選》作「有」。

［七］「屣」，蔣本、《瑶華集》作「履」，《詞則・放歌集》作「屐」。

［八］「袨」，蔣本、《瑶華集》、《昭代詞選》作「炫」。

圈點：

朱筆：調上，單點。題上，單點。「十月」三句、「而我」三句，圈。

墨筆：調上，單圈。題上，單點。

《荊溪詞初集》：「看誰」七句，圈。

《清平初選後集》：「不許」四句、「當年」二句、「而我」三句，圈。

《東白堂詞選初集》：無。

《詞則・放歌集》：題上，雙圈。「匹馬」三句，點。「十月」三句、「而我」三句，圈。「何須」三句，點。

念奴嬌

鄴中懷古[一]

滏陽南去，望鄴城一帶，逼人愁思。記得群雄爭割據，健者曹家吉利。公子綵毫，佳人繡瓦，快意當如是。漳河嗚咽，至今猶染紅淚。　猶憶秋夏讀書，春冬射獵，泥水譙南地。轉眼寒烟縈戰壘，耿耿還留覇氣。賀六渾來，韓擒虎去，苑樹都如薺。論人成敗，世間何限餘子。

《詞則・放歌集》：（「漳河」二句）情景兼寫，乃深弔古之思。

校記：

[一]此首《詞則·放歌集》選。未鈐「抄」印。無朱筆「对」。

圈點：

朱筆：調上，單點。題上，單點。「家吉利」，抹。

墨筆：調上，單圈。

《詞則·放歌集》：題上，單點單圈。「漳河」二句、「論人」二句，圈。

沁園春

夜宿衛輝府使院 院係故籓舊府。[一]

白月明明[二]，青火熒熒，憂來無方。有敗磚碎甓，當年碧瓦，殘煤冷燭，昔日紅墻。銅沓[三]椒圖，綺錢交綱，贏得行人歎一塲。轆轤畔，憑鳳簫吹透，幾陣新涼。　無端一夢荒唐。夢應教鄒枚綴末行。似朦朧簾外，宫娥阿監，依稀殿上，玉几金牀。忽聽鷄鳴，旋催馬首，淇水東流劃太行。囬頭望，見驛樓飄渺，苑樹微茫[四]。

校記：

[一]此首蔣本有，《荊溪詞初集》、《詩餘花鈿集》選。《荊溪詞初集》、《詩餘花鈿集》無題下小

注。未鈐「抄」印。眉上鈐「南耕」印。有朱筆寫「選」。無朱筆「对」。

[二]「明明」，《詩餘花鈿集》作「泠泠」。

[三]「沓」，《詩餘花鈿集》作「踏」。

[四]「茫」，《詩餘花鈿集》作「蒼」。

圈點：

朱筆：調上，單點。題上，單點、三圈。「憑鳳」二句、「見驛」二句，圈。

墨筆：調上，單圈。題上，單點。

《荊溪詞初集》：「有敗」七句、「似朦」四句，圈。

滿江紅

自封丘北岍渡河至汴梁[一]

漭漭河聲，捩柂處、怒濤千尺。絶壁下、魚龍悲嘯，水波[二]欲立。一派灰飛官渡火，五更霜灑中原血。問成皋、京索事如何，都陳蹟。　蟲牢外，風蕭瑟。廩延畔，沙堆積。試中流騁望，百憂橫集。混混且挤流日夜，芒芒不辨天南北。但望中、似見有人烟，陳橋驛。封丘，古蟲牢。延津，古廩延。[三]

《詞則・放歌集》：（「一派」二句）摩天巨刃，慘淡淋漓。

校記：

［一］此首蔣本有，《詞則・放歌集》選。

［二］「水波」，《詞則・放歌集》作「木波」。

［三］蔣本無詞末小注。

圈點：

朱筆：調上，單點。題上，單點。

墨筆：調上，單圈。

《詞則・放歌集》：題上，單點雙圈。「一派」二句、「混混」二句，圈。「但望」二句，點。

南鄉子

邢州道上作［一］

秋色冷并刀。一派酸風捲怒濤。並馬三河年少客，粗豪。皂櫟林中醉射鵰。　殘酒憶荊高。燕趙悲歌事［二］未消。憶昨車聲［三］寒易水，今朝。慷慨［四］還過豫讓橋。

《詞則・放歌集》：（「秋色」二句）骨力雄勁，洪鐘無纖響。（下闋）不著議論，自令讀者怦怦心動。

《迦陵詞選評》：來此悲歌，慷慨如許，必是得地氣之助。

校記：

［一］此首蔣本、《百名家詞鈔》本有，《今詞苑》、《今詞初集》、《古今詞匯三編》、《草堂嗣響》、《古今詞選》、《昭代詞選》、《詞則・放歌集》、《全清詞鈔》、《近三百年名家詞選》選。詞題，《今詞初集》、《古今詞匯三編》、《草堂嗣響》、《古今詞選》作「邢州道上」。未鈐「抄」印。無朱筆「对」。

［二］「事」，《今詞初集》、《古今詞匯三編》、《古今詞選》作「恨」。

［三］「憶昨車聲」，《今詞初集》、《古今詞匯三編》、《古今詞選》作「昨夜筑聲」。

［四］「慨」，《今詞苑》作「愾」。

圈點：

朱筆：調上，單圈。題上，單點。「今朝」，圈。

墨筆：調上，單圈。

《百名家詞鈔》本：「秋色」二句、「粗豪」二句、「憶昨」三句，圈。

《詞則・放歌集》：題上，單點雙圈。「秋色」二句、下闋，圈。

沁園春

桐川楊竹如刺史招飲，劇演《黨人碑》，即席感賦竹如，忠愍孫。[一]

屈指愍孫，惟我與君，今日相逢。歎家世膺滂，破巢剩壘，丹青褒鄂，硬箭強弓。磊魄誰澆，飛揚不禁，願學當年曹景宗。銀燭下，恰清歌宛轉，妙伎玲瓏。　劍花墳起如龍。正聞樂中山淚滿胸。任刺史筵前，嬌絲脆竹，黨人碑上，怪雨盲風。我已冥鴻，人方談虎，愁殺長安老石工。歌且止，思兩家舊事，此曲難終。

校記：

[一]此首重出，墨筆批「重，不寫」。別寫，詞題「感賦」作「有作」；「竹如，忠愍孫」作：「竹如係忠烈公家孫。《党人碑》，宋元祐、紹聖事。」「硬箭強弓」句下有注。「銀燭下」，作「銀燈底」。「劍花」，作「燭花」。「正聞樂」，作「又聞樂」。僅鈐「彊善堂主人」印。無朱筆「对」。

圈點：

朱筆：調上，單點。題上，單點。「歎家」四句、「任刺」四句，圈。

墨筆：調上，單點。

賀新郎

贈程穆倩時年六十。[一]

痛飲蕪城下[二]。喜春秋、甫當六十，詞場雄霸。䟤跋短歌歌自壽，幻作蟲言變化。是慢戲、滑稽之亞。穆倩自壽作《木蘭花慢》四闋[三]，中皆為虫言。蟲達封侯何必問，喚蟲蟲、小語飄檀麝。君擊缶，吾行炙。四筵安坐爭相詫。笄絕藝、韭花薑尾，古來無價。牽率老夫兒子五，更挽鬚、覓栗燈前話。[四]論此樂、勝於僕射。有酒且沽澆磊塊，任無錢、也向壚頭貰。休辭醉，先生許。

校記：

［一］此首未鈐「抄」印。無朱筆「对」。

［二］「下」，患立堂本、浩然堂本作「夜」。

［三］「闋」，患立堂本、浩然堂本作「首」。

［四］「更挽鬚、覓栗燈前話」，患立堂本、浩然堂本作「索笑挽鬚燈下」。

圈點：

朱筆：調上，單點。題上，單點。「牽率」三句、「休辭」二句，圈。

墨筆：調上，單圈。

祝英臺近

題季柔木小影，兼誌別懷[一]

紅韎韐，紫羅囊，小縛黄皮袴。快馬健兒，裝急憑君作。更聞歷落嶔嶔，交游然諾，依稀是、君家之布。　歲行暮。可憐雪浪烟帆，來朝趁人渡。呵手敲冰，為君一題句。他年展軸哦詩，懷人顧影，好頻寄、江東魚素。

校記：

［一］此首未鈐「彊善堂主人對訖」印。

圈點：

朱筆：題上，尖圈。

墨筆：調上，單圈。

念奴嬌

題季端木小影[一]

丹青一幅，是西湖好手，戴蒼之筆。年少者誰真秀絶，不讓王家摩詰。綉虎清才，食牛奇氣，刷羽霜空失。科頭箕踞，襟情一往蕭瑟。寄語莫賭羅囊，人身似爾，頭地終須出。安得画師乘快墨，并寫驊騮十匹。歷塊過都，華燕秣越，此事為君必。若翁大笑，看[二]君長繞吟膝。

校記：

[一] 未鈐「抄」印。無朱筆「对」。

[二]「看」，原稿作「吟」，據患立堂本、浩然堂本改。

圈點：

朱筆：調上，單點。題上，單點。

墨筆：調上，單圈。

水調歌頭

宋荔裳、曹顧庵、王西樵招集劉峻度葭園，即席限東冬韻[一]

鈿犢朱扉外，寶鴨華[二]堂中。重逢把酒飛盖，倍覺旅愁空。人有庾徐潘陸。坐有樓臺絲竹。那減晉人風。慎莫賦悵悵，亟為拉紅紅。吾醉矣，拓金戟，倚長弓。不改狂奴故態，耳語有群公。官是金閨貴客。身是[三]画溪愁客。客自不相同。起覓鐵綽板，高唱大江東。

校記：

[一]此首蔣本有，《昭代詞選》選。詞題，後用朱筆點去「東冬」二字，諸本亦均無。未鈐「抄」印。有朱筆寫「選」。

[二]「華」，諸本皆作「畫」。

[三]「是」，蔣本作「自」。

圈點：

朱筆：調上，單點。題上，單點、三圈。「官是」三句，圈。

墨筆：題上，單圈。

送宋荔裳觀察入都，并寄蓼天司業，同顧庵、西樵賦[一]

酒冷天寒日，人去客愁中。數行鈿蟬柱雁，祖餞出城東。衣上青天明月，馬上黄河飛雪，雁背染霜紅。如此作裝急，磊砢想桓公。千斤椎，七寶轡，百石弓。從奴賓客所過，棧馬嚙殘通。定過淮陰祠下，更到望諸墓上，懷古颯悲風。若見蘇司業，言我髩成翁。

《詞則・放歌集》：起十字警。（「定過」五句）筆力雄蒼，英姿颯爽。

校記：

［一］此首蔣本有，《詞則・放歌集》選。詞題，蔣本無「同顧庵、西樵賦」。未鈐「抄」印。無朱筆「对」。

圈點：

朱筆：題上，單點。

墨筆：題上，單圈。

《詞則・放歌集》：題上，雙圈。「酒冷」二句、「定過」三句，圈。「若見」二句，點。

留別阿雲［一］

真作如此別，直是可憐蟲。鴛裯麝薰正煖，別思已匆匆。昨夜金尊檀板，今夜曉風殘月，踪跡太飄蓬。莫以衫痕碧，偷揾臉波紅。　分手處，秋雨底，雁聲中。迴軀攬持重抱，宵箭悵將終。安得當歸藥缺，更使大刀環折，萍梗共西東。絮語未及已，帆勢破晴空。

《詞則·閑情集》：(「真作」二句)亦纏綿，亦突兀，言盡而意無窮。◎「迴軀」六字，似褻而實古雅，固知不可無書，不可無筆。◎結寫分手匆遽之情，咄咄逼人。

校記：

［一］此首蔣本有，《詞則·閑情集》選。未鈐「抄」印。

圈點：

朱筆：題上，單點。

墨筆：題上，單圈。

《詞則·閑情集》：題上，三圈。「真作」二句、「莫以」二句，圈。「分手」八句，點。「絮語」二句，圈。

西江月

夜宿何雍南齋中［一］

一榻奇書繚紹［二］，三間老屋攲斜。天寒沽酒撥琵琶。消盡丹徒客夜。　南浦零簫剩管，西風社鼓神鴉。他年夢亦識［三］君家。家在寄奴山下。

校記：

[一] 此首蔣本、《百名家詞鈔》本有，《今詞苑》、《詩餘花鈿集》、《草堂嗣響》、《昭代詞選》、《國朝詞雅》選。詞題「雍」，《草堂嗣響》作「邕」。無朱筆「对」。

[二]「繚紹」，蔣本、《百名家詞鈔》本、《詩餘花鈿集》、《草堂嗣響》、《國朝詞雅》作「繚繞」。

[三]「識」，《草堂嗣響》作「到」。

圈點：

朱筆：調上，單圈。題上，單點。

墨筆：題上，單圈。

《百名家詞鈔》本：「消盡」句、「他年」二句，圈。

點絳唇

江樓醉後與程千一[一]

絕憶生平，蹉跎祇為清狂耳。酒酣直視。奴價何如婢。　斷壁崩崖，多少齊梁史。掀髯喜。笛聲夜起。燈火瓜洲市。

校記：

［一］此首蔣本有，《今詞苑》、《詩餘花鈿集》、《詞則·放歌集》選。有朱筆寫「選」。

圈點：

朱筆：調上，單圈。題上，單圈、三圈。「掀髯」三句，圈。

墨筆：題上，單圈。

《詞則·放歌集》：題上，雙圈。「掀髯」三句，圈。

采桑子［一］

送李雲田之吳門迎侍兒掃鏡［二］

一群蕩子揚州住，簾底紅牙。門畔金車。邀笛藏鈎樂事賒。　如何短李先辭我，云有吳娃。生小如花。日上江樓候客楂。

校記：

［一］患立堂本、浩然堂本詞調下注「一名《醜奴兒令》、一名《羅敷令》、一名《羅敷媚》」。

［二］詞題，浩然堂本題後加「二首」。原稿用朱筆在此首前加「又」，旋劃綫區分，眉上寫「是二首」。

圈點：

朱筆：調上，單圈。題上，單點。

墨筆：題上，單圈。

我言息國夫人好，何不歸哉。早到粧臺。湘水今秋緑勝苔。　君言聊復為歡耳，謎語應猜。莊語非詼。神物須知是手推。時雲田賓鐙夫人在楚。

燭影揺紅

丁未元夜[一]

第一良宵，雨絲攪得愁心碎。六街鋪遍是春陰，火樹無人賽。年少俊遊不再。剩懨懨、夜情私耐。孄提簫局，慵整衾窩，有些寒在。　憶昔歡娛，墮釵小拾春城背。自從圓月打頭來，照見狂奴態。直到收燈挑菜。歎如今、事隨年退。藕花裙子，紅漆車兒，拋人十載。

校記：

［一］此首無朱筆「对」。

圈點：

朱筆：調上，單點。題上，單點。「剩慨」四句、「藕花」三句，圈。

墨筆：題上，單圈。

念奴嬌［一］

紅橋園亭讌集，限屋沃韻時有魚較書在座。［二］

霜紅露白，借城南佳處，一餐秋菊。更值群公聯袂到，夾巷雕鞍綉［三］軸。一抹紅霞，三分明月，此景揚州獨。揮杯自笑，吾生長是碌碌。且喜絶代娥媌，魚［四］玄機娣姒，風姿［五］妍淑。惱亂雲鬟多刺史，何况閒愁似僕。小逗琴心，輕翻簾額，一任顛毛禿。倚闌吟眺，雲鱗墳起如屋。

校記：

［一］此下《念奴嬌》俱重出，墨筆批云：「《念奴嬌》以下俱録過，不必寫。」此下《念奴嬌》惟鈐「彊善堂主人對訖」印。無朱筆「对」。每首朱筆標識「重出」、「重」、「俱重」。

［二］此首蔣本有。詞題，別寫作「小春紅橋讌集，同限一屋韻」，蔣本同；患立堂本無「屋沃」二字；浩然堂本「限屋沃韻」作「同限一屋韻」。

［三］「綉」，別寫作「繡」。

［四］「魚」，患立堂本無。

［五］「姿」，患立堂本作「致偏」。

圈點：

朱筆：題上，單點。

讀顧庵先生新詞，兼酬贈什，即次原韻［一］

老顛欲裂，看盤空硬句，蒼然十幅。誰拍袁綯鐵綽板，洗浄琵琶塲屋。擊物無聲，殺人如草，筆掃千鵔［二］秃。較量詞品，稼軒［三］白石山谷。　記得戲馬長楊，割鮮下杜，天笑温堪掬。玉靶角弓雲外響，捎動離宫花木。銀海烏飛，銅池鯨舞，月炤［四］孤臣獨。江潭遺老，一聲寒噴霜竹。

校記：

［一］詞題，別寫作「讀曹顧庵新詞，兼酬贈什，即次曹韻」。

［二］「千毿」，别寫作「毿毫」，患立堂本、浩然堂本同。

［三］「稼軒」，别寫作「夢窓」。

［四］「炤」，别寫作「照」。

圈點：

朱筆：題上，單點。

送朱近脩還海昌，并懷丁飛濤之白下、宋既庭返吴門，仍用顧庵韻［一］

住為佳耳，問先生何事，急裝趨肅。曾在竹西園子裡，狼籍釵徵釧逐。别酒紅擎，離帆緑飽，人上蘭舟宿。君行烟裡，吴山螺髻新沐。　可惜世事匆匆，陡然方寸，起岡巒陵麓。誰倩石尤吹鷁轉，并轉丁儀宋玉。無數狂奴，一群蕩子，屯守倡家屋。此情莫遂，悄然熟視楓菊。

校記：

［一］詞題「顧庵」，别寫作「顧菴」。

圈點：

朱筆：題上，單點。「誰倩」二句，圈。

被酒呈荔裳、顧庵、西樵三公，并示豹人、孝威、梅岑、舟次、方鄴、希韓、女受、散木諸子，仍用原韻[一]

僕何為者，是東吳愁客，最能擊筑。記得阿奴年少日，曾直高人品目。甚矣吾衰，時乎不再，二語那堪讀。朱門列戟，此中何限粱肉。　幸遇衮衮群公，肯[二]憐而召我，共看籬[三]菊。我意亦思歸去耳，聊葺溪干破屋。行乞歌場，為傭屠肆，也覔三餐粥。安能谿刻，矯廉長效孤竹。

校記：

[一]詞題「顧庵」，別寫作「顧菴」；「女受、散木」，別寫作「散木、女受」；「原韻」，別寫作「曹韻」。「最能」，別寫作「善能」。「品目」，別寫作「刮目」。題下墨筆寫「木」，不曉何意。

[二]「肯」，後用朱筆點去，患立堂本、浩然堂本無此字。

[三]「籬」，患立堂本、浩然堂本作「東籬」。

圈點：

朱筆：題上，單點。「行乞」三句，圈。

《紅橋倡和集》成，索李研齋序，孫介夫記，作詞奉柬，并示冐巢民，仍用顧庵韻[一]

夔門蜀棧，是史家粉本，先生所獨。更有孫樵雄且健，暗裡漢書能覆。二老縱横，兩篇記序，並逐中原鹿。古文奇字，他人恐不能讀。　直可抵突曾王，激昂韓柳，揖歐陽永叔。我與涪溪曾有約，采[二]入文抄[三]篇幅。細寫千行，高吟百遍，音響崩崖屋。遇當佳處，澆之苦茗芳菊。

校記：

[一] 詞題「示冐巢民」，患立堂本、浩然堂本作「呈冐巢民先生」；「顧庵」，别寫作「顧菴」。題下墨筆寫「木」，不曉何意。

[二]「采」，别寫作「採」。

[三]「抄」，别寫作「鈔」。

圈點：

朱筆：題上，單點。

贈阿秀，并示西樵[一]

晚風廻[二]處，忽簾開影露，髩烟微緑。驀地見人猶掩歛，裙與闌干争曲。縈損紅巾，撥殘錦瑟，頓惹愁千斛。客來休入，請看門外[三]金犢。　漸覺戔内鱗皴，篝邊鴨瘦，觥事卿須録。生世諧逢王吏部，繡佛還工惜玉。爰爾嬌憨，嗔人拘管，挼碎釵兒菊。晚攜素手，碧天雨過初沐。

校記：

[一] 此首蔣本有。詞題「示」，患立堂本、浩然堂本作「呈」。

[二]「廻」，别寫作「廽」。

[三]「外」，别寫作「畔」，蔣本同。

圈點：

朱筆：題上，單點。「裙與」句，圈。

曹顧庵、王西樵、鄧孝威、沈方鄴、汪舟次、季希韓、李雲田、兄散木皆有送予歸陽羨詞，作此留别[一]

此諸公者，乃狂歌未已，離歌又促。僕本恨人臣已老，怕聽將歸絲竹。捩柂[二]秋空，發船月夜，濁浪堆銀屋。我行去作，荊南山下樵牧。　被酒膝席相呼，人生長聚，那[三]得同麋鹿。歡[四]伯却輸愁鬼厚，只是與人追逐。天若有情，地如埋恨，此會何難續。他時念我，杜陵男子蕭育。

校記：

[一]詞題「顧庵」，别寫作「顧菴」；「兄散木」，别寫無此三字；「予」，别寫作「余」；「詞，作此留别」，别寫作「一闋，作詞留别，并謝數公」。

[二]「柂」，别寫作「柁」。

[三]「那」，别寫作「郝」。

[四]「歡」，别寫作「驩」。

圈點：

朱筆：題上，單點。「歡伯」五句，圈。

送沈方鄴還宣城，兼懷唐耕鳲、施愚山、梅子長，同西樵用孝威韻

歸兮何暮，歎風塵經歲，迷陽却曲。憶我同君為狎讌，夜夜彈絲吹竹。弟畜余頷[一]，人呼沈瘦，側帽談公穀。方鄴美須頷[二]，業《春秋》。人身似此，安能仰面看屋。故里才子都官，舍人唐老，英妙兼耆宿。更有肩吾能爱我[三]，客舍綈袍情篤。歸見三君，雪深一尺，定理尋詩躅。尺書好寄，江船不乏千斛。

校記：

[一]「頷」，別寫作「髯」。

[二]「須頷」，別寫作「鬚髯」。

[三]「能愛」，別寫作「偏善」。

圈點：

朱筆：題上，單點。

延令季滄葦席上送周子俶計偕京師

長途廹歲，正黄河飛雪，馬都没腹。袴縛黄皮雄舞矟，那顧從奴蜎縮。斫鱻屠門，射雕

塞上，生啖黄獐肉。看君意氣，真成勇過賁育。況是歷落盤龍，風流公瑾，海内標名目。此去長安聲價重，定壓庾徐潘陸。愧我牢騷，借人杯炙，送汝登華軸。慈恩題罷，歸鞭春晝須速。

圈點：

朱筆：題上，單點。

廣陵客夜，却憶吴門同吴梅村先生，暨葉訒庵、盛珍示、王維夏、崔不雕、李西淵、范龍仙、王升吉飲錢宫聲宅，時有新王、賴鳳二較書在座[一]

月之十八，記與諸公[二]飲，錢郎書屋。祭酒能為鮮散髻，下語千人都伏。東觀名卿，南朝才子，争舉觴相屬。莫愁更鼓，任他燒短紅燭。何意尊合杯闌，一雙么鳳，齊注横波目。假使客中皆此夜，詎羨八州之督。上客如風，佳人[三]似雨，薄命余同鞠。鞠兮惜汝，一生長被人蹴。

校記：

［一］此首蔣本有。詞題，「王升吉」下蔣本有「蔣璞山」；「王」，蔣本作「玉」，患立堂本、浩然

堂本作「凰」；「二」，別寫作「兩」，蔣本同。

［二］「記與諸公」，患立堂本、浩然堂本作「記諸公共」。

［三］「佳人」，別作「佳晨」。

圈點：

朱筆：題上，單點。

季滄葦宅夜看歌姬演劇，即席成詞，并示張天任、因亓、五丹、九儀、戴弘度、季孚公、希韓、咸季、李三友、朱石鐘諸子［一］

吾生詎料，也曾經親聽，諸姨法曲。非月非烟非霧雨，非肉非絲非竹。［二］不易描摹，最難忘記，耿耿縈心目。依稀梁畔，暗塵飛墮［三］千斛。　昨者我渡江來，正沙深月冷，浪花堆簇。飢［四］蜃饞蛟渾不怕，我有聽歌奇福。拍到殘時，人將散處，欒往傷幽獨。重逢難必，岍［五］巾且吸船玉。

校記：

［一］詞題，浩然堂本無「因亓」、「咸季」。

［二］「非肉非絲非竹」，別寫作「非竹非絲非肉」。

［三］「墮」，别寫作「墜」。
［四］「飢」，别寫作「饑」。
［五］「岍」，别寫作「岸」。

圈點：
朱筆：題上，單點。「飢蜃」三句，圈。

重過廣陵，同王西樵、孫介夫夜話，即宿西樵寓中

登車一歎，歎羊裘已破，朔風如鏃。枉道那辭三百里，為與琅琊情熟。却遇興公，鏗然屐響，也過東頭屋。三人相對，寒燈淡暈生緑。少頃客去余留，王公呼我，大被從君宿。睡説三冬岐路事，起坐何煩頻蹴。綿定奇温，居殊不易，握粟憑誰卜。車中霜滿，夜寒私語童僕。

圈點：
朱筆：題上，單點。
墨筆：題上，單圈。

洞仙歌

戊申上元陰雨，示黄珍百、史雲臣、任青際[一]

春陰春雨，把碧天偷換。嬴得情思凍雲孏。[二]料高樓小市，火樹銀花，都不見，有也無人尋玩。　　狂朋應似我，手撚玉梅，低歎心頭舊愁滿。早瞢騰孤睡，[三]笑逐鈿車，人影亂、拾得遺釵一半。更燈炧、鷄鳴夢囬來，空斜壓衾窩，孜孜細看。[四]

校記：

［一］此首蔣本有。詞題「示黄珍百、史雲臣、任青際」，患立堂本、浩然堂本作「示楨百、雲臣、青際」。無「彊善堂主人對訖」印，有「待弔青蠅」、「素溪」印，印上各有墨筆「对」。有朱筆寫「抄」。

［二］「嬴得情思凍雲孏」，原寫「十畆凍雲情思孏」，墨筆校改。

［三］「早瞢騰孤睡」，蔣本作「孤睡早瞢騰」。

［四］患立堂本、浩然堂本詞末有小注：「十三句多二字。」

圈點：

朱筆：調上，單圈。題上，單點。

墨筆：題上，單圈。

青際和詞[一]

雲屏千頃，密護嫦娥面。望斷月宮[二]高處掩。恨人間天上，兩兩佳人，尋不見，此際休文難遣。　髯公先得我，寫就玉箋，留戀[三]新年舊愁滿。這元宵[四]佳節，細雨絲絲，風片片、伴得梅香一院[五]。快重倩、飛觴拉同心[六]，教銀蠋金蓮，一時[七]放艷。

校記：

[一]任繩隗和詞諸本無。《直木齋詞》有詞題：「和其年上元遇雨，用元韻。」眉上墨筆注：「不寫。」

[二]「月宮」，《直木齋詞》作「蟾宮」。

[三]「留戀」，《直木齋詞》作「流戀」。

[四]「這元宵」，《直木齋詞》作「恁元宵」。

[五]「一院」，《直木齋詞》作「半院」。

[六]「拉同心」，《直木齋詞》作「整燈棚」。

[七]「一時」，《直木齋詞》作「登時」。

賀新郎

徐竹亭招同幾士兄閣上看梅[一]

一樹都如雪。君不見、尊前有客，歌聲辛切。醉倚花魂花欲語，花似笑人愁絶。我一語、亦爲花説。人既多愁人已瘦，問花何、瘦亦隨人折。相看處，酒休竭。　臨風細取花重閲。羨物外、孤高簡傲，花中豪傑。恒怪世人輕比並，浪道檀腮粉頬。渾不爾、此花風骨。我欲擬之銀作鎧，趁月明、浴盡三軍鐵。神還似，史遷潔。

校記：

[一]詞題「竹亭」，患立堂本、浩然堂本作「竹逸」。此首未鈐「抄」印。無朱筆「对」。

圈點：

朱筆：調上，單點。題上，單點。

墨筆：題上，單圈。

為徐晋遺催粧時十二月初八，夜大雪。[一]

雙綰同心結。喜今夜、新人二九，殘年臘八。幾隊紗籠徐引導，光漾黄金跳脱。何況是、玉人如月。小捉養娘簾底問，問徐公、城北人争説。燈下看，果英發。　天公更自風流絶。響瓊籤、且煩青女，細飄珂雪。為驗謝娘才調好，故把吳鹽輕撒。不須慮、銅輿街滑。我識李謩吹笛手，但今宵、鳳竹休頻擪。枕函上，印紅頰。

校記：

［一］此首未鈐「抄」印。無朱筆「对」。

圈點：

朱筆：題上，單點。「小捉」二句，圈。

墨筆：題上，單圈。

菩薩蠻

春日憶西湖，次陸蓋思、徐竹亭倡和原韻［一］

劃波曾到西泠去。掠入緑痕難唾處。踈簟雜眠鷗。真成自在游。　如今佳興歇。悶過春三月。剛見摘蘭芽。山村又焙茶。

校記：

［一］此首蔣本有。詞題，蔣本作「春日憶西湖」；「徐竹亭」，患立堂本、浩然堂本作「徐竹逸」。

圈點：

朱筆：調上，單圈。題上，單點。

墨筆：題上，單圈。

醉春風

上巳陰雨，憶乙巳暮春與王阮亭主客脩禊洗鉢池上，時慨然成咏［一］

風約飛紅趁。雨涴香泥印。春歸箄［二］隔幾多時，近。近。近。挑菜人稀，湔裙節過，賣餳聲緊。　已少尋春分。好把閒愁論。那年却［三］記共王郎，韻。韻。韻。絲管精詳，賓朋妥貼，心情安頓。

校記：

［一］此首《今詞苑》選。詞題「鉢」，《今詞苑》作「盞」。未鈐「抄」印。無朱筆「对」。

［二］「箄」，原寫「能」，墨筆校改，《今詞苑》作「能」。

［三］「却」，原寫「曾」，墨筆校改，《今詞苑》作「曾」。

圈點：

朱筆：調上，單圈。題上，單點。「近」三韻，圈。

墨筆：題上，單圈。

水調歌頭[一]

吴枚吉庭前牡丹將放，詞以催之[二]

峭冷侵金鴨，乍煖熨銅龍。東皇好景何限，相别苦匆匆。二十四番花信，一百五朝寒食，幾陣酒旗風。豆吐蠶婆緑，花綻鼠姑紅。　画欄西，綺窓北，錦城中。姚黄何事，羞澁媚臉未全融。速辦慈恩車騎，并倩華清鈿笛，邀取謫仙翁。早放木芍藥，慢舞玉瓏璁。

校記：

［一］此詞眉上墨批：「此首不必寫。」未鈐「抄」印。

［二］「吴枚吉庭前」，墨筆校改作「舍南」，患立堂本、浩然堂本皆作「舍南庭前」。

圈點：

朱筆：調上，單點。題上，單點。

墨筆：題上，單圈。

稍遍

和丁飛濤柬施愚山韻，即寄飛濤[一]

大叫高歌，脱帽陽狂，頭没酒杯裡。憶自從、戍騎出臨渝，幾喚公為無是。君不見莊周，漆園傲[二]吏，寓言八九人間世。又不見信陵，末年失路，[三]醇酒婦人而已。與汝[四]拔劍上崦嵫。令虎豹君門勿然疑。古人有言，雖不得肉，亦且快意。君言在遼西。獸宫鬼塚莽林際。何暇顧妻子。聊為汝一言爾。猶記卧氈車，霜花坌湧，三更千帳琵琶起。又馬作酸嘶，弓為異響，鄉心一往如醉。幸與子相逢復此時。更不飲躊躇欲[五]奚為。筭人生、且自豪耳。於是立盡數斗，酒三行以後，若為吾舞，[六]吾為若語，[七]手作拍張言志。虎[八]鬚笑捋凭紅肌。論英雄、如此足矣。[九]

校記：

[一] 此首蔣本有，《今詞苑》、《荊溪詞初集》、《瑶華集》、《詞覯續編》、《詞則・放歌集》、《全清詞鈔》選。眉上墨批：「重，不寫。」實重出，蔣本、患立堂本、浩然堂本、《詞則・放歌集》、《全清詞鈔》文字，同另寫稿。詞題，《荊溪詞初集》作「酒後柬丁飛濤，即次其贈施愚山韻」，《瑶華集》作「酒後柬丁飛濤」。未鈐「抄」、「履端印」。有朱筆寫「重出」、墨筆寫「重」。無朱筆「对」。

[二]「傲」,《瑶華集》、《詞覯續編》作「小」。

[三]「末年失路」,《瑶華集》、《詞覯續編》作「暮年潦倒」。

[四]「與汝」,《今詞苑》作「且與汝」,《荊溪詞初集》、《詞覯續編》作「爲汝」。

[五]「欲」,《瑶華集》、《詞覯續編》作「亦」。

[六]「若為吾舞」,《瑶華集》、《詞覯續編》作「汝為我舞」。

[七]「吾為若語」,《詞則・放歌集》作「我為若語」。

[八]「虎」,《瑶華集》、《詞覯續編》作「黄」。

[九] 詞題,别寫作「酒後柬丁飛濤,即次其贈施愚山韻」。首二句,别寫作「被酒佯狂,脱帽驩呼」。「憶自從、戍騎出臨渝」,别寫作「記昨年、馬角未曾生」。「傲吏,寓言八九」,别寫作「小吏,洸洋玩弄」。「末年失路」,别寫作「暮年潦倒」。「與汝」,别寫作「為汝」。「有言」,别寫作「有云」。「獸宫鬼冢莽林際」至「若為吾舞」,别寫作:「大魚如阜海無際。飢咽冬青子。雪窖人聊復爾。土炕夜偏長,燭花坌湧,琵琶帳外連天起。更萬里鄉心,三更雁叫,那不愁腸如醉。我勸君莫負賞花時。幸歸矣長嘘復奚為。箏人生、亦欲豪耳。今宵飲愽達旦,酒三行以後,汝為我舞。」「虎鬚」,别寫作「黄鬚」。

圈點:

朱筆:調上,單點。題上,單點。「幾喚」句,圈。

《荊溪詞初集》:「君言」七句、「箏人」八句,圈。

賀新郎[一]

作家書竟，題范龍仙書齋壁上蘆雁圖[二]

漏悄裁書罷。繞廊行、偶然瞥見，壁間古[三]畫。一派蘆花江岍上[四]，白雁濛濛欲下。有立且、飛而[五]鳴者。萬里重關歸夢杳，拍寒汀、絮盡傷心話。捱不了，凄凉夜。

城頭戍鼓剛三打。正四壁、人聲都盡[六]，月華如瀉。再向丹青[七]移燭認，水墨陰陰入化。恍嘹嚦、枕棱窓罅。曾在孤舟[八]逢此景，便画圖、相對心猶怕。君莫向，高齋掛。

《詞則·放歌集》：（「一派」三句）正面摹繪，只一二語便無微不至，餘仍寫身世之感。（「再向」七句）字字陰森，緑人毛髮，真乃筆端有鬼。

《迦陵詞選評》：「陰陰入化」四字，便是此詞評語。

校記：

[一] 此首，墨批：「重，不必寫。」別寫異文甚多，與《詩餘花鈿集》合，參看。

[二] 此首蔣本有，《今詞苑》、《荊溪詞初集》、《瑶華集》、《詞則·放歌集》選。詞題，蔣本作「作家書後題范龍仙壁間蘆雁圖」，《瑶華集》無「壁上」二字。未鈐「抄」、「彊善堂主人對訖」印。眉上鈐「南耕」印。有墨筆寫「重」。無朱筆「対」。

［三］「古」，浩然堂本作「小」。

［四］「江峅上」，《瑶華集》作「如雪亂」。

［五］「立且、飛而」，浩然堂本作「飛且、悲而」。

［六］「都盡」，蔣本、患立堂本、浩然堂本、《荊溪詞初集》作「都静」，《瑶華集》作「寂静」。

［七］「丹青」，原寫「畫圖」，墨筆校改，蔣本、《今詞苑》作「画圖」，《瑶華集》作「空齋」。

［八］「孤舟」，《瑶華集》作「江船」。

圈點：

朱筆：調上，單點。題上，單點。「有立且」句，點。「便画」三句，圈。

《荊溪詞初集》：「白雁」四句、「再向」七句，圈。

《詞則・放歌集》：題上，單點雙圈。「一派」七句、「再向」七句，圈。

酷相思

冬日行彰德、衛輝諸處，馬上作［一］

趙北燕南多驛路。見一帶、霜紅樹。又天外、亂山青可數。叢［二］臺也、知何處。雀臺也、知何處。　一鞭裊裊臨官渡。雁呌酸如雨。儘古往［三］、今來誇割據。漳水也、東流去。淇水也、東流去。

《詞則·別調集》：（「漳水」二句）開板橋先路。

《迦陵詞選評》：縱筆寫去，氣力却彌滿，他人決難到此。

校記：

［一］此首蔣本、《百名家詞鈔》本有，《今詞苑》、《荊溪詞初集》、《東白堂詞選初集》、《瑶華集》、《詞覯續編》、《昭代詞選》、《詞軌輔録》、《詞則·別調集》選。詞題，《荊溪詞初集》無「諸處」。《詞覯續編》書眉上注「刪」。眉上鈐「南耕」印。有朱筆寫「選」。無朱筆「对」。

［二］「叢」，《東白堂詞選初集》作「楚」。

［三］「儘古往」，《昭代詞選》詞末有小注：「按，『儘古往』三字，譜應讀，此誤。」

圈點：

朱筆：調上，單圈。題上，單點、三圈。「漳水」二句，圈。

墨筆：調上，單圈。題上，單點。

《百名家詞鈔》本：「叢臺」二句、「雁叫」句、「漳水」二句，圈。

《荊溪詞初集》：「又天」三句、「一鞭」二句、「漳水」二句，圈。

《東白堂詞選初集》：「叢（楚）臺」二句、「漳水」二句，圈。

《詞則·別調集》：題上，單圈。「雁叫」句，點。「漳水」二句，圈。

玉女摇仙佩

客大梁月夜感賦[一]

客愁無那，何日歸程，真向江淮起柁。惱殺天邊，一輪明[二]月，掛在玉津園左。照着悽涼我。又雁飛墻角[三]，馬嘶城垛。枕稜畔、如冰似鐵，仰視中庭，數點星顆。便有夢還家，生怕更樓，已曾合鎖。　　擘阮薰香都惰[四]。祇剩繽紛，簾影對人低簸[五]。暗數從前，宣和風景，多少花驄鳳舸。此夜誰端坐。匿笑處、顫立幾行釵朶。想又是、天街似水，梅花糝地，内家一陣香車過。遥映着、樊樓燈火。

校記：

[一]此首蔣本有，《今詞苑》、《今詞初集》、《荊溪詞初集》、《清平初選後集》、《東白堂詞選初集》、《古今詞匯三編》、《瑶華集》選。詞題「客大梁」，原寫「大梁署中」，墨筆校改。原題，《今詞初集》、《清平初選後集》、《古今詞匯三編》、《瑶華集》作「大梁署中月夜」，《今詞苑》、《荊溪詞初集》、《東白堂詞選初集》作「大梁署中月夜感賦」。無朱筆「対」。

[二]「明」，《今詞初集》、《清平初選後集》、《古今詞匯三編》作「好」。

[三]「墻角」，《今詞初集》、《古今詞匯三編》作「壕側」，《清平初選後集》作「濠側」。

[四]「惰」，《清平初選後集》作「墮」。

[五]「簸」，《今詞初集》、《古今詞匯三編》、《清平初選後集》作「彈」。

圈點：

朱筆：調上，單點。題上，單點。

墨筆：調上，單圈。題上，單點。

《荊溪詞初集》：「便有」三句、「想又」四句，圈。

《清平初選後集》：「想又」四句，圈。

《東白堂詞選初集》：「想又」四句，圈。

蘇武慢

汴城晚眺[一]

暮色傷心，重關極目，漭漭黃河之水。侯嬴館老[二]，朱亥塋高，直得英雄心死。城頭戍火，馬上征笳，何苦愁人如是。最堪憐、千里蒯緱，牢落方當盛齒。　細數他、趙宋繁華，宣和節物，此事幾多年矣。宜春燈燭，盩厔〔三〕笙簫〔四〕，多少六街三市。有恨秋槐，無情社燕，換過幾番人世。〔五〕只空留、廣武滎陽，〔六〕一片驚濤剩壘。

校記：

〔一〕此首蔣本、《百名家詞鈔》本有，《古今詞選》、《昭代詞選》選。詞調，《古今詞選》作「過秦樓」，《昭代詞選》作「選冠子又一體」。無朱筆「对」。

〔二〕「老」，《昭代詞選》作「壞」。

〔三〕「盩厔」，蔣本、患立堂本、浩然堂本、《昭代詞選》作「延福」。

〔四〕「笙簫」，蔣本、《百名家詞鈔》本、《古今詞選》、《昭代詞選》作「簫笙」。

〔五〕「有恨秋槐，無情社燕，換過幾番人世」，《昭代詞選》作「幾番有恨秋槐，無情社燕，換來人世」。

〔六〕「只空留、廣武滎陽」，《昭代詞選》作「只廣武、滎陽空留」。

圈點：

朱筆：調上，單點。題上，單點。「何苦」句，末加圈。

墨筆：題上，單圈。

《百名家詞鈔》本：「何苦」句、「方當盛齒」、「有恨」三句、「一片」句，圈。

念奴嬌

寄董玉虬侍御秦中[一]

黑窑秋夜，記臨風痛飲，黯然言別。我去汴城君繡嶺，一樣前朝陵闕。麥積山高，木皮嶺滑，度隴何須怯。漢家節使，天邊鐃吹不絶。　且自擲帽狂呼，繞床大叫，盧采輸誰喝。莫聽渭橋嗚咽水，殘了秦時明月。鑿空音孔張騫，縋兵鄧艾，此事真人物。驪山山下，料應紅樹如血。

《詞則・放歌集》：（「莫聽」二句）一片牢騷，不必看煞。

校記：

[一] 此首《詞則・放歌集》選。未鈐「抄」印。無朱筆「对」。

圈點：

朱筆：調上，單點。題上，單點。

墨筆：調上，單圈。題上，尖圈。

《詞則・放歌集》：題上，雙點單圈。「莫聽」七句，圈。

花犯

詠鄢陵蠟梅花，并寄梁曰緝侍御[一]

一枝枝，未曾經謝，黄時早如子。霜簾捲處，較金縷衣痕，多些香味。面面聖檀風外綴，蓴鼈微籠紫。似昨夜、侯門燭滅，銅盤堆蠟淚。　傳説[二]鄢陵戰塲多，問花何偏傍，荒城廢壘。拈花嗅，形容遍、幾番不似。多分安陵年少客，半醉後、金丸抛葉裡。想天上、故人鄉夢，惺惺長記此。

校記：

[一]此首蔣本有。詞調，患立堂本、浩然堂本作「花犯又一體」。未鈐「履端印」。無朱筆「对」。

[二]「説」，患立堂本、浩然堂本作「聞」。

圈點：

朱筆：調上，單點。題上，單點。

墨筆：題上，單圈。

沁園春

送謝雲章之大名[一]

結束翩翩，北去天雄，黄衫紫韁。有萬層銕騎，軍懸重鎮，五更錮雁，巷列名倡。魏滑分河，関山獨夜，感慨黎陽舊日倉。横戈地，怕驚沙颭沓，亂水砰硠。昨朝並轡田翔。恰路出夷門認大梁。記分題古驛，憑燕弔魏，同敲石火，嘯雨啼霜。君又翻飛，余其寥落，試聽悲笳咽女墻。前游在，莫孤檠[二]濁[三]酒，重宿平陽。衛輝使院，係舊藩邸，余與謝君曾各有詞。今去天雄，必重經此，故云。[四]

校記：

[一]此首蔣本有，《詩餘花錮集》選。未鈐「抄」印。無朱筆「对」。

[二]「檠」，患立堂本、浩然堂本作「擎」，《詩餘花錮集》作「衾」。

[三]「濁」，《詩餘花錮集》作「獨」。

[四]詞末小注，《詩餘花錮集》無。

圈點：

朱筆：調上，單點。題上，單點。

墨筆：題上，單圈。

多麗

劉公戢吏部每為余言蘇門百泉之勝，冬日行汲縣道中，遥望峰巒幽異，未及登眺，感賦一闋，并以寄劉[一]

記劉子，語我蘇門山好。更百泉、澄泓蕭瑟，雷輥千尺銀瀑。亂松崖、經聲夜落，古梄[二]溪、樵風晨噭。壽栢瘿藤，危梯惡棧，山無不樹，樹無不鳥。徑谽谺、數間[三]虎落，時響幽人銚。翛然也、指間絃歇，山前月曉。　一自渡、桑乾河水，馬頭恒向西笑。擬十月、寒衣手綻，來作山村荷蓧。太息塵踪，難攀仙境，重來猿鶴應相誚。祇望見、蒙茸羃䍥，一派青難了。回頭聽、似有人兮，山半長嘯。

《詞則·放歌集》：（「亂松」十句）疊浪層波，飛花滚雪，幾令人目不暇接。◎結亦餘情不盡。

校記：

［一］此首《詞則·放歌集》選。無朱筆「対」。

［二］「梄」，患立堂本、浩然堂本、《詞則·放歌集》作「稭」。

［三］「間」，《詞則·放歌集》作「聞」。

圈點：

朱筆：調上，單點。題上，單點。

墨筆：題上，單圈。

《詞則·放歌集》：題上，雙圈。「亂松」十句，圈。「馬頭」句，點。「回頭」三句，圈。

沁園春

詠雪獅[一]

此物何來，猛氣咆哮，砍頭陷胸。見吞刀吐火，一般䛬啖，鏤冰築玉，百種玲瓏。萬事東流，一身西極，隻手曾批上圈熊。真無敵，笄涼州假面，難與爭功。　滄州城外呼風。又戚畹獅兒臥草中。怪霜纏鐵獸，汝偏夭矯，汁鎔獰鳳，爾獨從容。頃刻天晴[二]，須臾雪霽，嬴得群兒拍手同。啞然笑，歎原來刻鵠，詎是真龍。

校記：

[一]此首蔣本有。未鈐「抄」印。無朱筆「对」。

[二]「天晴」，原寫「□飛」，墨筆校改。

圈點：

朱筆：調上，單點。題上，單點。「嬴得」四句，圈。

墨筆：題上，單圈。

賀新郎

都門洗象詞，同緯雲弟賦[一]

百戲魚龍聚。晝陰陰、雲房氷洞，帝城無暑。日晡波心張水幄，列坐徹侯公主。其外有、傾城士女。少頃蠻奴乘象至，整鞭梢、踏入金塘去。喧豗甚，爾何怒。　鼻殷[二]捲盡西山雨。看水面、濤飛海立，銀傾雪注。猶記昆明傳象戰，花馬僰僮跋扈。今已慶、太平寰宇。浴罷含元宣立仗，望赭袍、一朶紅雲吐。率百獸，御階舞。

校記：

[一] 此首蔣本有。詞題，蔣本無「同緯雲弟賦」。未鈐「抄」印。有朱筆寫「選」。無朱筆「对」。

[二]「殷」，蔣本作「陰」。

圈點：

朱筆：調上，單點。題上，單點、三圈。

墨筆：調上，單圈。題上，單點。

稍遍

讀彭禹峰先生詩文全集竟，跋詞卷尾，兼示令子中郎、直上兩君[一]

自古穰城，從來宛葉，嶄絶誇形勢。有千年、諸葛卧龍岡[二]，蕭蕭英魂霸氣。其西引武關，商於六百，昔人以戰為兒戲。其南控襄樊，析酈房竹，常產畸人烈士。公也生值亂離時。好説劒談兵射且騎。鬚作蝟張，箭如鴟叫，言天下事。　噫。此世何為。巖疆好以公充餌。僰爨牂牁地。鬼燐生、鼓聲死。猶記靖州城，連營賊火，楚歌帳外淒然起。公左挈人頭，右提酒甕，大嚼轅門殘胔。奈縛他烏獲矐漸離。則女子傭奴盡勝之。論通侯、羊頭羊胃。吾讀公也全集[三]，有刀聲戛觸，人聲嘈囋，[四]舞聲綷縩，更雜筑聲淒異。忽然牛飲酒池聲，又鬼聲、啾然林[五]際。

《詞則・放歌集》：波瀾壯麗，氣勢磅礴，雖不免蹈揚湖海，然自足雄視一時，亦猶秦、楚大國，以無道行之，亦足制勝。◎後幅大聲疾呼，何其直言不諱也！（「猶記」八句）帆縱波湧，電掣雷轟。◎「論通侯」七字東得住。（「有刀」六句）賦跋集正面，淋漓飛舞，與全篇相稱。

《白雨齋詞話》卷八：陳其年《稍遍》兩篇，一氣盤旋，排山倒海。論其氣力，幾欲突過稼軒。只是雄而不渾，直而不鬱。故初讀令人色變，再讀令人齒冷矣。◎其年讀彭禹峰集一篇，後半云（「羊頭羊胃」止），亦可謂直言不忌。

校記：

［一］此首蔣本有，《詞則·放歌集》選。詞題「直上兩君」，墨筆後加，蔣本無「兩君」二字。眉上鈐「南耕」印。有朱筆寫「選」。無朱筆「对」。

［二］「卧龍岡」，原寫「舊隆中」，墨筆校改。

［三］「全集」，原寫「遺集」，墨筆校改。

［四］「戛觸，人聲嘈囋」，原寫「颯沓，馬聲嗚咽」，墨筆校改。

［五］「林」，原寫「窓」，墨筆校改。

圈點：

朱筆：調上，單點。題上，單點。三圈。「論通」八句，圈。

墨筆：調上，單圈。題上，單點。

《詞則·放歌集》：題上，單點雙圈。「有千」十三句、「噫」十四句、「有刀」六句，圈。

踏莎行

冬夜不寐[一]

舊恨如絲，新寒似水。兩般都着人心裡。五更刁斗汴梁城，一天風雪成皋壘。古寺鐘生，隣墻月死。枕頭欹遍如何是。半生孤憤酒難澆，挑燈且讀韓非子。

校記：

[一] 此首蔣本有，《今詞苑》選。未鈐「彊善堂主人對訖」印。無朱筆「对」。

圈點：

朱筆：調上，單圈。題上，單點。

墨筆：題上，單圈。

沁園春

大梁署寓對雪有感[一]

凍角無聲，大旗自翻，長河怒號。正雪作花時，玉鱗狼籍，茶當乳處，珠眼蕭騷。烏鵲枝寒，羝羊窖冷，一片愁成八月濤。當年事，記昆陽城下，群盜如毛。中原百戰人豪。

經幾度風吹并浪淘。歎河名官渡，袁曹安在，地連南頓，馮鄧徒勞。四節飄零，兩河蕭瑟，且捋[二]黃鬚命[三]濁醪。吾已醉，尋市中朱亥，共鼓屠刀。

《詞則·放歌集》：（「涷角」三句）魄力雄大，氣象萬千。（「且捋」四句）無一字不精悍。

校記：

[一]此首蔣本有，《詩餘花鈿集》、《古今詞選》、《昭代詞選》、《詞則·放歌集》選。詞題「署寓」，原寫「署中」，朱筆校改；《詩餘花鈿集》作「署中」。未鈐「抄」印。無朱筆「対」。

[二]「捋」，《詞則·放歌集》作「酹」。

[三]「命」，《詩餘花鈿集》作「飲」。

圈點：

朱筆：調上，單點。題上，單點。

墨筆：題上，單圈。

《詞則·放歌集》：題上，雙圈。「涷角」三句、「一片」句、「且捋（酹）」四句，圈。

賀新郎

見南苑阱熊而歎之，同吴天石賦[一]

南苑[二]花如綉。見一帶、長楊虎圈，咆哮百獸。此物傫然餘猛氣，攀檻時時欲吼。像鋏騎、金戈馳驟。可惜當熊人去杳，鎖宫槐、冷落黄金甃。誰侍奉，金門帚。　爛羊都尉通侯狗。但驍雄、偏嗟失勢，所遭不偶。猶記深山騰踔日，獅子猢兒為友。追險怪、曾踰宇宙。此日草間狐兔盡，束身歸、五柞同猿狖。膰[三]已落，宰夫手。

《詞則·放歌集》：（「此日」四句）何等感慨。

校記：

[一]此首蔣本有，《詞則·放歌集》選。詞題「苑」，《詞則·放歌集》作「院」。未鈐「抄」印。

[二]「苑」，《詞則·放歌集》作「院」。

[三]「膰」，患立堂本作「蹯」。

無朱筆「对」。

圈點：

朱筆：雙點，單點。題上，單點。

墨筆：題上，單圈。

《詞則・放歌集》：題上，雙圈。「可惜」四句、「爛羊」三句，點。「此日」四句，圈。

魚游春水

秋日過金魚池[一]

韋曲光頹瀸。有半畝、金塘瀲灔。[二]一般[三]紅鯉，襯着緑波摇颭。色分鳳闕丹初滴，光映銀墻紅欲淡。芳餌輕投，縠紋微蘸。　尚隔金溝紫纜。難望見、宫娥阿監。輪他百子池中，天香親[四]染。廢館何來簫鼓到，空潭只被菰蒲糁。獨對西風，幾番傷感。

校記：

[一]此首蔣本有，《荊溪詞初集》選。詞題，《荊溪詞初集》作「金魚池」。「彊善堂主人對訖」印作「彊善堂主人」印。有「待弔青蠅」印，印上有墨筆「对」。題下鈐「南耕」印。

[二]「有半畝、金塘瀲灔」，《荊溪詞初集》作「半畝金塘微瀲灎」。

[三]「般」，蔣本作「船」。

[四]「親」，《荊溪詞初集》作「欲」。

圈點：

朱筆：調上，單點。題上，單點。

墨筆：題上，單圈。

《荆溪詞初集》：「廢館」三句，圈。

滿江紅

汴京懷古，十首[一]

壞堞崩沙，人説道、古夷門也。我到日、一番憑弔，淚同鉛瀉。流水空祠牛弄笛，斜陽廢館風吹瓦。買道旁、濁酒酹先生，班荆話。　攝衣坐，神閒暇。北向到，魂悲咤。行年七十矣，翁何求者。四十斤椎真可用，三千食客都堪罵。使非公、萬騎壓邯鄲，城幾下。夷門

《詞則·放歌集》：一起便自魂銷。◯「汴京懷古」十首，蒼凉悲壯，氣韻沈雄。板橋金陵十二首，高者可稱後勁。心餘則去此遠矣。◯心餘亦好作壯語，但面目可襲，力量不可強，去迦陵何可道里計也？

《白雨齋詞話》卷四：迦陵「汴京懷古」十首，措語極健，可作史傳讀。板橋「金陵」十二闋，高者可稱後勁。心餘則去此遠矣。

《迦陵詞選評》：弔魏公子，不嫌自抑；弔侯嬴，不嫌自負。

校記：

［一］此十首蔣本有，《瑶華集》、《詞則·放歌集》選。十首未鈐「抄」印；有「待弔青蠅」、「素溪」印，印上各有墨筆「对」；末首後有朱筆「对」。

圈點：

朱筆：題上，單點。題上，單點。

墨筆：調上，單圈。

《詞則·放歌集》：題上，雙圈。「壞堞」二句，圈。「流水」四句、「四十」四句，點。

鉛筑無成，不信道、英雄竟死。猶有客、棄家破產，東求力士。太息已看秦帝矣，悲歌只念韓亡耳。道旁觀、誰道祖龍耶，妄男子。　狙擊處，悲風起。大索罷，浮雲逝。歎事雖不就，波騰海沸。嬴政關河空宿草，劉郎宫寢成荒壘。只千年、還響子房椎，奸雄悸。博浪城［一］

《詞則・放歌集》：壯在「千年」二字。

《迦陵詞選評》：子房一生心事在此。

校記：

［一］此首《荊溪詞初集》、《昭代詞選》選。詞題，《荊溪詞初集》即用詞末小注。有朱筆寫「選」。

圈點：

朱筆：題上，三圈。「鉛筑」二句、「道旁」二句、「歎事」二句，圈。

《荊溪詞初集》：「歎事」六句，圈。

《詞則・放歌集》：題上，雙圈。「道旁」二句，圈。「狙擊」四句，點。「只千」二句，圈。

汜水敖倉，是楚漢、提戈邊界。想昔日、名姬駿馬，英雄梗槩。滎澤［一］波痕寒疊雪，成皋山色愁凝黛。歎從來、豎子易成名，今安在。　俎上肉，何無賴。鴻門斗，真難耐。笄野花斷鏃，幾更年代。秦鹿詎為劉季死，楚猴甘受周苛賣。笑紛紛、青史論都訛，因成敗。廣武山［二］

《詞則・放歌集》:(「秦鹿」四句)議論風生。

《迦陵詞選評》:阮公痛哭,陳生悲歌。

校記:

[一]「滎澤」,《詞則・放歌集》作「榮澤」。

[二] 此首《詞覯續編》、《昭代詞選》選。此組《詞覯續編》録此首與「金明池」、「玉津園」,詞題作「汴京懷古」,此首列第二,詞末無小注。

圈點:

朱筆:「何無賴」、「真難耐」、「因成敗」,圈。

《詞則・放歌集》:題上,雙圈。「滎澤」二句,點。「歎從」二句、「秦鹿」四句,圈。

太息韶華,想繁吹、憑空千尺。其中貯、邯鄲歌舞,燕齊技擊。宮女也行神峽雨,詞人會賦名園雪。羨天家、爱弟本輕華,通賓客。　梁獄具,宮車出。漢詔下,高臺坼。歎山川依舊,綺羅非昔。世事幾番飛鐵鳳,人生轉眼悲銅狄。着輕衫、半醉落霜鵰,弓弦砉。　吹臺

《詞則·放歌集》：（「世事」四句）縱筆感慨，推開説意味更永。

《迦陵詞選評》：以不結爲結。蓋何處不是如此感慨，竟不説也。

圈點：

朱筆：「着輕」二句，圈。

《詞則·放歌集》：題上，雙圈。「世事」四句，圈。

野渡盤渦，中牟界、濤翻浪走。勒馬看、殘山剩水，一番回首。斜日亂碑森怪蝟，危岡怒石蹲奇獸。笑中原、從古戰場多，陰風吼。　炎劉鼎，嗟淪覆。袁曹輩，工争鬭。看金戈塞馬，喧豗馳驟。浪打前朝黄葉盡，霜封斷壁青苔厚。又幾行、雁影落沙洲，多於豆。官渡

《詞則·放歌集》：筆勢森竦，在諸篇中尤為警策。（「浪打」四句）悲而壯，有古詩氣味。

《迦陵詞選評》：冷眼静觀，任他淪覆争鬭，只作畫圖風景。

圈點：

朱筆：無。

《詞則·放歌集》：題上，單點雙圈。「勒馬」二句、「笑中」二句、「浪打」四句，圈。

宋室宣和，看艮嶽、堆瓊砌璐。也費過、幾番錘鑿，兩朝丹堊。花石綱催朱太尉，寶津樓俯京東路。晉銅駝、洛下笑人忙，曾廻顧。　花千朶，雕闌護。峰萬狀，長廊互。使神搬鬼運，無朝無暮。一自燕山亭去早，故宫有夢何由作。歎此間、風物劇催人，成南渡。艮嶽

《詞則·放歌集》：（「一自」四句）哀猿一聲。

《迦陵詞選評》：「南渡」二字所指，恐不止晉與宋。

圈點：

朱筆：無。

《詞則·放歌集》：題上，雙圈。「一自」四句，圈。

曲水金塘，流不盡、汴京遺事。記當日、昆明水戰，都亭百戲。相國寺前燈似晝，南薰門外天如水。恰政和、天子趙官家，多才藝。　火仗轉，星毬墜。水幄捲，雲房蔽[一]。正扇分雉羽，橋排雁齒。此夜只憐明月好，當時那曉金人至。記居民、拂曉撥菰蒲，尋珠翠。金明池[二]

《詞則·放歌集》：(「此夜」四句)何等感喟，可為後來者炯戒。

《迦陵詞選評》：如見宋人界畫。

校記：

[一]「蔽」，《荊溪詞初集》作「閉」。

[二]此首《荊溪詞初集》、《詞覯續編》選，詞題即爲詞末小注。此組《詞覯續編》録此首與「廣武山」、「玉津園」，詞題作「汴京懷古」，此首列第三，詞末無小注。有朱筆寫「選」。

圈點：

朱筆：題上，三圈。上闋，圈。

墨筆：題上，單點。

《荊溪詞初集》：「相國」四句、「記居」三句，圈。

《詞則·放歌集》：題上，雙圈。「此夜」四句，圈。

北宋樊樓，縹緲見、彤窗繡柱。有多少、州橋夜市，汴河遊女。一統京華饒節物，兩班文武排簫鼓。又墮[一]釵、鬪起落花風，飄紅雨。　西務裡，猩脣煮。南瓦内，鸞笙語。數新粧炫服，師師舉舉。風月不須愁變換，江山到處堪歌舞。恰西湖、甲第又連天，申王府。樊樓[二]

《詞則·放歌集》：（「又墮」二句）清麗語。（「風月」四句）淋漓大筆，慷慨激昂。

《白雨齋詞話》卷四：「汴京」諸作，論筆勢之森竦，自推「官渡」一篇。而「樊樓」一章，最見作意。後四語云：「風月不須愁變換，江山到處堪歌舞。恰西湖、甲第又連天，申王府。」悲憤之詞，偏出以熱鬧之筆，反言以譏之也。

《迦陵詞選評》：看是敷足題面，然正意全以側鋒出之。

校記：

[一]「墮」，《昭代詞選》作「墜」。

[二] 此首《昭代詞選》選。

圈點：

朱筆：無。

《詞則・放歌集》：題上，單點雙圈。「又墮」二句、「風月」四句，圈。

古玉津園，斜陽照[一]、滿陂[二]蘆荻。渾不見、銅街鐵市，層樓列戟。陰慘慘兮門自鎖，冷清清地船誰摘[三]。繚垣邊、覓個不愁人[四]，如何得。白玉㕡，黄金槅。園芳樂，樓青漆。任淒風苦雨，籠窓[五]動壁。春去鳥啼樊重里，月明花落王[六]根宅。壞廊斜[七]、石獸趂行人[八]，行人嚇。玉津園[九]

《詞則・放歌集》：(「繚垣」二句)警絶。(「春去」二句)淒艷獨絶。

《迦陵詞選評》：懷古用此重筆，疑見「石鯨鱗甲動秋風」。

校記：

[一]「陽照」，《古今别腸詞選》作「照裏」。

[二]「陂」，《古今别腸詞選》作「坡」。

[三]「船誰摘」，《古今别腸詞選》作「人誰入」。

［四］「繚垣邊、覓個不愁人」，《古今別腸詞選》作「説開元、欲覓白頭嫗」。

［五］「籠窓」，《古今別腸詞選》作「敲空」。

［六］「王」，《古今別腸詞選》作「黄」。

［七］「斜」，《古今別腸詞選》作「攲」。

［八］「趂行人」，《古今別腸詞選》作「卧空林」。

［九］此首《詞覯續編》、《古今別腸詞選》、《昭代詞選》選。此組《詞覯續編》録此首與「廣武山」、「金明池」，詞題作「汴京懷古」，此首列第一，詞末無小注。

圈點：

朱筆：「繚垣」二句，圈。

《古今別腸詞選》：「陰慘」二句，點。「春去」二句，圈。

《詞則·放歌集》：題上，雙圈。「繚垣」二句、「春去」二句，圈。

汴水分簃，憶帝子、金牀玉冊。人都羨、憲王才調，孝王儔匹。椒殿丁年喧鼓吹，桂宫甲帳繙圖籍。唱誠齋、樂府夜深時，箏琶急。　蔡河漲，蘭橈織。雁池汎，龍舟疾。記牡丹時節，排當宿直。一夜黄河瓠子決，滿城紅袖棃花濕。痛波飄、菰米入宫墻，沉

雲黑。[一]

《詞則·放歌集》：(「一夜」四句)意哀婉而詞藻艷。

《迦陵詞選評》：迦陵盛於氣，長於史，與燕趙之慷慨，中州之地理，相形益彰。故其北行後詞境一變，遂大名於世。此十首典型全具。

校記：

[一]此首《今詞苑》、《荊溪詞初集》、《詞則·放歌集》選。詞題，《今詞苑》作「汴京感懷」，《荊溪詞初集》作「汴京」，《詞則·放歌集》作「金梁橋」。眉上鈐「南耕」印。有朱筆寫「選」。《瑶華集》詞末有小注「周邸」。

圈點：

朱筆：題上，三圈。「一夜」四句，圈。

墨筆：題上，單點。

《荊溪詞初集》：「一夜」四句，圈。

《詞則·放歌集》：題上，雙圈。「一夜」四句，圈。

滿庭芳

過虎牢[一]

汜水東來，滎陽西去，傷心斜日哀湍。橫鞭顧盼，又過虎牢關。歎息提兵血戰，西風響、一片刀環。英雄淚，亂山楓葉，不待曉霜丹。　追攀。當日事，炎精未造，遺恨靈桓。又許昌遷駕，不肯回鑾。今古興亡轉換，誰相問、剩水殘山。憑高望，漢陵魏殿[二]，一樣土花斑。

朱首：一首佳詞，只「靈」、「桓」二字為累。

《詞則·放歌集》：（「西風」四句）聲情激越，魄力沈雄。

校記：

[一]此首蔣本有，《昭代詞選》、《詞則·放歌集》選。未鈐「抄」印。有「待弔青蠅」、「素溪」印，印上各有墨筆「对」。

[二]「殿」，蔣本、《昭代詞選》作「寢」。

圈點：

朱筆：調上，單點。題上，單點。「英雄」三句，圈。

墨筆：題上，單圈。

《詞則·放歌集》：題上，雙圈。「西風」四句、「憑高」三句，圈。

水龍吟

己酉元夕，洛陽署寓對雪[一]

一番宛雒元宵，紅燈閃得人心碎。孤身一箇，悶懷萬種，故鄉千里。舊恨凄然，春陰攙亂，漫天攪地。想當初此夜，風前酒後，有多少、輕狂意。[二]　記起閒游舊[三]事。小門邊、那家殊麗。星橋將斂，香車乍碾，相逢橋背。近日飄零，半生流落，料伊知未。伴銅駝撲着，街頭殘雪，冷清清睡。

《詞則·放歌集》：（「紅燈」句）凄切入骨。

校記：

[一] 此首《今詞苑》、《荊溪詞初集》、《詞則·放歌集》選。詞題「署寓」，原寫「署中」，朱筆校改，《今詞苑》作「署中」。未鈐「抄」印。眉上鈐「南耕」印。有朱筆寫「選」。無朱筆「对」。

[二] 「想當初」句，原寫「想當初、酒後風前，多少輕狂意」，墨筆校改；《今詞苑》作「想當初酒

後，風前帽簷，斜多少、輕狂意」。

［三］「舊」，墨筆後添，此句《今詞苑》作「猛記起閒遊事」。

圈點：

朱筆：調上，單點。題上，單點、三圈。「伴銅」三句，圈。

墨筆：調上，單圈。題上，單點。

《荊溪詞初集》：「想當」三句、「伴銅」三句，圈。

《詞則・放歌集》：題上，單點單圈。「紅燈」句、「春陰」二句，圈。「近日」六句，點。

沁園春

客陳州使院，花朝作［一］

歸歟歸歟，我亦在陳，胡不歸兮［二］。正伏羲陵畔，縠紋六幅，宛丘城外，柳線千絲。萬種溫馨，百般飣餖，𠺕得愁心早上眉。渾無計，只沈腰漸減，潘鬢都非。　江南值此年時。記巷口花驄分外嘶。更舞衫歌扇，餳簫陣陣，倡條冶葉，裙幄離離。拋了濃春，陪人遠宦，儉侶相嘲甚意兒。真無賴，捹化為飛絮，繞盡天涯。

校記：

［一］此首蔣本有，《昭代詞選》選。詞題「客陳州使院」，原寫「陳州署中」，墨筆校改。未鈐「抄」印。無朱筆「对」。

［二］「兮」，《昭代詞選》作「乎」。

圈點：

朱筆：題上，單點。

墨筆：題上，單圈。

三月三日尉氏道中作［一］

登尉繚臺，上三垂岡，即王稽候范雎處。［二］傷如之何。憶談兵説劍，才情磊落，投秦去魏，意氣嵯峨。我到中原，重尋舊蹟，牧笛吹風起夜波。誰相問，縱殘碑尚在，一半銷磨。　短衣此日經過。歎禊日難逢晋永和。正水邊柳眼，斜窺芳岸，風前燕尾，亂剪晴莎。異國韶光，中年意味，寫上烏絲感慨多。休憑弔，喜湔裙挑菜，士女娑拖［三］。

《詞則・放歌集》：（「我到」三句）感喟蒼茫，正妙在不多著墨。

《白雨齋詞話》卷四：其年《沁園春》諸詞，亦甚雄偉。登尉繚臺一闋，尤為感慨沈至。

校記：

［一］此首蔣本有，《古今詞選》、《詞則·放歌集》選。未鈐「抄」印。無朱筆「对」。

［二］句下注，蔣本、《古今詞選》無。

［三］「娑拖」，蔣本、《古今詞選》作「婆娑」。

圈點：

朱筆：題上，單點。

《詞則·放歌集》：題上，單點雙圈。「我到」三句，圈。「異國」三句，點。

減字木蘭花

上巳後一日，途次洧川［一］

花紅草緑。昨日濃春經阮曲。碎雨零［二］烟。今日愁人過洧川。　三春去半。半付郵亭和驛館。溱洧潺湲。上巳無人出采蘭。

校記：

［一］此首蔣本、《百名家詞鈔》本有，《今詞苑》、《清平初選後集》、《絶妙好詞今輯》、《瑶華集》選。詞題，《百名家詞鈔》本「次」作「經」；《絶妙好詞今輯》「川」作「州」，下同。無朱筆「对」。

［二］「零」，《百名家詞鈔》本「飄」。

圈點：

朱筆：調上，單圈。題上，單點。

墨筆：題上，單圈。

《百名家詞鈔》本：「碎雨」二句、「溱洧」二句，圈。

《清平初選後集》：「溱洧」二句，圈。

惜餘春慢

梁園春暮，同侯仲衡、叔岱、徐恭士、田梁紫、弟子萬看牡丹作［一］

節過湔裙，人稀抛堶［二］，又是一番初夏。春歸下浣，客到中原，隴首濃陰誰畫。多少濛濛柳綿，和了春陰，涴人簾下。［三］正曉來、忽聽園丁，報道牡丹開也。　相攜去、鬫伯臺前，孝王園後，小試玉驄寶馬。梅風幾陣，鶯語多般，引出紫嬌紅姹。歌板欄邊競開，密幄圍花，娛他清夜。撚一枝、忽憶沉香，且作開元閒話。

校記：

［一］此為《烏絲詞三集》鈔寫格式之最後一首。此首蔣本有，《昭代詞選》選。詞調，《昭代詞

選》作「選冠子又一體」。詞題，蔣本、《昭代詞選》「叔岱」至「弟子萬」，作「諸子」；患立堂本、浩然堂本俱無「暮」字。未鈐「抄」印。無朱筆「对」。

［二］「抛㛹」，原寫「撲蝶」，墨筆校改。

［三］「濛濛柳綿，和了春陰，涴人簾下」，《昭代詞選》作「柳綿，和了春陰，點點涴人簾下」。

圈點：

朱筆：調上，單點。題上，單點。

墨筆：題上，單圈。

鳳凰臺上憶吹簫

廣陵送孫介夫之石城［一］

紅板橋頭，方山柵口，中流冷撥吳裝。正螢飛氷簟，蟬咽銀牀。經過郗僧施宅，清溪曲、曲似迴腸。雲水外，千年陳蹟，一片新凉。　　堂堂。過江人物，記疇昔獅兒，亦號孫郎。奈殘山剩壘，極浦斜陽。持底寄愁天上，君須問、舊日平康。還則怕，菖蒲花老，燕子樓荒。

校記：

［一］此首係鈔在《烏絲詞三集》卷末，筆跡與全稿不同。此首蔣本有，《昭代詞選》選。

圈點：

朱筆：調上，單點。題上，單點。

墨筆：題上，單圈。

天門謡

汲縣道中作［一］

比干廟年年啼百舌。月已過鞦韆節。看汲冢、苔錢鋪纈。淇流咽。說古今興滅。與銅盤都缺。愁恨織。花落處、棠梨成血。

校記：

［一］此首蔣本有，《瑶華集》選。

圈點：

朱筆：調上，單圈。題上，單點。

墨筆：調上，單圈。

探春令

庚戌元夜[一]

去年客裡度元宵，人正懨懨病。撚偃師、廨後黄梅嗅，想洛下、春燈盛。 今年準擬酬春興。奈陰晴難定。擁香篝仍剔，[二]殘燈半盞，似去年心性。

校記：

[一] 此首蔣本、《百名家詞鈔》本有，《今詞苑》選。詞題，《百名家詞鈔》本「元夜」作「元夕」，《今詞苑》作「庚戌元夜柬天石、枚吉、元白、月陵」。無朱筆「对」。

[二]「擁香篝仍剔」，《百名家詞鈔》本、《今詞苑》作「倚香篝伴着」。

圈點：

朱筆：調上，單圈。題上，單點。

墨筆：調上，單圈。

《百名家詞鈔》本：「想洛下」句、「仍剔（伴着）」、「殘燈」二句，圈。

虞美人

靈壁縣虞姬墓下作[一]

八千子弟來江左。單剩喑嗚我。誰歟歌者楚聲高。還是吾家舊日典連厫。　美人
駿馬英雄槩。一死千秋在。荒祠莫恨枕寒田。賤妾孤墳長在大王前。

校記：

[一] 此首無朱筆「对」。

圈點：

朱筆：調上，單圈。題上，單點。

墨筆：調上，單圈。

千秋歲

咏紙鳶[一]

翩翩自喜。跌宕青天裡。麥鐵杖，鳶肩子。盤空箏夜叫，削草鷹秋起。清俊也，一塲搬
弄真兒戲。　三十年前事。觸着難忘起。楊花港，桃花寺。隣童誰更在，老眼頻經

此。重拈看，原來依舊情如紙。

校記：

［一］此首蔣本有。原稿重出，有墨批：「重，不寫。」有朱筆寫「重」。「清俊」，另寫作「輕俊」。「忘起」，另寫作「忘記」。患立堂本、浩然堂本皆同另寫。詞題，浩然堂本後加「二首」。

圈點：

朱筆：調上，單圈。題上，單點。

摩空决起。此事偶然耳。材最小，風偏利。輕狂應有恨，浩蕩憑誰致。須記取，青春牢把長繩繫。已自飛騰遂。也筭雲霄器。莫浪語，休私喜。送來天上便，望向城頭悸。真險着，老夫只合街頭睡。

圈點：

朱筆：無。

鳳凰臺上憶吹簫

湯陰城外，十里絲楊，夾堤互引，額以柳廊，名極冷儁，詞以紀之[一]

淇水潺湲，爵臺駸遝，中原潑火年光。漸蕩陰城下，陳蹟荒涼。一帶絲楊蘸馬，晴漪皺、宛轉長廊。縈人處，被[二]輕陰輕暝，窨就鵝黄。　思量。添些蟬韻，便一襟秋思，那讓吾鄉。記離離水驛，小小蟲娘。白苧新裁春雪，凭肩處、柳外貪涼。中年也，歎情隨飛絮，一樣微茫。

校記：

[一]此首蔣本有。題上墨筆寫「遲」字，不曉何意。

[二]「被」，諸本無此字。

圈點：

朱筆：調上，單點。題上，單點。

墨筆：調上，單圈。

滿庭芳

距汝州四十里，山有温泉，相傳為唐武后幸洛時浴處，輒繫以詞[一]

武媚東巡，金輪春幸，洛川自古神州。風光溢目，綵仗簇星毬。聞道香山山下，湯泉沸、玉灩瓊流。傳駐蹕，石榴裙濕，激水奉宸游。　六郎宣詔入，蓮花一朶，相映嬌柔。趂晚凉閒話，水殿雲幬。千載朱顏難待，傷心似、太液池頭。凄然也，驪山浴舘，一樣野花稠。

校記：

[一]「輒繫以詞」，後用朱筆劃去，諸本並無此四字。此首有「待弔青蠅」、「素溪」印，印上各有墨筆「对」。

圈點：

朱筆：調上，單點。題上，單點。「六郎」三句，圈。

墨筆：調上，單圈。

金菊對芙蓉

禹州使院作[一]

雍氏亭空，大隗山老，一鞭裊盡斜暉。正荒城苔繡，古驛花欹。行人説是王孫第，悵金牀、玉几都非。巡簷背手，誰人憐我，情緒如絲。　此意枕簟應知。共殘缸青穗，伴我題詩。歎星移物換，種種凄其。不如且向東門外，好悲歌、聶政墳西。明當竟去，頻斟濁酒，細拂横碑。禹州城東門外三里，有聶政墓。[二]

校記：

[一] 此首蔣本、《百名家詞鈔》本有，《荊溪詞初集》、《古今詞選》、《昭代詞選》、《國朝詞雅》選。無朱筆「对」。

[二] 《百名家詞鈔》本、《荊溪詞初集》、《古今詞選》、《昭代詞選》、《國朝詞雅》無詞末小注。

圈點：

朱筆：調上，單點。題上，單點。

墨筆：調上，單圈。

《百名家詞鈔》本：「巡簷」三句、「此意」三句、「頻斟」二句，圈。

《荊溪詞初集》：「悵金牀」句、「不如」五句，圈。

念奴嬌

汝南七夕，病中排悶[一]

誰家砧杵，攪中原秋夜，碧來如此。何況今宵逢七夕，天上鵲橋成矣。人説黄姑，貰錢營室，捱盡愁滋味。可憐阿堵，神仙亦被驅使。我笑此語荒唐，古今稗史，誰是誰非是。翻怪頻年瓜果鬧，溷我婦人女子。僕病未能，吾衰詎憊，晒腹為佳耳。汝南城下，月明何限殘壘。

校記：

［一］此首未鈐「抄」印。無朱筆「对」。

圈點：

朱筆：調上，單點。題上，單點。

墨筆：調上，單圈。

半雪弟四十，詞以贈之，即次其自壽原韻[一]

推梨讓棗，記弟兄幼小，講堂嬉戲。暇則讀書兼擊劍，不識世間程李。捫蝨雄談，屠龍絶技，豁達饒奇計。旁人嘖嘖，陳家郎差足矣。　詎料轗軻半生，蹉跎萬事，不爾男兒志。從古多才人失路，蕩子酒徒而已。白髮無根，青衫有鬼，兀坐愁城裡。還勝飲否，飲時盞與重洗。

校記：

［一］此首未鈐「抄」印。無朱筆「对」。

圈點：

朱筆：題上，單點。

鄴城感懷，寄緯雲弟都下［一］

漳河南下，被浪花打散，鄴宫遺事。総是英雄兒女恨，釀就千年覇氣。馮淑妃來，慕容廆去，誰問他曹魏。銅臺綉瓦，至今换作殘壘。　白頭來到中原，吴鈎醉舞，不耐濤聲沸。春雁成行都北往，謂緯雲、子萬。只剩離鴻一對。一滯吴関，謂半雪。一留趙郡，自謂也。夜冷那能睡。闌干拍遍，凄然長念阿緯。

校記：

［一］此首未鈐「抄」印。無朱筆「对」。

圈點：

朱筆：題上，單點。

沁園春

十月晦日，懷慶署中望太行山積雪［一］

雪滿太行，碧瀲瑶翻，紛然沓來。正黄河欲吼，六花籍籍，青山乍老，一夜皚皚。素女凌空，眩師潑水，十萬瓊樓面面開。深林外，更狐踪半滅，獸窟全埋。　萬鍾寧我加哉。且濡髮狂歌乾百盃。看獵徒并代，霜鷹雪犬，神仙王屋，璐殿瑶堦。聶政祠荒，袁尼宅破，世上誰人識此懷。樽猶熱，儘天公顛倒，造化安排。

校記：

［一］此首蔣本有。詞題「署中」，墨筆校改作「使院」，蔣本、浩然堂本同。未鈐「抄」、「履端印」。無朱筆「对」。

圈點：

朱筆：調上，單點。題上，單點。

墨筆：調上，單圈。

經朱仙鎮[一]

古鎮朱仙，躍馬經過，令人暗驚。看黃塵撲面，閭閻櫛比，清波極目，舟楫充盈。南控陳橋，西通尉氏，彷彿當年古汴京。停鞭問，怕沙衝地坼，浪囓堤平。誰何[二]繡栱雕甍。有廟貌巍峩市口横。是鄂王故事，丹青未老，趙家遺恨，金鐵争鳴。三月餳簫，一天社鼓，走賽仍多舊日傖。摳衣拜，欲題詩未許，淚滿[三]長纓。[四]

校記：

[一]此首蔣本有，《絶妙好詞今輯》選。未鈐「抄」印。無朱筆「对」。

[二]「誰何」，《絶妙好詞今輯》作「誰河」。

[三]「滿」，原寫「纓」，朱筆校改。

[四]《絶妙好詞今輯》詞末有小注：「甍音萌。」

圈點：

朱筆：題上，單點。

賀新郎

季滄葦侍御廣陵納姬，為賦花燭詞[一]

螺子眉峰滴。遥想像、文窓冉冉，穳鬟的的。誰遣朝天青雀舫，小泊烟江水驛。夾岓有、鈿車画戟。日至尚遲添一線，恰宵長、更照團圓月。時仲冬十五夜，為長至前十日。[二]月影底，人兒出。仙郎況是文章伯。人都羡、金閨華彦，玉清仙籍。盡道臺霜行峽雨，先把鵕鸃冠摘。纔卸到、紅巾羃䍦。今夜當關須記取，對府中、烏與隣鷄説。休相攪，恣憐惜。

校記：

[一] 此首蔣本有。未鈐「抄」印。無朱筆「对」。

[二] 句下注，蔣本無。

圈點：

朱筆：調上，單點。題上，單點。「盡道」三句，圈。

墨筆：調上，單圈。

汝州月夜被酒，感懷董二[一]

今夜清輝苦。真醉矣、人生有幾，関山如許。極目海天渾一碧，回首家鄉何處。総則是、年年覊旅。脱帽凭闌何限恨，倚風前[二]、細把寒更數。誰更打，嚴城鼓。無端忽憶踈狂侣。曾記得、烏衣巷口，别來如雨。明月也知千里共，炤盡秦樓楚戍。應漸到、故人黄土。只恐白楊和月冷，比人間、更有銷魂處。汝河水，白如乳。

朱尾（曹亮武）：結句弱。

《詞則·别調集》：前半言月夜被酒，因思鄉意引起懷友。◎後半感傷文友，字字沈痛。

校記：

［一］此首蔣本有，《絶妙好詞今輯》、《詞則·别調集》選。未鈐「抄」印。無朱筆「对」。

［二］「風前」，《詞則·别調集》作「西風」。

圈點：

朱筆：題上，單點。「只恐」二句，圈。

《詞則・别調集》：題上，雙圈。「倚風前（西風）」三句，點。「明月」七句，圈。

烏絲詞第三集

宜興　陳維崧　其年　撰

柘城　王　錞　叔平
　　　李方廣　蓼墅　閲[一]

校記：

[一]「柘城」以下，後用墨筆劃去。

念奴嬌

宋景炎席上贈柘城李蓼墅[一]

中年以後，早傷于哀樂，頓成頭白。適過章華為劇飲，倏遇中原詞伯。劍氣縱橫，酒腸跳盪，老筆蒼無敵。霜寒月苦，為君細吐胷臆。　今夜玳轂班蘭[二]，紅絃郭索，撾鼓催行炙。難得他鄉歡笑極，况有吳兒似雪。君欲歸邪，住為佳耳，底事摇鞭急。回聽筵上，歌珠一串堪拾。

墨眉（玄）：諸詞滿腹風雅，衝口動人。

朱尾（曹亮武）：通篇只如説話，無筆墨之跡。

校記：

［一］此首蔣本有，《瑶華集》選。未鈐「抄」印。無朱筆「对」。

［二］「班蘭」，患立堂本、浩然堂本作「斑斕」。

圈點：

朱筆：調上，單點。題上，單點、三圈。「霜寒」二句、「君欲」五句，圈。

墨筆：調上，單圈。

用前韻酬柘城李子金［一］

雪［二］飛千里，步睢陽市上，忽逢李白。笑顧群公摩腹語，空洞容卿什伯。嚼蕊吹花，馬稍名理，豪蕩真難敵。轟豗拉雜，酒酣披瀝衷臆。　聽説溢浦鮫人，鞋山龍女，嗜古如牛炙。曾挾奇文過灌口，浪打片颿堆雪。豪奪何傷，書淫不悔，那畏波濤急。擲書柂底，百靈任爾爭拾。

校記：

［一］此首蔣本有，《瑶華集》選。未鈐「抄」印。無朱筆「对」。

［二］「雪」，蔣本、《瑶華集》作「雲」。

圈點：

朱筆：題上，單點、單圈。

用前韻酬鹿邑張子武［一］

昇仙臺上，説當年風景，縈青繚白。曠望層湖窓撲水，雁子梟雛千伯。物换星移，海枯石爛，刼手棋逢敵。至今廢館，野花叢草［二］沾臆。久知［三］仙不如頑，哀多于樂，且把鵞笙炙。漢武秦皇今縱在，也飽炎風朔雪。飲酒千塲，讀書萬卷，此外非吾急。醉人須恕，懷中幘墮難拾。老子，鹿邑人，邑有昇仙臺。［四］

朱尾（曹亮武）：見道語，不可以音律求之。

校記：

[一] 此首蔣本有，《瑤華集》、《昭代詞選》選。詞題，《昭代詞選》作「酬鹿邑張武子」。未鈐「抄」印。無朱筆「对」。

[二]「叢草」，蔣本、《瑤華集》作「荒草」。

[三]「知」，諸本作「矣」。

[四] 蔣本、《瑤華集》、《昭代詞選》俱無詞末小注。

圈點：

朱筆：題上，單點、三圈。「至今」二句、「漢武」二句、「醉人」二句，圈。

用前韻酬柘城王叔平[一]

丈人安坐，看三更簾外，明星初白。壯不如人今已老，臣是江東亭伯。萬事都非，一年將盡，才命交相敵。悲歌何益，且須美酒澆臆。幸遇梁宋諸公，焚香梯[二]几，曲室紅爐炙。千載鄒枚今尚在，暫緩顛毛成雪。衮衮[三]祥鸞，栖栖窮鳥，來日翻飛急。長鑱短柄，空山橡栗能拾。

朱眉（曹亮武）：起句突兀可思。

校記：

［一］此首蔣本有，《古今詞選》、《瑶華集》、《昭代詞選》選。詞題，蔣本、《瑶華集》「柘城」作「新城」，《古今詞選》作「酬新城王叔平」。未鈐「抄」印。無朱筆「对」。

［二］「梯」，《昭代詞選》作「綈」。

［三］「衮衮」，《古今詞選》作「滾滾」。

圈點：

朱筆：題上，單點、雙圈。「丈人」三句，圈。

睢州田子益、唐圻林、孫嘯史、徐次微、袁信庵、褚宸宣、吴子純、侯長六諸子，邸中沽酒飲我。別來數日，荒村風雪，有懷昨游，用前韻寄之［一］

三間老屋，糝六花千里，籬門都白。伏枕窮村鐺折脚，誰是巨卿元伯。憶昨諸公，惠而好我，酒把奇寒敵。自君之去，離思萬種填臆。　當日説劍談天，吹簫刻燭，觳觫憑君炙。幾日分攜人総老，况值打頭風雪。才退貧居，心灰老至，只有朋情急。來春睢涣，汀蘭期爾同拾。

朱眉（曹亮武）：老氣無敵。

校記：

［一］此首蔣本有。詞題「浙」，蔣本、浩然堂本作「淅」。未鈐「抄」印。無朱筆「对」。

圈點：

朱筆：題上，單點、三圈。「三間」三句、「憶昨」三句、「才退」三句，圈。

梁紫有和予《百字令》詞，因用前韻酬之，送其暫返錦池，兼促即來梁苑［一］

朝來急霰，似千層浴鐵，一軍都白。何事嚴裝偏早發，鞭指荒臺閼伯。萬籟悲號，六花狂舞，歸騎疑衝敵。離杯當盡，人生有限肝膈。感爾學富侯鯖，才同禁臠，偏嗜秦人［二］炙。也擬寒天牽老伴，消過殘冬臘雪。上冢龐公，移居杜老，別遽來須急。犉車沙穩，好將家具收拾。

朱眉（曹亮武）：「敵」字叶得穩秀。

校記：

［一］此首蔣本有。未鈐「抄」印。無朱筆「对」。

［二］「人」，患立堂本作「火」。

圈點：

朱筆：題上，單點、雙圈。「萬籟」三句，圈。

沁園春

叔岱先生雅有鶴鶉之癖，友人田梁紫作書止之，戲括書語為詞［一］

客語先生，啃汝鶴鶉，才乎不才。縱遇敵争能，差強燕雀，為人穿鼻，終是駑駘。盡日啁啾，一身眇小，只合充庖佐酒杯。因何事，却煩人把握，費爾安排。　王褒僮約新裁。更每日奔馳一百回。要新魁就浴，甫令東去，故雄覔粒，旋遣西來。樊籠盈庭，屠沽入座，恐累先生盛德哉。驅之便，笄豢龍非計，好鶴為災。

朱尾（曹亮武）：揣練情事，纖悉具備。

校記：

［一］此首未鈐「抄」印。無朱筆「对」。

圈點：

朱筆：調上，單點。題上，單點、三圈。「盡日」三句、「要新」四句，圈。

墨筆：調上，單圈。

又戲代叔岱先生答[一]

先生得書，再瀝餘杯，敬謝客言。歎古往今來，幾場蟻鬭，山林朝市，到處蝸涎。卿論自佳，僕狂殊甚，枉費相如諫獵篇。吾衰也，只短衣射虎，便擬終焉。此雖鷙愧鷹鸇。看猛氣深心非偶然。正霜天袖手，試觀其怒，中原賭命，肯受人憐。藉爾驍騰，消予磊塊，長日浮沉里閈間。公休矣，姑從吾所好，以待來年。

朱尾（曹亮武）：遣用古語，俱得神妙。

圈點：

朱筆：題上，單點、單圈。「卿論」二句、「吾衰」三句，圈。

校記：

[一] 此首未鈐「抄」印。無朱筆「对」。

江城子

戲寫姬人領巾[一]

石頭城下小蕭娘。眼波長。鬢雲光。少小隨耶、飄泊到睢陽。恰遇游梁病司馬，剛一笑，結鴛鴦。　曉寒呵手點梅粧。雪輕颺。怕開箱。只是新年、郎又渡春江。且把木瓜還漬粉，攲枕待，到秋凉。

朱尾（曹亮武）：輕盈艷冶，眼前如見。

校記：

［一］此首無朱筆「对」。

圈點：

朱筆：調上，單圈。題上，單點、三圈。「少小」句、「且把」三句，圈。

墨筆：調上，單圈。

水調歌頭

詠美人鞦韆[一]

昨夜湔裙罷，今日意錢囬。粉墻正亞朱户，其外有銅街。百丈同心綵索，一寸雙文畫板，風颭繡旗開。低約腰間素，小摘鬢邊牌。　翩然上，掠緑草，拂蒼苔。粉幫欲起未起，弄影惜身材。忽趂臨風囘鶻，快作點波新燕，糁落一庭梅。向晚半輪玉，隱隱照遺釵。

朱尾（曹亮武）：風物可思，秀韵生動。

校記：

［一］此首蔣本有，《詞葒》、《全清詞鈔》、《近三百年名家詞選》選。未鈐「抄」印。題下鈐「南耕」印。

圈點：

朱筆：調上，單點。題上，單點、三圈。「百丈」三句、「忽趂」三句，圈。

墨筆：調上，單圈。

春從天上來

壬子元夕[一]

梁宋飄零。臥鄭邑殘橋，下縣荒亭。聞道今夜，海碧天青。人世幾度曾經。想半生蹤跡，歡娛短、愁緒星星。攬離腸，更翻堦急雨，只是霖[二]鈴。　回思春橋夜市，對盞盞星毬，扇扇銀屏。喚馬前情，窺簾舊事，此際有影無形。筭除非夢裡，重相見、巫女湘靈。夢還醒。五更竹響，半榻燈熒。

朱首（曹亮武）：元夕風雨殊甚，吾於此際則有悽惋之句，不如此之高警清快。

校記：

［一］此首《瑶華集》選。無朱筆「对」。眉上鈐「南耕」印。有朱筆寫「選」。

［二］霖，《瑶華集》作「淋」。

圈點：

朱筆：調上，單點。題上，單點、四圈。「聞道」三句、「此際」六句，圈。

墨筆：調上，單圈。題上，單點。

定風波

贈牧仲歌兒阿陸[一]

蝴蝶成團榆筴飛。輕狂恰稱五銖衣。若問年華剛幾許。數數。晚峯十二正愁時。莫道梁園非故土。且住。得人怜處不須歸。閒控郎君堂後馬。偷跨。陸郎從古爱斑騅。

斑騅、陸郎，係樂府中語。[二]

朱尾(曹亮武)：輕狂如見，使我神往。

校記：

[一] 此首蔣本有，《瑤華集》選。無朱筆「对」。有朱筆寫「選」。

[二] 詞末小注，《瑤華集》無，蔣本「斑」作「班」。

圈點：

朱筆：調上，單圈。題上，單點、三圈。「蝴蝶」二句、「閒控」三句，圈。

墨筆：調上，單圈。題上，單點。

又贈歌兒阿增[一]

持底尊前贈阿增。濃纖一幅繚紅綾。上寫蠅頭無數字。須記。千絲萬縷意層層。好向歌樓并舞院。常見。細腰束罷怕難勝。莫到春街閒賭戲。輕棄。他年知否憶來曾。

朱首（曹亮武）：何物歌兒，輕辱文人之筆？

校記：

［一］此首蔣本有，《瑶華集》選。詞題，《瑶華集》無「歌兒」二字。無朱筆「对」。有朱筆寫「選」。

圈點：

朱筆：題上，單點，三圈。「濃纖」四句、「莫到」三句，圈。

墨筆：題上，單點。

滿江紅

寫近况酬寄曹顧庵學士，即用學士來韻[一]

黄雀銀魚，羨秋後、攔[二]街塞術。屬饜耳、神仙難學，底須煉朮。萬事絆人園客繭，百年戲我狙公栗。倚秋城、下瞰暮濤紅，煎斜日。　風乍滿，喧杉漆。霜漸老，催機匹。

看雁排人字，瓓瓏幾筆。詩怕殺青刊復毀，髩憎鑷白芟逾密。只酒悲、苦憶婦姑城，呼鷹出。

「倚秋城、下瞰暮濤紅，煎斜日」句藍側：誰人道得？

「看雁排人字，瓓瓏幾筆」句朱側：句亦甚玲瓏。

墨首（曹亮武）：堅確處一字不可增易。

朱眉（史鑒宗）：浩氣縱横，深情滂礴，而秀色自湛。

校記：

［一］此首蔣本有，《昭代詞選》選。末鈐「抄」印。有「待弔青蠅」、「素溪」印，印上各有墨筆「对」。

［二］「攔」，蔣本作「欄」。

圈點：

朱筆：調上，單點。題上，單點。「萬事」四句、「看雁」四句、「苦憶」二句，圈。

墨筆：調上，單圈、單勾。

藍筆：題上，尖圈。「倚秋」二句，圈。「看雁」二句，點。「詩怕」四句，圈。

月之初六，余將有廣陵之行，前一夕，行囊襆被俱被偷兒負去。戲作二詞，示里中諸子，仍用前韻[一]

酒盡天寒，彈短鋏、半[二]生無術。擬還向、廣陵賣藥，荷苓挑术。秋雨好攜邛竹杖，荒原莫管周人粟。束殘書、准趁半江晴，期來日。　蝙蝠暗，空如漆。絡緯叫，難成匹。正籬摇書帶，庭欹木筆。計畫總嗟吾輩拙，安排儘讓天公密。笑青氈、一夜羽毛生，飛而出。

「一夜羽毛生」句朱側（史鑒宗）：妙。

墨眉（曹亮武）：悶事，讀此詞掀髯叫快。

朱眉（史鑒宗）：筆底幽甚。

校記：

[一]此二首蔣本有。未鈐「抄」、「履端印」。有「待弔青蠅」、「素溪」印，印上各有墨筆「对」。

[二]「半」，蔣本作「一」。

圈點：

朱筆：題上，單點。「秋雨」四句、「正籬」二句、「笑青」二句，圈。

藍筆：題上，尖圈。詞題「俱被偷兒負去」，點。「荒原」三句、「蝙蝠」六句，點。「計畫」四句，圈。

盜語主人，驪駒唱、留行無術。堪歎息、井叢熠燿，臼荒松朮。冥阸關高驢齕薦，王官谷險猿偷栗。筭一年、作客縱歸來，無多日。　何不販，山中漆。何不織，機頭匹。只年年懷刺，幾時投筆。胠篋愁看君笥儉，緘縢[一]喜遂隣家密。請先生、晨起檢空箱，如何出。[二]

朱眉（史鑒宗）：語甚親切，盜何多情乃爾！

朱眉（史鑒宗）：游戲弄丸，無一字不妙，香豔極矣！偷兒真是不俗。

校記：

[一]「縢」，蔣本作「縢」。

[二]此首有朱筆寫「選」。

圈點：

朱筆：題上，三圈。全首，圈。

藍筆：「盜語」二句、「冥陀」四句，圈。「何不」六句，點。「胠篋」四句，圈。

贈史遠公五十，即用學士原韻[一]

畫苑詞場，數儕輩、君才横出。論戈法、韭花薑尾，盡推遒密。九殿争傳鸚鵡賦，戊戌會試遠公已擬第一人。重瞳親獎龍蛇筆。遠公署書為天語所獎。更岐王、含笑看揮完[二]，綾千匹。　熬不熟，仙家漆。粘不住，天邊日。歎籬還采菊，里仍呼栗。醉斫月中一片桂，閒收雨後三峰术。儘清狂、舍此問成仙，無他術。

朱眉（史鑒宗）：如開寶山，應接不暇，腐儒何幸得此？

校記：

[一]此首未鈐「抄」、「履端印」。有「待弔青蠅」、「素溪」印，印上各有墨筆「对」。無朱筆「对」。

[二]「完」，原寫「毫」，墨筆校改。

圈點：

朱筆：題上，單點。「九殿」四句、「歎籬」四句、「舍此」二句，圈。

藍筆：題上，尖圈。「九殿」四句，圈。「歎籬」二句，點。「醉斫」四句，圈。

賀曹掌公秋捷，仍用前韻[一]

老盡詩人，吳與越、惟君傑出。人都羨、家風華貴，文瀾綺密。三世金蓮學士燭，一門銀管湘東筆。看來春、駿馬蹴長楸，千千匹。　僕老矣，身空漆。卿健者，懷吞日。記酒行以往，玉温而栗。記與掌公吳趨高會時。學圃條豐君掇杏，硯田殖落余鋤朮。擬蔗竿、變技學曹公，穿楊術。

朱眉（史鑒宗）：脱盡慶賀習氣，纏綿慷慨，情文俱密。

校記：

［一］此首蔣本有。詞題「仍」，蔣本作「回」。未鈐「抄」、「履端印」。有「待弔青蠅」、「素溪」印，印上各有墨筆「对」。無朱筆「对」。

圈點：

朱筆：題上，單點。「文瀾」三句、「記酒」四句、「穿楊」句，圈。

藍筆：題上，尖圈。「人都」二句，點。「三世」四句、「僕老」六句，圈。「學圃」二句，點。「擬蔗」二句，圈。

贈大西洋人魯君，仍用前韻[一]

怪怪奇奇，咄咄甚、譆譆出出。經過處、暹羅瘴惡，荷蘭烟密。鶴語定知何代事，麟經不省何人筆。駕崩濤、九萬里而來，鼉鼉匹。海外海，光如漆。國外國，天無日。話僬僥龍伯，魂揺股栗。善奕慣藏仙叟橘，能醫却笑神農朮。更誦完、一卷呪人經，驚奇術。

墨首（曹亮武）：奇甚確甚。

「海外海」四句朱側（史鑒宗）：妙。

朱眉（史鑒宗）：題本瑋奇，辞尤光恠。

《清詞玉屑》：於時司天測晷，多用鞮人，南懷仁、湯若望外，連茹並進。其人居華既久，與士大夫恆通疇酢。迦陵贈大西洋魯君亦用是調云。（詞略）恣意調侃，亦欺其捫燭耳。然與西人以詞酬贈者，則自迦陵斯作倡之，志瀛寰者當有取焉。

《迦陵詞選評》：其詞聲調筆趣，亦類大西洋人。

校記：

[一]此首蔣本有。詞題「魯君」，旁有藍批：「號謙受。」未鈐「抄」、「履端印」。有「待弔青

蠅」、「素溪」印，印上各有墨筆「对」。無朱筆「对」。有朱筆寫「選」。

圈點：

朱筆：題上，單點、三圈。「怪怪」二句、「鶴語」四句、「海外」八句，圈。

藍筆：「怪怪」二句、「鶴語」二句、「海外」六句、「能醫」句，圈。「更誦」二句，點。

贈吴白涵五十，仍用前韻白涵工詩善琴，吾邑中高士。[一]

轟隱家門，捉鼻免、問君何術。適志耳、和烟種樹，帶雲舂朮。杜老堂前隣撲棗，陶公酒後兒呼栗。更風潭、夾宅月當門，消閒日。　　詩酒外，誰膠漆。猿鶴侶，吾儔匹。任客誇裘馬，人矜才筆。書到成時松竟老，徑當僻處蘿偏密。叩苔扉、半晌不逢人，琴聲出。

詞題「吾邑中高士」句藍側（史鑒宗）：不愧。

「轟隱」三句藍側（史鑒宗）：出為小草，固自赧然。

「更風潭、夾宅月當門，消閒日」句藍側（史鑒宗）：畫出無家高士閑居圖。

藍眉（史鑒宗）：非此詞不足以寫白涵，非白涵不足以當此詞。

校記：

［一］此首蔣本有。詞題，蔣本作「贈吳白涵」，無題下注；浩然堂本作「贈吳白涵回用前韻」，題下注同。未鈐「抄」、「履端印」。有「待弔青蠅」、「素溪」印，印上各有墨筆「对」。無朱筆「对」。

圈點：

朱筆：題上，單點。

藍筆：題上，尖圈。詞題「吾邑中高士」，點。「轟隱」二句、「更風」二句、「詩酒」四句，圈。「任客」二句，點。「書到」四句，圈。

憶舊游寄金沙王弓銘、張杜若、徐岐雝、史兼三諸子，仍用學士來韻［一］

曾記中原，與數子、揮鞭競出。同憑弔、園空石尉，城荒李密。洛下金墉城，李密城也。夜卧戍樓風咽鼓，晨題敗驛霜膠筆。更月中、帶雪上轆轤，奇無匹。　戰場内，磚填漆。叢祠［二］外，燈摇日。憶並鞍舞蔗，分籌賭栗。往事鏇來如［三］削草，新愁製就同煎术。筭倩他、白日繫長繩，嗟無術。

藍眉（史鑒宗）：筆底亦肅肅，如龍行雷雹，令人不敢近。

「新愁製就同煎术」句藍側（史鑒宗）：奇語刺人。

藍尾（史鑒宗）：如此用韻，乃是喝月倒行，鞭山入海。

墨尾（曹亮武）：諸詞如風檣陣馬，使人目眩神摇。

校記：

［一］此首未鈐「抄」、「履端印」。有「待弔青蠅」、「素溪」印，印上各有墨筆「对」。無朱筆「对」。

［二］「祠」，原寫「廟」，藍筆校改。

［三］「如」，原寫「内」，墨筆校改。

圈點：

朱筆：題上，單點。

藍筆：題上，尖圈。「園空」二句，點。「夜卧」四句，圈。「更月」二句，點。下闋，圈。

滿江紅

丹陽賀天山寄詞二闋，屬和其韻［一］

枯樹衰楊，［二］三歎息、物猶如此。白眼看、塵埃野馬，子虚亾是。四壁豈無窮可送，九天只有愁難寄。放狂歌、金鐵一時鳴，吾衰矣。　拜特進，官承旨。僮列鼎，奴衣紫。更屏間窈窕，堦前阿唯。若有人兮寧足慕，彼何為者殊堪耻。曾幾回、策馬樂游原，荒煙耳。

朱眉（史鑒宗）：《天問》、《送窮》，兩言括盡。

朱眉（史鑒宗）：極熱鬧中數點冰雪。

校記：

［一］此二首蔣本、《百名家詞鈔》本有，《昭代詞選》、《國朝詞雅》、《詞則·放歌集》選。此首《古今詞選》選。詞題，《百名家詞鈔》本作「和賀天山見寄原韻二闋」。未鈐「抄」印。有「待弔青蠅」、「素溪」印，印上各有墨筆「对」。

［二］「枯樹衰楊」，《百名家詞鈔》本作「枯楊夏木」。

圈點：

朱筆：調上，單點。題上，單點。「四壁」四句、「若有」四句，圈。

墨筆：調上，單圈。「四壁」四句、「曾幾」二句，圈。

《百名家詞鈔》本：「三歎」二句、「四壁」二句、「吾衰」句、「若有」二句、「荒煙」句，圈。

《詞則·放歌集》：題上，單點單圈。上闋，點。「若有」四句，圈。

速壘糟丘，卿[一]莫惜、壚邊酒價。能幾日、秦關月小，漢宮花謝。萬里秋從西極到，千[二]年淚向南樓灑。婦人裝、胡粉且搔頭，無人者。　風刮燭，窓多罅。雨淋壁，簾須下。溷北鄰[三]北户，詩場歌社。白晝蘧蘧身化蝶，青天夢夢程[四]生馬。約練湖、鴉舅十分紅，余來也。日内將至丹陽，故云。[五]

朱眉（史鑒宗）：鬱勃乃爾。

墨尾（曹亮武）：掀髯鼓掌，旁若無人。

《詞則・放歌集》：（「萬里」二句）沈雄悲壯，較前篇更警策。（「白晝」四句）筆意超悟，悲感中别饒意味。

校記：

[一]「卿」，《詞則・放歌集》作「更」。

[二]「千」，《昭代詞選》作「十」。

[三]「北鄰」，諸本作「南隣」。

[四]「程」，《詞則・放歌集》作「塵」。

[五]詞末小注，蔣本、《百名家詞鈔》本、《昭代詞選》、《國朝詞雅》無，《詞則・放歌集》作「日

内將至丹陽」。

圈點：

朱筆：「速壘」四句、「婦人」二句、「白晝」二句、「余來」句，圈。

墨筆：「約練」二句，圈。

《百名家詞鈔》本：「萬里」二句、「白晝」二句、「余來」句，圈。

《詞則·放歌集》：題上，單點雙圈。「萬里」二句、「白晝」四句，圈。

解蹀躞七十五字

夜行滎陽道中[一]

峽劈成臯古郡，人雜猿猱過。斷崖怒走、蒼龍立而卧。此乃廣武山乎[二]，噫嚱[三]古戰塲哉，悲來無那。　卸鞍坐。烟竹吹來入破。一林纖月墮。雁聲不歇、砧聲又攙和。歷歷五點三更[四]，馬前[五]漸逼[六]滎陽，城頭[七]燈火。

朱眉（史鑒宗）：古色悲凉入画。

墨尾（曹亮武）：蒼凉悲壯，古人所無。

《詞則・放歌集》：（上闋）狀險絶之境，遞入正面，有萬千氣象。（下闋）夜行如畫。

《迦陵詞選評》：儷體文氣行之詞中，此迦陵獨絶處。

校記：

[一] 此首蔣本有，《荊溪詞初集》、《瑶華集》、《詞覯續編》、《草堂嗣響》、《昭代詞選》、《詞軌輔録》、《詞則・放歌集》、《全清詞鈔》選。有朱筆寫「選」。無朱筆「対」。

[二]「乎」，《草堂嗣響》作「歟」。句下，《荊溪詞初集》有小注「即楚漢相拒處」。

[三]「噫」，《瑶華集》、《詞覯續編》作「嘻」；「嚱」，《草堂嗣響》作「嘻」。

[四]「五點三更」，《草堂嗣響》作「五更三點」。

[五]「前」，蔣本、《瑶華集》、《詞覯續編》、《草堂嗣響》、《昭代詞選》作「頭」。

[六]「逼」，《瑶華集》、《詞覯續編》、《草堂嗣響》作「近」。

[七]「頭」，《草堂嗣響》作「樓」。

圈點：

朱筆：調上，單圈。題上，單點、三圈。「蒼龍」句、「噫嚱」二句、「烟竹」句、「雁聲」句、「馬前」句，圈。

墨筆：題上，單圈單點。「人雜」句、下闋，圈。

《荊溪詞初集》：「斷崕」四句、「雁聲」四句，圈。

《詞則·放歌集》：題上，雙點單點。「此乃」三句、「馬前」二句，圈。

洞仙歌

過汜水縣虎牢關作[一]

積鐵蒼然，[二]關勢臨崖僂。嶄絶東京好門户。挽藤蘿月黑，誰恐行人，落葉捲，聲似牢中哮[三]虎。無情惟洛水，日夜東流，不為愁人帶愁去。寂寞北邙山，苦對西風，排一派、唐陵漢墓。任弔古、傷今已無人，只霜打[四]棠梨，暗啼紅雨。

朱眉（史鑒宗）：悽然欲淚。

校記：

[一]此首蔣本有，《荊溪詞初集》、《絶妙好詞今輯》、《昭代詞選》選。詞題，《荊溪詞初集》無「過」字。無「彊善堂主人對訖」、「抄」印，有「待弔青蠅」、「素溪」印，印上各有墨筆「対」。

[二]「積鐵蒼然」，蔣本、《昭代詞選》作「蒼然積鐵」。

[三]「哮」，《絶妙好詞今輯》、《昭代詞選》作「吼」。

〔四〕「打」，蔣本、《昭代詞選》作「後」。

圈點：

朱筆：調上，單圈。題上，單點。「落葉」句、「日夜」二句、「任弔」三句，圈。

墨筆：調上，單圈。「苦對」五句，圈。

《荊溪詞初集》：「落葉」二句、「寂寞」六句，圈。

霜葉飛

夜雨感舊，柬史雲臣〔一〕

西風雁壓，涼雲破，攢成暝色如許。屏風幾疊擁瀟湘，正晚山碧聚。擬偷按、淒涼宮譜。小樓寒峭移筝柱。柰偏到此時，添幾陣、瀟瀟淅淅，長夜難住。對此倍悵無憀，銀燈細炙，猶自顧影私語。一從西北倦游歸，只鬌催霜縷。總夢到、咸陽原去。也應紅盡驪山樹。筭前情、都付與。一片青砧，三通畫鼓。

朱眉（史鑒宗）：悽絕艷絕，奚止周、秦風調？

墨尾（曹亮武）：古色陸離。

校記：

［一］此首蔣本有。無朱筆「对」。

圈點：

朱筆：調上，單點。題上，單點。「西風」三句、「正晚」二句、「小樓」四句、「総夢」二句、「都付與」、「一片」三句，圈。

墨筆：調上，單圈。「也應」句，圈。

爪茉莉

月夜渡楊子江［一］

淼淼江天，聽中流笛響。推篷看、一川［二］凄爽。六朝遺蹟，問風景、幾曾無恙。只隔岍、建業城邊，有商女、深夜唱。　一輪團［三］月，與船頭、正相向。越顯出、萬層銀浪。十年作客，算將來、祇［四］悲愴。且渡江、溷跡騎奴厮養。學販畚，兼鬻醬。

朱眉（史鑒宗）：情景如画。

墨尾（曹亮武）：數聲鐵笛，足令江波如沸。

校記：

[一] 此首蔣本、《百名家詞鈔》本有，《荆溪詞初集》選。詞稿原寫：「吴岍帆輕，楚天笛響。柁樓倚處，一川凄爽。六朝遺蹟，問風景、幾曾無恙。只隔岍、建業城邊，夜深商女還唱。一輪團月，與船頭、正相向。越顯出、萬層銀浪。十年踪跡，寄他州、自悲愴。且短衣、破帽過江東，學他販脂鬻醬。」以墨笔校改。題下鈐「南耕」印。無朱筆「对」。

[二]「川」，《百名家詞鈔》本作「天」。

[三]「團」，《荆溪詞初集》作「圓」。

[四]「祗」，《荆溪詞初集》作「成」。

圈點：

朱筆（原寫稿）：調上，單圈。題上，單點。「吴岍」二句、「六朝」二句、「與船」二句、「且短」二句，圈。

墨筆：調上，單圈。「淼淼」五句、下闋，圈。

《百名家詞鈔》本：「問風」三句，圈。

《荆溪詞初集》：「一輪」二句、「且渡」三句，圈。

滿江紅

舟次丹陽感懷二首，仍用天山韻[一]

水面絃生，郭索響、誰能遣此。問白傅、潯陽江上，可曾如是。天外雨隨帆共落，洲邊雁與船同寄。人奴之、笞駡此生無，應足矣。　河蟹賤，肥而旨。秋山暮，紅兼紫。但酒酣以後，呼牛亦唯。鑄鐵竟成千古錯，讀書翻受群兒恥。笑道旁、石馬亦何為，風吹耳。

朱眉（史鑒宗）：幽曠。

朱眉（史鑒宗）：擊碎吐壺。

墨尾（曹亮武）：欲呼大兒小兒。

校記：

[一]此二首蔣本有。未鈐「抄」印。有「待弔青蠅」、「素溪」印，印上各有墨筆「对」。無朱筆「对」。

圈點：

朱筆：調上，單點。題上，單點。「問白」六句、「但酒」六句，圈。

墨筆：調上，單圈。「鑄鐵」四句，圈。

且食蛤蜊，管婢價、何如奴價。君不見、棠梨一樹，昨開今謝。形狀何勞麟閣畫，淚痕不上牛山灑。願他年、青史好為之，傳來者。　月射隙，霜尋罅。騎篷背，眠檣下。笑長貧陳孺，肉難分社。張祐[二]宅荒碑竄鼠，呂蒙城闊帆如馬。問半生、何物誤人歟，殘編也。

朱眉（史鑒宗）：淋漓滿袖。

朱眉（史鑒宗）：誰能遣此？

校記：

[二]「祐」，蔣本、浩然堂本作「祜」。

圈點：

朱筆：「形狀」四句、「張祐」四句，圈。

墨筆：題上，尖圈。

過京口，復用前韻[一]

剩壘殘崕，有多少、英雄經此。也則為、風吹浪打，躦成如是。北顧髻鬟晴欲笑，南朝君相生同寄。歎齊梁、一片好江山，都非矣。　茶沸乳，簾泉旨。楓繡瘦，酡顔紫。倘鶴猿招我，欣然曰唯。夔縱憐蚿何所益，信偏伍噲徒增耻。踞篷艙、吹火騁雄談，臧三耳。

墨首（曹亮武）：筆端組織，另有機杼。

朱眉（史鑒宗）：興酣拔劍，浩氣磅礴。

校記：

［一］此二首蔣本有，《詞則・放歌集》選。詞題，浩然堂本題後加「二首」。未鈐「抄」、「履端印」。有「待弔青蠅」、「素溪」印，印上各有墨筆「对」。有朱筆寫「選」。朱筆「对」上又寫「補」。

圈點：

朱筆：題上，單點、三圈。「也則」二句、「倘鶴」六句，圈。

墨筆：「也則」二句、「夔縱」四句，圈。

《詞則・放歌集》：題上，雙圈。「也則」二句、「南朝」句、「夔縱」二句，圈。

瓜步船來，亟為問、淮南米價。念欲索、陶胡奴米，何如詣謝。肝膽儘從鄰媪露，毫毛拚向沙場灑。歎臣精、今日已銷亾，誰容者。　栗半熟，經霜罅。豚對舞，浮波下。聽寺鐘隱隱，隔江蓮社。快意且騎隋苑雈，失時休使瞿塘馬。怪一軍、銀鎧海門來，潮頭也。

「念欲索、陶胡奴米」句朱側（史鑒宗）：用事都妙。

朱眉（史鑒宗）：其年善於用古，千載獨長。

朱眉（史鑒宗）：正復多多不厭。

《詞則・放歌集》：（「快意」四句）熱血一腔。

圈點：

朱筆：題上，三圈。上闋、「隔江」五句，圈。

墨筆：題上，尖圈。「快意」四句，圈。

《詞則・放歌集》：題上，雙圈。「肝膽」四句、「快意」四句，圈。

渡江後車上作〔一〕

磨鏡來耶，怪范叔、一寒至此。古所謂、弔喪借面，將毋同是。十載江河淮泗客，一身南北東西寄。問車中、閉置婦人乎，真窮矣。

村釀薄，寒加旨。斜日淡，風添紫。有輿

騶拉飲，從而唯唯。謁彼金張吾已過，厄於陳蔡誰之耻。任兒童、拍手笑勞人，車生耳。

朱眉（史鑒宗）：奇奇怪怪，愈出愈妙。

《詞則·放歌集》：起勢突兀。

校記：

［一］此二首蔣本、《百名家詞鈔》本有，《古今詞選》、《昭代詞選》、《詞則·放歌集》選。詞題「作」，蔣本、《古今詞選》作「行」，《百名家詞鈔》本作「行二闋」，浩然堂本題後加「二首仍用前韻」，《詞則·放歌集》只加「仍用前韻」。此首僅有「待弔青蠅」、「素溪」印，印上各有墨筆「对」。朱筆「对」上又寫「補」。

圈點：

朱筆：題上，單點。上闋、「有輿」二句、「任兒」二句，圈。

墨筆：「古所」四句，圈。

《百名家詞鈔》本：「磨鏡」四句、「真窮」句、「謁彼」二句、「車生」句，圈。

《詞則·放歌集》：題上，雙圈。「磨鏡」二句、「問車」二句，圈。「村釀」四句、「謁彼」四句，點。

亦復何傷，終不掩、文章光價。曾抵突、不知屈宋，何論沈謝。一曲楚聲愁筑破，半生情淚如鉛瀉[一]。儘腹[二]中、容得百千人，如卿者。　　好覔個，西村罅。竟須在，南山下。結斬蛟射虎，踈狂之社。夢裡悲歡槐國蟻，世間得喪隣翁馬。語前騶、叱馭且從容，余歸也。[三]

朱眉（史鑒宗）：連珠滚滚，總是一腔清淚化出。

《詞則·放歌集》：起語承上章折入，矯變異常。〇前是自悲，此復自慰，慰更甚於悲也。

校記：

[一]「瀉」，《昭代詞選》作「瀉」。

[二]「腹」，《百名家詞鈔》本作「腸」。

[三]此首僅有「彊善堂主人對訖」、「素溪」印，後者上有墨筆「对」。

圈點：

朱筆：「不知」六句、「夢裡」二句，圈。

墨筆：「儘腹」二句，圈。

《百名家詞鈔》本：「亦復」二句、「儘腹（腸）」二句、「夢裡」二句、「余歸」句，圈。

《詞則·放歌集》：題上，雙圈。「亦復」二句，圈。「儘腹」二句，點。「竟須」二句、「夢裡」四句，圈。

破陣子

江上作[一]

千頃晴漪皺緑，四圍晚髻粘紅。蛋户黨帆來海外，犀液龍漦貯月中。寒潮打故宫。雁

叫酸然欲雨，鼉吟砉若成風。劉毅宅邊堆蔓草，郭璞墳前擁斷篷。秋江愁殺儂。

朱眉（史鑒宗）：異色侵人。

校記：

［一］此首蔣本有，《昭代詞選》選。詞題，《昭代詞選》作「江山行」。

圈點：

朱筆：調上，單圈。題上，單點。「寒潮」句、「秋江」句，圈。

墨筆：調上，單圈。

齊天樂

重游水繪園有感[一]

園丁不認曾游客，嗔人繞廊尋玩。紅板橋傾，緑楊樓閉，譜出荒寒一段。看棋柯爛。筭往事星星，酒旗歌舘。深悔重來，不來也省髩毛换。　　風前又成浩歎。説此間蘿屋，有人羈絆。恨極賣珠，緣慳擣藥，嬴得啼鵑頻唤。扁舟故國，只皓月魂歸，清江目斷。今古刼灰，付日斜人散。[二]吴門吴蔬仙曾客此園，歸死粱溪，故後叚及之。

朱眉（史鑒宗）：一起便有感慨。

朱眉（史鑒宗）：「荒園寂無人，空粱聞燕語。風吹斷腸聲，化作瀟瀟雨。」讀是詞，忽憶舊作。

墨評（曹亮武）：凄婉勝讀唐人廢宅詩。

《詞則·大雅集》：一片凄感，如聞太息之聲。

《清詞玉屑》：吴蕊仙事，傳者異辭。亡友丁闇公嘗疑之，謂其歸管已廿年，又轉徙南北，計其至如臯，年將五十，不當作沾泥之絮。而冒鈍宧考之綦詳，云：蕊仙之至雉臯，與周羽步俱，且同著《比玉新聲集》。羽步有「負笈相從共蕊仙」句可證。據詩注在己亥冬，計周方盛年，吴當相若。又考通州李耀曾《别離廟詩序》謂：廟乃國初時女冠吴輝宗所居。輝宗，長洲人，名琪，字蕊仙，方伯吴挺庵孫女，適管予嘉。夫死，避亂至如臯，與閨秀范洛仙、周羽步以詩相倡和，晚依女史宗芳，老於是廟。冒巢民偕同人過訪，題其廟曰别離，則蕊仙出家，實在客如臯之後，又其明證。蕊仙《贈巢民姬人吴扣扣》句云：「君今已作鴛鴦侣，儂願期爲雙鳳皇。」而巢民和羽步絶句有云：「負我幽冥憾蕊仙，明明生死亦胡然。」此中密意可見，其投足空門，兩成决絶，固非得已。至庚戌歲補壽巢民詩，則遠在爲尼之後，真青燈白髮矣。陳其年壬子「重游水繪園有感」《齊天樂》詞後闋云（詞略），其時甫得蕊仙噩耗也。鈍宧既考其事蹟，復爲製《别離廟》傳奇，可謂好事。《迦陵詞選評》：於古人文字，諷诵既多，揀择已精，久而自出肺腑，纵横出没矣。

校記：

［一］此首《詞則・大雅集》選。無朱筆「对」。

［二］末句，旁有朱批：「不合調。」

圈點：

朱筆：調上，單點。題上，單點。「園丁」二句、「譜出」句、「深悔」二句、「説此」五句、「只皓」

二句，圈。

墨筆：調上，單圈。「紅板」三句、「深悔」二句、「羸得」句，圈。

《詞則·大雅集》：題上，雙圈。「園丁」二句，點。「深悔」二句、「風前」句、「今古」二句，圈。

水調歌頭

夜飲季端木齋中，歸，忽爾飛雪，填詞奉柬，并懷尊甫孚公[一]

昨夜醉君酒，歸路雪飛花。淋衣那更裂燭，袖秃不禁遮。粧偏瓊樓萬瓦，凝透綃宫千幕，凍殺冷蝦蟆。紙破苦拉雜，柱朽怕槎枒。吾笑我，寒至此，獨何耶。愁時恨不倩汝，為我喚箏琶。忽憶哦松尊甫，時孚公作錢塘丞。今夜斷橋晴雪，吟興定然佳。客睡幾曾着，城上咽悲笳。

朱眉（史鑒宗）：此夜若有夢，定作山陰訪戴矣。

校記：

［一］此首未鈐「抄」印。

圈點：

朱筆：調上，單點。題上，單點。「袖禿」句、「凍殺」三句、「寒至」二句、「今夜」四句，圈。

墨筆：調上，單圈。「客睡」二句，圈。

雪夜再贈季希韓[一]

海上玉龍舞，糝作滿空花。城中十萬朱户，瓊粉亂周遮。愁對一天飛雪，不見昨宵明月，桂影蝕金蟆。短髩[二]颯秋葉，僵指蠹枯杈。　當日事，須細憶，詎忘耶。記築毬場擫笛，却手復為[三]琶。縱不神仙將相，但遇江山風月，流落亦為佳。豈意有今日，側帽數哀笳。

朱眉（史鑒宗）：凄絶處興致固佳。

《詞則·放歌集》：（「短髩」二句）千錘百鍊之句。◎「流落亦為佳」，已是難堪，今則並此不能矣。「豈意」五字，悲極憤極，讀之如聞熊啼兕吼。

《白雨齋詞話》卷八：其年《水調歌頭》「雪夜再贈季希韓」云：「縱不神仙將相，但遇江山風月，流落亦為佳。豈意有今日，側帽數哀笳。」「流落亦為佳」已是難堪，今則並此不能矣。

能矣。「豈意」五字，悲極憤極，如聞熊啼兕吼。◎稼軒詞云：「而今已不如昔，後定不如今。」即其年《水調歌頭》之意，而意境却别。然讀夢窗之「後不如今今非昔，兩無言、相對滄浪水」，悲鬱而和厚，又不必為稼軒矣。

校記：

[一]此首蔣本有，《詞則·放歌集》選。詞題，浩然堂本後加「疊前韻」。未鈐「抄」印。

[二]「髩」，蔣本作「髮」。

[三]「為」，蔣本作「琵」。

圈點：

朱筆：題上，單點、三圈。「不見」四句、「流落」三句，圈。

墨筆：「桂影」句，圈。

《詞則·放歌集》：題上，三圈。「愁對」三句，點。「短髩」二句、「縱不」五句，圈。

壽樓春

為白琅季節母吴孺人賦[一]

裁綃衣霓裳。配羿妃清冷，婺女蒼凉。夜夜長歌寡鵠，短歌愁凰。摧短髩，為秋霜。染啼痕、眠芊幽篁。歎海碧天青，蟾孤兔老，六十載共姜。　築柘館，連芸窗。更授經帳底，畫荻簾旁。機聲中攙，洛誦書聲琳琅。剪玉樹，成佳郎。羨季心、詞壇擅場。俠哉女公孫，萱花柏舟千古香。

校記：

［一］此首浩然堂本無。無朱筆「对」。

圈點：

朱筆：調上，單點。題上，單點。「歎海」三句，圈。

墨筆：調上，單圈。

眉嫵

壬子除夕［一］

又殘更冉冉，往事星星，短髩被霜染。夢入屏山路，黄昏近，金荷一盞慵點。濃陰微糝。任小樓、和雨輕掩。筭今夜，笑語香街沸，有春勝雙颭。　思念。愁多類魘。記簾窺秀黛，柱映嬌臉。詎意分飛後，相思苦、淚滴桃笙紅淡。長江天塹。况萬重、敗驛荒店。

料此際有人，只為我、翠蛾斂。

朱眉（史鑒宗）：没頭没腦，没心没緒，只一「又」字，已挨過幾多矣。

朱眉（史鑒宗）：有情人亦復誰能遣此？

墨尾（曹亮武）：關河離夢，正自黯然。

校記：

［一］此首《瑶華集》、《亦園詞選》、《詞覯續編》、《清綺軒詞選》選。詞題，《清綺軒詞選》作「除夕」。有朱筆寫「選」。無朱筆「対」。

圈點：

朱筆：雙點，單點。題上，單點、三圈。「又殘」二句、「任小」四句、「愁多」三句、「淚滴」五句，圈。

墨筆：調上，單圈。「任小」四句、「長江」四句，圈。《清綺軒詞選》：「濃陰」五句、「長江」二句，點。「料此」二句，圈。

風流子

除夕，幾士大兄以新曆蠣炬餉我，賦此奉酬。因懷亾弟半雪，并寄三弟緯雲於都下、四弟子萬於宋中[一]

白頭兄弟在，將進酒、且賦小秦王。歎世上鶵蟲，笑人寂寂，天邊蜍[二]兔，去我堂堂。誰相寄、一編書是鳳，千炬蠟成凰。檢處從頭，時乎已暮，燒時見跋，夜也何長。　可憐惟一雁，東風催散去，永不成行。迴想去冬今夜，人正顛狂。算年去年來，楓根少曆，春陰春雨，磷火無光。知爾天涯二季，一樣沾裳。

朱眉（史鑒宗）：萬疊愁腸却化作雲璈一片，較遍數茱萸為復悽愴。

墨尾（曹亮武）：詞情悇黯，何得組織工麗乃爾？

校記：

[一] 此首蔣本有，《昭代詞選》選。無朱筆「对」。

[二]「蜍」，蔣本、《昭代詞選》作「蟾」。

圈點：

朱筆：調上，單點。題上，單點。上闋、「知爾」二句，圈。

墨筆：調上，單圈。「歎世」四句、「可憐」三句、「知爾」二句，圈。

雪獅兒

新正五日雨窗柬史雲臣，用程正伯韻[一]

蘭啼未醒，梅粧易困，愁褰簾幙。曾記年時，春向玉釵頭落。淺斟低謔。正斜凭、香肩瘦削。紅篝煖、任他小院，猧兒吠惡。　今歲雨梳風掠。更寒膠鈿盒，塵封箏索。欲壞上元，勝裡春人早覺。脂慵粉弱。此意倩、東皇憐着。箋愬託。須把層陰浣却。

朱眉（史鑒宗）：柔情繾綣，筆有餘艷。

校記：

[一] 詞題「史雲臣」，患立堂本、浩然堂本俱作「雲臣」。此首有「待弔青蠅」、「素溪」印，印上各有墨筆「对」。

圈點：

朱筆：調上，單圈。題上，單點。「春向」句、「正斜凭」句、「欲壞」二句、「此意倩」句、「須把」句，圈。

墨筆：調上，單圈。「紅箐」二句、「箋愬」二句，圈。

荔枝香 七十六字

早春校《香嚴詞》竟，寄孫無言於揚州[一]

雨後春梅初浣。開篋衍。試取紅杏尚書，小令閑編纂。幾番拍徧新詞，絶調千秋罕。翻惹簌簌，輕塵畫梁滿。　書寫竟，正江上、楚山晚。鴨緑粼粼，笑倩雙魚寄遠。到及廣陵，明月橋頭夜簫煖。早付竹西歌管。

朱眉（史鑒宗）：無風花氣侵。

校記：

［一］此首蔣本有。無朱筆「对」。

圈點：

朱筆：調上，單圈。題上，單點。「試取」六句、「正江上」句、「早付」句，圈。

墨筆：調上，單圈。

水龍吟

春夜聽隣閨擊鼓[一]

玉羅窓亞紅墻，飄來腰鼓黄昏鬧。騰騰紞紞，慢如琢玉，驟如懸瀑。紅漆槌兒，銀塗架子，簾東斜靠。落燈風幾陣，催人揎袂，琅然響、釵應掉。　漸覺點[二]聲稀處，小樓前、雨聲隨到。擊損鼉皮，敲鬆犀釘，將愁都攪。滿耳箏琶，花奴何在，記他天寶。倩鄰娃暫歇，摻撾待我，作漁陽操。

墨評（曹亮武）：兒女喁喁語，正復悲壯沉雄。

朱眉（史鑒宗）：縹緲入微。

朱眉（史鑒宗）：不覺技癢。

校記：

[一] 此首蔣本有，《荊溪詞初集》選。未鈐「抄」、「履端印」。眉上鈐「南耕」印。有朱筆寫「選」。無朱筆「对」。

[二]「點」，《荊溪詞初集》作「微」。

圈點：

朱筆：調上，單點。題上，單點、三圈。「慢如」二句、「落燈」三句，圈。「漸覺」二句，雙圈。「倩鄰」三句，圈。

墨筆：調上，單圈。題上，單點。「落燈」三句、「漸覺」五句、「倩鄰」三句，圈。

《荊溪詞初集》：「紅漆」三句、「擊損」三句、「倩鄰」三句，圈。

柳枝

人日過畹仙校書家，用史雲臣伎席原韻[一]

幾陣簾風漾雪膚。正春初。小姑年小理清歈。怯氍毹。　淺道勝常釵勝轉。紅幡軟。籠中鸚鵡為誰呼。似留予。

校記：

[一]此下三首蔣本有。此首《荊溪詞初集》選。詞題，諸本俱無「用史雲臣伎席原韻」，患立堂本後加「三首」，《荊溪詞初集》作「伎席」。題下鈐「南耕」印。

圈點：

朱筆：調上，單圈。題上，單圈。「小姑」二句、「籠中」二句，圈。

墨筆：調上，單圈。下闋，圈。

《荊溪詞初集》：「籠中」二句，圈。

蘭焰平明一縷微。[一]弄餘輝。含嬌和夢換春衣。傍床幃。手拈紅綬通眉語。[二]

憑郎主。郎看筝雁會翻飛。便須歸。

朱眉（史鑒宗）：香艷至此，令人骨軟。

校記：

[一]「蘭焰平明一縷微」，原寫「平明蘭焰一絲微」，朱筆校改。

[二]「手拈紅綬通眉語」，蔣本作「手撚紅絲眉語吐」。

圈點：

朱筆：「一縷微」，圈。「含嬌」句，雙圈。「郎看」二句，圈。

墨筆：無。

雪浄春甍隱緑光。發茶香。手擎江橘顫釵梁。玉纖凉。放夜傳聞今歲早。銀燈

好。再來須盡十分狂。省縈腸。[一]

墨評（曹亮武）：香沁心脾。

校記：

［一］此首《荊溪詞初集》選。

圈點：

朱筆：「再來」二句，圈。

墨筆：「聞今歲早」、「銀燈」三句，圈。

《荊溪詞初集》：「再來」二句，圈。

東風第一枝

試燈夕，同雲臣、次京賦[一]

萬户燒紅，千門照茜，春燈零亂如許。蓮釵綵燕還摇，蘭街火蛾纔吐。常時此際，只做弄、滿樓絲雨。喜打頭、新歲冰輪，將到十分圓處。　影對着、翠奩私語。袖掐着、玉纖暗數。今宵且疊衫痕，後日定飄裠縷。經年盼望，容易近、鳳城三五。囑孟婆、霧髩風鬟，莫把夜情吹去。是晚大風。

朱尾（曹亮武）：綺思艷想，只以澹雋出之。

校記：

［一］詞題「次京」，墨筆校改作「京少」，患立堂本、浩然堂本同。無朱筆「对」。

圈點：

朱筆：調上，單點。題上，單點。「常時」四句、「囑孟」二句，圈。

墨筆：調上，單圈。

紅情

咏半吐紅梅［一］

一枝凝曉。似絳蕊浮缸，錦鱗拍沼。搓透猩絨，賣弄憨嗔許誰拗。莫是羅浮人困，珊枕上、小鬟新覺。正睡暈初圓，偷倚綉奩照。料峭。年猶少。更酒入潮生，春來靨笑。嬌香趂早。休賺夭桃見時惱。幾顆朱櫻綻口，甚日茜花壓帽。倩紅淚、將綃裹，灑他開了。

朱尾（曹亮武）：筆有仙氣，不獨以柔情曼聲弄姿作態也。

校記：

［一］此首有「待弔青蠅」、「素溪」印，印上各有墨筆「对」。

圈點：

朱筆：調上，單點。題上，單點。「搓透」二句、「正睡」二句、「料峭」二句、「嬌香」六句，圈。

墨筆：調上，單圈。

女冠子第二體［一］

癸丑元夕，用宋蔣竹山韻

上元晴也。盈盈霽景堪畫。夾城況有，瓊苞千斛，翠瀫雙奩，冷輝交射。一輪圓玉掛。越顯人間天上，十分良夜。想誰家、年少此際，正逐暗塵嬉耍。六街春謎慵猜打。歎浮生故國，難把前歡借。蠟珠紅灺。總濕透昔日，傳柑雙帕。春羅愁細砑。也料寫他不盡，十年前話。約東風還夢，惹人重到，舊樊樓下。

朱尾（曹亮武）：對景傷懷，含蓄無盡。

校記：

［一］「第二體」，患立堂本、浩然堂本作「第四體」。此首無朱筆「对」。

圈點：

朱筆：調上，單點。題上，單點。「上元」二句、「想誰」二句、「六街」句、「春羅」六句，圈。

墨筆：調上，單圈。

祝英臺近

元夕後一日，同雪持、京少飲雲臣齋頭［一］

軟簾垂，孤舘悄，燈爐穗還嚲。纔過元宵，便有嫩陰做。幸值俊侶嬉春，狂朋選夜，拼擋得、心情都［二］妥。　斟紅糯。醉後多恐塵寰，無計肯［三］留我。小海傳聞，種露桃千顆。與君擫笛宫墻，掃花洞府，剪幾闋、霓裳偷和。

朱尾（曹亮武）：縹緲欲飛，令人心追手摹，殊不能到。

校記：

［一］詞題「京少」，原寫「次京」，墨筆校改。此首無朱筆「对」。

〔二〕「都」，原寫「較」，墨筆校改，患立堂本、浩然堂本作「較」。

〔三〕「肯」，原寫「容」，墨筆校改，患立堂本、浩然堂本作「容」。

圈點：

朱筆：調上，單圈。題上，單點。「幸值」三句、「小海」五句，圈。

墨筆：調上，單圈。

滿庭芳

詠臘梅，和京少韻〔一〕

仙淚流銅，蜂脾釀蜜，聖檀初傅新粧。冰簷雪甃，帯暝亂斜陽。自是羅浮別種，依稀賸、金粟餘香。王孫彈，枝頭萬顆，偏惹畫簾長。繞〔二〕廊。應錯認，宛如梅子，熟後輕颺。想宮人入道，絁帔都黄。一叚冷魂幽緒，扶疎態、誰與擎將。春來也，紅紅白白，讓爾冠群芳。

朱尾（曹亮武）：寫臘梅景色如畫，至「帯暝亂斜陽」一叚，冷魂幽緒，則畫所不及。

校記：

〔一〕此首蔣本有。詞題「京少」，原寫作「次京」，墨筆校改；蔣本，「韻」字無。無「抄」印，有

「待弔青蠅」、「素溪」印，印上各有墨筆「对」。無朱筆「对」。

［二］「繞」，蔣本作「循」。

圈點：

朱筆：調上，單點。題上，單點。「氷簷」二句、「王孫」三句、「宛如」六句，圈。「春來」三句，點。

墨筆：調上，單圈。

木蘭花慢

歌筵感舊［一］

誰家摇步障，明月夜、賞花天。正壁帶紅裯，簾衣緑縐，夾路釵鈿。從前。也曾聽處，漸如塵似夢記難全。遮莫延秋門裡，不然道政坊邊。 銅仙。有淚瀉如鉛。攬鏡惱華顛。詎［二］飄零江海，重歸故國，再上珠筵。黽年。莫停歌拍，怕舉頭皓魄不長圓。正月新蒲細柳，滿場横竹么絃。

朱評（曹亮武）：有感于中，情不能已，便覺艷席歡場，無非惡境。

校記：

［一］此首無朱筆「对」。

［二］「詎」，原稿後有「料」字，後用朱筆圈去。

圈點：

朱筆：調上，單點。題上，單點。「正壁」三句、「遮莫」二句、「銅仙」三句、「正月」二句，圈。

墨筆：調上，單圈。

小桃紅

如皋冒天季，自署信天翁，向予索詞，因有此贈。每句中俱暗用禽言及鳥名

得過還須過。得過且過，禽言。力作音做如何作。力作，禽言。説甚餅焦，婆餅焦，禽言。管他泥滑，泥滑滑，禽言。且圖着火。摘笆着火，禽言。任隴山秦吉了鳥名聰明，好瞢騰些個。姑惡姑惡，禽言。誰能那。急急歸急急歸，禽言。休錯音挫。提罷葫蘆，提葫蘆，禽言。世間那有，鳳凰如我。鳳凰不如我，禽言。歎連朝行不得哥哥，行不得哥哥，禽言。信天翁鳥名且坐。

朱尾（曹亮武）：齊諧志怪，恐無此奇創。

圈點：

朱筆：調上，單圈。題上，單點。「任隴」二句、「信天」句，圈。

墨筆：調上，單圈。

蝶戀花

春閨和《漱玉詞》，同京少作[一]

曉起春酥呵又凍。風捲西樓，似怯紅欄[二]動。欲倚自憐無與共。和愁况是[三]纖腰重。　花影看看移半縫。呆覷庭陰，蹴損鞋尖鳳。莫怪難憑惟好夢。鵲聲也把愁人弄。

朱尾（曹亮武）：香艷清新，具此風調，方不為婦人所屈。

校記：

[一]此首蔣本、《百名家詞鈔》本有，《亦園詞選》、《昭代詞選》、《國朝詞雅》選。詞題「京少」，原寫「次京」，墨筆校改，蔣本、《百名家詞鈔》本同；患立堂本、浩然堂本無「同京少作」。全題，《亦園詞選》作「春閨」，《國朝詞雅》無。無朱筆「对」。

[二]「欄」，《百名家詞鈔》本作「襴」。

[三]「是」，《亦園詞選》本作「自」。

圈點：

朱筆：調上，單圈。題上，單點。「風捲」四句、「莫怪」二句，圈。

墨筆：調上，單圈。

《百名家詞鈔》本：「和愁」句、「呆覷」二句、「鶻聲」句，圈。

洞仙歌

偶過岵雲上人蘭若，見其庭下紅梅盛開，漫咏[一]

傷春病酒，日三竿貪睡。睡起閒行巷南寺。老僧烹活火，碾罷龍團，七椀後，門外爛柯誰記。驀看花朵上，頩臉微烘，似帶三分午前醉。索笑漫沉吟，莫是東隣，茜釵上、火珠初施。只認做、空門本無愁，又誰信枝枝，盡彈紅淚。

朱尾（曹亮武）：闋終二語，柳七、秦九俱拜下風也。

校記：

[一]此首蔣本有，《荊溪詞初集》、《瑤華集》選。詞題，朱筆校改作「岵雲上人蘭若紅梅」，《荊

溪詞初集》、《瑶華集》同；後用墨筆加圈恢復，圈去「其」字，蔣本同。無「彊善堂主人對訖」印，有「待弔青蠅」、「素溪」印，印上各有墨筆「对」。眉上鈐「南耕」印。

圈點：

朱筆：調上，單圈。題上，單點、三圈。「七椀」二句、「似帶」句、「莫是」二句，圈。「只認」三句，雙圈。

墨筆：調上，單圈。題上，單點。

《荊溪詞初集》：「似帶」句、「莫是」五句，圈。

菩薩蠻

東雲臣，訊牡丹消息[一]

銀鈴油幕安排巧。剛剛只等花期早。聞説藥欄東。嬌香將暈紅。　連朝天欲雨。苦勒春寒住。何日一枝開。儂應側帽來。

朱尾（曹亮武）：秀色盈眸。

校記：

［一］此首蔣本有。

圈點：

朱筆：調上，單圈。題上，單點。「銀鈴」句、「連朝」二句、「儂應」句，圈。

墨筆：調上，單圈。

一叢花

詠白丁香，同遠公、天石和原白韻

一枝低亞晚粧臺。吸露沁蘭胎。李花柳絮都難似，染梨雲、一色新裁。白粉墻邊，水明樓上，動竊玉情懷。［一］　纍纍銀粟費安排。爭趁月中開。曾經打就心頭結，相看處、脈脈疑猜。記得重門，和他小摘，此事十年來。

「李花柳絮都難似，染梨雲、一色新裁」句朱側（曹亮武）：巧切。

朱尾（曹亮武）：艷語鬆秀。

校記：

［一］「動竊玉情懷」，墨筆校改作「竊玉正情懷」，復用朱筆圈回。

圈點：

朱筆：調上，單點。題上，單點。「李花」二句、「記得」三句，圈。

墨筆：調上，單圈。

浣溪紗

癸丑東溪雨中修禊［一］

春水挼［二］藍接遠汀。晚山愁黛矗銀屏。緑楊城外畫船停。　燕剪輕陰拖水樹，鶯翻嫩雨濕蘭亭。半溪燈火酒微醒。

朱尾（曹亮武）：似讀《桃花源記》，景物都無人間煙火。

校記：

［一］此首蔣本有。

［二］「挼」，蔣本作「揉」。

圈點：

朱筆：調上，單圈。題上，單圈。「晚山」二句、「半溪」句，圈。

墨筆：調上，單圈。

驀山溪

東溪雨中脩禊[一]

蝸廬蟻國，[二]不醉公何補。脱帽放狂歌，自古説、英雄無主。攜朋命酒，船泊畫溪東，挑薺菜，焙新茶，飽看浪花舞。　小村背郭，蘸緑楊千縷。春事漸飄零，總付與、數聲柔櫓。今朝天氣，何必定鮮新，三月雨，一湖風，翻樣蘭亭譜。

「飽看浪花舞」句朱側（曹亮武）：妙。

朱尾（曹亮武）：「翻樣蘭亭」，風流佳話。

校記：

[一] 此首無朱筆「对」。

[二]「蝸廬蟻國」，原寫「蟻國蝸廬」，墨筆鈎乙。

圈點：

朱筆：調上，單點。題上，單點。「不醉」句、「船泊」四句、「總付與」句、「三月」三句，圈。

墨筆：調上，單圈。

永遇樂

前題[一]

錦纜籠沙，紅欄委浪，一碧無際。催暝鳩啼，拖涼荇滑，隔浦春寒細。湔裙令節，偏將絲雨，添滿一川空翠。便教他、冥濛滴瀝，正應恁時脩禊。　年年此日，酒痕花淚，零亂俊遊衫袂。水上麗人，山陰脩竹，往事都休記。莫停檀板，且偎紅袖，此會後賢應繼。歸來也、明朝花下，問他晴未。

朱尾（曹亮武）：結語悠然無盡。

校記：

[一] 詞題，墨筆後改作「東溪雨中脩禊」，患立堂本、浩然堂本同。此首無朱筆「对」。

圈點：

朱筆：調上，單點。題上，單點。「一碧」句、「隔浦」句、「偏將」二句、「水上」三句、「歸來」二句，圈。

墨筆：調上，單圈。

喜遷鶯

詠滇茶[一]

胭脂繡纈。正千里江南，曉鶯時節。絳質酣春，紅香寵午，惟許茜裙親折。小印枕痕零亂，淺暈酒潮明滅。春園裡，較琪花玉茗，嬌姿更別。　情切。想故國，萬里日南，渺渺音塵絶。灰冷昆明，塵生[二]洱海，此恨擬和誰説。空對異鄉烟景，驀記舊家根節。春去也，想蠻花犵鳥，淚都成血。

「惟許茜裙親折」句朱側（史鑒宗）：韻。

「小印枕痕零亂，淺暈酒潮明滅」句朱側（史鑒宗）：入微。

「春去也，想蠻花犵鳥，淚都成血」句朱側（史鑒宗）：妙極。

朱眉（史鑒宗）：人傳花恨耶？花傳人恨耶？令人目斷滇雲。

校記：

［一］此首《瑶華集》、《亦園詞選》、《詞觀續編》選。詞題，《瑶華集》、《亦園詞選》、《詞觀續編》無「咏」字。有朱筆寫「選」。無朱筆「对」。

［二］「塵生」，《瑶華集》、《亦園詞選》、《詞觀續編》作「桑栽」。

圈點：

朱筆：調上，單點。題上，單點、三圈。「惟許」三句、「情切」六句，圈。「此恨」句、「春去」三句，雙圈。

墨筆：調上，單圈。題上，單點。

菩薩蠻

雲臣招看牡丹，以雨未赴，小詞奉柬，并柬是日賞花諸子［一］

堂前勸酒清尊急。闌前着雨紅粧濕。多分酒醒時。嬌香和淚辭。　留花花不可。索性將花躲。拚做薄情人。懨懨睡一春。

朱眉（史鑒宗）：余常言家雲叔詞有妖氣，此作亦復不淺。

校記：

［一］此首無朱筆「对」。

圈點：

朱筆：調上，單圈。題上，單圈。「嬌香」句，圈。「留花」二句，雙圈。「拚做」句，圈。「慨慨」句，雙圈。

墨筆：調上，單圈。

倦尋芳

竹逸堂左紫牡丹一樹，戊申年曾一見之，纔一二朵耳。今年花放，竹逸復邀同人過賞，而濃香紫艷，已滿画闌矣，感而賦之［一］

画堂左側，綉檻東偏，朶朶輕俊。歐碧姚黄，総是讓他風韻。紫府家鄉原不遠，紅樓伴侶休相混。記當時，恰一枝初顫，便曾厮認。詎料是、六年一别，今日人歸，倍添春暈。滿院濃香，砌就閒愁成陣。雨後喜看嬌態足，朝來怕見殘粧褪。這情懷，醉醒時，細將花問。

「紫府家鄉原不遠，紅樓伴侶休相混」句朱側（史鑒宗）：妙絶，妙絶。

「恰一枝初顫」句朱側（史鑒宗）：妙。

朱尾（史鑒宗）：情至語花當解之。朶朶紫雲，非青眼漢誰當看出？

校記：

［一］詞題，患立堂本、浩然堂本無「左」字。此首無朱筆「对」。

圈點：

朱筆：調上，單點。題上，單點。「紫府」句，圈。「紅樓」句，雙圈。「恰一」二句、「今日」二句、「雨後」二句，圈。「這情」句，雙圈。

墨筆：調上，單圈。

滿江紅

看牡丹感舊

芍藥啼烟，倚晴晝、枝枝欲顫。恰又是、送春天氣，夾衣庭院。香逕露濃圍綉幄，輭簾風細低歌扇。將去年、情事倚闌干，思量徧。　花與月，曾留戀。朝共夕，閒游衍。在睢陽古郡，商丘舊縣。記得濃香籠兩袖，醉餘馬上攜歸便。下小樓、紅袖那人迎，人微倦。

朱眉（史鑒宗）：見真情語。

「情事倚闌干」句朱側（史鑒宗）：妙。

「醉餘馬上攜歸便」句朱側（史鑒宗）：妙。

「紅袖那人迎」句朱側（史鑒宗）：妙。

朱尾（史鑒宗）：「雲雨巫山枉斷腸」，那堪作天涯語耶？倚遍欄干，真悞恨「春風拂檻」矣。

校記：

［一］此首未鈐「抄」印。有「待弔青蠅」、「素溪」印，印上各有墨筆「对」。有朱筆寫「選」，復圈去。

圈點：

朱筆：調上，單點。題上，單點、三圈。「將去」二句、「記得」四句，圈。

墨筆：調上，單圈。

醉春風

春日飲遠公海棠花下，和竹逸作[一]

榨就真珠味。瀉向玻瓈内。勸花花只苦推辭，醉。醉。醉。靨淺潮生，杯濃暈重，惱郎多事。滿院春深閉。六幅簾垂地。抱花花又苦推辭，睡。睡。睡。嬌極難勝，困酣難醒，笑郎無謂。

朱尾（曹亮武）：兩「推」安頓妥妙，從空落想，可謂詞中開山手。

校記：

[一] 此首無朱筆「对」。

圈點：

朱筆：調上，單圈。題上，單點。「勸花」七句、「抱花」七句，圈。

墨筆：調上，單圈。

風流子

感舊[一]

幾摺枕屏斜。凝眸看、蕃馬簇平沙。箄故國樓臺，許多風物，當年歌管，何限韶華。曾記得、和烟羅幌展，映水粉墻遮。乍雨乍晴，賣餳天氣，半癡半黠，鬬酒生涯。　也知別來事，渾嬌嬾難勝，蟬翼輕紗。多管逢春不語，對月長嗟。只芳草粘天，聲聲杜宇，画[二]簾垂地，陣陣楊花。贏得無聊，小樓數盡栖鴉。

朱尾（曹亮武）：如聽白髮何戡重唱渭城，使人如作失鄉客。

校記：

[一] 此首無朱筆「对」。有朱筆寫「選」。

[二]「画」，原寫「小」，墨筆校改。

圈點：

朱筆：調上，單點。題上，單點、三圈。「箄故」四句、「乍雨」四句、「只芳」六句，圈。

墨筆：調上，單圈。題上，單點。

祝英臺近

元夕後一日，同雪持、次京飲雲臣齋頭[一]

軟簾垂，孤館悄，燈燼穗還彈。纔過元宵，便有嫩陰做。幸值俊侶嬉春，狂朋選夜，摒擋得、心情較[二]妥。　斟紅糯。醉後多恐塵寰，無計容[三]留我。小海傳聞，種露桃千顆。與君擫笛宮墻，掃花洞府，剪幾闋、霓裳偷和。

朱尾（曹亮武）：竟幅有僊靈之氣，真不食人間煙火者。

校記：

［一］此詞重出，墨批：「重，不必寫。」朱批：「重出可删。」「次京」，墨筆校改作「京少」，患立堂本、浩然堂本同。未鈐「抄」、「履端印」。

［二］「較」，别寫改作「都」。

［三］「容」，别寫改作「肯」。

圈點：

朱筆：調上，單圈。題上，單點。「摒擋得」句、「小海」五句，圈。

滿庭芳

詠臘梅，和次京韻[一]

仙淚流銅，蜂脾釀蜜，聖檀初傅新粧。氷簷雪甃，帶暝亂斜陽。自是羅浮別種，依稀膩、金粟餘香。王孫彈，枝頭萬顆，偏惹画簾長。　繞廊。應錯認，宛如梅子，熟後輕颺。想宮人入道，絁帔都黄。一叚冷魂幽緒，扶踈態、誰與擎將。真衰矣，紅紅白白，讓取領羣芳。

朱尾（曹亮武）：繪物入微，色聲香味都備。「宛如梅子，熟後輕颺」，眼前妙語，尤人所設想不到。

校記：

［一］詞題「次京」，墨筆校改作「京少」，患立堂本、浩然堂本同。無「彊善堂主人對訖」、「抄」印，有「待弔青蠅」、「素溪」印，印上各有墨筆「对」。

圈點：

朱筆：調上，單點。題上，單點。「氷簷」二句、「王孫」三句、「宛如」九句，圈。

摸魚兒

清明感舊時九青新逝。[一]

正輕陰、做來寒食，落花飛絮時候。踏青隊隊嬉遊侶，只我傷心偏有。休回首。新添得、一堆黄土垂楊後。風吹雨溜。記月榭鳴筝，露橋吹笛，説着也眉皺。十年事，此意買絲難繡。愁容酒罷微逗。從今縱到岐王宅，一任舞衣輕鬬。君知否。兩三日、春衫為汝重重透。啼多人瘦。定來歲今朝，紙錢挂處，顆顆長紅豆。

朱首（史惟圓）：情真語摯，不可以筆墨求之，但恐洒向山中，枝枝俱作杜鵑開徧。

《詞則·閑情集》：（「休回」二句）只淺淺説來，已覺悽惻入骨。（「君知」六句）此更撲入深處，幾於猿聲鵑血。

校記：

［一］此首《荊溪詞初集》、《詞則·閑情集》選。重出，墨批：「重，不必寫。」題下注，患立堂本、浩然堂本、《詞則·閑情集》無。詞題，《荊溪詞初集》作「清明悼徐郎」。未鈐「抄」印。眉上鈐「南耕」印。

圈點：

朱筆：調上，單點。題上，單點。「新添」五句、「此意」句、「兩三日」句、「定來」三句，圈。

《荊溪詞初集》：「新添得」句、「君知」二句、「定來」三句，圈。

《詞則・閑情集》：題上，三圈。「休回」二句、「君知」六句，圈。

綺羅香

詠海棠[一]

褪盡梅粧，飄殘杏靨，春事今年恁快。滿樹紅綃，已把小樓遮礙。三分醉、午酒嬌痕，一晌[二]嬾、晝眠慵態。記箇儂、萬里家鄉，西川遠隔蠻江外。　惜花燒盡銀燭，花亦相看熟[三]，慵慵長在。着水啼烟，鎮向餘寒忍耐。纔深巷、帶雨斜開，又前街、提籠争賣。惹人是、幾陣春愁，撚一枝誰戴。

朱尾（史惟圓）：旖旎着人。

校記：

[一] 此首蔣本有。無朱筆「对」。

[二]「晌」，患立堂本、浩然堂本作「味」。

[三]「熟」，蔣本作「情熟」。

圈點：

朱筆：調上，單點。題上，單點。「記箇」三句、「着水」六句，圈。

墨筆：調上，單圈。「纔深」四句，圈。

百字令[一]

送錢礎日歸錫山，同雲臣和曹顧庵韻

憐吾與汝，只年將五十，尚然棲逸。槊上功名難辨取，且自弄他文筆。借面弔喪，送人作郡，歲歲飢驅出。傍人大笑，嵇康身孏多蝨。 囘憶舊日酒徒，彫零略盡，愁殺松楸密。恰似枝頭花欲謝，衹剩十分之一。歸聽鶯聲，好攜芒屩，野服須遮膝。九龍山下，仙糧何限芝术。

朱尾（曹亮武）：押韻之巧，疑腕中有鬼。後幅纏綿深至，如山公惆悵過酒壚時。

校記：

[一] 詞調，患立堂本、浩然堂本作「念奴嬌」。此首未鈐「抄」印。無朱筆「对」。

圈點：

朱筆：調上，單點。題上，單點。「借面」三句、「愁殺」句、「歸聽」五句，圈。

墨筆：調上，單圈。「回憶」五句，圈。

綺羅香

咏落梅[一]

滿院濛濛，半園寂寂，萬隊銀鸞齊跨。壓帽籠鞭，無數檻邊廊下。驚夜静、粉淚難乾，趂陰重、冰魂易化。更憐伊、潄雨梳風，樓東頮玉粧初卸。　有人剪燭偷炤，腸斷紅香侶，憶他嬌姹[二]。拾取盈盈，和麝題封綃帕。記當日、冷淡交情，付他年、水天閒話。空遺下、瘦榦斜枝，向横窓暗寫。

「有人剪燭偷炤，腸斷紅香侶」句朱側（曹亮武）：妙。

朱尾（曹亮武）：雅艷。

校記：

［一］原稿題下墨筆抹去數字，似有「京少」字樣。此首無朱筆「对」。

［二］「姹」，旁用朱筆寫「奼」，患立堂本、浩然堂本皆作「奼」。

圈點：

朱筆：調上，單點。題上，單點。「更憐」二句、「有人」三句、「空遺」二句，圈。

墨筆：調上，單圈。

瑞龍吟

送董舜民之廬山，用周美成春景原韻［一］

西江路。多少溢浦波濤，鞋山烟樹。相傳白傅當年，月明送客，青衫濕處。船須［二］竚。記得南康一郡，大江門户。此中萬叠匡廬，夜深毛女，緑崕笑語。君到試窺峭壑，縈紅繚碧，獅蹲豹舞。第一為訊棲賢，可能如故。捫蘿剔蘚，好劃紀遊句。只休望、楚江赤壁，吴天瓜步。怕事隨潮去。望時又惹，高人愁緒。短髮搔千縷。君且坐峰頭，拈花成雨。晚來拍手，白雲堆絮。

朱尾（曹亮武）：悲歌慷慨中却能蘊藉如許，真高出古人數籌。

《詞則·放歌集》：（「只休」十句）大江無風，波浪自湧。

校記：

［一］此首蔣本、《百名家詞鈔》本有，《昭代詞選》、《詞則·放歌集》選。詞題，《百名家詞鈔》本無「春景原」三字。無朱筆「对」。

［二］「須」，蔣本、《百名家詞鈔》本作「頭」。

圈點：

朱筆：調上，單點。題上，單點。「多少」五句、「為訊」九句，圈。

墨筆：調上，單圈。「君到」句，點。「怕事」三句，圈。

《百名家詞鈔》本：「此中」三句、「峰頭」、「拈花」三句，圈。

《詞則·放歌集》：題上，雙圈。「此中」三句，點。「只休」十句，圈。

祝英臺近

善權寺相傳為祝英臺舊宅，寺後一臺，云其讀書處也。壁間舊有谷令君一詞，春日與雲臣、遠公披蘚讀之，共和其韻[一]

傍東風，尋舊事，愁臉界紅[二]餚。任是年深，也有繫人[三]處。可憐黄土苔封，緑羅裙壞，只一縷，春魂抛與。　為他慮。還[四]慮化蝶[五]歸來，應同鶴能[六]語。嬴[七]得無聊，呆把斷垣覷。那堪古寺鶯啼，亂山花落，惆悵煞、臺空人去。

「任是年深，也有繫人處」句墨側（曹亮武）：淡語入神。

朱尾（曹亮武）：化蝶事運用恰妙，結語無限風致。

《榕巢詞話》：祝英臺事出於世俗，然詞調固有《祝英臺近》矣。陳其年《祝英臺近》（詞略），如此小題，作得如此悲凉，實是大家。

校記：

［一］此首蔣本有，《古今別腸詞選》選。詞題「讀書」，旁用朱筆寫「梳粧」，有朱批：「此是梳粧臺，讀書處自在會稽，還宜查確。」全題，《古今別腸詞選》作「英臺舊宅」。

［二］「紅」，《古今别腸詞選》作「雙」。

［三］「繫人」，《古今别腸詞選》作「傷心」。

［四］「還」，《古今别腸詞選》作「只」。

［五］「化蝶」，原寫「化鶴」，朱筆校改。

［六］「應同鶴能」，《古今别腸詞選》作「還與阿誰」。

［七］「羸」，《古今别腸詞選》作「落」。

圈點：

朱筆：調上，單圈。題上，單點。「還慮」二句、「那堪」三句，圈。

墨筆：調上，單圈。「任是」二句、「還慮」二句，圈。「那堪」三句，點。

《古今别腸詞選》：「只一縷」句、「那堪」三句，圈。

賀新郎

登龍池絶頂憑虚閣，同雲臣、遠公賦［一］

極目真空濶。倚巉巗、層巒競瘦，老松都活。澒洞荒寒非世境，昏曉陰陽盪割。更古木、冷烟轇轕。虎跡龍湫經過了，一枝笻、幾被罡風奪。纔到得，亂峰末。　峰巔小闍危堪掇。嵌嶔嶔、呀然如竇，拳然如鉢。只怕石欄憑不穩，敗葉欲隨秋脱。況恰對、崕門初豁。我愛湖光能入望，約他年、再與攀蘿葛。看夜半，陽烏渴。

墨首（天）：攝山靈於筆端，變陰陽于紙上，胸中眼底，大是可憎。

朱首（曹亮武）：字字真確，必傳之作。

「湏洞」二句墨側（天）：非到過者，不知其字字之妙。

墨眉（天）：自有此境未有此詞，或云自有此境即有此詞，但未有能寫出者。

墨尾（天）：直可作異書讀。

朱尾（史鑒宗）：古色靈峭，自然鬼斧神工。

校記：

［一］此首蔣本有。未鈐「抄」印。無朱筆「对」。

圈點：

朱筆：調上，單點。題上，單點、三圈。「湏洞」二句、「虎跡」四句、「只怕」二句、「約他」三句，圈。

墨筆：調上，單圈。題上，單點。「層巒」句、「虎跡」四句、「只怕」三句、「約他」三句，圈。

洞仙歌

善權洞[一]

天風忽下，劈破青紅藹。夸父愚公費裁翦。看千螺倒矗，萬笏斜垂，鋪碧蘚，一屋閑雲自鍵。玲瓏光上下，一串銀房，偏借虚空綮層甗。洞底洞還生，下有泉鳴，聲聲亂、雲中鷄犬。只石怕、春寒悄無人，却走入墻陰，化成雷篆。善權寺内有雷書火篆。[二]

墨眉（王雅）：王正子云：「雲封」、「雲鎖」等字面最可厭，「雲鍵」却新雅，昌黎陳言務是（去）者，此之謂也。

朱首（曹亮武）：字不妄下，確切甚。

「洞底洞還生，下有泉鳴」句朱側（曹亮武）：妙。妙。

朱尾（曹亮武）：洞下有洞，方是善權，何其工切！

校記：

[一] 此首蔣本有，《昭代詞選》選。無「彊善堂主人對訖」印，有「待弔青蠅」、「素溪」印，印上各有墨筆「对」。

[二] 詞末小注，《昭代詞選》無。

圈點：

朱筆：調上，單圈。題上，單點。「看千」四句、「洞底」三句，圈。

墨筆：調上，單圈。「一屋」句、「一串」五句，圈。

探春令

詠窓外杏花係叔祖殿元公舊宅。[一]

崇仁宅靠善和坊，舊雕闌都壞。問玉樓[二]、人醉今[三]何處，只一樹、花還在。紅香籠帽歸鞭快。更何人能戴[四]。到如今和了，滿城微[五]雨，頻[六]上街頭賣。

朱尾（曹亮武）：「杏花狼藉鳥啼風」，不堪廻想。

墨尾（天）：咄咄。

校記：

［一］此首蔣本有，《今詞初集》、《荊溪詞初集》、《古今詞匯三編》、《瑶華集》、《絶妙好詞今輯》、《草堂嗣響》、《古今別腸詞選》選。詞題，《瑶華集》作「詠杏花」，下注「在叔祖殿元公宅内」，《今詞初集》作「過先叔修撰故居見杏花有感」，《古今詞匯三編》作「過先修撰故居見杏花有感」，

《草堂嗣響》作「咏故宅杏花」,《古今别腸詞選》作「杏花」。眉上鈐「南耕」印。有朱筆寫「選」。

[二]「樓」,《古今别腸詞選》作「人」。

[三]「今」,《今詞初集》、《古今詞匯三編》作「知」。

[四]「何人能戴」,《今詞初集》、《古今詞匯三編》作「容誰分戴」。

[五]「微」,《今詞初集》作「風」。

[六]「頻」,《今詞初集》、《古今詞匯三編》作「擔」,《古今别腸詞選》作「提」。

圈點:

朱筆:調上,單圈。題上,單點、三圈。「舊雕」三句、「到如」三句,圈。

墨筆:調上,單圈。題上,單點。「只一樹」句、「更何」四句,圈。

《荊溪詞初集》:「問玉」三句、「到如」三句,圈。

《古今别腸詞選》:「只一樹」句、「到如」三句,點。

浣溪紗

春日同雲臣、遠公買舟山游,小泊祝陵紀事[一]

春水平如簟一般。茶鐺棋局委潺湲。好風吹去不須還。　二月新晴鋤緑筍,半村微雨賣青山。人家俱伐山鬻石。[二]垂楊低處隱禪關。

「半村微雨賣青山」句墨評：惡事寫得恁韻。

朱評（曹亮武）：風致楚楚。

校記：

[一]此首蔣本有。詞題「雲臣」，患立堂本、浩然堂本作「史雲臣」。

[二]「鬻石」，原寫「石鬻於市」，墨筆校改。

圈點：

朱筆：調上，單圈。題上，單圈。下闋，圈。

墨筆：調上，單圈。「半村」句，圈。

師師令

席上同雲臣詠雛姬[一]

勻紅剔[二]翠。擲星眸斜賣。春嬌尚未忒玲瓏，却已會、三分無賴。笑匿花韈衫影在。怨風吹羅帶。　銀箏砑緊鷄鳴快。做殢人情態。玉船頻到只推辭，道酒病、昨宵曾害。挼碎紅梅庭下灑。罵粉郎心壞。

「春嬌尚未忒玲瓏」句墨側（史惟圓）：畫出神態逼現。

朱尾（曹亮武）：繪出妖冶之態，筆筆欲飛，柳屯田善為曼聲，恐未臻此妙境。

墨尾（史惟圓）：妙處直在古人之上，疑天孫之巧被君奪盡。

《詞則·閑情集》：（「忒玲瓏」、「却已會」句）達得出。

校記：

［一］此首蔣本、《百名家詞鈔》本有，《荊溪詞初集》、《瑶華集》、《亦園詞選》、《古今詞選》、《昭代詞選》、《國朝詞雅》、《詞則·閑情集》選。詞題，《百名家詞鈔》本、《瑶華集》、《古今詞選》、《國朝詞雅》作「咏雛姬」，《亦園詞選》作「雛姬」，《荊溪詞初集》作「席上咏雛姬」。眉上鈐「南耕」印。有朱筆寫「選」。

［二］「剔」，《亦園詞選》作「别」，《國朝詞雅》作「刷」。

圈點：

朱筆：調上，單圈。題上，單點、三圈。「擲星」句，圈。「忒玲瓏」、「却已會」句、點。「笑匿」二句、「玉船」四句，圈。

墨筆：調上，單圈。題上，單點。「春嬌」四句、「玉船」四句，圈。
《百名家詞鈔》本：「春嬌」二句、「怨風」句、「道酒」三句，圈。
《荊溪詞初集》：「却已」三句、「挼碎」二句，圈。
《詞則・閑情集》：題上，單圈。「忒玲瓏」、「却已會」句，圈。

玉樓春

春夜同雲臣、遠公、天石諸子讌集元白池亭，次雲臣原韻[一]

城頭側絆人最爱金蟲軟。障燭更凴羅袖展。酒船風動蹙紅鱗，歌板烟籠啼紫燕。
聽三更轉。玉漏漸深還道淺。明朝重揭綉簾斜，花底氍毹應未捲。

朱尾（曹亮武）：艷甚。

校記：

[一] 此首蔣本、《百名家詞鈔》本有。詞題，諸本「元白」作「原白」，蔣本無「次雲臣原韻」，《百名家詞鈔》本作「春夜讌集原白池亭」。無朱筆「对」。

圈點：

朱筆：調上，單圈。題上，單點。「酒船」二句、「玉漏」句、「花底」句，圈。

墨筆：調上，單圈。

《百名家詞鈔》本：「玉漏」句、「花底」句，圈。

蘭陵王

詠閨人簸錢[一]

粉墻側。風遞緑窗信息。琅然響，莫是青錢，簸入苔痕竟無跡。輕圓留不得。小玉春纖低拾。喧笑處，競理輸贏，朱汗龍綃背人拭。　春慵倚窗槅。漸搓柳沉思，掐花追憶。人生幾度逢寒食。怕連朝風雨，滿城烟絮，韶華浪逐榆錢擲。一文便難直。　小立。悶還積。算幾篋青蚨，半貫赤仄。卜多字蹟都侵蝕。且潛買歡笑，強驅愁寂。團圓嘉讖，把五銖、看似歷歷。

朱首（曹亮武）：詠事纖細入畫。

朱尾（曹亮武）：「榆錢」語，巧思入微。

校記：

［一］此首無朱筆「对」。

圈點：

朱筆：「莫是」七句、「人生」句，圈。「怕連」三句，雙圈。「團圓」二句，圈。

墨筆：調上，單圈。

長亭怨慢

春雨［一］

小樓外、絲絲縷縷。也似樓頭，箇儂情緒。攬幙縈簾，惹人愁恨甚時住。夜香籠袖，粧纔罷、天還暮。擬細炙鵾笙，笙亦為春寒，鳳嘴偏努。　小屏風幾叠，瞥見重重南浦。因思江上，筭今夜、有人羈旅。縱有日、賒到春晴，晴不得、腮邊紅雨。怎能勾、梨花門掩，雙雙笑語。

墨眉（王雅）：王正子云：較「淚眼不曾」，情文悽惋。

「努」字朱側（曹亮武）：奇押險韻，尤使人不敢下筆。

朱尾（曹亮武）：閨院深沉，萬般縈想，覺「雨打梨花深掩門」，無此腸斷。

校記：

［一］題下，原稿墨筆抹去數字，疑有「京少」字樣。此首無朱筆「对」。

圈點：

朱筆：調上，單點。題上，單點。「攬幙」二句、「擬細」三句、「縱有」四句，圈。

墨筆：調上，單圈。「縱有」二句，圈。

春晴，和京少回用前韻［一］

正帶夢、流鶯碎語。似訴簾間，已收宿雨。此日墻頭，花枝定是招行旅。風光何處，総在斜橋極浦。看纔過收燈，却又是林邊，春笋將努。　倚簾曾暗許，錦鱗來太遲暮。連朝春困，渾欲倩、東風扶住。便從此、炙杏烘桃，怕難熨、兩眉愁緒。凭闌久、斜陽紅斂，漸沉霞縷。

朱尾（曹亮武）：對景言懷，風流自賞。「春笋将努」，愈淡愈妙。

校記：

［一］詞題「京少」，原寫「次京」，墨筆校改。此首無朱筆「对」。

圈點：

朱筆：題上，單點。「此日」二句、「看纔」三句、「連朝」二句，圈。

水龍吟

詠杜鵑花［一］

小樓日日輕陰，花枝映得紗窗曙。恰推窗看，玉欄干外，紅香無數。櫻筍時光，鞦韆院落，襯他嬌嫮。只一枝怯雨，泫然却想，故鄉也、知何處。　自別西川萬里，擬消受、江南歌舞。詎料年年，每當開日，便成春暮。甚日重逢，錦城絲管，華陽士女。待化為蜀魄，枝頭喚道，不如歸去。

墨眉（史可程乙）：蒼涼悲壯，滿紙淋漓。

墨尾（史可程乙）：是花？是鳥？是蜀帝？靈光戃怳，不可捉視。

校記：

［一］此首筆跡與全稿不類。此首《荆溪詞初集》選。眉上鈐「南耕」印。無朱筆「对」。

圈點：

朱筆：調上，單點。題上，單點。

墨筆：調上，單圈。題上，單點。「花枝」句、「襯他」四句、「每當」八句，圈。

《荆溪詞初集》：「甚日」六句，圈。

夏初臨九十七

本意癸丑三月十九日，用明揚孟載韵。［一］

中酒心情，拆［二］綿時節，瞢騰剛送春歸。一畝池塘，緑陰濃觸［三］簾衣。柳花攪亂晴暉。更画梁、玉剪交飛。販茶船重，挑笋人忙，［四］山市成圍。驀然却想，三十年前，銅駝恨積，金谷人稀。劃殘竹粉，舊愁寫嚮闌西。惆悵移時。鎮無聊、掐損薔薇。許誰知。細柳新蒲，都付鵑啼。

墨尾（史可程乙）：驚心動魄，一字一淚，一淚一血，與「凝碧池頭」句同一愴痛，不忍卒讀。

《篋中詞》：故家喬木，語自不同。

《雲韶集》：（「販茶」三句）寫來如画。（「驀然」四句）軒然波起。（「許誰」三句）令人只喚奈何。

《迦陵詞選評》：感慨甚深，文字反極平和。

校記：

［一］此首筆跡與全稿不類。此首蔣本有，《國朝詞綜》、《篋中詞》、《詞略》、《雲韶集》、《詞莂》、《清詞選集評》、《全清詞鈔》、《近三百年名家詞選》選。詞題，《篋中詞》、《清詞選集評》作「本意」；《詞莂》作「癸丑三月十九日，用楊孟載韵」。無朱筆「对」。

［二］「拆」，《篋中詞》作「折」。

［三］「觸」，《國朝詞綜》、《篋中詞》、《詞略》、《雲韶集》、《清詞選集評》作「撲」。

［四］「販茶船重，挑筭人忙」，原寫「販茶船到，賣蠶娘出」，墨筆校改。

圈點：

朱筆：調上，單點。題上，單點。

墨筆：調上，單圈。「柳花」二句、「劃殘」七句，圈。

《詞略》：「販茶」三句、「劃殘」二句，圈。

《雲韶集》：「販茶」三句、「驀然」四句、「許誰」三句，圈。

齊天樂

端午陰雨，和雲臣用《片玉詞》韻[一]

紅榴淚黦蘇蘇雨。正因此時重五。怨結湘纍，悲纏騷客，天也為人酸楚。孤城蝦虎。吾邑名蝦虎城。颭幾陣茶烟，一絲鬟縷。觸緒沉吟，蒲樽嬾賞小墀午。江南江北行徧，每逢看競渡，傷今弔古。俛仰隨人，飄篷返里，蠹盡彩箋新句。流年空度。記麝粉釵符，舊闕心處。鎮日空濛，戍樓將動鼓。

「紅榴」五句墨眉（徐喈鳳）：翻雲臣句，妙妙。

墨尾（徐喈鳳）：酸楚之情，溢於毫端，勝讀文通騷體。

校記：

[一] 此首未鈐「抄」印。無朱筆「对」。

圈點：

朱筆：調上，單點。題上，單點。

墨筆：調上，單圈。「紅榴」五句、「俛仰」六句，圈。

撲蝴蝶

詠蝶

一生踪跡，總在花深處。幾番消受，小院紅樓午。粘來珠幌如癡，落上繡裙成雨。有人記曾暗結，同心苣。如今重到，依稀不認他門户。滿園野菜，領游蜂三五。惹殘流水難憑，舞徧微風莫主。賺人一天花絮。

朱尾（史可程丙）：是《郭橐駞傳》，如作《南華》讀，何啻説夢？

圈點：

朱筆：調上，單點。題上，單點。「粘來」四句、「如今」二句、「惹殘」三句，圈。

墨筆：調上，單圈。

沁園春

湯皆山以瑞梅告者屢矣，始則有枯梅復生之奇，繼則有重臺疊萼之異，兹則深秋復吐葩焉。詞以紀之[一]

一種江梅，偏向君家，出奇無窮。看千年復活，喬柯蚴蟉，重臺並蹙，冷蕊空濛。人曰奇哉，梅云未也，要為先生奪化工。休驚詫，請諸君安坐，洗眼秋風。　須臾露濯梧桐。忽逗出羅浮别樣紅。正朦朧一夜，銀河影裡，希踈數點，玉笛聲中。只恐東籬，有人斜睨，菊秀梅嬌妒入宮。當筵上，倩泉明和靖，勸取和同。

朱尾（史可程丙）：蜃吐樓臺，聲影空宕，凌雲造手，無處生活。

校記：

［一］詞題「詞以紀之」，原寫「詩以紀之」，據患立堂本、浩然堂本改。此首未鈐「抄」印。無朱筆「对」。

圈點：

朱筆：調上，單點。題上，單點。「冷蕊」三句、「請諸」二句、「忽逗」五句、「倩泉」二句，圈。

墨筆：調上，單圈。「人曰」二句，抹。

六州歌頭

竹逸齋頭閲馮再來所著《滇考》，賦此懷古[一]

披圖長嘯，發響劃巉巒。日南路，真萬里，扼雄關。是苴蘭。憶昔繁華日，䕫賨布，輸蒟醬，僰僮麗，賧錢重，雜花丹。靡莫牂牁，有幻師嬖弄，善舞能彈。更五溪六詔，縈繞點蒼山。鳥道孱顔。峭難攀。　歎今古事，多割據，瀘水黑，甚時乾。昫町國，哀牢郡，笑征鞍。不曾閑。莊蹻開邊後，蒙氏廢，段家殘。離宫壞，金輿杳，没諸蠻。髣髴三郎去，淋鈴也[二]、何日回鑾。祇昆明劫火，映戰血成斑。羅袖紅殷。

墨尾（徐喈鳳）：隱括《滇考》，該博無遺，入後感慨，别有深情。

校記：

[一] 此首蔣本有。患立堂本、浩然堂本在「雜花丹」下、「段家殘」下分片，作三叠。無朱筆「对」。

[二] 「淋鈴也」，蔣本作「也雨淋鈴」。

圈點：

朱筆：調上，單點。題上，單點。

墨筆：調上，單圈。

藍筆：「靡莫」七句、「笑征」十三句，圈。

沁園春

題徐惠文鍾山梅花圖，同雲臣、京少賦〔一〕

十萬瓊枝，矯若銀虬，翩如玉鯨。正困不勝烟，香浮南内，嬌偏怯雨，影落西清。夾岍亭臺，接天歌板，十四樓中樂太平。誰争賞，有珠璫〔二〕貴戚，玉佩公卿。　如今潮打孤城。只商女船頭月自明。歎一夜啼烏，落花有恨，五陵石馬，流水無聲。尋去疑無，看來似夢，一〔三〕幅生綃淚寫成。攜此卷，伴水天閒話，江海餘生。

「如今潮打孤城」句墨側（徐喈鳳）：接得緊。

「如今潮打孤城」句朱側（曹亮武）：妙。

「只商女船頭月自明」句朱側（曹亮武）：妙。

「一幅生綃淚寫成」句朱側（曹亮武）：妙。

墨尾（徐喈鳳）：其年《烏絲詞》有云「整偏佳，斜更好，風格那能到」，此首前段更覺綺麗。又云「夢無憑，愁不了，從古江南道」，此首後段更覺悲楚。

朱尾(曹亮武)：激楚盡致，如聽幽蘭緑水之曲，使人幾不自持。

《詞則·放歌集》：(下闋)情詞兼勝，骨韻都高，合周、秦、蘇、辛、姜、王為一手。

《白雨齋詞話》卷四：其年《沁園春》最佳者，如「題徐渭文鍾山梅花圖」後半云，情詞兼勝，骨韻都高，幾合蘇、辛、周、姜為一手。

《迦陵詞選評》：後段之辭聯翩而下，意思却極頓挫。

校記：

[一]此首蔣本有，《荊溪詞初集》、《瑶華集》、《古今詞選》、《詞則·放歌集》、《近三百年名家詞選》選。詞題「京少」，原寫「次京」，墨筆校改；患立堂本、浩然堂本、《詞則·放歌集》、《近三百年名家詞選》「惠文」作「渭文」，「雲臣」後有「南耕」。全題，《荊溪詞初集》作「題渭文鍾山梅花圖」，《瑶華集》作「題徐渭文種山梅花圖」。未鈐「抄」印。眉上鈐「南耕」印。有朱筆寫「選」。無朱筆「对」。

[二]「璫」，《瑶華集》作「袍」。

[三]「一」，《瑶華集》作「半」。

圈點：

朱筆：調上，單點。題上，單點、三圈。「正困」七句、下闋，圈。

墨筆：調上，單圈。題上，單點。「正困」四句、「如今」九句，圈。

《荊溪詞初集》：「正困」七句、「尋去」三句，圈。

《詞則·放歌集》：題上，三圈。下闋，圈。

綺羅香

詠櫻桃[一]

小摘匀圓，低擎嬌俊，萬顆輕紅同瀉。緑葉陰濃，正值江東初夏。茜裙濕、褁處如無，珀盌滑、盛時欲化。正小樓、樊素偷含，丹脣比似誰真假。　熟時江岍野舘，曾壓他低帽，籠他細馬。此際重拈，試與端詳嬌姹。休還問、紫禁金盤，最難忘、紅窗綃帕。入手更、和淚相看，鎮臙脂盈把。

朱評（史可程丙）：寫悱思於幽倩，寄艷曲於忠誠，如讀《離騷》一部。左思《嬌女》、子美《麗人》，不堪比喻也。

校記：

［一］此首無朱筆「对」。

圈點：

朱筆：調上，單點。題上，單點。「茜裙」四句、「試與」三句、「鎮牖」句，圈。

墨筆：調上，單圈。

沁園春

渭公新葺書齋閉關學仙，詞以紀之［一］

半畝之宮，點綴纔經，林巒翳然［二］。見雪窓粉壁，皎如越紵，凉軒燠舘，碎若吴箋。須種些蕉，再栽些竹，拍甃文鱗戲翠漣。安排巧，有蒲團椶帚，茶臼魫船。　勇過賁育其然。羨大志君真竟學仙。向丹爐晨諷，黄庭一卷，玄關夜誦，紫誥三篇。五利虚無，文成怪誕，藥誤多人昔所傳。優游好，况新來小築，極似斜川。

墨眉（徐喈鳳）：繪出精舍，令人神往。

墨尾（徐喈鳳）：「其」、「然」、「真」、「竟」，善用虚字，不獨襯貼精工。

校記：

［一］詞題，患立堂本、浩然堂本「渭公」作「南耕」，「書齋」作「梅廬」。此首未鈐「抄」印。無朱筆「对」。

［二］「翳然」，患立堂本、浩然堂本作「邈綿」。

圈點：

朱筆：調上，單點。題上，單點。

墨筆：調上，單圈。「見雪」十句、「勇過」六句、「况新」二句，圈。

題史蘧庵先生燈詠一卷後［一］

字字喧豗，烈澤焚林，為蛟為螭。有火蛾結陣，晶瑩閃爍，燭龍對仗，熠燿鬖髿。漢隧千年，秦京三月，做白毫光大総持。薪薪續，任盲兒捫籥，牧豎敲碑。　從來禍首庖犧。笑匣劍何妨燈在帷。既桂輪易蝕，底須搗兔，桑田善涸，焉用燃犀。膏以明煎，吾聞其語，綿上龍蛇哭子推。真休矣，向燈王稽首，埋熠奚疑。

墨眉（徐喈鳳）：筆筆道古，光燄照人，僕序真爝火矣。

校記：

［一］此首僅鈐二「彊善堂主人對訖」印。無朱筆「对」。

圈點：

朱筆：題上，單點。

墨筆：「漢隧」三句、「膏以」六句，圈。

鷓鴣天

謝蘧庵先生惠新茗［一］

竹院風爐篸正長。絹封箬裹［二］十分香。龍團搗罷雲生臼，蟹眼煎成雨沸窓。拚冷淡，儘奔忙。不如閒事好商量。人間別有真南董，新註茶經四五章。

墨尾（徐喈鳳）：語有清味，讀之勝飲盧仝七椀。

校記：

［一］此首蔣本有。詞題，蔣本作「謝蘧庵惠新茗」，患立堂本、浩然堂本作「謝史蘧庵先生惠新茗」。

［二］「褁」，患立堂本作「裹」。

圈點：

朱筆：調上，單圈。題上，單點。

墨筆：調上，單圈。「龍團」二句、「人間」二句，圈。

蘇武慢

送孫郎賈汝寧無言令嗣。[一]

胃脯擊鐘，馬醫連騎，聞者吾聞之矣。神仙無路，將相難為，只有鬻財可耳。鮮人吾子，健者孫郎，遂作急裝而起。翩然[二]袨服鳴鞭，矯若奔泉渴驥。　又何須、西賈巴巫，南游滇僰，動足下床萬里。天中上郡，汝水雄關，儘可持籌列肆。鮑革千箱，貂褕百襲，傲殺毛錐之子。只倡樓、莫擁如花，速辦腰纏歸計。

墨尾（徐喈鳳）：一起兩轉，辭意雙絶，結二句尤見愛人以德。髯公與無言知交有年，故出贈言真摯如此。

校記：

［一］此首無朱筆「对」。

［二］「翩然」，患立堂本、浩然堂本前有「看」字。

圈點：

朱筆：調上，單點。題上，單點。

墨筆：調上，單圈。「胃脯」六句、「鮑革」五句，圈。

晝錦堂

述懷和蘧庵先生韻［一］

我所思兮，旁無人者，長嘯離墨之陽。時復讀書萬卷，縱愽千塲。悲來直擕橫槊舞，興來還取素琴張。誰相識，只有當年，郭翁伯郅君章。石梁［二］。瀑布下［三］，神仙窟，中饒［四］雁鶩餘糧。我願結廬註易，梯几焚香。身騎白寉朝蓬苑，手斟丹液煉飛光。沉吟久，此意茫然未遂，斜日徒黃。

朱尾（史可程丙）：掀髯快譚，又復霜寒月冷，固知蓬瀛仙客，非大英雄人不能紊到。

校記：

［一］此首無朱筆「对」。

［二］「石梁」，原寫「赤城」，墨筆校改。

［三］「瀑布下」，原寫「三萬丈」，墨筆校改。

［四］「饒」，原寫「有」，墨筆校改。

圈點：

朱筆：調上，單點。題上，單點。「我所」二句、「悲來」二句、「只有」二句、「我願」四句，圈。

墨筆：調上，單圈。

賀新郎

蘧庵先生五日有魚酒之餉，醉後填詞［一］

蒲酒濃如乳。更為我、東溟斫鱠，大魚就脯。攜酒石榴花下醉，還選腹腴親煑。耳熱也、休提今古。只有寒潮圍故國，歎龍舟、寂寞無尋處。風乍起，瘦蛟舞。　何須遠望悲荊楚。暗想像、廣陵舊事，淚多於雨。火照佛狸城下水，丞相孤軍難渡。記時節、也隣重五。兒女誰知英雄恨，辟兵符、戲向釵頭賭。葵影緑，小窻午。

朱尾（史可程丙）：感慟淋漓，横絶今古，恨卮酒寂寥，不能澆磊魂一二。

《詞則・放歌集》：（「蒲酒」三句）豪情壯采，「入門下馬氣如虹」。（「兒女」四句）筆墨又變，高下疾徐，無不中節。

校記：

［一］此首《詞則・放歌集》選。無朱筆「对」。

圈點：

朱筆：調上，單點。題上，單點。「東溟」二句、「只有」二句、「瘦蛟」句、「火照」五句，圈。

墨筆：調上，單圈。

《詞則・放歌集》：題上，雙圈。「蒲酒」三句、「風乍」二句，圈。「記時節」句，點。「兒女」四句，圈。

玉女度千秋

新譜曲，上肆句《傳言玉女》，下四句《千秋歲》，後段同［一］

壽吳母任孺人

八十稱觴，齊仰裙笄尊宿。如雲子姓，捧鈿車歷碌。春暉縈寸草，巨室森喬木。思往事，青陵臺上歌黃鵠。歌罷燈寒，母績還催兒讀。兒已成名，孫又饒蘭玉。真妃來洞府，天姥斟醽醁。願百歲，湔裙常趁晴波緑。母以上巳日設帨。

校記：

［一］此詞有朱批：「可刪。」詞調下「肆」字，墨筆後改，疑本作「四」。無朱筆「对」。

圈點：

朱筆：調上，單圈。題上，單點。

墨筆：調上，單圈。

沁園春

題徐惠文鐘山梅花圖，同雲臣、次京賦［一］

十萬瓊葩，矯若銀虬，翩如玉鯨。正困不勝烟，香浮南内，嬌偏怯雨，影落西清。夾岍亭臺，接天歌板，十四樓中樂太平。誰爭賞，有珠袍貴戚，玉佩公卿。　如今潮打孤城。只商女船頭月自明。歎一夜啼烏，落花有恨，五陵石馬，流水無聲。尋去疑無，看來似夢，半幅生綃淚寫成。攜此卷，伴水天閒話，江海餘生。

校記：

［一］此首朱批：「重出。」墨批：「重，不寫。」再無鈐印、批注。「鐘山」，別寫「鍾山」。「次京」，別改「京少」。「瓊葩」，別寫「瓊枝」。「珠袍」，別寫「珠璫」。「半幅」，別寫「一幅」。

圈點：

朱筆：調上，單點。題上，單點。

蝶戀花

魏里錢爾斐先生向有四月《蝶戀花》「戲」字韻詞，病中偶次其韻，并索蘧庵、珍百、竹逸、雲臣諸先生和[一]

四月荊南山更翠。山下人家，都被嵐光膩。南郭鶯聲纔滿市。東鄰榆莢還鎚地。問訊茶園開也未。縠雨過頭，記起旗槍事。自是茗柯饒實理。酪奴水厄休相戲。

朱眉（史可程丙）：妙解。

墨尾（收）：「膩」字貼「嵐光」，妙妙，「嵐光」貼「人家」，更妙。

校記：

［一］此下八首蔣本有。詞題，蔣本「諸先生」作「京少」，患立堂本、浩然堂本無「諸先生」三字，浩然堂本後加「八首」。俱無朱筆「对」。後七首僅鈐「彊善堂主人對訖」印。

圈點：

朱筆：調上，單圈。題上，單點。「南郭」二句、「自是」二句，圈。

墨筆：調上，單圈。「山下」二句、「穀雨」二句、「酪奴」句，圈。

又

四月荆南堪買醉。雪片[一]鰣魚，觸網連湖起。色鬭新鶯松粉細。櫻紅筍緑玫瑰紫。　更有蓴羹纔下豉。一琖醺醺，醉倒新沙嘴。射虎屠龍非我事。天晴且趁游蜂戲。

「色鬭新鶯松粉細」句墨側(收)：勝于「紫駝之峰出翠釜」。

朱眉(史可程丙)：昌黎妙句。

墨尾(收)：物色新燦。

校記：

[一]「片」，原寫「色」，墨筆校改。

圈點：

朱筆：題上，單點。「色鬭」二句、「射虎」二句，圈。

墨筆：「色鬪」二句、「天晴」句，圈。

又

四月荊南山雨至。淅淅濛濛，碧窨雙溪尾。水檻科頭閒徙倚。笛聲吹得波紋碎。小院日長惟好睡。睡足揮毫，自笑無新意。滿幅詛神兼罵鬼。先生慣以文為戲。

朱眉（史可程丙）：何等胷次。

墨尾（收）：遊戲三昧。

圈點：

朱筆：題上，單點。「笛聲」句、「滿幅」二句，圈。

墨筆：「淅淅」二句、「睡足」句、「滿幅」二句，圈。

又

四月荊南春去矣。點點花飛，別我彈紅淚。所幸東街連古寺。木香[一]鶯粟還堆砌。汲水澆花心暗喜。小啜龍團，管甚人間世。更上危巢探鵲子。老來愛與群兒戲。

朱眉（史可程丙）：奇横。

墨尾（收）：忽然寫出孩心。

校記：

［一］「木香」，原寫「渥丹」，墨筆校改。

圈點：

朱筆：題上，單點。「別我」句、「小啜」四句，圈。

墨筆：「別我」句、「更上」二句，圈。

又

四月荊南多賽會。隔浦叢祠，日日村巫醉。午後楝花風乍起。打門社首分鷰截。　一

飽欣然無箇事。走趁楊花，飄蕩東村裡。腰鼓盲詞隨處是。分棚又看梨園戲。

朱眉（史可程丙）：逼真。

墨尾（收）：極俚事入筆便新。

圈點：

朱筆：題上，單點。「打門」句、「腰鼓」二句，圈。

墨筆：「打門」句、「腰鼓」二句，圈。

又[一]

四月荊南桑柘美。泥就蠶房，雪浄無塵滓。紅帖糊門多禁忌。家家阿婦勞纖指。笑語小姑應夜起。好事今冬，早把衣裳備。推却繅車佯不理。小姑為惱前言戲。

朱眉（史可程丙）：妙語入神。

墨尾（收）：寫出兒女喁喁意態，奇絶。

校記：

[一] 此首《昭代詞選》選，詞題同蔣本。

圈點：

朱筆：題上，單點。「紅帖」二句、「好事」四句，圈。

墨筆：「紅帖」二句、「好事」四句，圈。

又

四月荆南天着水。濃淡溪山，染做修蛾翠。拂曉家童呼入市。半籠攜得含桃至。一幅斜陽紅到寺。新筍排槍，數徧那能記。浴佛人歸深逕裡。鄰閨兒女燈前戲。

朱眉（史可程丙）：摩詰染翰，無此神妙。

墨尾（收）：斜陽深逕，筍畔燈前，觸景生趣。

圈點：

朱筆：題上，單點。「濃淡」二句、「一幅」句、「浴佛」二句，圈。

墨筆：「染做」句、「一幅」三句、「鄰閨」句，圈。

又

四月荆南風景異。乍雨還晴，晴雨都無次。欲認前村渾不似。茫茫萬頃黄雲膩。一巷柴門誰夜閉。打麥聲中，隱隱猧兒吠。酒辣餅香真足喜。竈前摶黍添丁戲。

朱尾（史可程丙）：極俗事寫得古蒨，似謡似記，離奇變化，《荆楚歲時記》不足多也。迭語高古，可與《湘中記》並傳。

墨尾（收）：每于瑣細處寫出烟波萬狀，筆端變化，想衣中有如意珠。

圈點：

朱筆：題上，單點。「晴雨」三句、「竈前」句，圈。

墨筆：「晴雨」句、「茫茫」句、「竈前」句，圈。

蝶戀花

五月詞，仍用「戲」字韻[一]

五月荊南梅雨至。好貯天泉，競滌空齋器。豕腹龍頭堆滿砌。庭前新改瓶罌肆。

濺沫傾珠差足喜。亟喚樵青，活火須先熾。道是茶聲還不是。依稀松鬣拏風戲。

「豕腹」句墨側（收）：物色瓌異。

墨眉（收）：茶鐺沸聲，已覺松濤入耳，兩腋風生。

朱尾（史可程丙）：調笑之語，縹緲空靈，総繇筆妙。

校記：

［一］此下八首蔣本有。詞題，蔣本作「五月詞」，患立堂本作「五月詞仍用前韻」，浩然堂本作「五月詞仍用前韻八首」。俱無朱筆「对」。後七首僅鈐「彊善堂主人對訖」印。

圈點：

朱筆：調上，單圈。題上，單點。「豕腹」二句、「道是」三句，圈。

墨筆：調上，單圈。「豕腹」二句、「亟喚」三句，圈。

又

五月荊南饒好味。筍脯茶油，都上蛟橋市。細切黄瓜凉欲噎。厨香正熟長腰米。飽飯風前貪美睡。剥啄誰歟，佳客催人起。庫裡葛衣新歲質。迎賓且學披裘戲。

墨眉（收）：五月披裘，想見高人風槩。

朱尾（史可程丙）：質葛衣與瓶粟罄，同一高致。

圈點：

朱筆：題上，單點。「凉欲噎」、「長腰米」，點。「庫裡」二句，圈。

墨筆：「厨香」句、「剥啄」四句，圈。

又

五月荊南花未已。各色戎葵，濃淡揺軒砌。聞道街南花更麗。殷勤乞取三升子。待得明年栽滿地。簇繡鋪茵，便作花城矣。此是貧家真富貴。人間富貴還如戲。

墨眉（收）：擁書百城，又不如栽花南面。

朱尾（史可程丙）：提醒富貴人，不啻鐘來夜半。

圈點：

朱筆：題上，單點。「簇繡」四句，圈。

墨筆：「殷勤」句、「便作」三句，圈。

又

五月荊南新漲至。一片茭蘆，総把川光翳。閣外溪風來也未。陰陰先作鏗鍧勢。水郭漣漪逾十里。買件蓑衣，走入漁翁隊。日落笛聲篷背起。封侯不換垂綸戲。

墨眉（收）：善寫雨勢。

墨眉（收）：「雲臺争似釣臺高。」

朱尾（史可程丙）：一幅漁釣圖，滿紙濤聲浮動。

圈點：

朱筆：題上，單點。「閣外」二句、「買件」四句，圈。

墨筆：「總把」三句、「走入」三句，圈。

又

五月荊南蒸濕翠。墻脚苔生，礎潤垣衣膩。院静日長沉水費。瞢騰兀坐思陳事。　憶看京江江萬里。爛若銀盤，倒插金山寺。雪片崩濤飛彩幟。妙高臺下龍舟戲。

墨眉（收）：千載龍舟事，一入筆底，便覺字字生鱗甲。

朱尾（史可程丙）：想窮天際，章法之妙，絲絲入扣。

圈點：

朱筆：題上，單點。「院静」二句、「爛若」四句，圈。

墨筆：「院静」二句、「爛若」四句，圈。

又

五月荊南佳節至。角黍堆盤，嫩緑窓前醉。絳縷絲絲斜纏臂。釵符顫罷簾痕碎。五毒羅囊裙帶繫。始信人生，騎虎非難事。折得海榴紅染袂。蒲根鏤作葫蘆戲。

墨眉（收）：「葫蘆戲」一入詞中，費長房應添一番跳躍。

朱尾（史可程丙）：「騎虎非難事」，非大菩提無此妙語。

圈點：

朱筆：題上，單點。「絳縷」二句、「始信」四句，圈。

墨筆：「嫩緑」三句、「騎虎」三句，圈。

又

五月荊南多酒會。蜜蟹糟蟶，新自江船寄。杏酪攬酥偏沁肺。桃膏紅透冰甆内。萬事蒼茫休問矣。餔啜吾生，此舉強人意。閒看雨絲蛛網綴。分明空裡穿珠戲。

墨眉（收）：眼前景寫來入妙，少陵所謂「蜻蜓立釣絲」也。

朱尾（史可程丙）：傲睨不可一世，不令饕餮人作解嘲想。

圈點：

朱筆：題上，單點。「杏酪」二句、「餔啜」四句，圈。

墨筆：「杏酪」二句、「餔啜」四句，圈。

又[一]

五月荊南秧早蒔。黄紙飛來，温語從天至。見説東南民力敝。秋租減半明年事。　比屋[二]歡騰還雪涕。只恐來年，還[三]似常年例。我語村農休過計。官家自古言無戲。

墨尾（收）：半信半疑，且愁且喜，流民圖寫不到處，一筆鈎出。

朱尾（史可程丙）：微諷深於直諫，如見立朝大業。

墨尾（收）：寫俗能雅，莊語帶嘲，筆端變化，字字玲瓏，可以叱石成羊，擲杖為龍矣，與近日填詞家殊有仙凡之别。

校記：

［一］此首《昭代詞選》選，詞題同蔣本「四月」詞。

［二］「屋」，《昭代詞選》作「户」。

［三］「還」，《昭代詞選》作「原」。

圈點：

朱筆：題上，單點。「只恐」四句，圈。

墨筆：「黄紙」二句、「秋租」句、「只恐」四句，圈。

蝶戀花

六月荊南詞［一］

六月荊南村貼水。蒲葦成蘋，屋傍漁庄尾。湓湓野風波面起。湖梢直灌橋門裡。白髮老翁無個事。掩罷柴扉，選塊陰凉地。招手老妻牽稚子。團團聽話隋唐戲。

「蒲葦成蘋」句朱側（收）：一幅輞川圖。

「掩罷柴扉，選塊陰凉地」句朱側（收）：尋常景况，出自名人。

「招手老妻牽稚子，團團聽話隋唐戲」句朱側（收）：口中便成桃源洞中世界。

墨尾（收）：所謂「閒坐説玄宗」也。

墨尾（徐喈鳳）：畫出村翁乘凉之乐。

校記：

［一］此下八首蔣本有。詞題，蔣本作「六月詞」，患立堂本作「六月詞再用前韻」，浩然堂本作「五月詞再用前韻八首」。俱無朱筆「对」。後七首僅鈐「彊善堂主人對訖」印。

圈點：

朱筆：調上，單圈。題上，單點。「村貼水」、「屋傍」句、「湖梢」句、「選塊」三句，圈。

墨筆：調上，單圈。「村貼水」，點。「屋傍」句、「湖梢」句、「選塊」三句，圈。

又

六月荊南天似醉。雨嫩如無，恰又吹來細。贏得遥山都欲睡。模糊失却青螺髻。　簷溜澌㴇㴇［一］不已。忽見中庭，一縷晴虹起。那禁［二］群兒争笑指。碧翁也着斑斕戲。

「雨嫩如無，恰又吹來細」句朱側（收）：細心刻畫，却無痕迹。

「那禁群兒争笑指」句朱側（收）：奇想趣話。

「碧翁也着斑斕戲」句墨側(收)：奇甚。

藍眉(冬)：以「醉」、「睡」說「天」、「山」，從來未有。

墨尾(徐喈鳳)：西洋天主原是兒童模樣，宜有斑斕之戲也。

校記：

[一]「刪刪」，浩然堂本作「珊珊」。

[二]「禁」，蔣本作「見」。

圈點：

朱筆：「天似醉」、「雨嫩」四句、「刪刪」、「一縷」三句，圈。

墨筆：「天似醉」、「雨嫩」四句、「一縷」三句，圈。

又

六月荊南蒸暑氣。過了梅天，市上無兼味。白小黄魚稀少至。老饕鎮日涎垂地。　紅糯新炊淘莧滓。蜆醬葵羹，也自饒風致。鼓腹陶然吾足矣。瓜棚之下閒游戲。

「過了梅天，市上無兼味」句朱側(收)：非老饕不知。

「蜆醬葵羹，也自饒風致」句朱側（收）：只是無可奈何，非知足之謂也。

藍眉（冬）：高人風致。

墨尾（徐喈鳳）：如此知足，定非老饕。

圈點：

朱筆：「過了」二句、下闋，圈。

墨筆：下闋，圈。

又

六月荊南閒也未。一月停忙，暫緩官糧比。聞道開徵今日始。新絲賣了來城市。不信何花名茉莉。却與儂家，白荳花相類。笑煞長橋橋上子。市兒慣取村兒戲。

「新絲賣了來城市」句朱側（收）：聶夷中無此藴藉。

「却與儂家，白荳花相類」句朱側（收）：讀此一段，令人絶倒。

墨眉（收）：流民圖、風土記，合為一詞。

墨尾（徐喈鳳）：吾愛村兒之朴。

圈點：

朱筆：「聞道」二句、「不信」三句、「市兒」句，圈。

墨筆：「聞道」二句、「却與」二句、「市兒」句，圈。

又

六月荊南多水市。鞋樣涼船，柳樹根頭艤。茭白菱紅排沆尾。漁翁又糶鷄頭米。　一望風荷兼雨芰。纔見錢錢，又早田田矣。剥罷蓮蓬何處使。挼來做箇人兒戲。小兒剥蓮蓬，以線縛之，反裘振袂，儼然老翁，名蓮蓬人兒。[一]

「漁翁又糶鷄頭米」句朱側（收）：趣極。

「纔見錢錢」句朱側（收）：雅極。

「挼來做個人兒戲」句朱側（收）：奇趣天然。

「挼來做箇人兒戲」句墨側（徐喈鳳）：「戲」字奇想。

墨眉（徐喈鳳）：鮮物滿眼，令人生津。

墨眉（徐喈鳳）：異想奇情。

校記：

［一］詞末小注，蔣本無。

圈點：

朱筆：「鞋樣」四句、「纔見」二句、「挼來」句，圈。

墨筆：「鞋樣」四句、「纔見」二句、「挼來」句，圈。

又

六月荊南蟬早沸。做暝連陰，夏已賒秋意。莫謂晚涼饒爽致。田禾最怕床頭被。六月諺云：「床上蓋了被，田中無了米。」　長日經營無好計。枕上詩成，記又無頭尾。且拾厨中青鴨子。糊他一盞螢燈戲。

「田禾最怕床頭被」句朱側（收）：忽又莊語，何啻現身説法。

「且拾厨中青鴨子，糊他一盞螢燈戲」句朱側（收）：牢騷感憤，寄興偏閒。

「田禾最怕床頭被」句墨側（收）：俗諺化作錦心。

墨眉（徐喈鳳）：切時切景，真神手也。

圈點：

朱筆：「夏已」三句、「枕上」四句，圈。

墨筆：「夏已」三句、「枕上」四句，圈。

又

六月荊南人早起。倚閣看雲，雲氣朝朝異。夭矯軒騰兼蔚跂。火雲燒却銅峯翠。　蜃國那須誇海市。換狗更衣，反覆須臾耳。若問世間還勝此。天公聊學人情戲。

「火雲燒却銅峯翠」句朱側（收）：西山爽氣，何來逼人？

「若問世間還勝此，天公聊學人情戲」句朱側（收）：寫出翻覆人情，可嘆可笑。

墨眉（收）：一「雲」字生出無數奇想。

墨眉（收）：謔得妙。

墨尾（徐喈鳳）：筆情變化，頗似夏雲。

圈點：

朱筆：「雲氣」三句、「換狗」四句，圈。

墨筆：「天矯」二句、「換狗」四句，圈。

又

六月荊南門屢閉。壁上烏巾，挂着多時矣。客到蕉窗時一啟。不迎不送貪徒跣。問我新編今有幾。叩首主臣，夜火燒殘矣。消夏衹餘詞一紙。君休哂我篇篇戲。

朱首（史鑒宗）：讀煞一調，即髯翁所云「先生慣以文為戲」也。

墨眉（收）：得無近阮籍疎狂耶？

墨尾（徐喈鳳）：結出本意，四月五月，俱包在內。詞到神境，不減宜僚之丸。

墨尾（收）：躍入壺中，跳出壺外，遊戲神通。造化小兒，供其玩弄不止。劉灘渾脱，結似劍器之舞。

朱尾（收）：讀盡六月詞，奇思異彩，千態萬狀，如坐登州城頭[一]，看蜃樓海市，倏忽變幻，真平生快事，亦平生奇遇。眉山祝辭，可不必矣。

校記：

[一]「頭」，原寫「樓」，旋改。

圈點：

朱筆：「壁上」四句、「叩首」四句，圈。

墨筆：「壁上」四句、「叩首」四句，圈。

賀新郎

竹逸屢苦足疾，詞以訊之[一]

足亦為頭責。問先生、經年何事，蹣跚引疾。有足徑須行萬里，須踏龍堆馬邑。更須伴、錦靴紅屐。却怪兀如習鑿齒，恐美人、躄者交相厄。中有鬼，苦無力。　客為代語君姑默。看人世、太行劍閣，縱横几席。尻馬神輿吾自有，底事度阡越陌。足雖憊、猶全吾膝。言罷先生徐捫足，且支筇、虚室初生白。剛一笑，宿痾失。

朱尾（史可程丙）：俶詭靈奇，南華避席，尾瑣枚生，言之齒冷。一責一答，機鋒注射，演之可作一本傳奇。

墨尾（徐喈鳳）：僕屢病足，擬作《嘲足》、《謝足》兩文，今得髯公詞，兩意已備，朗讀數過，病魔退避，僕文可以不作矣。孔璋艸檄，其年填詞，後先輝映，真才人佳話也。

校記：

［一］此首蔣本有。未鈐「抄」印。無朱筆「对」。

圈點：

朱筆：調上，單點。題上，單點。「足亦」句、「須踏」二句、「恐美」三句、「尻馬」三句、「剛一」二句，圈。

墨筆：調上，單圈。「須踏」六句、「看人」五句、「且支」三句，圈。

賀新郎

食李戲作［一］

咄汝前來此。問爾祖、人人都道，猶龍李耳。一自瑶星淪謫後，恰值楊花盡矣。又幻出、李唐家世。縱劣猶能交貴介，伴浮瓜、游戲西園邸。楊家果，詎君比。如今慣代桃僵死。客經過、其冠不正，視同苦李。一入公門身更辱，鑽核羞他名士。但說着、王戎冷齒。只有井邊堪避世，與螬蠐、飲啄穪知已。還愁遇，於陵子。

墨首（徐喈鳳）：奇想天開，用語典切，能令枯樹生花。

朱首(收)：稱述詼諧，出人意表，所謂嬉笑怒罵，皆成文章。

「問爾祖、人人都道，猶龍李耳」句墨側(徐喈鳳)：直是李子世家。

朱眉(曹亮武)：映合奇甚。

《詞則·别調集》：(上闋)運典游戲，妙在盤旋一氣，驅遣自如。

《迦陵詞選評》：詩賦中固有此一體，用之詞，却新穎。

校記：

[一]此首蔣本有，《詞則·别調集》選。未鈐「抄」印。無朱筆「对」。

圈點：

朱筆：調上，單點。題上，單點。「人人」二句、「又幻」五句、「如今」句、「其冠」三句、「但説」五句，圈。

墨筆：調上，單圈。「問爾」二句、「又幻」五句、「客經」三句、「只有」四句，圈。

《詞則·别調集》：題上，單點單圈。全首，點。

一叢花

楊梅[一]

江城初泊洞庭船。顆顆販勻圓。朱櫻素奈都相遜，家鄉在、消夏灣前。兩崦蒙茸，半湖羃䍥，籠重一帆偏。　買來恰趂[二]晚涼天。氷[三]井小亭軒。粧餘浴罷春纖濕，粉裙上、幾點紅鮮。莫是明朝，有人低問，羞暈轉嫣然。

朱眉(收)：無中生有，艷色欲飛。

朱尾(收)：前段寫出來路，齒牙欲濺，後段寫出去路，竟似讀艷情詩矣。風流跌宕，可稱盡態極妍。

墨尾(徐喈鳳)：賦物鬆秀，入後一段覺紅潮上口，醉檳榔猶當讓其風韻。

校記：

[一]此首蔣本、《百名家詞鈔》本有，《古今詞選》選。

[二]「恰趂」，《百名家詞鈔》本作「恰起」。

[三]「氷」，蔣本、《百名家詞鈔》本、《古今詞選》俱作「水」。

圈點：

朱筆：題上，尖圈。「家鄉在」句、「籠重」句、「氷井」六句，圈。

墨筆：調上，單圈。題上，單點。「朱櫻」二句、「粧餘」五句，圈。

《百名家詞鈔》本：「朱櫻」二句、「粧餘」二句、「有人」二句，圈。

擊梧桐

夏日同綏禄、越生過竹逸齋頭小飲，賦此紀事[一]

毒熱鎔金，火雲焦釜，喘月吳牛無那。剥啄聲，誰拉我。過君高舘，科頭而卧。只愁避暑何方，除是剪却，亂峰千朶。更上危樓，快劈么絃，彈得氷天都破。小飲深談，耳酣氣熱，不顧旁人而唾。筭今古，幾賢愚，詎有斯人長餓。歸去先生爛醉，任他拍手群兒罵。且踏着、一街新月，把小詞閑做。

朱尾（王于臣）：錘鍊入化，却又聲響琳琅，起處凝然，結處悠然，真詞中化工手，安得不愧煞我輩？

校記：

［一］詞題「綏禄、越生」，恵立堂本、浩然堂本作「友人」。此首無朱筆「对」。

圈點：

朱筆：調上，單點。題上，單點。「毒熱」三句、「過君」二句、「除是」五句、「小飲」三句，圈。「詎有」句，點。「任他」三句，圈。

墨筆：調上，單圈。

臨江仙

詠竹夫人［一］

孤竹君原稱苦節，晚遺弱息江村。夜凉薦寢暫承恩。斑留江上點，冷浸月中魂。　青女秋來休見妬，此身自有根源。化為横笛響夔門。但憑関塞曲，吹裂小龍孫。

校記：

［一］詞題，浩然堂本後加「二首」。此二首無朱筆「对」。

圈點：

朱筆：調上，單圈。題上，單點。「斑留」二句、「但憑」二句，圈。

墨筆：調上，單圈。「斑留」二句、「青女」二句、「但憑」二句，圈。

十載蕭蕭湘岍住，梢烟惹雨參差。如今枕畔露華滋。身居清暑殿，夢到竹郎祠。　琢就細腰冰幾尺，宵來御輦頻辭。一生踈[一]直許誰知。霜砧來別院，紈扇憶同時。[二]

朱尾（曹亮武）：命意遣詞，既高警復穩秀，如此俗題現如許風致，不得不推為詞家宗匠。

墨尾（徐喈鳳）：從竹上落想爭題，上截帶説夫人，風情澹遠，詞家神品，如斯如斯。

校記：

[一] 此首蔣本有。

[二]「踈」，蔣本作「竦」。

圈點：

朱筆：「十載」二句、「琢就」二句、「霜砧」二句，圈。

墨筆：「十載」二句、「身居」二句、「琢就」二句、「霜砧」二句，圈。

水調歌頭

立秋前一日述懷，柬許豈凡[一]

將相寧有種，豎子半成名。蚍蜉切莫撼樹，聽我短歌行。薄俗人奴笞罵，末路婦人醇酒，一笑萬緣輕。夫子知我者，試與說生平。　斫豪豬，炙走兔，掣長鯨。群儒齷齪可笑，我自習縱橫。明發西風削草，且約博徒會獵，小趂一秋晴。鬅作蝟毛磔，箭作餓鴟鳴。

《詞則·放歌集》：（上闋）浩氣流行。◎結而不結，不結而結，老秃可愛。

《迦陵詞選評》：此迦陵中年使氣之作，妙在渾灝流轉，非氣之盛，才之大，勿學步也。

校記：

[一] 此首蔣本有，《昭代詞選》、《詞則·放歌集》選。未鈐「抄」印。

圈點：

朱筆：調上，單點。題上，單點。「鬅作」二句，圈。

墨筆：調上，單圈。

《詞則·放歌集》：題上，三圈。上闋、「鬅作」二句，圈。

水調歌頭

題越生詞，并示綏禄、天玉[一]

脱帽即擫笛，輟洗便彈箏。千金教得樂部，坐此得狂名。每歎英雄作事，萬象雪中鴻爪，一過已忘情。倏忽謝歌舞，寂寞掩柴荊。　新詞句，真磊落，太縱横。我作致師樂伯，摩壘更靡旌。爽若并州快剪，又若短兵狹巷，殺賊不聞聲。舉以示二子，大笑絶冠纓。

「脱帽即擫笛，輟洗便彈箏」句朱側（王于臣）：何致多讓。

「新詞句，真磊落，太縱横」句朱側（王于臣）：毋乃過譽。

朱尾（王于臣）：接落頓挫[二]，如神龍夭矯，不可端倪。予生平恨事，為髯兄活活寫出，莫謂搔着癢處，正是抓着痛處，當書一通警座。

校記：

[一] 此首蔣本有，《昭代詞選》選。詞題，患立堂本、浩然堂本作「題友人詞，並示方鄴、大匡」。未鈐「抄」印。無朱筆「对」。

[二]「挫」下原寫有「處」字，旋點去。

圈點：

朱筆：調上，單點。題上，單點。「脱帽」二句、「每歎」五句、「又若」二句，圈。

墨筆：調上，單圈。

哨遍用辛稼軒體

曾庭聞至[一]

有客蒼然，萬里而來，精悍眉端做。訴蹉跎、少壯迅流波。笄狂奴，半生磊砢。炙轂踝高談，直驚帝座。周旋與我寧為我。嗟廿載河湟，全家關隴，虞兮其若之何。況赫連城下虎腥多。更無定河頭毒龍窩。夜少氈房，馬腹中間，鼾咍竟卧。　邀羌女秦娥。豪豬皮染茜紅韡。脱帽侮群帥，醉來遑恤其他。奈少婦窮邊，三年淺土，壞羅裙被楓根褁。遂不覺神傷，悄焉淚濕，浮生漸識因果。乃豪氣狂蹤盡摧挫。向法鼓齋魚修梵課。更誰知，劫風吹墮。今年作事大謬，又捩蘆溝柁。道上路鬼揶揄，近日前輩，何其計左。東風下第渡滹沱。笑洛陽、黑貂裘破。

朱眉(昃)：擊碎吐壺，不可讀竟。

墨尾（徐喈鳳）：感慨悲憤，却有氣岸，為庭聞言耶？抑髯公自言耶？

校記：

［一］此首蔣本有。諸本無調下「用辛稼軒體」。無朱筆「対」。

圈點：

朱筆：調上，單點。題上，單點。

墨筆：調上，單圈。「精悍」句、「炙轂」二句、「况赫」二句、「奈少」三句、「更誰」二句、「東風」二句，圈。

木蘭花慢

壽虞山張以韜四十應王石谷之請。［一］

虞山山拂水，風倒捲、吼簾泉。想紅豆村莊，絳雲樓閣，翰墨流傳。風流後來誰繼，有天都逋客漢張騫。水檻斜欹埪北，晴軒正面湖前。　王維今日畫中禪。説爾最豪賢。羨坊號光和，里名通德，臺曰超然。行年只今四十，已手摩、銅狄歎桑田。俠骨毬塲酒舍，閒身茶竈漁船。

墨尾（徐喈鳳）：前引牧翁，中插石谷，巧法雙絶，真化工筆也。

朱尾（昃）：筆挾春秋，可名詞史。

校記：

［一］此首無朱筆「对」。

圈點：

朱筆：調上，單點。題上，單點。

墨筆：調上，單圈。「水檻」二句、「王維」五句、「已手」三句，圈。

四園竹

題西陵陸蓋思繞屋梅花圖像［一］

西陵高士，小隱段橋東。十年酒聖，半世詩顛，千古文雄。銅將軍，麯道士，楮先生。者三君、踪跡時同。屋如蜂。屋頭無數冷香，籬門都浸其中。鎮日和烟和雨，點點欹斜，片片朦朧。杯在手，長側帽，林間一笛風。

朱尾（昃）：黄山松徑寸俱作龍形，髯筆似之。

墨尾（徐喈鳳）：詞能寫照，可與虎頭争技。

校記：

［一］此首蔣本有。無朱筆「对」。

圈點：

朱筆：調上，單圈。題上，單點。

墨筆：調上，單圈。「銅將」四句、「屋頭」二句、「林間」句，圈。

水調歌頭

送惲南田之錢唐，并柬毛稚黄［一］

躡屩上靈隱，吹笛下吳淞。送君恰值新爽，纖月印船篷。猶憶泠泉亭上，百道跳珠噴雪，飛瀑挂杉松。一别十八載，吾老漸成翁。　故人去，攜筆墨，寫空濛。不知老已將至，揮灑醉偏工。為訊鹽橋毛子，果否别來無恙，底事斷詩筒。人世作達耳，長邑鬱焉窮。

墨首（徐喈鳳）：一起軒然，「訊鹽橋」數語真如面談，結二語尤為高達。

校記：

［一］此首蔣本有。未鈐「抄」印。

圈點：

朱筆：調上，單點。題上，單點。

墨筆：調上，單圈。「躡屩」二句、「纖月」句、「飛瀑」句、「為訊」五句，圈。

渡江雲

江南憶和蘧庵先生韻［一］

江豚翻碧浪，憑高極望，［二］折戟半沉沙。鷄籠山下路，記得鳳城，數十萬人家。貂蟬掩映，鍾山翠、疊鼓鳴笳。更参差、青溪紅板，從古説繁華。　　堪嗟。齊臺梁苑，［三］殘月微風，剩頹墻敗瓦［四］。衹蒼凉、半林楓槲［五］，四壁龍蛇。幾番夜向寒潮泊，空城下、浪打蒹葭。青衫濕、隔船同［六］訴天涯。

朱首（昃）：夭矯宕逸，亦復充悦沓拖。

朱眉（昃）：筆有驚蛇，言堪泣鬼。

墨尾（徐喈鳳）：愴懷風物，寄慨良深，可與王介甫「金陵懷古」並傳。

《詞則・别調集》：（「江豚」三句）來勢蒼莽。（「幾番」四句）去路凄凉。

校記：

［一］此首蔣本有，《詞則・别調集》選。詞題，蔣本作「江南憶和蘧庵韻」。末鈐「彊善堂主人對訖」印。無朱筆「对」。

［二］「江豚翻碧浪，憑高極望」，原寫「龍吟鼉吼，望長江南岍」，墨筆校改。《詞則・别調集》「極望」作「望極」。

［三］「齊臺梁苑」，原寫「江流東去」，墨筆校改。

［四］「頹墻敗瓦」，原寫「功臣小廟」，墨筆校改。

［五］「半林楓槲」，原寫「半天槲葉」，墨筆校改。

［六］「同」，原寫「共」，朱筆校改。

圈點：

朱筆：調上，單點。題上，單點。

墨筆：調上，單圈。「江豚」六句、「剩頽」三句、「空城下」句，圈。

《詞則·別調集》：題上，雙圈。「江豚」三句、「幾番」四句，圈。

水調歌頭

贈西陵周匆庵匆庵精日者家言，任俠滑稽，多金丸、緑幘之游，背微僂。[一]

拍手唱銅斗，蹋地舞廻波。世間窮達有命，擾擾若之何。收罷百錢簾下，雨後一街人少，客有獵纓過。僕病坐磨蝎，君醜類雞窠。如箕舌，皤其腹，口懸河。眼中只爱緑幘，誰觧爱青娥。頗怪丈人痀僂，却恐舍人尻暑，戲語莫相呵。絶倒黄幡綽，撫掌敬新磨。

朱尾（昃）：慷慨淋漓，嬉笑怒駡，俱足令人捧腹，慧舌乃爾。

校記：

[一] 此首未鈴「抄」印。

圈點：

朱筆：調上，單點。題上，單點。「拍手」四句、「雨後」四句、「眼中」二句、「絶倒」二句，圈。

墨筆：調上，單圈。

漁家傲

新秋即事，和雲臣韻[一]

蜩響纔將餘火送。砧聲又迫秋情動。天上雙丸誰播弄。閑愁重。人間白髮憑伊種。一枕瑶妃斟緑甕。驂鸞翳隺群真哄。覺後匡床無與共。真成夢。亂雲封却華陽洞。

朱尾：押字新穩，堅秀已入神品。

校記：

[一]詞題，浩然堂本後添「二首」。此二首無朱筆「对」。

圈點：

朱筆：題上，尖圈。「砧聲」二句、「人間」句、「真成」二句，圈。

墨筆：調上，單圈。

晨喚青童沿砌掃。待他一葉占秋早。浣取幽墀如鏡好。秋已到。碧天萬斛銀潢倒。莫使秋光容易老。等閑黄了天涯草。静聽跳珠荷葉鬧。臨流釣。忘機不怕群鷗惱。

朱尾（曹亮武）：適讀陳善伯「新柳」詞云「寄語東風且慢，莫教輕換鵞黄」，正爾歎賞。讀此秋光句，更自超詣，君應百尺樓上獨踞一席。

圈點：

朱筆：「浣取」三句、「莫使」三句，圈。

渡江雲

江南憶同雲臣和蘧庵先生韻[一]

江豚翻碧浪，憑高極望，折戟半沉沙。鷄籠山下路，記得鳳城，數十萬人家。貂蟬掩映，鐘[二]山翠、疊鼓鳴笳。更參差、青溪紅板，從古説繁華。　堪嗟。齊臺梁苑，殘月微風，剩頽墻敗瓦。祗蒼凉、半林楓槲，四壁龍蛇。幾番夜向寒潮泊，空城下、浪打蒹葭。青衫濕、隔船同訴天涯。

朱尾（曹亮武）：劉賔客咏金陵，白傅云「探驪得珠」，吾于此詞亦云。

校記：

[一]此首墨批：「重，不寫。」朱批：「重出。」此首蔣本有。詞題，蔣本作「江南憶和蘧庵韻」。僅鈐「彊善堂主人對訖」印。無朱筆「对」。

〔二〕「鐘」，别寫作「鍾」。

圈點：

朱筆：調上，單點。題上，單點。「憑高」七句、「幾番」三句，圈。

沁園春

同遠公和雲臣、越生贈答之作〔一〕

五十之年，細數生平，人間可哀。看白首相知，晨星寥落，朱門先達，覆雨喧豗。只此貧交，陶然永夕，蹴鞠彈棋更舉杯。交驩甚，記看花並出，踏月偕回。　千金散盡還來。算細故寧容芥蔕哉。況白雪連箱，讀之氣盡，紅牙一曲，聞者心灰。亟續曩游，競投新闋，從此蕭朱忍見猜。真嘉〔二〕話，使詞場數子，笑口齊開。

墨首（王于臣）：温厚和平，讀之令人氣盡。

墨首（王于臣）：序説生平，終覺布衣交還堪白首，詩曰「同心而離居，憂傷以終老」，不其然乎？

「千金散盡還來」句墨側（王于臣）：令人媿死。

朱眉（史可程丙）：可作金蘭譜讚，然是龍伯高一流人，江文通無地着脚。

校記：

［一］此首蔣本、《百名家詞鈔》本有，《古今詞選》選。詞題「雲臣、越生」，患立堂本作「友人」。未鈐「抄」印。眉上鈐「南耕」印。無朱筆「对」。

［二］「嘉」，《古今詞選》作「佳」。

圈點：

朱筆：調上，單點。題上，單點。「五十」三句、「交驩」三句、「况白」四句、「從此」句，圈。

墨筆：調上，單圈。「五十」三句、「只此」六句、下闋，圈。

《百名家詞鈔》本：「看白」四句、「况白」四句、「使詞」三句，圈。

南鄉子

夏日午睡

新竹罨中庭。荷蓋初齊水面亭。屋小如幝無客到，常扃。棐几藤牀矮紙屏。　蜨夢翅冥冥。行向槐安國内經。正拜南柯真太守，還醒。一片松濤沸枕楞。

「荷盖初齊水面亭」句墨側（王于臣）：妙景。

「棐几藤牀矮紙屏」句墨側（王于臣）：髯堪如此消受耶？

墨尾（王于臣）：予半生都如梦中，被髯喝醒。

朱尾（史可程丙）：可與北窗人叅看。

圈點：

朱筆：調上，單圈。題上，單點。「常扃」句、「行向」四句，圈。

墨筆：調上，單圈。「荷盖」句、「常扃」二句、「行向」四句，圈。

水調歌頭

題遠公畵洞山圖，送天石北上[一]

何以贈行卷，而作洞山圖。旁人拍手大笑，畵者復誰歟。此去燕姬馬湩，况足[二]金莖仙瀣，茗椀酷非須。卿復攜來否，長柄有葫蘆。掀髯語，画此者，定非迂。敗[三]盡朱門酒肉，只此味清腴。縱挾綾文三百，日給龍團鳳餅，曾似故園無。十丈紅塵裡，一幅冷秋菰。

墨首(王于臣)：一問一答，字字含吐，匪夷所思。

「敗盡朱門酒肉」句墨側(王于臣)：未必，未必。

朱眉(史可程丙)：做得冷秋菰，方不是葫蘆生作用。

校記：

[一]此首蔣本有，《瑶華集》選。未鈐「抄」印。眉上鈐「南耕」印。有朱筆寫「選」。無朱筆「对」。

[二]「足」，蔣本作「是」。

[三]「敗」，原寫「臭」，朱筆校改。

圈點：

朱筆：調上，單點。題上，單點、三圈。「此去」五句、「掀髯」三句、「縱挾」三句、「一幅」句，圈。

墨筆：調上，單圈。「旁人」五句、下闋，圈。

送原白北上[一]

莫作戀豆馬，直學脱鞲鷹。送君秣魏刷趙，萬里愜飛騰。頗怪今人離别，出户定然復入，刺刺實堪憎。似爾最颯爽，物態直憑陵。公子去，臣宜從，病未能。行也勉旃努力，勿復憚炎蒸。為我慈仁閣下，寄訊支離老叟，短髮定鬅鬙。待我上元候，同看鳳城燈。

墨首（王于臣）：還從《送殷員外序》中得來。

朱眉（史可程丙）：從《董邵南序》中來，然英氣不可廹視。

校記：

［一］此首未鈐「抄」印。眉上鈐「南耕」印。無朱筆「对」。

圈點：

朱筆：題上，單點。「送君」二句、「似爾」二句、「公子」三句、「為我」三句，圈。

墨筆：「送君」七句、「公子」八句，圈。

閨怨無悶

醉後排悶作［一］

長此安窮，定復不急，世事紛紛虎鼠。笑狐盡帶鈴，荷偏成柱。終日屋梁仰面，便著書、萬卷誰憐汝。休自喜、當日馬中赤兔，人中吕布。　　無補。莫相疑，徒自苦。今日一錢不值，李蔡下中，曾何足數。且作槃中快舞。更單絞、岑牟禰生鼓。還［二］戲問君得哀梨，定當蒸食與否叶府[三]。

墨首（王于臣）：慷慨悲歌，顧盻雄偉，讀之淚下，讀之氣壯。

墨眉（王于臣）：悲壯如此，陳夫子豈長貧賤者耶？

墨尾（王于臣）：可作一篇古文讀。

朱尾（史可程丙）：讀未終篇，淚蘸蘸如注，不減溢口琵琶聲。

《詞則·放歌集》：（「休自」二句）想見先生少年氣概。（下闋）驅遣史事，抒我胸臆，所謂「讀書破萬卷，下筆如有神」。

校記：

[一]此首《詞則·放歌集》選。眉上鈐「南耕」印。無朱筆「对」。

[二]「還」，患立堂本、浩然堂本無。

[三]小字注「叶府」，《詞則·放歌集》無。

圈點：

朱筆：調上，單點。題上，單點。「長此」三句、「終日」二句、「當日馬中」二句、「無補」三句、「更單」三句，圈。

墨筆：調上，單圈。題上，單點。全首，圈。

《詞則·放歌集》：題上，單點單圈。「終日」四句、「今日」五句，圈。

新荷葉

采蓮[一]

水郭開奩，釀成一片湖光。翠盖亭亭，扶他幾隊紅粧。誰家女伴，采蓮歌[二]、競下横塘。吹來笑語，竟川霧鬟風裳。日暮歸來，画船猶剩餘香。此際氷輪，天邊又送新凉。覓蓮得藕，心兒苦、隱隱商量。今宵[三]蓮子，劈來生怕空房。

「釀成」二字墨側（王于臣）：「釀」字妙。

朱尾（史可程丙）：如吟六朝小樂府，倩麗多風。

校記：

[一] 此首未鈐「履端印」。

[二] 「誰家女伴，採蓮歌」，原寫「誰家女，採蓮極浦」，墨筆校改。

[三] 「宵」，原寫「夜」，墨筆校改。

圈點：

朱筆：調上，單圈。題上，單點。「水郭」句、「吹來」二句、「覓蓮」四句，圈。

墨筆：調上，單圈。「水郭」二句、「扶他」五句、「画船」七句，圈。

隔浦蓮近拍

夏日村居[一]

空村如澼靜悄。不用鄰翁掃。水柵罾聲響，沙映水，逾瀟照。傍岍松半老。閑來靠。漫理晴江釣。釣絲裊。涼颸暗襲，得風叢竹都笑。帆投極浦，兀兀櫓聲將杳。興倦收綸起荷蓧。恰好。窺人一點月小。

墨尾（徐喈鳳）：起結幽秀，得風竹笑，更覺解頤。

校記：

[一] 此首蔣本有。

圈點：

朱筆：調上，單點。題上，單點。

墨筆：調上，單圈。「空村」二句、「得風」句、「興倦」三句，圈。

滿江紅

壽武林徐世臣賢配邵孺人六十[一]

曾在西泠，徐穉下、陳蕃之榻。記當日、湖山濃淡，賓徒雜沓。夜雨對眠靈隱寺，春帆競掠雷鋒塔。幾何時、雲水竟飄然，攜瓢衲。　室有婦，機聲匝。塾有子，書聲答。喜鴻妻搡作，龍駒蹩踏。設帨九天喧管籥，稱觴七郡傾壺榼。正中秋、月照浙江潮，銀光合。

「徐穉下、陳蕃之榻」句墨側（徐喈鳳）：巧合。

墨尾（徐喈鳳）：叙情真摯，用字新奇，不意壽詞有此絶調。

校記：

［一］此首未鈐「抄」印。有「待弔青蠅」、「素溪」印，印上各有墨筆「对」。

圈點：

朱筆：調上，單點。題上，單點。

墨筆：調上，單圈。題上，尖圈。「徐穉下」句、「春帆」句、「室有」六句、「正中」二句，圈。

解語花

吴静安姑丈堂中閩蘭盛開，約同人過賞，時有二校書在座。同越生賦[一]

玉堂窈窕，珍簟虚無，細壓真珠榨。蘿陰石罅。隨風皺、一帶迴廊曲榭。暗中香瀉。列[二]翠盎、輕扶紅架。羨高情、楚畹湘潭，助幽人消夏。　萬朶珠承雪亞。更花邊淺立，人比姑射。髻蟬低卸。微嗅處、不數海天冰麝。裛來盈把。總罨住、竹房茶舍。倩繁絃、併鼓猗蘭，將晚涼亂惹。

墨尾（曹亮武）：幽情折筆，字字氷雪。

校記：

[一] 詞題，浩然堂本無「姑」字，患立堂本、浩然堂本並無「同越生賦」四字。此首無朱筆「对」。

[二]「列」，原稿無此字，據患立堂本、浩然堂本補。

圈點：

朱筆：調上，單點。題上，單點。

墨筆：調上，單圈。「玉堂」三句、「隨風皺」句、「（列）翠盎」句、「總罨」三句，圈。

沁園春

題西溪釣者小像［一］

彼君子兮，自序生平，西溪釣徒。有柴門臨水，一群鵝鴨，松關負郭，四壁圖書。註易逍遥，彈琴廓落，屈指知非十載餘。時釣者年六十有九。多時興在乘桴。且一葦蒼茫縱所如。看筆床茶竈，沿流容與，漁莊蟹舍，夾浦縈紆。乍叩閒舷，或延新月，秋水長天碧似蘆。掀髯笑，笑人方夢鹿，我正觀魚。

校記：

［一］此首眉上注：「重，不寫。」再未鈐印、批注。

圈點：

朱筆：調上，單點。題上，單點。「有柴」四句、「焚香」三句，圈。「多時」二句，點。「乍叩」六句，圈。

賀新郎

贈善奕者蘇生［一］

入市乘羊暇。乍歸向、百花庭院，春衣暗卸。小與手談殘紅徑，秋水滿眶微瀉。日影碎、劇棋難罷。争賭宣城真太守，問何人、中正如卿者。秋善奕，爾其亞。局中有刼憑君打。莫沉吟、樵夫柯爛，瑶池花謝。聞道外邊風漸競，一子甚時纔下。休閒煞、春前陣馬。天帝井公方對博，又從來、似奕長安也。都付與，楸枰話。

校記：

［一］此首未鈐「抄」印。無朱筆「对」。

圈點：

朱筆：調上，單點。題上，單點。「小與」五句，圈。「秋善」二句，點。「局中」句、「聞道」七句，圈。

墨筆：調上，單圈。

鵲橋仙

詠竹逸齋頭紫牡丹［一］

歐家碧好，彭門紅好，総讓伊行清綺。畵欄纔放數［二］枝花，映百丈、銀墻都紫。相公袍帶，頭廳印綬，俗艶那堪相比。試將花色細形容，烟凝得、暮山如此。花名紫袍金印。

王勃《滕王閣序》：「烟光凝而暮山紫。」

校記：

［一］此首蔣本有。眉上朱筆寫：「重出。」

［二］「數」，原寫「一」，朱筆校改。

圈點：

朱筆：調上，單圈。題上，單點。「畫欄」二句、「試將」二句，圈。

墨筆：調上，單圈。

沁園春［一］　史惟圓

題其年《烏絲集》

將古人詩，比似君詩，惟髯絶倫。更倚聲寫句，鏤冰雕玉，風檣陣馬，牛鬼蛇神。年事蹉跎，交流零落，短褐羸僮逐路塵。凝愁處，縱才如雲錦，不療飢貧。烏絲誰和陽春。歎鄒董風流逝水濵。恐吟盡斜陽，鶯花多怨，咏殘落月，蟾兔還嗔。我本癡頑，君應潦倒，擬向紅樓［二］寄此身。憑君問，唱江南曲子，更有何人。［三］

校記：

［一］此詞附此，筆跡與全稿不同。《全清詞·順康卷》已據《蝶庵詞》收入，《全清詞·順康

卷補編》復據此輯入。又見《荊溪詞初集》。

［二］「擬向紅樓」，《蝶庵詞》、《荊溪詞初集》作「白雪紅兒」。

［三］詞末，《蝶庵詞》有小注：「亡友鄒程邨、董文友俱善填詞，追憶風流，可爲三嘆。」

摸魚兒［一］

清明感舊時九青新逝。

正輕陰、做來寒食，落花飛絮時候。踏青隊隊嬉遊侶，只我傷心偏有。休回首。新添得、一堆黄土垂楊後。風吹雨溜。記月榭鳴箏，露橋吹笛，説着也眉皺。　十年事，此意買絲難繡。愁容酒罷微逗。從今縱到岐王宅，一任舞衣輕鬬。君知否。兩三日、春衫為汝重重透。啼多人瘦。定來歲今朝，紙錢挂處，顆顆長紅豆。

校記：

［一］此首重出。未鈐「抄」、「履端印」。鈐「烏絲」、「陳維崧印」、「其年印」。眉上鈐「南耕印」。無朱筆「対」。

圈點：

朱筆：「踏青」二句，點。「休回」二句，圈。「十年」二句，點。「定來」三句，圈。

墨筆：題上，單圈。

前題[一]

史惟玄

正堪憐、画橋烟柳，風流暗想如許。綺筵長憶歌喉好[二]，淪落今歸黃土。江上路。空望斷、杜鵑聲裡無歸處。怨春無主。任無賴東風，幾番作惡，零亂捲飛絮。思前事，攜手長堤日暮。曲終人醉南浦。梨花昨夜枝頭滿[三]，猶似掌中相覷。寒食雨。只落得、孤墳夜掩青松樹。舞衫拋去。領幾隊笙歌，夜臺供奉，猶唱斷腸句。

校記：

[一]眉上墨筆：「此下不必寫。」《蝶庵詞》有詞題「清明為其年悼歌者徐郎」。

[二]「綺筵長憶歌喉好」，《蝶庵詞》作「歌喉長憶當筵逞」。

[三]「滿」，《蝶庵詞》作「好」。

圈點：

朱筆：「江上」二句，圈。「怨春」四句、「寒食」二句，點。「舞衫」四句，圈。

前題[一]

史鑑宗

正愁人、梨花絲雨，釀來[二]春恨如醉。玉鈎何處銷魂曲，橫[三]笛一聲吹碎。燈下淚。都化作、落紅點點風前墜。不堪[四]顛頓。向斜日荒原，一坏馬鬣，杜宇數[五]聲裡。

當初[六]會。楊柳曉風情味。烟江縹緲無際。玉笙指冷春寒夜，此意只君應記。君去矣。空剩得、驪珠一串梁塵內。返魂無計。看燕燕鶯鶯，朝朝暮暮，嫋繞亂山翠。

校記：

[一]《荊溪詞初集》有詞題「和其年清明悼徐郎」。

[二]「來」，《荊溪詞初集》作「成」。

[三]「橫」，《荊溪詞初集》作「長」。

[四]「不堪」，《荊溪詞初集》作「這番」。

[五]「數」，《荊溪詞初集》作「幾」。

[六]「初」，《荊溪詞初集》作「年」。

圈點：

朱筆：「燈下」二句，點。「向斜」三句、「看燕」三句，圈。

前題

蔣景祁[一]

記當年、未曾識面，如今一樣傷舊。傷心[二]點點多情淚，不許眉頭不鬪。空回首。只此際、紅稀緑暗誰攜手。絃哀聲驟。看譜就烏絲，題成黃絹，處處斷腸[三]有。三生事，早把今生叅透。相思欲訴難又。怨春不待春歸去，剩得春愁知否。殘春候。便剪闋、新聲楊柳風前後。情多魂瘦。猛回憶花筵，移簫換柱，鐵馬畫簷吼。[四]

校記：

[一]「景祁」，原寫「祁復」，墨筆校改。《全清詞・順康卷補編》據此輯入蔣景祁詞。

[二]「傷心」，原寫「斷腸」，墨筆校改。

[三]「斷腸」，原寫「傷心」，墨筆校改。

[四]「鐵馬畫簷吼」，原寫「誰轉歌喉溜」，墨筆校改。

圈點：

朱筆：「記當」二句，圈。「絃哀」四句，點。「怨春」二句，圈。「情多」四句，點。

前題[一]

儲貞慶

可惜風流人去也，廣陵散已終絶。[二]荒山野徑埋年少，更在[三]清明時節。風雨烈。渾不見、當筵對酒歌喉咽。雲穿石裂。嘆賀老云亡，龟年長逝，誰譜清平闋。[四]　江南岍，有約輕橈夜渡，十年舊[五]事空説。眉山海外從游者，一樣雲隨烟滅[六]。腸寸結。還恐是、海棠血洒梨花雪。青枝早折。但轉眼經年，柳郎原上，又是逢[七]寒食。

校記：

[一]《荊溪詞初集》有詞題「和其年清明悼徐郎」。

[二]「可惜」二句，《荊溪詞初集》作「悵風流、玲瓏在否，廣陵遺散終絶」。

[三]「更在」，《荊溪詞初集》作「恰是」。

[四]「嘆賀老」三句，《荊溪詞初集》作「歎羅綺灰飛，管絃塵涴，誰譜舊歌闋」。

[五]「舊」，《荊溪詞初集》作「前」。

[六]「雲隨烟滅」，《荊溪詞初集》作「曉煙明滅」。

[七]「又是逢」，《荊溪詞初集》作「春又過」。

圈點：

朱筆：「荒山」二句，圈。「渾不見」句、「十年」句，點。「還恐是」句，圈。

前題[一]　吴本嵩

但人間、一番寒食，傷心事定添件。凄凄今歲風和雨，又有人隨花片。腸堪斷。也燒送、寶釵瑶瑟荒郊畔。風流雲散。是宛轉歌聲，翩躚舞影，吹去紙鳶線。須辜負，司馬從今遊覽。征鞍旅舍誰伴。筆床硯匣還依舊，懊恨伯勞飛燕。難消遣。便剪紙招魂，不見當時面。江南春晚。只柳絮吹時，子規啼處，應有夜深歎。

校記：

[一]《全清詞·順康卷補編》據此輯入吴本嵩詞。

前題[一]　潘眉

正百六、禁烟時節[二]，紛紛花落如許。東君着意今年早，蜀魄未催春去。春未去。偏又有箇人[三]，先向春歸路。繁華塵土。但燕囀鶯啼，雲昏柳暗，驀地上眉嫵。三年久，曾伴帝城風雨。新聲短笛如訴。長卿若賣長門賦，薄命未應春妒。今何所。想夜壑沉沉，那得重歌舞。柔腸誰付。願薄倖才名，浪遊踪跡，珍重有情處。

校記：

[一]《荊溪詞初集》有詞題「和其年清明詞」。題下鈐「南耕」印。

[二]「正百六、禁烟時節」，《荊溪詞初集》作「正禁煙、清明時節」。

[三]「又有箇人」，《荊溪詞初集》作「有箇人兒」。

前題[一]

徐喈鳳

近清明、是花皆放，摧殘一夜風惡。君家歌者美如花，怎奈[二]亦隨花落。魂何託。料尚在、柳園桃塢閒飄泊。泉臺寂寞。逐玉管仙童，霓裳帝女，再奏鈞天樂。尤堪惜，司馬長年作客。南北每同帷幄。從今更向京華去，誰弄寓樓絃索。春夢覺。驀聽得、鶯啼燕語思量着。香魂渺漠。便野店孤檠，虛齋短枕，血淚定[三]愁涸。

校記：

[一]《蔭緑軒詞》有詞題「爲其年悼歌兒」。

[二]「怎奈」，《蔭緑軒詞》作「最惜」。

[三]「定」，《蔭緑軒詞》作「應」。

前題[一]

黄錫朋

画樓前、垂楊千縷，東風摇漾如舊。園林徙倚無情緒，還憶當年聚首。眉尖皺。徒對此、春光瀲灧難消受。青衫濕透。縱飛燕玉環，同歸塵土，説着傷心否。　笙歌歇，辜負溪山明秀。愁多怕霑春酒。相思一曲誰調就，且任花開錦繡。徘徊久。空望斷、彩雲飛去人歸後。鍚簫聲驟。便緑滿長亭，紅深小院，不是歡娱候。

校記：

[一]《全清詞・順康卷補編》據此輯入黄錫朋詞。

又[一]

前　人

想風流、忽然雲散，烟波画舫如舊。鍚香酒沃催人醉，怎奈眉梢欲皺。嗟分手。猶記得、舞衫歌扇桃花候。風斜雨驟。望野草荒原，招魂無處，淚落頻霑袖。　應憐惜，我亦幽情方逗。一時舊好難覯。落紅點點飛南陌，且作烏絲佳奏。君醒否。君不見、駒隙石火非長久。襌関参透。只碧浦紅亭，燈前月下，還憶眼波溜。

校記：

[一]《全清詞·順康卷補編》據此輯入黃錫朋詞。

前題[一]

任繩隗

想當然、徐娘老去，再來還是情種。深閨變調為男子，偏向外庭恩寵。花心動。曾記得踏歌，玉樹娛張孔。紅絲又控。爰叔竇風流，元龍湖海，夙世曾同夢。誰知道，才把餘桃親捧。玉容一旦愁重。從今省識蓮花面，生怕不堪供奉。誠耽恐。[二]趁寒食清明，金盌埋青塚。陳郎[三]休慟。從古少年行[四]，回頭及早，傲殺侍中董。

校記：

[一]《直木齋詞》有詞題「爲陳子其年吊所狎徐雲郎」。此首紙邊有紙鋪印記：「古□□□狀元書帋」。

[二]「誠耽恐」，《直木齋詞》作「真慚悚」。

[三]「陳郎」，《直木齋詞》作「髯公」。

[四]「行」，《直木齋詞》作「場」。

前題[一]

史可程

過江來、碎心寒食，淚傾鵑血盈斗。春衫濕遍桃花雨，情種如君都有。難消受。旋埋却、燈前月下調簧咮。鶯僝燕僽。況齒穉何哉，技工懷智，俏惹垂楊覆。花開謝，此意纏綿廝鬬。鵑絃那得重奏。笙歌曾惱司空眼，玉樹聲銷殘漏。情偏逗。君不見、鮫珠紅印溢城袖。春愁疊湊。任画字旗亭，斷腸金谷，総瀉埋香酎。[二]

校記：

[一]《荊溪詞初集》有詞題「和其年清明詞」。

[二]「総瀉埋香酎」，《荊溪詞初集》作「腸斷曲屏後」。

前題[一]

王于臣

記瞥然、春城月夜，人兒邂逅如玉。半笑留顰生嫵媚，坐對銀缸歌曲。傷心觸。到今日、吳歈楚些聲難續。杜鵑歸促。看紅露朝零，青烟夜冷，漬淚還盈掬。無端事，分得愁腸一束。眉尖頓遺雙蹙。思量那得文成術，依樣招來面目。須細囑。休歎息、千年塚上蕭蕭竹。香塵争逐。但碧化何時，返魂難覔，形影漫相撲。[二]

校記：

［一］《全清詞·順康卷補編》據此輯入，但作者誤作「王千臣」。

［二］卷末鈐「陳杲之印」、「宣叔」印。